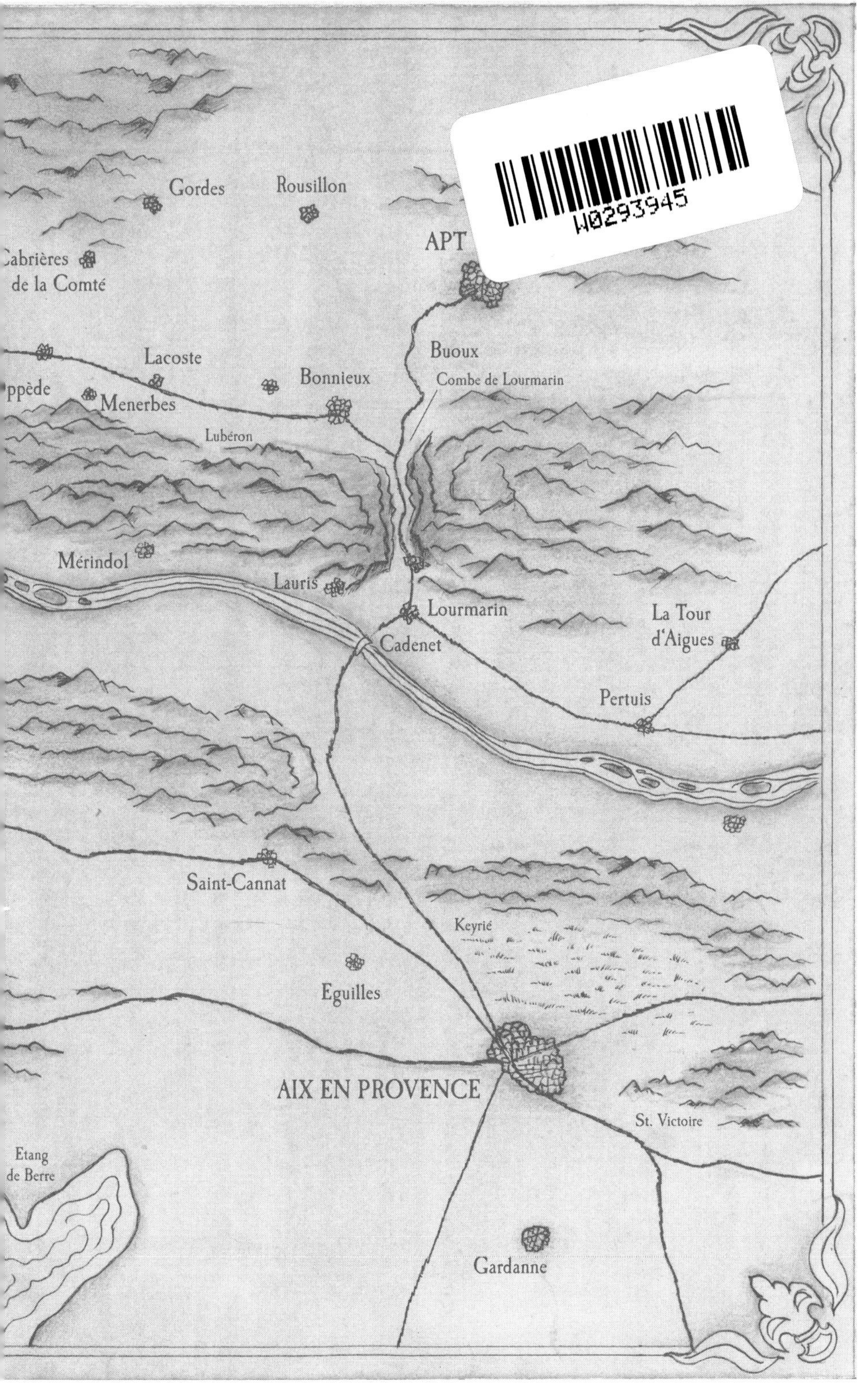

Gordes
Rousillon
APT
Cabrières
de la Comté
Lacoste
Buoux
Bonnieux
Combe de Lourmarin
ppède
Menerbes
Lubéron
Mérindol
Lauris
Lourmarin
La Tour
d'Aigues
Cadenet
Pertuis
Saint-Cannat
Keyrié
Eguilles
AIX EN PROVENCE
St. Victoire
Etang
de Berre
Gardanne

KATJA KLINK

Die Kinder des Ketzers

KATJA KLINK

Die Kinder des Ketzers

KNECHT
FRANKFURT AM MAIN

Gedruckt auf umweltfreundlichem,
chlorfrei gebleichtem Papier

Originalausgabe

Lektorat: Eva Düker
Herstellung: fgb · freiburger graphische betriebe 2006
www.fgb.de
Gesamtgestaltung und Konzeption:
Weiß – Graphik & Buchgestaltung, Freiburg
Coverbild: John Everett Millais: The Ransom (Ausschnitt)
Bildvorlage: Lee Sandstead

Vor- und Nachsatz: Illustrationen von Bernadette Trost (Nachsatz nach der Vorlage „Plan de Belleforest, 1575, La ville d'Aix en Provence")

ISBN-13: 978-3-7820-0894-5
ISBN-10: 3-7820-0894-4

PERSONEN

Die Familie

Fabiou Kermanach de Bèufort, fünfzehn Jahre, Baroun aus dem Luberoun, Poet und Investigator
Cristino Kermanach de Bèufort, sechzehn Jahre, seine große Schwester, Edelfräulein
Catarino Kermanach de Bèufort, deren Zwillingsschwester
Madaleno de Castelblanc, geborene Auban, verwitwete Bèufort, ihre Mutter
Frederi de Castelblanc, ihr Stiefvater, Cavalié
Cristou Kermanach de Bèufort, ihr leiblicher Vater, Baroun und Jurist, leider verstorben
Frederi Jùli, neun Jahre, erstgeborener Sohn von Frederi und Madaleno de Castelblanc
Maria Anno, eineinhalb Jahre, Tochter von Frederi und Madaleno de Castelblanc
Felicitas Breix d'Auban, Madalenos Mutter
Philomenus Breix d'Auban, Madalenos Bruder
Eusebia d'Auban, Philomenus' Frau
Theodosius d'Auban, Philomenus' Sohn
Beatrix Avingou, alias Mutter Consolatoria, Madalenos Cousine, Oberin der Benediktinerinnen zu Origny-St.-Benoît
Docteur Pierre Avingou, ihr Bruder, Wissenschaftler und Universitätslehrer, leider verstorben
Loís, Pferdeknecht der Castelblancs
Jacque, sein Bruder
Bardou, Kutscher der Castelblancs, Loís' Vater
Beata, Küchenmagd der Castelblancs
Anno, Dienerin der Castelblancs
Suso, Köchin im Hause Auban

Die Menschen von Ais (in alphabethischer Reihenfolge)

Antonius, Augustiner-Mönch
Austelié, Gastou, Notar
Bergotz, Jacque, ehemaliger Priester von La Costo, bereits verstorben
Brieul, Freund von Alexandre de Mergoult
Brouche, Diener von Archimède Degrelho
Carbrai, Antoine (I), französischer Kaufmann, Protestant, bereits verstorben
Carbrai, Antoine (II), sein Sohn
Carbrai, Marguérite, seine Witwe
Corbeille, Pierre, französischer Kaufmann, wie er behauptet
Crestin, Viguié von Ais
d'Albret, Jeanne (Jano), Königin von Navarra
d'Alest, Landjunker
d'Ardoche, Regina, Edelfräulein aus verarmter Familie
de Bonieus, Jaume, Landjunker, dem Papst unterstellt
de Bossard, Landjunker
de Bouliers, Jan-Loís-Nicolas, Baroun de la Tour d'Aigue, Graf von Cental
de Buous, Agueto, Frau von Hugue de Buous
de Buous, Artus, Sohn von Hugue de Buous
de Buous, Claudia, Tochter von Hugue de Buous
de Buous, Hugue, Landjunker
de Buous, Roubert, Sohn von Hugue de Buous
de Cental, Gräfin, Barouno de la Tour d'Aigue, Großmutter von Jan-Loís-Nicolas de Bouliers
de Couvencour, Arnac, Ketzerfreund
de Couvencour, Rouland, Arnacs Vater, ebenfalls von zweifelhafter Reputation
de Faucoun, Neffe von Jean Maynier d'Oppède
Degrelho, Agnes, jüngste Tochter von Hector Degrelho
Degrelho, Alice, mittlere Tochter von Hector Degrelho
Degrelho, Archimède, Senher d'Astain, Bruder von Hector Degrelho
Degrelho, Daniel, Sohn von Hector Degrelho

Degrelho, Elisabeta, Frau von Archimède Degrelho
Degrelho, Hector, Bruder von Archimède Degrelho, früherer Senher d'Astain
Degrelho, Justine, Hector Degrelhos Frau
Degrelho, Louise, älteste Tochter von Hector Degrelho
Degrelho, Victor, Sohn von Archimède Degrelho
de Goult, Sazo, Landjunker
de Labarre, Raymoun, Landjunker, bereits verstorben
de La Costo, Jorgi, Landjunker
de Mergoult, Alexandre, Baroun, natürlicher Sohn von Jean Maynier
de Mergoult, Estève, Alexandres Onkel
de Mergoult, Jean, Alexandres Bruder
de Navarra, Henri (Henric), Sohn von Jeanne d'Albret
de Pontevès, Jean, Graf von Carcès, Kriegsheld
de Pontevès, Duran, sein jüngerer Bruder
de Pourrières, Schwiegersohn von Jean Maynier
de Sault, Alessia, Edelfräulein
de Souille, Schwiegersohn von Jean Maynier
d'Estrave, Landjunker, Vater von Andréu d'Estrave
d'Estrave, Andréu, Freund von Jean de Mergoult
de St. Roque, Landjunker, Bertran de St. Roques Vater
de St. Roque, Bertran, Freund von Alexandre de Mergoult
de Trévigny, Sébastien, französischer Graf
de Vare, Landjunker
Dutrout, Maximilien, alias der Genevois, ein Mordgeselle
Forbin de Jansoun, Gaspard, Neffe von Jean Maynier d'Oppède
Forbin, Jean-Baptiste, Bruder von Gaspard Forbin de Jansoun, Neffe von Jean Maynier d'Oppède
Giuliamo, Maria, eine Wahrsagerin
Hannes, ein junger Gaukler
Ingelfinger, Peter, deutscher protestantischer Kaufmann, wie er behauptet
Joan lou Pastre, Räuberhauptmann, bereits hingerichtet
Laballefraou, Arquié, Untergebener von Crestin
Maynier d'Oppède, Jean, Erster Präsident des Parlaments zu Ais
Maynier, Philippe, Sohn von Jean Maynier, verschollen

Nicoulau, Enri, Kumpan von Joan lou Pastre, bereits hingerichtet
Nicoulau, Joan (Janot), sein Sohn
Petri, Arthur, deutscher katholischer Kaufmann, wie er behauptet
Piqueu, Louis, Druckereimeister
Piqueu, Mouche, sein Bruder, bereits verstorben
Servius, ein Augustiner-Mönch
Soufio, Zwillingsschwester von Joan lou Pastre
Trostett, Heinrich, deutscher katholischer Kaufmann, wie er behauptete (vor seiner Ermordung)
Vascarvié, Docteur, Rechtsgelehrter und Sonderbeauftragter des Parlaments
Veive, Lucien, Sohn des Schultheiß von La Costo, bereits verstorben

PROLOG

Aquelho mountanho que tan auto soun
m'empachon de veire mis amours ount soun.
Auto soun, ben auto, mai s'abaissaran,
et mis amouretto vers ieu reviendran.
Se sabiai las veire, ount las rescontrar
passariai l'aigueto sens paur de me negar.
Que cante y recante, canto pas per ieu,
canto per ma migo qu'es proche de ieu.

Jene Berge, die so hoch sind, hindern mich daran,
meine Lieben zu sehen.
Sie sind hoch, wahrhaft hoch, aber sie werden sich senken,
und meine Lieben werden zu mir zurückkehren.
Wenn ich wüsste, wie ich sie sehen, wo ich ihnen begegnen kann,
würde ich das Wasser überqueren ohne Angst zu ertrinken.
Was immer man singt, ich singe nicht für mich,
ich singe für meine Geliebte, die mir nahe ist.

*unbekannter Verfasser, vielfach Graf Gaston de Foix («Phébus»)
zugeschrieben (1331-1391), provenzalischer Schriftsteller und Politiker*

Aus den Erinnerungen des Fabiou Kermanach de Bèufort, Advokat zu Arles, datiert auf Juli 1594

Mutter starb im Jahre des Herrn 1573, mitten in den Wirren der Bürgerkriege, die unser Land in jener Zeit zerrissen. Anders als ihr Leben war ihr Tod still und nahezu unbemerkt, ein allmähliches Verdämmern hinter der Fensterscheibe ihres Schlafgemachs, begleitet nur von den Tränen und den Gebeten meines Stiefvaters, der neben ihr saß und zusah, wie sie sich binnen weniger Wochen von einer stattlichen Erscheinung, die ihr noch immer die anerkennenden Blicke der Kavaliere eintrug, in ein Gespenst mit gelber Pergamenthaut verwandelte.

Ich hatte von Mutter einen anderen Tod erwartet, irgendetwas Dramatisches, das die Klatschmäuler der anliegenden Domänen noch lange beschäftigen würde, passend zu einem Menschen, der so viel Wert auf Äußerlichkeiten gelegt hatte wie sie. Ein Sturz vom Pferd, ein Zusammenbruch knieend in der Messe oder auf einer Festgesellschaft umringt von jungen Herren, die ihrer jüngsten Tochter den Hof machen. Doch der Tod fragt uns nicht, wie wir diese Welt verlassen wollen, er kommt zu seiner Zeit und nach seinen Plänen, und der Mensch muss sich fügen. Im Sommer 1572 begann es, dass meine Mutter wieder aus dem Leib blutete, und sie konsultierte einen Arzt, den sie hinter vorgehaltener Hand fragte, bedeutet dies, dass ich noch imstande bin, zu empfangen? Doch der Arzt meinte, es handele sich wohl nur um ein Ungleichgewicht der Körpersäfte und verordnete ihr einen Sud, der dem Körper helfe, die unreinen Säfte auszuleiten. Meine Mutter nahm den Sud ein, und das Bluten fuhr fort. Ihr Gesicht wurde bleich, was sie nicht störte, da es der Mode entsprach, und auch die Schwäche, die sie oft überfiel, war einer Frau ihres Alters und ihres Standes angemessen. So lebte sie gut und glücklich, gab ihre Festgesellschaften wie eh und je, brachte ihre Tochter unter die Haube und liebte ihren Mann, bis sie im Frühling des Jahres 1573 binnen kürzester Zeit verfiel, sich zu einem spindeldürren Skelett mit eingefallenen Zügen und tiefgelben Augen wandelte. Der Arzt ließ sie zur Ader, um das Übermaß an gelber Galle aus ihrem Körper auszuleiten, doch auch dies konnte das Ende nicht hinauszögern. Am Morgen des

14. April, seit drei Tagen war sie ans Bett gefesselt, verlangte sie nach einem Priester, um ihren Frieden mit Gott zu machen und die Absolution ihrer Sünden zu erhalten. Noch heute bewegt mich die Frage, ob sie dem jungen Priester, der an jenem Morgen zu ihr kam, die übliche, überarbeitete Version ihrer Lebensgeschichte vortrug, ungeachtet der Tatsache, dass sie bald einem gegenübertreten würde, vor dem es keine Beschönigungen und keine Ausflüchte gab, oder ob sie ihm tatsächlich die ganze Wahrheit erzählte und den armen Jungen somit zum Mitwisser der ganzen Geschichte machte. Ich wünsche ihm, dass sie ihrer selbst treu blieb und sich für ersteres entschied. Ich weiß selbst am besten, was es bedeutet, mit der Wahrheit zu leben.

Mutter starb in derselben Nacht, in Frederis Armen.

Ich war in Arles, als mich die Nachricht von Mutters Krankheit erreichte. Unsere Zeit war knapp bemessen damals, denn das kriegsgeplagte Volk gierte nach Aufheiterung, die Proben zum neuesten Stück meines Schwagers waren in vollem Gange, und Reisen war in jenen unsicheren Zeiten gefährlicher denn je. Dennoch brachen wir auf Richtung Lubéron, meine Schwester, ihre Familie und ich, begleitet von einigen Leuten der Truppe, der Sicherheit wegen.

Wir erreichten Castelblanc gerade noch rechtzeitig zur Beerdigung.

Die Jahre und die Zeiten hatten uns älter, erfahrener und, wer weiß, auch weiser gemacht, aber Castelblanc hatten sie nicht verändert. Vielleicht waren die Bäume am Rand des Hofes etwas höher, vielleicht hatte der Bach, der die westliche Grenze der Domäne bildete, seinen Lauf etwas verändert, doch ansonsten war es noch immer das klobige Steingebäude inmitten von Obst- und Gemüsegärten, umwoben von dem ewigen Rätsel, wer auf den Gedanken verfallen war, jenem Haufen schmutziggrauer Steine den Namen Castelblanc zu geben.

Die nächste Kirchstatt ist in Oppède gelegen, und dort war es, dass Madaleno de Castelblanc, geborene Auban, verwitwete Bèufort, am Morgen des 22. April zu Grabe getragen wurde. Die Beerdigung war ein gesellschaftliches Ereignis. Aus dem halben Lubéron kamen die Kutschen vorgefahren, lieferten all die Seigneurs, Chevaliers, Barons und deren mitfühlende Gattinnen vor dem schmiedeeisernen Tor des Kirchhofs ab, von wo aus sie in einer langen Prozession in das kleine Kirchlein einzogen, so dass der brave Priester ganz blass wurde angesichts all der vornehmen Röcke, hochgeschlossenen Fächerkragen und eleganten Federhüte der Edelmänner und all der langen, gebauschten schwarzen Kleider mit ihren weit gefächerten weißen Kragen, aus denen die Köpfe der Damen hervorragten wie die Stempel aus einem Blütenkelch. Die guten Nachbarn, die Forbin-Oppèdes, gewissermaßen die Gastgeber, zogen als letzte in der Kirche ein, um auf ihren thronähnlich erhöhten Sitzen an der rechten Wand Platz zu nehmen, und die Messe begann. Die vornehmen Damen senkten fromm ihre Köpfe und bekreuzigten sich, als der Priester das Requiem las, während ihre Augen von links nach rechts huschten, vom Kleid der einen – «Schamlos, dieser Ausschnitt! Und das in der Messe!» – zur Kette der anderen – «Die hat es wohl nötig, wo jeder weiß, dass sie bei einem Juden in der Schuld stehen!» –, und die frommen Herren zogen ihre Hüte, und alles war edel, würdevoll und katholisch, vom Domine vobiscum bis zum Miserere nobis.

Diejenigen Bürger von Oppède, die sich nicht zu schade dazu waren, standen am Zaun jenseits des Friedhofs und genossen das Schauspiel der aus dem Kirchlein filierenden Damen und Herren, wie sie sonst nur den Maskenzug am Mardi gras genossen. Vier Diener trugen den Sarg, und Seite an Seite folgte ihm die edle Gesellschaft bis zur Grabstätte der Castelblancs, wo die Totengräber neben Frederi dem Älteren und Maria geborene Varcou eine neue Grube ausgehoben hatten. Ein eleganter Zug, fürwahr, die Herren trugen ihre guten Stiefel, die Damen ihre feine Spitze zur Schau, die Gesellschaft schillerte vor Vornehmheit, Adel und Hochmut, und das sanfte Gesäusel des Klatsches brandete selbst während des priesterlichen Segens an jedes noch so andächtige Ohr. Habt Ihr gesehen, die Marondour, wie züchtig sie tut, und dabei weiß doch jeder, wie sie es mit dem Seigneur Alence hält, und der Säugling der Alard ist ausgesprochen kräftig für ein Sechsmonatskind, findet Ihr nicht auch? Ich trug es ihnen nicht nach, natürlich waren sie gekommen, um gesehen zu werden und nicht um Madaleno de Castelblanc die letzte Ehre zu erweisen, und schließlich hätte es meine Mutter an ihrer Stelle nicht anders getan. Eigentlich, so dachte ich, war dies eine Beerdigung in ihrem Sinne.

Nichts jedoch lieferte den feinen Herrschaften mehr Gesprächsstoff als wir.

Meine Schwester und ich haben die Unverfrorenheit besessen, unsere Familie, unseren Stand, unser Blut zu verraten, indem wir einer Tätigkeit nachgingen, die unserer Stellung unwürdig war, indem wir unter unserem Stand heirateten, indem wir uns mit Menschen umgaben, die in den Augen jener Edelleute gerade gut genug waren, ihre Fußböden zu schrubben und ihre Pferde zu füttern. Als wir Castelblanc nach jener unglücklichen Geschichte um Agnes Degrelho verlassen hatten, waren wir noch nahezu Kinder gewesen. Jahre der Wanderschaft hatten Catarino und ihren Mann auf seiner Flucht vor den wirklichen und imaginären Geistern der Vergangenheit kreuz und quer durch ganz Europa geführt; und ich hatte zunächst in Aix und später in Bologna und Heidelberg die Rechte studiert. 1563 war ich nach Aix zurückgekehrt, hatte dort meine Arbeit als Advokat aufgenommen und mir in allerkürzester Zeit einen Ruf erworben, der dem meines Vaters in nichts nachstand. In ebenso kurzer Zeit, nach wenigen Monaten nur, hatte ich einen Ehrenplatz auf Duran de Pontevès' Todesliste. Es waren absurderweise die Carcisten, die mir das Leben retteten und verhinderten, dass ich in jenen Tagen wie unzählige andere an der Pin de Genas endete, denn wenn ich auch der Inbegriff eines Ketzerfreundes war, so vergaß Jean de Pontevès mir dennoch nie, was ich für die Ehre der Bruderschaft getan hatte. Die Liebe zwischen den Brüdern Pontevès war aufgrund der Ereignisse in Aix auf einem Tiefpunkt angelangt, und ein Gnadengesuch des Carcès hätte Konsul Pontevès somit wohl kaum dazu bewogen, mich am Leben zu lassen, weshalb man mich schließlich bei Nacht und Nebel aus der Stadt schmuggeln ließ. In den Jahren, die folgten, verschlugen die Kriegswirren mich nach Arle, wo mein Schwager und meine Schwester sich mittlerweile mit ihrer Theatertruppe niedergelassen hatten. Es waren gefährliche Zeiten, Zeiten des Krieges und der Rechtlosigkeit, und mehr als einmal brachte mich mein Einsatz für einen Mandanten, der der falschen Religion angehörte, in eine kritische Situation. Doch so viele Feinde ich auch hatte, so sicherte mir meine Rolle in jener seltsamen Geschichte von 1558 den Schutz einiger einflussreicher Mitglieder der Liga, ebenso wie sie mir die Gunst einiger hochgestellter Persönlichkeiten auf Seiten der Protestanten verschaffte. Niemand wagte es, uns anzutasten in all diesen Jahren, so sehr uns manche gehasst haben werden. Das ist unser Kapital, und das ist unsere Rache. Die Mächtigen unserer Zeit hatten unsere Familie zerstören können, aber sie konnten uns nicht daran hindern, unser Leben so zu führen, wie wir wollten.

Sie natürlich war nicht zu der Beerdigung gekommen.

Ich hatte sie brieflich über den Tod meiner Mutter in Kenntnis gesetzt, aber keine Antwort erhalten. Sie, die ich meine Freundin nenne, denn wie sonst sollte ich sie nennen, alle anderen Verbindungen zwischen uns sind Vergangenheit. Am Tag der Beerdigung fehlte sie erwartungsgemäß in der Trauergemeinde, zur großen Erleichterung vieler Familienmitglieder, die nicht wussten, was sie an ihr am skandalösesten finden sollten: ihre Nähe zu den Protestanten oder ihren schockierenden Lebenswandel. Insbesondere Onkel Philomenus und dem guten Vetter Theodosius fiel ein Stein vom Herzen, obwohl sie nicht müde wurden, ihre Missbilligung über ihre unerhörte Abwesenheit zu bekunden.

Zu dieser Zeit war sie meines Wissens irgendwo in der Gascogne in einem der Rückzugslager der Protestanten, wo sie in einem Feldlazarett arbeitete. Der Krieg, so unheilvoll er ansonsten war, hatte ihr endlich erlaubt, unter ihrem wirklichen Namen ihren Beruf auszuüben, denn wer konnte unter den gegebenen Umständen so wählerisch sein, jemanden mit ihrer Befähigung abzulehnen. Bis 1572 war sie in Paris gewesen, doch die Ereignisse von St. Barthomé zwangen sie und ihre Familie wie so viele andere zur Flucht. Also schloss sie sich ihrer Schwester und Sébastien an, die nun, da der alte Couvencour dem Gemetzel jener Nacht zum Opfer gefallen war, den Protestanten in die Berge folgten. Ihre Bleibe war unregelmäßig, ich erfuhr nie, ob mein Brief anlässlich Mutters Tod sie zu spät erreichte oder ob sie es für zu gefährlich oder einfach für unangebracht hielt zu kommen.

Ihre Abwesenheit machte, dass Catarino das Hauptziel der spitzen Bemerkungen und der herablassenden Blicke an jenem Tag war, wie sie da in ihrem einfachen schwarzen Trauerkleid an dem offenen Grab stand, an jeder Hand eines ihrer hübschen, rothaarigen Kinder. Mir, einem Mann, mochte man allerlei Eskapaden genehmigen, keineswegs aber ihr, einem Weib! Kaum einer schien ihr ein Recht einzuräumen, überhaupt hier zu sein, schließlich hatte sie sich mit unserer Mutter überworfen, «wegen dem Kerl natürlich», wie die kundigen Damen zu berichten wussten, und schließlich hatte Mutter sich ein Leben lang geweigert, ihre Enkelkinder bei sich zu empfangen, woraufhin Catarino, die nicht weniger halsstarrig war als sie, Castelblanc in all den Jahren nicht einen einzigen Besuch abgestattet hatte. «Eine Theaterschreiberin», flüsterten sich die edlen Damen zu, im selben Tonfall, in dem sie «eine Hure» gesagt hätten, und wedelten schockiert mit ihren Fächern. Und der Kerl da neben ihr, das ist ihr Mann, ein Gemeiner, das sieht man ja, sogar ein Ausländer, wie es heißt, drei Bastarde hat sie mit ihm, die da, das sind nur die beiden Ältesten. Weit ist es gekommen mit dem Mädchen, kein Wunder, dass die Mutter jetzt im Grab liegt, nach der Geschichte mit der anderen Tochter, schrecklich! Ein Glück für den armen Vater, dass er wenigstens noch die beiden jüngeren Kinder hat, sie sind ja sein ganzer Stolz, ein prächtiger Bursche, fürwahr, und die Tochter hat wahrlich eine gute Partie gemacht mit dem jungen Mauvent.

Der prächtige Bursche stand neben dem armen Vater, hochgewachsen, schmal und bleich in seinem dunklen Rock, ungeheuer erwachsen mit dem Degen an seiner Seite, die Stütze der Familie, der Erbe von Castelblanc; kaum etwas an diesem jungen Kavalier erinnerte in diesem Moment an den frechen kleinen Frederi Jùli, der mir in unserer Kindheit Tinte in die Stiefel gefüllt hatte. Neben ihm hing Maria Anno am Arm ihres frisch angetrauten Baron de Mauvent. Die Tränen hatten ihre Schminke verwüstet, sie war ja noch ein halbes Kind, das an seiner Mutter hing, gerade sechzehn Jahre zählte sie zu jener Zeit. Mutter hatte aus den schlechten Erfahrungen der Vergangenheit gelernt und diesmal nichts dem Zufall überlassen, was die Verheiratung ihrer Tochter betraf, und der junge Mauvent war ein Schwiegersohn nach jeder Mutter Geschmack – artig, gutaussehend, mit einem reichen Erbe ausgestattet und auch noch schrecklich verliebt in das fromme Mädchen, und vor allem furchtbar normal, furchtbar nobel und bar jeder Überraschung. Brav tätschelte er die Hand seiner schluchzenden jungen Gattin, brav murmelte er mit ihr zusammen das Ave Maria, du bist gebenedeit unter den Weibern, und der Priester sprach den Segen, und die Hände gingen zum Kreuz an die Stirn, und vielleicht war da eine Träne in Catarinos stolzen Augen und kullerte unbemerkt ihre Wange hinunter.

Frederi schien von all dem nichts mitzubekommen.

Über Nacht war mein Stiefvater zum Greis geworden. Gebeugt, mit fahlem Gesicht und müden roten Augen stand er am Grab und starrte auf den kunstvoll geschnitzten hölzernen Deckel des Sarges herab, blind und taub für die Menschen ringsumher und ihre Gespräche. Als der Priester geendet hatte und die Gesellschaft dem Ausgang und dem dringlich ersehnten Totenmahl entgegen strebte, blieb er am offenen Grab stehen, seine Hand um Frederi Jùlis Arm geklammert, und seine Lippen bewegten sich in lautlosem, verzweifelten Gebet. Wir traten auf sie zu, begrüßten Maria Anno und den etwas unangenehm berührten Baron de Mauvent. Frederi Jùli umarmte mich mit jener vertrauten linkischen Bewegung, die von seinem steifen Schultergelenk herrührte, ein Überbleibsel jenes seltsamen Tages am Rande des Grand Lubéron, an dem er mir einst das Leben rettete. In seinem Lächeln lag echte Wiedersehensfreude; bedingt durch die politischen Unwegsamkeiten der Zeit war es schon ein paar Monate her, dass wir uns das letzte Mal gesehen hatten. Vater, sieh nur, Fabiou und Catarino sind hier, sagte er.

Frederi hob den Kopf. Lange ruhte sein leerer Blick auf mir, dann wanderte er zu Catarino. Und dann, auf einmal, schossen Tränen in seine Augen, und zum blanken Entsetzen der verbliebenen Edelleute umarmte er erst mich, dann Catarino und zuletzt meinen Schwager und küsste die Kinder auf die Stirn. «Meine Kinder», schluchzte er, «meine Kinder.»

Seit jenem schicksalhaften Jahr 1558 hatte ich Catarino nicht mehr weinen sehen. «Ich dachte, Ihr hasst mich», schniefte sie.

«Hassen? Dich? Euch?» Frederi lachte auf, und das Lachen war trauriger als seine Tränen. «Wie könnte ich euch hassen», sagte er, «ihr seid alles, was von ihm übrig geblieben ist… Es tut mir leid», flüsterte er dann, «ich weiß, ich habe unrecht gehandelt, aber ich habe sie doch so geliebt… ich habe sie doch beide so sehr geliebt…»

Es gibt keinen Grund für Hass und für Vorwürfe. Mutter hatte leben wollen, das war kein Verbrechen. Und was Frederi betraf, so war der Grund für sein Handeln der menschlichste und edelste überhaupt gewesen.

Die Liebe.

Der Priester von Oppède erzählte mir einmal, als ich vor Jahren Mutters Grab besuchte, wenige Wochen nach ihrer Beerdigung haben zwei fremde Herren die Kirchstatt besucht. Der eine, ein hellhaariger junger Herr im Gewand eines Gelehrten, trat durch das eiserne Tor ins Innere des Kirchhofs, während sein ebenso gekleideter, aber dunkelhaariger und kräftiger Begleiter bei den Pferden vor der Umzäunung blieb. Der junge Herr schritt geradewegs auf die Grabstätte der Castelblancs zu, wo der Steinmetz nun einen weiteren Namen in den Stein der Familie eingemeißelt hatte. Dort kniete er nieder und betete eine lange Zeit. Der Priester, der den jungen Herrn noch nie in der Gegend gesehen hatte, wurde von Neugierde ergriffen, und als der Fremde sich schließlich erhob, um zum Ausgang zurückzukehren, trat er rasch näher. Seid mir gegrüßt, mein Herr, sprach er ihn an, ihr seid nicht von hier, wie es scheint?

Der Fremde war stehengeblieben und betrachtete den Priester aus ernsten Augen. Allerdings nicht, antwortete er in fließendem Provenzalisch, wir kommen von weit her.

Ihr seid Franzosen, nicht wahr?, mutmaßte der Priester. Aus welcher Stadt kommt ihr?

Der Fremde zögerte einen Moment, dann sagte er: Paris.

Paris! Das ist wahrhaft eine weite Reise, zumal in diesen gefährlichen Zeiten … Ihr seid ein Gelehrter, habe ich recht, Senher?

Großer Gott – der Fremde schmunzelte –, wie habt Ihr das nur erraten, Patre?

Oh, Euer Gewand … Der Priester lächelte geschmeichelt. Ich erkenne die Kleidung eines Docteurs, wenn ich sie sehe, sagte er. Ich war schließlich nicht immer Priester in diesem Städtchen … Früher gehörte ich dem Benediktinerorden in Marsilho an …

Sein Blick wanderte zurück zu dem frisch aufgeworfenen Grab. Ihr kanntet die Dame Castelblanc wohl, meinte er.

Ja, sagte der Fremde, ein wenig.

Eine fromme Edelfrau, erklärte der Patre mit eifrigem Nicken. Und außerordentlich großzügig. Sie hat unsere Kirche mit einer reichen Spende bedacht. Gott wird es ihr lohnen.

Sicher wird er das, sagte der Fremde lächelnd.

Der Priester, der gehofft hatte, der Docteur würde ihm etwas über seine Beziehung zu der verstorbenen Dame erzählen, war mit dem Verlauf des Gespräches nun alles andere als zufrieden und beschloss, auf allzu große Diskretion zu verzichten. Gewiss seid ihr mit der Dame verwandt, Senher?, fragte er.

Der Fremde sah zu der Grabstätte hinüber, die die Diener mit frischen Frühlingsblumen geschmückt hatten. Nein, sagte er, ein Verwandter bin ich nicht. Nur einer, der die Dame Castelblanc sehr … geschätzt hat.

Und damit wandte er sich ab und schritt dem Tor zu, und er sah dabei so traurig aus, dass der Priester später meinte, es könne sich bei dem fremden Herrn eigentlich nur um den jungen Liebhaber der Verstorbenen gehandelt haben, wer sonst hätte der Toten so heimlich und gleichzeitig so artig seine letzte Aufwartung machen sollen.

Als der Fremde sich neben seinem Gefährten auf seinen Rappen schwang, kam der Priester zum Tor heraus gelaufen. Senher, rief er, wollt Ihr mir nicht wenigstens Euren Namen nennen?

Einen Augenblick lang betrachtete der Fremde ihn nachdenklich. Dann antwortete er: Degrelho. Docteur Daniel Degrelho. Und er wendete sein Pferd und ritt mit seinem Gefährten die Straße hinab, der Ebene zu.

KAPITEL 1

in dem Cristino de Bèufort den schrecklichsten Tag ihres Lebens verbringt und die Familie nach Ais aufbricht

Je vis, je meurs, je me brule et me noye,
j'ay chaus estreme en endurant froidure,
la vie m'est et trop molle et trop dure,
j'ay grans ennuis entremeslez de joye.

Ich lebe, ich sterbe, ich verbrenne und ich ertrinke,
mir ist schrecklich heiß, während ich Kälte erdulde,
das Leben ist mir zu weich und zu hart,
ich verspüre großen Ärger vermischt mit Freude.

*Louise Labé, französische Poetin
und Abenteurerin (1525-1565)*

«Cristino!»

Wenn man die Augen fest zukniff und die Decke ein Stück über das Gesicht zog, dann konnte man die beißenden Strahlen der Morgensonne aussperren und, für eine kurze Zeit zumindest, so tun, als sei es noch Nacht, und nicht schon der verhasste, vermaledeite Morgen. Dort, unter jener Decke, die Hände über beide Ohren gepresst, zusammengerollt wie eine Katze am Kamin, gab es keine Zeit, keine Turmglocken, die den Tag ankündigten, dort herrschte Stille, und Wärme, und Einsamkeit, wie im Reich des Schlafes.

«Cristino!»

Nein, sie hörte sie nicht. So laut sie auch rufen mochten, so sehr sie sich auch bemühten, zu ihr durchzudringen, sie würde sie nicht hören, sie schlief, schlief den Schlaf der verwunschenen Schönen im See, die fern der Welt auf den Cavalié wartete, der sie erlöste ...

«Cristi-ii-iinooo!»

... um mit ihr dann auf sein Schloss zu reiten, und dort lebten sie glücklich und zufrieden bis zu ihrem Ende, und noch im Tod umranken die Rosen, die aus ihren Gräbern sprießen, einander wie in einer zärtlichen Umarmung, grünes Blattwerk und Blüten, rot wie das Herzblut ...

«Cristino, verflucht, wach auf, du blöde Gans!»

Ein Kissen traf ihren Kopf mit einem dumpfen Schlag und ließ das ergreifende Bild der rosenumrankten Gräber zerplatzen wie eine Wasserblase. Im nächsten Moment schon wurde die Decke zurückgerissen, und Helligkeit schoss in ihr Gesicht wie ein Schwaps eiskalten Wassers. «Jesus, du bist ja toll!» Heftig grabschte Cristino nach der Decke, zerrte sie sich wieder über die Ohren. «Lass mich zufrieden!»

«Cristi-i-iino!» Sanft flötete die Stimme in ihr Ohr. «Es ist Mo-orgen!»

«Oh, hau ab!»

«Verdammt noch mal, Cristino, steh endlich auf! Wir fahren um neun, falls du das vergessen hast!» Die Daunenmatratze erbebte, als die andere sich auf den Rand der Bettstatt fallen ließ. Cristino schielte aus dem Augenwinkel nach hinten und ergatterte einen Blick auf eine sommersprossengesprenkelte Nase und eine Kaskade feuerroter Locken. Gott sei's gedankt, dass nicht auch sie diese unmöglichen roten Haare hatte. «Verschwinde», sagte sie. «Ich fahre nicht mit.»

«Wie, du fährst nicht mit?» Die Stimme der anderen klang perplex. «Wie meinst du das?»

«Wie ich es sage.» Cristino zog ärgerlich die Nase hoch. «Ich bleibe hier. Ich fahre nicht nach Ais.»

«Sag mal, bist du verrückt geworden?» Die Rothaarige war auf die Füße gesprungen, und jetzt stand sie in ihrem weißen leinenen Nachthemd und mit wütend in die Seite gestemmten Armen neben dem Bett und sah aus wie der Erzengel Michael auf der Suche nach dem Antichrist. «*Ma mie*, ich freue mich seit mindestens hundert Jahren darauf, dass wir endlich nach Ais fahren, und jetzt willst du nicht mit?»

«Nein! Will ich nicht!» Wieder zog Cristino die Nase hoch.

«Ja, aber, Himmel, was willst du denn hier machen, den ganzen Sommer, nur mit Jannou und dem Waldhüter und der alten Barbro? Du wirst dich zu Tode langweilen! Ganz abgesehen davon, dass Frederi dir den Kopf herunterreißt, wenn du nicht in einer Viertelstunde beim Frühstück erscheinst. – He!» Ihre Augen weiteten sich. «Sag nicht, es ist wegen diesem blöden Fest bei den Mauvent!»

Cristino schniefte, sie hatte Tränen in den Augen. «Er hat gesagt, er würde sich freuen, wenn ich komme», flüsterte sie.

«Jesus, Cristino!» Die Rothaarige verdrehte die Augen und ließ sich rückwärts auf den Stuhl vor der Frisierkommode fallen. «Das sagt Arman de Mauvent zu allen Mädchen! Für den bist du eine von Hunderten! Der interessiert sich nicht mal für deine Unschuld, so gleichgültig bist du dem!»

«Catarino!» Cristino war aufgefahren und hatte sich schockiert die Hand auf den Mund gepresst.

«Was denkst du dir eigentlich?» Die Rothaarige schüttelte ärgerlich den Kopf. «Dass er sich Hals über Kopf in dich verliebt und seine Verlobung mit Anne de Valet löst, oder was?»

«Anne de Valet sieht doch aus wie ein Pferd!», schniefte Cristino.

«Ein Pferd mit einer ordentlichen Mitgift», stellte Catarino trocken fest. «Himmel, Cristino, selbst wenn Arman Gefallen an dir finden würde, glaubst du im Ernst, Familie Mauvent würde deswegen auf die Ländereien der Valet verzichten? Ich meine, was könnte Frederi ihnen anbieten, um da mitzuhalten?»

«Das ist alles so gemein!» Cristino brach jetzt endgültig in Tränen aus. «Heute ist der schrecklichste Tag in meinem ganzen Leben!»

«Ach, Cristino, jetzt stell dich doch nicht so an!» Catarino zog ihren Schmollmund, mit dem sie ihre Schwester sonst stets erweichen konnte. Die beiden waren Zwillinge, allerdings von jener Sorte, die sich nicht sonderlich ähnlich sahen. «Sieh mal, Ais ist voll von jungen, gutaussehenden Edelmännern, die hundertmal besser sind als dein komischer Arman! Was meinst du, wie das wird, den ganzen Sommer Feste und Tanz und Musik! Wir werden uns vor den Nachstellungen der Kavaliere nicht retten können! Wahrscheinlich sind wir schon nach der ersten Woche keine Jungfrauen mehr!»

«Catarino!»

«Überhaupt, was findest du eigentlich an diesem Arman? Das ist doch ein Milchbart und kein Mann! Wahrscheinlich trägt er noch Windeln!»

«Sag so etwas nicht! Ich liebe ihn!» Sie heulte. «Catarino, was soll ich bloß tun?»

Ihre Schwester zuckte mit den Achseln. «Na ja, lass mich nachdenken … du könntest zum Beispiel Quälgeist Fabiou im Mühlteich ersäufen. Dann hätten wir Bèufort als Mitgift.»

«Catarino, das ist nicht witzig!»

«Hm … du könntest dich natürlich auch selbst im Mühlteich ersäufen», überlegte Catarino weiter. «So wie in der Ballade von der schönen Marie-Claire. Dann wird Arman deinen toten Leichnam erblicken, sich verzweiflungsvoll das Hemd zerreißen und reumütig ins Kloster gehen, und Anne das Pferd endet als alte Jungfer.»

«Catarino!»

«Verflucht, *ma mie*, jetzt stell dich nicht so an!» Catarino stampfte wütend mit dem Fuß auf. «Steh endlich auf und zieh dich an, bevor wir Ärger mit Frederi bekommen, und vergiss diesen blöden Arman de Mauvent, verdammt noch mal!»

«Du sollst nicht fluchen!», schrie Cristino. «Dafür kommt man ins Fegefeuer! Aber dir würde ich's gönnen, ehrlich!»

«Schluss jetzt!» Catarino riss ihrer Schwester ruckartig die Decke vom Schoß. «Du stehst jetzt auf!»

Cristino ließ die Beine über die Bettkante gleiten und angelte mit den Zehen nach den bestickten Samtpantoffeln unter ihrem Bett. Sie fühlte sich so elend wie nie zuvor in ihrem Leben. «Ich glaube, ich werde krank», murmelte sie.

«Blödsinn! Du bist nicht krank! Du bist unglücklich verliebt, das ist alles!»

«Doch ... ich glaube, ich bekomme Halsschmerzen ...»

«Oh, Cristino, lass den Unsinn! Ich rufe jetzt Anno, dass sie uns beim Ankleiden hilft!»

Gesenkten Hauptes schlurfte Cristino zur Frisierkommode hinüber und ließ sich auf den Stuhl fallen, den Catarino freigemacht hatte. Langsam hob sie den Kopf, langsam schlug sie die Augen auf, und langsam ließ sie ihr Spiegelbild auf sich wirken. Eine Elegie. Jeanne d'Arc auf dem Scheiterhaufen konnte kein ergebeneres, kein tragischeres Bild geben, so bleich war ihr schmales Gesicht, so weh der Blick aus den blauen Augen, so flehend die Lippen aufgeworfen, und darum der goldene Kranz ihres noch ungekämmten Haars, ein Bild, das nach einem Dichter schrie, es zu besingen ...

Dann fiel ihr der dicke, rote Pickel über ihrer Nasenwurzel auf, und die kleine weiße Narbe dicht unter ihrem Haaransatz, und sie begann wieder zu heulen. «Ich sehe aus wie ein Monster!», schniefte sie. «Arman de Mauvent wird sich nie in mich verlieben, wenn er mich so sieht!»

«Das macht doch nichts – er wird dich ja nicht sehen!», stellte Catarino trocken fest. «*Ma mie*, Cristino, ist doch nicht so schlimm – leg ein bisschen Puder drauf, dann fällt das doch keinem auf!»

Von draußen wurde an die Tür geklopft, und Catarino sprang auf die Füße. «Das ist Mama – ich hab's dir ja gesagt, wir kriegen Ärger!»

«Catarino! Cristino! Wo bleibt ihr denn? Anno, geh und hilf den Mädchen beim Anziehen! Gott, Kinder beeilt euch, es ist schon halb sieben, wir wollen doch um neun fahren! Wo ist Fabiou eigentlich? Und, Agato, ist die Kleine fertig? Fabiou, Fabiou, wo bist du? Oh

Gott, Frederi, ach, mein Frederi, ich bin ja so nervös, so nervös bin ich!» Und aus dem Hintergrund die tiefe, beruhigende Stimme des Herrn von Castelblanc, der seiner Gattin versicherte, dass alles gut sei und kein Grund zur Sorge bestünde und man natürlich mit dem neunten Glockenschlag Castelblanc verlassen würde.

«Frederi, ach, mein Frederi!», säuselte Catarino, und dann machte sie eine Geste, als wolle sie sich übergeben.

***

Als die Sonne als weißgoldener Ball über den fernen Horizont kletterte, tat die Welt einen tiefen Atemzug, und der neue Tag begann.

Wie ein Brautschleier lag der Frühnebel über der jungen Natur, strahlend im gleißenden Morgenlicht. Träumerisch schimmerten die Bäume jenseits der Straße durch den weißen Dunst, Pinien und Steineichen, festgekrallt auf dem felsigen Boden jenes Bergzuges, den die Franzosen *Lubéron* und die hier ansässigen Luberoun zu nennen pflegten. Auf der Wiese, die vor dem Anwesen lag, waren jetzt die Sterne aufgegangen, Tausende funkelnder Lichtpunkte im taunassen Gras, und darüber weiß der Himmel, durch den als schwarze Striche die Vögel zogen.

Dann lichtete sich der Nebel und gab den Blick auf die Ebene jenseits des Waldes frei. Weit unten dehnte sich ein Schachbrettmuster aus Wald und von Hecken und Steinriegeln umrahmten Feldern, dazwischen eingestreut kleine, gedrängte Dörfer, oft nur aus wenigen Höfen bestehend, ein paar Scheunen, ab und zu ein Kirchturm. Dahinter erhoben sich die zerklüfteten Hügel des Vaucluso oder *Vaucluse,* wie die Franzosen sagten, und, jenseits ihrer bewaldeten Kuppen, fern und durchscheinend, der gigantische Schatten des Mount Ventour.

Fabiou der Poet saß rittlings auf dem Giebel der äußersten Dachgaube des Hauses Castelblanc und kaute am Ende eines angespitzten Federkiels. Er hatte das Tintenfass vor sich zwischen zwei Dachschindeln geklemmt, ein aus der Küche entwendetes Hackbrett auf seine Knie gelegt, und darauf lag, jungfräulich wie die heilige Einfalt, ein sauberes Stück Pergament, das er mit Zeige- und Mittelfinger der linken Hand gegen den Morgenwind sicherte.

Seit gut und gerne zwei Stunden saß er nun hier, hatte die Finsternis der Nacht in das fahle Licht der Dämmerung übergehen sehen, hatte das Aufkeimen der Morgenröte am östlichen Horizont beobachtet, immer in Erwartung einer Muse, die vom Himmel herabstieg wie der Heilige Geist, um seine Feder zu einer Sonette zu beflügeln, die Ronsard vor Neid erblassen ließ. Doch offensichtlich wirkte Castelblanc auf Musen ebenso wenig einladend wie auf normale Sterbliche. Das Pergament war jedenfalls noch so unberührt, wie er es heimlich aus Frederis Sekretär genommen hatte.

Castelblanc.

Verfluchtes, ödes Castelblanc.

Die Herren von Castelblanc waren vor mehreren hundert Jahren aus dem Piemont eingewandert und waren zu dieser Zeit den Quellen zufolge noch ziemlich bürgerlich gewesen. Bis ein gewisser Charloun Marigotz König Philipp II. von Frankreich auf den 3. Kreuzzug folgte, wo er ihn der Legende nach vor den Mauern von Jerusalem vor einer Horde mordlustiger Mauren rettete, die sein Pferd erschlagen hatten und im Begriff waren, ihm denselben Dienst zu erweisen. Charloun, der ein junger Heißsporn mit viel Mut und wenig Verstand war, stürzte sich mit Gebrüll in den Kampf gegen die rasende Übermacht. Philipp II. gelang unversehrt die Flucht, Charloun verlor ein Bein und vier Finger der linken Hand und wurde zum Dank für seine aufopferungsvolle Tat zum Cavalié dou Castelblanc ernannt und mit einem kleinen Gebiet im Luberoun in der Nachbarschaft der Barounie Oppède belehnt, fünfzehn Morgen, zehn abhängige Höfe und ein lächerliches Jagdgebiet, in dem man nach spätestens fünfminütigem Ritt entweder auf den Besitzungen des Barouns von Oppède oder auf denen des Senher de la Costo landete. Den Namen Castelblanc hatte sich der junge Held selbst ausgesucht und ging nun daran, mit freundlicher Unterstützung seiner leibeigenen Bauern, die er mit Kerker und Tod bedrohte, sein Lebenswerk, die Burg zum Namen, zu errichten.

Seine Nachkommen, die Cavaliés dou Castelblanc – oder de Castelblanc, wie sie sich nach einigen Jahrzehnten nannten – mussten die Erfahrung machen, dass man Noblesse nicht essen kann. Der

Besitz warf nur magere Erträge ab, und sie mussten ihre Bauern dazu zwingen, ihre Töchter und Söhne unentgeltlich als Dienstboten auf die Burg zu schicken, da sie sonst selbst hätten das Essen bereiten, die Wäsche waschen und den Stall ausmisten müssen. Erst zu Beginn des aktuellen Jahrhunderts kam ein Castelblanc auf die Idee, eine reiche Bürgerstochter zu adeln, indem er sie zur Frau nahm, und bei der Gelegenheit eine gesegnete Mitgift einzustreichen. Dieses Verfahren, das sich derzeit allgemein wachsender Beliebtheit erfreute, verschaffte den Castelblancs bescheidenen Wohlstand, genug, um sich ein paar richtige Diener, ein paar Pferde, die etwas hermachten, und eine vernünftige Kutsche leisten zu können. Auch Renovierungspläne wurden gewälzt und zum Teil in die Tat umgesetzt, aber auch ein paar Erkerchen und Türmchen machen aus einer klobigen alten Trutzburg kein Schlösschen im italienischen Stil, und auch Frederis verzweifelter Versuch, auf der zugigen Höhe vor dem Haus einen Ziergarten anzulegen, erregte bei den seltenen Gästen von den umliegenden Domänen eher Mitleid als Bewunderung.

Das also war Castelblanc. Zu ebener Erde eine Eingangshalle, in der Frederi der Ältere, Vater des jetzigen Frederis, eine Zwischenwand hatte einziehen lassen, um ein Speisezimmer davon abzuzweigen. Dahinter die Küche, von der aus man in die Vorratskeller unter dem Gebäude gelangen konnte. Im ersten Stock der Empfangssalon und der Festsaal, dessen Größe nur zu so langsamen Tänzen wie der Pavane taugte, da man bei einer Gaillarde unweigerlich gegen die Wand rempelte. Im Obergeschoss schließlich ein paar Zimmer von der Größe von Mönchszellen, die die Familie und die Dienstboten beherbergten. Letztere – Dienstboten – gab es dreizehn auf Castelblanc: einen Haushofmeister, Jannou Peretz, der so alt war, dass man munkelte, er habe Charloun Marigotz noch persönlich gekannt, zwei Kammerzofen und zwei Kammerdiener, den Koch, zwei Küchenmägde, die Kinderfrau, zwei Pferdeknechte, den Waldhüter und den Kutscher. Bis auf eine Kammerzofe gehörten sie alle drei Familien an, die Frederis Großvater um die Jahrhundertwende eingestellt hatte und die seitdem mangels Auswahl stets untereinander geheiratet hatten. Acht Pferde immerhin nannten die Castelblancs ihr eigen, vier Reit- und vier Zugtiere, zwei entstammten sogar einer relativ edlen Aiser Zucht.

Und diesen gesamten Hofstaat beabsichtigte die Familie heute nach Ais zu bewegen.

Fabiou Kermanach, Baroun de Bèufort, lehnte sich gegen die Schindeln der Dachschräge zurück und atmete tief den Duft des neuen Tages ein, feuchtes Gras und Erde vermischt mit dem Geruch nach Rosmarin und Thymian, und alles getragen vom warmen Wind des nahenden Sommers.

Eté que je vois marcher dans la campagne,
tes ailes d'or levées vers le soleil,
reveille la nature morte de son someil.

Sommer, den ich über das Land ziehen sehe,
deine goldenen Flügel zur Sonne erhoben,
erwecke die tote Natur aus ihrem Schlaf.

Oh, vergiss es! Ronsard würde sich totlachen!

Er rutschte auf dem First der Dachgaube herum, verzweifelt um eine komfortablere Stellung bemüht, nach zwei Stunden wurde so ein Dach ganz schön unbequem. Über ihm flatterte eine Schar Tauben dem Wald zu, der Tag gewann an Kraft.

Vielleicht lag es an der Sonette. Vielleicht sollte er etwas anderes schreiben, Balladen, Oden zum Beispiel. Einen Roman. Es musste ja nicht unbedingt eine Sonette sein.

Vielleicht lag es aber einfach auch an der Sprache.

Natürlich konnte er gut französisch. Jeder konnte gut französisch. Zumindest würde niemand das Gegenteil zugeben. Er hatte drei Jahre lang Französischunterricht erhalten und war in der Lage, sich flüssig und nahezu fehlerfrei in dieser Sprache auszudrücken. Besser als Frederi – wenn das auch nicht allzu viel heißen wollte, Frederi war im Bezug auf Sprachen entsetzlich unbegabt – und besser als die meisten Jungen seiner Altersgruppe, die er kannte. Rechnete man seine Schwester Cristino nicht mit, gab es in seiner Umgebung kaum einen Menschen, der besser französisch sprach als er. Cristino besaß eine nahezu übernatürliche Begabung für diese Sprache und hatte sie bereits nach einem Jahr Französischunterricht fast besser beherrscht als Bruder Antonius, ihr ehemaliger Hauslehrer – doch sie, ein Mädchen, zählte ja ohnehin nicht, und so hätte Fabiou auf seine Kenntnisse der französischen Sprache durchaus stolz sein können. Dennoch, es war etwas anderes, sich in einer Sprache verständlich zu machen, als in ihr Poesie zu erschaffen. Verfluchtes Schicksal, das ihn in eine derart ungünstige Zeit hineingestellt hatte! Zur Zeit der Troubadoure hätte er leben sollen! Richard Coeur de Lion hatte seine gesamte Poesie auf provenzalisch verfasst und sein Ruhm war über ganz Europa hinweg geeilt! Also gut, nicht nur wegen seiner provenzalischen Poesie, aber trotzdem! Doch er lebte natürlich mitten im 16. Jahrhundert, wo kein Mensch mehr auf provenzalisch schrieb! Sein Talent wurde ein Opfer der Moderne, das war es!

«Fabiou-ou!»

Fabiou stieß einen tiefen, gequälten Seufzer aus und verdrehte in nahezu akrobatischer Weise die Augen. Mama, natürlich! Gerade jetzt, wo er kurz vor einem künstlerischen Durchbruch stand. Frauen haben einfach keinen Sinn für Poesie!

«Fabiou-ou, wo bist du, das Essen ist bereit! Fabiou!»

Essen! Wie kann man in so einem Moment, schwebend zwischen Himmel und Erde, umfangen von einer wiedergeborenen Welt, geborgen im Schoß der majestätischen Berge, nur an Essen denken!

«Fabiou! Heilige Maria Mutter Gottes, wo ist der Junge nur? Es ist fast sieben! Wir werden es nie schaffen! Fabiou!»

Fabiou zuckte zusammen, als direkt unter ihm das Fenster der Dachgaube aufgerissen wurde und ein Kopf nach draußen schoss. Madaleno de Castelblanc hatte ihre kastanienbraunen Haare zu einem Knoten aufgesteckt, das hochgeschlossene Reisekleid verbarg ihren schlanken Hals. «Fabiou! Himmel, Junge, wir wollen fahren!», schrie sie in die Weite des Hofs hinunter.

Fabiou zwirbelte die Schreibfeder zwischen zwei Fingern. Ais kam ihm wieder in den Sinn. Es hieß ja jetzt eigentlich *Aix*, nicht mehr Ais, seit das Französische vor einigen Jahren zur Verwaltungssprache erhoben worden war, und es gab auch zunehmend Leute in der Gegend, die tatsächlich *Aix* sagten, aber noch hatte sich die französische Form des Namens nicht sonderlich durchsetzen können, nicht mal bei der Jugend, die der französischen Sprache ansonsten sehr zugetan war. Aber ob Ais oder *Aix* – die Fahrt in die große Stadt war natürlich eine Gelegenheit. Der Aktionsradius der Familie Castelblanc war im Allgemeinen auf das Gebiet zwischen dem kleinen Luberoun und Vaucluso beschränkt, man kam selten weiter als bis Roubioun im Westen und Buous im Osten. Hier befand sich der Freundes- und Bekanntenkreis, und Frederi de Castelblanc gehörte zu den Bodenständigen im Lande, die es nicht in die großen Städte zog und schon gar nicht zu so exotischen Orten wie Rom oder Augsburg oder wohin man sonst zur Zeit reiste. Am allerwenigsten nach Paris, womit Frederi sich in die Gruppe jener provenzalischen Landadligen einreihte, die es in Anbetracht der momentanen Neigung des Königs zu Kriegszügen für ratsamer hielten, ihn nicht zu sehr daran zu erinnern, dass es sie gab – sehr zum Ärger der jüngeren Generation, die Paris *merveilleux* und Kriegszüge *grandiose* fand und am liebsten gleich selbst gegen die Kaiserlichen ins Feld gerannt wäre, wenn die Herren Papas sich schon feige am heimischen Herd verkrochen.

Nun war Frederi de Castelblanc mit seiner Einstellung bestimmt nicht allein, und kaum einer der jungen Adligen aus der Umgebung konnte mit beeindruckenden Geschichten über abenteuerliche Fernreisen aufwarten. Doch mit Ais war es freilich etwas anderes. Die besser gestellten der ortsansässigen Landadligen besaßen ein Haus in der Stadt und pflegten jeden Sommer einige Wochen dort zu verbringen, schon aufgrund der zahlreichen Festivitäten und gesellschaftlichen Großereignisse, die in dieser Zeit dort stattfanden und an denen teilzunehmen nicht nur ein Vergnügen, sondern einfach ein Muss war. Dass die Familie Castelblanc sich dieser Mode seit Jahren erfolgreich widersetzte, obwohl die Aubans, Familie der Dame Castelblanc, dort ein Stadthaus besaßen, wurde mit einem gewissen Unverständnis beobachtet. Dabei war die Dame Castelblanc einer Reise in die Stadt in keiner Weise abgeneigt; sie, die in Ais geboren und aufgewachsen war, litt sehr darunter, ihr Leben im hintersten Winkel der Provinz verbringen zu müssen, unter Menschen, die trotz ihres adligen Namens und ihres uralten Stammbaums im Grunde nicht mehr als Großbauern waren, verarmte Großbauern dazu, die in ihren groben Sitten, ihrer ungehobelten Sprache und ihrer Interesselosigkeit für alles, was die Grenze ihrer paar Äcker überschritt, vom Hof in Paris weiter entfernt waren als ein Kalb vom Mond.

Es war der Cavalié de Castelblanc, der sich stets gegen eine Reise nach Ais gesperrt hatte. Er war hier aufgewachsen, in der Abgeschiedenheit der Berge und hatte nur in seiner Jugend ein paar wenige Jahre in der Stadt verbracht, und offensichtlich reichte ihm das für ein Leben. Wir können doch nicht ewig hier in der Provinz versauern, pflegte die Dame Castelblanc zu jammern, und – ein Argument, das sie in den letzten zwei Jahren zunehmend häufiger angebracht hatte – sollen meine Töchter mal einen armseligen Landjunker oder einen unserer Nachbarn heiraten? Und der Cavalié pflegte zu antworten, sie wisse doch, was man mit einer Fahrt nach Ais riskiere, vermutlich dachte er an Raubgesindel, das einem auf dem Weg auflauern könnte. Und während die Großmutter und der Rest der Familie Auban in regelmäßigen Abständen von ein bis zwei Jahren Castelblanc aufsuchte, blieb für Fabiou und seine Geschwister ihre Geburtsstadt Ais ein ferner und unerreichbarer Traum.

Dieses Jahr war es anders. So groß die Abneigung des Cavaliés de Castelblanc gegen die Stadt war, auch er musste allmählich einsehen, dass seine Stieftöchter das heiratsfähige Alter erreicht hatten. Das Problem war nicht nur, dass die lukrativeren Verbindungen auf den Festivitäten in Ais geschlossen wurden und nicht auf irgendwelchen kleinen Feierlichkeiten im Luberoun. Bei aller Mühe, die sich die Dame Castelblanc bei der Erziehung ihrer Kinder gab, hatte sie nicht verhindern können, dass die wenig höfischen Sitten der Umgebung auf die jungen Leute abfärbten. Bei Fabiou mochte das nicht so schlimm sein, einem Mann sah man ein gewisses ungeschliffenes Benehmen eher nach. Doch ein Mädchen musste ein schickliches Verhalten an den Tag legen, wenn sie eine auch nur halbwegs ordentliche Partie machen wollte. Und während Cristino sich zumindest große Mühe gab, die Verhaltensmaßregeln ihrer Mutter in dieser Hinsicht zu beherzigen, war Catarinos Benehmen weit von dem entfernt, was einer jungen Dame aus gutem Hause anstand. Catarino war unter Mädchen aufgewachsen, die besser reiten und schießen als tanzen und Konservation treiben konnten, die mit ihren Brüdern rauften und mit den Dienstboten einen vertrauten Umgangston pflegten, die bei Tisch schmatzten wie die Bauernlümmel und die Hände statt sittsam an Servietten am Tischtuch oder an ihren Röcken abwischten, und wenn die Dame Castelblanc auch seit zwei Jahren ihrer Tochter Tag und Nacht die höfischen Umgangsformen eintrichterte, so hielt sich der Erfolg doch in Grenzen. Catarinos Französisch war mäßig, ihre Ausdrucksweise oft genug bäuerlich, und, was das schlimmste war, sie war in einem Maße vorlaut, das jeden potentiellen Verehrer sofort mit Grausen erfüllen musste. Nichts von der Zurückhaltung, nichts von der stillen Bescheidenheit, die eine Dame an den Tag zu legen hat, die nur redet, wenn sie gefragt ist, in Gegenwart von Herren bescheiden die Augen niederschlägt und niemals, wirklich niemals widerspricht. Catarino war der Albtraum jeder Mutter, die auf eine gute Partie aus war, und sowohl der Cavalié als auch die Dame Castelblanc sahen nur noch jenen einen Ausweg, um zu verhindern, dass ihre älteste Tochter an der Seite eines verkommenen Raubritters endete: sie der schädlichen Umgebung zu entziehen und in die Gesellschaft einzuführen, in der Hoffnung, dass das Beispiel der anderen jungen Damen sich positiv auf ihr Benehmen auswirken würde.

Aus der Sicht der Kinder war Ais dagegen in erster Linie eine Gelegenheit, Abwechslung vom öden Landleben zu erhalten und für Fabiou zugleich die Chance zur Horizonterweiterung. Mit Ais konnten sich viele neue Möglichkeiten auftun. Es war durchaus denkbar, dass der Besuch in der Stadt die eine oder andere Inspiration mit sich bringen würde. Möglicherweise würde sich die Gelegenheit zum Erfahrungsaustausch mit anderen Poeten bieten. Möglicherweise würde er dort auf einen Gönner und Förderer treffen, was er bitter nötig hätte, denn Frederi verstand so viel von Poesie wie eine Kuh vom Flötespielen. Möglicherweise würde er eine junge Schöne kennenlernen, die ihm zur Muse gereichte. Möglicherweise …

Er hätte die Schreibfeder besser vernünftig in der Hand gehalten. Man spielt nicht mit Schreibwerkzeug, das hatte ihm Bruder Antonius eingeschärft, sein früherer Hauslehrer, für den Lesen und Schreiben das achte und neunte Sakrament waren. Zumal die Feder bereits mehrfach in das Tintenfass eingetaucht und entsprechend glitschig war. Eine unvorsichtige Bewegung, die Feder glitt aus seinen Fingern und fiel, er warf sich nach vorn in dem Versuch, sie zu fassen, und stieß dabei das Tintenfass um, das über die Dachkante kippte und in die Tiefe stürzte.

«Fabiouuuuu!»

Fabiou hatte die Hände vors Gesicht gepresst, ungeachtet der Tintenflecken auf seinen Fingerspitzen. «Scheiße!», stöhnte er wenig poetisch, während tief unter ihm das Tintenfass auf die Steinplatten des Hofes klirrte.

«Fabiou, komm sofort da runter!»

Er seufzte tief, steckte das Pergament und das Hackbrett in einen Beutel, warf ihn sich über die Schulter und ließ sich die Dachgaube hinunterrutschen. Ein Haken oberhalb des geöffnete Fensters diente ihm als Halt, und er schwang sich nach drinnen. «Guten Morgen, Mama ...»

«Fabiou!» Madaleno de Castelblanc schlang die Arme um ihren Sohn und jammerte: «Wie kannst du nur immer auf dieses Dach klettern! Mir bleibt jedes Mal das Herz stehen, wenn ich es sehe! Mein Gott, du könntest fallen, du könntest ... oh mein Gott!»

Von fern war der Glockenschlag vom Kirchturm in Oppède zu hören. Sieben Uhr.

«Heilige Jungfrau Maria! Schnell, lauf, zum Essen! Oh, Jesus, wir werden es nie schaffen!»

***

In der Eingangshalle herrschte schon geschäftiges Kommen und Gehen, als die Mädchen dort eintrafen. Die Dienerschaft war damit beschäftigt, das Gepäck auf die Wagen zu laden. Der Koch und die Küchenmägde schleppten den Reiseproviant herbei, Brot, Pasteten und Rauchschinken, der Pferdeknecht spannte die Tiere vor die Kutsche und vor die beiden offenen Holzkarren, die Kammerdiener luden Truhen mit Kleidern auf die Ladeflächen, der wertvollste Besitz, schließlich gedachte die Dame in dieser Saison ihre Töchter zu Markte zu führen und hoffte, Ais mit ein paar guten Angeboten für lukrative Verbindungen wieder zu verlassen. Alle wirkten satt und zufrieden; es war der Dienstag nach Ostern, und selbst der geringste Diener des Haushalts hatte sich an den Festtagen den Bauch vollschlagen können.

Fabiou kam die Treppe hinunter, als die Mädchen die getäfelte Holztür zum Speisezimmer öffneten. «Morgen, Loís!», schrie er dem jungen Pferdeknecht zu, einem kräftigen, stämmigen Burschen mit dichtem schwarzen Haar und leuchtenden dunklen Augen in dem breiten Gesicht, und der lachte auf und rief: «Morgen, Baroun. Na, habt Ihr ausgeschlafen?» Cristino hätte sonst die Nase gerümpft über den vertraulichen Umgangston, den ihr Bruder mal wieder mit dem Gesinde pflegte, aber heute hätte sie wohl nicht mal die Posaune, die zum jüngsten Gericht ruft, aus ihrem Trübsinn gerissen.

Das Speisezimmer war eine der ansehnlicheren Räumlichkeiten auf Castelblanc. Frederi der Ältere hatte vor dreißig Jahren einen unbekannten jungen Maler namens Jehan Cousin dazu gewinnen können, ihm für die lächerliche Summe von hundert Ecu eine Jagdszene auf den Putz zu malen. Der junge Maler, den eine Weibergeschichte in dringende Geldnot gebracht hatte, war nicht in der Situation gewesen, das Angebot abzulehnen. Dieser Umstand hatte den Castelblancs einen beeindruckenden Wandschmuck beschert, der umso wertvoller war, als der junge Maler in der Folgezeit relativ berühmt wurde. Neben dem Salon mit den kunstvoll mit Tier- und Pflanzenmotiven bestickten Wandteppichen, die Frederis Großmutter mit in die Ehe gebracht hatte, war das Speisezimmer somit der einzige Raum, der Besuchern einen Moment des Staunens abzuringen vermochte, und daher Madaleno de Castelblancs ganzer Stolz. Ein Raum, wie man ihn im Schloss eines Ducs finden könnte, nicht wahr, meine Liebe?

Im Augenblick hatte besagtes Zimmer allerdings mehr vom Jahrmarkt zu Ate als den Gemächern eines *Ducs.* Das Chaos war erschlagend. Die Dame Castelblanc, in ihrem weiten weinroten Reisekleid, das erhitzte Gesicht unter einer fingerdicken Puderschicht verborgen, tänzelte nervös wie eine junge Stute um den langen Tisch im Speisezimmer, während sie die Dienstboten von einer Ecke des Raumes in die nächste scheuchte und ihnen unablässig einander widersprechende Anweisungen zurief, die diese dennoch pflichtschuldig zu erfüllen versuchten. Daneben bemühten sich die Küchenmägde, gleichzeitig die Speisen herbeizutragen, den Herrschaften das Mahl zu bereiten und weiter an den Reisevorbereitungen zu arbeiten. Und über all dem lag das Gequengel von Klein Maria Anno, die bereits gefüttert und in ihre Reisemontur geschnürt war und jetzt gelangweilt auf dem Schoß ihrer Kinderfrau herumturnte, die auf der hölzernen Bank an der Wand hockte und verzweifelt versuchte, das Mädchen zum Stillsitzen zu bewegen. «Bring endlich das Kind zur Ruhe!», schrie die Dame Castelblanc, am Ende ihrer Nervenkraft.

Frederi, Cavalié de Castelblanc wirkte von all dem Durcheinander eher unberührt. Er saß an der Kopfseite des Tisches, dem Platz, der traditionell dem Oberhaupt der Familie zustand, den Teller maßvoll mit Fleisch und Pastete gefüllt, das Messer in der einen Hand, ein Stück Brot in der anderen, zu seiner rechten Frederi Jùli, die Zähne in einen Kuchen gegraben. Er sah kurz auf, als Cristino und Catarino eintraten. «Ihr seid spät dran, Mädchen», sagte er, der tadelnde Unterton in seiner Stimme war nicht zu überhören. «Wir haben vor, um neun zu fahren. Ich möchte vor dem Einbruch der Dunkelheit in Ais sein.»

«Entschuldigt, Vater. Wir haben zu lang geschlafen. Es kommt nicht wieder vor», murmelte Catarino. Cristino schwieg. Sie machte ein Gesicht wie auf einer Beerdigung.

«Setzt euch und esst. Wir haben nicht mehr viel Zeit. Madaleno, was ist? Willst du nicht auch endlich Platz nehmen?»

Mit einem theatralischen Seufzer ließ sich die Dame Castelblanc auf den gegenüber liegenden Platz am Fußende des Tisches fallen. «Meine Nerven! Wenn ich das überstehe, werde ich dieses Haus nie wieder verlassen, das schwöre ich, bei Maria Mutter Gottes!», jammerte sie. «Oh, wären wir doch schon in Ais, wären wir doch schon in Ais!»

Die Tür öffnete sich, und Fabiou betrat das Zimmer. Frederi Jùli brach in Gekicher aus. «Fabiou, du hast lauter schwarze Flecken im Gesicht!», mampfte er, den Mund voller Kuchen.

«*Petit*, schluck 'runter, bevor du sprichst, das ist ja ekelhaft!», zischte Catarino angewidert.

Frederi legte das Messer beiseite. «Und? Was hast du für eine Entschuldigung für deine Verspätung?»

«Ich habe gedichtet. Entschuldigt bitte, dass ich darüber die Zeit vergessen habe», erklärte Fabiou würdevoll.

«Er war wieder auf diesem Dach! Ich sterbe jedesmal vor Angst, wenn er das tut!», jammerte die Dame des Hauses.

Frederi seufzte tief. «Findest du nicht, dass sich ein fünfzehnjähriger Junge mit vernünftigeren Dingen als dieser Gedichteschreibselei beschäftigen sollte?», fragte er.

«Ronsard hat mit fünfzehn sicher auch Gedichte geschrieben», widersprach Fabiou.

«Komm mir nicht schon wieder mit diesem Ronsard! Gott, du bist der Erbe von Bèufort! In ein paar Jahren bist du für die Ländereien deines Vaters verantwortlich! Willst du dein Erbe über deine Dichterei zugrunde gehen lassen oder was?»

«Nein, aber ...»

«Nichts aber! Ich bin diese ewigen Diskussionen leid! Ich habe deinem Vater auf dem Totenbett geschworen, mich deiner anzunehmen, und ich werde dich nicht als heruntergekommenen Schreiberling enden lassen, mein Junge, verstanden? Also, iss jetzt endlich, dass wir loskommen! Und wasch dein Gesicht, bevor wir fahren, hast du gehört?»

Der tiefe Seufzer des missachteten Genies. «Ja, Vater.»

«Wenn wir nur schon in Bonieus wären!» Die Herrin des Hauses war bezüglich ihrer Herzenswünsche mittlerweile bescheidener geworden. «Die Vorstellung, mutterseelenallein hier des Weges zu ziehen ... bei allem, was heutzutage immer passiert ... die Barouno de Buous hat mir erst kürzlich von einem Kaufmann erzählt, der mit einem Gefolge von immerhin 15 Mann durch den Luberoun gereist ist, und in der Coumbo wurden sie von einer Bande Raubgesindel überfallen und allesamt niedergemetzelt. Keine drei Wochen ist das her, gütiger Gott! Und wir, wir haben nicht mal einen ordentlichen Geleitschutz, die paar Diener, Jesus, wenn das nur gut geht!»

«Haben die die auch aufgeschlitzt?», fragte Frederi Jùli fasziniert. «Und ihnen das Herz 'rausgeschnitten, wie in den Geschichten?»

«Jesus, Kind, was redest du nur für unmögliches Zeug daher?», rief die Dame Castelblanc entsetzt.

«Blödsinn. Kein Räuber würde sich die Zeit nehmen, dir das Herz 'rauszuschneiden», sagte Fabiou kopfschüttelnd. «Was hat er denn davon? Der nimmt sich dein Gold und macht, dass er wegkommt.»

«Ich finde nicht, dass das ein geeignetes Gesprächsthema für eine Mahlzeit ist», erklärte der Cavalié de Castelblanc eisig.

«Cristino, was ist eigentlich los mit dir?» Madalenos Blick war auf den unberührten Teller ihrer zweiten Tochter gefallen. «Warum isst du denn nicht?»

«Ich habe keinen Appetit», murmelte das Mädchen.

«Ach, das verstehe ich gut», rief die Hausherrin aus. «Ich kann jetzt auch nichts essen. Diese Aufregung. Aber das kommt schon, Kind. Spätestens heute Abend in Ais, da wird dein Appetit wieder erwachen.»

«Ja, Mama», murmelte Cristino und kämpfte mit den Tränen. Dann wich sämtliches Blut aus ihrem Gesicht, denn Frederi Jùli feixte sie an, und seine cremeverschmierten Lippen formten Arman-de-Mau-vent. Die Mutter war zu aufgeregt, es zu bemerken, und der Cavalié zu intensiv mit seinem Braten beschäftigt, aber dennoch wünschte sich Cristino, im Erdboden versinken zu können. Daran änderten auch die tröstenden Worte nichts, die ihr ihre Zwillingsschwester zuflüsterte – «Ich drehe diesem kleinen Türenhorcher den Hals um, Cristino, ich versprech's dir!» Cristino wischte sich verstohlen die Augen und dachte voll Selbstmitleid, dass dies in der Tat der schrecklichste Tag ihres Lebens war.

Und er wurde nicht besser.

Um zehn Uhr schließlich – «Ich habe gewusst, dass wir es nicht schaffen», sagte die Dame Castelblanc – war die Gesellschaft reisefähig. Die Truhen waren auf die Pferdekarren geladen, festgezurrt und mit einer Plane abgedeckt, die Diener hatten auf den Böcken oder auf dem Rückbrett Platz genommen oder standen vor der Kutsche bereit, um den Herrschaften beim Einsteigen behilflich zu sein. Bardou, der Kutscher, erklomm den Kutschbock. Er war ein Fels in der Brandung, eine unfassbare Ruhe ging von seinem herben, wettergegerbten Gesicht aus, über das die breite Krempe des Lederhutes einen tiefen Schatten warf, die Hände, um die die Zügel geschlungen waren, ruhten locker in seinem Schoß. Ruhig sprach er auf die Tiere ein, die mittlerweile fast ebenso nervös waren wie die Menschen, bis sie sich entspannten und ihr fiebriges Tänzeln nachließ. Ruhig gab er den Pferdeknechten seine Anweisungen, noch ein bisschen Wasser für die Tiere, aber nicht zu viel, sonst bekommen sie Krämpfe beim Laufen, und hast du die Decken eingepackt, Loís, für später, und Jacque, überprüf' noch mal die hintere Deichsel, so ganz gefällt mir das nicht. Die beiden gehorchten ohne zu murren, sie waren erstens seine Untergebenen und zweitens seine Söhne. Damit zog Bardous ganze Familie nach Ais; eine Frau gab es nicht mehr, denn Bardous Eheweib war im Kindbett verblutet, als sie Jacque geboren hatte, und sein greiser Vater war vor zwei Jahren gestorben.

«Mein Degen, ich habe meinen Degen vergessen!», schrie Frederi Jùli und flitzte die Treppe hinauf.

Der Cavalié de Castelblanc schritt nach draußen. Er hatte seinen Degen umgegürtet, eine gebauschte Haube aus grünem Samt auf dem Kopf, einen ebenfalls grünen Mantel um die Schultern gelegt, denn noch waren die Morgen kühl und die Strahlen der Sonne zu schwach, das Land zu erwärmen. Hinter ihm huschte die Dame Castelblanc aus der Tür; ihr Mundwerk stand nicht einen Moment still, während sie ihre drei Töchter und die Kinderfrau auf die Kutsche zuscheuchte. «Frederi Jùli!», schrie sie ins Haus zurück. «Frederi Jùli, komm endlich!» Der Diener, der die Kutschentür aufhielt, machte eine ehrerbietige Verbeugung und reichte ihr die Hand. Die Augen der Dame schwammen in Tränen, als sie sich ein letztes Mal zum Haus umdrehte. «Ob ich es wohl je wiedersehen werde?», flüsterte sie aufgelöst, dann ließ sie sich von dem Diener auf das Trittbrett und in die Kutsche helfen, wo sie sich aufseufzend in die Kissen sinken ließ. «Agato, komm, du sitzt neben mir, mit dem Kind! Catarino, Cristino, kommt endlich!»

«Ach, ich bin ja so aufgeregt!», tuschelte Catarino ihrer Zwillingsschwester zu, die mit gesenktem Kopf neben ihr über den Hof schlurfte, alle Eleganz und Anmut vergessend, zu der sie die Mutter erzogen hatte. «So aufgeregt bin ich. Oh, das ist ein *jour merveilleux*, Cristino, wirklich!» Cristino schniefte und verwischte das Puder um ihre Augen.

Jetzt nahm der Cavalié dem Pferdeknecht die Zügel seines Fuchses aus der Hand und schwang sich in den Sattel. Es war ein edles Tier, elegant in der Bewegung und kraftvoll im Wuchs. Die Stallburschen hatten das seidige Fell auf Hochglanz gestriegelt und den Sattel aus rotem Wildleder ausgebürstet, dass er aussah wie neu, und der Cavalié, zurückgelehnt im Sattel, die Zügel fest in den Händen, bot ein stattliches Bild.

Im Obergeschoss flog ein Fenster auf. «Mama, ich kann meine Armbrust nicht finden!», pläkte Frederi Jùli zum Fenster hinaus.

«Frederi, komm jetzt endlich, wir wollen fahren!», jammerte die Mutter.

«Aber meine Armbrust ...»

«Frederi, du kommst jetzt hier 'runter, oder es setzt was!», brüllte der Cavalié.

«Ach Mann ...» Frederi Jùlis Kopf verschwand wieder.

«Soll er doch hier bleiben!», meinte Catarino, während sie, die Hand in vollendeter Eleganz auf die des Dieners gestützt, ins Innere der Kutsche kletterte und sich neben Cristino auf die samtenen Kissen der Sitzbank fallen ließ. «Dann geht er uns wenigstens nicht den ganzen Sommer auf die Nerven.»

«Catarino, benimm dich!», rief die Dame Castelblanc ärgerlich. Ihre Tränen waren offensichtlich bereits wieder getrocknet. «Und du, Cristino, zieh doch nicht so ein Gesicht! Das macht Falten! Überhaupt, freust du dich denn gar nicht auf Ais? Immerhin wirst du in die Gesellschaft eingeführt! Ich in deinem Alter konnte vor meiner ersten *saison* nicht an mich halten vor Freude ...»

Jetzt kam Frederi Jùli aus der Tür gehüpft, den Holzdegen im Gürtel, den Köcher mit den Bolzen über der Schulter, im Arm die Armbrust und sein Steckenpferd. «Ich komme ja schon!», rief er.

«Wird auch langsam Zeit», sagte der Cavalié stirnrunzelnd, während Frederi Jùli unter Auslassung der Trittstufe ins Innere der Kutsche sprang, wo er sich neben Catarino setzte und ihr gleich den Degen gegen das Schienbein stieß. «Nein!», rief Catarino kategorisch. «Das kann kein Mensch von mir verlangen, dass ich bis Ais neben dieser Landplage sitze! Cristino, komm, wir tauschen die Plätze, ich will ans Fenster!»

«Ich bin auch am Fenster, bäh!» Frederi Jùli streckte ihr die Zunge heraus.

«Benehmt euch, oder ich sage es eurem Vater!», schimpfte die Dame.

Draußen reichte Loís Fabiou die Zügel seines Pferdes. Es war ein Falbe; nicht ganz so elegant wie der Hengst seines Vaters, aber durchaus ein ansehnliches Tier. Frederi de Castelblanc warf ihm einen fragenden Blick aus seiner Höhe zu. «Du kannst auch in der Kutsche mitfahren, mein Junge», meinte er. «Es ist ein weiter Ritt.»

«Danke, Vater. Ich denke, ich schaffe das schon.» Hält er mich für ein Wickelkind, oder was? Ich bin fünfzehn! In dem Alter ziehen andere schon in den Krieg!

«Nun, wie du meinst.» Frederi lächelte wohlwollend. Fabiou wandte sich ab und verdrehte die Augen.

Und der Herr von Castelblanc drückte seinem Tier die Sporen in die Seite, und das Pferd setzte sich in Bewegung, trabte zur Spitze des Zuges. Die verbliebenen Diener sprangen auf, Loís rannte zur Kutsche vor und schwang sich neben seinem Vater auf den Bock. Vor dem Haus standen Jannou Peretz und Barbro, die alte Küchenmagd, die in ihrer Abwesenheit auf Castelblanc die Stellung halten würden, und winkten ihnen zum Abschied zu. Die alte Barbro heulte. Sie hasste Abschiede. Zumal Beata, die andere Küchenmagd, ihre Tochter war.

Bardou, der Kutscher, gab den Pferden die Zügel, und mit einem Ruck, der die Insassen gegen die Lehne warf, zogen sie an. Der Tross setzte sich in Bewegung. Catarino, die in der Tat den Platz am Fenster erobert hatte, lehnte sich nach draußen und winkte mit beiden Armen. «*Au revoir*, Castelblanc, *au revoir*, Jannou, *au revoir*, Barbro! Ais, wir kommen!»

«Dein Benehmen ist eines Edelfräuleins nicht würdig, meine Liebe», erklärte ihr die Mutter zum mindestens tausendsten Mal, während der Wagen die Auffahrt zur Burg herunterfuhr, «und kein Mann will eine Frau, die ungestüm und vorlaut ist. Wenn du eine gute Partie machen willst, musst du sanft, freundlich und bescheiden sein.»

Fabious Falbe fiel in einen leichten Trab, während er dem Tross folgte, der in die Straße einbog, die zur Ebene hinab führte. Durch die Bäume schimmerte das Grün der Felder und das Blau des Vaucluso. Er spürte, wie sein Puls sich beschleunigte. Irgendetwas sagte ihm ins Ohr, dass heute ein besonderer Tag war, dass heute etwas Neues, Aufregendes, Unglaubliches begann, ein Abenteuer, das seine kühnsten Träume, seine hochfliegendsten Vorstellungen übertraf.

***

Es gab drei Wege von Castelblanc ins Tal der Durenço und damit Richtung Ais. Da war erst einmal der kürzeste, quer durch den Wald und über die Höhe des Luberouns. Für einen ortskundigen Wanderer mochte dies auch der schnellste Weg sein, wenn auch nicht gerade der sicherste. Wer hier einen Felsen hinabstürzte, von einem Räuber gemeuchelt oder von einer Wildsau niedergerannt wurde, den fand man in der Regel nie wieder. Da es hier nur Fußpfade, jedoch keine vernünftigen Straßen gab, relativierte sich dieser Zeitvorteil allerdings bereits für einen Reiter um Beträchtliches; für eine Kutsche war diese Strecke schlichtweg unpassierbar. Der zweite Weg führte durch die Hügellandschaft, die dem Luberoun in nördlicher Richtung vorgelagert war, über Bonieus in die Coumbo, eine tiefe, enge Schlucht, die ein Rinnsal namens Aigo Bruno zwischen westlichem, «kleinen» und östlichem, «großen» Luberoun in den Fels geschnitten hatte, um dann bei Lourmarin das Tal der Durenço zu erreichen. Auch dieser Weg hatte für Abenteurernaturen seinen Reiz; die Seitentäler des Aigo Bruno boten allerlei Raubgesindel ein gutes Versteck, daran hatte auch die harte Hand des Baroun d'Oppède auf lange Sicht nichts ändern können. Der sicherste, aber auch hoffnungslos längste Weg schließlich führte zunächst in westlicher Richtung nach Roubioun, umrundete den kleinen Luberoun und erreichte in Cavaioun päpstlichen Boden, bevor er ins Tal der Durenço einbog. Man verlor einen guten Tag, wählte man die letzte Strecke, aber entschied man sich unvorbereitet für eine der anderen, konnte man unter Umständen sein Leben verlieren.

Wäre es nach Fabiou gegangen, hätte man sich gewiss für den dritten Weg entschieden, nicht weil er so ängstlich war, sondern da man auf diese Weise nahe an Bèufort vorbeigekommen wäre, seiner Barounie, in die er bislang nur einmal vor fünf Jahren seinen Fuß gesetzt hatte. Alles, woran er sich erinnerte, waren lange leere Korridore und ein Ahnensaal, in dem ihn eine ganze Armee von Rot- und Blondschöpfen von den Wänden herab anstarrte.

Aber Frederi hatte andere Pläne, natürlich.

Der Cavalié de Castelblanc überließ nie etwas dem Zufall. Es gab zwei Regeln für die Durchquerung der Coumbo: möglichst bei Tag und mit möglichst vielen Männern, und nachdem seine Privatarmee aus ihm selbst und fünf kampfunerprobten Dienern bestand, hatte er frühzeitig bei den Nachbarn vorgesprochen zwecks Bildung einer Reisegemeinschaft. Die von Bonieus hatten zunächst zu-, später aber wieder abgesagt, da sie doch erst im Mai nach Ais reisen wollten, die von Buous erst ab-, letztlich aber doch zugesagt, und so war vereinbart worden, sich in einer Schenke unterhalb von Bonieus, kurz vor dem Abstieg in die Schlucht zu treffen, um den entscheidenden Teil der Reise gemeinsam zu wagen. Die von Buous hatten eine ordentliche Gruppe von Waffenknechten, die ihren Zug sichern würden; in ihrer Gesellschaft war man wohl vor unangenehmen Überraschungen sicher.

Als sich die Wagen den steilen Hügel hinuntergekämpft hatten und der alte Bardou die Kutsche mit einem erleichterten Gebenedeitseistdumariamuttergottes nach rechts auf die Straße nach Menerbo lenkte, erschienen die düsteren Gründe der Schlucht des Aigo Bruno freilich so fern wie das himmlische Jerusalem. Ringsum die Ebene erblühte in der verschwenderischen Fülle des Frühlings, eine Welt aus strahlendem, leuchtendem Grün. Die Wiesen zu beiden Seiten der Straße, das frisch gesprossene Korn, die Blattknospen, die sich an den Bäumen entfalteten, alles war gewoben aus reinem grünem Licht, Smaragde waren in die Kronen der Bäume gepflanzt, die Erde bedeckt mit einem Mantel aus grünem Samt. Als rote Farbtupfer war der Klatschmohn in dieses Meer aus Grün gepinselt, in dem die Butterblumen wie gelbe Inseln schwammen, und die Sträucher am Wegrand erblühten in weiß und rosé und lilac, und über allem lag eine Halbkugel geschliffen aus einem einzigen, gigantischen Saphir, der strahlend blaue Himmel.

Ein Tag, den Gott nur aus einem Grund geschaffen haben konnte: damit sich ein Dichter fände, ihn zu besingen, sagte sich Fabiou, der Poet.

Die Stimmung in der Gesellschaft war entsprechend ausgelassen, bei der Familie ebenso wie bei der Dienerschaft. Insbesondere die jüngeren Dienstboten, die bisher nie weiter als bis Ate gekommen waren und für die diese Fahrt das Abenteuer ihres Lebens war, befanden sich in einer Stimmung, die sonst bestenfalls ab dem fünften Glas Wein zu erreichen war. Sie, die Jungen, hatten sich größtenteils in einem Wagen versammelt, hockten vorne auf dem Bock oder hinten über der Hinterachse, Jacque, der jüngere Sohn des Kutschers, und Bertran, der Kammerdiener, und Maria, die Zofe, und Marietta, die zehnjährige Tochter des älteren Kammerdieners und der Küchenmagd Beata. Sie saßen dort zusammen, ließen die Beine baumeln, alberten und lachten und sangen – züchtige Lieder natürlich, die Herrschaft hörte schließlich mit – und winkten den Bauern zu, die auf den Feldern zu beiden Seiten ihre Arbeit verrichteten. Die Bauern betrachteten sie aus verständnislosen Augen und zogen den Hut und verneigten sich vor den hohen Herrschaften, die vorbeizogen.

In Fabious Kopf formten sich Worte, reihte sich Zeile an Zeile, Vers an Vers. Sie war nur eine Handbreit entfernt, die Muse, wirklich.

In der Kutsche ging es nicht minder vergnüglich zu. Frederi Jùli hatte sein Steckenpferd zwischen die Knie geklemmt und simulierte auf dem schwankenden Sitz eine Reiterattacke – «gegen die Kaiserlichen» –, und ab und zu lehnte er sich aus dem Fenster und führte einen Schwertstreich gegen Fabiou aus, der neben der Kutsche ritt – «Aaaahhh! Du bist tot, Türke!» «He, *petit*, ich dachte du kämpfst gegen die Kaiserlichen!». Die Kinderfrau versuchte derweil, Maria Annos Wortschatz zu erweitern. «Blümlein», sagte sie, und «Hoppepferd» und «Vögelchen», und Maria Anno wiederholte: «Lüleim» und «Hoppefe» und «Vöchelen». «Nein, ist sie nicht klug», sagte die Kinderfrau. «Sie spricht wie ein Türke. Stirb, Türke», sagte Frederi Jùli und zielte mit der Spitze seines Degens auf Maria Annos Brust. Maria Anno lachte und klatschte in die Hände, und die Dame Castelblanc sagte, ich werde gleich böse, Frederi! «Fedei», sagte Maria

Anno, womit sie ihren Bruder meinte, und «Miano», was sie selbst bezeichnete. Catarino, durch ihre Zwillingsschwester glücklich von Frederi Jùli getrennt, hatte den Kopf aus dem Fenster gelehnt und ließ sich den Wind über ihr Gesicht und die Sonne durch das Haar streichen, das heller flammte als der Klatschmohn.

Nur Cristino saß starr auf ihrem Platz in der Kutsche, eingepfercht zwischen Catarino und Frederi Jùli, den Blick auf die hölzerne Wand ihr gegenüber gerichtet, und machte ein Gesicht wie eine sterbende Märtyrerin.

Und dann ...

Der Kutscher parierte die Pferde, ein Ruck, und ein Aufschrei aus der Kutsche, als die Dame beinahe vom Sitz rutschte. Eine Überraschung. Jeder echter Dichter liebt Überraschungen, sie sind die Würze in jedem Drama, das erregende Moment, das der Klimax den Weg bereitet. Fabiou de Bèufort verrenkte den Hals.

Oh je.

Das war wahrlich ein erregendes Moment.

Schon eher eine mittlere Katastrophe.

In Windeseile hatte Fabiou sein Pferd auf die linke – Catarinos – Seite der Kutsche gebracht. «Ist etwas?», klang Catarinos Stimme aus dem Inneren, während sie zum Fenster hinausspähte.

Ein Reiter wie ein Monument versperrte der Kutsche den Weg.

Er saß auf einem prachtvollen, feurigen Rappen, die Hand ruhend auf dem kunstvoll gearbeiteten Korb des Degens, die Kutsche mit dem Blick aus seinen kalten dunklen Augen an den Platz bannend. Er war groß, muskulös, Schultern wie ein Bär, Hände, denen man es zutraute, einen Löwen zu erwürgen, und nur die eisgrauen Haare über seiner hohen Stirn verrieten, dass diese provenzalische Version von Herkules ihren Zenit längst überschritten hatte. «Wohin des Wegs?», fragte er, und auch seine Stimme war wie der Donner über den Bergen. Die Diener waren verstummt, Fabiou hatte den Kopf eingezogen, und auf den Feldern verneigten sich die Bauern, dass ihre Nasen beinahe den Erdboden berührten.

Der Cavalié de Castelblanc parierte so ruckartig sein Pferd, dass das Tier erschrocken aufschnaubte. Einen Moment lang saß er wie erstarrt im Sattel und blickte den fremden Reiter mit geweiteten Augen an, dann kam wieder Leben in ihn und er zog mit einer angedeuteten Neigung des Kopfes die grüne Samtkappe vom Kopf. «Einen guten Tag wünsche ich», sagte er steif. «Auf Ais fahren wir, für den Sommer. Und Ihr? Zur Jagd, nehme ich an?»

«Wer ist es?», fragte die Dame Castelblanc neugierig.

«Der Baroun von Oppède.» Catarinos Interesse war erloschen, sie ließ sich zurück in die Kissen fallen.

«Oh», sagte ihre Mutter, angenehm berührt. Auch mit über sechzig übte Jean Maynier, der Baroun von Oppède, Richter und Erster Parlamentspräsident zu Ais, noch eine beträchtliche Faszination auf Frauen aus.

«Zur Jagd, ja», sagte der Baroun. «Ein wundervolles Wetter für die Jagd. Leider noch keine besonders gute Beute bislang. Die Herren kennen sich ja», fügte er mit einem Blick auf seine Begleiter hinzu.

Jean Mayniers Erscheinung hatte etwas derart Raumergreifendes, dass für andere Wahrnehmungen schlichtweg kein Platz blieb, und in der Tat fielen dem Cavalié erst jetzt die beiden Reiter zu seiner Rechten auf. Dem Alter nach hätten beide seine Enkel sein können. Der ältere, ein schwarzhaariger, attraktiver Edelmann um die zwanzig mit einem verwegenen kleinen Bart am Kinn, ähnelte in Kraft und Statur dem Baroun selbst, die gleichen breiten Schultern, derselbe muskulöse Körperbau. Der jüngere war ein halbwüchsiger Bursche von etwa sechzehn Jahren, etwas schmächtiger gewachsen, aber grundsätzlich wohl ein hübscher Junge, wenn man von der Unzahl dicker roter Pickel absah, die sein Gesicht momentan entstellten. Der ältere hörte auf den Namen Alexandre de Mergoult und war nach Fabiou der jüngste Baroun des Luberoun, seit den alten Baroun im vergangenen Winter ein Fieber dahingerafft hatte. Der jüngere hieß Jean de Mergoult, seines Zeichens kleiner Bruder.

Der Cavalié nickte den jungen Leuten grüßend zu. Man sah Alexandre de Mergoult in letzter Zeit häufig in Jean Mayniers Gesellschaft, was nicht weiter verwunderlich war; schließlich galt es als offenes Geheimnis, dass der ältere Mergoult ein natürlicher Sohn des Baroun d'Oppède war, und nachdem dessen einziger legitimer Sohn sich den Ketzern angeschlossen und aus dem Land hatte fliehen müssen, war Mergoult der einzige männliche Nachfahre von Rang, den Maynier hatte.

«Baroun!» Die Dame Castelblanc lehnte sich aus der Kutsche. «Wie erfreulich, Euch noch zu sehen, vor unserer Abreise.» Sie klimperte mit ihren langen Wimpern.

Der Baroun nickte kühl, Courtoisie war nicht gerade seine Sache. «Nach Aix fahrt Ihr, ja?» – er sagte «Aix», wie die Franzosen – «Interessant, wohl möglich, dass wir uns dort begegnen werden, in den kommenden Monaten, ich werde selbst in der nächsten Woche wieder dorthin aufbrechen … mit den beiden jungen Herren im Übrigen. Ein Sommer in Aix ist das Richtige für das Jungvolk, nicht wahr?» Er lachte, ein seltsames, emotionsloses Lachen, das seine Zähne entblößte, ohne im übrigen Gesicht eine Andeutung von Freude aufkommen zu lassen.

«Oh, wie erfreulich.» Die Dame Castelblanc schenkte dem jungen Alexandre ein bezauberndes Lächeln. Vermutlich überlegte sie, wie sich ihre Töchter als Barouno von Mergoult machen würden. «Ihr werdet uns doch in unserem Stadthaus beehren, wenn ihr in … Aix seid, Baroun de Mergoult?»

Mergoult neigte galant sein Haupt. «Wenn *Madame* gestatten …»

Und dann geschah es. Die Klimax. Der jüngere Mergoult, vom Verlauf der Unterhaltung gelangweilt, hatte sein Pferd nach rechts gewandt, so dass er auf die andere Seite der Kutsche geriet, wo Fabiou sich in Eile zur Kutsche herunter beugte in dem Versuch, sein Gesicht hinter den grünen Samtvorhängen zu verbergen.

Etwas streifte sein Bein. Jean de Mergoults Steigbügel. «Na, Castelblanc?»

Oh *merde*.

Oh gottverdammte Scheiße.

Er hob den Kopf. «Tag, Mergoult», sagte er mit der Würde eines Ritters auf dem Weg in den letzten Kampf.

Der andere grinste. «Na so was. Der Herr Poet! Das ist ja eine Überraschung! Hab' gar nichts mehr von dir gehört, dachte, du wolltest bis Ende des Jahres Ronsard den Rang ablaufen, war's nicht so?»

Fabiou ließ einen abschätzigen Blick über seinen Gegner gleiten. Mergoult trug einen Wams aus feinstem Leder sowie einen hochmodernen Federhut aus venezianischer Fertigung und, na, ist man nicht beeindruckt, einen Degen an seiner Seite, einen echten Degen wie ein echter Mann, nein, wie erwachsen. Allzu lang hatte man ihm diese Ehre wohl noch nicht zugestanden, er saß schief auf seinem Pferd, die linke Hüfte dem Betrachter zugedreht, die linke Hand hinter dem ziselierten Korb der Waffe, so dass diese jedem schon aus weiter Entfernung ins Auge fallen musste, und die Haltung des Jünglings, das stolz gereckte Kinn, die hervorgestreckte Brust, taten ein Übriges, machten jedem unmissverständlich klar, Jean de Mergoult, Cavalié und Bruder des Baroun de Mergoult, war ein Ritter, ein Krieger, ein Mann.

Sie hatten ihn damals erwischt, auf der Festgesellschaft bei den Bonieus, Jean de Mergoult und seine Kumpanen. Das kam davon, wenn man seine Schwestern auf so eine langweilige Festivität begleiten musste, voller kichernder halbwüchsiger Mädchen, die in tiefausgeschnittenen Ballkleidern mit Perlen und Edelsteinen behängt durch den Ballsaal tänzeln und sich von ein paar pickeligen Jungs im Seidenwams den Hof machen lassen. Er hatte ziemlich schnell die Nase voll gehabt von dem Getuschel der Gören, den großspurigen Reden der Burschen und dem eintönigen Geschramme der Cornetten, die den ganzen Abend lang zur Begeisterung aller übrigen Beteiligten dieselben drei abgedroschenen Tanzmelodien herunterdudelten, und spätestens als er Cristino entdeckte, die mit Kuhaugen zu Arman de Mauvent aufsah und seine Angebereien mit verzückten Ausrufen kommentierte, hatte er beschlossen, der fröhlichen Gesellschaft den Rücken zuzukehren, und hatte sich in eine Fensternische zurückgezogen, sein Büchlein und den Kohlestift gezückt und ein paar Verse gekritzelt.

Sein Pech, dass Jean de Mergoult und seine Freunde an jenem Abend nicht allzu gut bei der Schar der anwesenden Damen ankamen, so dass in ihnen schließlich die Langeweile wuchs und damit der Wunsch, andere zu drangsalieren. Sein Pech, dass sie in dieser Situation ausgerechnet über ihn stolpern mussten. «Was machst du denn da?», hatte Mergoult gefragt, und bevor Fabiou zu irgendeiner Reaktion fähig gewesen war, hatte er ihm das Buch aus der Hand gerissen und zum großen *amusement* der übrigen Jungs begonnen, aus Fabious Werken vorzulesen.

Es war ihm schließlich gelungen, sein Buch zurückzuerobern, aber der Abend war vollends zur Tortur geworden. Er war blamiert; die ganze Festgesellschaft machte sich über ihn lustig, «Monsieur le Poète!» nannten ihn die Jungs mit einer affigen Verbeugung, und die Weiber kicherten dazu. Mit dir kann man nirgendwo hingehen, du machst einen nur lächerlich, schimpfte Catarino, als sie spät nachts nebeneinander in der Kutsche saßen und in Richtung Heimat schaukelten.

Fabiou schenkte Mergoult einen kühlen Blick. Der Weise erträgt würdevoll den Spott der Masse, spricht Sokrates. «Ich arbeite daran», sagte er. «Im Übrigen ist mein Name Bèufort.»

«Oh, *pardon*, hab' ich ja völlig vergessen, du bist ja ein echter Baroun ...» Mergoult ließ eine spöttische Lache hören.

«Nur kein Neid – vielleicht dankt dein Bruder ja doch noch ab und geht ins Kloster», entgegnete Fabiou trocken.

Das war offensichtlich Jean de Mergoults wunder Punkt. Unter den Pickeln wurde sein Gesicht scharlachrot, und er schnappte nach Luft wie ein Fisch auf dem Trockenen. «Ich schlag dir die Fresse ein, du blöder ...»

«Jean, du solltest dich von deinem Freund verabschieden, wir müssen weiter.» Der Donner über den Bergen. Jean Mayniers eisige Augen hatten sich in Mergoults Rücken gebohrt, und jener zögerte noch einen Moment, die Hand schlagbereit zur Faust geballt, dann wendete er mit einer herrischen Geste sein Pferd. «Wir sehen uns noch, *mon ami*!», zischte er.

Der Baroun von Oppède nickte grüßend. «Nun, gehabt Euch wohl, Senhers! Eine gute Reise wünsche ich!»

«Ich hoffe sehr, dass es eine gute Reise werden wird!» plapperte die Dame Castelblanc. «Man hört so viel von Raubgesindel und Wegelagerern in letzter Zeit ...»

Ein spöttisches Lächeln erschien auf dem Gesicht des Barouns. «Seid unbesorgt, meine Dame», sagte er. «Auf meinem Land gibt es Raubgesindel nur an einem Ort – am Galgen.» Damit wendete er sein Pferd und galoppierte nach rechts ins Unterholz, und die beiden Mergoults folgten.

Die Pferde zogen wieder an, und die Gesellschaft setzte ihren Weg fort. «Ich will nicht, dass du dich so an Oppède anbiederst!», schimpfte der Cavalié de Castelblanc.

«Er ist ein Edelmann», erklärte seine Gattin konsterniert. «Er ist reich, er ist mächtig, und wie es aussieht, könnte es wohl sein, dass der junge Mergoult einen Großteil seiner Ländereien erbt. Meine Töchter haben schließlich etwas Besseres verdient als irgend so einen armseligen Cavalié, der sich als Raubritter durchschlagen muss, damit er nicht verhungert. Und überhaupt, der Baroun von Oppède ist ein vollendeter Kavalier, ein guter Katholik und nun mal alles in allem ein wichtiger Mann, den zu kennen von entscheidender Bedeutung ist.»

«Ja, das ist die eine Seite. Aber du weißt genauso gut wie ich, dass der Januskopf zwei Gesichter hat», sagte der Cavalié ärgerlich, «wenn die Hartherzigkeit einen Namen hätte, dann wäre er Jean Maynier!»

Man konnte gegen Frederi sagen, was man wollte, aber dies war ein Satz von geradezu lyrischer Tiefe, und Fabiou zückte eilig sein Büchlein, um ihn zu notieren, auf Französisch übertragen natürlich. *La dureté, si elle avait un nom, ce serait Jean Maynier.*

«Ich habe Cristou nicht auf dem Totenbett versprochen, mich seiner Kinder anzunehmen, um seine Töchter jetzt ausgerechnet mit Jean Mayniers Bastard zu verheiraten!», sagte der Cavalié mit aller Entschiedenheit und trieb sein Pferd an.

Die Dame wedelte sich mit ihrem schwarzen Fächer mit dem Pfauenfedermuster Luft zu. «Wir sollten das Thema wechseln», meinte sie.

***

Die Graue Muhme, die sich der ungetauft gestorbenen Kinder annimmt, hatte den schwarzen Flor gewoben, den Schleier der Nacht und des Todes, und durch ihn gesehen war die Welt eine düstere Einöde geworden, verloren wie ein nebelumflossenes Grabmal an einem tristen Novembertag, stumm wie ein Schlachtfeld am Morgen nach einer Niederlage, über dem als einzige lebende Wesen die Krähen als schwarze Todesboten kreisen.

An diesem 12. April des Jahres 1558, im Alter von gerade einmal sechzehn Jahren und drei Tagen, musste Cristino Maria Eloisa, zweite Tochter des Baroun Cristou de Bèufort, erkennen, dass ihr Leben zu Ende war, bevor es überhaupt begonnen hatte.

Es war ungerecht, so ungerecht. Sie hätte heulen können, so ungerecht war das alles. All die Träume, die sie gehabt hatte, von der Liebe, wie man sie in Geschichten und Liedern und Gedichten fand, waren gescheitert, das Glück, das so zum Greifen nahe gewesen war, vernichtet, zertrampelt, zerstört, ausgelöscht von einem Pferdegesicht namens Anne, das nichts konnte und nichts taugte und nichts hatte außer einem Vater ohne männliche Nachkommen und einer astronomischen Mitgift. Und statt dass sie kämpfte um ihre Liebe, statt dass sie Arman de Mauvent zu Füßen fiel und ihm ihre Liebe gestand und ihm mit dem glühenden Blick aus ihren blauen Augen das Herz raubte, so dass er nur noch «Cristino, Cristino, vergib mir!» stammeln konnte und Anne das Pferd von seinen Hunden aus dem Haus hetzen ließ, stattdessen saß sie hier in dieser Kutsche, die sich mit jedem Hufschlag der Pferde und jedem Holpern der Räder weiter von Mauvent und Arman und ihrer goldenen gemeinsamen Zukunft entfernte. Sie hasste die Kutsche, die sie von Arman forttrug, und sie hasste ihre Eltern, die von ihr verlangten, nach Ais zu fahren, und sie hasste Ais, jetzt schon, und genau genommen hasste sie in diesem Moment sogar Catarino. Ais. Es würde ein furchtbarer Sommer werden, das war klar, inmitten all der fröhlichen Menschen, die ihr Leben noch vor sich hatten und noch nicht zur ewigen Trauer verdammt waren. Junge Männer würden ihr den Hof machen, doch natürlich konnte keiner von ihnen an Arman de Mauvent heranreichen, und sie würde ihr Werben höflich über sich ergehen lassen und innerlich nur sein Bild sehen, seine Stimme hören, und ihr Herz würde bluten dabei. Natürlich würde sie auch nicht heiraten, die Bewerber alle ablehnen, dann der Welt und der Familie entsagen und sich in ein Kloster zurückziehen, wo sie ein lebenslanges Schweigegelübde ablegen und den Rest ihrer Tage in Gebet und in Trauer über ihre verlorene Liebe verbringen würde. Oder sie würde ins Wasser gehen, sich des Nachts von einer einsamen Brücke in die Durenço stürzen, wobei das mit Nachteilen verbunden war, man würde ihr ein Begräbnis in geweihter Erde vorenthalten, und das hieße sicher, dass sie ins Fegefeuer käme.

Überhaupt, fließt die Durenço eigentlich durch Ais?

Fern ratterten die Räder der Kutsche, trommelten die Hufe auf die Erde, lachten die Kinder, Maria Anno und Frederi Jùli. Cristino sah nicht ihre fröhlichen Gesichter, sah nicht den blauen Himmel über dem Land und die Blumen auf dem Feld. Sie sah die Durenço, einsam ihrem Lauf folgend, und treibend in den Fluten ihren eigenen zarten Körper, umflossen von einem Kleid in makellosem Weiß, das nur ihre nackten kleinen Füße und die schmalen Hände enthüllte, darüber ihr Gesicht bleich und unendlich schön, für immer geschlossen die Augen, und das Haar, das golden ihr Haupt umschwebte wie ein leuchtender Heiligenschein. Die Natur schweigt, Weiden am Ufer neigen ihre Äste zu ihren Füßen, verstummt ist das Zirpen der Grillen, das Zwitschern der Amseln, und nur die Nachtigall singt leise und klagend ihr Trauerlied.

Mir ist langweilig, sagte Frederi Jùli.

Andererseits, was ist mit den wilden Tieren, die an den unbestatteten Toten fressen? Was ist mit den Wölfen und den Bussarden und den Ratten und den, der Himmel steh uns bei, den Krähen? Würde sie als Aas enden, als verunstalteter Körper, der bei dem, der ihn letztlich fand, nur noch Ekel auslöste? Wäre sie letztlich so entstellt, dass keiner sie erkennen und folglich niemand je erfahren würde, was aus ihr geworden war, dass niemand je von ihrem Schicksal und ihrem tragischen Ende hörte? Sie hasste die wilden Tiere, mehr als sie Ais hasste, sie hasste die Ratten und sie hasste die Krähen, ganz besonders die Krähen, die widerlichen Totenvögel, die das Unglück ankündigten, wo immer man sie sah. So lange sie denken konnte, hatte sie sich vor Krähen gefürchtet, hatte ihr allein der Anblick der schwarzen Vögel Übelkeit bereitet. Jetzt wusste sie, warum, es war ein Blick in die Zukunft gewesen.

Ich habe Hunger, sagte Frederi Jùli.

Sie konnte natürlich auch darauf verzichten, sich in die Durenço zu stürzen. Sie konnte heiraten, ein stilles, duldsames Leben an der Seite eines Gatten verbringen, der nicht verstehen würde, warum sein Weib nie lachte, nie scherzte, warum stets ein Schatten der Trauer über ihrem bleichem Gesicht lag, und dann, in jungen

Jahren, mit fünfundzwanzig oder so, würde ein Lungenleiden sie dahinraffen und Mann und Kinder weinend an ihrem Grab zurücklassen. Das würde ihr das Fegefeuer ersparen, und die Krähen, und das Vergessen, die Liebenden würden zu ihrem Grab pilgern und flüstern, das ist sie, sie lebte und starb für eine unerfüllbare Liebe, und sie würden weinend vor ihrem Stein knien und beten für ihr ewiges Seelenheil.

Mir ist schlecht, sagte Frederi Jùli.

In Sekunden waren die Pferde gestoppt, die Tür geöffnet, Frederi Jùli aus der Kutsche gehoben und an den Straßenrand verfrachtet, wo er sich über einen Busch erbrach. Das liegt nur an diesen unmöglichen Straßen hier, gepflasterte Straßen sollte es geben, wie in der Stadt, schimpfte die Dame Castelblanc, während der Cavalié höchstpersönlich seinem Sohn mit einem feuchten Tuch das Gesicht abwischte. Eine Pause, wir machen eine kleine Pause, sagte er.

Alles kletterte aus den Wagen. Die Diener ließen sich am Straßenrand nieder, packten ihren Reiseproviant aus.

Cristino stieg aus der Kutsche. Vor ihr das Feld, grüne Keime und roter Klatschmohn, wie in Trance stolperte sie über den unebenen Boden am Wegesrand. Von fern der Klang einer Kirchenglocke, die Zeit kündend und die Ewigkeit. Ein Rinnsal plätschernd zwischen zwei Feldern, das Spiegelbild darin war das tote Mädchen in der Durenço. Sie sank auf den Stamm eines umgestürzten Baumes und ließ die Welt vor ihren Augen verschwimmen.

«Bonjour, Mademoiselle. Un matin éblouissant, n'est-ce pas? – Guten Tag, mein Fräulein. Ein wunderschöner Morgen, nicht wahr?»

Cristino fuhr auf und starrte auf einen großen braunen Hengst, der den Kopf in den Graben gesenkt hatte und von dem klaren Wasser schlürfte. Und auf den Reiter auf dem Rücken des Tieres.

Er war gekleidet nach der neuesten Pariser Mode, eng die Beinkleider, gebauscht die Rockschöße, dazu den weißen gefalteten Stehkragen, und darüber einen Mantel geworfen, der, obwohl von einfachem Schnitt und ohne unnötigen Zierat, aus feinstem blauen Samt war. Auf seinem hellen Haar thronte ein Federhut, keine bauschige Kappe, wie sie Frederi trug, nein, ein breitkrempiger, elegant geschwungener Hut aus edlem Leder, über dem verwegen der weiße Federbusch wippte. Im Schatten der Krempe ein junges, aber entschlossenes Gesicht, helle Augen, dunkle Brauen, eine scharf geschnittene Nase. Eine Aura der Kühnheit und des Wagemuts umgab diesen jungen Reiter, und Cristino konnte nicht anders als aufstehen und einen unbeholfenen Knicks machen, das Totengesicht im Wasser völlig vergessen.

Mit einer eleganten Bewegung schwang sich der junge Edelmann vom Pferd, war mit einem Satz über den Graben und kam neben Cristino zum Stehen. «Sébastien Darvot, Comte de Trévigny», stellte er sich vor, ergriff Cristinos Hand und drückte ihr mit einer anmutigen Verneigung einen Kuss auf die behandschuhte Rechte.

«Äh ... ähm ... Cristino de Bèufort ... äh ... Enchanté ...» Sie kam sich unsagbar dämlich vor. Als ob sie nie zuvor ein französisches Wort gesprochen hätte.

«A votre service – zu Euren Diensten», sagte der Fremde mit einer neuerlichen Verneigung, ohne auch nur einen Moment Cristinos Hand loszulassen.

Jemand näherte sich von links. «Monsieur?» Frederi, natürlich. Cristino spürte ihre Finger in der Hand des Fremden prickeln, zog rasch den Arm zurück und hoffte, dass die Puderschicht ausreichte, die heranflutende Röte in ihrem Gesicht zu verbergen.

«Votre père, Mademoiselle – Euer Vater?» Der Edelmann zog den Hut, auch dies eine Bewegung von formvollendeter Eleganz.

«Wer seid Ihr, mein Herr?», fragte Frederi misstrauisch, bevor Cristino die Gelegenheit zu einer Antwort hatte. Der fragende Blick des Fremden erst machte ihm bewusst, dass er in seiner gewohnten Sprache gesprochen hatte, und, ebenfalls leicht errötend, besann er sich auf seine Bildung und wiederholte die Frage in der *bonne langue françoise,* in seinem mehr als akzentgefärbten Französisch. «Qui êtes-vous, Monsieur?»

«Er ist ein Graf», erklärte Cristino fasziniert. «Der Comte de Trévigny.» Ein Blick aus Frederis farblosen Augen erinnerte sie daran, dass es ihr nicht anstand, sich derart in die Unterhaltung einzumischen.

«Zu Euren Diensten», wiederholte der Edelmann mit einer angedeuteten Neigung des Kopfes. «Seid Ihr der Vater dieser reizenden jungen Dame?»

«Der Vormund», antwortete der Cavalié, die Brauen noch immer misstrauisch gerunzelt. «Frederi de Castelblanc, Cavalié», stellte er sich dennoch vor.

«Castelblanc, Castelblanc … verzeiht, aber von diesem Ort habe ich noch nie gehört», meinte der Fremde entschuldigend.

«Es ist nicht weit von hier – gleich dort hinter dem Hügel!», erklärte Cristino eifrig, erneut den Anstand vergessend.

«Ich habe auch noch nie von einer Grafschaft Trévigny gehört», konterte Frederi. Sein Gesicht hatte sich weiter verfinstert.

Der Comte de Trévigny lächelte, sei es aufgrund der Unwissenheit oder der katastrophalen französischen Aussprache des Cavaliés. «Champagne», erklärte er, «eine Tagesreise östlich von Paris. Kein großes Land, aber unser.» Sein Lächeln war gewinnend. *Charmant.*

Jetzt kam die Dame Castelblanc herangeschwebt, etwas unbeholfen in ihren spitzen Samtschuhen auf dem unebenen Untergrund balancierend. «Monsieur?» Auf ihren Lippen, deren Völle mit Rouge unterstrichen war, lag das liebreizende Lächeln, das sie attraktiven Herren zu widmen pflegte. Die Falten auf der Stirn des Cavaliés vertieften sich zusehends.

Der Comte warf Cristino einen fragenden Blick zu. «Gewiss Eure ältere Schwester», meinte er. Cristino wurde noch röter. Die Dame kicherte. «Monsieur, Ihr schmeichelt … ich bin natürlich Cristinos Mutter!»

«Nein!» Falls der Comte nicht wirklich erstaunt war, besaß er ein unglaubliches schauspielerisches Talent. «Wie ist es möglich, dass eine so junge Dame wie Ihr bereits eine so erwachsene Tochter hat?»

Ein geschmeicheltes Kichern von Mutter und Tochter. Der Cavalié de Castelblanc verdrehte die Augen und räusperte sich. «Verzeiht, Monsieur, aber unsere Zeit drängt, wir müssen weiter», sagte er ungeduldig.

«Selbstverständlich!» Wieder deutete der Comte de Trévigny eine Verbeugung an. «Auch ich muss mich wieder auf den Weg machen – ich hatte eigentlich nur die Absicht, hier mein Pferd zu tränken – die Anwesenheit zweier so liebreizender Damen hat mir ganz überraschend diesen kleinen Halt versüßt ...»

«Ihr seid gewiss auch auf dem Weg nach ... *Aix?*», fragte die Dame Castelblanc mit einem Blick, der suggerierte, dass es in dieser Gegend ja wohl kaum einen anderen Ort geben könnte, der den Besuch eines französischen Edelmanns wert sei. Den ärgerlichen Blick des Cavaliés ignorierte sie geflissentlich.

«Allerdings.» Der Comte de Trévigny lächelte sein galantes Lächeln.

«Oh, wie schön – dann könnt Ihr ja mit uns reisen!», rief Cristino aus.

«Cristino, du vergisst dich!» Die Dame Castelblanc brachte es fertig, zeitgleich Cristino einen vorwurfsvollen und dem Comte einen entschuldigenden Blick zuzuwerfen. «Meine Tochter benimmt sich heute sehr unziemlich», meinte sie.

«Das ist das Vorrecht der Jugend», sagte der Comte, als sei er selbst mindestens doppelt so alt wie Cristino, und der Cavalié schnaubte verärgert. «Nun, so gerne ich das freundliche Angebot annehmen würde – ich bin in dringenden Geschäften nach Aix unterwegs und muss mich beeilen», erklärte Trévigny. «Aber vielleicht will es ja das Schicksal, dass wir uns in Aix wiedersehen ...»

«Monsieur, das kann nicht Euer Ernst sein!» Die Dame warf in einer theatralischen Geste die Arme in die Luft. «Allein durch diese furchtbare Schlucht – wo es nur so wimmelt von Raubgesinde – und das, wo Ihr die Gegend nicht kennt –, ich bitte Euch, Monsieur, macht Euch nicht unglücklich!»

«Madame, Eure Sorge ehrt mich, aber ich denke nicht, dass sich das Pack an einen bewaffneten Reiter heranwagen wird», erklärte Trévigny unbeeindruckt. «Und falls doch – seid gewiss, Madame, dass ich mich zu verteidigen weiß.»

Dessen war sich die Dame selbstverständlich gewiss, wie sie sich zu versichern beeilte; dennoch, gegen eine Bande von zwanzig Räubern könne auch der wackerste Ritter nichts ausrichten, und wie viele Edelmänner habe man schon erschlagen und ausgeraubt in den Seitentälern des Aigo Bruno gefunden, und wie sehr käme einem andererseits auch ein weiterer mutiger Kämpfer als Geleitschutz zupass, und so weiter und so weiter, und das Ende vom Lied war, dass der Cavalié de Castelblanc zähneknirschend zusah, wie der Comte den Rest der Familie begrüßte, auch Catarino einen Kuss auf die Hand drückte, der in ihrem Fall zwar keine übermäßige Gesichtsröte hervorrief, ihre Augen aber hell zum Leuchten brachte, sogar dem Gesinde ein freundliches Nicken schenkte und sich dem Zug anschloss. Oh, wie reizend, Euch kennenzulernen, Comte, säuselte Catarino, ich bin Cristinos Schwester, die ältere Schwester, ja, ein süßes Mädchen, mein Schwesterchen, nicht wahr, aber eben noch ein Kind, wenn Ihr wisst, was ich meine … Sie verzichtete darauf, zu erwähnen, dass der Altersunterschied zwischen Cristino und ihr gerade mal zehn Minuten betrug.

Als der Tross sich wieder in Bewegung setzte und der Comte seinen Hengst neben den Cavalié de Castelblanc lenkte, um ein höfliches Gespräch zu beginnen, was jener mit süßsaurem Gesicht über sich ergehen ließ, saß Cristino auf ihrem Platz in der Kutsche, den Seidenfächer mit den aufgemalten Flamingos in der Hand, und während Bardou die Pferde antrieb, fächerte sie sich hektisch Luft zu, ebenso verzweifelt wie umsonst bemüht, die Hitze in ihren Wangen zu kühlen und die peinliche Röte aus ihrem Gesicht zu vertreiben.

«Cristino sieht aus wie ein Apfel, so rot», kicherte Frederi Jùli, und «Abbel, Miana Abbel», rief Maria Anno und winkte mit beiden Armen.

«Immerhin ist er ein Graf», murmelte die Dame Castelblanc ihrem Gatten zu, der am Fenster vorbeiritt, «und ein Franzose obendrein. Das ist eine *occasion*, Frederi.»

«*Occasion, petit, merveilleux* … spricht eigentlich irgendwer in dieser Familie noch ein vernünftiges Provenzalisch?», schimpfte der Cavalié.

Cristino beachtete die anderen nicht. Sie schwebte.

***

Sie kamen gut voran. Nach ungefähr einer halben Stunde erreichten sie Menerbo, noch Besitz des Baroun d'Oppède, eine kleine Ansammlung niedriger lehmfarbener Häuser, die wie eine Glucke auf einem kleinen Hügel hockten, in ihrer Mitte ein kleines Kirchlein. «Gut katholisch Menerbo» pflegte man hierzulande zu sagen, ohne dass irgendjemand so recht zu wissen schien, warum. Die jungen Leute diskutierten eine Weile mit dem Comte de Trévigny über diesen Umstand. Catarino meinte, es läge wohl daran, dass die Dörfler von Menerbo eben alle gut katholisch seien, was Fabiou zu dem Kommentar veranlasste, das sei eine typisch weibliche Bemerkung: absolut dämlich. Catarino war kurz davor, ihre gute Erziehung zu vergessen und Fabiou ihren Schuh ins Gesicht zu pfeffern, doch der Comte griff edelmütig ein und wies Fabiou darauf hin, dass man so nicht von Damen sprechen dürfe.

«Wenn eine These einen Umstand impliziert, dann kann man diesen Umstand nicht zum Beweis der These verwenden, das widerspricht doch sämtlichen Grundsätzen der Dialektik», nörgelte Fabiou.

Der Comte lachte. «Es ist wohl kaum möglich, die Rede einer Dame an den Maßstäben der Dialektik zu messen», meinte er. «Es ist doch wohl klar, dass eine Dame nicht die dazu nötigen geistigen Fähigkeiten haben kann. Das ist als ob … als ob man eine Dame zu einem Degenduell herausfordern würde!»

«Dafür kannst du nicht tanzen, Fabiou», sagte Catarino, um dem Comte de Trévigny im selben Atemzug zu versichern, was für eine leidenschaftliche Tänzerin sie sei, und Cristino beeilte sich, anzufügen, dass auch sie *énormément* gerne tanze und sowohl die traditionellen als auch die Modetänze beherrsche.

«Tanzen! Albernes Gehopse! Was ist das schon gegen die Macht der Logik, die Erhabenheit der Wissenschaft und die Schönheit der Poesie!», meinte Fabiou.

«Redet Euer Bruder eigentlich immer so geschraubt?», fragte der Comte Cristino, indem er sich zu ihr in die Kutsche beugte. Sie wurde wieder rot, eher feuer- als apfelrot, und brachte vor Aufregung mal wieder kein französisches Wort heraus.

«Fabiou ist ein Gelehrter, ein Gelehrter und ein Poet», mischte sich die Dame Castelblanc ein. «Das hat er von seinem Vater. Mein erster Mann – Gott hab ihn selig – hat studiert, in Aix, die Jurisprudenz. Aber er war auch ein Dichter. Er hat Sonette geschrieben … auf Italienisch sogar … ach, ich schmolz dahin …»

«Euer Mann fiel im Krieg?», fragte der Comte mitfühlend.

«Nein, nicht im Krieg. Ein Fieber. Die Kinder waren damals noch klein, die Zwillinge drei Jahre, Fabiou zwei Jahre alt ... auch die Kinder bekamen das Fieber, aber Gott hatte Erbarmen und ließ sie mir. Doch mein Cristou ...» Die Dame Castelblanc zückte ein Tüchlein und tupfte sich verstohlen die Augen ab.

«Das muss eine schwere Zeit für Euch gewesen sein», meinte der Comte.

«Oh ja, oh ja, die heilige Maria Mutter Gottes weiß, wie ich gelitten habe ... Aber in Frederi de Castelblanc habe ich wieder einen guten Mann gefunden, und Gott hat mich gesegnet, dass ich auch ihm zwei Kinder schenken konnte ...»

«Wie ist das jetzt mit diesem Menerbo – was ist so katholisch daran?», wollte der Comte wissen.

«Fromme Leute eben, fromme Leute», meinte die Dame Castelblanc, und der Comte erklärte, dass man sich glücklich schätzen konnte, dass die protestantische Pest, die das deutsche Reich unterminiert habe, in Frankreich noch nicht derart grassierte. Dieser deutsche Mönch, Luther oder wie er heißt, der hat mit seinen Schriften ganz Europa durcheinandergebracht, aber eigentlich können wir uns ja glücklich schätzen, eigentlich hat er uns damit ja einen Gefallen getan, der Kaiser hat jetzt die Protestanten mit in der Regierung sitzen und ist dadurch quasi handlungsunfähig. Das ist Frankreichs Chance, die Vorherrschaft in Europa zu erreichen.

Die Dame gähnte, sie interessierte sich nicht für Politik, und auch die Mädchen hatten keine Lust, das Gespräch in dieser Richtung fortzusetzen. Erzählt uns von Paris, baten sie, was trägt man gerade, und was hört man für Musik, und was für neue Tänze gibt es?

«Nun, was Musik betrifft – Ronsard natürlich», sagte der Comte de Trévigny. «Es gibt seit einiger Zeit jetzt auch eine Vertonung der *Nouvels Amours*, von einem gewissen Goudimel, er soll zwar ein Protestant sein, aber komponieren kann er, haha.»

«*Incroyable*!» Cristino hatte Augen wie Wagenräder. Sie liebte Ronsard und seine Lieder bis zum Wahnsinn.

«Ronsard, immer Ronsard, zu meiner Zeit, da hat man Petrarca gehört und gesungen, edelste italienische Liebeslyrik, Gott, wenn ich mich erinnere, mein Cristou, wie er vor meinem Fenster saß und diese Sonette sang, ich höre ihn noch wie heute... aber heutzutage interessiert sich ja kein Mensch mehr für die Italiener, alles muss Französisch sein, und neu. Als ob man die Liebe auf Französisch so kunstvoll besingen könnte wie in italienischer Sprache, in der Sprache der Dichter!» Die Dame Castelblanc hatte feuchte Augen.

«Mama, Petrarca ist seit über hundert Jahren tot, und Ronsard lebt noch», bemerkte Catarino, die aggressiv auf Sätze reagierte, die mit heutzutage begannen.

«Trotzdem, das ist eine Verflachung der Kunst!», jammerte die Dame. «Man schreibt Gedichte auf französisch, und was ist die Folge? Jeder Bauer kann sie nachplappern und sich einbilden, sie zu verstehen. Wo ist da noch das Hohe, das Erhabene der Lyrik?»

«Die provenzalischen Bauern wohl kaum», meinte Trévigny lachend, der in den vergangenen Tagen erheblich mit Verständigungsproblemen hatte kämpfen müssen. «Es wird Zeit, dass in diesem Land endlich alle französisch sprechen, wie wollen wir sonst je eine Großmacht werden, die dem Kaiserreich die Stirn bieten kann?»

«Ich mag das Provenzalische», warf Fabiou ein. «Am liebsten würde ich Gedichte auf provenzalisch schreiben.»

Die Dame jammerte, das wäre ja noch schöner.

«Euer Bruder ist echt etwas seltsam», flüsterte Trévigny Cristino zu, wobei er sich so weit in die Kutsche beugte, dass die Krempe seines Federhutes sacht ihr Haar berührte.

«Ja, er ist schon eigenartig», bestätigte Cristino. «Manchmal ist es mir fast peinlich mit ihm.»

«Ihr sprecht ein ausgezeichnetes Französisch», flüsterte der Comte ihr zu, «fast ohne Akzent, Ihr würdet nicht einmal am Hof auffallen.»

Diesmal wurde Cristino dunkelrot wie ein Glas Rotwein.

Sie ließen Menerbo und die dazugehörigen Hügel hinter sich und folgten der Straße weiter Richtung Bonieus. Die Sonne war mittlerweile hoch in den Himmel geklettert, noch besaßen ihre Strahlen nicht die sengende Kraft des Sommers, aber es war bereits so warm, dass die Mäntel ausgezogen werden konnten. Das Pferd des

Comte war unbändig und sträubte sich gegen die langsame Gangart, und auch Trévigny selbst merkte man eine gewisse Ungeduld an. «He, Monsieur le Docteur», rief er Fabiou zu, «wie wär's mit einem kleinen Spurt?» Und ohne die Antwort abzuwarten, drückte er dem Pferd die Hacken in die Seite und raste los. «Mistkerl!», murmelte Fabiou.

«Du bist ja nur neidisch, weil er viel besser aussieht als du», sagte Cristino verletzt und schenkte ihrem mageren, sommersprossigen, rothaarigen Bruder einen langen abschätzigen Blick.

«Ach, halt's Maul!»

«Fabiou, benimm dich!»

Fabiou holte Trévigny auf einer kleinen Kuppe ein, wo er sein Pferd pariert hatte und nun mit gerunzelter Stirn den Weg hinab blickte. «Was ist denn da passiert?», fragte er.

«Passiert? Wieso?»

«Nun – das da ...»

Prinzipiell ähnelte das Dorf, das zu ihrer Linken am Hang der Vorhügel des Luberoun lag, Menerbo. Niedrige lehmbraune Häuser aus Feldsteinen, eine Lehmstraße, Hühner und Gänse, ein paar Kinder.

Wenige Häuser, intakte Häuser, die sich beidseits der Lehmstraße festkrallten. Eine Kirche, die statt eines Daches mit roh zusammengezimmerten Brettern gedeckt war, die sich dürftig auf angekohlte Balken stützten. Und ein Ring aus Ruinen rings umher, eingefallene, Ruß geschwärzte Mauern, in denen Vögel nisteten, grasüberwachsene Trümmerhaufen aus losen Steinen und geborstenen Balken, Mauerkronen, die wie verkohlte Finger nach dem blauen Himmel griffen.

«Das ist La Costo», sagte Fabiou.

«Hat es hier gebrannt?», fragte der Comte verwirrt.

«Ja ... nein ... es hat hier mal einen Kampf gegeben. Dabei ist die Stadt zum Teil zerstört worden. Sie bauen sie allmählich wieder auf, aber das dauert eben, und das Geld reicht wohl auch hinten und vorne nicht.»

«Einen Kampf?» Trévigny sah ihn erstaunt an. «Die Provence war doch seit ewigen Zeiten nicht mehr in kriegerische Auseinandersetzungen verwickelt.»

«Die Kaiserlichen sind mal hier durchgezogen, vor dreißig Jahren oder so… aber das hier ist, so weit ich weiß, erst später passiert», erklärte Fabiou. «Ein Kampf zwischen Katholiken und Protestanten. Früher hat es viele Protestanten in dieser Gegend gegeben.»

«Die Katholiken haben gewonnen, nehme ich an», mutmaßte Trévigny.

«Ja. Klar.» Fabiou hatte eigentlich keine Lust, noch länger mit Trévigny zu diskutieren, weder über La Costo noch über sonst etwas.

«Und die Protestanten?», fragte der Comte.

«Himmel, ich weiß nicht so genau, ich war damals noch ein Säugling… ich glaube, die meisten haben sie vertrieben. Ein paar sind, so weit ich weiß, auf dem Scheiterhaufen gelandet.» Fabiou zuckte mit den Achseln.

Trévigny seufzte. «Meine Güte, hier sieht's ja echt aus wie nach dem Völkersturm!»

Von hinten näherte sich jetzt die Kutsche. Trévigny trieb sein Pferd an und lenkte es die Straße hinunter, die an La Costo vorbeiführte. Zu beiden Seiten arbeiteten Bauern auf den Feldern; sie hielten in ihrer Arbeit inne und betrachteten die Reisenden mit misstrauischen Blicken. La Costo zur Linken erschien wie ausgestorben, eine Geisterstadt, dunkle Fensteröffnungen wie glotzende Augen, und auch über den Feldern ringsumher lastete eine eigentümliche Stille, und auf den Bäumen saßen große, dunkle Krähen, die die Ankommenden aus kleinen schwarzen Augen beobachteten.

«Gott im Himmel, das ist ja richtig unheimlich hier!» Sébastien de Trévigny ließ ein lautes, angstverscheuchendes Lachen hören. Es hallte seltsam von den Felsen zur Linken wieder.

Cristino streckte den Kopf aus dem Fenster. «Ich mag dieses La Costo nicht», sagte sie. «Es ist so düster und still hier, und die Leute sind so komisch.»

«Na, da habt Ihr recht», stellte Trévigny fest.

«Man hat fast das Gefühl», sagte Cristino mit unheilschwangerer Stimme, die den Comte wohl beeindrucken sollte, «über diesem Dorf hier liegt der Schatten des…»

Todes, wollte sie sagen, aber sie sagte es nie.

Sie saß auf dem Rand des Kutschbocks, ihr Aug in Aug gegenüber, ihre schwarzen Knopfaugen gebohrt in die blauen Cristinos. Verschwinde, wollte Cristino rufen, hau ab, nach ihr schlagen, treten, irgendetwas, wenigstens den Kopf wieder einziehen, doch stattdessen saß sie nur reglos auf der Bank und starrte in die schwarzen Knopfaugen, die glänzten und schillerten, als bärgen sie ein Geheimnis finsterer als die Nacht.

Weiche von mir, Satanas, und erlöse uns von dem Bösen, ave Maria du bist gebenedeit unter den Frauen und gebenedeit ist die Frucht deines Leibes Jesu und führe uns nicht in Versuchung sondern erlöse uns von dem Bösen erlöse uns von dem Bösen erlöse uns …

Krah, machte die Krähe, breitete die Flügel aus und flog davon.

Cristino lag in den Kissen, die nassgeschwitzt waren vor Angst.

«Ist etwas?», fragte Catarino.

«Eine … Krähe … da war eine … Krähe …»

«*Ma mie*, deine Angst vor Krähen ist wirklich *un peu exageré*!», sagte Catarino kopfschüttelnd.

«Ihr habt so sehr Angst vor Krähen?» Das war der Comte wieder.

«Es sind Totenvögel», murmelte Cristino. «Sie bringen Unglück.»

«Das ist doch Aberglaube!» Fabiou schüttelte ärgerlich den Kopf.

«Also, ich finde Krähen ja auch ekelhaft», verkündete Catarino. «Sich vorzustellen, dass so ein Vieh gerade seinen Schnabel in vermoderndes Aas geschlagen hat, iiiiihhhh!»

«Wenn einer tot ist und nicht begraben wird, dann picken die ihm die Augen aus, stimmt's?», rief Frederi Jùli aufgeregt.

«Frederi, benimm dich! Was soll Monsieur le Comte von dir denken!» Die Dame schüttelte missbilligend den Kopf.

Cristino starrte ins Leere. Das Bild, das in ihren morgendlichen Trauerfantasien aufgetaucht war, ging ihr nicht aus dem Kopf, sie selbst im Wasser, sie selbst angespült am Ufer, liegend im Gras, das blonde Haar ausgebreitet um ihren Kopf, und die Krähe, die Krähe, die auf ihrem Kopf landete, den Schnabel öffnete …

«Ein junges Mädchen wie Ihr, in der Blüte seiner Jugend, sollte sich keine Gedanken über den Tod machen», meinte der Comte de Trévigny. «So etwas sollte man wirklich den Greisen überlassen!»

Cristino wurde wieder rot. Sie war heilfroh, dass Trévigny nicht ahnte, wie intensiv sie heute schon über den Tod nachgedacht hatte. Und vor allem warum.

Sie hatten La Costo jetzt hinter sich gelassen. Vor ihnen lagen die Höhen des Großen Luberoun, und hoch auf den Felsen, ein Kegel, der dem Himmel zustrebte wie dereinst der Turm zu Babel, Bonieus. Cristino zeigte in die Hügel zur Linken, da liegt Roussillon, erklärte sie dem Comte, was päpstlich ist, wie Bonieus, und das dahinter, das ist der Vaucluse, und der Mont Ventoux. Sie war stolz darauf, wie gewandt sie die korrekte französische Aussprache der Orte benutzte.

«Ihr seid gewiss nach Eurem Vater benannt», sagte Trévigny dann plötzlich.

«Wie?»

«Nun, er hieß Christian, nicht wahr? Und Ihr Christine.» Er sprach «Christian» mit einem gedehnten Nasal aus, wie bei den Franzosen üblich, und verschluckte das «e» von «Christine». Es klang fremd. Aber faszinierend.

«Wir hofften natürlich auf einen Jungen», mischte sich die Dame Castelblanc eifrig ein. «Er hätte dann Cristous Namen erhalten. Stattdessen wurden es zwei Mädchen, hahaha.» Sie lachte glockenhell. «Also nannten wir die eine Cristino und die andere nach meiner Großmutter Catarino.»

«Und warum wurde aus dem jungen Herrn dann kein Christian?», fragte der Comte vergnügt.

«Weil ich Fabiou schöner fand.» Fabiou verdrehte die Augen.

«Nun, wir… äh…» Die Dame schien etwas aus dem Konzept gebracht. «Wir wollten… wir…» Wieder das glockenhelle Lachen. «Ich Dummerchen, ich kann mich wirklich nicht daran erinnern, warum. Es war Cristous Entscheidung», fügte sie erklärend hinzu. «Ach ja, mein *Christian*…so lang ist das jetzt schon her, die Kinder haben keinerlei Erinnerung mehr an ihn.» Sie versuchte, die französische Aussprache des Namens nachzumachen. *Christiaaang.*

«Das ist nicht wahr. Ich erinnere mich schon noch an Vater», widersprach Catarino vehement.

«Ach, Kind, das kann nicht sein, das musst du dir einbilden», meinte die Dame Castelblanc kopfschüttelnd. «Du warst kaum drei Jahre alt, als er starb.»

«Ich erinnere mich aber trotzdem noch», murmelte Catarino verstimmt

«Da! Da! Da sind sie!», schrie Frederi Jùli und lehnte sich aus dem Fenster.

In der Tat. Vor ihnen waren ein paar einzelne Häuser aufgetaucht, Bonieus Vorhut, zwei Schenken und eine Schmiede, gedacht, den Reisenden vor ihrem Eintritt in die Schlucht noch das Geld aus den Taschen zu ziehen, und auf der Straße vor den Häusern erkannte man jetzt Menschen, Berittene, eine Kutsche, ein paar Pferdekarren. Die Buous.

Der Baroun de Buous war mit seiner Frau und den drei jüngeren Kindern unterwegs, zwei Jungen und ein Mädchen, alle zwischen sechzehn und zwanzig Jahren alt. Die drei älteren Mädchen waren bereits verheiratet, ein Sohn studierte in Italien, «in Bologna», wie die Frau Barouno in den nächsten Stunden jedem strahlend versichern würde. Das Treffen in jener Schenke entsprach einem großen Entgegenkommen der Buous in konkreter wie übertragener Hinsicht, denn für sie war es ein Umweg von fast zehn Meilen, von denen die Hälfte steil den Berg hinauf ging, doch die Dame Castelblanc, die auf keinen Fall allein in die Schlucht hinunter fahren wollte, hatte darauf bestanden. Sie konnte nun ernsthaft beruhigt sein, Buous hatte zwölf Diener und zehn Bewaffnete mitgebracht – man hätte meinen können, der Herr Baroun zöge in den Krieg und nicht etwa in sein Stadthaus in Ais. «Viel hilft viel», erklärte der Baroun, während er dem Cavalié de Castelblanc seine gigantische Pranke auf die Schulter schlug, dass Frederi um sein Gleichgewicht kämpfen musste.

Hugue de Pontevès, Baroun von Buous, war ein stattlicher Herr Mitte fünfzig, mit einer ordentlichen Leibesfülle ausgestattet, ohne jedoch dicklich zu wirken. Sein Haupt war bis auf einen schmalen Kranz dünner grauer Haare vollkommen kahl, das Gesicht rundlich, mit kräftigen, geröteten Wangen, in die sich Lachfältchen eingegraben hatten. Dem gegenüber wirkte die Frau Barouno geradezu zierlich, eine schlanke Erscheinung mit vollem, schneeweißem Haar und einem Gesicht, das auch mit den Zeichen des fortschreitenden Alters noch äußerst attraktiv wirkte. Die Kinder sahen einander unglaublich ähnlich, dreimal das gleiche fröhliche, rundliche Gesicht, die gleichen schwarzen Augen, die gleichen struppigen Haare, denen weder mit Wasser noch mit Kamm beizukommen war. Ihre Kleidung war eher praktisch als elegant; die Herren trugen ein Lederwams, die Frauen einfache, strapazierfähige Reisekleider. Irgendwo sind es Bauern, murmelte die Dame Castelblanc ihren Töchtern zu, auch wenn sie einer alten Adelsfamilie entstammen und einen Barounstitel tragen.

Die Barouno forderte die Reisegenossen erst einmal auf, sie auf einen kleinen Imbiss in die Dorfschenke zu begleiten, eine Einladung, der man gerne nachkam, schon um sich etwas die Beine zu vertreten. Der Wirt des kleinen Rasthauses am Rande der Straße war offensichtlich gewarnt gewesen, denn in der kleinen und ausgesprochen einfachen Wirtsstube war bereits ein Tisch gedeckt, und zwei Mädchen waren schon damit beschäftigt, Fleisch, Käse, Brot und Wein aufzutragen. Der Wirt bat die hohen Gäste mit tausend Bücklingen nach drinnen und versicherte ihnen, dass es ihr Schaden nicht sein solle, sogar König François, Gott hab ihn selig, sei hier eingekehrt, und er sei sehr zufrieden gewesen. Die Dame Castelblanc blickte zwar etwas indigniert auf die Teller, die aus Holz waren statt aus Silber, und Tonbecher statt Gläser, aber der Baroun ging mit gutem Beispiel voran und langte kräftig zu, und die anderen hatten auch genug Appetit, um es sich trotz der einfachen Umgebung schmecken zu lassen. Das Gesinde und die Waffenknechte nahmen an gesonderten Tischen Platz, von denen ziemlich schnell lautes Lachen und Gerede zu den Herrschaften herüberdrang.

Der Baroun war ein gesprächiger Mann. «Kinder, wo habt ihr Bèuforts nur die roten Haare her, nicht wahr, Agueto, wie ein irisches Fischweib!», rief er und lachte dröhnend. «Und die dritte dafür so blond, dass sie als habsburgische Prinzessin durchgehen könnte.» Cristino lächelte geschmeichelt über diese Anspielung, während ihre Zwillingsschwester ein säuerliches Gesicht machte, der Vergleich mit einem irischen Fischweib schien ihr nicht ganz so angemessen.

«Die Kermanachs stammen ursprünglich aus der Bretagne», erklärte Fabiou, «bei uns in der Familie gibt es viele mit blonden oder roten Haaren. Mein Vater hatte auch rote Haare.»

«Aus der Bretagne. Witzig, findest du nicht, Agueto?» Die Barouno nickte eifrig, im Gegensatz zu dem, was sich für Edelfrauen schickt, nahm sie an allen Unterhaltungen der Männer regen Anteil, sogar an den politischen, wie die Dame Castelblanc missbilligend registrierte, wenn sich ihre Kommentare meist auch auf beifällige Ausrufe wie Jawohl und Hörthört beschränkten. «Ich war mal in der Bretagne», fuhr der Buous fort, «die Leute da haben eine Sprache, da verstehst du kein Wort. Aber eine stolze, mutige Rasse, von der ihr da abstammt, mein Junge.»

«Wir sollten vielleicht lieber französisch sprechen», warf die Dame Castelblanc in eben dieser Sprache ein, «schließlich haben wir einen Gast!» Sie sah vielsagend zum Comte de Trévigny hinüber.

«Ach, französisch, alles muss heutzutage französisch sein, das ist mir zu blöd», sagte der Baroun. «Was will der Franzmann hier eigentlich?»

«Der Comte ist so freundlich, unseren Geleitschutz auf dem Weg durch die Schlucht zu verstärken», erklärte die Dame eisig.

«Verstärken?» Der Baroun warf einen Blick zu seinen bis an die Zähne bewaffneten Knechten hinüber, die gerade grölend mit ihren Weinbechern anstießen. «Na ja, wird uns eine große Hilfe sein, das Jüngelchen.»

«Ach, ich denke nicht, dass wir uns Sorgen machen müssen», meinte der ältere Buous-Sohn, «es gibt doch kaum noch Räuber hier in der Gegend, der Baroun d'Oppède hat da doch ganz ordentlich aufgeräumt.»

«Ja, im Aufräumen ist Maynier groß», schnaubte der Baroun de Buous. «Wo der aufräumt, wächst zwanzig Jahre lang kein Gras mehr, ich sage nur La Costo und Merindou und Lourmarin. Scheißkerl, elendiger.»

«Ihr solltet nicht so von ihm sprechen, schließlich ist er Gerichtspräsident!», erklärte die Dame Castelblanc pikiert.

«Meine Dame, ich denke nicht, dass Ihr bei diesem Thema mitreden könnt, schließlich habt Ihr damals noch nicht in dieser Gegend gelebt.» Der Baroun de Buous hatte seine Hände um den tönernen Becher gekrampft, als ob er ihn zerquetschen wollte. Dass er dazu in der Lage war, bezweifelte keiner. «Es waren ja nicht nur die Waldenser. Jeder, der hier in der Gegend lebte, wurde in Mitleidenschaft gezogen, brave Katholiken, sogar Edelleute sind seinem wildgewordenen Söldnertrupp zum Opfer gefallen. Wir standen vor dem Nichts, nachdem Freund Oppède sich ausgetobt hatte, vor dem Nichts, meine Dame. Hier im Luberoun findet Ihr so einige, die dem Herrn Baroun mit Vergnügen die Eier abschneiden würden für seine Heldentat von '45, nicht war, Frederi?»

Die Dame Castelblanc wedelte schockiert mit ihrem Pfauenmusterfächer, und der Cavalié murmelte etwas, was ein bisschen nach Abwehr-des-Irrglaubens klang. Buous brüllte: «Komm mir nicht mit dem Blödsinn, Maynier sei ein guter Katholik! Einen Dreck! Dem Kerl ging's doch nur darum, sich und seiner Verwandtschaft die Ländereien dieser bedauernswerten Käffer zuzuschanzen. Erst hat er es versucht, indem er sich an die Cental 'rangemacht hat, und als die Barouno ihm einen Korb gegeben hat, wurde eben mal kurz der halbe Luberoun zu Ketzern erklärt und die Frage auf diese Weise gelöst!»

Fabiou hatte seine Ohren gespitzt; über 1545 wurde nur selten geredet, so dass seine Kenntnisse über diese Zeit mehr als lückenhaft waren. Alles, was er wusste, war, dass damals irgendwelche Ketzer sich gegen die katholische Kirche erhoben hatten, was zu einem regelrechten Krieg geführt hatte. Doch zu seiner Enttäuschung driftete das Gespräch nun in eine völlig andere Richtung, und als Frederi Jùli fragte, wer sind denn die Waldenser, Mama?, antwortete die Dame Castelblanc nur, das waren Ketzer, jetzt iss weiter.

Der Cavalié de Castelblanc starrte auf seinen Teller. Er war kreidebleich im Gesicht.

Nach dem Essen brachen sie auf. Die Barouno lud die Dame Castelblanc und ihre beiden «reizenden Töchter» ein, bei ihr in der Kutsche mitzufahren, so dass Frederi und Maria Anno die andere Kutsche zu ihrer Begeisterung quasi für sich alleine hatten, von der

Kinderfrau einmal abgesehen. Der Zug setzte sich in Bewegung. Die Stimmung unter den Dienstboten war noch besser. Die kleine Marietta, die eine wunderschöne Stimme hatte, begann zu singen, ein bekanntes Volkslied, und einige der anderen fielen mit ein:

Aquelho mountanho que tan auto soun
m'empachon de veire mis amours ount soun.
Auto soun, ben auto, mai s'abaissaran,
et mis amouretto vers ieu reviendran.
Que cante y recante, canto pas per ieu, canto per
ma migo qu'es proche de ieu.

«Welch schöne Stimme sie hat, diese – wie heißt sie? Marietta?», sagte die Barouno de Buous anerkennend. «Claudia, meine Tochter, hat auch eine schöne Stimme. Willst du uns nicht etwas singen, Claudia?», und Claudia warf sich in Positur und schmetterte:

Certes mon œil fut trop adventureux
de regarder une chose si belle,
une vertu digne d'une immortelle,
et dont amour est mesme amoureux.

Sicher war mein Auge zu wagemutig,
etwas so Schönes zu betrachten,
eine Tugend würdig einer Unsterblichen
in die die Liebe selbst verliebt.

«Das ist Ronsard, Mama», seufzte Cristino.
So näherte man sich der Coumbo.

KAPITEL 2

*in dem Arnac de Couvencour in Cristinos Leben tritt,
um bald wieder daraus zu verschwinden*

Deus vetuit occidi quenquam,
et nos tam facile occidimus
ob ademptam pecuniolam.

Gott hat verboten, jemanden zu töten,
und wir töten so einfach
wegen eines bisschen entwendeten Geldes.

*Thomas More, englischer Philosoph und Politiker
(*1477, hingerichtet 1535), Utopia*

Im Schlaf kam die Krähe.
Da ist wieder das Bild, die Tote, blondes Haar auf weichem Waldboden, weiß das Gesicht, halb geöffnet die blauen Augen. Sie liegt dort, auf dem Boden, der grau durch den Nebel schimmert, und Cristino stellt verwundert fest, dass sie auf die Tote hinabschaut, was erstaunlich ist, schließlich ist sie selbst die Tote, es ist als habe die Seele den Körper verlassen und blicke nun hinab auf ihr ehemaliges Kleid.

Die Krähe kommt. Sie schwebt herab, ihre Klauen sind ausgefahren, sie landet auf der Brust der Toten. Cristino erwartet eine Bewegung, ein Zucken der Lider, eine Reaktion des Körpers auf die Klauen, die sich in seine Haut graben, doch nein, still liegt der Körper, still blicken die blauen Augen in die Unendlichkeit der Dämmerung, und die Krähe nähert sich dem Kopf, pickt nach den Augen …

Jemand kommt. Ein Pferd mit einem Reiter tritt hervor aus der Faust des Nebels und hält inne am Rande der Lichtung.

Kraah, macht die Krähe.

Der Reiter wendet seinen Kopf, sein Gesicht kehrt sich ihr zu. Er ist ein Mädchen, klein, schmal, leichenweiß, schwarze glatte Haare, die ihm offen über die Schultern fallen. Seine Hand umschließt ein Lederhandschuh.

Kraah, macht die Krähe.

Und die Hand des Mädchens zuckt vor, und da schießt die Krähe herbei, die Flügel ausgebreitet, die Füße gestreckt …

Es ist keine Krähe. Es ist ein Falke. Er landet auf der Hand des Mädchens, Cristino hört den Schlag seiner kraftvollen Flügel durch den Nebel, und das Mädchen blickt sie an. Schwarz sind seine Augen, schwarz wie der Himmel in einer mondlosen Nacht, schwarz wie Fenster in einen Abgrund so tief wie die Hölle.

Cristino fuhr hoch. Licht schlug ihr entgegen, eine ganze Woge von Licht, Sonnenstrahlen, die durch das wankende Fenster ins Innere des Wagens fielen. Ein Schwanken und ein Rattern, ihr gegenüber das Gesicht ihrer Mutter, halb verborgen hinter dem Pfauenmusterfächer, der ihr aufs Kinn gesunken war. Ihr Gesicht war entspannt, der Kopf nickte mit jeder Erschütterung des Fahrzeugs, sie schlief.

«Habt Ihr schlecht geträumt, meine Kleine?» Cristino sah zur Seite. Die Barouno de Buous blickte sie an, freundlich lächelnd.

«Ich ... äh ... na ja, schon ...» Sie wurde vermutlich rot. Der Traum war ja auch wirklich zu seltsam gewesen. Die Krähe ... Gott, zu viele Krähen für einen Tag! Aber egal, nur ein Traum, der Wagen rattert, und draußen scheint die Sonne. Oh Gott, Gott sei Dank, es war nur ein Traum ...

«So? Was habt Ihr denn geträumt?» Neugierig war die Buous ja gar nicht! Cristino versuchte sich an dem hohen Lachen, mit dem ihre Mutter immer Peinlichkeiten abzutun pflegte. «Ach, nichts Besonderes, ehrlich!» Sie wich dem Blick der älteren Dame aus, sah aus dem Fenster, auf die Felsen, die zu beiden Seiten in die Höhe kletterten. Man befand sich offenbar immer noch in der Coumbo. Die Ansicht war *impressionant*: Schroffe Wände, mit Pinien und *garoulios* bewaldet, Felsformationen wie von einem Riesen kreuz und quer aufgeschichtet. Träge ratterten die Räder der Kutsche den kurvigen Weg entlang, der den Maßgaben der Natur folgte, vorbei an einzeln aufragenden Steinspitzen, bizarren Felsüberhängen und kantigen Vorsprüngen. Kleine, bewaldete Seitentäler zweigten nach rechts und links ab; man erwartete fast, dass Raubgesindel aus dem Untergrund brach oder eine Wolfsmeute in die Schlucht preschte.

«Erzählt mir, was Ihr geträumt habt!» Die Stimme der Buous bebte in freudiger Erwartung. «Ich liebe es, Träume zu deuten. Ich kann es auch, eine weise alte Frau auf unserem Land hat mir beigebracht, wie das geht!» Cristino rümpfte innerlich die Nase. Wegen der weisen alten Frau zum Teil, das wusste schließlich jedes Kind, dass sich hinter den so genannten weisen alten Frauen meistens Hexenweiber verbargen – kaum zu glauben, dass eine Barouno wie die Buous mit so einer Kontakt pflegte. Aber vor allem, dass die Barouno sich so *indiscret* in ihre Träume mischte. Dennoch, Diskretion hin oder her, der Traum war so seltsam gewesen, dass es sie drängte, eine Erklärung dafür zu erhalten.

Sie erzählte. Draußen flog die Maserung der Felswände vorbei, an- und absteigend wie ein Schichtkuchen, den man in Stücke gebrochen und die Stücke dann einer unbegreiflichen Logik folgend aufeinandergetürmt hatte. Die Buous hatte den Kopf schief gelegt, als ob sie so besser hören könne, und lauschte ergriffen. «Das ist einfach», sagte sie, als Cristino geendet hatte. «Die Krähe, die sich an Euch vergreifen wollte, ist der Teufel, der nach Eurer Seele trachtet. Und die Jungfrau, die sie in einen Falken verwandelte, ist die Jungfrau Maria, die Euch vor dem Antichrist retten wird.» Die Buous lehnte sich zufrieden zurück. Cristino warf Fabiou, der spöttisch grinsend zum Fenster hereinlinste, einen bitterbösen Blick zu. Offensichtlich hatte er gelauscht! Fabiou schnitt ihr eine Grimasse und galoppierte voraus. «Aber die Krähe wollte sich nicht an meiner Seele vergreifen, sondern an meinem Körper», widersprach Cristino dann. «Und das Mädchen war nicht die Jungfrau Maria.»

«Woher wollt Ihr das wissen?», fragte die Buous.

«Sie sah nicht aus wie die Jungfrau Maria.»

«Papperlapapp! Woher wollt Ihr Kindchen wissen, wie die Jungfrau Maria aussieht?»

Und woher wollt Ihr es wissen? «Sie ... sie war zu jung. Es war ein Kind, ein kleines Mädchen, so alt wie Frederi Jùli vielleicht.»

«Träume sind Allegorien, Kindchen. Natürlich erscheint Euch die Jungfrau nicht so, wie sie Euch vom Altarbild in der Kirche ansieht, sondern in symbolhaft abgewandelter Weise. Die Kindheit als reinste Form der Unschuld steht für die absolute Reinheit Mariae, versteht Ihr?»

Gott, warum meinen Erwachsene eigentlich, sie wüssten immer alles besser? Schließlich war es mein Traum! «Sie hatte nicht die Augen der Jungfrau Maria. Ihre Augen waren ... waren ... irgendwie ... Sie haben mir Angst gemacht, die Augen.»

«Angst? Die Augen?»

Cristino nickte und schauderte bei der Erinnerung.

«Nun, das ändert die Sache natürlich etwas.» Die Buous kratzte sich am Kopf und zerquetschte einen unvorsichtigen Floh, den sie daraufhin aus ihren Haaren klaubte und sinnierend betrachtete. «Es könnte natürlich auch sein, dass ...»

Dann geschah es. Cristino begriff nicht, was eigentlich los war. Sie hörte ein Rauschen wie von einem Sturmwind und das schrille Wiehern der sich aufbäumenden Pferde, sie sah aus dem Augenwinkel die Wolken hereinstürzenden Grüns vor und hinter der Kutsche, und dann kam der Ruck, der sie alle durcheinanderfallen ließ. Sie hörte das entsetzte Kreischen ihrer Mutter, auf deren Schoß sie gelandet war, das Fluchen des Kutschers, Catarinos Stimme, die beständig «Was ist denn los, was ist denn los?» fragte. Dann wurde die Tür aufgerissen.

Er war groß, kräftig, graue zottelige Haare, die ihm bis auf die breiten Schultern fielen, ein zerschlissenes, schmuddeliges Lederwams, das nur unzureichend den ansonsten bloßen Oberkörper bedeckte, die aufgedröselte Kordel, dazu gedacht, den Ausschnitt zusammenzuhalten, erfüllte diesen Zweck so unzureichend, dass Cristino auf die verfilzten Brusthaare starrte. «Ihr, Weiber, raus da!», brüllte er und fuchtelte Cristino mit einem Gegenstand vor dem Gesicht herum, und die Dame Castelblanc stieß hohe spitze Laute aus, die wie «Ihk, ihk, ihk!» klangen, und die Barouno brüllte etwas, das mit «Hau bloß ab du», begann und mit einem furchtbaren Schimpfwort endete, und Cristino hatte plötzlich das Gefühl, dass alles um sie still war, völlig still, wie in einer Kirche, und der Gegenstand, der vor ihrem Gesicht zuckte, war ein scharfes, zweischneidiges Schwert.

Jemand griff ihr Handgelenk und zerrte sie aus der Kutsche. Sie träumte, während sie die Stufen auf den felsigen Untergrund hinunter stolperte. Davon, wie Frederi und der Baroun de Buous auf ihren Pferden herbeigeprescht kamen und die Angreifer in die Flucht schlugen. Davon, wie Arman de Mauvent auf seinem Rappen über ein Gestrüpp setzte, sie in den Sattel riss und mit ihr davongaloppierte. Nein, es war nicht Arman de Mauvent. Es war Sébastien de Trévigny.

Dann erreichten ihre Füße den Boden, stolperte sie, als ihre erhöhten Absätze sich in den Felsfurchen verfingen, und der Traum war vorbei. Sie war umringt von abgerissenen, schmutzigen, ungekämmten Gestalten, die Messer, Knüppel, Schwerter in den Händen hielten. Kein Frederi kam, und kein Comte de Trévigny. Sie konnten nicht kommen. Hinter und vor der Kutsche war der Weg blockiert durch zwei mächtige umgestürzte Eichen.

Hinter Cristino wurden die anderen aus der Kutsche gezerrt, die immer noch kreischende Dame Castelblanc, die Barouno schimpfend wie ein Rohrspatz, Claudia, die sehr undamenhaft um sich trat und schlug, und Catarino, neugierig nach rechts und nach links blickend. Jemand stieß den Kutscher vom Bock, schlug ihm einen schweren Knüppel über den Schädel, mit einem eigenartigen seufzenden Laut sackte er in die Knie und sank bewusstlos neben das Vorderrad. «Mitkommen, los!», brüllte der mit der grauen Mähne, und sie schoben sie vorwärts, ins Gebüsch hinein, wo sie in ihren eleganten Schuhen auf dem unebenen Boden strauchelten und ihre gebauschten Kleider sich in den Zweigen der Sträucher verfingen. «Frederi», schrie die Dame Castelblanc, «Frederi.» «Meine schönen neuen Schuhe», jammerte Catarino.

Sie stolperten durch das Unterholz, vorwärts gezerrt und geschoben von groben Händen und übelriechenden Körpern. Cristino stolperte über eine Baumwurzel und stieß schmerzhaft mit ihrem Knie gegen eine Felskante, ihr Jammern ging im Zetern der anderen Frauen und den verwirrten Schreien der Männer weit hinter ihnen unter. Kommt doch, rettet uns, dachte Cristino verzweifelt, ihr habt doch Pferde und die sind nur zu Fuß, das kann doch so schwer nicht sein. Doch keine Pferde brachen hinter ihnen durch das Unterholz, keine edlen Kämpfer eilten mit geschwungenem Schwert zu ihrer Hilfe, die Rufe der Männer verklangen in ihrem Rücken, und dann waren sie allein mit den rauen Kommandos ihrer Entführer und ihrer eigenen Angst.

Sie machten halt. Sie befanden sich auf einer kleinen Lichtung inmitten des Waldes. Hinter ihnen stieg steil eine Felswand in die Höhe, dies musste eines der Seitentäler des Aigo Bruno sein. Sie drückten sich aneinander in der Mitte der Lichtung, dort, wo ein Sonnenstrahl das frische grüne Gras hell erglühen ließ. Ringsherum drängten sich die abgerissenen Gestalten, spöttische, anzügliche Blicke, höhnische Bemerkungen. Ein paar Pferde wurden am Zügel gehalten. Claudia weinte, ebenso die Dame Castelblanc. Cristino hätte geweint, wenn sie dazu den Mut gehabt hätte. Catarino starrte auf das Gesindel, das sie umstand, mit unverhohlener Faszination.

Der mit der grauen Mähne, es musste wohl ihr Anführer sein, schritt auf sie zu. «Ihr, Weiber, ihr seid meine Geiseln!», brüllte er und fuchtelte mit seinem Schwert in der Luft herum. «Eure Alten müssen zahlen, wenn sie euch wiederhaben wollen, mit allem noch dran und so!» Er lachte dröhnend. Seine Spießgesellen lachten ebenfalls.

«Tut uns etwas an, und ihr endet am Galgen!», schrie die Dame Castelblanc mit schriller Stimme. «Unsere Männer werden uns rächen. Der Baroun d'Oppède wird uns rächen! Er wird euch alle aufs Rad flechten, habt ihr gehört?»

«Halt's Maul, Weib!» Das Gesicht des Graumähnigen war dunkelrot geworden bei ihren Worten. «Cucu, fessel die Weiber, und bind' ihnen das Maul zu, dass sie nich' schrein, nach ihren Alten und so!»

Ein kollektiver Entsetzensschrei bei den Frauen. «Ihr wagt es nicht, uns anzurühren!», schrie die Dame Castelblanc, und die Barouno ließ erneut ein wüstes Schimpfwort hören. Nur Catarino schwieg und betrachtete ihre Entführer, ein seltsamer Ausdruck in ihren Augen. So etwas wie freudige Erregung.

Jetzt trat ein anderer auf sie zu, ein Stück Seil in der Hand. «Rührt uns nicht an!», kreischte die Dame Castelblanc.

Er griff nach Cristino. Packte sie am Handgelenk, zog sie grob von den anderen Frauen weg. Sie wollte schreien. Gott, wie schreit man noch mal? Ihre Stimme war in der Kutsche geblieben, ein leises Piepsen, das über ihre Lippen kam, sonst Stille.

«Lass sie los!» Drei Worte, leise gesprochen, unglaubliche Autorität in dieser Stimme. Der Griff um ihr Handgelenk lockerte sich etwas, der Raubgeselle drehte sich um, in Richtung der Stimme, ebenso der Graumähnige, ebenso die Mehrzahl der übrigen Entführer. Und zuletzt Cristino.

Dort, wo der Pfad durch den Wald sich in die Lichtung öffnete, saß ein Reiter auf seinem Pferd.

Er war jung, jünger als der Comte de Trévigny, wahrscheinlich jünger als Arman de Mauvent und der ältere Mergoult. Er trug die Kleidung eines Edlen, eines Cavalié oder Baroun, dunkle Hosen aus einem feinen Stoff, darüber ein Wams aus edlem weichem Leder, das ein Wappen mit einem doppelköpfigen Drachen zierte, ein breitkrempiger Hut auf seinem dunklen kurzen Haar. Er saß leicht vornüber gebeugt auf seinem Fuchshengst, die Krempe warf einen breiten Schatten über sein Gesicht. Aus diesem Schatten heraus blickten schwarz und kühl seine Augen.

Man hörte den Graumähnigen nach Luft schnappen, als er seine ob des unerwarteten Störenfrieds verlorene Beherrschung wiederfand. «Was willste hier, Jüngelchen, hä? Mach, dass du wegkommst, oder es setzt 'ne Tracht Prügel, Kleiner, oder so!», brüllte er.

Der Reiter rührte sich nicht. Nur seine Augen wurden noch eine Spur dunkler. «Lass sie los!», wiederholte er. Leise, drohend die Stimme.

Einen Augenblick lang starrte der Graumähnige ihn an, fassungslos ob dieser Unverfrorenheit. Dann lachte er brüllend los. «Jacque, Jan, schnappt euch den Rotzlümmel und bringt ihm Benehmen bei!», sagte er verächtlich.

Die beiden Angesprochenen schwangen sich aufs Pferd und ritten langsam, im Schritt, auf den jungen Mann am Rand der Lichtung zu, so als wollten sie ihm noch die Chance zur Flucht geben, und widersinnigerweise dachte Cristino, haut ab, reitet weg, sie töten Euch sonst, flieht endlich!

Der junge Mann saß auf dem Pferd und wartete.

Sie grinsten einander an, Jacque Jan und Jan Jacque. Sie zogen ihre Schwerter und hielten sie in der rechten Hand, während sie mit der linken das Pferd führten.

Der junge Mann saß auf dem Pferd und wartete.

Eine Lerche, hoch über den Baumwipfeln, und irgendwo stürzte ein Stein ins Tal.

Der junge Mann drückte seinem Pferd die Hacken in die Seite, und das Tier schoss los.

Es ging so schnell, dass kein Auge in der Lage war, das Geschehen zu verarbeiten. Der Fuchs fuhr zwischen die beide Räuber hinein, der junge Mann warf sich zur Seite, schlug Jan den Knauf seines Degens ins Gesicht, dass er über dem Hals seines Tieres zusammenbrach, während er gleichzeitig Jacque mit einem Tritt gegen das Kinn aus dem Sattel beförderte, und schoss weiter auf die Gruppe zu, und im nächsten Augenblick lag der Graumähnige rücklings auf dem Fußboden, ohne dass einer hätte sagen können, wie er dort hingekommen war, und der junge Mann stand neben ihm und drückte ihm die Spitze seines Degens gegen die Kehle.

Cucu ließ Cristino los. «*Mon dieu*», hauchte Catarino ergriffen.

«Sag ihnen, sie sollen ihre Waffen ablegen und verschwinden», sagte der junge Mann ruhig zu dem Graumähnigen. Er schien nicht einmal außer Atem zu sein.

«Du bist tot, wenn du zustichst!», krächzte der Räuber.

Der Fremde lächelte. «Natürlich. Du auch. Sag ihnen, sie sollen die Waffen ablegen und verschwinden.» Der Druck des Degens verstärkte sich. Ein dünnes Rinnsal Blut trat neben der Spitze aus und rieselte über den Hals.

«Na – na gut», keuchte der Graumähnige resignierend. «Schmeißt die Waffen weg und macht die Fliege, hört ihr nicht, was der Cavalié sagt, ihr Schwachköpfe?»

Er hatte offensichtlich uneingeschränkte Befehlsgewalt. Die Waffen klirrten auf den Boden. In kürzester Zeit hatte sich die Lichtung geleert, selbst Jacque und Jan waren verschwunden.

Als die Geräusche anzeigten, dass das Raubgesinde sich eine beträchtliche Strecke entfernt hatte, trat ein Ausdruck der Verzweiflung in das Gesicht des Graumähnigen. «Na los, hoher Herr, dann mach mich halt alle, ist immer noch besser als der Galgen, oder so!», stieß er hervor.

Der junge Mann stieß den Degen zurück in die Scheide. «Hau ab», sagte er.

Totenstille. Perplex starrte der Räuber auf den Fremden, ebenso perplex die Barouno und die Dame Castelblanc. Catarinos Augen glühten.

«Hau ab, habe ich gesagt. Oder möchtest du warten, bis die Gatten dieser Damen hier sind und dich in Stücke hacken?», fragte der junge Mann unbewegt.

Der Graumähnige stolperte auf die Füße und rannte, als wäre der Teufel selbst hinter ihm her.

Der junge Mann ging und holte die Pferde, das von Jacque, und das von Jan. «Wir werden reiten», sagte er. «Dann haben sie keine Chance, uns einzuholen.»

Die Barouno rang nach Luft. «Ihr lasst dieses ... dieses Monster entkommen?», schrie sie mit überschnappender Stimme.

Der junge Mann wandte sich um. «Ja», sagte er.

«Ja, aber Senher ... Senher ...»

«Couvencour. Arnac de Couvencour.»

«Senher Couvencour, wie könnt Ihr nur?» Die Barouno war blass vor Empörung. «Dieses Scheusal, das es wagt, wehrlose Frauen am helllichten Tag zu entführen, das das Leben und, ach, am Ende die Unschuld unserer Töchter bedroht hat, das wollt Ihr laufen lassen?» Ihre Stimme wurde mit jedem Wort schriller.

«Was hätte ich denn Eurer Meinung nach tun sollen?» Die Augen des jungen Couvencour waren wieder sehr dunkel. «Ihm die Kehle durchschneiden? Ich weiß nicht, ob das Euch und den jungen Damen so gefallen hätte, das hätte eine ziemliche Sauerei gegeben. Und abgesehen davon bin ich nicht Gott und bin ich nicht sein Richter. Ich habe nicht das Recht, ihm sein Leben zu nehmen.»

«Nun, von mir aus!» entgegnete die Barouno pikiert. «Aber dann wäre es Eure Pflicht als Christenmensch gewesen, diesen Hund der Gerichtsbarkeit auszuliefern, damit er für seine Verbrechen bestraft wird!»

«Meine Pflicht als Christenmensch? Jemanden an den Galgen zu liefern?» Arnac de Couvencour ließ so etwas wie ein Lachen hören. «Also, ich muss schon sagen, Ihr habt eine seltsame Auffassung von christlicher Nächstenliebe, meine Dame!»

Sie schnappte nach Luft. «Also… also, diese Frechheit verbitte ich mir…und was ist, wenn er morgen die nächste Familie überfällt, die Männer ermordet, die Frauen schändet, was dann?»

Das Gesicht des jungen Couvencour nahm allmählich einen reichlich ungeduldigen Ausdruck an. «Davon, dass ich diesen Kerl erschlage, würden diese Straßen nicht einen Deut sicherer, meine Dame. Und jetzt würde ich vorschlagen, dass wir uns auf den Rückweg machen, bevor die Herren zurückkommen und ihre Pferde wieder wollen!» Er streckte Catarino und Cristino je einen Zügel entgegen.

Die Mädchen starrten ungläubig auf die Pferde und die abgewetzten Sättel, die zu dem Zeitpunkt, als das Raubgesindel sie – auf vermutlich wenig legalem Wege – akquiriert hatte, sicher recht ansehnlich gewesen waren, inzwischen aber vor Schmutz starrten. Auf Arnac de Couvencours Stirn erschien eine tiefe Falte. «Nun macht schon – es ist ja nur für eine kurze Strecke», sagte er drängend, während er einen skeptischen Blick in das Gebüsch in seinem Rücken warf.

«Aber …», begann Catarino.

«Was aber?»

«Ich kann so nicht reiten … auf einem Herrensattel!»

Der Blick, den der junge Couvencour ihr zuwarf, war eisig. «Dann solltet Ihr es dringend lernen!», sagte er ärgerlich, und nachdem sein Blick die kreideweiß an ihrer Spitze zupfende Dame Castelblanc gestreift hatte, wandte er sich der Barouno und ihrer Tochter zu und fragte: «Und Ihr? Könnt Ihr wenigstes auf einem Männersattel reiten?»

Claudia öffnete den Mund, doch bevor ein Wort herauskam, fiel ihre Mutter dazwischen: «So etwas schickt sich nicht!»

Das Gesicht des jungen Mannes verfärbte sich. «Verflucht noch mal, ich habe Euch nicht gefragt, ob sich das schickt, sondern ob Ihr es könnt!», rief er. «Also, könnt Ihr es, ja oder nein?»

Die Barouno machte ein böses Gesicht, aber sie nickte.

«Und Ihr?»

Claudia jammerte. «Ich werde mir mein schönes neues Kleid ruinieren!»

«Verdammt, was glaubt Ihr, wie ruiniert Euer Kleid erst sein wird, wenn diese netten Herren von eben zurückkommen und Euch die Kehle durchschneiden!», brüllte Arnac de Couvencour.

Das wirkte. Claudia war binnen einer Sekunde auf dem Pferderücken. Couvencour half Catarino hinter ihr in den Sattel, wo sie sich an Claudias Taille festklammerte, während die Barouno auf ein zweites Tier stieg. «Ich darf daran erinnern, dass wir dieses Problem jetzt nicht hätten, wenn Ihr diesen Galgenstrick nicht hättet entkommen lassen!», erklärte sie verärgert. Der junge Mann reagierte nicht auf diese Bemerkung. Er wandte sich der Dame Castelblanc zu. «Meine Dame –», begann er.

Es war, als hätten diese beiden Wörter die Dame Castelblanc aus einer tiefen Betäubung gezerrt. Sie riss die Augen auf und starrte Couvencour an, als sehe sie ihn zum ersten Mal, und Couvencour schien es für angebracht zu halten, sich erneut vorzustellen. «Arnac de Couvencour ist mein Name. Darf ich Euch behilflich sein, auf dieses Pferd zu steigen?»

Sie betrachtete ihn in einer Art freudiger Überraschung, als wäre sie ihm soeben auf einer Festgesellschaft begegnet. «Der junge Couvencour?», rief sie. «Der Sohn des Senhers? Ihr seid gewachsen, junger Mann. Als ich Euch das letzte Mal sah, wart Ihr noch ein halbes Kind.»

Catarino und Cristino tauschten erstaunte Blicke aus. Nie hätten sie vermutet, dass ihre Mutter und Couvencour einander kannten. Der junge Mann verzichtete indes auf das übliche Höflichkeitsgeplänkel bei einem Wiedersehen mit einer entfernten Bekannten, verfrachtete die Dame Castelblanc hinter der Barouno in den Sattel, schwang sich auf sein Pferd und reichte Cristino die Hand. «Ihr reitet mit mir», sagte er. «Vor mir.» Und er zog sie vor sich in den Sattel.

«Wieso vor Euch?», fragte Cristino erstaunt.

«Weil ich die Nachhut bilde. Ihr reitet voran», sagte er zu Claudia, die widerspruchslos gehorchte und ihr Pferd auf den schmalen Pfad lenkte, den sie gekommen waren.

Cristino grübelte eine Weile über seine rätselhafte Bemerkung nach, kam schließlich zu dem Schluss, dass er sie vor etwaigen Bogen- oder Büchsenschüssen aus dem Hinterhalt beschützen wollte, und fand das so ritterlich, dass sie gleich wieder rot wurde.

Sie ritten los. Claudia gehörte offensichtlich zu der Sorte Mädchen, vor derem schlechten Einfluss die Dame Castelblanc ihre Töchter schützen wollte; kaum hatte sie sich auf das Pferd geschwungen, saß sie im Sattel wie ein Lausbub, strahlte über das ganze Gesicht und fand den Weg zurück durch das Unterholz mit einer Leichtigkeit, dass die Dame Castelblanc, die ihre fünf Sinne wieder beisammen hatte, nur missbilligend die Nase rümpfen konnte. Die anderen folgten ihr.

Cristino saß im Sattel vor Arnac de Couvencour und wähnte sich in einem Traum.

Seitdem die Bäume zu beiden Seiten der Kutsche gefallen waren, hatte Cristinos Realitätssinn einen schweren Schaden erhalten. Die Entführung quer durch das Unterholz, die wundersame Rettung durch diesen jungen Cavalié, der es ganz allein mit zwei Dutzend bewaffneter Raubgesellen aufnahm, all das war so weit von ihrer Normalität entfernt, von dem wohlbehüteten Leben der Cristino Kermanach de Bèufort, dass es einfach nicht wahr zu sein schien, nicht wahr sein konnte, ein Traum, nein, eine Geschichte, die ihr die alte Anno vor dem Schlafengehen erzählte, die Geschichte von dem schönen jungen Edelfräulein, das von Räubern entführt wurde, aber dann kam der junge Ritter und rettete sie und ritt mit ihr davon, in ein neues Leben, und wenn sie nicht gestorben sind, dann leben sie noch heute. Sie spürte die Wärme von Couvencours Körper durch den Seidenstoff ihres Kleides, spürte seinen Atem, wie er in ihrem Nacken die Haare bewegte, roch seinen Geruch, ein naher, Vertrauen einflößender Geruch, lehnte sich gegen die Arme, die die Zügel hielten, er war schlank gebaut, beinahe schmächtig, doch unter den Ärmeln seines Wamses spielten kräftige, geschmeidige Muskeln. Nie zuvor war sie einem Mann, der nicht zu ihrer Familie gehörte, so nahe gewesen. Ich schwebe, dachte sie. Nein, ich bekomme Kopfschmerzen.

Vor ihr drehte sich ihre Mutter alle paar Sekunden im Sattel um, warf einen scharfen Blick auf ihre Tochter und den jungen Mann, der sie in seinen Armen hielt, offensichtlich schwer mit der Frage beschäftigt, inwieweit diese unschickliche Nähe zu einem fremden Mann sich negativ auf die Tugend ihrer Tochter auswirken könnte, und wann immer sie sich umdrehte, spürte Cristino, wie ihr Körper sich versteifte, wie sie von Arnac de Couvencour abrückte, versuchte, diese unfassbare Nähe zu ihm zu vertuschen. Und jedes Mal sehnte sie sich nach und fürchtete sich vor dem Moment, in dem ihre Mutter ihren Blick wieder nach vorne wandte, und sie sich zurücksinken lassen konnte, gegen seinen warmen, verwirrenden Körper.

«Hattet Ihr Angst vorhin?» Sie wandte sich um. Erstmals sah sie ihm direkt ins Gesicht, schmal war es, jugendlich, bartlos, noch mehr das Gesicht eines Knaben als das eines Mannes. Auch seine Stimme war noch beinahe knabenhaft. Es war vor allem die Kleidung, die nicht mehr die eines Kindes war, die ihn erwachsen wirken ließ, um Jahre reifer als zum Beispiel Fabiou, der Degen an seiner Seite, der breitkrempige Hut auf seinem Kopf. Und die Augen. Schwindelerregende Augen. Man konnte nicht länger als ein paar Sekunden hineinsehen in diese Augen, ohne das Gefühl zu bekommen, in eine schwarze Tiefe zu stürzen. Rasch wandte sie den Blick wieder nach vorne.

«Als diese Männer Euch entführten, meine ich», ergänzte Arnac de Couvencour erklärend. Im Gegensatz zu seinen Augen ging von seiner Stimme etwas unglaublich Beruhigendes, ja fast Vertrautes aus.

«Angst?» Ihre Stimme hatte noch immer nicht ganz den Weg zu ihr zurückgefunden. «Na ja – eigentlich nicht. Irgendwie … war es nicht wirklich genug.» Sie lachte auf, Mutters bewährtes Bin-ich-nicht-ein-Dummerchen-Lachen. «Das ist albern, was ich da sage, nicht wahr?»

«Nein, wieso?» Sie spürte sein Achselzucken hinter sich. «Es ist oft so. Zum Glück. Es gibt einem die Möglichkeit, klar zu denken.»

Eine seltsame Bemerkung. Sie wusste nicht, wie darauf reagieren, und flüchtete sich in einen Themawechsel. «Warum habt Ihr den Räuber vorhin fliehen lassen?»

«Hättet Ihr gewünscht, dass ich ihn töte?», fragte seine Stimme in ihrem Rücken.

Cristino lächelte kokett. «Hättet Ihr es denn getan, wenn ich es gewünscht hätte?»

«Nein.»

«Und warum nicht?»

«Wartet mal … ich glaube, da gibt es so eine Bibelstelle … du sollst nicht töten, oder so ähnlich …»

«Aber das war ein Verbrecher!», widersprach Cristino.

«Oh – heißt die Bibelstelle vielleicht doch eher, du sollst niemanden töten, mit Ausnahme der Verbrecher?» Sie drehte sich um. Gott, diese Augen! «Meine junge Dame, könnt Ihr mir einen Grund nennen, warum ich ihn hätte töten sollen, wo es doch auch so ging? Um vor Euch zu prahlen, oder was?»

Sie antwortete nicht gleich. Er war seltsam, wirklich. Ganz anders als die übrigen jungen Männer, die sie kannte, wie Armant de Mauvent zum Beispiel.

«Aber … wie die Barouno sagte, wäre es nicht Eure Pflicht gewesen, ihn der Justiz zu …»

«Meine Güte», fiel Couvencour ihr ins Wort, «was steigert ihr euch eigentlich alle in einen Hass gegen diese Leute hinein? Die hatten doch bloß Hunger!»

Ungläubig starrte sie ihn an, doch sein Blick ging an ihr vorbei, seine schwarzen Augen starrten nach vorne, und sie hörte Claudia laut aufjubeln, und Arnac de Couvencour sagte: «Wir sind da.»

Sie waren da, in der Tat. Da waren die Kutschen, die Pferde, die Wagen, die gefällten Bäume, die die Räuber benutzt hatten, um sie in die Falle zu locken. Da war Loís, der ihnen entgegengestürzt kam, nur mit einem Holzknüppel bewaffnet, doch mit einem Gesichtsausdruck, als ob er es so mit sämtlichen Räubern des Luberoun aufnehmen wollte. Und da waren der Cavalié de Castelblanc und der Baroun de Buous und die Jungen und die Diener. «Frederi!», schrie die Dame Castelblanc, und «Madaleno!», schrie der Cavalié, und sie fiel ihm vom Pferd in die Arme, und er drückte sie ganz unschicklich und flüsterte nur immer und immer wieder, ein Glück, dass ich dich wiederhabe.

«Gott sei Dank», keuchte Loís, «Gott sei Dank.»

Die Barouno begrüßte ihren Gatten nicht ganz so überschwänglich und erstattete stattdessen augenblicklich Bericht über die vergangene halbe Stunde. «Senher de Couvencour, mein Mann, der Baroun de Buous», stellte sie vor. «Und das ist der Cavalié de Castelblanc. Cavalié, Senher Arnac de Couvencour.»

Frederi hatte die Dame Castelblanc losgelassen. «Senher de Couvencour und ich kennen uns bereits», sagte er. «In der Tat», bestätigte Arnac de Couvencour. Ihrer beide Stimmen klangen gleichermaßen unterkühlt.

«Senher de Couvencour hat uns gerettet!», erklärte die Dame Castelblanc begeistert. «Heldenhaft hat er sich alleine auf die Räuberbande gestürzt!» Die drei jungen Damen nickten strahlend. Die Barouno machte ein Gesicht, als habe sie in eine saure Zitrone gebissen.

Die Gestalt des Cavaliés straffte sich. «Es scheint, ich bin Euch zu Dank verpflichtet, Senher», sagte er frostig. Widerwilliger hätte er es nicht ausdrücken können.

«Gern geschehen», sagte Couvencour. Seine schwarzen Augen waren zu Schlitzen zusammengekniffen.

Der Baroun drängte sich heran. «'Ne reife Leistung, mein Junge», rief er und versetzte Couvencour einen Schlag auf die Schulter, dass dieser ernsthafte Gleichgewichtsprobleme bekam. «Was hast du eigentlich in dieser Ecke gemacht, dass du über unsere verschollenen Damen gestolpert bist?» Er hatte die indiskrete Angewohnheit, so gut wie jeden zu duzen, vielleicht abgesehen vom König und vom Papst.

«Es war Zufall», sagte Arnac. «Ich war auf dem Weg nach Ais. Ich wollte eine Abkürzung nehmen, und da habe ich Schreie gehört, das war alles.»

«Eine Abkürzung? In diesem Dickicht?», fragte Fabiou ungläubig, doch schon unterbrach ihn der Baroun mit dröhnendem Lachen: «Glücklicher Zufall für uns. Hab schon gedacht, ich müsste die Matratze in Zukunft alleine drücken!»

«Hugue!», schimpfte die Barouno empört.

«Na, wie dem auch sei, Junge», meinte der Baroun. «Du bist natürlich herzlich eingeladen, den Rest des Weges mit uns zusammen zu reisen. Würde mich geehrt fühlen. Und die Damen», er sah zu Cristino, Catarino und Claudia hinüber, auf deren Gesichtern bei diesen Worten dreimal dasselbe glückselige Strahlen erschienen war, «würden sich, denke ich, glücklich schätzen, wenn du das Angebot annehmen würdest. Frederi, jetzt mach doch nicht so ein Gesicht!»

«Ich denke eher, dass unsere Wege sich hier trennen sollten, Senher de Couvencour», sagte der Cavalié verschlossen.

«Frederi! Du bist ganz schön unhöflich! Der Bengel hat deinen Gören das Leben gerettet! Etwas gastfreundlicher könntest du schon sein!»

«Ich finde es bedenklich, einem Ketzer gegenüber von Gastfreundschaft zu reden!», stieß der Cavalié zwischen zusammengepressten Zähnen hervor.

So unglaublich es war, Couvencours Augen wurden noch eine Spur dunkler bei diesen Worten. «Ich bin kein Ketzer!», zischte er. «Ich bin gläubiger Katholik, wie Ihr! Und dasselbe gilt für meinen Vater!»

«Nanana.» Der Baroun de Buous klopfte Arnac erneut auf die Schulter, etwas sanfter diesmal. «Nimm's dem Cavalié nicht übel. Man hört ja schon so gewisse Sachen über deinen Herrn Vater …»

«Was? Dass er keine Lust hat, untätig zuzusehen, wie unschuldige Menschen getötet werden? Macht ihn das zum Ketzer, ja?» Die schwarzen Augen blitzten kampflustig.

Buous lachte auf. «Du gefällst mir, Junge – endlich mal jemand, der nicht den ganzen Tag lang aus Ehrfurcht vor der Inquisition auf dem Boden herumrobbt. Einen mutigen Sohn, den dein Vater da hat! So, und jetzt genug geredet. Wir fahren weiter, und Senher de Couvencour begleitet uns.»

Leicht gesagt. Der Baroun hatte ein paar geringfügige technische Schwierigkeiten außer Acht gelassen. Da war sein Kutscher, der inzwischen zwar wieder zu sich gekommen war, ansonsten aber in erster Linie am Wegesrand lag und seinen Mageninhalt von sich gab. Da waren zwei der Kutschpferde, die sich in ihrem Schrecken gegenseitig verletzt hatten und definitiv als Zugtiere ausfielen. Da war die Dame Castelblanc, die auf den Schock Kopfschmerzen bekam und jammerte, sie würde es heute unmöglich noch bis Ais schaffen. Und da war Frederi Jùli, der, dem löblichen Beispiel des Kutschers folgend, am Ufer kauerte und seinen Magen in den Aigo Bruno entleerte.

«Na, prima», meinte der Baroun de Buous.

«Hoppefe», sagte Maria Anno und winkte mit beiden Armen.

Nach kurzer Diskussion beschloss man, die Reise zunächst nur bis Lourmarin fortzusetzen und dort nach einem Nachtquartier zu suchen. Der Kutscher wurde auf einen der Wagen geladen, die beiden verletzten Pferde ausgespannt und von den beiden Buous-Söhnen am Zügel geführt, Loís kletterte auf den Buous'schen Kutschbock, vor den man nun die Reittiere zweier Waffenknechte gespannt hatte, und der Zug setzte sich wieder in Bewegung.

«Sag mal, Couvencour, den Namen kenne ich irgendwoher», raunte Catarino ihrer Schwester zu, und die flüsterte erregt: «Bist du sicher?»

«Ja. Von früher.» Früher hieß bei Catarino immer zu Lebzeiten ihres Vaters. Sie wurde nicht müde, damit zu prahlen, dass sie sich – als Einzige – angeblich an ihn erinnerte.

«Klar kennst du den Namen.» Das war Fabiou, der seinen Kopf zum Fenster der Kutsche hereinstreckte. «Couvencour liegt ganz in der Nähe von Bèufort, das hat uns der Verwalter erzählt, als wir vor fünf Jahren dort waren.»

Catarino zog eine Schnute. «Ich kenne ihn von früher!»

«Was hat Frederi gemeint, als er gesagt hat, Senher de Couvencour wäre ein Ketzer?», fragte Cristino leiser, als es nötig gewesen wäre. Die Dame Castelblanc hatte ihr Gesicht mit einem feuchten Tüchlein bedeckt und nahm momentan gar nichts wahr.

«Ich weiß nicht ...» Fabiou blickte nachdenklich drein.

«Ach, Frederi ...» Catarino verdrehte die Augen. Dann schien ihr plötzlich eine Idee zu kommen, mit leuchtenden Augen fragte sie: «Meint ihr, Senher de Couvencour hat unseren Vater gekannt, wenn er aus der Nähe von Bèufort kommt?»

Auch Fabiou wurde jetzt etwas aufgeregt. Es gab nicht allzu viele Leute in ihrer Gegend, die sich an Cristou de Bèufort erinnerten. Um genau zu sein, gab es außerhalb der Familie keinen, der ihren Vater näher als vom Hörensagen gekannt hatte, dazu war Bèufort einfach zu weit vom Luberoun entfernt. Aber Couvencour? Fabiou überlegte kurz, dann stieß er einen enttäuschten Seufzer aus.

«Was?», fragte Catarino.

«Mann, überleg mal, wie alt Couvencour ist! Der war doch noch ein kleines Kind, als Vater starb!», meinte Fabiou. «Der wird sich sicher nicht näher an ihn erinnern können, selbst wenn er ihn gekannt hat.»

«Ja, stimmt. Schade», sagte Catarino enttäuscht.

«Auf alle Fälle ist er der mutigste Mann, den ich je gesehen habe», seufzte Catarino verzückt. «Und er sieht auch noch gut aus!»

«Weiber!», grummelte Fabiou. Neben ihnen, fröhlich plätschernd, springend über die Steine, die Felsvorsprünge umgurgelnd, brausten die Wasser des Aigo Bruno durch die Schlucht und stürzten dem Tal entgegen.

***

Dort wo die Schlucht des Aigo Bruno sich ins Tal der Durenço öffnete, lag Lourmarin zur Linken, auf einem kleinen Hügel am Fuß des großen Luberoun, den die niedrigen grauen Häuser wie eine Kappe überzogen. Ein hübsches kleines Schloss im italienischen

Stil thronte auf der Anhöhe gegenüber, und im Hintergrund lag der Luberoun wie der Rücken eines schlafenden Tieres.

Sie fanden eine Herberge in der Stadtmitte, wo sie einkehrten. Es war ein einfaches, aber relativ sauberes Haus, und der Wirt hieß sie mit tausend Bücklingen willkommen und hetzte sofort seine Burschen los, dass sie die Pferde und den armen Kutscher versorgten. «Ihr werdet Euch wohlfühlen, edle Herrschaften», versprach er, «selbst König François ist hier einmal abgestiegen, und er war sehr zufrieden.»

«Jaja, er ist viel gereist, der König François», spottete der Comte de Trévigny. «Könnte mir aber vorstellen, dass er die Gastfreundschaft der Schlossherren diesem gastlichen Hause vorgezogen hat, aber na ja, man kann sich irren.»

Der Wirt scheuchte seine Mägde in die Küche und schickte einen Jungen los, der binnen kürzester Zeit die halbe Verwandtschaft zusammentrommelte, und mit vereinten Kräften brachten sie innerhalb von zwei Stunden ein recht stattliches Mahl auf den Tisch. Die Dame Castelblanc entschuldigte sich, sie sei unpässlich, und ließ sich gleich ihr Zimmer zeigen, aber Frederi Jùli hatte seinen Appetit offensichtlich wiedergefunden und schaufelte mit beiden Händen Fleischpasteten und Apfelkuchen in sich hinein. Die Anspannung der letzten Stunden entlud sich in albernem Gelächter, Wein wurde gereicht, und Zitronenwasser, und Saft aus gepressten Orangen, und die Stimmung war so gut, dass sogar die Barouno de Buous ihre gute Laune wiederfand. Die Mädchen hatten gerötete Gesichter und glänzende Augen und berichteten ein ums andere Mal von ihrem Abenteuer und der wundersamen Rettung durch den heldenhaften Senher de Couvencour, zum besonderen Ärger des Comte de Trévigny, dessen Geschichten von Paris und Ronsard nur noch auf begrenztes Interesse stießen. Was ihn fast ebenso ärgerte, war die Tatsache, dass die Unterhaltungen zu einem großen Teil auf provenzalisch abliefen. Zwar gab sich die jüngere Generation zumindest Mühe, mit Rücksicht auf ihn französisch zu sprechen, doch die älteren Buous scherten sich einen Dreck um seine Anwesenheit, und auch die Jungs und Mädels fielen im Eifer des Gesprächs oft genug in ihre Muttersprache zurück.

Wenn die anderen Herren ebenfalls eifersüchtig auf den jungen Couvencour waren, ließen sie es sich zumindest nicht anmerken. Ein ums andere Mal erhoben die Buous ihre Gläser auf den jugendlichen Helden, Frederi Jùli betrachtete Arnac de Couvencour den ganzen Abend lang mit glühenden Augen und einem durchgeistigten Strahlen auf dem Gesicht, und Fabiou dachte im Stillen, dass es wohl kein Fehler wäre, ihm ein Gedicht zu widmen, ein paar Zeilen wenigstens. Nur Frederi de Castelblanc beteiligte sich nicht an der fröhlichen Runde, und wenn die Buous ihre Becher zusammenklirren ließen, starrte er dumpf auf die hölzerne Tischplatte. Arnac de Couvencour selbst schien von all dem ziemlich unberührt, die meiste Zeit saß er ernst und wie in Gedanken versunken am Tisch und beteiligte sich nur sporadisch an den Gesprächen, und man fragte sich, ob er überhaupt begriff, dass die vergnügten Trinksprüche seiner Person galten.

Schließlich war das Essen vorbei, die Kinderfrau ging, Maria Anno ins Bett zu bringen, und die übrigen Dienstboten zogen sich in die Scheune zurück, in der auch die Tiere untergebracht waren und in der sie die Nacht verbringen würden, und das Gelächter, das gelegentlich von dort herüberdrang, zeigte, dass auch sie einen vergnüglichen Abend hatten. Die Buous, die Castelblancs und die beiden jungen Herren hatten die fünf Gastzimmer einvernehmlich untereinander aufgeteilt, für allzu großen Luxus war momentan nun mal kein Raum, im wahrsten Sinne des Wortes.

Später fragte sich Cristino oft, wann es eigentlich angefangen hatte, welches der Moment war, an dem der Abend, der zunächst so fröhlich und unbeschwert gewesen war, diesen anderen, seltsamen Verlauf genommen hatte. Zumal von diesem Moment an alles einen seltsamen Verlauf nahm, so dass sich die Frage aufdrängte, ob alles anders gekommen wäre, wenn sie es geschafft hätten, die harmlos-ausgelassene Stimmung festzuhalten, mit der das Essen begonnen hatte. Es gab eigentlich keinen Auslöser, kein Ereignis, keine Bemerkung, die aus heiterem Himmel ihre Stimmung oder die der anderen getrübt hätte. Der Moment, den sie nach langem quälenden Nachdenken schließlich als Ausgangspunkt für die Veränderung festmachen konnte, war der Augenblick, in dem die Sonne hinter den Giebeln der umstehenden Häuser versank und die Dunkelheit in den Raum kroch.

Die Dunkelheit kroch in den Raum, das war der richtige Ausdruck. Nie zuvor hatte Cristino das Dunkel als etwas Körperliches empfunden. Das Licht war in ihrem Denken stets das Substantielle, das Aktive gewesen. Das Licht drang in einen Raum ein, fiel durch ein Fenster, stahl sich durch eine Ritze, breitete sich auf der Wand aus. Die Dunkelheit war nur die Abwesenheit des Lichts, eine Art Leere, die das vordringende Licht anfüllte. Aber heute war es anders. Heute war es die Dunkelheit, die hereinkam, unter der Türschwelle hindurchsickerte, durch das Fenster in die Schankstube strömte, wo sie sich in einer Pfütze auf dem Fußboden sammelte und in die Ecken und Winkel waberte, die sie in Kürze verschluckt hatte. Jemand stand auf und schloss die Fensterläden, eine Handlung, die ihr logischer erschien als je zuvor, der ebenso verzweifelte wie unrealistische Versuch, die Dunkelheit auszusperren. Der Wirt stellte Kerzen auf den Tisch und entzündete sie, und wieder war es nicht so, dass das Licht sich ausbreitete, in die Dunkelheit vordrang; vielmehr schien es, als würde die schwache Lichtglocke, die die Kerzen um den Tisch legten, von der Schwärze des Raumes attackiert, als versuche sie verzweifelt, sich dagegen zu wehren, völlig von der Dunkelheit verschluckt zu werden.

Cristino schloss die Augen. Sie war übermüdet und überreizt, das war der Grund. Man reist ja auch nicht jeden Tag von Castelblanc nach Lourmarin. Und vor allem wird man nicht jeden Tag von Räubern entführt, kein Wunder, dass sie allmählich etwas überspannt reagierte. Trotzdem. Da war etwas, ein Gefühl, das sie an diesem Tag schon einmal gehabt hatte und das jetzt einem Echo gleich aus den Tiefen ihrer Seele wieder emporstieg. Das Gefühl des frühen Morgens, als sie um Arman de Mauvent getrauert hatte, als sie in einen Bach gestarrt und über Selbstmord nachgegrübelt hatte. Nun, es war ja auch zu erwarten gewesen, dass der Gedanke an ihre verlorene Liebe sich wieder zu Wort meldete, dachte sie, und seltsamerweise beruhigte sie diese Überlegung. Als ob Enttäuschung, Herzschmerzen, ja sogar Todessehnsucht aus Liebeskummer eine angenehme, harmlose Erklärung für die Unruhe seien, die sich in ihrem Innern ausbreitete.

Sie riss die Augen wieder auf. Es war still am Tisch geworden. Der alte Buous hatte sich zurückgelehnt, die Hände über dem Bauch gefaltet, er sah aus wie Krösus beim Betrachten seiner Schätze, nur düsterer. Frederi hatte den Kopf in die Hände gestützt, bleich das Gesicht im Schimmer der Kerzen, leere Augen starr auf das Holz des Tisches gerichtet. Arnac de Couvencour saß im Schatten, nur sein Gesicht ragte in den Lichtkreis hinein, die schwarzen Augen trugen ein Stück der Dunkelheit ins Innere. Trévigny war der einzige, der mit einem aufgesetzten Grinsen in die Runde blickte, sonst lag auf keinem Gesicht mehr ein Rest der ursprünglichen Fröhlichkeit.

«Nun ...», die Barouno de Buous rückte ihren Stuhl zurück und stand auf, «ich denke, ich werde mich zurückziehen ... es war ein langer Tag heute.» Sie lachte auf. Es war ein hohles, leeres Lachen, das von den Wänden widerhallte wie in einer Gruft.

Cristino fühlte plötzlich ihren Herzschlag. Fest, drängend klopfte er in ihrer Brust, als wolle er sich zu Wort melden, ihr mitteilen, dass sie noch lebte. Es war nicht Arman de Mauvent. Wenn sie an ihn dachte, dann mit einer gewissen Wehmut, aber nicht im Entferntesten mit irgendetwas, das ihrer momentanen Verfassung gleichkam. Seltsam – war es in der Tat möglich, die Liebe des Lebens binnen weniger Stunden derart zu vergessen? Wo sie noch heute morgen geglaubt hatte, dass selbst Jahre und Jahrzehnte ihr nicht über den Verlust von Arman de Mauvent würden hinweghelfen können? Es war nicht Arman, das Gefühl. Es war nicht Liebeskummer. Es war etwas unsagbar Schlimmeres.

Dann eine Stimme, die in die Stille brach, vergnügt, unbeeindruckt von der Dunkelheit, aber zu schwach, diese zu zerreißen. Claudia. «Eine Geschichte! Wer erzählt eine Geschichte?»

«Au ja, eine Geschichte!» Das war Frederi Jùli, wie konnte es sein, dass die Dunkelheit ihn nicht erdrückte, ihm die Worte nicht im Mund erstickte?

«Senher de Couvencour, da Ihr so ein unglaublicher Held seid, könnt Ihr sicher auch eine schöne Heldengeschichte erzählen, nicht wahr?», fragte Sébastien de Trévigny spöttisch.

Die dunklen Augen glitten über sein Gesicht. «Ich bin kein guter Erzähler», sagte Arnac interesselos. Seine Augen. Waren sie es, die

die Schwärze im Raum verströmt hatten? Es schien die einzige vernünftige Erklärung.

«Schade, wirklich.» Der Comte grinste anzüglich.

«Was ist mit unseren jungen Bretonen?», fragte der tiefe Bass des Krösus. «Na, Fabiou? Kennst du nicht ein paar schöne Gruselgeschichten aus der alten bretonischen Heimat?»

Alte Heimat? Das war im 14. Jahrhundert... Fabiou, blasse Sommersprossen hinter zuckenden Kerzenflammen. «N...nein, ich denke nicht...»

«Schade – in der Bretagne gibt es herrliche Geistermärchen... hat euer Vater euch denn gar keine davon erzählt?»

«Mein Vater ist gestorben, als ich ein Säugling war», sagte Fabiou trocken. «Ich denke nicht, dass er mir damals schon Märchen erzählt hat.»

«Aber mir hat er Märchen erzählt!», erklärte Catarino. Ihre Stimme war anders als die der übrigen. Fordernd. Aggressiv. Etwas geschah hier, Cristino wusste nur nicht, was. «Da war diese Geschichte mit Ys», fuhr Catarino fort, hastig, als fürchte sie eine Unterbrechung, «einer Stadt, die so schön war, dass die Franzosen sie nachgebaut haben, und die neue Stadt nannten sie dann Par-Ys, weil sie so ähnlich war wie Ys, und daraus wurde dann Paris. Aber die Bürger von Ys haben sich dann irgendwie versündigt, und da ist ihre Stadt im Meer versunken.»

Frederis Augen hoben sich von der Tischplatte. Er sah schlecht aus. Als sei ihm das Essen nicht bekommen. «Red keinen Unsinn», sagte er heiser. Die Blässe in seinem Gesicht war beängstigend. «Du kannst dich nicht an Cristou erinnern. Das ist unmöglich! Und schon gar nicht kannst du dich an irgendwelche Geschichten erinnern, die er dir erzählt hat.»

In Catarinos grünen Augen blitzten trotzig die Reflexe der Flämmchen, und zu Cristinos grenzenlosem Entsetzen ob ihrer Unverfrorenheit wandte sie sich von ihrem Stiefvater ab und dem Baroun de Buous zu. «Ich kann mich sehr wohl erinnern!», erklärte sie. «Er hat mir viele Geschichten erzählt. Von König Artus vor allem, und den Rittern der Tafelrunde, Gawain, und Lancelot, und Merlin, und Galahad, und der Fee Morgain, und Parcifal, und...

und … ach, wie heißt der eine, der mit dem komischen Namen … der so jung gestorben ist …»

Gott, das kann sie sich Frederi gegenüber nicht herausnehmen, als Mädchen ihrem Vater gegenüber, das kann er ihr nicht durchgehen lassen, das gibt Ärger, Catarino, du dumme Gans …

Die Augenlider des Cavaliés zuckten. «Catarino», sagte er, «du solltest vielleicht jetzt besser ruhig sein.»

«… Schionatulander!», rief sie triumphierend.

Frederis Hand schoss vor und fasste Catarinos Arm so fest, dass sie unwillkürlich aufschrie. Er hatte das Essen wohl wirklich nicht vertragen, sein Gesicht war grasgrün. «Halt den Mund!», fuhr er sie an.

Es war still am Tisch. Catarino starrte auf Frederi mit weit aufgerissenen Augen und offenstehendem Mund, und der Buous beugte sich etwas nach vorne, einen befremdeten Blick auf den Cavalié gerichtet; und dieser ließ Catarinos Arm los und tastete mit einer zitternden Hand nach seinem Weinbecher.

«Wie wäre es mit Euch, Comte?» Roubert, der ältere Buous-Sohn lächelte Trévigny auffordernd zu, offensichtlich versuchte er, die Situation zu retten. «Kennt Ihr nicht eine schöne Geschichte?»

Trévigny räusperte sich. «Nun …»

«Au ja, eine Geschichte aus Paris!», rief Claudia erfreut. «Eine Liebesgeschichte, ich möchte eine Liebesgeschichte hören!»

«Nein, lieber was mit Schwertkampf und Toten und so», widersprach Frederi Jùli.

«Oder eine Gruselgeschichte!», schlug Artus de Buous, Rouberts jüngerer Bruder, vor.

«Eine Gruselgeschichte, *merveilleux*!», rief Claudia begeistert. Ihre Stimmen klangen wie das hohle Rufen eines Käuzchen in der Nacht. Catarino schwieg, sie saß starr an ihrem Platz und rieb ihren Arm. Frederi sah auf die Tischplatte. Arnac de Couvencour war im Schatten verborgen, seine Augen funkelten aus der Dunkelheit wie glimmende Kohlen.

«Nun …», wiederholte der Comte de Trévigny und kratzte sich am Kopf. «Eine Gruselgeschichte … Nun ja.» Er schien einen Entschluss gefasst zu haben und setzte sich auf, ein kleines Lächeln um seine Lippen. Erwartungsvoll die Augen ringsumher. Hoffnungsvoll. «Da waren diese beiden Freunde, die vor vielen, vielen Jahren gemeinsam ins Heilige Land auf den Kreuzzug zogen. Sie erlebten viele Gefahren miteinander, und jeder hatte dem anderen schon ein paar Mal das Leben gerettet, und sie waren einander näher als Brüder. Als sie nach Jahren in ihre Heimat zurückkehrten und ihre Wege sich trennen mussten, da verabredeten sie, dass sie sich nach genau einem Jahr im Haus des einen wiedertreffen und um Punkt Mitternacht mit einem Glas Wein auf ihre Freundschaft anstoßen wollten.

Das Jahr verging. Am vereinbarten Tag machte sich der Erste zur Burg des anderen auf. Doch als er dort ans Tor klopfte und um Einlass bat, er wolle den Herrn des Hauses besuchen, da öffneten ihm die Diener mit Tränen in den Augen, denn der Freund war wenige Tage zuvor an einem Fieber gestorben.

Der Ritter war traurig. Im Andenken an seinen Freund und an die Vereinbarung, die sie getroffen hatten, beschloss er, die Nacht in der Gruft neben dem Sarg des anderen zu verbringen und um Mitternacht ein Glas Wein auf ihn zu trinken. So wollte er sein Versprechen halten.

Gesagt, getan. Als die Turmuhr Mitternacht schlug, stand er neben dem Sarg, füllte Wein aus einer Flasche in einen Becher, und mit den Worten, auf dich, mein Freund, führte er es an die Lippen. Doch in dem Moment, als der zwölfte Schlag verklang, geschah es: der Sargdeckel klappte auf, und heraus trat, in voller Rüstung, das Schwert gegürtet, der Tote, einen Becher in der Hand haltend, und sagte, schenk ein, mein Freund, ich bin hier, um mit dir zu trinken. Der Ritter erschrak zunächst, doch er konnte die Bitte seines toten Freundes ja schlecht abweisen, und so schenkte er ihm ein, und sie tranken zusammen. Aus einem Glas wurden zwei, aus zweien vier, und irgendwann war die ganze Flasche leer. In diesem Moment hörte man den Schlag der Turmuhr, die ein Uhr ankündigte, und ebenso plötzlich, wie der Tote erschienen war, verschwand er wieder in seinem Sarg, und der Deckel schloss sich hinter ihm.

Der Ritter wurde plötzlich von Grauen erfasst. Er stürzte die Treppe hinauf und rief nach den Dienern, aber niemand antwortete ihm. Am Kopf der Treppe stieß er eine Tür auf und stürzte nach draußen. Doch entsetzt musste er feststellen, dass er nicht in der Eingangshalle einer Burg stand, sondern in den Trümmern einer Ruine. Er suchte sein Pferd und fand es nicht; schließlich, in der Ferne graute schon der Morgen, lief er zu Fuß den Hügel hinunter ins nahe Dorf. Bald erschienen Menschen auf der Straße, Menschen in seltsamer Kleidung, wie er sie noch nie zuvor gesehen hatte. Er fragte sie verwirrt, was denn mit der Burg geschehen sei, was konnte sie über Nacht zerstört haben, ohne dass er es überhaupt gemerkt hatte? Doch die Menschen sahen ihn nur seltsam an und hasteten weiter. Endlich traf er einen alten Mann, der sich seine Geschichte anhörte. Als er geendet hatte, sagte der alte Mann, er erinnere sich, als er ein Knabe war, haben ihm die Alten des Dorfes die Geschichte von einem Ritter erzählt, der nach dem Tod des alten Burggrafen in die Gruft hinabgestiegen und nie mehr heraufgekommen sei. Der Ritter lachte bei seinen Worten. Nie mehr heraufgekommen? Guter Mann, ich war nur eine Stunde in jener Gruft.

Eine Stunde für Euch, ja, sagte da der alte Mann. Aber in der Stunde, die Ihr in der Gruft verbracht habt, sind draußen in der Welt hundert Jahre vergangen.»

Man erwartet Kommentare nach einer Geschichte. Beifallsbekundungen. Kritik. Diskussionen. Schweigen zeugt oft von Langeweile. Nein, es war nicht Langeweile. Der Tisch schwieg trotzdem. Schließlich, ein Keuchen von Claudia. Sie schüttelte sich. «Waaa, ist das unheimlich!»

«Hä, also wie, heißt das, die Zeit ist draußen schneller vergangen als in der Gruft oder was?», fragte Frederi Jùli verständnislos. Keiner antwortete.

«Jetzt erzähle ich eine Geschichte», erklärte Roubert entschieden. «Und zwar», er warf einen geheimnisvollen Blick in die Runde, «eine wahre Geschichte. Und dazu eine, die zum heutigen Tag passt.» Er räusperte sich. «Es ereignete sich hier, in dieser Gegend, zu einer Zeit, die vielleicht zwanzig Jahre her sein mag. Damals reisten zwei junge Edelleute, Brüder, von irgendwo in der Provence nach Ais.»

Cristino drückte mit dem Zeigefinger gegen den Knorpel vor ihrem rechten Ohr, um das Summen darin zu übertönen. Im Hintergrund hämmerte ihr Herzschlag wie ein Schmiedehammer.

«Der jüngere von beiden war verheiratet und hatte Kinder, ein oder zwei Söhne, glaube ich, und drei kleine Töchter, und seine Familie begleitete ihn auf der Reise. Der ältere hatte noch keine Frau, er zog nach Ais, um dort zu studieren und ein großer Gelehrter zu werden. Doch als sie des Nachmittags einen dichten, düsteren Wald durchquerten, da brach auf einmal von allen Seiten das Raubgesindel aus dem Dickicht und stürzte sich auf die Reisenden. Die beiden Edelmänner und ihr Gesinde wehrten sich nach Kräften, doch die Räuber waren in der Überzahl, und sie erschlugen den jüngeren Bruder, seine Frau, seine Söhne und fast all ihre Diener. Allein der ältere Bruder und zwei der Dienstboten, ein alter Mann und ein Knabe, überlebten; geistesgegenwärtig gelang es ihnen, die drei kleinen Mädchen vor den Spießen und Schwertern der Mordbuben zu retten und mit ihnen zu fliehen.

Der ältere Bruder haderte furchtbar mit seinem Schicksal. Sein geliebter Bruder tot, erschlagen vor seinen eigenen Augen, ohne dass er ihm hätte zu Hilfe eilen können, und ebenso gemordet seine Schwägerin und seine Neffen! Er ruhte nicht eher, als dass die Mörder gefasst waren und allesamt am Galgen baumelten, und um wiedergutzumachen, was er seinem Bruder nicht hatte tun können, nahm er die Mädchen in sein Haus auf, um sie aufzuziehen wie seine eigenen Töchter. Doch da er keine Frau hatte, die sich der Kinder hätte annehmen können, machte er sich auf die Suche nach einem geeigneten Kindermädchen für die Kleinen.

Nun wollte es der Zufall, dass in eben diesen Tagen sein treuester Diener Besuch von einer Cousine erhielt, die lange Zeit bei einer entfernt lebenden Familie als Kinderfrau im Dienst gestanden hatte. Diese klagte ihm, dass ihre Dienstherren und die gesamte Familie an einem Fieber gestorben seien und der Erbe sie aus dem Haus gejagt habe. Erfreut über das glückliche Zusammentreffen der Umstände empfahl der Diener die Cousine seinem Herrn als Kindermädchen, und dieser akzeptierte erfreut und nahm die Frau in seine Dienste. Doch was weder er noch sein Diener ahnte: Das Kindermädchen war in Wirklichkeit eine Hexe und Teufelsanbeterin. Insgesamt zehn Kinder hatte sie bereits auf dem Gewissen, alles Kinder ihrer letzten Herren, die sie ermordet und ihre Leichen für ihre schändlichen Rituale missbraucht hatte, und für diese Verbrechen war sie eingekerkert und zum Tod auf dem Scheiterhaufen verurteilt worden, doch mit ihrer Hexenkunst war es ihr gelungen zu fliehen. Denn noch genügten dem Teufel die Zahl ihrer Opfer nicht, dreizehn sollten es sein, die dämonische Zahl dreizehn.

Die Zeit verging, die Mädchen wuchsen und wurden von Tag zu Tag schöner, und in seinem Glück und seiner Zufriedenheit merkte der Onkel gar nicht, wie seltsame Dinge sich ereigneten. Einmal, als die Mädchen morgens aufstanden, hatten sie feuerrote Male wie Brandwunden an den Handflächen. Das ist, weil das Kindermädchen uns an der Hand gehalten hat, sagten sie, doch als der Onkel das Kindermädchen danach fragte, sagte es nur, es käme vom Morgentau. Ein anderes Mal erwachten die Kinder mit feuerroten Malen am Hals. Das ist, weil das Kindermädchen uns dort gewaschen hat, sagten sie, doch das Kindermädchen sagte dem Onkel, es käme vom Morgenwind. Schließlich erwachten die Kinder eines Morgens, jede mit einem feuerroten Mal mitten auf der Stirn. Das ist, weil das Kindermädchen uns auf die Stirn geküsst hat, sagten sie. Da wurde der Onkel allmählich unruhig, doch wieder gelang es dem Kindermädchen, ihn zu beruhigen, indem es sagte, es ist nichts, es ist der Kuss der Morgensonne.

Wenige Tage später musste der Onkel in dringender Angelegenheit verreisen. Er nahm fast alle Diener mit und ließ die Kinder zurück in der Obhut des Kindermädchens. Des Nachts lagen die Mädchen friedlich in ihren Betten und träumten, als von fern die Glocke eines Kirchturms schlug. Einmal. Zweimal. Dreimal. Viermal. Fünfmal. Sechsmal. Siebenmal. Achtmal. Neunmal. Zehnmal. Elfmal. Da, beim zwölften Glockenschlag, flog die Tür zum Zimmer der Kinder auf, und herein stürzte das Kindermädchen, die Haare flammend von den Feuern der Hölle, der Mund aufgerissen wie ein Wolfsrachen, so dass giftiger Speichel von ihrer Zunge troff, während ein diabolisches Lachen wie infernalisches Geheul aus ihrer Kehle drang. Vergebens versuchten die Kinder, aus dem Raum zu fliehen, sie verstellte ihnen den Weg, drängte sie alle in einer Ecke zusammen, und dort erwürgte sie sie, eines nach dem anderen. Danach schnitt sie ihnen die Herzen und die Augen heraus und verarbeitete sie zu einer Hexensalbe, die sie dem Teufel zum Geschenk machte. Da war der Satan zufrieden und entließ sie aus seiner Macht, und ihre Besessenheit fiel ab von ihr, und sie konnte wieder klar sehen mit den Augen eines Christenmenschen, und als sie erkannte, was sie getan hatte, griff sie einen Dolch und stach ihn sich ins Herz und richtete sich selbst.»

Er holte Luft, wohl um seine Worte wirken zu lassen oder um einen Blick in die Runde zu werfen. Stocksteif saßen die Zuhörer am Tisch, ihre Augen klebten an seinen Lippen. Cristino bemerkte verwirrt, dass in der Dunkelheit Bewegung war. Nein, nicht in der Dunkelheit, es war nur der Tisch, der sich langsam um sich selbst drehte.

«Und was geschah dann?» Nicht die drängende Frage eines ungeduldigen Frederi Jùli. Die Stimme war ruhig, kalt. Umso überraschender, als sie sich seit ungefähr einer Stunde nicht mehr zu Wort gemeldet hatte. Roubert drehte sich zur Seite und blickte Arnac de Couvencour an. Couvencour hatte sich zurückgelehnt, der Schein der Kerze erreichte ihn nicht mehr. Sein Gesicht lag in vollkommener Dunkelheit.

«Nun ...», er räusperte sich, der Einwurf hatte ihn aus dem Erzählfluss gebracht, «nun, als der Onkel am nächsten Tag zu seinem Heim zurückkehrte, da fand er die Kinder erwürgt, ihre Leichen grausig verunstaltet, und daneben das Kindermädchen, den Dolch in der Brust. Da zerriss er sich die Kleider, verfluchte sein Schicksal, überließ all sein Hab und Gut der Kirche und ging als Mönch ins Kloster. Der Diener aber, der das Kindermädchen ins Haus geholt hatte, verfiel dem Wahnsinn, und noch heute kann man ihn durch die Dörfer wandern sehen und mit schriller Stimme seine Klage in die Nacht hinaus rufen hören. Die Mädchen wurden auf einem Friedhof nahe einer alten Kapelle bestattet. Und als der Onkel auf dem Weg in die Abgeschiedenheit des Klosters ein letztes Mal seine Schritte zu der Kapelle lenkte, um Abschied zu nehmen von den armen unschuldigen Kindern, da waren ihre Gräber umrankt von einem riesigen Strauch weißer Rosen, die über Nacht dort gewachsen waren. Und wer einen Herzenswunsch hat und eine dieser Rosen bricht, dem wird er gewiss erfüllt werden.» Er schwieg.

Cristino spürte, wie ihr übel wurde.

«Nun …», der Comte de Trévigny setzte sich auf seinem Stuhl zurecht, «eine schöne Schaudergeschichte, wirklich. Aber mir erscheint sie doch etwas zu dramatisch, um wahr zu sein.»

«Aber sie ist wahr!», widersprach der junge Buous. «Nicht wahr, Vater, Ihr kennt sie auch!»

Der Baroun runzelte die Stirn. «Hm. Ja. Da war mal so was, so eine Irre, die ein paar Kinder umgebracht hat, stimmt. Aber das ist ewig her. Frederi, erinnerst du dich daran?»

Der Cavalié ließ einen verschleierten Blick über den Tisch gleiten. «Ich weiß nicht. Ich glaube nicht», murmelte er.

Trévigny zuckte mit den Achseln. Er wirkte nicht sonderlich überzeugt.

Ein Stuhl wurde gerückt. Einsam stand der Cavalié de Castelblanc in der Dunkelheit. «Eine spannende Geschichte, wirklich», sagte er. «Aber ich denke, jetzt reicht es damit. Wir gehen ins Bett, Kinder.»

Die Buous sagten nichts, und auch der Comte de Trévigny und Arnac de Couvencour schwiegen, als die Castelblancs aufstanden und der Treppe zustrebten, die zu den Gastzimmern hinauf führten. Frederi Jùli protestierte leise. «Gute Nacht», krächzte Cristino und griff nach Catarinos Arm, und aneinandergeklammert stolperten sie die Treppe hinauf.

***

«Cristino?»

…

«Cristino, bist du wach?»

«Hmmm …»

«Oh, Cristino, das war vielleicht ein Tag heute. Erst die Fahrt, dann diese Sache mit den Räubern … Und all die interessanten Männer, die wir kennengelernt haben. Sag schon, welcher gefällt dir am besten?»

«Hm …»

«Trévigny sieht so gut aus, findest du nicht? Und er ist so galant … Aber Arnac de Couvencour … Er ist ein echter Held, glaube ich. Bestimmt würde er um die Frau, die er liebt, kämpfen und sie aus aller Not retten … wenn sie irgendwo gefangen wäre, zum Beispiel, dann würde er sich durch die feindliche Linie schlagen und sie befreien und auf seinen Armen in Sicherheit tragen …» Ein tiefer Seufzer. Cristino starrte die dunkle Decke über ihrem Kopf an.

«Aber irgendwie ist er auch komisch. Couvencour, meine ich», fuhr Catarino fort. «Er ist so … abweisend. Und überhaupt nicht *charmant.* Roubert … Roubert ist auch *merveilleux.* Seine Haare … und die Augen … und, oh, er wirkt so stark und kräftig, und … ach, Cristino, was soll ich bloß machen?» Gegen das schwache Licht des Fensters sah Cristino, wie ihre Schwester sich aufgesetzt hatte und jetzt in ihre Richtung starrte. «Sie gefallen mir alle drei so gut. Welchen von ihnen soll ich bloß nehmen?»

«Nun ja. Das hängt schließlich auch von ihnen ab», meinte Cristino vorsichtig.

«Quatsch. Das ist die falsche Einstellung, *ma mie.* Man wartet nicht darauf, dass die Männer zu einem kommen, man holt sie sich. Sonst endet man bei einer Null wie Frederi.»

«Du hättest vorhin nicht so sein sollen», murmelte Cristino. «Das war … ungehörig. Er war, glaube ich, ziemlich wütend.»

«Wieso ungehörig?», zischte Catarino. «Ich habe nur die Frage von Baroun de Buous beantwortet, das wird ja wohl noch gestattet sein!»

«Ich glaube, Frederi denkt, du lügst ihn an», sagte Cristino. «Er kann sich einfach nicht vorstellen, dass du dich an Vater erinnerst. Ich meine … wir waren ja gerade erst drei Jahre alt, als er gestorben ist …»

«Erinnerst du dich denn wirklich gar nicht an ihn?» Catarinos Stimme klang bittend in der Dunkelheit. «Nicht mal ein bisschen?»

«Nein.»

«Ich glaube, Frederi ist bloß neidisch auf Vater. Er erzählt uns doch immer wieder, dass er Vater auf dem Totenbett versprochen hat, sich um uns zu kümmern. Ich kann diesen Mist nicht mehr hören! Er war wahrscheinlich heilfroh, dass Vater weg war, um ihm Mutter zu stehlen. Und jetzt möchte er, dass wir ihn als unseren Vater betrachten, und deshalb ärgert es ihn so, dass ich noch eine Erinnerung an damals habe! Pah, das könnte ihm so passen! Er ist nicht mein Vater, und er wird es niemals sein!»

«Hm. Vielleicht.»

«Was hat er denn heute getan, um uns zu retten? Wenn Senher Couvencour nicht gekommen wäre, wären die Räuber jetzt über alle Berge mit uns.»

«Wahrscheinlich konnte er doch nichts tun. Ich meine, die andern haben doch auch nichts getan, der Baroun und Trévigny und die Diener. Wahrscheinlich wussten sie nicht mal, in welche Richtung sie mit uns sind.»

Catarino schwieg, aber Cristino kannte ihre Schwester gut genug, um aus der Art ihres Schweigens das Leuchten ihrer Augen herauszuhören. «Was denkst du», fragte sie nach einiger Zeit, «was hätten die mit uns gemacht, wenn er nicht gekommen wäre?»

«Wer?», fragte Cristino, obwohl sie natürlich wusste, was sie meinte.

«Na, die Räuber!»

«Na ja, sie haben ja gesagt, dass sie Lösegeld wollten ...»

«Lösegeld, klar. Aber was meinst du, dass sie mit uns *gemacht* hätten?»

«Wie ... wie meinst du das?», fragte Cristino unsicher.

«Nun», Catarino rutschte zu ihr auf die Bettkante, «meinst du, sie hätten uns vielleicht – *geschändet*?»

Cristino schluckte. Catarino ließ sich neben ihr gegen die Wand sinken. «Was meinst du, wie das ist?»

«W ...was?»

«Na jaaa ... geschändet zu werden.»

«Ich ... ich weiß nicht.» Sie schwieg einen Moment. «Catarino?»

«Ja?»

«Catarino, was heißt denn das eigentlich – schänden?»

Catarino setzte sich kerzengerade auf. Sie gluckste. «Das weißt du nicht?»

«Hm. Nein.» Sie ärgerte sich. Catarino wusste natürlich, dass sie es nicht wusste. Solche Dinge lernte sie immer von Catarino. Solange die es ihr nicht erzählt hatte, konnte sie es gar nicht wissen.

«Nun …», Catarino räusperte sich, «es ist im Grunde dasselbe wie das, was Eheleute miteinander machen. Nur dass es natürlich in Sünde geschieht.»

Cristino starrte in die Dunkelheit. «Catarino?»

«Hm?»

«Du, was ist das eigentlich genau, was Eheleute miteinander machen?»

«Jesus», Catarino seufzte, «du weißt ja echt noch gar nichts vom Leben, *petite*!»

«Jetzt sag schon. Du weißt es doch, oder?»

Catarino beugte sich zu ihr herunter, als befürchte sie, jemand würde mithören, was unwahrscheinlich war, die Dame Castelblanc schnarchte im gegenüberliegenden Bett. «Also. Beatrice de Magnot sagt, dass sie einem das Ding, das sie zwischen den Beinen haben, unten 'reinschieben. Und dann wird man schwanger.» Sie lehnte sich zurück. «Aber es soll echt Spaß machen.»

Cristino betrachtete sie zweifelnd. Das einzige männliche Wesen, das sie bisher nackt gesehen hatte, war Frederi Jùli. Was sein «Ding» betraf, so konnte sie sich absolut nichts Spaßiges vorstellen, was man damit machen könnte.

«Es wäre interessant gewesen, es herauszufinden.» In Catarinos Stimme schwang Bedauern mit. «Na ja, vielleicht nicht gerade mit so einem stinkenden Räuber. Lieber mit Trévigny oder Couvencour oder Roubert de Buous. Oder …» Sie brach ab. «Dieser Mergoult … der war auch … *merveilleux* …»

«Catarino!»

«Was, Catarino! Du willst doch wohl nicht im Ernst bis zu deiner Hochzeit Jungfrau bleiben, *petite*?» Catarino warf sich auf ihr Bett zurück. «Ich tue es, da kannst du Gift drauf nehmen. Diesen Sommer noch! Amen!»

«Aber … es ist Sünde!»

«Ach, Sünde! Vergiss es!»

«Aber, wenn du … wenn du wirklich schwanger wirst …»

«Na, dann muss er mich eben heiraten. Ist mir gerade recht, dann bin ich wenigstens Frederi los.»

Cristino drehte sich auf die Seite. «Wir sollten jetzt schlafen», murmelte sie.

«Na gut», seufzte es aus der Dunkelheit. …
«Catarino?»
«Mmm.»
«Fandest du den Abend heute auch komisch?»
«Mmm.»

Cristino drehte sich auf den Rücken zurück, faltete die Hände und sprach ein artiges Nachtgebet, in das sie, wie jeden Abend, Arman de Mauvent einschloss. Seltsamerweise war heute der erste Abend seit Tagen, an dem der Gedanke an ihn zwar schmerzvoll war, aber nicht ausreichte, ihr die Tränen in die Augen zu treiben. Und das, wo sie erst heute morgen gedacht hatte … Lange Zeit lag sie so, ohne einzuschlafen. Der Traum mit der Krähe stand vor ihren Augen. Und jetzt die ganzen Gruselgeschichten! Gott, sie würde furchtbare Albträume haben, wenn sie jetzt einschlief.

…

Hufschlag. Dann Klopfen unten an der Tür. Cristino fuhr hoch. Hatte sie geschlafen? Wenn ja, dann ohne zu träumen. Wie spät war es? Und was …

Schritte polterten die Treppe empor, zwei Männerstimmen, die sich gedämpft unterhielten. Dann wurde gegenüber an die Tür geklopft. «Senher de Couvencour», hörte sie die Stimme des Wirts. «Senher, da ist ein Mann, der Euch sucht.»

Ein Mann, der Couvencour suchte? Jetzt, mitten in der Nacht? Was hatte das denn wieder zu bedeuten?

Drüben wurde die Tür geöffnet. Eine leise, geflüsterte Unterhaltung. Dann Unruhe auf dem Gang, Schritte, die die Treppe hinunter sprangen. Unten klappte die Tür.

Sie stand auf. Die Holzbohlen waren kühl unter ihren Füßen, als sie zum Fenster tappte und nach draußen spähte. Arnac de Couvencour führte sein Pferd auf den Hof hinaus. Einen Moment stand er und starrte nach oben, zu ihrem Fenster, wie es schien, dann schwang er sich in den Sattel und jagte im Galopp vom Hof.

Sie stand und sah zu, wie das Pferd und der schlanke Reiter die Straße hinunter verschwanden, dann tappte sie zurück zu ihrem Bett und schlüpfte unter die Decke. Ihr war plötzlich zum Heulen zumute.

***

Einige Meilen weiter südöstlich schlich zur selben Zeit ein einsamer Jäger durch den düsteren Kreuzgang eines Klosters. Es war die tote Zeit der Nacht, die Schläge der Turmuhr, die Mitternacht verkündeten, bereits verklungen, und das vorwitzige Opfer, das seine Nase hinter der Mittelsäule eines Spitzbogens hervor steckte, war, wie ihm seine messerscharfen Augen, sein feines Gehör und sein unnachahmliches Gespür für Gefahr verrieten, außer seiner Wenigkeit die einzige wache Seele im gesamten Revier.

Der Jäger war eine Sie. Keine ganz junge Sie mehr, in den besten Jahren, wenn man so wollte, die Glieder noch gelenkig, die Sehnen geschmeidig, der gesamte Körper ein Paket aus kraftvollen, energiegeladenen Muskeln, jedoch gepaart mit der Erfahrung und Schläue, die ein Leben auf der Jagd mit sich bringt. Niemand, dem eine Beute leicht entgeht, und das ahnungslose Geschöpf, das jetzt seinen Beobachtungsposten auf der Mauer des Kreuzgangs verlassen hatte und in hastigen, trippelnden Schritten auf das Wasserbecken im Zentrum des Innenhofs zuhuschte, war bereits jetzt so tot wie die Gebeine der verblichenen Äbte unter den Grabplatten im Kreuzgang.

Sie rückte näher. Es war nicht der erste Erfolg in dieser Nacht – künftiger Erfolg, zugegeben, aber man konnte ihn bereits mitrechnen. Bis drei konnte sie zählen, und es waren deutlich mehr als drei gewesen. Ein gutes Revier, besser als ihr altes, wo man nächtelang ohne vernünftiges Ergebnis auf der Lauer liegen konnte. Sie hatte es von einem entfernten, etwas minderbemittelten Vetter übernommen, dessen endlose Reaktionszeit ihm ein frühes Ende unter den Hufen eines rasenden Pferdes beschert hatte. Gelegentlich gedachte sie seiner in stiller Dankbarkeit.

Näher. Schwerelos, lautlos glitt ihr Körper über die kühlen Steinplatten, völlig verschwindend in der Dunkelheit, die über dem Innenhof lastete. Das Opfer saß jetzt neben dem Wasserbecken, blanke Augen suchend in die Nacht gerichtet, die Gefahr vielleicht spürend, aber unfähig, sie zu orten. Es waren nur noch zwei, drei sachte Schritte, und sie war in Angriffsreichweite, bereit vorzuspringen, das Opfer mit zwei schnellen Sprüngen zu erreichen und zuzupacken. Zwei, drei sachte Schritte.

Sie hielt inne.

Da war ein Geräusch neben ihr.

Da war ein Geräusch neben ihr! Nicht irgendwo am anderen Ende des Kreuzganges, sondern direkt an ihrer Seite! Entgeistert sah sie nach rechts, und dort stand, aus dem Boden gewachsen, düster in seinem langen dunklen Gewand, ein Mensch. Ein verdammter, vermaledeiter Mensch! Und sie hatte ihn nicht kommen hören!

Und in diesem Moment registrierte das Opfer den Menschen. Blitzschnell hatte es sich um seine eigene Achse gedreht und rannte, stürzte sich in die Grasbüschel am Rand des Innenhofs und verschwand in einer Mauerritze.

Der Mensch stieß jene seltsamen, menschentypischen Schnatterlaute aus, während er neben ihr in die Knie sank, und tastete mit einer weißen Hand nach ihrem Kopf. Aber sie war im Moment nicht zu Höflichkeiten aufgelegt; mit einem Fauchen wich sie ihm aus und trabte der Mauer zu.

Es war nicht so sehr der Umstand, dass er sie um einen weiteren Jagderfolg gebracht hatte. Vielmehr hatte sie die Tatsache, dass ein Mensch sich ihr nähern konnte, ohne dass sie ihn bemerkte, zutiefst in ihrem Ehrgefühl als Katze verletzt.

***

Er hieß Bruder Antonius. Zumindest war das der Name, den er sich gegeben hatte, als er, ein halbes Kind noch, vor über zehn Jahren dem Augustinerkonvent in Ais beigetreten war. Noch immer war er als jung zu bezeichnen, fünfundzwanzig, höchstens sechsundzwanzig Jahre alt, doch wie die meisten Mönche machten ihn die strenge dunkle Kutte und die Tonsur älter, als er war, und das hagere, ernste Gesicht und die grauen Strähnen in seinem Haarkranz taten ein Übriges. Nicht dass sie eine neuere Erscheinung waren, diese grauen Strähnen. Er gehörte offensichtlich zu denen, die schon früh ergrauen. Sehr früh. Es gab ein paar Mitbrüder aus der Zeit des Noviziats, die ihn damit aufzuziehen pflegten, er habe schon bei seinem Eintritt in den Orden graue Haare gehabt.

Bruder Antonius. Es hätte viele Namen gegeben, die in Frage gekommen wären, Roger war ganz oben auf der Liste gestanden – nach Roger Bacon –, dicht gefolgt von Thomas – nach Thomas

Aquinus oder Thomas Morus, wie es beliebt –, doch als der Novizenmeister ihn gefragt hatte, wofür er sich entscheiden wolle, hatte er «Antonius» gesagt. Nach Antonius dem Großen, hatte der Novizenmeister gefragt, und sich, als er nickte, strahlend in Betrachtungen zur Vita des hl. Antonius ergangen, und er hatte ihm halb abwesend zugehört und gedacht, dass es gut so war, er war Antonius, kein Thomas und kein Roger Bacon, so gern er es gewesen wäre. Er war Bruder Antonius, und dies war seine Zeit. Mitternacht. Es war einer jener endlosen Witze, die in diesem Kloster wie in jedem anderen kursierten. Wem begegnet man wahrscheinlicher nach Mitternacht im Kreuzgang? Dem ruhelosen Geist von Pater Severinus, den einst ein sterbendes Hexenweib verfluchte, oder Bruder Antonius? – Bruder Antonius natürlich. Es wurde viel gelästert über seine Affinität zu den späten Nachtstunden. Bruder Antonius sind die sechs Stunden Schlaf einfach zu lang, seine Liebe zum Gebet erträgt die Zeit zwischen Completorium und Laudes offensichtlich nicht, sein scharfer Forschergeist funktioniert eben noch besser, wenn die Sonne ihm nicht so störend auf den Kopf brennt, und der eine oder andere hatte auch schon bösartigere Mutmaßungen ob seiner häufigen Nachtspaziergänge geäußert: Frauen, hübsche junge Novizen oder gar ketzerisches Treiben zum Beispiel. Der Abt nahm ihn glücklicherweise in Schutz. Wenn Bruder Antonius die Nacht zum Gebet statt zum Schlafen nutzen will, so ist das sein gutes Recht und überdies vorbildlich, verteidigte er seinen Schützling. Der Abt pflegte ihn immer schon als großen Wissenschaftler oder als Würdenträger in Rom zu sehen.

Tatsache war, er liebte die Nacht. Es gab keine andere Tageszeit, zu der er sich so sicher, so wohl behütet fühlte, so als breite Gott mit der Dunkelheit einen schützenden Mantel um ihn, den keine Gefahr, nicht einmal ein böser Gedanke durchdringen konnte. Es gab keine andere Tageszeit, zu der er sich Gott und seinem Wort so nahe fühlte, zu der er den Geist des Allmächtigen so unmittelbar, so körperlich neben sich wusste, dass er manchmal die Hand ausstreckte, um ihn zu berühren, und mehr als einmal hatte er diese Berührung tatsächlich gespürt. Es gab keine andere Tageszeit, wo sein Verstand so klar, seine Sinne so scharf, seine Seele so rein war, so absolut frei von allem Düsteren, Trübenden, wo er mit solcher

Klarheit und Verständigkeit in die Welt hinaus blicken konnte, der Geist bereit für Erkenntnisse, die ihm zu jeder anderen Zeit verschlossen geblieben wären. Es war kein wirkliches Beten, wie seine Hochwürden der Abt annahm, kein Paternosterquiesincoelis und kein Ave Maria, es war kein Philosophieren über das Wesen der Welt und kein Forschen, kein Blick in die Himmelssphären auf der Suche nach neuen Wandersternen. Es war nichts von alle dem und es war alles zugleich, Verstand und Seele, Glaube und Wissen, Suche und Erfüllung. Der Schlaf reute ihn nicht, Schlaf ist Unsicherheit, Chaos, Albträume, es gab keinen Grund, auch nur eine Sekunde mehr als unbedingt nötig in diesem Zustand zu verbringen.

Die Lautlosigkeit hatte er sich bewahrt. Man verlernt keine Dinge, die eine ganze Kindheit lang zum Leben gehörten wie das tägliche Brot. Mehr als das tägliche Brot. Bei Tag legte man seine Fähigkeit, ohne jedes Geräusch die Gänge entlangzugleiten, als Demut aus. Des Nachts war sie eher dazu geeignet, Latrinengänger zu Tode zu erschrecken, wenn er plötzlich wie aus dem Nichts neben ihnen stand und sie mit einem freundlichen «Guten Abend, Bruder» begrüßte. Ein bisschen Eitelkeit war natürlich dabei, Vergnügen über ihre verdutzten Gesichter, dieselbe Eitelkeit, die ihn ab und zu dazu verleitete, sich an Katzen anzuschleichen, und das Bedürfnis, sich zu beweisen, dass er ES noch immer beherrschte. Doch vor allem war es sein Schutzbedürfnis, was ihn dazu brachte, die Lautlosigkeit beizubehalten. Das Bewusstsein, die anderen sehen und hören zu können, ohne dass sie ihn sahen oder hörten, verlieh ihm ein Gefühl der Sicherheit.

Heute Nacht freilich war etwas anders.

Grundsätzlich hatte es nicht anders begonnen als in zahllosen Nächten davor. Nach dem Completorium hatte er sich in seine Zelle zurückgezogen, hatte gebetet, sich dann auf seine Pritsche gelegt und auf den Schlaf gewartet, den Schlaf, der manchmal kam und manchmal nicht. Heute war Letzteres der Fall gewesen, so dass er sich eine halbe Stunde später bereits wieder erhoben hatte, lautlos aus seiner Zelle geglitten und eben so lautlos dem Kreuzgang zugestrebt war. Erst dort, als er neben der verärgerten Katze auf dem Boden kniete, hatte er begriffen, dass etwas nicht stimmte. Der siebte Sinn, der ihm in vergangenen Tagen so oft die Haut gerettet hatte. Ohne dass er etwas Verdächtiges sah oder hörte, wusste er, dass er nicht der Einzige war, der in dieser Nacht im Kloster herumschlich.

Es gab keinen Grund zur Beunruhigung. Jemand anders konnte ebenfalls nicht schlafen, na und? Suchte das Gebet in der Kapelle, betrachtete die Sterne, traf sich mit einer jener Frauen, mit denen sich ein Mönch niemals trifft, eilte zur Latrine jenseits des Refektoriums. Bitte sehr.

Die Augen des Herrn blicken auf die Gerechten, und seine Ohren hören ihr Schreien. Psalm 34. Wie kam es, dass diese Worte plötzlich durch seinen Geist jagten? Endlose Jahre, seit er das letzte Mal an sie gedacht hatte. *Das Angesicht des Herrn steht wider alle, die Böses tun, dass er ihren Namen ausrotte von der Erde, wenn die Gerechten schreien, so hört der Herr und errettet sie aus all ihrer Not.* – Es hatte eine Zeit gegeben, in der diese Zeilen alles gewesen waren, was ihn noch am Leben gehalten hatte.

Lautlos glitt er in den Kreuzgang zurück und huschte durch den Schatten, der die Wand verdunkelte, absolut unsichtbar für jeden Beobachter. An der Eingangstür zur Konventskapelle machte er halt, um zu lauschen. Stille, irgendwo keifte seine Freundin, die Katze, eine aufdringliche Konkurrentin an, sonst herrschte Grabesstille. Langsam, vorsichtig, drückte er die Klinke herunter und öffnete die Tür. Es ging ohne jeden Laut. Der Bruder Kastellan sorgte stets dafür, dass alle Scharniere ausreichend geölt waren.

Er hatte sich nicht getäuscht. In der Kapelle des heiligen Augustinus brannte Licht, eine einzelne Kerze war in einem der Leuchter entzündet worden. Daneben saß, das Gebetsbuch auf den Knien, offensichtlich tief ins Gebet versunken, eine einsame Gestalt in einer Kutte. Antonius erkannte jedes Mitglied des Klosters an der Form des Schädels. Dies war Bruder Servius.

Mit einem nahezu unhörbaren Seufzer schloss er die Tür wieder. Bruder Servius war ein fanatischer Wissenschaftler, ein Bücherwurm, der etwas über den Wolken schwebte, und durchaus jemand, dem man einen mitternächtlichen Betausflug zutraute. Von wegen siebter Sinn. Er sah Gespenster.

Das war der Moment, in dem er die Bewegung wahrnahm.

Es war an der gegenüberliegenden Ecke des Kreuzganges und so diskret, dass ein weniger geschultes Auge sie niemals bemerkt hätte. Antonius war in den Schatten zurückgeglitten, noch bevor sein Verstand die Bewegung registriert hatte, und dort kauerte er nun, an die Wand gedrückt, verschmolzen mit der Dunkelheit.

Jemand kam. Eine hochgewachsene, kräftige Gestalt, die Gestalt eines Mannes, die sich mit der Gewandtheit jener Katze durch die Schatten des Kreuzgangs bewegte, unhörbar und unsichtbar für jeden, der nicht Antonius' geübten Blick besaß. Eine Gestalt, deren beunruhigendstes Merkmal die Kleidung war. Sie trug keine Mönchskutte.

Jeder andere wäre aus dem Schatten herausgetreten, hätte der Gestalt den Weg versperrt und sie mit einem energischen «Wer da?» zur Rede gestellt. Nicht so Antonius. Der siebte Sinn, der ihn offensichtlich doch nicht getäuscht hatte, erteilte ihm die eindeutige Anweisung, in seinem Versteck zu bleiben und zu beten, dass ihn der Fremde nicht entdeckte.

Er ging so nahe an Antonius vorbei, dass dieser nur einen Finger hätte bewegen müssen, um ihn zu berühren, und für einen Moment sah er ganz klar den Kopf des Mannes, ein altersloses Gesicht mit einer scharf geschnittenen Nase, das Haupt darüber nahezu ganz kahl. Dann drückte der Fremde die Tür zur Kapelle auf und verschwand im Innern.

Stille. Die Tür hatte sich wieder geschlossen. Atemlos kauerte Antonius an der Wand, lauschte auf das Pochen seines Herzens und überlegte, was er tun sollte. Dem Fremden in die Kapelle folgen, für den Fall, dass es ein Räuber war, der es auf die Altargeräte abgesehen hatte? Alarm schlagen, den Abt holen, die Brüder wecken? *Die Augen des Herrn blicken auf die Gerechten, und seine Ohren hören ihr Schreien,* dieser verfluchte 34. Psalm, er wollte sich die Hände auf die Ohren pressen, um seine Worte auszusperren!

Und die Tür öffnete sich wieder. Einen Moment lang stand der Kahlköpfige ruhig im schwachen Schimmer des Sternenhimmels, der durch den Innenhof in den Kreuzgang fiel, dann bewegte er sich weiter, schritt lautlos durch den Kreuzgang, sich auflösend zwischen den Schatten der Nacht.

War es Anmaßung, Neugierde oder Spiel mit dem Schicksal? Ohne einen Moment des Nachdenkens folgte Antonius ihm, schlich ihm nach durch den Kreuzgang, hinein in das Refektorium, geduckt hinter Tische und Bänke, ein unhörbarer Schatten zwischen anderen Schatten. Der Kahle schritt unbeirrt weiter, er war gut, aber nicht gut genug für Bruder Antonius, der ihm nachglitt so unmerklich und unaufhaltsam wie ein Gedanke, zu einem der schmalen Fenster, von denen aus man auf die Straße blicken konnte …

Blitzschnell. Ein Griff nach draußen, ein Satz auf die Brüstung des Fensters, und der Fremde schwang sich nach draußen. Bis Antonius am Fenster war, sah man unten nur noch einen schwarzen Schatten um die Biegung verschwinden.

Antonius atmete laut auf, so groß war die Erleichterung. Einen Moment lang stand er noch so und starrte auf die nächtliche Straße hinunter. Was in aller Welt hatte der Fremde hier gewollt?

Die Augen des Herrn blicken auf die Gerechten, und seine Ohren hören ihr Schreien.

Antonius machte kehrt und lief zur Klosterkapelle zurück.

Die Szene schien sich auf den ersten Blick nicht verändert zu haben, als er die Tür aufdrückte. Da war die Kerze, die sacht im Luftzug von der Tür flackerte, da war Bruder Servius auf der Bank vor dem Altar. Doch, etwas hatte sich verändert. Etwas in seiner Haltung. Sein Kopf, der leicht zur Seite gesunken war, das Gebetsbuch, das vor seinen Füßen auf dem Boden lag.

Still, um den Frieden der Kapelle nicht zu stören, schritt Bruder Antonius auf die Bank zu. Die Gewohnheit ließ ihn zum Knicks ansetzen, aber er brach ab, bekreuzigte sich nur langsam und konzentriert. Die vertraute Handbewegung wirkte dem Zittern entgegen.

Bruder Servius war auf seinem Sitz zusammengesunken. Im Schein der Kerze war deutlich der große glänzende Fleck auf seiner Kutte über der Brust zu erkennen und die rote Pfütze, die sich unter seinen Füßen ausgebreitet hatte.

Langsam bückte sich Bruder Antonius, hob das Gebetsbuch auf und legte es auf die Bank zurück. Sein Blick fiel auf die Wand über Bruder Servius' Kopf. Ein einzelnes Wort stand dort in großen, schreiend roten Lettern geschrieben.

Santonou

Er tastete nach dem Schriftzug, wusste, dass es Blut war, noch bevor seine Finger die Buchstaben berührten. Er zögerte einen kurzen Moment, sein Zeigefinger verschmierte ein klebriges, erkaltendes S. Dann griff er sich das Altardeckchen. Zwei-, dreimal wischte er heftig mit dem fein gewebten Stoff über die Schrift an der Wand. Als er zurücktrat, war der Schriftzug verschwunden, nur ein roter Schmierer zog sich über den Stein und sandte kleine Rinnsale aus gerinnendem Blut zur Lehne des Gebetsstuhls hinab.

Bruder Antonius ließ die Decke auf den Altar zurückfallen und verließ mit hastigen Schritten die Kapelle.

KAPITEL 3

in dem ein Toter am Wegesrand gefunden wird –
und es bleibt nicht der einzige

Qu'est-ce de nostre vie? une bouteille molle
qui s'enfle dessus l'eau quand le ciel fait plouvoir
et se perd aussi tost comme elle se fait voir,
s'entre-brisant à l'heurt d'une moindre bricole.

Was ist unser Leben? Eine zerbrechliche Flasche, die sich
aufbläht auf dem Wasser, wenn es der Himmel regnen lässt,
und so schnell verloren geht, wie sie auftaucht, zerbrechend
am Stoß eines geringfügigen Aufpralls.

Jean-Baptiste Chassignet,
französischer Poet und Jurist (1571-1635)

Cristino erwachte, als ihr die Morgensonne ins Gesicht schien, und entgegen ihrer Gewohnheit, bis zur letztmöglichen Sekunde im Bett zu bleiben, stand sie auf und kleidete sich an, wobei sie darauf verzichtete, die Zofe zu holen, um ihre Mutter und Catarino nicht zu wecken.

Unten in der Schankstube wurde bereits fieberhaft ein Frühstück vorbereitet. Cristino schritt damenhaft an den Wirtsleuten und Mägden vorbei, die sich ehrerbietig vor ihr verneigten – sie genoss es, es gab ihr das Gefühl, erwachsen zu sein –, und trat auf die sonnenüberflutete Straße hinaus.

Im Stall fand sie Loís, der die Pferde striegelte. Er sah nicht auf von seiner Arbeit, dennoch zweifelte sie nicht daran, dass er wusste, dass sie da war. Er erkannte jedes Mitglied der Familie am Schritt. Sie lehnte sich gegen den Türrahmen und sah zu, wie die Hand mit der Bürste durch das Fell des Falben strich.

«Couvencour ist weg», sagte Loís.

«Ich weiß. Ich habe gehört, wie er aufgebrochen ist.» Sie starrte auf ihre goldbestickten Schuhe. «Warum ist er gegangen, was meinst du?»

Loís hob die Schultern. «Der Wirt sagt, da wäre einer gekommen, mit einer Nachricht für ihn.»

«Hm.» Sie zog die Nase hoch. «Wenigstens verabschieden hätte er sich ja können.»

«Sehr wohl, junge Herrin.» Wie immer, wenn er sie so anredete, hatte sie das Gefühl, einen Anflug von Spott aus seinen Worten herauszuhören. Es ärgerte sie. Irgendwann würde sie mit Frederi über seine Respektlosigkeit reden müssen.

«Er ist ein Glückspilz, dieser Couvencour», fuhr Loís fort, der Mähne des Falben zugewandt.

«Wieso Glückspilz?», fragte Cristino mit gerunzelter Stirn. Wieder eine Respektlosigkeit?

«Ach, nur so … Ihr solltet ins Haus gehen, junge Herrin. Ich denke, sie warten auf Euch.»

«Denken ist nicht deine Aufgabe, Diener», sagte sie hochmütig, und ohne ihn noch eines Blickes zu würdigen, schritt sie zum Haus zurück.

Couvencours unerwartetes Verschwinden war das Hauptgesprächsthema beim Frühstück. Trévigny, der mit ihm das Zimmer geteilt hatte, besaß einen so gesegneten Schlaf, dass ihm Couvencours Verschwinden erst am Morgen bewusst geworden war, doch sein Bedauern hielt sich ausgesprochen in Grenzen. Regelrecht zu vermissen schienen ihn neben den jungen Damen nur der Baroun de Buous und die Dame Castelblanc. Die Barouno meckerte, dass dies ja wohl keine Art sei, sich bei Nacht und Nebel davonzustehlen, und der Cavalié de Castelblanc wirkte eher erleichtert über Couvencours plötzlichen Abschied. Offensichtlich hatte er sein Seelenheil und das seiner Familie durch die Nähe des Ketzers enorm bedroht gesehen.

Im Übrigen verging das Frühstück mit der Planung des weiteren Reiseablaufs. Der Baroun de Buous hatte das knifflige Problem zu lösen, wie er seine Familie und seine Kutsche nach Ausfall von Kutschpferden und Kutscher nach Ais schaffen sollte. Nach längerem Hin und Her verfiel er auf die geniale Lösung, nebst Kutscher und Pferden auch die gesamte Kutsche sowie einen Pferdeknecht zur Versorgung der drei Verletzten in Lourmarin zurückzulassen. Die Kinderfrau wurde aus der Kutsche verbannt und in einem der Wagen auf den Platz gesetzt, den der Pferdeknecht freigemacht hatte, und ebenso musste Loís das Feld räumen und neben seinem Bruder auf der Ladefläche eines Lastkarren Platz nehmen. Frederi Jùli durfte dafür zu seiner grenzenlosen Begeisterung aus dem Inneren der Kutsche auf den Kutschbock umziehen. Damit war im Innern der Castelblanc'schen Kutsche genügend Platz geschaffen, dass die Buous-Damen dort untergebracht werden konnten. Der Plan wurde in die Tat umgesetzt, kaum dass das Mahl verzehrt, die Übernachtung gezahlt und für die Unterbringung der Zurückbleibenden gesorgt war, die versprachen, nach allgemeiner Genesung so bald wie möglich in die Stadt nachzukommen. Um halb zehn rumpelten die Wagen einer hinter dem anderen die steilen Gassen Lourmarins hinunter und bogen wieder ein auf die Straße nach Ais.

«Täterä, Täterä», quäkte Frederi Jùli auf dem Kutschbock, eine unsichtbare Fanfare mit beiden Händen gegen die Lippen gepresst. «Stopft dieser kleinen Pest doch endlich mal das Maul», murmelte Catarino. «Catarino, du vergisst dich», tadelte die Dame Castelblanc.

Wenn Fabiou viele Jahre später, in den Zeiten des Bürgerkriegs, an die Provence seiner Kindheit denken sollte, so war es die Provence, wie sie sich an jenem Morgen präsentierte: frisch, üppig, sonnig, getönt in Ocker, Grün und Gold, das Licht schillernd in den Blättern der knorrigen Olivenbäume, die den Weg säumten, Pinien und Laubbäume am Wegesrand, durch die die Sonne ein Streifenmuster auf den schattigen Weg malte, blühende Kirsch- und Apfelbäume, und über allem der Geruch von Rosmarin, Thymian und Frühling. Es war ein Morgen wie ein Wunder, ein Morgen, in dem sich Augenblick und Ewigkeit berührten, der die Schönheit, die Fröhlichkeit, das Lachen in sich barg wie ein Schrein eine kostbare Reliquie. Fabiou kramte nach dem Schreibbüchlein und dem Kohlestift und steckte sie wieder ein, aus Angst, das Schreiben könnte ihn in der Betrachtung der Schönheit dieses Tages stören, und so saß er nur seufzend auf seinem Falben und betete zu Gott und Jesus und der Jungfrau Maria und allen Musen, dass ihm dieser Tag ein Leben lang im Gedächtnis bleiben würde.

Seine Gebete wurden im Übrigen erhört. Aus unterschiedlichen Gründen.

Sie setzten bei Cadenet über die Durenço und folgten der Straße nach Süden. Die Stimmung war gut, die Dienstboten grölten bereits wieder «Aqueli mountagno», nur gelegentlich von einem «Täterä» oder einem «Zum Angriff!» von Frederi Jùli unterbrochen. Ais näherte sich mit Riesenschritten. Es wurden Wetten abgegeben, wie schnell die Stadt jetzt bereits auf einem Pferd im Galopp zu erreichen sei; der Comte de Trévigny behauptete, in einer halben Stunde, und Fabiou schätzte, in einer dreiviertel, hauptsächlich, um Trévigny zu widersprechen. «Hoffentlich ist nachher auf der Straße von Seloun nicht zu viel los», gab der Baroun de Buous zu bedenken. «Da ist um die Jahreszeit immer einiges an Volk unterwegs, letztes Jahr sind wir über eine Stunde lang hinter so ein paar blöden Ochsenkarren hergezuckelt, ich bin fast wahnsinnig geworden. Der Handelsverkehr wird wirklich mit jedem Jahr mehr.»

«Jaja, heutzutage …», seufzte die Dame Castelblanc, die das Gespräch mithörte, und Catarino verdrehte die Augen.

Kurz nachdem sie die *Route d'Avignon* erreicht hatten, die von Sant Canat kommend gen Ais zog, war ein kleines Wäldchen zu durchqueren. Die Schatten waren angenehm, denn die Sonne besaß bereits eine erstaunliche Kraft, und jetzt, am frühen Nachmittag, brannte sie schweißtreibend auf die Reisegesellschaft herab. Fabiou ritt vorne, direkt hinter dem Baroun und dem Cavalié, die die Vorhut bildeten, und vor der Kutsche mit Frederi Jùli, dem alten Bardou und den Frauen, zu seiner Rechten ausgerechnet Comte de Trévigny, der ihm vom mondänen Leben in der Weltstadt Paris vorschwärmte – das solltet ihr Euch nicht entgehen lassen, junger Freund, Ihr wollt ja wohl nicht Euer ganzes junges Leben hier im Hinterland vergeuden, und so weiter und so fort. Fabiou sann verzweifelt nach irgendeiner Gemeinheit, einer Bemerkung, die so geistreich oder zumindest so schlagfertig war, dass es diesem arroganten französischen Bengel endlich einmal die Sprache verschlug.

Er hätte sich die Mühe sparen können. Es verschlug Trévigny auch so die Sprache, wenige Sekunden später.

Schlagartig parierten Buous und Castelblanc ihre Pferde. «Was ist denn los?», fragte Trévigny ärgerlich und drängelte sein Pferd an ihnen vorbei, nur um dann ebenfalls so ruckartig an seinen Zügeln zu ziehen, dass das Tier sich erschrocken aufbäumte. Die Kutsche stockte, und die Barouno, eingedenk des Vortags übernervös, lehnte sich aus dem Fenster und fragte: «Stimmt etwas nicht?»

Frederi Jùli stand auf dem Kutschbock. «*Di-a-ble*», krächzte er fassungslos.

Ein Pferd stand mitten auf dem Weg, ein großer, wenig attraktiver Apfelschimmel, den Kopf gesenkt über einen Körper, der am Wegesrand lag, die Beine ausgestreckt, einen Arm auf der Straße liegend, den anderen angewinkelt über dem Kopf, als wolle er sein Gesicht vor der Sonne schützen.

Der Buous ließ sich vom Pferd gleiten und lief auf den Körper zu. Einen Moment lang verharrte Fabiou reglos im Sattel, sein Mund plötzlich so trocken wie das Gras der Ebene im Hochsommer, doch als Trévigny und sein Stiefvater ebenfalls von ihren Pferden stiegen, richtete er sich auf, schwang seinen Fuß über das Hinterteil des Falben und ließ sich zu Boden gleiten, so ungelenk, als sei er noch nie zuvor von einem Pferd gestiegen. Hinter ihm klappte eine Tür, aus dem Augenwinkel sah er Catarino und Cristino aus der Kutsche steigen.

Fabiou hatte noch nie einen Toten gesehen. Wenn man in Castelblanc aufwächst, kommt man nicht allzu oft in Situationen, wo man auf Leichen stößt; anders als in der Stadt, wo man, wie Cousin Theodosius stets großspurig erzählte, im Winter jeden Tag über einen toten Bettler stolperte, waren vergleichbare Ereignisse in den Dörfern nördlich des Luberoun eher selten. Vor zwei Jahren, als der alte Joussou, Bardous greiser Vater, gestorben war, hatte Catarino vorgeschlagen, zu dessen Zimmer zu gehen, um den Toten anzuschauen und endlich mitreden zu können – mindestens fünf ihrer besten Freundinnen konnten damit angeben, bereits eine Leiche gesehen zu haben, und Anne de Valet hatte in Ate sogar schon mal eine Hinrichtung miterlebt, womit sie prahlte, als sei sie dem König persönlich begegnet. Cristino hatte Catarinos Ansinnen entsetzt abgelehnt, allein die Vorstellung, einen Toten zu sehen, hatte sie mit Grauen erfüllt, aber Catarino und Fabiou hatten sich, gefolgt von Frederi Jùli, den man natürlich nicht hatte abwimmeln können, auf den Weg zur Dienstbotenunterkunft gemacht. Ihr Vorhaben wäre möglicherweise von Erfolg gekrönt gewesen, wären sie dabei nicht dem Cavalié begegnet und hätte Frederi Jùli, der kleine Idiot, ihm nicht strahlend von ihrem Plan erzählt. Der Cavalié hatte ihr Vorhaben als unchristliche Schaulust verdammt und sie schimpfend in ihre Zimmer zurückdirigiert, und bevor sich eine erneute Gelegenheit ergab, war der Leichnam schon in Tücher gehüllt auf einen Karren verladen, um nach Oppède transportiert zu werden.

Manchmal hatte Fabiou sich gefragt, was er beim Anblick eines Toten empfinden würde. Ehrfürchtige Scheu und fromme Andacht, Herr, nimm ihn in dein Reich auf und lass ihm die ewige Seligkeit zuteil werden? Entsetzen, Angst, Ekel, wie es Catarinos Freundinnen mit entsagungsvollem Augenaufschlag zu berichten pflegten – «Mir schwanden die Sinne vor Grauen, als ich in seine starren gebrochenen Augen blickte …»? Gefasste Ruhe, die ihn befähigen würde, umherstehende kreischende Weiber zu trösten – «Euer Gatte ist heimgegangen, meine Dame, Ihr habt mein tief empfundenes Beileid»? Wie schlimm war der Anblick eines Toten, stimmte es, dass er einen in die tiefsten Träume verfolgt und ein Leben lang nicht mehr loslässt?

Jetzt war er erstaunt, wie wenig er in der Tat empfand. Ein Toter, gut. Ein Baum, ein Pferd, ein Toter. Eine weitere sinnlich fassbare Tatsache, weiter nichts. Nichts Erschreckendes oder Gruseliges, nichts, was einen zu Tränen rührte, kein Anblick, der einen grauste oder ekelte. Im Grunde sah er nicht anders aus als ein lebender Mensch auch, obwohl er eindeutig tot war. Fabiou hatte nie gewusst, woran man sah, dass einer nicht mehr lebte, dabei war es so einfach, nicht einen Moment konnte man auf die Idee verfallen, dass dieses wächserne, bleiche Gesicht einem Lebenden gehörte.

Es war ein Mann, gekleidet in das schlichte, aber nicht billige Reisegewand eines Kaufmanns. Etwas an seiner Kleidung, seinen Stiefeln, dem Barett, das von seinem Kopf gerutscht war und spärliches graues Haar freigab, war fremdartig, nicht so, dass es sofort ins Auge fiel, dennoch, das war keiner aus der Gegend, und auch kein Franzose, ein ausländischer Kaufmann auf Geschäftsreise vielleicht.

«Ist er vom Pferd gestürzt?», fragte hinter ihm eine ängstliche Stimme. Cristino. Er dachte an ihr Entsetzen an dem Morgen, als Bardous Vater gestorben war. Sie hatte den halben Tag geweint, um einen alten, vergreisten Diener! Sie wäre wohl besser in der Kutsche geblieben. Das war wohl kein Anblick für ein zartes Geschöpf wie sie.

«Sieht nicht so aus.» Der Baroun zeigte auf den Rock des Fremden. Über der Brust war er rot vor Blut. Frisches, klebriges Blut.

«Heilige Maria Mutter Gottes steh uns bei!» Die Dame Castelblanc, die sich bekreuzigte, als stünde sie dem Leibhaftigen gegenüber. Inzwischen hatte sich nahezu die ganze Reisegesellschaft um den Fremden versammelt.

«Räuber, das waren Räuber!», schrie die Barouno mit schriller Stimme. «Ich habe es diesem Protestanten ja gesagt – lässt man sie laufen, dann bringen sie gleich den nächsten um!»

«Ist er … tot?», fragte Cristino zittrig.

Der Buous war neben dem Fremden niedergekniet. «Er atmet nicht mehr», sagte er. «Ich denke, wir können nur noch für seine

Seele beten.» Kreuze wurden geschlagen, jemand murmelte ein Pater noster. Cristino war kreideweiß.

Fabiou hob den Kopf. Bäume ringsumher, Stille. «Seltsam», sagte er.

«Wieso seltsam?» Der Baroun stand auf.

«Sie können noch nicht weit sein», meinte Fabiou.

«Was?» kreischte die Dame Castelblanc entsetzt.

«Das Blut.» Fabiou wies auf den Körper zu seinen Füßen. «Es sieht noch ganz frisch aus.»

«Wer weiß, wie lange der arme Kerl noch gelebt hat», meinte Buous.

Fabiou schüttelte den Kopf. «Er kann nicht mehr lange gelebt haben. Auf der Straße ist kein Blut, und auch nicht an seinen Händen. Das sieht nicht nach einem langen Todeskampf aus. Bestimmt hat der Stich ihn ins Herz getroffen.»

«Wie kommst du darauf, dass es ein Stich war? Könnte 'ne verdammte Büchse gewesen sein, wenn du mich fragst.»

«Erstens hätten wir den Schuss gehört. Zweitens würde es nach Pulverdampf riechen. Ich gehe jede Wette ein, dass er erstochen worden ist. Und dass seine Mörder noch nicht weit sind!»

Wieder kreischte die Dame Castelblanc. Der Cavalié betrachtete Fabiou mit gerunzelter Stirn. Sein Erwachsenen-widerspricht-man-nicht-Blick. «Ich bezweifle, dass du das besser beurteilen kannst als der Baroun, der schon im Kriegsdienst seinen Mann gestanden hat», sagte er ärgerlich.

Im Gegensatz zu dir, ja? dachte Fabiou wütend. Er fragte sich plötzlich, ob Frederi zuvor jemals einen Toten gesehen hatte. Er gab zwar mindestens einmal täglich eine seiner Geschichten darüber zum Besten, was er Fabious Vater auf dem Totenbett versprochen hatte, aber nie hatte er etwas davon gesagt, dass er dabei war, als er tatsächlich starb.

Haben wir Vater gesehen, als er tot war? fragte sich Fabiou.

«Wir müssen dafür sorgen, dass er ein christliches Begräbnis erhält», erklärte der Baroun de Buous, und augenblicklich verfiel er in geschäftige Aktivität, befahl seinen Dienstboten, das Gepäck von einem Karren auf die anderen umzuladen, den Toten auf die freigewordene Ladefläche zu legen und ihn mit einer Pferdedecke zuzudecken. Die Diener zögerten einen Moment lang und warfen sich unbehagliche Blicke zu, doch als der Baroun einen wütenden Brüller losließ, beeilten sie sich, seinem Befehl nachzukommen, und Roubert, der sehr gefasst war – im Gegensatz zu Artus, der mit kalkweißem Gesicht an der Kutsche lehnte –, ging auf das Pferd zu und griff nach dem Zügel. Vier Diener ergriffen den Toten an Schultern und Armen, sein Kopf fiel mit einem seltsamen, knacksenden Geräusch, das einen Diener straucheln ließ, nach hinten, als sie ihn emporhoben. Eilig trugen sie ihn auf die freigemachte Ladefläche zu, bestrebt, ihre Last so schnell wie möglich loszuwerden.

«Vater, schau mal!» Das war Roubert. Fabiou, der nachdenklich den Dienern mit der Leiche hinterhergesehen hatte, drehte sich um.

«Das Pferd ist ja angebunden!», sagte Roubert. Er hatte den Zügel mit einer Hand gefasst und wies mit der anderen auf den Boden, wo das Ende des Zügels an einer aus dem Grund emporragenden Wurzel festgeknotet war. «Das ist ja seltsam!»

«Es ist sowieso seltsam!», meinte Fabiou. «Wenn es Räuber waren, die ihn getötet haben, warum haben sie sein Pferd zurückgelassen?»

«Sie hatten es wohl nur auf sein Geld abgesehen», meinte der Baroun achselzuckend.

«Aber welcher Räuber lässt ein Pferd stehen, das er stehlen könnte?», fragte Fabiou.

«Nun, das überlegt man sich schon zweimal, ob man ein Pferd stiehlt», meinte der Baroun. «Immerhin steht auf Pferdediebstahl die Todesstrafe.»

«Ja, auf Mord vielleicht nicht?», fragte Fabiou.

«Fabiou!» Die Stimme des Cavaliés klang jetzt wirklich sehr ärgerlich. Fabiou seufzte und wandte sich ab. Logik schien weder des Barouns noch Frederis Stärke zu sein.

Die Diener hatten den Toten auf die Ladefläche des Karren gelegt. Frederi Jùli war auf den Kutschbock geklettert und starrte mit offenem Mund auf die Leiche. Fabiou trat neben ihn. «Wenn es ein Raubmord war», sagte er zu Frederi Jùli, «dann müsste ja wenigstens seine Geldbörse weg sein.» Frederi Jùli drehte ihm sein Gesicht zu. Er nickte mechanisch.

Einen Moment zögerte Fabiou jetzt doch. Das starre Gesicht hatte etwas Abweisendes. So als verbiete es sich jede Ruhestörung.

Stell dich nicht so an, Junge! Es geht hier um den Sieg der Logik!

Er kletterte auf die Ladefläche. Die Herren blickten gerade nicht her, sie sahen zu, wie Roubert mit dem Knoten im Zügel kämpfte, die Gelegenheit war also günstig. Er hatte keine Lust, sich wieder einen Vortrag über Respektlosigkeit gegenüber Toten anzuhören. Mit zusammengepressten Lippen streckte er seine Hand aus.

Der Körper fühlte sich seltsam an. Massiv. Mehr wie ein Gegenstand als wie der Mensch, der er noch vor kurzem gewesen war. Hastig tastete Fabiou mit beiden Händen den Rumpf ab. Er konnte nicht verhindern, dass eine Hand dabei in die Blutpfütze auf der Brust des Toten geriet. Ein ekelhaftes Gefühl, kalt und schleimig, als fasse er in einen Sumpf.

Er hielt inne. Da war etwas in der Rocktasche. Er griff unter den Rock. Seine Finger fanden etwas, was sich wie eine Ledertasche anfühlte, und zogen es hervor. Ein kleines Päckchen, eingeschlagen in fleckiges Leder. Blut- aber auch gewöhnliche Schmutzflecken. Hastig schlug er das Leder auseinander. Ein paar Seiten knittriges Pergament. Kein Geld.

Er seufzte und packte das Pergament wieder ein. «Er hat wirklich keine Geldbörse mehr», meinte er enttäuscht.

«Vielleicht haben sie das Pferd ja stehen lassen, weil sie uns kommen gehört haben.» Frederi Jùli war von seinen Überlegungen sichtlich fasziniert.

«Und warum haben sie es angebunden?» Fabiou steckte das Päckchen in seinen Gürtel und sprang vom Karren. Vielleicht barg das Pergament irgendeine Erklärung. Vielleicht sagte es zumindest aus, wer der Tote war.

Vor ihm schrie die Barouno de Buous gellend auf.

Roubert hatte endlich den Zügel befreit und das Pferd gewendet. Sie hatten bisher nur die rechte Seite des Tieres gesehen. Jetzt wandte es ihnen die linke zu.

Etwas stand auf der linken Halsseite des Schimmels, ein Wort, geschrieben in fetten, rotschwarzen, glänzenden Buchstaben.

Santonou

«Jesus!», kreischte die Dame Castelblanc. «Gott! Maria! Jesus!»

Frederi de Castelblanc stand wie vom Donner gerührt.

«Der Himmel steh uns bei», sagte der Baroun de Buous tonlos. «Die Antonius-Jünger sind zurückgekehrt.»

«Die Antonius-Jünger?», fragte Fabiou. «Wer ist das?»

Keiner antwortete. Der einzige Laut kam von links, wo Klein Maria Anno mit beiden Armen rudernd auf Frederi zuwackelte. «Hoppefe!», rief sie strahlend. «Hoppefe!»

***

Fabiou der Poet saß auf dem schmalen Holzstuhl mit der unfassbar hohen, verzierten Lehne und starrte auf den Senher d'Auban, der vor der schweren Eichenholztür auf und ab tigerte wie ein Raubtier im Käfig. Frederi zu seiner Linken hatte den Kopf zurückgelegt, in dem verzweifelten Bemühen, es sich auf diesen unmöglichen Stühlen bequem zu machen, die vielleicht schön aussehen mochten, ansonsten aber besser in eine Folterkammer der Inquisition als unter den Hintern friedlicher Menschen gepasst hätten, und machte ein Gesicht wie sieben Tage Regenwetter.

Ais war eine reiche Stadt. Sogar die Amtsstube, in der sie sich befanden, das Vorzimmer des Viguié Crestin, entbehrte nicht einer gewissen Eleganz mit der Vertäfelung aus dunklem Holz und den Butzenglasscheiben, die ein gleichmäßiges, ruhiges Licht in den kleinen Raum strömen ließen. Onkel Philomenus freilich schien von der Einrichtung der Amtsstube nicht sonderlich beeindruckt. Die Tür zumindest sah er an, als wünsche er sich eine Axt, sie zu Kleinholz zu verarbeiten.

Ein Schreibgehilfe trat durch die Tür in ihrem Rücken ein und wollte hastig durch eine Seitentür davonhuschen, doch schon hatte der Senher seine Chance gewittert und stürzte sich auf ihn wie ein bösartiger Raubvogel. «Wie lange dauert das denn noch, hä? Ich stehe jetzt schon eine halbe Stunde vor dieser Tür!» Das «Ich» war symptomatisch für Onkel Philomenus' Weltbild. Andere hatten daran bestenfalls als Randdekoration Platz.

«Der Viguié ist sehr beschäftigt …», begann der Schreiber, doch mit solchen Argumenten war einem Senher Philomenus d'Auban, der immerhin einen Sitz im *Conseil de Ville* innehatte und ein persönlicher Freund des dritten Parlamentspräsidenten war, nicht beizukommen. «Beschäftigt? Während unsere Frauen und Kinder von Mordbuben entführt werden? Während friedliche Reisende von Raubgesindel auf offener Straße erschlagen werden, am helllichten Tage?»

Fabiou seufzte tief. Ihre Ankunft in Ais hatte sich anders gestaltet als erwartet; ihnen war nicht viel Zeit geblieben, die Wunder der großen Stadt zu bestaunen, die tiefen Straßenschluchten, die hohen Gebäude, die um so vieles eleganter und nobler schienen als die Häuser, die sie aus Ate kannten, die unzähligen Menschen jeden Alters und Standes, die sich durch die Gassen drängten. Onkel Philomenus hatte schon wartend in der Einmündung der Carriero de Jouque gestanden, als sie in ihrer Kutsche die Carriero dis Noble heruntergezuckelt waren. Frederi, der Geistesmensch, war vorausgeritten, kaum dass sie Ais erreichten, um ihr Kommen anzukündigen, und erwartungsgemäß hatte das Empfangskomitee bereitgestanden: Oma Felicitas, auf ihren Stock gestützt, in eines ihrer cremefarbenen, kragenlosen Kleider gehüllt, die ungefähr seit der Jahrhundertwende außer Mode waren, die Lider um ihre kurzsichtigen Augen zusammengekniffen, dass sich ihre Stirn in tausend Fältchen kräuselte, Tante Eusebia, die die Hände in die Luft warf wie ein Klageweib, das einem Leichenzug folgt, Cousin Theodosius mit buttercremeverschmiertem Mund und glotzenden Augen. Dank sei Gott, dass ihr hier seid, Dank sei Gott, quiekte Tante Eusebia mit schriller Stimme und bekreuzigte sich ungefähr dreißig Mal, während Onkel Philomenus der Dame Castelblanc mit düsterem Gesicht die Hand reichte und sagte, ein schwerer Tag, geliebte Schwester, lass mich dich ins Haus geleiten, als habe sie soeben einen lieben Angehörigen verloren. Seine Frau folgte ihm, wobei sie wie eine angeschossene Rebhenne um die Dame Castelblanc herumhüpfte und Dank sei Gott, Dank sei Gott deklamierte, bis Oma Felicitas sie anfuhr, wenn sie Gott danken wolle, dann solle sie gefälligst in die Kirche gehen und aufhören, hier die Pferde scheu zu machen. Und während sie ihre Anverwandten grummelnd in den Hof und die Treppe zur Eingangstür hinaufscheuchte, griff sich Onkel Philomenus den schwach protestierenden Frederi und zog los, den Viguié als Inhaber der niederen Polizeigewalt über die Unsicherheit der provenzalischen Straßen zu unterrichten. Natürlich hatte er nichts dagegen, dass Fabiou sie begleitete. Zuschauer waren durchaus erwünscht.

Der Schreiber schielte hilfesuchend nach der rettenden Tür zu seiner Rechten. «Senher, ich versichere Euch, der Viguié wird Euch empfangen, sobald seine Zeit es ihm gestattet …»

«Wie bitte?» Der Senher richtete sich zu seiner vollen Größe auf – was nicht unbedingt viel heißen wollte, das Größte an ihm war sein Bauch – und polterte los: «Weiß dieser Viguié überhaupt, wer ich bin? Mein Name ist Philomenus Senher d'Auban, Mitglied des *Conseil de Ville* und enger Vertrauter …»

«… des dritten Parlamentspräsidenten, das ist mir durchaus bekannt.»

Die Tür war vollkommen lautlos in ihrem Rücken aufgegangen, und als sie sich umdrehten, stand ein hagerer Herr in der Kleidung eines Amtmannes hinter ihnen, ein Herr in Frederis Alter, Anfang, Mitte vierzig vielleicht, die Haare noch völlig schwarz, ebenso der Bart, der, wie es zunehmend in Mode kam, am Kinn spitz zulaufend geschnitten war. Er bedachte Onkel Philomenus mit einem Blick, der nicht mehr und nicht weniger besagte, als dass er hier die Autorität war, Senher und Parlamentspräsident hin oder her, und sagte in einem Tonfall, dessen Sanftheit dieses Blickes spottete: «Viguié Crestin, zu Euren Diensten, meine Herren. Wie kann ich Euch behilflich sein? Aber … tretet doch ein, nehmt Platz, bitte sehr …»

Eine einladende Handbewegung. Der Senher murmelte etwas Unverständliches und rauschte an Crestin vorbei in die Amtsstube. Der Cavalié de Castelblanc und Fabiou folgten.

«Bitte, nehmt Platz, meine Herren …» Der Viguié deutete auf ein paar Stühle, die nur unwesentlich bequemer aussahen als die im Vorraum. «Mèstre Laballefraou, oberster Arquié …» Er wies auf einen Mann Anfang dreißig, der zu ihrer Rechten hinter einem

Schreibpult stand, und ließ sich selbst in einen gepolsterten Sessel jenseits eines großen, nicht unaufwendig geschnitzten Schreibtischs aus Eichenholz fallen. «Also, was haben sich für unglaubliche Infamitäten ereignet, dass Ihr uns derart bei der Arbeit stören müsst?», fragte er. Der Spott in seiner Stimme war an sich nicht zu überhören, aber Onkel Philomenus schaffte es problemlos. «Unglaubliche Infamitäten, in der Tat!» ereiferte er sich. Zur Rechten raschelte Papier, als der Arquié seine Protokollzettel sortierte, und der Viguié lehnte sich mit einem leisen Seufzer zurück, in Erwartung der längeren Geschichte, die nun zwangsläufig folgen musste. Der Senher öffnete den Mund, runzelte die Stirn, offensichtlich auf der Suche nach Worten, die der Infamität des Anlasses gerecht wurden, und platzte schließlich heraus: «Die Antonius-Jünger sind zurück.»

Das Rascheln verstummte. Der Viguié war in seiner zurückgelehnten Haltung erstarrt, sein hageres Gesicht war in einer Grimasse eingefroren, die man am ehesten noch als Grinsen bezeichnen konnte. Dann lehnte er sich ruckartig nach vorne. «Was sagt Ihr da?», fragte er. Hätte der Senher Westindisch gesprochen, hätte er nicht verständnisloser dreinblicken können.

«Jawohl, die Antonius-Jünger.» Mit einem zufriedenen Lächeln über das erregte Aufsehen lehnte Onkel Philomenus sich zurück. «Sie haben bereits einen Reisenden beraubt und erschlagen und meine Schwester samt ihrer unschuldigen Töchter entführt, und ohne das beherzte Eingreifen des Baroun von Buous müssten wir jetzt wohl auch um sie trauern.» Onkel Philomenus brachte wie immer alles durcheinander.

«Und was ...», der Viguié unterbrach sich und schüttelte heftig den Kopf, als müsse er sich aus einem Traum hervorkämpfen, «und was bringt Euch auf die wahnwitzige Idee, dass diese Verbrechen von den Antonius-Jüngern verübt worden sind?»

Onkel Philomenus grinste triumphal. «Sie haben ihr Sigel am Ort der Bluttat zurückgelassen. In Blut gepresst! Mein Schwager, der Cavalié de Castelblanc, und mein Neffe, die hier vor Euch sitzen, haben es mit eigenen Augen gesehen, ebenso der Baroun de Buous mit seinen Söhnen und einige weitere Edelmänner! Es gibt keinen Zweifel!»

«Moment mal, Moment...» Die Augen des Viguié schwangen zu Frederi hinüber, der auf seinem Stuhl kauerte wie das arme Sünderlein und irgendwo in Richtung Fenster blickte. Augen unter schmalen, dunklen Augenbrauen, scharf und grau wie eine Messerklinge. «Was habt Ihr gesehen, Cavalié?» Frederi wollte den Mund öffnen, doch der Senher kam ihm zuvor. «Na, die Schrift!», rief er aus. «Auf den Hals des Pferds des Erschlagenen geschrieben, mit Blut! Santonou!»

Der Blick des Viguié war nicht einen Zoll von Frederis Gesicht abgerückt. «Ist das wahr? Das habt Ihr gesehen?»

Der Cavalié rutschte etwas unbehaglich auf seinem Stuhl herum. «Hm. Ja.»

Crestin holte tief Luft und ließ sich wieder zurücksinken. «Die Antonius-Jünger gibt es nicht mehr», sagte er. «Sie wurden im Sommer '45 hingerichtet, bis auf den letzten Mann.»

«So meint man!», sagte der Senher eifrig. «Aber was, wenn ein paar von ihnen damals doch entkommen sind? Was, wenn sie sich wieder gesammelt haben, um erneut ihrem schändlichen Treiben nachzugehen? Was, wenn jemand anderes ihnen nacheifert und nun nach ihrem Vorbild und in ihrem Namen unser Land mit Raub und Mord überzieht?»

Crestin betrachtete den Senher zweifelnd, doch ein Hauch von Beunruhigung war seinem Gesicht nicht mehr abzusprechen. Fabiou warf einen Blick zu Frederi hinüber, doch da der noch immer mit einem Ausdruck äußerster Konzentration eine Taube auf dem Fensterbrett beobachtete, beschloss er, der Verhandlung nicht länger kommentarlos zu folgen, und stellte die Frage, die ihm seit etwa vier Stunden auf der Zunge lag: «Mèstre Viguié, wer waren bitte diese Antonius-Jünger?»

Der Viguié sah ihn überrascht an. Er war offenbar davon ausgegangen, dass Fabiou über das, was seine älteren Anverwandten hierher getrieben hatte, bestens Bescheid wüsste. «Das wisst Ihr nicht?»

«Nein.» Mir sagt ja keiner etwas!

«Nun», Crestin warf Frederi und Onkel Philomenus einen unwilligen Blick zu, «die Antonius-Jünger waren eine Räuberbande, die zwischen 1540 und '45 die Gegend hier unsicher gemacht hat.

Hungerleider allesamt, geflohene Leibeigene, verarmte Bauern und ähnliches Gesindel. Ihr Anführer war ein gewisser Joan. Joan lou Pastre – Joan der Schäfer. Er hielt sich für so eine Art Propheten einer neuen Zeit, sprach dem Adel und selbst dem König das Recht auf Herrschaft ab und forderte die Herrschaft des einfachen Volkes und die Verteilung aller Güter an die Armen. Klar, dass ihm das Gesocks in Scharen zuströmte, ihm und seinen Leuten, zu ihren besten Zeiten hatten sie einen Trupp von über hundert Männern zusammen, dazu eine Horde von Frauen, Kindern und Greisen, die sich von ihnen durchfüttern ließen. Das Dorf, aus dem die meisten von ihnen stammten, hatte den heiligen Antonius zum Schutzpatron – Santonou in ihrem Dialekt. Sie verkrochen sich in den Schluchten des Luberoun und überzogen von dort aus das Land mit ihren Raubzügen. Ihr Zeichen war der Schriftzug Santonou, den man stets irgendwo am Ort ihrer Verbrechen fand, ein Aberglaube, oder eine Provokation, ich weiß es nicht. Dieser Schriftzug jedenfalls war es, der ihnen den Namen ‹Antonius-Jünger› einbrachte. Nichts war vor ihnen sicher, keine Kutsche, kein Hof eines Reichen, nicht mal die Anwesen der Edlen selbst. Man fürchtete sie wie die Pest und die Türken! Als ihre Raubzüge immer gewalttätiger wurden und sie schließlich auch vor gemeinem Mord nicht mehr zurückschreckten, rückten ihnen endlich im August 1545 die Edelleute der Umgebung in Zusammenarbeit mit dem Vizelegaten des Comtat zu Leibe. Sie spürten sie irgendwo im Luberoun auf. Der Kampf war verlustreich, unter den Räubern war ein ausländischer Söldner, ein gewisser Nicoulau, ein Italiener, so weit ich weiß, der sie militärisch ausgebildet hatte. Doch schließlich wurden die Antonius-Jünger besiegt. Die meisten von ihnen wurden im Kampf getötet oder wenig später in Ate hingerichtet, ihre Weiber und Kinder warf man in den Kerker, meines Wissens ist kaum einer entkommen. Sonst noch Fragen?»

«Hm… nun ja…» Fabiou ignorierte gekonnt den Blick des Cavaliés, der ihm eindeutig nahelegte, keine weiteren Fragen mehr zu haben. «Diese Antonius-Jünger… haben sie manchmal Pferde gestohlen?»

«Pferde?» Crestin seufzte. «Die hätten eine eigene Zucht aufmachen können mit den Gäulen, die sie zusammengeklaut haben. Warum fragt Ihr?»

«Nun», sagte Fabiou, «weil die, die den ausländischen Kaufmann ermordet haben, sein Pferd samt Sattel und gefüllten Satteltaschen zurückgelassen haben. Etwas untypisch für einen Raubmord, findet Ihr nicht auch? Insbesondere, da sie sich die Zeit genommen haben, das Pferd an einer Baumwurzel anzubinden!»

Frederis Augen schickten Blitze zu ihm hinüber. Crestin betrachtete ihn mit einem Gesichtsausdruck, der zwischen Belustigung und Ärger schwankte. «Einen scharfsinnigen Sohn habt Ihr, Cavalié, ich muss schon sagen», meinte er spöttisch. «Würdet Ihr mich vielleicht darüber aufklären, junger Herr, was Euch auf die Idee bringt, dass es sich bei dem Erschlagenen um einen ausländischen Kaufmann handelt?»

Leck mich, Frederi! «Nun, zunächst einmal die Kleidung. Sie war ungewöhnlich, ich habe solche Gewänder bisher nur bei Kaufleuten aus dem Reich gesehen. Und außerdem hatte er das hier bei sich.» Fabiou legte den Lederumschlag auf den Tisch. «Da sind Papiere drin, seht selbst.»

Crestin bedachte Fabiou mit einem scharfen Blick und schlug langsam das fleckige Leder auseinander. «Seht Ihr?», rief Fabiou erregt, als der Viguié das oberste Blatt Pergament ergriff und ans Licht hob. «Das ist weder Latein noch Französisch noch sonst eine Sprache, die mir bekannt vorkommt. Was meint Ihr, könnte das Deutsch sein?»

«Möglich.» Crestin ließ das Blatt wieder auf den Stapel fallen. «Gut, er war also Ausländer. Und seine Mörder haben aus irgendeinem unerfindlichen Grund sein Pferd stehen lassen. Na und?»

«Es ist unlogisch!», rief Fabiou aus. «Wenn den Gesetzen der Logik zufolge ein Raubmörder jemand ist, der Menschen erschlägt, um ihnen ihr Hab und Gut zu stehlen, dann kann einer, der einen Menschen erschlägt, aber die Hälfte seines Besitzes zurücklässt, kein Raubmörder sein.»

«Fabiou!» Frederis Stimme klang nach Ärger.

«Und, was wollt Ihr damit sagen, junger Studiosus?», fragte Crestin spöttisch. «Dass der Tote aus Gründen der Logik gar nicht tot sein kann oder was?»

«Nein!», sagte Fabiou bestimmt. «Aber dass dieser Mord vielleicht gar kein Raubmord war, sondern dass der Fremde aus einem ganz anderen Grund ermordet wurde. Wer weiß ... eine Familienfehde, ein Eifersuchtsdrama, ein Erbstreit ... Und dass es dem Mörder oder den Mördern unheimlich wichtig war, dass wir die Schrift auf dem Hals des Pferdes sahen, und sie es deswegen angebunden haben.»

Crestin verdrehte die Augen. «Ihr lest zu viele schlechte Romane, junger Mann. Das solltet Ihr unterbinden», fügte er zu Frederi gewandt hinzu, «so etwas verdirbt die Jugend.»

«Ja, aber ...», begann Fabiou.

«Logik, mein Junge, hat auf die Handlungen von Räubern keinen allzu großen Einfluss», erklärte Onkel Philomenus großspurig. «Die denken nicht logisch, glaube mir, ich habe schon mit vielen zu tun gehabt. Ich bin mir nicht einmal sicher, ob sie überhaupt denken, wenn man ihr viehisches Verhalten betrachtet. Was weiß ich, warum sie das Pferd zurückgelassen haben. Vielleicht glauben sie, es bringt Unglück, ein Pferd zu stehlen. Vielleicht konnten sie sich nicht einigen, wer es bekommt, und ließen es daher lieber ganz zurück. Vielleicht haben sie Angst vor Pferden. Ich meine, die Tatsache, dass die Geldbörse des Toten fehlte, ist ja schon der Beweis dafür, dass das Ganze ein Raubmord war.»

«Das ist kein Beweis – das ist bestenfalls ein Indiz», sagte Fabiou, entsetzt über so viel argumentatorischen Unverstand. «Ich meine, jemand könnte die Börse absichtlich mitgenommen haben, um vorzutäuschen, dass es sich um einen Raubmord handelt. Vielleicht ... vielleicht steht in den Papieren etwas drin, was uns einen Hinweis gibt. Wir könnten sie übersetzen lassen, wir müssten nur jemanden finden, der Deutsch kann, und dann ...»

«Ich denke nicht, dass das nötig sein wird», unterbrach ihn Crestin und gab ihm das Päckchen mit den Papieren zurück. «Was immer es mit dieser seltsamen Inschrift auf sich hat, wir können wohl als gesichert annehmen, dass der Reisende das Opfer eines Raubmordes wurde. Mehr, als ihm ein christliches Begräbnis zukommen zu lassen, können wir wohl kaum noch für ihn tun.»

«Einen Augenblick», rief der Senher aus, «Ihr werdet diese Räuber doch hoffentlich verfolgen und ihrer gerechten Strafe zuführen, oder?»

Crestin seufzte, tief und verzweifelt. «Senher, habt Ihr eine Ahnung, wie viele Menschen alljährlich zwischen hier und dem Luberoun von Räubern erschlagen werden? Nein? Und wisst Ihr, wie viele davon wir fassen und ihrer ‹gerechten Strafe zuführen›, wie Ihr es zu nennen beliebt? Nein? Eine Nadel in einem Heuhaufen zu finden ist leichter als einen Räuber in den Schluchten des Luberoun, zumal wir nicht die geringste Ahnung haben, nach wem wir eigentlich suchen. Selbst wenn ich nichts anderes zu tun hätte, als Eure Räuberbande zu suchen, wären unsere Chancen auf Erfolg verschwindend gering. Und ob Ihr es glaubt oder nicht, ich habe etwas anderes zu tun. So, meine Herren, ich denke, das war's, ich danke für Eure Bemühungen und wünsche noch einen guten Tag!» Er sagte das in einem Ton, der keinen Widerspruch zuließ.

«Aber sollten wir nicht wenigstens versuchen herauszufinden, wer der Tote war, damit wir seine Familie benachrichtigen können?», fragte Fabiou.

«Mein Junge, kein Kaufmann geht auf eine so weite Reise, ohne sein Testament zu machen. Wenn er nicht zurückkehrt, wird die Familie wissen, was die Stunde geschlagen hat. Adiéu, meine Herren!»

Der Cavalié de Castelblanc und sein Schwager, der Senher d'Auban, explodierten quasi gleichzeitig, kaum dass sie die Tür hinter sich geschlossen hatten und wieder auf der Straße standen. «Für wen hält der sich, dieser aufgeblasene, arrogante Wicht?», brüllte Onkel Philomenus, und sein Gesicht verfärbte sich so blaurot, dass Fabiou befürchtete, ihn könnte stehenden Fußes der Schlag treffen. «Wie kann so eine Stadtratte sich einem Edlen gegenüber solche Unverfrorenheiten herausnehmen, eine Schande ist das! Und das mir, dem persönlichen Vertrauten des dritten Gerichtspräsidenten und Mitglied im *Conseil de Ville*! Das Bürgertum ist der Untergang dieses Landes, ich sag's ja immer!»

«Wie kannst du mich so bloßstellen!», schrie der Cavalié Fabiou an. «Hast du schon mal etwas davon gehört, wie man sich in deinem Alter in der Gesellschaft Erwachsener zu benehmen hat? Reißt hier deinen Mund auf, als wärst du Aristoteles persönlich! Wenn du es wagst, dich noch einmal so aufzuführen, dann sperre ich dich für den Rest des Sommers in deinem Zimmer ein, dann kannst du deine klugen Reden vor den Wanzen halten, hast du verstanden?»

«Das ist die heutige Zeit», sagte der Senher. «Die Protestanten sind schuld, ich sag's ja immer! Kein Respekt mehr vor der Kirche, kein Respekt mehr vor dem Adel, kein Respekt mehr vor Erwachsenen! Sittenverfall. Mit diesem Land hier geht's bergab, Frederi, ich sag's dir. Ein paar Jahre noch, und wir werden in Höhlen herumkriechen und rohes Fleisch essen wie die Wilden in Afrika!»

«Ich habe deinem Vater auf dem Totenbett versprochen, einen anständigen Menschen aus dir zu machen!», schrie Frederi, den Zeigefinger spitz auf Fabious Brust gerichtet. «Denkst du manchmal auch daran, dass mit deinem Namen, deinem Erbe Verpflichtungen verbunden sind? Baroun de Bèufort nennst du dich, aber die einfachsten Regeln des Anstandes sind dir fremd!» Allmählich blieben die Leute auf der Straße stehen und drehten sich um, was es denn da für einen Aufruhr gab.

«Alle aufhängen sollte man!», schrie Philomenus. «Das ganze protestantische Gesocks, das unsere Jugend verdirbt. Aber so lange in unseren Amtsstuben solche Schwachköpfe hocken wie dieser Viguié da oben, ist es ja klar, dass nichts geschieht und dass das Raubgesindel immer frecher wird. Behandelt mich wie den letzten Idioten, statt dass er begreift, dass eine Katastrophe auf diese Gegend zurollt. Ja, im große Sprüche klopfen, da sind sie gut, die Bürgerlichen, aber wenn die Antonius-Jünger irgendwann wieder raubend und mordend durch die Lande ziehen und das Kind in der Wiege nicht mehr vor ihnen sicher ist, dann schreien sie wieder nach uns, dass wir den Karren aus dem Dreck ziehen! Wer hat denn das letzte Mal die Sache in den Griff gekriegt, wir doch, und nicht diese Stadtratten! Wird echt Zeit, dass wir hier wieder für Ordnung sorgen, wird echt Zeit, nicht wahr, Frederi?»

«Und überhaupt, junger Mann …» Frederi brach ab, den Finger noch immer anklagend in Fabious Richtung gereckt. Es waren jetzt bereits ziemlich viele Blicke auf sie gerichtet. Nicht unbedingt freundliche Blicke. «Nicht wahr, Frederi?», wiederholte Philomenus beifallheischend. Einen Moment lang starrte Frederi ihn mit offenem Mund an, dann schrie er: «Oh, hör auf mit deinem blöden Geschwafel, Philomenus!» Damit machte er auf dem Absatz kehrt und schritt mit ausgreifenden Schritten die Straße hinab.

Fabiou, der das Donnerwetter mit eingezogenem Kopf über sich hatte ergehen lassen, atmete auf. «Was hat er denn?», fragte Onkel Philomenus kopfschüttelnd. Die Leute gingen weiter. «Arrogante Bande. Aber die Zeiten, wo die sich so aufführen konnten, sind vorbei!», sagte jemand hinter ihnen, doch bis der Senher sich umgedreht hatte, war der Sprecher schon nicht mehr auszumachen.

Fabiou tätschelte versonnen sein Wams, wo er durch den Stoff das Lederpäckchen tastete.

Einsam und aufrecht geht der Weise seinen Weg.

***

Bis die Herren zurückkehrten, waren die Dame Castelblanc und ihre Tochter Catarino bereits detailliert über die gesellschaftlichen Höhepunkte der kommenden Wochen informiert, von der Festgesellschaft bei den Mancouns – «Mama, da müssen wir hin, bitteee!» – über die Tauffeier bei Baroun Ducloux – «Das ist ein Muss, Kind, er ist einer der einflussreicheren Vertreter Frankreichs, und überhaupt, er hat drei Söhne!» –, bis zum Empfang, den die Stadtverwaltung dem Dauphin im August zuteil werden lassen wollte. Erster Termin war ein nicht ganz so heiß ersehntes Fest bei der Familie Ardoche am nächsten Sonntag – niederer Adel, wenig Geld und zudem nur Töchter –, aber es würden einige Leute kommen, und es war Zeit, dass man sich sehen ließ. «Betrachtet es als Generalprobe, Kinder,», plapperte die Dame Castelblanc vergnügt. «*Pardieu*, die denkt mal wieder nur ans Heiraten, ich will mich verdammt noch mal amüsieren!», raunte Catarino ihrer Zwillingsschwester zu.

Cristino hätte sich gewünscht, so begeistert wie ihre Schwester den Ausführungen ihrer Mutter folgen zu können, das nächste Fest, die nächste Vergnügung, eine Gelegenheit, den Comte de

Trévigny und vielleicht, vielleicht sogar Arnac de Couvencour wiederzusehen. Warum auch nicht? Natürlich, sie hatte geschworen, Arman de Mauvent bis in alle Ewigkeit die Treue zu halten, und sie dachte auch gar nicht daran, diesem Vorsatz untreu zu werden, aber das hieß ja nicht, dass sie sich für den Rest des Sommers in ihr Zimmer einschließen musste. Zumal sie sowieso keine Möglichkeit hatte, sich um besagte Festivitäten zu drücken, schließlich wollte ihre Mutter, dass sie daran teilnahm. Selbstverständlich würde sie alle Bewerber ablehnen und sich zum Ende der Saison in ein Kloster zurückziehen, aber bis dahin konnte es nichts schaden, den Wünschen ihrer Mutter zu entsprechen, gehorsame Tochter, die sie war. Und auch ansonsten gab es keinen Grund, den Miesepeter zu spielen; es war jetzt ja alles in Ordnung, Blödsinn, sich über Vergangenes den Kopf zu zerbrechen, das taten Catarino und die Mutter schließlich auch nicht. Das Grübeln sollte man den Greisen überlassen, meint Trévigny, und recht hat er, vom Grübeln kriegt man Falten, wie die Mutter sagt, also mach ein fröhliches Gesicht und vergiss das Ganze, Cristino!

Es waren vor allem seine Augen. Die Augen blickten nicht ins Leere, wie man es Toten nachsagt. Die Augen waren lebendig geblieben, lebendig genug, sie zu fixieren, sie anzublicken, scherzend ihr zuzuzwinkern. Ja, Cristino, so ist es, sagten die Augen und schillerten vor unterdrücktem Lachen. So geht es im Leben. Gerade ist man noch lebendig und vergnügt und geht seinem üblichen Tagewerk nach, und plötzlich ist man starr und tot, und das Blut schlägt Wellen auf der Brust, und die Glieder erkalten, und die Haut erbleicht, und dahin ist alles, die Jugend, die Kraft, der Puls, der soeben noch heißes Blut durch diese Adern gejagt hat, die Geschmeidigkeit der Bewegung, des Laufens, des Tanzens, die Anmut eines Lachens und der Wohlklang einer Stimme, all das ist jetzt Verwesung, Verfall, Würmerfraß. Das Blut, Cristino, so viel Blut, jetzt fließt es unnütz über den Boden, tränkt den Straßenstaub, trocknet im Glanz der Sonne auf den Feldsteinen, wo ich es doch so gebraucht hätte, dieses Blut, das mich so lange gewärmt, meinen Körper mit Kraft erfüllt hat.

Blut, Cristino.

So viel Blut.

«Das Essen ist angerichtet!», sagte Oma Felicitas. «Kommt endlich, das Zeug war teuer, ich will nicht, dass es kalt wird!» Oma Felicitas war ein herrisches altes Weib, das ihre Tochter und sogar ihren Sohn rücksichtslos herumkommandierte. Dies war nicht wirklich ungewöhnlich; der Respekt gegenüber ihren Eltern bedingte, dass viele Männer von ihrer Mutter einen Ton akzeptierten, den sie keiner anderen Frau – schon gar nicht ihrer Ehefrau – zugestanden hätten. Und viele alte Frauen, die ein Leben lang unter der Bevormundung durch ihren Gatten gelitten hatten, freuten sich insgeheim auf ihren Witwenstand, in dem ihnen als Mutter eines Sohnes eine machtvolle Stellung sicher war. Dennoch fragte sich die Dame Castelblanc gelegentlich, ob das unziemliche Verhalten, das Catarino so oft an den Tag legte, vielleicht doch mehr war als eine Folge der ungeschliffenen Sitten auf dem Lande. Ob sie am Ende einfach nach ihrer Großmutter kam.

Die Tischgesellschaft war ausgesprochen heterogener Stimmung an jenem Nachmittag. Hunger hatten alle, und Oma Felicitas hatte eine der besten Köchinnen in ganz Ais, es schmeckte ohne Frage. Dennoch gab es den einen oder anderen, der alles andere als guter Laune war. In der Tat, wenn man von der Dame Castelblanc und Catarino sowie dem tüchtig dreinhauenden Frederi Jùli absah, war die Stimmung insgesamt ziemlich gedrückt. Cristino war nicht die einzige, die mit einem äußerst miesepetrigen Gesichtsausdruck an der Tafel saß.

«Bei Gott, hat es euch die Rosen verhagelt, oder was?», fragte Oma Felicitas missmutig. «Sancta Maria mater misericordiae, so ein schönes Essen, und ihr hockt da als wären's Läuse und Flöhe, die ich euch auftische.»

«Dieser Hundsfott von einem Aktenwurm!» Onkel Philomenus knallte das Messer auf den Tisch, das er soeben in den Braten hatte spießen wollen. «Ich mache ihm eine Mitteilung, die die Sicherheit des Landes betrifft, und was sagt er? ‹Ob ihr's glaubt oder nicht, ich habe etwas anderes zu tun, als irgendwelchen Räubern nachzulaufen.›» Er versuchte bei diesen Worten, den Tonfall des Viguié zu imitieren, der Falsett, in den er dabei verfiel, hätte aber eher einem Kastraten geziemt als Mèstre Crestin. «Verflucht, das kommt davon, wenn man den Stadtratten derart verantwortliche Aufgaben überlässt! Ich werde mich im Rat dafür einsetzen ...»

«Fluch nicht vor den Kindern, Philomenus!», zischte Frederi.

«Die Antonius-Jünger!», brüllte Philomenus. «Die Antonius-Jünger sind zurück, und statt dass dieser Vollidiot alles stehen und liegen lässt, um diese Verbrecher zu fassen, hält er mir kluge Vorträge! Aber das wird sich rächen, das wird sich rächen!»

Der dunkelhaarige Junge, der zwischen Onkel Philomenus und Tante Eusebia saß, reckte seinen Hals und krähte: «Ich würd' die alle totschlagen, die Räuber, Papa!»

Tante Eusebia stieß einen Juchzer aus wie bei einem Bauerntanz und tätschelte dem Jungen seine rosige Wange. «Aber sicher würdest du das, Schnuckelchen», gurrte sie. «Ist er nicht ein kleiner Held, mein Junge?» Fabious nachdenklichem Blick entnahm Cristino, dass er überlegte, ob er Schnuckelchen lieber in der Soße ersäufen oder mit dem Tranchiermesser zerkleinern sollte, und die Art, wie Frederi seine Fäuste ballte und wieder öffnete, wies auch auf wenig fromme Absichten seinem Neffen gegenüber hin. Schnuckelchen war ein Jahr älter als Frederi Jùli und hieß mit christlichem Namen Theodosius. Er war der einzige Sohn des Senher d'Auban; neben ihm gab es in der Familie nur noch zwei Töchter, die allerdings wesentlich älter und bereits verheiratet waren. Theodosius war ein hübscher Junge, der mit seiner schlanken, hochgewachsenen Gestalt, seinem Engelsgesicht und seinen kastanienbraunen, seidigen Locken viel mehr seiner Tante Madaleno als seiner pummeligen Mutter ähnelte. Allerdings behaupteten böse Zungen innerhalb der Familie, dass dieser Umstand das einzig Positive war, was sich über den jungen Theodosius sagen ließ, und wenn man sich im Hause Castelblanc über etwas einig war, so war es dies: Dieser Junge war definitiv ein Grund, um Ais einen weiten Bogen zu machen. Die Abneigung der Bèufort-Geschwister gegen den kleinen Auban hatte sich in diversen Spitznamen niedergeschlagen, von denen Theodosius-das-Großmaul noch der harmloseste war.

«Die Antonius-Jünger, die Antonius-Jünger!» äffte Oma Felicitas ihren Sohn nach. «Du machst ein Geschrei, als ob die Antonius-Jünger bereits mit tausend Mann vor der Hofeinfahrt lagern würden.»

«Ihr solltet das nicht so herunterspielen, Mutter!», sagte Philomenus tadelnd. «Ich erinnere mich noch an die Zeit, als diese Untiere in unseren Ländern wüteten und eine Blutspur quer durch den Luberoun zogen. Sollen wir zulassen, dass diese Tage sich wiederholen?»

«Eine Blutspur! Quer durch den Luberoun!» Oma Felicitas' Stimme klang spöttisch. «Liebste Eusebia, dein Mann neigt zu maßloser Übertreibung!»

«Wollt Ihr etwa abstreiten, dass dieses Gesindel unsere Gegend jahrelang mit Raub und Mord überzogen hat?», schrie Philomenus seine Mutter an. «Wollt Ihr bestreiten, dass sie die göttliche Ordnung selbst in Frage gestellt haben?»

«Oh Gott, Philo, das waren ein paar Strauchdiebe!» Die Großmutter verdrehte ihre dunklen Augen. «Die Sache wurde furchtbar hochgespielt, weil sie ein paar hochgestellten Persönlichkeiten die Gäule geklaut haben! Blutspur! Ich weiß nicht von einem einzigen Mord, den diese Bande von Hungerleidern begangen hätte, und das mit der göttlichen Ordnung ist ja wohl auch ein bisschen übertrieben.»

«Keinen einzigen Mord, ja?», rief Onkel Philomenus. «Und was war mit Degrelho?»

In einem Moment schien Stille wie ein Eisregen auf den Tisch niedergestürzt zu sein. Die Dame Castelblanc starrte ihren Bruder an mit offenem Mund und geweiteten Augen, und neben ihr schlossen sich Frederis Fäuste, öffneten und schlossen sich wieder. Oma Felicitas' Gesicht war eingefroren, so wie man sagt, dass böse Grimassen missgünstiger Weiber einfrieren können, ihre verzogenen Lippen gaben ihr vom Alter gelb verfärbtes, aber noch erstaunlich vollständiges Gebiss frei.

«Nun», die Dame Castelblanc gab ein albernes Kichern von sich, «wie wäre es, wenn wir über Erfreulicheres redeten als dieses Raubgesindel? Die armen Mädchen werden noch Albträume bekommen! Ich möchte morgen früh unbedingt in die Stadt fahren», plapperte sie auch schon munter drauflos, «zum Schneider, und zum Schuhmacher, ich brauche unbedingt ein Paar dieser neuen Schuhe, du weißt schon, Eusebia, die mit den silbernen Spangen und den erhöhten Absätzen.»

«Au ja!», rief Catarino erfreut. «Kauft Ihr mir auch ein Paar, Mutter?»

«Darf ich mit in die Stadt?», schrie Frederi Jùli. «Theodosius sagt, da sind gerade Feuerschlucker! Ich hab' noch nie einen Feuerschlucker gesehen!»

«Ich finde, ihr habt alle genug Kleider, und genug Schuhe», sagte Frederi missmutig.

«Ach, Frederi, mir zuliebe. Und heute Abend sollten wir noch bei den Savanets vorbeischauen, ich bin so gespannt, was es Neues in Ais gibt.» Tante Eusebia sah säuerlich drein, da diese Bemerkung schließlich ausschloss, dass sie selbst ein gewisses Maß an Information über Ais' Neuigkeiten besaß. «Und den Mancouns sollten wir auch noch unsere Aufwartung machen, kurz zumindest, nur um ihnen zu versichern, dass wir selbstverständlich zu ihrer netten kleinen Gesellschaft kommen werden …»

«Au ja!», rief Catarino.

«Ein netter Gedanke, wirklich», meinte Eusebia.

Frederi starrte in die Reste der Soße auf seinem Teller. «Habt ihr nicht etwas vergessen?»

«Was denn?»

Er sah auf. «Die Messe für jenen unglücklichen Menschen, den wir heute am Wegesrand gefunden haben.»

«Aber Frederi, wir kannten den Mann doch gar nicht!», meinte Philomenus kopfschüttelnd. «Und der Priester kann die Messe schließlich auch alleine lesen!»

«Es wäre durchaus auch eine Idee, Gott dafür zu danken, dass er uns trotz aller Gefahren sicher nach Ais gebracht hat», sagte Frederi schroff.

«Aber das muss doch nicht gerade heute sein, am Sonntag würden wir doch sowieso …»

«Ich bin durchaus der Meinung, dass ich bereits heute Grund zum Beten habe. Ihr müsst mich ja nicht begleiten, wenn ihr nicht wollt», sagte Frederi brüsk, stand auf und verließ den Raum.

«Eine rechte Betschwester, dein Mann, also wirklich!», sagte Onkel Philomenus. Es klang verächtlich.

«Halt den Mund, Philomenus», fauchte Oma Felicitas. «Und du auch, Madaleno. Die Savanets und die Mancouns können warten.

Wir gehen alle in die Messe und danach auf den Friedhof, und dabei bleibt es!»

***

«Credo in unum deum, patrem omnipotentem, factorem coeli et terrae, visibilium omnium et invisibilium …»

Gesenkten Hauptes saß Cristino auf der harten Holzbank, die Hände andächtig gefaltet, die Augen ebenso andächtig der Marienstatue zu ihrer Linken zugewandt, die die Abendsonne, die durch die Rosette über dem Hauptportal fiel, in rotes und blaues Licht tauchte. Schlank und schön die Mutter Gottes, goldenes Haar von blauem Samt bedeckt, lieblich das Lächeln, das ihre Lippen umspielte, und der Blick aus ihren Augen, der auf das Kind in ihren Armen gerichtet war, ein properer, wohlgenährter Säugling, nur mit einer Windel bekleidet, doch in seinen Augen bereits der Blick des Herrschers über alle Himmel und alle Erden, ein Finger der rechten Hand ausgereckt, mit dem er sie jetzt bereits aussandte, die Heerscharen seiner Gläubigen, auf dass sie alle Völker zu Jüngern machten und den Glauben, den wahren, hinaustrugen in alle Welt. Wenn Cristino an Jesus dachte, dann war es stets dieser Jesus: strahlend, pausbäckig, goldlockig, Lachen in seinem Gesicht. Den anderen versuchte sie aus ihrem Denken zu verbannen, den, der ausgezehrt und blutüberströmt an einem Kreuz hing, fingerdicke Nägel durch seine Füße und seine Handgelenke getrieben und in seinen Augen jener Ausdruck unaussprechlicher Qual, der sie innerlich schreien ließ. Karfreitags, wenn das Evangelium verlesen wurde, verfluchte sie alljährlich das Schicksal, das zugelassen hatte, dass sie Latein lernte und jedes der eindringlichen Worte des Priesters verstand, und wenn es zu der Stelle kam, an der Jesus geschlagen und gegeißelt und schließlich ans Kreuz genagelt wurde, ließ sie stets den Kopf in die Hände sinken und versuchte verstohlen, ihre Finger auf den kleinen Knorpel vor ihren Ohren zu pressen und so die Stimme des Priesters auszusperren, und wenn ihr dies nicht gelang, murmelte sie leise Kinderreime vor sich hin in dem verzweifelten Versuch, jene Worte zu übertönen.

«… et in unum dominum Jesum Christum, filium dei unigenitum, qui ex patre natum ante omnia saecula …»

Lautlos bewegten sich neben ihr die Lippen der Großmutter. Auch sie konnte Latein, doppelt so gut wie Cristino vermutlich, schließlich stammte sie aus einer Generation, in der es modern gewesen war, Latein zu sprechen, und in der die Jugend einst ebenso eifrig mit lateinischen Brocken um sich geworfen hatte, wie man es heutzutage mit französischen tat, eine Angewohnheit, von der sich Großmutter bis zum heutigen Tag nicht hatte verabschieden können.

«… deum de deo, lumen de lumine, deum verum de deo vero, genitum non factum, per quem omnia facta sunt …»

Cristino wandte ihren Blick nach vorne, zum Pater, der die Messe las, einer der niederen Priester von Sant Sauvaire, der Kathedrale von Ais, versuchte sich auf seine Worte, seine Stimme, seinen eindringlichen Blick zu konzentrieren. Es wäre durchaus auch eine Idee, Gott dafür zu danken, dass er uns trotz aller Gefahren sicher nach Ais gebracht hat, hatte Frederi gesagt, und bei Gott, er hatte recht, wie oft waren sie auf dieser Fahrt nur knapp dem Tod entronnen, die Entführung, und dann die Sache mit dem erschlagenen Kaufmann – Fabiou hatte gesagt, die Mörder seien wohl noch ganz in der Nähe gewesen, was, wenn sie zurückgekommen wären? Und schließlich hatte sie ja auch für den toten Kaufmann beten wollen, der sie mit so wachen Augen angesehen hatte.

«… qui propter nos homines et nostram salutem descendit de coelis. Et incarnatus est per spiritum sanctum dominum ex Mariae virginae et homo factus est …»

Oma Felicitas war etwas Besonderes. Es war nicht nur die Tatsache, dass sie für eine Frau eine erstaunliche Bildung besaß. Sie war die älteste von drei Schwestern, und ihr Vater hatte die Tatsache, dass Gott ihm einen Sohn verwehrt hatte, offenbar dadurch ausgeglichen, dass er seinen Töchtern eine Erziehung angedeihen ließ, die ansonsten Knaben vorbehalten war. Es gab ein Jugendbildnis von Oma Felicitas, wie sie im Männersitz auf einem Rappen saß und einen Falken auf der behandschuhten Rechten balancierte, und in ihrem *salon* hing ein Degen an der Wand, von dem sie allen Ernstes behauptete, er gehöre ihr und in ihrer Jugend habe sie damit umgehen können, eine Vorstellung, die Cristino schlichtweg lächerlich fand. Hübsch musste sie gewesen sein, schön sogar, alle Bilder aus ihrer Jugend – von denen es einige gab – zeigten ein schlankes, anmutiges Geschöpf mit wallendem schwarzem Haar und dunklen Mandelaugen, über die sich feingeschnittene schwarze Augenbrauen wölbten, dazu ein voller roter Mund in einem zarten, schmalen Gesicht, Zähne so weiß wie frisch gefallener Schnee und eine gerade, kleine Nase. Selbst heute, wo sie vom Gelenkreißen gebeugt war und sich nur noch auf einen Stock gestützt vorwärts schleppen konnte, lag noch ein Rest der alten Faszination in den dunklen Augen, war die Aura verblichener Schönheit noch zu ahnen. Ein schöner Körper, oh ja, hatte sie Onkel Philomenus einmal sagen hören, aber er birgt einen zänkischen, hochmütigen Geist.

«… cruxifixus est etiam pro nobis sub Pontio Pilato, passus et sepultus est. Et resurrexit tertia die secundum scripturae, et ascendit in coelum, sedet ad dexteram patris …»

Philomenus war das älteste von fünf Kindern, die Großmutter geboren hatte, und außer ihm und Madaleno de Castelblanc, der zweitjüngsten, hatte keines die ersten drei Lebensjahre überlebt. Der Vater, Senher Robon d'Auban, war 1536 auf die kluge Idee verfallen, König François auf seinen Eroberungsfeldzug in den Piemont zu folgen. Auf dem wenig rühmlichen Rückzug war Robon den Folgen einer Verwundung erlegen und hatte seinen Sohn, der gerade die zwanzig überschritten hatte, sowie seine zwölfjährige Tochter als Halbwaisen zurückgelassen. Philomenus war gebildet, sprach Griechisch und Latein, kannte Gott und die Welt in Ais, und dies sowie sein ererbtes Vermögen und die ebenso ererbten Ländereien sicherten ihm einen Platz im *Conseil de Ville*. Wirklich einflussreich war er nicht, er war Senher und kein Graf, und über seine Ländereien lachte so mancher Baroun Tränen. Aber zumindest fühlte er sich so. 1540 heiratete er Eusebia Mardou, niederer Adel wie er selber, die ihm bald darauf zwei Töchter und dann nach langen unfruchtbaren Jahren schließlich einen Sohn schenkte, Theodosius-das-Großmaul eben, der gerade mit den Beinen schlenkernd neben seiner Mutter in der Kirchenbank saß und intensiv damit beschäftigt war, mit seinem kleinen Messer die Armlehne zu seiner Rechten zu zerstückeln.

«… et iterum venturus est cum gloria iudicare vivos et mortuos, cuius regi non erit finis. Credo in spiritum sanctum dominum …»

Und in diesem Augenblick stieß ihr Catarino den Ellbogen in die Seite. «Da! Sieh doch!» Sie folgte ihrem Blick nach hinten ins Chorgestühl, wo einige Mönche der Messe beiwohnten, deren schwarze Kutten mit den spitz zulaufenden Kapuzen sie als Augustiner auswiesen. Einen Moment brauchte sie, um im Zwielicht zu erkennen, was Catarinos Aufmerksamkeit erregt hatte. Dann sah sie ihn, und als sie zu Fabiou hinüberblickte, erkannte sie an seinem glückseligen Strahlen, dass auch er ihn gesehen hatte.

Fabiou sprang auf, kaum dass das letzte Amen verklungen und das letzte Kreuz geschlagen war, und bahnte sich einen Weg vor zum Chor, wo die Mönche gerade einer hinter dem anderen die Kathedrale verließen. «Bruder Antonius!», rief Fabiou. Ein paar der Mönche bedachten ihn mit tadelnden Blicken, doch einer blieb stehen und drehte sich um. Einen Augenblick lang sah er suchend in ihre Richtung, offenbar bemüht, den Sprecher auszumachen, dann trat schlagartig das Begreifen in seine Augen. «Fabiou?»

«Eben dieser!» Fabiou lachte vergnügt.

«Fabiou? Mein Gott, das gibt es doch nicht! Du bist ja richtig … erwachsen geworden!» Bruder Antonius kam auf ihn zugeeilt. «Und – beim heiligen Augustinus, dann müssen das Cristino und Catarino sein!» Er betrachtete die Mädchen, die Fabiou verlegen kichernd gefolgt waren. «Unglaublich! Als ich euch zuletzt sah, wart ihr noch Kinder! Und Frederi Jùli erst! Himmel, du bist ja doppelt so groß wie das letzte Mal!»

Zwei Jahre war es her, dieses letzte Mal, ein Augustmorgen auf dem Castelblancschen Burghof. Er hatte etwas gesagt, ein paar Worte als Geleit ins Leben, die sie sich hatten merken wollen und doch schon zwei Tage später vergessen hatten. Keiner von ihnen hatte damals damit gerechnet, dass sie sich jemals wiedersehen würden.

«Und? Was führt euch hierher nach Ais?» Antonius lachte, ein fröhliches, gewinnendes Lachen, das seine Zähne entblößte, zwei Zähne fehlten in seinem Oberkiefer, immer schon. Er hatte nie so recht damit herausgerückt, bei was für einem Unfall er sie verloren hatte.

Fabiou grinste frech. «Oh, Mutter ist der Meinung, dass es höchste Zeit ist, meine Schwestern an den Mann zu bringen, und so konnten wir sie überreden, endlich mal einen Sommer in Ais zu verbringen», erklärte er trocken. Die Mädchen kicherten wieder.

«Und was machen die Studien?», fragte Antonius lächelnd – schließlich war er ihr Lehrer gewesen über fünf lange Jahre. Frederi hatte lange überlegt, ob er Fabiou in eine Klosterschule schicken sollte, wie er sie selber als Kind besucht hatte, doch schließlich war er von dieser Idee abgekommen und hatte stattdessen beim Augustinerkonvent in Ais wegen eines Hauslehrers angefragt. Der Abt hatte ihm geantwortet, dass er leider keine seiner erfahrenen Lehrkräfte entbehren könne – schon gar nicht zu dem Preis, den Frederi ihm bot –, aber es gebe da einen sehr talentierten jungen Frater, den er ihm empfehlen und zudem auch gerne als Lehrer zur Verfügung stellen würde. Frederi betrachtete das blasse, dünne Jüngelchen, das da eines Novembermorgens in einer abgetragenen Kutte über seinen Hof geschlurft kam, zunächst mit gehörigem Misstrauen. Zu Unrecht, wie sich bald herausstellte. Der magere junge Mönch mit den für seine Jugend so unpassenden grauen Strähnen im Haarkranz erwies sich als kleines Genie, das acht Sprachen beherrschte, die Bibel ebenso auswendig konnte wie die Schriften Platons, sich auf Logik, Dialektik und Philosophie gleichermaßen verstand wie auf Mathematik, Medizin und Rechtslehre und zudem eine Gabe hatte, mit Kindern umzugehen. Fortan verbrachte Bruder Antonius neun Monate im Jahr in Castelblanc und nur noch drei in seinem Kloster in Ais. Bruder Antonius' Jugend hatte zwar zur Folge, dass sein Verhältnis zu Fabiou wenig von einer respektvollen Lehrer-Schüler-Beziehung hatte und eher freundschaftlich war, doch gerade das führte dazu, dass dieser seine Studien mit einer Begeisterung betrieb, die keiner erwartet hätte. Frederi, der der Meinung war, auch den Mädchen könne etwas Latein und Griechisch nicht schaden, ließ dieselben am Unterricht teilnehmen, den zumindest Cristino mit dem gleichen Eifer verfolgte wie Fabiou. Die Kinder waren sehr betrübt gewesen, als Frederi vor zwei Jahren befunden hatte, sein Stiefsohn habe genug gelernt, und Antonius nach dem Sommer für immer nach Ais zurückkehrte.

Fabiou begann sogleich eifrig von seinen Fortschritten in der Dichtkunst zu erzählen, und er wäre wohl so schnell von diesem Thema nicht mehr abgekommen, wäre in diesem Moment nicht der Cavalié de Castelblanc herbeigeeilt. «Bruder Antonius, gut, Euch hier zu treffen, ich wollte diese Tage sowieso den Abt aufsuchen … Was meint Ihr, Ihr habt Fabiou so vortrefflichen Unterricht erteilt, wäret Ihr vielleicht auch bereit, meinen Sohn Frederi zu unterrichten? Ja? Hervorragend, ich werde alles mit dem Abt abklären, gehabt Euch wohl.» Er war bereits weitergegangen, einen Bekannten begrüßen, der just in diesem Moment die Kirche betrat.

«Frederi!», stöhnte Catarino und verdrehte die Augen.

«Ich habe dir schon oft gesagt, er ist dein Vater, und Gott spricht, du sollst Vater und Mutter ehren», sagte Antonius ernst.

«Er ist nicht mein Vater!», zischte Catarino.

«Er ist dein Vater, denn er kleidet, ernährt und schützt dich wie ein Vater, und ich möchte behaupten, er liebt dich auch wie ein Vater.»

«Pah!» machte Catarino, aber sie sah plötzlich etwas unbehaglich drein.

«Sag mal, was macht ihr hier eigentlich?», fragte Fabiou neugierig. Schließlich hatten die Augustiner ihre eigene kleine Kapelle im Konvent, an der Messe in Sant Sauvaire nahmen sie nur zu besonderen Anlässen teil. «Heute ist meines Wissens weder Weihnachten noch Ostern.»

Antonius seufzte, ein Seufzen, das sie kannten, das Seufzen, das er ausstieß, wenn er über den Völkersturm sprach oder den Ausbruch des Vesuvs oder den Sacco di Roma. «Warum soll ich's euch nicht erzählen, es pfeifen allmählich ja ohnehin die Spatzen von den Dächern … Es ist eine schlimme Sache passiert, und die hatte zur Folge, dass wir unsere Kapelle heute lieber meiden wollten, zumal die Reinigungsarbeiten noch andauern … Also, kurz und gut, heute Nacht ist ein Mitbruder, Frater Servius, in unserer Kapelle ermordet worden.»

«Ermordet?», rief Catarino entsetzt.

«In der Kirche?», keuchte Cristino.

«Ja, wie? So richtig, mit einem Schwert?», fragte Frederi Jùli mit leuchtenden Augen.

«Ja, und von wem bitte?», fragte Fabiou.

Wieder der Seufzer. «Eine gute Frage», sagte Bruder Antonius. «Wir gehen davon aus, dass es ein Räuber war, der das Altargerät stehlen wollte. Bruder Servius hat ihn wahrscheinlich überrascht, und da hat er ihn getötet. Mit einem Dolch, soweit ich das beurteilen kann. Er hatte zumindest eine Wunde in der Brust, die nach einem Stich mit einem Dolch aussah.» Bruder Antonius, der sich viel mit der Versorgung Kranker und Verletzter beschäftigt hatte, kannte sich mit den Folgen von Gewaltanwendung aus.

«Fehlt denn etwas?», fragte Fabiou.

«Tja ... das ist das Seltsame», antwortete Bruder Antonius. «Soweit man feststellen konnte, sind alle Schätze der Kapelle noch vorhanden. Jacobus, unser Bruder Küster, hat Bruder Servius gefunden. Gut möglich, dass der Mörder ihn kommen hörte und floh.»

«Hm», sagte Fabiou, und Cristino konnte regelrecht sehen, wie es hinter seiner Stirn zu denken anfing. Genau der Ausdruck, den er hatte, wenn er über der nächsten Strophe einer Sonette grübelte. «Wann hat der Bruder Küster denn den Toten gefunden?», fragte er.

«Nun ... als er in die Kirche ging, um die Kerzen für die Laudes zu entzünden, um halb vier etwa wird das gewesen sein.»

«Hm. Ein dummer Dieb, der um halb vier in einem Augustinerkonvent einbricht, wo jeder weiß, was ihr für Frühaufsteher seid», sagte Fabiou.

Antonius lachte. «Nicht jeder Dieb ist so gebildet wie du es bist, Fabiou.»

«Trotzdem ...», murmelte Fabiou. «Sag mal, Antonius, hast du den Toten gesehen?»

Antonius schluckte. «Ja. Natürlich. Wir sind alle zusammengelaufen, als Bruder Jacobus mit lautem Geschrei durchs Kloster gerannt ist.»

«War er schon steif?»

«Bitte?»

«Na, du hast doch mal gesagt, dass ein Körper erst zwei oder drei Stunden nach dem Tod steif wird. Also, war der Tote schon steif?»

Antonius zögerte einen Moment, so als wisse er nicht genau, was er darauf antworten solle. «Ich weiß nicht», sagte er dann gedehnt. «Ich habe ihn nicht angefasst. Aber als sie ihn hochgehoben haben … ja, ich denke, er war steif.»

«Nun», Fabiou räusperte sich, «wenn der Körper schon steif war, als der Küster ihn fand, bedeutet das, dass er zu diesem Zeitpunkt bereits mindestens zwei Stunden tot war, id est, dass die Ankunft des Küsters wohl kaum den Mörder vertrieben haben kann.» Er grinste. «Logik», sagte er triumphierend.

«Ich habe nie daran gezweifelt, dass du der beste Schüler warst, den zu unterrichten ich die Ehre hatte», meinte Antonius spöttisch. «Nun, dann muss ihn eben irgendetwas anderes vertrieben haben.»

«Warum ist eigentlich immer alles der Meinung, der Grund für einen Mord müsse ein Raubüberfall sein?» ereiferte sich Fabiou.

«Nun, es ist der häufigste Grund, schätze ich», entgegnete Bruder Antonius.

«Du hast mir einiges über die Suche nach Antworten beigebracht. Dass die häufigste Antwort zwangsläufig auch die richtige ist, gehörte meines Wissens nicht dazu», erklärte Fabiou mit ärgerlich in die Seiten gestemmten Armen.

«Aber was für einen Grund sollte es sonst geben, einen Mönch zu töten?», fragte Bruder Antonius kopfschüttelnd. «Noch dazu so einen Mönch! Er war ein Träumer, ein Wissenschaftler, einer, der sich in seine Bücher vergrub, um so gut wie nie wieder daraus aufzutauchen. Gewiss keiner, der sich in eine Situation bringt, die einen Mord rechtfertigt.»

Fabiou kaute auf dem Fingernagel seines rechten Daumens herum. Cristino fiel auf, dass er immer auf etwas herumkauen musste, wenn er nachdachte. Meistens war es sein blöder Kohlestift, hinterher hatte er oft pechschwarze Lippen. Die alte Barbro hatte ihn einmal so gesehen und gebrüllt, die Pest, die Pest ist ausgebrochen. Dann schüttelte Fabiou nachdenklich den Kopf. «Schon das zweite Rätsel heute. Und beidesmal geht es um einen Mord.»

«Das zweite?», fragte Bruder Antonius erstaunt.

«Wir haben heute früh nämlich schon einen Gemordeten gefunden!», erklärte Frederi Jùli stolz.

«Das heißt ermordet.» Catarino verdrehte die Augen.

«Ist doch egal. Er hat am Weg gelegen, kurz vor Ais, und er ist auch erstochen worden, sagt Fabiou, und er sagt auch, dass es auch kein Raubmord war, weil das Pferd noch da war!»

«Da fällt mir ein …» Fabiou suchte in seinem Wams herum. «Du kannst doch Deutsch, Antonius, oder?»

Er lachte. «Nun, ich hoffe, dass ich es noch kann, ich habe es in den letzten Jahren nur selten gebraucht …»

Fabiou zog das Lederpäckchen aus seinem Wams hervor. «Kannst du versuchen, das zu übersetzen?»

Langsam schlug Antonius das Leder auseinander und blätterte durch die Seiten. «Was ist das?»

«Es gehörte dem Ermordeten – ein deutscher Kaufmann, wie es scheint. Ich hätte gern mehr über ihn gewusst.»

«Nun ja – ich werde mein Bestes geben …»

«Das war eine seltsame Geschichte», sagte Fabiou kopfschüttelnd. «Wie gesagt, das Pferd war noch da – angebunden an eine Baumwurzel – und auf dem Hals des Pferdes stand Santonou geschrieben.»

Vermutlich ließ das fahle Licht, das durch die hohen Spitzbogenfenster in das Kirchenschiff fiel, Bruder Antonius' Gesicht in diesem Moment so bleich erscheinen. «Wie war das?», fragte er. «Santonou?»

«Ja.» Fabiou betrachtete ihn prüfend, doch Antonius lächelte, und sein Gesicht hatte die normale Farbe zurück. «Man hat mir gesagt, das sei das Zeichen einer Räuberbande gewesen, der Antonius-Jünger. Sagt dir das etwas?»

«Ich habe davon gehört», meinte Bruder Antonius. «Das ist aber schon ein paar Jahre her, glaube ich.»

«1545», antwortete Fabiou.

«Fabiou. Frederi. Mädchen.» Die Stimme des Cavaliés vom Eingang. «Kommt, wir wollen gehen.»

«Ich komme mit.» Bruder Antonius stellte seufzend fest, dass seine Mitbrüder bereits über alle Berge waren. Seinem unbehaglichen Gesicht entnahm Fabiou, dass dieser Umstand vermutlich Ärger nach sich ziehen würde.

Der Weg zum Friedhof führte direkt am Augustinerkonvent in der Carriero dei Salin vorbei, so dass sie dieses Stück des Wegs zusammen gehen konnten. «Hier ist es», sagte Antonius nicht ohne Stolz, als sie vor dem Eingang des Konvents standen. «Das ist die Tür zur Kapelle, und das …»

«Da drin ist der abgemurkst worden?», rief Frederi Jùli aufgeregt, und bevor Fabiou es hätte verhindern können, hatte er die Tür aufgerissen und war nach drinnen gestürzt. «Frederi! He!» Wütend rannte Fabiou hinter ihm her.

Er stand in einer niederen, düsteren Kapelle, nur schummrig beleuchtete vom Licht, das durch kleine, trübe Fenster ins Innere fiel. Die Kapelle war öffentlich, und im Normalfall hätte man in ihrem Innern ein paar betende alte Weiber erwartet. Doch heute waren die einzigen Anwesenden zwei junge Novizen, die vor dem Altar standen und mit Lumpen die Wand und den Boden abschrubbten. Hinter Fabiou klappte die Tür, als auch Bruder Antonius und die beiden Mädchen in den Innenraum traten. Fabiou starrte nachdenklich auf den Altarraum. Dann, plötzlich, verengten sich seine Augen und er machte einen Schritt auf den Altar zu. «Sag mal, was machen die da?» Er wies auf die beiden Novizen, die jetzt auf dem Gestühl in der Kapelle standen und auf Zehenspitzen die Wand über ihrem Kopf abschrubbten.

«Da war ein Blutschmierer», erklärte Bruder Antonius.

«Da oben? Seltsam», meinte Fabiou.

«Vielleicht hat Bruder Servius ja dort hingefasst – im Todeskampf», meinte Cristino schaudernd. Allein der Gedanke drehte ihr den Magen um. Wäre es nicht um das Wiedersehen mit Bruder Antonius gewesen, sie hätte längst fluchtartig die Kapelle verlassen.

«Um dahin zu kommen, hätte er auf die Bank klettern müssen», erklärte Fabiou kopfschüttelnd. «Nicht gerade das übliche Verhalten Sterbender.»

«Aber wer hätte das Blut sonst dahin schmieren sollen?», fragte Bruder Antonius. Seine Stimme klang fast etwas ärgerlich. «Der Mörder vielleicht? Warum hätte er das tun sollen?»

«Ich weiß nicht», antwortete Fabiou. «Auf jeden Fall habe ich das Gefühl, hinter der Sache steckt mehr als ein einfacher Raubüberfall.»

Die Tür wurde wieder geöffnet. Frederi. Er bekreuzigte sich vor der Marienstatue zur Rechten. «Kommt jetzt», forderte er die Kinder auf. «Adiéu, Bruder Antonius. Bis demnächst.»

«Also, bis bald – wir werden uns jetzt ja wohl wieder öfter sehen.» Bruder Antonius lächelte Frederi Jùli an.

«Och, ich finde das gemein – ihr könnt euch den ganzen Sommer amüsieren, und ich muss lernen», quengelte Frederi Jùli, während sie dem Ausgang zustrebten.

Die Abendsonne stand tief, als sie den Friedhof erreichten. Oma Felicitas schritt voran, wie es schien verbissen um einen halbwegs aufrechten Gang bemüht, gleich einem alten Soldaten auf einer Parade. Onkel Philomenus hielt seine Schwester am Arm, die sich auf ihn stützte und irgendetwas jammerte vom Schmerz, an den Gräbern der Liebsten zu stehen. Tante Eusebia gluckte um Theodosius-das-Großmaul herum, der seiner überschäumenden Lebhaftigkeit gerade durch gewaltsame Tritte gegen die Grabsteine Ausdruck verlieh. Der Cavalié de Castelblanc ging etwas abseits, die Augen halb gegen die sinkende Sonne zusammengekniffen. Sein Gesicht war still und abwesend.

Die Grabstätte der Familie Auban lag im hinteren Teil des Friedhofs, inmitten anderer ehrbarer, edler und ziemlich unbedeutender Familien. Neugierig verrenkte Fabiou den Hals, dies war sein erster bewusster Besuch beim Grab seiner Familie. Ein hoher Stein in der Mitte, hic requiescent Martinus et Maria Valonus, so die Inschrift, und dann eine Aufzählung ihrer Tugenden und Verdienste, und schließlich ihre Lebensdaten, MCDLV – MDXXV, 1455-1525, und MCDLXIII – MDXXVII, 1463-1527. Oma Felicitas' Eltern. Rechts davon zunächst ein schlanker Grabstein, dessen feine Verarbeitung selbst jetzt, wo Wind und Wetter längst ihr zerstörerisches Werk getan hatten, noch deutlich ins Auge fiel. Filiae adoratae Fortunae Valonae, sagte die Inschrift, MCDLXXXVIII – MDIV, 1488-1504. Es folgte ein pompöser Grabstein, verziert mit allerlei Wappen und Bannern, dem Hauswappen der Aubans und der Valouns, den Wappen von Ais und der Provence und Frankreich und natürlich dem

Wappen der Bourbonen als Zeichen, für wen der hier Begrabene, niemand anders als Großmutters Gatte Robon d'Auban, einst sein Leben gab. Entsprechend heroisch auch die hier in französisch gehaltene Inschrift, donnant sa vie dans le service et pour l'honneur du Roi de France und so weiter.

Die Grabsteine zur Linken waren einfacher gehalten. Eine unauffällige Steinplatte, deren Inschrift knapp verriet, dass hier Rouland Avingou und seine Frau Beatitudo, geborene Auban, ihrer Auferstehung harrten, geboren 1480 beziehungsweise 1485, gestorben 1547 und 1545. Daneben ein nicht minder einfacher Stein, den eine griechische Inschrift zierte.

εγω εις τουτο γεγεννημαι και εις τουτο εληλυθα εις τον
κοσμον ινα μαρτυρησωτη αληθεια
Ιωαννην 18/18

Egō eis touto gegennemai kai eis touto elēlytha eis ton kosmon hina martyresōtē alētheia, las Fabiou leise für sich. Ein Bibelzitat. Christus spricht, ich bin dazu geboren und in die Welt gekommen, dass ich für die Wahrheit Zeugnis ablegen soll, Johannes 18, Vers 18. Darunter stand, unserem geliebten Sohn und Bruder Pierre Martin Avingou, geboren am 5. Juni 1516 zu Aix, gestorben am 5. Mai 1545 ebenda, Jesus ist unsere Hoffnung.

Links neben letzterem stand, ein kleines bisschen abgerückt, ein weiterer Stein, noch etwas kleiner, noch etwas einfacher in seiner Behauung, so als wäre bei dieser Beerdigung endgültig das Geld ausgegangen. Einfache kantige Lettern, glatte, eckige Konturen, die einzige Zier ein in den Stein gemeißeltes, schmuckloses Kreuz und darunter ein Becher, Jesu Kreuz und Jesus in Brot und Wein. Darunter nur drei Worte, Fiat voluntas tua, Dein Wille geschehe, und dann der Name, einsam im Grau des Steins, Cristou Kermanach de Bèufort, 1521-1545.

Theodosius-das-Großmaul trat auf einem Grab weiter zur Rechten ein Weihwassergefäß um, Schnuckelchen, das darfst du nicht, säuselte Tante Eusebia. Ach, mein Cristou, schniefte die Dame Castelblanc und tupfte sich die Augen mit einem weißen Spitzentaschentuch. Frederi stand ruhig, die Hände hinter dem Rücken verschränkt. Die Abendsonne tauchte sein Gesicht in blutroten Glanz.

Theodosius-das-Großmaul trat ein weiteres Weihwassergefäß um. «Bene», sagte Oma Felicitas, «zwei Möglichkeiten, Philomenus, ad unum, du versohlst dieser kleinen Pest endlich den Hintern, ad altrum, ich tue es.» Philomenus ignorierte sie. «Das ist euer Großvater, Kinder», verkündete er, auf den pompösen Grabstein in der Mitte weisend. «Ein großer Mann, fürwahr, ein tapferer Krieger, wahrer Edelmann und gläubiger Sohn unserer Mutter Kirche. Nehmt euch ihn zum Vorbild, Jungs, seinen Großmut, seine Tapferkeit, seine Kraft, solche Söhne und Neffen will ich haben, stark und mutig und edel wie ...»

«Amen, wir beten», fuhr ihm Oma Felicitas ins Wort und ließ sich auf die Knie fallen, in einer Geschwindigkeit, die keiner den alten Knochen mehr zugetraut hatte. «Ave Maria gratia plena benedicta est inter mulieris ...», begann sie zu intonieren, und ebenso flink hatte sie einen Rosenkranz gezückt, schwarze Holzperlen an einer goldenen Kette, den sie nun abzuspulen begann. Catarino stöhnte leise, und die gesamte Verwandtschaft sank auf die Knie, abgesehen von Theodosius-das-Großmaul, der in seinem Vernichtungskrieg gegen die Weihwassergefäße fortfuhr. Oma Felicitas sandte ihm Blicke wie glühende Pfeile hinterher, während sie das Pater noster anstimmte.

Es war vermutlich Sünde, das zu denken, aber Cristino konnte nur inständig hoffen, dass sie nicht vorhatte, den ganzen Rosenkranz zu beten, denn der Weg vor den Gräbern war steinig, und abgesehen davon, dass ihr jetzt bereits die Knie wehtaten, hatte sie eines ihrer besten Kleider angezogen – um genau zu sein das Beste von denen, die sich für die Kirche schickten –, und sie schauderte bei der Vorstellung, dass dieses Kleid soeben unter ihren Knien von Steinen zerrieben wurde, dass Staub und hinterhältige Grasflecken sich in das zarte Seidengewebe eindrückten und hinterher ganz bestimmt nie wieder herausgingen. Sie schielte nach rechts, Tante Eusebia, ergebungsvolle Augen dem Himmel zugewandt, als erwarte sie jeden Moment, dass die Jungfrau persönlich herabstieg, sie emporzuholen, die Mutter, noch immer schniefend, ein Tränlein im Augenwinkel, Onkel Philomenus, der Großmutter bitterböse Blicke zuwarf, die diese geflissentlich übersah, Frederi, hatte sie ihn je mit so einer Inbrunst beten sehen, den Kopf gesenkt, die Augen geschlossen, zitternde Hände ineinandergekrampft vor die Brust gepresst?

Dann hob sie den Kopf und blickte auf die Grabsteine.

Sie mochte Grabsteine nicht. Das lag daran, dass sie Friedhöfe nicht mochte, so wie sie alles nicht mochte, was mit Tod zu tun hatte. Beatitudo Avingou, das musste Omas jüngere Schwester sein, Tante Beatitudo, von der die Mutter manchmal erzählte. Die arme Tante Beatitudo, sagte sie meist, nicht weil sie schon tot war, sondern weil ihr Vater, der Cavalié Martin de Valoun, sie aus Geldnot einem reichen Bürgerlichen zur Frau gegeben hatte, eben jenem Rouland Avingou, der neben ihr lag. Pierre Avingou musste ihr Sohn sein, sie hatten einen Sohn, der früh starb, und eine Tochter, wie hieß sie noch? – die Nonne war und in Rom lebte. Aber wer war es, der zwischen den Valouns und Robon d'Auban ruhte?

Unserer angebeteten Tochter Fortuna …

Geboren 1488, gestorben 1504. Sechzehn Jahre alt geworden.

Sechzehn.

Die Angst griff nach ihr wie eine Totenhand aus einem frisch aufgeschütteten Grab. Sie spürte, wie ihre Kehle sich verengte, die Atemzüge aus ihrer Lunge aussperrte, ich will nicht sterben, Mama, hilf mir doch, Mama Mama Mama.

Sie hatten Glück. Nach dem schmerzensreichen Rosenkranz war Oma Felicitas offensichtlich der Meinung, dass der Pflicht Genüge getan war, und sie kämpfte sich ächzend wieder auf die Knie. «Na, Gott sei Dank», murmelte Catarino und klopfte sich den Staub vom Kleid – ebenfalls eines ihrer besten und was Farbe und Ausschnitt betraf eigentlich gerade nicht mehr schicklich für die Kirche. «Cristino, komm, was ist? … Cristino?»

Cristino taumelte auf die Füße, kalkweiß ihr Gesicht und ihre Hände, sie griff nach Catarinos Arm, klammerte sich schwankend an ihr fest.

«Ist etwas, Kind?», fragte Oma Felicitas, den Kopf zur Seite geneigt, um ihr ins Gesicht schauen zu können. «Ist dir nicht wohl?»

Cristino starrte auf den Grabstein. Filiae adoratae Fortunae Valonae. «Wer … wer war sie?», fragte sie.

Die Großmutter folgte ihrem Blick. «Fortuna.» Sie lächelte. Es war ein trauriges Lächeln. «Sie war meine Schwester, meine jüngste Schwester.» Sie lachte auf, was irgendwie auch nicht viel fröhlicher klang. «Eine Marotte meines Vaters. Er hat sich so sehr gewünscht, dass wir glücklich werden, also hat er uns diese Namen gegeben – Felicitas, Beatitudo, Fortuna. – Das heißt alles drei soviel wie Glück, liebe Schwiegertochter», sagte sie zu Tante Eusebia gewandt, die sie mit großen, verwunderten Augen anblickte. Oma Felicitas lachte wieder. «Die glücklichen Schwestern, so haben sie uns genannt. Die glücklichen Schwestern, oh ja.» Sie stieß zischend die Luft zwischen den gelben Zähnen hervor. «Vater hat sich so getäuscht. Glückliche Schwestern! Wir machten eine Bootsfahrt auf der Durenço, Fortuna stand auf, um uns einen Vogel zu zeigen, und verlor das Gleichgewicht. Sie durchkämmten den Fluss drei Tage lang mit Netzen, bevor sie ihre Leiche fanden. Kein Glück für die jüngste der drei glücklichen Schwestern. Genauso wenig wie für die älteste. Oh, Vater, er hätte alles getan, um mich glücklich zu machen, nie hätte er mich gegen meinen Willen an irgendein Scheusal verheiratet, aber das Problem war, ich wollte ja. Robon war galant, er war gutaussehend, er stammte aus einer guten Familie – wie konnten mein Vater oder ich ahnen, dass er sich nach der Hochzeit zu einem nichtsnutzigen, engstirnigen Tyrannen entwickeln sollte?»

«Mutter!», rief Onkel Philomenus entsetzt.

«Tu nicht so, Philomenus, du weißt genau, dass ich recht habe, er hat dich oft genug grundlos grün und blau geschlagen. Die einzige gute Idee, die Robon in seinem ganzen Leben hatte, war, in den Piemont zu ziehen und dort in ein kaiserliches Schwert zu rennen.»

«Mutter!» Das waren jetzt Philomenus und Madaleno im Duett.

«Beatitudo, ja – sie war vielleicht wirklich glücklich zu nennen. Ich weiß, sie ist die ‹arme Tante Beatitudo› in eurem Sprachgebrauch, weil sie einen Bürgerlichen zum Mann genommen hat und daher gesellschaftlich diskreditiert war, und man behauptet, mein Vater hätte sie in diese Ehe verkauft, weil er Schulden hatte. Oh ja, mein Vater hatte Schulden, zeit seines Lebens hatte er die, und diese Heirat kam ihm sicher nicht ungelegen, aber Bea wollte Rouland heiraten, denn sie liebte ihn, und er liebte sie, sie hatten zwei wunderbare Kinder und waren glücklicher miteinander, als ich es je bei einem anderen Paar gesehen habe. Ja, wäre das letzte Jahr ihres Lebens nicht gewesen, man müsste sie wirklich glücklich nennen.»

Onkel Philomenus schnappte nach Luft. Frederis Blick ließ die Grabsteine los und wanderte zu Oma Felicitas. Die Sonne war gesunken und hinterließ nichts als Blässe in seinem Gesicht.

«Wieso? Was war denn so schlimm an Tante Beatitudos letztem Jahr?», fragte Fabiou neugierig.

Wieder dieses Schnappen von Philomenus, wie ein Fisch auf dem Trockenen. «Oh, sie war sehr krank», erklärte Oma Felicitas. «Die Zuckerharnruhr. Als ihr Sohn so tragisch starb, ging es ihr schlagartig schlechter, und nach nur dreizehn Tagen brachte ihre Krankheit auch sie unter die Erde.»

«War das der da?» Frederi Jùli zeigte auf den Grabstein, der den Namen Pierre Martin Avingou trug. Die Großmutter nickte. «Woran ist er denn gestorben?»

«Oh», Oma Felicitas ließ einen spöttischen Blick in die Runde gleiten, in der Philomenus, Frederi und Magdaleno sie anstarrten wie einen Geist, «es war ein Unfall. Ein schreckliches Unglück. Er stürzte vom Pferd und geriet unter eine entgegenkommende Kutsche. Die Gäule müssen geradewegs über ihn drübergestampft sein, so wie er aussah, als sie ihn uns brachten.»

Frederi machte einen Schritt zur Seite, krallte sich mit einer Hand an einem Grabstein fest, als sei ihm plötzlich schlecht geworden. Die Großmutter sah ihn an. «Es ist ein Bild, das einen nicht loslässt, nicht wahr?» Frederi schluckte krampfhaft und nickte. «Schade um ihn», flüsterte Oma Felicitas. «Er war ein so guter Junge. Es hat seine Eltern ins Grab gebracht, alle beide. Ein guter Junge. Wie Cristou. Er war auch ein so guter Junge. Wir alle haben ihn gemocht. Ich war so glücklich, ihn zum Schwiegersohn zu haben.»

Catarino sah auf.

Cristino sah auf.

Fabiou sah auf.

Onkel Philomenus räusperte sich. «Vielleicht sollten wir jetzt allmählich aufhören mit diesen Schaudergeschichten – vor den Kindern ...»

«Also, mir macht das nichts aus», meinte Frederi Jùli treuherzig.

«Nun ja», seufzte die Großmutter, «nun ruhen sie nebeneinander, wie es sich für echte Freunde gehört.»

«Wir sollten gehen», sagte Madaleno de Castelblanc hastig. «Es wird allmählich kalt. Kommt, Kinder.» Und sie lief los. Onkel Philomenus und Tante Eusebia folgten, letztere nach Theodosius rufend, der zwischen den Gräbern verschwunden war. Die Großmutter seufzte noch einmal tief, dann humpelte sie hinterher. Frederi blieb stehen, einen kurzen Moment lang, den Blick auf die stummen Gräber gerichtet, dann berührte er den Grabstein, auf dem Cristou Kermanach de Bèufort stand, mit der rechten Hand, wandte sich ab und ging.

Die vier jungen Leute strebten als letzte dem Ausgang zu. Dämmerung senkte sich über die Gräber, irgendwo rief Tante Eusebia noch immer nach Theodosius, und sie erheiterten sich mit der Vorstellung, dass er soeben vom Geist eines Toten in ein finsteres Grab hinabgezogen wurde. Zur Rechten wankte eine Edeldame in schwarz durch die Reihen der Gräber, den Kopf gesenkt, das Gesicht grau und kränkelnd im blassen Dämmerlicht des Abends. Eine Dienerin folgte ihr im respektvollen Abstand von zwei Schritten.

Was war es, das Cristino dazu brachte, sich noch einmal umzudrehen?

Im ersten Moment dachte sie, dass sie schwebte. Sie musste mehrmals blinzeln, um den Eindruck zu vertreiben, dass diese schwarz verhüllte Gestalt nicht ihre Füße benutzte, um sich zwischen den Gräbern fortzubewegen, sondern dass sie dahinglitt wie ein Boot über den Wassern, vorbei an sacht im Wind schaukelnden Zedern, vorbei an Steinkreuzen, von denen herab der gekreuzigte Christus ihr sanft sein dornengekröntes Haupt zuneigte. Dann erreichte sie ihr Ziel, die Gräber der Valoun, die Gräber der Aubans, und dort sank sie in sich zusammen wie eine Fahne, wenn der Wind abflaut, und lag auf den Knien, die gefalteten Hände vor die Brust gepresst.

«Da», hauchte Cristino. «Seht doch!»

Die anderen wandten sich um. «Was? Was denn?», fragte Frederi Jùli neugierig.

«Da … an den Gräbern …»

Fabiou zuckte mit den Achseln. «Eine Nonne, na und?» Er drehte sich um und lief weiter.

«Aber …», begann Catarino.

«Kinder, kommt endlich!», rief die Mutter vom Ausgang.

«Aber … das ist ja …» Catarino machte einen Schritt vorwärts.

«Kinder!»

«Tante Beatrix!»

«Catarino!»

Catarino war losgerannt, doch jetzt blieb sie stehen. «Aber … Mutter … da ist … Tante Beatrix!»

«Catarino, red keinen Unsinn, Tante Beatrix ist in Rom, das weißt du genau! Und jetzt komm!»

Seufzend drehte Catarino sich um und lief dem Ausgang zu.

KAPITEL 4

in dem Cristino ein Paar Schuhe und ein Medaillon kauft,
was sie beides noch ziemlich bereuen wird

Je te dis que chaque chose
vient en temps et en heure
au regard de l'éternité.

Ich sage dir, alles kommt zu seiner Zeit und seiner Stunde
im Bezug zur Ewigkeit.

Christine de Pisan (1363-1431), französische Schriftstellerin,
Philosophin und Feministin, Livre de la Cité des Dames

Ais ist ein Traum aus Wasser, Licht und Schatten. Das Grün der Bäume, die den geschäftigen Straßen ihren Schatten spenden und nur einzelne Lichtstrahlen durchlassen, das helle Braun und Rot der Häuser, glänzend im Licht einer aufsteigenden Sonne, die in den Wassern der Brunnen tanzt und schillert. Hitze, in die engen Straßen gepfercht, die den Fuhrknechten und den Marktfrauen den Schweiß auf die Stirn treibt und ihnen die abgetragene, fleckige Kleidung am Leib kleben lässt, Kälte im Zwielicht der Hauseingänge, die dunkel wie die Nacht sind, wenn man aus dem Sonnenlicht hineintritt. Keine gotische Kühle einer Stadt wie Paris, die den Winter kennt und den Schnee und der der Regen so vertraut ist wie der Klang der Glocken von Notre Dame, und doch ebenso wie Paris eine Stadt pulsierend vor Lärm, Leben, Liebe und Gewalt, in der sich Arm und Reich in den Straßen aneinander vorbeidrängen, Adlige und Bürgerliche, Gelehrte und Unwissende, Mächtige und Ohnmächtige, in der Politik, Kunst, Wissenschaft und Religion ebenso zu Hause sind wie Diebstahl, Schlägereien, Krankheit und Tod.

Also alles in allem wie geschaffen für einen Poeten, dachte Fabiou de Bèufort, während die Kutsche ihn ruckelnd durch die Straßen trug.

Fabiou hatte sich an das Fenster der Kutsche gedrückt und versuchte, jedes Detail der fremden großen Stadt auf einmal in sich aufzunehmen. Es war überwältigend; eine Flut aus Farben, Geräuschen und Gerüchen, die alles übertraf, was er bisher erlebt hatte. Ihm gegenüber saß Catarino und sah ebenfalls mit leuchtenden Augen aus dem Fenster. Hörte man Catarino zu, musste man zu der Überzeugung gelangen, dass sie jeden Stein am Wegesrand in- und auswendig kannte; ständig machte sie Bemerkungen wie: «Da hinten an der Ecke stand früher doch dieser Straßenhändler» oder «Hier bin ich mal hingefallen und habe mir das Knie aufgeschlagen, wisst ihr noch?» Fabiou fand dies lächerlich; Catarino war gerade drei Jahre alt gewesen, als sie Ais verlassen hatten.

Die Familie Auban wohnte, zum großen Bedauern von Madaleno de Castelblanc, nicht direkt in der Carriero dis Noble, wie die kleine, aber durch eine sehr erlauchte Anwohnerschaft geadelte Querstraße zur Carriero drecho Nousto Damo genannt wurde, sondern gerade um die Ecke in der Carriero de Jouque, kurz vor deren Zusammentreffen mit der Carriero dis Guerié. Der Weg in die Stadt führte über die Carriero dis Noble auf die Carriero drecho – oder Carriero dou Grand Relògi, wie sie neuerdings auch genannt wurde –, die Hauptstraße des Bourg Sant Sauvaire, des alten Stadtkerns von Ais, vorbei an der Kathedrale Sant Sauvaire und der Universität. Hier, auf dieser großen und kerzengeraden Straße, die noch auf die Fundamente der römischen Via Aurelia zurückging und die gesäumt war von den *Hôtels* des alten und des neuen Adels und seiner nachrückenden Konkurrenz, der reichen *Bourgeois*, drängte sich um diese Tageszeit bereits das hohe und das niedere Volk, zu Pferd und zu Kutsche die einen, auf bestiefelten oder nackten Füßen die anderen. Das Vorankommen gestaltete sich somit mühsam, Bardou erging sich in zahlreichen Flüchen über den Verkehr, und die Grand Relògi schlug bereits zehn Uhr, als die Kutsche endlich in die Carriero dei Salin in der *Ville Comtale* einbog.

Sie waren zu fünft unterwegs, die Mutter, Fabiou, seine beiden Schwestern und Frederi Jùli. Eigentlich sogar zu siebt, wenn man Bardou mitzählte und seinen Sohn Loís, der als Geleitschutz und zum Tragen der Einkäufe mitgekommen war. Die Mutter war bester Laune und plapperte immerzu über das Kleid, das sie an einer Kirchenbesucherin am Vorabend gesehen hatte – «die Cavallet, ihr wisst schon, sie haben dieses hübsche kleine Haus nahe der Plaço dou Palais» – und das sie jetzt unbedingt auch haben musste – «den Ausschnitt vielleicht etwas weniger tief – es ist ja schon etwas unschicklich – und vielleicht eher in rosé als in rouge – oder in lilac ...». Catarino hatte die Gunst der Stunde genutzt, die Mutter ebenfalls um ein neues Kleid anzubetteln – «die sind alle so altmodisch, die ich habe, dieser Kragen, das kann man doch gar nicht mehr anziehen!» –, doch Frederi hatte dem energisch einen Riegel vorgeschoben mit der Bemerkung, sie habe erst letzte Woche ein neues Kleid bekommen, und wenn sie mal einen Ehemann mit Geld wie Heu in den Taschen habe, dann könne sie sich von ihm aus jede Woche ein neues Kleid kaufen, aber er sei nun mal nur Frederi Cavalié de Castelblanc, habe genug Sorgen, seine Besitzungen zu unterhalten, und könne nun wirklich nicht sein Geld mit beiden Händen zum Fenster hinaus schmeißen. «Mit der Garderobe finde ich nie einen Ehemann, der Geld hat», hatte Catarino missmutig gemurmelt, doch Frederi war hart geblieben wie Granit und das neue Kleid somit in weite Ferne gerückt. Immerhin, die Schuhe waren genehmigt.

Über der Tür des Schusters, bei dem die Familie Auban ihre Schuhe machen ließ, stand mitnichten «Schuster», sondern «Chaussures pour dames & hommes» geschrieben. Der Laden war edel, die Kundschaft ebenso, und als die Dame Castelblanc mit ihren beiden Töchtern zur Tür hereingerauscht kam, gefolgt von Loís – die Jungs hatten die Gesellschaft Bardous dem Ladenbesuch vorgezogen –, sprang ihnen sofort ein Diener entgegen, der ihnen die Mäntel abnahm. Der Ladenbesitzer, Mèstre George, war auch sogleich zur Stelle, bat die Damen mit einigen Verneigungen, sich doch zu setzen, und hörte sich dann ihr Begehren an – «mit diesen silbernen Schnallen, versteht Ihr?» –, wobei er stets wissend und verständnisvoll nickte, einige fachliche Kommentare abgab – «den Absatz könnte man natürlich etwas höher legen, das ist jetzt modern in Paris» – und sich alles in allem wahrhaft perfekt darauf verstand, den Damen das Gefühl zu geben, bei ihm nicht nur in guten, sondern in den allerbesten Händen zu sein. Sogleich rief er dann nach einem Gesellen, der den Damen mehrere Paar Schuhe als Anschauungsstück hereinbrachte. «Mutter, so eins will ich, genau so, das in rosé, siehst du?», rief Catarino aufgeregt.

Und um Cristino war es schlichtweg geschehen.

Vor ihr lag das atemberaubendste Paar Schuhe, das sie in ihrem ganzen Leben gesehen hatte. Schlank, graziös, mit formvollendet geschwungener Sohle, schienen sie aus purem Silber zu sein und schillerten gläsern im Licht, das durch das Fenster in den Verkaufsraum fiel. Sie sah sich tanzen in diesen Schuhen, schweben, und die Männer im Kreis standen mit offenen Mündern und weit aufgerissenen Augen, bis einer vortrat – Arman de Mauvent? Sébastien de Trévigny? Arnac de Couvencour? – und sie in seine Arme schloss und nach draußen trug, und sein Mund näherte sich ihren Lippen, und …

«Oder die da, Cristino, die mit der aufgenähten Goldborte, was meinst du? He, Cristino!»

«Ich … ich hätte gern diese hier», flüsterte Cristino kaum hörbar und berührte vorsichtig mit dem Finger die silbernen Schuhe.

Ein Gefühl, als streiche man über das Fell einer Katze, nur sanfter, kühler.

«Die? Die sind doch affig! Damit siehst du aus, als ob du als Hofdame an den spanischen Königshof willst!», meinte Catarino kopfschüttelnd.

Trévigny. Trévigny würden sie gefallen. Wie eine Prinzessin würde sie darin aussehen, gekleidet in Gold und Silber, und ganz bestimmt würde sich der Comte de Trévigny in sie verlieben ... oder Arnac de Couvencour ...

Heftig schüttelte Cristino den Kopf. Was hatte sie schon davon, wenn sich irgendjemand in sie verliebte, sie liebte schließlich Arman de Mauvent, und sonst niemanden. Aber trotzdem – die Schuhe waren einfach sooo schön!

«Also, ich hätte gerne, wie gesagt, welche mit Schnallen ...», meinte die Dame Castelblanc, und Meister George versicherte ihr, dass es natürlich kein Problem sei, ihr derartige Schuhe zu fertigen, wenn sie sich gerade setzen würde, die Maße ...

Der Meister selbst nahm Maß, erst der Dame Castelblanc, dann den beiden jungen Damen, wie er es ausdrückte, und die Zuvorkommenheit und der Respekt, mit der er sie behandelte, verursachte bei Cristino ein prickelndes Gefühl in der Nackengegend. Also einmal mit Schnallen, ja? Und die jungen Damen? Einmal die Schuhe in rosé? Eine gute Wahl, meine Dame, eine sehr gute Wahl, elegant, dieses Stück, wirklich elegant ... Und die andere junge Dame?

«Ich möchte die Silbernen», meinte Cristino hartnäckig. Catarino verdrehte die Augen.

Der Preis war der erwartete, aber Frederi war ja zum Glück nicht dabei. «Bis morgen Abend, ja?», vergewisserte sich die Dame Castelblanc. «Das reicht bis zum Fest bei den Ardoches.»

Draußen war Frederi Jùli inzwischen auf den Kutschbock geklettert, wo er elegant mit einer unsichtbaren Peitsche in der Luft herumwedelte und «Aus dem Weg, Platz für die Kutsche des Königs» schrie. Die Mutter zitierte ihn nach drinnen zurück. «Also, wirklich, Frederi, du bist der Sohn eines Edlen, was sollen denn die Leute denken!», rief sie.

«Gibt's denn keine Edlen, die Kutscher sind?», fragte Frederi Jùli enttäuscht.

«Bardou, zu Mèstre Adréu», befahl die Dame Castelblanc. Mèstre Adréu war der Schneider der Aubans.

«Dann werde ich halt Ritter und ziehe in den Krieg», spann Frederi Jùli seinen Gedankengang weiter.

«Ich will nicht zum Schneider. Ich kriege ja sowieso kein Kleid!», nörgelte Catarino.

«Ich will auch nicht zum Schneider. Können wir nicht an der Plaço dis Erbo aussteigen und ein bisschen den Markt anschauen?», fragte Fabiou. «Loís könnte doch mit uns kommen, zu unserem Schutz», fügte er rasch hinzu, bevor seine Mutter ein Geschrei über die Unsicherheit der Märkte anstimmen konnte – heutzutage!

«Also gut», seufzte die Mutter. «Ich hole euch nachher ab – wo soll ich euch abholen?»

«An der Tourre dou Grand Relògi», schlug Fabiou vor.

«Gut, von mir aus.»

Die Plaço dis Erbo war ein Gewühl von Marktständen und Menschen, als die vier Geschwister und ihr Diener dort ausstiegen. Die Kutsche rumpelte weiter, Hühner und schmutzige kleine Kinder beiseite scheuchend. Auf Fabious Gesicht war ein glückseliges Strahlen getreten. Das war Leben, Leben, wie es brodelt und schäumt, der pochende Herzschlag der Stadt. Bauern, die in abgetragenem, schmutzverklebtem Wams die ersten Früchte des Jahres den Städtern zum Verkauf anboten, Marktweiber, die hinter ihren Ständen ihre Ware anpriesen, Händler, in deren Auslage man vom Zahnstocher bis zur Öllampe so gut wie alles kaufen konnte, schmutzige Kinder, die zwischen den Ständen Fangen spielten, magere Hunde auf der Suche nach etwas Essbarem, das von den Auslagetischen fiel, Studenten in ihren langen dunklen Umhängen, manche kaum älter als Fabiou, die herumblödelten oder auf dem Brunnenrand sitzend ihr Mittagessen verzehrten. Ein Spielmann saß im Schatten des Brunnens, zupfte an einer Gambe und sang dazu ebenso laut wie falsch eine Sonette von Ronsard, ein altes Weib, gekleidet wie eine Zigeunerin, mit großen Ringen in den Ohren und einem bunten Tuch über dem Haar, streckte den Passanten eine knochige Hand entgegen und verkündete mit zahnlosem Mund, dass die Zukunft in den Karten lag, ein Bettler mit nur einem Arm bat wimmernd um Almosen. Frederi Jùli stürzte quer über den Platz, wo er vor einem modernen Bauwerk stehen blieb, einem Turm, der eine Uhr von der Größe eines Wagenrads barg, armlange Zeiger, die mit lautem Klacken von Ziffer zu Ziffer rückten.

«Was ist das?», fragte Frederi Jùli und machte riesengroße Augen.

«Die Tourre dou Grand Relògi», erklärte Fabiou. Auch er staunte; er hatte schon viel von dieser Uhr gehört.

«*Diable*», hauchte Frederi Jùli.

«Das ist noch gar nichts», fuhr Fabiou fort. «Es gibt Pläne, die Uhr durch eine *Horloge astronomique* zu ersetzen. Das ist eine Uhr, die nicht nur die Stunden und Minuten und Sekunden anzeigt, sondern auch die Tage und Monate, die Jahre und die Jahrhunderte, die Mondphasen und die Bewegung der Gestirne und Sternbilder ...»

«*Diable*! Gaukler!», schrie Frederi Jùli, den wissenschaftlichen Vortrag seines Bruders brutal abwürgend.

In der Tat. Sie hatten sich am Rand des Platzes aufgebaut, und bereits jetzt waren sie von einer dichten Menschenmenge umlagert, so dass man im Moment nur ein paar fliegende Bälle über den Köpfen der Menge sah. «Kommt, schnell», schrie Frederi Jùli und rannte auf die Gruppe zu.

In diesem Moment erschien eine Gestalt über den Köpfen. Sie musste einem anderen auf der Schulter stehen, denn bis zu den Knöcheln war sie vollständig sichtbar, ein junger Mann, gekleidet in ein rotes, enganliegendes Kostüm, auf das kleine, silberne Glöckchen aufgenäht waren, die bei jeder seiner Bewegungen hell und lustig klingelten. Er stand, die Arme ausgebreitet, und in seinem weißgeschminkten Gesicht blitzte ein Paar dunkler Augen. Die Menge war auf einmal still, sie wartete auf etwas, und plötzlich drückte sich der Gaukler von seinem Untergrund ab, um sich gleichzeitig zu einer Kugel zusammenzurollen, die durch die Luft kullerte, rotierte, einen Purzelbaum, einen zweiten, und er schnellte auseinander und stand aufrecht über den Köpfen der Menge, wohl auf den Schultern eines dritten Gauklers. Ein Aufatmen in der Menge, und Applaus, der losbrandete, «Waaahnsinn!», schrie Frederi Jùli, und gleich darauf «Platz da!», als er sich zwischen die Schaulustigen drängte. Ein paar ärgerliche Rufe zunächst, was soll das Gedrängel, doch dann wichen sie beiseite, Edelleute, und binnen weniger Sekunden war eine Lücke in der Menge entstanden, in die sich hinter Frederi auch Fabiou und die zwei Mädchen hineinschoben.

Die Gauklertruppe bestand aus zehn Menschen. Ein Mädchen in einem weiten, lockeren Kleid, tanzend mit einem Schal, den sie dabei durch die Luft wirbelte. Drei Musikanten, eine Flöte, eine Gambe, eine Trommel. Ein breitschultriger, kräftiger Hüne mit kahlgeschorenem Kopf, der gerade damit beschäftigt war, ein paar Fackeln zu entzünden. Die Akrobaten, vier an der Zahl – drei standen in einem Dreieck beisammen, der vierte wippte lässig auf den Schultern des nächststehenden. Ein weiteres Mädchen, es stand in der Mitte des Dreiecks und jonglierte mit drei Bällen.

Jemand musste dem auf den Schultern ein Zeichen gegeben haben, denn er sprang ab und landete im nächsten Moment genau umgekehrt wieder auf denselben Schultern, den Blick auf die drei Bèuforts und ihren kleinen Bruder gerichtet. «Oho!», rief er aus. «Hohe Gäste!» Er machte eine seltsame, übertriebene Verbeugung, bei der er beinahe das Gleichgewicht verloren hätte, ruderte einen Moment lang mit beiden Armen, fing sich dann aber und stand wieder lässig und unbeschwert auf den Schultern seines Untermanns. «Tretet näher, werte Edelleute. Die Truppe von Wirbelwind Malou, dem größten Akrobaten zwischen hier und den Alpen, wird sich allergrößte Mühe geben, Euch mit ihren armseligen Künsten zu zerstreuen.» Wieder diese dramatische Verbeugung, wieder der Kampf um sein Gleichgewicht, Fabiou fragte sich, ob er das mit Absicht machte. «Nun, Herrschaften, was steht ihr so herum, macht Platz, macht Platz für unsere hohen Gäste, sonst machen sie sich noch ihre schönen Kleider an euren Lumpen schmutzig!» Er fuchtelte heftig mit beiden Händen in der Luft herum, und tatsächlich wich die Menge noch etwas auseinander, so dass die Geschwister jetzt alleine in einem freien Raum standen. Eine Gruppe Studenten auf der gegenüberliegenden Seite lachte spöttisch. Fabiou betrachtete den jungen Gaukler prüfend. Er hatte das intensive Gefühl, dass der sich über sie lustig machte.

«Nun, seht her, edle Herren und verehrte Gemeine – und nicht zu vergessen die Gelehrsamkeit hinter uns» – er stand mit einem Satz wieder andersherum auf den Schultern und neigte sich leicht in Richtung der Studenten –, «seht her und staunt angesichts der einmaligen Darbietung, die euch erwartet: der unvergleichliche – unübertreffliche – einmalige Feuerwirbel!»

Das Mädchen warf die Bälle in die Luft, und der auf den Schultern fing sie auf und begann damit zu jonglieren, und im nächsten Moment stand das Mädchen auf den Schultern des Hünen. Dieser warf ihr eine brennende Fackel zu, eine zweite, eine dritte, blitzschnell bewegten sich die Hände des Mädchens, und die drei Fackeln kreisten Funken sprühend über ihrem Kopf. Ein lautes Oooh aus der Menge, Beifall, Johlen von Seiten der Studenten. Der Hüne hob einen Finger, blinzelte der Menge verschwörerisch zu und schleuderte eine vierte Fackel in die Luft. Das Mädchen schien zu erschrecken, ein Aufschrei des gesamten Publikums, Cristino schlug die Hände vors Gesicht, doch da wirbelten schon alle vier Fackeln über seinen blitzschnell sich bewegenden Händen. Beifall. Eine fünfte Fackel in den Händen des Hünen, er schien zu überlegen, sah prüfend zu dem Mädchen empor und fragend zu dem jungen Mann im roten Kostüm, der mit den Achseln zuckte, dann schien er einen Entschluss zu fassen und warf die fünfte Fackel hoch in die Luft. Wieder ein Aufschrei, die Fackel stürzte auf das Mädchen zu, das sie nicht einmal kommen sah, und da ging es wohl echt mit Zauberei einher, denn bevor die fünfte Fackel dem Mädchen die Frisur ruinieren konnte, reihte sie sich wie von selbst in den Wirbel ein, ein Feuerkranz, der ihre schlanke Gestalt umtanzte. Und dann fiel eine Fackel in die Tiefe, und der Hüne fing sie auf, pustete, als wolle er sie ausblasen, und da brauste ein Feuerstrahl aus seinem Mund, zischte einen ganzen Schritt weit durch die flimmernde Luft, Menschen sprangen kreischend zurück, und die Fackel flog nach oben und gliederte sich wieder ein in den Zirkel der Flammen.

Donnernder Applaus. Mit einem Salto sprang das Mädchen hinab auf den Boden und verbeugte sich, die noch immer brennenden Fackeln vollzählig in ihren Händen. «*Merveilleux*», hauchte Cristino. Der junge Gaukler im roten Kostüm sprang ebenfalls zu Boden, ließ seine Bälle in einen Korb fallen. «Ihr seht, hohe Herren», sagte er, den vier Geschwistern zugewandt, «bisweilen kann Feuer durchaus faszinierend sein, auch ohne dass man es an einen Scheiterhaufen legt.» Er wirbelte herum. «Meine sehr verehrten Herrschaften, falls euch unsere Vorführung gefallen hat, bitte ich um eine kleine Gabe für einen Trupp hungriger Gaukler!», rief er dem Publikum zu, und sofort zogen die übrigen Akrobaten los, hielten den Zuschauern Mützen und Körbe entgegen, ein paar Münzen klingelten. Der junge Mann drehte sich auf dem Absatz um, er stand jetzt direkt vor Fabiou und seinen Geschwistern. «Darf ich eventuell so vermessen sein, auch unsere adligen Gäste in ihrer unendlichen Güte um ein mildes Almosen zu bitten?»

Catarino rümpfte die Nase. «Du bist unverschämt und frech, Gaukler», sagte sie. «Ich hätte gute Lust, die Wache zu rufen und dich aus der Stadt jagen zu lassen.»

Seine Augen schillerten, Cristino fragte sich, was für eine Farbe sie hatten, irgendetwas zwischen anthrazitgrau und bernsteinfarben. «Verzeiht, edle Dame, so ich Euch gekränkt haben sollte», sagte er in übertriebener Unterwürfigkeit. «Es muss die Sonne sein. Sie hat mir offensichtlich das Gehirn ausgedörrt.» Er streckte ihr eine Mütze entgegen. Die Studenten lachten. «Pah!» machte Catarino.

Fabiou zückte seine Geldbörse – Frederi gab ihm in letzter Zeit öfters ein paar Münzen zur freien Verfügung, lerne mit Geld umgehen, Junge. Er ließ ein paar Sous in die Mütze fallen. Wieder verneigte sich der Gaukler. «Habt Dank, edler Herr. Ihr habt schönes rotes Haar, edler Herr. Ein Hoch auf den Vater, der Euch so schönes rotes Haar vererbt hat.» Catarino verdrehte die Augen.

«Und wo ist jetzt der große Malou, der Wirbelwind, oder wie er heißt?», fragte Frederi Jùli neugierig.

«Der große Malou, hm?» Der junge Gaukler sank auf die Knie, so dass er aufsehen musste, um Frederi Jùli ins Gesicht zu blicken. «Das möchtest du gerne wissen, ja? Weißt du, der große Malou tritt nicht mehr auf, mein Junge.»

«Warum nicht?», fragte Frederi enttäuscht.

«Weißt du», ein spöttisches Lächeln auf dem Gesicht des Gauklers, «er war auch so ein frecher, unverschämter Kerl wie ich. Deshalb haben sie ihm im Gefängnis beide Beine gebrochen, und er kann nur noch an Krücken gehen. Schade, nicht? Er war ein Künstler.» Und während Frederi Jùli ihn noch mit offenem Mund anstarrte und Cristinos Gesicht jede Farbe verlor, war er bereits mit einem Handstandüberschlag in der Mitte des Kreises und rief: «Und nun zu unserer nächsten Darbietung: Gustave, der stärkste Mann der Welt!»

«Lasst uns gehen!», sagte Catarino schnippisch.

«Du bist ja auch echt blöde, Fabiou!», schimpfte sie, als sie wieder durch die Marktstände schlenderten, Äpfel zur Rechten, Tonschüsseln zur Linken. «Was gibst du diesem anmaßenden Kerl auch noch Geld? Wie der mich angesehen hat! Ich hätte wirklich die Wache rufen sollen!»

Fabiou seufzte tief. Natürlich, Catarino war noch nie ein Musterbeispiel weiblicher Zurückhaltung gewesen. Aber die Respektlosigkeit, die sie ihm, ihrem einzigen männlichen Verwandten gegenüber an den Tag legte, suchte wirklich ihresgleichen.

«Er war so seltsam, dieser Gaukler», murmelte Cristino. «Seine Augen – man hat richtig gefroren, wenn man hineinsah.»

«Oh, Cristino, werde nicht wieder dramatisch!», stöhnte Catarino.

«Er war wirklich eigenartig», sagte hinter ihnen leise die Stimme von Loís. «Als ob er den Ärger regelrecht sucht!»

Catarino fuhr herum. «Dich hat wohl keiner nach deiner Meinung gefragt, Diener!», fauchte sie.

«Catarino! Führ dich nicht auf, als ob du die Königin persönlich bist!», meckerte Fabiou, doch Catarino war bereits drei Schritte weiter und nahm ihn nicht mehr zur Kenntnis. «Schau mal, Cristino», rief sie, «der schöne Schmuck!»

Es war ein ganzes Sammelsurium aus Ketten, Ringen, Broschen und Ohrgehängen, das sich da auf einem meerblauen Tuch ausbreitete, nichts Teures oder Seltenes, Tand, billiger Schmuck für die einfachen Bürgersfrauen, und doch blieben Cristino und Catarino stehen, ließ Catarino einen Finger sanft über eine Perlenkette gleiten. «Was meinst du … würde mir so etwas stehen?», fragte sie.

«Hm, weiß nicht …»

«Oder die Ohrringe hier? Oder … ach, ich weiß nicht, ich denke, die sind zu klobig …»

«Was ist mit denen da?», fragte Cristino. «Oder die da, mit dem blauen Stein? Oder ...» Sie brach ab.

Es gibt Momente, da hat man das Gefühl, dass Dinge einen ansehen. Ein Stein am Wegesrand, eine verschlossene Tür, eine brennende Kerze.

Ein silbernes Medaillon, auf ein meerblaues Tuch gebettet.

Vorsichtig berührten Cristinos Finger das kühle Metall, glitten über das schlanke Relief einer Mutter Gottes, die ein zartes Kind in den Armen hielt und sie ansah voll Güte und Verständnis.

Und das Medaillon erwiderte die Berührung.

Anders hätte Cristino es nicht beschreiben können. Es war, als tastete das Medaillon seinerseits nach ihren Fingern, griff nach ihrer Hand, fragend, nachdenkend, und sie riss die Hand zurück, als habe sie etwas glühend Heißes berührt. «Was ist denn ...», begann Catarino. «He. Das ist ja – *merveilleux*.»

Cristino, dumme Gans, du siehst wirklich Gespenster!

Wieder griff sie nach dem Medaillon, nahm es vorsichtig in die Hand. Es war im Durchmesser etwa halb so groß wie ihre Handfläche und so dick wie eine dickere Münze und war an einer langen, feingliedrigen Silberkette befestigt. Kühl und tröstend lag es auf ihrem Handteller, legte sanft seine Kettenglieder um ihre Finger, als habe es seine Überlegung abgeschlossen und sei zu einem Ergebnis gekommen. Dass es zu ihr gehörte.

«He, das ist echt *merveilleux*!», rief Catarino bewundernd. «Das musst du kaufen, unbedingt! Und das Beste ist, du kannst es sogar in die Kirche anziehen.»

«Was ... was kostet das denn?», fragte Cristino schüchtern.

«Hm.» Der Händler warf einen prüfenden Blick auf das Medaillon. «Hab's selbst billig gekriegt, ist aus einem Nachlass oder so. Fünf *Henri*, würde ich sagen.»

«Fabiou!», brüllte Catarino.

Fabious Begeisterung, quasi sein ganzes Geld für so ein blödes Schmuckstück auszugeben – «Da ist die Mutter Gottes drauf, du Blasphemiker!», schimpfte Catarino –, hielt sich in Grenzen, doch da war etwas in Cristinos Augen, was keine Enttäuschung verkraftete, und brummend zählte er dem Händler seine Barschaft hin.

«Das nächste Mal gehe ich alleine auf den Markt», murrte er. «Fünf *Écu d'or* für so einen Mist!»

«Los, zieh es an, zieh es an!» drängte Catarino, und Cristino legte sich die Kette um den Hals. Das Medaillon prangte auf ihrer Brust wie eine aufgehende Sonne.

«Da ist die Kutsche, Bardou, Mama!», schrie Frederi Jùli und flitzte nach rechts davon. Cristino folgte langsamer. Sie fühlte sich eigenartig beschwingt. Als ob sie ein Glas Wein zuviel getrunken hätte.

***

Der Nachmittag barg eine freudige Überraschung für Fabiou, den Poeten, und eine herbe für seinen jüngeren Bruder. In beiden Fällen hörte sie auf den Namen Bruder Antonius. Als sie nach Hause kamen, erwartete sie Frederi strahlend mit der Nachricht, dass seine Unterredung mit dem Abt erfolgreich gewesen und der junge Mönch bereits eingetroffen sei und auf seinen Schüler warte. Auf Frederi Jùlis verzweifelte Grimasse hin meinte er in einem seiner seltenen Anflüge von Humor, er habe noch eine kleine Gnadenfrist, Bruder Antonius wolle nämlich zuerst noch Fabiou sprechen. Er sagte dies mit fragendem Blick, und Fabiou beeilte sich zu erklären, es handele sich um einen wissenschaftlichen Disput, den sie gestern Abend begonnen und nicht zu Ende geführt hätten. Er legte keinen gesteigerten Wert auf ein neuerliches Donnerwetter.

Wenn seine beiden Schwestern auch nur geringes Interesse an seinen Theorien bezüglich des ermordeten Kaufmanns zeigten, ein Wiedersehen mit Bruder Antonius war eine verlockende Aussicht, und so kam es, dass neben Fabiou und Frederi Jùli auch Cristino und Catarino den Weg ins Studierzimmer fanden – so etwas gab es im Hause Auban –, wo der Mönch bereits auf sie wartete. «Ah, da seid ihr ja!», rief er erfreut, als sie eintraten.

Fabiou warf seinen Schwestern einen tadelnden Blick zu, das, was er mit Bruder Antonius besprechen wollte, schien ihm nun wirklich nicht für die Ohren von Mädchen geeignet, doch der Mönch schien sich so sehr über das Kommen seiner Schwestern zu freuen, dass er es nicht übers Herz brachte, sie wegzuschicken.

«Und?», fragte er stattdessen, zu gespannt, um sich mit unnötigen Begrüßungsfloskeln aufzuhalten.

«Setzt euch.» Bruder Antonius wies auf die Stühle, die den Ebenholztisch in der Mitte des Raumes umstanden, und nahm selbst Platz, das Bücherregal in seinem Rücken, die Front mit den Butzenglasfenstern gegenüber. Anders als Fabiou schien er keinerlei Einwände gegen die Anwesenheit der Mädchen zu haben; im Gegensatz zu vielen anderen Geistlichen war er der Meinung, dass Frauen durchaus zur Bildung und damit auch zur Teilnahme an Disputen befähigt waren, und er hatte die Mädchen noch nie von seinen Unterredungen mit Fabiou ausgeschlossen.

«Also?» Erwartungsvoll ließ Fabiou sich auf einen der gepolsterten Holzstühle fallen. Robon d'Auban war eine gewisse Vorliebe für Luxus nicht abzusprechen. Die anderen drei folgten seinem Beispiel, die Augen fragend auf Bruder Antonius gerichtet; im Gegensatz zu Fabiou hatten sie keine Ahnung, was der Mönch ihrem Bruder mitteilen wollte.

«Nun gut.» Bruder Antonius legte das bekannte Lederpäckchen auf den Tisch, schlug es auseinander und seufzte tief, was Fabiou nicht unbedingt als gutes Zeichen wertete. «Dieses Päckchen enthält drei unterschiedliche Schriftstücke, alle, wie du richtig vermutet hast, in Deutsch geschrieben. Da ist zunächst mal ein Passierschein für ein Land namens Bavaria, aus dem immerhin die Identität des Toten hervorgeht. Sein Name war Heinrich Trostett, Kaufmann aus Leipzig, 52 Jahre alt. Ansonsten nur rechtliches Geplänkel, nichts weiter. Dann das zweite, ein Empfehlungsschreiben an einen deutschen Kaufmann in Ais namens Arthur Petri, womit wohl auch das Ziel seiner Reise klar sein dürfte. Bis auf eine ziemlich allgemein gehaltene Aufzählung seiner Tugenden und Verdienste gibt dieses Dokument aber auch nicht viel her.» Er schob ein paar Blätter beiseite, seufzte noch einmal. «Das eigentlich Interessante war die Nummer drei, eine Sammlung loser Blätter, allesamt in der gleichen Handschrift beschrieben, offensichtlich von dem Toten selber. Es ist – nun, wie will man sagen – eine Art Gedankensammlung.»

«Ein Tagebuch?», fragte Fabiou aufgeregt.

«Nein – nicht direkt ein Tagebuch, auch kein Reisebericht, nie ein Datum, nie eine chronologische Auflistung von Ereignissen ... Man hat das Gefühl, dass er einfach das aufgeschrieben hat, was ihm gerade durch den Sinn ging.»

«Aber das könnte uns doch einige wertvolle Hinweise geben, oder?» Fabious Augen strahlten.

«Habe ich zuerst auch gedacht. Aber nein, ich denke kaum.» Er sah auf. «Fabiou, dieser Mann war nicht mehr klaren Verstandes! Was dort steht, ist absoluter – Unsinn. Irgendetwas von Schuld und Versündigung und Sühne, ich verstehe kein Wort. Am Anfang geht es noch, aber je weiter der Text fortschreitet, desto unverständlicher wird es.» Er breitete ein paar Seiten auf dem Tisch aus, und Fabiou beugte sich nach vorne. «Er muss es an verschiedenen Tagen geschrieben haben, die Tinte ist nicht immer dieselbe, die Schrift ist manchmal sehr ordentlich und dann wieder unregelmäßig, als ob er auf einer unebenen Unterlage geschrieben habe. Mit der Zeit wird sie immer flüchtiger und schmieriger, wohl ein weiteres Zeichen des Verfalls seines Geistes. Bis auf den letzten Eintrag, der wieder ausgesprochen deutlich geschrieben ist.»

«Hm.» Fabiou nagte an seinem Daumennagel herum. «Was genau steht da drin?»

«Ich denke, das beste ist, ich übersetze es euch sinngemäß. In Ordnung?», meinte Bruder Antonius.

Alle nickten, selbst die Mädchen schienen jetzt gespannt. Antonius räusperte sich. «Also, er schreibt da: ‹Ich hätte nicht zurückkommen dürfen. Ich hatte es geahnt, ich war sicher, solange so viele Meilen zwischen hier und dort lagen, aber jetzt ... Als wäre es gestern gewesen. Als wäre jeder Baum, jeder Strauch eine Erinnerung, als flüstern sie alle jenen Namen. Ich höre ihn im Rauschen des Windes und im Trommeln der Pferdehufe auf der Straße und im Gurgeln des Wassers am Wegesrand, immer derselbe Name, immer nur Carfadrael.›»

«Carfadrael? Was heißt das?», fragte Fabiou erstaunt.

«Gute Frage, ich weiß es nicht», antwortete Bruder Antonius.

«Es ist nicht vielleicht ein deutsches Wort, das du nicht kennst?»

«Nein – nein, das ist nicht deutsch, nie und nimmer – ein Name, wie er sagt.»

«Komischer Name», meinte Frederi Jùli. Er hatte intensiv die Stirn gerunzelt.

«Hm …» Auch Catarino blickte nachdenklich drein.

«Es geht noch weiter», fuhr Bruder Antonius fort. «‹Es war nicht meine Schuld, ich habe nichts getan. Ich habe nichts getan, das ist es. Ich hätte etwas tun können, es wäre nicht einmal schwer gewesen, ein Wort hätte vielleicht genügt. Ein Todesurteil an Quasimodo, und eines zwei Tage später. Sie hätten es aufhalten können, und wenn nicht, hätten sie sich selbst retten können. Die Quadriga. Himmel, wer waren sie schon – ein paar Abenteurer, verrückte Schwärmer, Utopisten!

Warum kann ich ihn nicht vergessen? So viele haben wir verraten, es gehört zum Geschäft, es war mir doch auch sonst egal. Die Kinder. Petri hat mir erzählt, was mit den Kindern geschehen ist.›

Nun», fuhr Bruder Antonius mit einem Kopfschütteln fort, «von jetzt an wird das Dokument ausgesprochen seltsam. Er schreibt hier:

‹Wer war es? Nur drei Möglichkeiten. Aber warum? Warum verrät ein Mensch seine Freunde? Warum hat Judas Christus verraten? Gott, wenn ich wenigstens wüsste, warum!

Ich werde sie aufsuchen, sie alle, einem wird es ins Gesicht geschrieben stehen, einer wird sich verraten, ich weiß es.

Ich habe ihn gesehen, heilige Mutter Gottes. Beim Grafen war ich, dem letzten auf meiner Liste, und da trat er ins Zimmer, aus dem Nichts, oder direkt aus dem Grab, und mir schwanden beinahe die Sinne vor Entsetzen, denn er war es wirklich, das Gesicht, die Augen eines Toten. Die Augen des Rächers, auferstanden vom Tod, um Vergeltung zu üben, und ich wusste, wenn dieser Mensch auch nur den Funken eines Verdachtes haben sollte, was meine Schuld betrifft, so wäre ich ein toter Mann, mein Leben verwirkt, und zu Recht.

War in Ais heute. Ich habe es geahnt, er hat ein Testament hinterlassen. Seltsam, dass gerade diese drei überlebten. Wer war die Frau?

Alles macht Sinn. Die Mutter, das verstehe ich noch nicht. Oder war es ein Unglücksfall? Habe weitere Nachforschungen bezüglich der Frau angestellt. Ich hatte recht. Rablois. Es war dieselbe.

Gott, ich habe begriffen und ich wünschte, ich hätte es nicht. Ein grauenhaftes Verbrechen ist begangen worden, und ich habe mich mitschuldig gemacht. Ich bin ein Verfluchter, zur Hölle verdammt! Was soll ich tun? Sie anzeigen, vor Gericht gehen? Ich habe keine Beweise.

War zur Beichte bei Servius. Gab mir die Absolution, aber kann so eine Sünde vergeben werden? Sie laufen noch frei herum und genießen die Früchte ihres Verbrechens. Die Rache ist bei Gott, sagt Servius, aber ich, wie kann ich Gerechtigkeit erlangen, wie?

Heute Nacht ist mir der heilige Michael erschienen, im Traum. ER sprach: das sei meine Sühne: Gerechtigkeit wiederherzustellen. ER sprach: und die Israeliten erschlugen die, die ihr Blut getötet. Ich habe kein Recht, sie zu richten, aber er hat es. Ich bin das Lamm, und er der Richter. Es ist getan, ich muss nur noch warten. Eine gute Sühne, die ich Gott biete.›

Dann … ist der Rest des Blatts frei, aber es gibt noch ein weiteres, es ist groß beschrieben, dort steht:

‹Gott, ich bete zu dir, nimm meine Sühne an und vergib mir meine Schuld. Ich erwarte sie jede Stunde. Wer dies liest, möge wissen, dass ich starb, um die Gerechtigkeit Gottes wiederherzustellen im Namen Jesu und der Jungfrau Maria. Dies schreibt H. Trostett am Morgen des 13. Aprils 1558.›

Ja, das war's. Ich habe das Ganze aufgeschrieben, auf Französisch, falls du es noch einmal nachlesen willst.» Bruder Antonius wies auf ein zusammengerolltes Blatt Papier, das er neben das lederne Päckchen gelegt hatte.

«Der 13. April. Das war gestern. Der Tag, an dem er starb», meinte Fabiou nachdenklich.

«Bruder Antonius hat recht – der Kerl war ja wohl echt einfach irre», meldete sich Catarino nun zu Wort. «Wahrscheinlich hat er sich in seinem Wahnsinn selbst erdolcht.»

«Dann hätten wir aber doch einen Dolch finden müssen», entgegnete Fabiou, verärgert über ihre Einmischung.

«Er hat ihn sich in die Brust gestoßen und dann weggeworfen, ganz einfach», sagte Catarino achselzuckend.

«Ich weiß nicht …» Fabiou bearbeitete wieder seinen Daumennagel. «Ich finde gar nicht, dass das, was er schreibt, so geisteskrank klingt … nur ziemlich unverständlich.»

«Na, komm!» schnaubte Catarino. «Ein Rächer, der vom Tode aufersteht, der heilige Michael – also, wenn das nicht irre ist …» Fabiou warf ihr einen bösen Blick zu. Allmählich bereute er, die Mädchen nicht sofort aus dem Zimmer geschickt zu haben. Was sollte Antonius von ihm denken, wenn seine Schwester sich ihm gegenüber so respektlos verhielt? Einen Moment lang überlegte er, ob er Catarino auffordern sollte zu gehen, doch dann verwarf er den Gedanken rasch wieder. Catarino betrachtete ihn nicht im geringsten als Autorität, ohne Frederis Hilfe würde er sie niemals aus dem Zimmer bekommen und sich nur noch mehr blamieren. Und Frederi um Hilfe bitten würde seinen Nachforschungen ein rasches und unrühmliches Ende bereiten.

«Vielleicht ist ihm ja wirklich der heilige Michael erschienen», warf Cristino schüchtern ein. «Ich meine, so etwas kommt doch vor. So wie bei Jeanne d'Arc … Vielleicht war er ja auch ein Auserwählter …»

Bruder Antonius, der Realist war und nicht allzu viel von Wundergeschichten hielt, schüttelte amüsiert den Kopf. «Mein liebes Kind, wenn jeder, der sich einbildet, mit Jesus oder der Jungfrau Maria oder irgendwelchen Engeln zu kommunizieren, gleich ein Heiliger wäre, bliebe bald kaum einer mehr übrig, dieselben anzubeten. Sicher gibt es echte Visionäre – aber die meisten Menschen, die behaupten, übersinnliche Erscheinungen zu haben, sind schlicht und ergreifend geistig gestört.»

Fabiou, der soeben seufzend akzeptiert hatte, dass er die Anwesenheit und die Kommentare seiner Schwestern offensichtlich ertragen musste, runzelte nachdenklich die Stirn. «Geistig gestört oder nicht – er scheint seinen Tod vorausgesehen zu haben», sagte er. «Und das wiederum passt so gar nicht zu der Raubmordtheorie, oder?»

«Das allerdings nicht», stimmte Bruder Antonius ihm zu. «Du hast recht, denke ich – hinter diesem Todesfall steckt weit mehr, als der Herr Viguié vermutet. Aber was auch immer es ist, wir werden es wohl nie erfahren. Der einzige uns bekannte Zeuge ist tot, und das, was er uns an Hinweisen hinterlassen hat, ist vollkommen unverständlich. Schade, wirklich.»

Ein leiser Seufzer der Enttäuschung von Frederi Jùli, aber Fabiou schüttelte nur belustigt den Kopf. «Ich hatte mal einen Lehrer», meinte er grinsend, «der behauptete, jedes Problem lasse sich durch Logik lösen. Ich meine mich zu erinnern, dass sein Name Jousè war, besser bekannt als Bruder Antonius. Himmel, Antonius, du wirst doch nicht so schnell vor ein paar rätselhaften Zeilen kapitulieren? Wie stehst du denn dann da vor den großen Mystikern der Weltgeschichte?»

Antonius schnitt eine Grimasse, und Fabiou streckte ihm die Hand entgegen. «Jetzt lass mich das Papier mal sehen», meinte er. Antonius zuckte mit den Achseln und reichte ihm das Papier. «Bitte schön», sagte er mürrisch. Er wirkte etwas in seiner Ehre gekränkt.

Fabiou betrachtete das Papier mit einem äußerst intensiven Stirnrunzeln – Hauptsache, alle sehen, wie er denkt, murmelte Catarino genervt. Dann hob er schulmeisterlich einen Finger. «Wie sagte mein weiser Lehrer Bruder Antonius immer? Wer Antworten finden will, muss die richtigen Fragen stellen, oder?»

«Haha», machte Bruder Antonius. «Und, Fabiou?», spottete er. «Was sagt der große Logiker? Was sind die entscheidenden Fragen?»

Fabiou räusperte sich, seine Augen glänzten. Er fühlte sich offensichtlich in seinem Element. «Fangen wir mit dem Äußerlichen an, bevor wir zum Kern des Problems vorstoßen», erklärte er. «Was macht dieses Schriftstück so unverständlich?»

«Dass es jeder klaren Linie entbehrt», antwortete Antonius.

«Ad unum», bestätigte Fabiou.

«Dass wesentliche Informationen fehlen – er schreibt ‹er›, ‹die Frau›, ‹die Mutter›, ohne je zu erklären, wer, welche Frau, wessen Mutter», fuhr Antonius fort.

«Ad altrum. Genau. Nun zur entscheidenden Frage: Warum schreibt er so unverständlich?»

«Weil er irre ist», sagte Catarino und verdrehte die Augen.

Fabiou hatte bereits den Mund zu einer scharfen Entgegnung geöffnet, besann sich aber eines Besseren. «Nun gut, das ist eine mögliche Erklärung», sagte er widerwillig.

«Ich denke, er hatte gar kein Interesse daran, dass jemand anderes diesen Text versteht», meinte Bruder Antonius. «Ich bin mir sicher, dass er diese Zeilen nur für sich selbst geschrieben hat, so wie es ihm gerade in den Sinn kam. Daher gab es für ihn gar keinen Grund, auf einen logischen Aufbau zu achten.»

«Nun, das ist natürlich denkbar», meinte Fabiou. «Andererseits, der letzte Satz wieder – ‹Dies schreibt H. Trostett› und so weiter, das klingt fast wie ein Testament, oder? Nun gut», sagte er dann mit einer heftigen Handbewegung, «schauen wir uns als nächstes den Inhalt des Schreibens an. Was erfahren wir aus diesem Schriftstück?»

«Ich habe es mir unter diesem Gesichtspunkt gestern bereits durchgelesen», erklärte Antonius, sichtlich um seine Ehre als Logiker bemüht. «Letztlich geht es die ganze Zeit um eine Schuld- und Versündigungsthematik. Ein Verbrechen wurde begangen – und dieser Mann hielt sich für schuldig und suchte verzweifelt nach irgendeiner Form von Absolution, die er letztlich meinte, nur im Tod finden zu können.»

«Also doch Selbstmord!», meinte Catarino zufrieden.

«Hm – gehen wir das Schreiben noch einmal Absatz für Absatz durch …», schlug Fabiou vor. «Es geht damit los, dass er schreibt, irgendwohin zurückgekommen zu sein, wo er offensichtlich früher einmal war und zwischenzeitlich längere Zeit nicht. Fragt sich, wohin …»

«In die Prouvenço?», schlug Antonius vor. «Er war schließlich Deutscher. Vielleicht war er früher bereits auf Reisen hier in der Gegend und dazwischen längere Zeit in seiner Heimat.»

«Möglich …», murmelte Fabiou nachdenklich. «Im Weiteren geht es dann um eine Erinnerung an einen Menschen, den er als Carfadrael bezeichnet.»

«Halt!» Bruder Antonius hob warnend den Zeigefinger. «Das wissen wir nicht. Er schreibt nicht, dass Carfadrael ein Mensch sei. Es könnte etwas völlig anderes sein – ein Ort, ein Pferd, eine Institution …»

«Gut. Es geht also um eine Erinnerung, und diese Erinnerung trägt einen Namen. Carfadrael. Was ist das für ein Name? Er klingt so – biblisch.» Fabiou sah Antonius fragend an.

«Die Silbe -el steht im Hebräischen für Gott», erklärte Antonius. «Gabriel, Michael, Israel, Bethel, Immanuel … es gibt viele Namen, die diese Silbe in sich tragen, deswegen kommt es dir so bekannt vor. Dennoch, der Name Carfadrael bedeutet schlicht und ergreifend gar nichts! Die ersten drei Silben geben weder im Hebräischen noch im Lateinischen oder Griechischen oder in sonst einer Sprache, die ich kenne, einen Sinn. Und in der Bibel kommt dieser Name ganz gewiss nicht vor!»

«Ein Rätsel mehr also.» Fabiou seufzte. «Im Weiteren schreibt er in diesem Abschnitt davon, dass er versäumt habe, etwas zu tun, was offensichtlich andere in die Lage versetzt hätte, es aufzuhalten, was immer es war, oder zumindest sich selbst zu retten. Und ziemlich unzusammenhängend mittendrin dieser Satz mit den zwei Todesurteilen – eines an Quasimodo und eines zwei Tage später.»

Bruder Antonius schüttelte den Kopf. «Das ist ziemlicher Unsinn. Quasimodo ist der Sonntag nach Ostern. Am Sonntag arbeiten die Gerichte schließlich nicht, also können da auch keine Todesurteile gefällt werden.»

«Hm», machte Fabiou. «Und der letzte Teil – die Quadriga … eine Quadriga ist doch ein Pferdegespann, oder?»

«Ja. Ein Gespann aus vier Pferden», antwortete Bruder Antonius.

«Pferde? Er schreibt von Pferden?», fragte Catarino entgeistert.

«Das ist bestimmt symbolisch gemeint!» Fabiou verdrehte die Augen. «Dann heißt es hier: wer waren sie schon, ein paar Abenteurer, verrückte Schwärmer, Utopisten … Utopisten …»

«Was heißt das, Utopisten?», fragte Frederi Jùli neugierig.

«Utopisten sind Leute, die nach einer idealen Gesellschaftsform suchen», erklärte Bruder Antonius. «Man nennt sie so nach einem berühmten Buch von einem Engländer – Utopia.»

«Ach», sagte Frederi Jùli.

Fabiou tippte ungeduldig auf die Tischplatte. «Dann der nächste Abschnitt», fuhr er fort. «Hier kommt eine eigentümliche Bemerkung: ‹So viele haben wir verraten, es gehört zum Geschäft›. Ein ungewöhnlicher Satz für einen einfachen Kaufmann, findet ihr nicht auch?»

Bruder Antonius zuckte mit den Achseln. «In der Handelswelt werden oft harte Kämpfe ausgefochten. Ich weiß nicht, ob uns das so erstaunen sollte.»

«Vielleicht war er ja auch ein Attentäter, der den König umbringen wollte, und ein Geheimkommando der königlichen Leibwache hat ihn getötet», rief Frederi Jùli aufgeregt.

«Den König töten? In Ais?» Catarino schüttelte den Kopf. Selten so einen Quatsch gehört, sagte ihr Blick.

«Es geht dann um Kinder, denen etwas zugestoßen ist», meinte Fabiou. «Und dann nennt er einen Namen – Petri ... das kommt mir irgendwie bekannt vor.»

«So heißt der Kaufmann in Ais, zu dem er wollte», entgegnete Antonius.

«Hm ... das könnte eine Spur sein ...» Fabiou runzelte nachdenklich die Stirn. «Der nächste Abschnitt handelt wieder von einem Verrat, aber diesmal ist nicht Trostett der Verräter, sondern ein anderer, und er weiß nicht wer. Drei Möglichkeiten, sagt er, ich schätze, er meint, es gibt drei Personen, die als Verräter in Frage kommen. Leider nennt er jetzt wieder keine Namen.»

«Im nächsten Abschnitt scheint Trostett einen Entschluss gefasst zu haben, wahrscheinlich aufgrund der Überlegungen, die er vorher angestellt hat», meinte Antonius. «Er will einige Leute aufsuchen, in der Hoffnung, dass sich einer von ihnen verrät.»

«Vielleicht die drei möglichen Verräter?», schlug Fabiou vor.

«Gut denkbar. Der nächste Abschnitt handelt auf jeden Fall in der Tat davon, dass er jemanden aufsucht. Nur dass es dort überhaupt nicht um die Entlarvung eines Verräters geht. Sondern um eine ziemlich abstruse Auferstehungsgeschichte.»

«Er spricht von einem Grafen ...», murmelte Fabiou. «Der letzte auf der Liste. Die Liste der möglichen Verräter? Und dort begegnet er ihm. Wem? Ein Rächer, auferstanden von den Toten ... Im nächsten Abschnitt geht es um Ais und um ein Testament, das jemand hinterlassen hat. Dann ein rätselhafter Einwurf: ‹Seltsam dass gerade diese drei überlebten›. Die drei möglichen Verräter? Denkbar. Dann eine ebenso rätselhafte Frage: Wer war die Frau?»

Fabiou sah auf, warf einen nachdenklichen Blick aus dem Fenster. «So unverständlich das jetzt alles ist, ich denke, eines dürfen wir als gesichert annehmen: Trostett stellte Nachforschungen an. Warum? Vermutlich, um jenen Verräter zu entlarven. Einen Menschen, der seine Freunde verraten hat und sie dadurch ins Verderben stürzte. Er macht sich Vorwürfe, diesen Leuten nicht geholfen zu haben, und sucht seine Absolution, indem er versucht, den Schuldigen zu überführen. Klingt doch logisch, oder?»

«Logisch. Aber nicht sehr konkret», meinte Bruder Antonius.

«Aber immerhin gibt so alles einen Sinn! Schauen wir weiter: Seine Nachforschungen scheinen erfolgreich zu verlaufen, wie der nächste Abschnitt andeutet. Bezüglich der Frau hat er etwas herausgefunden: ‹Rablois. Es war dieselbe.›»

«Was heißt Rablois?», fragte Frederi Jùli.

«Es könnte ein Name sein», meinte Antonius.

«Könnte, ja. Tja, und im nächsten Abschnitt scheint es gerade so, als habe Trostett sein Rätsel gelöst. Und mehr denn je ist er der Überzeugung, sich fürchterlich versündigt zu haben – ‹Ein furchtbares Verbrechen ist geschehen, und ich habe mich mitschuldig gemacht›. Er geht zur Beichte, zu einem Bruder Servius, was ihm keinen Trost zu bringen scheint, er überlegt sich, die Sache vor Gericht zu bringen, hat aber keine Beweise …»

«Bruder Servius?», rief Frederi Jùli. «So hieß doch auch der, der ermordet worden ist!»

Fabiou und Bruder Antonius fuhren gleichermaßen auf. Doch dann schüttelte Antonius nur den Kopf. «Das ist ein häufiger Name in den hiesigen Klöstern. Es ist gewiss nicht dieser Bruder Servius gewesen.»

«Er könnte es aber gewesen sein», meinte Fabiou nachdenklich.

«Er könnte, ja», gab Bruder Antonius widerstrebend zu.

«Dann kommt dieser Traum vom heiligen Michael», fuhr Fabiou fort. «Und nun spricht Trostett von einem obskuren Richter, wobei es ganz danach klingt, als ob er wünscht, dass dieser Richter die Schuldigen tötet.» Fabiou grinste jetzt von einem Ohr zum anderen, die Sache nahm Gestalt an.

«Der Graf, der Richter, Carfadrael – Jesus, das ist doch aussichtslos! Wir finden nie 'raus, was dieser Verrückte mit all dem gemeint hat!», rief Catarino.

«Merkt ihr es denn nicht?», rief Fabiou mit leuchtenden Augen. «Symbole! Trostett arbeitet im großen Stil mit symbolträchtigen Formulierungen. Das sind Hinweise, ganz konkrete Hinweise, dazu gedacht, dass einer sie entschlüsselt. Und auf alle Fälle weisen die letzten beiden Absätze eindeutig darauf hin, dass Trostett seinen Tod nicht nur vorausgesehen, sondern ihn letztlich selbst herbeigeführt hat.»

«Selbst herbeigeführt? Wie kommst du darauf?», fragte Bruder Antonius entgeistert.

«Ich sag's ja – Selbstmord», stellte Catarino zufrieden fest.

«Denkt doch mal nach!», rief Fabiou begeistert. «Er bezeichnet sich als Lamm! Wofür steht das Lamm als Symbol?»

«Christus», antwortete Bruder Antonius verständnislos.

«Ja, und wofür steht Christus?» Fabiou sah ihn beschwörend an.

«Das Heil der Welt?», schlug Antonius vor.

Fabiou raufte sich die Haare. «Das Opferlamm! Das freiwillig in den Tod geht! Begreift ihr nicht? Er hat sich geopfert!»

«Und wofür?», fragte Cristino hilflos.

«Als Sühne für seine Schuld, wie er sagt. Seht euch den letzten Abschnitt an! Es ist wirklich sein Testament! Er ist auf dem Weg zu seinem persönlichen Opferblock!»

«Auf dem Weg zu seinem persönlichen Opferblock!», äffte Catarino nach. «Der Herr Poet ist mal wieder in Hochform!»

«Nun gut, das mag alles sein», meinte Bruder Antonius. «Aber wer ist der Richter, und worum, um Himmels willen, geht es bei der ganzen Sache eigentlich?»

Fabiou hob die Schultern. «*Merveilleux*!», rief Catarino aus. «Und was bringt uns deine tolle Analyse jetzt? Wir wissen, dass irgendwann irgendein Verbrechen geschehen ist und dass dieser Trostett das Gefühl hatte, alles sei seine Schuld, und sich deshalb von irgendjemandem umbringen lässt. Hervorragend. Du glaubst doch nicht im Ernst, dass das dem Gericht dabei hilft, den Mörder zu fassen!»

«Wir haben ein paar konkrete Hinweise», meinte Fabiou gelassen. «Ein paar Namen.» Er lief zu der drehbaren Schiefertafel, die Frederi für den Unterricht seines Sohnes ins Studierzimmer hatte stellen lassen, nahm ein Stück Kreide und schrieb in großen Lettern an den Kopf der Tafel:

Qua nomina tenemus – Welche Namen haben wir?

«Jesus und Maria, könntest du vielleicht in allgemeinverständlichem Französisch schreiben?», stöhnte Catarino.

Fabiou schnaubte «Latein ist die Sprache der Logik!», sagte er brüskiert.

«Ich kann aber kein Latein», meinte Frederi Jùli.

«Deswegen ist Antonius ja da – damit du es lernst!», erklärte Fabiou, aber er wischte doch den Satz mit der Hand aus und schrieb stattdessen: *Quels noms avons-nous*? Und darunter fügte er an:

Petri. Rablois. Bruder Servius. Quadriga. Carfadrael.

«Ich denke, die letzten beiden helfen uns nicht sonderlich weiter», gab Bruder Antonius zu bedenken. «Wir werden uns wohl auf die ersten drei konzentrieren müssen.»

«Wobei ...», murmelte Catarino, «irgendwie kommt mir dieses Carfadrael bekannt vor.»

«Ach ...» Fabiou tat den Einwurf mit einer Handbewegung ab. Catarinos Missachtung seiner Beweisführung ärgerte ihn gewaltig.

«Das Einfachste wird sein, diesen Petri ausfindig zu machen», führte Bruder Antonius seine Überlegungen fort. «So viele deutsche Kaufleute wird es in Ais nicht geben. Das mit Bruder Servius stelle ich mir schwieriger vor. Wie gesagt, der Name ist nicht ganz selten.»

«Ich meine es ernst!» maulte Catarino beleidigt. «Ich habe das schon mal irgendwo gehört, Carfadrael.»

«Ja! Ist ja recht!», stöhnte Fabiou. Dann versank er in ein kurzes Schweigen. «Und was ist», sagte er schließlich, «wenn es doch euer Bruder Servius war?»

Antonius lachte kurz auf. «Fabiou – unser Bruder Servius war ein verschrobener Bücherwurm und keiner, der sich in tödliche Intrigen einmischt, glaube mir!»

«Trotzdem – es gibt immerhin eine Parallele zwischen beiden Morden.» Fabiou sah auf. «In beiden Fällen ist nichts gestohlen worden.»

Bruder Antonius schüttelte den Kopf. «Fabiou, ich weigere mich, zu glauben, dass sich Bruder Servius je für etwas anderes interessiert hat als für die Bibliothek und seine Studien über Hesekiel. Und du weißt, es gibt die unterschiedlichsten Erklärungen dafür, dass nichts gestohlen worden ist.»

«Wie bei Trostett auch», kommentierte Fabiou. «Aber was wir aus seinem Aufschrieb erfahren haben, scheint mit keiner dieser Erklärungen auch nur im geringsten Zusammenhang zu stehen.»

Bruder Antonius öffnete den Mund zum Widerspruch, doch ein schriller Schrei Catarinos hielt ihn davon ab. «Jetzt weiß ich es!»

Sie war aufgesprungen, ihre grünen Augen blitzten. «Carfadrael. Ich weiß jetzt, woher ich ihn kenne. Es ist einer aus der Gralssage!», rief sie strahlend.

«Aus der Gralssage?» Bruder Antonius schüttelte den Kopf. «Das kann nicht sein, Catarino, ich kenne die Gralssage ziemlich gut, da kommt kein Carfadrael vor.»

«Doch, ich weiß es, ganz genau!» Catarinos Augen funkelten wütend. «Vater hat es mir erzählt! Von den Gralsrittern! Galahad, und Parcifal, und Schionatulander. Und Carfadrael.»

«Himmel, Catarino, hör auf damit – du kannst dich nicht an Vater erinnern!», schrie Fabiou erbost.

Einen Moment lang starrte sie ihn an mit offenem Mund. Dann sprang sie auf. «Das kann ich wohl!», kreischte sie und stürzte zur Tür hinaus.

«Und was machen wir jetzt?», fragte Frederi Jùli gespannt.

«Lateinunterricht», sagte Antonius trocken und wischte die Tafel sauber.

***

Die Schuhe trafen am Samstagnachmittag bei den Aubans ein, gerade noch rechtzeitig zur Gesellschaft der Ardoches. Catarino und Cristino hüpften wie die Amseln im Salon des Hauses herum, restlos verzaubert von der Schönheit ihrer neuen Fußbekleidung.

«Die werden *merveilleux* zu meinem blauen Kleid aussehen!», erklärte Catarino ein ums andere Mal, während Cristino in stiller Verzückung auf das Blitzen und Blinken der Silberfäden um ihren Fuß blickte. Die Mutter und die Großmutter bewunderten sie nach Kräften, «meine Töchter» jauchzte die eine und «meine Enkel» die andere, um sich im nächsten Moment so giftige Blicke zuzuwerfen wie zwei Hennen, die um denselben Hahn balzten. Der Cavalié de Castelblanc beglückwünschte pflichtschuldig seine Stieftöchter, und alles war somit wie erwartet, inklusive der gönnerhaften Ratschläge von Onkel Philomenus und Tante Eusebias spitzer Kommentare.

Fabiou der Poet war gleich zu Beginn der Kleiderschau ins Studierzimmer geflohen, wo ein verzweifelter Frederi Jùli «video, vides, videt, videmus, videtis, vident» vor sich hin jammerte. «Merk' dir eins fürs Leben, Kleiner», meinte er weise. «Wenn Weiber ihren Modefimmel kriegen, hilft nur die sofortige Flucht.»

Catarino nahm das Desinteresse ihres Bruders mit würdevoller Gelassenheit hin. «Fabiou ist ein *ignorant*, das habe ich schon immer gewusst», erklärte sie ihrer Schwester. «Interessiert sich nur für seine drittklassige Poesie und für seine komischen Mordgeschichten! Pah!» Cristino hörte ihr nur mit einem Ohr zu. Sie hatte soeben eine beunruhigende Feststellung gemacht. Ein bisschen, ein ganz kleines bisschen drückten die neuen Schuhe.

Hab dich nicht so, dumme Gans, neue Schuhe drücken immer, wenn du erst mal ein paar Stunden in ihnen gelaufen bist, wird das schon.

«Ich bin so gespannt, wer morgen alles da sein wird», plapperte Catarino weiter. «Wahrscheinlich kenne ich einige von zu Hause, aber es werden ja auch Leute aus anderen Gegenden kommen.» Sie seufzte tief bei dem Gedanken daran, was für prächtige Burschen ihr auf der Feier bei den Ardoches begegnen mochten. Der Cavalié, der offensichtlich Gedanken lesen konnte, erklärte steif, er verlasse sich darauf, dass sie beide anständige Mädchen seien und sich von keinem der jungen Herren zu einem sündhaften Tun hinreißen ließen, was Cristino bis hinter beide Ohren erröten ließ, während Catarino eifrig versicherte, nie würde sie etwas tun, was ihre Tugend in Gefahr bringen könne, und das ganze mit einem so übertrieben züchtigen Augenaufschlag, dass Frederis Gesicht noch um einiges finsterer wurde. «Ach, Frederi, was du immer gleich denkst – gegen ein wenig *Courtoisie* ist doch nichts zu sagen, sonst denken die Herren noch, den Mädchen läge nichts an ihnen», säuselte die Dame Castelblanc.

«Ich habe nichts gegen *Courtoisie*», grummelte Frederi, «bis auf die Art, die einem neun Monate später eine Taufe beschert.»

«Hört nicht auf den alten Moralpriester», zischelte Oma Felicitas den Mädchen ins Ohr. «Man muss sich amüsieren, solange man noch alle Zähne hat.» Und mit einem kopfschüttelnden Blick auf Cristinos Schuhe fügte sie hinzu: «Mädchen, hast du nicht auch das Gefühl, dass diese Schuhe ein wenig zu klein für dich sind?»

Der Sonntagmorgen empfing Ais mit einem strahlend blauen Himmel. Cristino und Catarino zappelten die ganze Messe hindurch ungeduldig auf ihren Stühlen herum, und als der Priester endlich ein Einsehen hatte und seinen Segen sprach, waren sie schneller auf den Beinen, als Frederi «Amen» sagen konnte.

Daheim stürzten sie sich Hals über Kopf in die letzten Vorbereitungen. Vor dem Spiegel sitzend ließen sie sich von den Dienerinnen Puder ins Gesicht pinseln, bis auch der letzte Pickel unter einer glücklichen Schicht aus makellosem Weiß verschwunden war, trugen Rouge auf Lippen und Wangen auf, ließen sich die Augenbrauen kämmen und die Haare frisieren und feilten an ihren Fingernägeln. Catarino geriet in einen Zustand großer Gemütserregung, als sich ihr die Überlegung aufdrängte, ob das Kleid in rosé wohl doch besser zu den neuen Schuhen passte als das in blau, mit dem dramatischen Nachteil, dass die Lapislazuli-Ohrringe perfekt zu dem blauen Kleid gepasst hätten. Nach fünfmaligem Umziehen blau-rosé und rosé-blau war die Dienerin einem Weinkrampf nahe und Frederi brüllte, wenn du nicht in zehn Minuten fix und fertig bei der Kutsche bist, fahren wir ohne dich, woraufhin sich Catarino heulend in ihrem Zimmer einschloss und schwor, nie wieder herauszukommen. Cristino stand in einem cremefarbenen Kleid mit rotem Aufsatz vor dem Spiegel, starrte mit verklärtem Gesicht auf ihre silbernen Schuhe und versuchte den sich ankündigenden Schmerz in ihren Zehen zu ignorieren. «Zieh dir vernünftige Schuhe an, Kind», sagte Oma Felicitas, deren Blick noch skeptischer geworden war. Die Dame Castelblanc hing bittend und bettelnd an Catarinos Zimmertür – «Es ist eine wichtige Gesellschaft heute Abend, du musst mitkommen!» – während Catarino drinnen auf ihr Kopfkissen einschlug und brüllte, es ist so gemein, keiner versteht mich. Fünf Minuten, brüllte Frederi, und Cristino schlug ihre Schmuckdose auf und blickte auf das Medaillon, das dort auf dunklen Samt gebettet war, eine zierliche Mutter Gottes, ein lachendes Jesuskind, was, was kann da noch schiefgehen. Die Tür zu Catarinos Zimmer öffnete sich und sie selbst kam heraus, die Augen gerötet, das Lippenrouge verschmiert, Himmel, wie siehst du aus, jammerte die Dame Castelblanc und winkte hastig nach der Dienerin, um ihre Tochter in Rekordzeit wieder in einen vorzeigefähigen Zustand zu bringen.

Eine Minute, sagte Frederi.

Eine halbe Stunde später saß die Familie endlich glücklich in der Kutsche, Frederi mit finsterer Miene, Catarino in rosé und mit trotzig verzogenen Lippen. Die Dame Castelblanc fächerte sich so aufgeregt Luft mit ihrem Pfauenfederfächer zu, als ob es ihre erste Festgesellschaft sei, und neben ihr strahlte Cristino verklärter als Maria beim Anblick des Verkündigungsengels. Auf ihrer Brust prangte mit silbernem Funkeln das Medaillon. «Das wird schön langweilig werden», nörgelte neben ihr Fabiou und zupfte unbehaglich am hochgeschlossenen Kragen seines neuen seidenen Wams herum. «Warum kann ich eigentlich nicht zu Hause bleiben? Ich will schließlich diesen Sommer nicht mehr heiraten.»

«Du bist der Baroun von Bèufort, und es ist an der Zeit, dass du dich in der Gesellschaft sehen lässt, das habe ich dir schon x-mal erklärt!», sagte der Cavalié de Castelblanc gereizt. Seine Geduld war für diesen Tag offensichtlich erschöpft.

«Aber eins sage ich gleich: ich fordere keines von diesen Hühnern zum Tanz auf», murrte Fabiou.

Vor dem Haus der Ardoches reihten sich bereits die Kutschen aneinander, und die Kutscher lehnten tratschend an der Hauswand. Ein Diener empfing die Familie und geleitete sie die Treppe hinauf.

Der Festsaal war größer als in Castelblanc, was wahrlich keine Kunst war. Die Ardoches mochten alter Adel sein, doch finanziell gesehen war so mancher Aiser Kaufmann versucht, ihnen ein Almosen zu geben. Außer dem Aiser Stadthaus war ihnen nur noch ein kleines Landhäuschen in der Gegend von Avignoun geblieben, am Rande ihres ehemaligen Besitzes, die übrige Ländereien waren längst verkauft worden, größtenteils an die Kirche, um die Schuldenberge abzutragen, die Misswirtschaft, Verschwendungssucht und eine Reihe unglücklicher kriegerischer und amouröser Abenteuer hinterlassen hatten. Entsprechend bescheiden war auch die Festivität, die die Gäste an jenem Abend erwartete; statt des üppigen Banketts, das bei vergleichbaren Angelegenheiten sonst üblich war, war an der Schmalseite des Raumes ein *buffet* aufgebaut, an dem zwei Diener den edlen Herrschaften servierten, und auch die Auswahl der dort aufgebauten Speisen zeigte, dass die Ardoches nicht nur an die Mägen der Eingeladenen, sondern durchaus auch an ihren Geldbeutel gedacht hatten.

Der Baroun und die Barouno Ardoche empfingen die Gäste an der Tür, die in den Festsaal führte, ein Handkuss für die Damen von ihm, ein liebreizendes Lächeln für die Herren von ihr, und man drängte weiter, wer war schon wegen der Ardoches hier. Im Saal drängte sich bereits der Adel – der «alte» ebenso wie der «de robe», ehemalige Bürgerliche, die sich erst in dieser oder einer der vorhergehenden Generationen den Adelstitel gekauft beziehungsweise durch Heirat oder sonstige Verdienste erworben hatten. Auch einige der reicheren *Bourgeois* waren anwesend; vom ökonomischen Standpunkt her gab es durchaus Gründe, einen reichen bürgerlichen Schwiegersohn einem Hungerleider aus altem Adel vorzuziehen. Die Dame Castelblanc ließ einen geübten Blick über die Festgesellschaft schweifen, um sogleich entschlossen auf ihr Zielobjekt zuzuschießen – «Meine liebe Barouno d'Estranc, darf ich Euch meine beiden reizenden Töchter vorstellen? Sie sind so begierig, Euren Sohn kennenzulernen, von dem wir schon so viel gehört haben ...»

Das Interesse der Mädchen am Erben des Estranc'schen Titels war vielleicht nicht ganz so ausgeprägt, wie die Dame behauptete, zumal beiden dieser Name zum ersten Mal zu Ohren kam. Catarinos Augen suchten aufgeregt durch den mit Blumen und bunten

Bändern geschmückten Raum. «Siehst du jemand, den wir kennen?», fragte sie.

Cristino schüttelte den Kopf. Sie war nur halb bei der Sache. Zu dem Drücken an ihren Zehen war auf den wenigen Schritten herauf in den Festsaal ein unangenehmes Reiben an den Fersen hinzugekommen, und sie war inzwischen ausgesprochen beunruhigt.

«Da!» Catarino, die auf den Zehenspitzen balancierte, stieß einen erfreuten Schrei aus. «Da sind die Buous!»

In der Tat, nur wenige Schritte von ihnen entfernt stand eine Gruppe junger Männer um ein Mädchen in Catarinos und Cristinos Alter herum, ein attraktives junges Ding mit seidigem schwarzen Haar, das sich kühn um ihren schlanken Hals schwang, gekleidet in ein samtblaues Kleid mit einem Ausschnitt, der makellos weiße Haut und deutlich mehr als den Ansatz ihrer vollen Brust sehen ließ. Man musste sich nicht mit Geometrie und Optik auskennen, um festzustellen, dass die Blicke der jungen Herren nicht gerade an ihren Lippen hingen.

Die Dame Castelblanc war zu intensiv damit beschäftigt, die Estranc zu umgarnen, als dass sie daneben noch irgendetwas hätte wahrnehmen können. Catarino packte die Gelegenheit beim Schopf und Cristino am Handgelenk und zog sie hinter sich her, auf die Gruppe zu. «So viele hübsche Jungs und nur ein Mädchen – das ist ja wohl eine Schande!», sagte sie kichernd. Cristino warf noch einen fragenden Blick in Richtung ihrer Mutter, dann folgte sie widerstandslos, den Schmerz in ihren Zehen ignorierend.

Zwei Schritte von den jungen Herren entfernt warf Catarino sich in Positur, schürzte die Lippen, reckte den Busen heraus und rief, ungläubige Überraschung in ihrer Stimme. «Aber … das sind ja … Roubert und Artus!» Die Köpfe der beiden jungen Männer wandten sich in ihre Richtung. «Oh! Cristino! Und Catarino!», rief Roubert erfreut. «Alessia, darf ich dir unsere Nachbarinnen vorstellen? Cristino und Catarino de Bèufort.»

Cristino warf einen schüchternen Blick in die Runde. Catarino, die etwas säuerlich dreinblickte aufgrund der Reihenfolge, in der Roubert ihre Namen genannt hatte, fixierte die genannte Alessia. Rivalinnen muss man sich stellen, Aug in Aug. In Alessias schwarzen Glutaugen erschien ein etwas verwirrter Ausdruck, während sie die Schwestern musterte. «Bèufort?», fragte sie Roubert. «Davon habe ich noch nie gehört. Wo ist das?»

«Bei Arle», antwortete Catarino.

«Oh.» Alessia bedachte sie mit einem etwas erstaunten Blick, so als sei sie überrascht, dass sie sprechen konnte. «Das ist ja … interessant.»

«Sie wohnen aber in Castelblanc. Der Cavalié de Castelblanc ist ihr Stiefvater», warf Artus eilig ein, wobei er sich etwas näher an Alessia heranschob, was ihm einen bösen Blick von seinem Bruder eintrug. «Das ist bei uns in der Gegend», fügte er rasch hinzu.

«Wie reizend.» Alessia ließ ein glockenhelles Lachen hören. «Ach, das muss ein großes Abenteuer sein, so vom Land zum ersten Mal in die große Stadt zu kommen …»

«Wir sind in Ais geboren», erklärte Catarino. Ihre grünen Augen hatten ein eigenartiges, wespengelbes Schillern angenommen.

«Ach ja? Ihr wart aber lange nicht mehr hier, oder? Es hat sich ja so viel verändert in den letzten Jahren! Ihr kennt die meisten hier wahrscheinlich gar nicht? Ich denke, ich werde euch ein bisschen herumführen, damit ihr wisst, wer wer ist … Richard, du hältst doch mein Glas so lange?» Sie drückte einem pickelgesichtigen Jungen, der knallrot wurde, ihr halbvolles Weinglas in die Hand, hakte Catarino links und Cristino rechts unter und zog sie mit sich, die protestierenden Rufe der jungen Herren ignorierend. «Ein Glück, dass ihr gekommen seid, *petites,* die sind ja so langweilig, diese dummen Jungs vom Land …», flüsterte sie und kicherte. «Christelle – so heißt du doch, *petite,* nicht wahr – das ist ja ein interessantes Amulett, das du da hast. Ein Erbstück? Meine Oma hat ein ähnliches.»

«Ich heiße Cristino», widersprach Cristino.

«Cristino – ich sollte dich wirklich Christelle nennen, das klingt doch viel besser. Du solltest es wenigstens französisch aussprechen, man spricht doch jetzt alles französisch aus. Überhaupt spricht man ja nur noch französisch, *n'est-ce pas*?» Wieder das glockenhelle Lachen. «Wie alt seid ihr eigentlich, *petites*? Vierzehn?»

«Sechzehn, und du?», fragte Cristino.

«Sechzehn! Ach, wie süß! Dann seid ihr ja bald erwachsen. Ich bin neunzehn», fügte sie hinzu. Catarino verdrehte die Augen.

Wer's glaubt wird selig, sagte ihr Blick. «Seht mal, da.» Alessia wies mit einer Hand, an der ungefähr zehn Ringe blitzten, auf ein pummeliges Mädchen mit treuherzigen braunen Rehaugen. «Regina d'Ardoche, die jüngste der drei Ardoche-Töchter. Die armen Ardoches! Drei Töchter und keine Mitgift! Weiß nicht, wie sie es geschafft haben, die älteren beiden zu verheiraten! Ist das Kleid nicht unmöglich, das sie trägt? Es hat ihrer Schwester gehört, sie trägt nur die alten Sachen von ihrer Schwester auf. An ihr sieht es aus wie ein Mehlsack, findet ihr nicht auch? Überhaupt – wer trägt heutzutage noch rosé? Das ist doch vollkommen *hors de la mode*.» Cristino nickte gequält, ihre Füße taten weh. Catarino machte ein Gesicht, als wolle sie Alessia erwürgen, während sie gleichzeitig unsicher nach unten auf ihr eigenes roséfarbenes Kleid schielte.

«Das Pummelchen da drüben ist Nicolas de Bouliers, *Baron* de la Tour d'Aigue und *Comte* de Cental», fuhr Alessia ungerührt fort und zeigte auf einen jungen Mann Mitte Zwanzig mit einem rundlichen, freundlichen Gesicht, der gerade ins Gespräch mit dem Baroun d'Ardoche vertieft war. «Nicht gerade der Attraktivste, aber eine gute Partie, das kann ich euch sagen, deswegen umschwärmen ihn die Weiber wie die Fliegen. Aber er ist wohl schon so gut wie vergeben, zu schade. Die da an der Tür sind die Schwestern Artois. Halten sich für etwas Besonderes, weil ihr Vater einen Sitz im Parlament hat. Das dahinten ist er, der Herr Papa, der mit der Glatze. Man sagt», sie senkte ihre Stimme und warf den Zwillingen verschwörerische Blicke zu, «er wäre ein *Charmeur*, und dass keines Mädchens … ähm … Ruf in seiner Gegenwart sicher wäre.» Sie kicherte. «Der neben dem Fenster ist St. Etienne, der Berater von Seigneur de Barthélemy, dem königlichen Intendanten. Die Ardoches hatten natürlich den Intendanten persönlich eingeladen, aber es hatte selbstverständlich niemand daran geglaubt, dass er käme – hierher!» Wieder kicherte sie.

So ging es weiter. Nach zehn Minuten in Alessias liebevoller Gesellschaft waren die Bèufort-Zwillige über alles informiert, was derzeit in Paris und Ais und somit im Rest der Welt *à* bzw. *hors de la mode* war. Sie wussten, dass man nur noch die *Nouvels amours* von Ronsard spielte und dass Blau die Farbe der Saison war, dass man nicht mehr *merveilleux* und *ma mie* sagte, sondern *intrigant* und *ma petite*, dass ein *chevalier* jetzt ein *gentilhomme* war, ein blöder Kerl kein *boef* mehr, sondern ein *crapeau* und ein hässliches Weib eine *sorcière* anstelle einer *mouche*, und dass man die Protestanten jetzt *Razats* und die extremen Katholiken *Carcisten* nannte. Sie wussten, dass die Jüngste der Bompar sich mit dem mittleren der St. Honoré traf, dass die Tochter der l'Evesque in *circonstances delicats* war, und das von einem gewissen Eygesière – einem Bourgeois, stellt euch vor! –, und dass ein Mitglied der Familie d'Aiguines von seiner Frau dabei ertappt worden sei, wie er etwas getan habe, was sie nicht auszusprechen wage, noch dazu mit einem Diener! Weder Catarino noch Cristino hatten eine Ahnung, was sie damit sagen wollte, doch sie nickten verständnisvoll.

«Oh, aber den muss ich euch unbedingt vorstellen – der junge Herr, der so unermesslich in der Gunst des Ersten Parlamentspräsidenten steht, dass ihm jeder eine glänzende politische Karriere vorhersagt. Man munkelt, der Grund für diese Gunst sei freilich, dass der Parlamentspräsident in Wirklichkeit sein leiblicher Vater ist, wenn dies die Familie auch natürlich niemals zugeben würde. Bonsoir, Baroun de Mergoult – darf ich Euch meine neuen Freundinnen vorstellen – Cathérine und Chris-äh-tine de Beaufort, richtig?»

Es war in der Tat Alexandre de Mergoult, der sich umdrehte, weg von seinen Gesprächspartnern, zwei jungen Herren in seinem Alter. Er hielt ein Glas Rotwein in der einen Hand, einen Hähnchenschlegel in der anderen, und Catarino holte tief Luft neben Cristino angesichts der kraftvollen Bewegung, mit der er seinen Kopf zu ihnen herumschwang, dass das volle schwarze Haar in seine Stirn flog. «Oh, die Desmoiselles de Castelblanc», sagte er mit einem Blick, der jetzt auch Cristino weiche Knie bescherte, dann sah er sich suchend um, drückte einem seiner verblüfften Freunde das Hühnerbein in die Hand, nahm dem anderen eine Serviette aus der Hand, um sich daran artig, wie es der neuen Sitte entsprach, die Hände und den Mund abzuwischen, und griff dann nach Cristinos Rechten, um ihr einen sanften Handkuss aufzudrücken. «Willkommen in *Aix*», sagte er. «Eure Schönheit ziert diese Gesellschaft, *Mademoiselle*.» Cristino schoss das Blut in den Kopf, während Alessia eher blässlich dreinsah. «Ihr kennt Euch?», fragte sie geziert.

«Aber sicher – die Damen und ich sind beinahe Nachbarn», sagte Mergoult lächelnd. Catarino schob sich nach vorne, Mergoult ein liebreizendes Lächeln schenkend, woraufhin er auch ihr einen flüchtigen Kuss auf die Hand hauchte, ohne die Augen dabei wirklich von Cristino zu lassen. Catarinos Lächeln begann, einiges von seinem Liebreiz zu verlieren.

«Nun, dann lasst uns weitergehen», meinte Alessia hastig und griff nach Cristinos Arm, doch Mergoult kam ihr zuvor. «Warum so eilig? Die jungen Damen haben sicher noch nicht das *buffet* probiert. Darf ich Euch etwas bringen, Cristino? Etwas Wein vielleicht? Und ein paar Trauben?»

«J...ja...», hauchte Cristino, die abwechselnd rot und blass wurde.

«Ich hätte gerne ein Stück Melone», brachte sich Catarino in Erinnerung.

«Und ihr, Mademoiselle Sault?»

«Der Wein genügt – eine Dame frisst nicht wie ein Bauernlümmel», meinte Alessia spitz.

«Nun gut.» – Mergoult lächelte – «Trauben für *Mademoiselle* Cristino, ein Stück Melone für *Mademoiselle la Soeur*, und Wein pur für *Mademoiselle Baronette* de Sault!» Er verschwand in Richtung Buffet, um wenige Augenblicke später zurückzukehren, drei Gläser Rotwein zwischen die Finger der rechten Hand geklemmt, eine triefende Melone und eine Rispe schwarzer Trauben auf der Handfläche der linken balancierend. «*Mesdemoiselles, voilá*!»

Es hätte Catarino gewundert, wäre es ihm in der Tat gelungen, auf diese Weise die Weingläser zu verteilen, und sie hielt sich tunlichst im Hintergrund, während Alessia sich an Cristino vorbeidrängelte und versuchte, Mergoult ausgerechnet das Weinglas aus der Hand zu nehmen, das er zwischen Zeige- und Mittelfinger geklemmt hatte. Mergoult gelang es zwar, das Glas zwischen Daumen und Zeigefinger festzuhalten, doch die Nummer drei zwischen Mittel- und Ringfinger begann unweigerlich zu kippen. Alessia kreischte auf, Cristino ebenfalls. «Verzeiht, *Mesdemoiselles*», murmelte Alexandre de Mergoult, sein Gesicht so rot wie die Weinflecken auf Cristinos Ärmel, während Alessias Rocksaum große, unregelmäßige Flecken in dunkellilac aufwies. «Rotweinflecken», stellte

Catarino lakonisch fest. «Ehrlich schade um dein schönes Kleid, Alessia, die gehen nie wieder 'raus.» Es war ihr unmöglich, bei diesen Worten nicht zu grinsen.

«Du Hexe», kreischte Alessia, während sie der Tür zueilte, «ich hasse dich.»

«Die wären wir los, *ma m… ma petite*», stellte Catarino zufrieden fest.

Cristino kämpfte mit den Tränen, unfähig zu entscheiden, was schlimmer war: Der Schmerz in ihren Zehen oder die roten Flecken auf ihrem cremefarbenen Ärmel.

«Il faut mettre du sel sur les taches – man muss Salz auf die Flecken tun», sagte in diesem Moment eine Stimme hinter ihnen, und als Catarino und Cristino sich umdrehten, blickten sie direkt in die hellen Augen von Sébastien de Trévigny, der lächelnd hinzufügte: «Une recette de ma grandmère – ein Rezept meiner Großmutter.»

«Oh, Monsieur … Monsieur le Comte …», stammelte Cristino.

«Das ist ja eine Überraschung, Monsieur le Comte», säuselte Catarino, ihr bestes Französisch bemühend. «Wir wussten gar nicht, dass Ihr auch eingeladen seid!»

«Oh, ich hörte von dieser kleinen Festivität und machte der Familie Ardoche meine Aufwartung», erklärte der Comte mit seinem charmantesten Lächeln. «In ihrer übergroßen Freundlichkeit haben die Ardoches mich gleich eingeladen – zu meinem großen Glück, sonst wäre es mir schließlich nicht vergönnt gewesen, meine beiden reizenden Reisebegleiterinnen wiederzutreffen.»

«Erzählt!», rief Catarino begeistert. «Gefällt Euch Aix?» Sie konzentrierte sich darauf, *Aix* zu sagen wie Trévigny. «Wie seid Ihr untergekommen?»

«Ich wohne in einem kleinen Gasthaus in der Rue Esqui … Esquino … oh, ich kann mir diesen Namen nicht merken!»

«Esquicho-Mousco», half Catarino. «Das heißt übersetzt Fliegenzerquetsch-Straße. Weil da immer so ein Gedränge ist, dass nicht einmal eine Fliege durchkommt, ohne zerquetscht zu werden.»

«Furchtbar!», stöhnte Trévigny. «Ich hatte gehofft, wenigstens in Aix würde man Französisch sprechen. Na ja, ansonsten ist dies hier eine wunderschöne Stadt. Natürlich viel kleiner als Paris, Ihr müsst unbedingt einmal nach Paris kommen, es ist kein Vergleich!»

Neben ihnen räusperte sich Alexandre de Mergoult. «Cristino, wollt Ihr mir Euren Bekannten nicht vorstellen?», fragte er in vertraulichem Ton und einem überraschend guten Französisch.

«Oh, Entschuldigung – Baron de Mergoult, das ist der Comte de Trévigny, der uns auf unserer Reise hierher begleitet hat. Comte, das ist der Baron de Mergoult, ein Nachbar von uns und enger Vertrauter des Ersten Parlamentspräsidenten von Aix.»

«Das Parlament scheint in dieser Stadt ja eine unglaubliche Rolle zu spielen», meinte Trévigny kopfschüttelnd. «Ist das auch so eine Tradition des Südens?»

«Tradition ist übertrieben», meinte Mergoult mit einem undurchdringbaren Lächeln. «Das Parlament gibt es erst seit ungefähr fünfzig Jahren. Seit damals hat es die oberste richterliche und gesetzgebende Gewalt in der Stadt inne – und setzt die Steuern fest, weshalb es sehr beliebt ist. Der Conseil de Ville zum Beispiel ist wesentlich älter, er existiert seit mehreren hundert Jahren!»

«Was für eine Aufgabe hat der Conseil eigentlich?», fragte Trévigny verständnislos.

«Oh, dem Conseil und den vier Konsuln, die aus seiner Mitte gewählt werden, untersteht die gesamte Verwaltung und Finanzwirtschaft der Stadt. Letztlich ist es der Conseil, der in Aix das Sagen hat», erklärte Mergoult.

«Ich dachte, das hat der königliche Intendant?», meinte Trévigny.

«Selbstverständlich.» Wieder dieses starre Lächeln. «Die oberste Gewalt liegt natürlich beim königlichen Gesandten.»

«Was ist jetzt mit dem Salz?», erinnerte Cristino.

«Einen Moment …» Trévigny verschwand in Richtung Buffet, um wenige Augenblicke später mit einem Salzfass aus spanischer Azulejo-Keramik zurückzukehren. Er löffelte Salz auf Cristinos Ärmel, den Mergoult fürsorglich aufspannte, dass es nicht herunterrieselte. «Vielen Dank, Monsieur le Baron», meinte Trévigny. Seine Stimme hatte einen leicht spöttischen Unterton. «Was ist eigentlich aus unserem wackeren Seigneur de Couvencour geworden, Mademoiselle, Eurem furchtlosen Retter? Seid Ihr ihm noch einmal wiederbegegnet?»

Cristino schüttelte den Kopf und spürte, dass sie rot wurde, ohne recht zu wissen, warum.

«Da kommen die Musikanten!», jauchzte Catarino.

In der Tat. Es waren fünf an der Zahl, alle in Rot gekleidet, bewaffnet mit Gamben, Flöten, Zinken und Cornetten. Die Herrin des Hauses scheuchte sie eilig in eine Ecke, wies die Diener an, sie mit Wein und Brathuhn zu versorgen, und orderte gleich eine Sonette von Petrarca als Eröffnungsstück. Der Sänger der Gruppe stellte sich in Positur, die Gambe zupfte los, holprig fiel ein Tambourin ein, während der mit der Cornette noch an seinem Instrument herumschraubte und der Flöter sich ein Bier holen ging. Den Sänger störte die reduzierte Besetzung nur wenig, aus vollem Halse schmetterte er Zeile für Zeile, während die Dame Ardoche strahlend vor der Gruppe stand und beifallheischende Blicke in Richtung ihrer Gäste schickte. Die Begeisterung der Anwesenden hielt sich jedoch in Grenzen, obwohl das Tambourin tatsächlich noch bis zur Coda in den Rhythmus fand und die Gambe ein paar richtige Akkorde traf, lediglich die gnadenlosen Petrarca-Fanatiker – zumeist weiblich und zwischen vierzig und fünfzig – seufzten verzückt. Wie kann man Petrarca nur so verunstalten, murmelte Fabiou, und immer diese altmodische Musik, stöhnte Catarino, warum können die nicht mal etwas Vernünftiges spielen?

Was Fabiou betraf, so hielt er sich tunlichst im Hintergrund, um eventuellen Avancen der anwesenden Damenschaft zu entgehen. Umso mehr, nachdem ihm Alexandre de Mergoult unter den Festteilnehmern aufgefallen war. Aller Voraussicht nach war dessen jüngerer Bruder Jean de Mergoult nicht weit, und Fabiou, der nicht im Entferntesten an einem Wiedersehen mit Letzterem interessiert war, zog sich vorsichtshalber in die hinterste Ecke des Saales zurück, wo ein paar Herren mittleren Alters in bequemen samtüberzogenen Sesseln saßen und aus kleinen dunklen Gläsern Branntwein tranken. Er setzte sich auf einen Fenstervorsprung, leidlich verborgen durch einen purpurfarbenen Samtvorhang, und blickte auf die abendliche Straße hinab, von der sich in diesem Moment die letzten Strahlen der untergehenden Sonne verabschiedeten. Noch bestand das Treiben dort unten aus Pferden und Eseln und Menschen in braunen und schwarzen Gewändern, doch schon schickte die Dunkelheit sich an, alles in ein undurchsichtiges Gewimmel aus ineinander zerfließenden Schatten zu verwandeln. Der Viguié hatte recht, wenn dort unten einer das Messer herauszog und zustach, würde keine Polizei der Welt ihn in den düsteren Gassen mehr finden; wie viel aussichtsloser war es, einen Räuber in den Wäldern des Luberoun ausfindig zu machen. Wie viel aussichtsloser, den Mörder eines Ausländers zu finden, wo die einzigen Spuren ein deutscher Kaufmann namens Petri und der mit Blut gekritzelte Name eines Heiligen sind.

Fabiou lehnte sich zurück gegen den Fensterrahmen und schloss die Augen. Er musste nachdenken, in Ruhe. Es gibt für jedes Problem eine logisch erfassbare Lösung, auch für dieses. Irgendwo in den rätselhaften Zeilen von Trostetts Schreiben lag ein Geheimnis verborgen und wartete auf seinen Entdecker. Er musste zu Petri, musste herausfinden, was diesen mit Trostett verband, und er musste sich weiter über die Antonius-Jünger informieren. Es gab eine Antwort, man musste sie nur finden!

«Ah, Cavalié, wie schön Euch zu sehen!» Fabiou sah auf. Einer der Herren mit dem Branntwein, eine große, stattliche Gestalt mit hoher Stirn und eisgrauen Haaren, war aufgestanden und wies mit einer einladenden Handbewegung auf einen Stuhl, die niemand anderem als dem Cavalié de Castelblanc galt. Frederi trat näher mit seiner üblichen etwas steifen Haltung, ergriff die dargebotene Rechte und nickte dem Herrn knapp zu. «Senher d'Estrave, guten Abend.»

«Meine Herren, Ihr kennt den Cavalié de Castelblanc?», fragte Estrave in die Runde. «Ein alter Bekannter aus echtem, altem, provenzalischem Adel. Und vor allem ein vorbildlicher Katholik. Cavalié, Senher Miquéu de St. Roque, Senher Bertrand de Bossard, Gaspard Forbin – der Senher de Jansoun –, sein Bruder – Jean-Baptiste Forbin –, und Pierre Sazo, der Senher de Goult. Und Senher de Vare und Senher de Alence, die Ihr ja kennt.»

Frederi nickte den angesprochenen Herren grüßend zu, ohne dass sein Gesicht jedoch den reservierten Ausdruck verlor.

«Der Cavalié ist der Schwager unseres überaus geschätzten Senher Auban und wie er ein treuer Anhänger des wahren Glaubens», erklärte Estrave den Anwesenden. «Es freut mich sehr, Euch hier begrüßen zu können. Ihr wart lange nicht in Ais.» Er winkte einen Diener herbei, dass er dem Cavalié einen Branntwein bringe. Frederi ließ sich auf den Stuhl sinken und murmelte etwas von dringenden Geschäften, die ihn so lange in Castelblanc festgehalten hätten. «Wie geht es Eurer Familie, Senher Castelblanc? Der junge Herr, der Euch vorhin begleitet hat, war das Euer Sohn? Ich wusste gar nicht, dass Ihr einen so erwachsenen Sohn habt.»

«Fabiou ist mein Stiefsohn», erklärte Frederi. «Der Sohn meiner Frau aus erster Ehe. Mein eigener Sohn ist noch ein Knabe.»

«Ach, ja, ich erinnere mich, Ihr habt mal erzählt, dass Eure Frau mehrere Kinder mit in die Ehe gebracht hat ... erscheint mir ja ein höflicher und wohlerzogener Bursche zu sein, Euer Stiefsohn. Angenehm, heutzutage, wo es so viele junge Leute gänzlich an dem ihnen anstehenden Respekt fehlen lassen.»

Fabiou rutschte noch ein Stück weiter hinter den Vorhang. Er hatte keinerlei Lust, den Herrschaften demonstrieren zu müssen, was für ein höflicher und wohlerzogener Mensch er war.

«Allerdings wahr ist das!» brummelte jetzt Bossard, ein untersetzter Herr mit einem Doppelkinn und einer Halbglatze. «Neulich erzählt mir meine Schwester, ihr Sohn, ein Bengel von gerade mal neunzehn Jahren, hält es jetzt mit den Protestanten, rennt in ihre öden Schwafelgottesdienste und weigert sich, die heilige Messe zu besuchen. Ich sage Euch, wenn das meiner wäre, dem Burschen würde ich eine Abreibung verpassen, die ihm seine Flausen ein für alle Mal austreibt. Und was tut mein Schwager, der Idiot? Nichts, lässt den Bengel gewähren. Ich sage Euch, das ist überhaupt das Problem dieser Gesellschaft, dass man die jungen Leute heutzutage viel zu lasch anfasst. Aber bei mir gibt's das nicht. Meinem Sohn habe ich gesagt, wenn ich dich einmal bei den Protestanten sehe, bist du enterbt, dass das klar ist!»

«Ich meine, ich halte ja an sich nicht viel von den Franzosen», meldete sich Estrave wieder zu Wort und warf einen Blick in die Runde, um allen Zeit zu geben, zu bestätigen, wie wenig er an sich von den Franzosen hielt, «aber so wie sich die Dinge zurzeit entwickeln, kann man nur hoffen, dass der König hierzulande mal ordentlich durchgreift und diesem protestantischen Gesocks seine

Frechheiten austreibt, bevor unsere schöne Heimat endgültig eine Ketzergrube geworden ist.»

«Das Weib ist schuld, die Medici», erklärte jetzt der St. Roque, ein hagerer, dunkelhaariger Herr mit einem spitzen Gesicht und einer Nase wie einem Dolch. «Dieses verfluchte Toleranzgeschwätz ist ein Fehler, ein gewaltiger. Hat die Protestanten nur noch unverschämter gemacht. Gibst du denen den kleinen Finger, dann nehmen sie die ganze Hand! Überhaupt, das Wort Toleranz in diesem Zusammenhang finde ich schlichtweg pervers. Als ob es um Modegeschmack oder Streitereien zwischen zwei Dörfern ginge, und nicht um das ewige Seelenheil. Ich meine, das muss man sich mal vergegenwärtigen, das ewige Seelenheil! Aber das kommt davon, wenn Weiber sich in die Politik einmischen. Man kann nur hoffen, dass der König mal in seinem Schlafzimmer reinen Tisch macht und dem Weib zeigt, wo sie hingehört!»

«Na, und die Béarner jetzt, das ist ja wohl das allerletzte», ergänzte der Jansoun.

«Wenn man bedenkt, dass die Navarra die Nichte ist von François, der sich ein Leben lang für den wahren Glauben abgerackert hat, dass das Weib sich nicht schämt!» polterte Bossard.

«Ich sag ja, wenn Weiber sich in die Politik einmischen ...»

«Wenn man sehen will, was passiert, wenn man die Protestanten ans Ruder lässt, braucht man ja nur nach England zu sehen. Aldore, von dem wir die Seide beziehen, war früher oft geschäftlich in Irland, zur Zeit wo dieser Henri, der abtrünnige Hurensohn, noch König war. Das glaubst du nicht, wie diese englische Räuberbande mit den armen Leuten da umgegangen ist! Da wurden Priester gevierteilt, nur weil sie die Messe gelesen haben, das muss man sich mal überlegen! Ich sage Euch, noch ein paar Jahre, und in Navarra sieht's genauso aus, und daran ist Damo Jano schuld!» Das war jetzt der Goult. Senher Vare und Senher Alence nickten und blickten unbehaglich drein, die Geschichte von den armen Iren hatte sie offensichtlich getroffen.

«Wird allmählich mal wieder Zeit für eine Aktion wie '45, nicht wahr?», meinte der Jansoun mit einem bösen Grinsen. «Da hatten wir 'ne Weile Ruhe vor den verfluchten Razats, stimmt's?»

«He, he, Vorsicht, Gaspard!» lachte Jean-Baptiste Forbin. «Wenn der Bouliers dich hört, gibt's Krieg!»

«Pah! Der Bouliers!» Der Jansoun schnitt eine spöttische Grimasse. «Denkst du, ich habe Angst vor Klein-Nicolas? Dieser Fettwanst, der wahrscheinlich eine Leiter braucht, um auf sein Pferd zu steigen? Wahrscheinlich rennt er flennend zu seiner Oma, wenn er mich hört, diese Lusche. Abgesehen davon stimmt's doch, oder? Das war das einzig Richtige damals, um mit den Ketzern fertig zu werden!»

«Wahr, wahr.» Der Bossard nickte bestätigend.

«Könnt ihr zwei nicht mal ein paar Worte mit eurem Onkel wechseln, ob sich die Sache nicht wiederholen lässt?» Der St. Roque klopfte den beiden Forbins auf die Schulter. «Oder ist er immer noch sauer, weil du ihn '45 über den Tisch gezogen hast, Gaspard?»

«He. Ich habe niemanden über den Tisch gezogen, und Maynier schon gar nicht!» Der Jansoun sah plötzlich etwas verärgert aus. «Aber Villelaure gehört mir, und Onkel Jean braucht nicht denken, nur weil er Parlamentspräsident ist, überlasse ich ihm die fettesten Brocken.»

«Man sagt, er hätte sogar im Prozess gegen dich ausgesagt!» Der Goult kicherte. «Dass er dich einen Plünderer genannt hat, der seine Untertanen heimtückisch um ihr Hab und Gut brachte.»

«Ach, halt den Mund!», knurrte der Jansoun. Er sah inzwischen gewaltig verärgert aus.

Der Branntwein kam. Frederi nippte daran. Er blickte etwas unglücklich drein, ob ebenfalls wegen der gevierteilten Priester zu Irland oder aus anderen Gründen war nicht zu sagen.

«Wie gesagt, gut, dass Ihr wieder da seid, Castelblanc.» Estrave schlug Frederi auf die Schulter, dass dieser sich heftig verschluckte und in einen Hustenanfall ausbrach. «Wir Katholiken müssen zusammenhalten!»

Die Musikanten waren mittlerweile bei der fünften Sonette von Petrarca angelangt, und ringsumher konnte man zahllose ältere Damen sehen, die mit verklärtem Augenaufschlag ins Leere blickten, offenbar in süße Jugenderinnerungen versunken. Die Begeisterung des Jungvolks hielt sich dagegen noch in Grenzen, denn das war schließlich Musik für Scheintote, wenn die Jungs auch bereits näher an das eine oder andere Mädchen heranrückten. «Ihr seid sicher eine hervorragende Tänzerin», schmeichelte Trévigny Cristino, die außer einem nichtssagenden «Oh» keine vernünftige Antwort herausbrachte. «Und Euer Französisch – wirklich, Ihr seid der einzige Mensch, dem ich bisher hier begegnet bin, der kaum einen Akzent hat!» Mergoult stand neben den beiden, trat von einem Fuß auf den anderen und schien krampfhaft nach einer Möglichkeit zu suchen, die Aufmerksamkeit wieder auf sich zu lenken.

Das war der Moment, in dem der Herr des Hauses in die Mitte des Raumes trat und den Beginn des Tanzes ankündigte.

Sofort brach unvergleichliche Hektik im Raum aus, als die jungen Herren zu den Vätern der jungen Damen stürzten, um sie um die Erlaubnis zu bitten, das Töchterchen zum Tanz zu führen. Mütter schubsten ihre Töchter in den Gesichtskreis potentieller Schwiegersöhne, und zwischen zu kurz gekommenen Herren wurden giftige Blicke gewechselt, während einige Mädchen mit den Tränen kämpften, weil ihr Angebeteter auf die Familie einer anderen zustürmte. «Oh, wie wunderbar, ich liebe Tanzveranstaltungen», sülzte Trévigny soeben, als Alexandre de Mergoult kurzentschlossen Cristino am Arm fasste und fragte: «Wollt Ihr tanzen?»

«Oh ja», hauchte Cristino, ganz schwach angesichts all der männlichen Aufmerksamkeit, die ihr zuteil wurde, «sehr gerne», und der Comte sah fassungslos hinterher, wie Mergoult Cristino auf die Branntweinrunde zu dirigierte und dem verdutzten Frederi entgegenschleuderte: «Cavalié, ich möchte Eure liebreizende Tochter um den ersten Tanz bitten.»

Einen Moment lang starrte Frederi ihn an wie einen Geist, die Hand um das Glas mit dem Branntwein gekrallt. Neben ihm lachte der Estrave laut auf. «Eure Tochter – Stieftochter? – muss ein bezauberndes Wesen haben, wenn einer von Ais' begehrtesten jungen Männern ihr zu Füßen liegt. Ihr wisst es vielleicht nicht – der junge Baroun Mergoult steht in besonderer Beziehung zu unserem überaus geschätzten Parlamentspräsidenten.»

«Ja», sagte der Cavalié tonlos. «Ja. Das ist mir bekannt. Selbstverständlich, Baroun, dürft Ihr meine Tochter zum Tanz führen, es ist mir eine Freude und Ehre.» Von der Freude war, wie Cristino verstimmt registrierte, nicht allzu viel zu bemerken; Frederi starrte den Baroun de Mergoult an, als habe er einen bissigen Köter oder eine geifernde Viper vor sich. Mergoult schien es nicht aufzufallen. «Die Ehre ist auf meiner Seite», säuselte er, und bevor Cristino sich versah, hatte er bereits ihre Hand gefasst und sie auf die Tanzfläche gezogen, wo bereits zahlreiche Paare Aufstellung genommen hatten. Ringsum war ein eifriges Raunen und Tuscheln zu hören, als die jungen Herren ihren auserwählten Damen artige Komplimente machten. Die Damen schwiegen, wie es sich in einer Situation wie dieser geziemte, die Augen züchtig auf den Boden gerichtet, allein ein paar ältere Frauen zischten ihren Ehemännern Ermahnungen zu wie «tretet mir nicht wieder auf die Schleppe» und «vergesst bloß nicht die Drehung zum Ende der Pavane».

Dann betrat der Tanzmeister den Raum, und alle Gespräche verstummten schlagartig.

Nichts illustrierte die finanzielle Misere der Familie Ardoche so sehr wie die Tatsache, dass sie sich keinen eigenen Tanzmeister leisten konnte. Der untersetzte Herr in dem aufwendig verzierten Gewand, der an der Schmalseite des Raumes Aufstellung nahm, stand eigentlich bei der Familie l'Evesque in Lohn und Brot und war für diesen Abend gewissermaßen an die Ardoches ausgeliehen worden. Er selbst schien extrem verärgert über diesen Umstand zu sein und fand es sichtlich unter seiner Würde, auf einer derart zweitklassigen Festivität auftreten zu müssen. Abwechselnd warf er verächtliche Blicke in Richtung der Gastgeber, des *buffet* und des Publikums, und dabei klopfte er mit seinem Taktstock derart erbost auf den Fußboden, als ob es ihm darum ginge, das Ungeziefer zwischen den Bohlen zu vernichten.

Cristino bemerkte nichts vom Missmut des Tanzmeisters. Sie stand neben Mergoult, eine eiskalte Hand in die seine gelegt, und wünschte sich plötzlich meilenweit weg. Nie zuvor hatte sie an einem Tanz auf einer offiziellen Festlichkeit teilgenommen, und sie war schlagartig restlos überzeugt, dass sie sich unsterblich blamieren würde. Sicher, sie und Catarino hatten im vergangenen Winter Tag für Tag alle wichtigen Tanzfiguren geübt, sicher, sie beherrschte jeden Schritt, jeden Sprung und jede Drehung im Schlaf, und dennoch konnte es doch kaum anders sein, als dass sie über ihre Schleppe stolperte, Pavane und Gaillarde durcheinanderbrachte und letztlich vermutlich gegen das *buffet* stieß und sämtliche Tische umkippte. Hilfesuchend sah sie sich nach ihrer Schwester um und entdeckte sie schließlich am Arm von Comte de Trévigny, auf den sie in ausgesprochen unziemlicher Weise einredete. «Oh, ich liebe die Gaillarde», hörte sie Catarino plappern. «Und ich beherrsche diesen Tanz perfekt! Natürlich, mein Schwesterchen ist auch eine ganz passable Tänzerin – sie hat viel von mir gelernt, wisst ihr?» Cristino überlegte gerade, ob sie vielleicht einen Ohnmachtsanfall simulieren sollte, als der Tanzmeister zweimal kräftig mit seinem Stock auf den Boden pochte und den Musikanten den Einsatz gab.

Zu spät für jede Flucht! Augenblicklich stellten sich die Paare in Position, und zu den Anweisungen des Tanzmeisters, die klangen wie die gebrüllten Kommandos eines Offiziers in einer Schlacht, begann der Tanz.

Und mit Cristino geschah etwas Seltsames. In dem Moment, als die Tänzer sich in Bewegung setzten, fiel die Nervosität mit einem Schlag von ihr ab. Wie von selbst begannen sich ihre Beine zu bewegen, in perfekter Harmonie mit den Schritten von Alexandre de Mergoult. Lächelnd registrierte sie, wie manche Paare ringsumher die Schrittfolgen verwechselten, über Kleidersäume stolperten, an den Fugen im Parkett hängen blieben, wie junge Damen einen Aufschrei unterdrückten, als ihr Kavalier ihnen auf den Fuß trat, während die Kavaliere selbst nur mit Mühe einen Fluch zurückhalten konnten. Catarino, die perfekte Tänzerin, stakste wie eine fußlahme Henne an Trévignys Seite einher, Alessia schimpfte erbost auf den jüngeren Buous ein, und das Gesicht des Tanzmeisters wurde von Minute zu Minute säuerlicher. Doch sie selbst schwebte wie schwerelos an Alexandres Seite, getragen von Lauten- und Gambenklängen, während sie eine vollkommene Bewegung an die andere reihte. Vergessen waren ihre zu engen Schuhe, vergessen war die Erinnerung an Arman de Mauvent und ihr Gelöbnis von ewiger Liebe. Sie befand sich in einem Universum, das nur noch aus diesem Tanz bestand, in dem jede andere Realität zerfloss, in dem sie der Mittelpunkt der Welt war, um den herum das All sich drehte, die Sonne, der Mond, die Sterne. Fernen Geistern gleich standen die Zuschauer des Tanzes an den Wänden, sie erahnte das

Gesicht ihrer Mutter, deren Blick sprach, immerhin ist er der natürliche Sohn des Parlamentspräsidenten, und sie lächelte ihr zu, wie man über eine halb vergessene Erinnerung lächelt.

Dann war Mergoult verschwunden, und sie tanzte am Arm von Sébastien de Trévigny, und schneller drehte sich die Welt, die Mutter verschwunden, Alessia verschwunden, ein kurzer Blick auf Catarino am Arm eines jungen Mannes, Roubert de Buous, wie es schien, oder war auch dies ein Trugbild, Himmel, Cristino, du hättest den Wein nicht trinken sollen, du weißt doch genau, dass du nichts verträgst, du blöde Gans …

Sie erstarrte.

Drei Schritte von ihr entfernt, vor dem hohen Fenster mit den Samtvorhängen zu beiden Seiten, stand Arnac de Couvencour.

Der Schmerz holte sie ein, als sie strauchelte. Sie krümmte sich zusammen, ihre Fersen glühten wie Feuer, und wimmernd humpelte sie zum Fenster hinüber, wo sie auf einen der seidenbespannten Stühle sank. «Mademoiselle Christine, geht es Euch nicht gut?», fragte Sébastien, und plötzlich war auch Alexandre de Mergoult wieder da, tätschelte ihre Hand und fragte: «Soll ich Euch ein Glas Eiswasser holen?»

Lieber ein Eisbad für die Füße, dachte Cristino mit schmerzverzerrtem Gesicht, und laut sagte sie: «Nein … entschuldigt … ich brauche nur eine kleine Pause …»

«Bleibt hier sitzen, ich bringe Euch etwas», meinte Mergoult großzügig, als habe sie sein Angebot nicht soeben abgelehnt, und Trévigny zog einen weiteren Stuhl heran, ließ sich an ihrer Seite nieder und tätschelte ihr seinerseits die Hand. Draußen war es jetzt völlig dunkel. «Eine kleine Unpässlichkeit», meinte er mit dem beruhigenden Tonfall eines Doctor Medicus. «Sicher aufgrund der Hitze.»

«J…ja, sicher.» Cristino schielte nach unten. Dort, wo ihre linke Ferse in den Schuhen verschwand, hatte sich der Seidenstrumpf rötlich verfärbt. «Vie…vielleicht sehe ich ja Gespenster, aber ich dachte gerade, ich hätte Senher de Couvencour gesehen.»

«Couvencour? Hier?» Trévigny sah sich misstrauisch um. «Ihr müsst Euch getäuscht haben. Er wäre mir ganz bestimmt aufgefallen.»

Cristino ließ suchend ihren Blick durch den Saal schweifen. «Dann war es wohl ein Irrtum», sagte sie enttäuscht.

«Ein wunderschönes Medaillon tragt Ihr da», stellte Sébastien fest. «Ist es neu?»

Sie nickte und wurde rot. «Ich habe es vorgestern auf dem Markt gekauft. Es ist … ich weiß auch nicht, habt Ihr manchmal auch das Gefühl, dass ein Gegenstand eine Geschichte erzählt? Bei diesem Medaillon ist es so. Als ob es – ein Geheimnis in sich birgt. Man hat mir gesagt, es sei aus einem Nachlass.» Sie lachte auf. «Ich frage mich wirklich, wer die frühere Besitzerin war.»

«Aus einem Nachlass?» Trévigny runzelte die Stirn. «Das ist ja seltsam.»

«Wieso?»

«Vom Stil her ist das doch nicht das Amulett einer alten Dame! Es passt zu einem jungen Mädchen, wie Ihr es seid. Und es sieht relativ neu aus! Wie kann es da aus einem Nachlass sein?»

Cristino starrte das Medaillon an, als sehe sie es zum ersten Mal. «Vielleicht steckt ja eine schreckliche Tragödie dahinter», flüsterte sie. «Vielleicht hatte es ja einer als Geschenk für seine Tochter oder seine Enkeltochter gekauft, und dann starb sie im Kindbett und ihm brach das Herz und er folgte ihr ins Grab.»

Der Comte sah sie einen Moment lang entgeistert an, dann prustete er los. «Ihr habt eine blühende Fantasie, *Christine*, aber wirklich», lachte er.

Alexandre de Mergoult kam mit dem Eiswasser. «*Voilà*», sagte er und überreichte ihr das Glas mit einer leichten Verbeugung. Sie nahm es dankend entgegen und nippte daran. «Und? Ist Euch wieder besser?»

«D…danke, es geht.» Es ging ihr tatsächlich gut, bis auf die höllischen Schmerzen in ihren Füßen.

«Ihr solltet Euch noch ein wenig erholen», meinte Mergoult freundlich, nickte ihr zu und strebte zu ihrem grenzenlosen Entsetzen wieder der Tanzfläche entgegen.

Pah, was brauche ich Alexandre de Mergoult, diesen mickrigen Provinzjunker, wenn mir ein Graf, ein echter französischer Comte, zu Füßen liegt, soll er doch ruhig gehen und mit seiner blöden Alessia tanzen, wenn es ihm Spaß macht.

«Monsieur le Comte, Monsieur le Comte!» Gott, die alte Ardoche in ihrem ausgebleichten Kleid, das sie wahrscheinlich schon zur Taufe ihrer Töchter getragen hat! «Monsieur le Comte, wir fühlen uns ja so geehrt, dass Ihr unsere kleine Gesellschaft besucht! Habt Ihr schon unsere reizende Tochter kennengelernt? Nein? Ich muss sie Euch unbedingt vorstellen. Unsere Jüngste, die Großen sind schon verheiratet. Sie spricht im Übrigen hervorragend Französisch …»

Machtlos sah Cristino zu, wie der Comte de Trévigny, der verzweiflungsvolle Blicke gen Himmel schickte, von der Dame Ardoche davongezerrt wurde. Himmel, das war ja hervorragend gelaufen – jetzt saß sie völlig allein hier herum! Sie musste zurück auf die Tanzfläche, koste es, was es wolle!

Sie machte nur zwei Schritte, dann wurde ihr klar, dass es vergebens war, und sie ließ sich wieder auf den Stuhl zurücksinken. Der Schmerz an ihren Fersen überstieg deutlich das Maß des Erträglichen. Verstohlen schlüpfte sie aus ihren Schuhen, um ihre geschundenen Füße zu inspizieren. Ihr Blick fiel auf verschmiertes, halb geronnenes Blut an ihrer linken Ferse. Rechts war ein münzgroßes Loch in ihren Strumpf gescheuert, und darunter war eine offene Stelle von der Größe eines Fingernagels zu erkennen, durch die ihr rohes Fleisch entgegensah. Oh Gott, sie war wahrhaft verletzt! Tränen schossen ihr in die Augen, schniefend kaute sie an einem lackierten Daumennagel herum.

Der Tanz ging weiter. Wieder schwebte Catarino vorbei, am Arm des dritten Herrn. «Nein, Senher Estrave, Ihr habt diesen Hirsch ganz alleine erlegt? Wie mutig von Euch!» säuselte sie gerade, und Estrave Junior ging sofort dazu über, ihr von seiner letzten Wildschweinjagd zu erzählen, während knapp hinter ihr Alexandre de Mergoult Alessia seine politischen Ambitionen auseinandersetzte – «Wenn ich mein Studium der Jurisprudenz beendet habe, werde ich natürlich eine Laufbahn als Richter anstreben, wie mein Gönner, der Baroun d'Oppède. Und natürlich rechne ich damit, bald einen Platz im Conseil zu erhalten, schließlich gehören wir zu den einflussreicheren Familien in Aix …»

Cristino schniefte. Sie drehte an ihrem Medaillon herum, wickelte sich die Kette um die Finger. Warum ist das so gemein? Warum hilfst du mir nicht, Maria voll der Gnaden? Ich springe sonst aus dem Fenster, und dann werden sie sehen, was sie davon haben!

Sie beschütze dich, Agnes, Sonne unseres Lebens, war auf der Rückseite des Medaillons eingraviert. Ja, so war es wohl, eine schreckliche Tragödie hatte sich hier abgespielt, die Jungfrau hatte das geliebte Töchterlein, dem dieses Medaillon gehört hatte, ebenso wenig beschützt wie sie jetzt sie, Cristino, beschützte, und die schöne, junge Agnes war an gebrochenem Herzen gestorben oder aus Trauer um den Tod ihres Geliebten freiwillig aus dem Leben geschieden, auf dass sie im Tode ewig vereint seien, und den armen Eltern war nichts geblieben außer jenes Amulett, das ein ignoranter Erbe an einen Schmuckhändler verschachert hatte. Und ebenso würde auch sie enden, in der Blüte ihrer Jahre … Sie wandte den Kopf zur Seite, starrte in die Fensterscheibe, auf die Reflexion ihres Gesichtes darinnen, bleich, schmal und von Tränen überströmt.

Und vor ihren Augen begann sich die Reflexion zu verändern. Es war, als ob das Spiegelbild an Intensität gewann, weißer und weißer wurde es, während es gleichzeitig eine eigentümliche Plastizität annahm, als wolle es heraustreten aus der Fensterscheibe, und es war nicht mehr das Gesicht der Cristino Kermanach de Bèufort, sondern eine starre, grinsende Maske, aus deren rechtem Auge eine Träne kullerte und eine blutrote Spur über die schneeweiße Wange zog.

Sie schrie, während sie rückwärts stolperte. Menschen umringten sie, was ist los, Kind, was ist Euch? Zitternd zeigte Cristino auf das Fenster. «Da …da ist jemand, eine … Gestalt!»

«Wie bitte? Eine Gestalt?» Das war Fabiou, der mit ungläubigem Gesicht aus dem Fenster sah.

«Ja … eine Gestalt mit einer Maske …»

Eigenartige Blicke warfen die Erwachsenen sich zu. Der Senher d'Ardoche schritt zum Fenster, öffnete es und lehnte sich nach draußen. «Und?», fragte seine Frau ängstlich.

«Da ist niemand.» Er kehrte nach drinnen zurück. «Ihr müsst Euch getäuscht haben, Barouneto. Wahrscheinlich war es nur eine Spiegelung.»

«Nein, ich habe es gesehen, eine Maske mit einem lachenden Mund und einem weinenden Auge!», erklärte Cristino vehement. «Und die Tränen waren aus Blut!»

Die Blicke der Erwachsenen wirkten nun etwas belustigt. «Man sieht so allerhand nach einem Gläslein Wein – insbesondere ein so zartes Geschöpf wie Ihr, das den Alkohol nicht gewohnt ist», meinte der Senher d'Ardoche nicht ohne Spott in der Stimme, und die Leute gingen bereits wieder auseinander.

«Aber es ist die Wahrheit!», jammerte Cristino.

«Wollt Ihr Euch vielleicht ein wenig hinlegen, meine Liebe?», fragte die Ardoche freundlich.

«N...nein. Es ... es geht mir gut.»

«Das ist fein.»

«Ich habe es mir nicht eingebildet!», zischte Cristino Fabiou zu, als die anderen gegangen waren und nur ihr Bruder noch nachdenklich durch die Fensterscheibe blickte. «Ich habe es gesehen!»

«Hm.» Fabiou verzog das Gesicht. «Eine Gestalt mit einer Maske auf einem Gesims im zweiten Stock, die binnen Sekunden auftaucht und wieder verschwindet – also, ein bisschen unwahrscheinlich klingt das ja schon!»

«Aber wenn es doch so war!»

Die Musik in ihrem Rücken hatte sich verändert, keine Tanzmusik mehr, man spielte sanftere Töne, Petrarca, und Bellay, und ...

«Ronsard!», rief eine Mädchenstimme, und eine andere fiel ein: «Oh, kennt ihr etwas aus den *Nouvels Amours*?»

Oh, natürlich kannten sie, was sonst wurde zurzeit auf den Festivitäten gewünscht, und der Sänger legte sich ins Zeug, und etwas näher rückten die Mädchen an ihre Tanzpartner heran; dort, zwischen den Säulen, wo die Schatten sie verbargen, berührten sich Körper, und Cristino und Fabiou starrten auf Catarino, die hinter einem Vorhang verborgen den Kopf gegen Jean de Mergoults Schulter gelehnt hatte, und vor allem auf ihn, denn er schob ihre Haare zur Seite und hauchte ihr einen Kuss auf die Wange.

«Pourquoy tournez vous
voz yeux gratieux
de moy quand voulez m'occire?
Comme si n'aviez pouvoir par me voir,
d'un seul regard me destruire.
Las! vous le faites afin
que ma fin
ne me semblast bien heureuse,
si j'allois en perissant jouissant
de vostre oeillade amoureuse.
Mais quoy? vous abusez fort:
ceste mort,
qui vous semble tant cruelle,
me semble un gaing de bon heur
pour l'honneur
de vous qui estes si belle», juchzte der Sänger.

Warum wendet Ihr Eure
geneigten Augen
ab von mir, wenn Ihr mich töten wollt?
Als ob Ihr nicht die Macht hättet, wenn Ihr mich seht,
mich mit einem Blick zu zerstören.
Ach! Ihr tut es,
damit mein Ende
mir nicht glücklich erscheint,
weil ich zugrundegehend
noch Euren verliebten Blick genieße.
Aber was? Ihr täuscht Euch sehr:
dieser Tod,
der Euch so grausam erscheint,
scheint mir ein Gewinn an Glück zu sein
für Eure Ehre,
die Ihr so schön seid.

«Jesus, manchmal hat sie echt einen verdammt schlechten Geschmack!», stöhnte Fabiou mit verdrehten Augen. Cristino begann zu heulen.

***

«Ich meine, natürlich ist er bloß ein alberner Junge, aber, weißt du, tanzen tut er echt gut. Und …», Catarino kicherte, «… küssen noch viel besser!»

Es war drei Uhr morgens, und die beiden Mädchen lagen in ihren Betten in der Carriero de Jouque. Anno, das Zimmermädchen, hatte kühlende Kamillenumschläge um Cristinos Füße gewickelt und diese dann auf ein Kissen gebettet, und so lag sie nun wie ein Häufchen Elend in ihrer Bettstatt, während Catarino mit vor Wein und Aufregung glühendem Gesicht unter ihrer Bettdecke herumrutschte. «Mit acht Männern habe ich heute Abend getanzt!», erklärte sie triumphal. «Andréu d'Estrave, Sébastien de Trévigny, Alexandre de Mergoult, Jean de Mergoult, Roubert und Artus de Buous, Charles Sère und … Moment, wer war der achte? Warte, also, Andréu d'Estrave, Sébastien de Trévigny, Alexandre de Mergoult, Jean de Mergoult, Roubert de Buous …»

Cristino starrte an die Decke und kämpfte mit den Tränen. Na, klar. Catarino. Catarino hatte mit sämtlichen jungen Männern getanzt, und alle waren verrückt nach ihr, und sie? – Dabei hatte alles so gut angefangen! Trévigny war so nett zu ihr gewesen, und Alexandre de Mergoult auch, wenn die blöden Schuhe nicht gewesen wären, dann hätten sie sich bestimmt in sie verliebt und ihr einen Heiratsantrag gemacht oder sie zu einem heimlichen Treffen eingeladen, um dann mit ihr nach Italien zu fliehen.

«… und davon haben mich zwei geküsst», erklärte Catarino kichernd. «Erst Jean und dann Andréu. Also, es waren keine richtigen Küsse, nur auf die Backe, aber wir sehen sie ja nächste Woche wieder bei den Mancouns, und da will ich ihn richtig küssen, also, mindestens einen von ihnen, und wer weiß, vielleicht machen wir ja noch mehr!»

Cristino biss sich auf die Lippen. Vermutlich war es einfach die Strafe für ihr sündiges Verhalten. Statt dass sie ihre Tage in Trauer um ihre unerfüllbare Liebe zu Arman de Mauvent verbrachte, hatte sie sich wie eine ehrlose Person dem erstbesten Mann an den Hals geworfen, der ihr schöne Augen machte. Oh ja, es geschah ihr recht, dass man sie so zurückgewiesen hatte. Andererseits … wenn sie daran dachte, wie sanft Trévigny ihren Ärmel gehalten hatte, als er Salz darauf streute …

«Du solltest dich wirklich auch etwas mehr an die Männer herantrauen, *ma m… ma petite*», meinte Catarino. «Von nichts kommt nichts. Und, ehrlich, ich glaube, bei Alexandre de Mergoult hast du Chancen! Wie der dich angesehen hat! Als wollte er gleich hinter den nächsten Busch mit dir!» Sie kicherte albern.

«Meinst du wirklich?», schniefte Cristino.

«Klar!», rief Catarino und verschränkte die Arme hinter dem Kopf. «Ach, Cristino, ist das Leben nicht wunderbar?»

Cristino antwortete nicht. Sie starrte an die Decke, auf der sich schwach der Widerschein des Mondes abzeichnete. Vielleicht hatte Catarino ja recht. Vielleicht war es ja einfach kindisch, wegen einer enttäuschten Liebe sein ganzes Leben wegzuwerfen. Das kindische, alberne Benehmen eines dummen, kleinen Mädchens vom Lande. Wie Mutter sagte – schließlich war sie jetzt eine erwachsene Frau, und dies war ihre erste Saison, also sollte sie auch anfangen, sich entsprechend zu benehmen, statt ihren albernen Kleinmädchenschwärmereien nachzuhängen.

Und so traf Cristino de Bèufort in der Dunkelheit ihres nächtlichen Zimmers einen heroischen Entschluss: In Zukunft würde sie nicht mehr das keusche kleine Mädchen spielen, sondern wie Catarino ihr Schicksal in die Hand nehmen und ihr Herz den Kavalieren öffnen, die bereitstanden, es zu erobern. Sie küsste symbolisch die Nachtluft als Abschied an Arman de Mauvent. Lebe wohl, Arman. Mögest du glücklich werden mit Anne dem Pferd. Mein Glück liegt hier in Ais verborgen, und ich werde es finden!

Lächelnd sank Cristino in die Kissen zurück. In der Dunkelheit hörte sie Catarino leise summen:

«Mais quoy? vous abusez fort:
ceste mort,
qui vous semble tant cruelle,
me semble un gaing de bon heur
pour l'honneur
de vous qui estes si belle.»

***

Im Traum war sie zurück in der Kutsche, die durch den Luberoun fuhr. Sie sah das Licht der Aprilsonne durch die Fenster fallen, sie hörte das Rattern der Räder und spürte das Schwanken des Gefährts auf der unebenen Straße und die Rufe eines Kutschers, der galoppierende Pferde antrieb.

Etwas war falsch. Es war, als sei die Kutsche gewachsen, dehnte sich um sie herum aus, um sie auf die Größe einer Ameise schrumpfen zu lassen. Cristino sah zu dem Fenster zu ihrer linken und konnte es nicht erreichen, so hoch war es über ihr, sie sah zu der Sitzbank ihr gegenüber, meilenweit war sie entfernt, sie tastete mit den Füßen nach dem Boden, doch da war nur Tiefe. Laut knarrten die Achsen und holperten die Felgen auf der Straße.

Da waren Menschen mit ihr im Innern der Kutsche, stumme, verschwommene Gestalten, die ihr vage bekannt vorkamen, doch zu fern, dass sie ihre Gesichter hätte ausmachen können. Das Licht flackerte auf den Wänden wie die Feuer der Hölle, und die Kutsche stand. Das Fenster, sie musste das Fenster erreichen, sie musste sehen, begreifen was geschah, doch hoch, so hoch war das Fenster über ihr, und sie zog die Füße an und stellte sie auf die Bank, und an den unteren Rand des Fensters geklammert zog sie sich nach oben.

Dann herrschte Dunkelheit um sie, Dunkelheit, die nach Stille und Verlassenheit klang. Fern das Geräusch eines schreienden Käuzchens, Huhuu, Huhuu, anklagend und düster durch die Schatten starrender alter Bäume. Sie stolperte auf sumpfigen Untergrund, ihr Kleid verfing sich in Dornenranken und hakelnden Zweigen, lauernd beugten sich die Silhouetten uralter Weiden über sie und angelten mit den knorrigen Ästen nach ihrem Haar.

Sie war nicht allein, auch wenn sie sich so fühlte. Jemand hielt sie an der Hand, zog sie gnadenlos durch das Dickicht, eine Gestalt, leichenweiß die Haut im Licht eines fahlen Mondes, das weiße, luftige Kleid wie ein Totentuch, schwarze, lange Haare schwebend im Nachtwind. Die Gestalt sprach keinen Ton, nur das Huhuu des Käuzchens in der Nacht und das Kichern der verwunschenen Bäume war zu hören. Cristino spürte, wie Angst in ihr hochstieg wie flüssiges Eis, sie wollte sich losreißen, wollte lau-

fen, zurück, nach Hause, ruckartig blieb sie stehen, versuchte ihre Hand aus dem Griff der Gestalt zu entwinden.

Die Gestalt hielt inne und drehte sich um, und ein weißes Gesicht mit Augen schwarz wie das Nichts blickte sie an. Es war das Mädchen mit dem Falken.

Und die Dunkelheit zerriss. Ein Spiegel stand dort, wo eben noch das Mondlicht das schwarzhaarige Mädchen bestrahlt hatte, ein Spiegel, vage beschienen vom Schein des vollen Mondes hinter dem Fenster. Sie trat näher, zögernd, da war das Bild in ihrem Kopf, die Maske mit der blutigen Träne, die ihr aus ihrem Spiegelbild entgegengesehen hatte, und ganz langsam nur hob sie den Kopf, öffnete sie die Augen und starrte auf den Anblick, den der Spiegel ihr bot. Es war nicht das starre Lächeln einer toten Maske. Von der anderen Seite des Spiegels sah ihr ein kleines Mädchen entgegen.

Es hätte in der Tat sie selbst im Alter von drei oder vier Jahren sein können, blonde lockige Haare, blaue Augen, ein unschuldiges Lächeln auf dem pausbackigen Gesicht.

Bis auf das kleine, sternförmige Muttermal, das das fremde Mädchen auf der Stirn trug.

Der Spiegel war hoch aufgehängt, und Cristino, die Auge in Auge mit dem fremden Kind stand, brauchte nur den Kopf zu senken, um auf die goldlackierte Zierleiste des Spiegels zu blicken, die die Form zweier liegender, einander anblickender Löwen hatte. Doch es waren nicht die Löwen, die ihren Blick ansaugten wie ein Strudel das Wasser.

Das lächelnde kleine Mädchen trug um den Hals Cristinos Medaillon.

KAPITEL 5

in dem es um alte Feinde und um neue Freunde geht

Couchés dessus l'herbage vert
D'ombrages épais encourtinés
Écoutons le ramage du rossignolet.
Plantons le mai, plantons le mai
En ce joli mois de mai.

Gebettet auf grünes Weidegras,
dicke Schatten als Bettvorhang,
so lass uns dem Zwitschern der Nachtigall lauschen.
Pflanzen wir den Mai, pflanzen wir den Mai,
in diesem schönen Monat Mai.

Antoine de Baïf, französischer Poet (1532-1589)

Am folgenden Tag, dem 19. April 1558, kehrten drei Reisende in der Aubergo dei Cacalauso d'Or, der Herberge zur Goldenen Schnecke ein. Dieses Gasthaus, das sich wie so viele andere in der Carriero d'Esquicho-Mousco befand, gehörte sicher nicht zu den besten und komfortabelsten in Ais, aber es war durchaus eine Örtlichkeit, in der man auch ohne Beziehungen zu Mitgliedern örtlicher Diebesbanden nächtigen konnte, ohne über Nacht seiner Geldbörse, seiner Kleider und wohlmöglich sogar seines Lebens beraubt zu werden. Besitzerin war eine Frau, die Panschers-Terèso, deren Namen nicht etwa auf die Qualität ihres Weines schließen ließ, der nämlich recht ordentlich war. Aber sie hatte das Wirtshaus von einem entfernten Vetter, dem Panschers-Guihaume, übernommen, dem man aufgrund des extremen Anteils an Wasser und Zucker in seinen alkoholischen Getränken die Gewerbeerlaubnis entzogen hatte, und der Name war an ihr hängen geblieben.

Die drei Fremden erreichten Ais und damit die Cacalauso d'Or aus unterschiedlichen Richtungen. Der erste, ein großer, kräftiger Mann mit einem fast völlig faltenlosen Gesicht unter einem praktisch kahlen Kopf, dessen Alter zu schätzen unmöglich war, betrat Ais aus östlicher Richtung kommend durch die Porto Bello-Gardo bereits am frühen Morgen. Er bestellte sich Brot und Schinken bei dem Schankmädchen, erklärte der Panschers-Terèso auf französisch, dass er ein paar Nächte zu bleiben gedächte, und zog sich dann sogleich mit seinem Frühstück in das ihm zugewiesene Zimmer zurück, mit dem dringenden Wunsch, nicht gestört zu werden, den er mit einer Handvoll Münzen auf der Schanktheke unterstrich.

Wenn die Leute zahlen, fragt man nicht, erklärte die Panschers-Terèso dem Schankmädchen, einer dreizehnjährigen Göre, die sie eines Winters aus dem Straßengraben gezogen und an Kindes statt angenommen hatte.

Der zweite Fremde näherte sich Ais über die *Route de Marseille* und gelangte über die Porto dis Augustin in die Stadt. Er war langgewachsen, hager; dichte, leicht gelockte, an den Schläfen ergraute Haare deckten sein Haupt wie eine Pelzmütze. Er trug einen einfachen grauen Reisemantel, wie man ihn oft bei französischen Kaufleuten oder anderen Bürgerlichen sah. Obwohl ihm der Franzose auf hundert Schritte ins Gesicht geschrieben stand, quasselte er mit der Panschers-Terèso in erstaunlichem Provenzalisch, machte ihr Komplimente ob ihres geschmackvollen Kleides, ihres schönen Haars und ihres reizenden Fräulein Tochters – bei diesen Worten wurde die Schankgöre rot wie der Wein in den Gläsern und trat verlegen von einem Fuß auf den anderen – und erhielt schließlich das zweitschönste Zimmer zum halben Preis.

Ein so freundlicher Herr, und wenn halt das billigere nicht frei ist, sagte die Panschers-Terèso zum Schankmädchen und wies sie an, dem Fremden Brot, Käse und Wein zu bringen.

Der dritte Fremde kam auf der *Route d'Avignon*, durchquerte die Porto dis Courdelié und erreichte die Cacalauso d'Or am späten Vormittag. In der Gaststube war nicht allzu viel los, als er eintrat, die Panschers-Terèso lehnte am Schanktresen und unterhielt sich über ein Glas Branntwein hinweg mit einem Bierkutscher, und die Schankgöre versorgte gerade ein paar durstige Maurergehilfen von St. Sauvaire, Ais' größter Baustelle, mit Getränken.

«Guten Tag», sagte er in ordentlichem Provenzalisch, «habt Ihr noch ein Zimmer frei?»

Die Panschers-Terèso musterte den neuen Gast von Kopf bis Fuß. Er war nicht sehr groß, ein freundliches, fast jungenhaftes Gesicht, wenn er auch bestimmt um die vierzig Jahre zählte. Unter den hellen, fast blonden Brauen sahen ihr zwei ebenso helle, wasserklare Augen entgegen.

«Heute will alle Welt ein Zimmer!», murrte die Terèso. «Gut, ein Zimmer habe ich noch, aber es liegt zur Straße 'raus, ich sag's Euch gleich!»

«Oh, das macht nichts, ich bin nicht lärmempfindlich.» Der Fremde schenkte ihr ein Lächeln, das schneeweiße Zähne entblößte.

«In Ordnung – Kleine, mach das Zimmer fertig. Wollt Ihr etwas essen, Mèstre?»

«Oh, etwas Brot und Käse vielleicht … und etwas Wein …»

«Ich bringe Euch etwas. Setzt Euch.»

Der Fremde schritt durch den Schankraum, blieb schließlich vor dem Tisch stehen, an dem der Franzose mit den dichten Locken gerade die letzten Bissen seines Brotes hinunterschluckte und sagte: «Bei Euch ist gewiss noch ein Platz frei, Monsieur?»

Er hatte französisch gesprochen, und der andere sah auf. Einen Moment lang sah er den Neuankömmling stumm an, dann sagte er: «Bitte sehr», und wandte sich wieder seinem Brot zu. Er machte nicht den Eindruck, als ob er auf eine Unterhaltung wert legte, dennoch fuhr der Neuankömmling fort: «Ihr seid gewiss aus Paris, Monsieur? Euer Auftreten … die Gewandtheit der Bewegungen … das kann nur ein echter Hauptstädter sein!» Er strahlte. Die Panschers-Terèso stellte ihm einen Teller mit zwei Scheiben Brot und einem Stück Käse hin. «Wein kommt gleich», sagte sie. Der Franzose hob den Kopf. «Orléans», sagte er.

«Orléans!» Der andere schlug sich mit der Hand gegen den Kopf. «Der Ort des unsterblichen Siegs von Jeanne d'Arc über die Engländer! Dass ich es nicht geahnt habe!»

«Und wo seid Ihr her?», fragte der Franzose spöttisch. «Lasst mich raten – Böhmen? Schweden? –, Ihr habt diesen eigentümlichen Akzent …»

Der andere machte ein süßsaures Gesicht und wandte sich seiner Mahlzeit zu. «Was führt Euch hier her, in den sonnigen Süden?», fragte er.

«Oh, Geschäfte …», meinte der Franzose gedehnt.

«Kaufmann?»

«Ja, kaufen und verkaufen tue ich bisweilen auch. Und Ihr, Monsieur?»

«Oh, ein trauriger Anlass!», seufzte der Hellhaarige. «Ein guter alter Freund ist ganz plötzlich aus dem Leben geschieden. Ich eile, ihm die letzte Ehre zu erweisen und seine Angelegenheiten zu regeln.»

«Nein, wie traurig. War er auch Schwede?»

Die Panschers-Terèso stellte einen Krug mit Wein und einen Becher auf den Tisch. «Habt Ihr noch einen Wunsch, Monsieur?», fragte sie den Franzosen strahlend. «Danke, nein», sagte dieser, und sie zog sich zurück.

«Woran ist er denn gestorben, Euer Freund?», fragte der Franzose mitfühlend.

«Zwanzig-Zoll-Klinge, zweischneidig, zwischen Rippe drei und vier», antwortete der Hellhaarige prompt.

«Wie unästhetisch.» Der Franzose schüttelte den Kopf. «Und, wem verdankt die Welt diese Untat?»

«Das, Monsieur», meinte der Hellhaarige mit einem Lächeln, «würde mich allerdings auch interessieren.»

Der Franzose seufzte und spielte mit seinem Messer. «Die Welt ist einfach schlecht, Monsieur», sagte er. «Schlecht – und unheimlich gefährlich.»

Der Hellhaarige riss seinen Teller in die Höhe, keinen Augenblick zu spät, denn in diesem Moment schoss das Messer des anderen durch die Luft und blieb zitternd im Holz des Tellers stecken. Er setzte ihn ab und legte den Käse wieder darauf. Das Messer stand auf dem Teller wie ein einsamer Wachturm. Der Franzose seufzte wieder. «Ingelfinger, du lässt nach», sagte er kopfschüttelnd. «Vor zehn Jahren hättest du das Messer noch gefangen.»

«Man wird alt», sagte der andere mit hochgezogenen Augenbrauen. «Aber das mit dem Akzent, das ist eine böswillige Unterstellung.» Er zog das Messer aus dem Holz und begann, den Käse zu zerteilen und das Brot damit zu belegen. «Es erstaunt mich, dir hier zu begegnen. Ich dachte, du sitzt inzwischen bequem an irgendeinem Schreibtisch in Paris und lässt andere die Kastanien aus dem Feuer holen.»

«Normalerweise tue ich das auch», entgegnete der Franzose. «Aber die Sache schien doch eine gewisse politische Brisanz zu besitzen – und hatte zudem noch einen persönlichen Reiz, muss ich zugeben.»

«Aha … du bist also auch wegen Trostett hier.» Der Hellhaarige grinste.

«Wenn ich gewusst hätte, dass der Gute sich inzwischen zu den himmlischen Heerscharen versammelt hat, hätte ich mir den weiten Weg hierher gespart – komm, gib mir das Messer wieder, das brauche ich noch.» Der Franzose machte ein etwas finsteres Gesicht. «Und was ist mit dir? Dich hier zu treffen hatte ich auch nicht gerade vermutet.»

«Oh», der Hellhaarige biss herzhaft in das Käsebrot, «ich war – rein zufällig natürlich – in Lyon, als mich die Nachricht von Trostetts unvermitteltem Ableben erreichte, und hielt es für meine Pflicht, der Sache nachzugehen. Schließlich gehören wir zum selben Verein, seit dem Augsburger Religionsfrieden. Nicht dass Trostett darüber sehr erbaut gewesen sein wird. Zumal es jetzt nur noch eine Amtei für Frankreich gibt und ich deren Leiter bin.»

Der Franzose prustete los. «Du bist Trostetts Vorgesetzter?»

«War, war. Er ist ja tot. Und das, wo der Auftrag, mit dem er unterwegs war, wirklich absolut harmlos war.»

«Worum ging es denn?», fragte der Franzose unschuldig.

Ingelfinger grinste. «Ganz vergreist bin ich auch noch nicht, Corbeille. Nun, Tatsache ist, dass man ihm auf der *Route d'Avignon* ein Messer zwischen die Rippen gejagt hat, und wir haben nicht den geringsten Schimmer, wer es gewesen sein könnte.» Er schwieg kurz, nippte versonnen an seinem Rotwein. «Wart ihr es?»

«Kannst du mir einen logischen Grund nennen, warum wir es hätten tun sollen?», fragte Corbeille. «Meine Intention war, mich an ihn dranzuhängen, um herauszukriegen, was für Gemeinheiten ihr diesmal wieder plant. Was hätte ich wohl davon gehabt, Trostett den Brustkorb zu perforieren?»

«Oh, Motive gäbe es – alte Feindschaften ...»

«Wenn du von Motiven redest, könntest du genauso gut als Mörder in Frage kommen. Ich erinnere mich noch lebhaft daran, wie er dich in Lourmarin aus der Kutsche gekickt hat und rief, ein Protestant, ein Protestant. Also wirklich, wenn ich nicht ein so hoffnungslos guter Mensch wäre, hätte Mayniers Soldateska dich in Stücke gerissen oder noch etwas Schlimmeres. Ich darf nur an Freund Coeur de Lion erinnern!»

«Lourmarin ...» Ingelfinger schwenkte versonnen den Wein in seinem Becher, ohne auf das von Corbeille beschriebene unangenehme Szenario weiter einzugehen. «Da fällt mir noch jemand ein, der ein Motiv hätte ...»

Corbeille seufzte. «Ich weiß, an wen du denkst, aber vergiss es. Sie sind tot.»

«Dafür habt ihr gesorgt, ich weiß», sagte Ingelfinger trocken.

«Red keinen Blödsinn! Ich habe es damals gesagt, und es ist die Wahrheit: meine Aufgabe war es, sie aufzuhalten; es lag nie in meiner Absicht oder der meiner Auftraggeber, diese Leute zu töten. Genauso wenig wie wir unsere Hände bei Mayniers Heldentat im Spiel hatten. Das Ganze war wirtschaftlich und politisch eine Katastrophe und hat Frankreichs Stellung mehr geschadet als genützt. Meine Aufgabe ist es, Frankreich zu schützen und nicht, ihm zu schaden.»

Ingelfinger zuckte mit den Achseln. «Drei haben überlebt», meinte er. «Vier sogar, wenn man Cosmas mitzählt.»

«Nicht unbedingt die vier, denen ich es zutrauen würde, dreizehn Jahre lang darauf zu warten, dass Trostett zurückkehrt, um ihm auf der *Route d'Avignon* ein Messer zwischen die Rippen zu jagen», entgegnete Corbeille.

«Der Graf ...», sagte Ingelfinger versonnen.

«Wenn einer, dann er, natürlich», meinte Corbeille. «Trotzdem glaube ich nicht daran.»

«Ist das wahr, was man von ihm hört?», fragte Ingelfinger.

«Tu nicht so scheinheilig – als ob du nicht selbst bestens Bescheid wüsstest. Wenn du wissen willst, was ich von der Sache weiß – ja, der Graf ist wieder aktiv in letzter Zeit, setzt sich unheimlich für die Abschaffung der Chambre Ardente und die Rechte der Protestanten ein, er sollte dir eigentlich sympathisch sein. Nicht dass ich denke, dass er selbst Protestant geworden ist. Er gehört einfach zu denen, denen Ostern '45 ein für allemal den Spaß an jeder Form von religiösem Fanatismus verdorben hat. Ganz im Gegensatz zu den anderen beiden, die so katholisch sind wie der Papst und so brav und still wie die Karmeliterinnen. Und Cosmas ist mittlerweile seit Jahren außer Landes.»

«Stille Wasser gründen tief», murmelte Ingelfinger versonnen.

«Wie meinst du das?»

«Wer war es, Corbeille? Wer hat euch damals informiert?»

«Oh nein, mein Freund. Das ist Berufsgeheimnis. – Wirtin? Bitte noch einen Krug von dem Roten. Du bist auf der falschen Spur, Ingelfinger, glaub' mir. Die Jungs waren eine Bande von naiven Schwärmern, wie man sie in dieser Gegend mit ihrer ach so glorreichen Vergangenheit und ihrer ach so trostlosen Gegenwart zuhauf findet, zu dumm, um zu begreifen, dass Trostett sie für seine Zwecke missbrauchte, um sie bei der ersten passenden Gelegenheit abzuservieren. Die begehen keine Morde, bestimmt nicht!»

«Möglich.» Ingelfinger zuckte mit den Achseln. «Aber wer war es dann?»

«Schon mal an die Möglichkeit gedacht, dass es ein harmloser Raubmord sein könnte?»

Ingelfinger schluckte den letzten Bissen des Brotes herunter. «Von Trostett kamen seltsame Nachrichten in letzter Zeit – man begann sich zu fragen, ob er den Verstand verlor! Und dennoch – irgendwie hatte ich das Gefühl, dass er an etwas dran war, etwas, was mit seiner eigentlichen Aufgabe nicht viel zu tun hatte. Und ich werde den Eindruck nicht los, dass es das war, was ihn letztlich das Leben gekostet hat.»

«Nun denn», grinste Corbeille, «machen wir uns daran, es herauszufinden.»

Ingelfinger lachte. «Was soll das heißen – wir stehen doch nicht etwa auf derselben Seite?»

«Wir? Nie!» Corbeille hob den Becher. «Auf die gute alte Zeit und die guten alten Feinde!»

«Darauf lass uns trinken!», bestätigte Ingelfinger lachend.

Die Treppe knarrte, und sie sahen sich um.

Langsam stieg der Kahlköpfige in den Schankraum hinunter, den er durchquerte, ohne sich einmal umzusehen, um dann in den Lärm und das Gewühl der Carriero d'Esquicho-Mousco hinauszutreten.

«Merde», krächzte Corbeille.

«Jesses», flüsterte Ingelfinger.

Knarrend schloss sich die Tür. Einen Moment lang saß Corbeille erstarrt am Tisch, dann kippte er den Wein in einem Zug herunter und setzte den Becher ab. «Das Spiel ist wieder eröffnet», sagte er heiser. «Willkommen in der zweiten Runde.»

***

Was verdankte er Loís alles? Rückblickend betrachtet, war es viel. Fabiou Kermanach de Bèufort und Loís den Pferdeknecht verband jene extreme Vertrautheit, wie sie manchmal zwischen einem Herrn und einem Diener bestand, die sich seit frühester Jugend kannten, und die gelegentlich stärker war als die Bande der Verwandtschaft. Loís war es gewesen, der Fabiou das Stelzenlaufen beigebracht hatte, der ihm gezeigt hatte, wie man mit zusammengelegten Händen einen Eulenruf nachmachte, durch die Finger pfiff, aus einem Stück Schilfrohr eine Flöte bastelte, wie man sich nachts im Wald zurechtfand, aus Rinde und Zweigen ein Segelboot baute und Kaninchenfallen aufstellte.

Loís war es auch gewesen, der ihn aus dem Wasser gezogen hatte, als er mit acht Jahren an einem Dezembermorgen durch das dünne Eis auf dem Mühlteich gebrochen war. Seine Mutter hatte dieser Tatsache nie eine besondere Bedeutung zugemessen, schließlich war es die Aufgabe eines Dieners, seinen Herrn zu schützen. Es beeindruckte sie auch nicht weiter, dass sich der damals zwölfjährige Loís bei seiner Rettungsaktion eine Lungenentzündung zuzog, die ihn beinahe das Leben gekostet hätte. Aber für Fabiou blieb Loís von diesem Tag an sein Lebensretter, dem er Dank schuldete bis zum Tod oder eben bis zu dem Moment, wo es ihm gelingen sollte, diese Schuld zurückzuzahlen. Zu dramatischen Ereignissen dieser Art war es seitdem nicht mehr gekommen. Doch ihre Beziehung ging seit jenem Tag weit über das hinaus, was einen Herrn sonst mit seinem Diener verband, und war zu einer wahrhaftigen Freundschaft geworden – den Meckereien der Dame Castelblanc zum Trotz, die darauf hinwies, dass allzu große Nähe zu niederen Schichten heutzutage nicht mehr angemessen sei. Frederi sah es nicht so eng. «In meiner Jugend noch war es üblich, auf die Dorffeste zu gehen und mit den Bauern zu feiern, und heute schreit alles, das ist unter unserem Stand. Das sind diese französischen Sitten, die da bei uns einreißen», sagte Frederi, «und ich denke doch gar nicht daran, mich davon beeinflussen zu lassen.»

Loís war es schließlich auch, der nach mehrtägigem Suchen strahlend zu Fabiou in die Carriero de Jouque heimkehrte, mit der Nachricht, dass ein deutscher Kaufmann mit Namen Petri sein Geschäft in der Carriero Four dou Temple hatte.

Fabiou hielt es für sinnvoll, erst zu denken und dann zu handeln. Es war fraglich, ob ein fremdländischer Kaufmann einem fünfzehnjährigen Jungen allzu bereitwillig Auskunft geben würde, auch wenn der mit einem beeindruckenden Adelstitel aufwartete. Frederi um Hilfe zu bitten, war aussichtslos, er würde dies sicher nur wieder als Anmaßung gegenüber Erwachsenen werten, und Onkel Philomenus kam natürlich sowieso nicht in Frage. Blieb eigentlich nur einer.

Bruder Antonius kam gerade aus dem Studierzimmer, einen abgrundtief verzweifelten Frederi Jùli mit den Tücken des lateinischen Partizips Perfekt Passiv zurücklassend, als Fabiou ihm in den Weg trat. «Du musst mir helfen!» zischelte er. «Ich habe Petri gefunden!»

Antonius packte ihn am Arm. «Im Ernst?»

«Carriero Four dou Temple.» Fabiou grinste. «Wann hast du Zeit?»

«Am besten gleich», meinte Bruder Antonius.

In der Carriero Four dou Temple war nicht allzu viel los, als sie dort eintrafen, noch ließ sich keine der Damen sehen, die nach Einbruch der Dunkelheit hier herumzuhängen und den Herren tiefen Einblick in ihr Mieder und in sonstige Geheimnisse ihres Körpers zu gewähren pflegten, ein Umstand, der der Straße im Volksmund den Namen Carriero dis Peitraous – Straße der Brüste – eingetragen hatte. Trotz der Nähe zu jenen gewissen Häusern war es durchaus eine ehrbare Wohngegend, wie die ansehnlichen Hôtels zu beiden Seiten verrieten.

Es war ein neues Haus im italienischen Stil, mit Ziersäulen entlang der Fassade und einer dunklen, messingbeschlagenen Kassettentür, direkt neben dem Domizil der Familie Vare gelegen. Neben der Tür war ein Messingschild angebracht, in das ein fremdartig anmutender Schriftzug eingraviert war. Der Türklopfer war in Form eines Raubvogels mit ausgebreiteten Schwingen gehalten, und kaum, dass Bruder Antonius ihn betätigte, waren auch schon eilige Schritte auf dem Gang zu hören, und die Tür wurde geöffnet. Ein Diener in dunkler Kleidung streckte seinen Kopf zur Tür heraus. «Ja, bitte?», fragte er. Seine Aussprache klang hart und fremdländisch.

«Entschuldigt bitte die Störung», sagte Bruder Antonius in fließendem Deutsch. «Wir hätten gerne Herrn Petri gesprochen. Ist das möglich?»

Der Diener war offensichtlich gut katholisch, denn er betrachtete Bruder Antonius voller Ehrfurcht. «Tretet ein», sagte er. «Ich werde Euch ankündigen.»

Das Gebäude stand an Prunk und Weiträumigkeit in keiner Hinsicht den Häusern der Adligen, die Fabiou kannte, nach. Der Boden war mit einem Läufer aus Leinenstramin mit golddurchwirkten Seidenstickereien ausgelegt, die Mauern überspannten Seidentapeten im italienischen Pilaster-Muster mit zierlichen Reben- und Akanthus-Ornamenten verziert. Man geleitete sie in einen Warteraum mit bequemen, samtüberspannten Sesseln, und der Diener eilte, ihnen etwas Eiswasser zu bringen. Bruder Antonius inspizierte die Gemälde an den Wänden mit gerunzelter Stirn. «Das ist zwar nicht gerade Michelangelo», meinte er, «aber ich denke, man kann trotzdem vermuten, dass die Geschäfte des Herrn Petri nicht allzu schlecht laufen.»

Hinter ihnen öffnete sich eine Tür, und ein hochgewachsener älterer Herr in einem langen dunklen Gewand betrat den Raum. Die kalten, scharfen Augen unter dem hohen Stirnansatz und die gebogene Nase ließen Fabiou spontan an einen Raubvogel denken, einen Adler zum Beispiel. Na, vielleicht doch eher an einen Geier. «Ich bin Alois Dräger, Buchhalter von Herrn Petri», sagte er in exzellentem Französisch. «Wie kann ich Euch behilflich sein?» Er musterte zuerst Fabiou und dann Bruder Antonius mit einem abschätzigen Blick.

«Wir hätten gerne Herrn Petri gesprochen – persönlich», meinte Bruder Antonius.

«Es tut mir leid, Euch das sagen zu müssen, aber Herr Petri ist sehr beschäftigt und empfängt nur angemeldete Besucher.» Der Tonfall in seiner Stimme ließ nicht gerade auf allzu großes Bedauern schließen. Schwer zu sagen, ob er katholisch war – auf jeden Fall war in seinen Augen eine Mönchskutte kein Argument, Herrn Petri bei der Arbeit zu stören

«Vielleicht hat Herr Petri an einem anderen Tag Zeit für uns?», fragte Bruder Antonius höflich.

«Einen Termin könnte ich Euch frühestens Mitte Juli geben», erklärte der Buchhalter eisig. «Herr Petri ist ein vielbeschäftigter Mann.»

«Könnte man denn keine Ausnahme machen?», fragte Fabiou hoffnungsvoll. «Es wird nicht lange dauern, wirklich nicht!»

«Ich sagte bereits ...», die Raubvogelaugen nahmen etwas Mörderisches an, «... Herr Petri ist sehr beschäftigt!»

Fragend blickte Fabiou zu Bruder Antonius hinüber, doch der schüttelte nur resigniert den Kopf. An Herrn Dräger war kein Vorbeikommen.

Der Raubvogel zog an einer Klingel, und ein Diener erschien. «Jakob, geleite die Herrschaften bitte zur Tür», wies er ihn an.

«Danke», sagte Fabiou. «Wir finden schon selbst hinaus.»

Als der Diener die Tür öffnete, um sie aus dem Raum zu lassen, rempelte er beinahe mit einem zweiten zusammen, der einen weiteren Besucher im Schlepptau hatte, ein Mann mittleren Alters, dessen spitzbübisches Grinsen ihn sicher deutlich jünger wirken ließ, als er in der Tat war. «Grüß Gott, mein Name ist Ingelfinger, Peter Ingelfinger», sagte er, während er in den Raum trat. «Ich möchte Herrn Petri sprechen.»

Bin mal gespannt, ob der einen Termin hat, dachte Fabiou, als er durch die Tür schritt, und schon war das Gezeter des Raubvogels zu hören: «Es tut mir leid, Herr Petri ist sehr beschäftigt und kann niemanden empfangen.»

«Oh, ich denke, mich wird Herr Petri sehr wohl empfangen», meinte der Fremde spöttisch. Und in der Sekunde, bevor die Tür zwischen ihm und dem Innenraum zuschlug, hörte Fabiou ihn sagen: «Sagt Herrn Petri einfach, es gehe um Mèstre Trostett.»

Starr stand Fabiou im Dunkel des Korridors und lauschte dem Echo dieser Worte in seinen Ohren. «Antonius …», krächzte er dann.

Antonius starrte mit geweiteten Augen ins Leere. Dann, schließlich, wandte sich sein Blick Fabiou zu. «Du gehst jetzt ganz langsam zum Eingang und verlässt dieses Haus, hast du gehört? Ich werde sehen, was ich herausfinden kann.» Und bevor Fabiou irgendetwas entgegnen konnte, war er in den Schatten geglitten, und Fabiou konnte ihn weder mit Augen noch mit Ohren mehr ausmachen.

Er kannte Bruder Antonius' Fähigkeit, sich absolut unsicht- und unhörbar fortzubewegen. Dennoch fühlte sich Fabiou alles andere als wohl, als er die Treppe hinunterstieg und dem Ausgang zulief. Immerhin lief hier irgendwo jemand herum, der seinen Mitmenschen Dolche ins Herz stieß. Und das war nun doch ein Grund zur Sorge.

***

«Ingelfinger, Peter Ingelfinger», stellte der hellhaarige Fremde sich vor und nahm in dem Sessel gegenüber des großen Schreibtischs Platz, den der andere ihm anbot.

Petri war ein vierschrötiger Mann um die fünfzig, mit schütterem blonden Haar, das in wirren Strähnen seinen Kopf bedeckte. Er ging um seinen Schreibtisch herum, griff nach dem Glas, das dort stand, setzte es an seine Lippen, besann sich dann doch seiner guten Erziehung und fragte: «Kann ich Euch etwas anbieten? Weißwein, Rotwein, Branntwein? Etwas anderes gibt es bei den Franzacken ja nicht, das Bier hier ist schlichtweg ungenießbar. Könnte Euch höchstens noch einen feinen Obstschnaps aus der Heimat anbieten, wie wär's?»

Der Hellhaarige bedankte sich höflich und meinte, Rotwein wäre durchaus in Ordnung.

Während er nach dem Diener rief, dem Besucher ein Glas Wein zu bringen, betrachtete Petri ihn verstohlen. Das also war der neue Leiter der Amtei für Frankreich. Fast ein bisschen jung für so einen Posten, hätte einem Mann wie Trostett, der sich dreißig Jahre in diesem Geschäft ins Zeug gelegt hatte, besser angestanden. Zumal der Kerl ja Protestant war. Religionsfrieden hin oder her, dass die Kerle sich jetzt überall als Leithammel aufspielten, war wirklich das Letzte!

«Darf ich fragen, was Euch zu mir geführt hat, Herr Im… In…»

«Ingelfinger», ergänzte der andere zuvorkommend. Wie auch Petri bemühte er sich redlich um die Prager Verkehrssprache, doch der süddeutsche Akzent war ebenso unverkennbar wie Petris Platt.

«Ihr seid Schwabe?», fragte Petri und nickte dem eintreffenden Diener zu, das Glas vor Ingelfinger auf den Schreibtisch zu stellen.

«Hohenloher», verbesserte der andere lächelnd. «Aus Schwäbisch Hall, um genau zu sein.»

Ein Reichsstädter, natürlich, das passte mal wieder! Aufrührerisches Gesocks, das den Fürsten den Respekt verweigert. Wenn es etwas Schlimmeres gab als Protestanten, dann protestantische Reichsstädter! «Nun denn, was führt Euch hierher? Ich wüsste nicht, dass bei uns irgendwelche Unregelmäßigkeiten aufgetreten wären ...»

«Oh, keine Sorge, das ist kein Kontrollbesuch.» Ingelfinger lachte und entblößte dabei eine lückenlose Zahnreihe. «Ich bin ... rein privat hier. Schließlich ist soeben ein langjähriger Mitarbeiter der Amtei nicht unweit dieser Stadt etwas unsanft aus dem Leben geschieden – es ist wohl ein Gebot des Anstandes und der christlichen Nächstenliebe, sich als der zuständige Vorgesetzte über die näheren Umstände seines Ablebens in Kenntnis zu setzen ...»

Heilige Maria Mutter Gottes, dieser Dialekt zieht einem die Schuhe aus! «Und deswegen seid Ihr extra von Lyon hierher gekommen?», fragte Petri mit verzogenem Gesicht.

«Nun – er war einer unserer besten Männer», meinte Ingelfinger unschuldig und nahm einen Schluck aus seinem Becher. «Sehr gut, der Wein. Wo bezieht Ihr ihn?»

Einer unserer besten Männer, von wegen – du hast ihn gehasst wie die Pest! «Criant – ein Weinhändler nahe der Bäder ... Ich denke dennoch, dass sich der Weg nicht gelohnt hat. Trostett ist offensichtlich einem Raubmord zum Opfer gefallen. Ausnahmsweise haben die Franzacken nicht die Hand im Spiel.»

«Wer sagt das?», fragte Ingelfinger.

Aha, Anstandsbesuch, von wegen! Wenn du denkst, ich merke nicht, dass das hier ein verdammtes Verhör ist, dann hast du dich getäuscht! «Oh, der Viguié ...», sagte Petri mit säuerlichem Gesicht. «Offensichtlich fehlte Trostetts Geldbörse. Im Übrigen geht das Gerücht um, der Mord an Trostett gehe auf das Konto der Antonius-Jünger.»

Das hatte gesessen. Über Ingelfingers heiteres Gesicht schlitterte der Schatten einer nahenden Sintflut, und seine Stimme klang zwar immer noch unerträglich süddeutsch, aber wenigstens ihre nervenaufreibende Gelassenheit hatte sich ein wenig verloren. «Wie bitte?», fragte er rauh.

Tja, das überrascht dich, Lutheranerschwein. «Nun, die Leute, die ihn gefunden haben, behaupten zumindest, auf seinem Sattel stand Santonou geschrieben, mit Blut auch noch.» Petri lachte kehlig.

«Wer waren diese Leute?», fragte Ingelfinger nachdenklich.

«Ein paar Reisende auf dem Weg nach Ais.» Petri zuckte mit den Achseln und suchte interesselos in seinen Notizen herum. «Hier … Philomenus Breix, Senher d'Auban, wohnhaft in der Carriero de Jouque. Ein unbedeutender, harmloser Landjunker, ich bin der Sache daher auch nicht mehr weiter nachgegangen.»

«Hm …» Ingelfinger sah gedankenverloren auf den letzten Rest Wein in seinem Glas. «Hattet Ihr in letzter Zeit nicht auch das Gefühl, dass Trostett sich seltsam verhielt? Er hat mir ein paar Berichte zugeschickt, die alles andere als typisch für ihn waren.»

Und wenn, glaubst du, ich erzähle es ausgerechnet einem Ketzer wie dir? «Um genau zu sein, habe ich Trostett, seit er wieder in Ais war, kaum gesehen – und nie lange genug, dass mir irgendwelche Seltsamkeiten auffallen konnten», sagte Petri bissig.

«Ihr hattet nicht das Gefühl, dass er an etwas dran war – abgesehen von seinem Auftrag, meine ich?» Ingelfinger betrachtete Petri prüfend über den Rand seines Weinglases, und als dieser nicht antwortete, fügte er hinzu: «Er hat mir einen Brief geschrieben, nach Lyon, nur wenige Tage vor seinem Tod. Eine Art Abrechnung, würde ich es nennen. Wollt Ihr ihn lesen?» Er wartete einen Moment, doch da Petri keine Reaktion zeigte, griff er in sein Wams und zog ein zusammengefaltetes Pergament hervor, das er langsam auseinanderfaltete. «Er schreibt hier: Alles war eine Farce, ein Spiel, das sie getrieben haben, mit uns genauso wie mit Euch. Wir waren nicht die Drahtzieher, wir waren nur Werkzeuge in den Händen der Gier. Eine Generation, verkauft für ein paar Silberlinge, ein Volk für ein paar Morgen Land. Aber es wird Gerechtigkeit geschehen, dafür sorge ich. Punkt.» Er hob den Kopf und betrachtete Petri aus seinen hellen, arglosen Kinderaugen. Ein altes Prinzip, dachte Petri – wirf dem anderen ein bisschen Offenheit entgegen wie einem Hund den Knochen, und warte darauf, dass er zuschnappt. – «Habt Ihr eine Vorstellung, wovon er spricht?», fragte Ingelfinger freundlich.

Petri knetete seine Hände. So leicht kriegst du mich nicht, Protestant. «Spricht doch für sich, das ganze, oder?», murmelte er. «Oder hattet Ihr damals nicht das Gefühl, dass wir bei der ganzen Angelegenheit nichts als unbedarfte Zuschauer in einem Marionettentheater waren?»

«Allerdings. Und seit dieser Zeit frage ich mich, wer damals an den Fäden gezogen hat. Ihr nicht, Herr Petri?» Ingelfinger lächelte sanft. Petri fühlte, wie sein Mund trocken wurde. Es war ein Verhör, und der es führte, war der Leiter der Amtei, in dessen Händen die Macht lag, ihm jederzeit das Genick zu brechen. «Zumal», fuhr Ingelfinger fort, «ich das Gefühl habe, dass dieser jemand im Besitz einer nicht mehr ganz jungfräulichen Zwanzig-Zoll-Klinge ist.»

Heftig schüttelte Petri den Kopf, zu heftig, wie er selbst bemerkte. «Es war ein Raubmord, mehr nicht. Pech für Trostett. Ich trauere ehrlich um ihn, er war ein guter Mann und ein guter ...» – Katholik hätte er beinahe gesagt – «... Christ. Aber mehr können wir, denke ich, nicht für ihn tun. Ihr habt die weite Reise offensichtlich umsonst gemacht.»

«Ja, offensichtlich. Schade.» Mit einem leichten Seufzer faltete Ingelfinger das Schreiben zusammen. «Nun ja, vielleicht ist es besser so – für Trostett. Denn schließlich ...» Er unterbrach sich, schüttelte wie gedankenverloren den Kopf.

«Was, schließlich?» Petris Augen waren misstrauisch zusammengekniffen. Er registrierte selbst mit einem Gefühl der Erniedrigung, dass die Panik ihm Fragen in den Mund legte, derer ein blutiger Anfänger sich hätte schämen müssen, aber es war nun mal kein angenehmes Gefühl, den Hals in einer Schlinge zu haben, die ein Protestant in Händen hielt und langsam zuzog.

«Nun, bedenkt die Unregelmäßigkeiten, die zu Trostetts Zeiten gelegentlich vorgekommen sind», sagte Ingelfinger unschuldig. «Wir haben damals natürlich gesammelt und verwahrt, was wir fanden ... Die Sachen stauben wohl noch in irgendwelchen Sekretären vor sich hin, aber es ist natürlich eine Frage der Zeit, bis diese Dinge ans Licht kommen ... Die Schande hätte den armen Herrn Trostett wohl umgebracht!» Er seufzte mit einem dramatisch-sentimentalen Augenaufschlag. «Das waren Zeiten damals, Petri, nicht wahr? Wir waren jung und abenteuerlustig und hassten einander wie Luzifer und die Erzengel. – Ihr habt damals eng mit Trostett zusammengearbeitet, war es nicht so?»

Petri saß stumm, die Hände um den Becher gekrampft, dass seine Knöchel weiß wurden wie Löschkalk. Er saß noch immer so, als Ingelfinger sich mit einer angedeuteten Verbeugung erhob und den Becher auf dem Tisch abstellte. «Danke für die Informationen – und für den Wein», sagte er sanft. «Wir hören voneinander.» Dann drehte er sich um und ging mit leichtfüßigen, fast jugendlich wirkenden Schritten auf die Tür zu.

Er hatte die Klinke bereits heruntergedrückt als Petri sich räusperte. Ingelfinger drehte sich um und sah in Petris speigrünes Gesicht, in dem die Nase sich kräuselte und wand wie die arme Seele im Fegefeuer. «Er war einmal da», krächzte Petri. «Er hat mich ausgequetscht über die Ereignisse hier, nachdem er damals die Provincia verlassen hat. Ich habe ihm erzählt, was ich wusste, ist ja klar. Da wurde er plötzlich ganz konfus und fing an, in irgendwelchen alten Akten 'rumzusuchen.» Er rang nach Luft. «Mehr weiß ich nicht, ehrlich.»

«Danke für die Auskunft. Ich sehe schon, unsere Zusammenarbeit ist äußerst fruchtbar, Herr Petri», sagte Ingelfinger grinsend. «Wir sollten uns vielleicht einmal zusammensetzen und unsere Erfahrungen austauschen – als alte Hasen des Geschäfts. Zum Beispiel», sagte er, und Petri wartete fast darauf, dass er sich den Schnurrbart leckte wie ein satter alter Kater, «bezüglich 1545. Ade.» Und er ging aus dem Raum.

Petri stand langsam auf, ging zum Schrank, entnahm ihm einen Bocksbeutel, füllte den Becher bis zum Rand mit gutem Obstschnaps aus der Heimat und leerte ihn in einem Zug.

***

«Was meinst du, hat das alles zu bedeuten?», fragte Fabiou nachdenklich.

«Ich weiß nicht.» Bruder Antonius zuckte hilflos mit den Schultern. «Ich bin mir ehrlich gesagt auch nicht sicher, dass ich alles perfekt verstanden habe. Das Fenster war nur einen Spalt offen, und sie haben schließlich deutsch gesprochen. Diesen Ingelfinger habe ich ganz gut verstanden, aber Petri hat einen ziemlich fremdartigen Dialekt benutzt.» Er lachte auf. «Die deutschen Dialekte sind einander nicht viel ähnlicher als Provenzalisch und Französisch.»

Sie saßen in einer der hinteren Ecken des Friedhofs, einem Bereich, der an zwei Seiten von kleinen Mäuerchen und an einer von

Buschwerk begrenzt wurde und überschattet war von den gewaltigen Schemen uralter Zedern, der richtige Ort für eine Unterhaltung in der Mittagshitze. Nur ein paar alte Weiber in schwarzen Gewändern waren um diese Tageszeit zwischen den Grabsteinen zu sehen, die Sorte, die jeden Tag hierher kam, da die Erinnerung an die Toten alles war, was sie noch ans Leben band.

«Nun, fassen wir zusammen.» Fabiou war ungeduldig darum bemüht, Ordnung in das Chaos unzusammenhängender Informationen zu bringen. «Dieser Imen...Iden...»

«Ingelfinger», half Bruder Antonius nach.

«Gut, dieser Ingelfinger also ist offensichtlich Trostetts Vorgesetzter. Was bedeutet, dass er kein selbständiger Kaufmann war, sondern bei einem größeren Handelsunternehmen im Dienst stand.»

«Dem anscheinend auch dieser Petri angehört», ergänzte Bruder Antonius.

«Bist du sicher?»

«Es kam mir so vor. Die Art, wie er sich diesem Ingelfinger gegenüber verhielt... er erinnerte mich an unseren Abt, wenn der päpstliche Nuntius vorbeikommt.» Er lachte leise. Fabiou hatte ihn nicht gefragt, wie er es angestellt hatte, dieses Gespräch zu belauschen. Er wusste, der Mönch hatte Fähigkeiten, die einem Mitglied der Aiser Unterwelt besser angestanden hätten als einem Mann Gottes, doch darauf angesprochen gab Bruder Antonius stets nur die ausweichende Antwort, er sei schließlich nicht immer Mönch gewesen. Was er vor seinen Weihen gewesen war, darüber ließ er sich nicht näher aus. Wahrscheinlich Taschendieb.

«In Ordnung. Petri, Trostett und Ingelfinger, das ist also ein und dasselbe Unternehmen – dessen Namen wir leider nicht kennen.»

«Auf dem Schild an der Tür stand: Georg Ohneberg, Köln.»

Fabiou sah ihn mit großen Augen an. «Das konnte ich nicht lesen.»

«Macht nichts, aber ich.» Bruder Antonius grinste.

«Sagt dir das etwas?»

«Nein, aber ich kenne mich in der Handelswelt auch nicht sonderlich aus. Der einzige deutsche Handelsbetrieb, der mir ein Begriff ist, sind die Fugger.»

«Hm …» Fabiou nagte in Ermangelung eines anderen Objekts an seinen Fingerknöcheln herum. «Und dieser Ingelfinger war also da, um herauszufinden, was Trostett zugestoßen ist – und wurde mit der alten Erklärung abgespeist, dass es ein Raubmord durch die Antonius-Jünger war. Und ähnlich wie wir besaß er ein Schreiben von Trostett, das ihn an dieser These zweifeln ließ. Ein Schreiben, das nicht minder rätselhaft ist als unseres.» Er fuhr plötzlich auf. «Warum, verdammt? Warum hat dieser Kerl allen möglichen Leuten absolut unverständliche Nachrichten geschickt?»

«Ich weiß nicht», sagte Bruder Antonius gedehnt. «Ich glaube, Petri und Ingelfinger verstanden sehr wohl, worum es ging. Es spricht für sich, sagte Petri. Und … sie sprachen von diesem Moment an immer von ‹damals›. Es muss sich auf irgendetwas beziehen, was in der Vergangenheit des Unternehmens vorgefallen ist.»

«Aber was? Und wann war damals?», rief Fabiou entnervt.

«Damals war ‹zu Trostetts Zeit›», meinte Bruder Antonius. «Vielleicht hat er früher die Handelsvertretung in Ais geleitet, wie jetzt Petri.»

«Er schrieb: ‹ich hätte nicht zurückkommen sollen›», murmelte Fabiou bestätigend.

«Genau. Und was vorgefallen ist … nun, dieser Ingelfinger sprach von Unregelmäßigkeiten Trostetts, über die er Unterlagen habe …»

«Denkst du, das ist die Erklärung für alles? Dass Trostett in die eigene Tasche gearbeitet hat?» Fabiou schüttelte heftig den Kopf. «Also, unter einer Sünde, für die man freiwillig in den Tod geht, verstehe ich etwas anderes.»

«Nun, warum – Ingelfinger sagte selbst, er hätte die Schande nicht überlebt.»

«Und was in aller Welt soll das heißen, was er an Ingelfinger geschrieben hat – ‹Eine Generation, verkauft um ein paar Silberlinge, ein Volk um ein paar Morgen Land›?»

«Ein paar Silberlinge. Freund Trostett, der Symboliker. Um dreißig Silberlinge wurde Jesus verkauft.» Bruder Antonius nickte langsam.

«Das alte Verratsthema also, und Trostett ist der, der für Gerechtigkeit sorgt, das kennen wir ja bereits. Aber worum es letztlich geht, verrät er wieder nicht. Und der Rest ...», Fabiou trommelte mit den Fersen auf den warmen Erdboden, «‹wir waren Werkzeuge der Gier, mit uns wurde ein Spiel getrieben› und – Zitat Petri – ‹wir waren Zuschauer in einem Marionettentheater.› Was in aller Welt meint er damit?»

«Wer weiß ... vielleicht war es eine Art Handelskrieg», sagte Bruder Antonius achselzuckend. «Vielleicht haben die einheimischen Kaufleute versucht, sie aus Ais draußen zu halten.»

«Ein Handelskrieg?» Fabiou sah ihn erstaunt an. «Trostett spricht von Toten!»

«Fabiou, ich zweifle nicht daran, dass ein ehrgeiziger Kaufmann zur Vermehrung seines Besitzes bereit ist, einen gedungenen Mörder auf einen unliebsamen Konkurrenten anzusetzen», meinte Bruder Antonius ungerührt. «Überhaupt wissen wir gar nicht, ob Trostett wirklich Tote meinte. Er könnte dies ebenfalls symbolisch gemeint haben.»

«Na, zumindest er selbst ist mehr als symbolisch tot», entgegnete Fabiou zynisch. «Und? Was machen wir jetzt weiter?»

«Petri und Ingelfinger schienen nicht sehr gerne über dieses Thema zu reden, nicht mal miteinander», stellte Bruder Antonius fest. «Ich bezweifle, dass es Sinn macht, uns einen Termin im Juli geben zu lassen.»

«Sie wissen, wer wir sind und wo wir wohnen», stellte Fabiou fest. «Vielleicht nehmen sie ja Kontakt mit uns auf.»

Bruder Antonius zuckte mit den Achseln.

«Immerhin – wir wissen jetzt, dass auch Petri die Sache den Antonius-Jüngern ankreidet», überlegte Fabiou. «Vielleicht sollten wir diese Spur doch etwas weiter verfolgen.» Er schwieg einen Moment, die Stirn angestrengt gerunzelt. «Es müsste doch offizielle Aufzeichnungen zu dem Thema geben», meinte er dann. «Schließlich haben die Antonius-Jünger doch über Jahre hinweg die hiesige Justiz beschäftigt. Da muss es doch Unterlagen geben, Gerichtsprotokolle ...»

Bruder Antonius lachte trocken. «Und du glaubst, die könntest du, der kleine Fabiou de Bèufort, so ohne weiteres einsehen? So viel Schmiergeld, wie du da zahlen müsstest, hat dein Stiefvater sicher nicht im Geldbeutel.»

«Hm…» Fabiou starrte nachdenklich auf die verwitternden Grabsteine. Dann fuhr er plötzlich auf. «Wart mal – du hast mir doch mal von diesen Annalen von Galaud erzählt! Da muss doch etwas dazu drinstehen, oder?» Galaud war ein ehemaliger Konsul gewesen, der es sich zur Lebensaufgabe gemacht hatte, eine Art fortlaufendes Jahrbuch der Stadt anzulegen, auf Latein auch noch, da er von «dieser Modeerscheinung, Französisch zu schreiben», nicht allzu viel hielt. Er hatte dazu einen nicht sonderlich begabten Stadtschreiber abgestellt, der brav alles niederpinselte, was Galaud ihm in die Feder diktierte. Nach Galauds Ableben war die Sache schnell eingeschlafen, so dass die «Annalen» nur den kümmerlichen Zeitraum von 1532 bis 1550 umfassten.

Antonius zuckte erneut mit den Achseln. «Möglich», murmelte er.

«Kann man die nicht irgendwo einsehen, die Annalen?»

«Hm. Ja. Wahrscheinlich.»

«Und wo?»

«Hm. Weiß nicht so recht. Ich habe gehört, die Stadt hat sie an die Universitätsbibliothek gegeben.» Bruder Antonius schien diese Angelegenheit nicht weiter interessant zu finden, er sah abwesend einer Schwalbe zu, die über dem Friedhof ihre Kreise zog.

«Meinst du, die lassen mich da mal einen Blick 'reinwerfen?», fragte Fabiou aufgeregt.

«Weiß nicht. Du bist schließlich kein Student.» Bruder Antonius stand hastig auf. «Ich muss jetzt gehen, ich bin schon zu spät für die Vesper!»

Sie verabschiedeten sich vor dem Konvent. Fabiou machte sich auf den Rückweg, schlenderte durch die belebten Straßen der Stadt, schnupperte den Duft von Wärme und Fäulnis und Gebratenem, lauschte dem Zwitschern der Vögel, dem Klappern der Sandalen auf dem Pflaster, dem Fluchen der Kutscher an den Wegkreuzungen, wo der Verkehr sich staute. Er versuchte, Worte für all das zu finden, Verse, Reime, doch alles was ihm in den Sinn kam, war ein Sammelsurium an Farben und Formen ohne Sinn und Ordnung, und in jeden Vers, der aus einer Gasse von Ais emporstieg, mischte sich der Geruch des Todes auf der *Route d'Avignon*.

Er blieb stehen, um festzustellen, dass er ganz unbewusst seine Schritte wieder zum Haus der Ardoches gelenkt hatte. Jetzt, ohne den festlichen Schmuck und im nackten Sonnenlicht des Nachmittags, trat der allmähliche Verfall des einst prachtvollen Gebäudes deutlich zu Tage, sah man das Abblättern der Farbe an den Wänden, das Bröseln des Putzes, die Macken an den Balustraden der Balkone und den Rost an den metallenen Fensterfassungen. Das Haus mochte größer sein als das der Aubans, über den Wohlstand der Familie sagte das nicht mehr viel aus. Kein Wunder, dass die Ardoches erpicht darauf waren, ihre Töchter gut zu verheiraten.

Fabiou ließ seinen Blick die Fassade entlang gleiten. Etwas Mysteriöses hatte sich an jenem Abend ereignet, etwas, was mit eben dieser Fassade zu tun hatte.

Cristinos Erscheinung.

Fabiou lief auf die gegenüberliegende Straßenseite, damit er das Gebäude vollständig im Blick hatte, ohne Gefahr zu laufen, von einem Fuhrwerk oder einem der jungen Edlen zu Pferd niedergemäht zu werden, die der Meinung waren, die Straße sei für sie als Rennstrecke angelegt worden. Dort, im zweiten Stock, hatte Cristino am Fenster gesessen, und dort hatte sie dieses Gesicht durch die Scheibe gesehen, nein, kein Gesicht, eine Maske, wie sie meinte, eine Maske mit blutigen Tränen …

Fabiou suchte in seiner Erinnerung. Es war, von innen gesehen, das dritte Fenster von rechts gewesen, und wenn er den Raum und den davor liegenden Korridor richtig in Erinnerung hatte, führte keine Tür über die rechte Wand hinaus. Das bedeutete, besagtes Fenster war von hier aus das dritte von links im zweiten Stock des Gebäudes. Er zählte die Fenster ab und kam zu dem Ergebnis, dass sechzehnjährige Mädchen noch überspannter sein mussten, als er immer schon angenommen hatte: Der einzige Balkon in diesem Stockwerk lag auf Höhe des sechsten Fensters von links; das einzige, was ihn mit jenem Fenster verband, war eine Stuckleiste, die nicht breiter als seine Hand zu sein schien, während die einzelnen Fenster gut zwei Schritt auseinander waren. Über und unter Cristinos Fenster war die Wand ebenso glatt wie verzierungslos. Nicht mal ein Affe könnte es schaffen, zu jenem Fenster zu klettern und kleine Mädchen zu erschrecken. Es sei denn, er hatte eine Leiter benutzt oder sich vom Dach herab abgeseilt. Letzteres stellte die Frage, wie er hinaufgekommen sein sollte, ersteres wäre den wartenden Kutschern sicherlich aufgefallen.

Fabiou seufzte tief, schwor sich, nie wieder etwas auf das Gerede großer Schwestern zu geben, die ein Glas Wein zu viel getrunken hatten, und wandte sich zum Gehen.

Und dann sah er es.

Es war ihm auf dem fleckigen Putz nicht gleich aufgefallen, da es nur ein Rußschmierer, ein Rest schwarzer Farbe zu sein schien. Aber es war mehr als das. Eine Zeichnung, an die Wand gekritzelt rechts neben dem dritten Fenster, man hätte sich weit hinauslehnen müssen, um sie zu sehen.

Keine Zeichnung, ein Schriftzug. Ein Schriftzug so unbeholfen und krakelig wie die Schrift eines kleinen Kindes, das zum ersten Mal einen Kohlestift in der Hand hält und versucht, seinen Namen zu schreiben, und obwohl die Buchstaben groß waren und Fabiou ziemlich gute Augen hatte, brauchte er sicher eine volle Minute, dieses eine Wort zu entziffern.

Er hörte das Rattern der Karren auf dem Pflaster, das Brüllen der Kutscher, die Schreie der spielenden Kinder, die am Straßenrand entlangflitzten, doch nichts von dem berührte ihn mehr, er stand an der Mauer eines fremden Hauses und starrte auf ein Wort, in den unleserlichen Buchstaben eines Analphabeten geschrieben:

SANTONOU

***

Das erste gesellschaftliche Großereignis dieses Sommers war das Gartenfest bei den Mancoun, und es war zu Recht eine Veranstaltung, die die Schneider, Schuster und Goldschmiede der Stadt ins Schwitzen brachte und allen Müttern von Töchtern im heiratsfähigen Alter schlaflose Nächte bescherte. Die Mancoun waren eine sehr alte und – eine mittlerweile selten gewordene Kombination – ausgesprochen reiche Adelsfamilie. Ihre Ländereien hatten sie in der unmittelbaren Nachbarschaft von Ais, dem Osten zu, nahe der Keyrié, der Hügellandschaft am Fuß der Mountagno St. Vitori. Zierde des Anwesens war eine ausgedehnte Gartenanlage im italienischen Stil, ein Umstand, der die Veranstaltung von ausgedehnten Festivitäten unter freiem Himmel geradezu aufdrängte. Dieselben wurden seit Jahrzehnten alljährlich im Mai abgehalten und hatten einen Ruf, der sogar über die Grenzen von Ais hinausdrang und Gäste von Arle, Toulouse und gelegentlich sogar Marsiho anzog. Was nicht bedeutete, dass etwa kommen konnte, wer wollte. Die Mancoun hatten einen Ruf zu wahren und wählten ihre Gäste sorgfältig aus; wer nicht altem, traditionsreichem Adel entsprang, musste entweder einen einflussreichen Posten in Stadt, Staat oder Kirche oder zumindest eine dicke Geldbörse vorweisen können. Einladungen waren infolgedessen begehrt; sie zeigten, dass man dazugehörte, und sie eröffneten die Möglichkeit, Kontakte mit hohen Persönlichkeiten aller Art zu schließen, eine aparte Mischung aus Heiratsmarkt und Karrierebörse der lokalen Oberschicht.

Besonderen Reiz gewannen jene Veranstaltungen dann auch durch die regelmäßige Anwesenheit hochgestellter Persönlichkeiten. Unter den Gästen befanden sich stets die Konsuln und die Präsidenten des Parlaments, ebenso der königliche Intendant, der päpstliche Nuntius und der Bischof von Sant Sauvaire. Daneben waren oft Mitglieder des königlichen Hofes anwesend, die so funkelnde Namen wie Montmorency und Guise trugen und mit Titeln wie *Duc* oder *Prince* protzen konnten. Einmal, vor 25 Jahren ungefähr, hatte sich sogar König François auf der Reise durch die südlichen Provinzen selbst die Ehre gegeben, und er war, wie man heute noch erzählte, sehr angetan gewesen.

Ganz so erlauchte Gäste waren dieses Jahr freilich nicht zu erwarten, zwar waren Mitglieder einer königlichen Familie geladen, aber nicht die von Frankreich, sondern nur die von Navarra, die sich auf der Reise nach dem Piemont befanden, aber immerhin. Es hatte im Vorfeld einiges an Gerede gegeben, schließlich trugen sich die Béarner seit einiger Zeit zunehmend mit dem Gedanken, zum Protestantismus überzutreten, und in Ais, wo man noch dem rechten Glauben anhing und Protestanten eigentlich nur an der Pinie auf der Plaço dis Jacobin aufgeknüpft sehen wollte, kam es einem mittleren Skandal gleich, sich mit Gesinnungsgenossen dieses ketzerischen Abschaums abzugeben. Dennoch, eine Königin blieb eine Königin, auch wenn sie mit dem calvinistischen Irrglauben liebäugelte, und schließlich war die Navarra ja eine Cousine des Königs von Frankreich, zu dem sie gute Beziehungen unterhielt, so dass es schon aus diesem Grund undenkbar war, sie nicht einzuladen.

Madaleno de Castelblanc hatte fest mit einer Einladung gerechnet – die Castelblancs waren zwar armer, aber alter Adel, die Bèuforts sogar uralter, so dass die Tatsache, dass der erste Senher d'Auban erst vor hundert Jahren in den Adelsstand erhoben worden war, nicht mehr groß ins Gewicht fiel. Dennoch schlug sie drei Kreuze vor Erleichterung, als endlich ein Bote in der Carriero de Jouque eintraf und der Familie eine schriftliche Einladung überreichte – zwar nur zu den Zerstreuungen und Tanzvergnügungen des Nachmittags und Abends, das mittägliche Festmahl war einer erlesenen Schar hochwohlgeborener Gäste vorbehalten, aber immerhin. «Das ist die Chance!», plapperte sie aufgekratzt ihren Töchtern vor. «Wer weiß, vielleicht interessiert sich ein französischer *Comte* für euch. Oder gar ein *Duc*!»

«Du würdest deine Töchter deinem Glauben zum Trotz sogar an die Béarnerin verschachern, wenn sie einen Sohn im heiratsfähigen Alter hätte, nicht wahr?», sagte Oma Felicitas mit einem maliziösen Lächeln.

«Was redet Ihr da!», fauchte die Dame Castelblanc. «Ich bin eine gläubige Tochter der katholischen Kirche.»

Die Großmutter tänzelte mit einer ihrem Gelenkreißen spottenden Eleganz aus dem Raum.

«Je vende mon cheval,
je vende mes souliers,
je vende même ma foi
pour une voile de mariée»,

«Ich verkaufe mein Pferd,
ich verkaufe meine Stiefel,
ich verkaufe sogar meinen Glauben
für einen Brautschleier»,

sang sie laut und falsch. Es war ein Kinderreim, den die Mädchen früher oft im Spiel zum Abzählen verwendet hatten, freilich etwas modifiziert, im Original hieß es «je vende mes bijous pour une voile de mariée – ich verkaufe meinen Schmuck für einen Brautschleier». Die Dame Castelblanc bekam infolge dieses Reims einen hochroten Kopf und rannte Oma Felicitas hinterdrein, wobei sie brüllte, dass ihre Mutter eine hässliche alte Hexe sei, und Oma Felicitas schrie etwas ähnlich Freundliches zurück, und danach keiften sie sich vor der Tür noch lange an, zur Begeisterung von Frederi Jùli und zum Ärger von Catarino, die das Ganze absolut peinlich fand. «Ist es eine Sünde, leben zu wollen, frage ich dich, ist es das?», kreischte die Dame Castelblanc. «Und mit fünf unmündigen Kindern, fünf!», und «Ach ja, jetzt schiebst du wieder deine Kinder vor, wann hast du dich schon groß um sie gekümmert!», schrie Oma Felicitas.

«Weiber!», sagte Fabiou kopfschüttelnd zu Frederi Jùli. «Da hält man sich am besten raus, glaub' mir.»

Frederi hatte die Finanzen bezüglich der Kleidung für erschöpft erklärt, weshalb man die Kleidertruhen plündern musste, um sich angemessen in Schale zu werfen. Dem Gejammer der Dame Castelblanc zum Trotz, dass sie alte Sachen auftragen musste wie eine Bauersfrau, konnte die Castelblanc'sche Gesellschaft sich ernsthaft sehen lassen, als sie am Vormittag des 7. Mai in die Kutschen kletterte und zum Anwesen der Mancouns aufbrach. Von Maria Anno abgesehen, die in der Obhut der Kinderfrau zurückblieb, waren sämtliche Mitglieder der Familien Castelblanc, Bèufort und Auban mit von der Partie, einschließlich Frederi Jùli, Oma Felicitas und Theodosius-das-Großmaul. Man reiste in zwei Kutschen, bei den Aubans hatten neben Onkel Philomenus und den Seinen auch Oma Felicitas Platz genommen. Frederi Jùli, den man in feine seidene Beinkleider und ein ebenso seidenes Wams gesteckt hatte, jammerte die ganze Zeit, wie unbequem alles sei, und wie eng, und dass er aussah wie so eine blöde Hofschranze, während Cristino wieder und wieder erleichterte Blicke auf ihre nicht mehr nagelneuen, aber äußerst bequemen himmelblauen Schuhe warf, die im Übrigen gut zu ihrem Kleid passten, das ebenfalls blau war – ozeanfarben, korrigierte Cristino.

Die Veranstaltung begann gegen elf Uhr vormittags mit dem erwähnten Festmahl in einem eigens dazu im Garten errichteten Pavillon, und die Auserwählten, die daran teilhaben durften, schwärmten noch Wochen später von den Köstlichkeiten, die dort serviert worden waren, und von den raffinierten Effekten, durch die das Mahl seine besondere Note erhielt – so wurde als Vorspeise eine riesenhafte Fleischpastete in Form eines Schweines serviert, und zum Dessert regnete es kandierte Früchte aus dem Baldachin.

Die gewöhnlichen Gäste waren auf drei Uhr nachmittags geladen, und die Castelblancs, wie alle bestrebt, ja nicht als erste da zu sein, trafen gegen halb vier auf dem Landgut der Mancouns ein, nach einer ereignislosen und relativ heißen Fahrt durch die sonnenüberglänzten Felder und Wiesen, die Ais von jenem Ort trennten. Vor dem eleganten Schlösslein im italienischen Stil drängte sich bereits Kutsche an Kutsche, während livrierte Diener herbeisprangen, um die Türen zu öffnen und den Damen nach draußen zu helfen.

Die Mancoun empfing sie im Garten, der in der Tat überwältigend war. Von dem Punkt aus, an dem die Mancoun ihre Gäste erwartete, fiel das Gelände nach Süden hin ab, was eine beeindruckende Aussicht bot über die geometrisch angelegten Beete und Terrassen, die kerzengeraden, bekiesten Wege, die den Garten durchzogen als ein kompliziert durchdachtes Gitternetz, die zierlichen, von römischen Säulen überschatteten Marmorstatuen, die dem Beschauer die Illusion vermittelten, sich in die Palastanlage eines antiken Herrschers verirrt zu haben, und die Brunnen mit den disziplinierten Wasserspielen, von denen aus das Wasser in feinen Kanälen an den Wegesrändern entlang plätscherte.

Die Mancoun war eine Dame um die fünfzig, die ihre schwindende Schönheit mit einer überwältigenden Wucht aus Seide und Juwelen zu überspielen versuchte. Das goldbesetzte Kleid und die Edelsteine, die ihre Hände, ihren Hals und ihr Haar zierten, trieben der Dame Castelblanc vor Neid und Scham über ihre eigene Aufmachung die Tränen in die Augen, doch die Mancoun war souverän genug, sie mit der gleichen Aufmerksamkeit wie alle übrigen Gäste zu begrüßen. «Sehr verehrte Dame Castelblanc, darf ich vorstellen, Seigneur St. Barthelmy, der Intendant des Königs, ihre Eminenz Jean de St. Chamond, Bischof von Aix, Seigneur Servan, unser verehrter ehemaliger Konsul, Seigneur Pontevès, dritter Konsul der Stadt, und sein Bruder, der heldenhafte Graf von Carcès, der Sieger von Palamos!»

Die Dame Castelblanc sank in einem vollendeten Hofknicks nieder, wie erschlagen von der Honorigkeit, der sie gegenüberstand. Ihre Töchter versuchten, es ihr gleichzutun, was Cristino ordentlich gelang, während Catarino gewaltig mit dem Gleichgewicht zu kämpfen hatte, was dem Intendanten ein etwas abfälliges Lächeln – «Diese Provinzler!» – in den Mundwinkel zwang und den Grafen Carcès wiederum zu einem bösartigen Blick auf den Intendanten verleitete. Die Herren – einschließlich Frederi Jùli – probten eine artige Verneigung, und Tante Eusebia faselte etwas von der übergroßen Ehre, die ihr mit dieser Einladung zuteil wurde. Frederi Jùli betrachtete den Grafen Carcès mit Glubschaugen, nicht dass er die geringste Ahnung hatte, wo Palamos lag oder was es mit dem dortigen Sieg auf sich hatte, aber die Vorstellung, dass ein großer Heerführer unmittelbar vor ihm stand, beeindruckte ihn sichtlich. Zumal der Graf alle Erwartungen erfüllte, die man an einen strahlenden Kriegshelden stellte: groß, kräftig, elegant in seinen modischen Kleidern, verwegen mit dem Degen an seiner Seite, und in den Augen genügend erhabene Kühnheit, um einem Portrait von Richard Coeur de Lion Konkurrenz zu machen. Sein Bruder war zwar noch modischer und definitiv teurer gekleidet, doch wenn er auch sichtlich bemüht war, die Haltung seines Bruders zu kopieren, so fehlte ihm doch eindeutig dessen Ausstrahlung, und der Degen an seiner Seite hatte die gleiche attrappenhafte Wirkung wie bei den meisten Herren. Frederi Jùli stand und starrte den Grafen Carcès an und bekam den Mund nicht mehr zu.

Wer von Carcès deutlich weniger beeindruckt erschien, war Oma Felicitas. Um genau zu sein, übersah sie ihn ebenso wie seinen Bruder. «Salve, Pietro», grüßte sie mit einem Winken den Ex-Konsul, den sie aus frühesten Jugendtagen kannte, hauchte dem Bischof einen Kuss auf den Ring und würdigte den königlichen Intendanten im Übrigen keines Blickes.

«Und – Ihre Majestät Jeanne d'Albret, die Königin von Navarra mit ihrem Sohn Henri, dem Thronfolger.» Die Mancoun sagte «Jeanne» und «Henri», wie die Franzosen, schon um sich vor dem königlichen Intendanten keine Blöße zu geben, wenn die Béarnerin im allgemeinen Sprachgebrauch auch «Damo Jano» war.

Sie war eine Frau um die dreißig, groß und hager, mit streng zurückgebundenen braunen Locken, das Gesicht mit der markanten Nase des französischen Königshauses eher hart als schön. Das Kleid, das sie trug, war sicher von einem guten Schneider, doch verglichen mit der prunkvollen Ausstattung der Mancoun wirkte es geradezu unscheinbar: unverzierter dunkler Stoff, ein einfacher Schnitt mit hochgeschlossenem Kragen, und als einzigen – wirklich einzigen! – Schmuck ein kleines goldenes Kreuz um den Hals. Keine Ringe, keine Edelsteine, das Haar von einfachen hölzernen Spangen zusammengehalten. Ob dieser Aufzug eine Demonstration der bäuerlichen Einfachheit Navarras oder der calvinistischen Verachtung allen Prunks sein sollte, blieb dem Urteil des Betrachters überlassen, beides hätte Jeanne d'Albret ähnlich gesehen, und beides war unter den gegebenen Umständen reichlich provokant. Der Knabe neben ihr, ein pummeliger kleiner Junge mit hellbraunem zerzaustem Haar und einem fröhlichen Grinsen auf seinem Pausbackengesicht, trug ebenfalls ein unerhört einfaches Wams in schlichtem Braun, und die einzigen Farbflecken an seiner Kleidung waren, wie der Dame Castelblanc missbilligend auffiel, die grünen Grasschmierer auf seinen Knien.

Die Albret betrachtete die Neuankömmlinge aus kühlen dunklen Augen. «Senher! Damo!», sagte sie mit einem grüßenden Nicken. Die Herren verneigten sich erneut, die Damen machten wieder einen artigen Hofknicks, wobei es Tante Eusebia gelang, gleichzeitig zu lächeln und skeptisch die Stirn zu runzeln. Immerhin war dieses Weib eine Beinaheketzerin.

«Majestät!» Aus diesem Ruf klang überschwängliche Begeisterung, und die Blicke der erstaunten Anwesenden trafen eine strahlende Oma Felicitas, die, ihre Gebrechen wieder einmal komplett vergessend, vor der Béarnerin in die Knie sank. «Majestät, welch Ehre, Euch gegenüberzustehen! Ihr müsst wissen, dass ich eine glühende Verehrerin Eurer Mutter, Marguérite d'Angoulême, war, Gott hab sie selig. Ein Genie war sie, Eure Mutter, eine Künstlerin, und zudem eine weise und gerechte Königin, ein Geist der Toleranz in einer Zeit der Verbohrtheit und des Fanatismus! Ich schließe sie jeden Abend in meine Gebete mit ein!»

Dieser Ausbruch in unmittelbarer Gegenwart der katholischen Lokalprominenz war so ähnlich, als hätte sie «Lang lebe Luther» gerufen, und die Dame Castelblanc konnte gar nicht so schnell fächern, wie ihr die Röte des Entsetzens ins Gesicht stieg, während Onkel Philomenus zum Ausgleich kreidebleich wurde. Zwischen den Brüdern Pontevès, dem Bischof und dem königlichen Intendanten wurden indignierte Blicke gewechselt. Allein die Mancoun bewahrte ihr maskenhaftes Lächeln, und der ehemalige Konsul Servan brach plötzlich in einen Hustenanfall aus, der verdächtig nach unterdrücktem Gelächter klang.

Auf dem harten Gesicht der Königin erschien ein kleines, fast mädchenhaftes Lächeln bei Oma Felicitas' Worten. «Oh», sagte sie und errötete wie ein Kind, das man für seine erste Stickarbeit gelobt hat. Offenbar war sie derart freundliche Worte nicht sonderlich gewohnt, zumindest nicht jenseits der Grenzen Navarras.

«Nun denn, die Gastfreundschaft des Hauses Mancoun erwartet Euch», sagte die Mancoun mit einer einladenden Handbewegung in Richtung der reichhaltig gedeckten Tische, die den Rasen zu beiden Seiten flankierten, und ihrem ungeduldigen Gesicht war anzusehen, dass es ihr eilig wurde, diese Vorstellungsrunde zu beenden. Schließlich warteten bereits die nächsten Gäste.

Das *buffet* war auch, so zumindest die Meinung von Fabiou und Frederi Jùli, eine sinnvolle Alternative zu Hofknicksen und artigen Begrüßungsformeln. Wenn den später gekommenen Gästen auch das große Festmahl entgangen war, hungern mussten sie heute definitiv nicht. Die Tische bogen sich regelrecht unter gebratenen Wachteln, Fleischspießchen, Soufflés, gefüllten Truthähnen, Spanferkeln, süßen Crèmes, Zuckergusstorten und kandierten Früchten. Die Warteschlange war trotz der Anzahl der Tische beträchtlich, Ais' Noblesse drängte sich vor den Speisen, als hätte man eine Woche lang nur von Weihwasser gelebt, und Fabiou und Frederi Jùli hielten es für ratsam, sich zeitig in die Reihe der Hungrigen einzureihen, bevor diese die Tische kahlgefressen hatten wie einst die Heuschrecken die Felder von Ägypten. Die Mädchen folgten ihrem Beispiel – die kandierten Früchte waren einfach zu verlockend – gaben sich aber redlich Mühe, ein gelangweiltes Gesicht zu machen, so als habe man sie in die Warteschlange gezwungen. Eine Dame darf schließlich nicht gefräßig wirken.

Weiter vorne kam es zu einem kleinen *éclat*, als ein Bengel sich durch die Reihen der Wartenden drängte und ungeachtet des Murrens, er solle sich gefälligst hinten anstellen, nach dem Rand einer hohen Schüssel mit Crèmespeise griff. Es kam, wie es kommen musste, das Gedränge brachte den Jungen zu Fall, die Schüssel, an die er sich klammerte, ebenfalls, deren Inhalt sich zum Teil über die Austern und Jakobsmuscheln, zum Teil über das Kleid der Dame Estrave ergoss. Lautes Geschrei war die Folge; Senher Estrave packte den Übeltäter beim Kragen und brüllte: «Wem gehört diese kleine Ratte hier?» Frederi Jùli verrenkte vergeblich den Hals, um besser sehen zu können: «Wer ist es, siehst du was?»

Fabiou stellte sich auf die Zehenspitzen. «Rat' mal», seufzte er.

«Schweinebacke Theodosius?»

«*Exactément*!»

Jetzt kam schon die Dame Auban angesprungen. «Lasst ja meinen Jungen los, Ihr tut ihm ja weh!» protestierte sie.

«Ach, zu Euch gehört dieses kleine Miststück?», brüllte Estrave und schubste den plärrenden Theodosius seiner Mutter in die Arme, die ihn sofort in dieselben schloss und mit Küssen bedeckte. «Schnuckelchen, geht es dir gut? Ach, mein armer Kleiner!»

«Euer armer Kleiner hat das Kleid meiner Frau ruiniert! Ich hoffe sehr, dass Euer Gatte dafür geradestehen wird!», rief der Estrave.

Fabiou, Frederi Jùli und Catarino bekamen Atemnot vor Lachen.

Die Familie Estrave zog ab, den Senher d'Auban suchen, und die Reihe war endlich an Fabiou und seinen Geschwistern. Ein Diener fragte sie nach ihren Wünschen, füllte ihre Teller mit einer Auswahl erlesener Speisen – «Das müsst Ihr unbedingt probieren, zarte Rinderlendchen in einem feinen Rotweinsößchen, und das hier ist eine besondere Delikatesse, eine Neuigkeit aus der neuen Welt, Cacaou nennt man sie …»

«Ist das süß oder salzig?», fragte Catarino mit einem misstrauischen Blick auf die dunkle Flüssigkeit, die aussah wie eingedickte Bratensoße. «Süß, mit einem leichten Bittergeschmack – ein Gedicht!» schwärmte der Diener. Catarino ließ sich breitschlagen, ein kleines Schälchen der dunklen Flüssigkeit zu kosten, und Frederi Jùli, der bei dem Wort «süß» stets Augen wie Wagenräder bekam, verlangte gleich nach einer größeren Schüssel, in die er sofort sehr unnobel seinen Finger tauchte und abschleckte. «Das schmeckt ja *merveilleux*!», schrie er.

«Man sagt nicht mehr *merveilleux*», belehrte ihn Cristino herablassend, «man sagt *intrigant*!»

«*A propos*», Fabiou zeigte grinsend über seine Schulter, «schaut mal, wer da kommt.»

«Oh Gott», stöhnte Catarino verzweifelt, «Schnepfe im Anmarsch!»

«Christelle!», klang es ihnen auch schon über den Lärm der sich um das Buffet Drängelnden entgegen. «Comte, seht doch nur, wer da ist: Die beiden reizenden Kleinen vom Lande!» Catarino duckte sich hinter ihre Torte und beobachtete lauernd das crèmefarbene, gebauschte Kleid mit dem üppigen Perlenbesatz, das auf sie zugeschwebt kam. «Weißt du, worum ich euch Männer beneide, Fabiou?», murmelte sie.

«Worum denn?»

«Dass ihr euch im Zweifelsfall duellieren könnt. – Oh, *bonjour*, Alessia, wie schön, dich wiederzusehen! *Intrigant, en effet*. Und was für ein schönes Kleid du anhast – die gleiche Farbe wie die Torte, ist das Absicht?»

Alessia ignorierte die Bemerkung und gab erst Cristino und dann Catarino einen Schmatz auf beide Wangen, bei dem jeweils ein halber Zoll Rouge zurückblieb. Sie trug die Haare zu einem Knoten aufgesteckt, aus dem sich wie zufällig eine Strähne gelöst hatte und aufreizend über ihre bloßen Schultern fiel. «*Bonjour, mes petites*», säuselte sie. «Christelle, du siehst ja allerliebst aus in deinem blauen Kleid. Es ist nicht mehr ganz neu, oder? Und … ähm … wie war noch mal dein Name? Margarita?»

«Catarino», verbesserte dieselbe ungnädig.

«Ah ja, Cathérine, ich wusste es doch. Den Comte kennt ihr ja, nicht wahr?» Sie zog einen belämmert grinsenden Trévigny an ihre Seite und drückte sich so an ihn, dass er gar nicht anders konnte, als in ihren Ausschnitt zu starren. «Der Comte und ich sind gute Freunde, müsst ihr wissen. Er hat mich sogar auf sein Schloss eingeladen. Und Paris wird er mir auch zeigen, nicht wahr, Sébastien?»

«Ähm … ja …»

«Giftmord wäre auch noch eine Möglichkeit», murmelte Catarino Fabiou zu.

«Kommt, Kinder», Alessia ließ den Comte los, um Catarino rechts und Cristino links unterzuhaken, was die Speisen auf deren Tellern bedenklich ins Rutschen brachte, «gehen wir zum Eingang und schauen uns die Neuankömmlinge an. Wer weiß, was für berühmte Leute noch alles kommen werden.» Und gnadenlos zerrte sie die Schwestern mit sich, die alles andere als angetan von der Vorstellung waren, etwaigen hübschen jungen Männern mit einem Arm voll Crèmetörtchen und *Cacaou* entgegenzutreten. «Das macht sie mit Absicht», murmelte Catarino wütend. Frederi Jùli machte, dass er mit seinem Teller in die entgegengesetzte Richtung davonkam, und Fabiou hätte es ihm gerne gleichgetan, doch er hatte auf einmal den Comte de Trévigny neben sich, der, während er seine Schritte in die von Alessia vorgegebene Richtung lenkte, vergnüglich auf ihn einquasselte. «Der junge Baron de Beaufort! Wie schön, Euch wiederzusehen. Und Eure reizenden Schwestern … Ich wünschte, meine Familie könnte mit solchen Schönheiten aufwarten … Und, wie geht es Euch so in Ais? Schöne Stadt, nicht?» Direkt vor ihnen nahm die Dame Mancoun soeben den nächsten Gast in Empfang, einen Herrn mittleren Alters mit dichtem, leicht gelocktem Haar, der die Kleidung eines Kaufmanns trug. «Ah, Monsieur Corbeille, wie schön. Seigneur, darf ich Euch Monsieur Corbeille vorstellen? Monsieur Corbeille ist Kaufmann, aus Tours, und unserer Stadt seit langem durch Handelsbeziehungen verbunden … Seide, nicht wahr, Monsieur Corbeille?»

«Oh ja, sehr schöne Stadt», entgegnete Fabiou bissig. «Bis auf die Morde.»

«Morde?» Der Comte starrte ihn entgeistert an. «Hat es denn noch mehr gegeben?»

«In der Tat. Ein Augustinermönch ist in der Kapelle des Konvents erstochen worden. Und – interessante Parallele – es wurde nichts gestohlen.»

«Ihr seid also noch immer überzeugt, dass der arme Reisende nicht das Opfer eines Raubmords geworden ist?», fragte Trévigny belustigt.

«Der arme Reisende», sagte Fabiou kühl, «hieß Trostett, war ein Kaufmann aus Thüringen im Reich und hat einen sehr mysteriösen Brief hinterlassen, in dem er seine Ermordung voraussieht. Was sagt Ihr dazu?»

Er hatte eine herablassende Bemerkung erwartet, aber stattdessen pfiff Trévigny leise durch die Zähne. «Erzählt mir mehr», forderte er Fabiou auf.

Trévigny war der Letzte, den Fabiou sich als Vertrauten wünschte, andererseits war der Wunsch übermächtig, über all das zu reden, was er in Erfahrung gebracht hatte. Also erzählte Fabiou, berichtete über das seltsame Schreiben, das er bei Trostett gefunden hatte, über den Besuch bei Petri und über die Maske, die Cristino am Fenster gesehen haben wollte, und den Schriftzug, den er daneben entdeckt hatte. Es war eine gute Übung für sein Französisch. «Und Ihr seid sicher, dass dieses Wort Santonou bedeutete?», fragte der Comte nachdenklich, als er geendet hatte.

«Nun ... die Schrift war ziemlich unleserlich, aber ... ja, ich bin mir sicher. An dieser Wand im zweiten Stock stand Santonou.» Er schielte nach links, wo Monsieur Corbeille soeben der Königin von Navarra einen Kuss auf den Handrücken drückte.

Trévigny schüttelte heftig den Kopf. «Ich verstehe das alles nicht. Ich meine ... was wird hier gespielt? Gut, gehen wir davon aus, dass ein geheimnisvoller Unbekannter aufgrund einer seltsamen Intrige sowohl einen reisenden Kaufmann als auch einen betenden Mönch ermordet hat. Und gehen wir davon aus, dass zwischen dem Mörder und der Maske am Fenster eine Verbindung besteht, angedeutet durch diesen Schriftzug Santonou – dann muss es doch an sich auch eine Beziehung geben zwischen den beiden Morden und dem Fest der Ardoches. Aber was für eine? Himmel, die Ardoches sind, soweit ich das mitbekommen habe, eine der unbedeutendsten Familien von ganz Ais!»

Fabiou stellte fest, dass er sich diese Frage noch gar nicht gestellt hatte. Allerdings – was hatte der geheimnisvolle Maskenmann überhaupt an diesem Fenster zu suchen gehabt? «Nun … vielleicht hat er einen Diebeszug ausgekundschaftet …», überlegte er.

«Darf ich daran erinnern, dass Ihr es seid, der Raub als Grund für den Mord ausschließt?», wandte Trévigny spöttisch ein.

«Nun … eine andere Erklärung wäre», Fabiou biss in seinen Hähnchenschlägel, um an etwas kauen zu können, «er hat sein nächstes Opfer beobachtet.»

«Sein nächstes Opfer – der Massenmörder von Ais oder wie? Klingt nach einem Schauerstück.» Der Comte grinste spöttisch.

«Habt Ihr eine bessere Idee?», fragte Fabiou gereizt.

«Ich hätte eigentlich ganz gern mal etwas mehr über diese Santonou-Brüder gewusst», meinte Trévigny nachdenklich.

«Antonius-Jünger», verbesserte Fabiou.

«Wie auch immer. Hm.» Trévigny kniff die Augen zusammen.

«In der Universitätsbibliothek gibt es wohl ein paar Unterlagen dazu», meinte Fabiou.

«Oh, vielleicht geht es auch einfacher …» Mit einem eigentümlichen Grinsen ließ Trévigny seinen Blick über die Menge der Festgäste schweifen.

«Oh, seht nur, wer da kommt!», rief Alessias glockenhelle Stimme.

«*Merde*», krächzte Fabiou und verschwand zu Trévignys Erstaunen mit einem Satz hinter die nächste Pinie.

Oh ja, es war in der Tat hoher Besuch, der da eintraf. Voraus schritt, den Degen gegürtet, die breiten Schultern gereckt, das schlohweiße Haar streng zurückgekämmt, Jean Maynier, Baroun von Oppède. Und im Schlepptau hatte er niemand anderen als die Brüder Mergoult. «Ah, Baroun, wie schön, dass Ihr meiner Einladung gefolgt seid!», säuselte die Mancoun verzückt. «Zu schade, dass Eure Verpflichtungen es Euch nicht erlaubten, uns schon beim Mittagsmahl zu beehren … Willkommen, herzlich willkommen! Die Herren kennt Ihr ja.» Maynier nickte dem Konsul, den Gebrüdern Pontevès und dem königlichen Intendanten grüßend zu, während er vor dem Bischof niederkniete und ihm in einer ostentativen Geste den Ring küsste. Die Mergoults kopierten jede seiner Bewegungen. «Und – darf ich vorstellen? Ihre Majestät Jeanne d'Albret, Königin von Navarra», sagte die Mancoun fröhlich.

Maynier trat zur Seite, und Ais' Erster Parlamentspräsident und Béarns Monarchin standen sich Aug in Aug gegenüber.

«Majestät?», sagte er.

«Baroun?», sagte sie.

In beider Augen lag in etwa der Blick, mit dem der heilige Georgius einst wohl den Drachen betrachtet hat.

«Wie überaus erfreulich, Euch hier zu sehen.» Die Albret hatte ihre dünnen Lippen zu einem gekünstelten Lächeln verzogen. In ihrer Stimme lag genug Ironie, um die Sahne gerinnen zu lassen. «Ich hörte, man hätte Euch eingekerkert und den Prozess gemacht?»

«Erwartungsgemäß war das Gericht leicht davon zu überzeugen, dass ich nur zum Wohle des Staates gehandelt habe – und zum Wohle unserer Mutter Kirche.» Bei diesen Worten nickte Maynier dem Bischof zu, der ihn wohlwollend anlächelte.

«Ach», seufzte die Béarnerin, «was für ein wundervolles Land muss Frankreich doch sein, dass man da ein paar tausend unschuldige Bauern niedermetzeln kann und auch noch einen Orden dafür bekommt!»

«Die unschuldigen Bauern», sagte Maynier mit einer Stimme, die leise wie das Säuseln des Windes war und doch so durchdringend, dass sowohl Fabiou als auch der Comte de Trévigny jedes Wort verstanden, «waren gottlose, verbrecherische Ketzer, die auszurotten meine Pflicht als Diener des Staates und als Christenmensch war. Ich habe mir nichts vorzuwerfen, im Gegensatz zu Euch, die Ihr im Begriff seid, nicht nur Eure eigene Seele der ketzerischen Lehre zu verschreiben, sondern auch noch Eure unschuldigen Kinder und Eure Untertanen dazu verleitet, dasselbe zu tun.» Mayniers Hände öffneten und schlossen sich, als kämpfe er gegen den Drang an, sie um Jeanne d'Albrets Kehle zu legen, und die Faust der Königin war zusammengekrampft wie um einen unsichtbaren Dolch. «Habt Ihr die Bibel gelesen, Senher President?», fauchte sie. «Könnt Ihr mir irgendeine Stelle nennen, die es rechtfertigt, Dörfer niederzubrennen, Frauen zu schänden und kleinen Kindern die Köpfe abzuhacken, nur weil ihre Familien sich weigern, Eide zu schwören?»

Der Baroun d'Oppède sah sie an aus Augen wie gehärtetes Eisen und sagte: «Wenn deine Hand dir Ärgernis schafft, so hau sie ab, es ist besser, dass du als Krüppel zum Leben gelangst, als dass du mit zwei Händen zur Hölle, ins ewige Feuer fährst. Markus 9, Vers 42. Besser einen Teil des Volkes auszumerzen, der Ärgernis schafft, statt das ganze Volk den Feuern der Hölle zu überantworten. Das erste Ärgernis, die Waldenser, sind aus dem Weg geräumt. Und das zweite, die Protestanten, werden wir genauso aus der Welt schaffen, verlasst Euch darauf, *Majestät*!»

«Aber meine Freunde, meine lieben Freunde!» ging die Mancoun mit affektiertem Lachen dazwischen. «Wir wollen uns doch nicht über Politik streiten, an so einem schönen Tag ... Baroun, darf ich Euch den Cavalié de Brève vorstellen, ein guter alter Freund ...» Sie zerrte Maynier hastig davon. Alexandre de Mergoult stolzierte an der Königin vorbei, die dem Baroun mit weißen Lippen hinterher blickte, und bedachte erst sie und dann den kleinen Henric, der gelangweilt von einem Fuß auf den anderen trat, mit einem seltsamen, kalten Lächeln. Dann ging er weiter, und sein kleiner Bruder hastete ihm hinterdrein.

Gerettet. Fabiou stieß einen tiefen Seufzer aus und wagte sich hinter der Pinie vor. «Ihr mögt die Herrschaften wohl nicht so besonders», stellte Trévigny belustigt fest.

«Allerdings nicht.» Fabiou biss zur Beruhigung in das Rindsfilet.

«Der Königin scheint es ähnlich zu gehen», meinte Trévigny.

Fabiou zuckte mit den Achseln. «Die Béarner stehen den Protestanten nahe, und Oppède ist erzkatholisch. Außerdem ist er Gerichtspräsident und verkehrt mit Ketzern im Normalfall nur, wenn er sie zum Tode verurteilt. Da fällt es ihm natürlich schwer, mal mit einem von ihnen höfliche Konversation treiben zu müssen. Noch dazu mit einem Weib.»

«Hm.» Trévigny kniff wieder nachdenklich die Augen zusammen. «Was war das für eine Geschichte mit den tausend toten Bauern und diesen – wie nannte er sie – Warensern?»

Fabiou hob wieder die Schultern. «Ich weiß nicht ...»

«Na, egal», meinte der Comte leichthin. «Kommt, lösen wir das Rätsel von Santonou.»

Fabiou hatte keine Ahnung, was Trévigny vorhatte, doch der schritt so bestimmt in das Gewühl der Festgäste hinein, dass er praktisch keine Alternative hatte, als ihm zu folgen. Die Gruppe, auf die er sich letztlich zubewegte, kam Fabiou dann auch ziemlich bekannt vor. Zumindest der Vorderste, der ein Weinglas in der linken Hand hielt, während die rechte mit ausgreifenden Gesten seinen Vortrag untermauerte, war eindeutig Senher Estrave.

Die Branntweinrunde.

Estrave unterbrach seine Rede, als die beiden jungen Leute sich näherten. «Ah, der junge Comte de Trévigny», rief er erfreut. «Und wenn das nicht der Stiefsohn von Castelblanc ist! Ich kenne Euren Onkel ziemlich gut, junger Mann. Ein wackerer Junker und guter Katholik.» Dass der Sohn des wackeren Junkers das Kleid seiner Frau ruiniert hatte, war ihm offensichtlich bereits entfallen.

Warum sagt eigentlich nicht mal irgendeiner, ich habe deinen Vater gekannt, dachte Fabiou verzweifelt.

«Messieurs.» Trévigny nickte grüßend in die Runde, sein gewinnendstes Lächeln im Gesicht. «Ich dachte, ich wende mich an Euch mit einer Frage, die uns beide beschäftigt, den Baron de Beaufort und mich. Schließlich gehört Ihr zu den ältesten Familien von Ais, wie man mir gesagt hat, wer sonst wäre in der Lage, mir so zuverlässig Auskunft zu geben?»

Schleimer, dachte Fabiou.

«Aber klar doch.» Bossard lachte dröhnend. «Wir wissen alles über Ais, nicht wahr, Freunde?»

«Nun, es handelt sich nicht eigentlich um eine Frage, die Ais betrifft», meinte der Comte. «Wie Ihr sicherlich gehört habt, sind der junge Baron und ich letztens über einen Toten gefallen, der, wie man sagt, das Opfer einer weithin bekannten Räuberbande geworden ist, die Antonius-Jünger nennt man sie wohl. Wir können leider beide mit diesem Namen nicht viel anfangen, und da dachten wir, dass vielleicht Ihr …»

«Ob wir über die Antonius-Jünger Bescheid wissen? Was für eine Frage!», rief Bossard aus. «Schließlich ist es nicht zuletzt uns zu verdanken, dass diese Bande von verlausten Strauchdieben damals auf dem Schafott gelandet ist! Oh ja, St. Roque und ich waren dabei in Degrelhos Trupp, als damals die Jagd losging. War 'ne heiße Sache, nicht wahr, Miquéu?» Er versetzte St. Roque einen Schlag auf die Schulter, der diesen nahezu auf den Rasen legte.

«Jaja, schon wahr», sagte er und leckte sich den verschütteten Wein von den Fingern.

«Degrelho?», fragte Fabiou mit gerunzelter Stirn. Er hatte das Gefühl, diesen Namen schon einmal gehört zu haben.

«Ja, Archimède Degrelho, Senher d'Astain. – Der da drüben.» Estrave wies unter die Bäume, wo ein kräftiger Herr Mitte vierzig mit grauen lockigen Haaren eine blass wirkende Dame am Arm führte, auf die er offensichtlich lebhaft einredete. Der Junge, der hinter den beiden her trottete, war nicht minder blass als die Dame, ein mageres, gelangweilt dreinblickendes Jüngelchen von vielleicht achtzehn Jahren. Fabiou runzelte die Stirn. Die Dame kam ihm bekannt vor. Er konnte sich täuschen, aber es schien ihm dieselbe zu sein, die er am Abend ihrer Ankunft in Ais in Trauerkleidung auf dem Friedhof gesehen hatte. «Degrelho war es damals, der die Initiative zum Schlag gegen die Antonius-Jünger ergriffen hat, nach der Sache mit seinem Bruder.»

«Wieso? Was war denn mit seinem Bruder?», fragte Trévigny neugierig.

«Oh, schlimme Sache», meinte ein Herr zu Fabious Rechten düster. Er sah zur Seite und erkannte den Senher de Faucoun, Vetter des Jansoun, wie er wusste, und somit ebenfalls ein Neffe des hochverehrten Parlamentspräsidenten. «Hector Degrelho und seine ganze Familie sind von den Antonius-Jüngern erschlagen worden. Furchtbar. Vier kleine Kinder.» Faucoun schüttelte betrübt den Kopf, während Fabiou dachte, dass man schon gewaltig für die alten Griechen schwärmen musste, um seine Söhne Hector und Archimède zu nennen.

«Moment mal, ganz so war es nicht. Schließlich …», begann Senher Alence, aber schon fiel ihm Bossard wieder ins Wort: «Archimède hat durchgedreht, damals. Hätten wir ihm gar nicht zugetraut, er war immer eher ein Ruhiger, Unscheinbarer, keiner der gern mit dem Säbel rasselt. Aber damals, ha! Heiliger Zorn, anders kann man es nicht nennen. Ist von Burg zu Burg gerannt und hat die Junker zusammengetrommelt, und dann ist die Jagd losgegangen. Keine Chance haben sie gehabt, die dreckigen Rattenficker! Keine acht Wochen, und wir hatten sie alle im Sack, und dann durften sie in Ate lange Hälse machen. War ein Spaß, kann ich

Euch sagen. Vor allem, nachdem der Comte de Tende davor fünf Jahre lang erfolglos Jagd auf sie gemacht hat. Braucht halt nur die richtigen Leute, sag' ich ja immer. Ist das gleiche heute. Alle jammern sie 'rum wegen den Protestanten, statt dass mal einer ordentlich durchgreift. Ich sag euch, wenn der Carcès erst mal 'ran darf, ist das ‹calvinistische Problem› in einem Monat erledigt!»

«Ja, das hat ihnen das Genick gebrochen, den alten Dreckfressern, dass sie sich mit Degrelho angelegt haben.» Der Jansoun feixte. «Die wären besser beim Pferdestehlen geblieben, dann hätten sie es weiter nur mit dem Comte zu tun gehabt, und der hätte sie vermutlich erst zur Jahrhundertwende gefasst.» Gelächter war die Antwort auf diese Bemerkung.

«Haben die Antonius-Jünger das öfter getan – gemordet meine ich?», fragte Fabiou. Die Worte seiner Großmutter klangen ihm noch in den Ohren.

«Klar», rief Bossard. «Das ist Raubgesindel. Die morden, wie andere sich morgens die Haare kämmen.»

«Nun, ganz so war es nicht», widersprach Estrave. «An sich gehen nur wenige Morde gesichert auf ihre Rechnung. Aber, Gott, wie viele Unglückliche sie irgendwo im Wald verscharrt haben, weiß natürlich keiner.»

«Und woher wusste man so genau, dass dieser Senher Degrelho von ihnen getötet worden ist?», fragte Fabiou.

«Weil sie ihr Sigel hinterlassen haben, wie immer», sagte St. Roque. «Santonou, mit Degrelhos eigenem Blut auf seine Brust geschrieben. Mein Schwager war dabei, als sie die Leichen heimgeholt haben. Muss ein schrecklicher Anblick gewesen sein. Die Leichen waren furchtbar zugerichtet – grauenvoll!»

«Nun, aber ein Schriftzug allein ist doch kein Beweis für einen Mord», warf jetzt Trévigny ein. «So eine Schrift kann man doch auch fälschen ...»

«Blödsinn!» ereiferte sich der Goult. «Man sieht, dass Ihr nicht von hier seid, Comte. Es war klar, dass es die Antonius-Jünger waren, wer sonst sollte so etwas tun? Sie haben schließlich immer gesagt, dass sie alle Edlen umbringen wollen. Irre waren das!»

«Also, ganz so einfach war es jetzt auch nicht, Pierre», widersprach Alence. «Hundertprozentig bewiesen war es nie, dass der Mord wirklich durch die Antonius-Jünger begangen worden ist.»

«Red keinen Stuss, natürlich war es bewiesen!», rief Bossard. «Schließlich haben eine ganze Reihe von ihnen die Tat gestanden!»

«Ja, klar, nachdem sie ein paar Tage lang gefoltert worden sind! Enorm stichhaltiger Beweis, also wirklich!» Alence verdrehte die Augen. «Im Übrigen haben sowohl Joan lou Pastre als auch Enri Nicoulau selbst unter der Folter darauf beharrt, dass sie mit dem Mord an Degrelho nichts zu tun hatten. Also, ganz so eindeutig war die Sache wirklich nicht!»

«He, was soll das? Das waren Mörder, verdammte Dreckfresser waren das, das ist doch absoluter Schwachsinn zu glauben, dass die unschuldig gewesen sein sollten!», schrie Bossard mit hochrotem Kopf.

«Ich sage ja nicht, dass sie unschuldig waren», verteidigte sich Alence. «Die hatten genug auf dem Kerbholz, um sie fünfmal aufzuhängen. Aber dass sie Degrelho umgebracht haben, ist nun mal nicht bewiesen. Und dieser Ausländer, dieser Nicoulau, als sie den aufs Schafott geführt haben, da hat er gesagt, dass er zu seinen Taten steht, blabla, aber mit dem Tod von Degrelho habe er nichts zu tun. Ich meine, warum hätte er lügen sollen, kurz vor seinem Tod?»

«Weil die Dreckfresser immer lügen, so ist das!», schrie Bossard. «Blödes Geschwätz ist das alles, blödes Geschwätz!»

«Meine Güte, Bertrand, jetzt reg' dich doch nicht so auf. Ich habe nicht gesagt, dass die Antonius-Jünger Degrelho nicht getötet haben, ich habe nur gesagt, es ist nicht hundertprozentig sicher. Herr Gott und Maria, mit dir kann man einfach nicht diskutieren!»

«Dieser Nicoulau – Ihr sagtet, er war Ausländer», warf Fabiou ein. «Woher kam er?»

Die Herren sahen sich an und zuckten mit den Achseln. «Gute Frage, ich weiß es nicht», sagte St. Roque. «Italiener, glaube ich, oder Savoyaner oder so. Hatte auf jeden Fall einen furchtbaren Akzent. War überhaupt ein hässlicher Kerl, so ein großer, vierschrötiger, mit hellen Haaren und Sommersprossen, dass er aussah, als hätte er die Masern. Der Joan war eher so ein Mickerling, so ein dunkler, schmächtiger.»

«Da wir gerade bei Ausländern sind – habt Ihr schon das Neuste von den Schweizer Ketzern gehört?», rief der Estrave aus und begann sofort ausführlich über die Verderbtheit der eidgenössischen Protestanten zu dozieren. Fabiou begriff, dass er wohl nichts mehr über die Antonius-Jünger in Erfahrung bringen würde, und auch Trévigny schien es zu begreifen, denn er sagte: «Vielen Dank für die freundliche und so … umfassende Auskunft. Es ist doch immer schön, sich mit Männern zu unterhalten, die sich auskennen im Leben.» Und mit noch drei oder vier Dankesfloskeln dirigierte er Fabiou von der Gruppe weg.

«War doch eine gute Idee, oder, die Herren anzusprechen», meinte er grinsend, als sie außer Hörweite waren. «Ein bisschen schlauer sind wir jetzt.»

«Was hat Euch vermuten lassen, dass sie über die Antonius-Jünger Bescheid wissen?», fragte Fabiou mit einer gewissen widerwilligen Bewunderung.

«Oh, diese Sorte weiß immer Bescheid. Alter Adel, große Klappe, aber nichts zu melden. Bei denen ist es wie bei den Weibern – das Einzige, womit sie sich die Langeweile vertreiben können, ist Klatsch, deshalb sind sie über alles bestens informiert. Dass sie damals bei der Vergeltungsaktion gegen die Antonius-Jünger dabei waren, war natürlich pures Glück.»

«Woher könnt Ihr so etwas?»

«Was?»

«Na – Menschen beurteilen.»

Trévigny lachte trocken. «Verbringt mal ein Jahr am Hof in Paris, dann könnt Ihr das genauso gut. In Sachen Intrigen ist das die beste und härteste Schule der Welt. Und für so ein paar Reservecarcisten reicht es dreimal!»

«Carcisten?», fragte Fabiou verständnislos.

«Ja. Oder was denkt Ihr, mit was für einer ehrenhaften Gemeinschaft wir es bei den Herren zu tun haben?»

«Was sind Carcisten?», fragte Fabiou.

«Das wisst Ihr nicht?», rief Trévigny erstaunt. «Ihr scheint ja wirklich ganz schön hinter dem Mond zu leben in diesem Castelblanc – ich bin gerade mal drei Wochen in dieser Gegend und offenbar besser über die hiesigen politischen Verhältnisse informiert als Ihr. Carcisten nennt man die Anhänger von dem Herrn da hinten, Jean de Pontevès, Graf von Carcès.» Trévigny wies über die Schulter zurück zum Eingang, wo die Gebrüder Pontevès noch immer an der Seite der Mancoun die Ovationen der Neuankömmlinge entgegennahmen.

«Hm. Pontevès … Sind die mit dem Buous verwandt?», fragte Fabiou, die Bemerkung mit dem Leben hinter dem Mond geflissentlich überhörend.

«Vettern zweiten Grades, wenn ich's richtig verstanden habe», erklärte Trévigny. «Auf jeden Fall sind die Carcisten eine Gruppe radikaler Katholiken, so eine Art antiprotestantischer Kampfbund. Sicher Leute, die zum Teil mit Vorsicht zu genießen sind, wobei mir ein Senher Bossard jetzt nicht allzu große Angst einjagt.» Er grinste.

Fabiou runzelte die Stirn. Er konnte ein gewisses Gefühl der Beunruhigung nicht abwehren. Immerhin schienen sowohl Onkel Philomenus als auch sein Stiefvater gute Kontakte zu diesen Leuten zu unterhalten. Passend, war man versucht zu sagen, sowohl Frederi als auch Philomenus waren Erzkatholiken. Katholischer Kampfbund, was bedeutete das wohl? Lauerten die Kerle nachts Protestanten auf? Nicht, dass Fabiou den Protestanten die geringsten freundlichen Gefühle entgegenbrachte, Ketzer waren Ketzer. Dennoch war es ein ungutes Gefühl, dass sein Stiefvater sich mit Leuten abgab, die eventuell zu Gewalttaten neigten.

Die vielleicht sogar vor Mord nicht zurückschreckten.

Andererseits war einer der Toten Mönch, und Trostett allem Anschein nach ebenfalls gut katholisch. Im Namen Jesu und der Jungfrau Maria, hatte er geschrieben … Unwahrscheinlich, dass eine Gruppe von Protestantenhassern hinter ihrer Ermordung steckte.

Fabiou schüttelte heftig den Kopf und wandte sich wieder Trévigny zu. Widerwillig gestand er sich ein, dass der Comte ihm wahrhaft eine große Hilfe gewesen war. Ein Angeber mochte der Kerl sein, aber ein schlauer Angeber. «Nun gut, Comte, also, ich danke Euch ganz herzlich für Eure Hilfe …»

«Gern geschehen.» Trévigny grinste und streckte ihm die Hand hin. «Sébastien, im Übrigen. Bitte.»

Fabiou war einen Moment lang sprachlos. Nicht, dass er großen Wert darauf legte, ausgerechnet den Comte de Trévigny zum Duzfreund zu haben, aber er war sich im Klaren darüber, dass dies eine seltene Ehre war. Die wenigsten Franzosen waren auf freundschaftliche Beziehungen zu den Einheimischen aus. Dann, als er sich halbwegs gefasst hatte, ergriff er die ihm dargebotene Hand. «Fabiou», sagte er und hatte das Gefühl, um zwanzig Zoll größer zu werden. Das war das erste Mal in seinem Leben, dass ihm ein Erwachsener die Freundschaft anbot.

«Freut mich», sagte Trévigny und sah ernsthaft so aus, als freue er sich. «Nun – ich denke, ich muss mich mal wieder der anwesenden Weiblichkeit widmen. Also, Fabiou, viel Spaß beim weiteren Investigieren. Und halte mich auf dem Laufenden, wenn du etwas herausfindest.» Er winkte ihm zu und schlenderte davon.

Eigentlich ist er ja doch ganz nett, dachte Fabiou.

Die Festgesellschaft war inzwischen weitgehend vollständig. Überall saßen und standen die ehrenwerten Gäste umher, aßen, unterhielten sich, debattierten. Die jungen Herren umstanden die jungen Damen oder andersherum, irgendwo weiter hinten im Garten hatte jemand ein Jeu de Paume initiiert, jenes Ballspiel, bei dem der Ball mit einer Art hölzernem Handschuh geschlagen wurde und das sich in den höheren Kreisen ausgesprochener Beliebtheit erfreute. Das Brüllen und Lachen der Teilnehmer und Zuschauer war weithin zu hören. Besonderes *amusement* erregte der Umstand, dass auch einige der anwesenden Damen an dem Spiel teilnahmen. Insbesondere die jungen Edelfräulein aus Navarra waren mit Feuereifer bei der Sache, und sie stellten sich, wie so mancher Kavalier erstaunt bemerkte, gar nicht so schlecht dabei an. Oma Felicitas veranlasste dies zu der Bemerkung, dass es durchaus Frauen gebe, die den Männern im Jeu de Paume ebenbürtig seien, in Paris habe es einst eine Jeu-de-Paume-Spielerin namens Margot gegeben, die auf einer Veranstaltung im dortigen Ballspielhaus die besten Spieler der Stadt besiegt habe. Ein paar Kinder führten mit Stöcken einen Fechtkampf zwischen den Bäumen aus, unter ihnen Frederi Jùli und Theodosius-das-Großmaul, der die ganze

Zeit lauthals verkündete, was alles gegen die Regeln war, sobald es gegen ihn eingesetzt wurde. Ausgerechnet der kleine Navarra ging soeben mit hoch erhobenem Stock auf Theodosius los. Fabiou wandte sich seufzend ab; Theodosius war ungefähr doppelt so groß wie der Kronprinz von Navarra, und er hatte keine Lust, dabei zuzusehen, wie Klein-Henric von seinem Vetter in der Luft zerrissen wurde. Zur Linken waren die Mergoults zu erkennen, mit Alexandres üblichen Genossen – den beiden jungen Senhers St. Roque und Brieul – und einem von Jeans Kumpanen, Andréu d' Estrave. Bei ihnen befand sich eine Gruppe kichernder Gören, in deren Mitte unschwer Cristino, Catarino und Alessia auszumachen waren. Fabiou beschloss spontan, sich in die entgegengesetzte Richtung zu bewegen, und wandte seine Aufmerksamkeit wieder dem Eingangsbereich zu, wo die Mancoun immer noch mit der gleichen unverwüstlichen Höflichkeit einige Nachzügler in Empfang nahm. «Ah, Monsieur Grandjean, wie schön, dass Ihr unserer Einladung gefolgt seid. Monsieur Grandjean ist ein bedeutender Kaufmann aus Lothringen», erklärte sie den Umstehenden.

Fabiou stand wie vom Donner gerührt. Das spitzbübische Jungengesicht des Monsieur Grandjean sah er nicht zum ersten Mal. Nur dass der Herr sich bei ihrem letzten Zusammentreffen noch Peter Ingelfinger genannt hatte.

«Fabiou!» Er drehte sich um. Oma Felicitas winkte ihm mit ihrem Stock zu. «Fabiou, komm her.»

Verdammt, gerade jetzt! Mit einem verzweifelten Blick in Richtung des geheimnisvollen Neuankömmlings trottete Fabiou zu seiner Großmutter hinüber, die einen älteren Herrn in italienischer Tracht anstrahlte. «Ille est, nepos meus. – Das ist er, mein Enkel», verkündete sie stolz in ihrem lupenreinsten Latein, als Fabiou näher kam – Jesus, der Italiano konnte offensichtlich kein Französisch! Der fremde Herr deutete eine Verbeugung an. «Angenehm», antwortete er, ebenfalls auf lateinisch.

«Das ist Dottore Eustachi!» Oma Felicitas warf Fabiou einen beschwörerischen Blick zu. So als sei das jemand, den man kennen müsste. «Er ist Wissenschaftler und erforscht die menschliche Anatomie!»

«Ich hatte die Freude, vor Jahren einmal einen Vortrag Eures Onkels zu hören», erklärte der Herr mit leuchtenden Augen und in ebenso flüssigem wie akzentgefärbtem Latein – egal welche Sprache die Italiener sprechen, es klingt irgendwie immer italienisch, dachte Fabiou.

«Meines Onkels?»

«Dottore Pierre Avingou», erklärte Dottore Eustachi.

Fabiou sagte nichts. Er hatte nicht gewusst, dass Pierre Avingou Doktor gewesen war.

«Ein kluger Geist und ein großer Wissenschaftler war er, Euer Onkel!», meinte der Dottore strahlend. «Ich weiß noch wie heute, wie er dem Auditorium sagte: ‹Wissenschaftler zu sein bedeutet, es als unsere heiligste Pflicht zu betrachten, in einer Welt voller Irrtümer und Lügen der Wahrheit zum Durchbruch zu verhelfen.› Er war … ein Genie, wirklich. Ich bin sicher, wenn er länger gelebt hätte, wären er und seine Forschung in die Geschichte eingegangen. Es ist eine schreckliche Tragödie, dass er so früh sterben musste.»

«Ja. Gewiss», sagte Fabiou. Natürlich ist es tragisch, wenn einer früh stirbt. Aber tiefergehende Gefühle konnte er für einen Onkel, von dem er kaum den Namen kannte, dann doch nicht aufbringen. Er hoffte, dass Dottore Eustachi ihn jetzt nicht im Detail zur Forschung seines Onkels befragen würde. Er hatte keine Ahnung, was er ihm antworten sollte. Noch dazu auf Lateinisch.

Fabiou hatte Glück, denn in diesem Moment wurde die Unterhaltung von lautem Brüllen und schrillem Gekreisch unterbrochen. Die erschrocken sich umwendenden Festgäste starrten auf einen blitzschnell über den Rasen flitzenden Henric de Navarra, dem ein heulender Theodosius hinterherrannte. «Der Scheißkerl hat mir gegen mein Bein gehauen, den bring' ich um!», schrie Theodosius, und Tante Eusebia, offensichtlich entsetzt von der Vorstellung, ihr Sohn könne noch vor Ablauf seines elften Lebensjahres zum Königsmörder avancieren, hüpfte ihrem Sohn in ihren zierlichen Schuhen stolpernd und jammernd hinterher und kreischte: «Schnuckelchen, Schnuckelchen, warte doch!», während Schnuckelchen «Bleib stehen, du Mistkerl, bleib stehen!» brüllte. Henric de Navarra, der sein Leben offensichtlich liebte, dachte nicht daran und raste hakenschlagend wie ein Hase durch die Reihen der

Wacholder, während Theodosius ihm hinterherjagte wie ein tollgegangenes Wildschwein.

Die Verfolgungsjagd endete an einem Apfelbaum, den der kleine Navarra mit der Geschwindigkeit einer gejagten Katze erklomm, um Theodosius dann aus sicherer Höhe mit Béarner Schimpfwörtern zu bombardieren, während dieser heulend auf den Stamm des Baumes eintrat und «Komm runter, du feiger Razat, komm runter!» schrie. Tante Eusebia, mittlerweile nur noch mit einem Schuh und einer fetten Laufmasche im Seidenstrumpf, humpelte auf ihn zu. «Brav, Schnuckelchen, lass das Bäumlein in Ruhe, du bekommst auch ein Crèmetörtchen», säuselte sie. Henric de Navarra streckte ihr die Zunge heraus. Fabiou und Oma Felicitas bogen sich vor Lachen.

Als Tante Eusebia den schniefenden Theodosius zum *buffet* abgeschleppt hatte, warf Oma Felicitas einen suchenden Blick in die Runde. «Wo sind eigentlich die Mädchen?», fragte sie.

***

«Ich habe eine Idee!», rief Alexandre de Mergoult. Alle Augen wandten sich ihm zu, wie immer, wenn er etwas sagte. Alexandre warf einen Beifall heischenden Blick in die Runde. «Wie wäre es mit einem kleinen Ausritt in die Keyrié? Na?»

Während seine beiden Getreuen zustimmend johlten und Jean de Mergoult und Andréu Estrave *intrigant*, tolle Idee riefen, sahen die umstehenden Mädchen, fünf an der Zahl, im ersten Moment etwas betreten drein. «Ein Ausritt?», fragte Claudia de Buous gedehnt, und Regina d'Ardoche piepste ängstlich: «Ich weiß nicht, ob meine Mama das erlaubt.» Die Jungs würdigten die beiden sowieso keines Blickes, ihre Aufmerksamkeit galt voll Alessia und den Bèufort-Schwestern. «Na, wie wär's?» Alexandre hatte sich zu Cristino hinüber gebeugt, dass seine muskulöse Schulter gegen die ihre stieß. Sie wurde rot.

«Also, ich fände einen Ausritt eine tolle Sache!», erklärte Catarino und zwinkerte erst Jean de Mergoult und dann dem jungen St. Roque verschwörerisch zu.

«Na, Cristino, was meinst du?» Alexandre hatte jetzt eine Hand auf ihre Schulter gelegt. Sein Gesicht war dem ihren sehr nahe.

«Nun, wir können Mutter ja fragen, ob wir dürfen...», begann Cristino lahm.

Gelächter von allen Seiten. «Cristino, macht Euch doch nicht lächerlich», meinte Alexandre augenzwinkernd. «Wir wollen doch nicht verreisen, sondern nur ein halbes Stündchen ausreiten. Dazu braucht es ja wohl nicht gleich ein Verlöbnis. Im Moment ist hier doch ohnehin nichts los. Der Tanz und die Vergnügungen gehen erst bei Einbruch der Dunkelheit los, bis dahin sind wir längst wieder zurück. Überhaupt, bei dem Gedränge merkt doch kein Mensch, wenn Ihr kurz nicht da seid.»

«Alexandre, du solltest nicht so in sie dringen.» Mit dramatischem Augenaufschlag legte Alessia dem älteren Mergoult die Hand auf den Arm. «Sie ist doch noch ein Kind. Es wäre vielleicht besser, sie nicht in Verlegenheit zu bringen, indem wir sie auf diese... Unternehmung mitnehmen.»

«Na ja», Alexandres Hand löste sich von Cristinos Schulter, «wie du willst, Cristino...»

Cristino errötete. Hatte sie sich nicht vorgenommen, alles zu unternehmen, um das Herz eines Kavaliers zu erobern? Da konnte sie doch nicht bei der ersten kleinen Schwierigkeit einen Rückzieher machen! Zumal Alexandre de Mergoult wirklich äußerst *charmant* und gutaussehend war. Und sagte Mutter nicht selbst, dass er eine gute Partie war? Nein, Mutter hätte unter diesen Umständen sicher nichts dagegen, dass sie seine Einladung annahm. «Doch, ich... ich möchte natürlich mit, ich dachte nur... wir haben schließlich auch gar keine Reitpferde dabei...»

«Oh, kein Problem, die Mancoun stellen immer Pferde für Ausritte zur Verfügung», meinte Brieul, der die Veranstaltung zum sechzehnten Mal besuchte.

«Also, wie sieht's aus?», rief Jean auffordernd.

Zehn Minuten später standen sie alle bei den Ställen, und ein paar Reitknechte machten die Pferde fertig. «Dass ihr keine eigenen Reitpferde dabei habt», meinte Alessia kopfschüttelnd. «Ich habe zwei dabei, einen Schimmel und einen Rappen. Aber ich nehme lieber den Schimmel, der passt besser zu meinem Kleid.» Catarino sah ihr hinterher, wie sie hoch erhobenen Hauptes auf ihr Pferd zustolzierte, und sagte laut und vernehmlich zu den Umstehenden: «Falls dieses Weibsstück demnächst einem furchtbaren Verbrechen zum Opfer fällt, braucht ihr nicht lange nach dem Täter suchen. Das bin dann nämlich ich.»

Die Kutscher drehten sich zu ihnen um, als sie aus dem Tor herausritten, und auf Bardous Stirn gruben sich tiefe Falten ein, als er Catarino und Cristino erkannte. Aber nicht er war es, der etwas sagte.

Als sie im Begriff waren, den Hof zu verlassen, kam jemand von der Seite auf sie zugerannt und griff Cristinos Pferd am Zügel. «Wo wollt Ihr hin?», rief er aus. Es war Loís.

Cristino wurde rot. Ein Diener, der ihr nachlief wie ein Kindermädchen, das hatte ihr gerade noch gefehlt. «Loís, verschwinde!», zischte sie. Sie spürte die belustigten Blicke der anderen wie Nadelstiche in ihrem Rücken.

«Ihr wollt doch nicht etwa in die Keyrié reiten, oder?», fragte Loís ärgerlich. «Habt Ihr vergessen, was neulich in der Coumbo passiert ist?»

«Sagt mal, wer ist diese Ratte?», rief Jean de Mergoult verächtlich aus.

«Unser Pferdeknecht», murmelte Catarino, die nicht minder verlegen war.

«Pferdeknecht?», lachte Andréu d'Estrave. «Lasst Ihr Euch von Euren Pferdeknechten immer so herumkommandieren?»

«He, verdammt, dem Kerl sollte man mal Manieren beibringen!», rief der junge St. Roque.

Cristinos Gesicht wurde noch eine Spur dunkler. «Lass mein Pferd los, Loís, bitte!», flehte sie.

«Erst sagt Ihr mir, was Ihr vorhabt!», rief Loís wütend.

Ein Pferd drängte sich neben Cristino, es war Alexandre de Mergoult. «Aus dem Weg, Diener!», rief er.

Etwas zischte durch die Luft.

Loís ließ die Zügel los und taumelte keuchend rückwärts.

«Bei diese Kerlen muss man sich durchsetzen, sonst tanzen sie einem auf der Nase herum», sagte Alexandre und trieb sein Pferd an. Cristino sagte nichts. Sie starrte auf Loís, der kreideweiß an der Mauer lehnte und seinen Arm umklammerte, den Mergoults Reitpeitsche getroffen hatte. Von seinem Handgelenk bis zum Ellenbogen zog sich ein klaffender Schnitt, aus dem Blut rieselte und auf die Pflastersteine tropfte.

«Cristino, wo bleibt Ihr?», rief Alexandre de Mergoult. Sie trieb ihr Pferd an und ritt den anderen hinterher.

***

Fabiou der Poet saß im Gras, mit dem Rücken gegen einen Baum gelehnt, und haderte mit seinem Schicksal. Das Problem war nicht nur, dass Ronsard in seiner Situation bis zum Einbruch der Dunkelheit sicher je eine Sonette für die Gastgeberin, die Königin von Navarra und einen Großteil der anwesenden Damen fertiggestellt hätte, während er jetzt schon eine gute Stunde an seinem Kohlestift herumkaute, ohne dass ein messbares Ergebnis dabei herausgekommen wäre.

Das Problem war vor allem, dass er heute zum ersten Mal die Gelegenheit gehabt hatte, einen Dichterkollegen kennenzulernen, und derart kläglich gescheitert war.

Während die Großmutter sich grummelnd auf die Suche nach Cristino und Catarino gemacht hatte, war er weiter über das Festgelände geschlendert. Und dort, in der Nähe des Teiches, wo die Herren und Damen auf Bänken sitzend an ihren Weingläsern nippten, hatte er dann das Gerücht vernommen: Baïf ist da.

Das war eine Neuigkeit gewesen! Ein so bekannter Poet, hier, auf dieser Feierlichkeit! Fabiou machte sich augenblicklich auf die Suche, drängte sich durch die Festgesellschaft und verglich verstohlen die Gesichter der umstehenden Herren mit den diversen Portraitzeichnungen, die er bereits von Baïf gesehen hatte, meistens auf den Aushängen, mit denen die Buchhändler die Neuerscheinung des Werks eines Dichters anzukündigen pflegten. Natürlich wusste er, dass diese Zeichnungen meist nur eine ungefähre Ähnlichkeit hatten mit demjenigen, der dafür Modell gestanden hatte, und von Ronsard bis Du Bellay gleichermaßen einen jungen Herrn mit heller Lockenmähne und elegantem Schnurrbart zeigten, der im

Allgemeinen mit einer römischen Toga bekleidet war. Aber einen anderen Anhaltspunkt hatte er nun mal nicht.

Fabiou brauchte fast eine halbe Stunde, um zu begreifen, dass es eine viel einfachere Methode gab, einen berühmten Dichter auf einer Festgesellschaft aufzuspüren: Man musste eigentlich nur den Damen zwischen fünfzehn und fünfunddreißig – gelegentlich auch älter – folgen, die paarweise oder in kleinen Grüppchen allesamt in dieselbe Richtung strömten.

Der Dichter saß auf der steinernen Brüstung eines kleinen Pavillons im griechischen Stil und war umlagert von einem Trupp aus mindestens dreißig Damen, die nervös kicherten oder sich hektisch Luft zuwedelten – das Rauschen der unzähligen Fächer klang wie der Flügelschlag eines gigantischen Insekts. Er war geringfügig weniger attraktiv als auf den Zeichnungen, die Nase etwas größer, die Stirn etwas höher, das Haar nicht ganz so perfekt onduliert, und vor allem trug er keine Toga, sondern ein Wams und enganliegende Beinkleider. Im Moment war er ganz damit beschäftigt, die Ovationen der vereinigten Damenschaft entgegenzunehmen und hier und dort ein Gedichtbändlein mit seiner Unterschrift zu verzieren.

Fabiou schob sich mit einem «Entschuldigt, ich bin beruflich hier», durch die Horde der Bewunderinnen, was ihm einige böse Blicke einbrachte, wenn die Damen es auch nicht wagten, ihn zu maßregeln, und erreichte somit schon nach etwa zehn Minuten den Dichter. «Bonjour», sagte er in seinem besten Französisch. «Mein Name ist Fabiou Kermanach de Bèufort.»

Baïf, der gerade eine wahre Lobeshymne von einer pummeligen Schwarzhaarigen über sich ergehen ließ, wandte sich um und sah Fabiou mit einem nichtssagenden Lächeln an. «Ja?»

«Mein Name ist Fabiou Kermanach de Bèufort», wiederholte Fabiou noch einmal. «Ich beabsichtige, ebenfalls Poesie zu schaffen.» Er hatte sich diesen Satz lange überlegt, er fand, es klang gut, viel besser als ‹ich möchte auch mal Dichter werden›, was ja wohl die Bemerkung eines Kindes war, während ‹ich beabsichtige, Poesie zu schaffen› seiner Beherrschung der französischen Sprache und seiner Fähigkeit, mit Worten umzugehen, hinreichend Ausdruck verlieh.

«Ah. Interessant», sagte Baïf und wandte sich der nächsten Dame zu, und schon drängelten sich andere zwischen Fabiou und den Dichter.

Demoralisiert kehrte Fabiou dem Pavillon den Rücken zu und suchte sich ein schattiges Plätzchen, um seiner poetischen Tätigkeit nachzugehen. Blödmann! Junge Talente muss man schließlich fördern, davon hat der wohl noch nie etwas gehört!

Ob es an seiner Enttäuschung über Baïf lag oder ob ihn die Neuigkeiten der vergangenen Stunde noch zu sehr beschäftigten – Tatsache war, dass seine Muse noch nie so unproduktiv gewesen war wie in diesem Augenblick. Ihm fiel genau genommen nicht mal ein Thema ein, über das er hätte schreiben können, geschweige denn die passenden Worte dazu! Vielleicht stimmte es einfach doch, dass er sich nicht zum Sonetteschreiben eignete. Vielleicht sollte er sich wirklich mal an einer Ballade versuchen, über den Untergang des römischen Imperiums oder über den Fall von Troja oder vielleicht auch über etwas Moderneres, den Sacco di Roma zum Beispiel …

Und in diesem Moment kam ihm eine wahrhaft geniale Idee.

Die Morde. Er würde eine Ballade über die Morde schreiben. Wenn er sie aufgeklärt hatte, natürlich. Das war doch etwas Neues, etwas noch nie Dagewesenes! Soweit er wusste zumindest. Eine Mordserie aus der direkten Gegenwart als Thema einer Ballade!

Nun gut, ein paar technische Schwierigkeiten wären natürlich noch zu bewältigen. So braucht jede Ballade einen jugendlichen Helden und einen Schurken. Der Schurke würde sich im Verlauf der Nachforschungen finden – hoffte er zumindest –, aber was war mit dem jugendlichen Helden? Es war mehr als fraglich, ob ein fünfzehnjähriger Fabiou Kermanach de Bèufort dazu geeignet war. Nein, er brauchte jemanden, der mit dem Degen in der Hand gegen den Schurken kämpfte und Jungfrauen vor schrecklichen Schicksalen rettete. Nun, er hatte ja noch Zeit. Irgendwann im Verlauf dieser Geschichte würde der jugendliche Held hoffentlich noch auftauchen.

Beflügelt von seiner Idee kramte Fabiou seine bisherigen Notizen zu den Morden hervor und begann sie mit dem, was er heute erfahren hatte, zu vervollständigen.

«Was machst du denn da?», fragte eine Stimme über ihm.

Fabiou sah auf und blickte zunächst etwas irritiert drein, denn ringsum war keiner, die nächsten Festgäste standen mindestens vier Schritte entfernt. «Wer… hat das gesagt?», fragte er etwas dümmlich ins Leere.

«Na, ich!», kam es erneut von oben. Von ziemlich weit oben. Fabiou legte den Kopf in den Nacken. Zwischen den Ästen des Baumes, unter dem er sich befand, war ein rundliches Gesicht erschienen. Er hatte sich offensichtlich genau den Baum ausgesucht, den Henric de Navarra sich als Asyl erwählt hatte.

«Ach, du b… Ihr seid es.» Himmel, wie spricht man einen noch nicht mal fünfjährigen Thronfolger an? «Ich schreibe. Gedichte, um genau zu sein.»

«Gedichte? Ehrlich?» Henric lehnte sich so weit vor, dass der Ast, auf dem er saß, gefährlich wippte. «Meine Oma hat auch Gedichte geschrieben. Aber auf Französisch», meinte er. Fabiou musste sich konzentrieren, ihn zu verstehen, er sprach mit ausgeprägtem Béarner Akzent.

«Ich schreibe auch auf Französisch», stellte Fabiou klar.

«Echt? Du kannst Französisch?» Auf Henrics Gesicht war ein bewundernder Ausdruck erschienen.

«Natürlich. Ihr nicht?», fragte Fabiou erstaunt. Immerhin war das ein Neffe des französischen Königs.

«Doooch …», meinte Henric gedehnt. «Aber noch nicht so gut.» Er kletterte noch weiter nach vorne. Der Ast bog sich zunehmend nach unten. «Was schreibst du denn für Gedichte?», fragte er neugierig.

«Eine Ballade schreibe ich», antwortete Fabiou wichtig. «Über den Mordfall, der Ais zurzeit in Atem hält.» Das war natürlich eine maßlose Übertreibung, aber es klang großartig.

«Ein Mord?» Henrics Augen wurden groß wie Fassgauben.

«Zwei Morde sogar», erklärte Fabiou. «Ein deutscher Kaufmann und ein Augustinermönch aus Ais.»

Der Ast knackte jetzt bedenklich, und Fabiou zog unbehaglich den Kopf ein, doch Henric schwang sich bereits flink wie ein Affe nach unten und plumpste neben ihm ins Gras. «Und wer hat sie tot gemacht?», fragte er aufgeregt.

«Das weiß ich noch nicht», antwortete Fabiou. «Aber ich werde es herausfinden.»

«War der Deutsche katholisch?», fragte Henric.

«Hm … ich glaube. Wieso?»

«Dann waren es die Engländer», befand Henric.

«Wieso die Engländer?»

«Na, weil die Engländer doch immer Katholiken umbringen, und Mönche ganz besonders», erklärte Henric, entsetzt über Fabious Unwissen. «Das weiß ich von Tante Catharina. Die hat uns letztens zu Hause besucht, und da hat sie irgendwann einmal so gemacht …» Henric machte ein grauenerfülltes Gesicht, bekreuzigte sich wie wild und rief: «Mamma mia, la casa di antichristo, dio mio! – Und dann hat sie irgendwelche Geschichten erzählt von so einem Engländer, der Henri hieß, so wie ich und mein Onkel, und der immer Mönche totgemacht hat. Und da ist Mama total wütend geworden und hat gesagt, bei uns in Navarra würde alles ganz anders werden als in England, und dann hat sie zu Onkel Henri gesagt, er soll seinen Drachen nehmen und heimfahren.» Und als Fabiou ihn mit offenem Mund anstarrte, meinte er beruhigend: «Mit dem Drachen hat sie nur Tante Catharina gemeint. In Navarra gibt's eigentlich keine Drachen mehr, glaube ich.»

«Hm …» Fabiou runzelte die Stirn. Das war eine Richtung, in die er noch überhaupt nicht gedacht hatte. Das mit den Engländern war natürlich Unsinn. Aber wenn es Kampfbünde fanatischer Katholiken gab, existierte dasselbe vermutlich auch auf protestantischer Seite. Konnten die Morde die Tat eines protestantischen Attentäters sein?

«Wie heißt du eigentlich?», fragte Henric interessiert.

«Fabiou.» Andererseits war Ais voller Katholiken. Warum gerade ein ausländischer Reisender und ein bescheidener Bücherwurm in einem Konvent? Warum hatte der Mörder sich dann nicht Senher Estrave ausgesucht, oder den Bischof?

«Ich habe drei Namen», erklärte der Junge. «Eigentlich heiße ich Henric, aber mein Onkel nennt mich Henri, und meine Tante Enrico.»

«Ah. Interessant.» Fabiou hätte sich jetzt eigentlich ganz gern wieder seiner Ballade zugewandt, aber Henric de Navarra war noch nicht fertig. «Gehst du mit mir zum Jeu de Paume?», fragte er.

«Wie?» Fabiou sah ihn erstaunt an. Jeu de Paume! Ausgerechnet! Jean de Mergoult war ein begeisterter Jeu-de-Paume-Spieler, wenn es einen Ort gab, wo man ihm hundertprozentig über den Weg lief, dann auf dem Spielfeld. «Könnt Ihr … könnt Ihr nicht alleine hingehen? Ich … muss noch an meiner Ballade schreiben …»

«Das geht nicht», rief Henric de Navarra mit dem fordernden Unterton eines Jungen aus, der Befehle geben durfte, seit er laufen konnte. «Wegen dem Wahnsinnigen da, der mich umbringen will. Du musst mich beschützen!»

Fabiou seufzte tief. Wenn Mergoult und seine Kumpanen etwas lächerlicher fänden als seine Dichtkunst, dann sicher, wenn er sich als Kindermädchen für einen irrgläubigen Königssohn verdingte. Andererseits hatte er eine gewisse moralische Verpflichtung Henric gegenüber. Immerhin war Theodosius sein Vetter. «Also gut», Fabiou packte seine Notizen zusammen und stand auf, «gehen wir zum Jeu de Paume.»

Seine Befürchtungen erwiesen sich als gegenstandslos. Als sie das Spielfeld erreichten, war von den Brüdern Mergoult und ihren Getreuen nichts zu sehen. Auf dem abgesteckten Rasenstück war das Spiel in vollem Gange. Die Damen hatten sich größtenteils vom Spielfeld zurückgezogen, und die Partie hatte an Ernsthaftigkeit und an Tempo zugelegt. Ais' junge Edle spielten gegen die Gäste aus Navarra, und die Stimmung war bereits ziemlich explosiv, denn die Béarner *Razats* schickten sich an zu gewinnen.

Oma Felicitas war einige Schritte weiter in angeregte Konversation mit ein paar alten Herren vertieft, die sie mit schmeichelnden Bemerkungen umwarben und als Dank kokettierende Blicke ihrerseits erhielten. Besonders Jaume de Servan, ehemals Konsul von Ais, ein hagerer weißhaariger Greis, schwänzelte um sie herum wie sonst nur Artus de Buous um Alessia. Die Dame Castelblanc, die einige Schritt weiter im Kreise einiger Edelfrauen stand, wurde abwechselnd blass und rot vor Entsetzen über das unschickliche Verhalten ihrer Mutter. Ein Stückchen weiter schritt die Barouno d'Astain mit müden Schritten durch die Bäume. Der Baroun dagegen war zu Fabious Enttäuschung nirgends zu sehen. In diesem Augenblick fiel der Großmutter Fabious Anwesenheit auf; sie verabschiedete sich galant von ihren Verehrern und humpelte zu ihm hinüber. «Hast du deine Schwestern gesehen?», fragte sie. Ihre Stirn war sorgenvoll in Falten gelegt, die noch tiefer wurden, als Fabiou dies verneinte. «Wo sind die Gören nur hin – ich habe sie schon überall gesucht!»

Der kleine Navarra hatte sich ein paar Schritte weit entfernt, er stand an der Feldmarkierung und feuerte die Béarner Spieler an. «Ich habe nicht gewusst, dass Onkel Pierre Wissenschaftler war», sagte Fabiou unvermittelt. Seine Großmutter lächelte spöttisch. «Es gibt vieles, was du noch nicht weißt, Fabiou», meinte sie .

«War er wirklich so gut?»

«Er war genial», sagte Oma Felicitas. «Schon als Kind besaß er einen Wissensdurst, der regelrecht unheimlich war. Er wollte alles können und alles wissen. Theologie, Philosophie, Mathematik, Medizin – es gab nichts, was nicht sein Interesse fand. Aber am liebsten beschäftigte er sich mit der Erforschung der Natur und ihrer Gesetze. Keine Uhr, kein Werkzeug und kein Musikinstrument war vor ihm sicher. In der Klosterschule hat er einmal in sämtliche Orgelpfeifen Pergamentstücke geklemmt, um festzustellen, wie das den Klang verändert. Den Abt hat vor Wut schier der Schlag getroffen. Besonders hatten es ihm die Studien von Leonardo da Vinci angetan. Er hat versucht, da Vincis Flugapparate nachzubauen, im Kleinen natürlich, wenn meine Schwester auch immer in Angst lebte, er könnte mit einer dieser Konstruktionen vom Dach springen! Ein paar von den Dingern sind sogar ein Stückchen weit geflogen. Gleich nach der Schule, er war kaum älter als du jetzt, hat er die Aufnahmeprüfung der Universität in Ais geschafft. Mit neunzehn war er Doctor, und bereits mit zweiundzwanzig unterrichtete er als Professor an der Universität. Bei den Studenten war er sehr beliebt. Der Kanzler dagegen hätte ihn am liebsten zum Teufel gejagt. Er fand, dass Pierres Forschungen nicht im Einklang mit den Lehren von Mutter Kirche waren. Aber Pierre war nun mal ein brillanter Geist, der hervorragende Schriften veröffentlichte und unschlagbare Dispute abhielt. Weder der Kanzler noch der Rektor konnten sich leisten, ihn zu verlieren.»

«Wieso war seine Forschung nicht im Einklang mit der Kirche?», fragte Fabiou erstaunt.

«Nun, das begann mit Leonardo da Vinci. Da Vinci mochte ein Günstling von König François sein, aber in Rom galten seine Lehren als Ketzerei. Auf französischem Boden konnte es sich kein Kanzler leisten, seine Lehren zu verbieten, aber Begeisterung hat Pierres Vorliebe für diese Theorien natürlich nicht ausgelöst. Der Kanzler gehörte eben zu denen, die meinten, hätte Gott gewollt, dass der Mensch fliegt, hätte er ihm Flügel gegeben … Viel schlimmer war aber Pierres Begeisterung für die Lehren von Kopernikus. Er war besessen von der Idee, zu beweisen, dass die Erde ein Stern im Universum ist, der sich um die Sonne dreht.» Sie seufzte tief.

«Kopernikus?» Fabiou sah sie erstaunt an. «Bruder Antonius hat mir von ihm erzählt, aber er hat gesagt, seine Theorien seien völlig aus der Luft gegriffen – ich meine, man sieht doch einfach, dass sich die Sonne um die Erde dreht! Außerdem meinte Antonius, dass diese Ideen der christlichen Lehre widersprechen und als Häresie gelten. War es dann nicht gefährlich für Onkel Pierre, solche Thesen zu vertreten? Man hätte ihn ja als Ketzer anklagen können.»

Oma Felicitas starrte an ihm vorbei. «Ja», sagte sie. «Das war allerdings gefährlich.»

KAPITEL 6

in dem Cristino einen verwunschenen Garten betritt

La Cour, les Chambres assemblées, vues les lettres patentes du roi sur ce envoyées, avec les charges et informations et procédures cidevant faites, ordonne que les commissaires, déja deputés pour exécuter l'arrêt donné contre lesdits de Merindol, se transporteront sur les lieux requis et nécessaires pour proceder à l'entière exécution dudit arrêt et à la totale extirpation de tous ceux qui seront trouvés tenir sectes heretiques.

Der Gerichtshof, die versammelten Kammern, ordnen an, angesichts des dazu gesandten Ermächtigungsschreibens des Königs, in Hinblick auf die vorangegangenen Anklagen und Beweislage und Verhandlungen, dass die bereits mit der Ausführung des gegen die Genannten von Mérindol ergangenen Urteils betrauten Kommissare sich zu den erforderlichen und notwendigen Orten begeben, um die vollständige Vollstreckung des genannten Urteils und die totale Vernichtung all jener in die Tat umzusetzen, die sich den ketzerischen Sekten zugehörig erweisen.

Aus dem Beschluss des Parlaments von Aix vom 12. April 1545

Die jungen Männer mochten wagemutige Reiter und begnadete Jäger sein, an das Ausreiten mit jungen Damen waren sie nicht gewöhnt, das merkte man ihnen an. Sie jagten ihre Pferde in einer Geschwindigkeit über Wegfurchen, Geröll und Baumwurzeln, dass den Mädchen schon vom Zusehen schlecht wurde. Die Einzige, die ohne allzu große Anstrengung mithalten konnte, war Claudia – es sind eben doch Bauern, die Buous, zitierte Cristino im Geist ihre Mutter. Die anderen, Cristino und Catarino ebenso wie Alessia und Regina d'Ardoche, kämpften schweißüberströmt darum, nicht den Anschluss zu verlieren. Links und rechts jagte das dichte Blattwerk der Keyrié vorbei, noch war der Wald grün, hatte die Sonne die Bäume und Sträucher noch nicht ausgedörrt, dass sie knisterten wie Papier und brannten wie Zunder. Die Jungen waren im Geschwindigkeitsrausch; weder Cristinos und Reginas Gejammer noch die kokettierenden Bemerkungen von Alessia und Catarino waren in der Lage, sie zu bremsen.

Es war nur ein erschrocken aufflatternder Vogel, doch er brachte Cristinos Pferd zum Scheuen, so dass sie sich nach vorne werfen und an die Mähne klammern musste, um nicht auf dem von Unkraut bedeckten Waldboden zu landen, und als sie das aufgeregt tänzelnde Tier endlich wieder im Griff hatte, waren die anderen bereits außer Sicht, und der Hufschlag und ihre aufgeregten Rufe drangen durch dichtes Grün.

Wartet, wollte Cristino schreien, aber sie tat es natürlich nicht. Eine Dame brüllt nicht in der Gegend herum, pflegte Mutter zu sagen, und was sollte auch Alexandre von ihr denken! Mit zusammengepressten Lippen, beide Zügel fest in ihren bestickten weißen Handschuhen, trieb sie ihr Pferd an, in die Richtung, in der die Stimmen der anderen allmählich verklangen. Himmel, was war das auch für ein Weg! Eigentlich gar kein Weg, ein Trampelpfad, wenn es hoch kam, wieso mussten die Männer auch hier entlang reiten, statt auf der Straße zu bleiben? Jetzt eine Gabelung – nein, keine Gabelung, nur ein Wildwechsel, der den Pfad kreuzt. Und die ganze Zeit brennt die Sonne herab, nicht mal die Vögel singen mehr, so heiß ist es. Heiß, stickig und still.

Still.

Cristino schluckte. Weit, weit in der Ferne meinte sie für einen Moment noch einen Ruf zu hören, dann war er verklungen, und nichts blieb zurück als das Rascheln von Gestrüpp und das Knacken von Holz und die grüne, finstere Stille des Waldes, der sie umgab.

«Alexandre?» Oh, vergiss die *courtoisie*! «Catarino?» War es am Ende doch eine Weggabelung gewesen? «Wartet auf mich!»

Wieder trieb sie ihr Pferd an. Dorrende Blätter knisterten leblos unter den Hufen, mit hohlem Rascheln antwortete der Wald. Die Hitze lag schwer und drückend über dem Weg. Da war sie wieder, die Coumbo, graue, schreckliche Gestalten, die aus der Düsternis des Waldes stürzten, menschliche Körper, doch die Gesichter von Wölfen.

Ganz ruhig, Cristino, ganz ruhig, da ist niemand, nur die Schatten zwischen den Bäumen und das Rascheln, ein paar Tiere, ein Reh vielleicht, oder, ja, der Wind ... Wind, was für ein Wind, es ist völlig windstill, oh mein Gott ...

... keine Wölfe, große, schwarze Ungeheuer mit Augen wie prasselnde Feuer und Rachen rot wie Blut und Klauen wie geschwungene Säbel ...

Das Pferd raste durch das Unterholz, wimmernd hing Cristino im Sattel, das Gesicht in die Mähne vergraben, wartend auf die Pranke, die sie aus dem Sattel riss, die Zähne, die sich in ihr Genick schlugen, Mama, schluchzte sie, Mama, hilf mir doch. Heilige Maria Mutter Gottes, warum hilfst du mir nicht, hilf mit doch, bitte!

Das Pferd hielt an. Nicht dass sie an den Zügeln gezogen hatte, es war wohl einfach erschöpft oder fand die Rennerei schlichtweg sinnlos. Cristino hob den Kopf. Die Bäume waren auseinandergewichen. Unter ihr befand sich eine unebene und von Unkraut durchsetzte, aber doch deutlich erkennbare Straße. Sie hätte heulen können vor Erleichterung. Maria hatte sie gerettet, in der Tat. Ein Glück, dass sie das Medaillon trug.

Cristino hatte keine Ahnung, wo sie sich befand, und lenkte ihr Pferd schließlich auf gut Glück nach links. Irgendwohin würde die Straße ja führen, wenn nicht zurück zu den Mancoun, so doch zu einer anderen menschlichen Behausung. Alles war besser, als alleine in diesem schrecklichen Wald zu sein. Sie dachte an das Märchen von dem Gehenkten, der nachts durch den Wald strich und

Jungfrauen erwürgte. Oder das von dem alten Weiblein, das unter einer alten Eiche auf einem Stein sitzt und einen Raben auf der Schulter hat, und wenn der dreimal kräht, wird man zu Stein. Sie umklammerte das Medaillon mit einer Hand und ritt weiter.

Es war noch immer sehr heiß, extrem heiß für den Mai. Die Straße stieg leicht an, wand sich an einem kleinen Bachlauf entlang. Stellenweise war sie völlig von Gras und Unkraut überwuchert. Als sei hier lange keiner mehr geritten. Dann machte die Straße eine Biegung, und sie stand vor einem Tor.

Es war ein gemauerter Rundbogen, der in eine etwa zwei Schritt hohe Mauer eingelassen war, fast vollständig verschwunden unter einer dicken Schicht aus wildem Efeu. Ein rostiges Gittertor war in jenen Bogen eingelassen und gab ihm im Verbund mit der Mauer ein wehrhaftes Aussehen. Dennoch, das erkannte man auf den ersten Blick, war dies nicht die Umfriedung einer alten Burganlage, wie sie die Rückständigeren unter den Junkern noch heute bewohnten, dazu war die Mauer zu dünn, die Steine zu akkurat behauen, der Bogen zu zierlich, die Gitterstäbe zu verschnörkelt. Das war keine Mauer, die feindliche Ritterheere abhalten sollte. Höchstens neugierige Nachbarn und gierige Langfinger. Die Mauvent hatten so eine Mauer, und die Bonieus, und wenn Frederis Vater nicht das Geld ausgegangen wäre, hätte er auch so eine hochgezogen.

Nur dass die Mauer der Bonieus und der Mauvent nicht von einer ellendicken Schicht aus Unkraut bedeckt war.

Nachdenklich betrachtete Cristino das eigentümliche Bauwerk, die moosüberwachsenen, schmutzigen Steine, die Rostflecken auf dem Boden unter dem Gittertor, den Garten, der durch die Eisenstäbe zu erahnen war. Ein Weg, der sich zwischen alten Bäumen hindurchschlängelte, überwuchert von Winden und von Flechtgras, die Sträucher in die Höhe geschossen und verwildert, abgebrochene Äste wie Ruinen im kniehohen Gras. Verlassen, schoss ihr eine plötzliche Erkenntnis durch den Kopf, dieser Ort ist verlassen. Wer weiß, vielleicht sind die Besitzer gestorben, ohne Erben zu hinterlassen, oder sie haben sich verschuldet und der Besitz wurde gepfändet, aber kein Käufer fand sich, oder …

Und das war der Moment, in dem sie das Wappen bemerkte.

Es war in den Rundbogen eingemeißelt, an dessen Scheitelpunkt, ein schildförmiges Wappen, das einen Raubvogel mit ausgebreiteten Schwingen zeigte. Selbst jetzt, unter der feinen Moosschicht, die es bedeckte, war zu erkennen, wie überaus sorgfältig und detailliert diese Arbeit angefertigt worden war. Man konnte den kräftigen, gebogenen Schnabel erkennen, die klauenbesetzten, vierkralligen Füße, sogar die feine horizontale Maserung, die den Bauch des Tieres bedeckte. Und etwas an diesem Wappen ließ Cristino im Sattel ihres Reittiers erstarren.

Der Vogel sah sie an. Hell waren die kleinen, klugen Augen auf sie gerichtet. Da bist du ja, Cristino, sagten sie.

Sie blinzelte. Erst einmal, dann zweimal. Blödsinn. Die Hitze, das Flimmern der Luft spielten ihr einen Streich. Das war nur ein steinernes Wappen, auf dem ein ebenso steinerner Vogel abgebildet war. Herr Jesus, was man sich so einbildet! Vermutlich habe ich einfach einen Sonnenstich!

Tritt ein, Cristino, sagten die Augen.

Und Cristino stieg aus dem Sattel, band ihr Pferd an, und trat ein.

Sie war nicht überrascht, das Gittertor offen zu finden. Mit einem Quietschen, das klang wie das Zwitschern eines Vögelchens, öffnete es sich nach innen und gab den Weg in den Garten frei. Dunkle Bäume neigten ihre Äste und überschatteten den Pfad. Einladend funkelten tausend kleine Sonnenflecken auf seinem grünen Grund. Unter Cristinos Füßen knickten Disteln und Wicken, während sie langsam vorwärts schritt, unter gutmütigen alten Eichen und schlummernden Pinien hindurch, vorbei an gedrungenen Oleandern und hochgewachsenen Platanen. Da war ein Murmeln ringsumher, ein Raunen in den alten Bäumen, willkommen, Cristino, willkommen. Sacht dehnte sich der Pfad zu ihren Füßen, sie bemerkte nicht das Unkraut, auf dem sie schritt, es war, als liefe sie über einen kühlen bekiesten Weg, mit blühenden Büschen und gepflegten Sträuchern zu beiden Seiten. Ein kleiner Pfad öffnete sich nach rechts, und ohne nachzudenken folgte Cristino ihm, trat hinaus in eine Lichtung aus funkelndem Blau und Grün, ein kleiner, schilfbewachsener Teich, in dem sich der klare Himmel und die Blätter der Bäume spiegelten. Eine Figur stand in der Mitte des

Teichs auf einem Podest, eine Nymphe im römischen Stil, die ein Füllhorn in der Hand hielt. Anmutig hatte sie einen Fuß angewinkelt, einen Ellenbogen gehoben, den Kopf geneigt in Richtung des Horns, dessen Öffnung nach unten zeigte, und wenn man einen Moment lang die Augen schloss, sah man klares Wasser aus diesem Horn fließen und sich in den Teich ergießen, wo es funkelnde Ringe in die spiegelnde Oberfläche grub.

Das Funkeln rief die Geister herbei, Geister wie hüpfende, spielende Kinder, ein Junge, blond wie Weizen, ein Mädchen, dunkelhaarig wie Ebenholz, elfengleich am Rand des Teiches tanzend, und das dritte, das ihnen mit tapsigen Schritten hinterher lief, stolpernd über den Saum seines Kleides, helle Locken, auf denen das Sonnenlicht tanzte. Zur Schaukel, rief der Junge, zur Schaukel riefen auch die Mädchen, und als Cristino blinzelte, war niemand da, der Teich einsam, der Garten still wie zuvor.

Cristino lief weiter, nach rechts, dichtes Buschwerk verwehrte die Sicht nach beiden Seiten, und dann öffnete sich das Gebüsch, und sie hatte ihr Ziel erreicht. Eine Lichtung, still im Schatten der behütenden alten Bäume, dazwischen leuchtend grün das Gras im Schein der friedlichen Sonne, und das Zirpen unzähliger Grillen als einziges Geräusch. Der größte der Bäume war es, der seine Äste über die Lichtung neigte, wie eine Mutter schützend ihre Arme über ihr Kind breitet.

An seinem kräftigsten Ast hing eine lange Kinderschaukel.

Diesmal blinzelte Cristino gleich dreimal. Sie war sich inzwischen sicher, sich in einem Traum zu befinden, in einem Traum vom Garten Eden, denn was sonst konnte dieser Ort sein, der so friedlich, so wunderschön und gleichzeitig so traurig war, wie sonst konnte sie es sich erklären, dass nichts, was sie in diesem Garten wahrnahm, real zu sein schien, der Teich nicht und die Marmorstatue nicht und am allerwenigsten die Schaukel.

Die Schaukel, von der sie gewusst hatte, dass sie sie hinter jenem Dickicht finden würde.

Die Schaukel, der die unsichtbaren Kinder entgegengerannt waren.

Allein das bewies, dass sie träumte.

Langsam trat Cristino auf die Schaukel zu. Das Sitzbrett war von einem tiefen Riss durchzogen, ein grüner moosiger Schimmer bedeckte die Oberfläche. Die Halteseile waren steif und grau von Regen und Sonne. Still, völlig unbewegt hing die Schaukel in der Mittagshitze, als warte sie dort seit hundert Jahren wie die schlafende Prinzessin auf den Ritter, der sie aus ihrer Verzauberung erlöste.

Als warte sie seit hundert Jahren auf Cristino.

Cristino ging um die Schaukel herum, griff mit beiden Händen nach den Seilen und setzte sich auf das Sitzbrett. Die Seile knarrten etwas, ein Knacken durchlief den Sitz, aber die Schaukel hielt. Einen Augenblick lang saß sie nur so da und starrte auf ihre Schuhe, die sich knapp über dem Erdboden schwebend sachte durch das Gras bewegten. Dann begann sie, sich anzustoßen.

Cristino liebte es zu schaukeln. Dieses Gefühl des Schwebens, der Wind, der ihr über das Gesicht strich, das Auf und Ab der Welt ringsumher und vor allem dieser winzige, grenzenlose Moment unendlicher Freiheit, wenn die Schaukel ihren Wendepunkt erreicht hatte, so als brauche man nur loszulassen und die Arme auszubreiten, um davonzufliegen wie ein Vogel. Kräftiger stieß sie sich an, höher flog die Schaukel, laut knarrten die Seile, bebte der Ast, ihre Füße stießen hinauf ins Grün riesiger Baumkronen, ihr Kleid bauschte sich, flatterte auf bis zu ihrer Brust, sie warf den Kopf zurück, schloss die Augen und fühlte, wie ihr Haar im Wind flog…

Dann spürte sie es. Sie wurde beobachtet. Ganz deutlich fühlte sie plötzlich den Blick in ihrem Rücken, den Blick eines kleinen Mädchens mit blonden Locken, das sie mit gerunzelter Stirn anblickte. Geh runter, sagte das kleine Mädchen. Ich bin jetzt dran. Cristino spürte, wie Angst ihre Kehle zudrückte, da ist niemand, du bist alleine, aber nein, sie fühlte es doch, fühlte den Blick des Mädchens, sah, wie ihre Lippen sich bewegten, hörte fast die wütend gemurmelten Worte, ich bin dran, geh runter von meiner Schaukel, sofort! Cristinos Atem beschleunigte sich, ihr Herzschlag übertönte das Knarren der Schaukel, die Hände fest um die Seile geklammert drehte sie sich um.

Sie wäre vor Entsetzen beinahe von der Schaukel gefallen.

Hinter ihr stand in der Tat jemand. Kein kleines Mädchen mit blondem Haar, sondern ein altes, in Lumpen gekleidetes Weib, in dessen faltigem Gesicht zwei dunkle Augen glühten.

So schnell war Cristino noch von keiner Schaukel heruntergekommen. Keuchend stolperte sie ins Gras, wobei sie sich beim Aufkommen mit ihren zierlichen Schuhen den Knöchel verstauchte. Doch die Angst würgte ihr Jammern ab, mit geweiteten Augen klammerte sie sich an eines der Seile, während das Sitzbrett der Schaukel wild hin und her pendelte.

Das Weib trat auf sie zu. So alt war sie gar nicht, schien es Cristino, das Gesicht war faltig, aber nicht runzelig wie bei einer Greisin, sie ging langsam, den Kopf zwischen den Schultern vorgebeugt, aber ihr Rücken war nicht rund wie bei den alten Bauersfrauen, und die derbe Haut, die die magere Hand umspannte, welche jetzt mit einem ausgestreckten Zeigefinger in Cristinos Richtung wies, war noch nicht brüchig und fleckig wie im hohen Alter.

«Guten Tag», sagte Cristino schüchtern.

Das Weib schritt weiter, der Finger wies wie ein Dolch auf Cristinos Herz. «Was tut Ihr hier?», krächzte sie mit heiserer Stimme. «Warum stört Ihr die Ruhe der Toten?»

Oh je, das klang gar nicht gut. Genau genommen klang das verdächtig nach einer jener Gruselgeschichten, in denen sich die vorwitzige Magd nachts auf den Friedhof schleicht, und dann tritt ein Ritter im schwarzen Gewand auf sie zu und fragt: Was störst du die Ruhe der Toten?, und am nächsten Tag findet man die ausgebleichten Gebeine der Magd zwischen den alten Grabsteinen …

«Wie-wie-wieso? T-Tote?»

«Dies ist ein Ort der Trauer! Ein Ort des Gedenkens an die, die nicht mehr sind!», fauchte die Frau.

Cristino sah sich ängstlich um. «Ist das … ist das hier ein Friedhof? Ich … ich dachte, es gehört noch zu dem Garten …» Wie blödsinnig diese Worte waren, wurde ihr bewusst, kaum dass sie sie ausgesprochen hatte – oder hatte man jemals von einem Friedhof mit Schaukel gehört? Die Frau schien ihre Worte aber durchaus ernst zu nehmen, sie schüttelte den Kopf und sagte: «Sie sind hier nicht begraben. Hier war der Ort, wo sie lebten, wo sie glücklich waren, bevor das Verhängnis über uns alle hereinbrach …» Das klang jetzt mehr nach einer Rührszene aus einem Amadís-Roman als nach einer Gruselgeschichte, und Cristino wurde langsam etwas ruhiger. «Welches Verhängnis?», fragte sie neugierig.

«Das Jahr des Schreckens!», fuhr das Weib auf sie los, dass Cristino einen Satz rückwärts machte. «Das Jahr, in dem Satanas auf Erden wandelte und dieses Land in höllischer Glut ertränkte. Das Jahr, in dem Jungfrauen vor den Portalen der Kirche geschändet und kleine Kinder vor den Augen ihrer Eltern in Stücke gehackt wurden, in dem Weiber wie Männer ins Feuer geworfen wurden, weil sie sich weigerten, den unheiligen Eid zu schwören! Das Jahr, in dem die Menschen sich die Abhänge des Luberoun hinabstürzten, um dem Wüten der höllischen Mächte zu entgehen!»

Aha. Cristino atmete auf. Das Weib war offensichtlich nur eine der üblichen Irren, die auf den Marktplätzen herumsaßen und den Vorbeilaufenden zuriefen, dass nächsten Freitag die Welt unterginge, weil Saturn und Jupiter in einer ungünstigen Konstellation standen oder weil der heilige Jakobus es ihnen im Traum geweissagt hatte. «Nun, ähm, gut, ich gehe jetzt besser, da geht's zum Ausgang, oder?»

«Ihr tragt das Medaillon», sagte die Frau mit einem befriedigten Lächeln.

«W…wie?»

«Das Medaillon», wiederholte die Frau und wies auf das silberne Schmuckstück auf Cristinos Brust. «Sie hat Euch erwählt.»

«Wie bitte? Wer?»

Die Frau lächelte versonnen. «Agnes. Meine kleine Agnes.»

Cristino fühlte, wie ihre Knie weich wurden. Die Inschrift auf dem Medaillon. Sie beschütze dich, Agnes, Sonne unseres Lebens. «Agnes?» wiederholte sie schwach.

«Sie war unser aller Sonnenschein», sagte die Frau und wischte sich mit dem Handrücken über die Augen. «Sie war ein Engel, den Gott auf Erden vergessen hatte, unsere Agnes. Jetzt», sie schluchzte, «ist sie ein wirklicher Engel und spielt zu Gottes Füßen.»

«War sie … deine Tochter?», fragte Cristino unsicher.

«Nein … nein. Ihre Eltern nahmen mich in ihrer unendlichen Güte bei sich auf, damals, in der Zeit der Verfolgung. Zum Dank und um mein Brot zu verdienen, kümmerte ich mich um die Kleinen. Aber ich liebte sie, versteht Ihr, wie mein eigenes Kind!» Sie rang die Hände.

«Die Kleinen? Es waren mehrere Kinder?»

Die Frau lächelte jetzt wieder, verloren in einer süßen Erinnerung, während ihr immer noch Tränen über die Wangen liefen. «Prächtige Kinder, allesamt, ein braver kleiner Bub, und süße kleine Mädchen. Doch jetzt sind sie tot, alle sind sie tot, die armen, unschuldigen kleinen Geschöpfe! Sie haben uns alle fortgeschickt, als sie tot waren, aber ich komme noch immer hierher, um ihr Andenken zu bewahren.»

«Sie sind gewiss an einer Krankheit gestorben?», mutmaßte Cristino. Ihr Mund war staubtrocken.

«Wären sie an einer Krankheit gestorben, hätte es Gott in seiner Güte gefallen, sie zu sich zu rufen, ich hätte längst meinen Frieden mit dem Schicksal gemacht», zischte die Frau heftig. «Doch ihr Tod war eine furchtbare Untat! Sie wurden ermordet, von einer wahnsinnigen Hexe, die Gott in die tiefsten Tiefen der Hölle verbannen möge! Oh Gott, warum haben sie mich nicht mitgenommen, als sie damals fortfuhren, ich hätte sie doch beschützen können, ich hätte sie behütet, Gott, warum nur? Die armen, unschuldigen Kinder … vier Jahre war sie alt, meine kleine Agnes, als die Hände der Wahnsinnigen sie erwürgten und verstümmelten, meine süße, kleine Agnes, dieses blühende, fröhliche kleine Ding! Oh Gott, warum hast du das zugelassen?»

Ein Schwindel ergriff Cristino, sie spürte, wie Übelkeit in ihr hochstieg, sie musste weg hier, fort von diesem Weib und diesem vermaledeiten Garten, heftig wollte sie sich zum Gehen wenden, doch das Weib griff nach ihrem Arm, harte Finger gruben sich in ihre Haut, und sie flüsterte: «Etwas von ihnen ist zurückgeblieben an diesem Ort. Manchmal, wenn es still ist, hört man sie lachen und rufen, und dann sieht man sie manchmal, die Kinder, wie sie durch den Ort ihrer glücklichen Kindheit streifen und spielen und toben wie einst.» Sie sah Cristino prüfend an und sagte zufrieden: «Ihr habt sie auch gesehen, nicht wahr?»

Sie dachte an das Bild, das am Teich durch ihren Geist gehuscht war, der blonde Junge und die beiden Mädchen, sie dachte an das Bild des blonden Kindes, das hinter der Schaukel stand. Geh runter, ich bin dran, hatte es gesagt. Meine Schaukel. Heftig riss Cristino sich los. «Das ist Unsinn!», rief sie. «Tote kommen nicht zurück!»

«Manchmal schon!», sagte die Frau lächelnd. «Manchmal werden sie gerufen.» Und zu Cristinos hellem Entsetzen griff sie nach dem Medaillon und sagte: «Dies ist das Bindeglied. Maria, die heilige Jungfrau, hat ein Band gewebt zwischen Euch und meiner kleinen Agnes. Ich spüre, wie ihre unschuldige Seele in Euch wirkt, mein Kind. Seid beruhigt, sie wird Euch immer nahe sein.»

Cristino fand es alles andere als beruhigend, den Geist eines ermordeten kleinen Mädchens in ihrer Nähe zu wissen. Sie riss der Frau das Medaillon aus der Hand, drehte sich um und rannte.

Ohne nachzudenken hatte sie einen anderen Weg eingeschlagen als den, den sie gekommen war, ein verwilderter Pfad wie alle übrigen, mit Wurzeln, die sie stolpern ließen und Dornenranken, die sich in ihrem Kleid verfingen, und mehr als einmal hörte sie das verdächtige Reißen von Stoff auf ihrer wilden Flucht durch den Park. Dann mündete der Pfad in einen breiteren Weg, von dem Cristino nur hoffen konnte, dass es der Weg zum Tor war, links musste das Tor liegen, also nach links… Und während sie sich in diese Richtung wandte, warf sie einen Blick über die Schulter zurück, und einen Augenblick lang sah sie das Haus.

Vielleicht war «sehen» zu viel gesagt, mit dem dazwischen liegenden Buschwerk und dem Abstand von noch einigen hundert Schritten zu dem großen Gebäude. Im Grunde war die Zeitspanne auch viel zu kurz, um irgendetwas wahrzunehmen außer einer hellen Mauer und dunklen Fensterhöhlen. Dennoch, als sie in panischer Flucht den verwucherten Weg entlangstolperte, stand dieses flüchtig wahrgenommene Bild in einer Deutlichkeit vor ihren Augen, als habe sie es stundenlang betrachtet: die Treppe mit dem geschwungenen Geländer, an deren Enden steinerne Greifvögel kauerten, zu beiden Seiten auf den Stufen große tönerne Töpfe, in denen Oleander blühten, die bemalten blauen Fensterläden, weit zur Seite geschwungen, um die Sonne einzulassen, das mit roten Ziegeln gedeckte Dach, von dem wehende Banner, verziert mit den Silhouetten schwarzer Vögel, ins Blau des Himmels hinaufflatterten, der steinerne Balkon, den ein Baldachin aus weißem Stoff überspannte. Dann war da das Tor, durch das sie hinausstürzte, als sei der Teufel selbst hinter ihr her, und ihr friedlich grasendes Pferd, und mit zitternden Fingern versuchte sie, die Zügel zu lösen. Es hätte sie nicht weiter gewundert, wäre der gesamte Garten hinter ihr mit einem leisen Seufzer zu Staub zerfallen.

«Was in aller Welt habt Ihr hier zu suchen?» Die Stimme ließ Cristino mit einem Aufschrei zusammenfahren. Sie ließ die Zügel des Pferdes los und machte einen Satz rückwärts, der sie schier ins Gestrüpp stolpern ließ.

Vor ihr hielt ein Fuchshengst, und auf dessen Rücken saß, die Augen zusammengekniffen, die Stirn gerunzelt, Arnac de Couvencour. «I… Ihr seid es… oh Gott, habt Ihr mich erschreckt… was macht Ihr denn hier?», keuchte sie.

«Genau das frage ich Euch!» Arnac schwang sich von seinem Pferd, seine Augen blitzten wütend. «Seid Ihr denn wahnsinnig, alleine hier im Wald herumzugeistern, nach allem, was passiert ist?»

Sie wurde rot. «Ich habe mich verirrt…», murmelte sie.

«Ach, und da seid Ihr in diese Ruine hier hineingelaufen, um nach dem Weg zu fragen, oder was? Himmel, in solchen verfallenen Gemäuern sind schon Leute umgekommen, weil sie durch morsche Holzbohlen in einen alten Brunnen gestürzt sind!»

«Ich… es… es sah so… traurig aus… und so schön…» Cristino zitterte plötzlich am ganzen Körper, ihr Gesicht war kreidebleich. Die Wut in Couvencours Gesicht wich plötzlicher Sorge. «Habe ich Euch so erschreckt? Das tut mir leid», sagte er.

«Neinnein, nicht Ihr, die Frau…» Sie konnte nicht mehr weiterreden. Ihr war plötzlich zum Heulen zumute.

«Welche Frau?»

«Da drinnen, in dem Garten, da war so eine alte Frau. Sie hat so… komische Sachen zu mir gesagt.»

«Komische Sachen? Was für komische Sachen?»

«Sie… sie hat von Kindern erzählt, die da gewohnt haben und ermordet worden seien… von einem kleinen Mädchen, das Agnes hieß. Und sie hat gesagt, dass der Geist dieses Mädchens mit mir in Verbindung steht, weil ich dieses Medaillon trage.»

«Welches? Das da?» Arnac de Couvencour blickte mit gerunzelter Stirn auf das Medaillon.

«Auf der Rückseite steht», Cristino begann zu schluchzen, «‹Sie beschütze dich, Agnes, Sonne unseres Lebens.›»

«Wo habt Ihr das Medaillon denn her?», fragte Couvencour. «Hier gefunden?»

«Nein! Ich habe es gekauft, auf dem Markt. Vor zwei Wochen etwa. Und die Alte hat gesagt, dass diese Agnes mich auserwählt hat und dass die Toten wiederkommen und ... es war so gruselig, ich hatte solche Angst!»

«Himmel, das ist Unsinn, und das wisst Ihr!», sagte Couvencour ärgerlich. «Tote kommen nicht wieder und verstecken sich auch nicht in Medaillons, um mit anderen in Verbindung zu treten.»

«Aber woher wusste sie dann, dass auf dem Medaillon Agnes steht?», jammerte Cristino.

«Mein Gott, vielleicht hat dieses Medaillon ja wirklich dieser Agnes gehört, und die Frau hat es wiedererkannt, das kann doch sein», meinte Couvencour.

«Ja. Nein. Trotzdem. Dieser Garten ... es war so seltsam! Ich habe sie fast gesehen, die toten Kinder!»

«Fast? Das heißt, Ihr habt sie nicht gesehen. Ihr habt eine blühende Fantasie, Cristino.» Arnac de Couvencour lächelte spöttisch.

«Aber ich habe sie fast gesehen, bevor die Alte mir von ihnen erzählt hat, bevor ich überhaupt wusste, dass die Leute aus diesem Haus tot sind!», schrie Cristino verärgert. «Warum glaubt Ihr mir nicht?»

«Oh, ich glaube Euch sehr wohl», meinte Arnac trocken. «Ich glaube Euch, dass Euch ein verrücktes altes Weib eine Menge Unsinn erzählt hat. Aber Ihr solltet nicht so dumm sein, diesen Unsinn zu glauben! Kommt, jetzt bringe ich Euch aber dahin zurück, wo Ihr hergekommen seid. – Wo wart Ihr eigentlich?»

«Bei den Mancoun natürlich!», sagte Cristino entrüstet. Wo denn sonst!

«Ach ja, die alljährliche Wir-sind-die-Größten-Feier. Na gut – vielleicht klettert Ihr mal auf Euer Reittier, das ist nicht gerade um die Ecke.» Und ohne sich die Mühe zu machen, Cristino in den Sattel zu helfen, schwang er sich wieder auf seinen Fuchshengst und bog in den Weg ein. «Wartet!», keuchte Cristino entsetzt und krabbelte hastig auf den Rücken ihres Pferdes. Jesus, dieser Couvencour war kein Kavalier, also wirklich!

«Wo musstet Ihr eigentlich so dringend hin, damals in Lourmarin, dass Ihr Euch nicht mal verabschiedet habt?», fragte sie schnippisch, als sie wenig später Seite an Seite durch die Keyrié ritten.

Couvencour zuckte mit den Achseln. «Geschäfte», sagte er knapp.

«Was für Geschäfte?»

«Ihr seid kein bisschen neugierig, was?»

«Es hatte hoffentlich nicht mit den ...», sie rümpfte die Nase, «... Protestanten zu tun!»

«Klar – ich habe ein Komplott geschmiedet, den Papst zu ermorden, was sonst – sagt mal, was wollt Ihr mit dieser wahnsinnig schlauen Bemerkung sagen?»

«Nun» – sie räusperte sich, etwas erschrocken über ihre eigene Frechheit – «sie sagen schließlich, Euer Vater würde es mit denen halten, den Lutheranern und Calvinisten ...»

«Und wenn es so wäre?» Couvencours Augen blitzten wütend. «Was ist falsch daran, Menschen zu helfen, die grausam verfolgt werden, nur weil sie in Frieden und für sich ihre eigene Art suchen, Gott anzubeten?»

«Es sind Ketzer», widersprach Cristino.

«Könnt Ihr lesen, Cristino?», fragte Arnac.

«Natürlich», meinte Cristino stolz, obwohl sie selbstverständlich wusste, dass dies nicht natürlich war.

«Dann lest mal die Bibel und schaut, ob Ihr die Stelle findet, wo Jesus sagt, dass die weltliche oder die geistliche Herrschaft dazu berechtigt sei, Menschen zu foltern, zu hängen und zu verbrennen, nur weil sie gegen Ablasshandel und Obrigkeitskirche sind. Ich habe sie nicht gefunden, und ich habe ziemlich genau gesucht!»

«Aber ... aber ...» Sie wusste, sie benahm sich wieder enorm unschicklich, doch als gute Katholikin durfte man solche Worte einfach nicht dulden, und wenn sie hundertmal von einem Mann geäußert wurden! «Aber das weiß doch jeder, dass die Protestanten gefährlich sind! In England und in Irland, da haben sie die Katholiken umgebracht, als die Engländer einen protestantischen König hatten!»

«Wenn wir in England wären, dann wäre mein Vater der erste gewesen, der versucht hätte, den Katholiken zu Hilfe zu kommen. Wir sind hier aber verdammt noch mal nicht in England, sondern in der Prouvenço, wo ein paar machthungrige Adlige wie Pontevès und Maynier meinen, man könnte sich am allerbesten an die Franzosen anbiedern, indem man alle paar Tage ein paar arme Leute an den Galgen schleift, weil sie keinen Rosenkranz beten oder keine Schwüre leisten! Verdammt, Ihr seid doch offensichtlich nicht dumm, immerhin könnt Ihr lesen und sprecht fließend Französisch! Warum benutzt Ihr Euren Geist nicht mal zum Denken, statt bloß irgendeinen Blödsinn nachzuschwätzen, den Euch andere vorkauen?» Er trieb sein Pferd wieder an. Cristino zitterte vor Empörung. «Ihr seid kein Kavalier», krächzte sie. «So redet man nicht mit einer Dame.»

Arnac de Couvencour starrte sie einen Moment lang fassungslos an. Dann schüttelte er mit einem seltsam resignierten Gesichtsausdruck den Kopf und ritt weiter.

***

Zur großen Erleichterung der anwesenden Carcisten endete das Spiel schließlich mit einem knappen Sieg für Ais, und zur großen Erleichterung von Barouno Mancoun, die einen *éclat* gefürchtet hatte, nahm die Albret dies ohne Kommentar hin. Die Kinder nahmen jetzt das Spielfeld in Besitz, während die jungen Männer sich auf einer etwas abseits gelegenen Wiese vor den bewundernden Augen der Mädchen in Degenkämpfen übten. Heilige Elisabeth, hoffentlich passiert da nichts, flüsterte die Mancoun ihrem Sohn, dem amtierenden Baroun zu, es hat doch heute wahrlich genug Aufregung gegeben.

Die verschnörkelte Sonnenuhr an der Hinterfassade des Haupthauses zeigte schon fünf Uhr nachmittags, als die Mergoults und ihre Freunde wieder auftauchten, in Begleitung von Catarino, Regina d'Ardoche, Claudia de Buous und Alessia. Während die jungen Herren begeistert in Richtung der Degenkämpfer abzogen, lief Catarino zu ihrer Mutter, die im Kreise einiger Edelfrauen einen Vortrag über die Schwierigkeit der Erziehung erwachsener Töchter hielt, heutzutage! «Entschuldigt, Mama – ist Cristino hier aufgetaucht?», fragte sie ungewohnt kleinlaut. Die Dame Castelblanc sah sie erstaunt an. «Nein, wieso? Vermisst du sie denn?» Catarino murmelte etwas Unverständliches und floh in Richtung des Kampfplatzes.

Das *buffet* verschwand erneut unter Bergen erlesener Speisen, auf die sich die Anwesenden stürzten, als hätten sie bisher den ganzen Tag darben müssen. Auch für Getränke war gesorgt; Diener verteilten Saft und Wein und härtere Alkoholika, und der eine oder andere stapfte bereits mit etwas schwankenden Schritten durch das Grün.

Henric hatte sich in die Gruppe der Jeu-de-Paume-Spieler eingereiht, und Fabiou, der Verantwortung für seinen Schützling ledig, schlenderte durch die Festgesellschaft, Augen und Ohren weit offen auf der Suche nach neuen Informationen bezüglich der Morde und neuem Stoff bezüglich seiner Ballade. Zu seinem Ärger war besagter Monsieur Grandjean oder Ingelfinger wie vom Erdboden verschluckt. Wem er dafür über den Weg lief, war Senher Degrelho, der ins Gespräch vertieft war mit dem Buous, dem Bonieus, der inzwischen ebenfalls in Ais eingetroffen war, und zwei, drei anderen Herren, darunter niemand anderes als Comte de Trévigny. Der Buous war gerade beim Witze erzählen. «Da standen einmal drei Kerle aus Marsilho beisammen – der Erste Konsul, der Seidenhändler und der Müller mit seinem Esel. Nun, wer war der Klügste von ihnen? – Der Esel! Ha, der ist gut, nicht wahr? Der Esel! Hohoho!»

Fabiou war nicht besonders erpicht darauf, sich Buous' Witze anzuhören, doch die Neugierde trieb ihn in die Nähe von Senher Degrelho. Schließlich spielte dieser bei den Ereignissen um die Antonius-Jünger eine entscheidende Rolle. «Oder kennt ihr den …», rief der Baroun. «Was sind die drei Geißeln der Prouvenço? Na?» Keiner antwortete, und Buous rief aus: «Der Mistral, die Durenço und das Parlament von Ais! Hohoho! Oder, wartet, der hier ist noch besser: Also, der heilige Stephanus, der heilige Andreas, der Papst und Calvinus wurden einst von den Türken gefangen genommen und sollten im Bosporus ersäuft werden. Na ja, der heilige Stephanus trat ans Ufer, sagte: ‹Für den wahren Glauben!› und stürzte sich ins Wasser. Dann trat der heilige Andreas vor, sagte auch: ‹Für den wahren Glauben!› und sprang ebenfalls 'rein. Daraufhin war der Papst dran. Der schnappte sich Calvinus, warf ihn in den Bosporus und sagte: ‹Für den wahren Glauben.›» Er lachte schallend, ungeachtet der unbehaglichen Blicke, die zwischen Archimède Degrelho und den übrigen gewechselt wurden. «Wartet, ich denke, ich kenne noch ein paar Marsilho-Witze …»

«A propos …» Trévigny, der außer Papst und Calvinus nicht viel verstanden haben konnte, da der Buous provenzalisch gesprochen hatte, lächelte denselben gewinnend an, «da wir gerade beim Thema sind – diese Wa … Waldenser … was hat es mit dieser Geschichte auf sich? Und was haben sie mit diesem Baron d'Oppède zu tun? – Ihr müsst entschuldigen, ich bin fremd in dieser Gegend», fügte er hinzu.

Der Buous und der Bonieus tauschten rasche Blicke aus. «Was die Waldenser mit Oppède zu tun haben?», grummelte Buous, Trévigny zuliebe auf Französisch, was er gar nicht so schlecht konnte, wenn sein Akzent auch schauderhaft war. «Nun, etwa so viel wie das Ferkel mit dem Metzger.» Dann fiel ihm Fabious Anwesenheit auf, und zu ihm gewandt meinte er, als Warnung für dessen zartes Gemüt oder um sein Interesse zu steigern: «Schlimme Geschichte, mein Junge, schlimme Geschichte.»

«Die Waldenser, das war doch diese protestantische Gruppierung, die Mitte '45 die Kämpfe im Luberoun ausgelöst hat, oder?», fragte Fabiou in dem Versuch, nicht ganz so unwissend zu erscheinen.

«Ja, so würde es Oppède wahrscheinlich auch ausdrücken!» schnaubte der Bonieus, der das genaue Gegenteil von seinem Freund Buous war, groß, hager und volle graue Haare, und Buous sagte: «Protestantisch ist sowie schon mal falsch. Die Waldenser waren eine katholische Sekte, die schon über dreihundert Jahre alt war, als die Welt erstmalig von einem Luther und einem Calvinus hörte.»

«Sie ist von so einem Kerl aus Lyon gegründet worden, einem Kaufmann, glaube ich, Valdès hieß er. Deshalb Waldenser», sagte Bonieus.

«Warum gelten sie dann als Ketzer, wenn sie katholisch waren?», fragte Fabiou erstaunt.

«Ja, Himmel, Bub, denkst du, den Begriff Häresie hat die Kirche erst definiert, als dieser deutsche Mönch 1517 seine Schmähschrift an diese Kirchentür genagelt hat?», fragte der Buous entsetzt. «Leute, die gegen die Regeln der Kirche verstoßen, hat es schon immer gegeben. Klar, ich denke, ohne die ganze Aufregung wegen der Protestanten wären die Waldenser wahrscheinlich völlig in Vergessenheit geraten. Aber wenn man schon auf Ketzerjagd ist, schnappt man sich halt auch die, die einem in den letzten hundert Jahren am Arsch vorbeigegangen sind.»

«Ja, aber die Unruhen gingen doch von den Waldensern aus, oder?», fragte Fabiou erstaunt. Er dachte an die Ruinen von La Costo und Lourmarin.

«Einen Dreck!», ereiferte sich der Bonieus. «Ich weiß, da gab's diese Gerüchte, dass die Waldenser sich bewaffnet hätten und so, alle paar Wochen tauchte ein neuer Spinner auf und berichtete, dass er tausend bis an die Zähne bewaffnete Waldenser in Merindou gesehen hätte und so ein Mist! Ich frag' mich, wo dieses Waldenserheer plötzlich war, als Maynier und de la Font ihre Truppe durch den Luberoun gejagt haben und bis auf die paar Hansel von Marron kein Mensch ihnen Widerstand geleistet hat!»

«Ich sag' dir, die waren alle gekauft, diese so genannten ‹Zeugen›!», schimpfte der Buous. «Die wollten sich eine goldene Nase verdienen, die vom Parlament, indem sie den Besitz von den Waldenser einstrichen, das war's, und deshalb haben sie diese Horrorgerüchte über die Waldenser in Umlauf gesetzt, damit die Leute und der König hinter ihnen stehen. Also, ich sage euch, die Waldenser waren keine, die sich zusammenrotteten und Überfälle auf friedliche Leute planten. Ich hatte eine Menge Waldenser auf meinem Grund und Boden. Das waren friedliche, fleißige Leute, die pünktlich ihre Abgaben entrichtet haben und mit weltlichen Querelen nichts zu tun haben wollte. Die haben eben ihre eigenen Gottesdienste gefeiert mit ihren eigenen Priestern und ihren eigenen Riten, haben sich bemüht, streng nach der Bibel zu leben, so in Richtung Armut und Bescheidenheit, ein bisschen wie die Katharer fast, und das einzige Problem, das wir mit ihnen hatten, war, dass sie sich weigerten, Eide abzuleisten, wegen dieser Bibelstelle, deine Rede sei ja ja oder nein nein oder wie das heißt. Das war zwar ab und zu etwas unpraktisch bei Rechtsgeschichten, aber sicher kein Grund, sie alle abzumetzeln wie Schlachtvieh! Ohne jede Gerichtsverhandlung! Ich meine, sogar ein Ketzer hat doch ein Recht auf einen ordentlichen Prozess, oder?» Trévigny runzelte die Stirn. Fabiou schnappte fassungslos nach Luft. «Ja, aber wie … wie kann so etwas sein …»

«Es gab da einen Erlass zu Merindou, diesen ‹*Arrêt de Mérindol*›, wie sie es genannt haben.» Der Buous drückte seine Missbilligung aus, indem er diese Formulierung so französisch wie möglich aussprach. «Von … Jaume, weißt du noch, von wann der war? '38?», fragte er dann den Bonieus, und der meinte: «'40, glaube ich.» – «Also, '40 in etwa», fuhr der Buous fort. «Da hatte unser verehrter Erster Parlamentspräsident meines Wissens auch schon seine Finger mit drin. Damals war er zwar noch nicht Präsident, sondern nur *Conseiller* beim Parlament, aber trotzdem … Das war zunächst eigentlich eine ganz harmlose Geschichte, irgend so ein verhafteter Ketzer hatte erzählt, dass ein paar in Merindou der waldensischen Sekte angehörten. Na ja, unser hochverehrtes Parlament schickt also einen Büttel nach Merindou, dass er diese Waldenser verhaftet, aber die haben irgendwie Wind davon bekommen und sich aus dem Staub gemacht. Gut, unsere lieben Rechtshüter hängen in Merindou also eine gerichtliche Vorladung aus, die alle Verdächtigen miteinschließt, darunter Greise und kleine Kinder. Die in Merindou schicken daraufhin einen zum Parlament, der darum bittet, die Anhörung in Merindou selbst abzuhalten, damit sie ihre halbtote Oma nicht nach Ais karren müssen. Und was macht das Parlament? Erlässt eine Verfügung, die besagt, dass die Frist abgelaufen sei, innerhalb derer sie in Ais hätten vorstellig werden müssen, und damit gälten alle verdächtigten Personen als der Ketzerei überführt und seien zum Tod auf dem Scheiterhaufen verurteilt! Und weil der senile Priester von dem Kaff herumgepöbelt hatte, dass ganz Merindou von Ketzern durchsetzt sei, sollte der gesamte Ort niedergebrannt und sämtliche beweglichen Güter eingestrichen werden! Also, ich bin ja nun wirklich kein Jurist, aber das weiß sogar ich, dass so etwas kein rechtsgültiges Vorgehen ist! Ja, und das war also der so genannte *Arrêt de Mérindol*.»

«Zuerst ist dann glücklicherweise gar nichts passiert. Sie hatten wohl doch Skrupel, die Sache wirklich in die Tat umzusetzen, und das war auch die Phase, wo König François so auf Verständigung mit den Protestanten und Toleranz gesetzt hat, da wäre ein Gemetzel dieser Größenordnung schon unangenehm aufgefallen», meinte Bonieus zynisch.

«Nananana, halt, von wegen der Chassaneu habe Skrupel gekriegt!», fiel der Buous ein. «Der war doch um kein Deut besser als Maynier und de la Fonds, der Chassaneu. Das war bloß so, dass der Comte de Tende, der damals Gouverneur war, dem Parlament mitgeteilt hat, dass er die Sache mit Merindou nur übernehmen würde, wenn das Parlament die dazu erforderlichen Truppen finanzierte. Na, und siehe da, plötzlich wollte kein Mensch im Parlament mehr etwas vom *Arrêt de Mérindol* wissen. Also ging die Sache an den König, und da der gerade auch kein Geld übrig hatte, wurde stattdessen eben ein königlicher Gnadenerlass gegenüber Merindou herausgegeben, das kommt billiger. So war das und nicht anders. Von wegen Skrupel, es ging allen mal wieder nur um den Mammon!»

«Mag sein, wie es will», der Bonieus war etwas verärgert über die ständigen Unterbrechungen, «auf jeden Fall verschwand der Arrêt erst mal in irgendeinem Sekretär und staubte vor sich hin – ohne dass er allerdings außer Kraft gesetzt worden wäre.»

«Und dann?», fragte Fabiou atemlos.

«Na ja, der *Arrêt* schwebte also Jahre lang wie dieses Daedalus-Schwert über Merindou ...», sagte Buous, Damokles, verbesserte Degrelho, der offensichtlich eine humanistische Bildung genossen hatte, es heißt Damokles-Schwert, «bis dann '44 Freund Oppède auf die geniale Idee verfiel, die frisch verwitwete und saureiche Barouno de la Tour d'Aigue zu heiraten, um aus seinen drei Äckern endlich ein Stück Land zu machen, das den Namen verdient. Na ja, die Barouno hat ihm einen Korb gegeben. Daraufhin war *Monsieur le Baron* in seiner Ehre gekränkt und von dem Gedanken besessen, der Barouno eins 'reinzuwürgen. Die arme Frau war dummerweise die Lehensherrin von fünf oder sechs Dörfern, die zu einem beträchtlichen Teil von Waldensern bewohnt wurden. Und damit war das Schicksal der Waldenser besiegelt. Maynier hatte sich inzwischen so bei König François eingeschleimt, dass dieser ihm seine Bitte nach freier Hand bei der Bekämpfung der Waldenserproblematik nicht mehr abschlagen konnte, und allzu viel Toleranz gegenüber den Ketzern war auch nicht mehr in Mode. Also sammelt Maynier zu Ostern '45 eine Privatarmee aus königlichen Söldnern um sich, und Merindou, La Costo, Lourmarin und jedes andere Dorf in der Umgebung, in das mal ein waldensischer Hund einen Haufen gemacht hat, werden geplündert und angezündet, die Einwohner wahllos niedergemetzelt, einschließlich Frauen, Kindern und Greisen, ohne dass sich einer noch die Mühe macht, zu fragen, ob sie auch wirklich Waldenser seien oder vielleicht doch papsttreue Katholiken, die zufälligerweise am selben Ort wohnen.»

«Oh ja. Und zum Teil einschließlich der katholischen Priester!» Der dies sagte, gesellte sich erst in diesem Moment der Runde zu, ein schlanker, dunkelhaariger Herr um die dreißig, der Fabiou nicht unbekannt war. Er blickte ausgesprochen finster drein.

«Oh, Tag Jorgi... Jorgi müsst ihr fragen, Jungs, wenn ihr wissen wollt, was damals abgegangen ist!», erklärte der Buous. «Bei ihm in La Costo, da haben sie gehaust wie die Vandalen, aber ehrlich! Das darf man schier nicht laut sagen, was da passiert ist! Also, mich hat's geschüttelt, als ich davon gehört habe.»

«Baroun de La Costo, zu Euren Diensten», stellte sich der Neuankömmling Trévigny vor, dessen verständnislosen Blick er richtig interpretierte.

«Angenehm, Trévigny... ist das wahr? Die haben Priester getötet?»

«Zumindest unseren Priester haben sie getötet – niedergestochen auf der Schwelle seiner Kirche, weil er den Menschen im Allerheiligsten Zuflucht gewährt hat», erklärte Jorgi de La Costo. Seine Stimme klang ruhig, aber seine Augenlider zuckten bei diesen Worten.

«Oh ja, erinnere mich dran, der junge Bergotz...», seufzte der Buous. «Erinnerst du dich auch, Jaume? Jacque Bergotz, der Priester von La Costo. Eine Schande, wirklich!»

«Ja, und Ihr als der zuständige Baron – brauchten sie denn nicht Eure Erlaubnis, um La Costo überhaupt betreten zu können?», fragte Fabiou unsicher.

Der La Costo lachte spöttisch auf. «Als ich gehört habe, was in den anderen Orten – Lauri und Cabriero und so weiter – vorgefallen ist, bin ich stehenden Fußes Maynier entgegengeritten und habe ihn gefragt, was er bezüglich La Costo für Pläne habe – Himmel, ja, es gab Waldenser in La Costo, das wusste jeder, auch ich, aber Gott, das waren friedliche Leute, ich hatte nie Probleme mit ihnen gehabt. Und Maynier antwortete mir, er wäre selbstverständlich bereit, auf eine gewaltsame Einnahme von La Costo zu verzichten, wenn der Ort sich freiwillig ergeben und den Richtern bei der Entlarvung und Verhaftung aller Ketzer freie Hand gewährt würde. Nun, es wäre wahrscheinlich eines Lehensherrn würdiger gewesen, dieses Ansinnen entschieden abzulehnen, aber Gott, ich war damals zwanzig und mein Vater seit gerade mal drei Monaten tot, und ich habe gedacht, besser ich opfere die Waldenser, als dass der ganze Ort dran glauben muss, und habe gesagt, gut, er soll seine Leute schicken, die Tore würden offen stehen. Da sagte Maynier, ich habe ihn falsch verstanden, es ginge nicht darum, irgendwelche Tore zu öffnen, sondern sich zu ergeben. Ich fragte ihn, was er damit meine, und er antwortete, da die Bürger von La Costo die Anwesenheit von Ketzern geduldet hätten, würde er eine Schonung der katholischen Bevölkerung nur in Betracht ziehen, wenn wir in alle vier Mauern eine vier Schritt breite Bresche reißen würden. Ich dachte, ich traue meinen Ohren nicht!»

«Ja und? Habt Ihr es getan?», fragte Trévigny neugierig.

«Hättet Ihr das getan? Die eigene Stadtmauer einreißen? Meine Familie hätte mir den Kopf abgerissen und die Stadtväter vermutlich ebenfalls! Ich habe gedacht, so schlimm wird's schon nicht werden, habe die Tore öffnen lassen, als Mayniers Bande angerückt ist, habe ihnen Wein und Essen 'rausgeschickt, um sie guter Laune zu machen. Oh, Scheiße! Das waren totale Irre, eine Bande wildgewordener Landsknechte unter Führung eines Halsabschneiders, der zuallererst die zwei Winzer aufgeschlitzt hat, die ich zum Bewirten mitgeschickt habe. Und danach haben sie den Ort geplündert und niedergemacht und vergewaltigt, was ihnen zwischen die Finger kam. Die haben meine Familie bedroht, könnt Ihr Euch das vorstellen, meine Mutter, meine Schwestern! Wir konnten von Glück sagen, dass de la Font vorbeigekommen ist und sie zurückgepfiffen hat, sonst hätte es in La Costo nicht mehr Überlebende als in Cabriero gegeben!»

«Und als das Gemetzel 'rum war, ging das Sterben erst richtig los», meinte der Bonieus. «Oppède hat allen Bewohnern der Gegend bei strenger Strafe verboten, die Leute aus den betroffenen Orten mit Essen zu versorgen. Die Menschen sind zu Hunderten am Straßenrand verhungert. Dann brachen natürlich Seuchen aus, Ais war ein einziges Flüchtlingslager, in dem Hunger und Krankheiten grassierten, und Oppède setzte in Zusammenarbeit mit dem Großinquisitor der Chambre Ardente noch eins drauf und brachte jeden, der auch nur ein bisschen nach Protestantismus roch, an die Pinie oder auf den Scheiterhaufen oder wenigstens in den Kerker. Der wirtschaftliche Schaden für uns war gigantisch. Im gesamten Luberoun fiel die Ernte aus, weil die Einwohner geflohen waren oder sich nicht auf die Felder trauten aus Angst vor Mayniers Söldnern, die noch immer die Gegend unsicher machten – Maynier hatte ein paar Tagediebe abgestellt, die jetzt durchs Land zogen und alles, was ihnen vor die Nase kam, als Ketzereigentum konfiszierten, zu Gunsten der Bande vom Parlament. Mayniers Neffen, der Faucoun und der Jansoun, haben sich am *Arrêt de Mérindol* dumm und dämlich verdient, und genauso die anderen aus Mayniers Dunstkreis, und wir übrigen Edelleute standen quasi vor dem Ruin!»

«Ob ihr's glaubt oder nicht, aber wir haben es nicht geschafft, auch nur ein Feld zu pflügen – immer wenn sich einer von uns mit einem Ochsen auf den Acker gewagt hat, stand einer von Mayniers Plündertrupp vor ihm und hat den Ochsen konfisziert! Es war zum Wahnsinnigwerden!», ereiferte sich der La Costo.

«Und alles nur wegen Maynier und seiner gekränkten Eitelkeit!», ergänzte der Bonieus.

«Ein bisschen tut Ihr ihm Unrecht», mischte sich jetzt Degrelho ein. Fabiou wandte sich ihm zu und nahm sich erstmals die Zeit, ihn genauer zu betrachten. Ein ruhiges, intelligentes Gesicht, tiefdunkle Augen, die eine unglaubliche Sicherheit auszustrahlen schienen. Ab und zu warf er einen besorgten Blick nach links, wo seine Frau müde auf einer Bank saß, an ihrer Seite – Fabiou meinte seinen Augen nicht zu trauen – niemand anders als Alessia, die ihr fürsorglich die Hand tätschelte, was der Baroun d'Astain mit einem gerührten Lächeln registrierte. Kaum vorstellbar, dass dieser Mann einmal an der Spitze einer Schar von Edelleuten gegen eine Räuberbande ins Feld gezogen war.

«Unrecht? Dem kann man gar nicht genug Unrecht tun, dem geilen alten Bock!» fluchte Buous.

«Ihr redet nur von gekränkter Eitelkeit, aber er hat einfach auch an seine Sendung geglaubt! Er war überzeugt davon, in den Waldensern den Antichristen vor sich zu haben, den es zu vernichten galt», meinte Archimède Degrelho.

«Wenn das stimmt, ist er ein Irrer, und das ist noch schlimmer als ein geiler alter Bock!», schimpfte Buous. «Harmlose Frauen und Kinder niedermetzeln und dann vom Antichristen faseln, das ist ja wohl verrückt!»

«Ich denke, er konnte einfach die Sache mit seinem Sohn nicht verwinden», meinte Bonieus. «Deswegen hasst er alle Ketzer wie die Pest! Das mit der Tour d'Aigue, das war nur der Tropfen, der das Fass zum Überlaufen brachte.»

«Wieso, was war mit seinem Sohn?», fragte Trévigny.

«Er ist Protestant geworden, hat sich ein protestantisches Mädchen genommen und ist außer Landes gegangen, bevor Papi ihm den Hals umdrehen konnte», meinte Bonieus mit einem schadenfrohen Grinsen. «Wahrscheinlich ist er jetzt in Deutschland oder Genf und setzt eine Meute neuer Protestanten in die Welt. Mayniers einziger Sohn! Jetzt hockt er mit ein paar Töchtern da und hat keinen legitimen Erben, wie schade!»

«Wie dem auch sei», meinte Buous, «die Cental hat das Ganze nicht auf sich sitzen lassen und hat die Sache vor den Königlichen Gerichtshof gebracht.»

«Die Cental?», fragte Trévigny verständnislos.

«Na, die Tour d'Aigue», sagte der Bonieus. «Die von Tour d'Aigue sind auch Grafen von Cental im Piemont. Die hat's natürlich am schlimmsten erwischt, in ihren Ländereien stand kaum noch ein Stein auf dem anderen. Also sind sie wie gesagt vor Gericht gegangen. Der Baroun de la Tour d'Aigue war zu dieser Zeit wie gesagt schon tot, und da sein Sohn vor ihm gestorben war, war Nicolas damals schon der Erbe von Tour d'Aigue.»

«Nicolas?», fragte Trévigny, der langsam extrem verwirrt wirkte.

«Der Enkel der Cental, Jan-Loís-Nicolas de Bouliers», erklärte der Buous geduldig. «Er war damals noch minderjährig, also hat die Cental die Klage geführt. Maynier und seine Sippschaft haben auf das übelste versucht, sie beim König zu diskreditieren, haben behauptet, der alte Tour d'Aigue, ihr Verblichener, habe die Waldenser absichtlich auf seinen Grund und Boden geholt, um sich zu bereichern, und dass er sie zur Rebellion gegen den König ermutigt hätte und lauter so'n Schwachsinn, nur weil das offenherzige Leute waren, die Tour d'Aigues, und die Waldenser nach ihren Sitten haben leben lassen, solange sie still und bescheiden ihrer Arbeit nachgingen. Na ja, ganz blöd war Freund François zum Glück ja doch nicht, und als er kurz darauf den Löffel abgab, hat sich die Königin der Sache angenommen und eine Untersuchung in die Wege geleitet, die schon ans Licht brachte, wer hier ein rechtschaffener Mensch war und wer nicht.»

«Wir dachten schon, die Cental habe Erfolg, Maynier und ein paar andere wurden in Haft genommen und vor Gericht gestellt», fuhr der Bonieus fort. «Aber Gott, keine Chance! Schließlich hatten die Herren ja im Auftrag des Königs gehandelt, und schließlich waren es ja nur Ketzer, die man abgeschlachtet hatte, und dass ein paar unbescholtene Katholiken mit draufgegangen waren, das war halt Schicksal, wo gehobelt wird, fallen Späne. Der arme Kerl, der die Anklage vertreten musste, hat mir richtig leid getan, er musste so ungefähr jeden zweiten Satz seiner Rede darauf verwenden, sich gegen den Vorwurf der Ketzerfreundlichkeit zu verwahren. Na ja, bei derart unvoreingenommenen Richtern war das Ergebnis von vorneherein klar, und schließlich hat man die hohen Herren mit einer Entschuldigung nach Hause gelassen, mit Ausnahme von Guérin, dem königlichen Advokaten, den haben sie hingerichtet. Irgendeinen Sündenbock braucht man schließlich. Aber dem Maynier haben sie natürlich nicht ein Haar gekrümmt, der rieb sich derweil die Hände und kehrte in Amt und Würden zurück. Scheißkerl! Aber eines Tages bekommt der auch noch seine Rechnung präsentiert, da kann er Gift drauf nehmen.»

Fabiou hatte dem Buous stumm zugehört. Er dachte an das, was Jeanne d'Albret zu Maynier gesagt hatte. Und an Frederis Worte auf der Reise nach Ais – wenn die Hartherzigkeit einen Namen hätte, so wäre er Jean Maynier.

«Und das Schlimmste daran ist, die bornierten Aiser schleimen diesen Hundesohn noch voll, als ob er der König persönlich wäre!», schimpfte Bonieus. «Herr Präsident, Herr Präsident – ich kann das nicht mehr hören, also wirklich!»

«Himmel, das ist ja echt eine üble Geschichte.» Trévigny hatte die Stirn gerunzelt. «Mein Gott, in Paris sind auch häufig Ketzer hingerichtet worden, man mag zu so etwas stehen, wie man will. Aber dass man Hunderte von Leuten wegen des bloßen Verdachts der Ketzerei niedermetzelt, das ist ja … furchtbar.» Buous' Erzählung war ihm offensichtlich ganz schön nahe gegangen; er blickte regelrecht verstört drein. «Haben sie wirklich auch die Weiber und Kinder getötet, ist das wahr?»

«Getötet, geschändet, zerstückelt, verbrannt – Junge, du kannst dir gar nicht vorstellen, wie es in diesen Dörfern aussah, nachdem Maynier und seine Spießgesellen darüber hinweggegangen waren wie die apokalyptischen Reiter. Jesus, ich bin wirklich nicht empfindlich, ich bin '35 mit dem König im Feld gegen die Kaiserlichen gestanden, aber solche Gräuel wie '45 im Luberoun hatte ich mein Lebtag noch nicht gesehen, und dafür danke ich Gott auf den Knien!», sagte der Bonieus.

«Herr Jesus», Trévigny schüttelte den Kopf, «daher all die Ruinen auf dem Weg durch den Lubéron!»

Vielleicht war es dieser Satz, der Fabiou die Bedeutung von Buous' Worten endgültig zu Bewusstsein brachte. Ihm war plötzlich drückend heiß, sein Kragen drohte ihn zu ersticken. «Aber … warum …» Er konnte nicht weitersprechen.

«Warum?», kam ihm der Bonieus zu Hilfe.

«Warum hat niemand versucht, sie aufzuhalten?», brach es aus Fabiou hervor.

Alle schwiegen. Degrelho starrte ihn an wie einen Geist.

«Du bist gut!» polterte dann Bonieus. «Womit denn? Mit meinen paar Waffenknechten gegen Mayniers wildgewordenen Söldnertrupp?»

«Aber ... aber wenn sich die Edelleute des Luberoun zusammengeschlossen hätten ...»

«Wenn! Haben sie aber nicht! Genug von denen waren ja bescheuert genug, Maynier auch noch zu unterstützen!» Die Wut trieb dem Buous dicke Schweißtropfen auf die gerötete Stirn. «Damals war noch mein Onkel Gabriel Senher von Buous, und der Volltrottel hat nichts Besseres zu tun, als Mayniers Aufruf zu den Waffen zu folgen und mit ihm in die Schlacht zu ziehen. Ich war es dann, der den Waldensern später unsere Burg geöffnet hat, zum Schutz gegen diese Spinner. Na ja, Onkel Gabriel war mir hinterher letztendlich dankbar, nachdem er eine Woche lang zugeschaut hatte, wie seine ‹Untergebenen› geraubt und vergewaltigt haben, ohne sich auch nur im Geringsten um ihn zu scheren. Er hat die Waldenser, die sich zu uns geflüchtet hatten, anstandslos versteckt und durchgefüttert, bis sich die Situation beruhigt hatte.»

«Ja, aber, die Leute hier in Ais ... die Kirche ... der Conseil ... das Parlament ... die müssen Maynier doch unterstützt haben, sonst hätte er so etwas doch niemals tun können!», stotterte Fabiou.

«Das Parlament stand voll hinter ihm, und der Rest hat das ganze stillschweigend geduldet», meinte der Bonieus. «Gott, als die Tour d'Aigue zum königlichen Gericht ging, da ist ein Aufschrei der Entrüstung durch unser schönes Parlament gegangen, wie sie es wagen könnte, die königliche Gerichtsbarkeit über eine Entscheidung des Parlaments der Provence zu stellen. An die dreitausend Menschen, die mit ihrem Einverständnis abgeschlachtet wurden, haben sie keinen Gedanken mehr verschwendet.»

«Na, irgendwo hatten sie natürlich auch recht», murmelte Degrelho. «Ich meine, rechtlich gesehen war der Prozess natürlich eine Schwächung unserer Selbständigkeit.»

«Wenn die ganze Bande im Parlament nicht so korrupt wäre, hätte kein Mensch die Franzacken einschalten müssen!», ereiferte sich der Buous. «Ist schon wahr, 'ne Schande ist das, dass wir zu den Parisern rennen müssen, weil unser eigenes Gericht das Recht mit Füßen tritt!»

«Überhaupt, hört mir mit den Gerichten auf», rief der Bonieus. «Seit in diesem Land nach französischem Gesetz Recht gesprochen wird, sind die Gerichte doch nur noch eine *Farce*. Recht bekommt, wer eh' das Sagen hat! Und das Parlament... Jede Familie in der Prouvenço, die was auf sich hält und die Kohle dazu hat, versucht einen ihrer Angehörigen in dieses gottverdammte Parlament zu bringen, weil schließlich jeder weiß, dass das Parlament noch nie einen Verwandten eines ihrer *Conseillers* verurteilt hat. Das ist doch ein Witz, dieses Parlament!»

«Labarre hat es versucht», sagte in diesem Moment einer, den Fabiou bisher gar nicht beachtet hatte; ein großer Mann mit einem spitzen Gesicht und viel zu großen Tränensäcken, über denen zwei glasige Augen funkelten. Senher Artou, soweit er wusste. Er roch bereits gewaltig nach Wein.

«Versucht? Was versucht?», fragte Sébastien.

«Sie aufzuhalten», murmelte Senher Artou. «Oh ja, Labarre, der hat's versucht. Der tapfere kleine Labarre.» Er machte ein Gesicht, als wolle er gleich losheulen.

«Findest du nicht, dass du allmählich genug Wein gehabt hast?», fragte Degrelho kopfschüttelnd.

«Lass mich!», fauchte Artou wütend. «Hab' seinen Vater gut gekannt, wir waren Nachbarn ein Leben lang. Und dann stirbt der arme Junge in Lauri! Es hat seinen armen Vater ins Grab gebracht!»

«Wer war dieser Labarre?», fragte Trévigny in gewohnter Neugierde.

«Der Sohn eines Edlen am südlichen Rand des Großen Luberoun, nicht allzu weit von Lourmarin entfernt», erklärte Bonieus. «Er ist damals mit ein paar anderen nach Merindou, als er von der geplanten Durchsetzung des *Arrêt* hörte. Die Einwohner haben versucht zu fliehen, doch der Söldnertrupp war bereits im Anmarsch. Und der junge Labarre – na ja, er war ein Hitzkopf, so ein Abenteurer, und er ist den Angreifern nach guter alter Ritterart entgegengeritten und hat ihnen gesagt, sie sollen verschwinden, dieses Dorf stehe unter seinem Schutz oder so ähnlich. Na ja, Mayniers Truppe hat ihn natürlich allegemacht. Sie haben ihn mit nach Lauri genommen, und das war's dann.»

«Lauri? Ist das ein Ort?», fragte Sébastien.

Die Männer wechselten einen raschen Blick. «Das ist ein Dorf zwischen Merindou und Lourmarin», sagte der La Costo langsam.

«Und warum haben sie ihn dahin gebracht?», fragte Sébastien.

Wieder dieser Blick. «Nun, Lauri ...» Der Bonieus holte tief Luft. «Sie haben eine Reihe Gefangene aus der Gegend um Merindou nach Lauri gebracht, wisst Ihr.»

«Ja, und wozu?», fragte Fabiou unbehaglich.

«Irgendwo mussten sie es tun. Also warum nicht Lauri», murmelte Jorgi de La Costo.

«Tun? Was tun?», fragte Fabiou nervös.

Der La Costo biss sich auf die Lippen. Jaume de Bonieus schüttelte heftig den Kopf. «Frag nicht, Junge», sagte er heiser. «Ich weigere mich bis heute, zu glauben, dass die Geschichten über die Ereignisse in Lauri der Wahrheit entsprechen.»

«Was für ... Geschichten?», fragte Fabiou.

Der La Costo zuckte ungelenk mit den Achseln. «Am Schluss haben sie ihre Gefangenen vom Burgfelsen gestürzt, und was sie davor mit ihnen gemacht haben, erzähle ich dir besser nicht, Junge. Was den jungen Labarre betrifft, so heißt es, dass sie ihn gekreuzigt haben, an der Hütte des Schuhmachers. War hinterher alles nicht mehr so genau festzustellen.»

«Einen Edlen! Das muss man sich mal vorstellen!», schimpfte Buous.

Fabiou wollte etwas sagen, aber er brachte den Mund nicht auf. Er merkte, dass er albern und dämlich grinste. Trévigny schnappte ebenfalls mehrfach nach Luft, bevor er einen zusammenhängenden Satz herausbrachte: «Das waren ja wohl ... Barbaren!», keuchte er schließlich.

«Und ... und trotzdem wurde Maynier nicht zur Verantwortung gezogen?», stotterte Fabiou. Noch immer konnte er nicht anders als blöde grinsen. Es ärgerte ihn. Ihm war in keiner Weise lustig zumute. «Ich meine, spätestens hier muss doch jedem Gericht klar werden ...»

«Ach, der! Der hat sich darauf herausgeredet, dass Söldnerheere nicht zu kontrollieren seien und das Ganze als schrecklichen Unglücksfall hingestellt, genauso wie die Ermordung so vieler Katholiken», schnaubte Buous.

«Das Ganze war ein gezielter Schlag gegen die provenzalischen Barone, davon bin ich überzeugt!», rief Bonieus aus. «Wir waren

François zu selbständig, also hat er nach einer Möglichkeit gesucht, uns zu schwächen. Und Oppède und seine Ketzerhatz kamen ihm da als Mittel zum Zweck gerade recht! Und Oppède, der Idiot, hat das nicht mal gemerkt!»

«Natürlich hat er's gemerkt», behauptete Buous. «War dem doch gerade recht, um sich an den König anzubiedern. Der tät' seine eigene Mutter verkaufen, wenn's seiner Karriere dienlich wäre! Dann schon lieber der Carcès! Ist zwar auch ein Fanatiker, aber wenigstens ein Ehrenmann, jawoll, ein Ehrenmann! Der würde es Maynier schon zeigen, aber wirklich!»

«Oh, Scheiße, halt lieber den Mund. Ratte im Anmarsch!», zischte Bonieus.

Alle drehten sich um und starrten auf den Bossard, der sich, ein halbleeres Glas eines ziemlich konzentrierten Getränkes in der Hand, in Schlangenlinien auf sie zu bewegte. «Verdamm'es Razat-Gesocks. Verdamm'e Prodesdannen. Alle aufhängen, alle!», lallte er. Der Beinahe-Sieg der Béarner im Jeu de Paume war ihm offensichtlich etwas an die Nieren gegangen. «He, meine Freunne!» Er schlang dem Buous von rechts und dem Bonieus von links den Arm um den Hals, wobei er Letzterem Branntwein auf die Hose schüttete. «Ihr seid auf unserer Seidde, ni'wahr? Ihr helfuns gegen das Razat-Gesocks, ja?»

Natürlich, beeilten sich Buous und Bonieus zu versichern.

«Wie damals. Das warn Zeiten, damals, als wir die Ano...At... An-to-ni-us-Jün-ger elledigt haben, was? Alle hamwer elledigt. Und jetzt elledigen wir die Razats, was?» Er begann zu glucksen und zu kichern. «Alle elledigt, damals, die Waldenser, die Bruderschaft, die An-to-ni-us-Jün-ger. Wir warn gut, warn wir, besser als der verdamme Franzos', der *Genevois*, besser warn wir, sag ich. Ham den Hurensöhnen keine Chance gelassen, schnell unn sauber, das ganze. Besser als der *Genevois*, eh?»

Jemand trat hinzu, legte Bossard eine Hand auf die Schulter. «He. Bertrand. Findest du nicht, dass du für heute genug gesoffen hast?» Gaspard de Jansoun. Er grinste bei seinen Worten, doch seine Augen funkelten böse.

«Aber iss doch wahr, eh? Alle hamwer elledigt, stimms?», grölte der Bossard. «Die Annoniusjünger, und die Dings, die Dings, die …»

«Bertrand. Schluss jetzt. Komm mit.» Jansouns Lächeln war verschwunden. Seine Finger krallten sich fest in Bossards Arm.

«He, wassollas, das tut weh!», schimpfte der Bossard und schüttelte Jansouns Hand ab, aber immerhin ließ er den Buous und den Bonieus los. «Alle hamwer erledigt!», brüllte er noch einmal, dann stolperte er rückwärts und schrie: «Nieder mit dem Ketzertum! Den Razats die Hölle!» Und schlingerte weiter. Jansoun starrte ihm einen Moment lang hinterher, dann wandte er sich ab und ging hastigen Schritts davon.

Degrelho atmete hörbar auf, ebenso Buous und Bonieus. «Wovon hat er geredet?», fragte Fabiou erstaunt.

«Frag nicht. Bei Kerlen wie dem bin ich immer ganz froh, wenn ich nicht weiß, wovon sie reden», murmelte Buous.

«Ein Glück, dass er so besoffen war», grummelte Bonieus. «So wie du gebrüllt hast, hätte er sonst jedes Wort verstanden. Und dann gute Nacht! Kannst nur hoffen, dass der Jansoun nichts mitbekommen hat.»

«Ach …», murrte Buous, aber er sah ganz schön unbehaglich drein. Fabiou blickte erstaunt von Bonieus zu Buous und wieder zurück. Er hatte sie bisher nicht als Männer gesehen, die sich so leicht einschüchtern ließen. Beide besaßen daraufhin auch den Anstand, rot zu werden. «Na ja, bei denen weiß man nie», murmelte der Buous verlegen. «Nicht nur, weil sie gut Freund mit dem halben Parlament sind … die gehören nun mal zu denen, wo ein falsches Wort reicht, und im Handumdrehen hast du 'ne Klage wegen Ketzerei am Hals.»

«Eben. Wie der Couvencour», bestätigte Bonieus.

«Couvencour? Arnac de Couvencour?», fragte Trévigny verdutzt.

«Neeiin … sein Vater, Rouland de Couvencour», sagte Buous.

«Der prozessiert schon seit Jahren mit dem Parlament herum», sagte Bonieus.

«Weil er angeblich Protestanten zur Flucht vor der Inquisition verholfen hat», sagte Buous.

«Bisher konnten sie ihm glücklicherweise nichts nachweisen», sagte Bonieus.

«Aber der kann auch nur von Glück sagen, dass er ein Edler ist und das Parlament den Skandal scheut, einen Edlen ohne ordentliche Beweise wegen Ketzerei zu verurteilen. Wenn er ein Bürgerlicher wäre, wäre er längst auf dem Scheiterhaufen gelandet», sagte Buous.

«Und das kann immer noch kommen, wenn er nicht aufpasst», sagte Bonieus.

«Eben. Und wenn Maynier uns aus irgendeinem Grund ebenfalls ins Visier nimmt, könnte es uns genauso gehen», sagte Buous.

«Zumindest könnte er uns eine Menge Schwierigkeiten bereiten», sagte Bonieus.

«Und man weiß ja nie, wenn das so weitergeht mit dem Verfall unseres angestammten Rechts, dann ist man vielleicht ja bald auch als Adliger nicht mehr seines Lebens sicher.»

«Eben. Deswegen ist es besser, man legt sich mit den Kerlen nicht an.»

«Eben.»

«Ah, wenn man vom Teufel spricht …» Der Buous hatte sich umgewandt.

«Teufel?», fragte Fabiou verwirrt.

«Nun … Couvencour», sagte Buous und wies mit dem Daumen über seine Schulter zurück. Fabiou sah an ihm vorbei und entdeckte Cristino, die über den Rasen in Richtung *buffet* lief. An ihrer Seite schritt niemand anderes als Arnac de Couvencour. In eben diesem Moment blieb er stehen und pfiff leise durch die Zähne. Sein Blick war auf den Jansoun gerichtet, der soeben auf Maynier und den Faucoun zuschritt und leise auf sie einsprach. «Na, so etwas», sagte Arnac laut und deutlich. «Maynier und seine saubere Verwandtschaft. Die hochwohlgeborene Familie gibt sich die Ehre.» Mit einem Lächeln auf dem Gesicht lief er weiter. Seine Augen waren dunkler als das Nichts.

***

Das Klirren von Stahl gegen Stahl hallte durch die ordentliche Anordnung der Bäume, und Fabiou, der neben Sébastien de Trévigny im Schatten einer großen Zeder saß, weit genug unter den herabhängenden Ästen, um Jean de Mergoults Blick entzogen zu sein, fühlte sich grauenvoll.

Es war nicht nur dieses öde, entsetzlich langweilige Fest, die aufgetakelten, kichernden Gören, das prahlerische Balzgehabe der Jungs, die höfliche Konversation der edlen Damen und Herren und die Tatsache, dass er immer noch keinen einzigen Vers seiner Ballade zu Papier gebracht hatte. Das war es auch, natürlich. Das und der Ärger über die Anwesenheit der Mergoults und die Unmöglichkeit, Mèstre Grandjean aufzutreiben, der sich zu einer anderen Zeit und an einem anderen Ort Ingelfinger genannt hatte.

Aber sein Unbehagen saß tiefer. Viel tiefer.

Was störte ihn eigentlich so an den Eröffnungen von Buous und Bonieus? Er war mit den Ruinen von La Costo aufgewachsen, und dass sie nicht von einem Waldbrand herrührten, sondern die Folge kriegerischer Auseinandersetzungen waren, hatte er immer gewusst. Genauso, wie ihm stets klar gewesen war, dass bei den Kampfhandlungen, die La Costo zerstört hatten, nicht nur Gebäude in Mitleidenschaft gezogen worden waren. Also warum hatte er plötzlich das Gefühl, dass sich in seinem Innern etwas schmerzhaft zusammenzog, sobald sein Denken auf den Namen La Costo stieß?

Es waren schließlich Ketzer. An sich haben sie es nicht anders verdient. Hat sie ja keiner gezwungen, diesen blöden Irrglauben anzunehmen.

Was störte ihn? Die Worte des Buous – harmlose Frauen und Kinder? Selbst ein Ketzer hat doch einen Anspruch auf einen Prozess? Die Worte Sébastiens – Hunderte niedergemetzelt wegen des bloßen Verdachts der Ketzerei? Störte ihn die Erkenntnis, dass zu den Opfern neben den bösen Ketzern, denen es schließlich recht geschah, auch gute Katholiken gehörten? Störte ihn diese grauselige Geschichte über den jungen Labarre? Störte es ihn, dass es nicht die Ketzer waren, die den Frieden gebrochen und so den Kampf herausgefordert hatten, sondern dass die Urheber die Katholiken waren, von denen die offensichtlich friedfertigen Waldenser ohne konkreten Anlass überfallen worden waren? Ein bisschen von alledem wahrscheinlich. Aber die Hauptsache war eine andere.

Er hatte es nicht gewusst!

Er war acht Meilen von diesem verdammten La Costo entfernt aufgewachsen und hatte nichts von all dem gewusst! Wie war das möglich? Warum hatte nie einer darüber gesprochen? Frederi? Seine Mutter? Die Diener? Sie mussten doch davon wissen, es war doch erst dreizehn Jahre her! Er dachte an die Begegnung mit Jean Maynier am ersten Tag ihrer Reise, an das vergnügte Geplänkel seiner Mutter, an Frederis heftige Reaktion. Wenn die Hartherzigkeit einen Namen hätte, so wäre er Jean Maynier. Und Mutters Worte, er ist ein guter Katholik und so weiter. Sie wussten davon, natürlich wussten sie davon. Warum, verflucht noch mal, hatte nie jemand ein Wort darüber verloren?

Ringsum erscholl Beifall, ziemlich viele Leute beobachteten mittlerweile die Kämpfe auf dem Rasen. Der Applaus galt Alexandre de Mergoult, der soeben wieder einen Gegner klar besiegt hatte. Der Unterlegene, Artus de Buous, sammelte murrend seinen Degen auf, den ihm ein gezielter Hieb von Mergoult aus der Hand gerissen hatte. Mergoult! Was er über Maynier erfahren hatte, machte ihm die Familie Mergoult nicht gerade sympathischer!

Jetzt wurde ein anderer junger Adliger von seinen Freunden angefeuert, sich mit Alexandre zu messen. Der Junge, ein schlaksiger, schwarzhaariger Kerl, der auf den Namen Jacque hörte, trat grinsend vor und hieb ein paar Mal großspurig in die Luft, was den Beifall seiner Kumpel und höhnisches Gelächter beim Mergoult'schen Freundeskreis auslöste. Alexandre de Mergoult selbst sah dem neuen Gegner mit ausgesprochener Gelassenheit entgegen. Bisher war er der unangefochtene Sieger, noch jeder seiner Opponenten war schließlich geschlagen vom Platz gezogen, in zwei Fällen war zum Entsetzen der mehr und mehr außer Fassung geratenden Mancoun sogar eine größere Schramme zu versorgen gewesen – ein Glück, dass mit Docteur Grattou ein Arzt anwesend war, wenn dieser auch indigniert darauf hinwies, dass er kein ungebildeter Bader und das Versorgen von Schnittverletzungen an sich unter seiner Würde sei. Die wachsende Zahl der Zuschauer kam durchaus auf ihre Kosten.

Der junge Mann tänzelte nun auf Mergoult zu, seinen Degen wild durch die Luft schwingend. Bereits Mergoults erster Schlag brachte ihn deutlich aus seinem körperlichen wie seelischen Gleichgewicht, er stolperte rückwärts, Mergoult hieb ein zweites Mal zu, und wieder gelang es seinem Gegner nur unter Aufwendung seiner ganzen Körperkraft, den Hieb zu parieren. Er war stark, Mergoult.

«Er ist ein Stier», kommentierte Sébastien an Fabious Seite.

«Wie?» Fabiou, der ziemlich in Gedanken versunken gewesen war, schreckte auf.

«Mergoult. Ist ein Stier.»

«Hä? Wie meinst du das?»

«Mein alter Fechtlehrer hat die Kämpfer immer mit Tieren verglichen, und Mergoult hätte er einen Stier genannt. Er kämpft nur mit Kraft. Keine Technik. Der Junge da macht genau das Falsche. Er kann Mergoults Schläge nicht mehr lange abfangen, dazu ist er nicht stark genug. Würde er ihnen dagegen ausweichen, würde Mergoults Kraft ins Leere gehen und sich ziemlich schnell erschöpfen. Dann hätte er eine Chance gegen ihn. Da, pass auf!» Jacque hatte einen weiteren Hieb pariert, taumelte rückwärts unter der Wucht des Schlages. «Das war der letzte Schlag, den er abgewehrt hat, wetten?», sagte Sébastien. Fabiou fragte sich, ob er sich wirklich so gut auskannte oder ob er mal wieder bloß große Töne spuckte.

Alexandre de Mergoult setzte seinem Gegner nach, ein weiterer gewaltiger Hieb, und der Junge verlor das Gleichgewicht und stürzte rücklings zu Boden. Bevor er sich von seinem Schrecken erholt hatte, tippte Mergoult ihm mit der Spitze seines Degens auf die Brust und sagte: «Gewonnen, Kleiner.» Johlendes Gelächter von Seiten seiner Kumpanen, Jubel von der anwesenden Damenschaft. Fabiou blickte nach rechts. Ach du Schreck, inmitten der Gemeinde von Alexandres Anhängern natürlich niemand anderes als Catarino und Cristino. Weiber haben echt einen schlechten Geschmack!

«Na, siehst du?», rief Trévigny triumphierend. «Ein Stier, hab' ich ja gesagt. – Ich bin ein Fuchs, hat mein Lehrer immer gemeint», fügte er großspurig hinzu.

Das war der Moment, in dem der junge St. Roque sich vor ihnen aufbaute und in seinem miesen Französisch fragte: «Monsieur le Comte, Ihr habt Lust auf Waffengang?»

Trévigny sah auf, und sein Gesicht war plötzlich erstaunlich betreten. «Ich weiß nicht so recht…», sagte er gedehnt.

Aha, hab' ich's nicht gedacht. Sein Wissen ist wohl doch eher theoretischer Natur.

«He, komm, Franzmann, mach schon!» Das war Brieul. Alexandre de Mergoult, der soeben ein Glas Wasser leerte, prostete Sébastien zu. «Los, Monsieur le Comte. Kneifen gilt nicht.»

Sébastien seufzte. Langsam, widerwillig kletterte er auf die Füße und tappte auf den Rasen hinaus. Einige der Umstehenden applaudierten. Fabiou sah ihm belustigt hinterher. Selbst schuld – erst große Töne spucken, von wegen Fuchs und so, aber wenn es ernst wird, die Panik kriegen.

Wobei…

Da war so etwas wie ein kleines, vergnügtes Funkeln in Sébastiens Augen…

Alexandre de Mergoult stellte sein Glas ab und trat auf ihn zu. Zweimal ließ er seinen Degen zischend durch die Luft sausen. «Los, Monsieur. Ich verspreche Euch auch, dass ich Euch frühestens beim fünften Schlagabtausch entwaffnen werde.» Seine Freunde lachten, bis auf St. Roque, der es nicht ganz verstanden hatte.

«Wie großzügig», sagte Sébastien und griff an.

Und dem Publikum blieb der Atem stehen.

Sébastiens Kampfstil hatte nichts mit dem wilden Gehaue gemein, das sie in der letzten Stunde an diesem Ort hatten bewundern dürfen. Mit der Eleganz eines Tänzers wirbelte er um Mergoult herum, wie eine Schlangenzunge umzuckte seine Klinge den Gegner, täuschte an, wich aus, parierte, attackierte. Mergoults gewaltsame Schläge verpufften im Nichts, glitten ab an einer Klinge, die überall und nirgends zugleich war. Man sah Mergoult keuchen, auf seiner Stirn bildeten sich Schweißtröpfchen, während seine Bewegungen immer unkontrollierter, seine Schläge immer wütender wurden. Die Damen erbleichten, der Freundeskreis stimmte ein verzweifeltes Unterstützungsgejohle an, ein paar anerkennende Bemerkungen wurden hier und da gemurmelt, und dann sah Alexandre de Mergoult seine Stunde gekommen, denn Trévigny machte eine weite Ausholbewegung, die ihn für einen Moment ungedeckt ließ, und Mergoult hieb zu, fest entschlossen, diesem frechen Franzosen eine ordentliche Schramme zu verpassen.

Nur, dass da plötzlich kein Franzose mehr war. Mit einer eleganten wie beiläufigen Bewegung war Sébastien zur Seite getreten, Mergoult strauchelte, ruderte mit den Armen, und als er das Gleichgewicht wiedergefunden hatte, lag die Spitze von Sébastiens Degen an seiner Brust. «*Touché*», sagte Sébastien grinsend und schob den Degen zurück in die Scheide.

Einen Moment lang war es noch ziemlich still, dann brandete stürmischer Applaus los, vor allem von Seiten der Weiblichkeit. «Ist er nicht elegant? Ist er nicht gutaussehend?», tuschelte es zwischen den Mädchen, während sie nervös kicherten und klatschten wie die Wilden, und Cristino und Catarino beeilten sich, allen zu versichern, wie gut sie Trévigny kannten und dass sie mit ihm den ganzen Weg von Castelblanc hierher zusammen gereist waren. Sébastien genoss den plötzlichen Ruhm sichtlich, verbeugte sich wie ein Zauberkünstler in alle Richtungen und sagte zu allem Überfluss noch zu Mergoult: «Ihr solltet etwas weniger mit Kraft und etwas mehr mit Köpfchen kämpfen, das könnte Euch gut tun.» Mergoults Blick konnte man an sich nicht als wütend oder gekränkt bezeichnen. In seinen Augen lag schlichtweg blanker Hass. Und dann, ohne jede Vorwarnung, drehte er sich zur Seite und brüllte eine Gestalt am Rand seines Gesichtsfelds an: «Was glotzt du so, du Drecksack?»

Nicht nur Trévigny wandte sich um, um den Auslöser für Alexandres plötzlichen Ausbruch zu entdecken. Der saß indes ziemlich ruhig im Gras, den Rücken gegen den Stamm einer Pinie gelehnt, und sagte ungerührt: «Glotze ich? *Pardon*, das war mir jetzt wirklich nicht aufgefallen.»

Es war Arnac de Couvencour.

Mergoults Gesicht war dunkelrot angelaufen. Offensichtlich gab es für ihn etwas Schlimmeres, als in einem Fechtkampf besiegt worden zu sein. Nämlich vor Arnacs Augen besiegt worden zu sein. «Was machst du überhaupt hier, du dreckiger kleiner Razat, hä?», schrie er, während er ein paar heftige Schritte in Couvencours Richtung machte. «Du hast hier nichts verloren!»

Ein angedeutetes Grinsen auf Couvencours Gesicht. «Ich muss dich enttäuschen, Mergoult. Unsere Familie hat eine offizielle Einladung erhalten», sagte er spöttisch.

«Deine Familie, so!», höhnte Alexandre. «Und wo ist sie, deine saubere Familie? Dein Alter hatte wohl Angst, uns unter die Augen zu kommen, was? Hat wohl befürchtet, dass wir ihm seinen verdammten Ketzerhals umdrehen könnten, hä?»

Arnac de Couvencour stand auf und machte einen Schritt in Mergoults Richtung. Sie standen sich jetzt gegenüber, weniger als einen Schritt voneinander entfernt. Ein Anblick wie David und Goliath; Mergoult war einen vollen Kopf größer und ungefähr doppelt so breit wie der junge Couvencour. «Mein Vater», sagte Couvencour, und seine Stimme klang ziemlich böse, «ist kein Ketzer. Und Angst hat er vor einem lausigen kleinen Carcisten wie dir ganz bestimmt nicht.»

«Du … du Hund, ich … ich werde dich …»

«Was wirst du?», fragte Arnac spöttisch. «Willst du gegen mich kämpfen? Von mir aus, Mergoult, bitte.» Er hatte die Arme vor der Brust verschränkt, und ringsum hielt die Menge den Atem an in der Erwartung, Mergoult würde sich jetzt wie ein reißender Löwe auf das schmächtige Bürschlein stürzen und es in der Luft zerfetzen. Doch merkwürdigerweise tat jener nichts dergleichen, er machte nur eine wegwerfende Handbewegung, rief: «Ach, krepier doch!» und ging zu seinen Kumpeln am Rand der Lichtung.

Die angespannte Stimmung hätte sich vermutlich in Wohlgefallen aufgelöst, hätte Trévigny, in dessen Gesicht die gekränkte Eitelkeit stand, dass Couvencour schon wieder dabei war, ihm den Auftritt zu vermasseln, in diesem Moment nicht mit einem boshaften Unterton in der Stimme gefragt: «Was regt Ihr Euch denn so auf, Seigneur Couvencour? Euer Vater ist schließlich ein Ketzer, das weiß doch jeder.»

Couvencour fuhr herum. Seine Augen blitzten wütend. «Was mischt Ihr Euch hier ein?», zischte er. «Ihr habt von all dem doch keine Ahnung, Ihr kommt aus Eurem ach so tollen Paris und meint, wenn Ihr drei Wochen in Aix gewohnt habt, könnt Ihr Euch anmaßen, zu beurteilen, was richtig ist und was falsch! Kümmert Euch gefälligst um Eure eigenen Angelegenheiten!»

«He!» Trévignys Gesicht hatte sich verfinstert. «Spielt Euch hier nicht so auf, Bürschchen! Ihr riskiert eine verdammt große Klappe für den Sohn eines abtrünnigen Landjunkers, der seit Jahren mit einem Bein auf dem Schafott steht!»

«Aufspielen! Das sagt gerade der Richtige, Monsieur Ach-wie-toll!», entgegnete Arnac.

«Also, da hört sich doch alles auf! Wenn du zwei Jahre älter wärest, dann würde ich dir jetzt mit meinem Degen Mores lehren, da kannst du Gift drauf nehmen!», rief Trévigny.

«Probier's nur!» Arnac de Couvencour hatte auf einmal seinen Degen in der Hand.

Es folgte ein Moment erschrockener Stille. Dann lachte Trévigny schallend auf. «Komm, steck den Zahnstocher weg, Kleiner, bevor du dir wehtust», sagte er. «Ich kämpfe nicht gegen Kinder.»

«Dann entschuldigt Euch, dass Ihr meinen Vater beleidigt habt!»

«Jetzt reicht's mir aber mit deinen Unverschämtheiten. Du willst es ja nicht anders, Kleiner!», rief Trévigny und ging augenblicklich zum Angriff über.

Sein ebenso genialer wie einfacher Plan war gewesen, das freche Bürschchen in einem einzigen, sauberen Schlagabtausch zu entwaffnen und so der allgemeinen Lächerlichkeit preiszugeben, damit dem kleinen Mistkerl seine großen Worte ein für alle Mal vergingen. Doch auch geniale Pläne können fehlschlagen.

Der kleine Angeber parierte den Angriff ohne jede Mühe.

Es war ziemlich still, als die beiden sich dann gegenüberstanden, zwei Degenlängen voneinander entfernt, stumm einander musternd, das Aufflattern eines Vogels im Geäst hoch über ihnen der einzige Laut auf der Lichtung.

Dann, als hätte irgendjemand ein Signal gegeben, gingen sie gleichzeitig zum Angriff über.

Couvencours Kampfstil hatte nichts von Sébastiens tänzerischer Eleganz, nichts von Ästhetik, Anmut, Geschmeidigkeit.

Aber er war einfach unfassbar schnell.

Es war still geworden auf der Lichtung, während die jungen Leute stumm ein Gefecht beobachteten, das nichts mit dem zu tun hatte, was sie sonst an Degenkämpfen zu sehen bekamen. Fabiou, für den Fechten bisher nichts als blödes aufeinander Einhauen mit scharfen Gegenständen gewesen war, starrte auf einen Kampf, der in seiner Systematik und Formvollendung so sehr Kunst war wie jede Sonette und jedes Rondeau, ein Kampf mit einer Metrik, Schlagfolgen wie Jamben, Trochäen, Alexandriner. Mit der Gewandtheit eines Raubtiers wirbelte Sébastien über die Lichtung, und Arnac antwortete mit einer Geschwindigkeit, die seine Schläge fast unsichtbar machte. Dann standen sie wieder, ruhig, einander fixierend, wie zwei Katzen, bevor sie zum Angriff übergehen, und da war eine Falte auf Sébastiens Stirn erschienen, Unruhe in seinen Augen, unglaublich, dass dieser Junge in der Lage war, ihm standzuhalten. Und wieder fuhren sie aufeinander los, klirrte Metall zusammen, ein Singen in der Luft wie von missgestimmten Harfen, und Funken auf dem glühenden Gras.

Es war so schwer, zu erkennen, was eigentlich passierte. Da sprang Arnac rückwärts, stolperte über eine Unebenheit im Gras, wirbelte herum, doch Sébastien sah irgendeine Chance, warf sich nach vorne, und Cristino schrie, als Blut durch die Luft spritzte, und in Sébastiens Augen lag so etwas wie Erschrecken, das wollte ich nicht, wir hören auf, wenn du willst! Doch Arnac sah es nicht oder wollte es nicht sehen, mit einem Aufschrei sprang er vorwärts, und jetzt war Sébastiens Kampfkunst in verzweifelten Widerstand übergegangen, er stolperte rückwärts, versuchte den blitzschnellen Schlägen zu begegnen, und dann rutschten seine Stiefel auf dem Rasen, und im nächsten Moment lag er auf dem Rücken, und Arnacs Degenspitze zitterte über seiner Kehle.

Sogar die Vögel schienen in diesem Augenblick den Atem anzuhalten. Das einzige Geräusch auf der Lichtung war Couvencours und Trévignys atemloses Keuchen, und die tödliche Klinge schwebte nur eine Haaresbreite über Sébastiens Hals.

Einen schrecklichen, endlosen Moment lang lag Sébastien wie erstarrt. Dann hob sich langsam, unsicher seine Hand. «He …», sagte er mit wackelnder Stimme, und dann noch einmal: «He …», während seine Hand eine Bewegung machte, als versuche er den

Degen von seiner Kehle wegzuschieben, «... he, ich habe nicht gewusst, dass das hier ein Kampf auf Leben und Tod ist!»

Einen Augenblick lang verharrte Couvencour reglos in seiner Stellung. Dann blinzelte er plötzlich, machte einen Schritt zurück und schob langsam die Waffe in die Scheide.

Trévigny setzte sich auf. «Jesus!», sagte er kopfschüttelnd. «Ich habe noch nie gegen jemanden gekämpft, der so gut war wie Ihr!»

Arnac hatte die Augen zusammengekniffen. «Nehmt Ihr jetzt zurück, was Ihr über meinen Vater gesagt habt?», fragte er lauernd.

Sébastien lachte auf. «Ja, klar, muss ich jetzt ja wohl.» Er rang um Atem, und schüttelte erneut den Kopf. «Eins weiß ich ganz gewiss, Junge – Euer Feind möchte ich bestimmt nicht sein! Nun», meinte er entschieden, «dann gibt es wohl nur noch eine Möglichkeit.» Er rappelte sich auf und streckte Couvencour seine Hand entgegen. «Werden wir Freunde», sagte er grinsend.

Arnac de Couvencour rührte sich nicht. Misstrauisch starrte er auf die ihm dargebotene Rechte. Trévigny lachte erneut. «He, ich meine es ernst!», rief er aus. «Jetzt schlagt schon ein!»

Couvencours Gesicht nahm einen reichlich verdutzten Ausdruck an. «Das meint Ihr wirklich ernst?», fragte er ungläubig.

«Na klar, sonst würde ich es nicht sagen. Los ... wie heißt du? – Arnac!»

Ganz langsam erschien so eine Art angedeutetes Lächeln auf Arnacs Gesicht, und er ergriff Sébastiens Hand. «Also gut, von mir aus», sagte er.

«Fantastisch! Wir sind also Freunde?»

«Wir sind Freunde.»

«In Freud und Leid, in guten und in schlechten Tagen?» Sébastiens Augen blitzten.

Arnac lachte. «Von mir aus – in guten und in schlechten Tagen.»

«Bis in den Himmel, und wenn es sein muss, quer durch die Hölle?»

Arnac sah ihn an. «Bis in den Himmel, und wenn es sein muss, quer durch die Hölle», antwortete er ernsthaft.

«Fein», sagte Sébastien strahlend. «Das lass uns begießen. Das heißt, sobald der Docteur deine Schulter wieder halbwegs in Ordnung gebracht hat.»

Arnac warf einen kurzen Blick auf seine linke Schulter, über der das Wams zerfetzt war und glänzend vor Blut. Ringsum begannen ein paar Mädchen zu kreischen und in Ohnmacht zu fallen, als sie diesen Umstand bemerkten. Mergoult warf giftige Blicke in Richtung der beiden frischgebackenen Freunde, wahrscheinlich wäre es ihm am liebsten gewesen, sie hätten sich gegenseitig umgebracht. «Ach, ist, glaube ich, nur ein Kratzer …», sagte Couvencour.

«Verbinden sollte man es trotzdem. Wo ist denn dieser Docteur Grattou abgeblieben?»

Die Mancoun war alles andere als erbaut über jenen neuerlichen Unfall, schickte aber sofort einen Diener, den Docteur zu holen, und dirigierte Arnac zum Haus hinüber, wo sie ihn in einem der zum Garten hin gelegenen kleinen Empfangsräume Platz nehmen hieß. Sébastien folgte, ebenso die besorgte Cristino, wenn auch mit ängstlich zusammengekniffenen Augen, um ja nicht zu viel Blut zu sehen, während Catarino mit einigen Ihhhs und Ahhhs im Garten zurückblieb. Der Diener kehrte in Kürze zurück und hatte zwar des Docteurs Medikamententasche dabei, mitnichten aber den Docteur selbst. Der hatte sich soeben in der Gesellschaft einiger honoriger Herren des Parlaments befunden und das Ansinnen, einen verletzten Razat zu versorgen, entrüstet abgelehnt. Sébastien schimpfte eine Weile erbost auf diesen feigen Hund von einem Arzt, doch auch das änderte nichts daran, dass sie definitiv ohne medizinischen Beistand waren. «Ist nicht so schlimm, ich werde schon nicht verbluten», meinte Arnac, aber er war mittlerweile doch ein bisschen blass im Gesicht.

«Man muss die Wunde auswaschen und verbinden», meinte Cristino mit wackeliger Stimme. Das hatte sie einmal von Bruder Antonius gehört. Sébastien betrachtete sie zweifelnd. «Na, dann macht mal», meinte er.

Der Diener brachte etwas frisches Wasser und ein paar saubere Tücher. Cristinos ängstliche Blässe schlug in Feuerrot um, als ihr bewusst wurde, dass Arnac zur Versorgung der Wunde wohl seinen Oberkörper würde entblößen müssen, doch offensichtlich bemerkte der ihre Verlegenheit, denn er riss mit der rechten Hand seinen aufgeschlitzten linken Ärmel vollends ab, so dass die Wunde freilag. «Das Hemd ist sowieso nicht mehr zu retten», meinte er.

Cristino stand also da, hielt ein nasses Tuch in der Hand und starrte voller Entsetzen auf Arnacs blutverklebte Schulter. Warum hatte sie sich bloß in so eine Situation bringen lassen?

Zu spät, einen Rückzieher zu machen. Vorsichtig betupfte Cristino Arnacs Schulter mit dem Tuch, Wasser mit Blut vermischt perlte über Arnacs Arm und tropfte auf den Marmor. Cristino wartete darauf, dass sie ohnmächtig würde, wie im Angesicht von so viel Blut selbstverständlich zu erwarten, und war ausgesprochen erstaunt, als die Schulter schließlich ziemlich sauber war und sie immer noch auf ihren zwei Beinen stand.

Einen Moment lang überlegte sie, was jetzt zu tun sei. Durch Arnacs Schulter zog sich ein fingerlanger, klaffender Schnitt, aus dem noch immer Blut quoll. Sébastien hatte sich gesetzt und starrte interessiert auf ein Fresko mit einer Jagdszene. Er war etwas weißlich im Gesicht. Schließlich entnahm Cristino Docteur Grattous Tasche zwei Verbandsstreifen, die dieser vermutlich zur Versorgung von Aderlasswunden bei sich trug. Einen davon rollte sie zusammen und drückte ihn auf die Wunde, woraufhin sie ihn mit dem anderen festwickelte. Arnac verzog etwas das Gesicht, hielt aber still, bis sie mit ihrem Werk fertig war. Einen Moment lang sah sie unentschlossen auf das freie Ende der Binde, dann stopfte sie es möglichst fest unter eine der tieferen Lagen. «Fertig», seufzte sie erleichtert.

Arnac betrachtete sie seltsam. «Ihr macht das sehr gut», meinte er. «Habt Ihr das von Eurer Tante gelernt?»

Cristino, noch immer völlig perplex ob der Tatsache, nicht in Ohnmacht gefallen zu sein, sah ihn verständnislos an. «Meine Tante?», fragte sie. «Welche Tante?»

«Beatrix Avingou. Schwester Consolatoria. Sie kennt sich doch aus in der Krankenpflege, oder?»

«Ich … ich weiß nicht so recht … ich kenne sie gar nicht. Sie ist schon so lange in Rom», meinte Cristino entschuldigend.

«Aber Ihr müsst doch von ihr gehört haben», sagte Arnac stirnrunzelnd. «Erzählt man denn nicht von ihr in Eurer Familie?»

Eigentlich nicht. Eigentlich gar nicht. «Nun ... nur selten ...»

«Das ist ja seltsam. Ich dachte immer, Senher Auban müsste stolz sein auf seine fromme Cousine», meinte Arnac. Er hatte noch immer die Stirn gerunzelt.

«Kennt Ihr sie denn?», fragte Cristino schüchtern.

«Ein wenig. Ich kannte sie. Als Kind.» Er betrachtete Cristino nachdenklich. «Wer hat Euch dann beigebracht, Wunden zu versorgen?»

«Niemand!», sagte sie erstaunt. «Ich habe das zum ersten Mal gemacht.»

«Dann seid Ihr wirklich begabt», meinte Arnac de Couvencour.

Cristino errötete geschmeichelt.

Sébastien kannte nun kein Halten mehr. Arnac wurde zum *buffet* herausdirigiert, und mit zwei Gläsern Rotwein wurde erst einmal Brüderschaft getrunken. Cristino lief den beiden treulich hinterher, was sie bald bereute, denn sie war momentan vollkommen abgemeldet, die beiden jungen Männer hatten gerade nur Interesse füreinander. «Junge, du sprichst hervorragend französisch!», stellte Sébastien fassungslos fest. «Der Erste, dem ich hier in dieser Gegend begegne, der wirklich überhaupt keinen Akzent hat. Und fechten tust du wie der Teufel persönlich! Wer in aller Welt hat dir das beigebracht? – Himmel, bei dem würde ich auch gerne ein paar Stunden nehmen!»

«Das geht leider nicht.» Arnac lächelte traurig. «Er lebt nicht mehr.»

«Welch Verlust! Jesus und Maria, wenn du jetzt schon so kämpfst, wie soll das erst mal in zehn Jahren sein, so jung wie du bist!»

«So jung bin ich auch wieder nicht!», entrüstete sich Arnac. «Ich werde nächste Woche einundzwanzig!»

«Wirklich? Ich hätte dich bestenfalls auf achtzehn geschätzt. – Ich bin dreiundzwanzig», fügte er hinzu. Dann zögerte er einen Moment, bevor er sagte: «Du hast vorhin gesagt, ich würde die Sache mit deinem Vater nicht verstehen. Ich möchte sie aber gerne verstehen.» Er machte eine kurze Pause. «Ist es wahr, dass er Ketzern zur Flucht verholfen hat?», fragte er dann.

Arnac warf einen interessierten Blick in die Tiefe seines Weinglases. «Wenn es etwas gibt, was ich von meinem Vater gelernt habe, dann niemanden zu hassen, nur weil er eine andere Meinung vertritt, sei sie nun religiös oder politisch», sagte er langsam. «Es gibt Menschen, die suchen ihr Heil im Wort und andere im Sakrament. Ist das ein Grund, sich gegenseitig umzubringen?»

Sébastien sah ihn nachdenklich an. «Darüber habe ich mir ehrlich gesagt noch nie Gedanken gemacht», gab er zu. «Ich bin bisher allerdings auch noch niemandem begegnet, der es in Frage gestellt hat, dass der Protestantismus bekämpft werden muss.»

Arnac grinste. «Ich weiß – Protestanten stehlen, stinken und fressen kleine Kinder, das saugt man ja schon mit der Muttermilch ein.» Er schwieg kurz. «Mein Vater hatte zwei gute Freunde, die Protestanten waren», sagte er dann. «Als ich ein Kind war, habe ich an ihrem Tisch gegessen und mit ihren Kindern gespielt. Ich wäre nie auf die Idee gekommen, jemanden zu hassen, weil er Protestant ist. Mein Vater sagte immer, es ist nicht wichtig, ob einer Protestant oder Katholik ist, es ist nur wichtig, ob er ein guter Mensch ist.»

«Was ist aus diesen Freunden geworden?», fragte Sébastien neugierig.

Arnac hob die Schultern. «Sie sind tot. Der eine wurde vor seinem Haus von einem Söldnertrupp erschlagen, der andere im Gefängnis ermordet.»

«Und … die Kinder?»

«Wurden von der Schwiegerfamilie gut katholisch erzogen, auf dass man das letzte Mal einen solchen Skandal am Hals hatte», sagte Arnac mit einem bitteren Grinsen. «Aber lassen wir das. Was macht deine Familie?»

Sébastien erzählte von seinem Vater, der vor einigen Jahren gestorben war, von dem Schloss, das er hinterlassen hatte, von seiner Mutter, die noch lebte und eine liebenswerte, gute Frau sei, von seinen vier jüngeren Brüdern, von seiner Zeit am Pariser Hof und wie viel mehr es ihm Spaß machte, durch die Lande zu reisen und Abenteuer zu erleben. Cristino hörte höflich zu, nickte und lächelte zu allem und hoffte, dass bald die Tänze begännen und die Aufmerksamkeit der jungen Herren dann wieder ihr gehöre.

Sie hatte Glück. Der Abend nahte, Diener verteilten überall im Garten kleine Gefäße aus buntem Glas, in denen Kerzen standen,

Musikanten nahmen Aufstellung, die ersten Flöten- und Lautenklänge drangen zu ihnen hinüber, die ersten jungen Herren führten ihre Angebeteten zur Tanzfläche, einem niedrigen hölzernen Podest in der Größe eines Ballsaals. Cristino wartete darauf, dass Arnac sie zum Tanz aufforderte, doch dieser entschuldigte sich, sein Vater erwarte ihn, und nach einer brüderlichen Umarmung durch seinen neu gewonnenen Freund Trévigny verließ er die Veranstaltung.

Die Sonne sank, Dunkelheit fiel zwischen die Bäume. Überall wurden die Kerzen entzündet, der ganze Garten funkelte vor lustig flackernden, bunten Lichtern, die Wege gesäumt mit roten Lichtpunkten, bunte Laternen im Geäst der Bäume, und das Lachen der Menschen darunter. Es war dann Trévigny, der Cristino zum Tanzen aufforderte, eine Einladung, die sie nur zu gern annahm, zumal heute ihr Schuhwerk keinerlei Probleme bereitete, und auch ihr Knöchel hatte sich bereits weitestgehend erholt. An diesem Abend tanzte sie mit drei jungen Männern – Trévigny, Artus de Buous und einem der Estrave-Söhne, was Catarino später belächeln würde, da sie natürlich mit so gut wie allen jungen Männern tanzte, und der einzige Wermutstropfen war, dass Alexandre de Mergoult nirgends mehr zu entdecken war. Nach dem Kampf gegen Trévigny hatte er sich offensichtlich zurückgezogen. Cristino hoffte inständig, dass sein Groll nicht ihr galt.

Die allgemeine Stimmung war heiter bis ausgelassen, was zum Großteil daran lag, dass die Navarra mit ihrem Hofstaat und einem heftig protestierenden Henric abgezogen war – zur Erleichterung der Mancoun, die einen größeren Skandal gefürchtet hatte, denn der Bossard wankte noch immer pöbelnd und grölend durch die Reihen der Gäste. Dem Wein wurde mehr als genug zugesprochen, das *buffet* bis auf die letzten Krümel geleert, und mit großer Freude und Ausdauer wurde getanzt. Es empfahl sich inzwischen nicht mehr, zu weit vom Weg abzukommen, da man mittlerweile zu aller Orten über schnarchende Betrunkene, sich über die Rosen erleichternde Herren und nicht zuletzt über hinter den Büschen versteckte Pärchen stolperte, die im Schutz der Dunkelheit schäkerten und gewiss auch noch anderes taten. Auch der Bossard hing inzwischen nahezu bewusstlos auf einer Steinbank. Die Mancoun bemühte sich, über all dies hinwegzusehen.

In dieser Situation war es, dass Cristino, glücklich und erhitzt vom letzten Tanz und mittlerweile auch ordentlich beschwipst, an Trévignys Arm zum *buffet* taumelte, wo sie dem Diener zujapste: «Einen ... hicks ... hihihi ... Orangensaft. Mit ... hihihiii ... Zucker. Hicks.»

Trévigny entschuldigte sich mit irgendetwas, was sie nicht verstand und was ihr auch egal war, sie war vollauf damit beschäftigt, den Flüssigkeitsspiegel in ihrem Saftglas in eine annähernd waagrechte Position zu bringen, und kicherte vergnügt, wann immer der Saft über den Rand schwappte und ihr über die Finger tropfte.

«Cristino de Bèufort, wenn ich mich nicht irre?», sagte eine angenehme Männerstimme. Sie sah auf. Ihr Blick brauchte ein paar Sekunden, um auf das Gegenüber zu fokussieren. Graue Haare, ein freundliches, ruhiges Gesicht, Lachfältchen um die tiefschwarzen Augen. «Degrelho», stellte er sich vor, ihren fragenden Blick richtig interpretierend, «Senher d'Astain.»

«Hicks», machte Cristino und verschüttete die Hälfte ihres Orangensafts.

Er lachte. Es war ein angenehmes Lachen. «Ich kenne Euren Vater recht gut. Euren Stiefvater, meine ich, den Cavalié de Castelblanc. Ich bin sehr erfreut, seine beiden reizenden Töchter kennenzulernen.»

Wo ist eigentlich Catarino, wollte Cristino fragen, aber eine Frage dieser Eloquenz ließ ihr derzeitiger Zustand nicht zu.

«Ich werde selbst in einer Woche eine kleine Feier abhalten, nicht weit von hier, auf meinem Anwesen. Nicht dass ich diese Feierlichkeiten so sehr mag, ganz im Gegenteil – meine Frau ist sehr krank, Feste in dieser Größenordnung stellen eine starke Belastung für sie dar. Aber ich habe einen Sohn, und der ist wie alle jungen Leute natürlich überaus begierig darauf. Was in Ordnung ist. Die Jugend muss ein einziges Fest sein. Die Probleme kommen später von allein.» Er lächelte sie an. Seine schlanke Nase schwankte vor ihren Augen. «Ich hoffe, Euch dort ebenfalls begrüßen zu dürfen, Barouneto.»

«Ja, s...sicher», lallte Cristino.

Und das war der Moment, in dem der Diener herbeigestürzt kam, sein leichenweißes Gesicht schaurig beleuchtet vom Blutrot der Laternen, und schrie, Senher Bossard, Senher Bossard, Barouno, kommt schnell, Senher Bossard!

Es war nicht der Schlag, der ihn getroffen hatte, und es war auch nicht die Vergiftung des Blutes durch den Alkohol, wie der eilig herbeihastende Docteur Grattou zu mutmaßen beliebte. Der Bossard hing auf der Bank, auf die er sich zum Schlafen gelegt hatte, das Wams getränkt von dem Blut, das aus dem tiefen, klaffenden Schnitt in seiner Kehle troff. Und das war noch nicht das Schlimmste, wie die Festgäste erkennen mussten, die aus allen Seiten des Parks zusammenströmten, schwankend die einen, außer Atem die anderen, alle ebenso neugierig wie entsetzt. Himmel hilf, Himmel hilf, schrie Tante Eusebia, während die Dame Castelblanc mit einem erstickten Röcheln gegen die nächstbeste Pinie sank. Na, das ist ja lieblich, meinte Oma Felicitas. Diese Untat wird nicht ungerächt bleiben, brüllte der Estrave. Die Mancoun angelte hektisch nach ihrem Riechsalz. Oh Mann, ist das blöd, jammerte Catarino, die an der Hand des jungen Andréu d'Estrave aus dem Gebüsch gekrochen kam, das Kleid zerwühlt, die Haare voller Blätter, gerade jetzt, wo es endlich spannend geworden ist. Fabiou sagte gar nichts, er starrte nur stumm auf den leblosen Körper und auf die Lehne der steinernen Bank, an der Bossards Stirn ruhte.

Auf besagter Lehne stand in blutigen Lettern geschrieben:

Santonou

KAPITEL 7

in dem Fabiou eine Menge schrecklicher Geschichten erfährt

Ain Geyr ist ausgeflogen
Im Högew am Schwarzwald.
Er hat vil Jungen ausszogen,
Die Bauern allenthalb.
Sie sind aufrürig worden
In teutscher Nation
Und hand ain bsunder Orden,
Vielleicht wirds in wol gon.

Herschaft die thund sie schrecken,
Das sie kam wais wa naus,
Die Bauren thuns aufwecken
Und nemends nach der Baus.
Es seind mir seltzam Kunden.
Sie wagen dir ir haut,
Sie hand an Sinn erfunden,
Wer hett in das zutraut?

Conz Annahans, schwäbischer Liedermacher, und Anton Forner,
Anführer der aufständischen Bauern zu Nördlingen im März 1500

Als Fabiou am nächsten Morgen gegen acht Uhr aus seinem Bett hüpfte, war das Haus totenstill. Die Familie schlief noch, nachdem es am vergangenen Abend ziemlich spät geworden war, und die Dienerschaft nutzte die Gelegenheit, ebenfalls auszuschlafen, oder bemühte sich zumindest, leise zu sein, um die Herrschaft nicht in ihrem Schlummer zu stören. Was Fabiou betraf, so hielt ihn heute Morgen nichts in seinem Bett. Eine Straße und knappe hundert Schritt weiter wartete etwas auf ihn, das eine deutlich größere Anziehungskraft besaß als jede noch so kuschelige Daunendecke.

Fabiou legte an sich nicht allzu viel Wert auf sein äußeres Erscheinungsbild, er war noch in jenem Alter, wo man sich wenig um die holde Weiblichkeit schert und wo Bequemlichkeit und Zweckmäßigkeit wichtiger sind als Modeerscheinungen. Doch heute morgen – er verzichtete darauf, einen Diener zu rufen, sondern kramte stattdessen selbst in den Kleidertruhen – schlüpfte er freiwillig in eine enganliegende blaue Samthose und ein ebenfalls blaues Wams mit hochgeschlossenem Kragen und drückte sich ein weiches, samtenes Barett auf seinen roten Wuschelkopf. Wenn er jetzt noch in die Stiefel schlüpfte, sich um einen aufrechten Gang bemühte und ein entschlossenes Gesicht machte, konnte man ihn eventuell für sechzehn halten, und dann bestand die Chance, dass sein Vorhaben erfolgreich wäre. An diesem Morgen bereute er es zum ersten Mal, dass er keinen Degen sein eigen nannte, damit hätte er doch gleich noch erwachsener gewirkt.

Es war noch immer unglaublich still im Haus, als er leise die Treppe hinunterhüpfte. Der Pförtner hing im Halbschlaf auf seinem Stuhl und beachtete ihn kaum, als er mit der Bemerkung, er wolle kurz spazieren gehen, zur Tür hinausschlüpfte.

Die Sonne beschien die Dachgiebel, als er auf die Carriero de Jouque hinaustrat. Die Stadt war noch kühl und erfüllt von morgendlicher Geschäftigkeit, Bauern auf dem Weg zum Markt, Händler, die ihre Ware abluden. Er lief durch die Carriero de Jouque, in der vergleichsweise wenig los war, aus dem einzigen Grund, dass die Straße so eng war, dass sie selbst einem schmalen Gespann keinen Platz bot. In der Tat konnte man an manchen Stellen mit ausgebreiteten Armen die Hauswände zu beiden Seiten berühren.

Die Carriero de Jouque wandte sich nach links, und nach wenigen Schritten stand Fabiou auf der Plaço de Sant Sauvaire. Einen Augenblick lang blieb er stehen, die Arme in die Seiten gestemmt. Zur Linken klang bereits das Hämmern und Sägen aus dem Portal von Sant Sauvaire mit seiner Darstellung der Propheten und Apostel und himmlischen Heerscharen. Geradeaus jenseits des Platzes ein Neubau im italienischen Stil – niemand anders als der Erste Parlamentspräsident, Jean Maynier d'Oppède, hatte hier seine Bleibe. Und zur Rechten, majestätisch und erhaben, der Stolz von Ais, das Symbol von Weisheit, Wissen und Fortschritt – die Universität.

In Ordnung. Wird schon gut gehen.

Fabiou holte tief Luft und schritt auf die Pforte zu.

Es war noch nicht allzu viel los in den Hallen des Wissens um diese Tageszeit – Studenten standen auch nicht gerade im Ruf, ausgemachte Frühaufsteher zu sein. Nur ein paar Übereifrige, bürgerliche Stipendiaten größtenteils, die im Gegensatz zu ihren adligen Kommilitonen ihr Studium als die Chance ihres Lebens begriffen, liefen bereits mit unter den Arm geklemmten Büchern durch die hallenden Gänge und verschwanden im Auditorium oder in einem der Studierzimmer. Fabiou tat so, als gehöre er dazu.

Er wagte es nicht zu fragen, aus Angst, aufzufallen, und so fand er die Bibliothek erst nach einer guten halben Stunde, am Ende eines Ganges, von dessen Wänden ihm die honorigen Magister der Alma mater von Ais in Öl entgegensahen. Aus dem Augenwinkel versuchte er, die Namensschilder unter den Bildern zu entziffern, aber den Namen Pierre Avingou konnte er nirgends entdecken.

Hinter dem Eingang saß ein griesgrämiger Herr an einem Pult, wo sich ein Student soeben in einem aufgeschlagenen Buch eintrug. Der Herr nickte angedeutet, der Student ging weiter, und der Herr wandte sich Fabiou zu, mit einem Blick, als ob er ihn fressen wollte.

Bloß nicht einschüchtern lassen. «Guten Morgen», sagte Fabiou fröhlich und griff nach dem Federkiel. Ein Blick auf das Buch. Der Student vor ihm hatte seinen Namen und seinen Herkunftsort eingetragen.

«Was ist denn das für ein Benehmen! Nimmt man heutzutage nicht mehr den Hut ab, wenn man eine Bibliothek betritt?», blaffte der Mann. Fabiou zog hastig das Barett von seinem Kopf. Er zögerte einen Moment, bevor er die Feder ins Tintenfass tauchte. Er war noch nicht allzu oft in der Situation gewesen, seinen Namen in ein offizielles Dokument eintragen zu müssen, und er war sich ziemlich im Unklaren darüber, wie er es mit der Orthographie zu halten hatte. Sollte er sich «Beaufort» schreiben, wie es die Franzosen zweifelsohne getan hätten? Oder lieber «Bèufort», wie es auf dem Grabstein seines Vaters stand? Überhaupt – war «Fabiou» eigentlich ein Vorname, den man in das Register einer Universitätsbibliothek eintragen konnte? Klang das nicht sehr hinterwäldlerisch? Sollte er nicht besser die französische Form wählen, «Fabien» also? Oder gar die lateinische, «Fabius»? Und was sollte er als seinen Herkunftsort eintragen? Ais, wo er geboren war? Castelblanc? Ein ungeduldiges Räuspern des Bibliothekars zeigte ihm, dass dies nicht die Zeit und der Ort für Grundsatzüberlegungen war, und so kritzelte er schließlich kurz entschlossen *Fabiou Kermanach de Bèufort, Aix* in das aufgeschlagene Buch. «Entschuldigt», fragte er dann, bemüht um einen selbstsicheren Ton, «wo finde ich die Annalen von Galaud?»

Der Herr hatte sich bereits wieder den Unterlagen auf seinem Tisch zugewandt. «Letztes Regal links», grunzte er kaum verständlich.

«Ah. Danke.» Fabiou tat es dem Studenten nach, schritt an dem Pult vorbei und betrat die Bibliothek.

Er war nie zuvor in einer Bibliothek dieser Größenordnung gewesen. Davon gehört hatte er natürlich, von endlosen Bücherregalen, geordnet nach einem ausgeklügelten Prinzip, das zu beherzigen so unabdingbar war, dass ein Buch, nur einen Schritt zu weit links oder rechts ins Regal gestellt, ein Menschenalter lang nicht mehr gefunden wurde. Jetzt war er fast etwas enttäuscht. Bücher, natürlich, massenhaft Bücher, Bücher wohin man sah, in Regalen aufgestellt und auf den Tischen gestapelt, an denen die wenigen arbeitsamen Studenten saßen, nicht weniger, aber auch nicht mehr. Der Raum hatte nichts von der geheimnisvollen Aura unermesslichen Wissens, die er mit dem Wort Bibliothek stets verbunden hatte. Er roch nach Leder, Staub und Fleißarbeit.

Er fragte sich, wie oft sein Vater hier gesessen hatte, damals, als er hier, in diesen Räumlichkeiten, Jurisprudenz studiert hatte.

Das Regal hinten links war nicht nur seiner Position nach das letzte. Die Bücher darin waren größtenteils zerfledderte, abgenutzte Exemplare, auf denen sich eine dicke Staubschicht abgelagert hatte und die auch dem Inhalt nach nicht gerade zu den genialsten Ergüssen menschlicher Geisteskraft gehörten. Was hier stand, wurde von den Verantwortlichen der Universität offensichtlich als gerade wertvoll genug erachtet, um nicht zum Anschüren des Herdfeuers zu dienen.

Die Annalen waren eine Sammlung großer, säuberlich in Leder gebundener Folianten. Die Einbände der neueren, ab 1546, waren karminrot, die der älteren dunkelbraun, fast schwarz. Die Jahreszahlen waren in Metallprägung auf den Rücken der Bände angebracht. Römische Zahlen natürlich. MDXXXII-MDXXXV waren gute acht Pfund angestaubter Stadtgeschichte. Auf Zehenspitzen stehend wuchtete Fabiou den Band aus dem Regal und schleppte ihn keuchend zu einem leeren Tisch, wo er ihn auf die Tischplatte und sich selbst auf den dahinter stehenden Hocker fallen ließ. Von vorne und von der Seite trafen ihn die ärgerlichen Blicke der arbeitenden Studenten, «Ruhe!», zischte einer. Fabiou senkte den Kopf, bis seine Nasenspitze schier die Tischplatte berührte, und öffnete das Buch.

Der gestrige Abend hatte einige neue Erkenntnisse gebracht, und die Ermordung Bossards war sichtlich das aussagekräftigste Ereignis. Bewies sie doch ein für alle Mal stichhaltig, dass an der Raubmord-These nichts dran war. Bossard war nicht ausgeraubt worden. Bossard wäre auch der Letzte gewesen, den sich ein Räuber als Opfer ausgesucht hätte, angesichts all der vor Gold, Perlen und Edelsteinen glitzernden Weiber. Bossard zu töten wäre für einen Räuber auch völlig überflüssig gewesen, da er sich zum Zeitpunkt seiner Ermordung im Vollrausch befunden hatte; weder hätte er einen Raub abwehren, noch den Täter hinterher identifizieren können. Wieso hatte man ihn also getötet? War der Mörder ein fanatischer Protestant, wie der kleine Navarra gemutmaßt hatte? – Möglich, immerhin war der Ermordete ein fanatischer Katholik gewesen, ein Carcist, der den ganzen Abend Hetzparolen gegen die von der «*religion*» gedroschen hatte.

Aber warum die Schrift? Warum Santonou?

Und wenn der Mörder tatsächlich ein übrig gebliebener Antonius-Jünger war? Kein Raubmord, war das denn gleichbedeutend mit kein Antonius-Jünger? Gab es am Ende ein anderes Motiv, das die ehemalige Plage des Luberoun nun zum Morden trieb? Bossard war an der Jagd auf die Antonius-Jünger beteiligt gewesen. Bossard war einer von jenen, die Joan lou Pastre und Enri Nicoulau aufs Schafott gebracht hatten. Wollte der Mörder Rache für die Hinrichtung seiner Kumpanen? War das der Grund für die Schrift, die an jedem Tatort gefunden wurde? Waren vielleicht auch Trostett und Bruder Servius in irgendeiner Form an der Ergreifung der Antonius-Jünger beteiligt gewesen?

Nun gut, vielleicht lieferte jener Packen nüchtern beschriebenen Pergaments, verfasst von einem uninspirierten Stadtschreiber, ein paar Antworten auf diese Fragen.

Die Ereignisse waren chronologisch geordnet. Fabiou blätterte langsam durch die Seiten, die er mit einem raschen Blick überflog. Es störte ihn nur wenig, dass das Schriftstück komplett in Latein gehalten war, er las diese Sprache fast ebenso schnell wie Französisch.

Der Schreiber hatte sich weder einer besonders eloquenten Sprache befleißigt, noch war seine Grammatik die allerbeste. Trocken, gleichförmig und dabei extrem detailverliebt schrieb er die Ereignisse herunter, beschrieb Markttage und Hinrichtungen, Gerichtsurteile und Festivitäten, politische Ereignisse und harmlose Anekdoten.

Fabiou war noch nicht allzu weit gekommen, als ihm ein einzelnes Wort ins Auge stach.

Mérindol.

Mérindol. Das war die französische Schreibweise des Dorfs Merindou, wie er seit dem Gespräch mit dem Buous wusste.

Der Eintrag war dem Juli 1540 zugeordnet. Im Mai 1540, so berichtete der Stadtschreiber, habe der König das Parlament der Provence ermächtigt, alle ihnen angemessen erscheinenden Maßnahmen zur Bekämpfung der lutheranischen und waldensischen

Sekten zu ergreifen, da es den niederen Rechtsinstanzen offenbar nicht gelang, deren Treiben Einhalt zu gebieten. In Erfüllung dieser Verfügung habe das Parlament von Aix jetzt ein Dekret erlassen, das die Verhaftung und Verhörung verschiedener der Ketzerei verdächtigten Personen anordnete. Ein Dokument des Gerichtsschreibers der Kriminalgerichtsbarkeit nannte namentlich neunzehn Personen, auf die sich dieses Dekret beziehe, die meisten aus Merindou oder dessen unmittelbarer Umgebung, so ein gewisser Hélion aus Tourves, der bei den waldensischen Ketzern die Rolle eines Geistlichen ausübte, ein Claude Favery, mehrere Mitglieder der Familie Mainard, ein Jean Pons, ein Bertin Vian, Jean und Hugues Pellenc, Peron Rey und der Schulmeister Jacques.

Dreitausend Waldenser. Mit diesen neunzehn hatte es angefangen. Die Namen hatten etwas Beunruhigendes, rissen diese Menschen aus dem gleichgültigen Sumpf der Anonymität. Jean und Hugues Pellenc – waren das Brüder oder Vater und Sohn? Die Schreibweise der Namen war zum Teil lateinisiert, zum Teil auch dem Französischen angepasst – wohl weil die Orginaldokumente französisch waren –, aber vermutlich waren es in Wirklichkeit ein Jan und ein Hugue gewesen, wie es sie auch unter den Bauern in Castelblanc gab. Die Familie Mainard – er konnte plötzlich nicht anders, als sich eine große Bauernfamilie vorstellen, Eltern, Großeltern, Söhne und Töchter, die vergnügt um einen großen Esstisch herumsaß.

Fabiou gab sich einen Ruck. Verflucht, Junge, es waren Ketzer! Selbst wenn damals auch Unschuldige ums Leben gekommen sind, wie der Buous und der Bonieus sagen, diese neunzehn, um die es hier geht, waren Ketzer! Und hatten ihr Schicksal somit verdient, verdammt noch mal!

Er blätterte weiter. Im August '40 stieß er auf einen neuerlichen Bericht zu Merindou. Dort berichtete der Stadtschreiber, dass ein Gerichtsdiener des Parlaments, begleitet von einer Zahl Waffenknechte, nach Merindou gefahren sei, um das Dekret in die Tat umzusetzen, den Ort aber quasi verlassen vorgefunden hatte. Die wenigen zurückgebliebenen Einwohner berichteten, die übrigen Dorfbewohner seien mit Sack und Pack in die Berge geflohen, da es eine Warnung gegeben habe, dass die Gerichtsbarkeit im Anmarsch sei. Das unerwartete Verschwinden all jener verdächtiger Personen sorgte, so der Stadtschreiber, im Parlament für großen Unmut; schließlich seien die Vorbereitungen zur Verhaftung der Ketzer im Geheimen gelaufen, so dass niemand sich erklären konnte, auf welchen Wegen man in Merindou davon erfahren hatte.

Die Fortsetzung fand sich unter November '40. Der Stadtschreiber ereiferte sich nun darüber, dass die Ketzer von Merindou nicht nur die Unverschämtheit besaßen, die Vorladung vor das Gericht in Ais komplett zu missachten, nein, zunehmend häuften sich auch die Berichte, dass die von Merindou sich bewaffnet haben, um gegen ein weiteres Vorgehen des Gerichtes gewaltsamen Widerstand zu leisten. Um jenem gefährlichen Treiben der Sekte Einhalt zu bieten, habe das Parlament mit Wirkung vom 18. November ein Urteil erlassen, das die neunzehn genannten Personen zum Tod auf dem Scheiterhaufen verdamme und die Konfiszierung all ihrer Güter vorsehe sowie die Verhaftung und Aburteilung ihrer Familien, Frauen, Kinder und Dienstleute.

Fabiou lehnte sich zurück. Unbehaglich machte er sich klar, wie sehr sich diese Version der Geschichte von der unterschied, die ihm der Buous erzählt hatte. Gut, er kannte den Buous, so lange er denken konnte, und er wusste, dass derselbe viel daherredete, wenn der Tag lang war. Dennoch. Der Buous gehörte zu den Menschen, denen das Herz auf der Zunge saß. Möglich, dass er übertrieben hatte. Aber er hatte ihn ganz bestimmt nicht angelogen.

Wem soll man glauben? Einem Mann, den man ein Leben lang als aufrecht und geradlinig kennt? Oder einem offiziellen Stadtschreiber, ein Fremder zwar, aber dafür eine Amtsperson?

Was ist Wahrheit, dachte Fabiou. Der Satz berührte etwas in ihm, als er ihn in seinem Geist formulierte. Gab es nicht einen Satz in der Bibel, der so lautete? Und war da nicht irgendetwas gewesen mit diesem Bibelspruch, etwas, woran er sich eigentlich erinnern sollte?

Fabiou schüttelte heftig den Kopf und las weiter.

Und im Mai 1541 stieß er dann zum ersten Mal auf den Namen Discipuli Antonii.

In seiner üblichen detailgetreuen Art listete der Stadtschreiber minutiös alles auf, was zu Ais über die Raubzüge der Antonius-

Jünger bekannt wurde, die Namen der bestohlenen Junker, die Art der gestohlenen Güter, der finanzielle Schaden in *Écu d'Or*. Auch hier waren die Namen zum Teil in lateinischer und zum Teil in französischer Form notiert. Über die Antonius-Jünger selbst verrieten diese Texte nicht allzu viel Neues – dass ihr Anführer ein gewisser Johannes Pastorius, Joan lou Pastre war, ein ehemaliger leibeigener Schäfer aus dem Luberoun, dessen Karriere als Räuberhauptmann gleich mit einem Anschlag auf Leib und Leben des Verwalters seines Herrn begann, der glücklicherweise nur leichte Verletzungen davontrug; dass die Antonius-Jünger sich in den Schluchten des Luberoun zu verkriechen pflegten, wo ihre überlegene Ortskenntnis eine Ergreifung nahezu unmöglich machte; und dass sie gerüchteweise durch das Wirken eines ausländischen Söldners namens Enri Nicoulau eine gewisse militärische Ausbildung besaßen, die sie umso gefährlicher machte. Von Morden der Antonius-Jünger war hier nicht die Rede, umso mehr Hühner-, Pferde- und Viehdiebstähle, Raubüberfälle auf Reisende und Angriffe auf die Vorratsschuppen der ansässigen Edelleute wurden zu Protokoll gebracht. Offenbar war zwischen 1540 und 1545 nichts, was nicht niet- und nagelfest war, vor den Antonius-Jüngern sicher gewesen.

Die erste wirklich interessantere Stelle fand sich denn auch erst im Juli 1544. Es wird berichtet, so der Stadtschreiber, dass Joan, genannt lou Pastre, Räuberhauptmann und Missetäter, nahe dem Dorf Sant Francès in Haft genommen und vom dortigen Lehens- und Gerichtsherrn zum Tode am Strang verurteilt wurde. Der Name des genannten Edelmannes sei – Fabiou pfiff durch die Zähne, was man in Bibliotheken niemals tun sollte und ihm augenblicklich mordlustige Blicke von Seiten der Studenten ringsum einbrachte – Senher Bertrand de Bossard, ein überaus verdienter und edler Junker. Es folgte eine detaillierte Aufstellung der Verdienste und Tugenden des verblichenen Senher Bossard. Leider, so schloss der Stadtschreiber die Episode, wurde der Strauchdieb Joan vor Durchführung der Hinrichtung von maskierten Mitgliedern seiner Bande befreit und entkam somit seiner gerechten Strafe.

Fabiou lehnte sich zurück. Es gab also mehr als ein Bindeglied zwischen Bossard und den Antonius-Jüngern. Abgesehen davon, dass er sich an dem Vernichtungsschlag gegen die Bande 1545 beteiligt hatte, hatte er bereits 1544 versucht, ihren Anführer Joan an den Galgen zu bringen. Grund genug, ihm die Kehle durchzuschneiden?

Er blätterte weiter und kam zum April 1545.

Was Fabiou am meisten erstaunte, war die Belanglosigkeit, mit der das Ereignis dokumentiert war. Als handele es sich um eine Verordnung zum Ablauf des Wochenmarkts oder zur Bestellung des Gemeindelands. In seiner üblichen trockenen, emotionslosen Sprache berichtete der Stadtschreiber, dass zunehmend Berichte laut wurden, nach denen die ketzerischen Waldenser im Lubéron geheime Stützpunkte in den Grotten und Schluchten des Gebirgszuges einrichteten, in denen sie sich zu Banden zusammenrotteten, oft tausend Mann stark oder mehr, offensichtlich mit dem Ziel, über die guten Christen der umliegenden Dörfer herzufallen und diese um Hab, Gut, Leib und Leben zu bringen; dass das Parlament von Aix aus diesem Grund vom König ermächtigt worden sei, unter Zurücknahme des Gnadenerlasses vom 8. Februar 1541 den Arrêt gegen das Dorf *Mérindol* vom 18. November 1540 in die Tat umzusetzen; dass der Gerichtshof des Parlaments daraufhin am 12. April 1545 die Ausführung des genannten Arrêts beschlossen und den Ersten Präsidenten, Jean Maynier d'Oppède, in seiner Eigenschaft als *Lieutenant du Roi* mit dessen Durchführung betraut habe; dass dieser das Mandat angenommen habe, desgleichen die drei vom Parlament ernannten Kommissare, denen die Ausführung des Arrêts obliegen solle, Monsieur de la Font, Zweiter Präsident des Parlaments, Monsieur Bernard de Badet und Monsieur Honoré de Tributiis; dass daraufhin Befehl an die Grundherren der umliegenden Orte ergangen sei, ihre Truppenaufgebote bereitzustellen, daneben aber auch die in Marsilho stationierten piemontesischen Truppen zur Unterstützung herangezogen wurden sowie Soldaten des päpstlichen Vizelegaten zu Avignon, der den Arrêt unterstütze; außerdem sei ein gewisser Vaujouine mit der Aushebung von Männern beauftragt worden.

So detailliert die bisherigen Ausführungen waren, so knapp waren die kommenden Ereignisse beschrieben. In wenigen allgemein gehaltenen Sätzen berichtete der Schreiber, dass es den so aufgestellten Truppen in der Zeit vom 16. zum 21. April nicht nur gelungen sei, die waldensischen Rebellenbanden zu Merindou, La Costo und einigen anderen Orten vernichtend zu schlagen und die böswilligen Ketzer letztlich ihrer gerechten Strafe zuzuführen, man sei auf Wunsch des päpstlichen Vizelegaten auch vor Cabriero gezogen, wo sich der abscheuliche Ketzerführer Marron mit seinen Truppen verschanzt habe, welches man nach eintägiger Kanonade schließlich genommen und von der ketzerischen Pest gereinigt habe. Desweiteren, so der Stadtschreiber, sei am 24. April ein Beschluss des Parlaments verkündet worden, der jedem unter Strafe der Konfiszierung seines Besitzes verbot, flüchtige Ketzer aufzunehmen, mit Nahrung zu versorgen oder ihnen in anderer Weise Hilfe zukommen zu lassen. Aufgegriffene Ketzer seien gefangen zu setzen und ihre Familien des Landes zu verweisen. Ende der Geschichte von Merindou. Und nahtlos ging der Schreiber zum 10. Mai über und zu der schrecklichen Bluttat im Wald vor Seloun.

In den folgenden Abschnitten kam die Liebe des Stadtschreibers zum Detail wieder voll zur Geltung. In allen Einzelheiten schilderte er den grausigen Mord an Hector Degrelho, seiner Frau, seinem Sohn und einem Großteil seiner Bediensteten, wie ihn ein überlebender Diener geschildert hatte. Offenbar war die Familie in Ais gewesen und hatte die Stadt am Morgen des 10. Mai in Richtung Arle verlassen. In einem Waldstück unweit Seloun waren sie dann von einem mindestens zwanzig Mann zählenden Trupp der Räuberbande überfallen worden, die jeden niedermetzelten, dessen sie habhaft werden konnten. Der Senher d'Astain selbst leistete ihnen erbitterten Widerstand, doch da seine Diener im Kampf unerfahren waren, konnte er der Übermacht nicht lange standhalten und wurde von den Mordbuden erschlagen, die daraufhin auch seine Frau und seinen Sohn, einen Knaben von sieben Jahren, gnadenlos abschlachteten. Nur dem beherzten Eingreifen des älteren Degrelho, Archimède, war es zu verdanken, dass wenigstens die Töchter der Familie aus dem Inferno gerettet werden konnten. So viel zur Zuverlässigkeit des Berichtes der Carcisten – St. Roque hatte schließlich behauptet, vier Kinder Degrelhos seien bei dem Überfall ums Leben gekommen!

Der Stadtschreiber erging sich daraufhin in einer akribischen Beschreibung des Zustandes der Leichen, wie sie am frühen Morgen des folgenden Tages von einem eilig aus Seloun herbeigeholten Trupp der Stadtmiliz vorgefunden wurden, bereits angefressen von Ratten, Bussarden und Krähen. Einen besonders grausigen Anblick bot Hector Degrelho selbst, denn obwohl ihm die Kehle durchgeschnitten worden war, was zweifellos seinen Tod zur Folge gehabt hatte, war sein Leichnam zusätzlich wie der eines gemeinen Verbrechers am Halse aufgehängt worden, an einer Pinie, um genau zu sein. Der neue Senher d'Astain, Archimède Degrelho, leistete bei diesem Anblick den heiligen Schwur, nicht eher zu rasten und zu ruhen, als dass die Mörder allesamt ihrer gerechten Strafe zugeführt seien.

Der Stadtschreiber folgte Archimède Degrelho nun – nicht ohne eine gewisse schaulustige Begeisterung – auf seinen Feldzug gegen die Antonius-Jünger. Offenbar war es kein Problem gewesen, Unterstützung für sein Vorhaben zu finden, die Edelleute des Luberoun, geschädigt durch die Überfälle der Antonius-Jünger, brauchte man nicht zweimal um ihre Mitwirkung zu bitten, und ihre Männer standen ohnehin noch durch den Arrêt de Mérindol unter Waffen. Schwieriger war es dagegen, die Räuber in ihren Verstecken im Luberoun aufzustöbern, umso mehr, als sie offenbar, wie der Schreiber mit Entsetzen festhalten musste, Unterstützung bei den ansässigen Bauern fanden – mehr als einmal schilderte der Schreiber, wie man sich gezwungen sah, einen treulosen Bauernburschen an einem geeigneten Geäst aufzuknüpfen, weil er versucht hatte, die Antonius-Jünger zu warnen.

Schließlich gelang das Vorhaben aber doch, und die Mordbande wurde in einem Seitental der Coumbo in die Enge getrieben. Die Überraschung war groß, als man feststellen musste, dass die Räuber, denen sich offensichtlich einige versprengte Banden der Waldenser angeschlossen hatten, mitnichten eine wehrlose Beute waren; mit geradezu militärischer Disziplin und ausgesprochen hinterhältigen Fallen verteidigten sich die Antonius-Jünger zwei volle Tage lang, bevor die Edelleute endgültig die Oberhand gewannen. Ein Teil der Bande versuchte daraufhin, über die Felsen den Luberoun hinauf zu fliehen, was aber aufgrund des unwegsamen Geländes nur wenigen gelang; die allermeisten, darunter auch Joan lou Pastre, Enri Nicoulau und dessen Sohn, und die übrigen Anführer, ein gewisser Miquéu Sest, ein Jan Crau und ein Rouland lou Pichot, Letzterer zudem ein Anhänger der waldensischen Sekte, gingen ihren Verfolgern in die Falle. Ein Teil von ihnen wurde an Ort und Stelle getötet. Die anderen wurden nach Ate gebracht, wo ihnen nach langwierigen Verhören der Prozess gemacht wurde. Jean Maynier d'Oppède, der Parlamentspräsident, führte persönlich den Vorsitz und setzte sich für eine gnadenlose Bestrafung der Raubgesellen ein.

Pedantisch wie er war, ließ es sich der Schreiber nicht nehmen, die Prozessakten von Ate quasi zu kopieren; jeder Angeklagte, die Weiber und Kinder mitgerechnet, war namentlich erwähnt, und bei jedem war vermerkt, ob das Urteil jetzt auf Zwangsarbeit oder Tod lautete. Die Männer im wehrfähigen Alter wurden ausnahmslos zum Tode verurteilt, die meisten zum Tod am Galgen, die fünf Anführer zum Tod auf dem Rad.

Rückblickend betrachtet hätte es Fabious Seelenleben wahrscheinlich gut getan, hätte er die Lektüre an dieser Stelle unterbrochen, aber unbeschlagen wie er in dieser Hinsicht war – unter dem Begriff «Tod auf dem Rad» konnte er sich nicht allzu viel vorstellen –, las er fröhlich weiter, mit dem Ergebnis, dass letztlich nicht viel dazu fehlte, und er hätte den Parkettboden der Unibibliothek vollgekotzt. Der gute Stadtschreiber machte sich jetzt nämlich an eine minutiöse Beschreibung der Hinrichtung der Antonius-Jünger zu Ate am 15. Juli 1545, erzählte in anschaulichen Worten, wie ein Bandenmitglied nach dem anderen sich am Galgen zu Tode zappelte, und schilderte detailverliebt jede Einzelheit der Räderung und des darauf folgenden stundenlangen Todeskampfes der Räuberhauptleute. Als die Geschichte endlich mit einem triumphierenden «Et ita finis fuit discipulorum Antonii» endete, sackte Fabiou nach Luft schnappend in seinen Stuhl zurück, was diesen zum Quietschen brachte und ihm wieder einen strafenden Blick der eifrigen Studenten eintrug.

In Ordnung, Fabiou, konzentrier' dich! Das war der zugegebenermaßen ziemlich gräuliche Bericht über eine ziemlich grausame

Hinrichtung, aber darum geht es nicht! Es geht um die Fakten! Und wenn du genau nachdenkst, stimmt da etwas nicht!

Nachdenklich blätterte Fabiou noch einmal durch die Seiten. Etwas passte nicht zusammen, dessen war er sich bewusst, ohne dass ihm momentan klar war, was. Der Überfall auf Degrelho, der Rachefeldzug, die Schlacht in der Coumbo, die Gefangennahme der Antonius-Jünger …

Er hielt inne. Die Namen! Joan lou Pastre, Enri Nicoulau, sein Sohn, Miquéu Sest …

Nicoulaus Sohn!

Hastig blätterte er weiter, zu der Stelle, wo die Angeklagten und ihre Urteile aufgelistet waren. Er hatte die Liste vorher nur überflogen, doch nun studierte er sie eingehend, Namen für Namen. Dann lehnte er sich zurück, große Augen auf die Tischplatte gerichtet.

Der Name Nicoulau kam nur einmal vor. Enri Nicoulaus Sohn wurde nicht mehr erwähnt.

Wieder blätterte er nach vorne. Da stand es doch, eindeutig, Henricus Nicolaus et filius suus. Kein Wort davon, dass besagter Sohn getötet worden war. Kein Wort über seinen weiteren Verbleib. Wie war das möglich? Sollte dieser Oberpedant von einem Stadtschreiber ausgerechnet den jungen Nicoulau bei seiner Aufstellung vergessen haben? Unwahrscheinlich. Also, wenn es kein Versehen war, gab es logischerweise nur eine Alternative. Es war Absicht. Offensichtlich gab es Gründe, die dagegen sprachen, das Schicksal von Nicoulaus Sohn zu dokumentieren. Aber was für Gründe?

Fabiou seufzte. Gründe, das Schicksal eines Räubers zu vertuschen. Lasst mich nachdenken. Also, ad unum, vielleicht hat der junge Nicoulau ja heimlich mit den Edelleuten zusammengearbeitet, und man wollte das geheim halten, um ihn vor der Rache der verbliebenen Bandenmitglieder zu schützen. Möglich, bis auf die Tatsache, dass ja angeblich keiner der Räuber übrig geblieben ist. Ad altrum, der junge Nicoulau arbeitete in Wirklichkeit für den Geheimdienst und wusste über ein Komplott zur Ermordung des Königs Bescheid. Ad tertium, der junge Nicoulau hatte einen heimlichen Gönner, vielleicht ein adliges Fräulein, das ihm zur Flucht verhalf und dafür sorgte, dass sein Name nirgends notiert wurde, indem sie ihrem Vater drohte, sich anderenfalls aus dem Fenster zu stürzen. Ad quartum …

Irgendwie kam ihm jede dieser Möglichkeiten ebenso unsinnig wie die vorangegangene vor.

Nummer eins war noch das wahrscheinlichste. Was, wenn doch ein paar Mitglieder der Bande überlebt hatten? Man hätte diese Befürchtung möglicherweise geheim gehalten, um die Menschen nicht zu beunruhigen und umso erfolgreicher dazustehen …

Fabiou konnte gerade noch einen Triumphschrei unterdrücken, der ihm zweifelsohne den sofortigen Rausschmiss beschert hätte. Was, wenn der junge Nicoulau es schlicht und ergreifend geschafft hatte zu entkommen und man den guten Stadtschreiber gebeten hatte, diese peinliche Tatsache unter den Tisch fallen zu lassen? War dies nicht eine naheliegende Erklärung für das Fehlen seines Namens? Aber wenn dies stimmte – wenn Nicoulaus Sohn immer noch auf freiem Fuß war …

Er hätte ein Motiv gehabt, Bossard zu töten, er ganz gewiss!

Und das war der Moment, in dem Fabiou den Mann zwischen den Regalen wahrnahm. Er stand halb verdeckt durch die davor liegenden Regalreihen im hintersten Winkel der Bibliothek, die Nase, soweit Fabiou das erkennen konnte, in ein Buch gesteckt. Auffallend war, dass er der Kleidung nach sicher kein Angehöriger der Universität war. Natürlich, grundsätzlich war diese Bibliothek der Öffentlichkeit zugänglich, aber das erklärte noch lange nicht, was ein Mann, der sich heute Ingelfinger und morgen Grandjean nennt, zwischen ihren Regalen zu suchen hatte.

In Ordnung, diesmal bist du fällig, *Allemand.*

Fabiou stand auf und lief durch die Regalreihen, wobei er versuchte, den Eindruck zu erwecken, er hielte nach einem bestimmten Buch Ausschau, blieb ab und zu stehen, um ein Buch ein Stück aus dem Regal zu ziehen oder einen Buchrücken zu studieren. So erreichte er das Regal, vor dem der Fremde stand. Er hielt in der Tat ein aufgeschlagenes Buch in den Händen und blätterte mit gerunzelter Stirn durch dessen Seiten. Fabiou wandte sich dem gegenüberliegenden Regal zu, griff nach einem Buch über die Kunst der Rhetorik, das er scheinbar interessiert öffnete, die Ohren gespitzt bis zur Decke.

Er hätte sich gar nicht so sehr anstrengen müssen. «*Bonjour*, Fabiou», sagte der Fremde in diesem Moment deutlich hörbar.

Die Kunst der Rhetorik polterte auf den Fußboden. Sie waren Gott sei Dank relativ weit vom Pförtner und den übrigen Studenten entfernt. Perplex bückte Fabiou sich und hob das Buch wieder auf. Ein paar Seiten waren geknickt. «Woher … kennt Ihr meinen Namen?», fragte er heiser.

«Oh, er stand in dem Buch da vorne.» Der Fremde klappte sein Buch zu und wies zum Eingang. «Ich habe die Bibliothek kurz nach dir betreten.» Für einen Deutschen sprach er erstaunlich gut provenzalisch.

«Was tut Ihr hier?», fragte Fabiou misstrauisch.

«Oh», der Fremde sah ihn erstaunt an, «dasselbe wie alle hier. Ich bilde mich. Dazu ist eine Universität doch da, oder?»

«Ihr seid ein bisschen alt für einen Studenten!», entgegnete Fabiou. «Im Übrigen glaube ich Euch kein Wort! Ihr verbergt etwas! Ihr nennt Euch Grandjean und behauptet, Ihr seid aus Lothringen, und dabei seid Ihr in Wirklichkeit Deutscher und heißt Ingelfinger!»

Ingelfinger pfiff leise durch die Zähne, während er das Buch ins Regal zurückstellte. «Du bist ein ganz schön schlauer Junge, Fabiou», meinte er. «Das scheint bei euch in der Familie zu liegen.»

«Wie meint Ihr das?», fragte Fabiou verwirrt.

«Oh, ich kannte zumindest mal einen Kermanach de Bèufort, und der war ein glänzender Geist. Bester seines Jahrgangs im juristischen Examen. Man hat ihm eine große Karriere vorhergesagt.»

«Ihr kanntet meinen Vater?», fragte Fabiou unsicher.

«Oh, das ist lange her … Wenn er dein Vater ist, dann bist du ja auch mit Docteur Avingou verwandt! Wahrhaftig, lauter kluge Leute in der Familie. Kein Wunder, dass du so ein Schlaukopf bist.»

«Mein Vater ist tot», sagte Fabiou finster.

«Oh, welch Tragödie! So ein vielversprechender Mensch! Woran ist er denn gestorben?»

«An einem Fieber. Schon 1545.» 1545. Immer wieder dasselbe Datum. 1545 wurden die Waldenser vernichtet, 1545 wurden die Antonius-Jünger hingerichtet, Hector Degrelho und seine Familie wurden ermordet, Vater starb an einem Fieber, Onkel Pierre ist von einer Kutsche überfahren worden und Großtante Beatitudo an der Zuckerharnruhr gestorben. Buous und Bonieus erzählten, dass damals, nach der Ermordung der Waldenser, überall Seuchen ausgebrochen sind. War es eine dieser Seuchen, die meinen Vater getötet hat?

«Soso, an einem Fieber, ist das so?» Ingelfinger schüttelte bedauernd den Kopf. «Tragisch, wirklich.»

«Ach, hört auf damit. Ich weiß genau, weshalb Ihr hier seid. Ihr seid auch auf der Suche nach Trostetts Mörder, stimmt's?» Fabiou wurde langsam ziemlich wütend.

Ingelfinger betrachtete ihn sinnierend. «Es wäre vermutlich interessant, zu untersuchen, wie du all diese Dinge herausgefunden hast.»

«Pah, ich weiß noch viel mehr!», erklärte Fabiou schnippisch. «Ich weiß, dass es kein Raubmord war, wie alle sagen, genauso wenig wie die Ermordung dieses Augustinermönchs und der Mord an Senher Bossard Raubmorde waren!» Seine Augen blitzten vor Aufregung. «Wisst Ihr, wer der Mörder ist? Denkt Ihr, es ist der junge Nicoulau, der Sohn dieses Anführers der Antonius-Jünger? Ist er damals wirklich entkommen und übt jetzt Rache für den Tod seines Vaters? Und heißt das, dass Trostett und der Mönch auch etwas mit der Vernichtung der Antonius-Jünger zu tun hatten? Hat Trostett vielleicht die Söldner der Edelleute bezahlt, weil er sich davon irgendeine Vergünstigung erhofft hat? Aus der Kasse des Unternehmens Ohneberg? Und das Ganze hat er dann vertuscht?»

Ingelfinger sah ihn noch immer an, ohne zu blinzeln. «Junge, ich denke, dein Vater wäre stolz auf dich», sagte er dann langsam.

«Dann habe ich recht?», rief Fabiou aufgekratzt und so laut, dass allmählich doch ungute Blicke von den Tischen in ihre Richtung gesandt wurden.

«Glücklicherweise bist du von der Wahrheit weiter entfernt, als du dir vorstellen kannst», meinte Ingelfinger mit einem angedeuteten Lächeln. «Und jetzt, würde ich vorschlagen, vergisst du die ganze Geschichte und hörst auf, dich in Sachen einzumischen, die dich nichts angehen.»

Fabiou würgte die Enttäuschung herunter. «Was heißt, es geht mich nichts an? Rings um mich herum werden dauernd Leute ermordet, und mich soll das nichts angehen?», fragte er ärgerlich.

«Sag mal, warum überlässt du diese Angelegenheit nicht einfach denen, die dafür zuständig sind?», fragte Ingelfinger belustigt. «Dem Viguié, den Konsuln, dem Parlament? Den Erwachsenen?»

«Weil die alle immer nur eine einfache, harmlose Erklärung für alles suchen!», zischte Fabiou wütend. «Aber ich, ich suche nach der Wahrheit!»

«Die Wahrheit ...», wiederholte Ingelfinger spöttisch. «Die Wahrheit, mein Junge, ist ein hässliches, schwarzes Insekt, eine vielköpfige Medusa, deren Anblick den Menschen das Blut in den Adern gefrieren lässt. Und ich möchte nicht in deiner Haut stecken, wenn du sie herausfindest.»

Fabiou fiel im ersten Moment nichts ein, was er darauf hätte entgegnen können, doch schließlich brachte er zumindest hervor: «Ich werde herauskriegen, wer hinter den Morden steckt, darauf könnt Ihr Gift nehmen.»

Da seufzte Ingelfinger tief und betrübt und sagte: «Fabiou, Fabiou ... du lässt dich da auf eine Sache ein, die nicht eine, sondern zehn Meilen zu groß für dich ist. An deiner Stelle wäre ich vorsichtig. Schließlich ist deine Familie schon von genug Unglücksfällen getroffen worden, habe ich recht?» Und mit diesen Worten ließ er Fabiou stehen und schritt dem Ausgang zu.

Fabiou schnappte zunächst einmal nach Luft und stellte dann die Kunst der Rhetorik ins Regal zurück. Das hatte sich ja gelohnt! Er war so schlau wie vorher, um nicht zu sagen, allmählich völlig mit seiner Weisheit am Ende. Nicht einmal herausgefunden hatte er, was Ingelfinger eigentlich in der Bibliothek verloren hatte.

Nun ja, letzterem konnte man vielleicht noch abhelfen.

Es war ein Buch mit einem schwarzem Einband gewesen, mittelgroß, und er hatte es in das dritte Regalfach von unten gestellt. Fabiou ging vor dem Regal in die Knie und ließ die Augen über die Buchrücken gleiten. Dumm. Jedes zweite Buch in diesem Bereich hatte einen schwarzen Einband.

Er zog die POLITEIA des Platon hervor und Ciceros ORATIONES IN VERREM, ein Büchlein über die Gesetze der Dialektik und eine Abhandlung über die Grundzüge der Tragödie – nach welchem Prinzip waren die Bücher hier eigentlich geordnet? Nach dem Jahr des Druckes? Seufzend griff er nach dem nächsten schwarzen Buch im Regal und schlug die Titelseite auf.

LIBELLUS VERE AUREUS NEC MINUS SALUTARIS QUAM FESTIVUS DE OPTIMO REIPUBLICAE STATU DEQUE NOVA INSULA UTOPIA – ein wahrhaft Gold wertes, ebenso heilbringendes wie kurzweiliges Büchlein von der besten Verfassung des Staates und von der neuen Insel Utopia.

Utopia. Von Thomas Morus.

Ein Rädlein begann zu rattern in Fabious Kopf. Eine Stelle in Trostetts Schreiben: ‹Nur eine Bande Abenteurer und Utopisten ...›

Utopisten.

Fabiou blätterte zurück. Auf der ersten Seite war ein Aufdruck, der die vorliegenden Seiten als Produkt der Druckerei Mouche Piqueu, Rue du Puits-Chaud, Aix, kenntlich machte, gedruckt im Jahre 1542. Wandte man dieselbe um, stieß man auf ein Exlibris, das einen Kelch zeigte, aus dem eine Flamme emporloderte. Keine Unterschrift, kein Name. Dann folgte das eigentliche Titelblatt. Er blätterte durch die Seiten. Es war ein schöner Druck, keine Dutzendware, die Buchstaben waren klar und satt, die Seiten stabil, aber leicht zu blättern. Inzwischen war es etwas zerlesen und an manchen Stellen fleckig, als habe der eine oder andere Student beim Mittagessen darin geschmökert, aber zum Zeitpunkt seiner Herstellung war es sicher ein Schmuckstück gewesen.

Fabiou seufzte wieder. Na schön, vielleicht war das wirklich das Buch, in dem Ingelfinger gelesen hatte. Er interessierte sich also für die englischen Humanisten, sehr lobenswert. Hilft nur leider in der aktuellen Angelegenheit nicht weiter. Er blätterte wieder nach vorne. Hatte Ingelfinger am Ende die Adresse der Druckerei gesucht? Stand der Drucker in irgendeiner Beziehung zu Trostett? Mouche Piqueu, nie gehört, aber vielleicht lohnte es sich ja, da mal vorbeizuschauen.

Eines war seltsam.

Das Exlibris. Alle anderen Bücher trugen den Stempel der Universität, aber dieses eine hatte ein Exlibris!

Wieder schlug er die Seite mit dem Exlibris auf. Wem gehörte dieses Buch? Wer hatte sein Exlibris hineingedruckt und es dann ins Regal der Universität gestellt?

Diese Seite …

Fabiou runzelte die Stirn. Irgendwie war die Seite dicker als die anderen. Er stellte sie senkrecht und schielte über den oberen Rand. Heureka! Das war nicht eine Seite, es waren zwei, zwei zusammengeklebte Blätter!

In Ordnung. Ein Blick nach rechts, einer nach links, alle studieren eifrig, der Pförtner blättert in seinem Buch, keiner sieht her. Frisch ans Werk, fortuna audacem iuvat, das Glück hilft dem Tapferen!

Er versuchte zunächst, die Seiten mit den Fingern auseinanderzuziehen, doch das Pergament machte Anstalten einzureißen, so dass er dieses Vorhaben wieder aufgab. Eine neuerliche genauere Inspektion zeigte ihm, dass die beiden Seiten nahe der Bindung etwas auseinanderklafften, woraufhin er sein Messer aus dem Gürtel zog, in die Ritze einfügte und vorsichtig nach oben bewegte.

Er hatte Glück. Die Seiten klebten offensichtlich nur an den Rändern zusammen, und die Haftstellen ließen sich mit dem Messer aufschlitzen, ohne dass die Seiten allzu stark beschädigt wurden. Dreimal setzte Fabiou das Messer an, dreimal durchtrennte er eine Klebestelle, dann ließen sich die Seiten auseinanderschlagen.

Mit geweiteten Augen starrte Fabiou auf eine in geschwungenen Lettern mit scharlachroter Tinte geschriebene lateinische Inschrift:

SCIENTI SPLENDIDO
LITTERATO MAGNIFICO &
OPTIMO OMNIUM AMICORUM
MAGISTRI MORO
VIVAT SODALITAS &
IN AETERNUM AMICITIA NOSTRA

Dem glänzenden Wissenschaftler, großen Gelehrten und besten aller Freunde Magister Morus. Es lebe die Bruderschaft und auf ewig unsere Freundschaft.

Fabiou hielt den Atem an. Das konnte nicht sein. Das konnte einfach nicht sein. Und sich vorzustellen, dass er es beinahe übersehen hätte!

Unter der Inschrift stand, säuberlich von zwölf Händen untereinandergeschrieben, eine Liste der eigentümlichsten Namen, die Fabiou jemals gesehen hatte.

COMES IANUS
SCHIONATULANDER
AUGUSTUS
COSMAS
ORLÉANS
COER DE LION
ELEAZAR
LANCELOT
MOUNTAGNO
FRANCISCUS
GRACCHUS
CARFADRAEL

***

Der Traum war ein Tor in eine andere Welt, und jenseits des Tores war der Spiegel.

Blickte man sich um in der Welt, die er zeigte, so sah man die Wand, weißgetüncht, durchzogen von jener bemalten Zierleiste in Form eines Zopfmusters, die Farben grün und rot. Darüber die Decke, besetzt mit Stuck, der sich auf schlanke Ziersäulen stützte, die in blattförmige Kapitälchen ausliefen. Römischer Stil.

Da war eine Statue am linken Rand des Bildes, ein Frauenkörper aus weißem Marmor, die rechte Hand in einer anmutigen Geste erhoben, zwei Finger ausgestreckt, die anderen leicht angewinkelt, die zierlichen Brüste und die sanfte Rundung der Hüfte in eine marmorne Toga gehüllt, die leeren Augen in eine entrückte Ferne gerichtet. Der fahle Schein eines fernen Vollmonds brach durch ein unsichtbares Fenster, hüllte die steinerne Schöne in einen überirdischen Glanz. Und ein ebensolcher Glanz schimmerte in den Augen des Kindes, das Cristino aus dem Spiegel entgegensah, lächelnd, blinzelnd mit den langen blonden Wimpern, und das Medaillon auf ihrer Brust blinkte wie ein Abbild des Mondes selbst. Still lagen die Löwen dem Spiegel zu Füßen, und Cristino hob eine Hand, bewegte sie zu auf die goldfarbene Mähne, die großen Pranken, den elegant geschwungenen Schweif.

Das Mädchen im Spiegel hob ebenfalls die Hand und bewegte sie nach vorne, so als wolle sie Cristino berühren. Cristino hielt inne, erschrocken durch diese plötzliche Bewegung, und auch das Mädchen erstarrte, eine kleine weiße Hand in die silbernen Strahlen des Mondes getaucht. Einen Schritt rückwärts machte Cristino, einen zweiten, und auch das Mädchen stolperte rückwärts, einen erstaunten Ausdruck in dem kleinen Gesicht.

Wer bist du, fragte Cristino und starrte auf die Lippen des Kindes, die sich bewegten in völligem Einklang mit den ihren. Dann blickte sie an sich hinunter, starrte auf die winzigen nackten Füße, die unter einem weißen Nachthemd hervorsahen, starrte auf die kurzen, pummeligen Kleinkinderarme an ihrer Seite – und begriff.

Sie war nicht mehr Cristino Kermanach de Bèufort.

Sie war Agnes, das Mädchen im Spiegel.

Panik ergriff sie. Sie wollte nicht Agnes sein, Agnes, das Mädchen, das ein schreckliches Unglück ereilt hatte, Agnes, die von Mörderhand gestorben war, sie wollte zurück, in ihren eigenen Körper, den Körper der Cristino de Bèufort, zurück in das Haus in der Carriero de Jouque in Ais, zurück zu Catarino und Mama und Frederi. Ohne weiter nachzudenken drehte sie sich um und rannte.

Korridore aus Marmor und Alabaster, Alabaster und Marmor, dehnen sich aus in Unendlichkeiten, auseinanderweichend, in der Ferne verdämmernd vor ihren hastigen Schritten, ein Hall wie in der Unendlichkeit des Weltengewölbes, so klein, so verloren, winzige Füße, die durch die Ewigkeit stolpern. Da ist eine Biegung, nach rechts, den rechten Weg will ich gehen, auf rechtem Pfade wandeln, Dunkelheit flutet aus Nischen und Türen, wirft Stolpersteine in ihren Weg. Doch weiter läuft sie, weiter, Angst hetzt sie vorwärts, denn es ist nah, jagt hinter ihr durch die Nacht, ein wildes Tier mit bluttriefendem Rachen, das aus der Finster-

nis ihre Witterung aufgenommen hat und ihr jetzt folgt, näher kommend mit jedem Sprung der mächtigen Glieder, der geifernde Atem widerhallend von den Mauern. Sie schreit, armselig verklingt ihre Stimme in der Weite des Raums, Mama, schreit sie, Mama, Mamaaa! Und jetzt wird aus dem Röcheln hinter ihr ein Lachen, kalt wie Eis und böse wie die Geister der Hölle, denn da ist keine Mama, sie zu beschützen, allein ist sie in einer Nacht so finster wie eine Gruft, allein, und wieder ruft sie, Papa, ruft sie jetzt, Papa, hilf mir, bitteee!

Sie stolpert. Etwas liegt quer über den Gang auf dem steinernen Boden, ein langgestreckter, weicher Gegenstand, und sie steht und keucht und starrt auf das Ding zu ihren Füßen.

Und schreit.

«Himmel, Cristino, wie wär's mal mit Aufstehen? Es ist halb elf, wenn man den Glocken von Sant Sauvaire Glauben schenken kann!»

Cristino fuhr hoch mit einem Keuchen, als hätte man sie soeben eine Minute lang unter Wasser gedrückt. «Wie ... was ...»

«Halb elf», wiederholte Catarino. «Frederi hat schon dreimal zum Frühstück gerufen.»

Cristino starrte sie verwirrt an. Gott, was war das für ein Traum gewesen? Was in aller Welt war das für ein Traum gewesen?

«Komm schon, ich rufe Anno. Anno! Cristino will sich anziehen!»

Der Spiegel ... Das Mädchen, das sie selbst war und doch wieder nicht ... und dann das Ungeheuer, das sie gejagt hatte, war es denn ein Ungeheuer, war es überhaupt ein körperliches Wesen, oh Gott ...

Und am Schluss ...

Was war es, was sie dort hatte liegen sehen, am Schluss? Lieber Gott, was war das?

... Die heilige Jungfrau hat ein Band gewebt zwischen Euch und meiner Agnes ...

Oh Gott!

Die Tür öffnete sich, und Anno trat ein.

Zum ersten Mal seit Wochen brauchte Cristino keine halbe Stunde, um sich für ein Kleid zu entscheiden. Anno suchte ein Kleid aus, und willen- und kommentarlos ließ Cristino es sich anlegen, während sie mit starr geradeaus gerichtetem Blick die Wand anstierte und ihre Finger so bebten, dass sie nicht in der Lage war, ihre Ringe anzustecken. Später, beim Frühstück, saß sie stumm und blass auf ihrem Platz, und von dem Eierkuchen, den Oma Felicitas' Köchin gezaubert hatte – und der wirklich traumhaft schmeckte –, brachte sie nicht mehr als zwei Bissen herunter. Ihre Verfassung fiel im Übrigen aber nicht weiter auf. Die ganze Tafel war in leicht gedrückter Stimmung, was daran lag, dass der Cavalié ziemlich ärgerlich war. Und das wiederum lag daran, dass Fabiou fehlte.

Derselbe spazierte zur Tür herein, als die Familie gerade dem Nachtisch zusprach, ein seliges Strahlen auf seinem Gesicht. «Wo warst du so lange?», fragte der Cavalié finster.

«Spazieren», entgegnete Fabiou unschuldig.

«Spazieren! Zur Frühstückszeit!»

«Na ja, ich wusste ja nicht, wie lange Ihr noch schlaft …»

«Du hättest ja wohl wenigstens einem Diener Bescheid sagen können, damit wir wissen, wo du bist! Deine Mutter hat sich schon Sorgen gemacht, bei all den schrecklichen Dingen, die zurzeit passieren!»

«Aber ich war doch gar nicht weit!»

«Widersprich mir nicht!» Frederi war gewaltig sauer. «Ich habe deinem Vater auf dem Totenbett versprochen, mich um dich zu kümmern, und ich werde nicht zulassen, dass dir in deinem jugendlichen Leichtsinn etwas zustößt! Das war das letzte Mal, dass du dich ohne Erlaubnis von zu Hause entfernt hast, verstanden?»

Immer die alte Leier! «Ja, Vater. Verstanden.» Fabiou setzte sich an den Tisch und starrte auf den Eierkuchen, den der Diener vor seine Nase platzierte. «Vater?»

«Was noch?», fauchte Frederi.

«Vater, ähm … ich habe da gestern so eine Geschichte gehört … von La Costo und Lourmarin und den Waldensern … Ist es wahr, dass Maynier sie einfach alle hat umbringen lassen?»

Verwunderte Blicke von Catarino, Cristino und Frederi Jùli. Das Schweigen der Erwachsenen war so eisig, dass es Fabiou nicht weiter gewundert hätte, wäre das Wasser in den Gläsern gefroren. Dann fuhr Onkel Philomenus auf. «Wer hat das gesagt, hä? Welcher verdammte Häretiker war das? Den Kerl zeige ich an! 'Raus mit der Sprache, Junge, wer war es?»

Fabiou starrte ihn an mit offenem Mund. «Ich ... ich weiß nicht ... ich habe das nur so gehört ...» Sein Blick ging unsicher über den Tisch, zu seiner Mutter, die konzentriert ihren Nachtisch zerlegte, zu Oma Felicitas, die Onkel Philomenus mit Blicken beschoss wie weiland die Hydra Herkules, zu Tante Eusebia, auf deren Gesicht ein versonnenes Lächeln lag, und schließlich zu seinem Stiefvater. Das Gesicht des Cavaliés war fast so weiß wie der Teller, auf dem die Reste seiner Süßspeise lagen.

«Vater?»

Frederi hob den Kopf. Seine Augen zuckten zu seinem Schwager hinüber, der ihm böse Blicke zuwarf. «Es waren», er rang nach Luft, «Ketzer. Ketzer, ja.» Er stand hastig auf. «Du entschuldigst mich, Philomenus, ich habe noch zu tun.» Er lief aus dem Raum.

Philomenus lehnte sich über den Tisch, betrachtete Fabiou aus Argusaugen. «Du weißt wirklich nicht, wer das gesagt hat? Wirklich nicht?»

Fabiou dachte an den Buous und den Bonieus und schüttelte den Kopf. «Ketzer waren das, jawohl!», rief Onkel Philomenus. «Der Präsident hat das einzig Richtige getan, Gott, wer weiß, was aus uns allen geworden wäre, hätte man diese gottlosen Aufrührer gewähren lassen. Das einzig Richtige!»

Fabiou zog es vor, sich in seinen Eierkuchen zu vergraben.

Als die Tafel aufgehoben wurde, drängelte Fabiou sich zu seinen großen Schwestern durch. «Kommt mit ins Studierzimmer!», flüsterte er. «Ich muss euch etwas zeigen, euch und Bruder Antonius, etwas Sensationelles!» Die Mädchen folgten der Aufforderung mit mäßigem Interesse, aber Frederi Jùli war begeistert. Eine halbe Stunde Latein weniger!

Erwartungsvolle Augen blickten auf Fabiou, als die Geschwister und Bruder Antonius wenige Minuten später gemeinsam im Studierzimmer saßen. «Also, was gibt es?», fragte Antonius gespannt.

Fabiou gab zunächst eine Kurzfassung dessen zum Besten, was er über die Antonius-Jünger herausgefunden hatte, wobei er mit Rücksicht auf die empfindsamen Seelen der Damen auf die grausigen Details verzichtete. Dann berichtete er von seinem Zusammentreffen mit Mèstre Ingelfinger, von dem Buch, zu dem dieser ihn geführt hatte, und von den zusammengeklebten Seiten, die er aufgeschlitzt hatte. «Und dort», rief er triumphierend, «fand ich das!» Er zog ein Blatt Papier aus seinem Wams hervor. «Ist nur eine Abschrift», fügte er hinzu. Bruder Antonius hätte ihn gewürgt, hätte er ein Blatt aus einem Buch herausgerissen.

«Was ist das?», fragte Frederi Jùli neugierig.

«Eine Widmung. Aber schaut euch die Namen an, die darunter stehen! Den letzten vor allem! Carfadrael!»

Antonius nahm ihm das Blatt aus der Hand und hob es gegen das Licht. «Comes Ianus», las er vor, «Schionatulander, Augustus, Cosmas, Orléans, Coeur de Lion, Eleazar, Lancelot, Mountagno, Franciscus, Gracchus, Carfadrael.» Er sah auf und blickte Fabiou kopfschüttelnd an. «Was hat das zu bedeuten?»

«Ich weiß es nicht», sagte Fabiou. «Aber dieser Ingelfinger schien sich ziemlich dafür zu interessieren.»

«Bist du sicher, dass er sich für die Widmung interessiert hat, und nicht etwa für das Buch an sich?», meinte Bruder Antonius stirnrunzelnd. «Schließlich hast erst du die Seiten aufgeschlitzt. Ingelfinger kann die Widmung gar nicht gelesen haben.»

«Aber, Jesus, es kann doch kein Zufall sein, dass dieser Ingelfinger, der wegen Trostett hierher gekommen ist, in einem Buch liest, in dem auf einer versteckten Inschrift der Name Carfadrael auftaucht, der wiederum in Trostetts Papieren steht», ereiferte sich Fabiou. Bruder Antonius hob die Schultern.

«Was sind das überhaupt für Namen?», fragte Frederi Jùli. «Die sind ja echt komisch.»

«Tja», Antonius räusperte sich, «Comes Ianus – Graf Ianus ... Ianus war eine doppelköpfige Gottheit bei den alten Römern in ihrer heidnischen Zeit. Er stand für den Jahreswechsel, aber auch dafür, dass alles im Leben zwei Seiten hat. Schionatulander –»

«Den kenne ich, das ist einer aus der Gralssage!», rief Catarino dazwischen, und schnippisch fügte sie an: «Das weiß ich von Vater!» Fabiou verdrehte die Augen.

«Augustus kenne ich!», rief Frederi Jùli stolz. «Das war ein römischer Kaiser!»

«Cosmas ist ein Heiliger, oder?», fragte Fabiou nachdenklich.

«Ja. Damian und Cosmas, die Schutzheiligen der Mediziner, die einem Einbeinigen das Bein eines Toten annähten», erklärte Antonius. «Orléans ... Orléans kenne ich nur als Stadt. Die Stadt des großen Sieges von Jeanne d'Arc gegen die Engländer. Coeur de Lion ... Richard Coeur de Lion von England fällt mir dazu ein, ein englischer König, Kreuzfahrer und Dichter. Lancelot ...»

«Das ist wieder einer aus der Gralssage!», schrie Catarino restlos begeistert.

«Dann Eleazar. Eleazar war ein jüdischer Heerführer, der einen Aufstand der Juden gegen die Römer anführte und sich mit all seinen Getreuen in einer Festung namens Masada das Leben nahm, nachdem ihr Kampf verloren war ...», meinte Antonius. «Was jetzt allerdings Mountagno bedeuten soll ...» Antonius kratzte sich am Kopf.

«Mountagno heißt eben Berg, mehr nicht.» Fabiou zuckte mit den Achseln. «Franciscus war ein Heiliger und Ordensstifter, und Gracchus ein römischer Politiker, der irgendwelche Reformen gemacht hat, oder?»

Antonius nickte. «Und eben Carfadrael», sagte er. «Zwölf Namen, die absolut nichts miteinander zu tun haben.»

«Dreizehn – du vergisst Magister Morus», verbesserte Fabiou.

«Wieso? Ich denke, das ist der, der das Buch geschrieben hat?», fragte Frederi Jùli erstaunt.

«Mann, Thomas Morus, der das Buch geschrieben hat, ist seit ewigen Zeiten tot, und der Druck ist auf 1542 datiert! Das kann unmöglich derselbe Morus sein!», widersprach Fabiou. «Ich sage, es sind dreizehn.»

«Dreizehn.» Die Grabesstimme, die dieses Wort hauchte, gehörte eindeutig zu Cristino, die am Tisch saß und mit zitternden Fingern an ihrem Medaillon herumspielte. «Die Teufelszahl.» Fabiou warf ihr einen verständnislosen Blick zu.

«Scienti splendido letterato magnifico & optimo omnium amicorum. Vivat sodalitas & in aeternum amicitia nostra», las Bruder Antonius nachdenklich. «Dem glänzenden Wissenschaftler, großartigen Gelehrten und besten aller Freunde. Es lebe die Bruderschaft und in Ewigkeit unsere Freundschaft.» Er schüttelte heftig den Kopf. «Was für eine Bruderschaft? Was bedeutet das alles?»

«Irgendein Sinn muss hinter all dem stehen!», meinte Fabiou. «Irgendein System… also, wir haben zwei Heilige, Cosmas und Franciscus. Und zwei römische Staatsmänner, Augustus und Gracchus. Zwei Gralsritter, zwei Ortsangaben – Orléans und Mountagno, zwei Engländer – Coeur de Lion und Morus, und zwei hebräisch klingende Namen – Eleazar und Carfadrael.» Er seufzte enttäuscht. «Wenn es noch einen zweiten römischen Gott gäbe, würde es passen.»

«Gibt es aber nicht», meinte Antonius trocken. «Überhaupt finde ich die Beziehungen, die du zwischen diesen Namen herstellst, ziemlich an den Haaren herbeigezogen.»

«Also, ich glaube immer noch, dass Carfadrael einer aus der Gralssage ist», erklärte Catarino vehement.

«Catarino, hör endlich mit deinem Gralsmist auf, du machst mich wahnsinnig!», schrie Fabiou.

Catarino starrte ihn einen Moment lang mit offenem Mund an, dann schrie sie: «Ach, spiel dich nicht immer so auf!», und stürzte aus dem Zimmer.

«Blöde Kuh!», meckerte Fabiou. «Der Mann, den die mal kriegt, tut mir leid! Falls sie auf diese Weise überhaupt einen abbekommt! Also, lasst uns weitermachen…»

«Fabiou, glaubst du ernsthaft, dass diese komische Namensliste uns in irgendeiner Form weiterbringt?», fragte Bruder Antonius kopfschüttelnd. «Bei der heiligen Jungfrau, es gibt Tausende Erklärungen dafür, warum dieser Ingelfinger in diesem Buch gelesen hat. Und sie müssen alle nicht im Zusammenhang mit den Morden stehen. Und das gleiche gilt für deine Theorie bezüglich des jungen Nicoulau. Es gibt nicht den geringsten stichhaltigen Hinweis darauf, dass er noch am Leben sein sollte, außer das sein Schicksal in den Stadtannalen nicht erwähnt wird. Mein Gott, wahrscheinlich hat der Stadtschreiber ihn einfach vergessen!»

«Dieser Pedant? Glaube ich nicht!», rief Fabiou aus. «Er hat doch auch sonst alle erwähnt!»

«Er hat eine Menge Leute erwähnt. Ob es alle waren, weißt du nicht», korrigierte Bruder Antonius. «Und selbst wenn er den jungen Nicoulau absichtlich nicht erwähnt hat, heißt das nicht unbedingt, dass der Kerl noch am Leben ist.»

«Aber lass uns annehmen, er wäre es!» Fabiou ließ sich nicht beirren. «Dann wäre es doch gut möglich, dass er für die drei Morde verantwortlich ist. – Jesus, schade, dass die Annalen so wenig über ihn verraten! Wir wissen weder, wie er aussieht, noch wie alt er ist, ob er zwanzig ist oder vierzig …»

«Wieso redest du immer von drei Morden?», fragte Antonius kopfschüttelnd. «Wieso glaubst du, dass Servius von demselben ermordet wurde wie Trostett und Bossard? Bei seiner Leiche hat man schließlich nirgendwo die Schrift Santonou gefunden!»

«Der Blutschmierer!» Fabiou fuhr hoch. «Der Blutschmierer an der Wand über dem Chorgestühl, den wir uns nicht erklären konnten! Da muss die Schrift gewesen sein, und jemand hat sie weggewischt!»

«Das ist doch albern!» Bruder Antonius schüttelte heftig den Kopf. «Wer sollte denn so etwas tun?»

«Ich weiß nicht», erklärte Fabiou. «Aber ich werde es herausfinden.»

Bruder Antonius seufzte tief. «Fabiou, wir drehen uns doch im Kreis. Findest du nicht, wir sollten die ganze Sache lieber lassen? Jetzt, wo Bossard ermordet worden ist, wird der Viguié die Sache sicher mit höchster Präferenz behandeln, da ist es besser, wir mischen uns nicht länger ein.»

Fabiou nagte gewaltsam an seinem Daumennagel herum. «Ich werde das Gefühl nicht los, dass mehr hinter der Sache steckt. Viel mehr, als wir im Moment noch ahnen.»

«Ich muss jetzt mit dem Unterricht anfangen», sagte Bruder Antonius, und Frederi Jùli stöhnte auf. «Besser, ihr geht jetzt. Du auch, Cristino. Cristino?»

Cristino saß auf ihrem Stuhl und drehte ihr Medaillon im Licht der einfallenden Sonne. Vorderseite – Rückseite, Rückseite – Vorderseite.

«Cristino! Aufwachen!», rief Bruder Antonius lachend.

Sie war so bleich. Es musste der Alkohol und der späte Schlaf sein. Langsam stand sie auf und tappte mit unsicheren Schritten der Tür zu. Fabiou folgte ihr, seinen Aufschrieb durch die Luft wedelnd. «Und ich finde es heraus», murmelte er den Büchern an den Wänden zu, die ihm stumm ihre ledernen Rücken zukehrten.

***

«Großmutter?»

«Ja?» Oma Felicitas saß auf einem hochlehnigen, gepolsterten Stuhl und starrte auf ein Holzpult, das in mehr als einem Schritt Abstand vor ihr aufgebaut war. Auf der Schräge des Pults lag ein Buch, und vor das Buch hielt sie mit ausgestrecktem Arm ein großes Vergrößerungsglas. Im Gegensatz zu anderen alten Damen, die sich mit Stickereien und Geklöppel die Zeit vertrieben, hing Oma Felicitas trotz nachlassendem Augenlicht weiter der Kunst des Lesens an, sehr zum Ärger von Onkel Philomenus, der dies für eine Dame in ihrem Alter alles andere als schicklich hielt und überhaupt fand, dass ein anständiger Haushalt nur ein einziges Buch brauchte, und das war die Bibel.

«Großmutter, warum treffe ich nie jemanden, der meinen Vater kennt?» Außer diesem Ingelfinger, dachte Fabiou, und das macht es nicht unbedingt weniger mysteriös. «Alle kennen Onkel Philomenus und Fre... meinen Stiefvater, aber niemand kennt meinen Vater. Manchmal kommt es einem vor, als hätte es ihn gar nicht gegeben!»

Catarino, die auf der gegenüberliegenden Seite des *salons* in einem Sessel saß und – armer Onkel Philomenus – ebenfalls las – einen Auszug aus den *Nouvels Amours,* den Trévigny ihr besorgt hatte –, blickte auf. Auch Cristino, die neben ihr saß und noch immer mit abwesendem Gesicht an ihrem Medaillon herumspielte, hob den Kopf. Die drei Kinder waren mit ihrer Großmutter alleine im Raum. Frederi war in die Stadt gegangen, zu hören, was es Neues bezüglich Bossards Ermordung gab, und die Dame Castelblanc hatte sich zurückgezogen, ihr war nicht wohl.

«Nicht gegeben? Das ist ja wohl das Albernste, was ich je gehört habe.» Oma Felicitas blätterte die Seite um. «Es ist nur natürlich, dass in der Umgebung von Castelblanc niemand deinen Vater kennt. Schließlich ist er aus der Gegend von Arle, er hatte wenig Kontakte zum Luberoun.»

«Ja, aber hier in Ais muss er doch Bekannte gehabt haben. Schließlich hat er hier studiert», warf Catarino jetzt ein.

«Sicher. Er hatte hier ja auch Bekannte. Frederi zum Beispiel. Und Pierre.»

«Ja, aber abgesehen von unserer Familie», meinte Fabiou stirnrunzelnd.

«Himmel, da gibt es sicher welche, aber wer weiß, was aus denen geworden ist.» Oma Felicitas gab ihre Lektüre auf und legte das Vergrößerungsglas beiseite. «Die meisten werden wohl Studenten gewesen sein. So ist das mit Studenten – wenn das Studium vorbei ist, zerstreuen sie sich in alle Winde. Et nemo colligit dissipata.» Und niemand sammelt ein, was zerstreut ist. «Warum interessiert dich das, Fabiou?» Oma Felicitas betrachtete ihn aus zusammengekniffenen Augen.

«Es ist nur so – ich weiß so wenig über meinen Vater», sagte Fabiou. «Alles was ich weiß, weiß ich von meiner Mutter und meinem Stiefvater. Und die erzählen immer nur, was für ein wunderbarer Mensch mein Vater gewesen ist und wie tragisch es ist, dass er nicht mehr lebt. Es … es klingt irgendwie alles zu gut, um wahr zu sein.»

Sie lachte. Eines der wenigen Male, dass sie sie lachen hörten. «Dein Vater war zu gut, um wahr zu sein», meinte sie. «Im Ernst, Fabiou, dein Vater war ein wunderbarer Mensch. Wir hatten ihn alle sehr gern.»

«Oh ja, natürlich, und Frederi hat ihm auf dem Totenbett versprochen, anständige Menschen aus uns zu machen, wie er uns bei jeder Gelegenheit erzählt.» Catarinos Stimme triefte vor Ironie.

«Sprich nicht so von deinem Stiefvater, Catarino», sagte die Großmutter. «Er ist ein guter Mann, hat euch aufgezogen wie seine eigenen Kinder, und was er da sagt, ist im Übrigen wahr. Er hat Cristou versprochen, sich um euch zu kümmern, als der im Sterben lag.»

«Er hat ihm wohl vor allem versprochen, sich um seine Frau zu kümmern!», zischte Catarino böse.

«Catarino! Du bist in höchstem Maße undankbar und ungerecht!», sagte die Großmutter hart. Catarino murmelte etwas Unverständliches.

«Dann waren sie wirklich Freunde, mein Vater und mein Stiefvater?», fragte Fabiou ungläubig. Er hatte dies bisher immer für eine schöne Legende gehalten.

«Die besten, die man sich vorstellen konnte», antwortete die Großmutter. «Sie haben einander geliebt wie Brüder. Mehr als das.»

«Oh ja, er hat meinen Vater geliebt, und Mutter hat meinen Vater geliebt, wie sie ja immer sagt. Warum haben sie beide dann kaum gewartet, dass mein Vater unter der Erde war, bis sie geheiratet haben?» Catarinos Augen funkelnden wütend.

«Euer Stiefvater und eure Mutter haben nach der üblichen Trauerzeit, die einer Witwe ansteht, geheiratet», erwiderte Oma Felicitas.

«Aber wenn Mutter Vater geliebt hat, warum hat sie dann überhaupt einen anderen Mann geheiratet?», rief Catarino verzweifelt.

«Das Leben einer Witwe ist nicht einfach, Mädchen», sagte Oma Felicitas kühl. «Glaub mir, ich bin seit über zwanzig Jahren Witwe, ich weiß, wovon ich rede. Und sie hatte euch. Sie brauchte einen Mann, der sie und ihre Kinder beschützte und gesetzlich vertrat.»

«Trotzdem», murmelte Catarino wütend.

Die Großmutter seufzte und schlug das Buch zu. «Kommt mit, Kinder, ich will euch etwas zeigen.»

Sie stiegen die Treppe in den zweiten Stock des Hauses empor, Cristino als letzte, noch immer so abwesend, dass Catarino ihr einen Stups gab und schimpfte, wach endlich auf, *ma p'tite*, die Nacht ist vorbei! Catarino und Fabiou dagegen waren jetzt hellwach, denn der zweite Stock war Oma Felicitas erklärtes Heiligtum, das außer ihr und ihren persönlichen Dienern niemand betreten durfte, und sie hatten schon lange darauf gegiert, sich hier einmal umzusehen. Oma Felicitas schritt auf eine Tür zu und öffnete sie mit den Worten: «Hereinspaziert. Dies ist mein ganz eigenes, privates Reich.»

Sie traten ein. Und Catarino schrie gellend auf.

An der Wand, ihnen direkt gegenüber, hing ein Gemälde. Der junge Mann, den es zeigte, hätte Fabiou sein können, die gleichen rotgelockten Haare, die gleichen grünen Augen, das gleiche sommersprossige Gesicht mit dem verschmitzten Lächeln. Nur dass der junge Mann natürlich älter als Fabiou war, Anfang zwanzig vielleicht, ein hübscher junger Senher mit blitzenden Stiefeln, eleganter, seine schlanke Gestalt betonender Kleidung und einem Degen mit ziseliertem Griff an seiner Seite. So frisch, so lebendig wirkte das Bild, dass man fast erwartete, der junge Mann würde im nächsten Augenblick aus dem Rahmen heraustreten.

«Vater!», schrie Catarino. «Gott, das gibt es doch nicht. Es ist so ... ähnlich!»

Fabiou trat näher und musterte den jungen Mann mit den roten Haaren und den funkelnden grünen Augen. Er hatte keinerlei Erinnerung an seinen Vater, ob das Bild ihm ähnlich war, konnte er daher nicht beurteilen. Aber es sah wirklich unglaublich lebensecht aus. «Wer hat das gemalt?», fragte er bewundernd.

«Frederi», sagte Oma Felicitas.

Alle starrten sie an. «F-F-Frederi?», stotterte Catarino entgeistert.

«Das gibt's doch nicht!», krächzte Fabiou.

Sogar Cristino war aus ihrer Erstarrung erwacht. «*Incroyable*!», flüsterte sie.

«Oh ja, Frederi. Er war begabt, das dürft ihr mir glauben», sagte Oma Felicitas.

«Frederi kann malen?», schrie Catarino fassungslos.

«Und zu mir sagt er immer, Kunst sei Zeitverschwendung», meinte Fabiou kopfschüttelnd eingedenk diverser Diskussionen über Sinn und Unsinn der Poesie.

«Alle Bilder in diesem Raum sind von ihm, einschließlich der Bildunterschriften.» Sie wies auf den Rahmen des Bildes vor ihnen. Auf eine kleine ausgesparte Fläche war in scharfen Lettern auf hellem Untergrund geschrieben: Cristou Kermanach de Bèufort, studiosus iuris prudentiae in urbe Aquis Sextiis – Cristou Kermanach de Bèufort, Student der Rechtslehre in der Stadt Ais. Neben dem Bild war an einem Haken ein Degen samt Scheide und Gurt aufgehängt, ein kurzer Vergleich mit dem Bild zeigte Fabiou, dass es der Degen seines Vaters sein musste.

Sie sahen sich um. Der Raum war ein kleiner *salon*, eine Art Miniaturausgabe des großen einen Stock tiefer. Das Fenster ging nach Norden heraus, was zur Folge hatte, dass im Inneren gedämpftes Zwielicht herrschte, hell genug jedoch, um die Bilder zu erkennen, die entlang der Wände aufgehängt waren, Ölgemälde, die allesamt Personen zeigten, Menschen, die so lebendig wirkten, dass es wohl keinen gewundert hätte, wenn sie plötzlich begonnen hätten, sich zu bewegen. «Das ist euer Onkel Pierre», erklärte Oma Felicitas und zeigte auf ein Bild, auf dem ein dunkelhaariger, hochgewachsener junger Mann im Gewand eines Gelehrten abgebildet war, neben ihm eine junge Frau in Schwesterntracht. «Das daneben ist Beatrix, seine Schwester. Damals hatte sie gerade die höheren Weihen empfangen, und Pierre war soeben zum Magister der Universität ernannt worden», erklärte die Großmutter. «Consolatoria war Beatrix' Ordensname. Sie war die ältere, Pierre war zwei Jahre jünger als sie. Sie war genauso begabt wie er. Wäre sie ein Mann gewesen, sie hätte es ihm gleichgetan.» Petrus Avingus, sciens magnus, et sapientissima pia soror Consolatoria – Pierre Avingou, der große Wissenschaftler, und die überaus weise, fromme Schwester Consolatoria, verriet die Unterschrift.

«Und wer sind die?», fragte Cristino und zeigte auf ein Bild, das vier junge Leute zeigte, von denen zwei unschwer als Cristou Kermanach und Pierre Avingou zu erkennen waren. Der dritte hatte dunkle, etwas lockige schulterlange Haare und pechschwarze Augen. Der vierte war kräftig, breitschultrig, hatte einen hohen Haaransatz, dünnes braunes Haar und ein vierschrötiges Gesicht.

«Oh, zwei Freunde von Cristou, Pierre und Frederi», sagte die Großmutter. «Ihr kennt sie nicht.»

Fabiou sah auf die Bildunterschrift. Quattuor veri amici dextrae rei impiger & generose addicti – Vier wahre Freunde, der rechten Sache unermüdlich und großzügig zugetan … Frederi soll sich noch einmal über meine geschraubte Sprache beschweren! «Waren die anderen beiden auch Juristen?», fragte er.

«Warum?»

«Ach, wegen dieser Bildunterschrift.»

«Die anderen beiden …» Oma Felicitas sah nachdenklich auf das Bild. «Nein, soweit ich weiß, nicht …»

Und Catarino schrie zum zweiten Mal auf.

Es war das Bild, das direkt rechts neben der Tür hing, verspielte Farben auf einer Leinwand, die in einen filigranen goldenen Rahmen eingepasst war. Ein kleines Mädchen, leuchtende grüne Augen, ein lachender kleiner Schmollmund, ungeschönt die karottenroten Kraushaare, die das niedliche runde Gesicht umgaben, die braunen Tupfer auf der kleinen rosa Nase. Daneben der Junge, winkend mit zwei ungelenken Ärmchen, ebenso rothaarig, ebenso sommersprossig, Fabiou und Catarino, ein Spiegelbild aus einer längst vergangenen Zeit.

Catarino stand und streckte die Hand aus und berührte die Farben, berührte die Kindergesichter, die sie fröhlich anlachten, und zog die Hand zurück, als habe sie gegen einen heißen Ofen gelangt. «Das hat Frederi gemalt?», fragte sie ungläubig.

«Er war wirklich begabt, wie gesagt», meinte Oma Felicitas. «Ich verzeihe ihm nie, dass er aufgehört hat zu malen.»

«Wieso hat er denn aufgehört?», fragte Fabiou mit blitzenden Augen. «Ich meine, er hätte echt berühmt werden können mit solchen Bildern. Oder zumindest viel Geld damit verdienen können.»

«Nun …», Oma Felicitas starrte aus dem Fenster auf die Hausfassaden in der Carriero dis Noble, «er hatte wohl Wichtigeres zu tun. Ein Gut zu bestellen, ein paar Kinder großzuziehen …» Sie räusperte sich und sagte dann mit einer Stimme, die ungewohnt leise klang: «Er hat nie wieder gemalt, seit Cristous Tod. Nie wieder. – Wir gehen wieder runter», erklärte sie dann in gewohnter Schroffheit. «Los, Kinder. He, hört ihr nicht?»

Sie standen und konnten sich nicht losreißen von den Bildern und den Farben und dem jungen Mann, der ihr Vater gewesen war, und Oma Felicitas schimpfte, das habe man nun davon, die Rangen hier 'reinzulassen, und schob sie allen Protesten zum Trotz zur Tür hinaus.

«Warum hat unser Stiefvater mich nicht gemalt?», fragte Cristino, als sie hinter ihrer Großmutter die Treppe hinabtrottete.

«Oh, er wollte es sicher, aber die Ereignisse überschlugen sich damals, das Fieber, das euch alle traf… wer denkt da noch ans Malen?»

«Was war es für ein Fieber?», fragte Fabiou.

«Nun, ähm, keine Ahnung, ich bin schließlich kein Arzt …»

«Das meine ich nicht!», sagte Fabiou. «Ich meine, war es eine der Seuchen, die nach der Ermordung der Waldenser die Runde machten, an der mein Vater gestorben ist?»

Oma Felicitas stolperte und konnte sich gerade noch an das hölzerne Geländer klammern, das sich an der Wand entlang nach oben zog. «Himmelherrgottundmaria», fluchte sie, «auf diesen verflixten Stiegen breche ich mir noch einmal den Hals!»

Dann erreichten sie den *salon* und lauschten fasziniert dem Bericht des Cavaliés über die neuesten Gerüchte, die in Ais bezüglich des Fall Bossard die Runde machten. Insbesondere, dass ein Diener der Mancouns kurz vor der Entdeckung von Bossards sterblicher Hülle eine seltsame Gestalt im Garten gesehen haben wollte, die daraufhin die Flucht ergriffen und sich Richtung Keyrié davongemacht habe. Ein Schauspieler, Teil der Belustigungen des Abends, habe er gedacht. Nur dass die Mancouns Stein und Bein schworen, keinen derartigen Schauspieler für ihre Festivität engagiert zu haben.

Eine Maske hat er getragen, eine weiße Holzmaske wie die Narren bei der Carnava, erzählte der Diener.

Eine Maske mit einem lachenden Mund und einer blutroten Träne, die aus ihrem rechten Auge tropft.

***

Fabiou war lernfähig und durchaus nicht auf Schwierigkeiten aus – er hatte auch so genügende –, und so bat er den Cavalié an diesem Nachmittag artig, sich in der Stadt umsehen zu dürfen. In Ordnung, grummelte dieser, aber nimm einen Diener mit, langsam graust's mir echt mit diesen Morden. Fabiou sagte brav ja und machte sich auf zu den Pferdeställen.

Er fand Loís bei der Arbeit und nicht unbedingt in Hochform vor, sein rechter Arm war mit einem Stück Tuch verbunden, und er musste die linke Hand benutzen, um das Pferd zu striegeln. Auf Fabious erschrockene Frage meinte er, er sei gestolpert und habe sich den Arm an einem Nagel aufgerissen. Nein, es sei nicht so schlimm, und ja, natürlich könne er mit Fabiou in die Stadt gehen, wohin willst du? Zu welcher Druckerei?

Loís lief los, sich ein saubereres Wams anziehen und seine Hände zu säubern, und Fabiou wartete im Schatten der Carriero de Jouque und sah dem alten Bardou entgegen, der gerade von dem Schuppen an der Einmündung der Straße in die Carriero dis Noble zurückkam, wo die Kutsche untergebracht war – die Carriero de Jouque war zu eng, um die Kutsche direkt in den Hof fahren zu können. Bardou blickte seinem Sohn hinterher, der mit einem fröhlichen Pfeifen auf den Lippen dem Hauptgebäude zueilte. «Mergoult», sagte er, den Namen zwischen seinen Zähnen hervorschleudernd wie ein abscheuliches Schimpfwort. «Er ist ein Teufel, der Mergoult. Wie sein Vater, der ist auch ein Teufel.» Er spuckte in den heißen Staub der Carriero de Jouque.

Fabiou verstand kein Wort.

«Wo gehen wir eigentlich hin?», fragte Loís, als sie wenig später in die Hektik und den Lärm der Carriero drecho hinaustraten.

«Nicht weit», erklärte Fabiou. «Carrierro dou Pous-Caud.» Er war zu angespannt, Loís mehr zu erzählen. Wenn man die Ohren spitzte, klangen einem die Namen Bossard und Antonius-Jünger aus jedem Hauseingang, jeder Seitenstraße und jedem Marktstand entgegen. Nicht dass Bossard ein so wichtiger Mann gewesen wäre. Doch der Mord an einem Adligen war immer eine Sensation, und dass derselbe auf der exklusiven Gesellschaft der Mancoun geschehen war, gab dem Ganzen eine besonders prekäre Note. Im Moment war ganz Ais auf der Spur des unheimlichen Mörders in der Holzmaske, der seine Bluttaten mit Santonou unterzeichnete, und das war ein Umstand, der Fabiou beunruhigte. Je mehr und je wichtigere Leute auf die Aufklärung des Verbrechens drängten, desto eher würde der Viguié geneigt sein, eine einfache, aber vermutlich falsche Erklärung für die Morde zu akzeptieren. Und die Wahrheit würde wie so oft mit Füßen getreten.

Die Zeit drängte also.

Die Druckerei von Mèstre Mouche Piqueu fand sich an der Einmündung der Carriero de la Jutarié in die Carriero dou Pous-Caud, der Eingang zur Carriero dou Pous-Caud gelegen. Die Tür stand offen und gab den Blick in einen ziemlich unordentlichen Kontor frei, in dem sich Papiere ellenhoch auf Tischen und Pulten stapelten. Menschliche Wesen waren derzeit nicht anwesend, nur ein magerer, struppiger roter Kater strich maunzend um die Bänke, und im Hintergrund war ein infernalisches Quietschen und Rumpeln zu hören, das sich mit dem Schlagen von Türen und den Rufen von Männerstimmen vermischte.

Wie die meisten Edlen hatte Fabiou nicht allzu viele Skrupel, unangemeldet in das Haus eines Handwerkers hereinzuplatzen, schon gar nicht mit einem Diener von der Statur eines Kleiderschrankes an seiner Seite. Entschlossen bahnte er sich einen Weg durch das Chaos des Kontors bis zu der kleinen Tür an der Rückseite des Raumes, die er frohen Mutes aufstieß.

Vor ihnen entspann sich eine Szenerie, die einer Illustration von Hieronymus Bosch entnommen schien. In einem Raum nicht größer als der *salon* in Oma Felicitas' Wohnung drängten sich nicht weniger als sechs Ungetüme aus schwarzem Eisen, die der Form nach latent an Obstpressen erinnerten, zwischen Tischen, Regalen und Kisten gefüllt mit glänzenden Bleipartikeln. Männer sprangen zwischen diesen Monstern hin und her, drehten hier am Rad einer Presse, wuchteten dort flache bleigefüllte Kästen auf die Konsolen der Maschinen, schleppten riesige Bogen Pergament und Eimer schwarzer Druckflüssigkeit herbei und sortierten mit schwarzverfärbten Fingern Bleistückchen in Setzkästen ein. Über allem lag ein Lärm, der Fabious Hände zu seinen Ohren zucken ließ und selbst den allerhand gewöhnten Loís dazu verleitete, schmerzlich das Gesicht zu verziehen.

«Bon-jour», brüllte Fabiou gegen den Lärm an, «ich suche Mèstre Piqueu.»

Im ersten Moment geschah gar nichts, die Handwerker gingen unbekümmert weiter ihrer ohrenbetäubenden Arbeit nach, und Fabiou legte gerade beide Hände zu einem Trichter an den Mund, um sein Ansinnen zu wiederholen, als durch den tintegeschwärzten Raum eine lange, magere Gestalt auf sie zugeeilt kam.

Er war definitiv mit dem räudigen Kater im Vorraum verwandt. Spärliche, hellbraune Haare, die fast kerzengrade in die Luft abstanden, Arme, Beine und Gesicht so dürr, als wäre er der einzige Überlebende einer Hungersnot, und die Gliedmaße dabei so lang, dass er seine Druckpressen höchstwahrscheinlich von der Plaço de Sant Sauvaire aus ölen konnte. Er machte eine gewandte Verbeugung, bei der er beinahe mit dem Kopf gegen einen der Kästen mit den bleiernen Buchstaben stieß, und fragte, wobei er der Verständigung wegen schreien musste: «Ihr wünscht, Senher?»

«Seid Ihr Mèstre Mouche Piqueu?», fragte Fabiou.

«Tztztz!» Sein Gegenüber schüttelte ungläubig den hageren Kopf. «Sehe ich so aus, als wäre ich's?»

«Es tut mir leid, aber ich habe keine Ahnung, wie Mèstre Piqueu aussieht», entgegnete Fabiou. «Wo finde ich ihn?»

«Tja, ich fürchte, da müsst Ihr sehr weit reisen», meinte der Dürre mit dem Bürstenhaar, wobei er fortfuhr, den Kopf zu schütteln. «Mouche Piqueu ist tot. Und zwar schon seit dreizehn Jahren.»

Dreizehn, die Teufelszahl – wieso kamen ihm gerade jetzt diese Worte seiner Schwester in den Sinn? Seit dreizehn Jahren. Vor dreizehn Jahren schrieben wir das Jahr des Herrn 1545.

«Vielleicht wollt Ihr solange mit mir vorlieb nehmen – Mèstre Louis Piqueu, zu Euren Diensten, der jüngere Bruder des Verstorbenen und Erbe des Geschäftes. Was führt Euch hier her, junger Senher? Ihr seid gewiss Student und sucht nach einem preisgünstigen Druckerzeugnis aus unserem Betrieb? Etwas mit kleinen Schönheitsfehlern vielleicht?»

«N...nein, nicht direkt. Es geht um ein bestimmtes Buch, das in dieser Druckerei hergestellt worden ist, vor ungefähr sechzehn Jahren. Aus bestimmten persönlichen Gründen benötige ich dringend Informationen darüber.» Bestimmte persönliche Gründe, klingt doch gut!

«So.» Mèstre Piqueu der Jüngere zwinkerte ihm zu. «Die Sachlage ist also komplizierter. Kleinen Moment. – Jousè, Ruth ist soweit bestückt, komm 'rüber und hilf!» Er warf Fabiou, der große Augen machte, einen entschuldigenden Blick zu. «Sie tragen alle Frauennamen, meine Pressen», erklärte er. «Weil sie genauso laut, genauso anstrengend und genauso launisch wie Weibsbilder sind. Das da drüben ist Ruth, daneben Esther, die da heißt Lea, das ist Rebecca und das Rahel. Und das hier» – er tätschelte die Druckmaschine, die ihm am nähesten Stand – «ist mein Glanzstück. Delilah, die schöne Delilah, die beste Presse von Ais und dem ganzen Süden!» Fabiou betrachtete das eiserne Ungetüm zweifelnd und überlegte, was man an diesem Verhau aus Ösen und Schrauben schön finden konnte. Eine Holztafel zierte das obere Ende von Delilahs Gewinde.

‹Tötet Gutenberg› stand in roten Lettern dort geschrieben. «Was habt Ihr denn gegen Gutenberg?», fragte Fabiou frech. «Ohne ihn müsstet Ihr Euch als Bettler durchschlagen, oder etwa nicht?»

«Pah – vor Gutenberg war das Buchmacherhandwerk noch ein sicheres Geschäft», behauptete Piqueu, während er seine Gäste wieder durch die Tür in den Vorraum dirigierte. «Man brauchte Leder, Pergament, eine Feder und Tinte, und der Broterwerb war einem sicher. Heute reicht ein verrostetes Rädchen an einer Presse, und ein Druck von hundert Büchern geht in die Hose. Auftrag verpatzt, Auftraggeber sauer, Pleite steht ins Haus. Ich sage Euch, als mein Urgroßvater selig sein Brot mit Bücherschreiben verdiente – das waren goldene Zeiten!»

Die Tür zum Druckraum fiel ins Schloss und verschluckte den Lärm. Maunzend strich der rote Kater um die Türpfosten. «Also, Senher.» Piqueu lehnte sich gegen einen Tisch und verschränkte die Arme. «Um was für ein Buch geht es?»

«Thomas Morus, Utopia», antwortete Fabiou. «In der Ausgabe von 1542.»

«1542? Es gibt keine Ausgabe von 1542. Das Buch ist bei uns das letzte Mal 1539 in Druck gegangen», meinte Piqueu bestimmt.

«Ich habe aber ganz sicher eine Ausgabe gesehen, die die Jahreszahl 1542 trug!», insistierte Fabiou.

«Dann war es ein Sonderdruck», meinte Piqueu, und erklärend fügte er hinzu: «Das machen wir manchmal, für zahlungskräftige Kunden. Wenn die Drucksätze noch existieren und ein Kunde eine Sonderanfertigung wünscht, bekommt er sie. Preis etwa das Zehnfache des Seriendrucks.»

Sonderdruck. Ja, genau so hat das Buch ausgesehen. Aber wer schenkt ein Buch dieser Preislage der Universität?

«Gibt es eine Möglichkeit festzustellen, wer 1542 einen Sonderdruck von Utopia in Auftrag gab?», fragte Fabiou nachdenklich.

«Gäbe es natürlich schon. Bloß …»

«Bloß was?»

«Könnt Ihr mir irgendeinen Grund nennen, warum ich das für Euch tun sollte?», fragte Piqueu spöttisch. «Ich weiß ja nicht mal, aus welchem Grund Ihr dies wissen wollt. Am Ende handelt es sich um irgendwelche kriminellen Geschichten. Ich habe einen guten Ruf zu wahren.»

Fabiou schnappte nach Luft. «Ganz im Gegenteil!», rief er. «Es geht ja gerade um die Aufklärung eines Verbrechens. Den Mord an Bossard, einem ausländischen Kaufmann und einem Mönch. Dieses Exemplar von Utopia steht in irgendeinem Zusammenhang mit diesen Morden. Und ich habe diese Widmung darin gefunden!» Er reichte Piqueu den Zettel mit der Abschrift der Widmung. «Sagt Euch das etwas?»

Piqueu überflog den Zettel kurz und gab ihn Fabiou zurück. «Für das, was unsere Kunden in unsere Bücher schreiben, sind wir nicht verantwortlich», meinte er. «Und was die Sache mit diesem Bossard betrifft – nun, wenn diese Antonius-Jünger ihn umgebracht haben, werden sie schon ihren Grund dafür gehabt haben. Ich für meinen Teil weine dem Herrn jedenfalls keine Träne nach. Auch wenn seinesgleichen mich in den Genuss dieses Erbes hier brachten.» Er machte eine Handbewegung in Richtung der Druckerei.

«Seinesgleichen?», fragte Fabiou verblüfft. «Wie das?»

«Oh, indem sie meinen Bruder am 30. April 1545 an die Pinie hängten, im Zuge der allgemeinen Säuberungsaktion, die dem *Arrêt de Mérindol* folgte.»

Fabiou öffnete den Mund und schloss ihn wieder. Erst auf den zweiten Anlauf bekam er einen zusammenhängenden Satz heraus. «Wieso – war Euer Bruder denn Waldenser?»

«Viel schlimmer», sagte Piqueu trocken. «Jude.»

«Ach …», machte Fabiou. Himmel, klar. Das Haus lag im Grunde in der Carriero de la Jutarié. Er betrachtete Piqueu mit einer Mischung aus Misstrauen und Neugierde. Er hatte noch nie zuvor mit einem leibhaftigen Juden gesprochen.

«A…aber wieso … ich meine, was haben die Juden mit dem *Arrêt de Mérindol* zu tun?», fragte Fabiou verständnislos – Jesus, die Situation war jetzt irgendwie ganz schön peinlich!

«Junger Mann», seufzte Piqueu, «Ihr glaubt doch nicht im Ernst, dass die Herrschaften, die den *Arrêt* durchsetzten, sich diese günstige Gelegenheit entgehen ließen, diese Gegend im Allgemeinen und diese Stadt im Besonderen von allem und jedem zu säubern, der ihnen nicht in den Kram passte! Waldenser, Juden, Protestanten, politische Gegner, Menschen mit unliebsamen Ideen und jeder sonst, der diesen Kerlen auf den Geist ging oder ihren politischen Ambitionen im Weg war – wer fragt im allgemeinen Blutrausch noch danach, ob es dieser oder jener wirklich verdient hat, und ein Prozess wegen Ketzerei und Irrglauben, der in ruhigeren Zeiten selbst in Ais ein Skandal wäre, wird in diesem Moment kaum zur Kenntnis genommen. Und wenn das Chaos vorüber ist, spricht man ein paar bedauernde Worte, dass der religiöse Eifer vielleicht auch das eine oder andere unschuldige Opfer gefordert hat, und die Sache ist erledigt!»

Fabiou dachte wieder an das, was Frederi über Jean Maynier gesagt hatte. Er verstand seine Worte langsam immer besser. «Und warum ... warum Euer Bruder?», fragte er. Noch während er die Frage aussprach, kam sie ihm plötzlich selber ziemlich unangebracht vor, und er wäre nicht überrascht gewesen, wenn Piqueu ihm das auch deutlich gesagt hätte. Stattdessen grinste der böse und meinte: «Die haben noch nie einen Grund gebraucht, unsereins einen Kopf kürzer zu machen. Das Abschlachten von Juden ist in den letzten Jahren zwar etwas außer Mode gekommen, man hält sich da eher an die Protestanten, aber wenn es sich ergibt, ist die Hinrichtung eines Juden doch immer wieder ein willkommener Zeitvertreib. Schaut mal aus dem Fenster, Senher!» Er wies mit dem Kinn auf das Fenster, das auf die Carriero de la Jutarié hinausging. «Seht Ihr die Straßenkreuzung da? Dort wurde vor so ungefähr achtzig Jahren einem Juden namens Léon Asturg bei lebendigem Leib die Haut abgezogen, weil er angeblich Lästerungen gegen die Christen und die Jungfrau Maria ausgesprochen hatte – mit ausdrücklichem Einverständnis von König René, dem guten König René. Warum nennt man ihn eigentlich den guten König René? Das einzige Positive, was man über ihn sagen kann, ist, dass er eine Menge Geld in diese Stadt hier gesteckt hat.»

Na wunderbar, heute ist offensichtlich der Tag der Gruselgeschichten! Als ob die Galaud'schen Annalen noch nicht genug gewesen wären!

Piqueu lachte auf, als er Fabious entsetztes Gesicht sah. «Schlimme Zeiten, nicht wahr? Wobei ich die Behauptung lächerlich finde, der Strafvollzug sei heutzutage auch nur im Geringsten humaner.

Ich finde es auf jeden Fall nur unwesentlich weniger grausam, einen Menschen auf dem Scheiterhaufen zu verbrennen. Nun, was Léon Asturg betrifft, so sind wir mit dieser Geschichte aufgewachsen, meine Geschwister und ich, er war ein Großonkel von uns. Und Mouche hatte zeit seines Lebens eine geladene Arkebuse in dieser Schublade hier liegen, für den Fall des Falles. Er war ein hervorragender Arkebusenschütze, müsst Ihr wissen. Nicht dass ihm das letztlich viel genützt hätte, gegen die Bande von zwanzig bis an die Zähne bewaffneten Söldnern, die hier eindrangen und ihn davonschleiften. Er wurde im Eilverfahren zum Tode verurteilt, warum, weiß ich nicht, dass er Jude war, hat vermutlich gereicht. Und in Anbetracht des Schicksals von Léon Asturg und vieler anderer waren wir eigentlich ganz froh, dass sie ihn bloß gehängt haben.»

Fabiou räusperte sich verlegen. Himmel, es war wohl doch keine so gute Idee gewesen, hierher zu kommen. «Das … hm … das tut mir leid, das mit Eurem Bruder», murmelte er kaum hörbar.

«Oh, das braucht Euch nicht leid zu tun … war ja nur ein ketzerischer Jude», sagte Piqueu spöttisch. «Aber lassen wir das. Ihr wolltet mir doch einen stichhaltigen Grund nennen, Euch Einblick in meines Bruders Geschäftsbücher zu gewähren. Bossard zumindest ist kein stichhaltiger Grund.»

«Die Wahrheit!», erklärte Fabiou trotzig. «Es geht mir um die Wahrheit!»

Piqueu lachte schallend. «Jetzt werdet Ihr albern. Die Wahrheit, nein, wie süß. – Kommt, mein Junge, geht nach Hause! Die Wahrheit! Ha!»

Na, warte, so leicht lasse ich mich nicht abspeisen! «Denkt Ihr, Bossard war auch an der Umsetzung des *Arrêt de Mérindol* beteiligt?», rief Fabiou. «Könnte sein Mörder auch aus dieser Richtung kommen?»

Piqueu seufzte und zuckte mit den Achseln. «Ich weiß es nicht. Wenn er es nicht war, hat er sicher laut Beifall geklatscht. Ich habe auch keine Lust, mich näher mit solchen Fragen zu beschäftigen. Sonst müsste ich mir Gedanken darüber machen, wer für den Tod meines Bruders verantwortlich ist, und dann würde höchstwahrscheinlich ich in absehbarer Zeit einen Mord begehen – zumal der

Hauptschuldige ja nur ein paar Häuser weiter wohnt. Sonst noch Fragen? Ich habe nämlich noch zu tun.»

«Ja. Warum trug Euer Bruder so einen komischen Namen? – Mouche! Das klingt nicht gerade jüdisch. Das klingt nach überhaupt nichts!»

«Mein Bruder hieß in Wirklichkeit Mouïses, aber Ihr glaubt doch nicht im Ernst, dass man mit so einem Namen Geschäfte machen könnte!», erklärte Piqueu, wobei er ziemlich unwillig die Augen verdrehte. «Das gleiche gilt für mich, mein wirklicher Name ist Levi. So, und nun Adiéu, Senher. Da ist die Tür.»

«Baroun!», fauchte Fabiou, als er sich umdrehte. «Baroun Fabiou Kermanach de Bèufort!» Er stapfte mit wütenden Schritten auf die Tür zu.

«Mo ... Moment mal.» Fabiou drehte sich um. Louis Piqueu stand vor dem Schreibtisch, sein Gesicht hatte plötzlich ein bisschen an Farbe verloren, und der spöttisch-verärgerte Ausdruck war aus seinen Zügen verschwunden. «Kermanach de Bèufort, sagtet Ihr?»

«Ja, wieso?»

«Oh ... hab' den Namen schon mal gehört ... ist lang her ...»

«Mein Vater?», rief Fabiou aufgeregt. «Habt Ihr meinen Vater gekannt?»

«Hm ... ich bin mir nicht sicher ...» Piqueu holte tief Luft. «Ich könnte ja mal einen Blick in die Bücher meines Bruders werfen – wegen Utopia ...»

Fabiou schluckte und nickte heftig.

Piqueu schloss einen Sekretär auf und entnahm ihm ein in dunkles Leder gebundenes Buch. «Hier», sagte er. «1542, Sonderdrucke.» Er blätterte durch die Pergamentseiten. «Bibel, Bibel, Bibel, Aristoteles, Cicero, Dante ... da! Morus, Utopia. Wurde in diesem Jahr nur einmal angefertigt. – He, das ist ja seltsam!»

«Was?» Neugierig trat Fabiou näher.

«Der Preis.» Louis Piqueus rechter Zeigefinger lag auf einer Zahl in der Mitte der Seite. «Zwanzig Ecu. Für zwanzig Ecu bekommt man im Normalfall nicht einmal einen Seriendruck dieser Größenordnung, das bringt ja kaum die Materialkosten wieder ein.»

«Und wer war der Käufer?», fragte Fabiou aufgeregt und kramte nach seinem Notizbüchlein.

«Lasst mich sehen...» Piqueus Finger glitt über die Seite und hielt auf dem Namen in der Spalte ganz rechts inne. Und erstarrte dort. «Oh mein Gott», flüsterte er kaum hörbar.

«Wer?», fragte Fabiou atemlos.

Louis Piqueus Gesicht war ziemlich käsig, als er den Kopf hob. «Maynier d'Oppède», krächzte er. «Der Käufer war Maynier d'Oppède!»

***

Als Crestin, der Viguié von Ais, über den Gang in Richtung seiner Amtsstube stürzte, hörte er schon von weitem das Schlagen von Schranktüren und das aufgeregte Gezeter des Schreibers, der etwas brüllte wie, Mèstre, das könnt Ihr nicht tun, nur über meine Leiche! Crestin, für dessen Geschmack es in den letzten Tagen bereits genug Leichen gegeben hatte, beschleunigte seinen Schritt weiter. Himmel, das versprach ein äußerst unerfreulicher Nachmittag zu werden!

Laballefraou, der oberste Arquié, erwartete ihn an der Eingangstür. «Ein Glück, dass Ihr kommt», sagte er. Sein Gesicht wirkte besorgt. «Das Parlament hat uns eine Laus in den Pelz gesetzt. Eine sehr bissige Laus.»

«Vascarvié?» Crestin verzog den Mund.

«*Exactément.*»

«Na, gute Nacht.» Crestin seufzte tief und verzweifelt und stieß die Tür auf. «Docteur Vascarvié, darf ich fragen, was Ihr da tut?»

Die Szenerie benötigte eigentlich keine Erklärung. Docteur Vascarvié, ein hagerer Herr um die fünfzig mit einer erstaunlich großen Nase und höchstens drei Haaren auf dem hohen Schädel, lehnte am Fenster und dirigierte mit seinen knochigen Fingern drei Gerichtsdiener, die damit beschäftigt waren, Schubladen aufzureißen und die darin befindlichen Akten zu durchwühlen. Der Schreibtisch und zwei Stühle waren bereits mit ziemlich achtlos daraufgeworfenen Papieren bedeckt.

«Was ich tue? Ich hole die Unterlagen bezüglich des Mordes an Bossard sowie der weiteren jüngsten Verbrechen der Antonius-

Jünger ab. Befehl des Parlaments!», entgegnete Vascarvié mit einer Stimme so emotional wie hundertjähriger Aktenstaub.

«Ach. Wie wäre es denn gewesen, mich als den mit dem Fall betrauten Beamten zuerst um Erlaubnis zu fragen?», zischte Crestin erbost.

«Ihr seid nicht mehr der mit dem Fall betraute Beamte.» Vascarvié grinste höhnisch. Er genoss diesen Moment ganz offensichtlich. «Dies ist ein Kapitalverbrechen, und Kapitalverbrechen fallen in die Zuständigkeit des Parlaments.»

«Der Mord an diesem Fremden auf der *Route d'Avignon* war auch ein Kapitalverbrechen, trotzdem hat sich keiner der Herren um den Fall gerissen», erwiderte Crestin ärgerlich. «Nur weil es einen Adligen getroffen hat, noch dazu einen aus dem erlauchten Kreis von Carcès und Maynier, schreit das Parlament plötzlich Zeter und Mordio. Ich sehe keinen Grund, nicht weiter nach den Mördern zu suchen.»

«Oh, das sollt Ihr auch», meinte Vascarvié spöttisch. «Jede Seele in dieser Stadt ist dazu aufgerufen, an der Ergreifung dieser abscheulichen Monster von den Antonius-Jüngern mitzuwirken. Nur werdet Ihr es von nun an unter dem Oberbefehl des Parlamentes tun. Respektive unter meinem Oberbefehl als dem zuständigen *Commissaire* des Parlaments. – Sind das alle Akten, oder habt Ihr sonstwo noch weitere gehortet?»

«Ihr werdet verzeihen, dass ich in den paar Stunden seit Senher Bossards Ermordung noch keinen Wandschrank voll Unterlagen zusammengetragen habe», antwortete der Viguié bissig.

«Nun, dann macht Euch unverzüglich wieder an die Arbeit», sagte Vascarvié, während er seine mit Akten bepackten Gerichtsdiener aus dem Raum dirigierte. «Das Parlament fordert eine umgehende Aufklärung des Verbrechens. Präsident Maynier will den Mörder bis zum Ende des Monats auf der Plaço dis Jacobin sehen. Und zwar auf ein Rad geflochten!» Und mit dieser Bemerkung war er über die Schwelle und knallte die Tür hinter sich zu.

Augenblicklich brach der Schreiber in Gejammer aus: «Es tut mir leid, Viguié, ich habe versucht sie aufzuhalten, aber was sollte ich denn machen ...» Laballefraou stand vor der Tür und knickte einen Federkiel zwischen den Fingern seiner rechten Hand. Er betrachtete seinen Vorgesetzten in einer Mischung aus Mitleid und Schuldbewusstsein.

Crestin fegte mit einem wüsten Fluch einen Aktenstapel vom Tisch. «Dieser Mistkerl! Dieser verfluchte, arrogante Hurensohn! Glaubt der im Ernst, der Mörder rennt ihm in die Arme, nur weil er Jurisprudenz studiert hat?» Er setzte sich auf die freigewordene Tischkante, seine Hände zitterten vor Wut.

«Mèstre Viguié?», fragte Laballefraou.

«Hm?»

«Denkt Ihr wirklich, die Morde wurden durch die Antonius-Jünger begangen?»

Crestin seufzte leise. «Ich weiß es nicht. Aber eines weiß ich: wen immer die Herren vom Parlament für diese Tat verantwortlich machen – Gnade ihm Gott, wenn sie ihn in die Finger kriegen!»

***

Für den Abend war eine Messe in Sant Sauvaire angesetzt, um für das Seelenheil des verblichenen Senher Bossard zu beten, und zu derselben wurde halb Ais erwartet, der Adel ebenso wie das Bürgertum. Onkel Philomenus war bereits ab dem frühen Nachmittag dabei, eine angemessene Garderobe für diesen Anlass zusammenzustellen, und Tante Eusebia und die Dame Castelblanc staffierten sich aus, als ginge es zu ihrer eigenen Beerdigung.

Der Rest der Familie sah dem Ereignis eher gelassen entgegen. Sogar Frederi fand, ganz entgegen seiner sonstigen Begeisterung für die Messe, dass es Wichtigeres gab als das Bossardsche Requiem, und die Kinder waren von der Vorstellung, den Abend schon wieder in der Kirche zu verbringen, alles andere als erbaut. «Die sollen nicht so tun, als ob der König persönlich gestorben wäre», grummelte Oma Felicitas. «Soweit kommt's noch, dass ich für diesen alten Fettwanst, der sich sowieso bis zum Ende des Jahres totgesoffen hätte, meine gute Spitze ausmotte!»

«Mutter!», schrien Onkel Philomenus und die Dame Castelblanc wie aus einem Mund.

Fabiou jedenfalls saß bis eine Viertelstunde vor Beginn der Messe im Pferdestall und sah Loís bei der Arbeit zu. Loís hatte eine eigene Art, mit Pferden umzugehen. Wenn er mit ihnen sprach, dann hatte man das Gefühl, sie verstanden ihn, und ein Wort von ihm genügte, das nervöseste und wildeste Tier zu beruhigen. «Ich verstehe es nicht», seufzte Fabiou zum aberhundertsten Mal. «Es macht keinen Sinn. Nichts macht einen Sinn. Warum hat Maynier einen Sonderdruck von Utopia gekauft? Warum hat er ihn zu einem Spottpreis bekommen? Und warum schenkt er ihn dann der Universität? Hat er diese Widmung hineingeschrieben, und wenn ja, was bedeutet sie dann?»

Loís zuckte mit den Achseln. «Fragt ihn.»

«Witzbold. Habe ich versucht. Leichter kriegt man eine Audienz beim Papst, als dass der Erste Parlamentspräsident sich herablässt, einen zu empfangen!», knurrte Fabiou.

«Ich finde das alles gar nicht so unsinnig», meinte Loís, während er fortfuhr, das Pferd zu striegeln. «Was spricht dagegen, dass Maynier sich einen Sonderdruck von Utopia zulegt?» Die freizügige Art, mit der Loís Fabiou widersprach, hätte einen Außenstehenden sicher befremdet, war aber eine natürliche Folge der langjährigen Freundschaft, die sie verband.

«Na, er ist nicht gerade, was man als einen Utopisten bezeichnet», entgegnete Fabiou.

Loís zuckte mit den Achseln. «Er ist ein strenggläubiger Katholik. Thomas Morus war ein strenggläubiger Katholik, sogar ein Märtyrer seines Glaubens, der sich lieber hinrichten ließ, als dem Katholizismus abzuschwören. Das passt doch.»

Fabiou betrachtete Loís nachdenklich. Er wusste, dass der Pferdeknecht für einen Diener eine erstaunliche Bildung besaß, aber in solchen Momenten überraschte er sogar ihn. Bruder Antonius hatte damals, während seiner Zeit in Castelblanc, um die Erlaubnis gebeten, in seiner Freizeit die Kinder der Dienerschaft in Lesen und Schreiben und ein bisschen Latein zu unterrichten, ein Vorschlag, der sowohl bei der Dame Castelblanc als auch bei einem Großteil besagter Dienerschaft auf ausgesprochenes Unverständnis stieß. Doch der Cavalié hatte nichts dagegen gehabt, und ausgerechnet Loís, der grobschlächtige, stämmige Sohn des Kutschers, hatte sich als Bruder Antonius' gelehrsamster und wissensdurstigster Schüler entpuppt. Ein Wissensdurst, der Antonius' Zeit im Luberoun überdauerte. Noch heute bat Loís Fabiou regelmäßig um Bücher zu allen erdenkbaren Themen, und während die anderen jungen Dienstboten ihre freien Abende in der Schenke und mit mehr oder weniger ordentlichen Frauenzimmern verbrachten, saß Loís beim Schein eines Kienspans in der Kammer, die er mit seiner Familie teilte, und las. Sehr zum Ärger seines Vaters, der nichts vom Lerneifer seines Sohnes hielt. Wozu soll unsereiner das brauchen, pflegte er zu sagen, unnützes Zeug ist das, du bist kein Bürgerssohn, der so etwas nötig hat!

«Trotzdem», sagte Fabiou. «Utopia – das ist das freidenkerische Buch schlechthin. Und Maynier ist ja wohl der Letzte, den man einen Freidenker nennen kann. Dem traue ich eher zu, dass er einen vor Gericht schleift, wenn man so ein Buch in seinem Besitz hat.» Jean Maynier sank derzeit stündlich in Fabious Achtung.

«Nun, vielleicht hat er es sich gekauft, weil er sich eine persönliche Meinung über das Buch bilden wollte. Und der Preis – na ja, ich glaube, wenn der Gerichtspräsident sagt, er möchte einen Sonderdruck für den Preis von zwanzig Ecu, dann kann man schlecht nein sagen. Zumal wenn man Jude ist», meinte Loís. «Im Übrigen habt Ihr eines vergessen – Maynier hat das Buch nicht der Universität geschenkt, sondern jenem Magister Morus, wer immer das ist.»

«Selbst wenn du recht hast – es bringt uns alles nicht einen Schritt weiter!», stöhnte Fabiou. «Wir wissen nicht, von wem die seltsame Widmung stammt, wir wissen nicht, für wen die seltsamen Namen stehen, wir wissen nicht, was Ingelfinger in diesem Buch gesucht hat, und vor allem wissen wir nicht, was das ganze mit dem Mord an Trostett zu tun hat. Wahrscheinlich gar nichts. Oh, Loís, es ist zum Verzweifeln!»

«Beruhigt Euch, Baroun. Ihr habt doch immerhin eine Menge herausgefunden», widersprach Loís. «Das mit dem jungen Nicoulau, das ist doch eine vernünftige Erklärung für die Morde und erklärt, warum bei allen Leichen Santonou geschrieben stand.»

«Aber dieses Schriftstück von Trostett ist noch genauso rätselhaft wie vorher», rief Fabiou. «Wofür hat Trostett sich geopfert? Und was ist mit dem Verrat und jenem furchtbaren Verbrechen gemeint?»

«Nun, vielleicht der Mord an Degrelho. Das würde doch Sinn machen.»

«‹Eine Generation, verkauft für ein paar Silberlinge, ein Volk für ein paar Morgen Land›», zitierte Fabiou. «Jesus, das passt nicht zu einer ermordeten Familie. Außerdem geht es um ein ungesühntes Verbrechen. Und Degrelhos Mörder haben schließlich ihre Strafe erhalten.»

Loís seufzte. «Jedes Rätsel werdet Ihr nicht lösen können. Vielleicht war dieser Trostett ja doch ein bisschen so lala.»

«Es gibt eine Antwort», murmelte Fabiou. «Es muss eine Antwort geben!»

«Oh. – He, Suso. Nicht auf dem Weg in die Kirche?» Loís winkte Oma Felicitas' Köchin zu, die mit einem Korb voller erwürgter Hühner dem Haus zustrebte.

«Neee – muss kochen, siehst du doch.» Die Frau stapfte weiter.

«Na ja, ich dachte nur – du stammst doch von seinem Grund und Boden, oder?», fuhr Loís fort. «Vater hat jedenfalls gesagt, Bossard wäre der Sen von deinem Heimatdorf.»

Die Köchin warf einen Blick die Straße hinauf Richtung Carriero dis Noble und einen zweiten hinunter Richtung Plaço Sant Sauvaire, dann kam sie mit eiligen Schritten in die Scheune. «Ich will dir mal was sagen, Bengel – und Euch auch, junger Baroun: 's gibt gute und schlechte Herren. 's gibt Herren, für die man in die Kirche geht und betet, wenn sie nicht mehr sind, und Herren, für die man kein Ave Maria vergeudet. Das ist's, was ich dazu zu sagen habe.» Und mit diesen Worten wandte sie sich um und schleppte ihre Hühner der Haustür zu.

«Fabiou!», brüllte eine Stimme vom Haus her. «Fabiou, wir müssen gehen!»

Fabiou seufzte tief. Es hatte keinen Sinn. Er musste sich eingestehen, dass er mit seinen Nachforschungen in eine Sackgasse geraten war.

***

«Requiem aeternam dona eis Domine et lux perpetua luceat eis ...»*

Düster und geheimnisvoll lag die Kathedrale im schwindenden Abendlicht, und die Dunkelheit ließ die zahllosen Köpfe, die Priester und Mönche im Chor, die dreigeteilte Menge im Schiff – vorne der Adel, in der Mitte das Bürgertum, ganz hinten der Rest, die Diener und Tagelöhner – zu einer einheitlichen, gesichtslosen grauen Masse verschmelzen. Lacrimosa dies illa qua resurget ex favilla iudicandus homo reus; huic ergo parce Deus. Pie Iesu Domine; dona eis requiem. Amen.**

Sie hatte Kopfschmerzen. Nicht die Art Kopfschmerzen, die man sonst nach einer zu kurzen Nacht hatte, die aus Übermüdung und wackeligen Knien und brennenden Augen bestehen. Es war ein anderer Schmerz. Er saß direkt über ihren Augen, ein Bleiklotz, der in ihr Hirn drückte, ihre Sinne verwirrte und die Gedanken so zäh fließen ließ wie erstarrende Melasse.

Sie hatten Kerzen in der Kirche angezündet, in dem vergeblichen Versuch, der Nacht draußen etwas entgegenzusetzen. Sie klebten in den eisernen Haltern an den Säulen, tropften ihr armseliges kleines Licht auf die Steinplatten zu Füßen der Gemeinde, warfen einen düsteren Schatten über das Gesicht der Jungfrau und über das pummelige Jesuskind in ihren Armen. Sie waren allgegenwärtig, diese Kerzen, lugten herab vom Altar und von den geschwungenen Kandelabern, schwebten auf den Säulen des uralten, frühchristlichen Baptisteriums zur Rechten, das abzureißen die Bauherren trotz diverser Anträge der fortschrittlichen Stadtväter nie übers Herz gebracht hatten. Ihr flackerndes Licht warf einen sternförmigen Schlagschatten ins Zentrum des Baptisteriums und gab ihm den Charakter einer sinistren heidnischen Opferstätte.

Kyrie eleison, Christe eleison, Kyrie eleison. Herr, erbarme dich über uns, wo bist du, Gott, wo bist du, heilige Jungfrau, warum lasst ihr mich so allein, hier, in der Dunkelheit.

---

* Herr, gib ihnen den ewigen Frieden, und das immerwährende Licht leuchte ihnen.

** Tränenreich wird jener Tag sein, an dem aus dem Grab der Mensch steigt als Angeklagter, um gerichtet zu werden; dann soll Gott ihn schonen, frommer Herr Jesus, gib ihnen Frieden. Amen.

Das verdammte Kopfweh! Die Augen tränen schon, wenn man sie zu öffnen versucht, fern, hohl klingt die Stimme des Bischofs vor dem Altar, fern die Menge der Gläubigen, fern Catarino und die Mutter und all die anderen, der monströse Sternschatten flackert durch das Baptisterium, schwarz sein Zentrum, die Schwärze, aus der die mit dunkler Magie beschworenen Geister emporsteigen. Cristino will den Blick abwenden, will nach dem Medaillon um ihren Hals tasten, doch ihre Hände versagen ihr den Dienst, ihre Augen sind festgesaugt an jenem einen Punkt, ihre Lider sind schwer wie Blei, die Wimpern kleben wie Honig.

Dann ist alles andere fort. Sie steht und starrt auf das Baptisterium und den dunklen Punkt in seiner Mitte. Und dann erscheint sie, tritt hervor aus der Nacht, geboren aus dem Zentrum des schrecklichen Sternschattens, in ihren Augen die Schwärze, aus der sie emporsteigt. Das Mädchen mit den schwarzen Haaren.

Sie ist zurück in jener Kutsche, deren Dach höher ist als der Himmel und der Boden tiefer als das Weltmeer. Fern die Schatten der fremden Gestalten, die ihr doch so unbegreiflich bekannt erscheinen, hoch über ihr das Fenster, hinter dem es zuckt und leuchtet wie der Widerschein eines flackernden Feuers. Sie weiß, dass sie es sehen muss, das Verborgene, die flackernde, flammende Welt hinter dem Fenster, ihre Hand findet Halt am Fensterrahmen, sie zieht sich hoch, stellt ihre Beine auf den Sitz, stellt sich auf die Zehenspitzen …

… und ein Gesicht klatscht gegen den Fensterrahmen, ein verzerrtes, zerdrücktes, blutüberströmtes Gesicht, weit aufgerissen die Augen, weit aufgerissen der Mund, aus dem ein Laut dringt wie das Ächzen eines verendenden Rindes, und doch ist es das Gesicht einer Frau, lange seidige Haare, aus denen Schweiß und Blut tropft, und Cristino schreit, dass ihre Kehle schmerzt …

Und die Tür ist offen.

Sie klettert die Stufen hinab, Stufen, gebaut für einen Riesen, und dann steht sie auf dem Weg, der in der Sonne glänzt, während düster die Rauchschwaden über ihn hinwegtreiben. Ein Leichenzug kommt über jenen Weg auf sie zu, ein Leichenzug, angeführt von dem Mädchen mit den schwarzen Haaren, flankiert von zwei weiteren Gestalten, die nur undeutlich zu erkennen sind, ein Leichenzug, der umso morbider ist, als auch die Zuschauer auf beiden Seiten Tote sind, Tote, die mit offenen Augen am Wegesrand liegen, nebeneinander, übereinander, verschlungen in einer finalen Umarmung. Langsam läuft das Mädchen, den Blick starr auf das gerichtet, was sie in ihren Armen trägt, ein Bündel bestehend aus einem fleckigen Stück Tuch, ein Bündel, in dem sich etwas bewegt und das sie trägt, wie man ein Kind zur Taufe trägt.

Das Mädchen bleibt stehen vor Cristino. Und Cristino sieht.

Es ist kein Kind, kein kleiner, wimmernder Säugling, wie es Maria Anno vor einem Jahr noch war. In dem fleckigen Tuch liegt ein grausiger Homunkulus, ein Wesen kaum ein Viertel so groß wie ein Neugeborenes, mit einem riesigen Kopf, der aus roter Gallerte zu sein scheint, eingesunkenen, leblosen Augen, einem lippenlosen Spalt als Mund und einem mageren, winzigen Körper. Es schreit nicht, das Wesen, es atmet nicht, und das einzige Lebenszeichen ist das Zucken der dürren Arme und Beine mit den verkrüppelten Fingern und Zehen.

Cristino dreht sich um und rennt. Es ist Nacht jetzt, sogar der Schein des Feuers ist verschwunden, nur düstere endlose Gänge und der hohle Hall ihrer eigenen Schritte auf Marmorplatten. Es ist hinter ihr, folgt ihr mit Schritten doppelt so groß wie die ihren, sie hört seinen Atem in der Nacht, sein Geifern, das Knirschen seiner ausgefahrenen Krallen. Mamaa, ruft sie, Papa, wo seid ihr, helft mir doch, und hinter ihr lacht das Untier, lacht und kommt näher, aus dem Augenwinkel sieht sie seinen Schatten über die Wände tanzen, Mamaa, schreit sie, Mamaaa, hilf miiir!

Sie stolpert. Etwas liegt quer über den Gang, etwas weiches, massives, wie ein menschlicher Körper, und doch anders, kälter, steifer, erstarrt bleibt sie stehen und blickt auf den Fußboden und hinter ihr lacht es schrill und grausig, und das Untier kommt näher.

Es ist ein Mädchen, das da vor ihr auf dem Boden liegt, ein Mädchen mit lockigen blonden Haaren. Der Kopf des Kindes ist in den Nacken gelegt, und es sieht sie an, der Mund halb geöffnet in dem aufgequollenen, blau verfärbten Gesicht, winzige Sprenkel wie kleine rote Sommersprossen auf den halb geschlossenen Augenlidern.

«Cristino!»

Hinter ihr heult es auf in Triumph, und sie dreht sich um und starrt auf eine große Frau, die auf sie zugestürmt kommt, lange helle Haare flatternd um ihren Kopf wie lodernde Flammen und ein Lachen auf dem Gesicht wie das Grinsen eines Dämons.

«Cristino, he, bist du blöd? Du kannst doch nicht in einer Totenmesse pennen!» Ein Ellenbogen, gezielt in ihre Seite gerammt, ließ sie hochfahren, da filierten die Leute nach vorne, nahmen aus der Hand des Bischofs und zweier ihm zur Seite gestellter Priester die Kommunion entgegen, «Los, *ma petite*!», zischte Catarino. Sie stolperte auf die Füße, ihre Knie wackelten, dass sie sich an der Gebetsbank festhalten musste, und dann stand sie in der Reihe der Wartenden, stakste benommen vorwärts, und da stand ein junger Priester vor ihr, ein freundliches Lächeln auf dem Gesicht, sie sackte auf die Knie, öffnete den Mund zu einem verzweifelten Hilfeschrei. «Corpus Christi», sagte der Priester freundlich und legte ihr eine Hostie in den Mund.

Jesus. Hilf mir. Heilige Jungfrau.

An ihr Medaillon geklammert taumelte sie wieder auf die Füße. Nichts registrierte sie mehr, nicht den Weg zurück auf ihren Platz, nicht den Segen des Bischofs. Das nächste, was ihr bewusst wurde, war, dass sie inmitten tausend anderer Trauergäste zum Ausgang gedrängt wurde. Und dass Catarino sich plötzlich von ihrer Seite löste und sich mit beiden Armen um sich boxend zur letzten Bank durchdrängelte, wo sie auf eine Nonne im schwarzen Habit zustürzte und derselben mit einem Schrei, der bis zum Altar zu hören war, um den Hals fiel. Dies war umso seltsamer als die Dame Castelblanc daraufhin mit einem Entsetzensschrei – «Jesus!» – die Hände vors Gesicht schlug und Onkel Philomenus ungeachtet der heiligen Räumlichkeiten einen wüsten Fluch ausstieß. Dann begann auch Oma Felicitas auf die Nonne zuzulaufen, und Frederi, und ein fragend dreinblickender Fabiou, und Cristino stolperte hinter ihnen drein.

In der letzten Bank hing Catarino jauchzend am Hals der Nonne. «Tante Beatrix. Ich hab' dich so vermisst», sagte sie immer und immer wieder.

***

Sie sah im Grunde aus wie auf dem Portrait im kleinen Salon. Älter natürlich, da, wo die dunklen Haare unter der weißen Haube mit dem schwarzen Übertuch zu erahnen waren, durchzogen sie graue Strähnen, und in ihren Mundwinkeln hatte sich beidseits eine feine Falte eingegraben. Doch ansonsten hatte sie sich nicht sehr verändert.

Sie hatte etwas Faszinierendes. Faszinierend genug, um Cristino ihren grauenhaften Albtraum erst einmal vergessen zu lassen. Das lag zum Teil an ihrer Schönheit, denn sie war schön, trotz der vierundvierzig Jahre, die sie zählte, und obwohl ihr Gesicht niemals in Kontakt mit Puder und Schminke gekommen war. Sie war so schön, dass Catarino sich nur erstaunt fragen konnte, warum diese Frau in ein Kloster gegangen war, statt einen reichen Mann glücklich zu machen.

Sie saß in einem der Sessel in Oma Felicitas' Salon und ließ ihre dunklen Augen durch den Raum schweifen, die unter unglaublich langen schwarzen Wimpern hervorblickten. Es waren Augen, die alles mit einem Blick zu erfassen schienen, und Cristino spürte, wie sowohl Onkel Philomenus als auch ihre Mutter diesen Augen mit einem gewissen Unbehagen begegneten. Catarino saß an Cristinos Seite und beobachtete sie strahlend. «Ich habe sie sofort wiedererkannt», flüsterte sie Cristino und Fabiou ein ums andere Mal zu. «Sofort! Obwohl ich sie so lange nicht mehr gesehen habe!», und die Nonne, die ihre Worte sehr wohl verstand, sagte: «Du musst ein gutes Gedächtnis haben, Catarino, wirklich. Ein sehr gutes Gedächtnis.»

Onkel Philomenus schien sich offensichtlich genötigt zu fühlen, etwas zu sagen, er räusperte sich und meinte: «Nun, ehrwürdige Schwester, wir fühlen uns geehrt, Euch nach so langer Zeit wieder in unserem Haus begrüßen zu dürfen. Nicht wahr, Eusebia, Madaleno?» Er drehte sich Bestätigung heischend zu seiner Frau und seiner Schwester um. «Oh ja, geehrt, sehr geehrt», flötete Eusebia. Die Dame Castelblanc murmelte etwas Unverständliches.

Ein spöttisches Lächeln glitt über die Züge der Nonne. «Warum so förmlich, Vetter? Du kannst mich ruhig weiter Beatrix nennen, wie früher», sagte sie. Sie hatte eine angenehme, weiche Stimme, melodiös wie die einer Sängerin. Dafür war der Blick aus ihren Augen so scharf wie eine Messerklinge.

«Nun ...», Onkel Philomenus suchte nach Worten, «als guter Katholik würde ich es mir nicht anmaßen, einer Ordensfrau die ihr zustehende Ehrerbietung zu verweigern ...»

«Dann nenn mich bitte Mutter Oberin, wenn du so viel Wert auf Förmlichkeit legst», sagte die Nonne mit hochgezogenen Augenbrauen. «Ich stehe seit einigen Jahren der Benediktinerinnenabtei in Origny-Sainte-Benoite vor.»

Onkel Philomenus räusperte sich wieder. «Wir glaubten Euch noch in Rom ...», murmelte er.

«Oh, ich sah keinen Grund, ausgerechnet Euch meinen Aufenthaltsort mitzuteilen», meinte Schwester Consolatoria, jetzt ebenfalls zum distanzierten «Ihr» übergehend. «Warum auch – es hätte Euch ja vermutlich Eure Tage vergällt, mich derart in Eurer Nähe zu wissen. Übrigens wusste Tante Felicitas sehr wohl, wo ich war.»

Zwischen Philomenus, Eusebia und Madaleno wurden peinlich berührte Blicke gewechselt. Frederi drehte sich zu Oma Felicitas um. «Warum habt Ihr mir nie etwas davon gesagt?», fragte er entgeistert.

«Ach, Frederi», seufzte die Großmutter, «es war doch besser so ...»

«Nun, ähm ... was führt Euch nach Ais?», fragte Philomenus.

«Ich treffe mich mit einigen anderen Vorsteherinnen unseres Ordens, um aktuelle Probleme zu erörtern», erklärte Beatrix. «Ich bin schon einige Wochen in Ais, wir werden im Konvent der Schwestern der Heiligen Clara beherbergt.»

«Warum hast du uns dann nicht früher aufgesucht?», fragte Frederi anklagend.

«Wir sind nicht zum Vergnügen hier, es gab einiges zu tun», meinte Beatrix unbeeindruckt. «Im Übrigen war ich mir nicht sicher, ob ich hier ein so gern gesehener Gast bin.»

«Aber liebste Cousine», säuselte Tante Eusebia, «natürlich seid Ihr uns jederzeit herzlichst willkommen ...»

«So.» Beatrix lächelte spöttisch. «Ist das so. – Nun, ich freue mich auf alle Fälle, Euch alle wiederzusehen. Insbesondere die Kinder. Sie ähneln alle unglaublich ihren Vätern. Bis auf die junge

Dame hier – Cristino, richtig? Sie scheint eher nach ihrer Mutter zu schlagen.» Madaleno warf ihr einen giftigen Blick zu. Sie verstand diese Bemerkung offensichtlich nicht als Kompliment.

«Nun, verehrte Schwester Consolatoria», Philomenus brachte die Worte «Mutter Oberin» offensichtlich nicht über die Lippen, «Ihr bleibt doch hoffentlich zum Abendessen?»

«So leid es mir tut, nein», sagte Beatrix. «Ich muss gleich wieder aufbrechen, meine Ordensschwestern erwarten mich. Ich denke, wir werden diese anregende Unterhaltung zu einem anderen Zeitpunkt fortsetzen müssen», fügte sie mit einem unergründlichen Lächeln hinzu.

«Nun … ähem … man wird sehen …», murmelte Onkel Philomenus und stand auf. «Dann … begleite ich Euch wohl am besten zur Tür, Schwester Consolatoria.»

«Tante Beatrix!» Catarino sprang auf und rannte strahlend auf die Nonne zu. «Ich freue mich so, dass Ihr wieder da seid! Ich hab' Euch als Kind immer so lieb gehabt! Bitte, kommt uns bald wieder besuchen, ich habe so viele Fragen an Euch, über damals, und meinen Vater, und …»

«Nun … Schwester Consolatoria, wir sollten gehen …», meinte Philomenus.

Die Nonne wirkte plötzlich ziemlich gerührt. «Ich freue mich auch, wieder da zu sein, Catarino. Wirklich», sagte sie lächelnd.

«Schwester Consolatoria!» Onkel Philomenus wirkte langsam ziemlich verärgert. Er schritt zur Tür und öffnete sie auffordernd.

Plötzlich sprang Frederi auf die Füße. «Ich bringe sie nach unten», sagte er, nahm Beatrix' Arm und schob sie zur Tür hinaus.

Onkel Philomenus seufzte auf. Die Dame Castelblanc machte ein Gesicht, das restlos erleichtert schien. Oma Felicitas warf den beiden böse Blicke zu. Catarino, Cristino und Fabiou sahen sich an. Sie konnten sich des Gefühls nicht erwehren, dass ihre Mutter und ihr Onkel Tante Beatrix nicht sonderlich leiden konnten.

«Ich denke, ich sage Suso, dass sie das Essen richten kann», seufzte Oma Felicitas und humpelte aus dem Raum.

Fabiou holte sie auf der Treppe ein. «Oma?»

«Ja?»

«Was haben die alle gegen Tante Beatrix? Sie scheint doch echt nett zu sein.»

«Oh – dein Onkel Philomenus hat etwas gegen gebildete Frauen, Nonne hin oder her», meinte Oma Felicitas spöttisch. «Und die beiden Weiber», sie meinte Madaleno und Eusebia, «nun, ich weiß auch nicht. Ich denke manchmal, sie sind einfach neidisch.» Sie verschwand in Richtung Küche. Fabiou sah ihr kopfschüttelnd hinterher. Er konnte sich beim besten Willen nicht vorstellen, dass seine Mutter, gut verheiratet wie sie war, mit dem gesellschaftlichen Ansehen, das man ihr entgegenbrachte, und dem gewissen Luxus, in dem sie lebte, neidisch auf ihre in der kargen Abgeschiedenheit eines Klosters lebende Kusine sein sollte!

«Wieso bist du zurückgekommen?» Fabiou fuhr zusammen. Die Stimme kam von unten, von der Eingangstür. Frederis Stimme. Sie klang wütend. Vielleicht auch eher panisch.

«Wieso?» Tante Beatrix, die Frederis Tonfall nachäffte. «Weil das meine Heimat ist. Weil meine Familie hier begraben liegt. Reicht dir das als Grund?»

«Jesus, Beatrix – hast du denn gar keine Angst?»

«Vor wem? Vor denen? Hast du denn Angst?» Ein erschöpftes Schweigen von unten. Fabiou spitzte die Ohren. Angst – wovor bitte sollte sein Stiefvater denn Angst haben? Doch Frederi antwortete nicht. Stattdessen war es wieder Beatrix, die sprach. «Mein Gott, ich kann nicht fassen, dass du das zulässt!» Schrill, aggressiv ihre Stimme.

«Heilige Jungfrau Maria, was soll ich denn machen?» Das war wieder Frederi. Er klang nervös. «Sie will es doch so. Sie hat mich angefleht, dabei zu bleiben. Gott, wenn ich es täte … es würde ihr das Herz brechen, versteh doch!»

«Sie hat kein Recht dazu, das von dir zu verlangen!» Beatrix' Stimme, ärgerlich, fordernd.

«Oh doch, sie hat ein Recht.» Frederis Worte klangen brüchig. «Und ich als ihr Ehemann habe die Verpflichtung, ihr diesen Wunsch zu erfüllen.»

«Du hast noch eine andere Verpflichtung.» Jetzt zitterte auch Beatrix' Stimme. «Eine Verpflichtung gegenüber Cristou und Pierre! Gott, dass du dich nicht schämst, das zu tun!»

«Ich schäme mich, Beatrix, ich schäme mich wirklich», sagte Frederi leise. «Aber ich liebe sie. Es tut mir leid, ich liebe sie einfach.»

Unten knallte eine Tür. Beatrix war gegangen.

Das Essen wurde in nahezu vollkommenem Stillschweigen eingenommen, obwohl Suso, die Köchin, sich wieder einmal selbst übertroffen hatte. Weder die Messe zugunsten des armen Senher Bossard noch Tante Beatrix' Besuch fand noch irgendeine Erwähnung. Das Einzige, was zu hören war, war ein gelegentliches Jammern von Catarino, die todunglücklich war, dass ihre Tante schon wieder gegangen war, und das schließlich ziemlich energisch von Frederi unterbunden wurde. Danach herrschte endgültig Grabesruhe an der Tafel. Die Stille weckte die Erinnerung an unangenehme Träume. Cristino brachte kaum einen Bissen herunter. Und auch Fabiou schien mehr mit seinen eigenen Gedanken als mit dem üppigen Mahl vor seiner Nase beschäftigt.

Endlich wurde die Tafel aufgehoben, die Damen Castelblanc und Auban zogen sich zurück, Onkel Philomenus verließ das Haus noch einmal, um sich mit «Freunden» zu treffen und das weitere Vorgehen bezüglich der Verfolgung der Antonius-Jünger zu erörtern. Er lud Frederi ein, ihn zu begleiten, doch der war seit seinem Gespräch mit Tante Beatrix ziemlich blass und in sich gekehrt und lehnte dankend ab.

Fabiou war noch immer völlig in Gedanken versunken, als er wenig später über den Gang in Richtung seines Zimmers lief. Schwer zu sagen, was ihn mehr beschäftigte, die niederschmetternde Erkenntnis, dass seine Nachforschungen schlichtweg ins Leere führten, oder das eigentümliche Gespräch zwischen Beatrix und seinem Stiefvater, das er belauscht hatte und auf das er sich trotz intensiven Nachdenkens keinerlei Reim machen konnte. So brütete er vor sich hin, als er plötzlich die helle Stimme der Küchenmagd Beata hörte, die von rechts, aus Richtung der Küche zu kommen schien und gerade energisch erklärte: «Ja, Himmel, war er denn wirklich so schlimm, der Bossard, dass du ihm nicht mal ein Ave Maria gönnst?»

«Pah!» Das war jetzt Suso, die Köchin. «Ich bin nicht aus Sant Francès weggegangen und hab' mich als Dienstmagd in der Stadt verdingt, weil's unter Senher Bossard gut leben war! Hat unser

Dorf ausgebeutet nach Strich und Faden, und wer ihm dumm kam, ist am Galgen gelandet! Der kann von mir aus zur Hölle fahren, der Bossard!»

Sant Francès, Sant Francès, denk nach, Fabiou, da war etwas mit diesem Sant Francès ...

«Warum seid ihr nicht vor Gericht gegangen?», fragte Beata ungläubig. «Ich meine, es gibt doch Gesetze gegen so etwas»

«Gesetze! Pah!» ereiferte sich Suso. «Der war doch gut Freund mit dem halben Parlament, der Saftsack! Du glaubst doch nicht im Ernst, dass wir da Recht gekriegt hätten!»

Sant Francès! 1544! Das ist es!

Die beiden Weiber schrien auf, als Fabiou wie eine Kanonenkugel in die Küche geschossen kam. «Heilige Mutter Gottes, habt Ihr mich erschreckt!», keuchte Suso. «Was gibt's? Habt Ihr noch Hunger? War's nicht reichlich genug?»

«Hunger! Blödsinn!» Fabiou schüttelte heftig den Kopf. «Du bist aus Sant Francès, habe ich das richtig verstanden?»

«So wahr ich hier stehe und einen Kochtopf in der Hand halte!», brüstete sich die Suso und hob zum Beweis den Topf in die Höhe, den sie soeben noch mit einer Wurzelbürste geschrubbt hatte.

«Wann hast du dein Dorf verlassen?», fragte Fabiou.

«Oh – lasst mich denken. Hm.» Die Köchin stellte erst mal den Topf im Spülstein ab und runzelte dann angestrengt die Stirn. «Na, ist inzwischen fast zwölf Jahre her, würde ich sagen.»

Könnte passen. «Warst du noch dort, als Joan lou Pastre von Bossard verhaftet wurde?», fragte Fabiou atemlos. «Der von den Antonius-Jüngern, meine ich. Er ist 1544 mal von Bossards Leuten in Gewahrsam genommen worden und sollte zum Tod verurteilt werden. Hast du davon irgendetwas mitbekommen?»

Die Köchin sah ihn seltsam an. Einen Moment lang schwieg sie, dann holte sie Atem und fragte: «Und wenn's so wäre?»

«Irgendein Geheimnis umgibt diese Morde!», rief Fabiou. «Und ich will es herausfinden! Ich will herausfinden, wer Bossard umgebracht hat, und Trostett, und den Mönch!»

«Welchen Mönch?», murmelte Suso und griff wieder nach ihrer Wurzelbürste. «Ich weiß nix. Ist alles schon zu lange her.»

«Suso, wenn du auch nur das Geringste weißt, dann musst du es mir sagen, es ist wichtig!», rief Fabiou.

«Ist doch eh' schon alles klar!» Suso klatschte die Bürste in den Topf, dass Wasser in alle Richtungen spritzte. «Die Herren sind sich doch längst einig, dass die Antonius-Jünger das gemacht haben, den Bossard gemordet. Die Wahrheit will doch eh' keiner wissen! War damals so und ist heute nicht anders!»

Fabiou horchte auf. «Aber ich!», erklärte er drängend. «Ich will die Wahrheit wissen. Die reine Wahrheit und sonst nichts!»

«Phh!» Die Suso schüttelte den Topf ab und drückte ihn Beata in die Hand, die sich mit einem Handtuch daran zu schaffen machte. «Bin doch nicht blöd und sag was, und hinterher heißt's, die verbreitet Lügenmärchen!» Sie griff nach einer Pfanne. «Ich will keinen Ärger mit den Herren da unten.» Sie wies mit dem Kinn Richtung Carriero drecho. Richtung Parlament.

«Suso, ich verspreche, ich sage es niemand weiter, egal was es ist!», erklärte Fabiou, der jetzt bis zum Zerreißen gespannt war. «Ich gebe dir mein Wort als Ehrenmann.»

Die Pfanne sank in den Spülstein zurück. Suso betrachtete ihn aus zusammengekniffenen Augen. «Also gut», sagte sie, die Nase nach oben gereckt. «Ich sag's Euch. Nicht wegen dem Ehrenwort, das sagen die feinen Herren immer, und heißen will's gar nichts. Aber wegen dem, der wo Euer Vater war. Das war ein guter Mann, und ich glaube, Ihr seid wie er. Deswegen sag ich's Euch.» Fabiou starrte sie verblüfft an. Die Suso nahm Beata das Handtuch ab und trocknete sich langsam und gemessen die Hände daran ab. «Der Joan …», sagte sie, kratzte sich nachdenklich am Kopf und drückte das Handtuch wieder Beata in die Hand. «Ja, der Joan …» Sie räusperte sich. Fabiou wurde langsam ungeduldig. «Ich weiß, sie sagen schlimme Dinge über den Joan, dass er diesen armen Mann mit seiner Frau und seinen Kinderchen ermordet hat und so», meinte die Suso. «Aber ich sag's Euch, Baroun, bloß schlecht war der nicht, der Joan. Was er geklaut hat, das hat er mit uns geteilt, den armen Leuten und so. Wisst Ihr, das waren harte Zeiten damals, 's gab oft nicht mal mehr Rüben auf den Tisch, und mit dem Bossard, der uns das Letzte, was wir hatten, auch noch abgeluchst hat … wir ham oft nichts zu beißen gehabt, und die kleinen Kinder sind oft früh gestorben, weil sie so schwach waren. Aber der Joan, der hat dem Bossard wieder abgejagt, was er uns weggenommen hat, und hat's uns zurückgebracht. Ohne den Joan wär's noch viel schlimmer gewesen, ich sag's Euch! Besonders damals nach der Sache mit den Waldensern.» Die Suso seufzte tief, und Beata fiel empathisch mit ein. «Hat uns schlimm getroffen, die Sache mit den Waldensern, ich sag's Euch. Nicht so schlimm wie die in La Costo natürlich. Schließlich gab's in Sant Francès keine Waldenser, deshalb ham sie's nicht niedergebrannt. In La Costo, da müssen sie gehaust haben wie die Vandalen, wie die Vandalen, sage ich! Sogar den Priester haben sie gemordet, den katholischen, meine ich. Eine Schande!»

«Den Priester!», rief Beata entsetzt aus und bekreuzigte sich hastig.

«Jaja.» Die Suso nickte betrübt. «Pater Jacque Bergotz. War aus unserem Dorf, daher kannten wir ihn. Hab' ihn gekannt, als er so war.» Sie zeigte mit der Hand eine Größe in Höhe der Tischkante an. «War so ein netter Junge. Bisschen schüchtern und verträumt und so, aber furchtbar fromm. War das Beste, was er machen konnte, Priester werden, meine ich, was hätte er sonst schon tun sollen, als Kind einer Bauernfamilie, und dann noch ein Bastard, und so schlau wie er war. Er hat so ein Stipdings bekommen von einer Klosterschule, damit er was lernen und später aufs Priesterseminar gehen konnte.»

«Stipendium», half Beata aus, die schließlich ein Leben lang in einem gebildeten Haushalt gedient hatte.

«Ja, Stipendium. Seine Mutter war so stolz auf ihn! Hab' ja gleich gesagt, der Junge soll in eine vernünftige Gemeinde gehen und nicht nach La Costo, bei all den Ketzern dort, aber er wollte es wohl so. So ein netter junger Mann war er! Und diese Vandalen bringen ihn um! Der alte Estève, der dort war, hat gesagt, er hätte mehr Schwertstiche im Leib gehabt wie weiland der heilige Sebastian!»

«Pfeile», meinte Fabiou trocken.

«Was?»

«Pfeile. Der heilige Sebastian wurde mit Pfeilen getötet, nicht mit Schwertstichen.»

«Ist doch egal! Auf jeden Fall waren es Vandalen! – Wieso erzähle ich das eigentlich?»

«Der Joan», erinnerte Fabiou.

«Ach ja, der Joan. Na ja, auf jeden Fall sind sie auch durch Sant Francès gezogen und haben alles geplündert. Wir wären echt verhungert, wenn der Joan nicht gewesen wäre.» Suso reckte demonstrativ einen Zeigefinger in die Luft. «Wir ham ihn gemocht, den Joan, das darf man ja nicht laut sagen, aber's war so. Als sie damals Jagd auf ihn gemacht haben, wegen der Sache mit der ermordeten Familie, da hat mein Vater ihm geholfen. Aber der Bossard, der hat's 'rausgekriegt und hat ihn hängen lassen, meinen Vater. An einer Zeder», fügte sie erklärend hinzu.

Beata bekreuzigte sich erschrocken, und Fabiou blickte etwas betreten drein, aber die Suso war jetzt so im Erzählen, dass sie es gar nicht merkte. «Und '44, die Sache … ja, das war so was. Also, wenn ich's nicht mit eigenen Augen gesehen hätte, tät' ich sagen, wer so was erzählt, der hat zu viel getrunken oder so. Also, wirklich!» Sie schüttelte den Kopf, noch immer ganz ungläubig angesichts dessen, was sie mit eigenen Augen gesehen hatte.

«Wieso? Was war denn daran so unglaublich?», fragte Fabiou.

«Na ja, dem Bossard seine Leute ham ihn erwischt, den Joan, in den Wäldern ganz nah bei unserem Dorf, weiß der Himmel, was er da gerade gemacht hat. Und er hatte halt echt Pech, dass der Bossard gerade in Sant Francès war. Der hat sich natürlich diebisch gefreut, der Hundesohn. Hat das ganze Dorf zusammengetrommelt, und dann hat er den Joan auf den Dorfplatz schleifen und dort von seinen Männern halb tot peitschen lassen. Dann ham sie ihn an den Pranger gestellt, und Bossard hat gesagt, am nächsten Morgen wird er aufgehängt.» Sie zupfte an ihrer Schürze herum. «'s war ein irre heißer Tag, mitten im Juli halt, und der Pranger stand mitten in der Sonne, und der Joan war echt übel verletzt, und von uns hat echt keiner geglaubt, dass er bis zum Abend überhaupt noch am Leben sein würde. Es war so traurig. Wir haben ihn gemocht, wie gesagt. Also echt, ich hab' schier geheult.» Sie blinzelte. «Und dann», ein glückseliges Lächeln glitt über ihr Gesicht, «dann ist eben ein Wunder geschehen!»

Fabiou, der bei allem Mitleid mit dem guten Joan Susos Zuneigung zu demselben etwas lächerlich fand, meinte: «Ich weiß schon – dann sind ein paar Mitglieder von seiner Bande gekommen und haben ihn befreit.»

«So sagen die!» Wieder ein Blick Richtung Carriero drecho. «Aber so war's nicht!»

«Wie dann?», fragte Fabiou mit gerunzelter Stirn.

«Es waren nicht die Antonius-Jünger», erklärte Suso strahlend.

«Woher willst du das wissen? Man sagt, sie waren maskiert», entgegnete Fabiou.

«Waren sie auch – das heißt, nicht direkt maskiert, aber sie hatten so Hüte auf, mit so breiten Krempen, die sie so tief ins Gesicht gezogen haben, da hat man überhaupt nicht erkannt, wer's war. Aber die Antonius-Jünger waren's bestimmt nicht. 's waren überhaupt keine Bauern. Die Kleidung, und wie sie gesprochen haben – das waren eindeutig Edelleute!»

«Edelleute?», fragte Fabiou entgeistert.

Die Suso nickte eifrig. «Sie sind auf Pferden gekommen, auf schönen, edlen Pferden. Sie sind ins Dorf 'reingaloppiert, mitten durch die Leute vom Bossard hindurch, und haben sie im Handumdrehen entwaffnet und dem Bossard einen Degen gegen den Wanst gedrückt, und einer von ihnen, der Anführer, ist neben den Joan an den Pranger gestanden und hat gesagt – wartet, ob ich's noch zusammenkriege –», sie runzelte angestrengt die Stirn, «also, er hat so in etwa gesagt: Dieser Mann hat nichts getan, außer sich gegen erlittenes Unrecht zur Wehr zu setzen! Ihr habt kein Recht, ihn zu töten! Und dann hat er den Joan vom Pranger losgemacht, und einer seiner Leute hat ihn zu sich aufs Pferd gezogen, und dann sind sie davongaloppiert, mit dem Joan, und bis der Bossard seinen Mund zugekriegt hat, waren sie schon über alle Berge!» Sie strahlte über das ganze Gesicht.

Fabiou sah sie etwas zweifelnd an. Die Geschichte klang in der Tat zu abenteuerlich, um wahr zu sein. «Ja, und wer waren diese Edelleute?», fragte er ungläubig.

«Na, das ham sie nie 'rausgefunden», erklärte die Suso. «Deswegen ham sie ja immer erzählt, es wären die Antonius-Jünger gewesen!»

«Das ist ja verrückt!» Fabiou schüttelte den Kopf. «Was für einen Grund sollte ein Edelmann haben, einen gesuchten Verbrecher zu befreien? Das gibt doch keinen Sinn!» Er seufzte. «Schade, dass man nicht weiß, wer dieser Edelmann war.»

«Oh, die Bauern hatten einen Namen für ihn», erzählte Suso eifrig.

«Ach! Und der wäre?»

Suso strahlte über das ganze Gesicht. «Sie nannten ihn Carfadrael», sagte sie.

KAPITEL 8

in dem allerhand in der Nacht herumgegeistert wird

Passa la nave mia colma d'oblio
per aspro mare, a mezza notte, il verno
in fra Scilla e Cariddi; et al governo
siede'l signore, anzi'l nimico mio.
A ciascun remo un penser pronto e rio,
che la tempesta e'l fin par ch'abbi a scherno;
la vela rompe un vento, umido, eterno,
di sospir, die speranze e di desio.
Pioggia di lagrimar, nebbia di sdegni
bagna e rallenta le già stanche sarte,
che son d'error con ignoranzia attorto.
Celansi i duo miei dolci usati segni;
morta fra l'onde è la ragion e l'arte:
tal ch'i'ncomincio a disperar del porto.

Es fährt mein Schiff beladen mit Vergessen,
auf rauem Meer, mitten in der Nacht, zur Winterzeit,
zwischen Scylla und Charybdis. Und am Steuer
sitzt mein Gebieter, nein, vielmehr mein Feind.
An jedem Ruder ein schneller und schlechter Gedanke,
der Sturm und Tod zu verhöhnen scheint.
Die Segel zerreißt ein feuchter und immerdauernder Wind
aus Seufzern, Hoffnungen und Verlangen.
Regen aus Tränen und Nebel aus Verachtung
nässt und behindert die schon müden Taue,
die mit Irrtum und Unwissenheit umwoben sind.
Es verbergen sich meine zwei süßen gewohnten Zeichen;
die Vernunft und die Kunst sind in den Wellen
untergegangen, und ich beginne, nicht mehr an den Hafen zu glauben.

Francesco Petrarca, italienischer Poet (1304-1374)

Am 16. Mai 1558 saß Cristino des Morgens am Fenster ihres Schlafzimmers und machte sich klar, dass sie geistlichen Beistand benötigte.

Seit jenem seltsamen Fest bei den Mancouns war so gut wie keine Nacht vergangen, in der sie nicht einen furchtbaren Albtraum gehabt hatte, Albträume, die sich auf erschreckende Weise glichen, in denen sie durch eine Gasse lief, flankiert von unzähligen Leichen, die sie aus ihren leeren Augen anstarrten, in denen sie in einen Spiegel starrte, aus dem ihr ein kleines blondes Mädchen mit einem sternförmigen Muttermal auf der Stirn entgegensah, in denen sie dann durch endlose dunkle Gänge floh, verfolgt von einem Ungeheuer in der Gestalt eines Weibes mit wehenden hellen Haaren, und die stets damit endeten, dass sie über einen toten Körper stolperte, der dem Mädchen im Spiegel erschreckend ähnelte. Und damit, dass das Monster die Hände nach ihr ausstreckte.

Sie hatte Catarino davon erzählt. Zwillingsschwestern haben schließlich keine Geheimnisse voreinander. Doch Catarino fand die ganze Sache eigentlich nur im höchsten Maße lächerlich. Träume sind Nebelschwaden, sagte sie, und dass man vom Geist eines Toten besessen sein kann, ist ja wohl nichts als Aberglaube, und überhaupt, wenn es dir vor diesem Medaillon so graust, dann wirf es halt weg! Nur zu gern hätte Cristino Letzteres getan, doch sie hatte den furchtbaren Verdacht, dass Agnes sich dann schrecklich rächen würde. Du spinnst wirklich, meinte Catarino und verdrehte die Augen.

Überhaupt gab es für Catarino derzeit nur zwei Themen: erstens die Jungs – Jean und Alexandre de Mergoult, Sébastien de Trévigny und Arnac de Couvencour – und zweitens Tante Beatrix. Fast jeden Tag lag sie dem Cavalié und ihre Mutter in den Ohren, dass sie sie im Konvent der Clarissinnen besuchen wollte, und ständig gab sie eine neue Geschichte zum Besten, was sie angeblich früher alles mit Tante Beatrix unternommen hatte. Fabiou und Cristino glaubten diesen Geschichten genauso wenig wie sie Catarinos ewigen Erzählungen über ihren Vater glaubten; sie hatten beide keinerlei Erinnerungen an Tante Beatrix, was nicht weiter verwunderlich war, denn schließlich war diese seit 1545 in Rom gewesen, und beide bezweifelten sehr, dass Catarino ihre Tante erkannt hätte, wenn sie nicht wenige Stunden vorher vor deren Portrait gestanden wäre. Andererseits waren auch Fabiou und Cristino durchaus an einem erneuten Treffen mit Beatrix Avingou interessiert – schon weil sie ihren Vater gekannt hatte.

Auch in diesem Moment saß Catarino auf ihrem Bett, kleisterte sich vor einem kleinen Taschenspiegel Rouge auf die Lippen und philosophierte über Tante Beatrix, ungeachtet des abwesenden Ausdrucks im Gesicht ihrer Schwester. «Irgendwie ist es seltsam», erklärte sie gerade. «Ich habe fast den Eindruck, die wollen alle gar nicht, dass wir zu Tante Beatrix gehen. Mama guckt immer richtig böse, wenn ich von Tante Beatrix anfange. Und Frederi ...» Sie verdrehte die Augen. «Wobei, am schlimmsten ist Onkel Philomenus, der alte Griesgram. Da hat man ja letztens gedacht, er würde Tante Beatrix am liebsten gar nicht zur Tür hereinlassen. Ich verstehe das nicht. Dabei ist sie doch Nonne! Also, dass sie etwas dagegen haben, dass ich mit Jean de Mergoult unterwegs bin, das sehe ich ja gerade noch ein!» Sie kicherte. Dann wurde sie plötzlich ernst. «Cristino?»

«Hm?»

«Was denkst du, warum ist Tante Beatrix Nonne geworden? Ich meine, sie sieht doch gut aus – sie hätte doch sicher auch einen passenden Mann gefunden ...»

Cristino sah sie erstaunt an. Sie schien die Frage reichlich blasphemisch zu finden. «Nun, um Gott mit ganzem Herzen dienen zu können, natürlich!», erklärte sie vehement.

«Ach, Geschwätz!» Catarino machte eine wegwerfende Handbewegung. «Weißt du, was ich glaube? Ich glaube, sie war unglücklich verliebt, und weil sie ihren Angebeteten nicht bekommen konnte, hat sie der Welt entsagt und ist ins Kloster gegangen!» Catarino seufzte gerührt.

Cristino fuhr fort, aus dem Fenster zu starren. Sie schien sich nicht weiter für die Überlegungen ihrer Schwester zu interessieren. Catarino verdrehte wieder die Augen. «Oh, Himmel, *ma petite*, grübelst du noch immer über deine komische Agnes nach?»

«Sie ist nicht komisch», flüsterte Cristino und warf einen hastigen Blick über ihre Schulter, als befürchte sie, Agnes könnte direkt hinter ihr stehen.

«Ach, Cristino, Mädchen, du brauchst einfach etwas Abwechslung! Denk mal an das Fest nächsten Samstag bei den Degrelhos. Was meinst du, werden wir die Mergoults da wiedersehen?» Sie rutschte zu Cristino ans Fenster hinüber. «Ich sag's dir», flüsterte sie, «Alexandre de Mergoult hat's auf dich abgesehen.»

Cristino wurde rot. «Meinst du wirklich?», fragte sie.

«Natürlich», sagte Catarino im Tonfall einer echten Expertin. «Warte nur, spätestens nächsten Samstag wird er dich küssen. Und ich sag dir, bei dem würde ich nicht nein sagen, wenn er noch mehr vorhätte!»

«Catarino!», rief Cristino entsetzt.

«Ach, tu nicht so, du willst es doch auch!»

«Ich ... ich weiß nicht – was, wenn er mich dann nicht heiratet?», fragte Cristino unsicher.

«Ach, warum sollte er dich nicht heiraten? Du siehst doch gut aus. Und spätestens wenn er dir ein Kind gemacht hat, muss er dich heiraten!», erklärte Catarino felsenfest.

«Hast du denn ... jetzt ... schon mal ...» Cristino brach ab. Sie wurde noch röter.

«Fast», meinte Catarino von oben herab. «Es kommt ja irgendwie immer etwas dazwischen. Aber ich tu's noch, da kannst du Gift drauf nehmen! Bald! He, schau mal! Das wird dir gefallen!» Catarino lief zu ihrem Schmuckkästchen, klappte den Deckel auf und nahm ein Blatt Papier heraus. «Hat mir Trévigny geschenkt.»

«Was ist das?», fragte Cristino neugierig.

«Ronsard!», rief Catarino aus. «*Le plus nouveau.* Riech mal ...», sie schnupperte an dem Blatt, «... ist parfümiert!»

Cristino nahm das Blatt entgegen. Es duftete nach Rosen.

«Ich kann's schon auswendig!», rief Catarino aus.

«Plus tu cognois que je brusle pour toy,
plus tu me hais, cruelle:
Plus tu cognois que je vis en esmoy,
et plus tu m'es rebelle.
Mais c'est tout un, car las! je suis tant tien
et je beniray l'heure
de mon trespas: au moins s'il te plaist bien
qu'en te servant je meure.»

Je mehr du erkennst, dass ich für dich entflammt bin,
desto mehr hasst du mich, Grausame;
Je mehr du erkennst, dass ich in Unruhe lebe,
desto mehr stößt du mich zurück.
Aber das ist egal, denn ich bin so sehr dein
und ich werde die Stunde
meines Todes segnen: wenigstens sterbe ich, wenn du erlaubst,
indem ich dir diene.

Cristino starrte fasziniert auf das duftende Blättlein. «Fast», meinte sie. «Es heißt, ‹que je beniray l'heure› und nicht ‹et je beniray l'heure›.»

«Ach! Pedantin!» Catarino ließ sich mit ausgestreckten Armen aufs Bett zurückfallen. «Trévigny! Gräfin Trévigny, das wäre natürlich auch etwas!»

«Da kommt Bruder Antonius», stellte Cristino mit einem Blick aus dem Fenster fest.

«Na und?»

«Ich … ich muss ihn kurz sprechen …» Cristino sprang auf und lief hastig aus dem Raum.

Den ganzen Weg zum Studierzimmer bastelte sie an der Rede, die sie Bruder Antonius zu halten gedachte. Lieber Bruder Antonius, es gibt genau zwei Möglichkeiten: Entweder bin ich vom Geist eines toten Mädchens besessen, der wahrscheinlich über dieses Medaillon auf mich übergegangen ist, oder mich hat am letzten Samstag ein Hexenweib in einem verwunschenen Garten verhext. Auf alle Fälle brauche ich jetzt deinen Beistand als Mann der Kirche, um mich von diesem schrecklichen Fluch zu befreien.

Sie war schnell gelaufen, und als sie das Studierzimmer erreichte, war Bruder Antonius noch nicht da. Vermutlich ließ er sich von Suso noch einen Willkommenstrunk reichen, oder er war Fabiou in die Arme gelaufen, der ihm wieder mit einer seiner Mordtheorien auf die Nerven ging. Sie seufzte, sie war furchtbar nervös und hätte das, was sie vorhatte, lieber schnell hinter sich gebracht.

Bruder Antonius ließ sich Zeit. Auf dem Gang schlugen Türen, vom Stall her wieherte ein Pferd. Cristino trat an eines der hohen Fenster und spähte durch die Butzenglasscheiben. Verzerrt durch das geschliffene Glas sah sie unten Loís über die Straße laufen. Sie zog hastig den Kopf ein. Seit dem Fest der Mancouns war sie Loís aus dem Weg gegangen. Sie ärgerte sich selbst über ihr schlechtes Gewissen. Warum machte sie sich überhaupt Gedanken? Loís hatte sich wirklich unverschämt benommen, und er hatte es sich selbst zuzuschreiben, dass Alexandre de Mergoult ihn geschlagen hatte. Überhaupt war es das gute Recht eines Edelmannes, einen ungehorsamen Diener zu schlagen. Gut, sie war das eben nicht gewohnt, Frederi hatte noch nie die Hand gegen einen seiner Untergebenen erhoben, aber Frederi war ja auch ansonsten ein Weichling, und Mergoult, Mergoult war nun mal ein richtiger Mann!

Dennoch. Der Blick, mit dem Loís sie angesehen hatte, trieb ihr noch jetzt die Schamesröte ins Gesicht.

Sie lief zur Regalwand hinüber. Bücher, nichts als Bücher, endlose Reihen von Büchern. Ob all diese Bücher jemals von irgendjemandem gelesen worden waren? Von Oma Felicitas vielleicht? Oder früher von deren Mann, ihrem Großvater? Sicher nicht von Onkel Philomenus, und sicher nicht von ihrer Mutter. Und Vater?

Gott, wo blieb bloß Bruder Antonius!

Ihr Blick glitt über die Buchrücken. Unbekannte Titel, unbekannte Autoren, viele von ihnen noch relativ neu, die eingelegten Buchstaben auf dem Bundsteg blitzend in der einfallenden Sonne. Ihre Augen blieben auf einem hohen, dicken Buch hängen, Gott, was für ein Wälzer, er brauchte fast ein eigenes Regalfach!

DE HUMANI CORPORIS FABRICA, Vom Aufbau des menschlichen Körpers, stand auf dem Buchrücken in silbernen Lettern. Andreas Vesalius, MDXLIII, 1543.

Noch immer kein Bruder Antonius in Sicht. Cristino griff nach dem Buch, wuchtete es aus dem Regal und legte es auf den Tisch.

Ein Einband aus dunklem Leder. Sie schlug die erste Seite auf, sah auf den Namen unter dem Exlibris. Petrus Martinus Avingus, Aquae Sextiis. Das Buch hatte Onkel Pierre gehört. Klar, er war Docteur gewesen, er hatte sicher viele Bücher gehabt. Und nachdem seine Eltern kurz nach ihm starben und seine einzige Schwester nach Rom ging, war es naheliegend, dass Oma Felicitas sich seiner Bücher angenommen hatte. Sie blätterte weiter.

DE HUMANI CORPORIS FABRICA. Das Buch zeigte Menschen, doch keine Menschen, wie man gewohnt war, sie zu sehen. Menschen, auf Stühlen sitzend oder in einer stilisierten Landschaft stehend, den Blick nachdenklich in die Ferne oder auf den Boden unter ihren Füßen gerichtet. Menschen, statt von einer Haut von eigentümlichen längsgestreiften Wülsten umgegeben, die zum Teil abgetrennt waren und lose von ihren erhobenen Armen herunterbaumelten. Menschen, die von einem eigentümlichen Netz aus roten Fäden überzogen waren wie ein Blatt von seinen Äderchen. Menschen, die aus Glas zu sein schienen, durch deren Bauchdecke man hineinblickte in ein eigenartiges Gewirr seltsam geformter Objekte. Schautafeln, auf denen eigentümliche Gegenstände abgebildet waren, Hepar – Leber war eines dieser Gebilde beschriftet, dessen Ähnlichkeit mit einer Schweineleber erschreckend war, Gaster – Magen war ein weiteres, schlauchförmiges Ding ausgezeichnet.

Cristino hielt inne.

Sie starrte auf einen rundlichen, spitz zulaufenden Gegenstand, gebettet in seltsame lappenartige Gebilde, die ihn schützend zu umgeben schienen. Cor. Das menschliche Herz.

Cristino hatte schon Rinderherzen gesehen, war aber immer der festen Überzeugung gewesen, dass ein menschliches Herz mitnichten dessen plumpe Form hatte, ein Herz wie auf den Mariendarstellungen oder auf den Illustrationen von Liebesgedichten hatte ihr vorgeschwebt, hellrot gefärbt, ebenmäßig geformt, ein Herz, dem man es ansah, dass es Hort der Empfindsamkeit, der Gefühle war, Herz wie Herzblut, Herzschmerz, Herzklopfen. Doch dieses Herz, das auf einer Art über Magen und Leber aufgespanntem Baldachin lag, mochte vielleicht etwas schlanker als ein Rinderherz sein, unterschied sich aber sonst durch nichts von seinem animalischen Gegenstück, ein unförmiger, nur mit viel Einbildungskraft als herzförmig zu erkennender Klumpen, von dem dicke Rohre wie Hörner abstanden und in das Gewirr an Organen eintauchten.

DE HUMANI CORPORIS FABRICA. So sah also ein menschlicher Körper von innen aus.

Seltsamerweise fand sie es nicht eklig. Es hatte etwas ungeheuer Faszinierendes.

Sie blätterte zurück, zu den Menschen mit den gestreiften Wülsten. Anatomia musculorum, war auf einem Blatt vermerkt, so sahen also Muskeln aus, Gott, dass es so viele gab, und alle trugen sie einen Namen, musculus cubitum extendens, musculus brachium pectori adducens, musculus – ach, du meine Güte – bicorni tendine brachiale extendens. Und überall waren sie, selbst an Körperstellen, wo sie nie einen Muskel vermutet hätte, Muskeln hatte man an den Armen, die Männer zumindest, und manchmal auch an den Beinen, aber auf diesen Bildern war selbst der Kopf von Muskeln umgeben, sie bedeckten das Gesicht, umzirkelten die Augen und den Mund, zogen über den Schädel und hinunter zum Hals. Direkt unter der Haut waren sie gelegen, diese Muskeln, wie ein Bild ganz vorne suggerierte, das einen Menschen zeigte, dem nur ein kleines Stückchen Haut am Arm fehlte. Ein seltsamer Gedanke drängte sich ihr auf. Wenn die Muskeln wirklich so dicht unter der Haut lagen, war es dann auch ein Muskel gewesen, den Arnac de Couvencour sich bei seinem Kampf letztens verletzt hatte? Und welcher wohl? Sie blätterte und strahlte entzückt, als sie das fand, was sie gesucht hatte, einen Muskel, der wie eine Kappe die Schulter des Mannes auf dem Bild bedeckte. Musculus brachium attolens.

Sie lehnte sich zurück. Ob Frauen wohl auch Muskeln hatten? Diese Bilder zeigten jedenfalls nur Männer. Zwar trugen sie keine Kleidung und hatten keine Haare, aber man sah es gleich am Körperbau und an … na ja …

Puterrot blätterte sie weiter. Anstand besaß dieser Vesalius offensichtlich nicht. Diese Bilder zeigten ja wirklich alles!

Sie hielt inne. Ein seltsames Bild, ein Skelett, wie man es manchmal als Illustration in Friedhofskapellen fand, das an einer Säule lehnte, das knöcherne Kinn auf das Gebein seiner linken Hand gestützt, die rechte Hand auf einem Totenschädel ruhend, den es sinnierend zu betrachten schien.

Sie spürte, wie sie zu zittern begann.

Die Tür ging auf. «Cristino – was machst du denn hier?», rief Bruder Antonius überrascht.

«Ich … ich ..» Hastig schlug sie das Buch zu. «Ich wollte …»

«Was liest du denn da?» Antonius verrenkte den Hals, dass er die Schrift auf dem Buchrücken erkennen konnte. Cristino hatte das Gefühl, dass ihr das Herz, ob ebenmäßig geformt oder nicht, in den Schoß rutschte. Das konnte doch auch nur ihr passieren – von einem Mönch dabei erwischt zu werden, wie sie in einem Buch las, in dem lauter nackte Männer abgebildet waren!

«Oh, Vesalius!» Erstaunlicherweise strahlte besagter Mönch über das ganze Gesicht. «Ich wusste ja gar nicht, dass deine Familie den Vesalius hat. Unglaublich! Ich habe schon so viel davon gehört, aber leider noch nie einen Blick hineingeworfen.» Bruder Antonius schlug das Buch auf und blätterte interessiert durch die Seiten. «Unglaublich, wirklich!», murmelte er ein ums andere Mal. «Diese Exaktheit der Zeichnung, diese Proportionalität! Das Wunder der menschlichen Schöpfung, festgehalten in diesen Seiten! Er muss Hunderte, ach was, Tausende von Leichen seziert haben, um sich dieses Wissen zu erarbeiten!»

«Leichen?» Cristino fuhr hoch.

«Ja. Natürlich.»

«Du meinst, die Menschen auf diesen Bildern … sind Tote?»

«Ja, natürlich – woher sollte er sonst wissen, wie es in einem Menschen aussieht, wenn er nicht Tote aufgeschnitten hätte.»

Cristino war mit einem Satz auf den Füßen und fünf Schritte zurück und bekreuzigte sich panisch. «Oh Gott», keuchte sie, «oh Gott, wenn ich das gewusst hätte … nie hätte ich es angefasst …»

Bruder Antonius betrachtete sie nachdenklich. «Cristino, warum hast du so unglaubliche Angst vor allem, was mit dem Tod zu tun hat?», fragte er langsam.

«Ich … ich … ich weiß nicht …»

«Cristino, der Tod ist nicht das Ende, das weißt du doch. Der Tod ist nichts anderes als das Tor, durch das wir zu Gott gehen.»

«Ich weiß … ich habe doch auch keine Angst vor dem Sterben … nur …» Sie brach ab. Sie zitterte am ganzen Körper.

«Nur was?», fragte Antonius ruhig.

«Nur vor den Toten!», stieß Cristino hervor.

«Cristino, Himmel, ein toter Körper ist nichts anderes als ein Kleid, das der Mensch ablegt, wenn er zu Gott geht. Was für einen Grund sollte es geben, vor einem abgelegten Kleid Angst zu haben?» Bruder Antonius schüttelte den Kopf.

«Ich … ich weiß …», stotterte Cristino, «aber wenn sie so daliegen … und einen ansehen … das ist so furchtbar …»

«Du meinst diesen Trostett und Senher Bossard, ja?», sagte Bruder Antonius verständnisvoll.

«Ja, die auch, und die … die …» Sie brach ab.

«Wer?», fragte Bruder Antonius erstaunt. «Wie viele Tote hast du denn noch gesehen in deinem Leben?»

«Keine. Nicht in meinem Leben. Ich meine …», hilflos suchten Cristinos Augen durch den Raum, «Ich … ich habe diese Träume, Bruder Antonius. Diese … seltsamen Träume!»

«Seltsame Träume?» Bruder Antonius seufzte. «Kind, weißt du, du bist in einem Alter, da ist es nichts Besonderes, wenn man … hm … seltsame Träume hat.»

Cristino schoss das Blut ins Gesicht, als sie begriff, worauf er anspielte. «Nein! Nicht solche Träume!», rief sie. «Nichts mit … Männern.»

«Was für Träume dann?», fragte Bruder Antonius verständnislos.

«Von Toten», flüsterte Cristino.

«Von Toten?», echote Bruder Antonius ungläubig.

«Ich … Bruder Antonius, glaubst du, dass man vom Geist eines Toten besessen sein kann?», krächzte Cristino.

«Vom Geist – nein, natürlich glaube ich das nicht!», erklärte Bruder Antonius vehement. «Das ist blödsinniger Aberglaube und weiter nichts! Welcher Idiot hat dir denn diesen Mist erzählt?»

«Diese alte Frau … in dem verfallenen Garten … ich hatte mich verirrt, auf dem Fest bei den Mancoun, und da bin ich dieser Frau begegnet, und sie hat mir gesagt, das Medaillon hier, das ich ein paar Tage vorher gekauft habe, das hätte einem Mädchen gehört, das Agnes hieß und das ermordet worden ist. Und sie hat gesagt, dass ein Band besteht zwischen mir und dieser Agnes.»

«Und du hast ihr das geglaubt?» Bruder Antonius lachte belustigt. «Oh, Cristino! Das ist doch albern!»

«Aber … aber auf der Rückseite des Medaillons steht wirklich der Name Agnes! Sieh doch!» Cristino drehte ihr Medaillon um und streckte es Bruder Antonius entgegen. Der studierte es einen Moment, dann schüttelte er heftig den Kopf. «Das besagt doch gar nichts, Cristino», meinte er. «Vielleicht hatte sich dein Medaillon verdreht, und sie hat es gesehen. Vielleicht hat sie dich beobachtet, als du es gekauft hast. Es gibt mehr als eine logische Erklärung für dieses Ereignis.»

«Aber seit diesem Tag habe ich diese Träume!», schrie Cristino.

«Was für Träume, heilige Maria?»

«Dass ich … dass ich Agnes bin», stotterte Cristino. «Und dass ich durch ein Haus laufe, im Dunkeln, und dass jemand mich verfolgt, eine Frau, und sie will mich umbringen, und dann stolpere ich immer über eine Leiche, und das bin auch ich! Und … und immer wieder träume ich von Toten, von vielen Toten, und von diesem Mädchen mit den schwarzen Haaren!»

«Ein Mädchen?», fragte Bruder Antonius stirnrunzelnd.

Cristino nickte. «Sie … sie hat diese Augen, die sind so schwarz, so unendlich schwarz … die Barouno de Buous hat gemeint, es wäre die Jungfrau Maria, aber ich glaube das nicht!»

«Wer glaubst du denn, dass sie ist?», fragte Bruder Antonius ruhig.

«Ich glaube, sie ist der Tod», flüsterte Cristino kaum hörbar.

Bruder Antonius seufzte tief und hilflos. «Kind … Jesus, Cristino, du redest dir da etwas ein! Hör mal, du bist in einem sehr, sehr empfindsamen Alter. Da kann es passieren, dass Dinge, die man hört oder sieht, einen so beeindrucken, dass sie einen bis in die tiefsten Träume hinein verfolgen. Und dir scheint es mit dieser Geschichte des alten Weibes so zu gehen. Aber, Cristino, das hat nichts damit zu tun, dass du wirklich vom Geist eines Toten besessen bist! Tote fahren nicht in die Körper von Lebenden und halten sich auch nicht in Medaillons auf! So etwas gibt es genauso wenig, wie es Dämonen gibt oder Hexen!»

«Natürlich gibt es Hexen!», rief Cristino aus. «Jeder sagt, dass es Hexen gibt! Sogar der Bischof sagt das!»

«Es ist mir egal, wer alles sagt, dass es Hexen gibt!», erklärte Bruder Antonius. «Der Glaube an Hexerei ist dummer Aberglaube und eines Christen nicht würdig! Mein Gott, dass die Menschen in einem Jahrhundert, wo man rund um die Welt fährt und in der Lage ist, den Lauf der Gestirne zu berechnen, noch an so einen Unsinn glauben! Cristino, Vorurteile und Aberglaube treiben die Leute dazu, Menschen, die anders sind, zu verfolgen und zu vernichten! Diese Leute, die du Hexen nennst, sind arme, unglückliche Wesen, die dem Hass und der Verbohrtheit ihrer Mitmenschen zum Opfer gefallen sind, und sonst nichts! – So, und jetzt hör mir einmal zu, ich habe nämlich eine Idee, wie wir deine dummen Träume abstellen können.» Bruder Antonius drehte sich zum Tisch um und ergriff das Buch von Vesalius. «Ängste werden umso schlimmer, je mehr man vor ihnen davonläuft, das habe ich als Beichtvater schon oft erfahren müssen. Deswegen schlage ich vor, dass du dieses Buch nimmst und es von der ersten bis zur letzten Seite durchliest. Und ich wette, dadurch werden deine Träume verschwinden, und deine Angst vor Toten wird auch aufhören!»

«I-i-ich weiß nicht ...» Cristino wich zurück.

«Schluss jetzt!» Bruder Antonius drückte ihr das Buch in die Hand, ungeachtet der Tatsache, dass sie Augen machte, als wäre zwischen den Buchdeckeln eine Viper versteckt. «Am besten, du fängst gleich damit an! Ach, und Cristino – zeig das Buch vielleicht nicht unbedingt deinen Eltern, die könnten es am Ende als anstößig betrachten.»

Frederi Jùli begegnete ihr in der Tür, gebeugt unter der Last eines winzigen lateinischen Liturgie-Büchleins und mit dem Gesichtsausdruck eines zum Tode Verurteilten, der dem Henker entgegengeht. Sie überließ ihn seinem grausamen Schicksal und floh auf den Gang hinaus, das ominöse Buch so weit es ging von sich weggestreckt. Catarino war glücklicherweise nicht mehr da, als sie ihr Zimmer erreichte, sie ließ das Buch auf die Kommode fallen und zog sich hastig in die entgegengesetzte Ecke des Zimmers zurück, wo sie sich schweratmend aufs Bett setzte.

Eine ganze Weile saß sie dort, dann stand sie zögernd auf und lief zur Kommode zurück.

Langsam blätterte sie wieder durch die Seiten, wobei sie leise wiederholte, es sind keine Toten, nur Bilder, bis sie schließlich wieder die Seite mit dem Herz erreichte. Vorsichtig legte sie einen Finger auf das gemalte Herz und lauschte auf den Schlag ihres eigenen Herzens in der Tiefe ihrer Brust.

Das Wunder der menschlichen Schöpfung.

Vielleicht war das Buch ja wirklich nicht so furchtbar.

Vielleicht hatte Bruder Antonius ja recht und sie bildete sich wirklich alles nur ein, das mit der Mörderin – und den Toten.

Und dem Mädchen mit den schwarzen Haaren.

***

«Und ich will Zuckerkringel, und kandierte Früchte, ja, Mama?»

«Frederi, wie oft soll ich dir noch sagen, man isst nichts, was auf einem Marktstand feilgeboten wird! Man weiß nie, wie diese Leute das zubereitet haben und wo sie ihre dreckigen Finger sonst noch drin gehabt haben. Wenn du Zuckerzeug möchtest, dann lass es dir von Suso zubereiten!», erklärte die Dame Castelblanc entschieden.

«Da schmeckt es aber nicht so gut!», widersprach Frederi Jùli und zog einen Schmollmund.

«Jetzt lass ihn doch ein paar kandierte Früchte essen, das wird ihn ja wohl kaum umbringen!», nörgelte Oma Felicitas.

«Mischt Euch bitte nicht in die Erziehung meiner Kinder ein, Mutter!», fauchte die Dame Castelblanc und zerrte ihren Sohn an ihre Seite.

«Ich will auch kandierte Früchte und alles, und zwar doppelt so viel wie Frederi!», pläkte Theodosius-das-Großmaul, und «Aber sicher, Schnuckelchen, alles was du willst, Schnuckelchen!», säuselte Tante Eusebia.

«Du wirst schon sehen, was du davon hast, wenn der Kleine nachher eine Magenverstimmung hat!», meckerte die Dame Castelblanc ihre Schwägerin an.

«Ich hoffe, der Kleine frisst so viele kandierte Früchte, dass er platzt!», murmelte Catarino wütend. Fabiou lachte beifällig. «Teosius latzt!», meinte Maria Anno entschieden und klatschte begeistert in die Hände.

Heute war Markttag in Ais, und die Damen des Hauses – Madaleno mit ihren Töchtern, Tante Eusebia und die Großmutter – waren in Begleitung von Fabiou, Frederi und Frederi Jùli sowie einer größeren Zahl an Dienstboten zum Geleitschutz und zum Tragen der Einkäufe unterwegs zur Plaço dis Erbo, auf der Suche nach einigen netten Kleinigkeiten zur Verschönerung des Daseins. Insbesondere war Tante Eusebia auf der Suche nach einem Geschenk für Schnuckelchen, das sie ihm versprochen hatte, weil er auf der Feier der Mancoun so brav gewesen war. Die Kinder hatten schon konstruktive Vorschläge gemacht – zum Beispiel eine Armbrust, die nach hinten losgeht –, doch noch war die Tante sich reichlich unschlüssig, was sie nehmen sollte. Wenn ihr wieder die halbe Stadt leer kauft, hänge ich mich auf, hatte Frederi ganz unkatholisch gedroht, was Catarino als zusätzlichen Kaufanreiz betrachtete; bereits seit sie die Carriero drecho betreten hatten, drehte sie sich nach jeder Ladentischauflage um, die zu entdecken war.

Auf der Plaço dis Erbo drängten sich bereits die Marktstände und die Kaufwütigen aneinander. Es waren vor allem kulinarische Genüsse, die zum Kauf angeboten wurden, Obst, Gemüse, Kräuter, Fische und Käse, doch auch Stoffe, Kleider, Schmuck und Gebrauchsgegenstände waren an den Ständen zu finden. Cristino bearbeitete den Cavalié so lange, bis er ihr ein in roten Samt gefasstes Büchlein kaufte, wie es die feinen Damen bei Hof hatten, um dort ihre geheimen Sehnsüchte und Gedanken niederzulegen. Die alte Wahrsagerin mit den großen goldglänzenden Ohrringen hatte wieder ihren Platz an einer Mauer eingenommen, und am hinteren Ende des Platzes zeigten Gaukler ihre Künste. Fabiou verrenkte den Hals, um festzustellen, ob es die gleichen waren wie das letzte Mal.

Tante Eusebia entdeckte eine Schmuckdose aus Perlmutt, die sie zu einer ganzen Salve von Ahhs und Ohhs verleitete, doch außer ihrer Schwägerin konnte sich niemand dafür begeistern, die Großmutter fand die Dose abgrundtief hässlich und die Mädchen absolut unmodern. «Mama, ich will mir die Gaukler ansehen!», bettelte Frederi Jùli, und Theodosius schrie: «Ich will auch die Gaukler sehen, aber sofort!»

«Oh ja, Schnuckelchen, natürlich, Schnuckelchen ...» Tante Eusebia schwankte zwischen der Perlmuttdose und dem Gebrüll ihres Sohnes. «Mutter», sie meinte Oma Felicitas, «könntet Ihr nicht die jungen Herren zu den Gauklern begleiten? Ich muss mir unbedingt diese Auslage noch näher anschauen, und der Kleine wird doch so schnell ungeduldig!»

«So siehst du aus, Eusebia!», schimpfte die Oma. «Kümmere dich gefälligst selbst um deinen verzogenen Bengel!»

«Er ist nicht verzogen», widersprach Tante Eusebia gekränkt. «Er hat nur ein überschäumendes Temperament!»

«Seinem überschäumenden Temperament täten ab und an ein paar Ohrfeigen ganz gut», murmelte Oma Felicitas verstimmt.

«Streitet Euch nicht. Ich gehe mit den Jungs zu den Gauklern», erklärte Frederi. «Frederi, Theodosius, kommt!» Frederi jauchzte auf und flitzte los, Theodosius walzte mit einem triumphalen Brüller hintendrein. Fabiou und die Mädchen, die keine Lust auf weitere Vorträge über Perlmuttschmuckkästen hatten, folgten ihnen eilig, desgleichen die Kinderfrau, die Maria Anno mit sich schleppte. «Dein Mann ist ja wirklich ein eifriges Kindermädchen», hörten sie im Gehen Tante Eusebias spitze Stimme. «Nun, er hatte ja schon immer etwas Weibisches an sich.» Die letzten Worte trieften vor Boshaftigkeit.

«Das Schicksal in den Karten, das Schicksal in den Karten!», rief das Weiblein mit den goldenen Ohrringen.

«Oh, guck mal, Fabiou», schrie Frederi Jùli, «das sind die, die wir schon mal gesehen haben!»

In der Tat. Ein Wirbel aus Armen und Beinen in der Luft, und eine Gestalt landete auf einer unsichtbaren Unterlage in Höhe der Köpfe der Menge, rot das Kostüm, weißgeschminkt das von dunklen Haaren umrahmte Gesicht, blitzend die Augen. Bernsteinaugen. Katzenaugen.

«Oooooh!» Frederi Jùli drängelte sich nach vorne.

Der junge Gaukler stand auf den Schultern des Hünen, ihm gegenüber ein weiterer Akrobat, und sie waren damit beschäftigt, sich gegenseitig brennende Fackeln zuzuwerfen, während sie gleichzeitig mit je vier weiteren brennenden Fackeln jonglierten. Die Fackeln beschrieben einen Kreis über den Köpfen und einen Bogen in der Luft, bevor sie sich erneut in den Kreis einreihten. Dann, aus heiterem Himmel, drückte der junge Mann in dem roten Kostüm sich von den Schultern des Hünen ab, und mit einem Salto flog er über den Bogen aus Flammen und stand erneut, auf den Schultern des anderen Akrobaten. Das Publikum jubelte, der junge Akrobat lachte über sein weißgeschminktes Gesicht. Nicht so die beiden anderen Gaukler, konzentriert waren ihre Gesichter, die Lippen aufeinander gepresst, seltsam aufgeblasen die Backen. Und dann sprang der Junge im roten Kostüm ein zweites Mal, und aus den Rachen der beiden anderen Akrobaten schoss zu beiden Seiten ein Feuerstrahl, über den der Junge hinwegflog wie ein Falke, und wieder stand er, lachend auf den Schultern des Hünen, seinen fleckigen Umhang in die Luft wirbelnd und wild über seinem Kopf schwenkend.

«*Di-a-ble*!», hauchte Frederi Jùli ergriffen, und «Diale!», echote Maria Anno strahlend.

«Ihr sollt nicht fluchen!», schimpfte der Cavalié.

«Die Zukunft in den Karten!» Das alte Weib humpelte auf die Mädchen zu, einen Packen fleckige Karten in der ausgestreckten, knorrigen Hand haltend. «He, Ihr, Fräulein!» Sie winkte Cristino zu. «Ihr seht bedrückt aus. Kommt zu mir, das Tarot kann Euch helfen. Das Tarot kennt Eure geheimen Wünsche und Ängste. Das Tarot wird Euch den Weg weisen!» Sie wedelte auffordernd mit ihren Karten.

Der junge Akrobat war auf den Boden hinabgesprungen, verbeugte sich eifrig, den Umhang wieder um die Schultern geschlungen, dass man bei jeder Verneigung die verblichenen, einstmals wohl goldenen Borten sah, und den Schuh mit den offenen Senkeln, der in die Mitte gestickt war. «Eine kleine Gabe für einen Trupp hungriger Gaukler!», rief er aus, und augenblicklich sprang eines der Mädchen vor und eilte um das Rund der Zuschauer, eine Kappe auffordernd den Leuten entgegengestreckt.

«He, Ihr, Fräulein!» Die Alte zupfte an Cristinos Ärmel. «Ich meine es ernst. Hab' das Gefühl, Ihr braucht meine Hilfe. Da ist etwas um Euch. Eine Aura.» Sie schnupperte in die Luft. «Eine Aura der Gefahr und der Trauer!»

Oh, Himmel, das war das Letzte, was sie jetzt brauchen konnte, eine alte Wahrsagerin, die ihr noch mehr Angst machte, als sie sowieso schon hatte! «Geh weg, du!», wehrte Cristino sie ab. «Ich brauche keine Hellseherei.»

«Schade, Kindchen, schade …», murmelte die Alte. «Ihr habt eine interessante Hand, Kindchen. Die Lebenslinie … diese Verzweigungen dort … sie stehen für Möglichkeiten, Kindchen. Ihr könnt dieses Leben führen, oder jenes. Je nachdem, wie Ihr Euch entscheidet, könnt Ihr große Dinge vollbringen oder in Bedeutungslosigkeit verkommen. Eine interessante Hand, fürwahr … Wollt Ihr nicht doch das Tarot befragen?»

«Schluss jetzt!» Das war Frederi, der die Alte beiseite schob. «Hör auf, meine Tochter mit deinem heidnischen Aberglauben zu belästigen! Verschwinde, Alte!»

Die Alte wich zurück, und nicht nur Cristino, auch der Rest der Familie zuckte zusammen, als plötzlich ihre Hand vorschoss, zwei ausgestreckte Finger auf Cristino und den Cavalié zeigend, doch statt des erwarteten schrecklichen Fluches schrie sie nur: «Immer dasselbe mit Euch hohen Herren! Wenn Ihr unsere Dienste braucht, ja, dann sind wir gut genug für Euch, aber danach wollt Ihr nichts mehr von uns wissen! Pah!» Und sie schlurfte von dannen.

Der Cavalié war kreidebleich geworden. Offenbar glaubte er sehr wohl an die Macht von Hexen.

«Die Vorstellung ist beendet!», schrie der rotgekleidete Gauklersbursche und verneigte sich ein weiteres Mal, dass ihm sein Umhang in den Nacken rutschte. «Gehabt Euch wohl, edle Herrschaften, und beehrt uns bald wieder!» Er richtete sich wieder auf und zuckte erschrocken zurück, denn er wäre mit den Haaren beinahe an Catarinos Rockbausch hängen geblieben. Sie betrachtete ihn aus zusammengekniffenen Augen. «Wie machen die das?», fragte sie.

Der Bursche hatte augenblicklich seine Fassung wieder gefunden. «Ah, das hübsche Edelfräulein von neulich!», sagte er. «Wie schön, Euch wieder zu sehen!»

«Ich will wissen, wie die das machen!», sagte Catarino von oben herab.

«Wer?», fragte der junge Gaukler verständnislos.

«Na, die Feuerspucker! Wie machen sie das?»

Die Lippen in dem weißgeschminkten Gesicht verzogen sich zu einem spöttischen Lächeln. «Berufsgeheimnis, mein schönes Fräulein. Darf ich Euch leider nicht sagen.»

«Du bist noch genauso anmaßend wie das letzte Mal!», fuhr sie ihn an. «Man sollte dich aus der Stadt jagen lassen!»

Der Gaukler seufzte. «Ach, dem *charme* schöner Frauen kann ich einfach nie widerstehen. Aber Ihr werdet verstehen, dass ich ein Geheimnis dieser Importanz nicht hier vor allen Leuten preisgeben kann. Aber», er lächelte durchtrieben, «kommt doch mal in unser Lager vor der Stadt, dann zeige ich Euch, wie es geht.»

«Pah!» Catarino reckte hochmütig die Nase in die Luft. «Auf die billige Masche falle ich nicht herein! Ich weiß schon, was du vorhast – einen Anschlag auf meine Ehre! Aber nicht mit mir, Gaukler!»

«Nein, natürlich nicht mit Euch!» Der Bursche lachte schallend.

«Catarino! Komm da weg!» Frederi. Na klar. Catarino warf dem Gaukler einen giftigen Blick aus ihren grünen Augen zu, hob ihre Röcke und stolzierte davon. «So ein eingebildeter Kerl!», zischte sie Fabiou zu, der die Szene nicht ohne Belustigung beobachtet hatte.

«Einen netten Umhang hast du da, Bursche.» Der Gaukler, der sich ebenfalls zum Gehen gewandt hatte, hielt inne, sein Blick suchend durch die Reihen der Zuschauer und die Augen so schillernd, dass Fabiou aufmerksam wurde. «Nicht ganz neu, wie es mir scheint, aber interessant, interessant.» Der Sprecher war ein Herr mittleren Alters, der Fabiou nicht unbekannt war.

Ingelfinger.

Er schritt langsam auf den jungen Gaukler zu, der ihn hoch erhobenen Hauptes erwartete. «In der Tat», sagte er lächelnd und berührte die verblichene Goldborte mit einer Hand, «ein ungewöhnliches Stück. Lange her, dass ich so etwas zum letzten Mal gesehen habe. Woher hast du es?»

Ein geheimnisvolles Lächeln erschien auf dem Gesicht des Jungen. «Familienerbstück», sagte er. Die Bernsteinaugen flackerten belustigt

«Ist es echt?», fragte Ingelfinger, als handle es sich bei dem alten Fetzen mit dem aufgestickten Schuh um ein Perlencollier.

«Echt wie die Kronjuwelen», sagte der Gaukler spöttisch. «Da klebt noch das Blut von Königshofen dran.»

Seltsam, doch das Lächeln erstarb bei diesen Worten auf Ingelfingers Gesicht, und wäre Fabiou ihm nicht so nahe gestanden und hätte er nicht die Ohren gespitzt wie eine jagende Katze, so hätte er unmöglich verstehen können, wie der Deutsche dem Gaukler zuflüsterte: «Junger Mann, ich habe das Gefühl, du sehnst dich nach dem Galgen!»

Der Junge lächelte, und es war jetzt ein Lächeln, das einem einen eisigen Schauder über den Rücken jagte, und mehr bekam Fabiou nicht mit, denn in diesem Moment schrie der Cavalié, der jetzt wirklich kreidebleich war: «Fabiou, Mädchen, kommt, wir gehen!»

«Och, Mann!», maulte Frederi Jùli, und Theodosius-das-Großmaul brüllte: «Ich will nicht, ich will nicht, ich will nicht!», doch der Cavalié erschien fest entschlossen, mit einer Hand packte er Frederi Jùli, mit der anderen Theodosius, und mit einem raschen Blick über die Schulter, der ziemlich eindeutig in Richtung von Monsieur Ingelfinger ging, stürzte er sich ins Gewühl um die Marktstände, Theodosius hinter sich herziehend, der beide Füße fest auf das Pflaster gestemmt hatte und «Ich will nicht, ich will nicht, ich will nicht!» plärrte. Fabiou warf noch einen nachdenklichen Blick zu den Gauklern zurück, doch Ingelfinger verschwand gerade schon nach links in der Menge, und der junge Mann im roten Kostüm war bereits nicht mehr zu sehen.

Seltsam.

In Gedanken versunken trottete er dem Cavalié hinterdrein.

War es Theodosius' infernalisches Gezeter, das Frederi plötzlich innehalten ließ, oder der Anblick der Frau, die vor ihm stand, das Gesicht eingefasst von der straffen schwarzen Haube, die dunklen Augen weit aufgerissen in dem bleichen Gesicht, und auch des Cavaliés Gesicht hatte noch einmal mehr an Farbe verloren, er ließ

Theodosius los, der brüllend davontobte, seine Hand zuckte zu seinem Gesicht, berührte seine Stirn. «Marguérite», krächzte er.

«Frederi …», flüsterte sie.

Der Cavalié zog seinen Sohn an sich und hastete weiter.

Fabiou stand und sah zu, wie die fremde Frau seinem Stiefvater hinterherstarrte, bis sie sich schließlich umwandte und hastig zwischen den Marktständen davonlief. Die Marktfrauen warfen ihr böse Blicke hinterher, und eine schlug hastig ein Kreuz. «Protestantengesocks!», rief eine von ihnen wütend.

Er schaffte es, mit dem Cavalié aufzuschließen, bevor dieser die Frauen wieder erreicht hatte, die gerade mit dem Händler um den Preis der Perlmuttschatulle feilschten. «Wer war das denn, Vater?», fragte er so unschuldig wie möglich.

«W…wer?»

«Na, die Frau eben. Ihr habt sie doch gekannt, oder?», fragte Fabiou.

«Die … die Frau … äh … ja, das war die Witwe Carbrai, ja, die Witwe Carbrai …» Der Cavalié wurde zur Abwechslung knallrot.

«Carbrai? Der Name sagt mir gar nichts», meinte Fabiou.

«Antoine Carbrai. Das war ihr Mann, ihr verstorbener … Ein französischer Kaufmann, weißt du … Wir haben früher oft bei ihm eingekauft … Gewürze und Seide und so … Fabiou, du solltest mal nach Theodosius sehen, nicht dass er noch verloren geht!» Der Cavalié hastete weiter und ließ Fabiou stehen.

Wieso suche ich eigentlich nach den Mördern fremder Leute, dachte Fabiou kopfschüttelnd. In meiner eigenen Familie gibt es offensichtlich Rätsel genug!

***

«Car-fa-dra-el!»

Fabiou lag rücklings auf einem Strohballen im Dachstuhl des Pferdestalles und schielte an einem losen Schindel vorbei den fernen Sternenhimmel an. Wie eine dreizackige Krone schwang sich das Sternbild der Cassiopeia durch die Lücke zwischen den Dachplatten.

«Er ist das größte Rätsel von allen, Loís», sagte er nachdenklich. «Wer ist er? Ein Adliger, wie Suso sagt? Wenn ja, warum hat er dann diesen Joan befreit? Einen Räuber und Wegelagerer! Ich meine, das macht doch keinen Sinn, oder?»

Loís lag im Schein einer Öllaterne auf den Holzbohlen, die Nase in ein dickes Buch vergraben. DE IURE ROMANA – Vom römischen Recht. «Vielleicht fand er es einfach ritterlich, das zu tun», meinte er abwesend.

«Ritterlich?» Fabiou riss sich vom Anblick der Cassiopeia los. «Ritterlich ist, wenn du ein unschuldiges Mädchen vor einem wüsten Unhold beschützt, und nicht wenn du einen Räuber vor seiner gerechten Strafe bewahrst!»

«Nun, offensichtlich fand dieser Carfadrael genau das nicht», meinte Loís.

«Was?»

«Na, dass die Strafe gerecht sei.» Loís hob den Kopf und stützte sich auf einen Ellenbogen auf.

«Aber er war ein gefährlicher Räuber!», rief Fabiou aus. «Er hatte doch den Tod verdient!»

«Das finden Senher Auban und die Annalen von Galaud», sagte Loís. «Suso war durchaus nicht der Meinung, dass er den Tod verdient hätte.»

«Ach, Suso! Sie ist …»

«… jemand, dem Bossard großes Leid zugefügt hat und dem Joan lou Pastre sehr geholfen hat», fiel ihm Loís ins Wort.

«Sie ist eine Bäuerin. Sie kann das doch gar nicht beurteilen», meinte Fabiou.

«Ich denke schon, dass sie beurteilen kann, wer ihren Vater umbringt und wer ihr was zu essen gibt», erklärte Loís. «Überhaupt, warum glaubt Ihr ausgerechnet Eurem Onkel in dieser Angelegenheit mehr als ihr? Zählt denn die Meinung eines Menschen nur, wenn er von hohem Stand ist?»

«Sie ist ein Weib», warf Fabiou ein.

«Sie ist ein Weib, Joan war ein Schäfer, ich bin ein Pferdeknecht. Der Bodensatz der Gesellschaft, ich weiß.»

«Red' keinen Unsinn, bei dir ist das etwas anderes», sagte Fabiou.

«Wieso?»

«Na … du kannst Lesen und Schreiben, du bist gebildet …»

«Ich kann nichts dafür, dass ich die Chance hatte, Lesen und Schreiben zu lernen, genauso wenig wie Suso und Joan lou Pastre etwas dafür können, dass sie diese Chance nicht hatten. Genauso wenig wie ich etwas dafür konnte, als Sohn eines Dieners zur Welt zu kommen und wie Ihr etwas dafür könnt, Baroun zu sein.»

«Ach Mann, du bist sophistisch!» Fabiou warf sich wieder auf den Rücken.

«Und Ihr seid engstirnig», entgegnete Loís.

«Iiiiich?» Fabiou fuhr auf.

«Ja. Ihr behauptet, dass Ihr die Wahrheit wissen wollt, aber alles, was nicht in Euer Weltbild passt, ignoriert Ihr. Warum könnt Ihr nicht wenigstens die Möglichkeit in Betracht ziehen, dass Joan lou Pastre vielleicht nicht das Ungeheuer war, als das alle ihn hinstellen? Dass vielleicht sogar etwas Gutes in seinen Taten lag?»

Fabiou nagte an einem Strohhalm herum. «Und selbst wenn», meinte er verstimmt, «selbst wenn dieser Joan vielleicht seine guten Seiten hatte, dann doch nur aus Sicht der Bauern. Die Edelleute hat er bestohlen und war somit deren natürlicher Feind. Also, warum sollte ein Edelmann ihm zu Hilfe kommen?»

«Er hatte vielleicht Ideale», mutmaßte Loís. «Wisst Ihr, die alten ritterlichen Ideale. Beschützen der Schwachen und so.»

«Muss ein schöner Verrückter gewesen sein!», murrte Fabiou.

«Nicht verrückter als Ihr.» Loís sprang auf und reckte theatralisch eine Hand zum Himmel. «Fabiou Kermanach de Bèufort, unermüdlicher Kämpfer für die Wahrheit!»

«Idiot.» Fabiou lachte und kickte eine Handvoll Stroh in seine Richtung. «Aber … egal, wie dieser Carfadrael war, mich würde vor allem interessieren, wer er war. Und was er mit Trostett zu tun hatte. Trostett war ja wahrhaft besessen von ihm. ‹Als wäre jeder Baum, jeder Strauch eine Erinnerung, als flüstern sie alle jenen Namen, alle. Ich höre ihn im Rauschen des Windes und im Trommeln der Pferdehufe auf der Straße und im Gurgeln des Wassers am Wegesrand, immer derselbe Name, immer nur Carfadrael›», zitierte er.

«Sagt mal, könnt Ihr den ganzen Brief auswendig?», fragte Loís zweifelnd.

«Ich hab ihn ja auch nur grob hundert mal gelesen.» Fabiou seufzte. «Oh, Loís, ich habe das Gefühl, vor einem Riesenhaufen bunter Steine zu sitzen und zu versuchen, sie zu einem Mosaik zusammenzulegen, von dem ich nicht mal das Motiv kenne!» Er stand auf und klopfte sich das Stroh von den Kleidern. «Ich brauche frische Luft. Ich gehe spazieren.»

«Jetzt?» Loís betrachtete ihn zweifelnd. «Es hat gerade elf Uhr geschlagen. Wenn Euer Vater das merkt ...»

«Ach, der denkt, ich liege in meinem Bett, wie soll er das merken! Kommst du mit?»

«Geht alleine. Ich muss das Kapitel noch fertig lesen», meinte Loís.

Fabiou seufzte. «Echt schade, dass du ein Diener bist. Du müsstest eigentlich studieren, so wie du immer an deinen Büchern klebst. Jurisprudenz am besten, so wie du argumentierst.»

«Ja. Schade, nicht wahr?», sagte Loís.

Die Straße empfing Fabiou mit friedlicher Stille. Drüben im Haus brannte noch Licht. Onkel Philomenus hatte ein paar seiner carcistischen Freunde zu Gast, darunter den St. Roque, den Faucoun, den Goult und die Gebrüder Forbin, offenbar wollte man noch auf das Seelenheil des verblichenen Senher Bossard anstoßen, doch die Fensterläden waren geschlossen und ihre Stimmen drangen nicht auf die Straße hinaus. Es war eine wunderbar klare Nacht, das weiße Band der Milchstraße zog sich wie ein Nebelstreif über einen sternenübersäten Nachthimmel. Fabiou lief langsam, die Hände in den Gürtel eingehängt, wobei er vermied, zu nahe an die Häuser zu beiden Seiten heranzutreten. Es war zwar nicht die typische Zeit für die Bewohner, ihre Nachttöpfe auszuleeren, aber man weiß ja nie.

Er erreichte die Plaço de Sant Sauvaire. Stille. Einsam die Kathedrale, verlassen die Universität. Das Haus des Parlamentspräsidenten Oppède lag in völliger Dunkelheit.

Seltsam, dass ihm gerade jetzt wieder die Frau von der Plaço dis Erbo einfiel. Marguérite Carbrai, Kaufmannswitwe. Protestantische Kaufmannswitwe, um genau zu sein. So hatten die Marktfrauen gesagt, und auch die Kleidung, die für eine katholische Frau selbst als Witwe zu streng gewesen wäre, passte dazu. Jesus, was steckte da wieder dahinter? War es denkbar, dass Frederi, der ach so fromme Moralapostel, eine *maîtresse* hatte? Noch dazu eine bürgerliche *maîtresse*? Noch dazu eine bürgerliche protestantische *maîtresse*?

Der Gedanke tat weh.

Fabiou bog in die Carriero drecho ein. Bei Tag fiel einem gar nicht so auf, wie steil die Straße Richtung Stadtzentrum hin abfiel. Höchstens wenn man zu Pferd unterwegs war und dauernd Gefahr lief, über den Hals des Tieres abzurutschen. Aber zu Fuß kam einem der Weg ziemlich eben vor. Jetzt, bei Nacht, wo man ständig Gefahr lief, über eine Ritze zwischen den Pflastersteinen zu stolpern oder im Unrat auszurutschen, war der Weg verdammt steil!

Er bremste. Er hielt den Atem an. Er glaubte, seinen Ohren nicht zu trauen.

Jemand sang.

Es war eine Melodie, die er kannte, solange er denken konnte, die er schon als Kleinkind die Bauern hatte singen hören, eine Melodie so alt wie seine Erinnerung.

Aqueli mountagno.

Aber der Text war ein anderer.

«Joan siéu lou pastre
vive dins lou valloun
voule lou argent dis
cavalié e baroun.»

«Ich bin Joan der Schäfer,
lebe im Tal,
stehle das Geld
dem Cavalié und dem Baroun.»

Einen Moment lang stand Fabiou wie erstarrt. Dann war er mit einem Satz an der Wand des nächstgelegenen Hauses, wo er sich in eine Nische drückte.

Die Stimme kam von vorne, hell, fröhlich, als sänge ein vergnügter Wandersbursche auf seinem Weg in die Welt.

«Adiéu ma soreto
adiéu moun compan
l'uno ié an tua
l'autre tuaran.»

«Leb wohl, meine Schwester,
leb wohl, mein Gefährte,
die eine haben sie getötet,
den anderen werden sie töten.»

Fabiou quetschte sich gegen die Wand, dass ihm die Luft wegblieb.

Und in diesem Moment trat er aus dem Haus gegenüber.

Das Licht des Mondes warf einen fahlen Schimmer auf seine große, kräftige Gestalt, begleitete seine hellen Augen auf dem Weg, den sie durch die Schatten der Straße nahmen. Er trug etwas unter dem Arm, einen länglichen Gegenstand, nur schemenhaft zu erkennen in der Dunkelheit. Der nackte Schädel glänzte gegen den Hintergrund der grauen Hauswand, während er stand und wartete. Witterte.

In Schauerromanen las man manchmal so Sätze wie «das Blut gefror in seinen Adern vor Entsetzen», und Fabiou hatte sie nie für etwas anderes als gewagte rhetorische Übertreibung gehalten. In diesem Moment aber hätte er nicht gezögert zu glauben, dass es pure Eiskristalle waren, die durch seine Adern kullerten, kalt wie der Schweiß, der ihm von der Stirn tropfte und sich unter seinen Achseln ansammelte. Sein Herz knatterte unter seiner Haut wie eine sturmgepeitschte Flagge, der Herzschlag der Maus zwischen den Krallen der Katze. Er wusste nicht, woher er diese grenzenlose, zweifelsfreie Erkenntnis nahm. Aber er wusste mit der angeborenen Gewissheit, mit der das Huhn den Falken erkennt, dass von dieser hochgewachsenen, breitschultrigen Gestalt eine Gefahr ausging, tödlicher als die Pest und gnadenloser als das Schwert des Henkers.

Einen Augenblick lang stand der Fremde so, die Augen in die Nacht gebohrt, die Nase erhoben wie ein Wolf, der eine Witterung aufnimmt. Dann bewegte er sich. Es waren keine Schritte, wie Fabiou sie kannte, Schritte, die ein Geräusch auf dem Pflaster machen, Spuren in weichem Boden hinterlassen konnten. Es waren Schritte, die über das Pflaster zu schweben schienen, lautlos und blitzschnell wie Katzenpfoten. Fabiou presste sich an die Wand, wagte nicht zu atmen, wagte nicht zu blinzeln aus Angst, das Geräusch könnte ihn verraten, verzweifelt hoffend, dass der Lärm seines rasenden Herzschlags nicht bis an das Ohr des Fremden dringen würde, und dieser flog an ihm vorbei, die hohe Stirn, die breite Nase hell gegen die Düsternis, und vorüber war er, und sein Schatten tauchte ein in die trügerischen Schemen der Nacht.

Es fehlte nicht viel, und Fabious Knie hätten nachgegeben vor Erleichterung. Zitternd lehnte er an der Hauswand, versuchte, das Beben seiner Lippen und das Keuchen seines Atems in Griff zu kriegen. Still war es in den Straßen von Ais, als wäre nicht soeben ein todbringendes Raubtier über ihr Pflaster geschossen, still und friedlich wie im Kreuzgang eines Klosters.

Viertel zwölf schlugen die Glocken von Sant Sauvaire.

Fabiou trat auf die Straße hinaus, wie man im Kanonendonner auf ein Schlachtfeld hinaustritt: fest überzeugt, jeden Moment von einem schrecklichen Tod ereilt zu werden. Er zweifelte nicht einen Moment, daß der Fremde mit dem kahlen Kopf ihm augenblicklich die Kehle durchschneiden würde wie dem armen Senher Bossard, falls er ihn entdecken würde.

Wer ist er? Nicoulaus Sohn?

Er trat auf das Haus gegenüber zu. Sein Atem keuchte wie nach einem Dauerlauf, als er die Schwelle erreichte. Ein eichenes Portal, daneben ein blitzendes Messingschild. Gastou Austelié, Notar, verriet die Gravur.

Die Tür stand einen Spalt breit offen.

Zu jedem anderen Zeitpunkt hätte Fabiou jeden für verrückt erklärt, der das getan hätte, was er nun tat, und schon eine Stunde später konnte er sich sein Verhalten nur noch mit einem Anflug geistiger Umnachtung erklären. Er drückte die Tür vollends auf und trat ein.

Der Mond erleuchtete nur etwa die ersten drei Schritte des Ganges, die vor ihm lagen. Danach pechschwarze Dunkelheit. Ein unheimliches Echo aus dieser Schwärze, als seine Sohlen auf die Marmorplatten schlugen. Er tastete sich vorwärts, beide Arme suchend ausgestreckt wie ein Blinder. Sein eigener Atem rauschte wie ein Sturm durch seine Ohren.

Ein Glimmen, zu gering um ein Licht zu sein, so schwach, dass es nur aus den Augenwinkeln wahrgenommen werden konnte und verschwand, wenn man die Augen darauf richtete. Ein Glimmen, das von unten kam, verzerrt im Spiegel eines gewölbten Glases. Fabiou ging in die Knie, tastete mit der Hand über den Fußboden. Seine Finger berührten warmes Glas. Eine Laterne. Vorsichtig hob er sie auf, pustete auf den Docht. Glut flammte auf, um sogleich wieder zu erlöschen. Ein zweites Mal blies er, ein drittes Mal. Dann hatte er eine Idee. Er tastete in seinem Wams nach dem Schreibbüchlein, riss einen Papierfetzen heraus und hielt ihn gegen den Docht. Wieder blies er, einmal, zweimal, und beim dritten Mal entzündete sich der Fetzen. Fabiou drückte ihn gegen den Docht, bis er sich die Finger verbrannte, doch als er dieselben fluchend zurückriss, brannte der Docht wieder.

Fabiou prallte zurück. Das Licht der Laterne erhellte ein Gesicht.

Seine Knie wackelten ziemlich, als er sich niederbeugte, um die Gestalt, die vor ihm an der Wand kauerte, zu beleuchten. Es war ein älterer Mann in einem einfachen leinenen Nachtgewand, wie Dienstboten sie oft trugen, auf dem Kopf eine große Schlafmütze, die zur Seite weggerutscht war und schütteres graues Haar freigab. Über der Brust war das Nachtgewand in glänzendes Rot getaucht, aber schon der starre Blick verriet Fabiou, dass der Diener tot war. Die rechte Hand lag auf dem Fußboden ausgestreckt, nur eine Handbreit von der Stelle entfernt, wo er die Lampe gefunden hatte.

Er stolperte auf die Füße. Die Logik ließ ihn daran zweifeln, dass der Kahle hier eingedrungen war, um einen alten Diener zu töten. Er ließ seinen Blick durch den nun unstet von der Lampe erhellten Gang schweifen. In den meisten *hôtels*, ganz gleich, ob der Besitzer adeliger oder bürgerlicher Herkunft war, lagen die Schlafgemächer in einem der oberen Geschosse, fernab vom Lärm der Straße. Also, wo war die Treppe?

Bereits ein paar Schritte weiter fand er, was er suchte: eine Wendeltreppe, die sich in eine düstere Höhe hinauf schraubte. Fabiou holte tief Luft und kletterte die engen Stiegen hinauf.

Oben empfing ihn ein Gang ähnlich dem ein Geschoss tiefer. Er ging in Richtung Rückseite des Hauses. Der ruhigeste Ort für das Schlafzimmer. Die zweitletzte Tür zur Linken stand einen Spalt offen.

Fabiou machte sich wenig Gedanken darüber, was er tun sollte, wenn er plötzlich vor der Bettstatt einer kreischenden Notarsgattin stünde. Er drückte die Tür weiter auf, und die Lampe vor sich herhaltend wie ein Kruzifix im Angesicht des Teufels trat er ein.

Ein Kruzifix wäre eine erfolgsversprechende Alternative gewesen. Mit einem gellenden Schrei fuhr Fabiou gegen die Wand zurück und starrte auf die Gestalt, die vor ihm stand, ganz in schillerndes Schwarz gekleidet, und auf ihr Gesicht, das kein Gesicht war, sondern eine leblose, grinsende weiße Maske, die unter einer schwarzen Kapuze hervorlugte, mit rot gemalten Bäcklein und mandelförmigen Schlitzen als Augen, aus deren Tiefe ein glänzender Blick hervorschimmerte. Aus dem rechten Auge kullerte eine Träne und zog einen blutroten Streifen über die weiße Wange. Einen kurzen Augenblick nur stand die Gestalt so und fixierte Fabiou mit ihren Mandelschlitzen, dann rauschte das schwarze Gewand und sie war an ihm vorbei zur Tür hinaus.

Ganz ruhig. Wenn er dich hätte töten wollen, hätte er es getan. Ganz ruhig, Fabiou, ganz r…

Der Schein der Lampe fiel auf das Bett, das in der Mitte des Raumes stand. Auf den weißen Laken machte sich das viele Blut besonders rot aus. Fabiou trat näher, starrte in das Gesicht des alten Mannes, dessen Kopf zurückgebeugt auf dem Kopfkissen ruhte und den tiefen Schnitt in seiner Kehle somit geradezu obszön zur Schau stellte. Aus der Wunde sickerte bereits kein Blut mehr. Tote bluten nicht. Fabiou hob den Kopf. Über die Tapete mit dem wenig kunstvollen Säulenmuster zog sich ein schmieriger, roter Schriftzug.

Fabiou vergaß die Gestalt mit der Maske, vergaß den Kahlkopf und rannte, bis er die Straße erreichte.

***

«Ein sauberer Schnitt durch die Kehle. Man hat das Gefühl, der Kerl versteht sein Handwerk.» Laballefraou betrachtete den Hals des toten Notars Austelié mit Kennerblick. «Na, immerhin die Todesursache dürfte klar sein.»

Crestin lehnte an einer Kommode gegenüber dem Bett und betrachtete versonnen die Wand und die Schrift auf der Tapete. Es war keine halbe Stunde her, dass ihn ein aufgeregter Nachtwächter aus dem Bett geholt hatte mit den Worten, er müsse sofort in das Haus des Gastou Austelié kommen, dort sei ein furchtbares Verbrechen geschehen. Die zusammengetrommelten Arquié, größtenteils unfrisiert und im Hemd, hatten ihn hierher begleitet, und jetzt stand er seit einer Viertelstunde stumm vor Austeliés Bettstatt und betrachtete kopfschüttelnd den Ort der Bluttat.

«Viguié?», fragte Laballefraou zaghaft. Es kam nicht oft vor, dass Crestin im Angesicht eines Verbrechens derart sprachlos war.

«Es passt nicht», murmelte der Viguié. «Irgendetwas passt nicht zusammen.» Er seufzte. «Wo ist der Junge, der die Toten entdeckt hat?»

Der Arquié wies auf die Tür, und Crestin stieß sich von der Kommode ab und schritt nach draußen.

Fabiou lehnte an der Wand, sein Gesicht ungefähr so weiß wie die Tünche hinter seinen Schultern, und klapperte mit den Zähnen. Crestin betrachtete ihn nachdenklich. «Seltsam», sagte er kopfschüttelnd, «aber Ihr scheint wirklich immer in der Nähe zu sein, wenn ein Mord geschieht.»

«Wa … was wollt Ihr damit sagen?» Fabious Stimme schnappte über vor Nervosität. «Dass Ihr mich für den Mörder haltet?»

«Euch?» Der Viguié lachte auf. Ein freudloses Lachen. «Eine interessante Idee, muss ich zugeben. Aber nein – ich will damit eher sagen, dass Ihr eine ziemlich unschickliche Neigung habt, Eure Nase in Dinge zu stecken, die Euch nichts angehen. Und, um die Bibel zu zitieren – wer sich in Gefahr begibt, kommt darin um, Senher Castelblanc.»

«Bèufort! Ich heiße Bèufort!», krächzte Fabiou.

«Von mir aus. Tut Ihr das öfter, Senher Bèufort – nachts in fremden Häusern herumgeistern, meine ich?»

«Ich wollte nur nach dem Rechten sehen!», fauchte Fabiou. «Nachdem ich den Kahlkopf aus der Tür habe kommen sehen, war mir klar, dass ein Verbrechen geschehen war!»

«Der Kahlkopf?» Der Viguié runzelte die Stirn. «Ihr wollt sagen, Ihr habt eine Person gesehen, die des Mordes verdächtig sein könnte?»

«Ich habe sogar zwei Personen gesehen, die beide ziemlich verdächtig waren!» Fabious Stimme gewann allmählich wieder an Festigkeit. «Den Kahlen und den mit der Maske!»

Crestin starrte ihn einen Moment lang sprachlos an. Dann lachte er auf. «Lasst mich raten – eine weiße Maske mit blutroten Tränen und dazu einem Drachenzahn und einem Pferdefuß, richtig?»

«Ich habe wirklich einen Mann mit einer Maske gesehen!», empörte sich Fabiou, verärgert über Crestins Spott.

«Junger Mann, Ihr werdet nicht glauben, wie viele brave Bürger von Ais mir in den letzten Tagen die Stube eingerannt haben mit den fantastischsten Berichten über den Mörder mit der weißen Maske», sagte Crestin müde. «Es wurden alle Variationen beobachtet – zum Teil kam er auf einem Besen angeflogen und zum Teil ging er durch Wände, und fast immer war er drei Schritt groß und trug eine Kette aus menschlichen Schädeln um den Hals.»

«Ich habe ihn wirklich gesehen», zischte Fabiou.

«Ach, und wo?»

«Da. In diesem Raum.» Fabiou zeigte auf die Tür zum Schlafzimmer des Notars.

Der Viguié betrachtete ihn seltsam. «Könntet Ihr Eure Geschichte vielleicht von Anfang an erzählen?», fragte er.

Das ließ Fabiou sich nicht zweimal sagen und lieferte dem Viguié einen detaillierten Bericht seiner Erlebnisse in der letzten Stunde. «Danach bin ich aus dem Haus gerannt», endete er, «und habe nach dem Nachtwächter gerufen. Mehr weiß ich nicht. Was denkt Ihr, wer hat es getan? Und warum?»

«Langsam, langsam …» Der Viguié sah nachdenklich ins Leere. «Ihr seid also in das Haus eingedrungen, weil Ihr einen Mann herauskommen saht, der Eures Erachtens wie ein Mörder aussah, kann man das so sagen?»

«Hm. Ja.»

«Und nachdem Ihr den toten Diener gefunden hattet, warum habt Ihr dann nicht gleich den Nachtwächter geholt?»

«Na, weil mir klar war, dass er nicht der einzige Tote sein konnte. Wieso sollte sich einer die Mühe machen, in ein Haus einzudringen, nur um einen alten Diener zu töten?»

«Wieso sollte sich überhaupt einer die Mühe machen, einen alten Diener zu töten?», fragte Crestin spöttisch.

«Na, das ist doch wohl klar!», rief Fabiou aus.

«Ach!» Crestin zog die Augenbrauen hoch.

«Ja. Er hat den Kahlen überrascht. Deswegen musste er sterben.»

«Und woraus schließt Ihr das?», fragte der Viguié schmunzelnd.

«Ad unum: er war im Nachtgewand, so als ob ihn etwas aus dem Schlaf geweckt hat. Ad altrum: er wurde nicht in seinem Bett getötet wie der Notar, sondern auf dem Gang, der zum Zimmer des Notars führte. Ad tertium: neben ihm lag eine erloschene Lampe. Vermutlich hat der Kahle sie gelöscht, damit die Nachbarn nicht auf das Licht aufmerksam wurden.»

«So.» Crestins Lippen hatten sich zu einem ziemlich spöttischen Lächeln verzogen. «Und dann habt Ihr Euch also auf die Suche nach dem Notar begeben, ja?»

«Ja. Und als ich hier auf dem Gang war, sah ich, dass diese Tür nicht ganz zu war.»

«Und daraufhin seid Ihr hineingegangen und dem Mann mit der Maske in die Arme gerannt. Etwas Näheres habt Ihr vermutlich nicht erkennen können.»

«Na ja, wie man's nimmt.» Fabiou runzelte die Stirn. «Er war nicht sehr groß, würde ich sagen. Kaum größer als ich und eher schmächtig gebaut. Er war völlig in Schwarz gekleidet, glänzend schwarz, Seide vielleicht, auf dem Kopf eine schwarze Kapuze, und das Gesicht war hinter dieser Maske verborgen. Eine Maske mit einem lachenden Mund und einer roten Träne, die aus einem Auge läuft. Dem rechten, um genau zu sein.»

«Findet Ihr mit Eurem messerscharfen Verstand vielleicht auch noch eine logische Erklärung dafür, dass er Euch am Leben gelassen hat, nachdem Eurer Meinung nach der andere Mensch, der die Eindringlinge überrascht hat, dies mit seinem Leben bezahlt hat?», fragte der Viguié zynisch.

Fabiou rang etwas um Fassung; die Worte des Viguiés hatten sein Gesicht vollends der Farbe beraubt. «Nun», krächzte er, «es gibt eigentlich nur zwei Möglichkeiten: Ad unum, da er maskiert war, hielt er es nicht für nötig, da ich ihn ja nicht identifizieren könnte. Ad altrum, der Mörder war allein der Kahle und der mit der Maske hatte mit dem Mord nichts zu tun.»

«Zwei Leute, die absolut nichts miteinander zu tun haben, geistern in einem Haus herum, in dem ein Mord geschieht? Na, ich weiß nicht», meinte der Viguié.

«Wieso nicht? Ich war ja schließlich auch in dem Haus», entgegnete Fabiou.

«Das ist wahr.» Crestin lachte. «Nun, junger Freund, da Ihr so unglaublich schlau seid, habt Ihr sicher auch eine Theorie, wer hinter all diesen Morden steckt, nicht wahr?»

Er nimmt mich nicht ernst, ich merke es doch! «Ich denke, es ist der junge Nicoulau!», erklärte Fabiou kühl.

Oh ha, jetzt hatte er Crestin aber aus der Reserve gelockt. Dem Viguié fielen schier die Augen aus dem Kopf. «Der … wie bitte?»

«Enri Nicoulaus Sohn.» Fabiou grinste genüsslich. Da staunst du, was? «Er ist 1545 der Hinrichtung entgangen, geflohen, schätze ich. Er hätte einen Grund gehabt, Bossard zu töten, schließlich war der an der Gefangennahme seines Vaters beteiligt und somit auch für dessen Tod verantwortlich. Und es würde auch die Schrift ‹Santonou› erklären, die bei jedem der Morde auftaucht.»

«Wie kommt Ihr auf die Idee, dass Nicoulau einen Sohn hatte?», fragte der Viguié entgeistert.

«Steht in den Annalen von Galaud. Und da steht auch, dass der junge Nicoulau verhaftet wurde, aber in der Liste der Verurteilten taucht er dann nicht mehr auf. Daraus schließe ich, dass er es irgendwie geschafft hat zu entkommen.»

Crestin starrte ihn an. Er wirkte plötzlich etwas beunruhigt. «Und selbst wenn es so sein sollte», murmelte er, «was hätte dieser Nicoulau für einen Grund, den Notar und Euren deutschen Kaufmann umzubringen? Und warum sind dann auf der anderen Seite Leute wie Maynier und Archimède Degrelho noch am Leben?»

«Nun, es ist doch durchaus möglich, dass der Notar und auch Trostett in irgendeiner Form zur Ergreifung der Antonius-Jünger beigetragen haben. Man könnte das doch überprüfen … man müsste zum Beispiel nur die Akten des Notars aus dem Jahre 1545 untersuchen …» Fabiou ignorierte, dass Crestin unwillig die Augen verdrehte, und fuhr fort: «Da wir beim Thema sind – hatte Joan lou Pastre eigentlich eine Schwester?»

«Wie bitte?»

«Vorhin, auf der Straße, kurz bevor der Kahle aus der Haustür kam, da hat jemand gesungen. Es war die Melodie von ‹Aqueli mountagno›, aber der Text war ein anderer. Es ging los mit ‹Joan sieu lou pastre›, und an irgendeiner Stelle hieß es dann: ‹adiéu, ma soreto›.»

Crestin zuckte mit den Schultern. «Keine Ahnung. Kann gut sein, dass der Kerl eine Schwester hatte. Kann genauso gut auch nicht sein. In der Sprache dieser Leute wird oft auch eine Geliebte als ‹Schwester› bezeichnet.»

«In dem Lied hieß es dann, die Schwester sei getötet worden – wenn ich's richtig verstanden habe», erklärte Fabiou.

«Die meisten dieser Kerle sind damals getötet worden», antwortete Crestin seufzend. «Wenn Joan eine Schwester oder eine Geliebte hatte, ist davon auszugehen, dass es ihr nicht anders erging.»

«Findet Ihr das gerecht?» Fabiou fixierte ihn aus zusammengekniffenen Augen. Er dachte an Loís.

«Was?» Der Viguié starrte ihn fassungslos an.

«Na, dass man die Weiber und Kinder dieser Räuber getötet hat – nur weil sie die Weiber und Kinder dieser Räuber waren.»

Der Viguié antwortete nicht gleich. «Gerecht», sagte er schließlich, «ist nur Gott.» Er holte tief Luft und wandte sich um. «Ich werde Euch nach Hause bringen, junger Mann. Für heute Nacht habt Ihr genug Abenteuer erlebt.»

Wieder musste Fabiou an Loís' Worte denken. Vielleicht fand er es einfach ritterlich. «Viguié?»

«Ja?»

«Sagt Euch der Name Carfadrael etwas?»

Langsam drehte Crestin den Kopf. «Wie war das?»

Fabiou, der meinte, er habe ihn nicht richtig verstanden, wiederholte laut und deutlich: «Car-fa-dra-el.»

Still stand der Viguié, sein Gesicht so starr wie die Maske, die Fabiou aus dem Dunkeln entgegengesprungen war. «Carfadrael», sagte er, «ist eine Legende.»

«Wie meint Ihr das?», fragte Fabiou verwundert.

«Wie ich es sage. Eine Legende. Wie Clopau, der Waldgeist, der die kleinen Kinder klaut. Wie die graue Muhme, die die ungetauften Seelen hütet. Wie der heilige Gral in der Höhle unter Mont-Segur. Eine Geschichte, wie die Bauern sie sich am Feuer erzählen.»

«Was ist das für eine Geschichte?», fragte Fabiou nachdenklich.

«Oh, die einen sagen, er sei ein Edelmann, der in seinem öffentlichen Leben ein unauffälliges, beschauliches Leben führt, aber des Nachts maskiert mit seinen Getreuen durch die Lande reitet, um den Armen zu helfen, die Verfolgten zu beschützen und Unrecht wiedergutzumachen. Die anderen halten ihn für einen Kreuzritter, der im Kampf gegen die Mauren oder einen bösen Drachen gefallen ist und dessen Geist weiter getreu seinem Schwur, das Böse zu bekämpfen, durch die Lande reitet. Geschichten, wie sie Bauern und Leibeigene eben erfinden, um die Hoffnungslosigkeit ihres Lebens zu überspielen.» Crestin zuckte betont gleichgültig mit den Achseln.

«Und Ihr denkt nicht, dass diese Legende auch einen wahren Kern haben könnte?», fragte Fabiou.

Crestin lächelte müde. «Ihr seid jung. Da glaubt man noch an den Sieg der Gerechtigkeit und ist gewillt, romaneske Geschichten über maskierte Ritter im Kampf gegen das Böse für bare Münze zu nehmen. Aber ich sage Euch, ich habe noch keinen ernst zu nehmenden Hinweis darauf gefunden, dass diese Geschichten von Carfadrael und der geheimen Bruderschaft mehr sind als ein schönes Märchen. Kommt jetzt, Senher Bèufort, ich bringe Euch nach Hause.»

Die Bruderschaft...

Vivat sodalitas et in aeternum amicitia nostra...

Er folgte Crestin, der in Gastou Austeliés Zimmer trat und Laballefraou herbeiwinkte. «Ich bringe den Jungen heim. Fragt die übrigen Dienstboten, ob sie noch irgendetwas Verdächtiges bemerkt haben. Ich bin gleich zurück.»

Laballefraou starrte kopfschüttelnd auf die blutige Schrift an der Wand. «Irgendwie ist das doch krank, oder?», meinte er. «Haben die das immer so gemacht, die Antonius-Jünger? Ich meine, Ihr wart doch damals mit an der Verfolgung beteiligt... haben die immer so eklig... mit Blut, meine ich...» Er brach ab, als er den vernichtenden Blick seines Vorgesetzten bemerkte. Zu spät. Fabiou hatte bereits sämtliche Ohren gespitzt. «Ehrlich, Ihr wart mit dabei, damals?», rief er aufgeregt.

Danke, Laballefraou, hervorragend gemacht, sagte der wütende Blick des Viguiés. Laballefraou schnitt eine entschuldigende Grimasse. «Ja, ich war dabei, als junger Arquié, in Ordnung? Können wir jetzt gehen?»

Im Grunde war Fabiou ziemlich dankbar um Crestins Begleitung, als sie wenige Minuten später die Carriero drecho hinauf Richtung Sant Sauvaire liefen, man wusste nie, wo gewisse Leute mit kahlen Köpfen oder weißen Masken sich gerade herumtrieben. «Wie war das jetzt, mit der Schrift?», fragte er neugierig, komplett die offensichtliche Tatsache ignorierend, dass der Viguié nicht im geringsten an einer Fortsetzung der Unterhaltung interessiert zu sein schien. «Haben die Antonius-Jünger ihr ‹Santonou› immer mit Blut geschrieben?»

«Nur bei den Vergehen, bei denen auch Blut geflossen ist», seufzte der Viguié genervt. «Sonst haben sie sich weniger blutrünstiger Farbstoffe bedient.»

«Kohle zum Beispiel?»

«Zum Beispiel.»

«Und wie haben sie im Normalfall geschrieben? So wie heute, oder eher unschöner?»

«Unschöner? Könnt Ihr mir sagen, was an dieser Schrift heute schön gewesen sein sollte?»

«Nein, ich meine … war es normalerweise eine geübte Schrift oder eher … na, so eine Schrift, wie sie manche Leute haben, die nur ihren Namen schreiben können …»

Der Viguié antwortete nicht. «Wir sind da», sagte er.

***

Der Mond schien bleich auf das Quadrat des Kreuzgangs und versilberte das Fell der grauen Katze, die über die Platten huschte, hin zu der Gestalt, die sich lautlos durch die Säulen bewegte. Sie schnurrte. Sie war wählerisch, was ihre Freundschaften zu den Kapuzenwesen betraf, aber dieses hier war anders als die übrigen. Katzenähnlicher, wenn man so will. Sie rieb ihre Nase an der groben dunklen Kutte. Die Gestalt hielt inne, beugte sich nieder, eine große, sanfte Hand strich sacht über ihren Kopf, eine leise Stimme murmelte beruhigende Worte. Das waren die Momente, wo man fast so etwas wie Zuneigung zu diesen seltsamen ungelenken Zweibeinern empfand.

Das Kapuzenwesen nahm seine Wanderung wieder auf und verschwand durch die schmale Tür ins Innere der Kapelle.

In der Kapelle war es dunkel. Schwarze, leere Mitternachtsdunkelheit. Bruder Antonius atmete tief durch, sog den Geruch von Stille und Einsamkeit in sich auf, den er so liebte. Das ewige Licht und der fahle Schimmer des Mondlichts hinter den Fenstern waren die einzigen Lichtquellen in der undurchdringbaren Nacht.

Er schritt durch die Kapelle. Ein Knicks vor dem unsichtbaren Altar, vor dem in Schatten versunkenen Allerheiligsten. Er brauchte kein Licht, jeder Stein, jede Bodenunebenheit war ihm so vertraut wie sein eigener Herzschlag. Vor der Marienstatue, die rechts des Altars in einer Nische stand, hielt er inne. Seine Hand tastete nach den Kerzen, die in einer Lade neben der Madonna aufbewahrt wurden. Er riss ein Zündholz an, hielt die Flamme an den Docht der Kerze. Augenblicklich floss weiches Licht über die Decke der Kapelle. Schatten zuckten hinter dem geneigten Haupt der Jungfrau.

Heilige Maria Mutter Gottes, bitte für uns, jetzt und in der Stunde unseres Todes. Bruder Antonius blies das Zündholz aus.

Und erstarrte.

Mit einem Mal war ihm bewusst, dass er nicht allein in der Kapelle war.

Die Hand, die die Kerze hielt, wurde feucht, die Flamme flackerte vor seinem keuchenden Atem. *Die Augen des Herrn blicken auf die Gerechten, und seine Ohren hören ihr Schreien,* da war er wieder, der 34. Psalm, aufgetaucht aus den Tiefen eines nie enden wollenden Albtraums. Bruder Antonius holte tief Luft und drehte sich um.

Er fuhr zurück. Keine drei Schritte hinter ihm saß sie im Chorgestühl, eine Gestalt, der Kopf wie in spöttischer Imitation seiner eigenen Kutte unter einer schwarzen Kapuze verborgen, der Körper gehüllt in glänzendes Schwarz. Das Gesicht war nur ein weißer Fleck unter jener Kapuze. Ein weißer Fleck mit starren Schlitzen statt Augen und einem ebenso starren, toten Lächeln auf den blutlosen Lippen. Ein weißer Fleck, dessen rechte Hälfte halbiert war durch einen Streifen rot wie das ewige Licht, das neben dem Tabernakel flackerte.

Er widerstand dem ersten Impuls, der durch seinen Kopf schoss – die Kerze fallen zu lassen und zu versuchen, die Tür zu erreichen. Es war Widersinn. Auch wenn der andere scheinbar durch die Wand des Chorgestühls an seiner Verfolgung gehindert wurde, zweifelte er nicht daran, dass der ihn eingeholt hätte, bevor er die Strecke auch nur zur Hälfte zurückgelegt hatte. Der zweite Impuls war etwas klerikaler und ebenso sinnlos, nämlich dem anderen etwas im Stil von ‹weiche von mir, Satanas› entgegenzubrüllen. Das mochte bei Dämonen und bösen Geister seinen Sinn haben oder nicht – Bruder Antonius glaubte an beides nicht –, gegen leibhaftige Mörder war es sicher keine effektive Verteidigung.

Die Augen des Herrn blicken auf die Gerechten. Noch zeigte der Mann in der Maske keine Anstalten, ihn anzugreifen. Noch gab es vielleicht eine Chance, wenn er die Ruhe bewahrte. Unter Aufwendung seines gesamten Mutes und mit einem verzweifelten Hilferuf in Richtung der stummen Madonna trat Bruder Antonius auf das Chorgestühl zu. «Wer seid Ihr?», fragte er in dem Versuch, seiner Stimme die Festigkeit zu verleihen, die eines Kirchenmannes im Angesicht der Gefahr würdig war. Das Ergebnis war mäßig. Er klang nach einer schweren Erkältung.

Die Maske bewegte sich etwas, als der Fremde den Kopf hob, und zwischen den starren Lippen klang eine hohle Stimme hervor: «Guten Abend, Jousé. Kennst du mich denn nicht mehr?»

Die Kerze rutschte in Bruder Antonius' Hand, jagte Schatten wie brüllende Ungeheuer über die Wand. Nein, dachte Bruder Antonius, nein, Herr Jesus und Maria, nein! Es gibt keine Geister!

Es war die Stimme eines Toten.

Ein Lachen drang durch die hölzernen Lippen. «Jousé, was ist – habe ich dich etwa erschreckt?»

Die Augen des Herrn blicken auf die Gerechten. Er kann es nicht sein. Dieselbe Stimme, ja, aber etwas ist anders. Der Akzent – er hat nicht diesen furchtbaren Akzent!

«Wer … bist du?», krächzte er. Durch die Angst machte sich ein Anflug von Scham bemerkbar. War sein Glaube so schwach, dass eine Stimme ausreichte, ihn in Panik zu versetzten?

Wieder das Lachen, spöttisch, kalt. «Erinnerst du dich wirklich nicht an mich, Joujou?», fragte die Stimme.

Er versuchte zu begreifen, versuchte die Sperre in seinem Inneren zu durchbrechen, die sich mit der Macht eines Bollwerks gegen die Erkenntnis stemmte, und gegen die Erinnerungen, die heranzufluten begannen wie eine Sturmwelle. Joujou. In seinem Leben hatte es nur einen einzigen Menschen gegeben, der ihn so genannt hatte. «J … Janot? D … du?»

«Überrascht dich das?» Ein Kichern hinter der Maske.

«Ich …» Ich habe gefürchtet, dass du es bist. Vom ersten Augenblick an. «Ich habe so lange nichts mehr von dir gehört … ich wusste ja nicht mal, dass du noch am Leben bist …» Der letzte Moment, ein kleiner Junge, den irgendein Kriegsknecht wegschleifte, Joujou, kreischte er, Joujou, und er hatte nicht gewagt, auch nur die Hand nach ihm auszustrecken aus Angst vor den Konsequenzen. Es war eines der Bilder, die nicht aufhören wollten, durch seine Träume zu geistern. «Wie … wie hast du mich gefunden?»

«Oh, das war nicht so schwer.» Wieder dieses Kichern. Es hatte etwas Zynisches, Gefühlloses an sich. «Es gab eigentlich nur zwei

Orte, wo du sein konntest: in einem Kloster oder auf dem Schindacker von Ate.»

«Wo … warst du die ganzen Jahre?» Bruder Antonius trat näher. Er wünschte, der andere würde die Maske abnehmen. Er wünschte, ihm in die Augen sehen zu können.

«Ach, mal hier, mal da, im Himmel, im Fegefeuer … wichtiger ist, dass ich jetzt hier bin!» Ein Funkeln drang durch die Schlitze der Maske. «Jetzt, wo die Zeit gekommen ist!»

«Die … Zeit? Welche Zeit?», fragte Bruder Antonius.

«Die Zeit der Vergeltung», sagte der andere.

Bruder Antonius rang nach Luft. «Warst du es? Hast du diese Morde begangen?», fragte er.

«Glaubst du denn, dass ich es war?» Die Stimme hinter der Maske klang heiter.

«Ich … ich weiß nicht …»

«Qui bono, richtig, Jousé, das ist doch die Frage bei jedem Verbrechen. Qui bono, wem nützt es. Ich bin unglaublich verdächtig, nicht wahr?»

«Ich will nicht wissen, ob du verdächtig bist, ich will wissen, ob du es getan hast!», sagte Bruder Antonius fest.

«Wieso? Stört dich der Gedanke, ich könnte einen Mord begangen haben?», fragte der andere spöttisch.

«Mich stört der Gedanke, dich eines Tages an einem Galgen baumeln zu sehen», stieß Bruder Antonius hervor.

«Wieso denn? Das ist in unserer Familie die natürlichste Todesursache.» Er schlug die Beine übereinander. «Glaubst du an die Gerechtigkeit Gottes, Jousé?»

«Wie?»

«Ich weiß, du bist ein Mann der Kirche, ein Diener Gottes, du tust den lieben langen Tag nichts anderes als an Gott und Jesus und die Sakramente zu glauben. Aber glaubst du an die Gerechtigkeit Gottes?»

«Natürlich», sagte Bruder Antonius langsam. «Gott wird die belohnen, die Gutes getan haben, und die bestrafen, die sich versündigt …»

«Das meine ich nicht, Jousé», fiel ihm der andere ins Wort. «Ich spreche nicht von einer jenseitigen Gerechtigkeit. Ich spreche von Gerechtigkeit hier, in dieser Welt.»

«Wir dürfen nicht an Gottes Wegen zweifeln, nur weil sie uns nicht begreiflich sind», brachte Bruder Antonius heraus. Er spürte, wie ihm der Schweiß auf der Stirn stand. Neben dem Tabernakel brannte die Sonne von Ate.

«Oh, ich zweifle doch gar nicht. Ganz im Gegenteil. Ich glaube daran, dass Gott gerecht ist. Vielleicht zeigt er es nicht immer sofort. Aber er hat ein langes Gedächtnis, ein sehr langes.» Er lehnte sich zurück, die Schlitze in der Maske waren auf die Decke gerichtet. «Und manchmal, Jousé», sagte er verträumt, «wenn die wirklich schrecklichen Dinge auf dieser Welt geschehen, die Dinge, die sogar die Engel weinen lassen, dann kommt der Tag, an dem Gott die Gerechtigkeit wiederherstellen wird. Vielleicht kommt er nicht heute, vielleicht erst nach fünf, nach zehn, nach fünfzehn Jahren, aber er kommt, so sicher, wie auf die Nacht ein Morgen folgt. Und wenn es soweit ist, Jousé, dann wird er sich einen Menschen aussuchen und ihn zum Werkzeug seiner Gerechtigkeit machen.»

«Ach – und du glaubst, dieser Mensch zu sein, oder was? Du bist anmaßend, Janot!»

«Wer spricht denn von mir?» Hinter der Maske lachte es versonnen. «Der Narr, Joujou, ist nicht in der Welt, um zu richten, sondern um der Menschheit einen Spiegel vorzuhalten.»

Gott, was meint er damit? Was meint er mit all dem? «Wer dann? Himmel, von wem sprichst du?»

«Carfadrael. Er ist zurückgekehrt», sagte der Mann mit der Maske.

Bruder Antonius drückte seine Hand gegen die Augen. Die Kapelle drehte sich langsam. Carfadrael … ich kenne keinen Carfadrael … oh Gott … «Carfadrael … ist tot!», stieß er hervor.

«Er ist tot, natürlich», erklärte der andere. In seiner Stimme vibrierte das Lächeln. «Aber er hat einen Nachkommen hinterlassen, Jousé, einen Nachkommen, der sich auf die Spur der Mörder von damals begeben hat. Trostett hat ihn auf die Spur gebracht. Und ich werde ihm dabei helfen, sie weiter zu verfolgen. Bis zum bitteren Ende. Es wird Gerechtigkeit geschehen, Jousé, verlass dich darauf!»

Bruder Antonius starrte ihn an. «Du bist ja verrückt», murmelte er kopfschüttelnd.

«Ich bin verrückt. Natürlich bin ich verrückt, Jousé. Wer wäre es nicht an meiner Stelle? Ich war acht Jahre alt, als sie meine Familie getötet haben. Meiner Mutter hat einer den Bauch aufgeschlitzt, und ich bin neben ihr gesessen und habe zugesehen, wie sie verblutet ist. Ich war in Ate, Jousé. Ich war dort, auf dem Richtplatz, als sie starben; ich habe alles gesehen, Jousé, aus nächster Nähe. Mein Vater hat meinen Onkel auf das Schafott tragen müssen, weil er schlichtweg keinen heilen Knochen mehr im Leib hatte. Mein Vater …» Die Stimme brach mit einem seltsamen Laut ab. Starr lächelten die hölzernen Lippen. Er sprach weiter. «Mein Vater ist über sechzehn endlose Stunden hinweg gestorben, und ich stand die ganze Zeit daneben und habe zugesehen, wie die Hunde das Blut aufleckten, das durch die Bohlen des Schafotts tropfte. Ich habe mit den anderen Kindern gespielt, während mein Vater starb, um nicht aufzufallen, um meinem Vater wenigstens zu ersparen, meine Verhaftung mit ansehen zu müssen.» Er lachte leise auf. «Und du wunderst dich, dass ich verrückt bin?»

Bruder Antonius kämpfte gegen einen heftigen Würgereiz an. Monströs bäumten sich die Schatten an den Wänden. «Janot, wir müssen lernen zu vergeben», flüsterte er.

«Vergeben!», zischte es aus dem hölzernen Mund. «Vergeben, während die, die an allem schuld sind, frei herumlaufen und die Früchte ihrer Untaten genießen! Gott, Jousé, es waren doch nicht nur wir! Diese Leute haben Tausende unschuldiger Menschen ihrer puren Gier und ihrem Ehrgeiz geopfert!»

«Wie … meinst du das?»

«Denk mal logisch nach, das müsstest du doch können, du hast doch eine scholastische Bildung! Du glaubst doch nicht, dass das alles ein Zufall war, diese Ereignisse, zu diesem Zeitpunkt! Es war ein großangelegter Plan, von der ersten bis zur letzten Minute. Und weißt du, was das Schrecklichste daran ist? – Alles, was uns zugestoßen ist, hatte nur einen einzigen Sinn – von dem eigentlichen Verbrechen abzulenken. Eine gigantische, grausige Finte, mehr war das alles nicht.» Er lachte wieder. Ein Geisterlachen. «Und du sprichst von Vergebung! Sag mir die Wahrheit, Jousé, frommer Bruder – hast du vergeben? Oder gibt es auch für dich Momente, wo du dir wünschst, einen Augenblick, nur einen kurzen Augenblick lang, sie etwas von der Angst spüren zu lassen, die du hast erleiden müssen? Denk nach, Jousé, denk an Ate – kannst du das wirklich vergeben?»

Die Schatten drehten sich, ein geisterhaftes Kaleidoskop, hör auf, wollte Bruder Antonius schreien, hör auf damit, ich kann das nicht ertragen!, doch seine Stimme war abgewürgt, wehrlos starrte er auf die Monster der Vergangenheit, die sich kichernd aus den Ecken erhoben, und wieder lachte die Gestalt mit der Maske ihr grausames, kaltes Lachen und sagte: «Gib es auf, Jousé, es hat keinen Sinn. Du kannst nicht vergessen, genauso wenig wie ich. Ate ist in unsere Seelen eingebrannt für immer.» Er seufzte tief. «Tut mir leid für dich, Joujou. Ich weiß, du hättest lieber für alle Zeiten das Mäntelchen des Vergessens über die Vergangenheit gebreitet. Armer, kleiner Joujou.» Mit diesen Worten beugte er sich nach vorne, und seine rechte Hand drückte die Kerze aus.

***

Fabious Hoffnung, der Viguié werde ihn vor der Tür absetzen und seiner Wege gehen, war umsonst gewesen. Crestin ließ es sich nicht nehmen, den Cavalié aus dem Bett zu holen und ihm brühwarm von den Untaten seines Stiefsohns zu unterrichten.

Der Cavalié besaß genug Feingefühl, zu warten, bis der Viguié gegangen war, bevor sich sein Donnerwetter über Fabiou entlud. Dieses fiel dafür umso heftiger aus. Zu Fabious Überraschung war es gar nicht einmal die Tatsache, dass er in ein fremdes Haus eingedrungen war, die seinen Stiefvater so erzürnte. Was Frederi wirklich in Rage brachte, war, dass er leichtfertig sein Leben aufs Spiel gesetzt hatte. «Er hätte dich auch töten können, kapierst du das nicht?», brüllte er mindestens zwanzig Mal. «Himmel, da läuft ein wahnsinniger Mörder in der Stadt herum, und du hast nichts Besseres zu tun, als ihm hinterher zu spionieren. Mein Gott, wenn dein Vater das wüsste! Ich habe ihm auf dem Totenbett versprochen, mich um dich zu kümmern», – immer die alte Leier –, «und jetzt so etwas! Bist du denn komplett wahnsinnig geworden? Wenn du auch nur ein Jahr jünger wärst, würde ich dich jetzt übers Knie legen, junger Mann, damit dir diese irrsinnigen Unternehmungen ein für alle Mal vergehen …»

Und so weiter, und so fort. Fabiou gab zu, dass es leichtsinnig gewesen war, in das Haus einzudringen, sagte, dass es ihm leid tat und er ganz bestimmt nie wieder so einen Unsinn anstellen würde, und wartete ansonsten mit eingezogenem Kopf auf das Ende des Unwetters. Als Frederi schließlich die Luft ausging, konnte er sich aber doch eine Frage nicht verkneifen: «Vater, sagt Euch eigentlich der Name Carfadrael etwas?»

Der Cavalié starrte ihn einen Moment lang perplex an, dann sagte er gereizt: «Nein! Ab ins Bett jetzt! Und wehe, ich höre noch einmal so etwas über dich!»

Frederi Jùli schlummerte schon süß und selig, einen Arm um seinen Holzdegen geschlungen, als Fabiou ins Zimmer schlüpfte. Er ließ sich angezogen aufs Bett fallen. Er war noch etwas zu aufgedreht, um zu schlafen. Unten klappten Türen. Noch mehr Besucher? Onkel Philomenus hat offensichtlich heute Nacht ganz Ais zu Gast!

«… ach, du bist es, gut dass du kommst …»

War das Onkel Philomenus' Stimme? Schwer zu sagen, die Tür zum Salon war zwar offensichtlich geöffnet, doch der Raum lag einen Stock tiefer und die schweren Teppiche dämpften und verzerrten jedes Geräusch.

Eine kurze Stille unten. Dann ein tonloser Hauch: «Rouland.»

«Guten Abend.» Ein Räuspern. «Ganz schön lange her, dass wir uns das letzte Mal gesehen haben.»

Wieder Stille. Stühle wurden gerückt. «Ich denke, wir sollten an diesem Abend über alles hinwegsehen, was zwischen uns steht», sagte einer. «Die Lage ist zu ernst.»

Erneut das Räuspern. «Was meinst du dazu?»

Wieder die andere Stimme, wie viele waren es? Drei? Vier? «Ich bin Katholik. Strenggläubiger Katholik.»

«Oh, vergiss es!» Die erste Stimme wieder? Es war so schwer zu sagen. «Du wirst bald ein toter Katholik sein, wenn das so weitergeht! Das Muster, nach dem dieser Mörder vorgeht, ist ja wohl mehr als eindeutig!»

«Wie … meinst du das?»

«Ich meine, dass der- oder diejenigen, die Bossard getötet haben, mit ziemlicher Sicherheit auch uns auf ihrer Liste haben.»

«Ja, aber, das würde ja bedeuten …»

«Das ist doch Blödsinn, wer sollte so etwas denn tun?»

«Oh, mir fällt da schon jemand ein!» Ein wütendes Fauchen. Oma Felicitas? Nein, das kann nicht sein. Onkel Philomenus würde sie nie in seiner Runde zulassen.

«Meine Güte, bleib bitte auf dem Teppich. Ich mag den Kerl ja auch nicht, aber es gibt auch noch das eine oder andere Verbrechen auf dieser Welt, für das er nicht direkt die Verantwortung trägt!»

«Aber es passt doch! Er will zu Ende bringen, was er damals angefangen hat!»

«Dein Hass auf ihn ist etwas krankhaft, findest du nicht auch?»

«Krankhaft? Bei allem, was er getan hat? Was er uns angetan hat? Meinem Bruder … und Schio …»

Wieder Stille. Dann, eine kaum hörbare Stimme. «Armer kleiner Schio …», murmelte sie.

«Oh, verdammt, Junge!», polterte eine Stimme – die des Neuankömmlings? «Hör endlich auf, dir Vorwürfe zu machen! Es war nicht deine Schuld! Du hast das Richtige getan! Das einzige, was ein Freund für ihn tun konnte!»

Ein Flüstern. «Ihr wart nicht dabei … ihr wisst nicht, wie es war …»

«Hat einer von euch schon mal an unseren besonderen Freund gedacht? Was, wenn er dahinter steckt?»

«Ich kann mir das nicht vorstellen! Ich weiß, ihr haltet ihn immer noch für verantwortlich …»

«Allerdings!»

«Aber, Leute, das kann doch irgendwie gar nicht sein. Ich meine, dass einer so etwas tut, das ist ja wohl …»

«Teuflisch.»

«Teuflisch, ja. Und wer sollte es sonst gewesen sein? Ich? Du? Er? Es gibt nicht allzu viele Möglichkeiten.»

«Du hattest mich mal im Verdacht, nicht wahr?»

«Hm. Ja. Aber nach der Sache mit Schio ist mir klar geworden, dass du es nicht gewesen sein konntest! Du hättest ihn niemals in Gefahr gebracht.»

«Schön, dass du das wenigstens einsiehst!»

«Himmel, ich habe mich entschuldigt! Soll ich noch 'nen Kniefall machen, oder was?»

«Leute, ich würde vorschlagen, die alten Streitereien jetzt ein für alle Mal beizulegen und uns auf die aktuelle Problematik zu konzentrieren, sonst könnte die Sache nämlich ganz schön übel ausgehen!»

«So wie letztes Mal, was?»

«Ja. So wie letztes Mal.»

«Ich habe es euch schon gesagt, und ich sage es noch mal: ich will mit der ganzen Sache nichts mehr zu tun haben. Ich bin Familienvater, ich trage eine Verantwortung. Ich kann dieses Risiko nicht eingehen!»

«Ha!» Ein erregter Ausruf. «Glaubst du, die fragen danach, ob du dabei bist oder nicht? Denen reicht es, wer und was du bist, um dich zu töten.»

«Aber wer sind die, verdammt noch mal?»

«Fluch nicht!»

«Ich habe da so meine Theorie, aber… Himmel, mach mal einer die Tür zu, wollt ihr eigentlich, dass das ganze Haus mithört?» Hastige Schritte, und unten klappte die Tür. Danach waren zwar noch gedämpfte Stimmen zu hören, doch Fabiou konnte nichts mehr verstehen. Er überlegte einen Moment, ob es sich lohnte, aufzustehen und ein Ohr an die Salontür zu legen, doch die Gefahr, dabei Frederi über den Weg zu laufen, war exorbitant, und abgesehen davon konnte er sich die Theorie der Carcisten zu den Morden auch so lebhaft vorstellen.

Er lag noch eine Weile wach, grübelte über das soeben gehörte Gespräch nach und überlegte, ob es ihm neue Erkenntnisse geliefert hatte. Nein, entschied er schließlich. Großschwätzer und nichts dahinter, diese Reservecarcisten, wie Trévigny gesagt hatte. Und mit dieser beruhigenden Erkenntnis schlief er schließlich ein.

***

Im selben Augenblick, in dem Fabiou auf seinem Kissen entschlummerte, hob Catarino drei Räume weiter den Kopf von dem ihren und stöhnte: «*Ma petite*, kommst du heute noch mal ins Bett, oder was?»

Die Angesprochene, Cristino nämlich, saß an dem kleinen Tischchen vor dem Fenster, den Kopf in die Hand gestützt, und starrte im kläglichen Schein einer einsamen Kerze auf die Seiten eines dicken Buches. «Gleich ...», murmelte sie geistesabwesend.

«Sag mal, was liest du da eigentlich? Muss ja wahnsinnig spannend sein!»

«Oh ... hm ... Vesalius.»

«Kenn ich nicht. Was schreibt der so? Gedichte?»

«Nein! Das ist kein Dichter. Er ist Anatom.»

«Anawas?»

«Na, das ist so einer, der ... der ...»

Der Leichen aufschneidet.

«... der untersucht, wie der Mensch von innen aussieht.»

«Waas? Zeig mal!» Catarino hüpfte aus dem Bett und lief mit ihren nackten Füßen zu Cristino hinüber. Sie steckte die Nase in das Buch. «He!» Sie blätterte. «He!», rief sie dann noch einmal. «Da sind ja lauter nackte Männer drin! Wo hast du denn das her?»

Cristino wurde rot. «Aus ... aus dem Studierzimmer. Es hat unserem Onkel gehört.»

«*Intrigant*! Mann, pass bloß auf, das Frederi das nicht sieht! Den trifft der Schlag vor Wut!»

«Aber Bruder Antonius hat gesagt, dass ich es lesen soll!»

«Wie bitte? Bruder Antonius?» Catarino lachte Tränen.

«Ja!» Cristino wurde ärgerlich. «Damit meine Träume von Agnes und all den Toten aufhören!»

«Bruder Antonius!» Catarino war japsend auf das Bett gesunken. «Ein Mönch! Hihihihiii! Wegen deiner Träume! Na, das ist ja 'ne Methode!»

«Du bist eine blöde Gans!», fauchte Cristino. «Überhaupt lese ich das Buch gar nicht wegen der nackten Männer, sondern weil ich es interessant finde, wie ein Mensch innen aussieht!»

Catarino hörte auf zu lachen und verzog das Gesicht. «Wäh. Das ist doch eklig.»

«Ach, du bist doof!» Cristino warf sich aufs Bett und zog die Decke über den Kopf. Gedämpft drang Catarinos Gekicher an ihr Ohr. «Na, bin mal gespannt, ob's wenigstens hilft, gegen deine Träume! Mann, wenn das Frederi wüsste! Der würde Bruder Antonius nicht mehr über diese Schwelle lassen!»

Das Halbdunkel unter der Decke wandelte sich in Nacht, als Catarino die Kerze ausblies. Langsam kroch Cristino unter der Decke hervor, denn trotz der späten Stunde war es noch ordentlich warm im Zimmer.

Sie war ebenfalls gespannt, ob ihre Lektüre gegen die Träume helfen würde. Zur Sicherheit betete sie noch zwei Vaterunser und drei Ave Maria und bekreuzigte sich ein gutes Dutzend Mal. Dann schlief sie leidlich beruhigt ein.

Ihr Traum führte sie auf eine blumenübersäte Wiese, wo Kinder im Schein einer sanften Frühlingssonne spielten, einander Bälle zuwarfen, Blumen pflückten und durch das frische grüne Gras hüpften. Es war ein Bild der Idylle und des Friedens, und ein Gefühl endloser Geborgenheit und grenzenlosen Glücks breitete sich in ihr aus wie die Wärme nach einem Glas Wein, füllte jedes ihrer Glieder bis in die Spitzen der Finger. Ich möchte, dass das Leben immer so schön ist, sagte sie laut, und die Kinder sahen sich zu ihr um und lachten fröhlich, und es wurde Nacht.

In der Nacht rannte sie wieder durch den Gang ohne Ende, dicht gefolgt von dem ungeheuerlichen Weib mit den wehenden hellen Haaren, und sie schrie, schrie nach ihrer Mutter, schrie nach ihrem Vater, doch keiner kam, ihr zu helfen, keiner rettete sie vor der Gestalt, die ihr auf den Fersen war wie ein blutrünstiges Raubtier, sie war allein, völlig allein, und dann stolperte sie, stolperte über den Körper jenes Mädchens, das sie selbst war und doch nicht. Näher kam das Weib, schrill hallte ihr Lachen durch die Endlosigkeit, und Cristino rappelte sich auf, riss sich los vom Anblick des toten Kindes und rannte weiter, mit bebenden Knien und keuchendem Atem, ihr Herz klopfend zum Zerspringen. Sie wusste, ihre Kräfte waren am Ende, ein paar Schritte noch, und sie würde anhalten müssen, und das seltsame, zufriedene Lachen des Weibes auf ihrer Fährte zeigte ihr, dass diese es ebenfalls wusste.

Die Erkenntnis trieb ihr die Tränen über das Gesicht, es war so ungerecht, die Frau war so groß und sie war so klein und wehrlos, und die Tränen ließen sie stolpern, und das Ende war erreicht.

Und in diesem Moment, als ihre Kräfte sie verließen und sie benommen über die Steinplatten taumelte, begriff sie, wer es war, der ihr jetzt noch Rettung bringen konnte, eine Chance noch, eine aller-allerletzte.

Mit der ganzen verbliebenen Kraft ihrer kleinen Stimme kreischte sie: «Louise!»

KAPITEL 9

in dem es um die Gewalten der Natur geht und um die Macht des Übernatürlichen

**Das Volk wird frei werden
und Gott will allein der Herr darüber sein.**

*Thomas Müntzer, deutscher Reformator und Sozialrevolutionär
(*1490, hingerichtet 1525)*

«Also, das ganze ist als Jagdausflug geplant. Die Jagd beginnt am Rand der Keyrié, geht dann quer über das Land der Degrelhos zum Teil durch Wald und zum Teil über offenes Gelände und endet beim Anwesen selbst. Dort ist dann noch ein Festmahl vorgesehen. Na, was denken die Damen darüber?» Der dies sprach, war niemand anderes als Alexandre de Mergoult, der an diesem Freitagmorgen nach Christi Himmelfahrt, dem 20. Mai, überraschend im Hause der Aubans vorgesprochen hatte, um den dort Anwesenden Einzelheiten zum Fest der Degrelhos zu verkünden. Und um ganz nebenbei den dortigen Damen seine Aufwartung zu machen. Die Dame Castelblanc beglückte er mit einer Zeile von Petrarca, mit den Mädchen sprach er über die *Sonnettes pour Hélène*, Tante Eusebia begrüßte er mit einem hoffähigen Kuss auf die Hand, und nur die griesgrämigen bis feindseligen Gesichter des Cavaliés und Fabious störten die Idylle ein wenig. «Du bist unhöflich», zischte die Dame Castelblanc ihrem Gatten zu, der sie mit einem wütenden Schnauben stehen ließ.

Man verabredete sich also für den nächsten Tag. Seinen Aversionen gegenüber Mergoult zum Trotz – was die Veranstaltung selbst betraf, war Fabiou hoch erfreut, schließlich war Archimède Degrelho eine der Schlüsselfiguren in der Geschichte um die Antonius-Jünger und die Aussicht somit verlockend, einen ganzen Tag in seiner Nähe zu verbringen. Und die Mädchen, die noch nie an einer Jagd teilgenommen hatten, waren ohnehin so aufgeregt, dass sie die ganze Nacht kein Auge zutaten, was Cristino immerhin vor schlechten Träumen bewahrte.

Wer wenig von dem bevorstehenden Ereignis angetan schien, war der Cavalié selbst. Er lieferte sich mit seiner Gattin und seiner Schwiegermutter sogar einen länger dauernden Disput, ob es denn wirklich nötig sei, diese Einladung anzunehmen. Offenbar bestanden gewisse Animositäten zwischen Frederi und dem Baroun Degrelho, deren Ursache zwar Jahre oder Jahrzehnte zurücklagen, die den Cavalié deshalb aber nicht minder beschäftigten. Den Ausschlag gab erstaunlicherweise Onkel Philomenus, der Frederi erklärte, die Einladung eines so wichtigen Mitglieds der Gesellschaft – der Baroun saß immerhin im Stadtrat, besaß ausgedehnte Ländereien und war Anwärter auf einen Posten als Konsul – könne man einfach nicht ausschlagen. Frederi knirschte daraufhin zwar mit den Zähnen, gestattete der Familie aber zur Begeisterung der Mädchen, die Einladung anzunehmen.

Am nächsten Morgen warfen sie sich in ihre Reitkleider und luden die Abendgarderobe in die Kutsche. Die Pferde waren auf Hochglanz gestriegelt und gesattelt, und die Herren schwangen sich sogleich in die Sättel, während die Damen zunächst in der Kutsche Platz nahmen, an die man ihre Pferde angebunden hatte. Frederi Jùli veranstaltete ein lautes Geschrei, da man ihm nicht erlaubte, mit den Männern zu reiten, und saß daraufhin schmollend und nörgelnd bei den Weibern in der Kutsche. Hoffentlich hält das Wetter, murmelte der alte Bardou mit einem kritischen Blick zum Himmelszelt, und die Dame Castelblanc sagte, er solle mit der Unkerei aufhören, es sei doch nicht eine einzige Wolke zu sehen.

Man traf sich bei einer Jagdhütte am Rande der Keyrié. Diener standen schon bereit, um den eintreffenden Gästen Getränke und Häppchen zu reichen, der Gastgeber und sein Sohn, der in seinem schicken Reithabit noch blasser wirkte als sonst, nahmen die Glückwünsche zu dieser reizenden Idee entgegen. Hunde bellten und zerrten an ihren Leinen, die Treiber experimentierten mit ihren Ratschen, die Damen schwatzten, die Mädchen kicherten, die Herren lachten und verglichen ihre Schusswaffen, und alles in allem herrschte ein solcher Höllenlärm, dass man sich nur wundern konnte, dass die Pferde nicht durchgingen.

Es war das bekannte Publikum, und Cristino und Catarino waren in kürzester Zeit von ihren ständigen Verehrern umringt – Comte de Trévigny sowie die Brüder Mergoult und Buous. Auch Arnac de Couvencour tauchte irgendwann auf, zur Freude von Cristino, Catarino und Trévigny und zum Verdruss von Alexandre de Mergoult. Dem Frieden der Veranstaltung tat es gut, dass Couvencour sich etwas im Hintergrund hielt und die Mergoults und ihre Kumpanen somit nicht allzu sehr in Rage versetzte. Wer natürlich auch nicht fehlte, war Alessia samt ihrer üblichen spitzen Kommentare. Catarino konnte nur hoffen, dass die junge Dame so bald wie möglich von einem hilfsbereiten Wildschwein über den Haufen gerannt wurde.

Der Senher d'Astain, Archimède Degrelho, begrüßte die Gäste aus Castelblanc sehr freundlich. Besonders über das Zusammentreffen mit dem Cavalié schien er sich sehr zu freuen. «Wir haben allerhand gemeinsam erlebt, in jungen Jahren!», erklärte er strahlend seinem Sohn. Frederis Gesicht blieb reserviert, und die Art und Weise, wie seine Mundwinkel nach oben gezogen waren, konnte man nur mit viel gutem Willen als Lächeln bezeichnen. «Alter Griesgram, was passt ihm jetzt wieder nicht», murmelte Catarino.

Auch Cristino wurde von Degrelho sehr herzlich begrüßt. «Was für eine Freude, die junge Barouneto Bèufort! Wie schön, Euch wiederzusehen, nach unserer netten Unterhaltung bei den Mancoun!» Cristino wurde puterrot, denn sie hatte nur noch sehr verschwommene Erinnerungen an besagte Unterhaltung, und alles, woran sie sich erinnerte, war, dass sie ziemlich dummes Zeug dahergeredet hatte. Ansonsten galt ihre Aufmerksamkeit aber dem jungen Senher d'Astain, Victor Degrelho. Dieser war zwar nicht unbedingt einer, der die Herzen der Mädchen so ohne weiteres höher schlagen ließ, dazu war er zu mager und zu blass, doch auf der rechten Hand hielt er einen äußerst beeindruckenden Falken. «Ein schönes Tier», meinte sogar der Cavalié, wenn sein Ton auch immer noch etwas miesepetrig klang.

«Ihr versteht Euch auf die Falkenjagd?» Victor drehte sich um und blickte den Sprecher an, der ihn mit einem seltsamen Lächeln betrachtete. Es war Arnac de Couvencour.

«Oh, guten Tag, Senher Couvencour, herzlich willkommen.» Victor Degrelho lachte. So wenig attraktiv er sein mochte, sein Lachen war schön. «Ein wenig», meinte er. «Sicher kein Vergleich zu meinem Onkel Hector, der meisterhaft mit diesen Tieren umzugehen verstand. Leider hatte ich keine Gelegenheit, allzu viel von ihm zu lernen; ich war noch sehr jung, als er starb.»

Arnac betrachtete Victor seltsam. Noch immer lag dieses Lächeln auf seinem Gesicht. Kein spöttisches oder gar verschlagenes Lächeln. Arnacs Lächeln war in für ihn untypischer Weise liebenswert. «Ich habe davon gehört», sagte er. «Euer Onkel muss wirklich ein beeindruckender Mensch gewesen sein.»

«Ja, das war er auch», sagte Victor ernsthaft. «Das war er in der Tat.» Fabiou spitzte die Ohren. Hector Degrelho – das erste Mordopfer der Antonius-Jünger. Er überlegte gerade, wie er Archimède Degrelho am ehesten in ein Gespräch über die Ergreifung der Antonius-Jünger verwickeln konnte, als sich ihm von hinten eine Pranke auf die Schulter legte in der Größe so etwa zwischen Goliath und Gargantua und eine tiefe Stimme in seine Ohren dröhnte: «Na, so etwas, der junge Herr Nachbar. Und, genießt du das Leben in der großen Stadt, mein Junge?»

Fabiou, etwas verärgert über die Störung in jenem entscheidenden Moment, drehte sich um und bedachte den Buous mit einem ziemlich gezwungenen Lächeln. «Ähm – ja, doch. Guten Morgen, Baroun. Guten Morgen, Cavalié. Guten Morgen, Senher.» Er nickte den Herren zu, die mit einem Weinglas bewehrt im Rücken des Barouns standen – der Bonieus – natürlich –, der Artou sowie die Herren Alence und Vare.

«Schöne Stadt, ja. Aber alles nicht mehr, was es mal war», sagte der Buous. «Die Preise vor allem! Mein Weib und die Göre waren gestern der Meinung, sich neu einkleiden zu müssen. Himmelherrgott aber auch! Ich hab' gesagt, nächstes Jahr laufen wir in Säcken 'rum, sonst können wir Buous an 'nen Juden verschachern! Nichts gegen die Juden, dass ihr mich da richtig versteht», er warf einen strengen Blick in die Runde, «ich weiß, alle Welt hackt immer auf den Juden 'rum, aber die Juden, die ich kenne, sind anständige Leute. Und wenn ich an Piqueu denke … Das war ein ordentlicher Kerl, der Piqueu, auf den lasse ich nichts kommen!»

«Jaja. Ein ordentlicher Kerl, wahr, wahr», meinte Artou, der bereits wieder jenen verträumten Blick in den Augen hatte, den übermäßiger Weingenuss dort auszulösen pflegt.

Fabiou horchte auf. «Piqueu? Mouche Piqueu?»

Der Bonieus hatte die Stirn gerunzelt. «Du kennst ihn? Das wundert mich, er ist schon ewig tot.»

«Hm, na ja, ich habe von ihm gehört», meinte Fabiou ausweichend.

«Piqueu?», fragte der Senher d'Alence. «Der Name sagt mir nichts.»

«Ein Buchdrucker in der Carriero dou Pous Caud», erklärte der Bonieus. «Der Kerl war ein Ereignis, aber wirklich! Hat quasi aus dem Nichts die zweitgrößte Druckerei von Ais geschaffen. Und ein Witzbold war das! Der hatte einen derart trockenen Humor, er brauchte bloß den Mund aufzumachen, und alles lag vor Lachen unterm Tisch! Jesus, ich habe ihn echt gemocht, Jude hin oder her.»

«Ja. Wirklich. Ein witziger Kerl», seufzte der Artou in sein Weinglas.

«Und er ist tot, oder was?», fragte der Vare.

«Hm ja, ist ziemlich jung gestorben, ewig schade! Die Druckerei hat jetzt sein jüngerer Bruder», sagte der Bonieus.

«Ja, woran ist er gestorben?», fragte der Alence neugierig.

«*Arrêt de Mérindol*, was sonst», sagte der Buous verächtlich.

Der Artou wandte einen pathetischen Blick zum Himmel. «Ich bin an diesem Tag zufällig über die Plaço dis Jacobin gelaufen, und da habe ich gesehen, wie sie all die armen Tröpfe an die Pinie gehängt haben, und den Piqueu unter ihnen», seufzte er, und in seinen Augen glitzerte eine weinselige Träne. «Er hat sich gewehrt, hat gekämpft wie ein Löwe, schon ganz blaugeschlagen war er, der arme Kerl. Und als ihm der Henker schon die Schlinge um den Hals gelegt hat, da hat er noch irgendetwas gesagt, so was, was echt Klang hatte, wartet mal, was hat er gesagt …»

Der Alence hatte die Stirn gerunzelt. «Na gut, aber wenn sie ihn gehängt haben, dann muss er ja in irgendeiner Form an der Verbreitung ketzerischen Gedankenguts beteiligt gewesen sein.»

«Ach, Schwachsinn!», polterte der Buous. «Haben dir das der Bossard, Gott nehme sich seiner Seele in angemessener Form an, und sein Busenfreund St. Roque eingetrichtert? Du hast doch keine Ahnung, wie alt warst du damals, achtzehn? Die haben doch jeden aufgehängt, der ihnen nicht ins Stadtbild gepasst hat, und zwar ohne jede Gerichtsverhandlung. Ohne jede Gerichtsverhandlung, das muss man sich mal vorstellen! Bossard, verflucht! Der Kerl war nicht nur eine Schande für den provenzalischen Adel, sondern genauso für den katholischen Glauben!»

Der Alence fuhr fort, die Stirn zu runzeln. «Nun, der Estrave hielt aber große Stücke auf ihn! Und der ist schließlich einer aus dem engsten Kreis um Carcès!»

«Na, Gott sei Dank hat Carcès nicht nur Schwachköpfe wie den Estrave unter seinen Anhängern, sonst würde er mir echt leid tun!», schnaubte der Buous.

«Hm ...», machte Fabiou nachdenklich. «Dieser Carcès – was ist das eigentlich für einer?»

«Carcès?» Der Buous lachte auf. «Das weißt du nicht?»

«Hm, nein. Warum? Ist das schlimm?»

«Der Carcès ...» Ein seltsames Glühen war in Bonieus' Augen getreten. «Der Carcès ist eine Legende!»

Fabiou horchte auf. Eine Legende. Wie Carfadrael.

«Die Geschichte!», rief der Artou begeistert, aufgetaucht aus seinem seligen Dusel. «Das hat er gesagt, der Piqueu. Über die Verbrechen, die heute begangen werden, wird die Geschichte richten! Genau das hat er gesagt!»

Fabiou hätte die Sache mit dem unglückseligen Mouche Piqueu gerne ebenso weiterverfolgt wie die Geschichte um den Carcès, aber das war der Moment, in dem der Haushofmeister dem Senher d'Astain zuflüsterte, die erwarteten Gäste seien jetzt vollzählig und man könne mit der Jagd beginnen.

Augenblicklich verbreitete sich Hektik auf der Wiese. Die Herren schwangen sich in ihre Sättel, die Damen erklommen mit Hilfe der Diener die ihren, die Hunde wurden zusammengeholt, die Treiber stellten sich in Position. Die Kutsche der Castelblancs zuckelte mit Madaleno, Eusebia, Theodosius und den Kleidern beladen im Gefolge einiger anderer dem Landsitz der Astain zu; den Damen war die Jagd zu anstrengend und Theodosius war nach Ansicht seiner Mutter und zur Begeisterung seiner Vettern und Basen noch zu zart für derartige Unternehmungen. Loís und sein Bruder Jacque blieben bei der Jagdgesellschaft, um ihren Herren und Herrinnen die Pferde zu halten und ihnen in allerlei anderer Hinsicht dienlich zu sein. Bardou warf einen erneuten besorgten Blick zum Himmel, bevor er die Kutsche auf den Weg zurücklenkte. In der Ferne war ein anthrazitgrauer Streifen am Horizont hinter Ais erschienen.

Die Jagd begann. Man hatte sich große Mühe gegeben, alle Bedingungen einer *Chasse royal*, einer Treibjagd zu erfüllen, die Büsche wimmelten nur so von Dienern und Bauern, die mit Ratschen und Schellen und was sich sonst so alles zum Krach machen eignete bewaffnet waren. Die Hunde wurden von der Leine gelassen, die Treiber schwärmten aus, um den Herrschaften das Wild vor die Armbrust oder die Arkebuse zu treiben. Frederi drängte sich an die Seite seiner Stieftöchter und murmelte: «Ihr bleibt in meiner Nähe, verstanden? So eine Jagd ist nicht ungefährlich!» Frederi Jùli visierte fachmännisch über den Schaft seiner Armbrust hinweg und machte «Psiu, psiu!», dass es seinem Gaul ganz angst und bange wurde. Der junge Degrelho philosophierte über die gute alte Zeit, als man noch wie weiland Herkules mit Pfeil und Bogen zur Jagd geritten war – er besaß offensichtlich humanistische Bildung –, was Fabiou zu der Bemerkung veranlasste, dafür hätte man heutzutage nicht mehr ganz so viel Ärger mit Zentauren und Harpyen und ähnlichem Viehzeug. Victor Degrelho fand diese Aussage offensichtlich extrem originell, er lachte, bis er beinahe vom Pferd fiel.

Wie immer bei solchen Gelegenheiten merkte man schnell, wer sich auf die Jagd verstand, wer nur ehrgeizig war und wer einfach zum Vergnügen, zum Sehen und Gesehenwerden mitritt. Letzteres galt für die überwiegende Zahl der Damen, die kreischend und lachend zurückfielen, nachdem ihr Pferd das erste Mal gestrauchelt war oder vor einem Hindernis gescheut hatte, und sich von einigen galanten Herren umsorgen ließen, deren Interesse auch erst in zweiter Linie der Jagd galt. Erstere Gruppe, die im Übrigen gerade mal aus einem knappen Dutzend Edelleuten bestand, darunter Alexandre de Mergoult, Sébastien de Trévigny, Arnac de Couvencour und zu Fabious Überraschung Nicolas de Bouliers, zog ziemlich schnell davon und erlegte im Vorbeifliegen eine nicht zu vernachlässigende Zahl von Hasen und Rebhühner, während die zweite Gruppe verbissen versuchte, nicht den Anschluss zu verlieren. War die Gemütslage in der letzten Gruppe von heiterer Ausgelassenheit geprägt, herrschte in der ersten eine eigentümliche Kombination aus zur Schau getragener Lässigkeit und konzentriertem Konkurrenzkampf. In der zweiten Gruppe war die Stimmung dafür bloß mies. Die frustrierten Möchtegern-Jagdexperten schossen wenig erfolgreich auf alles, was sich bewegte, um ihre verzweifelten Diener dann den im Gebüsch verschollenen Armbrustbolzen hinterherzuhetzen. Die Treffsicherheit nahm im gleichen Maß ab, wie die allgemeine Gereiztheit zunahm.

Fabiou hatte sich in weiser Voraussicht der letzten Gruppe angeschlossen, in der seine beiden Schwestern glucksend mit den Buous-Brüdern schäkerten – die beiden waren an der Jagd nur mäßig interessiert, jagen konnte man in Buous das ganze Jahr, aber wann traf man schon mal so viele hübsche Edelfräulein auf einmal! Dafür hatte Fabiou mehrere stichhaltige Gründe: Erstens war er sich nicht so ganz sicher, wie herum man eigentlich eine Armbrust hielt, zweitens kämpfte Jean de Mergoult in der zweiten Gruppe mit – fluchend, seit sein Bruder wie ein Pfeil am Horizont verschwunden war –, und drittens bildete Archimède Degrelho als guter Gastgeber die Nachhut, was wahrhaft eine einmalige Gelegenheit war.

Er ließ sich so weit zurückfallen, dass er fast auf einer Höhe mit Degrelho ritt und beobachtete ihn verstohlen aus dem Augenwinkel. Er war eine stattliche Erscheinung. Kräftig, ohne aber behäbig oder gar dick zu wirken, eisgraue Haare, ein ernstes, angenehmes Gesicht, und tiefschwarze Augen. Er überlegte, wie alt Degrelho wohl war. Etwa in Frederis Alter, entschied er. Vierzig, höchstens fünfundvierzig. Neben dem Senher d'Astain ritt schicklich im Damensitz seine Gattin. Ihr war anzusehen, wie sehr dieser Ausritt sie belastete, man hatte das Gefühl, dass sie sich trotz des gemächlichen Tempos nur mit Mühe im Sattel hielt. Obwohl sie an sich nicht älter sein konnte als die Dame Castelblanc, wirkte sie alt und verbraucht; ihr Gesicht war aufgedunsen und von einer ungesunden grünlichen Blässe, um die Augen hatten sich Krähenfüße eingegraben. Nun, es war bekannt, dass sie krank war, wenn Fabiou auch keine Ahnung hatte, um welche Art Krankheit es sich handelte. Docteur Grattou, der die Aubans medizinisch betreute, hätte vermutlich eine humorale Dyskrasie, also ein schweres Ungleichgewicht der Körpersäfte, diagnostiziert.

In der Ferne erklang ein Hornsignal. «Rotwild erlegt», verkündete Roubert de Buous den Mädchen. Fabiou nutzte einen Moment, in dem die Dame d'Astain durch ein höfliches Gespräch mit einem

Gast abgelenkt war, und schob sich näher an Archimède Degrelho heran. «Senher», fragte er höflich, «gestattet Ihr mir eine Frage?»

«Ah, der junge Baroun de Bèufort! Selbstverständlich, mein Junge, schießt los.»

«Senher», Fabiou holte tief Luft, denn er rechnete bereits mit einer abweisenden Antwort, wie er sie ja immer erhielt, «was denkt Ihr eigentlich, wer hinter den Morden steckt?»

Allzu überraschend kam die Frage sicher nicht; der Mord an Bossard und dem Notar Austelié war Stadtgespräch Nummer eins, und der Senher d'Astain als einer, der das Land schon einmal von den Antonius-Jüngern befreit hatte, konnte sich vermutlich vor Fragen in dieser Art kaum noch retten. Entsprechend müde seufzte er und meinte: «Mein Junge, wenn ich das so genau wüsste, hätte ich es längst dem Viguié und dem Parlament mitgeteilt. Aber leider weiß ich auch nicht mehr als jeder andere auch: Die Schriftzüge an den Orten des Verbrechens sprechen natürlich für sich, aber wo sich diese Räuber versteckt halten und wie es überhaupt möglich ist, dass diese Bande wieder aufgetaucht ist, nachdem wir sie doch vernichtet glaubten, das weiß nur Gott.»

Ermutigt durch die Gesprächigkeit von Degrelho fuhr Fabiou fort: «Haltet Ihr es für möglich, dass der Mörder der Sohn von Enri Nicoulau ist?»

Einen Moment lang betrachtete Degrelho den Jungen nachdenklich. «Wie kommt Ihr denn darauf, dass Nicoulau einen Sohn hatte?»

«Oh – das stand in den Annalen von Galaud. Dort stand auch, dass dieser Sohn verhaftet worden ist, aber von einer Verurteilung war dann nicht mehr die Rede. Wisst Ihr, was aus ihm geworden ist? Ist er entkommen?»

Der Senher d'Astain antwortete nicht gleich. Er knetete die Zügel in seinen Händen. «Mein Junge, ich bin mir nicht sicher, ob Ihr das verstehen könnt», sagte er schließlich, «aber an die Dinge, die im Juli 1545 geschehen sind, erinnere ich mich nur sehr verschwommen. Alles war … wie ein Wahn. Ihr müsst wissen, mein Bruder ist mir sehr nahegestanden. Als er so furchtbar sterben musste, mit seiner Frau und dem armen Jungen, da war es, als ob irgendetwas in mir zerrissen wäre. Alles, was ich tat, tat ich mit der Gefühllosigkeit eines perfekt funktionierenden Uhrwerks. Wenn ich an den Archimède Degrelho zurückdenke, der die Antonius-Jünger vernichtet hat, dann ist es oft, als denke ich an einen Fremden und nicht an mich selbst.»

«Was wollt Ihr damit sagen? Dass Ihr bereut, was Ihr getan habt?», rief Fabiou überrascht. Das war ziemlich vorlaut und dem Verhalten eines Jungen seines Alters einem Erwachsenen gegenüber gewiss nicht angemessen, Baroun hin oder her. Doch erstaunlicherweise schien Degrelho diesen Umstand gar nicht zu registrieren; den Blick fest auf die Mähne seines Schimmels gerichtet sagte er: «Ich bereue nicht, diese Gegend von den Antonius-Jüngern befreit zu haben, denn sie waren eine Plage für uns alle. Aber ich bereue, es so getan zu haben. So … ohne jedes Maß, ohne jede Reflexion. Wie ein wildes Tier im Blutrausch. Ich ekle mich vor mir selber, wenn ich daran zurückdenke. Auch Maßlosigkeit ist eine Todsünde, Baroun.» Er hob den Kopf und seine schwarzen Augen richteten sich verträumt auf Fabiou, der verlegen an einem Knopf herumnestelte. Er hatte ja eigentlich nicht gleich Degrelhos Lebensbeichte hören wollen. «Nicoulaus Sohn …» Der Senher d'Astain starrte durch Fabiou hindurch, als wäre er nur ein Nebelschleier. «Ich erinnere mich ganz dunkel. Einer der Banditen hatte einen Sohn, der gefangen genommen wurde. Er war plötzlich verschwunden. Niemand sah ihn wegrennen oder beobachtete, dass er getötet wurde, aber als man in Ate ankam und die Gefangenen überprüfte, fehlte er einfach. Es war etwas peinlich, man versuchte, möglichst wenig Aufsehen darum zu machen», fügte er mit einem Lächeln hinzu.

Voll ins Schwarze! «Ich hoffe, ich belästige Euch nicht mit meinen Fragen, aber – erinnert Ihr Euch, wie das Wort Santonou bei der Leiche Eures Bruders geschrieben war? Wirklich mit Blut?»

«Ja.» Degrelho sah ihn seltsam an. «Eigentümliche Fragen. Was interessiert Euch diese alte Geschichte denn so?» Das Horn in der Ferne. «Fuchs tot», erklärte Artus de Buous mit Kennermiene.

«Nun – ich möchte einfach die Wahrheit über die Morde herausfinden», sagte Fabiou. «Die ganze Wahrheit. Und dazu gehört es, einige Ungereimtheiten bei dieser Geschichte aufzuklären», meinte er wichtig.

«Was für Ungereimtheiten denn?», fragte Degrelho.

«Nun, da ist dieser Brief von diesem deutschen Kaufmann …»

Wieder das Horn. «Hört Ihr? Sau tot!», schrie Artus de Buous aufgeregt, und Unruhe erstand in der Gruppe. «Sau? Echt? Ein Wildschwein, meint Ihr?»

«Blödsinn, von wegen Sau tot!», rief Roubert de Buous. «Sau tot ist tätatätatätatätatää, und das eben war tatätatatätatatä. Ein Greifvogel.»

«Stimmt ja gar nicht! Greifvogel wäre doch tatatatätatätatätatä», protestierte sein Bruder.

«Ein Brief?», fragte Degrelho erstaunt.

«Ja. Ich habe ihn bei der Leiche gefunden. Es geht da um so eine komische Geschichte von Verrat und Versündigung und …»

«Hört Ihr das?», kreischte Artus. «Bär tot!»

«Bär?», fragte Degrelho entgeistert. «In der Keyrié gibt es schon seit Hunderten von Jahren keine Bären mehr.»

Jetzt kannte die Gruppe doch kein Halten mehr. Neugierde ist bisweilen stärker als die Liebe. Die Pferde wurden angetrieben, und kurz darauf erreichte man eine Lichtung, auf der der Bonieus gerade mit lautem Gebrüll Jean de Mergoult abkanzelte. «Bär tot! Dieser Vollidiot bläst Bär tot, weil er irgendeinen blöden Vogel geschossen hat! Das darf doch wohl nicht wahr sein! Euch dumme Bengels sollte man nicht zu einer Jagd zulassen, verdammt noch mal!»

«Aber ich bin mir ganz sicher, dass das das richtige Signal war, nicht wahr, Andréu?», verteidigte sich der jüngere Mergoult erbost. Der junge Estrave nickte heftig. «Jawohl. Tätatatätatätatääa. Greifvogel tot.»

«Greifvogel?» Der Bonieus wedelte etwas Schwarzes durch die Luft, das auf dem Bolzen einer Armbrust steckte. «Das ist 'ne gottverdammte Krähe, ihr Ignoranten!»

Gekicher aus den Reihen. Jean de Mergoult war puterrot und schickte giftige Blicke in die Umgebung. Fabiou hielt sich unauffällig im Hintergrund. Jean de Mergoult war in einer ziemlich unberechenbaren Stimmung, und er hatte keine Lust, zu erfahren, wie das Signal «Bèufort tot» lautete.

Jemand tippte gegen seinen Unterschenkel. Fabiou sah nach links und runzelte die Stirn.

Es war ein Mann, den er schon das eine oder andere Mal im Gefolge der St. Roques gesehen hatte. Er war alt, jene frühe, verbrauchte Form von Alter, die man oft bei den Bauern schon im Alter von vierzig Jahren sieht, die Haut so grau wie die Haare, das Gesicht faltig und die Augen stumpf unter den hängenden Lidern. Er hielt eine Ratsche, was ihn als einen der Treiber auswies. Schwer zu sagen, ob er ein Diener war oder ein leibeigener Bauer, den die St. Roques zu Frondiensten einsetzten. Wenn er ein Diener war, dann ein Diener der alleruntersten Kategorie. Die Lumpen, die er am Leib trug, hätte kein Aiser Bettler auch nur geschenkt genommen. «Senher», nuschelte er. Die zu vernachlässigende Zahl der verbliebenen Zähne in seinem Mund machte seine Aussprache etwas undeutlich. «Senher, Ihr seid doch der, wo immer die Fragen zu den Antonius-Jüngern stellt, nich wahr?»

Herr Gott, ich bin berühmt, dachte Fabiou. Laut sagte er: «Ja. Bin ich. Na und?»

«Scht!» Die Augen zuckten nervös von links nach rechts. «Besser, man redet nich so laut da drüber. Besser nich!» Er blinzelte.

«Was willst du eigentlich?», fragte Fabiou verständnislos und etwas unangenehm berührt. Der Bauer war nicht unbedingt einer, den er sich freiwillig zur Gesellschaft herausgesucht hätte.

«Ist nur, weil Ihr das vorhin gesagt habt», zischelte der Bauer. «Hab's mir nämlich auch gedacht. Damals schon, wo's den Degrelho erwischt hat, also den anderen Degrelho. Und jetzt auch wieder, beim Bossard. Kann ja nich gerade lesen, aber man sieht ja schon den Unterschied.»

«Ah», sagte Fabiou. Er verstand kein Wort.

«Wisst Ihr, Senher, der Joan, der konnte nämlich gar nich schreiben», murmelte der Bauer. «Die konnten alle nich schreiben. Bis auf den Jungen da halt, der hat ihnen die Zeichen beigebracht. Aber, wisst Ihr, Senher, der Joan, wenn geschrieben hat, das sah halt nie aus wie bei den Herren. Und die Schrift da letztens, beim Bossard …» Er schüttelte den Kopf.

«Wenn ich dich richtig verstehe», sagte Fabiou leise, «dann war die Schrift, die man neben Bossard entdeckt hat, anders als die von Joan lou Pastre?»

«Ja, sag ich doch. Genauso wie damals beim Degrelho. Das war auch so 'ne Schrift, wie's die Herren haben. Und auch mit Blut. Der Joan, der hat nie mit Blut geschrieben.»

Aha! Dachte ich's mir doch fast! «Was für ein Junge war das? Der Joan das Schreiben beigebracht hat?», fragte Fabiou.

«Na, weiß auch nich. War 'n kleiner Dieb, aber irre schlau. Konnte Latein und so. Weiß auch nich, wo sie den aufgegabelt hatten. Aber, wisst Ihr», wieder sah er sich ängstlich um, «der Degrelho, das war ein guter Mann. Der Joan hätte den nich umgebracht. Bestimmt nich.»

Hufschlag näherte sich, und da kamen die Meisterjäger aus dem Gebüsch gesprengt, verschwitzt, außer Atem und ziemlich souverän, allen voran Alexandre de Mergoult, und der Bauer duckte sich und verschwand im Unterholz. Jauchzend liefen die Mädels zusammen, bewunderten die jungen Herren und ihre Beute. Nicolas de Bouliers sprang in einer Gewandtheit vom Pferd, die ihm keiner angesichts seines Leibesumfangs zugetraut hatte, und überreichte seiner Verlobten, Marie d'Argoult, mit einer Verbeugung einen stattlichen Fasan. Mergoult hatte einen Bussard vom Himmel geholt, doch er wirkte dennoch eher missgelaunt, was vermutlich daran lag, dass Trévigny einen Fuchs erlegt hatte und Couvencour gar einen Rehbock. Die bewundernden Blicke der Weiber versöhnten ihn etwas, er berichtete seiner staunenden Zuhörerschaft, darunter Cristino, die mit glühendem Blick an seinen Lippen hing, welch hohes Maß an Konzentration und Körperbeherrschung ein derartiger Schuss erforderte.

«Mergoult.» In der Stimme, die diesen Namen aussprach, lag so viel Hass und Verachtung, dass es Fabiou regelrecht kalt den Rücken herunter lief. Er drehte sich um. Neben ihm hielt ein Pferd, und auf dessen Rücken saß, im Jagdhabit wie alle übrigen, die braunen Augen dunkel vor Wut, Jorgi de La Costo. Fabiou betrachtete ihn mit offenem Mund. La Costos Blick wandte sich ihm zu; seine Lippen waren weiß wie Alabaster, so heftig presste er sie zusammen. «Nimm dich in Acht vor denen, Junge, ein kleiner Rat von mir», zischte er.

«Vor den Mergoults?»

«Vor Mayniers ganzer verdammter Sippschaft», murmelte La Costo. «Jansoun, Faucoun, Mergoult, Pourrières, Souille ... Es gibt nur einen einzigen Menschen in dieser Familie, mit dem ich freiwillig ein Wort wechseln würde, und das ist Philippe Maynier, was auch immer aus ihm geworden ist. Würde mich nicht wundern, wenn sie ihn umgebracht hätten, diesen armen Jungen, diese gottverdammte Bande von Halsabschneidern.» Er spuckte aus.

«Ihr mögt Maynier wohl nicht sonderlich», stellte Fabiou fest.

«Nicht mögen?» La Costo lachte bitter auf. «Eine etwas schwache Formulierung für jemanden, der mein Dorf abgebrannt, meinen Besitz gestohlen, die Ehre meiner Schwestern bedroht und meine Untertanen niedergemetzelt hat. Gott, Fabiou, diese Menschen haben mir vertraut! Sie waren meine Schutzbefohlenen! Und ich musste danebenstehen und zusehen, wie man ihnen die Kehle durchschnitt und ihre kleinen Töchter vergewaltigte! Keinen konnte ich retten, Fabiou, nicht mal Jacque Bergotz! Als sie auf die Kirche zu sind, in die sich ein paar alte Frauen und kleine Kinder geflüchtet hatten, und als ich Jacque da in der Tür stehen sah und hörte, wie er sagte, keinen Schritt weiter, das ist ein heiliger Ort, diese Leute stehen unter dem Schutz Gottes, und als dann dieser Baudouin da seinen Soldaten zurief, macht diesen Schweinepriester fertig, da habe ich meinen Degen gezogen und bin losgerannt und habe geschrien, nur über meine Leiche rührt ihr diese Menschen an! Heldenhaft, was? Baudouin hat mir mit einem Schlag meinen Degen aus der Hand gehauen, und zwei Landsknechte haben mich festgehalten, und drei Schritte von mir entfernt haben sie erst Jacque niedergestochen und dann die Menschen in der Kirche. Beschwert Euch doch, hat dieser Baudouin zu mir gesagt, aber seid vorsichtig, man könnte sich an entscheidender Stelle sehr über Eure Liebe zu diesen Ketzern wundern. Oh Gott, Fabiou!» Er schüttelte den Kopf.

Jacque Bergotz. Er dachte an das, was Suso ihm erzählt hatte. So ein netter Junge. «Ihr habt Pater Bergotz wohl gut gekannt», mutmaßte er.

Jorgi de La Costos Gesicht war versteinert. «Er war mein Bruder», sagte er.

Fabiou schluckte einen größeren Kloß in seinem Hals herunter. «Es kommt natürlich vor allem darauf an, eine ruhige Hand zu haben!», erklärte hinter ihm Alexandre de Mergoult laut. «Wenn man auch nur ein bisschen zittert, hat man schon verloren.»

«Euer … Bruder?»

Über La Costos Gesicht glitt ein bitteres Lächeln. «Mein Vater war kein Kind von Traurigkeit», sagte er. «Ich hatte sieben uneheliche Geschwister unter den Bauern der umliegenden Dörfer. Jacque war eines von ihnen. Eine Treibjagd, so wie heute. Der Bossard hat ein paar Bauernmädchen zur Bewirtung mitgebracht. Jacques Mutter war ein unschuldiges junges Ding, das mein Vater verführt hatte, noch bevor es zur Vesper läutete. Er war relativ großzügig gegenüber seinen Bastarden, gab den Müttern eine kleine Mitgift, dass sie trotzdem noch einen fanden, der sie nahm, und die Kinder waren an den großen Feiertagen bei uns im Schloss zu Gast. Was Jacque betraf, so hat Vater sich dafür eingesetzt, dass er ein Stipendium an einer Klosterschule erhielt, und ihm später die Ausbildung zum Priester ermöglicht. Jacque war … so ein wunderbarer Mensch. Er war nur der bescheidene, arme Bankert und ich war der Erbe von La Costo, aber ich habe ihn geliebt, Fabiou, so sehr man einen Bruder nur lieben kann.»

«Vergiss es, Jorgi.» Neben La Costos Sattel war Nicolas de Bouliers aufgetaucht. Er hatte die Arme in die Seiten gestemmt, seine massige Gestalt warf einen breiten Schatten über den Waldboden. «Ich weiß, man kann wahnsinnig werden, wenn man darüber nachdenkt, aber es bringt doch nichts. Wir haben überlebt, wir haben unsere Ländereien behalten, und wir haben sie wieder zu einem Ort gemacht, in dem Menschen in Frieden leben können. Das ist es schließlich, was zählt, oder? Alles andere sind sinnlose Tagträumereien.»

«Ich verstehe nur nie, warum sie das zulassen.» La Costo fuhr sich mit einer hektischen Bewegung durch die Haare. «Damals nach dem Prozess dachte ich, gut, sie sind freigesprochen worden, aber nach allem, was ans Licht gekommen ist, wird kein Mensch in Ais ihnen mehr ins Gesicht sehen. Verdammt, das Gegenteil war der Fall, sie sind mächtiger als je zuvor, und das Parlament und der Adel der halben Provence frisst ihnen aus der Hand! Warum kapieren die nicht, dass das eine Bande von gewissenlosen Mördern ist?»

«Es ist am einfachsten so, Jorgi.» Der Bouliers zuckte mit seinen fleischigen Schultern. «Einfacher, als zu riskieren, sich mit einem Maynier anzulegen. Man weiß schließlich, was mit Leuten passiert ist, die es versucht haben. So etwas riskiert man nicht nur wegen ein paar toten Ketzern.» Er lachte bitter auf. «Mut ist eine seltene Tugend, Jorgi.»

«Die Brust, man muss direkt auf die Brust zielen», tönte Alexandre de Mergoult gerade, während er Blicke wie Giftpfeile in Richtung der Herren Couvencour und Trévigny sandte, «trifft man einen Flügel, so kommt er nur ins Trudeln» – er meinte den Bussard –, «aber vom Himmel holt man ihn nur, wenn man ihm den Bolzen mitten durch die Brust jagt.» Die Damen seufzten beeindruckt.

«He, Mergoult, genug gelabert! Auf, jagen wir noch eine Runde!», schrie Sébastien begeistert und wollte sein Pferd wenden.

Und es wurde dunkel.

Blicke wandten sich nach oben, eine bleigraue Wolkenwand hatte sich zwischen die Sonne und die Keyrié geschoben. Die Hitze war auf einmal lastend wie Eisen. Totenstill schwieg der Wald.

Der Buous warf einen kritischen Blick in die Runde. «Wir sollten machen, dass wir zum Anwesen kommen», meinte er zu Degrelho gewandt. «Das sieht nach einem üblen Gewitter aus.»

Degrelho nickte. Er sah besorgt aus. «Wir reiten dort entlang.» Er wies nach links. «Das ist der kürzeste Weg.»

Ein paar der Jungs protestierten, doch die Älteren waren derselben Meinung, und die Mädchen begannen ängstlich zu jammern angesichts der entsetzlichen Gefahr, ihre Frisur und ihr Kleid durch einen Regenguss ruiniert zu sehen. Also sammelten die Diener die Jagdbeute ein, und die Gesellschaft setzte sich wieder in Bewegung, in Richtung des Anwesens der Familie Degrelho.

Die Stimmung war jetzt deutlich gedrückter. Noch fiel kein Regentropfen, doch die seltsame, drückende Hitze und die unnatürliche Stille im Wald ließen die Pferde nervös tänzeln und die Hunde jaulen, und auch das Lachen der Menschen klang jetzt eigenartig gezwungen, die Mädchen drängten sich an ihre Mütter oder ihre Kavaliere, die Frauen an ihre Männer, und nur die forschen jungen Edelleute ritten unverminderten Mutes voraus und beruhigten die Damen mit großspurigen Kommentaren.

So näherte sich auch Alexandre de Mergoult Cristino, die, durch die Nachdrängenden von Catarino und den Buous getrennt, etwas einsam hinter dem Kopf ihrer Schimmelstute hervorsah und grauenerfüllt darüber nachdachte, wie ihr perfekt geschminktes Gesicht und ihr cremefarbenes Kleid einen Zusammenstoß mit einem Platzregen verkraften würden. Und das war noch nicht mal das Schlimmste.

Sie hasste Gewitter.

«*Mademoiselle*!» Mergoult deutete eine Verneigung an. «Ich hoffe, ihr macht Euch nicht allzu große Sorgen.»

Cristino linste durch die Baumkronen zum Himmel. Das Bleigrau begann, sich in stumpfes Anthrazit zu verwandeln. «Ich … ich habe Angst», flüsterte sie kaum hörbar.

«Das müsst Ihr nicht. Ihr werdet sehen, wir werden lange vor dem Gewitter im *Chateau* d'Astain sein», sagte Alexandre beruhigend.

«Und was, wenn nicht?», jammerte Cristino.

In diesem Moment geschah etwas Unvorhergesehenes. Das Pferd des Reiters vor Cristino, das die ganze Zeit nervös vor sich hin getänzelt hatte, wieherte plötzlich schrill und brach seitlich aus, was zur Folge hatte, dass Cristinos Pferd scheute und sie beinahe das Gleichgewicht verlor. Sie kreischte auf und klammerte sich mit beiden Händen an der Mähne fest. Der Reiter vor ihr brachte fluchend sein Pferd unter Kontrolle, und Mergoult griff rasch nach ihren Zügeln. «Alles in Ordnung, Cristino», sagte er.

Sie richtete sich auf. Sie hatte Tränen in den Augen. Sie hasste Gewitter, sie hasste Wälder, und die Kombination aus beidem hasste sie ganz besonders. «Kommt, Cristino.» Mergoult lenkte sein Pferd seitlich zwischen die Bäume, Cristinos Tier hinter sich her ziehend. Sie entfernten sich auf diese Weise von der Gruppe, bis der Abstand zwischen ihnen gute zwanzig Schritt betrug, dann schwenkte Mergoult wieder in die ursprüngliche Richtung ein. «Seht Ihr, jetzt kann so etwas nicht mehr passieren», meinte er lächelnd.

Sie schniefte und tupfte ihre Nase mit einem Taschentüchlein. «Danke», sagte sie. «Ihr seid sehr … galant.»

Er hielt an, und da er noch immer ihre Zügel in der Hand hatte, stoppte auch Cristinos Pferd. «Cristino», sagte er, «Ihr seid es wert. Das und viel mehr.»

Der Himmel hatte ein ungeheueres, giftiges Lehmgelb angenommen. Ferner Donner grollte durch die Bäume. Cristino saß starr im Sattel und blickte Mergoult aus großen Kaninchenaugen an, während er sich langsam zu ihr hinüber beugte, seine kräftige Hand sich hob und vorsichtig eine helle Haarsträhne aus ihrem Gesicht strich. «Ihr seid schön, Cristino», sagte er. «Unglaublich schön.»

Sie spürte, wie sich alles zu drehen begann, der Wald, die Bäume, die Schatten im Unterholz. Fern das Wetterleuchten über dem Wald, fern die Stimmen der Reiter und der Diener, die sich mit deren Fang abschleppten. Ich werde wahnsinnig, dachte sie. Nein, ich fliege.

Seine Hand strich über ihr Gesicht, liebkoste ihre Wange, berührte ihre zitternden Lippen. «Keine Angst, Cristino», sagte er lächelnd, «keine Angst.» Sie wollte antworten, dass sie keine Angst hatte, doch ihre Stimme hatte sie verlassen, sie konnte nur starr da sitzen, die Hände um die Zügel gekrampft, und hoffen, dass dies kein Traum war, aus dem sie jeden Moment aufwachte.

Seine Hand strich sanft über ihre Stirn. «Was ist das für eine Narbe?», fragte er lächelnd. «Ich frage mich das, seit ich Euch das erste Mal sah.»

Sie errötete etwas. Das Puder reichte offensichtlich doch nicht aus, um die Narbe auf ihrer Stirn völlig zu verbergen. «Da bin ich von der Wickelkommode gefallen, als Säugling», meinte sie verlegen. «Eine Unachtsamkeit der Kinderfrau.»

Er legte ihr die Hand in den Nacken. Sein Gesicht war dem ihren jetzt so nahe, dass sie seinen Atem auf der Haut fühlte. «Ich hätte diese Kinderfrau auspeitschen lassen», sagte er und küsste sie.

Ein Blitz fuhr vom Himmel, begleitet von einem Donnerschlag, der die Bäume zum Erbeben brachte, schrill wieherten die Pferde, bäumten sich auf, die beiden jungen Menschen auseinanderreißend, Cristino kreischte, an den Knauf ihres Sattels geklammert, Mergoult fluchte brüllend, und knatternd fuhr der Wind durch die Bäume, ließ Laub und Zweige auf sie niederprasseln. Fern die aufgeregten Rufe der Festgesellschaft, das Gebell der Hunde, das Angstgeschrei unzähliger Mädchen, und wieder fuhr der Blitz nieder, Helligkeit wie eine explodierende Sonne, und in dem ohrenbetäubenden Krachen, das folgte, zerstob ein Baum zehn Schritte entfernt, und Cristino schrie, und das Pferd rannte.

Sie war zu erschüttert, auch nur um Hilfe zu rufen. Äste peitschten ihr gegen die Arme und ins Gesicht, während das Tier in wilder Flucht durch das Unterholz brach, während ringsum grelles Licht zuckte und der Donner brüllte wie ein wütender Drache. Regen brauste nieder, durchnässte sie binnen Sekunden bis auf die Haut, Alexandre, wollte sie rufen, Alexandre, hilf mir, doch alles, was sie hervorbrachte, war ein unterdrücktes Wimmern, das der Sturmwind davontrug. Sie rutschte, glitt mit jedem Satz des panischen Tieres mehr aus den Stützen ihres Sattels, Haare klatschten ihr in die Augen, nahmen ihr die Sicht, der Stoff klebte auf ihrer Haut, sie krallte sich an die Mähne des Tieres, und plötzlich lag eine Senke vor ihr, fünf Schritte tief und die Böschung eine senkrechte Wand.

Jetzt schrie sie.

Da schoss einer aus dem Unterholz, warf sich vor das rasende Pferd, Hände umklammerten die Zügel, sie sah ihn zu Boden gehen, verschwinden unter den Hufen, doch die festgekrallten Hände lockerten sich nicht, zerrten an der schäumenden Kandare, und schnaubend und augenrollend kam das Tier zum Stehen.

Sie fiel mehr, als dass sie absprang. Er fing sie auf und drückte sie an sich, das Pferd riss sich los und brach zur Seite aus und verschwand zwischen den lichtumzuckten Bäumen.

Sie schrie noch immer, schrille, spitze Laute der Panik. Er redete auf sie ein, ganz ruhig, alles ist gut, alles in Ordnung. Keine zwei Schritte vor ihnen verschwand die Böschung in der Tiefe.

Sie sackte auf die Knie. Bring mich nach Hause, Loís, ich will nach Hause, nach Hause, heulte sie. Ja, natürlich, ich bringe Euch nach Hause, keine Angst, sagte Loís. Der Himmel ließ Sturzbäche auf sie niedergehen, während er sie wie ein Kind in seine Arme hob und sich so seinen Weg durch das sturmgeschüttelte Gebüsch bahnte.

***

Das Gewitter unterbrach eines der interessantesten Gespräche des Nachmittags. Fabiou, eigentlich enttäuscht darüber, Degrelho als Gesprächspartner verloren zu haben, denn dieser hatte sich an die Spitze des Zuges gesetzt, um seine Gäste dem rettenden Haus zuzulotsen, ritt etwas griesgrämig an dessen Ende, als plötzlich der jüngere Degrelho sein Pferd neben ihn lenkte und ihm lachend mit der rechten Hand zuwinkte. «Ein schönes Chaos!», meinte er. «Kaum ziehen ein paar Wolken auf, gerät die feine Gesellschaft in Panik!» Fabiou, dem die Situation ebenso grotesk erschien, mit den lamentierenden Weibern und den Jungs, die nicht aufhörten, große Sprüche zu klopfen, und dabei von Minute zu Minute grüner im Gesicht wurden, lachte ebenfalls. «Du bist der junge Bèufort, nicht wahr?», meinte Victor Degrelho.

Fabiou nickte strahlend. Endlich mal einer, der ihn nicht Castelblanc nannte. Doch es kam noch besser. «Ich glaube, mein Vater hat deinen Vater gekannt», meinte Victor in diesem Moment nachdenklich. «Oder war es mein Onkel? Ich weiß nicht mehr, es ist ziemlich lange her.»

Fabiou wurde rot vor Freude darüber, jemandem zu begegnen, der einen kannte, der seinen Vater gekannt hatte. Und im Überschwang der Gefühle fragte er: «Dein Onkel – was war er eigentlich für ein Mensch?»

Victor Degrelhos Gesicht wurde ernst. «Ein unglaublicher Mensch», sagte er tonlos.

«Wie meinst du das?», fragte Fabiou etwas unbehaglich – er hatte nicht im entferntesten mit einer solchen Reaktion auf seine Frage gerechnet.

Victor schüttelte langsam den Kopf. «Es ist verrückt», murmelte er. «Eigentlich sollte ich mich gar nicht mehr an ihn erinnern. Ich war gerade mal sechs, als er starb. Aber weißt du, manches, was er gesagt oder getan hat, steht mir vor Augen, als ob es gestern gewesen wäre.» Er blinzelte. «Vater … vermisst ihn sehr. Sie hatten ein sehr enges Verhältnis zueinander, weißt du.»

«Was war denn so ungewöhnlich an ihm?», fragte Fabiou. «Unglaublich, hast du gesagt. Das ist ja schon ein ganz besonderes Kompliment.»

«Er war ein Hitzkopf», sagte Victor mit einem seltsamen Lächeln. «Als Kind schon. Er hat dauernd irgendwelche verrückten Dinge getan. Meine Großeltern waren gestraft mit ihm.»

«Ich habe auch so 'nen Bruder», meinte Fabiou. «Er hat mal die Suppenterrine gegen eine Schüssel mit lebenden Fröschen ausgetauscht. Meine Mutter hat schier der Schlag getroffen.»

«Nein … nein, das meine ich nicht.» Victor schüttelte heftig den Kopf. «Er war nicht unartig, er war kein Lausbub, der dauernd üble Streiche spielte. Aber … weißt du, er hatte ganz eigene Vorstellungen davon, was gut und was böse, richtig und falsch ist. Und wenn er etwas für falsch hielt, dann hat er Himmel und Hölle in Bewegung gesetzt, um es zu verhindern.»

«Aber das ist doch keine schlechte Eigenschaft», meinte Fabiou erstaunt. «Wieso sagst du, deine Großeltern waren gestraft?»

«Na ja, das Wie hatte es in sich», seufzte Victor. «Er schreckte vor gar nichts zurück. Er sagte jedem seine Meinung, ob's ein Parlamentsmitglied war oder ein Priester oder der Bischof persönlich. Mein Großvater schickte ihn auf eine strenge Klosterschule in Arle, um ihn zu zügeln, aber das einzige Ergebnis war, dass er nach ein paar Jahren hinausgeworfen wurde, wegen ungebührenden Benehmens und weil er einen schlechten Einfluss auf die anderen Schüler ausübte. Mein Großvater war mindestens dreimal knapp davor, ihn zu enterben, obwohl er ihn wohl sehr liebte und ihn als Erben von Astain vorgesehen hatte, nicht meinen Vater, den älteren. Einmal hätte er es wirklich beinahe getan, als Onkel Hector mit zwanzig Jahren plötzlich erklärte, er wolle eine Französin heiraten. Mein Großvater war sehr traditionell eingestellt, und damals waren Heiraten zwischen Provenzalen und Franzosen noch nicht an der Tagesordnung. Aber Onkel Hector sagte: Ich liebe Justine und ich werde sie heiraten, und wenn Ihr mich zur Tür hinausjagt.» Victor lachte. «Genau das hat mein Großvater dann getan, und trotzdem ist Hector geradewegs zu seiner Justine marschiert, deren Eltern genauso wenig mit der Verbindung einverstanden waren, und hat zu ihr in etwa gesagt, Justine, ich habe nichts mehr und bin nichts mehr, willst du mich trotzdem heiraten, und sie antwortete etwas im Stil von, mit dir gehe ich bis ans Ende der Welt, und noch am gleichen Tag sind sie miteinander durchgebrannt und haben irgendwo geheiratet. Wahre Liebe!» Er seufzte tief.

«Aber dein Onkel wurde dann doch nicht enterbt?», fragte Fabiou.

«Großvater hat schließlich doch klein beigegeben und den verlorenen Sohn wieder in den Schoß der Familie aufgenommen», antwortete Victor. «Zumal er auf den zweiten Blick von seiner Schwiegertochter sehr angetan war. Justine war eine wunderschöne Frau, normannischer Abstammung, groß und schlank und blond, mit einem bezaubernden Lachen und einem äußerst gewinnenden Wesen. Dazu kam, dass sie ein paar Ländereien im Norden in die Verbindung mit einbrachte. Und sie hatten vier unglaublich süße Kinder, darunter den ersehnten Stammhalter, Daniel, einen kräftigen, hübschen Bub, nicht so ein kränkelndes Geschöpf wie ich.» Wieder lachte er. Ohne Neid, wie es schien.

«Also wurde Hector nach dem Tod meines Großvaters Baroun d'Astain. Mit einer Einschränkung – die Besitzungen meines Großvaters in der Gegend von St. Roumié, am Nordrand der Aupiho, gingen an meinen Vater, so als kleiner Denkzettel, schätze ich. Was Hector, wenn man meinem Vater glauben darf, aber nicht im Geringsten gestört hat. Er war nicht sehr auf materiellen Besitz aus.» Er runzelte die Stirn. «Er muss ein guter Herr gewesen sein, seine Bauern und seine Untergebenen schwärmen noch heute. Er hatte einfach diesen Gerechtigkeitsfimmel, komplett ohne Ansehen der Person und des Standes. So nach dem Spruch, vor Gott sind alle Menschen gleich. Sie haben ernsthaft um ihn getrauert, als er starb.»

«Warum sind sie damals überhaupt nach Arle gefahren?», fragte Fabiou nachdenklich. «Ich meine, damals, als es passiert ist …»

Victor zuckte mit den Achseln. «Sie sind immer viel herumgereist. In Arle wollten sie einen Freund besuchen, glaube ich. Sie ließen sich nicht von der Unsicherheit der Straßen abschrecken, obwohl damals wirklich kaum ein Tag verging, an dem nicht ein Reisender von den Antonius-Jüngern oder anderen Räubern überfallen wurde. Mein Vater war von vorneherein gegen die Fahrt zum damaligen Zeitpunkt. Deshalb ist er auch mitgefahren, als sie sich nicht davon abbringen ließen. Ich glaube, er hat geahnt, dass etwas Schreckliches geschehen wird.»

«Wieso konnte er damals entkommen?», fragte Fabiou neugierig.

«Er sagt, er sei gerade ein Stückchen vorangeritten, als die Bande angriff. Sie haben ihn wohl komplett übersehen. Er ist zurückgeritten, und er und ein Diener haben es geschafft, die drei Mädchen zu sich aufs Pferd zu ziehen und sich den Weg ins Freie zu erkämpfen. Ich glaube, er macht sich bis heute Vorwürfe, dass er stattdessen nicht bei seinem Bruder geblieben ist. Aber irgendwo hat er, denke ich, auch nicht daran geglaubt, das Hector es nicht schaffen würde. Weißt du, Hector war ein fantastischer Kämpfer. Er war unschlagbar, so schien es allen immer. Aber gegen zwanzig schwerbewaffnete Räuber hatte er natürlich auch keine Chance.» Er schwieg einen Moment und spielte mit den Zügeln seines Tieres. «Ich finde es noch heute schrecklich, dass ein Mensch wie Onkel Hector so sterben musste. So – sinnlos! Von Räubern erschlagen, die nur auf sein Geld aus waren und die den Nächsten genommen hätten, wenn er nicht zufällig vorbeigekommen wäre! Verstehst du, wenn jemand anders ihn getötet hätte, einer von der Sorte, mit denen er im Streit lag, das könnte ich akzeptieren, das wäre irgendwie die Konsequenz seines Lebens. Aber so …» Er schwieg.

Fabiou betrachtete ihn nachdenklich. «Willst du damit sagen, dass dein Onkel Feinde hatte?»

Victor lachte. «Wie Sand am Meer. Wie gesagt, er hat sich mit vielen Leuten angelegt, hat sich vor allem auch immer gegen die Verfolgung der Protestanten und Waldenser gestellt. Er hatte sogar Freunde unter den Waldensern. Da war dieser Lucian Veive, ein Sohn des Schultheiß von La Costo. Er und mein Onkel waren zusammen zur Schule gegangen, und sie blieben befreundet, obwohl Lucian bekennender Waldenser war, bis zu Lucians Tod – er war einer der ersten, der durch den *Arrêt de Mérindol* ums Leben kam, er wurde auf offener Straße von Mayniers Soldaten erschossen, noch bevor der Vernichtungsfeldzug gegen die Waldenser richtig begonnen hatte.» Victor holte tief Luft. «Ich denke, es gab eine Menge Leute, die heimlich eine Dankesmesse lesen ließen, als sie vom Tod meines Onkels erfuhren.»

«Die Carcisten zum Beispiel», mutmaßte Fabiou.

Victor seufzte. «Man nannte sie damals noch nicht so, aber … ja, Leute ihres Schlages haben Onkel Hector ganz gewiss keine Träne nachgeweint.»

«Ich weiß, das ist jetzt eine dumme Frage, aber wer genau ist dieser Carcès eigentlich? Alle reden von ihm, und ich weiß bisher nur, dass er ziemlich katholisch sein muss», meinte Fabiou.

Victor lachte auf. «Extrem katholisch», sagte er. «Der Carcès ist ein wahrhaft glühender Verfechter des katholischen Glaubens, eine Tugend, in der ihn allenfalls noch sein jüngerer Bruder, Duran de Pontevès, überbietet. Aber das ist es nicht allein, wofür er berühmt ist. Jean de Pontevès, Graf von Carcès – er ist so eine Art Volksheld, anders kann man es kaum nennen. Der Kerl war gerade mal Anfang zwanzig, als er 1536 in der Prouvenço den Widerstand gegen die einmarschierenden Kaiserlichen mobilisiert hat. Von ihm stammt die Politik der verbrannten Erde. Er hat eigenhändig Feuer an seine Felder und seine Vorratsspeicher gelegt, und das hat den Rest der Gegend, Edelleute wie Gemeine, so beeindruckt, dass sie es ihm gleichtaten. Die Folge war zwar eine der schlimmsten Hungersnöte der letzten hundert Jahre, aber der Kaiser musste sich schließlich aus der Prouvenço zurückziehen. Später ist der Carcès als Offizier in den Dienst des Königs getreten und hat als Truppenführer und schließlich als Flottenkommandant seinen Kampf gegen den Kaiser fortgesetzt. Vor sieben Jahren hat er mit seiner Flotte in Spanien das Fort de Palamos eingenommen und den guten Andrea Doria vernichtend geschlagen.»

«Andrea Doria? Der ist doch ziemlich berühmt, oder?», fragte Fabiou stirnrunzelnd.

«Kann man wohl sagen. Er gilt als der beste Seekommandant, der je gelebt hat», meinte Victor grinsend. «Und ich schätze, dem Kaiser könnte man kein besseres Geschenk machen als Carcès' Kopf auf einer Schüssel wie einst den von Johannes dem Täufer.»

«Und? Hat sich dein Onkel auch mit dem Carcès angelegt?»

Victor seufzte tief. «Zuzutrauen wäre es ihm.»

Ein ganz neuer Aspekt. Interessant. «Trauerst du noch immer um deinen Onkel?», fragte Fabiou mitleidig.

«Ach, was soll's.» Victor zuckte unwirsch mit den Achseln. «Damals sind so viele Menschen gestorben, der *Arrêt de Mérindol* war gerade erst ein paar Wochen her. Gott, wenn ich an die Labarres denke … die haben auch ihren einzigen Sohn damals verloren.»

«Labarre?» Fabiou runzelte die Stirn. Der Name kam ihm bekannt vor. «Moment – war das nicht der, der in Lauri – ähm –»

«Raymoun de Labarre, ja.» Victor nickte düster. «Du kennst die Geschichte, nehme ich an.»

«Na ja – was man so erzählt …»

«Gott, stell dir mal vor, du müsstest in dem Bewusstsein leben, dass ein Mensch, den du geliebt hast, so grausam ermordet worden ist.» Victor schüttelte heftig den Kopf.

«Hast du ihn gekannt?»

«Ich erinnere mich nur noch dunkel an ihn, aber mein Vater kannte ihn ziemlich gut», sagte Victor.

«Warum hat er das getan – ich meine, er muss doch gewusst haben, dass er gegen dieses Söldnerheer keine Chance hatte», meinte Fabiou nachdenklich.

Victor zuckte mit den Achseln. «Er muss einer von denen gewesen sein, die Feuer und Flamme für die Ideale des alten Rittertums waren. Immer auf den Spuren von Richard Coeur de Lion. Ein Riesenkerl, stark wie ein Bär, und die ganze Zeit entweder mit Schwertkämpfen beschäftigt oder damit, Ritterromane zu lesen und Gedichte zu schreiben, auf Provenzalisch natürlich. Wahrscheinlich hat er ein Leben lang davon geträumt, Jungfrauen vor Drachen zu retten oder die Mauern von Jerusalem zu erstürmen. Vielleicht sollte man ihn nicht allzu sehr bedauern. Merindou war sein Kreuzzug, Fabiou, und er ist gestorben als der Held seiner eigenen Geschichte.»

Fabiou starrte Victor mit offenem Mund an angesichts dieser erstaunlichen Charakterisierung des jungen Labarre. Victor war ein ungewöhnlicher Mensch, so farblos sein Äußeres war. Und einer plötzlichen Eingebung folgend sagte er: «Victor – sagt dir eigentlich der Name Carfadrael etwas?»

Einen Moment lang starrte Victor ihn verblüfft an, dann lachte er auf und sagte: «Carfadrael? Carfadrael ist eine Legende!»

Crestins Worte. Fabiou war grenzenlos enttäuscht. «Du glaubst also auch nicht, dass es ihn wirklich gegeben hat?», meinte er.

Doch zu seinem Erstaunen entgegnete Victor: «Oh, ich denke schon, dass es ihn wirklich gegeben hat. Aber eine Legende ist er trotzdem! Der heldenhafte Beschützer der Armen und Schwachen, der geheimnisvolle Wächter des Luberoun, der unermüdliche Kämpfer für Freiheit und Gerechtigkeit – es gibt in dieser Gegend etwa so viele Geschichten über ihn und seine geheime Bruderschaft wie über Raymoun de Turenne, die Geißel der Provence – bloß schönere.»

«Was für Geschichten denn?», fragte Fabiou neugierig.

«Oh, von ausgebeuteten Bauern, die er gegen ihre machtgierigen Herren verteidigt hat, von unschuldig Verurteilten, die er vor dem Galgen gerettet hat, und so weiter. Wie in den schönen alten Rittersagen eben. Der edle Ritter, der die einfachen Leute beschützt. Onkel Hector hat mir einige von diesen Geschichten um Carfadrael erzählt, damals. Und die übrigen kenne ich von den Bauern aus unseren Dörfern.»

«Und wer war er, dieser Carfadrael?», fragte Fabiou.

«Das weiß keiner. Ein Adliger, heißt es. Oder ein Geist. Keine Ahnung. Er tauchte auf aus dem Nichts, und ebenso plötzlich verschwand er einige Jahre später wieder, ohne irgendeine Spur zu hinterlassen. Eine seltsame Geschichte, wirklich. Aber die Menschen lieben sie. Onkel Hector liebte sie. Carfadrael war eine Figur so richtig nach seinem Geschmack.» Er seufzte wieder. Er vermisst seinen Onkel wirklich, dachte Fabiou. «Was ist eigentlich aus den Mädchen geworden?», fragte er unvermittelt. «Ich habe dich doch richtig verstanden – dein Onkel hatte noch drei Töchter, oder?»

Victor sah ihn seltsam an. Sehr seltsam. «Nun, sie sind tot», sagte er. «Ich dachte, das wüsstest du.»

Und in diesem Moment fuhr der Blitz nieder.

Binnen Sekunden herrschte ein apokalyptisches Durcheinander. Die Weiber kreischten, die Männer fluchten, die Pferde wieherten und stiegen, die Hunde zogen jaulend den Schwanz ein, doch lauter als alle Geräusche, die Mensch und Tier hervorzubringen vermochten, heulte der Sturm und brüllte der Donner und brauste der Regen auf den Wald hinab, den Boden in Schlamm verwandelnd und alles bis auf die Haut durchnässend. «Zum Haus!», brüllte der Senher d'Astain, «zum Haus!», brüllte Victor, und schreiend, jammernd und lamentierend kämpfte sich die Jagdgesellschaft durch den sturmgeschüttelten Wald, der sicheren Behausung zu.

Sie brauchten vermutlich keine Viertelstunde, um das Anwesen zu erreichen, doch es kam allen eine Ewigkeit vor. Besonders das letzte Stück, über die freie Fläche vor dem Gebäude, von Blitzen umzuckt und ohne jeden Schutz vor dem Regen, war ein Albtraum. Es goss wie aus Kübeln, die Pferde schlitterten im aufgeweichten Gras, und ringsum feuerte der Himmel Blitze nieder, dass selbst die tapferen jungen Burschen kreideweiß um die Nase waren. Schließlich erreichte die Gesellschaft dann aber doch ohne größere Verluste den Hof, und der Senher d'Astain rief nach seiner Dienerschaft, die tropfnassen Damen in die Gemächer zu geleiten und ihnen dabei zu helfen, sich wieder in einen vorzeigefähigen Zustand zu bringen. Zum Glück hatte fast jeder der Gäste eine komplette Abendgarderobe auf dem Anwesen stationiert.

Victor, der mit Fabiou die Nachhut gebildet hatte, wollte sich gerade ebenfalls ins Trockene zurückziehen, als ihm, nass und kreidebleich, dessen Stiefvater entgegengestürmt kam, in Begleitung eines ziemlich erbosten Alexandre de Mergoult. «Wo ist Cristino?», brüllte der Cavalié.

«Cristino? Eure Tochter?»

«Ja! Wir sind im Wald voneinander getrennt worden! Ist sie hier?»

«Ich weiß nicht … ich habe sie nicht gesehen …», meinte Victor. Fabiou schwieg vorsichtshalber. Frederi bedachte Alexandre de Mergoult mit einem bitterbösen Blick und ließ ihn stehen. Letzterer stieß einen Fluch aus, drehte sich um und rannte den Weg zurück, den er gekommmen war.

Victor schüttelte den Kopf und lief ins Haus. Fabiou blieb auf der Schwelle stehen und blickte beunruhigt zum Wald zurück, der grell im Licht der Blitze flackerte. Weiber waren doof, das war klar, aber dass Cristino so doof sein sollte, bei dem Gewitter im Wald zu bleiben, konnte er sich dann doch nicht vorstellen.

Jemand glitt an seine Seite, eine graue Gestalt, die schütteren Haare triefend, die verdreckten Lumpen schwer vor Nässe. Man brauchte Fantasie, um St. Roques Bauern zu erkennen. «Keine gute Zeit für den kleinen Mann, Senher», flüsterte er. «Keine gute

Zeit.» Und bevor Fabiou es verhindern konnte, fasste die schmutzverklebte Hand des Alten nach der seinen und schob ihm etwas zwischen die Finger.

Der Regen stürzte wie ein Vorhang herab und verschluckten den Bauern, der in den Sturm hinaus rannte. Fabiou stand auf der Türschwelle und starrte auf seine Handfläche, auf der ein eingerollter, papierdünner Holzspan lag, so breit wie sein Daumen lang, mit unglaublicher Sorgfalt von seinem Untergrund abgehobelt. Vorsichtig, um die zarte Schicht nicht zu zerbrechen, fasste er ihn mit den Fingern und rollte ihn auseinander.

Es war Joan lou Pastres Vermächtnis.

Auf dem hauchdünnen Span stand in rußschwarzer, krakeliger Schrift:

SANTONOU

***

Loís kam bis zu einer kleinen Lichtung in Rufweite des Degrelho'schen Anwesens. Dort nahmen die dunklen Flecken dann überhand, die wie Linsensuppe aussahen und von allen Seiten in sein Gesichtsfeld fluteten; er drückte Cristino so fest an sich, wie er konnte, und sackte auf die Knie.

Sie wimmerte leise, als ihre Füße das nasse Gras berührten. «Ich will nach Hause», schniefte sie.

«Gleich», murmelte Loís. Der Regen hatte nachgelassen, war bereits zu schwach, das Blut abzuwaschen, das aus einer Platzwunde an seiner Stirn rieselte, und darunter war sein Gesicht so grau wie Mörtel.

«Ich will nach Hause», schluchzte Cristino.

Loís war zur Seite gesunken, gegen einen Baum. Er atmete hastig. «Es ist … nicht mehr weit», flüsterte er, «nicht mehr weit, Cristino.»

Sie weinte. Sie hatte Angst, ihr war kalt, ihre Kleider trieften vor Nässe. «Lass mich nicht allein, Loís», schluchzte sie und klammerte sich an ihn wie eine Ertrinkende. «Lass mich bitte nicht allein!»

«Nein, natürlich nicht», murmelte Loís, «ich lasse Euch nicht allein, niemals.»

Und in diesem Augenblick brachen Pferde durch das Unterholz. Hoch zu Ross stürmten Alexandre de Mergoult, der junge St. Roque und der junge Brieul auf die Lichtung. Alexandre de Mergoult warf einen Blick in die Runde, erfasste die Situation auf einen Blick – so meinte er zumindest – und war mit einem kraftvollen Satz aus dem Sattel. Und bevor Cristino auch nur das Geringste begriff, war er bei ihr und riss sie mit den wutentbrannten Worten: «Nimm deine dreckigen Finger von ihr, du Bastard!» von Loís weg.

Cristino begann wieder zu heulen und stammelte mit tränenerstickter Stimme: «Alexandre! Oh, bin ich froh, dass Ihr da seid! Ich habe ja so Angst gehabt!»

Alexandre de Mergoult sah aus wie Achilles bei der Eroberung Trojas. Rasend vor Wut, um genau zu sein. «Hat Euch dieser Dreckskerl etwas zuleide getan?», brüllte er, wobei sein Gesicht so rot anschwoll, dass es seinem purpurnen Jagdhabit Konkurrenz machte.

Cristino betrachtete ihn verständnislos. «Angetan?», fragte sie verwirrt.

Mergoult schien das als Antwort zu genügen. Er ließ Cristinos Arm los, griff sich seine Reitpeitsche und stürmte auf Loís zu. «Dafür wirst du büßen, du Stück Dreck!», brüllte er. «Ich schlag dich tot!»

Loís war kräftig, und selbst verletzt wie er war hätte er wohl eine gewisse Chance gegen Alexandre de Mergoult gehabt, wenn er sich gewehrt hätte. Doch natürlich würde er sich nicht wehren, konnte und durfte er sich nicht wehren. Schließlich war er ein Diener. Das war allen klar, auch Cristino. Die begriff zwar immer noch nicht, worum es eigentlich ging, aber eines verstand sie immerhin: dass Mergoult kurz davor war, Loís zu verprügeln. Und dass der es definitiv nicht verdient hatte. Sie öffnete den Mund, wollte etwas sagen, lass ihn in Ruhe, er hat doch gar nichts getan!

Sie sagte es nicht. Plötzlich hatte sie Angst, Alexandre würde sie auslachen.

Auch Loís sagte nichts. Nur seine Augen waren weit und dunkel auf Alexandre de Mergoult gerichtet. Sein Gesicht war noch bleicher geworden.

Mergoult holte aus.

Er wäre beinahe in den Matsch gefallen, denn irgendetwas hatte das äußere Ende der Peitsche ergriffen und so ruckartig zurückgerissen, dass er auf dem weichen Untergrund das Gleichgewicht verlor. Keuchend und mit den Armen rudernd stolperte er herum.

Direkt hinter ihm stand ein Pferd, und auf diesem saß, den Peitschenriemen mit der linken Hand gefasst und ein unverschämtes Grinsen auf dem Gesicht, Arnac de Couvencour. «Na, Mergoult», meinte er spöttisch, «hast du mal wieder deinen gewalttätigen Tag?»

Alexandre de Mergoult schnappte nach Luft. «Du … du …» Ihm fiel offensichtlich kein Kraftausdruck ein, der geeignet war, seine Verachtung gegenüber Couvencour ausreichend zu umschreiben, und er brüllte stattdessen: «Dieser dreckige Hund von einem Diener wollte sich an Barouneto Cristino vergehen! Er gehört aufgehängt!»

«Red keinen Unsinn, Mergoult», sagte Couvencour. «Schau dir den Jungen doch an. Er ist nicht gerade in der Verfassung, sich an irgendjemandem zu vergehen, meinst du nicht?»

«Verdammt, ich habe es gesehen!», brüllte Mergoult.

«Ach!», spöttelte Arnac, und zu Cristino gewandt, die starr neben St. Roque und Brieul stand, sagte er: «Cristino, hat der Diener Euch irgendetwas zuleide getan?»

Cristino antwortete nicht. Sie wurde rot.

Arnac drehte sich zu ihr um. Seine Augen funkelten böse. «Cristino, ich habe Euch etwas gefragt!»

«N … nein, ich … mein Pferd ist durchgegangen, und er hat es aufgehalten, und er wollte mich nach Hause bringen …» Sie murmelte diese Worte kaum hörbar.

«Also, Mergoult?» Couvencour wandte sich wieder Alexandre zu.

«Das ist mir scheißegal», fauchte dieser. Seine blitzenden Augen waren auf den Peitschenriemen geheftet, den Arnac noch immer mit der Linken umklammert hielt. «Dieser Diener ist frech und unverschämt! Er hat verdammt noch mal eine Abreibung verdient!» Ein Grinsen erschien auf seinem Gesicht. So lästig Couvencour war, er war nicht halb so stark wie er. Wenn der Bengel nicht losließ, dann würde er jetzt eben in den Dreck segeln, selbst schuld! Und mit einem Ruck, der eine Eiche zum Wanken gebracht hätte, riss er die Peitsche zurück.

Wer daraufhin in den Dreck segelte, war niemand anderes als Mergoult, denn Arnac de Couvencour hatte blitzschnell seine Hand geöffnet und die Peitsche losgelassen, und der Schwung ließ Mergoult zwei Schritt weit durch den Matsch schlittern, bis er zum Stillstand kam. Mit einem Satz war er wieder auf den Beinen, brüllend vor Wut und triefend vor Schlamm, und mit einem Kampfschrei – «Ich bring dich um!» – griff er nach seinem Degen.

Cristino blinzelte. Loís blinzelte. St. Roque rieb sich fassungslos die Augen.

Arnac de Couvencour stand plötzlich auf dem Boden, und bevor Mergoult seine Waffe aus der Scheide hatte, lag ihm die Spitze von Couvencours Degen an der Brust, so dass er Mühe hatte, sich nicht daran aufzuspießen. «Bitte», sagte Couvencour ruhig. «Versuch's doch.»

Einen Augenblick lang war es totenstill auf der Lichtung. Der Regen hatte vollends aufgehört, nur von den Blättern der Bäume tropfte es noch ins durchweichte Gras. Alexandre stand erstarrt und mit angehaltenem Atem und blickte mit weit aufgerissenen Augen auf die Klinge, die über seinem Brustkorb schwebte, und ebenso entgeistert guckten St. Roque, Brieul, Cristino und Loís.

Dann riss sich St. Roque schlagartig aus seiner Erstarrung und im selben Atemzug seinen Degen aus der Scheide und stürmte, die Waffe kriegerisch über seinem Kopf schwingend, auf Couvencour zu. Achtung, wollte Loís schreien, doch bevor er überhaupt dieses Wort heraus hatte, machte Arnac eine blitzschnelle Drehung, und im nächsten Moment lag statt dem Degen ein Messer an Mergoults Brust und St. Roques Waffe segelte von einem sauberen Degenhieb getroffen ins Gebüsch. «Mein Gott, Bertran», meinte Arnac kopfschüttelnd, «glaubst du im Ernst, du könntest irgendjemandem gefährlich werden, solange du mit deinem Degen wie mit einer Fliegenklatsche umgehst? Warum gebt ihr es eigentlich nicht langsam auf – ihr hattet schließlich schon in der Schule keine Chance gegen mich.»

Alexandre de Mergoult warf bitterböse Blicke in Richtung Brieul, doch der schien keine gesteigerte Lust zu verspüren, sich auch noch mit Couvencour anzulegen. Schließlich holte er tief Luft. «In Ordnung», sagte er und machte einen Schritt rückwärts, «du hast gewonnen. Diesmal.» Er nickte St. Roque zu, der sich ebenfalls zurückzog, stieß den Degen in die Scheide und lief mit großen Schritten zu seinem Pferd zurück. «Aber ich sag's dir, Couvencour», rief er, als er sich in den Sattel schwang, «eines Tages werde ich dich in einer Situation erwischen, wo du nicht so große Töne spucken kannst, und dann mache ich dich fertig, verlass dich darauf!» Und mit diesen Worten trieb er sein Tier an und verschwand, gefolgt von seinen beiden Getreuen, zwischen den Bäumen.

Arnac de Couvencour verstaute seine Waffen und lief zu Loís hinüber, der noch immer an jenem Baum lehnte. Aus der Platzwunde an seiner Stirn rieselte ein beständiger Blutstrom über sein Gesicht. «Alles klar mit dir?», fragte Arnac.

«Es geht schon», meinte Loís.

«War das das Pferd, das du aufgehalten hast?», fragte Arnac.

Loís nickte. «Ihr hättet das nicht tun sollen», murmelte er.

«Was?»

«Euch einmischen. Er ist nachtragend. Er hat das ernst gemeint, was er am Schluss gesagt hat.»

«Natürlich hat er es ernst gemeint.» Arnac zuckte mit den Schultern. «Genau so, wie er es ernst gemeint hat, als er sagte, er würde dich totschlagen. Das ist sein väterliches Erbteil. Die meinen so etwas immer ernst.»

«Habt Ihr denn gar keine Angst?», fragte Loís ungläubig. «Immerhin ...» Er sprach den Satz nicht zu Ende – ist sein Vater Parlamentspräsident – seid Ihr der Sohn eines Mannes, der der Ketzerei verdächtig ist. Es gab genug Ergänzungsmöglichkeiten.

«Angst? Vor Mergoult? So weit kommt's noch! Und ich sage dir ganz ehrlich – allein um sein dummes Gesicht zu sehen, war das die Sache wert!» Arnac grinste.

Loís betastete vorsichtig seine demolierte Stirn. «Danke», murmelte er.

Jemand tappte durch das nasse Gras auf sie zu. Es war Cristino. «Ihr müsst mich zum Anwesen bringen, Senher Couvencour!», erklärte sie. «Es fängt schon wieder an zu regnen.» Sie bot ein Bild des Jammers, wie sie da vor ihnen stand, klatschnass, die Frisur ruiniert, das helle Kleid voller Grasflecken.

Wer nicht sonderlich davon beeindruckt erschien, war Couvencour. Augenblicklich war das Grinsen aus seinem Gesicht verschwunden und hatte ausgesprochenem Ärger Platz gemacht. «Sagt mal, seid Ihr noch zu retten?», schrie er. «Wie konntet Ihr zulassen, dass Mergoult Euren Diener verprügelt? Nachdem der Euch gerade eben das Leben gerettet hat? Sieht so Eure Dankbarkeit aus?»

Ihr Gesicht verfinsterte sich. Dieser Couvencour war wirklich im höchsten Maße unhöflich. «Wieso Dankbarkeit? Das ist schließlich seine Pflicht, mich zu beschützen!»

«Irrtum, junge Dame!», zischte Couvencour. «Ein Diener schuldet Euch seine Dienste, Ihr schuldet ihm Schutz, und nicht umgekehrt! Und wie dem auch sei, er war unschuldig, er hat Euch nichts zuleide getan, er hat Euch im Gegenteil vor einem Sturz vom Pferd bewahrt, der Euch leicht das Leben hätte kosten können, und danach hat er Euch ungeachtet seiner eigenen Verletzungen quer durch den Wald geschleppt. Und obwohl Ihr das wusstet, habt Ihr nicht den geringsten Versuch unternommen, dieses Missverständnis klarzustellen, und wolltet stattdessen seelenruhig dabei zusehen, wie Mergoult ihn zusammenschlägt? Habt Ihr schon mal jemanden gesehen, der ausgepeitscht worden ist? Er hätte ernsthaft sterben können, ist Euch das klar?»

Cristinos Gesicht zuckte, sie hatte plötzlich Tränen in den Augen. «Was hätte ich denn machen sollen?», schrie sie.

«Oh, Ihr hättet zum Beispiel einfach sagen können, Alexandre, es war ein Missverständnis, er wollte mich nur nach Hause bringen, und abgesehen davon ist er mein Diener und du hast kein Recht, ihn anzurühren. Der Junge ist Jurist, er weiß genau, dass er sich in diesem Fall mit jeder weiteren Handlung strafbar gemacht hätte. Aber Ihr habt ihn ja quasi dazu ermuntert, Loís zu verprügeln. Warum? Wolltet Ihr Euch bei Mergoult einschleimen oder was?»

«Ihr habt kein Recht, so mit mir zu reden!», schrie Cristino durch den Tränenschleier vor ihren Augen hindurch. «Ich verlange, dass Ihr mich auf der Stelle zu meiner Familie bringt!»

«Oh, Ihr werdet es zweifelsohne auch alleine finden, es ist gleich hinter den Bäumen da!» Arnac zeigte über seine Schulter. «Ich muss mich nämlich um Loís kümmern; falls Ihr es noch nicht bemerkt habt, er ist bei seiner Rettungsaktion ernsthaft verletzt worden!» Damit wandte er sich von ihr ab und wieder Loís zu.

«Das ist eine Unverschämtheit!», schrie Cristino hinter ihm, während Arnac Loís auf die Füße half. «Ihr werdet mich zum Anwesen bringen, mit dem Pferd, sofort!»

«Das Pferd bekommt Loís», erklärte Arnac. «Die drei Schritte könnt Ihr laufen.»

«In diesen Schuhen? Durch den Wald?», rief Cristino entsetzt, auf ihre zierlichen Seidenschühchen zeigend.

Arnacs Augen funkelten. «Das Pferd bekommt Loís!», wiederholte er in einem Tonfall, der keinen Widerspruch duldete.

«Ihr seid unmöglich!», schrie Cristino. «Aber ich sage das meinem Vater! Und dann bekommt Ihr Ärger!»

«Mein liebes Kind», sagte Arnac spöttisch, «Euer Vater mag mich vielleicht nicht besonders, aber er ist ein ziemlich vernünftiger Mann. Und ich frage mich, auf wen er eher wütend sein wird: auf seine verzogene Tochter, die aus einer Laune heraus zulässt, dass man einen seiner besten Diener verprügelt, oder auf mich.»

Das war jetzt ernsthaft zu viel! Mit einem Wutschrei drehte Cristino sich um und stürmte durch den Wald davon. «Ich hasse Euch!», kreischte sie durch das Blattwerk. «Ihr seid kein Kavalier!»

«Na, wenn's weiter nichts ist –», seufzte Arnac. «Los, und du steigst jetzt auf dieses Pferd», sagte er zu Loís, der Cristino ängstlich hinterher sah.

«Nein, das ist nicht nötig, ich kann laufen, vielleicht solltet Ihr doch Cristino ...»

«Blödsinn. Erstens kannst du eben nicht laufen, und ich denke, ich bin kaum stark genug, dich bis zum Haus zu tragen, und zweitens tut es Cristino ganz gut, wenn sie ein paar Minuten lang allein zurechtkommen muss», meinte Arnac de Couvencour.

Loís schien wenig überzeugt. «Wenn ihr bloß nichts passiert ...», murmelte er.

Arnac seufzte tief und unglücklich. «Junge, du bist verrückt.»

«W...was?», fragte Loís verwirrt.

«Du liebst sie, nicht wahr?», fragte Arnac mit einem traurigen Lächeln.

Loís wurde kreidebleich. «Was ... wie ... nein ... nie würde ich wagen ...»

«Natürlich würdest du nie wagen. Aber du liebst sie trotzdem, das ist ja wohl kaum zu übersehen. Das war mir schon klar bei dem Überfall in der Coumbo. All die hohen Herren haben bloß herumdiskutiert, und nur du bist losgerannt in den Wald, mit bloßen Händen, um sie zu retten. – Himmel, Loís, sie wird dich niemals lieben. Und selbst wenn, gäbe es keine Chance für euch beide. Du bist ein Diener und sie eine Barouneto. Du hast gesehen, wie manche Leute auf diese Konstellation reagieren.»

«Ich weiß», murmelte Loís, während er sich mit Arnacs Hilfe auf das Pferd zog. Der Regen wurde wieder stärker. Arnac griff nach den Zügeln und führte das Tier durch die Bäume.

«Liebt Ihr sie denn?», fragte Loís, kurz bevor sie die Lichtung erreichten, die das Anwesen umschloss.

Arnac ging vorweg, so dass Loís sein Gesicht nicht sehen konnte. «Wie kommst du denn darauf?», fragte er.

«Weil Ihr immer da seid, wenn ihr Gefahr droht», antwortete Loís. Ihm war schwindelig, es fiel ihm schwer, sich überhaupt im Sattel zu halten.

«Weißt du, Loís», sagte Arnac de Couvencour, «es gibt unterschiedliche Arten der Liebe.» Und damit beschleunigte er seinen Schritt, das Pferd hinter sich herziehend, und beendete so das Gespräch.

***

So ärgerlich Cristino war – und sie war gewaltig ärgerlich, ärgerlicher als je zuvor in ihrem Leben –, kaum dass sie die offene Wiese erreicht hatte, bereute sie es schon, nicht bei Arnac geblieben zu sein. Das Gewitter war offensichtlich nur weitergezogen, um im

Bogen zu ihnen zurückzukehren. Obwohl es erst früher Nachmittag sein konnte, war die Wiese im Dämmerlicht versunken, und ringsum zuckten Blitze über dem Wald, gefolgt von fernen, aber noch hinreichend beängstigenden Donnerschlägen. Der Regen hatte wieder zugenommen – nicht dass es einen Unterschied machte, sie war sowieso nass bis auf die Haut, dennoch konnte sie sich kein ekelhafteres Gefühl vorstellen als das beständige Tropfen des Wassers aus ihren verunstalteten Haaren.

Ihr Stolz war dann doch zu groß, als dass sie umgekehrt wäre, und so stakste sie in ihren Seidenschühchen jammernd durch das feuchte Gras, bis endlich, endlich der feste Hof erreicht war und ein Diener auf sie zueilte, ihr einen Schirm über die triefenden Locken hielt und sie rasch zur Eingangstür geleitete. Doch es kam noch besser: kaum hatte sie die Schwelle überschritten, als ihr bereits ein besorgter Victor entgegengelaufen kam. «Cristino, da seid Ihr ja!», rief er erleichtert. «Wir haben uns schon Sorgen gemacht! Mein Gott, wie seht Ihr aus, Ihr Arme!»

Endlich erhielt sie die ihrem Zustand angemessene Aufmerksamkeit. Cristino heulte halb vor Genugtuung. «Es war so furchtbar!», schluchzte sie. «Mein Pferd ist durchgegangen und wäre beinahe in eine Schlucht gestürzt. Und ich bin so nass geworden, und ganz schmutzig, schaut nur! Und dann war Senher Couvencour richtig ekelhaft zu mir und hat mich alleine zurücklaufen lassen!» Die Kränkung darob ließ noch mehr Tränen in ihren Augen erscheinen.

«Nun ist ja alles gut, Ihr seid ja da», beruhigte sie Victor. «Ich werde Euch ein Zimmer zeigen, wo Ihr Euch frisch machen könnt, und ich sage den Dienern Bescheid, dass sie Euch trockene Sachen bringen.»

«Danke sehr», röchelte Cristino, die auf einmal ob der Aufregungen so geschwächt war, dass sie sich auf Victors Arm stützen musste, was dieser selbstverständlich bereitwillig zuließ. Der Tag, so schrecklich er begonnen hatte, schien allmählich doch an Qualität zu gewinnen.

Cristinos Erleichterung hielt nicht allzu lange vor. Sie wankte gerade auf Victor gestützt, der bei näherem Hinsehen vielleicht doch nicht so unattraktiv war, über den düsteren Gang – die Diener waren mit dem Anzünden der Kerzen noch nicht sehr weit gekommen –, als ihr plötzlich ein schriller Laut aus einem dunklen Winkel entgegendrang, der mindestens so erschreckend war wie zuvor der Donner im Wald. «Christelle!»

Cristino versuchte das Verhängnis abzuwenden, indem sie Victor in einen Seitengang drängte, doch bevor ihr Vorhaben glücken konnte, war es bereits zu spät: vollbusig und spitzenbewehrt kam Alessia über den Gang auf sie zugeschwebt. Bei ihr war der Wasserschaden bereits behoben, ihr Gesicht schillerte vor Puder und Rouge, und ihre schwarzen Löckchen umspielten aufreizend ihren Ausschnitt. «Oh, Christelle, wie schön dich zu sehen!», säuselte sie. «Ich hatte mir ja bereits Sorgen gemacht, als du bei unserer Rückkehr nicht auffindbar warst. Wie siehst du auch aus! Herr Jesus, ich fürchte, selbst die begabteste Kammerfrau wird nicht in der Lage sein, dich heute noch in einen *état propre* zu bringen!»

Cristino bereute es, dass sie nicht Catarino war, denn diese hätte sicher eine spitze Entgegnung bereit gehabt, während ihr nur wieder die Tränen in die Augen stiegen. Doch zum Glück rettete Victor die Situation. «Keine Angst, meine Damen, ich habe heute einige Edelfrauen in weitaus schlimmerem Zustand gesehen, und sie alle sind mittlerweile wieder vorzeigefähig.» Und damit dirigierte er Cristino weiter den Gang hinunter. Alessia tänzelte flötend und stichelnd neben ihnen her.

Ein Geist huschte über den von Blitzen sporadisch erhellten Gang, ein Geist in einem wehenden weißen Kleid, die dunklen Haare wirr und strähnig herabhängend, die nackten Füße rutschend in samtenen Pantoffeln. An einem Fenster blieb er stehen, starrte hinaus in die Düsternis des Gewitters, die bleichen Züge umzuckt von Wetterleuchten, und lächelte dem Donner entgegen. Erstarrt waren die Mädchen stehen geblieben, erstarrt standen sie auch noch, als das Geisterwesen sich ihnen zuwandte und sie das verhärmte Gesicht der Barouno Degrelho erkannten. «Mutter», sagte Victor vorsichtig, «Ihr wolltet Euch doch umziehen.»

Ein Leuchten lag in den verschwollenen Augen. «Gott zürnt», flüsterte sie, und wie zur Bestätigung ließ ein Donnerschlag die Wände erzittern. «Ich habe gesündigt, schrecklich gesündigt!» Sie schlug ihre Hände vors Gesicht.

«Mutter … oh, Himmel, kommt, ich bringe Euch in Euer Zimmer», sagte Victor, und zu Cristinos Entsetzen ließ er ihren Arm los und schritt auf seine Mutter zu.

«Halt, wartet, das kann ich doch machen.» Alessia? Was ist denn in die gefahren? «Dann könnt Ihr Euch weiter um die arme Kleine kümmern – sie ist ja völlig durchnässt.» Und ohne auf Victors Antwort zu warten, lief Alessia auf die Degrelho zu, legte den Arm um sie und sagte: «Kommt, wir gehen in Euer Zimmer, ja?»

«Danke, Alessia», sagte Victor. «Das ist sehr christlich von Euch.»

Christlich? Alessia macht nichts aus christlicher Nächstenliebe! Irgendetwas führt das Biest im Schilde!

«Ihr müsst meine Mutter entschuldigen», sagte Victor, während er Cristino weiter durch die Gänge führte. «Sie hat bisweilen Momente, da ist sie nicht sie selbst.»

«Was meint sie damit, dass sie sich versündigt hat?», fragte Cristino mitleidig.

«Ich weiß es nicht», meinte Victor seufzend. «Ich denke, sie redet sich das nur ein.»

Sie war stehen geblieben.

«Kommt, Cristino, da geht es lang», forderte Victor sie auf.

Sie rührte sich nicht. Sie starrte auf ein Wappen an der Wand, das im Licht der Blitze draußen schimmerte. Es zeigte einen Vogel. Einen grauen Vogel mit kräftigem, gebogenem Schnabel, klauenbesetzten Füßen, der helle Bauch und die Innenseite beider Flügel mit einer grauen, horizontalen Maserung bedeckt.

«Schön, nicht?», sagte Victor, und nicht ohne Stolz fügte er hinzu: «Das ist das Wappen der Degrelhos.»

Alles drehte sich. Sie krallte sich an Victors Arm fest und versuchte, nicht auf die Blitze zu sehen und erst recht nicht auf den Vogel, dessen eines leuchtendes Auge sie aus dem Wappen heraus anstarrte.

***

Cristino saß in einem fremden Frisierzimmer in einem fremden Haus, ließ sich von einer fremden Kammerzofe die Haare machen, und das Einzige, was zu ihr gehörte, war das roséfarbene Ballkleid, das hinter ihr an einem Kleiderbügel hing.

Sie war starr vor Angst. Es war nicht das Gewitter, das noch immer vor dem Fenster tobte, so unangenehm das sein mochte. Was immer es war, es hatte mit dem glühenden Blick des Vogels auf dem Wappen begonnen und verfolgte sie seitdem auf Schritt und Tritt.

Das seltsame Gefühl, all dies schon einmal erlebt zu haben.

Selbst hier, in diesem Raum, umsorgt von der Kammerzofe, ließ es nicht nach. Es war, als hielten die Wände Zwiesprache mit ihr, als flüsterten Truhen, Schränke, Tische und Stühle beständig, willkommen, Cristino, wir haben dich bereits erwartet.

Sie versuchte, die Stimmen zu übertönen, indem sie eine Melodie vor sich hinsummte. Irgendetwas, eine Ballmusik, die an zarte Tänzerinnen in himmelblauen Spitzenkleidern erinnerte. Sie versuchte an etwas anderes zu denken. An Arnac de Couvencour zum Beispiel, dieses Ungeheuer, das keine Ahnung hatte, wie man sich einer Dame gegenüber zu benehmen hatte. In der Hölle sollte er braten, dieser Mistkerl, der sie einfach schutzlos im Wald stehen ließ! Als ob sie etwas dafür konnte, dass Mergoult derart außer Fassung geraten war! Das Ganze war ein Missverständnis und nichts weiter, und Arnac tat so, als habe sie es mit Bedacht getan! Mistkerl! Um Loís, einen Diener, machte er sich Gedanken, aber sie selbst behandelte er wie … wie … ach, keine Ahnung, wie!

Loís.

Er hätte sterben können.

Sie schüttelte heftig den Kopf, was die Dienerin als ein Zeichen ansah, mit dem Frisieren aufzuhören, und fuhr fort, besagte Melodie vor sich hinzusummen. Die Zofe griff nach dem Schminkpinsel und begann, ihr weißes Puder auf das Gesicht aufzutragen. Cristino blinzelte etwas, als Puder in ihre Augen staubte. Blöder Couvencour. Ich rede kein Wort mehr mit ihm, dann wird er sehen, was er davon hat!

Schließlich war das Puder auf dem Gesicht verteilt, das Rouge aufgetragen und Cristinos Gesicht somit wieder in einem Zustand, der eines Festes würdig war. Die Zofe holte das Kleid. Cristino stand auf. Der Raum kam ihr seltsam vor. Verzerrt. Wie eines jener Altarbilder aus den vergangenen Jahrhunderten, auf dem die Häuser kleiner als die Menschen sind. Die Stimmen der Wände waren lauter geworden, dröhnten in ihrem Kopf, sie verspürte den Wunsch, sich die Hände über beide Ohren zu pressen. Lauter summte sie. Die Zofe warf ihr erstaunte Blicke zu.

Sie schlüpfte in das Kleid. Schweratmend stand sie, während die Zofe die Haken verschloss und die Spitze drapierte. Ihre Hände zitterten. Sie musste hier weg, heraus aus diesem seltsamen Raum, zurück zu den anderen! Blödes Gewitter! Blöder Couvencour! Alles blöde, aber wirklich!

«So, nun seid Ihr wieder fein», meinte die Zofe, strahlend über ihr eigenes Werk. «Ein hübsches Mädchen seid Ihr, alle Achtung.»

Cristino, die Dienstboten bei vergleichbaren Komplimenten sonst mit einem gnädigen Lächeln zu bedenken pflegte, starrte nur stumm vor sich hin. Ihre Ohren schmerzten von den Stimmen der Wände.

«Ein nettes Liedchen, das Ihr da singt», sagte die Zofe. «Seltsam, gerade dieses.»

Cristino hob verwirrt den Kopf. «Wieso?», fragte sie benommen.

«Ach, deshalb.» Die Zofe griff nach einem Perlmuttkästchen auf der Frisierkommode und öffnete den Deckel.

Sie glitt aus den Tiefen des Kästchens heraus, eine Tänzerin, zierlich, elegant, gekleidet in ein himmelblaues Spitzenkleid, und die Melodie, Cristinos Melodie, wehte in hellen Glockenklängen durch den Raum, während die Tänzerin sich sanft in ihrem Rhythmus drehte. «Ein Spielzeug», sagte die Zofe lächelnd. «Es hat einer der jungen Barounetos gehört, glaube ich.»

Cristino sagte nichts. Ihr Mund war staubtrocken. Ohne die Dienerin eines weiteren Blickes zu würdigen, stürzte sie aus dem Raum.

Sie wusste selbst nicht genau, wohin sie eigentlich lief. Wände zu beiden Seiten, flankiert von Dienern, die Kerzen entzündeten, gesichtslose, statuenhafte Gestalten. Sie lief, ihre Schuhe klapperten auf dem Steinboden. Eine Tür, geh hindurch, Cristino, dahinter kommt die Treppe, diese weite, geschwungene Treppe, die in den Saal mit dem Schachbrettmuster auf dem Fußboden hinunter führt, sie riss die Tür auf, prallte zurück, als sie die Treppe sah, nein, das gibt es nicht, das kann nicht wahr sein, denn dort war er, der Boden mit den zweifarbigen Marmorplatten, schwarz und weiß, weiß und schwarz, belegt im Muster eines Schachbretts. Sie stolperte die Treppe hinunter, nach links, Cristino, was ist, wovor hast du Angst, du weißt doch, was mit dir geschieht, du weißt doch, wer dich führt, richte dein Augenmerk nach rechts, Cristino, denn dort wirst du gleich ein wunderbares Fresko an der Wand erblicken, der heilige Christophorus mit dem kleinen Christus auf der Schulter, und sie schritt über eine Schwelle, und dort sah er ihr entgegen, Christophorus, gütig lächelnd, und pummelig und winkend das Jesuskind. Dann, wieder eine Tür, Gelächter und Stimmen empfingen sie. «Cristino, da bist du ja endlich!»

Es war nur Catarino. Cristino schwankte, so offensichtlich, dass nicht einmal Catarino es übersehen konnte, die ihre Augen eigentlich eher bei so erfreulichen Anblicken wie Jean de Mergoult oder Sébastien de Trévigny hatte. «He, *ma petite*, was ist los, du siehst ja aus, als hättest du einen Geist gesehen!», meinte sie kopfschüttelnd.

«Dieses Haus … oh Gott, Catarino, dieses Haus …»

«Ja, es ist ganz schön altmodisch, das finde ich auch», erklärte Catarino.

«Neiiiin! Das meine ich nicht! Es ist …» Sie rang nach Luft. Sie war so weiß wie der Tod. «Verwunschen», flüsterte sie.

Ein Aufschrei, Frederi kam auf sie zugestürzt. «Ein Glück, du bist hier!», keuchte er. «Ich habe dich schon überall gesucht, dumme Göre! Wehe, du bleibst jetzt nicht in meiner Sichtweite!» Cristino war nicht in der Lage, etwas anderes zu tun, als zu nicken.

Da kam Victor strahlend auf sie zugelaufen. «Cristino – schön, dass Ihr da seid. Ich darf Euch doch zum *buffet* führen?»

Nichts beruhigt die Nerven so sehr wie eine Kombination aus Cremetörtchen und Rotwein. Mit jedem Bissen ließ das Zittern etwas nach, und ein paar höchst artige Komplimente von Sébastien de Trévigny taten ein Übriges. Cristino spürte, wie ihr Herzschlag sich beruhigte. Einbildung, alles Einbildung, dachte sie, das ist die Aufregung, ganz bestimmt. Alessia tauchte wieder auf, ein höchst zufriedenes Grinsen auf ihren karmesinroten Lippen, und Musikanten spielten zum Tanz auf, eine Gaillarde, eine Gaillarde, jauchzte Catarino und schleifte den armen Jean de Mergoult auf die Tanzfläche, und Cristino ließ sich nur zu bereitwillig von Sébastien ebenfalls entführen. Wo war eigentlich Alexandre de Mergoult? Er war ihr doch nicht am Ende böse? Als ob sie etwas dafür konnte! Und Couvencour? Nun, ihretwegen konnte er bleiben, wo der Pfeffer wächst!

Sie war schon fast so weit, daran zu glauben, dass ihre Erlebnisse in den Gängen des Bauwerks wirklich nur das Resultat ihrer überschießenden Einbildungskraft waren, für die man sie ja schon des Öfteren getadelt hatte, als etwas geschah, was schrecklicher war als alles, was dieser Tag bisher für sie bereitgehalten hatte. Victor hatte sie zum Tanz aufgefordert, und da er nur ein mäßiger Tänzer war, konnten sie nicht mit den anderen Tänzern mithalten und rempelten schließlich gegen die Wand. «Entschuldigung», krächzte er verlegen, «ich habe schon eine Weile nicht mehr getanzt, wisst Ihr …»

Sie lächelte versöhnlich. «Oh, das macht doch nichts, es ist ja schließlich auch schwer, bei der Enge und all den Leu…» Sie brach ab.

Der Raum war zum Kreisel geworden, wie ihn die Kinder auf dem Marktplatz antrieben. Cristino hob die Hände und berührte damit ihr erhitztes Gesicht, und stumm wurde das Gelächter, schwarz das kreiselnde Farbenspiel. Nichts existierte mehr auf dieser Welt als das Bild vor ihr an der Wand.

Es zeigte einen Mann, der ihr vage bekannt vorkam. Auf seinen Knien saß ein kleines blondes Mädchen mit einem fröhlichen Kleinkindergesicht, das ein kurzes, weißes Kleid trug. Ein kleines Mädchen mit einem sternförmigen Muttermal auf der Stirn und einem silbernen Medaillon um den Hals, das eine gütige Mutter Gottes und ein lächelndes Jesuskind zeigte.

Weit weg war die Welt, das Fest, die Musik. Weit weg war auch Victors Stimme, die leise sagte: «Ein schönes Bild, nicht wahr? Es ist das letzte, das von ihnen existiert. Das ist mein Onkel Hector und seine jüngste Tochter, Agnes Degrelho.»

***

Cristino lag auf einem Diwan in einem Nebenraum, der so aussah, als sei er eigens dazu konzipiert, ohnmächtigen Damen Ruhe zu bieten, während die Dame Castelblanc ihr mit einem Fächer Luft zuwedelte. «Diese Hitze, da drinnen, da muss einem jungen Mädchen ja schlecht werden!», sagte sie mit ihrem glockenhellen Lachen. Ringsum standen die Herren, Sébastien de Trévigny, Victor und Archimède Degrelho, der der Gastgeberpflicht genügend sofort herbeigeeilt war, Fabiou und der Cavalié de Castelblanc, der nicht von Cristinos Seite wich – offensichtlich hatte er gewaltige Angst, sie könnte noch einmal verloren gehen – und den Baroun d'Astain ständig mit giftigen Blicken bombardierte, als wäre dieser direkt für Cristinos Kollaps verantwortlich. Die Barouno Degrelho, mittlerweile in einem modischen Abendkleid und offensichtlich wieder etwas besser disponiert, tigerte händeringend und jammernd durch den Raum, das arme Mädchen, ach, die Strapazen, ach, die Aufregung!

«Also, jetzt noch mal von vorne, Cristino.» Victor hatte die Stirn gerunzelt, die Sache kam ihm alles in allem sehr bizarr vor. «Ihr hattet also die ganze Zeit das Gefühl, Stimmen in diesem Haus zu hören?»

«Ja … nein … nicht wirkliche Stimmen», flüsterte Cristino. «Es war eher so, dass ich merkte, dass das Haus mir etwas sagen will!»

Ein kurzer Blick zwischen Victor und seinem Vater. Aha, sagte er. Sie hatten schließlich beide Erfahrung mit überspannten Frauen.

«Und dann hattet Ihr das Gefühl, den Weg, den Ihr gelaufen seid, bereits zu kennen, ja?», fragte Victor weiter.

«Ja!» wimmerte Cristino. «Die Treppe, und das Schachbrettmuster auf dem Boden, und der heilige Christophorus – ich habe sie gesehen, bevor ich sie gesehen habe! In meinem Kopf habe ich sie gesehen!»

Wieder dieser Blick zwischen den beiden Degrelhos. «Barouneto, Euer Unfall …», begann Archimède vorsichtig. «Ihr habt einen schweren Schock erlitten …»

«Was wollt Ihr damit sagen?», schrie Cristino. «Dass ich verrückt bin? Und was ist mit dem Bild von Agnes Degrelho? Es ist das Mädchen aus meinen Träumen. Genauso sah sie aus – mit diesem Muttermal und dem Medaillon!» Sie riss ihr Medaillon aus dem Ausschnitt und streckte es dem Baroun d'Astain entgegen. «Da, lest die Rückseite – Sie beschütze dich, Agnes, Sonne unseres Lebens!»

Hinter ihnen wimmerte eine Stimme auf. Es war die Barouno Degrelho. Sie hatte eine Hand vor den Mund gepresst. Ihre Augen waren geweitet. Auch Archimède Degrelho war blass geworden. Er nahm das Medaillon in die Hand, drehte es um. «Woher habt Ihr das?», fragte er.

«Gekauft. Auf dem Markt. Vor ein paar Wochen. Und seitdem habe ich diese Träume! Von Agnes, und von den Toten! Hunderten von Toten!» Sie begann zu heulen. «Es ist Agnes!», schluchzte sie. «Ihr Geist ist in das Medaillon gefahren und hat von mir Besitz ergriffen, wie die alte Frau es gesagt hat!»

«Ich finde, Cristino, du solltest jetzt mit diesem überspannten Blödsinn aufhören!», sagte der Cavalié de Castelblanc unwirsch. «Was sollen denn die Leute von dir denken! Ich schlage vor, wir gehen jetzt nach Hause, damit du dich ausruhen kannst.»

«Schon?», rief Catarino entsetzt.

«Ist es denn wirklich das Medaillon Eurer Nichte?», fragte Fabiou neugierig.

«Es sieht zumindest genau so aus», meinte Archimède Degrelho kopfschüttelnd. «Und die Inschrift ...»

«Wie kann es sein, dass Agnes' Medaillon auf dem Markt verkauft worden ist?», fragte Victor verständnislos.

Der Baroun d'Astain warf einen raschen Blick in Richtung seiner Frau, die zur Salzsäule erstarrt neben dem Diwan stand und mechanisch ihre Arme rieb. «Deine Mutter hat es nicht ertragen, das Medaillon in ihrer Nähe zu haben, da Agnes es am Tag ihres Todes trug. Also schenkte ich es einer Bettlerin. Vermutlich hat sie es verkauft.»

«Sagt, was ist eigentlich mit den Töchtern Eures Bruders geschehen?», fragte Fabiou. «Sie sind doch dem Überfall damals entkommen, nicht wahr?»

Die Degrelho schrie auf. Es war ein Schrei schrill wie der Schrei einer Wildgans und ebenso animalisch, und die Gäste drehten sich erschrocken zu ihr um. Kreidebleich stolperte die Barouno rückwärts, dann stieß sie einen zweiten Schrei aus, drehte sich um und rannte aus dem Raum.

Der Baroun d'Astain wich dem Blick seiner Gäste aus. «Ihr müsst meine Frau entschuldigen», murmelte er. «Der Tod der Kinder damals ist ihr unglaublich nahe gegangen. Sie macht sich bis heute Vorwürfe, in jener Nacht nicht zu Hause gewesen zu sein, um die Mädchen zu beschützen.»

«In jener Nacht?», wiederholte Fabiou fragend.

Degrelho seufzte. Er sah nicht so aus, als ob er gerne über dieses Thema redete. Cristino wischte sich schniefend die Augen und verschmierte Puder und Rouge in ihrem Gesicht.

«Es war meine Schuld», sagte Degrelho.

«Unsinn», murmelte sein Sohn.

«Unterbrich mich nicht! Es war meine Schuld. Ich hätte ahnen müssen, dass etwas nicht stimmt. Ich hätte die Mädchen niemals allein lassen dürfen.» Der Baroun d'Astain schüttelte resigniert den Kopf.

«Wieso? Was ist denn mit den Mädchen passiert?», fragte Trévigny neugierig.

Wieder seufzte Degrelho. «Sie sind ermordet worden, ein gutes halbes Jahr nach dem Tod meines Bruders», sagte er leise. «Von einer Wahnsinnigen, die ich in meiner Naivität als Kinderfrau eingestellt hatte. – Wir brauchten eine Hilfe», meinte er entschuldigend, «Victor war noch klein, die Arbeit war von einem Kindermädchen allein nicht zu bewältigen. Man hatte sie mir empfohlen … Ich erfuhr erst später, dass sie sich bereits schon einmal in eine Familie eingeschlichen und deren Kinder ermordet hatte und für dieses Verbrechen bereits zum Tode verurteilt worden war. Weiß der Himmel, wie sie ihrer gerechten Strafe hatte entkommen können.»

Verblüfft starrte Fabiou Catarino an, und diese starrte Trévigny an, und alle drei dachten sie dasselbe.

«Wir sind auf eine Festlichkeit gefahren, meine Frau und ich», fuhr der Baroun d'Astain in seinem Bericht fort. «Wir nahmen Victor mit, da er damals sehr ängstlich war und nicht einen Moment ohne seine Mutter sein wollte – zum Glück, sonst wäre wohl auch er nicht mehr am Leben. Die meisten Diener begleiteten uns. Die Mädchen blieben in der Obhut der Kinderfrau zu Hause.» Er blinzelte, und als er weitersprach, klang seine Stimme heiser: «Als wir spät in der Nacht heimkehrten, fanden wir Alice, das mittlere der drei Mädchen, auf dem Korridor liegen, erwürgt, ihre Leiche furchtbar verstümmelt. Nur wenige Schritte von ihr entfernt lag die Kinderfrau. Nachdem sie die Mädchen ermordet hatte, hatte sie sich selbst einen Dolch ins Herz gestoßen.»

«Rouberts Geschichte», sagte Fabiou ungläubig.

«Wie?», fragte der Baroun d'Astain irritiert.

«Roubert de Buous hat uns davon erzählt. Aber er hat so getan, als ob es nur ein Gruselmärchen sei», erklärte Fabiou.

«Das stimmt doch gar nicht!», flüsterte Catarino ihm zu, aber tunlichst so leise, dass Frederi es nicht hörte. «Er hat doch gesagt, dass es eine wahre Geschichte ist.»

«Es klang aber so, als ob es nur ein Gruselmärchen sei», knurrte Fabiou unwillig.

Trévigny winkte ungeduldig ab. «Die Mädchen?», fragte er. «Das heißt, sie waren alle drei tot?».

«Zunächst fanden wir wie gesagt nur Alice und dachten, die anderen hätten sich vielleicht versteckt», antwortete der Baroun d'Astain. «Wir suchten sie tagelang. Nach fast einer Woche fanden wir ihre Leichen dann in einer kleinen Höhle im Wald hinter dem Haus, verstümmelt wie Alices Leiche. Die Verrückte hatte sie dort regelrecht aufgebahrt. Ich konnte es mir nur so erklären, dass sie die Mädchen im Haus getötet und sie dann einzeln dort hinausgetragen hat. Als sie zurückkehrte, um Alice zu holen, hat irgendetwas sie dazu bewogen, Selbstmord zu begehen. Vielleicht hörte sie uns zurückkommen. Vielleicht wurde ihr plötzlich die Ungeheuerlichkeit ihrer Tat bewusst. Vielleicht … ich weiß nicht. Ich denke, sie war einfach wahnsinnig.» Er rieb sich die Stirn mit dem Handrücken. «Es war so furchtbar und so sinnlos! Die armen, kleinen, unschuldigen Geschöpfe! Das Opfer einer Wahnsinnigen, die wahrscheinlich nicht mal wusste, was sie da tat! Meine Frau», er holte tief Luft, «meine Frau ist nie darüber hinweggekommen. Seitdem ist sie so, wie sie heute ist.»

Ziemliche Stille folgte diesem Bericht. Nur Cristino wimmerte leise. «Das also hat sie damit gemeint», flüsterte sie.

«Wer?», fragte Victor erstaunt.

«Die Frau. Die alte Frau in dem verwunschenen Garten! Sie hat mir erzählt, dass Agnes durch Mörderhand gestorben sei. Und sie hat auch gesagt, dass eine Verbindung zwischen Agnes und mir besteht, über das Medaillon! Agnes hat das Medaillon getragen, als sie starb, und deshalb ist ihr Geist dort hineingefahren.»

Zweifelnde Blicke trafen Cristino. Stimmen von den Wänden, ein Geist in einem Medaillon und jetzt auch noch ein verwunschener Garten mit einer weissagenden alten Frau – so ganz normal schien die junge Dame nun wirklich nicht zu sein! «Was für ein Garten?», fragte Degrelho.

«Irgendwo in der Keyrié», flüsterte Cristino. «Er war von einer Mauer umgeben, auf der ein Wappen mit einem Vogel darauf angebracht war. Und in dem Garten war ein See mit einer Marmorstatue, und eine Schaukel, und dieses Haus, mit blauen Fensterläden, und einem Balkon mit einem Baldachin, und mit Fahnen auf dem Dach, weiße Fahnen mit schwarzen Vögeln darauf, und mit einer Freitreppe, wo Greifvögel aus Stein auf dem Geländer saßen, und rechts und links standen Oleander in Tontöpfen auf den Stufen ...» Sie brach ab, denn Archimède Degrelho und sein Sohn starrten sie an wie einen Geist. «W...was ist denn?», fragte sie verstört.

«Das habt Ihr gesehen?», fragte Archimède Degrelho entgeistert.

«J...ja, natürlich, wieso nicht?»

Archimède Degrelho und sein Sohn wechselten einen seltsamen Blick. «Nun», der Baroun räusperte sich, «es ist nur so – Eure Beschreibung trifft genau auf das Stammhaus unserer Familie am Südrand der Keyrié zu. Nur dass es in dieser Form nicht mehr existiert. Es wurde im Dezember 1545 bei einem Brand zerstört. Wir haben es nicht wieder aufgebaut. Es war mit zu vielen schmerzlichen Erinnerungen verbunden.»

Cristino sagte nichts. Es war gut, dass sie lag. Sonst wäre sie wahrscheinlich gleich ein zweites Mal umgekippt.

***

«Eine seltsame Geschichte!», sagte Fabiou, der Poet und Investigator, zu Sébastien de Trévigny, Victor Degrelho und seiner Schwester Catarino, während sie nebeneinander am Fenster standen und den Aufbruch der Gäste beobachteten. Es war spät, lange schon war die Nacht hereingebrochen. Das Unwetter hatte sich verzogen, sternenklar war der Himmel.

«Glaubst du das?», fragte Victor heiser und warf einen unsicheren Blick in die Runde. «Glaubst du, dass meine tote Cousine über ihr Medaillon in Verbindung mit deiner Schwester steht?»

«Nein!», antwortete Fabiou bockig. «Das ist doch hirnverbrannter Blödsinn.»

Victor seufzte. «Gott, Fabiou, unter normalen Umständen würde ich auch sagen, Cristino bildet sich das alles nur ein. Aber eines kann ich einfach nicht logisch erklären – dass Cristino unser Stammhaus, das nur noch eine Ruine ist, so gesehen haben will, wie es im Urzustand aussah. Ich meine, selbst wenn sie sich auch das eingebildet hat – woher weiß sie, wie dieses Haus einmal ausgesehen hat?»

«Was weiß ich – vielleicht hat sie mal ein Bild davon gesehen», meinte Fabiou achselzuckend. Er war fest entschlossen, an der Geistertheorie kein gutes Haar zu lassen.

«Nun, warum sollen wir nicht daran glauben, dass Cristino mit Agnes Degrelho in Kontakt steht?», fragte Sébastien fröhlich, der als Einziger wesentlich mehr fasziniert als beunruhigt war. «Was spricht denn dagegen, dass es Menschen gibt, die mit der Welt jenseits der unseren in Verbindung stehen? In Paris habe ich mal eine Frau gesehen, die konnte sich in eine Art Trance versetzen und hat dann Nachrichten aus dem Jenseits empfangen! Oder denkt doch mal an die Seher des Altertums, diese Sibylla von Cuma … Cyma … ach, was weiß ich, wie die heißt. Und an die Geschichte in der Bibel, mit der Totenbeschwörerin, die in Sauls Auftrag Samuels Geist beschwört. Vielleicht ist Cristino ja auch so eine Art Seherin.»

Fabiou gab ein Grunzen von sich, was deutlich seine Meinung über Seher aller Art in Vergangenheit und Gegenwart illustrierte, und Catarino vergaß wieder komplett ihre gute Erziehung, indem sie rief: «Ach, Ihr könnt sagen, was Ihr wollt, ich glaube, Cristino spinnt einfach! Mit ihren komischen Träumen und seltsamen Gefühlen an allen Orten und ihrem doofen Medaillon! Ich kann's echt nicht mehr hören! Wenn ich wegen jedem komischen Traum so ein Theater machen würde ... und ich hatte auch schon komische Träume, als Kind vor allem, da, wo ich so krank war. Im Ernst, ich habe mal geträumt, Vater sei gar nicht tot, sondern von einem Dämon mit einem zweifarbigen Gesicht entführt worden – also, der war echt grausig, der Dämon, eine Gesichtshälfte rot und eine weiß. Und dass unter meinem Bett ein Teufel wohnt, mit roten Augen und einem dreizackigen Schwanz. Und dass Cristino in Wirklichkeit ein Zigeunerkind ist, das uns untergeschoben worden ist. Und dass Oma Felicitas ein Pferd hat, das fliegen kann und mit dem sie zum Mond reitet. Und ...»

«Ja, ist gut, wir haben's gehört!», sagte Fabiou entnervt. Trévigny sah Catarino belustigt an, ihr unziemliches Benehmen schien ihn köstlich zu amüsieren.

Victor dagegen schien Catarinos Ungehörigkeit gar nicht zu bemerken. Langsam schüttelte er den Kopf. «Warum sollte sie so etwas tun?», flüsterte er.

«Cristino? Oh, vielleicht, um Aufmerksamkeit zu erregen, oder um ihre Launen auszutoben, was weiß ich», meinte Catarino wenig schwesterlich.

«Nein, ich meine – Agnes!», sagte Victor.

Es war still geworden. Alle starrten ihn an.

«Ich meine, sie war so ein nettes, unschuldiges kleines Mädchen. Warum sollte sie zurückkommen – als Geist! – und eurer Schwester solche Angst einjagen? Warum tut sie ihr das an?» Er blickte ratlos von einem zum anderen.

«Manchmal finden Menschen keine Ruhe», sagte Trévigny langsam. «Wenn sie zum Beispiel zu früh oder gewaltsam aus dem Leben gerissen worden sind. Auf Agnes trifft beides zu. Vielleicht –», er holte tief Luft, «kann sie erst Ruhe finden, wenn ihr Tod gesühnt ist.»

«Aber ihre Mörderin ist doch tot, schon lange!», rief Victor.

«Vielleicht war sie's ja gar nicht», meinte Catarino, die ganz zu vergessen haben schien, dass sie an die Geistertheorie ja nicht glaubte. «Vielleicht war sie auch nur ein Opfer des Mörders, und der wahre Mörder läuft noch frei herum.»

«Aber sie ist doch identifiziert worden!», rief Victor. «Man hat doch extra den Richter von Rablois kommen lassen, und der hat in ihr eindeutig das Weib erkannt, das er wegen Mordes an zwei Kindern zum Tode verurteilt hatte.»

«Deswegen muss sie nicht den Mord an Euren Cousinen begangen haben», meinte Catarino halsstarrig wie sonst nur Fabiou.

«Himmel, Victor, du glaubst doch nicht im Ernst, dass deine tote Cousine in einem Medaillon spukt!», rief Fabiou kopfschüttelnd aus.

«Ich … ach, ich weiß nicht!», seufzte Victor. «Irgendwie … das klingt sicher seltsam, aber irgendwie wünsche ich es mir vielleicht auch nur. Dass etwas von ihnen übrig geblieben ist, außer diesem Bild im Ballsaal. Versteht ihr, sie waren so unglaubliche Menschen, sie alle!» Er spielte an seinem Kragenansatz. «Ich habe sie eigentlich kaum gekannt. Mein Vater und mein Onkel hatten in den Jahren vor Onkel Hectors Tod nur wenig Kontakt miteinander. Durch Großvaters Tod hatten wir dieses Anwesen bei Sant Roumié geerbt, Santo Anno dis Aupiho. Alles war etwas heruntergekommen und es gab viel zu tun, und schließlich war es eine ganze Tagesreise hierher, da wurden Besuche einfach selten. Ich habe Onkel Hector nur ein einziges Mal bewusst gesehen. Damals kamen sie uns besuchen, im Herbst vor seinem Tod war das, die ganze Familie. Es waren wunderschöne Tage. Ich hatte nicht viele Spielkameraden damals, wisst ihr, es war eines der wenigen Male, dass ich mit mehr oder weniger Gleichaltrigen spielen konnte. Agnes war natürlich noch zu klein, aber die anderen drei …»

«Ihr müsst Euch ja gewaltig nach Freunden gesehnt haben», meinte Sébastien spöttisch. «Immerhin waren zwei von ihnen Mädchen!»

Victor lachte. «Ihr habt sie nicht gekannt. Onkel Hector hatte seine eigenen Vorstellungen, was Kindererziehung betraf. Seine Töchter wuchsen genauso auf wie sein Sohn. Alice und Louise konnten ebenso gut raufen, fluchen und auf Bäume klettern wie Daniel, ihr Bruder. Besonders Louise. Jesus, das war ein Wildfang, Louise!» Er schüttelte den Kopf. «Ich glaube, sogar Onkel Hector begann sich damals allmählich Gedanken zu machen, wie er aus Louise jemals eine Dame machen sollte! Ihre Amme behauptete, es läge daran, dass er sich bei Louises Geburt so sehr einen Jungen gewünscht hatte. Sie war die Älteste, müsst ihr wissen, ein Jahr älter als Daniel. Und als Tante Justine in den Wehen lag, prahlte Onkel Hector überall herum, was für einem tollen, starken, mutigen Sohn sie das Leben schenken würde. Und siehe da – es war ein Mädchen! Und Onkel Hector, schon etwas angeheitert vom Kindstrunk, sagte angeblich, macht nichts, dann habe ich eben eine starke, mutige Tochter. Und um das zu unterstreichen, nannte er sie mit zweitem Namen Penthesilea, nach der Amazonenkönigin. Mag sein, dass das im wahrsten Sinne des Wortes ein Ammenmärchen ist, aber genau so war Louise – mehr wie ein Junge als wie ein Mädchen. Sie und Daniel, das war ein unglaubliches Gespann. Castor und Pollux, die unzertrennlichen Zwillinge, nannte Onkel Hector sie, was natürlich Blödsinn war, sie waren ja keine Zwillinge und sahen sich auch kein bisschen ähnlich – Daniel war blond wie seine Mutter und Louise dunkelhaarig wie ihr Vater. Aber sie klebten zusammen wie Zwillinge.» Er lachte plötzlich. «Sie haben immer Duell gespielt. Ich und Alice waren die Sekundanten, und Louise und Daniel duellierten sich, mit kleinen Holzdegen. Aber ich sag's euch – wie die Alten! Ihr Vater hatte ihnen den Degenkampf beigebracht, und sie hatten seine Begabung geerbt – da ist manchem Erwachsenen der Mund offen stehen geblieben, wenn er sie beobachtet hat.» Er wurde plötzlich wieder ernst. «Meinen Onkel, meine Tante und Daniel habe ich nie mehr wiedergesehen. Und die Mädchen – sie waren so verändert, als sie zu uns kamen. Alice weinte den ganzen Tag. Agnes, denke ich, hat das, was passiert war, nicht richtig verstanden, sie war ja noch so klein. Aber auch sie war anders – schreckhaft, ängstlich. Und Louise …» Er schüttelte den Kopf.

«Was war mit Louise?», fragte Catarino.

«Ich habe sie nie weinen sehen», sagte Victor. «Aber sie hat auch nie wieder gelacht. Sie sprach fast nicht mehr, sie aß kaum etwas, sie sah einen die ganze Zeit nur aus ihren großen schwarzen Augen vorwurfsvoll an, als ob wir schuld am Tod ihrer Eltern und ihres Bruders seien. In der griechischen Sage, als Castor starb, entrückten die Götter Pollux zu ihm in den Himmel. Als Louise ermordet wurde, habe ich lange geglaubt, dasselbe wäre geschehen, Gott habe sie abgeholt, um sie zu Daniel zu bringen. Ich konnte nur nicht verstehen, warum er Agnes und Alice nicht dagelassen hatte.»

Es war ziemlich still geworden. Catarino kämpfte mit den Tränen, wie es sich für eine empfindsame junge Dame gehörte. Fabiou hatte die Stirn gerunzelt. Irgendwie hatte er das Gefühl, soeben etwas sehr Wichtiges erfahren zu haben, ohne dass er wusste, was.

«Mein Vater war dabei, als sie die Mädchen damals in dieser Höhle fanden», murmelte Victor. «Es muss schrecklich für ihn gewesen sein. Ich habe mich nicht einmal richtig von ihnen verabschieden können, mein Vater wollte nicht, dass ich die Leichen sehe, weil es so ein furchtbarer Anblick war. Auch der Totenwäscher konnte nichts mehr ausrichten … die Särge standen verschlossen in der Kirche, weil man dieses Bild niemandem zumuten konnte.»

Catarino schniefte. «Und über ihrem Grab wuchs ein Busch weißer Rosen, und wer einen Herzenswunsch hat und eine Rose bricht, dem geht er gewiss in Erfüllung.» Sie tupfte sich schluchzend mit ihrem Taschentüchlein die Augen.

Victor betrachtete sie seltsam. «Erzählt man das so? – Das war meine Mutter, sie hat diese weißen Rosen gepflanzt. Wie gesagt, es ist ihr sehr nahe gegangen … noch heute geht sie regelmäßig zum Grab der Mädchen, um für sie zu beten, wenn wir in Ais sind.»

«Aha!», sagte Fabiou.

«Was aha?», fragte Catarino.

«Na, wieder so eine Legende, für die es eine ganz logische Erklärung gibt», sagte Fabiou.

«Du bist gefühllos. Alle Männer sind gefühllos.» Catarino zog schnippisch die Nase hoch.

«Wie kam es eigentlich, dass euer Familienstammsitz damals abgebrannt ist?», fragte Fabiou nachdenklich. «Ich meine, mitten im Winter kann es wohl kaum ein Waldbrand gewesen sein!»

«Gute Frage.» Victor erschien dankbar über den Themenwechsel. «Das Haus stand leer nach Onkel Hectors Tod, Vater hatte alle Diener entlassen. Ein Unfall kann es also kaum gewesen sein. Vielleicht Brandstiftung, ein Antonius-Jünger, der sich gerächt hat.» Er zuckte mit den Achseln.

«Fabiou! Catarino!» Frederi natürlich. «Kommt ihr endlich? Die Kutsche ist angespannt!»

Sie verabschiedeten sich voneinander. Victor wirkte ziemlich bedrückt, die aufgewärmten Erinnerungen gingen ihm offensichtlich ganz schön an die Nieren. Catarino tupfte ein paar empathische Tränen ab.

«Weißt du, was ich komisch finde?», sagte Fabiou zu Catarino, als sie kurz darauf Seite an Seite in Richtung Ausgang liefen.

«Nein. Was?»

«Hast du dir das Bild von Hector und Agnes Degrelho mal genau angesehen?»

Sie nickte und schniefte wieder. «So ein süßes kleines Mädchen!» schluchzte sie.

«Ich meine nicht das Mädchen!» Fabiou verdrehte die Augen. «Den Mann, hast du dir den angesehen?»

«Ja. Schon. Wieso?»

«Ja, verdammt, ist es dir nicht aufgefallen? Es ist derselbe, der auf dem Gemälde in Omas Zimmer abgebildet ist. Das, auf dem auch unser Vater und Onkel Pierre drauf sind, und noch ein Vierter. Das mit dieser Unterschrift von den vier wahren Freunden.»

Catarino runzelte die Stirn. «Du meinst, Hector Degrelho war mit unserem Vater befreundet? Na, kann doch sein – was ist daran komisch?»

«Nun, dann müssten Frederi und Degrelho sich doch auch gekannt haben, oder? Und dann erstaunt es doch etwas, dass Frederi die Geschichte, die uns Roubert de Buous in Lourmarin erzählt hat, so überhaupt nicht bekannt vorgekommen ist!», erklärte Fabiou.

Catarino sah ihn seltsam an. «Du meinst, Frederi hat gelogen?»

«Könnte man doch meinen. Und wenn das so ist, muss man sich fragen, warum.» Er erstarrte.

«Was ist?», fragte Catarino erstaunt.

«Victor.» Fabiou wirbelte herum. «Victor!», brüllte er und rannte zu seinem neuen Freund zurück.

«Was ist?» Victor hatte sich gerade zum Gehen gewandt.

«Victor», keuchte Fabiou außer Atem, «sagtest du vorhin Rablois?»

KAPITEL 10

in dem Cristino professionelle Hilfe sucht,
was allerlei Wahrsagerei mit sich bringt

Aber magische Operation, gleich wie die Wissenschaft der Kabbala, entspringt nicht aus Geistern oder Zauberei, sondern aus dem natürlichen Lauf der subtilen Natur.

Theophrastus Bombastus von Hohenheim, genannt Paracelsus,
deutscher Mediziner und Mystiker (1493-1541)

Die nächsten Tage verlebte Fabiou im Höhenflug. Nicht nur ihm selbst war aufgefallen, dass die letzten Tage wahrhaft bahnbrechende Erkenntnisse mit sich gebracht hatten. Sowohl Sébastien de Trévigny als auch Victor Degrelho, Bruder Antonius, Loís, Frederi Jùli und sogar die bisher so gleichgültige Catarino waren fasziniert von den neuen Entdeckungen, und nur Cristino, die sich mit anderen Gedanken herumschlug, konnte wenig Begeisterung für seine Nachforschungen aufbringen.

Seit dem Fest bei den Degrelhos war nicht eine Nacht vergangen, in der sie nicht von Agnes geträumt hatte. Den immer gleichbleibenden Traum, der vor einem Spiegel begann und in einem Gang endete, in dem ein totes blondes Mädchen auf dem Boden lag, und mit einem Schrei, der sie stets selbst erwachen ließ. Dem Schrei nach Louise.

Hatte sie gehofft, ihre Eröffnung würde ihr Hilfe von Seiten ihrer Eltern eintragen, so hatte sie sich gründlich getäuscht. Die Dame Castelblanc tat ihre Erzählung mit einem nervösen Kichern ab, nein, was das Mädchen für Ideen hat, und auf einen erneuten Versuch Cristinos, sie von der Dringlichkeit ihres Problems zu überzeugen, wurde sie sogar ärgerlich und meinte, solch unnützes Geschwätz schicke sich nicht für eine Dame, und wie wolle sie je einen angemessenen Ehemann finden, wenn sie sich so verschroben gab. Noch knapper würgte der Cavalié sie ab. Es sei, so sagte er, heidnischer Aberglaube, dass Tote als Geister auf Erden wandeln oder gar über Amulette mit Lebenden in Verbindung treten, und eines Christenmenschen sei es nicht würdig, an solche Dinge auch nur zu denken. Er riet Cristino, nicht länger diese Schundromane zu lesen, die einem jungen Mädchen so verrückte Dinge in den Kopf setzen, und dafür etwas öfter zu beten, dann werden diese Albträume und Sinnestäuschungen – genau so drückte er sich aus, Sinnestäuschungen – schon aufhören.

Cristino, die wirklich zu allem bereit war, wenn nur Agnes Degrelho endlich wieder aus ihrem Leben verschwand, nahm den Rat ihres Stiefvaters gerne an, doch auch das verzweifeltste Gebet vor dem Einschlafen änderte nichts an ihren Albträumen, genauso wenig wie die von Bruder Antonius empfohlene Lektüre des Vesalius einen positiven Effekt zeigte.

Es war klar, man musste sich allmählich an einen Experten wenden.

***

Zwei Tage nach den Feierlichkeiten bei den Degrelhos saß Fabiou im Kreise seiner Anhängerschaft im Studierzimmer und breitete die bisher gewonnenen Ergebnisse vor ihnen aus. Fabiou hatte einen philosophisch-humanistischen Disput vorgetäuscht, um die Anwesenheit von Trévigny und Degrelho zu erklären. Frederi hatte sich zwar etwas gewundert, mit welchem Eifer Catarino und sein Sohn an besagtem Disput teilnahmen, hatte grundsätzlich aber nichts dagegen einzuwenden gehabt. Er hatte lediglich etwas dagegen protestiert, Victor Degrelho über die Schwelle zu lassen, aber Philomenus hatte, schon um Frederi zu ärgern, gemeint, dies sei sein Haus, und in seinem Haus sei Victor Degrelho jederzeit willkommen.

Man saß also im Studierzimmer beisammen, Loís etwas abseits, wie es einem Diener geziemte. Er sah abenteuerlich aus; um seinen Kopf war ein Verband geschlungen, und darunter schillerte seine rechte Gesichtshälfte in sämtlichen Regenbogenfarben. Fabiou stand an der Tafel, die Kreide in der Hand, und dozierte. «Nach reiflichem Überlegen und intensiven Nachforschungen», sagte er, «muss man zu der Überzeugung gelangen, dass der Fall komplizierter liegt als zunächst angenommen. Da ist zunächst die Vielzahl verdächtiger Personen, die mittlerweile aufgetaucht ist. Zunächst einmal der geheimnisvolle Mann mit der Maske.» Bruder Antonius wurde etwas grünlich bei diesen Worten, aber Fabiou sah es nicht, da er gerade ‹les suspects – die Verdächtigen› und darunter ‹l'homme à la masque› an die Tafel schrieb. «Wer ist er», fuhr Fabiou fort, «und warum trägt er eine Maske?»

«Nun, vermutlich will er nicht erkannt werden», mutmaßte Victor Degrelho.

«Die wahrscheinlichste Antwort», erklärte Fabiou. «Dies wiederum könnte bedeuten, dass er jemand ist, den man ohne Maske erkennen würde, eine Person des öffentlichen Lebens also. Ansonsten wissen wir nicht viel über ihn, außer dass er überzufällig häufig im Zusammenhang mit den Morden auftaucht, wobei unklar ist, ob er etwas mit ihnen zu tun hat. Dann der nächste Verdächtige – der Glatzkopf. Er hielt sich im Haus des letzten Ermordeten auf. Sein Aussehen kennen wir, wissen aber ansonsten nichts über ihn. Für mich ist er einer der Hauptverdächtigen, zumindest was den Mord am Notar betrifft.» ‹L'homme chauve – der Mann mit der Glatze› schrieb Fabiou an die Tafel. «Weiter – Mèstre Ingelfinger, der Deutsche.» Fabiou kratzte sich am Kopf. «Er ist vor allem deshalb verdächtig, da er sich ab und zu Grandjean nennt und behauptet, aus Lothringen zu kommen. Er ist Kaufmann und gehört offensichtlich demselben Unternehmen an wie Trostett und Petri. Möglich, dass er als Trostetts Vorgesetzter nur Nachforschungen zu seinem Tod anstellt, möglich, dass es eine harmlose Erklärung dafür gibt, dass er sich auf dem Fest der Mancoun als Grandjean ausgab. Wie dem auch sei», meinte Fabiou, «er weiß eine Menge, das wir nicht wissen, und macht ein ziemliches Geheimnis daraus.» Fabiou schrieb ‹Ingelfinger› an die Tafel.

«Frederi. Du musst Frederi mit draufschreiben», rief Catarino. Schiefe Blicke von Seiten der Männer trafen sie. Frederi Jùli stand der Mund offen. «Na, ist doch wahr», verteidigte sie sich. «Du hast doch selbst gesagt, er hat gelogen. Wenn das nicht verdächtig ist!»

Fabiou schüttelte den Kopf. «Möglich, dass Frederi uns anlügt», meinte er, «aber deswegen hat er doch noch lange nichts mit den Morden zu tun.»

«Ich finde das verdächtig», grummelte Catarino.

«Nun», Fabiou ignorierte seine Schwester geflissentlich, «dann zu den unterschiedlichen Theorien bezüglich der Mordserie, die inzwischen laut geworden sind. Die am weitesten verbreitete, die mittlerweile auch von offizieller Seite geteilt wird, lautet, dass es sich um Raubmorde handelt, begangen von den Antonius-Jüngern.» Er schrieb ‹Les Théories› an die Tafel und darunter: ‹I Disciple d'Antoine – Vole›. «Dafür spricht der Schriftzug Santonou, der bei den Ermordeten gefunden wurde. Dagegen spricht, dass bei keinem der Morde – und inzwischen sind es immerhin fünf – nachweislich etwas gestohlen wurde. Daraus und aus der Tatsache, dass unter den Mordopfern mindestens einer ist, der maßgeblich an der Vernichtung der Antonius-Jünger 1545 Anteil hatte, lässt sich eine zweite These ableiten: die Morde sind Teil eines Rachefeldzugs der Antonius-Jünger, darunter möglicherweise der junge Nicoulau, der Sohn eines der ehemaligen Anführer.»

«Ich finde diese Theorie an den Haaren herbeigezogen!», sagte Bruder Antonius scharf. «Nur weil in den Annalen von Galaud nichts über seine Hinrichtung steht! Blödsinn ist das doch!»

«Nun, auch wenn es nicht der junge Nicoulau ist, kommt eine Rache der Antonius-Jünger doch eindeutig als Motiv in Frage», insistierte Fabiou und schrieb auf: ‹II Disciple d'Antoine – Vengeance›. «Allerdings», fuhr er fort, «gibt es mittlerweile durchaus Hinweise, die dagegen sprechen, dass die Antonius-Jünger verantwortlich für die Morde sind.»

«Was?» Bruder Antonius und Victor Degrelho. Beide waren vor Überraschung beinahe von ihren Stühlen gefallen.

Fabiou griff in sein Wams und förderte den Holzspan zutage. «Ein Bauer, der offensichtlich wusste, wovon er sprach, hat mir dies gegeben, mit dem Hinweis, dass so Joan lou Pastres Schrift aussah – also deutlich anders als die Schrift, die man stets bei den Leichen findet.»

«Na, ist doch logisch – die Schrift bei unseren Morden kann ja auch schlecht von Joan lou Pastre stammen», mischte Catarino sich schon wieder ein. Die Blicke der Herren wirkten zunehmend befremdet.

«Aber was erstaunlich ist – angeblich ähnelte die Schrift, die man an Hector Degrelhos Leiche gefunden hat, dafür sehr der Schrift bei den jüngsten Mordopfern», sagte Fabiou mit einem genüsslichen Grinsen.

Kurze Stille. «Was willst du damit sagen?», fragte Victor dann heiser.

«Nun, dass es nicht auszuschließen ist, dass der Mörder von Hector Degrelho derselbe ist, der Trostett, Servius, Bossard und Austelié umgebracht hat, er mag nun ein Antonius-Jünger sein oder nicht. Und dass Hector Degrelhos Mörder sicher nicht Joan lou Pastre hieß», erklärte Fabiou.

Victor stand auf. Er war ziemlich blass um die Nase. Langsam lief er zum Fenster und starrte auf die Carriero de Jouque hinaus. «Du meinst, der Mörder meines Onkels läuft noch frei herum?», krächzte er. «Du meinst, alles was mein Vater getan hat, war umsonst, und Joan lou Pastre ist unschuldig gestorben?»

«Na ja, unschuldig ist so eine Sache bei einem notorischen Räuber – aber ich denke, ja, am Tod deines Onkels war er unschuldig.»

«Herr Gott im Himmel», flüsterte Victor. «Wenn das stimmte – mein Gott … Aber … Fabiou, deine Argumentation in Ehren, doch sie stützt sich einzig und allein auf die Aussage eines Bauern! Und selbst wenn er die Wahrheit gesagt hat – ein anderes Mitglied der Antonius-Jünger könnte bei der Ermordung meines Onkels geschrieben haben. Und vielleicht ist dieser Kerl ja tatsächlich noch am Leben und für unsere Morde verantwortlich.»

«Der Bauer hat gemeint, nur ein einziger Antonius-Jünger habe richtig schreiben können – ein Junge …», überlegte Fabiou. «Heute wäre er erwachsen …»

«Ja, und vielleicht hat er ja inzwischen 'ne Glatze!», rief Frederi Jùli.

«Herr Jesus, das ist doch alles Unsinn!», ereiferte sich Bruder Antonius. «Ich bleibe dabei – die Antonius-Jünger sind tot, und wer immer die Morde jetzt begeht, er benutzt ihren Namen, um von sich abzulenken!»

«Aber wer sollte das sein?», fragte Trévigny neugierig.

«Nun, ich halte es immer noch für wahrscheinlich, dass das ganze ein Handelskrieg ist», erläuterte der Mönch. «Dieses Unternehmen Ohneberg wollte den einheimischen Kaufleuten Konkurrenz machen, und daraufhin wurde sein Abgesandter, Trostett, im Auftrag der Hiesigen ermordet. Und jetzt sind es vielleicht die von Ohneberg, die Rache an den einheimischen Händlern üben. Das könnte durchaus die Ermordung des Notars erklären, er hat sicher den einen oder anderen Kaufmann betreut. Und auch Bossard könnte an irgendwelchen Geschäften beteiligt gewesen sein.»

«Aha, du hältst also Ingelfinger für den Mörder», meinte Fabiou. «Und Bruder Servius? Wie erklärst du dir seinen Tod?»

«Ich bin immer noch der Meinung, dass Servius' Ermordung nichts mit den anderen Todesfällen zu tun hat», erklärte Bruder Antonius halsstarrig.

«Ach. Und der Blutschmierer an der Wand? Und die Erwähnung in Trostetts Brief?»

«Jesus und Maria, für den Blutschmierer gibt es auch andere Erklärungen, und ich habe schon mal gesagt, der Name Servius ist häufig!»

«Nun gut», Fabiou zuckte mit den Achseln, «ein Handelskrieg also. Denkbar.» Er schrieb ‹guerre de marchands› an die Tafel. «Sonst noch Theorien?»

Alle schwiegen. «In Ordnung», sagte Fabiou, «wir dürfen über all dem aber nicht Trostetts Brief vergessen, zu dem sich ebenfalls eine ganze Reihe neuer Erkenntnisse ergeben haben.» Er griff erneut in sein Wams und förderte gleich einem Zauberkünstler die inzwischen fleckige und abgegriffene Abschrift von Trostetts Schreiben zu Tage. «Wir erinnern uns an die fünf Namen, die dieser Brief enthält – Petri, Rablois, Bruder Servius, die Quadriga, Carfadrael. Petri ist geklärt, zu Bruder Servius gibt es unterschiedliche Theorien, und der Name Quadriga ist nach wie vor rätselhaft. Anders verhält es sich aber mit Rablois und Carfadrael.» Er sah die überraschten Blicke von Antonius, Sébastien und Catarino und fuhr zufrieden grinsend fort: «Carfadrael ist ein legendärer Helfer der Armen und Schwachen, angeblich ein Adliger, der in Verkleidung gegen das Unrecht kämpft. Und wenn man unserer Suso glauben darf, hat er 1544 Joan lou Pastre vor dem Galgen gerettet.»

Bruder Antonius rang nach Luft. Catarino machte ein perplexes Gesicht. «So eine Art Robin du Bois also?», meinte Trévigny begeistert.

«Robin du Bois?»

«Ach, das ist eine englische Ballade über einen entrechteten Adligen, der im Auftrag von Richard Coeur de Lion die Reichen und Mächtigen bekämpft und das erbeutete Gut an die Armen verteilt», erklärte Sébastien.

«Hm ja, so ähnlich.» Ballade. Bei Fabiou klingelte ein ganzer Glockenturm. Eine Ballade über Carfadrael – war das nicht eine hervorragende Idee?

«Habe ich doch immer gesagt, oder?», schrie Catarino begeistert. «Dass das eine Sage ist, und dass Vater mir von ihm erzählt hat.»

«Na ja, die Sage hat sich offensichtlich '44 ganz schön mit Bossard angelegt, und das und die Erwähnung in Trostetts Brief kann ja wohl kaum Zufall sein», meinte Fabiou. «Und was auch interessant ist – Carfadrael besaß anscheinend Mitstreiter, die sich die ‹Bruderschaft› nannten. Und wenn ihr euch an die Widmung in ‹Utopia› erinnert, die mit Carfadrael unterzeichnet war, so war da auch von einer Sodalitas – Bruderschaft die Rede.»

«Das heißt, die Namen, die da stehen, können sehr wohl die Namen der Mitglieder dieser Bruderschaft sein», überlegte Bruder Antonius.

«Genau», bestätigte Fabiou. «Wobei es sich natürlich nicht um richtige Namen, sondern um – ja, Decknamen handeln muss. Dennoch sind sie unser einziger fassbarer Hinweis auf diese Bruderschaft. Was umso seltsamer ist, als besagtes Buch sich im Besitz von Oppède befand, bevor es an die Bibliothek ging.»

«Oppède als Beschützer der Armen und Schwachen? Na, ich weiß nicht.» Sébastien verzog das Gesicht.

«Vielleicht ist das Buch durch mehrere Hände gegangen», überlegte Bruder Antonius.

«Hm. Möglich. Auf jeden Fall ist Carfadrael eine Spur. Und wir haben noch eine. Rablois. Ich denke, Victor, das solltest du erklären.»

Victor, der noch immer am Fenster stand, räusperte sich. «Rablois ist eine kleine Stadt in der Gegend von Lyon. Dort sind Anfang '45 die Kinder eines ansässigen Landjunkers ermordet worden – erwürgt von ihrem Kindermädchen. Das Weib wurde gefasst und für das Verbrechen zum Tode verurteilt. Doch wenige Tage vor der geplanten Hinrichtung entkam sie auf ungeklärte Weise. Als meine Kusinen starben, ist irgendjemandem die Ähnlichkeit des Verbrechens zum Mord von Rablois aufgefallen. Der Richter von Rablois wurde daraufhin hierher gerufen, und in der Tat identifizierte er die Mörderin meiner Kusinen als dieselbe, die er bereits für den Mord an den Kindern aus Rablois verurteilt hatte.»

«Rablois. Es war dieselbe», zitierte Fabiou und winkte mit Trostetts Brief.

Ergriffene Stille. «Heiliger Strohsack», hauchte Sébastien.

«Na, das wissen wir doch, dass das Weib vorher schon andere Kinder umgebracht hatte», erklärte Frederi Jùli. «Wegen dem Teufel, weil der doch dreizehn Opfer wollte!»

«Hat es denn irgendeine Erklärung dafür gegeben, warum die Frau die Kinder in Rablois umgebracht hat?», fragte Bruder Antonius stirnrunzelnd, Frederis Bemerkung ignorierend.

Victor schüttelte den Kopf. «Sie hat wohl beim Verhör nur völlig wirres Zeug geredet, so dass man zu dem Entschluss kam, sie sei wahnsinnig. Wahnsinnig oder in der Tat vom Teufel besessen.»

«Blödsinn», murrte Bruder Antonius.

«Also wirklich nur die sinnlose Tat einer Wahnsinnigen», seufzte Sébastien betroffen. «Die in Rablois haben sie entwischen lassen, und sofort hat sie sich die nächste Familie ausgesucht und ihre Bluttat wiederholt.»

«Komisch», murmelte Bruder Antonius.

«Was ist komisch?», fragte Fabiou.

«Dass jemand, der so irre ist, dass er beim Verhör nur unverständliches Zeug daher redet, ein paar Wochen später wieder einen so normalen Eindruck macht, dass ein Baroun d'Astain ihn zur Betreuung seiner Kinder einstellt.»

«Was willst du damit sagen?», fragte Victor, dem offensichtlich immer unbehaglicher zumute wurde angesichts all der unerwarteten Eröffnungen.

«Man kann Wahnsinn auch vortäuschen», meinte Bruder Antonius.

«Wieso? Warum sollte das einer tun?», fragte Catarino verständnislos.

Der Mönch zuckte mit den Achseln. «Um die wahren Beweggründe zu verschleiern. Um der Folter zu entgehen. Um vielleicht sogar mit dem Leben davonzukommen. Es gäbe durchaus Richter, die einen wahnsinnigen Mörder einsperren würden, statt ihn aufzuhängen.»

Fabiou nickte. In seinen Augen lag ein fasziniertes Glimmen. «Aber, Himmel, was für einen Grund sollte ein Mensch klaren Verstandes haben, unschuldige Kinder zu töten?», rief Victor. «Mädchen noch dazu, arme Waisen, die nichts sind und nichts haben außer ihr nacktes Leben!»

«Ja, das stimmt, das ist seltsam», bestätigte Sébastien. «Wären deine Kusinen Knaben gewesen, hätten dein Vater und du zumindest einen Grund gehabt, sie erwürgen zu lassen: ihr Erbe.»

«Sehr witzig!», zischte Victor.

«Eine Erklärung gäbe es», sagte Loís aus dem Hintergrund. Alle drehten sich um. Sébastien und Victor hatten die Stirn gerunzelt. Es erschien ihnen offensichtlich befremdlich, dass ein Diener sich in die Belange der Herren einmischte. «Und der wäre?», fragte Sébastien unwirsch.

«Nun», Loís wich unsicher Sébastiens Blick aus, «immerhin waren die Mädchen dabei, als der Baroun ermordet wurde. Vielleicht haben sie den wahren Täter gesehen und er musste fürchten, dass sie ihn eines Tages wiedererkennen.»

«Mein Vater war auch dabei», widersprach Victor unwillig.

«Aber habt Ihr Fabiou nicht erzählt, er sei vorausgeritten und erst zurückgekommen, als die Wegelagerer bereits angegriffen hatten?», meinte Loís. «Vielleicht ist das Entscheidende, was die Mädchen gesehen haben, vor seiner Ankunft passiert.»

«Ach …» Sébastiens Gesicht zeigte deutlich, was er von der Meinung eines Dieners hielt.

«Wie dem auch sei», Fabiou räusperte sich unbehaglich, «ich habe den gesamten Brief noch einmal durchgesehen mit Hinblick auf das, was wir jetzt wissen. Die Kinder, von denen Trostett spricht – er kann eigentlich nur die Kinder von Degrelho meinen. Das furchtbare Verbrechen – es könnte hier um die Ermordung von Degrelho und seiner Familie gehen. Und die Stelle mit Rablois spielt definitiv auf Victors Kusinen an!»

«Möglich.» Sébastien zuckte mit den Schultern. «Aber auch dann bleiben noch genügend Fragen offen. Was ist mit dem Verrat gemeint? Wer ist dieser geheimnisvolle Rächer, auf den Trostett gehofft hat? Was hat es mit dieser seltsamen Geschichte um Carfadrael und die Bruderschaft auf sich? Und was, Jesus und Maria, hat Trostett gemeint, als er Ingelfinger schrieb: Eine Generation, verkauft für ein paar Silberlinge, ein Volk für ein paar Morgen Land?»

«Ich weiß es nicht», gab Fabiou zu. «Aber ich denke, eines können wir mit großer Wahrscheinlichkeit sagen: Der Mord an Hector Degrelho war genauso wenig ein Raubmord wie die Morde an Trostett, Servius, Bossard, dem Notar und seinem Diener, und ebenso wenig war die Ermordung der drei Mädchen die hirnlose

Tat einer Wahnsinnigen. Was auch immer hinter all dem steht, diese Ereignisse hängen irgendwie zusammen. Und das bedeutet, dass wesentlich mehr hinter der ganzen Sache steckt, als die hohen Herren vom Parlament sich träumen lassen!»

***

«Confiteor Deo et beatae Mariae et omnibus sanctis et vobis, Pater, quia peccavi in cogitatione, locutione et opera, mea culpa ...»

Oh nein, dachte Pater Thomas, Beichtvater zu St. Sauvaire, als er die schniefende Jungmädchenstimme durch das Gitter des Beichtstuhls wahrnahm. Die dritte in dieser Woche! Dass die Leute auch nicht besser auf ihre Gören aufpassen können! Und plötzlich sind sie schwanger, und dann hagelt es auch noch Vorwürfe, man habe die unschuldigen Geschöpfe nicht ausreichend gegen die Anfechtungen der Sünde gewappnet!

«Nun, meine Tochter, ich höre, wessen bist du schuldig?»

Wieder Schniefen. Das Übliche, schätzungsweise. Er war so galant und so gutaussehend, und ich habe mir wirklich nichts dabei gedacht, als er den Waldspaziergang vorgeschlagen hat, und als er wollte, dass ich mich ausziehe, habe ich mir auch noch nichts gedacht, aber hinterher habe ich mich dann doch gefragt, ob das ganze vielleicht eine sündige Handlung war ...

«Sprich, mein Kind», seufzte er, ergeben in sein Schicksal, sich die neueste Version derselben uralten Geschichte anhören zu müssen. «Was immer du getan hast, dir wird vergeben werden.»

Ein neuerliches Schluchzen. Dann eine zitternde, tränenerstickte Stimme: «Ich bin vom Geist einer Toten besessen.»

«Wie bitte?» Pater Thomas saß kerzengrade auf seinem Sitz. «Ein Geist? Einer Toten?»

«Hm. Ja. Sie heißt Agnes, und sie ist von ihrem Kindermädchen erwürgt worden, mit vier Jahren. Und ich habe ein Medaillon gekauft, das ihr gehört hat. Und seitdem träume ich dauernd von ihr, und ich weiß Dinge aus ihrem Leben, die ich eigentlich gar nicht wissen kann. Und ich will, dass sie wieder weggeht. Könnt Ihr da etwas machen?»

Jesus, das war nun wirklich ein ausgeprägter Fall mädchenhafter Überspanntheit! «Nun … ähm … habt Ihr Euch schon überlegt, Euch des Medaillons zu entledigen?»

«Ja, schon, aber ich denke, dann wird sie vielleicht wütend und tut mir etwas ganz Furchtbares an!»

«Kein Geist kann Euch Schaden zufügen, wenn Ihr in Jesu seid!», erklärte der Pater. «Vertraut auf den Herrn, dann werden diese Traumbilder verschwinden.»

«Na, ich vertraue doch auf den Herrn! Und ich bete ja auch dauernd! Aber es nützt nichts! – Könnt ihr den Geist denn nicht irgendwie austreiben, Pater?»

Ach, du liebes Bisschen! Er war nun wirklich kein Experte in Sachen Exorzismus! Abgesehen davon, dass er seine Zweifel hegte, ob ein Exorzismus wirklich das war, was dieses junge Ding brauchte! Wo kämen wir da hin, wenn wir jedes Kind, dass sich in Fantasiegebilde versteigt, als Besessene behandeln würden! «Nun, wisst Ihr, mein Kind, ein Exorzismus ist eine ernste Sache. Unmöglich, das ohne das Einverständnis Eurer Eltern durchzuführen.»

«Aber», Schluchzen, «meine Eltern glauben mir nicht, dass ich von Agnes besessen bin!»

Aha. «Nun, so leid es mir tut – Ihr selbst seid zu jung, um eine Entscheidung dieser Tragweite zu fällen. Aber wir können gerne miteinander beten, mein Kind. Ich bin sicher, das wird Euch helfen.»

«Nein, das wird es nicht!» Er hörte sie mit dem Fuß aufstampfen wie ein kleines Mädchen. «Ihr müsst ihr befehlen, dass sie fortgeht! Ihr seid doch Priester, Ihr müsst so etwas doch können!»

Warum passieren eigentlich immer mir solche Sachen? «Also, was man versuchen könnte, wäre natürlich ein kleiner Exorzismus, das müsste gehen ohne das Einverständnis Eurer Eltern …»

«Ja?» Die Stimme klang hoffnungsvoll. «Kann man das gleich machen?»

«Na selbstverständlich.»

Er führte Cristino in die Kapelle der Heiligen Muttergottes, hieß sie niederknien und winkte einen Messdiener herbei. Dieser musste ein Weihrauchgefäß schwenken, während er Cristino mit Weihwasser besprengte und dreimal laut und befehlerisch «Hebe dich hinweg von ihr, ruheloser Geist!» rief. Danach forderte er sie auf, zur Bekräftigung noch einen Rosenkranz zu beten. «Wenn dies nicht hilft», meinte er abschließend, «müsst Ihr mit Euren Eltern wiederkommen. Mehr kann ich im Moment nicht machen.»

«Denkt Ihr wirklich, das wirkt?», fragte der Messdiener zweifelnd, als Cristino sich mit einem glückseligen Lächeln entfernte.

«Weißt du», seufzte der Pater, «Glaube versetzt in solchen Fällen wahrhaft Berge.»

Und Cristino ging strahlend nach Hause und vergnügt zu Bett, las die letzten zehn Seiten des Vesalius, sprach ihr Nachtgebet und träumte von Agnes Degrelho.

***

«Wer bitte?» Mèstre Crestin, der Viguié, lehnte sich zurück und betrachtete den Arquié Albin aus übernächtigten Augen. Das Parlament saß ihm im Nacken in Gestalt eines geiergesichtigen Docteur Vascarvié, was zur Folge hatte, dass er sich mittlerweile Tag und Nacht auf der Suche nach Bossards Mörder um die Ohren schlug.

«Der kleine Bèufort», antwortete Albin.

«Was will der schon wieder?» Laballefraou, der am Pult stand und einen Stapel von Papieren sichtete, hob den Kopf.

«Oh, er meint, er habe wichtige Fragen bezüglich der Ermordung des Notars», meinte Albin.

«Sagt mal, wer bin ich eigentlich?», explodierte der Viguié. «Vascarvié kommandiert mich herum wie seinen Kammerdiener, und der kleine Bèufort stellt mir Fragen, als sei er der Viguié und ich ein kleiner Taschendieb! Diesen Bengel sollte man – na, da ist er ja schon. Einen schönen guten Morgen, Baroun!» Crestin bedachte Fabiou, der ohne anzuklopfen ins Zimmer trat, mit einem Blick, als ob er ihn fressen wollte.

«Guten Morgen!» Fabiou strahlte. Er war bester Laune, im Gegensatz zum Rest der Anwesenden. «Ich wollte nur fragen, habt Ihr inzwischen die Unterlagen des Notars Austelié durchgesehen?»

«Ja, Baroun. Selbstverständlich, Baroun. Darf ich fragen, was zum Teufel Euch das angeht?»

«Na ja», Fabiou runzelte die Stirn – er war offensichtlich nur mäßig willkommen –, «ich habe da ein paar ganz interessante Zusammenhänge herausgefunden. Und in diesem Kontext würden mich Austeliés Akten aus dem Jahr 1545 interessieren.»

Blicke wurden gewechselt zwischen dem Viguié und seinen Arquiés. «1545?», fragte Crestin unruhig. «Ausgerechnet 1545?»

«Ja. – Wieso ausgerechnet?»

«Nun», der Viguié räusperte sich, «es mag Zufall sein, doch in Austeliés Schreibzimmer fanden sich Unterlagen von 1532, wo er sein Amt als Notar begann, bis zum heutigen Tag, fein säuberlich in Kisten nach Jahren sortiert. Aber eine Kiste fehlte seltsamerweise.»

«Lasst mich raten – 1545?»

«Eben diese.» Crestin hatte die Brauen hochgezogen. «Diese seltsamen Gestalten, die Ihr beobachtet habt – von denen hatte nicht zufälligerweise eine eine Kiste unter dem Arm?»

«Der Kahle hatte etwas unter dem Arm, aber ich konnte im Dunkeln nicht erkennen, was», gab Fabiou zu. «Es ist gut möglich, dass es eine Kiste war. Also, das ist ja wirklich interessant.» Er strahlte über das ganze Gesicht.

«Es ist wohl zu viel verlangt, wenn ich darum bitte, uns an Euren atemberaubenden Erkenntnissen teilhaben zu lassen?», fragte Crestin spitz.

Fabiou grinste triumphierend und verschränkte die Arme über der Brust. «1545. Man kommt immer wieder auf dieses Datum zurück. Es kann nur und muss der Schlüssel zu den Morden sein. 1545 wurden die Antonius-Jünger vernichtet – deren Signatur bei fast allen, ich würde sogar sagen, bei allen Morden der jüngsten Vergangenheit auftauchte. 1545 wurde Hector Degrelho ermordet – angeblich von den Antonius-Jüngern, wobei die Signatur, die man bei seiner Leiche fand, mehr der aktuellen ähnelt als alle, die die Antonius-Jünger sonst hinterlassen hatten. 1545 tötete eine angeblich Wahnsinnige Degrelhos Töchter – und auf eben dieses Verbrechen spielt eine Stelle in dem Brief an, den Trostett, unser erstes Mordopfer, hinterlassen hat. Und beim letzten Mord verschwanden ausgerechnet alle Unterlagen von 1545. Ihr glaubt doch nicht im Ernst, das alles sei Zufall?»

Crestin betrachtete ihn stirnrunzelnd. «Degrelho? Hector Degrelho, sagtet Ihr?», fragte Laballefraou vom Pult aus.

«Ja, wieso?»

«Ach, ich habe da in Austeliés Unterlagen gerade etwas gesehen …» Laballefraou wühlte sich durch die Papiere, um eines davon schließlich hervorzuziehen. «Da.»

Fabiou war schneller beim Pult als Crestin, weshalb er einen Blick auf das Papier werfen konnte, bevor Crestin es an sich nahm. Es war ein Brief, eine kurze Notiz nur, datiert auf den 12. November 1544. «Ich komme wie besprochen am 5. Januar zu Euch, um alles weitere bezüglich des Testamentes zu klären. H. Degrelho.»

«Ein Testament?», rief Fabiou. «Was für ein Testament denn?» Schrieb nicht auch Trostett von einem Testament?

«Na, scheint so, als habe Degrelho etwas geerbt.» Laballefraou kratzte sich am Kopf. «Ich habe aber nichts weiteres in der Richtung entdeckt. War wahrscheinlich alles 1545 einsortiert.»

Victor hatte erzählt, sein Großvater habe einen Teil seines Erbes dem älteren Sohn, Archimède, vermacht, um den ungezogenen jüngeren Sohn zu strafen. Sicher hatte er also ein Testament hinterlassen. Bei Austelié? Und was gab es da noch zu klären? War der gute Hector vielleicht doch mehr an materiellen Gütern interessiert, als Victor, sein großer Bewunderer, meinte? Wollte er das Testament, das seinen Bruder begünstigte, vielleicht anfechten? Oder es am Ende sogar verschwinden lassen?

«Da wir bei ungelösten Rätseln sind», Crestin räusperte sich, «ich hätte da eines, das Ihr vielleicht aufklären könntet.»

«Was denn?» Fabiou horchte auf.

«Da.» Crestin griff ein Blatt Papier, das zuoberst auf seinem Tisch lag, und reichte es Fabiou. Fabiou betrachtete es erstaunt. Auch dieses ein Brief offensichtlich. Adressat der Notar Austelié. Autor Philomenus Breix, Senher d'Auban.

«Verehrter Notar,

hiermit versichere ich Euch, dass ich bereit bin, die Verpflichtung meines verstorbenen Schwagers gegenüber seinem Mandanten, Seigneur Beauchamps, zu erfüllen, der immerhin von hoher Geburt war, seinen Verfehlungen zu Lebzeiten zum Trotz. Meine Wenigkeit beziehungsweise meine Schwester werden mit Gottes

Hilfe versuchen, unserer Christenpflicht gegenüber besagter Person nachzukommen und insbesondere sicherzustellen, dass jene von der schrecklichen Seuche verschont bleibe, der S. Beauchamps anheimfiel. Ich muss Euch allerdings ersuchen, absolute Diskretion zu wahren, um der Ehre und der Gemütsverfassung meiner verehrten, von Gott so gestraften Schwester keinen Schaden zuzufügen.

P. Breix, Seigneur d'Auban, 20. April 1546.»

Er überschlägt sich nicht gerade mit Höflichkeit, dachte Fabiou. Ist es nur die Arroganz des Adligen gegenüber einem Bürgerlichen, oder empfindet er diese «Verpflichtung» als ziemliche Zumutung?

Was für eine Verpflichtung?

«Tut mir leid – ich habe keine Ahnung, worum es da geht», meinte Fabiou. «Mein Vater war Anwalt – offensichtlich hat er vor seinem Tod von einem ebenfalls verstorbenen Mandanten einen Auftrag angenommen, den nun meine Mutter, beziehungsweise mein Onkel als ihr gesetzlicher Vertreter erfüllen mussten. Für mich klingt es nach einer Erbschaftsgeschichte. Vielleicht hat der Mandant seiner Frau oder einem unmündigen Kind ein Erbe hinterlassen und meinen Vater im Falle seines Ablebens als Vormund bestimmt, und jetzt blieb das Ganze an meinem Onkel hängen. Klingt doch gerade so – mit der ‹Christenpflicht gegenüber besagter Person›.»

«Und die ‹Verfehlungen zur Lebzeit›? Die ‹schreckliche Seuche›, der Senher Beauchamps anheimgefallen ist?», fragte Crestin.

«Na ja», Fabiou lachte, «so wie ich meinen Onkel kenne, hat der gute Senher Beauchamps entweder eine Bürgerliche geheiratet, oder er war Protestant. Aber wenn Ihr es wünscht, kann ich ihn ja mal fragen.»

Crestin betrachtete ihn mit gerunzelter Stirn. «Tut das, Baroun», sagte er langsam. «Ich könnte mir vorstellen, dass das zum allgemeinen Vorteil wäre.»

Fabiou hatte sich schon zum Gehen gewandt, als ihm noch etwas einfiel. «Viguié – sagt Euch der Name Ingelfinger etwas?»

«Wie?»

«Ingelfinger. Er gehört zu dem Unternehmen Ohneberg, wie auch Trostett. Aber er tritt manchmal unter falschem Namen auf. Ich dachte, vielleicht hat er sich ja in irgendeiner Form strafbar gemacht, und deshalb…» Er brach ab. Crestin sah ihn mehr als seltsam an. «Was ist?»

«Ohneberg?», wiederholte der Viguié.

«Ja. So heißt das Unternehmen, für das Trostett gearbeitet hat. Wieso?»

«Da war etwas. Erst vor kurzem, eine Untersuchung gegen das Unternehmen Ohneberg», erklärte Crestin. «Aber da ging es nicht um…» Er brach ab und schüttelte den Kopf.

«Worum ging es?», fragte Fabiou neugierig, und in der plötzlichen Befürchtung, der Viguié könnte ihm etwas verheimlichen: «Ich habe Euch alles gesagt, was ich weiß – jetzt müsst Ihr mir schon auch reinen Wein einschenken!»

Der Viguié blickte etwas verärgert drein. «Also, erstens mal schulde ich Euch keinerlei Rechenschaft, junger Mann, Ihr mir als dem Viguié von Ais aber sehr wohl! Und zweitens war das eine Untersuchung des Parlaments, über die ich so gut wie nichts weiß außer dem Namen des besagten Unternehmens. Und drittens, Baroun, habe ich ernsthaft zu tun! Einen guten Tag wünsche ich!»

***

Docteur Grattou betrachtete die junge Dame, die zitternd und kreideweiß vor ihm saß, mit einem reichlich unintelligenten Blick aus seinen blassgrauen Augen. Gewissermaßen war er ja erleichtert. So heimlich wie das junge Ding sich hier hereingeschlichen hatte, nur von einer Dienerin begleitet, die sie dann auch im Vorraum warten ließ, hatte er annehmen müssen, dass es sich um einen Sündenfall mit Folgen handelte. Nicht dass er zu den Quacksalbern gehörte, die heimliche Abtreibungen vornahmen oder gar gefallene Mädchen an Engelmacherinnen weiterleitete, doch offensichtlich war diese Tatsache nicht ausreichend bekannt, und es verging kaum ein Monat, in dem nicht eine junge Dame mit eben diesem Ansinnen an ihn herantrat.

Aber die Geschichte, die dieses Mädchen ihm aufbinden wollte, war derart hanebüchen, dass ihm wahrhaft der Mund offenstand.

«Nun», sagte er nach einer längeren Pause, «Ihr seid also ernsthaft der Meinung, vom Geist einer Toten besessen zu sein?»

«Ja», sagte Cristino treuherzig. «Gibt es da eine Medizin dagegen?»

Der Docteur schüttelte fassungslos den Kopf. «Es gibt keine Geister», sagte er unwirsch. «Das ist absolut unwissenschaftlich, was Ihr mir da weismachen wollt. Und selbst wenn es Geister gäbe, wären sie wohl kaum mit einer Arznei zu bekämpfen. Warum geht Ihr nicht zur Kirche, und lasst Euch Eure Geister da austreiben?»

«Es ist nur ein Geist!», erklärte Cristino, wütend, wie wenig man sie ernst nahm. «Und bei der Kirche war ich schon, das hat gar nichts genutzt. Und heute gibt es doch gegen fast alles eine Medizin, warum also nicht gegen Besessenheit von Geistern? Ich habe sogar schon von einem gehört, der gibt kinderlosen Frauen den Urin trächtiger Stuten zu trinken, und schwupps! werden sie schwanger!»

«Das ist ja wohl der allergrößte Aberglaube, den ich je gehört habe! Stutenurin, so ein Blödsinn! Mein Kind, wisst Ihr, was ich glaube? Ihr seid von einer schweren humoralen Dyskrasie befallen, bedingt durch das Einsetzen der Menstruation. Das führt bei jungen Mädchen des Öfteren zu einer Verwirrung des Geistes und zu Wahnvorstellungen, wie Ihr sie beschreibt. Das Beste ist, ich lasse Euch zur Ader, um die schlechten Säfte aus dem Körper auszuleiten. Kommt.» Er drehte sich um, suchte nach seinem Instrumentarium.

Cristino war kreidebleich geworden. «Ihr glaubt mir nicht!», schrie sie. «Aber es ist die Wahrheit, und ich werde ein Heilmittel dagegen finden, mit oder ohne Euch!» Damit wirbelte sie herum und stürzte zur Tür hinaus.

Grattou verdrehte die Augen und legte seine Instrumente in die Schublade zurück. Weiber!

***

«Sag mal, *ma petite,* willst du jetzt unser Schlafzimmer zur Bibliothek umfunktionieren, oder was?» Catarino stand mit verschränkten Armen in der Tür, die zum Schlafgemach der Mädchen führte, und betrachtete kopfschüttelnd ihre Schwester. Diese saß am Tisch, welcher schier zusammenbrach unter den Wälzern, die Cristino aus dem Studierzimmer hierher geschleppt hatte. In einem eindrucksvollen Haufen stapelten sich Bücher mit so klangvollen Namen wie ARCHIDOXA von einem Philippus Theophrastus Paracelsus Bombastus, BERMANUS SIVE DE RE METALLICA von einem Georgius Agricola, HERBARUM VIVAE EICONES von einem Otho Brunfels, und, bekannterweise, DE HUMANIS CORPORIS FABRICA von Vesalius. Catarino ergriff das zuoberst liegende Werk. *Le jardin aux roses des femmes enceintes et sagefemmes de E. Roesslin* las sie. Sie schlug das Buch auf und starrte entgeistert auf eine Zeichnung, die so etwas wie eine auf den Kopf gestellte Flasche zeigte, in der ein Mensch schwebte, von dessen Bauchnabel ein Seil zur Wand des Gefäßes zog. «Was ist das?»

«Interessant, nicht? Da geht's ums Kinderkriegen», erklärte Cristino, die die Nase so dicht in ein Buch gesteckt hatte, dass sie schier die Seiten berührte.

«Ums Kinderkriegen? Bist du schwanger, oder was?»

«Quatsch. Natürlich nicht!»

«Sag mal, was liest du diesen ganzen medizinischen Krampf? Willst du ins Kloster gehen und Siechende pflegen oder was?», fragte Catarino kopfschüttelnd.

Cristino blickte sie erstaunt an und sah dann wieder auf die Bücher. «Hm …»

Catarino lief rot an. «Cristino!» Sie packte den Arm ihrer Schwester und schüttelte sie. «Du willst doch nicht im Ernst ins Kloster!»

«Nein, nein … darüber habe ich mir noch überhaupt keine Gedanken gemacht … interessant wäre das sicher … Catarino, du musst das mal lesen, das ist *intrigant*, sage ich dir!» Sie schlug das Buch wieder auf und starrte fasziniert auf ein Bild, das einen Wundarzt zeigte, der gerade offensichtlich damit beschäftigt war, jemandem ein Bein abzusägen.

Catarino schnappte fassungslos nach Luft. Unter *intrigant* verstand sie offensichtlich etwas ziemlich anderes. «Cristino, mach das zu, das ist ja eklig!», jammerte sie. «Jesus, wieso liest du so etwas?»

«Na, ich suche ein Heilmittel.»

«Ein Heilmittel? Wogegen?»

«Gegen Agnes.» Cristino blätterte mit gerunzelter Stirn weiter.

«Du spinnst.»

«Ich spinne nicht. Irgendeine Möglichkeit muss es geben, Agnes loszuwerden, und wenn mir keiner helfen will, muss ich sie eben selber finden.»

«Und du glaubst, du findest sie da drin? Cristino, gegen Geister gibt es keine Medizin!»

«Woher willst denn du das wissen!», fuhr Cristino auf. «Catarino, es ist unglaublich, was man heutzutage alles über den menschlichen Körper und über Krankheiten weiß. Es gibt fast nichts, was noch nicht erforscht ist! Ich bin sicher, dass es auch Forschungen zur Besessenheit von Geistern gibt. Und irgendeine Arznei dagegen.»

«Cristino, das ist *idiot*! Geister sind doch keine Krankheit, das sind – na, Geister eben! Wenn du einen Geist loswerden willst, dann musst du zur Kirche gehen, oder zu einem Geisterbeschwörer, oder –» Sie brach ab. Ihr Gesicht erhellte sich. «Cristino, ich habe eine Idee!», rief sie.

«Was denn?»

«Das Weib! Die Wahrsagerin, oder was sie war! Die dir die Zukunft vorhersagen wollte! Die müsstest du mal fragen! Vielleicht kennt die eine Möglichkeit, Agnes zu vertreiben!»

«Eine Hexe? Ich soll zu einer Hexe gehen?» Cristino bekreuzigte sich entsetzt.

«Wieso denn nicht?», rief Catarino. «Wenn sie wirklich eine Hexe ist, dann kann sie Agnes ja vielleicht wegzaubern, meinst du nicht?»

«Aber … aber das ist sicher Sünde, zu einer Hexe zu gehen», stotterte Cristino.

«Ach was, das ist doch spannend!», rief Catarino aus. «Komm, ich gehe mit, das will ich miterleben!»

«Du bist ja toll! Glaubst du im Ernst, Frederi lässt uns gehen?»

«Oh, uns zwei alleine sicher nicht.» Catarino leckte sich die Lippen, ihre Augen blitzten. «Aber wenn wir Fabiou mitnehmen … und Loís … und wenn wir sagen, wir wollen beten gehen oder so … oh, los, komm schon! Besser als dein medizinisches Zeug ist es allemal!»

***

In den frühen Abendstunden verließen drei junge Leute und ein Knabe in Begleitung eines Dieners die Stadt über die Porto dis Augustin und begaben sich in Richtung des bunten Lagers, das hier vor den Mauern der Stadt aufgeschlagen war, das Lager der Nicht-Bürger, des fahrenden Volkes, das zwar das Recht hatte, in der Stadt seine Künste auszuüben und Geld zu verdienen, nicht aber den Schutz der Stadt genoss. Die Sonne stand bereits tief, und der Wächter am Tor, der gähnend das Ende einer ereignislosen Schicht herbeisehnte, wies die jungen Leute darauf hin, dass die Tore beim Einbruch der Dunkelheit geschlossen würden und es bis zum Morgengrauen auch blieben. Wissen wir, wissen wir, meinte der rothaarige junge Herr, der die Gruppe anführte, und lief missmutig in den Sonnenuntergang hinaus.

Fabiou hatte sich dieser Unternehmung nur unter Protest und aufgrund massiven Drucks von Seiten seiner Schwester Catarino angeschlossen, die gedroht hatte, sie würde andernfalls Frederi von seinem Besuch beim Viguié erzählen. Er hielt das ganze selbstverständlich für Schwachsinn. Wahrsager, Hexen, Geister … ein Unsinn war das, der jedem logischen Denken widersprach! In was für einem Jahrhundert leben wir eigentlich? Schreiben wir noch die Zeit der Kreuzzüge oder was? Wir leben im Zeitalter eines Ronsards, eines Erasmus von Rotterdam, eines Magellans, und diese Gören faseln von verwunschenen Amuletten und Geisteraustreibung!

Sie hatten die Abendstunden abwarten müssen, in denen sich das fahrende Volk wieder vor der Stadt zusammenrottete, denn selbstverständlich hatte Cristino nicht riskieren können, sich mitten auf dem Marktplatz dem Hexenweib zu nähern. Natürlich war es ein Risiko, sich in ein Gauklerlager zu wagen – diese Leute stahlen und betrogen, das war allgemein bekannt –, aber bitte, wenn die jungen Damen meinen …

Ein Glück, dass sie wenigstens Loís dabeihatten. Es brauchte eine ganze Menge Gaukler, mit einem Loís fertig zu werden.

Im abendlichen Gegenlicht hatte das Gauklerlager fast etwas Malerisches: Etwa zehn Zelte und Planwagen, dazwischen spielende Kinder, Frauen, die Kleider flickten oder über Lagerfeuern kochten, Männer beim Schnitzen und Werkeln an ihrer Ausrüstung. Ein paar junge Leute, jetzt abgeschminkt und in einfachen

Leinenkleidern anstelle der bunten Kostüme, probten ein Kunststück, ein paar Bälle flogen durch die Luft, Rufe gingen hin und her. Frederi Jùli machte Stielaugen. Fabiou, der nicht die Absicht hatte, jedes Zelt zu durchsuchen, ging zielstrebig auf die Gruppe zu. «Guten Abend. Wir suchen die Wahrsagerin, die sonst immer an der Plaço dis Erbo sitzt», sagte er. «Ist sie hier irgendwo?»

Ein hellhaariger junger Kerl, der gerade noch versucht hatte, sieben Bälle gleichzeitig in der Luft zu halten, fing dieselben auf und drehte sich um. «Na, so was. Die jungen Hochwohlgeborenheiten. Habt Ihr keine Angst, so spät am Abend vor der Stadt, ganz allein? Wo sich doch so viel Gesindel herumtreibt!» Ohne sein rotes Kostüm und die Schminke sah er ziemlich anders aus, doch wenn seine spöttische Stimme ihn nicht längst verraten hätte, hätten es im nächsten Moment die rauchigen Bernsteinaugen getan. «Was wollt Ihr von der Alten?»

«Ich will überhaupt nichts von ihr», murrte Fabiou. «Aber die jungen Damen meinen unbedingt, sie müssten sich von ihr die Zukunft voraussagen lassen oder so ähnlich.»

«Nun, da habt Ihr leider Pech gehabt. Die Alte gehört nicht zu uns, keine Ahnung, wo sie sich herumtreibt.» Die Bernsteinaugen funkelten in der Abendsonne. «Aber Ihr könnt gerne mit mir vorlieb nehmen – ich beherrsche das Tarot ebenso gut wie weiland der Zauberer Merlin!»

«Pah!», rief Catarino aus. «Du siehst überhaupt nicht aus wie ein Zauberer, *crapeau*!»

«Tztz, was für Ausdrücke aus so einem schönen Mund.» Der junge Gaukler schüttelte entrüstet den Kopf. «Da fällt mir ein … wollt Ihr immer noch die Kunst des Feuerspuckens lernen, Eure Edelmütigkeit?»

«Wieso bist du immer so unverschämt, Gaukler?», fragte Catarino hochmütig.

«Oh, weil mein Vater selig zu mir sagte, bevor sie ihn an den Galgen führten: Mein Junge, sieh dir die Krähen auf dem Galgen an – besser, du krächzt wie sie, als du schweigst wie die Kadaver, die darunterhängen», erklärte der Bengel grinsend.

«Warum hat man deinen Vater denn aufgehängt?», fragte Frederi Jùli erstaunt.

«Warum wohl! Unserereins lügt, stielt und betrügt nun mal. Er war so dumm, sich erwischen zu lassen.» Der Junge grinste und entblößte seine blitzend weißen Zähne.

«Das klingt, als wärest du auch noch stolz darauf, einen Dieb zum Vater zu haben!», rief Catarino entrüstet.

«Natürlich bin ich stolz auf meinen Vater. Seid Ihr nicht stolz auf den Euren?», fragte der junge Mann lächelnd.

Catarino schnappte nach Luft. Der Junge lachte. «Kommt!», sagte er und winkte ihnen, ihm zu folgen. «He, Gustave!» Ein kräftiger Mann, der damit beschäftigt war, einer alten Mähre die Hufe auszukratzen, richtete sich auf. Fabiou erkannte ihn wieder. Es war der Feuerspucker. «Gustave, die junge Dame hier möchte das Geheimnis des Feuerspuckens erfahren.»

Catarino trat zögernd näher. Der Mann war riesig. Eineinhalbmal so groß wie Loís. Er warf dem Jungen einen fragenden Blick zu. Der nickte. «Ja, es ist in Ordnung», sagte er, und zu Catarino gewandt meinte er: «Ihr müsst Gustave entschuldigen, er ist etwas menschenscheu.»

Der Feuerspucker ließ noch einen unsicheren Blick über die jungen Leute gleiten, dann stapfte er zu einem Wagen und kam eine Sekunde später mit einem Eimer und einer Fackel zurück. Die Fackel entzündete er an einem Feuer, dann hob er den Eimer in die Höhe. «Öl», erklärte er. Catarino betrachete ihn gebannt. Er tauchte einen Becher in den Eimer, setzte ihn an die Lippen und ließ den Inhalt in seinen Mund fließen. Er blickte in die Runde, die Backen aufgeblasen, die Fackel erhoben. Dann hielt er die Fackel vor seinen Mund, und im nächsten Moment schoss ein Feuerstrahl in den Himmel empor, dass Catarino entsetzt zurücksprang. «Di-a-ble!», schrie Frederi Jùli. «Habt Ihr's gesehen?», rief der junge Gaukler. «Keine Hexerei. Er pustet einfach das Öl in die Flamme, und psiuuuu – der Blitz geht ab!» Er sprang auf den Feuerspucker zu und nahm ihm die Fackel aus der Hand. «Jetzt seid Ihr dran!», rief er und reichte Catarino die Fackel und den Becher.

«Waaaas? Iiiiich? Bist du wahnsinnig?»

«Ich dachte, Ihr wolltet es lernen», meinte der junge Gaukler unschuldig, die Fackel und den Becher, von dessen Rand Öl auf den Rasen tropfte, noch immer Catarino entgegengestreckt.

Catarino zog ein angewidertes Gesicht und machte einen Schritt rückwärts. Fabiou feixte. Der Junge lachte, und ohne Frederi Jùli zu beachten, der «Darf ich mal, darf ich mal?» rief, sagte er: «Na, dann eben nicht. Danke, Gustave.» Der Feuerspucker nickte und wandte sich wieder seinem Gaul zu.

Catarino wischte die Hände an ihrem Rock ab, was eine überflüssige Handlung war, sie hatte den Becher ja nicht einmal berührt. «Wie heißt du eigentlich, Gaukler?», fragte sie den Jungen.

«Hannes. Hannes der Akrobat, wenn's beliebt.»

«A-ness?»

«Hhhannes. Mit einem H wie der letzte Seufzer. Ist ein deutscher Name.»

«Du bist Deutscher?» Catarino wischte sich gleich noch mal die Hände ab.

«Na, nicht direkt. Mein Vater war Deutscher. Meine Mutter war gute einheimische Provenzalin.» Er grinste. «Aber kommt. Ihr wolltet doch eine Vorhersage, war's nicht so?»

Fabiou, der an den Wahrsagequatsch wie gesagt nicht glaubte und das Gefühl nicht loswurde, der junge Gaukler mache sich lustig über sie, beobachtete jede seiner Bewegungen mit Argusaugen, während er sie weiter zwischen die Wagen und Zelte hineinführte. Sie erreichten ein größeres Lagerfeuer, um das einige alte Weiber und Männer herumsaßen. Einige von ihnen hielten Kleinkinder auf dem Schoß. Ringsum lagerten Hunde, wie Catarino etwas unbehaglich feststellte, große räudige Straßenköter, die, Gott sei's gedankt, leidlich friedlich aussahen.

Auf einer Art Sessel, der an einer Seite der Runde vor einem größeren Zelt postiert war, saß ein feingliedriger älterer Mann mit einem schmalen, nicht unattraktiven Gesicht und schlohweißen Haaren. Seine erhöhte Position und der seidene Mantel um seine Schultern, der ihn aus dem Einerlei der Leinenklamotten hervorhob, signalisierte, dass hier einer eine herausragende Stellung in der Truppe besaß. Folgerichtigerweise machte Hannes eine formvollendete Verbeugung in seine Richtung und sagte: «Darf ich vorstellen, hochwohlgeborene Herrschaften? Der große Malou, Führer unserer Truppe und einst der größte Akrobat des Abendlandes!»

Frederi Jùli, der sich noch gut an das erinnerte, was Hannes auf der Plaço dis Erbo über den großen Malou gesagt hatte, schielte unsicher auf dessen Beine. Die weiten Hosen, die der Anführer trug, verrieten nicht allzu viel, doch unübersehbar stand an der Lehne des Sessels ein Paar einfache Holzkrücken. Hannes hatte offensichtlich nicht übertrieben.

Über das Gesicht des Anführers war indes ein belustigtes Lächeln geglitten. «Ich wusste gar nicht, dass du Beziehungen zu so erlauchten Kreisen pflegst», sagte er, und zu Fabiou und den anderen meinte er: «Nun dann – willkommen, edle Herrschaften.»

«Ich brauche ein Tarot», sprach Hannes in die Runde. «Wer hat ein Tarot?»

Keine drei Sekunden später hielt Hannes einen Packen Spielkarten in der Hand und dirigierte die Besucher wieder durch die Zelte bis zu einem einsamen Feuerchen am Rande der Ansammlung. «Hier», erklärte er, «setzt Euch ans Feuer. Es geht nicht ohne Feuer, das Feuer ist das Tor in die andere Welt!» Seine Augen funkelten. Catarino betrachtete ihn äußerst aufmerksam, wie Fabiou bemerkte.

«Setzen? Auf den Boden?», fragte Cristino entsetzt.

Hannes verschwand in einem Zelt und kam mit ein paar Sitzkissen zurück. «Einen Diwan oder einen samtenen Sessel kann ich leider nicht anbieten», meinte er spöttisch. «Aber dafür sind diese Kissen hundertprozentig flohfrei.» Er legte die Kissen in einem kleinen Kreis neben das Feuer, und alle setzten sich, auch Loís, Cristino mit etwas unbehaglichem Blick auf ihr schönes Kleid, Catarino mit einem deutlichen Nasenrümpfen, aber leuchtenden Augen. Fabiou verzog das Gesicht, als er sich niedersetzte und seine Hosen dabei bis über die Waden emporrutschten. Jesus, er war schon wieder gewachsen. Er hasste Besuche beim Schneider.

Da sonst niemand etwas sagte, fühlte sich Cristino genötigt, etwas zum Grund ihres Besuches anzubringen. «Es geht um dieses Mädchen», begann sie. «Agnes Degrelho hieß sie, und –»

«Schhhh!», fiel der junge Gaukler ihr ins Wort. «Nicht weiterreden. Die Karten wissen bereits. Die Karten wissen alles!» Er beugte sich nach vorne, hantierte mit flinken Fingern an den Karten herum. Frederi Jùli starrte ihn mit offenem Mund an. «Abrakadabra, simsalabim. Ha!» Er hatte in rascher Folge einige Karten aus dem Stapel gezogen und auf den Boden vor seinen Füßen geworfen. «Welch erstaunliche Fügung! Die vier Könige!», rief er aus. «Der König der Schwerter, der König der Kelche, der König der Münzen und der König der Stäbe. Sie sind es, ihr Wettstreit ist es, der die Welt in Atem hält. Da – Ihr seht, wie sie in Konstellation zueinander stehen. Das Kreuz. Der Längsbalken – oben der König der Kelche, unten der König der Stäbe, sie bilden ein Paar. Und hier der Querbalken, der König der Schwerter zur Linken, der König der Münzen zur Rechten. Eigenartig, nicht wahr?»

Oh ja, sehr eigenartig, dass er rein zufällig vier Königskarten aus dem Stapel zieht, dachte Fabiou und verdrehte die Augen. Himmel, zog der eine Schau ab!

«Was bedeutet das?» Catarino war dagegen restlos fasziniert.

Hannes hob den Kopf und schenkte ihr einen glühenden Blick aus den Bernsteinaugen. «Kampf!», flüsterte er. Seine Augen bohrten sich in die Catarinos. «Kampf auf Leben und Tod. Ein Krieg ist entbrannt zwischen den beiden Königspaaren.»

«Hach, ist das aufregend!», hauchte Catarino.

«Ach, und worum geht es in dem Krieg?», fragte Fabiou entnervt. «Die Reichskrone? Die Ehre Frankreichs? Oder was?»

«Worum es geht?» Der junge Gaukler lächelte. «Um dasselbe wie immer. Geld. Macht. Reichtum. Einfluss. Besitz. Der wahre Grund jedes Krieges.» Er tippte mit der Spitze des Zeigefingers auf die Karte zur Linken. «Der König der Schwerter. Er ist stark. Armeen gehorchen seinem Befehl, ein Wort von ihm entscheidet über Leben und Sterben. Und doch ist seine Herrschaft nicht unangefochten. Ihm entgegen stehen sie!» Er wies auf den Längsbalken des Kreuzes mit dem König der Kelche und dem König der Stäbe. «Zwei Könige, edel von Gesinnung und hoch von Mut.»

«Wer ist denn der König der Schwerter?», fragte Frederi neugierig. «Der König von Frankreich oder was?»

«Pssst!», zischte Hannes verärgert. «Ihr stört die mystische Aura.» Er legte den Kopf schief, wie um zu lauschen, dann flüsterte er: «Der König der Stäbe. Er hat nichts und er ist nichts, aber hinter ihm steht die Macht der Unzählbaren. Und der König der Kelche ...»

«Was macht der – herrscht über die Weinreserven oder was?» Fabiou verdrehte wieder die Augen.

«Tststs.» Der Gaukler schüttelte den Kopf. «Welch niedere Vorstellungen. Der Kelch, Baroun! Der Kelch steht für den Glauben, für das Mystische, das Ideelle. Der König der Kelche ist der Herr des Ideals, der Herr der Gerechtigkeit, des Guten und Wahren.»

«Aha. Und der König der Kelche kämpft jetzt also mit seinen mystischen Idealen gegen die Armeen des Königs der Schwerter, oder wie?», spöttelte Fabiou.

«Na, so etwas!» Hannes sah ihn mit einem seltsamen Grinsen an. «Ihr glaubt nicht an die Macht des Ideellen, des Edlen, Reinen, Schönen? Die hohen humanistischen Ideale eines Petrarca oder Ronsard oder Erasmus von Rotterdam?»

Fabiou stand der Mund offen. Nicht nur, weil er sich widerlegt fühlte, vor allem weil er es unfassbar fand, dass so ein lausiger Gaukler ihm Vorträge über Petrarca hielt. «Und was bedeutet das jetzt alles?», fragte er stirnrunzelnd.

«Wichtiger als was es bedeutet, ist was geschieht», belehrte ihn der Gaukler.

«Und was geschieht?», seufzte Fabiou.

Hannes zog eine Karte und ließ sie fallen. Er sah plötzlich ziemlich ernst aus, während sie fiel, auf das Kreuz segelte und die Karten auseinanderstieß. «Das passiert», meinte er.

Sie starrten auf die Karte. Sie zeigte einen Turm, auseinandergerissen wie von einer gigantischen Explosion, Flammen zuckend aus seinem zerfetzten Gefüge, Menschen wie Blätter durch die Luft wirbelnd. «Der Turm. Die Katastrophe, die Zerstörung. Der König der Schwerter und sein Verbündeter siegen über die Kräfte des Guten und vernichten ihre Gegner. Und dann reitet er.» Er legte sacht eine Karte auf den Haufen. Cristino legte eine Hand auf den Mund. Auf der Karte war ein Gerippe abgebildet, in einen schwarzen Mantel gehüllt, das auf einem schwarzen Ross ritt. Es hielt eine Sense in der Hand. «Der Tod», flüsterte Cristino.

«Er holt den König der Kelche, er holt den König der Stäbe, und deckt über alles sein fahles Tuch», murmelte Hannes. Er ging daran, die Karten einzusammeln und wieder auf einen Stapel zu legen.

«Ja, und?», fragte Frederi Jùli enttäuscht. «War's das schon?»

«Klar. Warum?»

«Na, das ist doch ein blödes Ende», meinte der Junge.

Der Gaukler zuckte mit den Achseln. «So ist das eben im Leben – das meiste nimmt ein blödes Ende.»

«Ja, aber der König der Münzen ist noch am Leben, und der König der Schwerter auch, oder?», fragte Frederi.

«Ja. Allerdings. Bedauerlich», meinte Hannes.

«Und ... und was hat das jetzt alles mit Agnes Degrelho zu tun?», fragte Cristino verwirrt.

«Ach. Agnes Degrelho, ja.» Hannes zog eine Karte aus dem Tarot und reichte sie Cristino. Sie zeigte einen silbernen Kelch, verziert mit Rubinen und Smaragden, umrankt von Blüten. Rosen. Weißen Rosen.

«Was ist das?», fragte sie.

«Das As der Kelche», sagte Hannes.

Verständnislos sah Cristino ihn an. «Was bedeutet das?»

Er hob mit einem geheimnisvollen Lächeln die Schultern. «Wer weiß ... vielleicht, dass Agnes Degrelho wichtiger ist, als alle denken. – Oh, bevor ich's vergesse ...» Er zog eine weitere Karte aus dem Stapel. «Der Ritter der Kelche. Hier», er drückte Fabiou die Karte in die Hand, «die ist natürlich für Euch.»

«Wieso natürlich?», fragte Fabiou mit einem befremdeten Blick auf die Karte, die den Ritter der Kelche zeigte.

«Nun», sagte Hannes mit einem seltsamen Lächeln, «Ihr seid es doch, oder?» Damit stand er auf und schlenderte zwischen den Wagen davon. Catarino seufzte tief und blickte ihm nach mit verklärtem Blick. Fabiou sprang auf. «He!», rief er. «He, warte!»

«Das war ja wohl das schlechteste Tarot, das ich je mitansehen musste», meckerte eine raue Stimme. Fabiou drehte sich um. Hinter ihm stand das alte Weib mit den großen goldenen Ohrringen. Die Wahrsagerin. «Was hat er damit gemeint, dass ich der Ritter der Kelche bin?», fragte Fabiou.

«Weiß ich's? Nur närrisches Zeug, was er geredet hat. Tarot! Hat mit Tarot so viel zu tun wie Pisse mit Weihwasser. Der weiß doch gar nicht, was das Tarot ist, dieser Hampelmann!» Die Alte spuckte aus. «Wollt Ihr ein richtiges Tarot? Ich kann's Euch machen, so dass es Euch was hilft. Ich beherrsche das Tarot. Das wirkliche Tarot.»

«Danke», fauchte Fabiou. «Für einen Abend war das nun wirklich genug Wahrsagerei!»

«Ihr braucht das Tarot in der Tat nicht!», sagte die Alte spöttisch. «Aber die junge Dame da, die braucht's. Nicht wahr, junge Dame?» Sie lächelte Cristino mit ihrem zahnlosen Mund an.

Cristino dachte daran, dass sie noch immer keine Ahnung hatte, wie sie Agnes Degrelho loswerden wollte, und nickte.

Die Alte betrachtete sie einen Moment lang, dann winkte sie ihr zu. «Kommt.»

Cristino stand auf, Catarino und Frederi Jùli ebenfalls, doch mit einer Handbewegung, die nicht anders als gebieterisch zu bezeichnen war, hieß die Alte sie stehenzubleiben. «Nur Ihr!», sagte sie zu Cristino. «Ihr seid betroffen, Ihr werdet mitgehen. Das Tarot ist kein Spiel für Neugierige und Gelangweilte.» Fabiou wartete auf Protest; Catarino war die Letzte, die sich von einem Bettelweib herumkommandieren lassen würde, doch erstaunlicherweise schwieg diese ebenso betreten wie Frederi Jùli. «Kommt», sagte die Alte noch einmal, ergriff Cristinos Hand und zog sie hinter sich her.

«Halt», sagte Loís. Die Alte drehte sich um.

«Die Barouneto geht alleine nirgendwohin», sagte Loís.

«Gut, komm mit», murrte die Alte. Loís warf Fabiou einen Blick zu und folgte ihnen.

«Hach», seufzte Catarino, die verschleierten Augen zwischen die Wagen gerichtet. Dorthin, wo Hannes, der Gaukler, verschwunden war.

***

Hinter dem Gauklerlager fiel der Weg ein paar Schritt tief steil ab, und dort war eine einfache Hütte an den Hang gelehnt, wie man sie oft im Umkreis der Städte fand, grob zusammengezimmert aus Ästen und morschen Brettern, die Ritzen mit Lehm verklebt, das Dach mit Moos und ausgestochenem Gras gedeckt. Windschief wie dieser Verschlag war, lag der Verdacht nahe, die Alte habe ihn sich selber gebaut, als notdürftigen Schutz gegen Regen und Kälte. Offensichtlich gehörte sie mitnichten dem fahrenden Volk an, sondern hauste in der Tat hier, vor den Toren von Ais, der Stadt, in der sie ihr Brot verdiente.

Statt einer Tür hing nur eine alte Decke vor dem Eingang. Diese schob die Alte beiseite und sagte: «Du wartest hier» zu Loís und «Ihr könnt eintreten» zu Cristino. Letztere bedachte das Hüttlein mit einem mehr als zweifelnden Blick, es sah so aus, als wimmele es darin von Wanzen, Flöhen und Ratten und als ob es überdies in den nächsten zwanzig Sekunden in sich zusammenfallen würde, alle erschlagend, die sich darin aufhielten. Doch schließlich ging es um Agnes Degrelho, und wenn die Aussicht, sie loszuwerden, kein Risiko wert war, was denn dann!

Cristino trat also ein, mit einem ängstlichen Blick in Richtung des Dachs und sämtlicher Ecken, während Loís sich wie eine Schildwache neben dem Eingang postierte und wachsame Blicke in Richtung Sonnenuntergang sandte. Im Innern herrschte gedämpftes Halbdunkel, was den Raum nicht unbedingt anheimelnder wirken ließ, und Cristino bereute schon, der Alten überhaupt gefolgt zu sein, als plötzlich ein Licht aufflammte.

Es gehörte zu einer Kerze, die in einem getönten Glas stand. Augenblicklich verbreitete sich ein angenehmer rotbrauner Glanz in der Hütte. Cristino sah sich erneut um und stellte überrascht fest, dass die Hütte zwar klein und windschief, mitnichten aber dreckig war. In einer Ecke standen eine Marienstatue und ein Kruzifix, beide schwarz vor Alter; die Wände waren mit bunten Tüchern verhängt, die fast so etwas wie Gemütlichkeit verbreiteten, zudem sah man nirgends schwarze Katzen, Kröten, Schlangenzähne und an Perlenschnüren aufgezogene menschliche Knochen oder was man sich sonst als Dekoration einer Hexenbehausung vorstellt.

Die Alte nahm einen kleinen Hocker und stellte ihn vor den einzigen Einrichtungsgegenstand, einen niedrigen runden Tisch, und hieß Cristino, Platz zu nehmen. Sie selbst hockte sich auf der gegenüberliegenden Tischseite im Schneidersitz auf den Boden, die brennende Kerze in die Mitte des Tisches stellend. Cristino raffte ihren Rock beisammen und setzte sich. Der Hocker war ziemlich unbequem verglichen mit dem, was man ihr sonst an Stühlen anzubieten pflegte. Doch sie hatte nicht viel Zeit, über den mangelnden Komfort zu grübeln, denn die Alte zog bereits ihre Aufmerksamkeit auf sich, indem sie ihre Hand ergriff, die linke, um genau zu sein, und murmelte: «Was macht ein Mädchen, das so eine Hand besitzt, so traurig?»

Nun, verglichen mit ihrer eigenen Hand ist meine natürlich ein Abbild des Himmels, dachte Cristino ironisch, denn sie war stolz auf ihre zarte weiße Haut – ganz ohne Sommersprossen, ätsch, Catarino – und fühlte dieselbe in der schwieligen und nicht allzu sauberen Pranke der Alten mit den gelblichen, gefurchten Fingernägeln nicht sonderlich gut aufgehoben. Doch der Versuch, sie sanft zu entwinden, wurde von den festen Fingern der Wahrsagerin vereitelt. «Die Schicksalslinie …», murmelte sie, «selten so gesehen, so eine ausgeprägte Schicksalslinie. Jaja. Und diese Lebenslinie … Möglichkeiten, viele Möglichkeiten. Ihr könnt große Dinge vollbringen, mein Kind.»

Cristino fand es ziemlich frech von dieser Bettlerin, dass sie sie «mein Kind» nannte, aber sie fand es unklug, eine Hexe zu verärgern, weswegen sie die Bemerkung hinnahm und fragte: «Was willst du damit sagen? Dass ich einen berühmten Mann heiraten werde?»

«Heiraten!» Die Alte verzog höhnisch ihre rissigen Lippen. Sie hatte einen seltsamen Akzent, irgendwie fremdländisch. Spanisch vielleicht. «Sonst keine Pläne, keine Fantasie? Jaja, immer so. Großes Schicksal, doch geht verloren. Geht immer verloren.»

«Wie meinst du das?», fragte Cristino und runzelte die Stirn.

Die Alte umfasste zu Cristinos Ärger jetzt auch noch ihre rechte Hand. «In diesen Händen liegt Magie», flüsterte sie. «Heilende Kräfte, diese Hände, wie die Hände des heiligen Cosmas.»

Cristino blickte zweifelnd auf ihre Handflächen. «Und was ist mit der Liebeslinie?» Anne das Pferd, die mal bei einer Handleserin gewesen war, hatte ihr gesagt, das Wichtigste sei immer die Liebeslinie. Sie, Anne, habe eine wunderbare Liebeslinie.

Die Alte warf einen kurzen, nachlässigen Blick auf Cristinos Handfläche. Das Thema Liebeslinie schien sie nicht weiter zu interessieren. «Die Liebe wird schon zu Euch kommen, Kindchen. Aber nehmt Ihr sie an, Kindchen, das ist die Frage. Aber egal. Ihr wolltet erzählen, was Euch bedrückt!»

Kindchen! Das wird ja immer besser!

«Das Problem ist …», Cristino räusperte sich, «… ich bin besessen. Vom Geist eines toten Mädchens.»

Die Alte tippte sich mit dem Finger gegen ihre krumme Nase. «Oh», sagte sie.

«Agnes heißt sie, Agnes Degrelho. Sie wurde ermordet. Vor fünfzehn Jahren etwa. Von ihrem Kindermädchen, das eine Hexe war. Und ich habe ein Medaillon auf dem Markt gekauft, das einmal ihr gehört hat.» Cristino zog ihr Medaillon aus dem Ausschnitt und zeigte es der Alten. «Und seitdem träume ich jede Nacht von ihr. Das heißt, ich träume, dass ich sie bin. Und es sind furchtbare Träume!» Cristino schauderte. «Dass ich von dem Kindermädchen verfolgt werde. Und – andere Sachen. Von Toten. Vielen Toten. Und das ist noch nicht einmal das Schlimmste.» Sie holte tief Luft. «Ich weiß plötzlich Sachen, die ich gar nicht wissen kann. Sachen, die nur sie wissen kann. Ich war letztens in einem Haus, wo sie einmal gewohnt hatte, und ich kannte das Haus, obwohl ich nie zuvor dort war. Und da war ein Bild von ihr, und das sah genau so aus wie das Kind, das ich im Traum im Spiegel gesehen habe.» Sie sah die Alte flehentlich an. «Kannst du machen, dass sie weggeht? Ich zahle auch dafür. Da, den bekommst du, wenn Agnes verschwindet!» Sie zeigte auf den Ring, den sie an einem Finger ihrer linken Hand trug.

Die Alte ließ Cristinos Hände los und betrachtete sie nachdenklich. Sie hatte schwarze Augen, fiel Cristino auf, die tief und geheimnisvoll zwischen ihren faltigen Lidern lagen. «Ein Geist», flüsterte sie. «Geist eines kleinen Mädchens. Armes kleines Mädchen. Ihr denkt, sie will Euch Böses, will Euch weh tun. Doch es ist nur ein armes kleines Mädchen, umgebracht vor der Zeit.» Sie sah auf. «Habt Ihr je daran gedacht», fragte sie, «dass das kleine Mädchen vielleicht Eure Hilfe sucht?»

«Meine Hilfe?»

«Was tut Ihr, in dem Traum, ja? Ihr seid Agnes und flieht vor dem Kindermädchen. Was tut Ihr?», fragte die Alte.

«Was ich tue?»

«Nun, Ihr versucht, Euch zu verstecken, Ihr ruft um Hilfe oder was?»

«Hm … ja … ich rufe um Hilfe.»

«Wen ruft Ihr?»
«Meine … Eltern.»
«Eure Eltern? Wirklich, ja? Oder die Eltern von dem kleinen Mädchen?»
Cristino schluckte. «Ich glaube, Agnes' Eltern.»
«Und? Kommen sie?»
«Sie … sie können ja nicht kommen. Sie sind ja tot!», rief Cristino.
Die Alte zog angegraute, buschige Augenbrauen hoch.
«Sie sind auch ermordet worden», erklärte Cristino. «Ein halbes Jahr vorher. Von Räubern.»
«Agnes ruft ihre Eltern. Und die können nicht kommen. Arme Agnes. Und dann?»
«Am Anfang bin ich da aufgewacht. Aber später … ist der Traum dann weitergegangen. Jedes Mal ein kleines Stückchen weiter.»
«Und was ist passiert?»
Cristino senkte den Kopf. «Ich stolpere über ein totes Mädchen», flüsterte sie.
«Ein totes Mädchen.»
«Ja. Ich bin es selber. Oder auch nicht, ich weiß nicht.»
«Und dann?»
«Dann renne ich wieder.»
«Und Ihr ruft weiter nach Euren Eltern? Den Eltern des kleinen Mädchens?»
«N…nein. Ich rufe nach … nach Louise.»
«Louise?»
«Agnes' Schwester. Sie ist auch von dem Kindermädchen ermordet worden.»
«Ihr ruft also nach Louise. Und kommt Louise?»
«Nein. Ja. Ich weiß nicht. Ich wache dann immer auf.»
«Euer ganzer Traum ist also ein Schrei, ja. Ein Schrei nach Hilfe», stellte die Alte fest. «Oh ja, Agnes braucht Euch!»
Cristino betrachtete sie betreten. «Aber … aber wie sollte ich Agnes denn helfen?»
Die Alte schüttelte langsam den Kopf. «Jeder Geist hat einen Grund, dass er keine Ruhe findet. Auch Agnes. Ihr müsst den

Grund herausfinden. Dann könnt Ihr ihr helfen, und dann wird sie von Euch ablassen, jaja.»

«Man kann sie also nicht einfach … vertreiben?», fragte Cristino.

«Vertreiben! Ihr seid grausam, Kindchen! Arme kleine Agnes, die zu Euch kommt, weil sie Frieden sucht, und Ihr wollt sie vertreiben!»

Cristino stand der Mund offen. Bisher hatte sie nicht einmal daran gedacht, wie es Agnes vielleicht bei alledem gehen möge. «Warum … warum hat sie sich ausgerechnet mich ausgesucht?», fragte sie verstört.

«Heilende Kräfte in Euch. Sie hat es gespürt. So wie ich», sagte die Alte lächelnd.

«Ja, aber … was mache ich denn jetzt? Ich meine, wie soll ich denn herausfinden, was Agnes keine Ruhe finden lässt.»

«Vielleicht indem Ihr den Traum zu Ende träumt», meinte die Alte.

Cristino wurde bleich. «Nein», flüsterte sie.

«Warum nein? Es geht, jaja, sicher geht es. Ihr sagt, Ihr träumt den Traum immer ein Stückchen weiter. Ihr spürt selbst, dass die Lösung an seinem Ende liegt, doch noch wehrt Ihr Euch dagegen, das Ende zu sehen. Warum wehrt Ihr Euch?»

«Warum? Warum wohl!», krächzte Cristino. «Das Ende … oh Gott, ich will doch nicht träumen, wie ich erwürgt werde! Wie ich sterbe!»

«Habt Ihr Angst zu sterben?», fragte die Alte interessiert.

«Ja … nein … ich weiß nicht … oh, Jesus, ich kann das nicht!» Cristino japste nach Luft. «Gibt es … gibt es keinen anderen Weg?», stotterte sie. «Kennt das … das Tarot denn nicht die Antwort?»

«Das Tarot …» Die Alte blickte nachdenklich zur Decke empor. «Das Tarot ist nicht, was dieser junge Scharlatan Euch glauben machen wollte, oh nein. Keine einfache Antwort auf komplizierte Frage. Das Tarot kann Euch vielleicht einen Weg zeigen. Aber gehen müsst Ihr ihn selber, oh ja, Kindchen.»

«Aber du hast doch gesagt, das Tarot könnte mir helfen!», insistierte Cristino.

Die Alte seufzte und griff hinter sich ins Regal, wo ein Packen Karten lag. «Das Tarot wird helfen. Aber ob das bedeutet, dass es

Euch etwas über Agnes Degrelho verrät? – Hier.» Sie drückte Cristino die Karten in die Hand. «Mischt sie.»

«Mischen?»

«Ja, mischen.»

Cristino betrachtete die Alte einen Moment ratlos, doch da die sich weiterer Erklärungen enthielt, legte sie die Karten verdeckt auf den Tisch und rührte darin herum wie Suso im Eintopf. Die Alte beobachtete sie lächelnd. «Mischt so lange, wie Ihr wollt», sagte sie. «Dann legt die Karten wieder auf einen Stapel, ja.»

Cristino tat, wie ihr geheißen, und die Alte nahm den Stapel und warf in rascher Folge zehn verdeckte Karten aus. Die ersten zwei legte sie übereinander, so dass sie ein Kreuz bildeten. Dann legte sie eine Karte darüber, eine darunter, eine links und eine rechts des Kreuzes, so dass ein zweites, größeres Kreuz entstand. Die verbliebenen vier Karten legte sie in einer senkrechten Reihe daneben. Sie seufzte und wischte sich eine verblichene Haarsträhne aus der Stirn, um sie unter ihrem Kopftuch festzustecken.

«Die erste», sagte sie und wies auf die quer liegende Karte. «Steht für die Frage, die Euch beschäftigt.»

«Also für Agnes Degrelho», ergänzte Cristino.

«Das habe ich nicht gesagt», murmelte die Alte und drehte die Karte herum. Ein Kranz, aus goldenen Blumen gewoben, darin ein Mensch, unbekleidet, halb Frau, halb Mann, zur Linken der Mond, zur Rechten die Sonne unter den erhobenen Händen. Und ringsum, den Kapitellen eines Chores entnommen, im Kreis die vier Evangelisten: der Adler, der Löwe, der Engel und der Stier.

LE MONDE stand am unteren Rand der Karte. «Der Erdkreis», sagte die Alte.

«Was hat das mit Agnes Degrelho zu tun?», fragte Cristino erstaunt.

«Nichts. Gar nichts, wie ich erwartet hatte, hihi.» Die Alte lächelte stillvergnügt. «Agnes Degrelho ist nicht der eigentliche schwarze Fleck in Eurer Seele. Ein anderes Problem, ganz anders, beschäftigt Euch.»

«Unsinn!», erklärte Cristino vehement.

«Der Erdkreis», erklärte die Alte, «steht für eine Reise. Eine wirkliche, oder eine innere Reise. Seid Ihr auf einer Reise, mein Kind? Auf der Reise zu Euch selbst?»

Cristino betrachtete sie beklommen. «Wie meint Ihr das?»

«Ihr seid in dem Alter, wo man die Kinderschuhe auszieht und den Schritt ins Leben wagt. Das Alter, wo der Mensch sich selbst suchen und finden muss. Schwere Suche, lange Suche. Vielleicht ist das ja Agnes Degrelho: der Mensch, den Ihr am Ende Eurer Suche in Euch selbst finden werdet.» Sie lächelte. Tausend Fältchen ringelten sich in ihrem Gesicht.

Cristino starrte unruhig auf die Karte. «Was ... was ist mit der nächsten Karte?», fragte sie unwirsch.

«Die zweite steht für die Hindernisse auf Eurem Weg. Dreht sie um.»

Ein Mann, in einem langen, sakral wirkenden Mantel, eine Hand schwebend über seinem Kopf, hervorgetreten aus den Wolken, die Hand Gottes. «Der Hierophant», erklärte die Alte. «Seltsam, das. Jawohl, seltsam.» Sie wirkte jetzt ehrlich fasziniert.

«Wer ist das? Der Papst?», fragte Cristino.

«So ähnlich. Der Hierophant steht für die Kirche oder die Autorität. ... aber nein, die Kirche kann nicht gemeint sein. Also eine andere Autorität. Die Gesetze, die Regeln der Gesellschaft. Verbietet man Euch das, was Ihr gerne tun würdet?»

Cristino dachte an Frederis ewiges Genörgel. «Na ja, mein Stiefvater ...»

«Euer Stiefvater? Ist es wirklich er, der Euch im Weg ist? Euch hindert, der zu sein, der Ihr gerne wäret? Oder doch jemand anderes? Eure Mutter? Eure gesamte Familie? Die Welt an sich? Na?»

Cristino spürte, wie ihr Mund trocken wurde. «Ich weiß nicht ... ich müsste darüber nachdenken ...»

«Ja, das müsst Ihr.» Die Alte nickte. Ihre Augen lächelten dabei. «Das müsst Ihr allerdings.» Sie wies auf die Karte, die den oberen Punkt des großen Kreuzes bildete. «Die dritte und die vierte.» Sie wies auf den unteren Punkt. «Die Drei steht für das Bewusste, die Vier für das Unbewusste. Dreht sie um.»

Cristino wendete die Karten. Oben ein schwarzer schauriger Geselle, der Kopf eines Ziegenbockes mit brennenden Hörnern, die Flügel eines Greifvogels, doch der Körper eines Menschen, ein Drudenfuß auf seiner Stirn und ein schlagendes Herz in seinem Schoß. Unten ein Mann und eine Frau, unbekleidet wie Adam und Eva, an einem Kreuzweg stehend, sich die Hand reichend über einer sprudelnden Quelle. Die Alte lachte. «Das passt. Der Teufel. Jaja. Das ist es, was Euch bewusst ist. Der Teufel»

«D...der T...teufel?»

«Er steht für das Böse, für Intrigen, böse Machenschaften, Blendwerk, schwarze Künste. Oh ja, das denkt Ihr, nicht wahr, dass Ihr von einem bösen Fluch befallen seid, besessen von einem bösen Geist, der Euch Schlimmes will. Das ist es, was Eure Gedanken beschäftigt. Doch wenn man den Grünspan von der Oberfläche kratzt, wenn man in die Tiefe sieht, in die Abgründe Eurer Seele, dann ist es etwas anderes, was Euch in Angst und Schrecken versetzt. Die Liebenden, hihi, die Liebenden!»

Oh, Jesus, das Weib weiß offensichtlich Bescheid über Alexandre de Mergoult und den verunglückten Kuss im Wald. Das kommt davon, wenn man sich mit Hexen einlässt!

Die Alte kicherte. «Jetzt denkt Ihr an einen jungen Mann, nicht wahr? Ihr denkt, oh weh, die Alte redet von meinem Schatz. Aber nein, Kindchen, hat nichts mit dem hübschen jungen Mann zu tun. Die Liebenden, das bedeutet, sich treffen und sich trennen, zueinander finden und einander verlieren. Habt Ihr jemanden verloren, den Ihr nun sucht, ist es das, was Euch in der Tiefe Eurer Seele bedrückt?»

Verloren ...

Ja, genau so fühlte sie sich. Wie jemand, der alles verloren hat, was er liebt.

«Agnes», sagte sie. «Es ist Agnes, die ihre Familie verloren hat. Deswegen fühle ich mich so. Es sind ihre Gefühle, nicht meine. Ich habe noch nie jemanden verloren. Bis auf ... meinen Vater. Aber ich erinnere mich nicht mehr an ihn. Ich war erst drei, als er gestorben ist.»

«Agnes», murmelte die Alte. «Immer wieder Agnes. Denkt nach, ob es wirklich nur ihre Gefühle sind, mein Kind, oder doch die Euren. Denkt nach.» Sie hatte die Augen halb geschlossen. «Die Fünf und die Sechs jetzt. Vergangenheit und Zukunft. Die Vergangenheit zuerst.» Sie drehte die Karte um, die die linke Extremität des Kreuzes bildete. Eine ähnliche Karte hatte Cristino heute schon gesehen. Ein von Blitzen zerrissener, Feuer speiender, zerplatzender und zerspringender Turm, gleichgültig mit LA TOUR beschriftet.

«Der Turm», murmelte die Alte. «Extreme Geschehnisse, extreme Veränderungen.» Ihre dunklen Augen suchten Cristinos Blick. «Etwas liegt in Eurer Vergangenheit, Kind, das Euch bis heute nicht losgelassen hat. Jaja. Ein schlimmes Geschehen, ein schreckliches Geschehen. Feuer und Blut, möchte man meinen. Das ist es, was jetzt die Geister herbeiruft.»

«Ein schreckliches Geschehen? Aber ich habe nichts schreckliches erlebt!», rief Cristino. «Außer eben, dass mein Vater gestorben ist. Aber da war ich doch noch so klein.»

Die Alte wiegte nachdenklich ihr Haupt. Ihre Augen kullerten hin und her dabei, als hätten sie keinen Halt in ihrem Schädel. «Geht in Euch, Kindchen, ja. War wirklich nichts Schlimmes in Eurer Vergangenheit?»

Cristino tippte auf die rechte Karte. «Die Zukunft interessiert mich wesentlich mehr», meinte sie. «Darf ich?»

Die Alte nickte. Cristino drehte die Karte um. Und begann zu zittern.

Ein Gerippe, reitend auf einem schwarzen Keiler, gehüllt in einen schwarzen Mantel, mit seltsamen weißen Zeichen versehen, in der Hand die Sense, Schwerter, Kronen und Handwerkszeug verschwindend unter den Hufen des rasenden Tieres. «Oh Gott», wimmerte Cristino.

LA MORT, stand unten auf der Karte.

«Habt keine Angst.» Die Alte hatte die Stirn gerunzelt. «Muss nicht heißen, dass Ihr gleich sterben werdet. Der Tod steht für vieles. Für das Ende, aber auch für den Neuanfang. Muss nichts Schlimmes bedeuten.» Sie war jetzt aber selbst ein bisschen blass geworden. «Nehmt die nächste Karte», sagte sie rasch und wies auf die oberste der vier in Reihe liegenden Karten. «Die Sieben. Sie zeigt Eure geheimen Wünsche an.»

«Ich wünsche mir nur, dass alles gut wird», flüsterte Cristino mit zittriger Stimme und drehte die Karte um.

LA FORCE, verriet die Unterschrift. Ein großer, kräftiger Mann mit einem Stab in der Hand. «Die Kraft», murmelte die Alte. «Steht nicht für Körperkraft, auch wenn die Karte so aussieht. Steht für die innere Kraft, die Kraft in Euch selbst. Seht Ihr die Zeichen auf der Karte? Das Venuszeichen zur Linken. Es ist die Gestalt eines Mannes, und doch kann es auch die Kraft einer Frau sein. Und hier, die liegende 8. Sie steht für die Unendlichkeit. Ist es das, was Ihr Euch wünscht? Ja? Nicht die Kraft eines starken Mannes, der Euch beschützt, sondern eigene Kraft, Kraft aus Euch selbst?»

«Ich … ich weiß nicht …»

«Die Acht zeigt Euch die Vorstellungen und Pläne der anderen für Euch», meinte die Alte und drehte die nächste Karte um. «Die Sonne», sagte sie. LE SOL. Eine riesige Sonne über sitzenden Menschen, auf die sie farbige Strahlen niedersandte, in ihrem Innern die verschlungenen Körper dreier Schlangen. «Geld, Reichtum, Sicherheit, Zufriedenheit. Schmuck, schöne Kleider, ein einflussreicher Mann, hübsche Kinder. Das wünschen sie Euch, nicht wahr, das ist die Zukunft, die sie für Euch bereithalten. Und etwas in Euch wehrt sich, Kindchen, nicht wahr?»

«Wehren?» Cristino betrachtete sie irritiert. «Warum sollte ich mich dagegen wehren?»

Laut gluckste die Alte. «Müsst noch viel lernen, Kindchen, noch viel. Sonst führt er ins Nichts, Euer Weg. Denkt an die Schicksalslinie. Wäre ein Jammer. Da, die Neun.» Sie wies auf die vorletzte Karte. «Eure Ängste, eure Hoffnungen.»

Cristino schüttelte verständnislos den Kopf und wendete die Karte.

Das erste, was auffiel, war, dass die Karte auf dem Kopf stand. Cristino drehte sie um und blickte auf einen flammenden Stern mit einem weiten Feuerschweif, der sich über ein Mädchen beugte, das an einer Quelle kniete. «Der Stern!», jauchzte die Alte verzückt. «Oh ja, der Stern. Ihr seid nicht allein, Kindchen. Der Stern steht für die guten Mächte, die Euch beschützen. Jemand wacht über Euch, steht Euch bei in aller Gefahr, rettet Euch vor allem Übel, nicht wahr? Allerdings …» Ihr Gesicht verfinsterte sich wieder.

«Was allerdings?», fragte Cristino alarmiert.

«Nun, die Karte stand zunächst auf dem Kopf …», überlegte die Alte.

«Das heißt, ich werde doch nicht beschützt?»

«Doch, doch … aber da ist noch ein anderer. Einer, der Euch beschützt, und einer, der Euch Böses will.»

«Böses? Mir? Wer will mir Böses?»

«Schwer zu sagen. Eine Karte für das Gute und das Böse. Gut und Böse sind sich nahe, so nahe. Beides in einem Menschen? Oder in zweien, die sich nahestehen? Zwei Brüder, zwei Verwandte? Schwer zu sagen, jaja.»

«Was … was besagt die letzte Karte?», fragte Cristino.

«Die Zehn ist die Synthese, das Ergebnis des ganzen, ja», murmelte die Alte.

Cristino drehte die letzte Karte um.

Es war das Rad des Schicksals. Ein König zuoberst, ein Bettler zuunterst, links der Fallende, der ins Unglück stürzt, rechts der Aufsteigende auf dem Weg ins Glück, dazwischen das große Rad mit den weiten Speichen. «Und?», fragte Cristino, zitternd wie ein Angeklagter, der seinen Urteilsspruch erwartet.

«Das Rad des Schicksals dreht sich», sagte langsam die Alte. «Herrscher stürzen, Bettler steigen zu Herrschern auf, Kriege werden gewonnen und verloren, Bekanntes verschwindet, Verschwundenes kehrt zurück ans Licht. Und mitten drin steht Ihr.» Sie sah Cristino eigenartig an. «Seltsame Dinge werden geschehen, Kindchen. Und mitten durch sie hindurch wird Euer Weg führen. In die Höhe oder in die Tiefe, ins Glück oder ins Verderben.» Sie starrte einen Moment lang auf die aufgedeckten Karten, dann schüttelte sie heftig den Kopf und raffte das Spiel zusammen.

«Was … was bedeutet das denn jetzt?», fragte Cristino ängstlich. «Was wird denn jetzt geschehen?»

Die Alte stand auf und legte die Karten aufs Regal zurück. «Hab's Euch schon mal gesagt – das Tarot kann Euch den Weg zeigen, aber gehen müsst Ihr ihn selber. – War ein interessantes Tarot, hab' schon viele gesehen, aber so eins selten. Habt eine erstaunliche Zeit vor Euch, Kindchen, eine sehr erstaunliche.»

Klingt ja großartig! «Und Agnes Degrelho?»

«Träumt den Traum zu Ende. Ich denk', das bringt die Lösung. Jaja, der Traum.» Damit schlurfte sie zur Tür und verschwand durch den Vorhang.

«Wartet!» Cristino sprang auf.

Licht flutete ihr entgegen, als sie den Vorhang beiseite schob, blendend rote Glut, schwer hing die Sonne über dem Horizont, die Welt vor ihr aus Terracotta gegossen. Zwischen den niedrigen Sträuchern humpelte das alte Weiblein in den Sonnenuntergang, unter dem roten Kopftuch wippten die grauen Strähnen. Das Gegenlicht verwandelte sie in gleißende Flammen, die ihren Kopf umzügelten.

«Loís, du musst sie zurückholen!», keuchte Cristino. «Sie hat mir noch nicht alles gesagt.»

«Doch, das hat sie», sagte Loís. «Sonst würde sie nicht gehen.»

Cristino schniefte und rieb sich die Augen. «Was soll denn jetzt aus mir werden?», schluchzte sie.

«Habt keine Angst», sagte Loís. «Ich werde nicht zulassen, dass Euch etwas geschieht. Ich schwöre es.»

***

«Ja, und was hat sie denn jetzt genau gesagt?», fragte Catarino neugierig, als sie wenig später durch das Tor in die dämmernde Stadt zurückliefen – der Torhüter guckte schon etwas ungeduldig.

«Na, ich weiß auch nicht so genau. Dass in meiner Vergangenheit etwas Schlimmes passiert sein muss, dass meine Familie mich nicht das machen lässt, was ich will, und dass ich in Wirklichkeit nicht nach einem Mittel gegen Agnes Degrelho suche, sondern nach irgendwelchen verlorenen Menschen und irgendeiner inneren Kraft. Komisch, das ganze.»

«Ja, und Agnes? Was hat sie über Agnes gesagt?»

«Dass sie meine Hilfe sucht, und dass ich den Traum zu Ende träumen muss.»

«Agnes sucht deine Hilfe?»

«Ja. Weil sie keine Ruhe findet, oder so», meinte Cristino.

«Uaaah. Gruselig.»

«Ich hab' mal eine Geschichte gehört von einer ruhelosen Seele, da musste man Weihwasser auf ihr Grab schütten, dann war sie erlöst!», verkündete Frederi Jùli. «Aber es musste echtes Weihwasser sein, aus dem Jordan und vom Papst geweiht.»

«Hervorragend, machen wir uns also auf die Suche nach Agnes Degrelhos Grab!», nörgelte Fabiou, dem die Geschichte immer versponnener vorkam.

Cristino schüttelte den Kopf. «Sie hat gesagt, ich muss herausfinden, warum Agnes keine Ruhe findet, um sie zu erlösen.» Und reichlich kleinlaut fügte sie hinzu: «Du hast doch so viel nachgeforscht, Fabiou – weißt du, warum Agnes keine Ruhe findet?»

Catarino fuhr auf. «Aber klar! Fabiou, du hast doch gesagt, du glaubst nicht, dass der Mord an Agnes die Tat einer Wahnsinnigen war, sondern dass sie ermordet wurde, weil sie etwas beobachtet hat, nicht wahr? Und dass der, der Agnes und ihre Familie umgebracht hat, vielleicht auch jetzt die Morde begeht!»

«Ja, das habe ich gesagt», grummelte Fabiou, dem es gar nicht passte, dass seine seriösen Nachforschungen in Zusammenhang mit Cristinos überspannter Geistergeschichte gebracht wurden.

«Na, siehst du!», rief Catarino. «Das bedeutet, dass der, der für Agnes' Tod verantwortlich ist, wahrscheinlich noch frei herumläuft. Und vielleicht noch weiter Leute umbringt. Also, da würde ich auch spuken!»

«Du meinst, Agnes will von mir, dass ich ihren Mörder finde?», fragte Cristino mit zittriger Stimme.

«Na, wäre doch eine logische Erklärung für alles, oder?», meinte Catarino.

Cristino lief ein paar Schritte lang stumm. Dann blieb sie stehen. «Fabiou?»

«Ja?», seufzte er.

«Also gut. Ich helfe dir.»

«Wobei?»

«Na, den Mörder zu finden.»

«Oh, heilige Scheiße, auch das noch!»

Aus Richtung der Plaço dei Prechadou kam jemand in ihre Richtung gelaufen. Als er sie erkannte, rannte er auf sie zu. «Baroun de Bèufort!», rief er.

Es war Mèstre Crestin, der Viguié.

«Ja?», sagte Fabiou so unschuldig wie möglich. Diese Anrede unter diesen Umständen und zu dieser Zeit konnte nur Ärger bedeuten.

«Jetzt hört mir einmal gut zu, Baroun!», sagte Crestin, dessen Gesicht bleich war im abendlichen Zwielicht und dessen Lider nervös über entzündeten Augen zuckten. «Ich verbiete Euch, weiter Nachforschungen bezüglich dieser Mordfälle anzustellen, und insbesondere bezüglich dieses Unternehmens Ohneberg. Habt Ihr mich verstanden?»

«Und wieso?», fragte Fabiou feindselig.

Der Viguié ergriff Fabiou am Arm und zog ihn auf die gegenüberliegende Straßenseite, außer Hörweite der anderen. «Ich hatte gesagt, dass das Parlament eine Untersuchung gegen die Ohnebergs laufen hat, erinnert Ihr Euch?»

«Ja. Und? Habt Ihr herausgefunden, warum? Haben sie sich strafbar gemacht? Haben sie einheimische Händler bedroht? Haben sie die Edelleute 1545 heimlich mit Waffen versorgt? Haben sie …»

«Verflucht, jetzt haltet endlich Euer vorlautes Mundwerk!», keuchte der Viguié. «Junger Mann, diese Geschichte ist zu groß für Euch! Zu groß für uns alle!»

Fabiou schluckte. Er dachte an das, was Ingelfinger in der Bibliothek zu ihm gesagt hatte. «Wie… wieso denn?»

«Das Parlament interessiert sich für das Unternehmen Ohneberg mitnichten wegen irgendwelcher geschäftlicher Unregelmäßigkeiten oder sonstiger Gesetzesbrüche», krächzte der Viguié. «Nach dem, was ich heute in Erfahrung gebracht habe, verbergen sich hinter dem Deckmantel der braven Kaufleute Ohneberg niemand anderes als die gottverdammten Agenten des Kaisers!»

***

«Hach …»

«Was ist?»

«Hm?»

«Was ist, Catarino? Du seufzst so.»

«Hach … Cristino, fandest du nicht auch, dass er unglaublich fesch ist?»

«Wer?»

«Na … dieser Hannes!»

«Catarino!»

«Und gut aus sieht er auch.»

«Catarino!»

«Was ist denn?»

«Er ist ein Gaukler, um Himmels willen!»

«Ja, weiß ich, na und? Trotzdem ist er fesch und sieht gut aus. Kein Vergleich zu diesen verweichlichten Bubis, die uns sonst so den Hof machen. Das ist doch wenigstens mal ein richtiger Kerl!»

«Aber Catarino, du kannst doch nicht … du wirst doch nicht …»

«Wieso denn nicht? Jesus, wenn das so weitergeht mit diesen Langeweilern, bin ich bei meiner Hochzeit immer noch Jungfrau!»

«Catarino?»

«Ja?»

«Du spinnst.»

«Klar. Muss in der Familie liegen.»

KAPITEL 11

in dem einige alte Begebenheiten aufgewärmt werden

L'un ditz que vòu morir zelat,
l'autre que vòu èstre brutlat,
ben que se'n siá perdut l'usatge.
E ieu confesse tot a plat
que vau mai èstre escambarlat
e viure un pauc mai davantatge.

Der eine sagt, dass er eifernd sterben möchte,
der andere, dass er verbrannt werden möchte,
auch wenn das nicht mehr so üblich ist.
Und ich gebe ganz offen zu,
dass es mir lieber ist, es mit beiden Parteien zu
halten und ein bisschen länger zu leben.

I. Despuech, provenzalischer Poet und Satiriker,
1. Hälfte 17. Jahrhundert, Las Foliás

Fabiou, der Poet und Investigator, war zufrieden mit sich. Erstaunlich zufrieden, bedachte man die Umstände. Jeden normalen Menschen hätte ein Hinweis wie der Crestins dazu bewegt, sich klammheimlich von der Bühne des Geschehens zu schleichen, nicht so Fabiou Kermanach de Bèufort. Ganz im Gegenteil, Crestins Eröffnung spornte ihn gar zu weiteren detektivischen Höhenflügen an, bewies sie doch, dass er von Anfang an recht gehabt hatte: Es steckte eine verdammt geheimnisvolle Geschichte hinter den Morden, die alle Welt als einfachen Raubmord abtun wollte.

Auch die Tatsache, dass er momentan nicht die geringste Idee hatte, wie er weiter vorgehen wollte, dämpfte seinen Enthusiasmus nicht sonderlich. Er hatte schließlich schon so oft scheinbar in einer Sackgasse gesteckt, und schließlich hatte er doch allein dadurch, dass er Augen und Ohren offen hielt, neue Erkenntnisse auf dem Weg zur Wahrheit gewonnen. Deshalb zerbrach er sich diesmal auch gar nicht den Kopf darüber, wie er weitermachen sollte, sondern beschloss, die Dinge einfach auf sich zukommen zu lassen. Und während sie auf ihn zukamen, konnte er die Zeit ja für ein paar Nachforschungen in eigener Sache nutzen.

Das Abendessen als die Mahlzeit, bei der die ganze Familie zusammentraf, schien Fabiou der geeignete Zeitpunkt zu sein, dem Geheimnis von Onkel Philomenus' Obligation auf den Grund zu gehen. Als die Diener an jenem 27. Mai gerade das Rindsfilet in Rotweinsauce servierten, warf Fabiou daher einen fröhlichen Blick in die gefräßige Runde und fragte: «Onkel Philomenus, was war das eigentlich für eine Verpflichtung gegenüber diesem Senher Beauchamps, die Ihr 1546 von meinem Vater übernommen habt?»

Hätte er erklärt, er wolle am nächsten Morgen in einen Barfüßerorden eintreten und im Büßergewand nach Jerusalem pilgern, er hätte wohl schwerlich mehr Aufmerksamkeit erregen können. Mit einem Schlag glich die Stimmung am Tisch einem Eiskeller. Onkel Philomenus fiel das Messer aus der Hand und klatschte in die Rotweinsauce, während sein Gesicht eine äußerst ungesunde, da blaurote Farbe annahm, wie man sie bisweilen bei unprofessionell Gehenkten sah. Demgegenüber bot der Cavalié einen starken Farbkontrast, er befleißigte sich in diesem Moment einer nun wirklich äußerst vornehmen Blässe. Neben ihm schnappte die Dame

Castelblanc nach Luft, als stecke ihr die gesamte Fleischeinlage der Suppe in der Kehle fest, und sogar Oma Felicitas sah auf einmal ausgesprochen kränkelnd aus. Allein Tante Eusebia lächelte unberührt und begann, ihr Rind zu zerteilen. «Was … was für eine Verpflichtung denn?», japste Onkel Philomenus. «Ich weiß von keiner Verpflichtung!»

Für eine Verpflichtung, von der keiner etwas weiß, hocken aber verdammt viele betretene Gesichter an diesem Tisch, dachte Fabiou. Laut sagte er: «Mèstre Crestin, der Viguié, hat mich gestern angesprochen, er habe in den Unterlagen des toten Notars ein Schreiben von Euch gefunden. Es ging dabei um eine Verpflichtung gegenüber einem verstorbenen Senher Beauchamps, der wohl ein Klient meines Vaters gewesen ist, beziehungsweise gegenüber einer Person, die etwas mit diesem Beauchamps zu tun gehabt hat, seine Frau oder sein Kind vielleicht. Und diese Verpflichtung sei nach dem Tod von Vater auf Euch übergegangen.»

Onkel Philomenus' Gesichtsfarbe wurde immer alarmierender. «Es geht dich überhaupt nichts an, worum es da ging!», brüllte er. «Nicht das geringste!»

Ach herrje, war wohl ein Wespennest! «War er Protestant, Senher Beauchamps?», fuhr Fabiou unverschämt fort. «Weil Ihr von seinen Verfehlungen schreibt und von der …»

«Seuche», hatte Fabiou sagen wollen, aber er kam nicht dazu. Philomenus Breix hatte sich, seinem Leibesumfang zum Trotz, über den Tisch geworfen, Fabiou am Kragen gepackt und ihn hochgerissen. Philomenus war stark, und das und Fabious schmächtige Statur waren eine ungünstige Kombination und hatten zur Folge, dass Fabious Zehen jetzt gute drei Zoll über dem Boden schwebten. «Du hältst jetzt den Mund, du kleines Miststück, hast du verstanden?», keuchte Philomenus. Sein Atem roch nach Wein und Rinderbrühe. Fabiou japste nach Luft.

«Lass ihn los!», schrie Frederi. Er stand jetzt. Er war bleicher als die Tischdecke.

«Hast du das verstanden?», brüllte Onkel Philomenus und schüttelte Fabiou, dessen Gesicht mittlerweile ebenfalls blau angelaufen war.

«Du lässt sofort Cristous Sohn los!», brüllte Frederi.

Fabiou klatschte mit dem Oberkörper in sein Rindsfilet mit Rotweinsauce. Philomenus war herumgewirbelt, stand jetzt Frederi gegenüber, der aussah, als würde er jeden Moment nach seinem Tranchiermesser greifen und es seinem Schwager in den Leib rennen.

«Cristou!», schrie Onkel Philomenus. Dann lachte er, laut und schallend. «Cristou, Cristou, Cristou, immer Cristou!», brüllte er. «In diesem Haus dreht sich immer alles nur um Cristou!»

«Ja, so ist das eben, Philomenus», keuchte Frederi. Ein seltsames, leicht irres Grinsen lag in seinem Gesicht. «Böse Taten verfolgen einen eben ein Leben lang.»

«Was willst du damit sagen?», zischte Philomenus.

«Du weißt genau, was ich damit sagen will!», krächzte Frederi. «Cristou könnte noch am Leben sein, wenn du in deiner Arroganz nicht …»

«Frederi!», kreischte die Dame Castelblanc. «Hör auf damit! Es war nicht Philos Schuld! Niemand hätte es verhindern können! Das Fieber … es war Schicksal!»

«Schicksal!» Frederi kicherte nervös. «Ha. Schicksal.»

Die Kinder saßen starr und mit geweiteten Augen. Fabiou krabbelte stöhnend aus der Sauce und massierte sein verstauchtes rechtes Handgelenk. Tante Eusebia kaute. «Catarino, du gibst mir doch den Meerrettich, ja?», säuselte sie.

«Ihr mit eurem Cristou!», polterte Onkel Philomenus. «Ihr macht ein Trara um ihn, als wäre er ein Heiliger! Was war er denn schon? Ein mieser kleiner Advokat, der sich nicht zu schade war, sich für den verkommensten Abschaum einspannen zu lassen. Von all den anderen Dingen ganz zu schweigen!»

«Was für … andere Dinge denn?», fragte Catarino, in einer Hand den Meerrettich.

«Noch ein Wort in der Art vor den Kindern, und ich hau' dir eine 'rein, Philomenus!», krächzte Frederi.

«Was für andere Dinge denn?», schrie Catarino.

«Catarino, den Meerrettich bitte!», sagte Tante Eusebia in höflicher Ungeduld.

In diesem Moment stieß die Dame Castelblanc einen gellenden Schrei aus, der ihr augenblicklich die Aufmerksamkeit aller Anwesenden einbrachte. «Hört auf zu streiten, hört auf zu streiten, ich ertrage das nicht!», kreischte sie und brach in wildes Schluchzen aus. Frederi ließ seinen Schwager stehen und rannte zu seiner Frau, die er tröstend in den Arm nahm. «Alles gut, mein Herz, alles gut!», flüsterte er. «Komm, ich bring' dich in dein Zimmer!» Und mit einem wirklich bitterbösen Blick in Richtung seines Schwagers zog er sie vom Stuhl hoch und führte sie aus dem Raum. Onkel Philomenus stand schnaubend wie ein Stier an seinem Platz und schickte ihnen Blicke wie Giftpfeile hinterher. Dann stieß er einen wenig katholischen Fluch aus und stürzte aus dem Raum. «Moment mal!», brüllte Oma Felicitas und kämpfte sich auf die Füße. «Philomenus! Bleib stehen! Ich habe mit dir zu reden!» Auf ihren Stock gestützt humpelte sie hinterdrein.

Zwei Türen knallten. Fabiou griff nach seiner Serviette und verteilte die Sauce auf seinem Hemd. Dann fiel ihm auf, dass seine Nase blutete, und er setzte sich und starrte bedeppert auf die Überreste seines Rindsfilets. Catarino gab Tante Eusebia den Meerrettich. «Vielen Dank, mein Kind», sagte die Tante in perfekter Höflichkeit. Schweinebacke Theodosius starrte fasziniert auf das Chaos, dann klatschte er vergnügt in die Hände und pfefferte sein Rinderfilet quer über die Tischplatte. «Schnuckelchen, das tut man nicht», meinte Tante Eusebia und aß weiter.

Catarino sprang auf. Sie zitterte am ganzen Körper. «Was hat er mit dem gemeint, was er über meinen Vater gesagt hat?», schrie sie empört.

«Catarino, Kind, setze dich und iss. Es wird kalt», sagte Tante Eusebia ungerührt.

Catarino setzte sich in der Tat. Frederi Jùli und Cristino betrachteten sie betreten. Theodosius-das-Großmaul tobte zur Tür hinaus, die ein drittes Mal knallte. Maria Anno betrachtete Fabiou aus großen Augen. «Aua», sagte sie.

«Was hat er mit dem gemeint, was er über meinen Vater gesagt hat?», wiederholte Catarino lauernd.

«Ich denke, es ist besser, wir lassen das, mein Kind», sagte Tante Eusebia und betrachtete sinnierend das Stück Fleisch, das sie auf ihrem Messer aufgespießt hatte, bevor sie es in den Mund schob. «Ich muss Philomenus unbedingt sagen, dass er Gabeln besorgen soll. Jeder anständige Haushalt hat heutzutage Gabeln. Wir müssen uns ja nicht gezielt wie die allerletzten Provinzler benehmen.»

«Tante Eusebia, was hat er gemeint?», schrie Catarino.

«Mäßige dich, mein Kind.» Tante Eusebia kaute. «Es gibt keinen Grund zur Aufregung.»

«Aber was hat er gemeint?»

«Nichts, mein Kind, nichts», meinte Tante Eusebia. «Nur ...» Sie holte Luft, dann schüttelte sie den Kopf und wandte sich wieder ihrem Fleisch zu.

«Was nur?», rief Catarino.

«Nun», Eusebia schnitt ihr Fleisch, ohne aufzusehen, «es gab da so gewisse ... Ärgernisse.»

«Ärgernisse? Mit meinem Vater?»

«Nun ja», Eusebia schob sich einen weiteren Bissen in den Mund, «es war nicht immer leicht für deine Großeltern, den alten Baroun de Bèufort und seine Frau. Meine Mutter war gut mit der Barouno befreundet, deshalb weiß ich so allerhand ... Er ist an der Wassersucht gestorben und sie an der Lungenschwindsucht, 1542. Natürlich, da kann keiner etwas dafür, aber manchmal habe ich mich schon gefragt, ob es nicht eher die Sorge war, die sie ins Grab gebracht hat. Er war ihr einziges Kind und Erbe, müsst ihr wissen.»

Jetzt hingen alle vier Kinder an Tante Eusebias Lippen. Zwei Diener waren damit beschäftigt, die Sauce vom Boden aufzuwischen. Die Kinderfrau schob Maria Anno einen Löffel Brei in den Mund. Fabiou hatte den Kopf in die Hände gestürzt und sah zu, wie die Blutstropfen auf das Tischtuch fielen.

«Wieso hat Vater ihnen denn ... Sorgen gemacht?», fragte Cristino kleinlaut.

«Oh, da war natürlich sein Beruf ...», meinte Tante Eusebia leichthin. «Er war begabt, das war das Schlimme daran. Jahrgangsbester beim juristischen Examen. Eine große Karriere stand ihm offen, er hätte vielleicht sogar Parlamentspräsident werden können, später, aber er hat alles so leichtfertig aufs Spiel gesetzt. Schade, wirklich.»

«Was heißt leichtfertig aufs Spiel gesetzt? Hat er gesoffen oder was?», fragte Fabiou rau.

«Oh nein, nein.» Tante Eusebia ließ ein helles Lachen erklingen. «Aber er hatte diesen Hang zum Niederen. Statt dass er sich um richtige Rechtstreitigkeiten kümmerte, hat er sich mit … nun, man muss schon sagen, mit dem Abschaum beschäftigt, hat Strauchdiebe und Huren verteidigt, Subjekte, die ihre Strafe verdient hatten und denen alles gebührte, aber keine ordentliche Verteidigung, die nichts gezahlt haben und weiter ihren Räubereien nachgingen, falls er sie denn je freibekommen hat. Und das war noch nicht mal das Schlimmste.» Sie spießte den letzten Fleischbrocken auf.

«Was war das Schlimmste?», fragte Frederi Jùli gebannt.

«Er hat», sie schnaubte empört bei der Erinnerung, «er hat bisweilen sogar … Protestanten verteidigt. Aber sagt eurer Mutter bloß nicht, dass ich euch das erzählt habe, sonst bekomme ich wieder Ärger.» Sie zog die Nase hoch. «Sein Ruf war natürlich binnen kürzester Zeit ruiniert. Kein ehrbarer Mann wollte sich so einen als Anwalt nehmen.»

«Und was war das andere?», fragte Catarino feindselig.

«Welches andere?»

«Onkel Philomenus hat von anderen Dingen gesprochen», erinnerte Catarino.

Tante Eusebia griff nach ihrer Serviette, tupfte sich sittsam die Mundwinkel und rieb sich dann die Hände ab. «Ich weiß nicht, wie ich euch das erklären soll …», sagte sie. «An sich ist ja auch nichts passiert. Dank eurer Mutter.»

«Unsere Mutter? Was hat unsere Mutter damit zu tun?», fragte Catarino gereizt.

«Oh, alle waren sehr froh, als Cristou und eure Mutter zusammenfanden», sagte Tante Eusebia lächelnd. «Sie waren sehr jung damals … 1541 war das, er war zwanzig, und sie achtzehn. Für einen Mann, der noch nichts hat und nichts ist, eigentlich zu früh zum Heiraten, zumal die Mitgift eurer Mutter sicher auch nicht das war, was der alte Baroun de Bèufort sich gewünscht hätte. Aber unter den gegebenen Umständen konnte es allen natürlich nicht schnell genug gehen mit der Hochzeit.»

«Was für Umstände denn?», fragte Cristino, die mitgerechnet und festgestellt hatte, dass sie und Catarino mit den Umständen nicht gemeint sein konnten.

«Nun, Frederi ...», Tante Eusebia winkte einen Diener herbei, ihr Gedeck abzutragen, «sie waren sehr gute Freunde, Frederi und Cristou.»

«Das wissen wir. Na und?», fragte Catarino finster.

«Sehr gute Freunde», betonte Tante Eusebia noch einmal. «Schon zur Schulzeit. Sie waren gemeinsam auf dieser Klosterschule in Arle ... Ich würde meinen Sohn nie auf eine solche Schule schicken. Ich finde das einfach unnatürlich, so viele Männer auf einem Haufen, ganz ohne Frauen ... Frederi war damals schon Waise, seine Eltern sind Ende der Zwanziger an der Pest gestorben, und deshalb ist er über die Festtage immer mit zu Cristou gegangen ... wie gesagt, unsere Mütter waren eng befreundet, deswegen kannte ich sie damals schon ... sie steckten immer zusammen, in jeder freien Minute. Vor allem Frederi ließ seinen Blick nicht einen Moment von Cristou, wie ein Hündchen, das seinen Herrn anhimmelt. Das war schon ... auffallend.»

Catarino hatte sich zurückgelehnt. Sie sah plötzlich verändert aus, ihr Gesicht war spitz, die Sommersprossen glichen Rostflecken auf weißem Alabaster. «Was wollt Ihr damit sagen?», fragte sie spitz.

«Nun, ich weiß, es war natürlich gar nichts, ein dummer Zufall, mehr nicht, und sie waren ja auch noch Kinder, Cristou war zehn und Frederi zwölf, aber ...» Tante Eusebia hielt inne, um einen Fleck an ihrem Ärmel zu betrachten.

«Aber was?», schrie Catarino.

«Nun, da war dieser Ausflug», erzählte Tante Eusebia im Plauderton. «Wir kamen in ein furchtbares Gewitter, und im allgemeinen Durcheinander gerieten die beiden Jungs abhanden. Wir suchten sie lange und fanden sie schließlich in der Scheune, in die sie sich vor dem Regen geflüchtet hatten. Sie lagen im Heu und schliefen. Natürlich ... hatten sie ihre Kleider bloß ausgezogen, weil sie tropfnass waren, und natürlich hatten sie sich nur wegen der Kälte aneinandergeschmiegt, aber, nun ...» Sie räusperte sich.

Catarino sprang auf, dass der Tisch wackelte. «Was wollt Ihr damit sagen? Dass mein Vater ein gottverdammter Perverser war? Ein Sodomist? Wollt Ihr das sagen, ja?»

«Kind, nein!» Tante Eusebia lächelte unschuldig. «Alles was ich sagen will, ist, dass alle sehr erfreut waren, als deine Eltern heirateten, mehr nicht.»

«Ihr verfluchtes Schandmaul!», schrie Catarino wütend. «Aber ich glaube Euch kein Wort! Ihr sagt das alles nur, um den Namen meines Vaters durch den Schmutz zu ziehen, weil Ihr ihn gehasst habt, das ist es! Ihr seid eine gemeine, alte Hexe! Ich hasse Euch!»

Tante Eusebia lächelte noch immer. «Ihr Kinder habt alle einen Fehler eures Vaters geerbt... ihr tragt euer Herz auf der Zunge. Das ist ungesund, Catarino. Sehr ungesund. Manchmal ist es tödlich», sagte sie.

Frederi Jùli sah verständnislos von einem zum anderen. «Ich hab' das nicht kapiert, Fabiou. Was ist denn ein Perverser?», fragte er.

Die Tür öffnete sich, und der Cavalié kam herein. Totenstille fiel über den Raum. Auf Tante Eusebias Gesicht erschien ein seltsames, verträumtes Lächeln. Der Cavalié ließ seinen Blick über die Anwesenden gleiten. Cristino sah beiseite. Catarino erwiderte seinen Blick mit offenem Hass.

Er wandte sich Fabiou zu. «Ist alles in Ordnung mit dir?», fragte er.

«Ja», sagte Fabiou und wischte sich die Nase. «Ja.»

«Dieser Idiot Philomenus!», zischte Frederi. «Ich hätte ihm wirklich eine 'reinhauen sollen!»

Warum hast du's dann nicht getan?, dachte Fabiou. Zum ersten Mal, solange er denken konnte, empfand er Verachtung für seinen Stiefvater.

«Anno», rief Tante Eusebia die Dienerin, «serviere mir das Dessert aufs Zimmer. Ich denke, ich werde es heute dort einnehmen.» Und mit ihrem seltsamen Lächeln stand sie auf und verließ den Raum.

***

Fabiou und Cristino holten Catarino im Zimmer der Mädchen ein, wo sie gerade damit beschäftigt war, sich in ein Stadtkleid zu zwängen, ohne sich noch die Mühe zu machen, ihre Dienerin zu rufen. «Sag mal, was hast du vor?», fragte Fabiou. Seine Nase blutete noch immer, und auch sonst hatte er das Gefühl, neben sich zu stehen.

«Ich gehe aus, siehst du doch!», erwiderte Catarino schnippisch.

«Jetzt? Allein?»

«Allerdings!»

«Das darfst du nicht», stellte Cristino fest. «Du musst zumindest jemand von den Dienstboten …»

«Ach, halt die Klappe, Cristino!»

«Aber das ist gefährlich!», meinte Cristino. «Wo willst du denn überhaupt hin?»

«Zu Tante Beatrix!», erklärte Catarino.

«Wie willst du das denn machen?», meinte Fabiou kopfschüttelnd und schniefte. «Du glaubst doch nicht im Ernst, dass die jetzt Besuchszeit im Konvent haben.»

«Dann klettere ich über die Mauer! Ich muss sie sehen, jetzt! Ich muss die Wahrheit wissen, auf der Stelle!», schrie Catarino.

«Mann, Catarino, du glaubst doch nicht etwa den Mist, den dieses Lästermaul Eusebia erzählt hat!», rief Cristino kopfschüttelnd aus.

«Diese hinterhältige Schlampe!» Catarino heulte vor Wut. «Wie kann sie nur so etwas Gemeines über Vater sagen! Ich hasse sie! Das sind doch alles Lügen!»

«Eben. Deshalb gibt es doch auch keinen Grund, jetzt zu Tante Beatrix zu gehen!», stellte Cristino fest.

«Irgendwann muss ich zu Tante Beatrix, also warum nicht jetzt!», nörgelte Catarino. «Und wenn ich darauf warte, dass Frederi es mir erlaubt, bin ich Oma, bis es soweit ist! Die wollen nicht, dass wir mit ihr sprechen, habt ihr das noch nicht kapiert?»

«Ach, das bildest du dir ein», meinte Cristino.

«Das bilde ich mir ein, ja? Ich habe hundert Mal gefragt, und jedes Mal hieß es, heute nicht, vielleicht nächste Woche. Jetzt reicht es mir!»

«Bleibt die Frage, wie du zu ihr kommen willst», stellte Fabiou fest. So benommen er sich fühlte, ihn drängte es ebenso wie Catarino nach einer Aussprache mit seiner Tante.

Catarino hielt in ihrem Aktivismus inne und grübelte. Dann erhellte sich ihre Miene. «Ich hab's!», rief sie. «Der Friedhof. Dort habe ich sie letztens doch gesehen, an unserem ersten Abend in Ais. Vielleicht geht sie da ja jeden Abend hin.»

«Ja, vielleicht. Vielleicht auch nicht», meinte Fabiou wenig überzeugt.

«Wenn du zum ersten Mal seit dreizehn Jahren wieder an dem Ort bist, wo deine Eltern und dein Bruder begraben sind, würdest du dann nicht auch öfters zu den Gräbern gehen?»

«Aber nicht zwingend jeden Abend», grummelte Fabiou.

«Es kommt auf einen Versuch an», erklärte Catarino. «Kommt ihr mit?»

Zehn Minuten später schlichen sich die drei Geschwister auf Zehenspitzen aus der Haustür, nachdem Frederi Jùli hilfsbereiterweise den Pförtner zum Wein holen in den Keller geschickt hatte. Weitere zehn Minuten später hatten sie den Friedhof erreicht.

Die Sonne stand schon tief und warf ein intensives Licht über die Grabsteine, die wie aus Gold schienen. Lange Schatten zogen über die Wege, auf denen einige alte Weiber zu den Gräbern ihrer Männer humpelten. Es war noch ziemlich heiß.

Catarino stand starr vor dem Grab ihres Vaters, ohne nach rechts oder links zu blicken. Cristino wanderte geistesabwesend durch die Gräberreihen. Fabiou stand und schaute auf den Grabstein, der den Namen Cristou Kermanach de Bèufort trug. Unter seiner Benommenheit kam mehr und mehr eine gewaltige Verwirrung zu Tage. In den vergangenen Tagen hatte er mehr als widersprüchliche Informationen über seinen Vater erhalten. Die Lobeshymnen von Oma Felicitas, seiner Mutter und Frederi, die seltsame Tatsache, dass seinen Vater einerseits kaum jemand zu kennen schien, dass ihm dessen Name andererseits bei denen, die ihn kannten, Tür und Tor zu öffnen schien – man denke nur an Suso und Louis Piqueu –, und jetzt die vernichtenden Urteile von Onkel Philomenus und Tante Eusebia. Was für ein Mensch war dieser junge Mann gewesen, der irgendwann 1545 im Alter von vierundzwanzig Jahren an einem Fieber gestorben war, nachdem er drei Kinder in die Welt gesetzt und eine laut Tante Eusebia recht zweifelhafte Karriere als Jurist absolviert hatte?

Sein Blick wanderte nach rechts, zum Grabstein seines Onkels. Pierre Martin Avingou. Auch so eine rätselhafte Figur. Ein Genie, wenn man Oma Felicitas Glauben schenken durfte. Ansonsten eher eine Unperson. Außer Oma Felicitas hatte noch keiner in der Familie auch nur einmal ein Wort über ihn verloren. Er dachte an das Bild in Oma Felicitas' Salon. Vier Freunde. Pierre Avingou, Cristou de Bèufort, Hector Degrelho. Wer war der vierte?

Drei von ihnen waren tot. Gestorben 1545.

Fabiou blinzelte. Er glaubte nicht mehr an den Zufall, zumindest nicht, wenn er 1545 hieß. Sein Vater war möglicherweise einer der Seuchen zum Opfer gefallen, die nach der Vernichtung der Waldenser ausgebrochen waren. Aber Pierre? Ein Unfall, hatte Oma Felicitas gesagt. Überfahren von einer Kutsche. So etwas kommt vor.

Was hatte Frederi gemeint, als er sagte, Onkel Philomenus sei am Tod seines Vaters schuld? Wann genau war sein Vater eigentlich gestorben? Wirklich im April, nach dem Arrêt de Mérindol? Pierres genaues Todesdatum stand auf dem Grabstein, 5. Mai 1545. Aber Cristou?

Und in diesem Moment hörte er Cristino schreien.

Mit einem Mal war Fabiou hellwach und losgelaufen in die Richtung, aus der der Schrei gekommen war. Dem Klappern von Schuhsohlen auf dem Kies hinter sich entnahm er, dass Catarino das Gleiche tat. Sie bogen um ein mächtiges Mausoleum und sahen sie.

Im grellen Gegenlicht kniete Cristino vor einer unbekannten Grabstätte. Es musste ein Familiengrab sein, ein großer Doppelstein in der Mitte, ein kleiner Grabstein zur Rechten, drei kleine zur Linken. Die drei zur Linken waren von weißen Blüten umrankt. Catarino blieb stehen und starrte auf die Grabsteine und bekreuzigte sich, ganz gegen ihre sonstige Angewohnheit. «Die weißen Rosen», hauchte sie.

Mit offenem Mund starrte Fabiou auf die Grabsteine und auf die Namen, die darin eingraviert waren. Hector Roubert Degrelho Baron d'Astain. Justine Degrelho d'Astain née Cauville. Daniel Calixte Degrelho. Louise Penthesilea Degrelho. Alice Margalida Degrelho. Agnes Joanno Degrelho. Und sechsmal dasselbe Todesdatum. 1545.

«Agnes», flüsterte Cristino. «Es ist Agnes' Grab.»

«Komisch, dass sie hier begraben sind», murmelte Fabiou.

«Wieso?»

«Nun, es muss ganz schön aufwendig gewesen sein, die Leichen von Santo Anno dis Aupilho hierher zu transportieren.»

«Ach. Fabiou hat mal wieder ein Rätsel entdeckt!», spottete Catarino.

Fabiou reagierte nicht. Er war näher an den großen Grabstein herangetreten und sah mit gerunzelter Stirn auf die Inschrift, die in den Stein gemeiselt war.

Il est ton devoir d'accomplir bien ton role –
mais le choisir appartient à un autre.
Epiktet.

«Es ist deine Aufgabe, deine Rolle gut zu erfüllen, aber sie auszuwählen steht einem anderen zu», übersetzte Fabiou. «Guter Spruch.» Er nickte anerkennend. Catarino verdrehte die Augen

Cristino kniete vor dem Grab, das den Namen Agnes Joanna Degrelho trug. «Wer hat dich getötet, Agnes?», flüsterte sie. «Und warum?»

«Glaubst du, sie antwortet dir?», stöhnte Catarino.

«Schön wär's, wenn sie antworten täten, die Toten, täte viele Rätsel lösen, was?», sagte hinter ihnen eine schnarrende Stimme.

Die Geschwister drehten sich um.

Hinter ihnen stand ein Mann, gekleidet in ein zerschlissenes Wams und eine fleckige Hose, die von der gleichen graubraunen Farbe wie seine Hände und sein zerfurchtes Gesicht waren. Er ging leicht gebückt, den Kopf größtenteils unter einem alten Schlapphut verborgen. «Jousé mein Name», schnarrte er. «Bin der Totengräber hier. Hab' die alle unter die Erde gebracht. War 'ne Heidenarbeit, kann ich Euch sagen, '45, wo's vor Leichen nur so gewimmelt hat. Wir ham Tag und Nacht gearbeitet, die Kumpels und ich.»

Cristino hatte bei seiner Vorstellung einen Satz rückwärts gemacht, dass sie beinahe über die Grabsteine gefallen wäre. Auch Catarino war zurückgewichen, wenn auch wohl weniger aus Entsetzen über den Beruf ihres Gegenübers als aus Angst, er könne ihr Kleid beschmutzen.

«Warum hat es so viele Tote gegeben, 1545?», fragte Fabiou. «In Ais gab es doch keine Waldenser, oder?»

«Na, aber die Seuchen und so.» Der Alte kratzte sich am Kopf. Catarino machte noch einen Schritt rückwärts. Flöhe hatte er offensichtlich auch zur Genüge. «Zuhauf sind die Leute dran gestorben. Die ham sie mitgebracht, die Flüchtlinge aus den Dörfern. Und am Anfang ham wir sie ja alle noch reingelassen in die Stadt. Also, die Katholischen zumindest. Vor allem die Alten sind gestorben, und die Kinder. Waren viele Kinder unter den Flüchtlingen, wo die Eltern getötet worden sind. Da hinten, da haben wir eine große Grube gebuddelt und sie alle reingeworfen.» Er wies auf das äußerste Ende des Friedhofs. Cristino bekreuzigte sich entsetzt.

«Aber ich sag's Euch – Perverse gibt's!» Der Alte schüttelte fassungslos den Kopf. «Da gab's doch echt welche, die haben die Toten wieder ausgebuddelt. Mein Kumpel, Jaume, der meint, die hätten sie für, na ja, komische Sachen verwendet, aber ich glaub ja eigentlich eher, die Juden waren's. Die brauchen Christenfleisch für ihren Hexensabbat. Hab's einmal mit eigenen Augen gesehen, zwei Männer waren's, und haben Leichen aus dem Grab geholt, Kinderleichen auch noch, und sind weg damit. Ganz bestimmt waren das die Juden!»

Cristino sah aus, als ob sie jeden Moment in Ohnmacht fallen würde. «Verschwinde, Alter, du erschreckst ja meine Schwester!», schimpfte Catarino, die auch etwas grün im Gesicht war.

«Na, ich sag's ja bloß», murmelte der Alte und schlurfte weiter.

«So ein Verrückter!», schimpfte Catarino. «Juden, die die Leichen von Christenkindern aus dem Grab holen! Igitt!» Dann hielt sie inne. «Da», flüsterte sie.

Eine Nonne im schwarzen Habit bewegte sich durch die Reihen der Gräber. Dorthin, wo die Familie Auban ihre letzte Ruhestätte hatte.

«Tante Beatrix», murmelte Fabiou. Catarino rannte bereits.

Die Nonne war gerade vor den Gräbern niedergekniet, als Catarino über den Kiesweg gefegt kam. «Tante Beatrix!», schrie sie, nicht gerade in friedhöflicher Andacht, was ihr die strafenden Blicke einiger alten Weiber eintrug. Beatrix hob den Kopf. «Catarino.» Sie stand auf. Catarino flog ihr um den Hals. «Endlich haben wir Euch gefunden!», rief sie.

Beatrix sah an ihr vorbei auf Fabiou und Cristino, die ebenfalls herbeigelaufen kamen. «Seid ihr alleine hier?», fragte sie erstaunt. Cristino und Fabiou nickten. «Wissen eure Eltern davon?»

Catarino ließ sie los. «Natürlich nicht», sagte sie. «Die hätten uns wohl kaum kommen lassen.»

«Moment mal – ihr seid meinetwegen hier?»

Die drei nickten. «Wir haben uns gedacht, dass Ihr öfter hierherkommt – also, Catarino hat es sich gedacht», gab Fabiou zu, als er den strafenden Blick seiner ältesten Schwester bemerkte.

Tante Beatrix lachte. «Und was verschafft mir die Ehre?», fragte sie.

Die drei wechselten einen raschen Blick. «Na ja – das ist eine längere Geschichte», meinte Fabiou.

Tante Beatrix runzelte die Stirn. «Himmel, Junge, was ist denn mit deiner Nase passiert? Das war doch nicht etwa Frederi?»

«N-nein. Onkel Philomenus», murmelte Fabiou verlegen.

«Philomenus hat dich geschlagen?»

«Na, nicht direkt geschlagen – eher fallen lassen ...»

Tante Beatrix betrachtete ihn einen Moment nachdenklich. Dann meinte sie: «Sollen wir uns dahinten unter die Bäume setzten? Dann können wir in Ruhe reden.»

Es war exakt die Baumgruppe, in der Fabiou schon mit Bruder Antonius gesessen war. Sie nahmen auf den warmen Steinen Platz, und Tante Beatrix faltete die Hände über den Knien. «Also, was gibt es?», fragte sie mit einem auffordernden Blick.

«Es hat heute Abend Streit gegeben», meinte Fabiou.

«Das sehe ich. Ich hoffe, nicht meinetwegen.»

«Nein. Wegen unserem Vater», erklärte Catarino harsch.

«Wie man's nimmt. Eigentlich habe ich Onkel Philomenus nur nach dieser Obligation gefragt», sagte Fabiou nachdenklich.

«Eine Obligation?», fragte Beatrix stirnrunzelnd.

«Ich war letztens im Zusammenhang mit diesen Mordfällen beim Viguié», erklärte Fabiou nicht ohne Stolz. «Und er hat mir einen Brief von Onkel Philomenus an den ermordeten Notar Austelié gezeigt. Von 1546. Darin ging es um eine Verpflichtung, die mein Vater gegenüber einem mittlerweile verstorbenen Senher Beauchamps eingegangen war. Ich habe es mir so erklärt, dass dieser Beauchamps einen unmündigen Erben hinterlassen und Vater zum Vermögensverwalter bestimmt hat. Nach Vaters Tod ist diese Verpflichtung an Onkel Philomenus gegangen. Ich schätze allerdings, dass dieser Senher Beauchamps Protestant war, denn Onkel Philomenus gebrauchte etwas unfreundliche Worte im Hinblick auf ihn. Nun, der Viguié hat mich gebeten, Onkel Philomenus zu fragen, was genau es mit der Obligation auf sich hatte. Das habe ich getan, und Onkel Philomenus hat völlig verrückt gespielt.» Fabiou hob die Schultern.

Beatrix starrte ausdruckslos ins Leere. «Austelié, sagtest du?»

«Ja. Habt Ihr eine Ahnung, was mit dieser Verpflichtung gemeint sein könnte?», fragte Fabiou.

Beatrix' Augen hatten sich verengt. «Ich setze ungern Gerüchte in die Welt. Ich denke, du solltest da besser Frederi fragen», sagte sie scharf.

Na, danke. Extrem aussichtsreich.

«Auf alle Fälle ist das ja wohl kein Grund, sich so aufzuführen!», rief Catarino aufgebracht. «Ich hab' echt gedacht, er bringt Fabiou um! Und dann hat er ganz gemeine Sachen über unseren Vater gesagt, und Tante Eusebia auch. Dass er nur ein mieser, kleiner Advokat gewesen sei, der sich mit Abschaum abgegeben hat, statt vernünftige Fälle zu übernehmen, dass er seine Karriere und seinen Ruf ruiniert habe, so dass keiner mehr zu ihm wollte, und seine Klienten seien nur Halbsabschneider gewesen, die sowieso an den Galgen gehört hätten, oder so ähnlich.»

Fabiou erwartete selbstverständlich, dass Tante Beatrix seine Schwester maßregelte, weil sie so ungehörig das Wort ergriff und auch noch derart respektlos von ihrem Onkel sprach. Doch stattdessen erschien nur ein Lächeln auf Beatrix' Lippen. Ein verächtliches Lächeln. «Das haben sie gesagt?»

«Ja …»

«Natürlich. Philomenus und Eusebia, die Moralapostel, die diensthabenden Pharisäer.» Das Lächeln war noch böser geworden. «Kinder, ich sage euch jetzt etwas, und ich bitte euch, das nie, nie zu vergessen, egal was euch Leute wie euer Onkel und eure Tante erzählen: Euer Vater hat nichts getan, dessen ihr euch schämen müsstet. Ganz im Gegenteil!»

«Wie meint Ihr das?», fragte Cristino, ermutigt von Beatrix' Reaktion auf Catarinos Ausbruch.

«Nun, oberflächlich betrachtet haben euer Onkel und eure Tante durchaus recht: euer Vater hat in der Tat Menschen vor Gericht vertreten, die Leute wie sie nur als Abschaum betrachten. Arme, die sich keinen Anwalt leisten konnten, Bauern, Tagelöhner, Bettler, Dienstboten, Witwen. Darunter sicher viele, die tatsächlich straffällig geworden waren, die gestohlen oder betrogen hatten, aber nicht aus Boshaftigkeit, sondern aus Not heraus. Es gibt Menschen in dieser Stadt, für die stehlen oder nicht stehlen eine Frage von Leben und Tod ist, Kinder. Euer Vater hat versucht, diesen Menschen zu helfen, indem er sie vor Gericht verteidigte. Oftmals auch erfolgreich, auch in unserem Parlament sitzen ja nicht nur Granitstatuen, sondern ab und zu auch ein paar Menschen, die seinen Argumenten durchaus zugänglich waren. Aber denjenigen im Parlament, die die harte Linie vertraten, war er natürlich ein Dorn im Auge.»

«So wie Maynier?», fragte Fabiou. *La dureté, si elle avait un nom.*

Tante Beatrix' Augen flackerten. Für einen Moment lag ein Ausdruck darinnen, den Fabiou noch nie im Blick eines Menschen gesehen hatte. «Ja. So wie Maynier», entgegnete sie.

«Ist es wahr, dass er auch Protestanten verteidigt hat?», fragte Cristino ungläubig.

«Natürlich ist es wahr», sagte Tante Beatrix. «Warum, stört dich das?»

«Nun – das sind schließlich Ketzer!»

«Mein liebes Kind», sagte Beatrix kühl, «ich bin nun wirklich eine strenggläubige Tochter der katholischen Kirche, aber die protestantische Religion abzulehnen und Menschen, die diesem Glauben anhängen, grausam zu verfolgen und zu töten, ist meines Erachtens wirklich zweierlei. Unser Glaube, der katholische Glaube, ist die Religion von der Liebe, der Verzeihung, der Gnade gegenüber jedem Menschen, und gerade dem Menschen, der einem Irrtum aufsitzt und eine Verfehlung begangen hat. Das ist es, was

Jesus gepredigt hat, und das ist meine Überzeugung. Und ich hoffe, dass dies bei allem, was inzwischen geschehen ist, auch immer noch Frederis Überzeugung ist!»

«Frederi!» Catarino spuckte diesen Namen geradezu aus.

«Du magst ihn nicht sonderlich.» Tante Beatrix zog die Augenbrauen hoch. Das war eine Angewohnheit von ihr, die Fabiou schon bei ihrem Besuch in der Carriero de Jouque aufgefallen war. Es verlieh ihrem Gesicht einen Ausdruck konzentrierter Skepsis.

«Er ist … ein Schwächling!», fauchte Catarino. «Nie setzt er sich durch, weder gegenüber Mutter noch gegenüber Onkel Philomenus oder sonst irgendwem! Immer nörgelt er an einem herum, aber wenn es darum geht, Mut zu beweisen, dann kneift er! Ihm traue ich das durchaus zu, das, was Tante Eusebia gesagt hat, das … andere!»

Zu Fabious grenzenlosem Erstaunen wies Beatrix seine Schwester auch jetzt nicht zurecht. «Was hat Tante Eusebia denn noch gesagt?», fragte sie stattdessen.

Die Kinder wichen ihrem Blick aus. Catarino schossen erneut die Tränen in die Augen. «Sie hat Vater und Frederi als … als Perverse bezeichnet», stieß sie hervor.

Tante Beatrix verdrehte die Augen. «Eusebia, die dumme Gans! Natürlich, musste sie mal wieder mit ihrer alten Geschichte von dem Gewitter hausieren gehen!»

«Dann – ist es nicht wahr?» Catarino sah Tante Beatrix geradezu flehentlich an.

«Wahr?» Beatrix sah nachdenklich in Richtung Sonnenuntergang. «Wenn du mich fragst, ob Frederi Cristou geliebt hat – ja, das hat er sicherlich. Er hat ihn abgöttisch geliebt. Wirklich. Wenn man Frederi angeboten hätte, an Cristous Stelle zu sterben, er hätte es ohne mit der Wimper zu zucken getan. Ich denke, es gibt nur einen Menschen auf dieser Welt, den er ebenso liebt, wie er Cristou geliebt hat, und das ist eure Mutter. Eine Liebe, die umso selbstloser war, als er ursprünglich nicht auf ihre Erfüllung hoffen konnte, denn eure Mutter hatte vom ersten Moment an nur Augen für Cristou. Frederi hat nie einen Versuch gemacht, sie für sich zu gewinnen. Ich denke, es erschien ihm nur logisch und richtig, dass die zwei Menschen, die er am meisten liebte, zusammengehörten.»

«Du meinst, er hat Mutter schon geliebt, als sie und Vater noch gar nicht verheiratet waren?», fragte Fabiou erstaunt.

«Ja. Natürlich. Sie haben deine Mutter ja gleichzeitig kennengelernt.»

«Wie das?»

«Na, über Pierre natürlich.» Sie sah die drei erstaunt an. «Das wisst ihr nicht? Sie waren mit Pierre zusammen auf der Schule, Frederi und Cristou.»

«Die Klosterschule?», fragte Catarino in Erinnerung an Tante Eusebias Worte.

«Ja, genau. St. Trophimus, in Arle.»

«War das dieselbe, die auch Hector Degrelho besucht hat?», fragte Fabiou.

«Ja. Allerdings», antwortete Tante Beatrix erstaunt.

«Ach so, daher kannten sie sich alle», meinte Fabiou.

«Ja. Daher kannten sie sich.» Tante Beatrix betrachtete Fabiou forschend. «Später haben sie dann in Ais studiert – Frederi Theologie, Cristou Rechtslehre und Pierre Philosophie und Medizin.»

«Frederi hat Theologie studiert?», rief Cristino erstaunt.

«Oh ja – er hat sogar ernsthaft mit dem Gedanken gespielt, Priester zu werden. Frederi und Cristou kamen beide 1537 nach Ais und begannen mit ihrem Studium. Pierre brachte sie oft mit zu uns nach Hause – damals wohnte ich noch dort, es war, bevor ich die Weihen empfing – und irgendwann, '39 oder so, kurz nach meinem Eintritt ins Kloster, begegneten sie bei einer dieser Gelegenheiten Madaleno.» Sie räusperte sich. «Es gehörte damals nicht viel dazu, sich in Madaleno unsterblich zu verlieben. Sie war siebzehn und wunderschön – wallendes, kastanienbraunes Haar, glänzende haselnussbraune Augen und eine wohlgeformte Gestalt. Aber es war nicht das allein. Sie war damals – anders. Wir alle waren anders, schätze ich; wir waren jung und unbekümmert und hatten unser ganzes Leben noch vor uns – so meinten wir zumindest.» Sie lachte etwas bitter. «Aber keinen von uns haben die Ereignisse damals so sehr verändert wie Madaleno.»

«Die – Ereignisse? Du meinst Vaters Tod, oder?», fragte Catarino.

Tante Beatrix hob mit einem müden Lächeln die Schulter. «Der Tod deines Vaters, der Tod meiner Mutter, der Tod von Pierre und Hector … es kam eine Menge zusammen zu dieser Zeit.»

«Und wie war Mutter – vorher?», fragte Catarino.

«Sie war faszinierend.» Beatrix lächelte noch immer. «Sie war so lebendig, so lebensfroh. Wenn man sie sah, wie sie durch den Raum auf einen zutanzte, wie sie einen anstrahlte – man fühlte sich augenblicklich wie neugeboren. Wir waren alle bezaubert von ihr, und Cristou und Frederi waren nicht die einzigen Männer, die ihr zu Füßen lagen. Aber sie hatte nur Augen für euren Vater. Ich weiß nicht, was sie in ihm sah – wahrscheinlich genau das, was er selbst in sich sah, einen edlen jungen Ritter im Kampf gegen das Unrecht. Ihr Streben ging damals weit über ein oberflächliches Glück an der Seite eines wohlhabenden, einflussreichen und halbwegs gutaussehenden Gemahls hinaus. Sie wollte Liebe erfahren, nicht nur oberflächliche Zuneigung, sondern wirkliche Liebe, von einem Edelmann, der ihr zu Füßen lag wie einst die Troubadoure ihren hohen Damen. Cristou mit seinen hehren Grundsätzen vom Kampf gegen das Unrecht und für die Armen und Wehrlosen, der sie vergötterte, der sie anbetete, entsprach in jeder Hinsicht ihrem Traumbild von einem Mann. Ich denke manchmal, wenn alles anders gekommen wäre, wenn Cristou überlebt hätte, wäre Madaleno heute ein anderer Mensch. Aber Cristous Tod war für sie das Ende der Welt, in der sie gelebt hatte, das Ende ihrer Träume und ihres Glaubens an das Gute im Leben. Also flüchtete sie sich in Konventionen, in den billigen Trost ihres Standesbewusstseins, den ihr Philomenus vorlebte. Philo sagte ihr, dass alles anders gekommen sei, wenn Cristou nicht so ein skandalöses Dasein gefristet hätte, und sie glaubte ihm. Das ist die Madaleno von heute – keine Risiken mehr, keinen Schritt aus der Reihe tanzen, so lange man keinen Anstoß bei der feinen Gesellschaft erregt, kann nichts schiefgehen.»

«Wieso? Vaters Arbeit hatte doch nichts mit seinem Tod zu tun», meinte Catarino verständnislos.

Beatrix' Lächeln war starr. «Man kann das so oder so sehen, Catarino. Und was Philomenus betraf, so konnte er Cristou noch nie ausstehen. Er war von Anfang an gegen seine Heirat mit Madaleno und hat wirklich alles getan, um sie zu hintertreiben – schließlich sei Cristou zu jung und habe die falschen Freunde, und so weiter.»

«Was für falsche Freunde denn?», fragte Cristino erstaunt.

«Oh, Pierre und mich zum Beispiel», sagte Beatrix spöttisch.

Die Kinder schenkten ihr fassungslose Blicke. «Aber Ihr – Ihr wart doch seine direkten Verwandten!», meinte Catarino verständnislos. «Sein Vetter und seine Base! Und abgesehen davon …»

«Bin ich eine Nonne, und Pierre war ein Docteur und angesehener Wissenschaftler, ich weiß. Aber in den Augen eures Onkels waren wir erst in zweiter Linie eine Nonne und ein Docteur, und in erster Linie vor allem Humanisten und Freigeister. Und wenn Philomenus etwas hasst, dann das», erklärte Beatrix, noch immer mit einem spöttischen Lächeln um ihre ungeschminkten Lippen. «Für den guten Philomenus gab es doch kaum eine größere Schande, als jemanden in der Familie zu haben, der behauptet, dass die Erde sich um die Sonne dreht, dass das Blut im Kreis herum fließt und nicht in der Leber produziert wird, und dass es prinzipiell vorstellbar sei, Maschinen zu entwickeln, mit denen der Mensch fliegen könnte. Aber er hatte schlechte Karten – Oma Felicitas hatte einen wahren Narren an Cristou gefressen, und schließlich musste Philomenus klein beigeben und Cristou als Schwager akzeptieren.» Sie grinste voller Genugtuung. Die Antipathie zwischen dem Ehepaar Breix und den Geschwistern Avingou beruhte offensichtlich auf Gegenseitigkeit.

«Zählte Hector Degrelho auch zu den falschen Freunden?», fragte Fabiou provozierend.

«Hector? Da kannst du Gift drauf nehmen. Ich habe immer auf den herrlichen Tag gewartet, an dem Philomenus blöd genug ist, Hector Degrelho zum Duell zu fordern.» Beatrix' Grinsen wurde noch breiter. «Hector war ein Genie, was den Degenkampf betraf. Er hätte Philo in weniger als zwanzig Sekunden weggeputzt.»

«Wieso, was hatte Onkel Philomenus gegen Degrelho?», fragte Cristino.

«Alles, was man gegen einen Menschen haben kann, würde ich meinen. Und am schlimmsten fand er wohl Hectors offenen Umgang mit Leuten anderer Glaubensrichtungen», meinte Beatrix.

«Er war mit einem Waldenser befreundet, war's nicht so?», fragte Fabiou. «Lucian – Veive, nicht wahr? Der Sohn vom Schultheiß von La Costo.»

«Herr Jesus, das weißt du?» Beatrix lachte. «Lucian, oh je. Das war so einer, ich kann's euch sagen. Wenn der Kopf nicht angewachsen gewesen wäre, hätte man ihn festschrauben müssen, sonst hätte er nach spätestens fünf Minuten nicht mehr gewusst, wo er ihn gelassen hat. Deswegen hat sein Vater ihn auf diese Klosterschule geschickt. Sein Vater war neben seiner Tätigkeit als Schultheiß vor allem der reichste Bauer von La Costo. Lucian war sein ältester Sohn, aber er hat sich ziemlich schnell von dem Gedanken verabschiedet, ihn zu seinem Erben zu machen, und für diese Aufgabe Lucians jüngeren Bruder Jacque ausersehen. Der ist so beschränkt, der taugt nur zum Studieren, pflegte er über Lucian zu sagen, und er investierte eine Menge Geld in diese Schule, um ihm eine angemessene Bildung zu ermöglichen. Er ging ein nicht unbeträchtliches Risiko ein, muss man sagen. Natürlich wurden Waldenser nicht zu Klosterschulen zugelassen, also musste die Familie Veive ihre wahre Religion verbergen, als sie Lucian in die Schule gab. Hector und Pierre haben die Wahrheit damals durch Zufall herausgefunden. Was letztlich ein Glück für Lucian war. Hector hatte eine Schwäche für all die Verfolgten und Unterdrückten, er war begeistert, einen heimlichen Waldenser unter seinen Schulkameraden zu haben, und nahm Lucian mit Freuden unter seine Fittiche. Und das war bitter nötig, denn Lucian brachte auch in der Schule nicht allzu viel zustande, und ohne Hectors und Pierres tatkräftige Hilfe wäre er wahrscheinlich schon nach ein paar Wochen wieder nach Hause geschickt worden. Na ja, zum Studieren hat es dann doch nicht gereicht. Aber der Vater eines Schulkameraden lebte hier in Ais als Kaufmann und stellte ihn als Buchhalter an, als er die Schule verließ. Er war sogar relativ erfolgreich in seiner Tätigkeit dort. Egal. Er ist tot. Die ganze Familie ist tot, einschließlich seiner Eltern und Jacque und aller anderen.» Beatrix holte tief Luft.

Fabiou starrte nachdenklich in Richtung der alten Grabsteine. «Wann genau ist mein Vater gestorben?», fragte er.

Die Frage hatte Tante Beatrix offensichtlich nicht erwartet. Sie wirkte einen Moment lang ziemlich durcheinander, bevor sie schließlich leidlich gefasst antwortete: «In der Nacht vom 7. auf den 8. Mai.»

«Also nur zwei Tage nach Onkel Pierre?»

Beatrix blinzelte heftig, dann sagte sie: «Ja. Zwei Tage nach Pierre.»

Cristino wurde blass und begann, an ihrem Gürtel herumzunesteln. Die Richtung, in die sich das Gespräch bewegte, gefiel ihr gar nicht.

«Das ist ja tragisch!», sagte Catarino mit einem theatralischen Seufzer. «So kurz hintereinander zwei Tote in einer Familie!»

«Es waren tragische Zeiten», sagte Beatrix dumpf.

Fabiou nagte an seinem linken Daumennagel herum. «War es eine von den Seuchen, die durch die Vernichtung der Waldenser ausgebrochen sind, an der Vater gestorben ist?»

Tante Beatrix starrte ihn einen Moment lang an wie vom Donner gerührt. Dann lachte sie schrill auf. «Ja, so könnte man es sagen. Eine der Seuchen, die wir Maynier d'Oppède verdanken.»

«Und Onkel Pierre? Wie genau ist das passiert?», fragte Fabiou.

«Sag mal, warum fragst du das alles nicht deinen Stiefvater? Ich war im Gegensatz zu ihm ja schließlich nicht dabei, weder bei Pierres noch bei Cristous Tod!», sagte Beatrix unwirsch. Na toll, dachte Fabiou, warum nicht gleich Onkel Philomenus fragen. Damit er mir vollends die Nase brechen kann, oder was?

«Das heißt, Frederi war wirklich dabei, als Vater starb?», fragte Catarino ungläubig.

«Auf jeden Fall war er einer der letzten Menschen, die an seiner Seite waren vor seinem Tod», antwortete Beatrix. «Und auf jeden Fall hat er nach Cristous Tod sein Theologiestudium abgebrochen, um sich um euch kümmern zu können. Aber lassen wir das. Mich interessiert mehr, was es mit dieser Mordgeschichte auf sich hat, die Fabiou vorhin angesprochen hat. Ich habe schon gehört, dass du dich ziemlich mit der Sache beschäftigst», – ich bin wirklich berühmt, dachte Fabiou begeistert –, «und ich muss sagen, dass mich diese Raubmord-Antonius-Jünger-Theorie auch nicht überzeugt. Es würde mich reizen, zu erfahren, was du herausgefunden hast.»

Oh, das ließ sich Fabiou natürlich nicht zweimal sagen. Eine Viertelstunde später war Tante Beatrix mehr als nachhaltig über alles informiert, was Fabiou bezüglich der Morde, der Antonius-Jünger, Trostett, Ingelfinger und der gesamten Familie Degrelho herausgefunden hatte. Tante Beatrix lauschte mit gerunzelter Stirn und ohne ihn auch nur einmal zu unterbrechen. Als er geendet hatte, lehnte sie den Kopf in den Nacken und blickte in den Himmel empor, der jetzt feuerrot erstrahlte. «Interessante Dinge, die du da herausgefunden hast», meinte sie. «Was sagt Frederi dazu?»

Fabious Gesicht verfinsterte sich. «Dass ich mich da 'raushalten soll. Es sei zu gefährlich, und außerdem findet er es wohl unverschämt, dass ich Erwachsenen nachspioniere.»

«Nun, mit einem hat er sicher recht – ungefährlich ist das Ganze bestimmt nicht», meinte Beatrix nachdenklich. «Wahrscheinlich wäre es in der Tat besser, du hörtest auf deinen Stiefvater und mischtest dich nicht weiter in diese Geschichte ein.»

«Ja, das sagen alle – Frederi, der Viguié, ab und zu sogar Bruder Antonius, wenn er seinen schlechten Tag hat», rief Fabiou genervt. «Aber ich denke gar nicht daran! Es geht hier um die Wahrheit, und ich werde sie herausfinden, und niemand wird mich davon abhalten, egal wie gefährlich es ist und egal was es mich kostet!» Hach, klang das mutig! Er fühlte sich restlos heldenhaft.

Beatrix schüttelte den Kopf. «Du bist ihm so ähnlich», flüsterte sie. Fabiou sah überrascht so etwas wie eine Träne in ihrem linken Augenwinkel. «Wem? Meinem Vater?», fragte er hoffnungsvoll.

«Ich meinte eigentlich – Pierre.» Sie schluckte. «Er hätte genau dasselbe gesagt. Wortwörtlich.»

Cristino, die die letzten zwanzig Minuten lang geschwiegen und die Ameisen beobachtet hatte, die in einer langen Reihe Körner und Reiser über den Kiesweg schleppten, hob den Kopf. «Tante Beatrix –», begann sie.

«Ja?»

«Tante Beatrix, ich habe gehört, Ihr kennt Euch mit Medizin aus.»

Sie lachte. «Wer hat dir denn davon erzählt?», fragte sie.

«Oh – Arnac de Couvencour», antwortete Cristino.

Beatrix fielen schier die Augen aus dem Kopf. «Arnac de – wie bitte? Du kennst Arnac de Couvencour?»

«J-ja, wieso? Ihr auch?»

«Äh, ja, von früher, als ich noch in Ais lebte. Ich habe seinen Vater gekannt.»

«Und was ist so komisch daran, dass wir ihn kennen?», fragte Catarino.

«Oh, nichts … äh … ich habe nur gehört, die Familie hätte sich aufs Land zurückgezogen, wegen des Prozesses, der gegen seinen Vater läuft … ich hätte nicht gedacht, dass ihr einander begegnet seid … Aber egal – ja, ich kenne mich etwas aus in der Medizin. Die Kongregation der Benediktinerinnen, der ich mich damals in Ais anschloss, beschäftigte sich intensiv mit der Krankenpflege.»

«Ich wusste gar nicht, dass es in Ais Benediktinerinnen gibt», stellte Fabiou fest.

«Gibt es in dem Sinn auch nicht. Sie gehörten zur Kongregation der Benediktinerinnen in Lyon und waren zu mildtätigen Zwecken nach Ais abgestellt. Mein Noviziat absolvierte ich in Lyon. Ich fühlte mich von Anfang an zur Arbeit in der Krankenpflege berufen und hatte das Glück, dass die Äbtissin diese Ansicht teilte und mich bald darauf wieder hierher schickte.» Sie legte den Kopf in den Nacken. «Das war Anfang der 40er. Es gab damals viel zu tun hier.» Sie sah Cristino forschend an. «Darf ich fragen, warum dich das interessiert? Bist du krank?»

«Hm. Gewissermaßen», murmelte Cristino.

Catarino verdrehte die Augen, dass Fabiou ganz schwindlig wurde, während er selbst einen tiefen, verzweifelten Seufzer ausstieß.

«Ich bin nämlich von einem Geist besessen. Vom Geist einer Toten.» Sie wies mit der ausgestreckten Hand in Richtung der Grabstätte der Degrelhos. «Da liegt sie begraben. Agnes Degrelho.»

Tante Beatrix starrte sie an. Sie schien ernsthaft sprachlos zu sein. Dann schüttelte sie heftig den Kopf. «Wie kommst du darauf, von ihr besessen zu sein?»

Jetzt seufzten beide Geschwister, während Cristino erneut ihre Geschichte von Agnes Degrelho, dem mysteriösen Medaillon, den seltsamen Ereignissen auf dem Anwesen der Degrelhos und den Prophezeiungen gewisser alter Weiber zum Besten gab. Abschließend berichtete sie über ihre bisherigen Anläufe, Hilfe zu suchen, ihren Besuch beim Priester, beim Arzt und bei der Wahrsagerin, und über deren mehr oder weniger hilfreichen Ratschläge. Tante

Beatrix hörte sich ihre Geschichte kommentarlos an, und auch als Cristino geendet hatte, schwieg sie und starrte reglos auf den Kies zu ihren Füßen. Sie überlegt, wie sie Cristino möglichst schonend beibringen soll, dass sie absolut geisteskrank ist, dachte Fabiou, der Tante Beatrix für eine vernünftig denkende Person hielt. Doch der einzige Kommentar, zu dem Beatrix sich schließlich hinreißen ließ, war: «Und was sagt Frederi dazu?»

Cristino schien ebenso enttäuscht wie ihre Geschwister, denn wen interessierte es schon, was Frederi sagte. «Was wird er schon sagen», meinte Cristino achselzuckend. «Dass ich spinne, dass es heidnischer Aberglaube ist, an die Geister von Toten zu glauben, dass ich beten und zur Messe gehen soll … solche Dinge eben.»

«Und sonst … nichts?», fragte Beatrix. Sie schien diese Tatsache unfassbar zu finden.

«Nein, sonst nichts», sagte Cristino lahm.

Beatrix schüttelte den Kopf. «Frederi», seufzte sie. Es klang nicht so, wie Catarino «Frederi» zu sagen pflegte, nicht verächtlich oder erbost. Eher ziemlich verzweifelt.

«Ich … ich dachte mir … Ihr seid schließlich Ordensschwester, und wenn Ihr Euch dazu noch mit der Medizin auskennt …», Cristino bedachte ihre Tante mit einem flehentlichen Augenaufschlag, «da dachte ich, vielleicht könnt Ihr mir raten, was ich tun soll … «

Beatrix holte tief Luft. «Ich … kenne mich nicht so gut aus mit … solchen Dingen. Ich müsste das nachlesen.» Sie betrachtete Cristino mit gerunzelter Stirn. «Ich komme nächste Woche am besten bei euch vorbei und sage dir, was ich herausgefunden habe. Einverstanden?»

«Einverstanden», sagte Cristino. Sie fühlte sich erleichtert. Jede Perspektive, wie wenig erfolgversprechend sie auch sein mochte, hatte etwas Beruhigendes.

«Ansonsten muss ich ehrlich sagen, dass der Rat dieser ‹Wahrsagerin›» – sie sprach das Wort mit deutlichem Spott aus – «ganz vernünftig klingt. Was immer der Grund für deine seltsamen Wahrnehmungen ist, ich denke, es kann dir nur gut tun, die Wahrheit über Agnes Degrelhos Tod herauszufinden.»

«Habt Ihr vorhin nicht zugegeben, dass die Sache gefährlich werden kann?», fragte Fabiou missmutig. Er hatte wirklich keine

Lust, seine gestörte Schwester auf seine Nachforschungen mitzuschleppen. «Das ist ja wohl wirklich nichts für ein Mädchen!»

Tante Beatrix kam nicht mehr zu einer Antwort, denn in diesem Augenblick rief Catarino aus: «Ach, ich finde, du solltest einfach aufhören, dir Gedanken über Agnes Degrelho zu machen und dich stattdessen mit den angenehmen Aspekten des Lebens beschäftigen. Zum Beispiel dem, der da gerade daherspaziert kommt.» Sie wies mit dem Daumen über ihre Schulter.

Fabiou drehte sich um und zog augenblicklich den Kopf ein. Wer da über den Kiesweg geschlendert kam, war niemand anderes als Alexandre de Mergoult.

«Er schwärmt nämlich für Cristino», meinte Catarino grinsend.

«Ach ...», murmelte Cristino verlegen.

«Und sie für ihn», ergänzte Catarino.

«Wer sind denn die Leute da neben ihm?», versuchte Cristino, die knallrot geworden war, von dem peinlichen Thema abzulenken. An Mergoults Seite marschierte ein fremder Herr, der eine Dame am Arm führte. Beide waren alt genug, um seine Eltern zu sein. «Na, die Mergoults sind es jedenfalls nicht», meinte Fabiou, dessen Kopf wieder aus der Versenkung aufgetaucht war, nachdem er die Lage sondiert und Mergoults kleinen Bruder nirgends entdeckt hatte. «Baroun de Mergoult ist tot, und seine Frau bringt ungefähr doppelt so viel Gewicht auf die Waage wie die da.» Er blickte zu Beatrix hinüber und erschrak. Das Gesicht seiner Tante hatte kaum mehr Farbe als ihre weiße Haube.

«Senher de Souille und seine Gattin, die Dame de Souille-Oppède», sagte sie mit einer Stimme, die klang, als habe sie eine schwere Affektion der Rachenmandeln. «Mayniers älteste Tochter, also Alexandre de Mergoults natürliche Halbschwester.» Sie blinzelte heftig. «Cristino, du musst vorsichtig sein», sagte sie.

«Wieso?», fragte Cristino erstaunt.

«Es ist wirklich nicht einfach, weil er sein Sohn ist», Beatrix' Augen wanderten zu ihrer Nichte. Sie blinzelte noch immer, als habe sie die Augen voll Staub. «Philippe, sein legitimer Sohn, war ein wundervoller Mensch – war – ist – Gott, ich bete, dass er noch am Leben ist – aber dieser Mergoult ...» Sie rang nach Luft. «Er ... war letztens bei uns, im Konvent der Heiligen Clara, zu Besuch. Seine ältere Schwester, also seine legitime Schwester, Anno de Mergoult, ist Clarissin …» Wieder schnappte sie nach Luft. Man hätte meinen können, sie hätte wahrhaftig ein ernsteres Problem mit ihren Atemwegen. «Er ist ihm so ähnlich», flüsterte sie. «Wie er redet … und was er sagt … in jedem seiner Worte höre ich ihn.»

«Wen ihn?», fragte Cristino verständnislos.

Beatrix zitterte in der Tat am ganzen Körper. «Maynier», stieß sie hervor. «Sei vorsichtig, Cristino.»

«Ja, und?», fragte Cristino. «Immerhin ist der Baroun d'Oppède doch Gerichtspräsident.»

«Und einer der einflussreichsten Männer von Ais!», erklärte Catarino vehement.

Tante Beatrix hatte ihre Lippen so fest zusammengepresst, dass sie regelrecht durchsichtig wirkten. Sie schüttelte stumm den Kopf.

«Habt Ihr Philippe denn gekannt?», fragte Fabiou neugierig.

Beatrix nickte ruckartig. «Gut sogar», krächzte sie. «Pierre und er waren eng miteinander befreundet. Sie waren zusammen auf der Schule.»

«In dieser Klosterschule?»

«Ja, in der Klosterschule.» Sie lachte nervös auf. «Die hatte einen guten Ruf, diese Schule. Eine Menge der hiesigen Adligen und reichen Bürgerlichen haben ihre Söhne dorthin geschickt.»

«Ist es wahr, was man so hört?», fragte Catarino mit leuchtenden Augen. «Dass er Protestant geworden ist? Und sich in ein protestantisches Mädchen, noch dazu eine von niederer Herkunft, verliebt hat? Und mit ihr durchgebrannt ist?» Ihr verklärter Blick zeigte deutlich, wie romanesk und rührend sie diese Geschichte fand. Cristino, gute Katholikin die sie war, rümpfte pflichtschuldig die Nase.

«Er war so anders als sein Vater», sagte Tante Beatrix leise. «Ehrlich, gutmütig, weltoffen. Er wollte niemandem Böses. Sein Vater wollte einen Juristen aus ihm machen, wie er einer war, aber er ist dem Studium nur lustlos gefolgt. Er hat all das verabscheut – die Härte, den Fanatismus, die Grausamkeit, mit der sein Vater gegen alle vorging, die er für Verbrecher oder Irrgläubige hielt. Manchmal habe ich mich gefragt, ob er vielleicht nur aus Protest gegen seinen Vater zum Protestantismus übergelaufen ist.» Sie starrte ins Leere. In ihren schwarzen Augen spiegelte sich ein ferner Sonnenuntergang. «Er ist bereits Anfang der 40er Protestant geworden – heimlich, er wusste, sein Vater würde es nie tolerieren. Und seit damals liebte er dieses Mädchen. Sie ließen sich heimlich trauen, von einem protestantischen Geistlichen.» Sie atmete wieder schwerer. «Es konnte nicht ewig gut gehen, das wussten wir alle. Maynier hatte seine Spione überall. Es war klar, dass er es eines Tages herauskriegen würde. Wie er es letztlich erfuhr, weiß ich nicht. Irgendwer hat geredet, vielleicht ein verhafteter Protestant in der Hoffnung, so dem Tod zu entgehen.» Sie nagte verbissen an ihrer Unterlippe. «Ich werde diesen Abend nie vergessen», murmelte sie. «Es war 1544. Ich war auf dem Rückweg von einem Kranken bei meinem Bruder vorbeigegangen – heimlich, es war uns nicht oder nur mit einer Sondererlaubnis gestattet, Verwandte zu besuchen. Wir saßen zusammen und unterhielten uns, als plötzlich wie wild an die Tür geklopft wurde. Wir machten auf, und Philippe und seine schwangere Frau standen vor der Tür. Er war völlig durcheinander. Er sagte, sein Vater habe alles herausgefunden und sei auf der Suche nach ihnen. Er flehte uns an, ihm zu helfen. Vater bringt uns um, wenn er uns erwischt, sagte er. Ich habe ihm das aufs Wort geglaubt.» Sie lachte bitter auf.

«Ja, und, was ist passiert?», fragte Catarino atemlos.

Ein seltsam stolzes Lächeln erschien auf Beatrix' bleichem Gesicht. «Ihr hättet euren Onkel erleben sollen. Kommt rein, sagte er, setzt euch hin, ich bin in einer halben Stunde wieder da. Das war er auch, mit einem kleinen Vermögen in Gold unter dem Arm. Ich weiß nicht, wie er das so schnell aufgetrieben hat. Er drückte Philippe das Gold in die Hand und gleich noch die Zügel von zwei Pferden, die er sonstwo hergezaubert hatte. Geht zur Porto Bello-Gardo, der Wächter dort weiß Bescheid und lässt euch durch, sagte er, und dann macht, dass ihr in die Schweiz kommt. Philippe hat fast geheult vor Erleichterung. Und Pierre – er war so glücklich. Ich hab' ihm gesagt, wenn Maynier das 'rausbekommt, bist du geliefert, aber er lachte bloß und meinte, gibt es einen besseren Grund zu sterben, als einen guten Freund zu retten und einem miesen

Despoten wie Maynier die Tour zu vermasseln? – Er war ein unglaublich mutiger Mensch, euer Onkel», sagte Beatrix leise.

«Und Philippe?», fragte Fabiou. Er hatte bei Beatrix' Erzählung unwillkürlich grinsen müssen. Onkel Pierre wurde ihm zunehmend sympathisch.

Sie hob die Schultern. «Wir haben nie wieder von ihm gehört», sagte sie. «Ich hoffe, dass sie es geschafft haben und irgendwo glücklich und in Frieden leben. Ich bete jeden Tag dafür.» Tante Beatrix seufzte tief. «Kommt jetzt, Kinder, das waren genug Geschichten für einen Abend. Wir müssen zurück, sonst stellen sie mir dumme Fragen, und ihr bekommt Ärger.» Sie erhob sich, klopfte den Staub von ihren Kleidern und schritt auf den Weg hinaus.

Wie erstarrt blieb sie stehen.

«Oh – *bonsoir,* Barouneto», sagte Alexandre de Mergoult erfreut, der nur wenige Schritte von ihnen entfernt neben seiner illegitimen Schwiegerschaft durch die rotglühend erleuchteten Grabsteinen wandelte, als die drei Bèuforts hinter ihrer Tante aus der Nische traten. «Tereso, darf ich dir die Barouneto Cristino de Bèufort vorstellen – und, äh, ja, ihre Schwester.» Catarino schnitt eine beleidigte Grimasse. Fabiou hätte unter anderen Umständen dasselbe getan, doch momentan hatte er nur Augen für seine Tante, die auf dem Kiesweg stand wie Lots Frau hinter den Mauern von Sodom und Gomorrha, erstarrt zur Salzsäule und ebenso weiß, und auf den Mann blickte, der wenige Schritte hinter Mergoult durch die Reihen der Gräber schritt. Es war Jean Maynier d'Oppède.

Er schenkte ihr ein leeres Lächeln, als er an ihr vorbeiging, verbunden mit einer höflichen Neigung des Kopfes und den formelhaften Worten: «Gott zum Gruß, Mutter Oberin», denn im Gegensatz zu Onkel Philomenus kannte er sich aus in den klösterlichen Insignien. Und so unberührt wie das Lächeln auf seinem Gesicht schwebte, als er weiterschritt, konnte er nicht bemerkt haben, dass die Ordensschwester, statt den Gruß zu erwidern, ihn nur anstarrte, aus einem Gesicht, das nur noch aus zwei riesenhaften schwarzen Pupillen zu bestehen schien, umgeben von der Blässe des Todes.

Er war vorbei. Fabiou trat neben seine Tante, betrachtete sie fragend, und sie drehte sich um mit der Mechanik eines Uhrwerks und blickte der Familie Maynier hinterdrein.

«Tante Beatrix –», begann er. Er sprach nicht weiter. Ihre Augen würgten jede Frage ab. Langsam, tastend legte sie ihren Arm um seine Schulter, und Fabiou zuckte zusammen, als sich ihre Finger in seinen Oberarm gruben. «Siehst du das?», hauchte sie. «Seine Hände?» Fabiou starrte auf Mayniers Hände. Die Sonne schickte ihre letzten glühenden Strahlen über den Horizont und tauchte sie in düsteres Rot.

Und auf einmal spürte Fabiou, wie namenloses Grauen von ihm Besitz ergriff. Schlimmer als die Panik, die er auf der nächtlichen Straße im Angesicht des Kahlkopfes verspürt hatte, schlimmer als die Angst in der tödlichen Ruhe im Haus des Notars. Es war, als übertrage sich aus Beatrix' verkrampften Fingern etwas auf ihn, ein Horror, der an Wahnsinn grenzte, und für einen Moment war er kurz davor, die Arme über den Kopf zu schlagen und zu schreien, bis seine Stimmbänder rissen.

«Blut», sagte Beatrix und lachte, wie nur ein Wahnsinniger oder ein Mensch im Angesicht des Todes lachen konnte. «An seine Händen klebt Blut.»

Fabiou riss sich los von ihr. Der Boden schlug langsame Wellen wie das Meer bei Ebbe. Hinter der Friedhofsmauer versank die Sonne, und es wurde Nacht.

***

In den folgenden Tagen musste Fabiou zu seinem Erstaunen feststellen, dass seine Schwestern sich neuerdings nicht mehr nur für Jungs, Kleider und Ronsard zu interessieren schienen, sondern sich in der Tat mit ernsthafteren Themen auseinandersetzten. Nicht nur, dass sie seine Nachforschungen plötzlich mit großem Interesse verfolgten; beide stellten auch, jede auf ihre Art, eigene Untersuchungen an. Cristino vergrub sich zunehmend in ihre medizinischen Bücher, und das, obwohl es ihr mittlerweile selbst unrealistisch vorkam, Agnes auf medizinischem Weg loszuwerden. Momentan war sie geradezu fanatisch von der Theorie der Wahrsagerin überzeugt, dass sie Agnes' Mörder finden musste, um dem armen Geist des Mädchens die verdiente Erlösung zu verschaffen. Dennoch, statt zu sinken stieg ihr Interesse für ihre «komischen

Quacksalberbücher», wie Catarino es nannte, beständig. Fast jede freie Minute schmökerte sie in Onkel Pierres alten Folianten. Heimlich und in ihrem Zimmer natürlich, ihre Mutter und Frederi hätten wohl die Hände über dem Kopf zusammengeschlagen, und Onkel Philomenus vermutlich einen Wutanfall bekommen, das war ja nun wirklich keine Lektüre für ein Mädchen. «Es ist einfach absolut faszinierend», meinte Cristino, die Nase in Paracelsus' ARCHIDOXA vergraben. «Wusstest du, dass Paracelsus meint, jeder Mensch trägt einen Alchemisten in sich, der die Gifte, die wir stets mit der Nahrung zu uns nehmen, herausfiltert und den Körper so vor Krankheiten schützt?»

«Enorm faszinierend.» Catarino verdrehte die Augen, und als Cristino sie dann auch noch fragte, was sie von der Heilkraft des Antimons halte, floh sie mit auf die Ohren gepressten Händen.

Catarinos Nachforschungen gingen in eine völlig andere Richtung. Sie entwickelte ein ganz neues Interesse für das Haus, in dem sie lebte. Offensichtlich war sie unermüdlich auf der Suche nach Dingen, die ihrem Vater gehört hatten. Wann immer sie sich in einem Raum allein wähnte, öffnete sie Schubladen und Schranktüren und kramte sich durch deren Inhalte, in der Hoffnung, auf eine Mantelspange, ein Messer oder eine Schreibfeder zu stoßen, die möglicherweise einmal durch Cristou de Bèuforts Hände gegangen waren. Einmal schlich sie sich heimlich in Oma Felicitas' Salon, und dort nahm sie Cristous Degen von der Wand, zog ihn aus der Scheide und starrte lange auf die blitzende Klinge, bis irgendwann die Großmutter zur Tür hereinkam und sie hinauswarf.

Fabiou beobachtete den neu erwachten Forschungsdrang seiner Schwestern mit gewisser Skepsis, das hieß, er hielt beide langsam für völlig übergeschnappt. Ansonsten war er eher guter Dinge. Sébastien brachte eine Nachricht, die ihn in all seinen Überlegungen bestätigte.

Er stand am Pfingstmontag, dem 30. Mai, vor dem Tor und forderte lautstark, mit Fabiou sprechen zu dürfen. «Tatatataaaa!», rief er, als dieser an der Tür erschien, wie ein Herold, der mindestens die Krönung eines neuen Königs verkündete, und ebenso strahlte er auch.

«Was ist denn mit dir los?», fragte Fabiou erstaunt.

«Baron de Bèufort», Sébastien zog den Hut und verneigte sich mit hoffähiger Eleganz, «ich bringe Neuigkeiten. Sensationelle Neuigkeiten.»

«Was für sensationelle Neuigkeiten denn?», fragte Fabiou stirnrunzelnd.

«Nun, ich habe mir gedacht, es würde nichts schaden, sich in Aix mal zum Thema Carfadrael umzuhören», meinte Sébastien grinsend. «Also bin ich in den letzten zwei Tagen von Pontius zu Pilatus getingelt und habe mich informiert – beim Aixer Adel, bei der Aixer Bürgerschaft, und beim Aixer Abschaum. Und mit umwerfendem Ergebnis.»

«Ja, und?»

«Also, eines zumindest kann man mit Sicherheit sagen: Für jemanden, der nichts als ein Märchen ist, das sich ein paar dumme Bauern ausgedacht haben, hat dieser Carfadrael ganz schön die Gemüter bewegt», antwortete Sébastien lakonisch.

«Du meinst also auch, er ist mehr als eine Legende?», fragte Fabiou aufgeregt.

«Mein lieber Fabiou, der Junge hat nicht nur dem Parlament von Aix erhebliche Kopfschmerzen bereitet, sondern auch die französische Krone beschäftigt. Auf seinen Kopf war ein Preis ausgesetzt, zwei Preise, um genau zu sein. Einen von der hiesigen Gerichtsbarkeit wegen Diebstahl, Volksverhetzung und Unterstützung ketzerischer Aktivitäten und einen von König François wegen Landesverrat.»

«Landesverrat?»

«Oh, der gute Carfadrael hat sich offensichtlich nicht nur damit beschäftigt, verurteilte Räuber vom Schafott zu holen und despotische Adlige zu nerven, er war allem Anschein nach auch ein Verfechter der provenzalischen Selbständigkeit, so stellen es zumindest eine Menge der adligen Herren hin, mit denen ich das Vergnügen hatte zu plaudern. Unsere lieben Freunde Buoux und Bonnieux reden von ihm wie von Papa Moses persönlich.»

«Buous und Bonieus? Sie kennen Carfadrael?»

«Fabiou, so gut wie jeder, mit dem ich gesprochen habe, kannte Carfadrael oder hatte zumindest den Namen schon einmal gehört. Einige hielten ihn nur für eine Legende, wie dein Crestin, aber eine ganze Reihe konnte mir extrem Konkretes über ihn erzählen. Wobei das, was man mir erzählt hat, zum Teil ganz schön auseinanderging. Bei den einfachen Leuten herrschte die erwähnte Robin-du-Bois-Theorie vor – der gute Ritter, der sich für die Armen und Entrechteten einsetzt, teilweise mystifiziert zu einem märchenhaften Sagenwesen, dem Geist eines Gralsritters oder so ähnlich. Es gibt da so eine Legende, die ich heute ein paar Mal gehört habe, dass irgendwelche Ketzer vor vielen Jahren auf einer Burg namens Montségur belagert worden seien, und vor dem Fall der Burg haben sie den Heiligen Gral, der sich in ihrem Besitz befand, in einer Höhle verborgen. Erst wenn er wieder ans Licht gelangt, werden auch wieder das Gute und die Gerechtigkeit in der Welt Einzug halten.»

«Ja, die Geschichte von den Katharern. Kenne ich. Aber was hat das mit Carfadrael zu tun?»

«Mindestens drei Theorien: Erstens, er ist ein übriggebliebener Katharer, der mit dem Gral in der Höhle blieb und jetzt wieder herauskam, um dem Gral den Weg zu bereiten; zweitens, er ist ein Mensch aus Fleisch und Blut, der den Gral suchte und fand und dadurch unverwundbar wurde; drittens, er ist ein direktes Überbleibsel von König Arthurs Tafelrunde. Wunderschöne Geschichten, wirklich, eine abstruser als die andere!»

«Hm», sagte Fabiou.

«Was hm?»

«Ich dachte bloß gerade … komisch!»

«Was ist komisch?»

Fabiou schüttelte irritiert den Kopf. «Catarino hat dauernd behauptet, Carfadrael sei der Name eines Gralsritters.»

«Na, offensichtlich hat ihr ihr Kindermädchen auch mal eines dieser Märchen erzählt.»

«Sie meint, es wäre Vater gewesen», murmelte Fabiou.

«Na, wer auch immer. Die Bürgersleute und die Adeligen, um zur Realität zurückzukehren, hatten etwas weniger romaneske Geschichten über Carfadrael zu berichten. Nach allgemeinem Dafürhalten war er wohl in der Tat ein Edelmann, wie eure Suso sagte. Wer genau er war, weiß keiner, in den wenigen Fällen, wo er gesehen wurde, war er in irgendeiner Form maskiert. Ihm zur Seite standen so zehn oder fünfzehn weitere Männer, angeblich ebenfalls Adlige.»

«Die Bruderschaft», sagte Fabiou.

«Jawohl, so nannte man sie, und so nannten sie sich selber. Sie hinterließen wohl manchmal Schreiben an den Schauplätzen ihrer Taten, in denen sie sich als Urheber zu erkennen gaben, gar nicht so unähnlich den Antonius-Jüngern, nur etwas eloquenter. Die Schreiben waren unterzeichnet mit ‹Bruderschaft des Heiligen Grals›.»

«Das heißt, die Gralsgeschichte hat also einen konkreten Ursprung?»

«Genau. Und jetzt kommt das Beste: Der Buoux erzählte auch von einer Gruppierung innerhalb dieser Bruderschaft, eine Art Führungsgremium oder was auch immer. Und rate mal, wie diese Gruppe sich nannte!»

«Keine Ahnung.»

Sébastiens Augen funkelten. «Qua-dri-ga», sagte er, jede Silbe betonend.

Fabiou stand der Mund offen.

«Nun», fuhr Sébastien fort, «diese Bruderschaft machte in der zweiten Hälfte der 30er und in der ersten der 40er Jahre dieses Jahrhunderts durch allerlei gesetzeswidrige, aber äußerst populäre Handlungen auf sich aufmerksam. Sie hat wohl nicht nur Joan lou Pastre vor dem Galgen gerettet, sondern noch eine ganze Reihe anderer Leute, meist kleine Diebe oder Menschen, die von korrupten Richtern verurteilt wurden, die sich ihrer Habe bemächtigen wollten. Daneben gab es noch eine Menge anderer Taten, die ihnen die Sympathie weiter Bevölkerungskreise eintrug. So wurde mehrfach der Steuereintreiber der Krone ziemlich frech boykottiert, und den königlichen Intendanten schnappten sie sich mal in der Coumbe de Lourmarin und ließen ihn ‹Wegezoll› zahlen. Das Geld kippten sie dann in Arle auf dem Marktplatz aus. Aktionen wie diese, die offensichtlich gegen die französische Staatsgewalt gerichtet waren, brachten ihnen neben der Zuneigung des einfachen Volkes auch die des örtlichen Adels ein. Himmel, sogar ein Großteil der Carcisten kriegt einen verklärten Blick, wenn der Name Carfadrael fällt! Ich wusste gar nicht, dass die Carcisten so antifranzösisch eingestellt sind! Die Einzigen, die etwas gegen ihn hatten, waren die örtlichen Machthaber, vor allem das Parlament, bei dem ein Stapel von Beschwerden einiger Adliger à la Bossard vorlag, denen er wegen Übergriffen gegenüber ihren Untertanen zu Leibe gerückt ist. Und eben meine lieben Landsleute.»

«Und was hat es mit diesen ketzerischen Aktivitäten auf sich?», fragte Fabiou. «War Carfadrael Protestant?»

«Oh, das sicher nicht, aber seine Hilfsbereitschaft gegenüber den Unterdrückten und Verfolgten erstreckte sich auch auf die, die von der Inquisition verfolgt wurden – angebliche Hexen, Protestanten, Waldenser … Seltsamerweise scheinen ihm dies auch die katholischsten seiner Bewunderer nicht sonderlich nachzutragen – also, diese Carcisten erstaunen mich wirklich! Es gibt auf alle Fälle so einige abenteuerliche Geschichten über echte oder vermeintliche Häretiker, die Freund Carfadrael und seine Bruderschaft vor dem Scheiterhaufen gerettet haben sollen. Dieser Richter zum Beispiel hat mir erzählt …»

«Was für ein Richter bitte?»

«Johannis heißt er. Conseiller am Parlament. 1543 war er als Richter vom Parlament dazu beauftragt, die rebellischen Aktivitäten der Waldenser im Lubéron zu untersuchen, insbesondere die eines gewissen Eustache Marron, der damals in irgendeinem Kaff namens Carbrières der Waldensischen Lehre frönte und wohl eine Zahl von Bewaffneten um sich gesammelt hatte, um sich gegen eventuelle Angriffe der gut Katholischen zur Wehr zu setzen.»

«Carbrières? Du meinst Cabriero, oder?», unterbrach Fabiou erstaunt. «Welches Carbriero?»

«Cabrières, Cabriero, das klingt doch praktisch gleich – wieso welches?»

«Na ja, es gibt mehrere. Eines direkt bei Castelblanc, Carbriero *du Comté*. Dann gibt es noch eines hier in der Nähe und eines bei Avignon.»

«Es muss das bei Avignon sein. Auf jeden Fall kam dieser Johannis auf dem Heimweg durch Lourmarin, und dort fiel ihm einer von Marrons engsten Getreuen, ein gewisser Chausse-de-Cuire, in die Hände. Als er ihn verhaften ließ, rief dies allerdings den Widerstand der Dorfbewohner hervor, woraufhin er sich ins Schloss der örtlichen Lehensherrin flüchtete, einer gewissen Dame de Sault

– übrigens eine Großtante zweiten Grades von Alessia, wenn ich das richtig verstanden habe.»

«Schön. Was hat das Ganze bitte mit Carfadrael zu tun?»

«Wart's doch ab! Am selben Abend sprach ein fremder Edelmann am Tor vor und wollte Richter Johannis sprechen. Als Johannis zum Tor kam, saß der Fremde auf seinem Pferd, den Hut ins Gesicht gezogen, so dass Johannis im Gegenlicht der Abendsonne nicht viel mehr als seine Silhouette erkennen konnte, und forderte die sofortige Freilassung von Chausse-de-Cuire. Johannis erwiderte, Chausse-de-Cuire sei ein Ketzer und Aufrührer, dem ein ordentlicher Prozess gemacht werden müsse, und niemand könne ihn davon abhalten, seine diesbezügliche Pflicht zu erfüllen. Daraufhin entgegnete der Fremde, Ihr könnt gewiss sein, dass ich Euch ein paar Leute vorbeischicken werde, die Euch sehr wohl davon abhalten werden. Und damit wendete er sein Pferd und jagte in den Sonnenuntergang davon.» Sébastien strahlte verklärt.

«Hast du schon mal über eine Karriere als Märchenerzähler nachgedacht? Du hättest Talent, glaube ich», meinte Fabiou trocken.

«Fabiou, du bist ein gottverdammter Zyniker! Hör zu, es geht noch weiter. Am nächsten Morgen wurde Johannis von einem Aufruhr vor dem Tor geweckt. Vor dem Schloss hatte sich eine Meute von mindestens fünfzig Leuten versammelt, die riefen, man solle sofort den Gefangenen freilassen, sonst würden sie angreifen. Johannis glaubte, seinen Augen nicht zu trauen, denn es war niemand anders als Eustache Marron und seine Leute, die da das Schloss belagerten – sie mussten in einem wahren Gewaltmarsch über Nacht von Carbrières nach Lourmarin gelaufen sein. Eine Zeitlang beschränkten sich die Belagerer darauf, Chausse-de-Cuires Freilassung zu fordern, dann wurden die ersten Schüsse abgegeben, und schließlich wurde es der Dame de Sault zu dumm, sie sagte zu Johannis, am Ende würden diese Irren da draußen noch ihr Schloss in Brand stecken, und was habe dieser Chausse-de-Cuire schon Schlimmes getan, außer Waldenser zu sein. Und Johannis, seiner letzten Unterstützung beraubt, kapitulierte und ließ Chausse-de-Cuire gehen. Und auf dem Hügel gegenüber des Schlosses saß der geheimnisvolle Reiter auf seinem Pferd und winkte Johannis zu, der sich am Ende seiner Kraft zu einem der jubelnden Belagerer umdrehte und sagte, verrate mir wenigstens, wer ist der Kerl auf dem Pferd da drüben? Und der strahlte ihn an und sagte: Das ist Carfadrael.» Sébastien grinste über das ganze Gesicht.

«Sag mal, findest du nicht, dass du für einen Katholiken eine erstaunliche Begeisterung für rebellische Häretiker zeigst?», fragte Fabiou skeptisch.

«Ach! Häretiker! Ist doch egal, es ist einfach eine wunderbare Geschichte!», rief Sébastien. «Und was interessant ist: als Johannis nach Aix zurückkehrte und seinen Bericht ablieferte, wurde er tags darauf zu Maynier zitiert, der damals wohl noch nicht Präsident war, aber vom Parlament mit der Untersuchung gegen die Waldenser betraut. Der war völlig aus dem Häuschen und verlangte, dass er den Bericht noch einmal neu schrieb und den ganzen ‹Blödsinn über Carfadrael›, so hat er sich wohl ausgedrückt, herausließ. Angeblich, weil es die Autorität des Parlaments untergraben würde, wenn sich herumsprach, dass es Adlige gab, die die Waldenser unterstützten. Also schrieb Johannis einen neuen Bericht. Und was noch interessanter ist: als '51 dieser Prozess gegen Maynier im Gang war, suchte der Faucoun, Mayniers Neffe, Johannis auf und bat ihn, falls er im Rahmen der Verhandlung zu seinen Nachforschungen von '43 befragt würde, auf keinen Fall diese verrückte Geschichte mit Carfadrael zur Sprache zu bringen. Was Johannis dann auch nicht tat, er hatte offensichtlich keine Lust, sich mit Maynier und seinen Getreuen anzulegen. Weißt du, was ich glaube? Ich glaube, dem Parlament ist es gottespeinlich, dass sie diese Bruderschaft nie erwischt haben, und deshalb versuchen sie, die ganze Sache totzuschweigen.»

Fabiou nagte an seinem Fingernagel herum. «Da ist etwas, was ich noch nicht verstehe», murmelte er. «Du hast gesagt, Carfadrael und die Bruderschaft haben in der zweiten Hälfte der 30er und in der ersten Hälfte der 40er Jahre von sich reden gemacht. Und danach?»

«Ja, das ist das Rätselhafteste daran», meinte Sébastien nachdenklich. «Fast alle, die ich gefragt habe, stimmen überein, dass Carfadrael und die Bruderschaft quasi über Nacht vom Erdboden verschwunden sind. Es gibt keinerlei Hinweis darauf, dass sie entdeckt worden sind, man hörte einfach von einem Tag auf den anderen nichts mehr von ihnen. Manche meinen, sie seien geflohen, nachdem die Jagd auf sie immer mehr verstärkt wurde, nach Italien oder in die Schweiz oder sogar in die Neue Welt. Andere halten sie für tot. Der Buoux sagte wortwörtlich» – er räusperte sich, und als er weitersprach, imitierte er gekonnt den Buous'schen Akzent: «Der Frangçoaa hat Carfadrael ermorden lassen, aber sie haben's vertuscht, dass er nicht zum Märtyrer wird, die verfluchten Franzmänner!»

Fabiou lachte. «Das hat er zu dir gesagt? Er hatte keine Angst, dass du ihm deinen Degen 'reinrennst, um König François' Ehre zu verteidigen?»

«Blödsinn. François hat einen erwachsenen Sohn, der seine Ehre verteidigen kann. Ich habe genug eigene Probleme. Dass er ‹verfluchte Franzmänner› gesagt hat, hat mich aber schon ein wenig getroffen, ich gebe es zu. Aber wenn ich ihn aufgespießt hätte, wäre uns schließlich eine wichtige Informationsquelle verloren gegangen. Man muss sich manchmal auch beherrschen können.»

Fabiou hörte ihm nur noch mit einem Ohr zu. «Schon wieder '45», murmelte er.

«Was?»

«Carfadrael verschwand nach der ersten Hälfte der 40er Jahre, hast du gesagt. Das bedeutet 1545.»

Sébastien runzelte die Stirn. «Jetzt wo du es sagst ... in der Tat haben einige der Leute, die ich befragt habe, 1544 oder 1545 als das Jahr erwähnt, in dem die Bruderschaft zuletzt von sich reden machte. Und was deine Freunde Buous und Bonnieux betrifft ... nun, die zwei legten sich mit ganz erstaunlicher Überzeugung auf den April '45 fest, was ihr Verschwinden betrifft.»

«April '45?», fragte Fabiou erstaunt. «Da war doch ...»

«Der *Arrêt de Mérindol*, genau.» Sébastien nickte. «Die beiden sind überzeugt, die Agenten des Königs haben nur den *Arrêt* und das damit verbundene Chaos abgewartet, um die Bruderschaft ohne zu viel Aufsehen zu erledigen.»

Fabiou machte ein unbehagliches Gesicht. «Die Agenten des Königs? Des französischen Königs, meinst du? Weißt du, dass Crestin glaubt, hinter dem Unternehmen Ohneberg steckten deutsche Spione?»

Sébastien machte ein unbehagliches Gesicht. «Nimmt ungeahnte Dimensionen an, die Angelegenheit. Langsam würde es mich nicht mehr groß erstaunen, wenn der kleine Navarra recht hätte und Trostett von den Engländern gemeuchelt worden wäre.»

«Warte mal!» Fabiou kaute auf seiner Unterlippe herum. «Du hast doch gesagt, dass sich die Handlungen der Bruderschaft immer wieder auch gegen die französische Krone gerichtet haben. Und wenn Trostett ein deutscher Spion gewesen ist, war er schließlich auch ein Feind der Franzosen. Wäre es da nicht denkbar, dass sie zusammengearbeitet haben?»

«Könntest du das Wort ‹Franzosen› etwas weniger despektierlich aussprechen?», maulte Sébastien gekränkt.

«Ist doch egal!» Fabiou wedelte mit beiden Armen wie sonst nur Maria Anno.

«Du meinst, Carfadrael hätte mit einem Spion der Deutschen paktiert? Aber das wäre ja … Verrat!»

Fabiou hob die Achseln. «Aus deiner Sicht, ja. Aber wenn Carfadrael sich dem französischen König nicht verpflichtet fühlte, und davon müssen wir ausgehen, nach dem, was wir über ihn wissen …»

«Trotzdem!» Sébastien schüttelte heftig den Kopf. «Die Deutschen! Die doch seit Jahren nur auf eine Gelegenheit warten, uns zu schlucken! Er kann doch nicht ernsthaft geglaubt haben, dass er der Provence damit etwas Gutes tut!»

Fabiou wiegte bedächtig den Kopf hin und her. «Es gibt durchaus Leute, die meinen, als die Provence noch zum Reich gehörte, wäre es uns deutlich besser gegangen. Wir waren eine selbständige Grafschaft, der deutsche Kaiser war weit und hat uns im Prinzip machen lassen, was wir wollten …»

«Ja, damals. Aber … Jesus, das waren doch noch völlig andere Zeiten! Seit Charles V. haben die Deutschen doch in ihrem gesamten Machtbereich den starken Mann markiert. Ich sag' nur spanische Niederlande. Der Kaiser kompensiert seinen innenpolitischen Machtverlust, indem er in den abhängigen Gebieten die Keule schwingt!»

Fabiou hob die Schultern, er war politisch nicht ausreichend bewandert, um bei dieser Diskussion mithalten zu können. «Möglich», sagte er. «Aber genau so möglich, dass Carfadrael das nicht bewusst war.»

Sébastien seufzte tief. Dass irgendjemand im französischen Machtbereich mit den Deutschen paktiert haben sollte, hatte seinem Weltbild einen herben Schlag versetzt. «Na gut, von mir aus … Carfadrael und die Deutschen haben also gemeinsame Sache gemacht. Und die Deutschen, beziehungsweise Trostett, haben Carfadrael hängen lassen, und daraufhin haben Agenten von König François Carfadrael abserviert. Schön. Aber was hat das alles mit unseren Morden zu tun?»

«Ein schlechtes Gewissen», sagte Fabiou nachdenklich.

«Was?»

«Trostett hatte ein verdammt schlechtes Gewissen, weil er ihn im Stich gelassen hat.»

«Aber warum denn? Carfadrael konnte ihm doch völlig egal sein!»

«Warum kann ich ihn nicht vergessen? So viele haben wir verraten, es gehört zum Geschäft, es war mir doch auch sonst egal», zitierte Fabiou. «Ja, warum? Warum können sie alle Carfadrael nicht vergessen?» Er seufzte tief. «Wenn ich daran denke, dass ich wochenlang über Carfadrael nachgerätselt habe, nur um herauszufinden, dass ihn abgesehen von Bruder Antonius und meinem Stiefvater offenbar ganz Ais kennt …»

«Eines leuchtete mir aber weniger ein denn je», meinte Sébastien nachdenklich.

«Und zwar?»

«Das Buch. ‹Utopia›.»

«Wieso, es passt doch», widersprach Fabiou. «Trostett bezeichnet die Quadriga und damit die Bruderschaft als eine Gruppe von Utopisten. Und in ‹Utopia› finden wir einen Eintrag, der offensichtlich von den Mitgliedern der Bruderschaft herrührt.»

«Das schon. Aber nach dem, was ich in den letzten zwei Tagen gehört habe, war Oppède derjenige, der die Bruderschaft am eifrigsten verfolgt hat. Wie kann es dann sein, dass dieser Eintrag sich in seinem Buch befand?»

Fabiou fand keine Zeit zu antworten, denn in diesem Moment wurde an die Tür geklopft. Es war ein Diener von Alexandre de

Mergoult. Er brachte die Nachricht, dass sein Herr am kommenden Donnerstag, den 2. Juni, ein Fest in seinem Stadthaus plane und die jungen Herrschaften dazu in aller Form und Höflichkeit einlade.

***

«Ich gehe nicht zu dieser dummen Feier, ich bin doch nicht lebensmüde!» Fabiou saß auf einem Sims im Innenhof der Auban'schen Behausung und warf giftige Blicke in seine Umgebung. «Die haben mich doch nur aus einem Grund eingeladen – damit Jean und seine Kumpanen jemanden haben, den sie fertigmachen können! Aber ohne mich!»

«Du bist blöde!» Catarino verdrehte ärgerlich die Augen, was bei Sébastien Erheiterung auslöste. Anders als den meisten Herren gefiel ihm Catarinos undamenhaftes Verhalten immer mehr – es war so ein erfrischender Kontrast zu dem affektierten Getue am Königshof, unter dem er so lange gelitten hatte. «Überleg doch mal – ein Fest bei den Mergoults! Ganz Ais wird eingeladen sein! Das wird … absolut *intrigant*, wird das!» Sie machte einen Luftsprung, dass ihre Frisur rutschte. «Nicht wahr, Cristino?»

«Hm ja, *intrigant*», bestätigte Cristino. Da war etwas, was einen Schatten über die Aussicht auf jenes bevorstehende Fest warf, eine Erinnerung, so unbedeutend sie sein mochte, und die doch ein seltsames nagendes Gefühl in ihrem Innern zurückließ.

Loís und der Wald von Astain.

Dieser blöde Couvencour, der versucht hatte, ihr ein schlechtes Gewissen einzureden! Unsinn war das Ganze! Ein Missverständnis, nicht mehr. Ganz sicher kein Grund, Alexandre de Mergoult auch nur im Geringsten böse zu sein, schließlich hatte er es ja nur gut gemeint! Und außerdem war er galant und gutaussehend, und wie Mutter sagt, man muss daran denken, eine gute Partie zu machen. Eine Närrin wäre sie, sich von diesem blöden Zwischenfall gegen Alexandre aufbringen zu lassen. Punkt!

«Pah!», fauchte Fabiou jetzt. *Intrigant*! Einem Haufen hysterischer Weiber beim Kichern zuhören! Das war ernsthaft das Letzte, worauf er momentan Lust hatte!

«Du musst einfach mit!», jammerte Catarino. «Frederi lässt uns nie gehen, wenn du nicht mitgehst!» Zwei unverheiratete Mädchen ohne ein männliches Familienmitglied auf einer Gesellschaft – unschicklicher ging es einfach nicht!

«Ich finde auch, du solltest wirklich hingehen», meinte Sébastien. «Denk mal, bei jedem Fest, auf dem wir waren, sind wir in der Mordsache einen Riesenschritt weitergekommen. Die Gelegenheit kannst du dir doch gar nicht entgehen lassen.»

«Du kannst doch hingehen. Und mir hinterher erzählen, was war», sträubte sich Fabiou.

«Ich habe leider Gottes nicht deinen unfehlbaren Spürsinn», meinte Sébastien grinsend. «Komm schon, Fabiou, geh mit. Und wenn dieser Mergoult dich ärgert, hau ihm eins auf die Nase.»

«Der tritt dummerweise immer zu dritt oder zu viert auf», murrte Fabiou. «Wenn ich dem eine 'reinhaue, verarbeitet mich der Rest zu Fricassé.»

«Dann fordere ihn zum Duell auf!», meinte Frederi Jùli mit glühenden Ohren.

«Du bist ja wohl wahnsinnig!», schnauzte Fabiou ihn an.

«Wieso denn nicht?» Sébastien grinste verschlagen.

«Wieso? Sébastien, das Einzige, was ich über Degen weiß, ist, dass man das scharfe Ende möglichst weit von sich weg halten sollte.»

«Na, das kann man ändern», sagte eine amüsierte Stimme von der Hofeinfahrt aus. Alle drehten sich um. Sébastien stieß ein vergnügtes Jauchzen aus. «Bruderherz!»

Es war Arnac de Couvencour. Er saß mit einem ungewohnt vergnügten Lächeln auf seinem Fuchshengst, der ungeduldig schnaubte und stampfte. «He, Loís», rief er, «sei so gut, und gib dem Gaul etwas zu trinken.»

Loís kam herbeigeeilt, ein glückliches Strahlen auf seinem mittlerweile immerhin nur noch gelbgrün schimmernden Gesicht, und fing Arnacs Zügel auf, als dieser aus dem Sattel sprang und sich in Richtung der beiden Mädchen verneigte. Catarino kicherte geschmeichelt, Cristinos Gesicht wurde noch finsterer – ihr Groll gegen Couvencour hatte sich noch kein Bisschen gelegt. «He, wo warst du so lange!», schrie Sébastien und schlang seine Arme um Arnac. «Ich habe dich vermisst, du treulose Ratte!»

«Geschäfte», japste Arnac.

«Oh, Jesus, was diesmal – musstest du Calvin quer durch den Vatikan schmuggeln oder was?»

Arnac befreite sich aus seiner Umarmung und schob grinsend seinen Hut zurecht. «Schon möglich», sagte er geheimnisvoll. «Aber lassen wir das. Wir haben hier einen einsamen Ritter im Kampf gegen die Mergoult'sche Drachensippe. Was meinst du, Sébastien – sind wir als Ehrenmänner nicht verpflichtet, ihm zur Hand zu gehen?»

«Verpflichtet, jawoll!» Sébastien nickte, als habe er die Schüttellähmung. «Bei unserer Ehre.»

«Zumal er es mit Gegnern zu tun hat, furchterregender als Skylla und Charybdis und grauenvoller als Pestilenz, Syphilis und Krätze», ergänzte Arnac.

«Wahrhaftig. Mit der Hölle selbst hat er es zu tun!», meinte Sébastien mit mitleidsvollem Augenaufschlag.

«Du hast es erfasst, mein Freund.» Arnac kämpfte gegen einen Lachanfall. Keiner von ihnen hatte ihn je so guter Laune erlebt. Als habe er nicht nur Calvinus, sondern außerdem Luther, Zwingli und Jeanne d'Albret durch den Vatikan geschmuggelt.

«Sagt mal, wovon redet ihr eigentlich?», fragte Fabiou entgeistert und stand auf.

«Oh, über deine Ausbildung», erklärte Sébastien.

«Ausbildung?»

«Ja – zum drittgrößten Fechtmeister aller Zeiten.»

«Drittgrößter … hä?»

«Na ja, Arnac ist der zweitgrößte, und der größte bin ich», meinte Sébastien unschuldig.

«Ihr spinnt ja wohl!» Fabiou klopfte sich heftig an die Stirn. «Ich und fechten!»

«Warum denn nicht?», fragte Arnac grinsend.

«Na … ich bin erst fünfzehn!»

«Na und … ich habe mit sechs angefangen», behauptete Sébastien. «Du, Arnac?»

«Mit vier.»

«Angeber.»

«Trotzdem. Ich kann so etwas nicht. Ich bin da unbegabt. Ganz bestimmt!», meinte Fabiou verzweifelt.

«Kommt auf einen Versuch an, oder?», meinte Arnac. Und mit einer blitzschnellen Bewegung hatte er seinen Degen aus der Scheide gezogen und ihn Fabiou zugeworfen. Dieser machte mitnichten Anstalten, ihn zu fangen, sondern sprang mit einem Entsetzensschrei zur Seite, und der Degen klirrte neben ihm auf den Boden. Frederi Jùli war wie der Blitz neben ihm und hob den Degen auf, um ihn Fabiou strahlend zu überreichen. «Bringst du mir auch Fechten bei, Sébastien?», fragte er.

«Wenn du älter bist.»

«Wieso … du hast doch gerade gesagt, du hast mit sechs Fechten gelernt, und ich bin schon neun!»

«Jaja, aber jetzt ist erst mal Fabiou dran. Los, Fabiou, komm schon!»

Fabiou nahm den Degen mit einem Blick entgegen, als handle es sich um eine geifernde Viper. «Und jetzt?», fragte er lahm.

Augenblicklich begann Sébastien zu dozieren, über Grundstellungen, Armhaltung, Schrittfolgen, Schlagtechniken. Fabiou dachte verwirrt, dass man wohl leichter Jurisprudenz studierte, als die Grundlagen des Fechtens zu erlernen. Er war somit ziemlich erleichtert, als Sébastien zu der Auffassung kam, ihm genug Hintergrundwissen vermittelt zu haben, und zur Praxis überging, indem er seinen Degen zog, ihn mit einem eleganten Schwung vor seine Nase beförderte und erklärte: «*En garde*!»

Das hieß so viel wie «Aufgepasst», wie Fabiou wusste, und ihm wurde schon nach fünf Sekunden die Bedeutung dieser Bemerkung klar, denn obwohl Sébastien sicher nur ein Minimum seiner kampftechnischen Register zog, schien sein Degen aus Fabious Sicht schlichtweg überall zugleich zu sein. Sébastien ließ die Waffe sinken. «Fabiou, ein bisschen solltest du den Degen schon bewegen», meinte er mit gerunzelter Stirn.

«Ja, aber wie denn?», jammerte Fabiou.

«Pass auf – ich führe einen Schlag aus, so. Und du versuchst ihn zu parieren, indem du einfach von unten gegen meine Klinge schlägst.» Sébastien führte Fabiou eine stark verlangsamte Version eines Degenhiebs vor. «Also, jetzt, versuch' es!»

Eine halbe Stunde später war Sébastien zu der Auffassung gelangt, dass Fabiou nicht übertrieben hatte, als er sich als unbegabt fürs Fechten bezeichnet hatte. Fabiou führte den Degen mit der Eleganz eines Holzhackers und der Treffsicherheit eines Blinden und schlug selbst dann noch daneben, wenn Sébastien die Klinge ganz still hielt. «Ich kann das nicht!», meckerte er wütend. «Ich bin Poet! Meine Waffe ist die Feder, und nicht das Schwert!»

Sébastien wischte sich verzweifelt den Schweiß von der Stirn. «Himmel, Junge, jetzt konzentriere dich doch wenigstens! Mich musst du ansehen, nicht den Degenknauf!»

«Aber woher soll ich dann wissen, ob ich ihn richtig halte?»

«Und wie oft soll ich dir noch sagen, dass man den Knauf nur mit einer Hand hält? Das ist ein Degen und kein Breitschwert!»

«Ja, aber, aber dann rutscht er mir aus der Hand, wenn ich zuschlage …»

Arnac lächelte. «Macht Euch nichts draus», meinte er. «Ihr schlagt eben nach Eurem Vater. Der war zwar ein gewandter Kämpfer, was das Wort angeht. Aber was den Degenkampf betrifft … Hector Degrelho hat sich verzweifelt bemüht, ihm Unterricht zu geben. Als Euer Vater ihn einmal gefragt hat, was er tun soll, wenn er angegriffen wird, da hat Degrelho ihm geraten, auf alle Fälle den Degen stecken zu lassen, damit er wenigstens nicht Gefahr laufe, sich selbst zu erstechen.»

Fabiou drehte sich langsam um. «Ihr habt meinen Vater gekannt?»

«Natürlich», sagte Arnac lächelnd.

«Ich bin dafür, wir machen eine Pause», grummelte Sébastien und schob seinen Degen in die Scheide.

Fabiou ging auf Arnac zu und gab ihm stirnrunzelnd den Degen zurück. «Und Degrelho kanntet Ihr auch?»

Arnac lächelte noch immer. «Erstaunt Euch das?»

«Jetzt will ich mal kämpfen, ich!», schrie Frederi Jùli.

Fabiou starrte Arnac noch immer an, doch der wandte sich seinem Bruder zu. «Also gut, junger Mann», sagte er. Dann drehte er sich zu Cristino und Catarino um, die an dem Gesims lehnten, auf dem Fabiou vorher gesessen hatte. «Und was ist mit Euch, junge Damen? Wollt Ihr auch Fechtunterricht nehmen?»

Die Mädchen starrten sich an. Beide glaubten, ihren Ohren nicht zu trauen. «Das ist … unschicklich», meinte Cristino von oben herab. Catarino kicherte.

«Ach, da fällt mir ein … Loís, du musst den Damen unbedingt beibringen, im Herrensitz zu reiten. Falls sie mal wieder von Räubern überfallen werden», rief Arnac dem Pferdeknecht zu.

«Ihr seid unmöglich!», fauchte Cristino. «Aber nur weil Ihr kein Kavalier seid, braucht Ihr nicht zu denken, ich wäre keine Dame und wüsste nicht, wie ein anständiges Mädchen sich zu benehmen hätte!»

Arnac schüttelte langsam und amüsiert den Kopf. Dann machte sein Arm eine blitzschnelle Bewegung.

Fabiou sah nur das Glitzern in der Luft.

Cristino stand am Gesims und starrte fassungslos in ihre rechte Hand, in der Arnacs Degen lag.

Fabiou stand der Mund offen. «Wie … wie hast du das gemacht?», fragte er fassungslos seine Schwester. Er hatte den Degen nicht mal gesehen – und Cristino fing ihn auf?

«Es gibt Menschen, die haben eine angeborene Begabung», sagte Arnac. In seinen Augen lag ein seltsames Schimmern. «Ihr solltet wirklich Fechtunterricht nehmen, Cristino. Ich denke, Ihr hättet das Zeug dazu.»

«Pah!», zischte Cristino, ließ den Degen fallen und stürzte ins Haus zurück.

***

Nie waren die Bilder so deutlich gewesen.

Sie sah alles bis ins letzte Detail: der Gang mit dem spiegelnden Boden aus rotem Marmor, die weißgetünchten Wände zu beiden Seiten, durchschnitten von der rotgrünen Zierleiste wie von einem Band, das durch den Abenddunst wehte – wieso Band und wieso Abenddunst, was für Erinnerungen waren das, die diese Zierleiste weckte? Der Stuck an der Decke, die Ziersäulen mit den blattförmigen Kapitälchen, und dazwischen die marmorne Statue, ihre Finger winkten, komm, Cristino, komm.

Den Gang entlang bis zu seinem Ende. Dann nach rechts. Ein Innenhof kommt ins Bild, Zitronenbäume und Oleander, ein schattiger kleiner Springbrunnen, schlafend im Mondlicht, Steinbänke im Kreis. Dann weiter, jetzt wieder Wände zu beiden Seiten, links ein Jagdfries, ein Hirsch, den Kopf zurückgeworfen, während drei Hunde ihn bedrängen und der Jäger mit der Armbrust an der Wange auf ihn anlegt. Weiter hinten Diener, die die Jagd beobachten, einer trägt ein Horn, der andere die bisherige Beute, zwei Hasen und ein Rebhuhn, ein dritter, der ein Pferd am Zügel führt.

Wieder nach rechts. Breit der Gang, weitläufig, Säulen zu beiden Seiten, eine hohe Decke, in der die hastenden Schritte und der keuchende Atem wiederhallen, der Gang dehnt sich, während sie rennt, wird immer weiter, unmöglich, das Ziel zu erreichen. Da ist der tote Körper auf dem Fußboden, und da, ein Stück voraus, ein zweiter Gang, der den ersten schneidet, ein großes, überwölbtes Kreuz bildend wie die Vierung einer Kathedrale, und wo die beiden Gänge einander treffen, ist ein Mosaik im Boden eingelassen, gestaltet wie ein Stern, braun und oliv auf rotem Grund.

Man muss den Stern erreichen, das ist es, worum es in diesem Spiel geht. Wie beim Verstecken. Wer den Abschlagpunkt erreicht, ist gerettet. Hier ist es ein Stern, der sich über die Verfolgten beugt, schützend und bewahrend. Der Stern bedeutet Rettung. Immer.

KAPITEL 12

in dem Cristino und Fabiou eine unliebsame Begegnung haben – mit dem Tod nämlich

So wise so young, they say, do never live long.

Man sagt, die so weise in so jungen Jahren sind, leben niemals lange.

Aus Richard III. von William Shakespeare,
englischer Dramatiker (1564-1616)

Der Mann, der Hector Degrelho getötet hatte, hatte in einem dunklen Dachgeschoss im Süden von Ais Domizil bezogen, dort, wo die niederen Handwerker und Tagelöhner hausten und keiner fragte, wer und woher. Dunkel war es, da die einzigen Fenster zwei Luken im Dach waren, die man aufdrücken und mit einer eisernen Strebe feststellen konnte, welche der Fremde aber – denn ein Fremder war er, wie seine Sprache und seine Kleidung verriet – stets geschlossen hielt. Das einzige Licht in dem düsteren Alkoven rührte von einer beschlagenen alten Öllampe her. Es störte ihn nicht. Er gehörte zu den Geschöpfen, die das Licht scheuten.

Der Mann, der Hector Degrelho getötet hatte, saß an diesem Junimorgen im Schein der Lampe und reinigte seine Arkebusen. Es waren zwei hervorragende Stücke; moderne Radschlossarkebusen, ohne die Verzierungen und Gravuren, wie sie die hohen Herren liebten, denen eine Arkebuse vor allem dazu diente, sie in ihrem Waffensaal eindruckschindend an die Wand zu hängen. Diese Arkebusen waren aus einfachem, schmucklosem Stahl, die Farbe ein rußiges Schwarz, doch sie hatten eine Auslösezeit von knappp drei Sekunden, trafen ihr Ziel aus hundert Schritt Entfernung und versagten nie.

Der Fremde hatte den Lauf ausgeputzt und machte sich daran, die Scharniere zu reinigen und zu ölen.

Er selbst hätte sich wohl nie als der Mann gesehen, der Hector Degrelho tötete. Er hatte wichtigere getötet; Grafen, Fürsten, hohe kirchliche Würdenträger, Menschen, von deren Sein oder Nichtsein das Schicksal von Völkern abhing – was war schon ein Hector Degrelho im Vergleich zu diesen. Abgesehen davon interessierten ihn die Namen seiner Opfer nur insofern, als sie zum Aufspüren derselben von Bedeutung waren; sie waren anonyme, gesichtslose Gestalten, Nummern auf einer Liste, flüchtiges Wild, das einen Moment der freudigen Erregung in die Nüchternheit des Daseins warf.

Jagdbeute, um genau zu sein.

Der Fremde ging dazu über, Pulver in den Lauf zu füllen. Seine Arkebusen waren immer geladen, Tag und Nacht. Für den Fall des Falles. Er stopfte das Pulver fest und holte aus dem kleinen Beutel, den er um die Hüfte trug, eine Bleikugel hervor.

Nicht, dass er Hector Degrelho vergessen hätte. Fehlschläge vergaß er niemals.

Die Bleikugel kullerte in den Lauf und arretierte mit einem leisen Plop. Der Fremde visierte über den Lauf der Waffe hinweg auf den Türpfosten.

Sie hatten das Wild auf einer Jagdlichtung gestellt, an einem sonnigen Nachmittag im Mai, an dem sich Lerchen singend in einen blauen Himmel aufschwangen und Rehe witternd im Unterholz ästen. Noch heute stand ihm jedes Detail dieser Szene in unfassbarer Klarheit vor Augen; noch heute sah er jedes Grasbüschel, jeden Stein am Wegrand mit einer Deutlichkeit vor sich, als wäre es eben gewesen.

Besonders die Frau. Er hatte sie in der Kutsche erwartet, doch stattdessen war sie auf einem Pferd gesessen, in einem Männersattel, und im ersten Moment hatte er sie nicht erkannt, denn sie war gekleidet wie ein Mann, und nur die wehenden langen Haare verrieten ihr Geschlecht. Doch auch so war sie die schönste Frau, die er je gesehen hatte, anmutig ihre Bewegungen, strahlend die Augen, berauschend ihre Formen, ihr Gesicht. Als sie vom Pferd sprang, um die Tür der Kutsche aufzureißen, glich sie einer Tänzerin, und als sie dann, den Jungen an der Hand, über die Lichtung rannte, waren ihre Bewegungen leichtfüßig und geschmeidig wie die eines fliehenden Rehs, und ihr Haar schwebte auf dem Wind wie flüssiges Gold. Er hätte ihr stundenlang folgen können, sie nur beobachten, wie sie lief, wie ihre langen Beine gewandt ihren Weg nahmen. Doch er hatte keine Zeit dazu, und ihm wurde nicht einmal das Vergnügen zuteil, sie selbst zu töten.

Da waren die Diener. Kopflosen Hennen gleich liefen sie über die Lichtung, ein paar blieben liegen, getroffen von den Waffen der Kriegsknechte, andere flohen, stürzten sich ins Unterholz, eine schreiende, kreischende Herde. Und da war das Mädchen. Sie stand in der Mitte der Lichtung, stumm, starr, blaue Augen weit auf die Kämpfenden gerichtet. Sie rührte sich nicht, auch nicht, als sie sie riefen, Agnes, Agnes, der Edelmann, der auf dem Pferd saß und das andere Mädchen in den Armen hielt, sie blieb nur stehen und blickte aus ihren riesengroßen Meeraugen in die Welt. Und dann kam das dritte Mädchen herbeigeschossen, ein kleiner schwarzhaariger Blitz in einem Kleid aus dunklem Samt, riss die Kleine in ihre Arme und rannte auf die Pferde zu. Nehmt Agnes, hörte er sie schreien, ich muss zu Daniel! Es interessierte ihn nicht weiter. Die Mädchen waren unwichtig. Auf ihn wartete eine wichtigere Beute. Auf ihn wartete Hector Degrelho.

Und dann kam die Niederlage.

Im ersten Moment hatte es ihn gefreut, dass sein Opfer ein ebenbürtiger Gegner war, ein stolzer Hirsch, mutig, schnell und kühn, kein wehrloser Hase, den ein Knabe in einer Schlinge fängt. Als wahrer Jäger liebte er es, wenn die Beute ihm einen Kampf lieferte, statt sich wehrlos abschlachten zu lassen. Dass er in diesem Kampf Sieger bleiben würde, daran hatte er nicht gezweifelt, niemand war in der Lage, ihm standzuhalten.

Doch dieses Mal war es anders. Der Kampf dauerte keine zwei Minuten. Dann hatte Hector Degrelho ihm den Degen aus der Hand geschlagen und ihm eine Wunde am Oberschenkel zugefügt, die ihn auf dem Waldboden zusammenbrechen ließ. Nie zuvor hatte er sich so erniedrigt gefühlt wie in diesem Moment, als er keuchend auf der feuchten Erde lag und seine vermeintliche Beute auf ihn herabsah. Hector Degrelho schenkte ihm ein seltsames, grimmiges Lächeln, tippte sich in einer Art Salut gegen die Hutkrempe und stürzte sich in seinen letzten Kampf.

Unter anderen Umständen hätte er es genossen, den Kampf, der nun folgte, zu beobachten. Der Hirsch kämpfte mit dem Mut und der Schönheit, die nur der Todgeweihte besitzt. Da waren zehn Männer, die ihn gleichzeitig angriffen, und doch war keine Angst in seinen Augen, obwohl er wissen musste, dass seine Stunde gekommen war. Und es ging lange, länger als erwartet, er blutete aus unzähligen Wunden, doch seine Kräfte ließen nicht nach, wieder und wieder wehrte er ihre Schläge ab, die wie ein Hagelschauer auf ihn niedergingen.

Letztlich waren es die Frau und der Junge, die den Hirsch zu Fall brachten. Die Frau hatte einem gestürzten Kriegsknecht die Waffe entrissen und rannte im Zickzackkurs über die Lichtung auf das Unterholz zu, den Jungen am Arm hinter sich herziehend. Die Bäume waren schon nahe, als der Waffenknecht ihnen entgegentrat, breit wie ein Bär und hässlich wie ein Dämon, das blitzende

Schwert lachend über dem Kopf schwingend. Sie packte ihre Waffe mit beiden Händen und es gelang ihr in der Tat, den Schlag abzufangen, er warf sie auf die Knie, verletzte sie aber nicht; sie rollte sich beiseite und sprang wieder auf die Füße.

Der zweite Waffenknecht trat ihr in den Weg, als sie weiterrennen wollte, und sein Schwert zielte auf den Körper des Jungen. Mit einer blitzschnellen Bewegung riss die Frau den Jungen hinter sich, und dann erstarrte sie, im Bruchteil eines Augenblicks aus dem Lauf gerissen, und als der Waffenknecht das Schwert zurückzog, sprudelte das Blut wie ein Springbrunnen aus ihrer Brust und ihrem Rücken, und sie stürzte. Es war ein trauriger Anblick, der selbst den Jäger mit Schmerz erfüllte, doch den Hirsch ließ er einen Schrei ausstoßen, der wie das Brüllen eines Löwen klang, und der Junge stand und starrte auf den Körper seiner Mutter und starrte auf den Kriegsknecht, der lachte und das Schwert ins Blau des Himmels schwang, und wieder brüllte der Hirsch, und das Schwert sauste herab, und das Blond der Haare des Knaben verwandelte sich in tiefes Rot.

Und der Hirsch fiel. Als der Körper des Jungen auf den Boden schlug, war es, als hätte einer einen Dolch in seine Brust gestoßen, er stand, reglos und starr, den Degen gesenkt, und augenblicklich fiel die Meute über ihn her, ein Schlag mit einem Schwert traf seinen rechten Unterschenkel und ließ ihn straucheln, der nächste spaltete seine linke Kniescheibe, und er sackte auf die Knie. Noch einmal riss er den Degen in die Höhe, versuchte einen Angreifer abzuwehren, doch sie waren zu viele, zwei Stiche trafen ihn in den Rücken, und als er zusammensackte, traf ein Schwerthieb seinen Degenarm kurz über dem Handgelenk, und seine Waffe klirrte zu Boden.

Der Kampf war vorbei. Der Gejagte kniete auf dem Boden, in einer Blutpfütze, in der sich die Sonne spiegelte, und starrte auf seine Hand, die zu zwei Dritteln abgetrennt in einem Neunzig-Grad-Winkel nach links abstand. In seinem Gesicht lag weder Schmerz noch Angst, nur so etwas wie ein unfassbares Erstaunen.

Der Jäger kämpfte sich auf die Füße und zog sein Jagdmesser aus dem Gürtel. Hinter ihm schrie jemand, das Mädchen mit den schwarzen Haaren und dem dunkelblauen Kleid, das neben dem toten Jungen kniete. Vater, kreischte sie und sprang auf die Füße.

In diesem Moment bäumte sich der Gejagte auf. Louise, schrie er, lauf weg, denk an das, was ich gesagt habe, und wieder schrie das Mädchen, drehte sich um und rannte. Der Jäger beachtete sie nicht. Er trat auf das Opfer zu, das vor ihm in seinem Blut kniete, packte es an den Haaren und riss seinen Kopf nach hinten. Dann stand er da und starrte in die Augen der Beute, und für einen Moment lag ein gehetzter, verzweifelter Ausdruck in diesen Augen, der das Gefühl der Scham und Erniedrigung in seinem Innern betäubte. Mit einem erleichterten Lächeln hob er sein Messer und setzte es dem Opfer an die Kehle.

Und in diesem Augenblick veränderte sich der Ausdruck in Hector Degrelhos Augen, verschwand die Panik, das Entsetzen daraus, und seine Lippen verzerrten sich zu einem wilden, triumphalen Lächeln.

«Louise», sagte er.

Mit einem Wutschrei zog der Jäger das Messer durch die Kehle seines Opfers, Blut schoss in einem Strahl hervor, und die dunklen Augen verloren ihren Blick.

Hinter dem Jäger war Geschrei zu hören, er sah sich um und starrte auf die Kriegsknechte, die versuchten, ein Pferd aufzuhalten, das durch ihre Reihen preschte. Das schwarzhaarige Mädchen saß auf seinem Rücken, sah in seine Richtung und schrie etwas, was er nicht verstand. Es war ihm gleich, er war erniedrigt, er trat auf den Toten zu seinen Füßen ein und brüllte vor Wut, bis er einsah, dass es sinnlos war, der Erfolg vertan, die Jagd verloren. Erst als einer der Kriegsknechte ihn daran erinnerte, dass sein Auftrag noch nicht vollständig erledigt war, gelang es ihm, sich wieder zu beruhigen.

Von der Gran Relogi schlug es Mittag. Der Fremde packte seine Arkebusen ein, verstaute den Pulverbeutel und den Sack mit den Bleikugeln, holte einen Schleifstein hervor und begann, sein Jagdmesser zu schärfen. Es gab noch einiges zu tun.

***

Das Hôtel der Mergoults lag am unteren Ende der Carriero drecho Nosto Damo, kurz bevor sie in die Plaço dei Gran Relogi mündete. Die Carriero drecho war nicht gerade die breiteste Straße von Ais, so dass der Verkehr in dieser Straße an jenem Abend ziemlich darniederlag mit all den jungen Damen und Herren, die dem Eingang zuströmten. Vor allem mit den jungen Herren, die es sich nicht nehmen lassen konnten, direkt vor dem Eingang vom Pferd zu steigen und dasselbe einem Diener zu übergeben, statt dies auf der Plaço dei Gran Relogi zu tun oder gar zu laufen – die meisten wohnten schließlich in der unmittelbaren Nachbarschaft.

Alexandre de Mergoult hatte offensichtlich weder Kosten noch Mühe gescheut, diesen Abend zu einem unvergesslichen Fest für alle werden zu lassen. Der Saal im ersten Stock des Hôtels strahlte und funkelte vor brennenden Kerzen und kristallenen Kandelabern, entlang der Wände und über den Saal verteilt standen Diener mit silbernen Tabletts, auf denen sie den Eintreffenden kleine Häppchen und Süßigkeiten reichten, dazwischen die Diener, die die Gäste mitgebracht hatten, auf Anweisungen ihrer Herrschaft wartend. Es waren in erster Linie junge Leute anwesend, von den Dienern und einigen ältlichen Tanten, die als Anstandsdamen mitgekommen waren, einmal abgesehen, und die Musikanten in der hinteren Ecke des Raumes dudelten schon beim Eintreffen der Gäste die momentanen Lieblingsstücke der Jugend. Die besondere Attraktion des Abends war eine große Laterna magica, die von einem Diener betätigt wurde und beständig bunte Lichtgestalten in der Form von Fabelwesen über die Wände gleiten ließ, was vor allem die jungen Damen in Entzückung versetzte. Kurz und gut, Cristino und Catarino waren bezaubert, kaum dass sie die Schwelle des Hauses überschritten hatten.

Alexandre de Mergoult hielt eine kurze Ansprache, in der er seine Gäste begrüßte, um dann ziemlich nahtlos zum vergnüglichen Teil des Abends überzuleiten, das heißt, er riet allen anwesenden Herren, sich die Dame ihres Herzens zu greifen und mit ihr der Tanzfläche zuzustreben, was die Musikanten unterstrichen, indem sie sofort eine Gaillarde anstimmten. Dies gesprochen, schritt der ältere Mergoult an den Reihen der Gäste vorbei, um vor niemand anderem als Cristino stehen zu bleiben, vor der er sich verneigte und sagte: «Barouneto, darf ich um diesen Tanz bitten?»

Cristino antwortete etwas, was wie «grmspfl» klang und wurde rot wie eine erntereife Erdbeere, ließ sich aber widerstandslos auf die Tanzfläche ziehen.

Anders als die Ardoches war die Familie Mergoult sehr wohl in der Lage, einen eigenen Tanzmeister zu beschäftigen. Es handelte sich um einen langen, dünnen Herrn mit schütterem grauen Haar und einer hohen Piepsstimme, die kaum durch das Gedudel der Musikanten drang. Cristino glaubte daher auch im ersten Moment, sie habe eine seiner Anweisungen nicht richtig verstanden, als sie zum Sprung der Gaillarde ansetzen wollte, und Alexandre de Mergoult sich plötzlich zu ihr umwandte, statt sich von ihr wegzudrehen.

Im nächsten Moment griff er zwischen ihre Beine, fasste die Halterung ihres Corsetts und schwang Cristino daran hoch in die Luft.

Wie erstarrt blieb sie stehen, als ihre Füße endlich wieder den Erdboden berührten. Der Druck des Corsetts hatte ihr den Atem abgewürgt, aber das war nicht der Grund dafür, dass alles Blut aus ihrem Gesicht gewichen war. Nie zuvor in ihrem Leben war ihr etwas derart Unschickliches widerfahren, der Kuss im Wald schien ihr demgegenüber von kindlicher Harmlosigkeit zu sein. Fassungslos starrte sie Alexandre de Mergoult an, während das Blut in ihr Gesicht zurückflutete und ihr das Gefühl gab zu kochen.

Ein irritiertes Lächeln war auf Alexandres Gesicht erschienen. «Was ist, Barouneto – sagt bloß, Ihr kennt die Volta noch nicht!»

Cristino brachte kein Wort hervor. Mechanisch schüttelte sie den Kopf.

«Oh, verzeiht!» Mergoult ließ ein nachsichtiges Lachen hören. «Ich hatte gar nicht daran gedacht, dass Ihr zum ersten Mal in der Stadt seid… natürlich, das ist nicht gerade ein Tanz, den einem die Frau Mutter beizubringen pflegt.» Er lächelte und hauchte ihr einen Kuss auf die Hand. «Ich habe Euch in Verlegenheit gebracht. Könnt Ihr mir verzeihen?»

Unsicher sah Cristino sich um. Ringsum war eine leichte Unruhe auf der Tanzfläche entstanden, während die anderen Paare versuchten, an Cristino und Alexandre vorbeizukommen, ohne sie anzurempeln, und ihre unwilligen Blicke signalisierten deutlich, dass die beiden gefälligst weitertanzen oder aus dem Weg gehen sollten. Doch niemand schien schockiert oder peinlich berührt von Alexandres Verhalten, niemand tuschelte hinter vorgehaltener Hand oder schüttelte fassungslos den Kopf über das, was soeben geschehen war.

«Ihr meint, das … gehört zu diesem Tanz?», fragte Cristino ungläubig.

«Natürlich!», sagte Alexandre lachend. «Was habt Ihr denn gedacht? – Das ist jetzt in Mode, Barouneto. Ich meine, die Gaillarde ist schön und gut, aber doch etwas … nun, eher etwas für die älteren Herrschaften, nicht wahr?»

Wieder schielte Cristino zu den anderen Tänzern hinüber. Gerade piepste die hohe Stimme des Tanzmeisters ein Kommando, und wie zuvor Alexandre ergriffen sämtliche jungen Herren die Korsetthalterung ihrer Tanzpartnerin und hoben sie im Schwung in die Luft, so dass die jungen Damen für einen Moment zu fliegen schienen, bevor sie wieder auf dem Boden aufsetzten. Das Jauchzen und Lachen der Mädchen bewies, dass sie dieses Verhalten keineswegs als Affront empfanden.

«Selbstverständlich müssen wir nicht weitertanzen, wenn Euch dieser Tanz unangenehm ist», meinte Alexandre, und in seiner Stimme schwang jetzt eine leichte Ungeduld mit. Erneut schoss Cristino das Blut ins Gesicht. Herrgott, sie benahm sich wie eine dumme Gans, wie ein verschüchtertes kleines Mädchen, das vom Leben nichts wusste – nein, noch schlimmer, wie eine prüde alte Jungfer benahm sie sich! «Nein … nein, Baroun, es ist mir nicht unangenehm, ich war nur … etwas überrascht.» Sie kicherte albern. Gerade so, wie es ihre Mutter an ihrer Stelle getan hätte.

Alexandre lächelte zufrieden und zog sie wieder in die Reihen der Tanzenden.

Es war ein Tanz, wie Cristino ihn noch nie erlebt hatte. Die Musikanten waren großartig – sie spielten nur die Musik dieser *saison*, weshalb die jungen Herrschaften sie wahrscheinlich auch großartig gefunden hätten, wenn sie ihre Instrumente mit Füßen getreten, statt sie gespielt hätten –, der Saal mit all dem Kristall und Glas blitzte und funkelte wie ein einziger Edelstein, und die kreisenden Lichtwesen an den Wänden taten ein Übriges, um die Tanzenden in kürzester Zeit ihren Realitätssinn völlig verlieren zu lassen. Schon nach kürzester Zeit vergaß Cristino das Drücken ihres Korsetts, vergaß die offensichtliche Unschicklichkeit dieses Tanzes, sie ließ sich von Alexandre de Mergoult durch die Luft wirbeln, bis sie jede Orientierung verloren hatte, bis sie zu fliegen glaubte wie ein Vogel im Wind. Cristino tanzte, wie sie noch nie getanzt hatte, als habe sie ein Leben lang nichts anderes getan, als sei sie vom Anbeginn der Zeit so durch das Blitzen von spiegelndem Glas geschwebt, an Alexandre de Mergoults Seite, gehalten von seinem starken, warmen Arm.

Was Fabiou betraf, so war er nicht ganz so geneigt, sich im Rausch dieser Nacht zu verlieren. Um es genau zu sagen, hatte er sich in eine unbeobachtete Ecke zurückgezogen, möglichst nahe am Buffet und möglichst weit entfernt von Jean de Mergoult und seinen Kumpanen, die glücklicherweise bislang so sehr mit der holden Weiblichkeit beschäftigt gewesen waren, dass sie seine Anwesenheit glatt übersehen hatten. Dort stand er, einsam und etwas deplatziert, nachdem Sébastien sich Claudia de Buous geschnappt hatte und mit ihr nun über die Tanzfläche schwebte. Er war gelangweilt und genervt und auch ziemlich beunruhigt, sich im Haus der Familie Mergoult zu befinden, und so sehr er sich gegen dieses Gefühl zu wehren versuchte, die wirbelnden Farben an den Wänden und der Takt der Musik zogen auch ihn in den Bann, und auf einmal verspürte er Neid auf all die anderen, die teilhaben konnten, die dazugehörten, die nicht ausgeschlossen und an den Rand gedrängt waren wie er. Er versuchte sich abzulenken, indem er die Pläne zu seiner Ballade ausbaute. Er war noch nicht viel weiter, noch immer fehlte der jugendliche Held; er ließ seinen Blick durch den Raum schweifen und überlegte hin und her zwischen den Gebrüdern Buous und Sébastien de Trévigny und …

«Ja, *salut,* Victor! Auch allein?»

Der Angesprochene drehte sich um, momentan in seiner Artikulationsfähigkeit eingeschränkt durch das Cremetörtchen, in das sich seine Zähne gegraben hatten. «Schalut Faiou, wasch maschu hier?»

«Mich anöden, und du?»

Victor schluckte. «Mann, sind die gut. Ich?» Er seufzte. «Nicht mehr viel, nachdem mir Mergoult deine Schwester vor der Nase weggeschnappt hat.»

«He ... du wolltest mit Cristino tanzen?»

«Hm. Ja. Du könntest wohl nicht vielleicht ... ein gutes Wort für mich bei ihr einlegen?» Er betrachtete Fabiou aus treuherzigen Hundeaugen.

Fabiou lachte. «Cristino ist eine dumme Gans!», sagte er. «Die Männerwelt von ganz Ais liegt ihr zu Füßen, und sie muss sich an Mergoult, den Affen, hängen.»

«Na ja ... sie sieht einfach unglaublich gut aus, deine Schwester», versuchte Victor zu erklären. «Ihre Augen ... so blau wie ein Sommerhimmel. Ihre seidige weiße Haut. Und ihre Haare ... wie aus gesponnenem Gold ...» Sein Augenaufschlag erinnerte an Jeanne d'Arc beim Anblick des Erzengels.

«Sag mal ... wird man ab einem bestimmten Alter automatisch so, oder muss man dazu ein paarmal mit dem Kopf gegen die Wand rennen?», fragte Fabiou genervt.

Victor blinzelte irritiert. «Hä, was meinst du mit so?»

«So hirnlos gestört beim Anblick eines Weibsbilds», grummelte Fabiou.

«Ach, das verstehst du noch nicht!», jammerte Victor. Dann wurde sein Gesicht plötzlich ernst, und der schafsähnliche Ausdruck verschwand aus seinen Augen. «Herr Jesus, die Sault», murmelte er.

Fabious Blick folgte dem seinen. In der Tat, wenige Schritte entfernt wiegte sich Alessia im Tanz, am Arm eines Roubert de Buous, der dabei Glubschaugen machte wie ein Tintenfisch. «Sag bloß, du gehörst auch zu Alessias gehirnamputierter Anbeterschaft. Diese blöde Ziege!»

«Sie kümmert sich sehr um meine Mutter», sagte Victor nachdenklich.

«Wie?» Fabiou blickte ihn erstaunt an.

«Sie kümmert sich sehr um meine Mutter», wiederholte Victor und schüttelte den Kopf. «Seit dem Fest bei den Mancoun. Sie besucht sie fast täglich.»

«Hm ja, das ist… nett von ihr», sagte Fabiou lahm, dem es schwerfiel, ein gutes Haar an Alessia zu lassen.

Wieder schüttelte Victor den Kopf. «Ich frage mich, was sie damit bezweckt», murmelte er.

«Bezweckt?»

«Himmel, Fabiou, so eine tut das doch nicht aus Nächstenliebe. Die will was. Geschenke vielleicht. Kann sein, dass sie denkt, meine Mutter hat keine Tochter und sehnt sich nach einem jungen weiblichen Geschöpf, das sie mit Kleidern und Schmuck überschütten kann. Aber da hat sie sich geschnitten! Meine Mutter hat gar kein Geld zur Verfügung, und Vater fällt auf so eine nicht 'rein.»

«Meinst du im Ernst?», fragte Fabiou. «Ich meine… na, Weiber eben. Wenn sie einen leidenden Menschen sehen, weckt das eben ihre Muttergefühle.»

«Fabiou, verdammt, meine Mutter ist nicht leidend!», fiel ihm Victor ins Wort.

«Wieso, sie ist doch …»

«Fabiou, meine Mutter trinkt!», erklärte Victor.

Fabiou starrte ihn an mit offenem Mund. Victor fuhr sich mit der Hand durch die Haare. «Ich weiß, Vater erzählt überall, Mutter habe über den Tod meiner Cousinen den Verstand verloren, aber so ist es nicht. Meine Mutter ist sehr wohl bei Verstand, wenn sie nüchtern ist, nur dass das immer seltener vorkommt.»

«Ja, aber …»

«Warum? Oh, Fabiou, wenn ich das wüsste. Mag sein, dass es wirklich mit dem Tod der Mädchen zusammenhängt. Dass sie ihren Kummer in Alkohol ersäufen wollte. Was weiß denn ich. Sie trinkt, seit ich ein kleiner Junge bin, und wenn sie trinkt, redet sie wirres Zeug und macht verrückte Sachen. Alle paar Wochen steigt sie aufs Dach und will 'runterspringen, weil sie sich angeblich so schrecklich versündigt hat. Aber, Himmel, Vater kann den Nachbarn ja schlecht erzählen, dass meine Mutter säuft wie ein altes Bettelweib. Dann lieber die ergreifende Geschichte, dass die Trauer sie um den Verstand gebracht hat.»

Fabiou wich seinem Blick aus, Jesus, war das wieder peinlich! «Ja, und Alessia weiß das?»

«Ich kann mir nicht vorstellen, dass sie es noch nicht gemerkt hat, so viel Zeit, wie sie bei ihr verbringt», sagte Victor. «Ich frage mich, ob sie nicht versucht, diese Situation auszunützen. Für ein Glas Wein tut meine Mutter in bestimmten Situationen alles!»

Als habe Alessia ihre Unterhaltung belauscht, entwand sie sich jetzt aus Rouberts enthusiastischer Umarmung und kam winkend auf Fabiou und Victor zugetänzelt. Ihr schneeweißes Kleid wogte um sie wie eine riesige Schönwetterwolke, an Hals, Händen und Haar blitzten genug Klunker, um die spanische Königin neidisch zu machen. «Victor, wie schön, Euch zu sehen!», flötete sie. «Wie geht es Eurer Frau Mutter?»

Fabiou warf Victor einen unsicheren Blick zu, doch der sah Alessia nur eisig an und meinte: «Könnte nicht besser sein.»

«Die Arme!», seufzte Alessia dennoch. «Es muss doch schrecklich sein, eine Mutter zu haben, die so oft … unpässlich ist.» Sie schenkte ihm einen besonders tiefen Aufschlag ihrer samtschwarzen Augen.

«Ja. Sicher», sagte Victor unwillig.

«Oh, da ist ja auch der kleine Castelblanc!», rief Alessia und klatschte entzückt in die Hände. «Wo sind denn deine reizenden kleinen Schwestern?»

«Ich heiße Bèufort!», zischte Fabiou. «Und meine Schwestern sind älter als ich.»

Alessia hatte sich auf die Zehenspitzen gestellt und nach kürzester Zeit gefunden, was sie suchte. «Da ist sie ja – Marguerite, Marguerite, hierher!» Sie hüpfte auf die Tanzfläche, von Roubert de Buous mit schmachtendem Blick verfolgt, und warf sich zwischen Catarino und den jungen Brieul. «Marguerite, meine liebste Marguerite!», rief sie leutselig und hakte Catarino unter, während sie Brieul kokett zuzwinkerte.

«Was soll das?», fauchte Catarino.

«Marguerite …»

«Catarino, ich heiße Catarino!»

«Catérine, du musst vorsichtig sein.» Alessia hatte verschwörerisch die Stimme gesenkt. «Männer wie dieser Brieul … nun, ich schäme mich, es zu sagen, aber … sie denken immer nur an das Eine. Du magst das noch nicht verstehen, du bist schließlich noch jung und unschuldig, aber glaube mir – diese Männer bringen deine Tugend in Gefahr. Besser, man gibt sich nicht mit ihnen ab.» Sie schenkte Brieul, der sichtlich weiche Knie bekam, ein sehnsüchtiges Lächeln.

«Verflucht, jetzt reicht's mir aber!» Catarino riss sich von Alessias Arm los. «Für wie blöd hältst du mich eigentlich? Glaubst du, ich durchschaue deine Masche nicht? Cathérine, deine Tugend, Cathérine, deine Unschuld, laberlaber. Du willst ihn mir ja bloß ausspannen. Und nicht mal, weil er dir irgendwas bedeutet, pah, das letzte Mal hast du ihn nicht mal angesehen! Dir geht's doch nur darum, allen zu zeigen, dass du die Schönste und Tollste und Begehrenswerteste bist! Aber mir reicht's jetzt endgültig mit dir, du miese kleine Schlampe! Du hörst jetzt ein für alle Mal auf, mir in den Weg zu kommen, oder ich schlag dir deine blöde geschminkte Fresse ein!»

Sie war bei den letzten Worten ziemlich laut geworden, laut genug, um die Musik zu übertönen, und das hatte zur Folge, dass die Zahl der Tanzenden deutlich gesunken war zugunsten derer, die am Rand der Tanzfläche standen und in einer Mischung aus Belustigung und Entrüstung Catarino und Alessia anstarrten, allen voran Cristino, die bei Catarinos letztem Satz mit einem Aufschrei die Hand vor den Mund geschlagen hatte.

Alessia brauchte einige Sekunden, sich von Catarinos Worten zu erholen, und während dieser Sekunden machte ihr Gesicht einen erstaunlichen Farbwechsel von kreideweiß über dunkelgrün zu feuerrot durch, den auch die fingerdicke Puderschicht nur unzureichend abdeckte. Dann entlud sich ihre Wut in einem Schrei, der so schrill war, dass der Kandelaber klirrte. «Du Miststück», kreischte sie, «du Metze, du Bauerntrampel!», und wie eine Wildkatze sprang sie auf Catarino los, um ihr, ebenso wildkatzengleich, ihre Krallen ins Gesicht zu schlagen. Catarino zuckte zurück, ihre Schminke war verrutscht, und auf ihrer rechten Wange zeichneten sich drei feuerrote Schrammen ab. Für einen Augenblick glotzte sie Alessia entgeistert an, dann beschloss sie, ihren Vorsatz in die Tat umzusetzen, und schlug Alessia die Faust ins Gesicht.

Der Erfolg war im wahrsten Sinne des Wortes umwerfend. Alessia kippte rückwärts, riss einen Diener mit um, der auf einem silbernen Tablett Weingläser balanciert hatte – zum Teil gefüllt –, was zur Folge hatte, dass ein beträchtlicher Teil der Gläser auf den Boden knallte und zerschepperte, während der gute Rebensaft in rot und weiß durch die Gegend spritzte, einige Umstehende durchnässte und Alessias weiße Wolke mit grauen und roten Gewitterflecken versah.

Es war einen Moment lang erstaunlich still, zumal die Musikanten zu spielen aufgehört hatten und, der menschlichen Natur entsprechend, neugierig die Hälse verrenkten. Nur die Laterna magica drehte sich weiter und ließ grüne Einhörner und rote Harpyien über die verdatterte Festgesellschaft gleiten. Dann besannen sich einige jungen Herren ihrer Kavalierspflichten und eilten, Alessia vom Boden aufzuheben, die sogleich jammerte und ächzte, als habe sie sich sämtliche Knochen gebrochen. Letztlich war sie, das sahen alle, noch glimpflich weggekommen; während der Diener ziemlich unglücklich in den Scherben gelandet war und einige blutende Schnittwunden davongetragen hatte, war Alessia diesbezüglich unverletzt geblieben; allerdings begann ihr rechtes Auge bereits in erstaunlichem Dunkelrot zu schimmern. Jetzt kam Bewegung in die Umstehenden. Artus de Buous fischte eine Serviette vom Buffet und tupfte damit wenig effektiv auf den Weinflecken auf Alessias Kleid herum. Andréu d'Estrave meinte, man müsse Eis auf das Auge legen, das würde helfen, habt ihr 'nen Eiskeller, Jean? Sébastien de Trévigny fing wieder an mit dem Salz, das man auf Weinflecken streuen müsse, Rezept seiner Großmutter. Victor winkte seinen Diener herbei, Brouche, bring mir ein frisches Hemd aus der Tasche – das seine hatte einen Rotweinfleck in Form der Britischen Inseln auf der rechten Brust. Irgendjemand half dem bedauernswerten Diener auf die Beine, während ein anderer Dienstbote die Scherben auflas und nach einem Lappen rief. Claudia de Buous klopfte Catarino auf die Schulter. «Ha, das war ein Schlag!», flüsterte sie begeistert. Auch sie war wohl nicht unbedingt Alessias allerbeste Freundin. «Diese blöde Angeberin. Schaut euch doch nur den Schmuck an!» Sie zupfte Fabiou am Ärmel, damit auch dieser den Schmuck bewunderte. «Die trägt mehr um den Hals, als ganz Buous wert ist! Und das, wo ihr Papa bei einem Juden in der Kreide steht. Wetten, dass sie sich das anderweitig verschafft? Kein Wunder, dass sie so scharf darauf ist, mit jedem Kerl 'rumzumachen!»

Catarino strahlte in der Tat so glücklich, als sei Weihnachten vorverlegt worden. «Der hab' ich's gegeben, nicht wahr, Fabiou, der hab' ich's gegeben!», sagte sie ein ums andere Mal, während die jammernde Alessia von ungefähr acht Kavalieren aufgehoben und wie in einem Trauerzug aus dem Raum getragen wurde. «Da hinten am Gang ist ein Zimmer, da kann sie etwas ruhen», hörte man Alexandre de Mergoults Stimme in den Raum wehen.

Fabiou machte ein wenig begeistertes Gesicht. «Catarino, das gibt Ärger», stellte er fest.

«Wieso? Die hat doch angefangen!», schrie seine Schwester.

«Ja, aber wenn Frederi erfährt, dass du dich geprügelt hast...»

«Frederi!» Catarino spuckte verachtungsvoll den Namen aus. «Der soll ganz ruhig sein, dieser... perverse Hund!»

«Catarino, Tante Beatrix hat gesagt...»

«Jaja, Tante Beatrix wollte uns beruhigen, weil's ihr selbst peinlich war. Aber ich weiß genau, wie das war. Erst hat er versucht, meinen Vater zu perversen Dingen zu verleiten, und dann hat er meine Mutter genommen, kaum dass Vater unter der Erde war. Aber der soll nur ein Wort sagen... dann sage ich ihm das ins Gesicht.»

«Trotzdem, du hättest Alessia nicht schlagen dürfen!», jammerte Cristino, gänzlich von ihrem schönen Alexandre de Mergoult verlassen. «Eine Dame tut so etwas nicht!»

«Das war ein Notfall», erklärte Catarino von oben herab. «Im Notfall darf man alles, sogar töten, sagt der Priester. Schade. Ich hätte Alessia besser gleich die Kehle durchschneiden sollen, was meint ihr? Das hätte ihr Lästermaul endlich zum Stillstand gebracht.»

«Catarino!»

«Was, Catarino – ist doch wahr!»

«Das ist unchristlich, was du da sagst. Unchristlich und unschicklich und undamenhaft und...»

«Ach, halt den Mund, Cristino!»

Die Musik setzte nun wieder ein, und die ersten Paare strebten wieder der Tanzfläche zu. Das allgemeine Getuschel war allerdings mitnichten verstummt. Catarino wurde verstohlen beäugt. Die Herren betrachteten sie mit Entrüstung und Befremden, die Damen mit hellem Entsetzen, in das sich bei der einen oder anderen allerdings doch eine gewisse Genugtuung mischte. Cristino bemerkte nur den missbilligenden Anteil der Blicke und wünschte sich, in den Boden versinken zu können. Sie fühlte sich restlos entehrt. Catarinos Schandtat würde auf die ganze Familie zurückfallen, man würde mit dem Finger auf sie zeigen und sagen, die da, deren Schwester hat den Skandal bei den Mergoults verursacht, Alexandre de Mergoult würde sich von ihr abwenden, und sie würde sicherlich nie wieder eine Einladung zu einer Feier erhalten. Sie hätte Catarino erwürgen können.

Alexandre de Mergoult betrat den Raum ungefähr zehn Minuten später wieder, den zurückgebliebenen Herren zur allgemeinen Erleichterung verkündend, dass weder Alessias Gesundheit noch ihre Schönheit bleibend unter den Geschehnissen leiden würde. Und zu Cristinos Verzückung nahm er daraufhin dem nächstbesten Diener zwei Weingläser ab, trat auf sie zu und sagte: «Kommt, Cristino, trinken wir auf Eure Gesundheit!»

Ach, es war ein herrlicher Abend! Catarino, die dumme Nuss, hatte sich mit ihrem undamenhaften Ausbruch völlig an den Rand gedrängt, weshalb sie von keinem der anwesenden Herren mehr zum Tanzen aufgefordert wurde – wer will sich auch mit einem Weib abgeben, das Fausthiebe austeilt –, aber Cristino stand im Mittelpunkt des Geschehens. Alexandre de Mergoult führte sie den ganzen Abend am Arm; und da dort, wo Alexandre de Mergoult war, stets alle waren, war sie umlagert wie sonst nur Alessia – arme Alessia … zu dumm, dass Catarino sie in einen indisponierten Zustand versetzen musste! Man reichte ihr Wein und Häppchen, machte ihr Komplimente, der junge St. Roque küsste ihr sogar die Hand, und der junge Brieul, der vorhin noch mit Catarino getanzt hatte, schwänzelte um sie herum wie ein Hund um sein Frauchen. Nicht, dass die Gespräche der jungen Herren so mitreißend waren; Mergoult und seine Kumpels unterhielten sich wechselweise über die Jagd – «ein Keiler, ich sag's dir, mit Hauern wie Krummsäbel!» –, über Politik – «He, Mann, dem Engländer muss man eins auf die Nase geben, sonst wird er frech, der Engländer!» – und über die

Hinrichtung von zwei Protestanten an der Pin de Genas, derer sie am Vortag Zeuge geworden waren – «Und der eine, der hatte so ein Kreuz in der Hand und hat dauernd so ein Lutheranergeschwätz vor sich hingejammert, ‹Einefesteburgistunsergott› und so, aber echt, genau in dem Tonfall, 'ne richtig olle Sau war das!» Aber geschmeichelt von der allgemeinen Aufmerksamkeit, ignorierte sie das, ignorierte sie alles, sie war die Königin des Abends, es war herrlich!

Ab und zu warf sie ihrer Schwester einen mitleidigen Blick zu. Diese stand bei Fabiou, dem Langweiler, der sich wie immer in die hinterste Ecke des Raumes zurückgezogen hatte, und Victor, dem Brouche, der Diener, zwar mittlerweile ein neues Hemd gebracht hatte, der ansonsten aber blass und unscheinbar wie immer war. Catarino machte mittlerweile selbst ein reichlich betrübtes Gesicht, offenbar tat es ihr nun doch leid, sich derart vergessen zu haben. Doch natürlich, ihr Stolz ließ es nicht zu, sich bei Alessia zu entschuldigen, Cristino kannte ihre Schwester, lieber nahm sie es auf sich, Ais' Gesprächsthema Nummer eins zu werden. Das erfüllte Cristino mit Trauer und erneut mit der nagenden Angst, etwas von Catarinos Schande könne auf sie zurückfallen. Was schließlich, wenn Alessias Vater Frederi zum Duell herausforderte? Frederi, der Versager, würde selbstverständlich verlieren und dabei ums Leben kommen, und dann wäre Onkel Philomenus ihr Vormund, und der würde sie höchstwahrscheinlich an den meistbietenden Pfeffersack versteigern, um Geld einzustreichen und sie möglichst schnell los zu sein, und statt Alexandre de Mergoult zu heiraten, würde sie ihr Leben an der Seite eines Niederen verbringen und den Rest ihrer Tage mit Fußbodenschrubben zubringen müssen. Dieser Gedanke fraß den ganzen Abend an ihr, war dabei bei jedem Tanz, jedem Kompliment der Burschen und jedem bewundernden Lachen, das sie Alexandre de Mergoult schenkte. Bis zehn Uhr nachts.

Um zehn Uhr nachts fasste Cristino nämlich einen Entschluss. Den Entschluss, nicht tatenlos zuzusehen, wie ihre Schwester sie und die Familie ins Unglück stürzte. Catarino mochte ja die Ältere sein – um zehn Minuten –, aber sie war zweifelsohne die Vernünftigere. Sie würde zu Alessia gehen und sich an Catarinos statt entschuldigen. Alessia, würde sie sagen, ich weiß, meine Schwester hat dich schwer beleidigt, aber ich bitte dich im Namen meiner leidgeprüften Familie, vergib ihr. Und Alessia, beeindruckt von ihrer menschlichen und moralischen Größe, würde in Tränen ausbrechen und sie umarmen, und dann wäre alles gut, Frederi würde am Leben bleiben und sie Alexandre de Mergoult heiraten. Das waren Aussichten, für die es sich zu kämpfen lohnte, und so entschuldigte sich Cristino gegen halb elf bei Alexandre de Mergoult und seinem Freundeskreis und verließ den Saal durch die Tür, die zu dem beschriebenen kleinen Zimmer führte, in das man Alessia gebracht hatte. Einen Moment lang überlegte sie noch, ob es vielleicht einen noch besseren Eindruck machte, wenn Catarino mit ihr käme, doch als sie sich umsah, war Catarino gerade nirgends zu entdecken – wahrscheinlich saß sie in irgendeiner Ecke und schmollte –, und Cristino zuckte mit den Schultern und ging allein.

Die Tür führte auf einen kurzen Gang, an dessen beiden Seiten Tapetentüren zu erahnen waren – vermutlich lagen hier Lagerräume oder sogar eine kleine Küche, um den reibungslosen Ablauf von Festivitäten zu ermöglichen. Die einzige Tür, von der man wollte, dass man sie sah, lag am gegenüberliegenden Ende des Gangs. Das musste das Zimmer sein, in das sie Alessia gebracht hatten. Eine Öllampe brannte in einer Halterung an der Wand und tauchte den Gang in ein grusliges Schummerlicht, das Cristino ihren Entschluss sofort bereuen ließ.

Der Traum. Was wenn dies ein Gang wie in ihrem Traum war? Ein Gang, in dem der Tod lauerte?

Sie schüttelte heftig den Kopf. Blödsinn. Der Gang hatte keine Ähnlichkeit mit ihrem Traum, sie war im Haus der Mergoults, zwanzig wackere Kavaliere nur wenige Schritte und eine Tür hinter ihr, also stell dich nicht so an, Mädchen! Denk lieber an die arme Alessia! Es musste ihr sehr schlecht gehen, wenn sie sich den ganzen Abend nicht mehr sehen ließ, zumal die Herren, die sie begleitet hatten, ausnahmslos in den Saal zurückgekehrt waren. Bestimmt hatte der Schlag ihr gesamtes Humoralsystem durcheinandergebracht und sie brauchte zwanzig Aderlässe, bis sie wieder gesund war, und Frederi durfte die Arztkosten übernehmen, und dann würde er ihnen ihr nächstes Kleid im Jahr 1600 kaufen!

Die Lampe flackerte an der Wand, Schatten, die sich bogen auf der seidenen Tapete. Cristino begann unwillkürlich, das Ave Maria herunterzuleiern. Ave Maria Mutter Gottes voll der Gnaden du bist gebenedeit unter den Weibern und gebenedeit ist die Frucht deines Leibes Jesu heilige Mutter Gottes steh uns bei und bitte für uns jetzt und in der Stunde unseres Todes …

… in der Stunde unseres Todes …

Die Hand griff aus dem Nichts nach ihr. Sie wollte schreien, doch das Entsetzen würgte ihre Stimme ab. Ein fremder Körper gegen den ihren, ein fremder Arm um ihre Brust, der sie an sich presste, so fest, dass jede Bewegung unmöglich war. «Ganz ruhig», sagte eine Stimme, «ganz ruhig, es tut nicht weh.» Cristino war ruhig. Vollkommen ruhig. In aller Ruhe starrte sie auf die Messerklinge, die in einer behandschuhten Hand lag und sich langsam auf ihre Kehle zubewegte.

Dann sprang er in ihr Gesichtsfeld, ein seltsames schwarzes Glitzerwesen, Schatten einer flackernden Flamme huschten über sein Gesicht, ein Gesicht starr und weiß wie Alabaster, schwarze Löcher die Augen und ein Streifen Rot über seine rechte Gesichtshälfte. Etwas lag in seiner Hand, eine Steinschleuder, wie Frederi Jùli sie hatte, um die Tauben zu erschrecken, eine Steinschleuder, die auf ihren Kopf zielte, und Cristino fragte sich, warum er sich noch die Mühe machte, mit Steinen nach ihr zu werfen, wo ein anderer sich doch anschickte, ihr die Kehle durchzuschneiden. Und der Stein flog, sie spürte den Luftzug, als er an ihrer Schläfe vorbeistrich, und hinter ihr ein gurgelndes Geräusch, das Messer zuckte in die Luft, der Arm löste sich von ihrem Körper, und endlich kam der Aufschrei über ihre Lippen, während sie sich losriss und vorwärts stolperte, auf die rettende Tür zu, durch die sie hindurchstürzte, um sie hinter sich ins Schloss zu werfen und sich dagegen zu lehnen. «Alessia!», kreischte sie und tastete im Dunkeln nach dem Riegel. «Alessia, Hilfe!»

Kein Riegel, diese gottverdammte Tür hatte keinen Riegel! Sie hörte Stimmen auf dem Gang, sie kamen, um sie zu holen, «Alessia!», kreischte sie.

Es brannte kein Licht in dem Raum, doch das Mondlicht, das durchs Fenster fiel, erleuchtete den Diwan an der Wand gerade ausreichend, dass sie Alessias weißumbauschte Gestalt dort erkennen konnte. Cristino ließ die Tür los, sie musste zu Alessia, wenn sie Alessia erreichte, war alles gut, auch wenn sie sterben musste, aber wenigstens war sie dann nicht mehr allein! Sie stürzte zum Diwan. «Alessia!», schrie sie.

Alessia regte sich nicht.

Cristino packte sie an den Schultern, schüttelte sie. «Alessia, wach auf, schnell, da sind Leute, die wollen mich umbringen!»

Alessia regte sich nicht. Ihr Kopf pendelte haltlos an ihrem Hals.

Cristino schrie. Sie schrie und kreischte und heulte und schüttelte Alessia, bis ihre Hände klebrig und nass waren von dem lauwarmen Blut, das Alessias Kleid durchtränkte, und auch dann schüttelte sie weiter, bis sie endlich begriff, Alessia war tot.

***

Sie standen still vor dem Diwan wie eine Trauergemeinde, die Barette in ihren Händen, die Augen auf das dunkelhaarige Mädchen gerichtet, das da in einem blutbefleckten weißen Kleid vor ihnen lag und selbst im Tod noch so schön war, dass dem einen oder anderen die Knie zitterten, und Laballefraou fühlte sich zu seinem eigenen Entsetzten an diesen alten Kinderreim erinnert – *noir de poix, rouge de sang, blanc de neige, Marie te protège* – schwarz wie Pech, rot wie Blut, weiß wie Schnee, Maria schützt dich. Laballefraou, der in seinen jungen Jahren schon so einiges Erschreckendes, Ekliges und Grausames gesehen hatte, war nahe daran, sich zu übergeben.

«Wie vergänglich doch alles ist.» Laballefraou sah irritiert zur Seite. Sein Amtsbruder Albin hatte den Kopf schräg gelegt. «Welch Schönheit, welch frisch erblühte Rose, welch unschuldiges, reines Geschöpf – und schon streckt der grausame Tod seine Hand nach ihm aus!» Und mit einem tiefen, schmerzlichen Seufzer deklamierte er:

«Corps femenin, qui tant es tendre,
poly, souef, si precieux,
te fauldra il ces maux attendre?
Oy, ou tout vif aller es Cieulx!

Frauenkörper, der so zart,
vollkommen, süß, so kostbar ist,
muss es sein, dass dich dieses Schlimme erwartet?
Oh, könnte man nur lebend in den Himmel eingehen!

– Villon», meinte er mit einem entschuldigenden Blick auf den Viguié, der ihn ziemlich verärgert ansah.

Crestins Blick wanderte zurück zum Diwan. Er wünschte sich, nicht ständig an seine eigene Tochter denken zu müssen und sich vorzustellen, sie, seine Agueto sei es, die hier kalt und starr auf diesen blutüberströmten Kissen lag.

«M…mein Gott, wer tut denn so etwas?», krächzte Soulbrac, der jüngste unter den Arquiés, der ziemlich grau im Gesicht war. «So ein armes, unschuldiges junges Geschöpf…»

«Wer wohl!» So sehr er zitterte, Laballefraou brachte es immerhin fertig, mit dem Finger an die Wand hinter dem Diwan zu tippen, neben die blutige Schrift, die dort auf die Seidentapete geschmiert war.

Santonou

«Es gibt keinen Sinn», murmelte der Viguié. «Es gibt einfach keinen Sinn.»

«Stimmt. Allerdings nicht», sagte eine Stimme von der Tür.

Crestin drehte sich um. Im Türrahmen lehnte Fabiou Kermanach de Bèufort.

«Verflucht, was habt Ihr hier zu suchen?», fragte der Viguié.

«Oh… ich war eingeladen… zu der Feier…»

«Das meine ich nicht!»

Fabiou marschierte ungerührt in den Raum hinein. «Qui bono?», meinte er nachdenklich. «Wem nützt es? Das ist doch die Frage bei jedem Verbrechen. Warum sollten die Antonius-Jünger die Demesle de Sault umbringen? Raubmord? Ihre Kette und ihr Diadem mit all den teuren Edelsteinen haben sie ihr gelassen. Und was diese Rache-Theorie betrifft – als Joan lou Pastre starb, konnte Alessia gerade mal laufen!»

«Hatte ich Euch nicht gesagt, dass Ihr Euch gefälligst aus der Sache 'raushalten sollt?», fuhr ihn Crestin an.

«Warum habt Ihr mir letztens nicht geantwortet, als ich Euch gefragt habe, wie Joan lou Pastres Schrift aussah?», fragte Fabiou wütend. «Ihr habt gewusst, dass sie nicht zu vergleichen war mit der Schrift, die man jetzt bei den Toten gefunden hat. Joan lou Pastre war Analphabet. Einen Schriftzug wie den da –», er wies an die Wand, «hätte er nie im Leben hingekriegt. Und genau so einen Schriftzug hat man bei Degrelhos Leiche gefunden. Kam Euch das damals schon komisch vor? Habt Ihr ein schlechtes Gewissen, weil Ihr damals schon an Joans Schuld gezweifelt habt, aber nichts unternommen habt, um seine Hinrichtung zu verhindern? Habt Ihr mir deswegen letztens nicht geantwortet? Und warum, verdammt noch mal, habt Ihr mich wegen Carfadrael angelogen? Carfadrael ist keine Legende, und jetzt behauptet nicht, Ihr hättet das nicht gewusst, das nehme ich Euch nicht ab!»

Unglaublich, wie bleich der Viguié mit einem Schlag geworden war. «Ihr werdet jetzt sofort hier verschwinden, Baroun», krächzte er, «oder ich werde ein kleines Gespräch mit Eurem Vater führen! Hatte er Euch nicht ebenfalls befohlen, Eure Nase nicht mehr in diese Angelegenheit zu stecken? Es wird ihn sicher sehr interessieren, wie wenig Ihr ihm gehorcht!»

«Vielleicht war der Mörder ja hinter jemand ganz anderem her, und das Mädchen hat ihn überrascht», unterbrach Laballefraou den Disput.

«Nun, meine Schwester hat ihn nicht überrascht, und trotzdem wollte er sie umbringen», entgegnete Fabiou kopfschüttelnd. «Sie sagt, er hätte sie von hinten aus dem Dunkeln angegriffen. Sie hätte ihn überhaupt nicht bemerkt, wenn er sich still verhalten hätte.»

«Vielleicht befürchtete er ja, sie könnte ihn entdecken», meinte Laballefraou nachdenklich.

«Ganz schön nervöser Mörder, der jeden umbringt, der ihn theoretisch entdecken könnte. Wenn ich so nervös wäre, würde ich meine Morde nicht gerade in einem Haus begehen, wo gerade eine Festgesellschaft stattfindet», meinte Fabiou mit hochgezogenen Augenbrauen. Das hatte er Tante Beatrix abgeguckt. Es sah einfach absolut souverän aus.

«So. Was habt Ihr also wieder für eine geniale Theorie?», fragte Crestin restlos entnervt.

«Dass der Mörder es gezielt auf Alessia abgesehen hatte. Er hat irgendwie erfahren, dass sie allein in diesem Zimmer liegt, und ist daraufhin durch das offene Fenster in einem der Vorratsräume eingestiegen und hat sie getötet.»

«Ein offenes Fenster, sagt Ihr?»

«Ja. Hinter der zweiten Tapetentür rechts.»

«Und wie hat der Mörder das Fenster geöffnet? Und woher wusste er überhaupt, dass Demesle de Sault hier war?»

«Tja, da gibt es wohl nur zwei mögliche Erklärungen – erstens, er hatte einen Komplizen unter der Festgesellschaft, der ihm Bescheid gesagt und das Fenster geöffnet hat, und zweitens, das offene Fenster war nur eine Finte, und der Mord wurde in Wirklichkeit von einem der Festgäste begangen», meinte Fabiou.

«Einem Edelmann? Das ist ja wohl lächerlich!», schnaubte Crestin. «Wieso sollte ein Edelmann so etwas tun?»

«Wieso sollte überhaupt jemand so etwas tun?», fragte Fabiou zurück. «Das ist im Moment noch ein großes Rätsel.»

«Und was ist mit Eurer Schwester? Warum hat der Mörder sie angegriffen?», fragte Laballefraou neugierig.

Fabiou hob die Schultern. «Wenn ich das wüsste, wäre ich deutlich schlauer.»

«Ihr ist hoffentlich nichts passiert», meinte Crestin griesgrämig. Der Blick, den er dabei auf Fabiou warf, zeigte, dass es ihm wesentlich lieber gewesen wäre, der Mörder hätte sich auf diesen gestürzt.

«Nein … sie ist nur ein bisschen durcheinander», sagte Fabiou beruhigend. «Und Ihr Freund bringt sie natürlich noch mehr durcheinander.»

«Mein Freund? Was für ein Freund denn?», fragte Crestin erstaunt.

«Na, der vom Parlament. Ist gerade eben aufgetaucht und stellt jetzt eine Menge Fragen.»

«Vascarvié? Vascarvié ist hier?»

«Hm. Ja. Ich glaube, so heißt er.»

«Aus dem Weg!» Crestin schob sich an Fabiou vorbei und stürzte den Gang entlang.

Von der Feststimmung war nichts übrig geblieben, als Fabiou in Crestins Gefolge wieder den Ballsaal betrat. Überall standen Menschen in Grüppchen zusammen, Edelleute wie Diener, ein Summen wie in einem Bienenstock lag über dem Saal. Als Crestin in den Saal trat, verstummte das Summen, und grob geschätzt fünfzig Augenpaare schwenkten augenblicklich in seine Richtung.

«Wo sind sie?», fragte Crestin.

Fabiou wies stumm auf eine Tür zur Linken. Der Viguié stürzte hindurch, ohne die Schar der Neugierigen eines weiteren Blickes zu würdigen. Fabiou folgte ihm.

Sie standen wieder auf einem Gang. Fabiou zeigte auf eine Tür an dessen linker Seite. Crestin klopfte an und trat ein.

Die Szenerie war beherrscht von einem Lehnstuhl, den man in der Mitte des Raumes positioniert hatte. In ihm lehnte, ihr schönes silberdurchwirktes Kleid über und über blutbespritzt und die Augen rotgeheult, Cristino. Sie war umlagert wie ein Marktschreier auf der Plaço dis Erbo. Rechts von ihr stand Alexandre de Mergoult, der ihr beruhigend die rechte Hand tätschelte, links Sébastien de Trévigny, der mit derselben Tätigkeit an der linken Hand beschäftigt war. Hinter dem Lehnstuhl tigerte die Barouno de Mergoult, Alexandres Mutter hin und her und raufte sich die Haare; offenbar behagte es ihr gar nicht, dass das Haus Mergoult von einer Sekunde auf die andere zum Stadtgespräch avanciert war. Neben dem Lehnstuhl stand Catarino, die leicht verwirrt ihre Umgebung musterte, und an ihrer Seite mit zusammengepressten Lippen der Cavalié de Castelblanc, der abwechselnd finstere Blicke zu Alexandre de Mergoult und zu Docteur Vascarvié schickte, dem Sonderbeauftragten des Parlaments, der flankiert von zwei Gerichtsschreibern vor Cristino stand wie Gott vor den Seelen der Verworfenen am jüngsten Tag. Als Crestin und Fabiou den Raum betraten, drehte er sich um.

«Ach, wie schön, der Mèstre Viguié», sagte er spöttisch. «Wie gut, dass Ihr den Weg hierher gefunden habt. Es gibt nämlich Arbeit. Die dreimal verfluchten Antonius-Jünger haben wieder zugeschlagen. Nun, diesmal sind sie eindeutig zu weit gegangen.»

Crestin sah, wie Fabiou den Mund öffnete und warf ihm einen finsteren Blick zu, der den Jungen erstaunlicherweise in der Tat zum Schweigen brachte. «Hatten wir uns nicht darauf geeinigt, dass ich die Untersuchungen vor Ort führe?», sagte er gereizt zu Vascarvié.

«Nun, Ihr werdet zugeben, dass die Umstände hier etwas delikat sind.» Vascarvié betrachtete Crestin in etwa mit der Hochachtung, die man einer Kakerlake entgegenbringt. «Immerhin ist das Mordopfer diesmal eine Frau, eine Adlige, Tochter eines angesehenen Bürgers unserer Stadt und, was die Angelegenheit besonders heikel macht, ein unschuldiges, jungfräuliches, ehrbares Mädchen. Ich denke nicht, dass das eine Situation ist, der Ihr als Ermittler genügt.»

Er hätte dies wohl besser nicht gesagt, denn in diesem Moment brach Catarino in schrilles Gekicher aus. Indignierte Blicke von allen Seiten trafen sie. «Könntest du mir verraten, worüber du lachst?», fragte Frederi verärgert.

Catarino lief rot an vor Lachen. «Alessia ein jungfräuliches, ehrbares Mädchen – eher ist die Poitiers eine Nonne!», gluckste sie. «Die hatte doch an jedem Finger einen anderen Liebhaber!»

«Catarino!», fauchte Frederi. Die Blicke ringsum waren betreten bis entrüstet. Catarino sackte gegen den Sessel. Sie krümmte sich vor Lachen. «Catarino es reicht!», schrie der Cavalié. «Dein Verhalten ist niederträchtig und zutiefst schockierend!» Das Lachen brach ab und machte einem bösen Grinsen auf Catarinos Gesicht Platz. Sie betrachtete Frederi aus schillernden Augen.

«Also noch einmal.» Vascarvié hatte offensichtlich beschlossen, Catarino ebenso zu ignorieren wie Crestin und lieber mit seinem Verhör fortzufahren. «Barouneto, Ihr habt also den Saal verlassen, um zu Demesle de Sault zu gehen. Darf ich fragen, warum?»

Cristino warf einen unsicheren Blick in Richtung ihrer Schwester. «Ich … ich wollte mit ihr reden, mehr nicht.»

«Und dann auf dem Gang begegnete Euch der Mörder.»

«Nein, nicht direkt … er ist mir nicht begegnet», widersprach Cristino. «Er war plötzlich hinter mir und hat mich gepackt. Und dann hielt er ein Messer gegen meine Kehle und wollte mich umbringen.»

«Hat er etwas gesagt … zum Beispiel, her mit deinem Schmuck?», fragte Vascarvié.

Cristino starrte auf ihre Hände, an denen noch immer Blut klebte. «Er hat gesagt, es würde nicht weh tun», flüsterte sie.

Crestin und Fabiou wechselten einen Blick. «Und dann?», fragte Vascarvié.

«Dann … war da plötzlich der Mann mit der Maske», stieß Cristino zitternd hervor.

«Es war also der Mann mit der Maske, der Euch gepackt hatte?»

«Nein, nein … den, der mich festgehalten hat, habe ich nicht gesehen. Aber plötzlich stand da noch ein anderer vor mir auf dem Gang, und der trug so ein schwarzes, glitzerndes Gewand, und diese Maske, von der alle reden, die mit dem lachenden Mund und der blutigen Träne», sagte Cristino. Sie verschwieg, dass sie die Maske schon einmal gesehen hatte, damals bei den Ardoches am Fenster.

«Und was tat er?», fragte Vascarvié.

«Er hatte eine Steinschleuder in der Hand. Ich dachte zuerst, er würde auf mich zielen, aber der Stein traf dann den Mann, der mich festhielt, und er ließ mich los, und dann bin ich gerannt, in das Zimmer hinein. Und da fand ich Alessia.»

«Und dann?»

«Ich habe geschrien», murmelte Cristino. «Ich dachte, sie würden kommen und mich umbringen. Aber zum Glück kam stattdessen Baroun de Mergoult.»

«Ich bin natürlich sofort losgelaufen, als ich die Schreie hörte», meinte Alexandre großspurig. «Unglücklicherweise kam ich zu spät. Die Mordbuben waren bereits nicht mehr zu sehen.» Er wollte offensichtlich suggerieren, dass er dieselben anderenfalls an Ort und Stelle aufgespießt hätte.

«Das war sehr umsichtig von Euch. Ihr habt der Barouneto zweifelsohne das Leben gerettet», sülzte Vascarvié, der offensichtlich noch weiterreichende politische Ambitionen hatte und es für zuträglich hielt, sich mit dem Sohn des Parlamentspräsidenten gut zu stellen. Mit wesentlich schleimfreierer Stimme wandte er sich sodann an Crestin. «Corpus examinavisti?»

Wenn Crestin etwas mehr hasste als studierte Aufschneider, dann waren es Lateinisch parlierende studierte Aufschneider. «Im Rahmen des Anstandes, ja», nuschelte er ärgerlich.

«Im Rahmen des Anstandes? Was wollt Ihr damit sagen?»

«Dass ich das tote junge Fräulein weder ausgezogen noch sonst etwas mit ihr angestellt habe, was ihrem Ruf abträglich sein könnte – es handelt sich schließlich um eine sehr delikate Angelegenheit.» Crestins Augen blitzten kampflustig.

Vascarvié überhörte geflissentlich die Provokation. «Gibt es Hinweise auf einen Raubmord?»

«Nein.» Crestins Augen wanderten für einen Sekundenbruchteil zu Fabiou. «Ihr gesamter Schmuck war noch da.»

Vascarvié warf Cristino und Catarino einen raschen Blick zu. «Virginitas afflicta?»

«Soweit ich das beurteilen kann, nein. Sie war vollständig angezogen, das Kleid nicht beschädigt, und die einzigen sichtbaren Verletzungen sind – nun, ein blaues Auge und der Schnitt in ihrer Kehle, und das blaue Auge hatte sie sich wohl schon vorher zugezogen.»

«Ihr könntet in Euren Ausführungen etwas mehr Rücksicht auf die Gemüter der anwesenden Damen nehmen … insbesondere auf das der unschuldigen Mädchen!», zischte Vascarvié wütend.

«Indem ich Latein rede? Das würde nicht viel nutzen, die Damen sind gebildet», meinte Crestin unberührt. «Und, honorabilis doctor iuris, habt Ihr eine Theorie, wer das Mädchen ermordet hat und warum?»

«Wer? Die Antonius-Jünger, wer sonst. Und was das Warum betrifft … diese Leute sind Tiere, die aus Gier nach Blut morden. Die brauchen keinen Grund, einen Menschen zu töten.»

«Aber vielleicht einen Komplizen», meinte Crestin. Seine Augen waren wieder zu Fabiou gewandert.

«Wie bitte?», fragte Vascarvié entgeistert.

«In einem der anliegenden Räume war ein Fenster offen. Jemand muss es geöffnet haben, damit der Mörder einsteigen konnte. Und von irgendjemandem muss der Mörder schließlich auch erfahren haben, dass die Demesle sich in jenem abgelegenen Raum aufhielt.»

«So. Ein Komplize.» Vascarviés Raubvogelaugen gingen durch den Raum und blieben an Catarino hängen. «Man sagte mir, es habe kurz vor dem Dahinscheiden des Mädchens eine … Szene gegeben.»

Catarino starrte Vascarvié mit offenem Mund an. Sébastien fühlte sich als Kavalier sofort genötigt, in die Bresche zu springen. «Eine harmlose kleine Streiterei, nichts, was in diesem Zusammenhang von Bedeutung …»

«Ich habe Euch nicht um Eure Meinung gefragt, Monsieur!», fuhr Vascarvié ihn an. «Barouneto de Castelblanc, ist es wahr, dass Ihr es wart, die Demesle de Sault geschlagen und schwer verletzt hat?»

Catarinos Mund öffnete sich noch weiter. «Na ja, schwer …», begann Sébastien. «Sie heißt Bèufort», erklärte Fabiou.

«Ist es weiterhin wahr, dass Ihr gesagt habt, Ihr hättet die Demesle de Sault am liebsten gleich getötet? Und dass Ihr bereits zu einem früherem Zeitpunkt eine Morddrohung gegen die Demesle ausgesprochen habt?»

«Das ist ja wohl absurd!», schrie der Cavalié de Castelblanc.

«Mindestens zwei ernst zu nehmende Zeugen», rief der Doctor iuris, «sagen aus, die Barouneto habe auf dem Fest der Mancoun geäußert …», er kramte einen Zettel hervor und verlas: «Falls Demesle Alessia de Sault Opfer eines Mordes wird, so werde ich der Mörder sein.»

«So habe ich das nicht gesagt!», platzte Catarino heraus. «Und außerdem war es nur Spaß!»

«Docteur, das ist ja nun doch etwas lächerlich!», meinte Sébastien kopfschüttelnd. «Ihr wollt doch nicht im Ernst sagen, dass Ihr dieses junge Ding des Mordes für verdächtig haltet? Das ist doch Unsinn!»

«Tatsache bleibt, der Mörder muss einen Komplizen gehabt haben», tönte Vascarvié. Crestin und Fabiou sahen sich an, beide müde grinsend. «Und damit ist jeder verdächtig, der sich heute in diesem Haus aufgehalten hat. Auch die Barouneto de Castelblanc.»

«Sie heißt Bèufort», sagten Fabiou und Sébastien wie aus einem Mund.

«Senher», Vascarvié wandte sich an Frederi, «ich darf Euch bitten, Eure Töchter mit nach Hause zu nehmen und gut zu verwahren. Ihr haftet mir dafür, dass sie Euer Haus nicht mehr verlassen, weder allein noch in Begleitung.»

Ein Entsetzensschrei bei Cristino und Catarino. «Aber ich habe Alessia nicht getötet!», schrie Catarino, und «Aber ich kann doch gar nichts dafür!», stieß Cristino hervor; und Sébastien de Trévigny rief wütend: «Was soll das jetzt heißen – ist Barouneto Cristino jetzt auch mordverdächtig? Nachdem sie selbst beinahe dem Mörder zum Opfer gefallen ist?»

«Nein», sagte Vascarvié hart. «Aber nach dem, was die Barouneto erzählt, hat der Mörder sie nicht angefallen, weil sie ihn überrascht hat, sondern hat ihr im Gang aufgelauert. Bis zum Beweis des Gegenteils müssen wir davon ausgehen, dass er es in der Tat gezielt auf die Barouneto abgesehen hat. Und damit schwebt sie in absoluter Lebensgefahr.»

Cristino sah ihn an mit großen Augen. Dann seufzte sie und sank ohnmächtig über die Sessellehne.

Sébastien stieß einen wütenden Schrei aus. «Das haben wir jetzt von Eurem Gerede!», fuhr er Vascarvié an. «Das arme Mädchen!» Er stürzte auf den Gang hinaus. «Ein Glas Wasser für die Barouneto, schnell!», schrie er in Richtung des Tanzsaals.

«Sagt mal, wer ist dieser gottverdammte Angeber?», fragte Vascarvié gereizt den Baroun de Mergoult, welcher antwortete, erfreut, dass einer seine Abneigung gegen Trévigny teilte: «Irgend so ein französischer Graf – Trévigny heißt er.»

«Ein Graf, soso», sagte Vascarvié versonnen. «Interessant.»

***

Die Tafel war in die Mitte des Studierzimmers gerückt, und auf ihr standen in großer, eindringlicher Schrift nur zwei Worte.

Qui bono?

Die Stimmung war katastrophal. Bruder Antonius, Sébastien de Trévigny, Victor Degrelho und Fabiou hatten sich im Auban'schen Studierzimmer versammelt, nachdem sie vergebens versucht hatten, Catarino zu trösten, deren Ansicht nach selbst der Tod einem

Hausarrest mitten in der Festsaison vorzuziehen war. «Ich ende als alte Jungfer!», heulte sie. «Nur wegen diesem blöden Vascarvié, der mich für alle Zeiten in mein Zimmer einsperren will.»

«Sag mal, ein bisschen mehr Betroffenheit könntest du ja schon an den Tag legen», kritisierte Fabiou. «Wenn schon nicht wegen Alessia, dann wenigstens wegen Cristino. Falls es dir entgangen sein sollte – sie ist heute nur mit knapper Not einem Mordanschlag entgangen!»

«Da kann ich doch nichts dafür!», schrie Catarino. «Und Alessia war eine dumme Gans!»

«Trotzdem, auch einer dummen Gans ist es nicht unbedingt zu wünschen, dass man ihr die Kehle durchschneidet. Ist ja kein Wunder, dass dieser Vascarvié dich verdächtigt, so herzlos wie du bist», grummelte Fabiou. Darauf brach Catarino in Tränen aus, weil alles so schrecklich gemein sei, und auch Sébastiens Trostworte, dass ihr Hausarrest sicher beendet sein würde, sobald Vascarvié den Mörder gefasst hätte, empfand sie nicht als beruhigende Aussicht – «bis dieser Trottel den Mörder findet, bin ich Oma!»

Da hatte sie vermutlich recht, aber zum Glück gab es ja Fabiou, den Poeten und Investigator. Er stand an der Schwenktafel, die Hand mit der Kreide an die Schrift gelegt. «Qui bono?», las er vor, für den Fall, dass irgendwer über den Schreck das Alphabet vergessen hatte. «Wem zum Nutzen? Das ist die Frage. Wem in aller Welt könnte es nützen, ein siebzehnjähriges Mädchen wie Alessia de Sault umzubringen? Wem könnte es nützen, Cristino umzubringen?» Er warf einen auffordernden Blick in die Runde. Ratlose Gesichter.

«Es passt nicht», murmelte Bruder Antonius kopfschüttelnd, ebenso wie Crestin am Vorabend. «Alessia passt überhaupt nicht in die Reihe der bisherigen Mordopfer. Bisher waren alle Toten Männer mittleren bis höheren Alters. Und alle bisherigen Theorien zu den Morden – bis auf die Raubmordtheorie – stützten sich auf die These, dass diese Männer in der Vergangenheit irgendetwas getan haben, das sie erstens verbindet und zweitens dem Mörder Anlass gibt, sie aus dem Weg zu räumen. Aber Alessia?»

«Gibt es eigentlich überhaupt noch irgendetwas, das die sechs Mordopfer verbindet?», fragte Sébastien kopfschüttelnd. «Fünf von ihnen sind Männer, eines ist eine Frau. Fünf von ihnen sind Provenzalen, eines ist Deutscher. Zwei sind Adlige, drei Bürgerliche. Fünf sind über vierzig, eines ist siebzehn. Bei vieren wurde die Schrift Santonou gefunden, bei zweien nicht. Vier von ihnen wurde die Kehle durchgeschnitten, zwei wurden erstochen. Das gibt doch alles überhaupt keinen Sinn.»

«Das finde ich noch nicht mal das Verwirrendste», meinte Victor. «Es wäre ja denkbar, dass der Mord an Alessia mit den übrigen gar nichts zu tun hat. Jemand benutzt die Mordserie als Tarnung, um Alessia loszuwerden. Feinde hatte sie sicher genug, man denke nur an all die Weiber, denen sie die Männer ausgespannt hat. Aber wer um Himmels willen sollte ein Interesse daran haben, Cristino zu töten?»

Fabiou drehte sich zur Tafel und unterstrich die Worte «Qui bono?». «Was für Gründe gibt es überhaupt, einen Menschen zu töten?», fragte er.

Einen Moment lang herrschte Schweigen. Dann meldete sich Sébastien zu Wort. «Gier», sagte er.

Fabiou hob die Schultern. «Also, einen Raubmord an Cristino können wir wohl ausschließen», meinte er. «Cristino besitzt schließlich keinen müden Ecu.»

«Rache», meinte Bruder Antonius leise.

«An Cristino? Was könnte Cristino denn Schlimmes getan haben, dass jemand sie dafür umbringen wollte? Das ist doch Unsinn!» Victor schüttelte heftig den Kopf.

«Machtstreben», schlug Trévigny vor.

«Machtstreben?» Fabiou runzelte die Stirn. «Cristino hat nichts und ist nichts. Erbberechtigt wäre sie nur, wenn sowohl ich als auch Catarino kinderlos sterben, und dann auch nur, wenn ich ihr die Barounie testamentarisch vermache, sonst fiele alles an, ja, an wen eigentlich? Vater hat ja keine lebenden Verwandten mehr.»

«An den Cavalié, vermute ich», sagte Bruder Antonius. «Aber ihn wirst du doch nicht ernsthaft verdächtigen wollen!»

Fabiou seufzte. «Das hat mit wollen nichts zu tun. Aber wenn mein Stiefvater es auf mein Erbe abgesehen hätte, würde er ja wohl mich umbringen und nicht Cristino!»

«Also, ich glaube immer noch, der Mörder wollte Cristino töten, weil er dachte, sie habe ihn gesehen», meinte Victor

«Möglich», murmelte Fabiou. «Was gäbe es noch für Motive?»

«Mordlust», sagte Bruder Antonius.

Alle sahen sich unbehaglich an. Unheimliche Vorstellung, dass in Ais jemand aus reinem Vergnügen seinen Mitmenschen die Kehle durchschnitt.

Dann, unvermittelt, keuchte Sébastien auf. «Der Glaube», sagte er.

«Was?», fragte Fabiou erstaunt.

«Kinder, das ist es!» Trévigny war richtig aufgeregt. «Alle Opfer waren katholisch. Bossard sogar ein Carcist, Servius ein Mönch. Was, wenn der Mörder ein fanatischer Protestant ist?»

«Der wahllos Katholiken umbringt?» Bruder Antonius blickte skeptisch drein. «Da gäbe es aber weniger aufwändige Alternativen, als nachts durch Fenster in fremde Häuser einzusteigen.»

«Mein Gott, Bruder Antonius, wir reden hier über einen Fanatiker, einen Irren! So einer handelt nicht nach den Gesetzen der Logik!», rief Sébastien.

Fabiou schüttelte langsam den Kopf. «Herr Gott im Himmel, warum gibt das alles keinen Sinn?», fragte er verzweifelt. «Sechs Morde an sechs Leuten, die bis auf die Tatsache, dass sie katholisch waren, nicht die geringste Gemeinsamkeit haben. Die Antonius-Jünger. Die Bruderschaft. Trostetts Brief. Eine Bande Spione. Die Ermordung der Familie Degrelho. Die magische Zahl 1545. Und jetzt auch noch ein Mordanschlag auf Cristino. Irgendwo muss zwischen all diesen Dingen doch ein Zusammenhang bestehen!»

«Und was, wenn es keinen Zusammenhang gibt?», fragte Victor nachdenklich. «Wenn der Mörder doch nur ein Irrer ist, der wahllos tötet? Wenn Trostett auch nur ein Irrer war, der einen Brief voller Irrsinn hinterlassen hat?»

«Hinter dem Unternehmen Ohneberg stecken die Agenten des Kaisers», erinnerte Fabiou. «Trostett war kein Irrer, er war ein Spion!»

«Was, wenn er ein irrer Spion war?», fuhr Victor unbeirrt fort. «Der einen Brief voller zusammenhangloser Erinnerungen an seine Spionagetätigkeit hinterlassen hat?»

«Das glaube ich nicht!», rief Fabiou.

«Fabiou, ob du es glaubst oder nicht, es kann trotzdem sein, dass Senher Degrelho recht hat», meinte Bruder Antonius. «Diese ganzen Spuren, die du da verfolgst – sie erscheinen ungefähr so eng zusammenzuhängen wie Madagaskar und Hinterindien!»

«Geometrie, Antonius», sagte Fabiou provokativ. «Hast du mir schließlich beigebracht. Nimm ein Strahlenbündel – bei genügendem Abstand von seinem Zentrum können die einzelnen Strahlen Welten voneinander entfernt sein. Aber es gibt einen endlichen Punkt, an dem sie sich kreuzen werden. Und wir werden ihn finden!»

«Und wie?», fragte Bruder Antonius.

«Wie wohl – indem wir jeden einzelnen Strahl verfolgen, so lange, bis wir zum Zentrum gelangen. Wir werden weitere Informationen einholen – über die Antonius-Jünger, über die Ohnebergs, über die Bruderschaft, über die Degrelhos. Irgendetwas ist da, was wir bisher übersehen haben, irgendein Bindeglied zwischen diesen Gruppen.» Fabiou runzelte die Stirn. «Vielleicht sind sie unsere Antwort», murmelte er.

«Wer?», fragte Sébastien.

«Die Bruderschaft. Wer waren sie? Und warum sind sie 1545 verschwunden?», überlegte Fabiou kopfschüttelnd.

Sébastien zuckte mit den Achseln. «Ich werde versuchen, es herauszufinden», meinte er.

«Einer sollte sich um die Protestanten kümmern», sagte Victor nachdenklich.

«Das mache ich», meinte Fabiou langsam. «Das ist sowieso etwas, was ich längst hätte tun sollen.»

***

Cristino hatte sich in ihrem Zimmer vergraben. In ihrem weißen Nachthemd, in dem sie aussah wie die heilige Elisabeth auf dem Totenbett, lag sie in den Kissen, die Augen geschlossen, das Gesicht weiß wie die Laken, die ihren Körper umhüllten.

«Ach, das arme Geschöpf», seufzte Tante Eusebia. «Der Tod hat seine Hand nach ihr ausgestreckt. Manch eine, der dies geschah, siechte dahin und stand nicht mehr auf.»

«Das kommt davon, wenn man die jungen Dinger alleine auf eine Gesellschaft lässt», sagte Onkel Philomenus, «so etwas ist unschicklich, zu unserer Zeit hätte es das nicht gegeben.»

«Stell dich nicht so an», sagte die Dame Castelblanc, nachdem sie ihren ersten Schrecken über die Geschehnisse jenes Abends überwunden hatte, «was sollen die Leute denken, und die jungen Kavaliere, willst du dir die besten Partien mit einer Melancholie verderben?»

«Alles wird gut», sagte der Cavalié, «ich verspreche es dir, Cristino, alles wird gut.» Aber er hatte dabei Tränen in den Augen.

Sie wollte niemanden sehen. Sogar Catarino schickte sie weg, wollte sie nicht mehr in das Schlafgemach lassen. «Kein Problem», sagte Oma Felicitas, «wir haben doch noch den Raum im Obergeschoss, Maria macht etwas sauber, dann ist das der reinste Salon.» Catarino meckerte natürlich, dass sie das gemeinsame Zimmer räumen musste, bloß weil ihre Schwester sich mal wieder in Spinnereien verstieg, doch der Cavalié sprach ein Machtwort, und schäumend vor Wut zog Catarino ein Stockwerk höher. «Vielleicht nutzt du die Zeit in einem abgeschiedenen Zimmer, um darüber nachzudenken, wie sehr du die Familie heute blamiert hast», sagte der Cavalié zu Catarino, und die Dame Castelblanc jammerte verzweifelt, dass man wohl froh sein musste, wenn man das Mädchen nach der Szene heute an einen dieser frisch geadelten Emporkömmlinge verheiraten könne. «Wird ernsthaft Zeit, dass das Luder unter die Haube kommt», sagte Onkel Philomenus verächtlich, «die braucht eine harte Hand, das Mädchen, einen, der ihr ihre Frechheiten austreibt, bevor sie vollends zum Schandfleck unseres Hauses wird.»

Cristino blieb allein im Zimmer zurück, vergraben in ihre Kissen, weigerte sich zu essen oder zur Messe zu gehen – es waren die Tage des Pfingstfestes – oder mit irgendeinem Menschen zu sprechen, und sogar die medizinischen Bücher, die sich auf dem Tisch stapelten, würdigte sie keines Blickes mehr. «Ich verstehe nicht, dass du ihr das durchgehen lässt, Frederi», schimpfte Onkel Philomenus, «ich würde es einer Tochter nie erlauben, der Pfingstmesse fernzubleiben.» «Halt den Rand, Philomenus!», schrie Frederi, immer noch den Tränen nah. «Diese Memme», zischelte Tante Eusebia, und Fabiou fühlte, wie die Verachtung gegenüber seinem Stiefvater ihm den Magen herumdrehte. «Alles ist so ungerecht», heulte Catarino einen Stock höher in ihr Kissen. «Mir ist dieser blöde Vascarvié auf den Fersen und verbreitet bösartige Gerüchte über mich, aber dafür interessiert sich keiner, immer dreht sich alles nur um Cristino!»

Am dritten Tag, den Cristino ohne ein Wort zu sprechen und ohne einen Bissen zu essen in ihrem Bett verbracht hatte, saß Frederi an ihrer Seite, tätschelte ihre Hand, streichelte ihr Haar und sagte: «Cristino, sag etwas, sprich mit mir, ich tue auch alles, was du willst!»

Sie sagte nichts. Sie presste ihr Gesicht in die Kissen.

Frederi raufte sich die Haare. Er sah krank aus. Er stand auf und ging zur Tür.

«Loís», flüsterte Cristino. «Ich will, dass Loís kommt.»

«Kommt ja gar nicht in Frage», sagte die Dame Castelblanc.

So kam Loís an Cristinos Seite. Er saß auf einem Hocker neben dem Bett, las ihr vor, Gedichte von Ronsard und Bellay, juristische Abhandlungen und die Flugblätter des Parlaments und was immer ihm sonst zwischen die Hände kam, und wenn sie nachts schreiend aus dem Schlaf fuhr, wiegte er sie in seinen Armen wie ein kleines Kind.

***

Am 6. Juni entschied Frederi, dass er seinen Stiefsohn nicht länger in Hosen herumlaufen lassen würde, die gerade bis über die Knie reichten, und schleifte Fabiou zum Schneider. Dort verbrachte Fabiou einen der langweiligsten Vormittage in seinem Leben, während zwei Schneidergesellen um ihn herumsprangen, Maß nahmen, Stoffe anlegten und Bünde absteckten. Als er endlich gegen halb zwölf der Enge der Schneiderwerkstatt entkam – man versicherte ihnen, die neuen Gewänder bis zum Ende der Woche zu liefern – war er von dem dringenden Wunsch erfüllt, an diesem Tag noch etwas Sinnvolles zu tun. Als der Abend hereinbrach und alle beschäftigt waren – vornehmlich mit Cristino –, schlüpfte er unter Verzicht auf zeitraubende Fragen um Erlaubnis aus dem Haus und machte sich auf den Weg.

Als Fabiou die Plaço dis Jacobin erreichte, war dort nicht allzu viel los. Ein Bettler flehte um Almosen für einen einarmigen Blinden, ein armer Irrer stand auf einem leeren Weinfass und verkündete den Weltuntergang. Ein paar Kinder spielten Fangen. Sie benutzten die Pin de Genas als Abschlagplatz.

Warum die Pin de Genas Pin de Genas hieß und nicht zum Beispiel Pin dei Jacobin, war ein Rätsel, dem Fabiou nächstes Jahr nachgehen wollte. Es war ein großer, mächtiger Baum, der in der tiefstehenden Abendsonne einen breiten, düsteren Schatten über die Ostseite des Platzes und die anliegenden Gebäude warf. Kenner wie Jean de Mergoult wussten zu berichten, dass man an dieser Pinie fünf Protestanten auf einmal aufhängen konnte. Jetzt freilich schwankten die Äste harmlos und leer im sanften Abendwind, die Zweige vergoldet von der sinkenden Sonne, und Fabiou, der noch nie eine Hinrichtung gesehen hatte, versuchte sich den Baum mit fünf daran hängenden toten Protestanten vorzustellen, doch das Bild, das dabei herauskam, war so abstrus, dass er es rasch wieder ließ.

Es gab in Ais kein eigentliches Protestantenviertel, so wie es ein Judenviertel gab. Was sicher auch damit zu tun hatte, dass es in Ais offiziell keine Protestanten gab, zumindest keine lebenden. Dennoch wusste jeder, dass die meisten Protestanten in der östlichen Ville Comtale wohnten, südlich der Carriero dei Salin. Hier gab es viele Händler und kleine Kaufleute. Die meisten Protestanten gehörten dieser Gesellschaftsschicht an.

Glaubte man der Theorie von Sébastien, war es an sich ganz schön wagemutig, kurz vor Sonnenuntergang als Katholik in einem Gebiet herumzugeistern, das vornehmlich von Protestanten bewohnt war. Trotzdem, selbst wenn es unter den Protestanten einen wahnsinnigen Mörder gab, schätzte Fabiou die Masse der Protestanten eher als weinerliche Betschwestern ein, die ihm nicht allzu große Angst einjagten. Er schlenderte durch den Camin de Nazareth und bog in die Carriero dou Gran Pous ein. Was genau er suchte, wurde ihm erst klar, als er es fand.

M. Antoine Carbrai Marchand.

Ein Schriftzug, mit schwarzer Farbe an eine Hauswand gemalt. Antoine Carbrai. Witwe Carbrai. Frederis protestantische Freundin. Also los, frisch ans Werk.

Er ließ einen klobigen Türklopfer aus Messing gegen eine polierte Kassettentür poltern.

Stille. Dann eine Stimme, gedämpft durch die Tür. «Antoine? Antoine, wer hat da geklopft?» In der Stimme schwang eine gehörige Portion Panik mit.

Antoine? Ich denke, Antoine Carbrai ist tot?

«Bleib ruhig, Mutter. Ich sehe nach.»

Mutter, aha. Carbrai junior ist nach Papi benannt.

«Antoine, nein, geh nicht an die Tür, Antoine, hörst du nicht, Antoine!»

Schritte. Dann wurde die Tür aufgerissen.

Fabiou blickte in das verzerrte Gesicht eines jungen Mannes von bestenfalls zwanzig Jahren, der zurückstarrte, als habe er nicht einen fünfzehnjährigen Jungen, sondern den Leibhaftigen persönlich vor sich.

«Antoine!» Schrill die Stimme der Frau. «Antoine, wer ist das?»

Der junge Mann stand noch immer wie gelähmt. In seiner Stirn kräuselte sich eine dunkle Haarlocke.

«Antoine!»

«Warte hier, Marguérite, ich seh' nach.»

Jemand kam über den Gang gestürmt, trat neben den jungen Mann mit den schwarzen Locken ins Abendlicht, das durch die Tür fiel, ein kräftiger, hochgewachsener Mann, spärliche bräunlichgraue Haare um ein rundliches Gesicht. Dort blieb er stehen, reglos in der verlöschenden Glut. «Mein Gott», flüsterte er, «du siehst ihm so unglaublich ähnlich.»

Er war älter geworden, natürlich, doch noch immer war er unzweifelhaft zu erkennen. Es war der vierte Mann auf Oma Felicitas' Bild.

***

Fabiou saß in einem der Sessel mit den durchgewetzten Samtbezügen und hielt sich an einem Glas mit nicht gerade allzu teurem Rotwein fest. Der Raum, in dem er sich befand, war eine Art kleiner Salon, halb so groß wie der im Hause der Aubans. Zwei große butzenverglaste Fensterscheiben zu seiner Rechten konnten nicht verhindern, dass Dunkelheit wie ein Schleier über dem Raum hing. Dunkle Schränke und Regale an den Wänden, ein dunkler Teppich, ein dunkles Holzkreuz an der Wand, ein Tisch aus Eichenholz, vom Alter geschwärzt. Ein Raum, der Trauer trug.

Drei Menschen befanden sich mit ihm im Zimmer. Die Dame des Hauses, jene Marguérite, der Frederi auf der Plaço dis Erbo begegnet war, saß ihm gegenüber, blass in ihrer schwarzen Witwentracht, ein schüchternes Lächeln auf ihrem Gesicht. An ihrer Seite saß Rouland de Couvencour. Der Kerzenschein schimmerte auf seiner Kopfhaut, wo sie nicht von den dünnen Haarsträhnen bedeckt war. Sein einfaches Wams verbarg einen Ansatz von Bauch.

Der junge Mann lehnte ein paar Schritte entfernt an einer schwarz lackierten Kommode und betrachtete Fabiou aus Augen, die schillerten vor Misstrauen. Wäre es nach ihm gegangen, Fabiou hätte die Schwelle nie übertreten. Lass ihn 'rein, er ist Cristous Sohn, hatte Couvencour gesagt, und der junge Mann war beiseite getreten, seine Haare gesträubt vor Widerwillen, doch ohne Widerspruch. Cristou de Bèufort – wie kam es, dass dieser Name Türen öffnete wie ein Zauberwort?

Rouland de Couvencours Gesicht stand in krassem Gegensatz zu der Reserviertheit des jungen Carbrai. Er betrachtete Fabiou mit dem glückseligen Strahlen eines stolzen Onkels; während er ihn in den Salon geleitet hatte, hatte er ihm dreimal väterlich auf die Schultern geklopft. Fabiou kam sich ziemlich seltsam vor. Schließlich war er Couvencour gerade zum ersten Mal bewusst begegnet.

Keiner sagte bisher etwas, Fabiou war dem aggressiven Blick Carbrais, dem liebevollen Lächeln Couvencours und dem schüchternen Augenaufschlag der Witwe ausgesetzt, eine etwas unbehagliche Kombination, und er begegnete der Peinlichkeit, indem er wieder und wieder an seinem Rotwein nippte. Schlechte Methode – ich sollte klaren Kopf bewahren, und stattdessen bin ich in fünf Minuten betrunken!

Jetzt schien der alte Couvencour aus seiner Verzückung zu erwachen. «Was führt dich hierher, Fabiou?», fragte er lächelnd. Fabiou registrierte etwas erstaunt, dass er ihn ohne viel Federlesen duzte. Na gut, Couvencour hatte ihn vermutlich schon gekannt, als er noch in die Windeln gemacht hatte.

«Nun …», Fabiou räusperte sich, er fragte sich, was er auf diese Frage antworten sollte, ohne einen der Anwesenden vor den Kopf zu stoßen. «Nun, Fred… mein Stiefvater ist der Witwe Carbrai letztens in der Stadt begegnet, und sie schienen sich zu kennen, und… na ja, er wollte mir nicht so recht sagen, woher …»

Es war wohl nicht die schlechteste Lösung. Couvencour lachte auf alle Fälle. «Das passt zu Frederi! – Und da dachtest du, du könntest ja vielleicht die Witwe Carbrai fragen, ja?», mutmaßte er. Er lächelte noch immer.

Fabiou nickte. Sein Blick wandte sich der Frau zu, die Couvencour einen hilfesuchenden Blick zuwarf. Der nickte aufmunternd. «Nun… Antoine, mein Mann, war gut befreundet mit ihnen», murmelte sie. Noch immer wich sie Fabious Blick aus.

«Mit ihnen?»

«Senher Couvencour, Baroun de Bèufort und Cavalié de Castelblanc», antwortete die Frau mit kaum hörbarer Stimme. «Sie kannten sich von der Schule.»

Fabiou runzelte die Stirn. Gut, sein Vater hatte Kontakte zu den Protestanten gehabt, das wusste er ja bereits von Tante Beatrix. Aber Frederi?

«Stört Euch das?» Die Stimme knirschte vor Feindseligkeit. Fabiou sah auf. Der junge Carbrai betrachtete ihn aus wütend zusammengekniffenen Augen.

«N-nein, ich wusste bloß nicht, dass …»

«Dass Euer Vater Umgang mit ketzerischen Irrgläubigen pflegte? Enttäuschend, oder?» Carbrais Hände waren zu Fäusten geballt.

«Antoine!» Der Tonfall der Mutter war tadelnd. Und zu Fabiou gewandt meinte sie: «Bitte entschuldigt meinen Sohn. Sein Verhalten ist ungehörig.»

«Wir entschuldigen uns nicht bei den Katholischen!», zischte Antoine Carbrai. «Oder haben sie sich jemals bei uns entschuldigt?

Dafür zum Beispiel, dass sie uns für unseren Glauben hetzen wie die Tiere und abschlachten wie Vieh?»

«Antoine», sagte Couvencour, «dieser Junge hier hat bestimmt noch keinen Protestanten umgebracht. Und du weißt, wer sein Vater war.»

«Oh ja, und ich weiß vor allem auch, wer seine Mutter und sein Stiefvater sind», höhnte der junge Carbrai. «Judas war schließlich auch ein sehr ehrenwerter Mann.»

«Verflucht, Antoine, du hast keine Ahnung, wovon du da redest!», erklärte Rouland de Couvencour.

«Nein, habe ich auch nicht. Und jetzt entschuldigt mich, ich habe noch im Kontor zu tun!» Der junge Mann wandte sich brüsk ab und ging aus dem Raum.

«Nehmt es ihm nicht übel, bitte», flüsterte die Witwe Carbrai. «Er hat den Tod seines Vaters nie verwunden.»

Fabiou zog es vor, nicht in ihre Richtung zu blicken und starrte stattdessen auf das Regal zu seiner Linken. Eine Bibel, in französischer Sprache, wie Fabiou leicht erstaunt registrierte – er hatte bisher nur Bibeln auf Lateinisch gesehen – zwei Bücher von Luther, drei von Calvinus. INSTITUTIO RELIGIONAE CHRISTIANAE las Fabiou auf einem Buchrücken. Er schätzte, dass allein der Besitz eines dieser fünf Bücher ausreichte, seinen Eigentümer an der Pin de Genas enden zu lassen. Die Witwe Carbrai interpretierte seinen Blick offensichtlich richtig. «Wir verstecken uns nicht», sagte sie leise. «Unsere Religion ist kein Geheimnis. Wenn wir dafür sterben müssen, so ist es Gottes Wille.» Fabiou betrachtete sie irritiert. Er fand das ziemlich seltsame Worte für eine kleine Bürgersfrau in Witwentracht. Um genau zu sein, fand er das ganz allgemein ziemlich seltsame Worte. Worte, die man in einer Heiligenvita erwartete, aber nicht in einem von der Abendsonne bestrahlten Bürgerhaus mit einem Glas Wein in den Händen. «Wie … wie ist Euer Gatte denn gestorben?», fragte er unsicher. Wieder eine dieser indiskreten Fragen. Er verfluchte seine Neugierde.

Sie seufzte. Es war nicht das theatralische Jammern, das seine Mutter bei solchen Gelegenheiten zur Schau trug. Eher ein Laut der Resignation.

«Er wurde ermordet», sagte Rouland de Couvencour an ihrer Stelle. «Hier, vor seiner Haustür.»

«Ermordet?», fragte Fabiou lahm. «Von wem denn?»

«Von den *Piemontais*», murmelte die Witwe Carbrai.

Fabiou machte ein leicht unintelligentes Gesicht. «Ihr meint, jemand aus dem Piemont hat ihn getötet?»

«Man nannte sie so», erklärte Couvencour. «Mayniers päpstliche Söldner. Sie kamen aus dem Piemont.» Er hatte seine Finger ineinandergeschoben, sie drehten und wanden sich in seinem Schoß. «Nach der Aktion gegen die Waldenser haben sie sich Ais vorgenommen. Vordringlich die Protestanten, aber auch sonst jeden, der ihnen nicht in den Kram passte. Der Maynier nicht in den Kram passte.»

Die Witwe starrte auf die schwarze Tischplatte. «Wir dürfen nicht klagen», murmelte sie. «Es ist Gottes Wille, und Gottes Wille ist gerecht. Bei den Waldensern haben sie niemanden geschont. Mir haben sie wenigstens meine Kinder gelassen.»

«Gottes Wille!» Couvencours Augen blitzten im Protest. «Antoine haben sie auf der Schwelle seines eigenen Hauses abgestochen wie ein Schwein. Das soll Gottes Wille sein?»

Fabiou blickte unruhig von einem zum anderen. Er hätte sich die Frage wirklich schenken sollen.

«Sie sind an einem Abend gekommen», murmelte die Witwe Carbrai. Es war klar, dass ihre Worte an Fabiou gerichtet waren, doch sie sah ihn nicht an. «Sie haben geklopft und gebrüllt, mein Mann solle herauskommen.» Sie starrte auf den Fußboden. Fabiou fragte sich, wie alt sie wohl war. Sie musste im Alter seiner Mutter sein, doch die grauen Strähnen in ihrem Haar und das schmale, faltige Gesicht ließen sie zwanzig Jahre älter erscheinen. «Ich habe ihn noch angefleht zu bleiben», flüsterte sie. «Aber – er meinte, die Tür würde sie sowieso nicht aufhalten und öffnete ihnen. Sie waren zu viert oder zu fünft. Als mein Mann fragte, was sie von ihm wollten, zog einer sein Schwert und durchbohrte ihn.» In Ordnung, Antoine, akzeptiert – ich hätte auch etwas gegen Katholiken an deiner Stelle!

Laut fragte Fabiou: «Mein Vater … und mein Stiefvater … wenn sie so gut mit Eurem Mann befreundet waren … hätten sie ihm denn nicht zur Flucht verhelfen können?»

Sie sahen sich an, die Witwe Carbrai und Rouland de Couvencour. «Das … haben sie sicher versucht …», sagte Couvencour. Seine Hände krampften sich krallenartig ineinander. «Aber es ging ja alles drunter und drüber damals …» Cristou, der sich stets für die Protestanten eingesetzt hatte – wo war er gewesen, als man einen Mann niederstach, den er seinen Freund genannt hatte? Wäre er vielleicht selbst in Gefahr geraten, wenn er versucht hätte, Carbrai zu beschützen? Und hatte Frederi deshalb so betreten dreingeschaut, als sie der Witwe Carbrai in der Stadt begegnet waren? Das schlechte Gewissen eines Mannes, der einen Freund in der Not im Stich gelassen hatte?

«Ihr sagtet vorhin, Euer Mann habe meinen Vater von der Schule gekannt. Kannte er dann auch einen Lucian Veive?»

«Lucian? Oh ja», sagte die Witwe Carbrai, «der hat hier gearbeitet – bis zu seinem Tod.» Sie schluckte.

«Wie kommst du denn darauf?», fragte Couvencour mit gerunzelter Stirn.

«Ach … das fiel mir nur gerade ein … Wart Ihr wirklich mal mit meinem Stiefvater befreundet, Senher Couvencour?», fragte Fabiou.

«Ja. Natürlich. Glaubst du mir etwa nicht?» Couvencour lachte.

«Na ja, es ist bloß so … wenn man meinen Stiefvater heute über Euch reden hört, klingt das nicht gerade sehr freundschaftlich.»

«Frederi!» Couvencour seufzte. «Er war immer sehr streng katholisch, aber seit der Geschichte von '45 kriegt er Angstzustände, wenn man das Wort ‹Irrglaube› in seiner Gegenwart verwendet. Und nachdem ich offensichtlich in diesen Breiten als so eine Art Bastion der Ketzerei gelte, glaube ich gut und gern, dass Freund Frederi meinen Namen nur mit Schaudern ausspricht. Nicht dass ich es ihm verdenke … ich weiß nicht, was von meiner Überzeugung noch übrig geblieben wäre, wenn ich wie er gesehen hätte, wie …» Er brach ab.

«Was? Was hat mein Stiefvater gesehen?», fragte Fabiou stirnrunzelnd.

«Nichts. Nichts Besonderes», meinte Couvencour unwirsch. Er sah eigentümlich bleich aus. Auf seiner Oberlippe hatten sich Schweißtröpfchen gebildet, und er kippte extrem hastig seinen Wein herunter.

Na schön. Dann eben zum nächsten Punkt. Etwas schwierig, das taktvoll vorzubringen. «Die Morde, die sich in jüngster Vergangenheit ereignet haben – glaubt Ihr, die waren auch religiös motiviert?»

Couvencour runzelte die Stirn. «Wie kommst du darauf? Ich denke, man verdächtigt die Antonius-Jünger.»

«Na ja, man redet so allerlei …», meinte Fabiou ausweichend. Er fragte sich, ob sein Ruhm als Investigator schon bis hierher vorgedrungen war. Über Arnac vielleicht. Wusste Arnac überhaupt von seinen Nachforschungen? Sébastien hatte ihm doch sicher davon erzählt, oder? «Was denkt Ihr dazu, Senher Couvencour?»

Couvencours breite Lippen verzogen sich zu einem Grinsen, das nicht besonders fröhlich wirkte. «Was ich dazu meine, ist, dass es die Antonius-Jünger nicht mehr gibt. Dafür haben Degrelho und seine Bande wildgewordener Landjunker nun wirklich gesorgt.» Die Art, wie er den Namen Degrelho aussprach, war nicht gerade eine Liebesbekundung.

«Ihr mögt Degrelho wohl nicht», stellte Fabiou fest.

Couvencours Grinsen wurde noch breiter. «Beruht auf Gegenseitigkeit», meinte er.

«Wieso? Was habt Ihr denn gegen ihn? Er scheint doch sehr nett zu sein.»

«Maynier ist auch sehr nett. Carcès ist nett. Wahrscheinlich ist sogar Duran de Pontevès ganz nett. Solange man ihnen und ihrem Machtstreben nicht im Weg steht, können sie die Liebenswürdigkeit in Person sein. Aber wehe, man kommt ihnen in die Quere! Dann fegen sie einen mit einem Fingerschnippen von der Bildfläche!»

«Ja, aber Degrelho doch nicht!», rief Fabiou erstaunt.

Couvencour zuckte mit den Achseln.

«Aber mit seinem Bruder wart Ihr doch gut befreundet, oder?», fragte Fabiou.

Couvencour wirkte erstaunt. «Hat dir das dein Stiefvater erzählt?»

Fabiou schüttelte den Kopf. «Ich habe Euch wiedererkannt. Meine Großmutter hat ein Bild, auf dem Ihr abgebildet seid zusammen mit meinem Vater, meinem Onkel Pierre und Hector Degrelho.»

Couvencour ließ ein heiseres Lachen hören. «Quattuor veri amici», zitierte er. «Das ist verdammt lange her.»

«Ihr wart also wirklich gut mit Hector Degrelho befreundet?», bohrte Fabiou.

Couvencour griff nach seinem Weinglas und ließ den Wein darin kreisen. «Weißt du, mein Junge, es gibt Freunde und Freunde», sagte er. «Wenn du älter bist, wirst du das begreifen. Es gibt Freunde, mit denen man gerne zusammen ist, mit denen man trinkt und lacht und Feste feiert. Und dann gibt es noch die Art Freunde, für die man bereit ist, alles aufs Spiel zu setzen, alles zu opfern, in dem festen Wissen, dass sie dasselbe für einen selbst täten.»

«Und zu dieser Art Freunde gehörten mein Vater, mein Onkel und Hector Degrelho?», fragte Fabiou atemlos.

Couvencour antwortete nicht. Sein breites Gesicht war grau im Zwielicht der Dämmerung. Die Witwe Carbrai stand auf und lief nach einem Kerzenleuchter. «Ich bin der Einzige, der übrig geblieben ist», sagte er. «Sie starben alle innerhalb von einer Woche. Dein Onkel am 5., dein Vater am 7. und Hector Degrelho am 10. Mai.»

«Das ist … tragisch», meinte Fabiou bedrückt.

«Ja», sagte Couvencour. «Das ist wahrlich tragisch.» Er schüttelte den Kopf. «Aber lassen wir das. Du wolltest wissen, ob die Morde die Tat eines fanatischen Protestanten sein könnten.»

Fabiou stand der Mund offen, und Couvencour lachte. «Das war doch deine eigentliche Frage, oder? Ein fanatischer Katholik kann es ja wohl kaum sein, nachdem ein Bossard zu den Opfern gehört. Nun, mein Junge, lass dir eines gesagt sein: Fanatiker verstecken sich nicht. Sie wollen ja, dass man die Motive ihrer Tat erkennt. Ein protestantischer Mörder hätte vielleicht ‹Nieder mit den Papistenschweinen› neben die Leichen geschrieben, aber sicher nicht ‹Santonou›.»

Die Witwe stellte den brennenden Kerzenleuchter auf den Tisch. Augenblicklich war der gesamte Raum in weiches Schummerlicht getaucht. Fabiou griff nach dem Weinglas. Der Wein darin schimmerte wie ein Rubin. «Aber wer soll es dann gewesen sein?», fragte er kopfschüttelnd. «Die einzige Gemeinsamkeit der Opfer ist, dass sie alle Katholiken waren.»

Couvencour starrte in die Flammen. «Es gibt noch eine andere», sagte er.

«Und die wäre?»

Er schüttelte den Kopf. «Fabiou, es ist nicht gut, dass du dich mit diesen Dingen beschäftigst», sagte er.

Oh nein, jetzt geht das wieder los! «Aber warum nicht?»

Couvencour presste die Lippen zusammen. «Ich denke, dass sie alle sterben mussten, weil sie etwas wussten. Etwas, was anderen gefährlich werden könnte. Sehr mächtigen anderen. Und wenn du jemals den Punkt erreichst, wo auch du genug weißt, um gefährlich zu werden, werden sie auch dich töten.»

Fabiou starrte ihn an, einen Moment lang zu geschockt, um irgendetwas entgegnen zu können. Dann krächzte er: «Ihr wisst etwas.» Seine Stimme klang, als habe er mit Glasscherben gegurgelt.

«Ich bringe dich jetzt nach Hause, Fabiou», sagte Rouland de Couvencour. Die Witwe hatte sich gesetzt, starrte mit leeren Augen ins Dunkel.

«Ihr müsst mir sagen, was Ihr wisst!», schrie Fabiou.

Couvencour rang nach Luft. «Ich denke ja gar nicht daran», sagte er. «Dein Vater war einer der besten Freunde, die ich je hatte. Ich habe keine Lust zuzusehen, wie sein Sohn in den sicheren Tod rennt.»

Fabiou zitterte. Rotwein schwappte aus seinem Glas, perlte wie Blutstropfen über seine vibrierenden Finger. «Ich verstehe das nicht!» Er knallte das Glas auf die Tischplatte, fuchtelte hilflos in der Luft herum. «Wenn diese Leute so mächtig sind, wie Ihr sagt, wie kann ich ihnen dann gefährlich werden? Oder Cristino? Oder Alessia? Oder überhaupt irgendwer?» Er sah Couvencour trotzig an.

«Fabiou», Couvencours Stimme klang danach, dass seine Geduld zu Neige ging, «ich denke, ich habe mich klar genug ausgedrückt. Ich werde dich jetzt nach Hause bringen, und da wirst du bleiben und dich endlich aus der ganzen Geschichte heraushalten!»

Aha, Arnac hat also in der Tat gepetzt. «Das werde ich nicht tun!» Fabiou schlug mit der flachen Hand auf den Tisch. Es tat weh. Der Schmerz hatte etwas Erleichterndes. Er war normal. Normaler als irgendwelche geheimnisvollen Machthaber, die im Dunkeln lauerten, um ihm die Kehle durchzuschneiden. «Es geht hier um die Wahrheit, und nichts auf der Welt wird mich davon abhalten, sie herauszufinden, und wenn ich dabei draufgehe!»

Couvencour schüttelte den Kopf, langsam, wie benommen. Seine Hand fuhr durch seine Haare, wischte die dürftigen Strähnen beiseite, dass nur eine kahle Platte blieb, in der sich die Kerzen spiegelten. «Mein Gott, du redest wie Pierre», flüsterte er.

Fabiou schluckte. Seine Kehle schmerzte vor Trockenheit.

Couvencour stand auf und machte einen Schritt in den Raum hinein. Einfach so, ziellos. Fabiou hatte das Gefühl, es ging ihm nur darum, seinem Blick auszuweichen. «Hast du dir jemals überlegt, warum Martin Luther friedlich in seinem Bett gestorben ist, statt auf einem Scheiterhaufen der Inquisition zu enden?», fragte er.

Fabiou schüttelte den Kopf. Er hatte keine Ahnung gehabt, dass Martin Luther friedlich in seinem Bett gestorben war.

«Der Kaiser hätte viele Möglichkeiten gehabt, ihn zu töten. Luther versteckte sich eine Zeitlang bei einem deutschen Fürsten, doch selbst damals war es ein offenes Geheimnis, wo er war. Der Kaiser hätte die Burg, auf der er sich aufhielt, angreifen und seine Herausgabe erzwingen können. Der Kaiser hätte ihn gleich auf dem Reichstag zu Worms festsetzen und hinrichten lassen können. Aber er hat es nicht getan. Kannst du dir denken, warum?»

Fabiou schüttelte erneut den Kopf. Er wusste wirklich nicht, worauf Couvencour hinaus wollte.

«Weil Luther ein Mythos war», erklärte Couvencour. «Die Deutschen hätten es dem Kaiser nie verziehen, wenn er ihn getötet hätte, das Volk genauso wenig wie die Fürsten. Und der Kaiser ist nichts ohne loyale Fürsten. Er war gut beraten, Luther am Leben zu lassen.»

Fabiou betrachtete Couvencour über den flackernden Halo der Kerzen hinweg. «Was … was wollt Ihr damit sagen?», fragte er.

«Dass niemand, egal wie mächtig er ist, ungestraft einen Mythos tötet», sagte Couvencour.

Fabiou sperrte den Mund auf.

«Komm, ich bringe dich jetzt nach Hause», sagte Couvencour.

Wenig später, als sie durch die nächtlichen Straßen der Stadt liefen – bergauf, in Richtung Carriero de Jouque –, sagte Fabiou, um überhaupt etwas zu sagen, denn Couvencour schwieg eisig, seit sie das Haus der Carbrais verlassen hatten: «Ihr seht Eurem Sohn nicht besonders ähnlich. Er kommt wohl mehr nach seiner Mutter, oder?»

Er hörte Couvencour lachen im Dunkeln. «Arnacs Mutter war Italienerin, aus Perugia. Eine unglaubliche Frau. Schön, klug, sprühend vor Energie.» Er seufzte leise. «Sie ist leider schon lange tot.»

«Ist sie an einer Krankheit gestorben?», fragte Fabiou.

«Der verfluchte *Arrêt de Mérindol*», murmelte Couvencour. «Dieses Land hier ist eine Woche lang in Blut und Toten ertrunken. Und als es vorbei war, kamen die Seuchen.» Sie hatten die Plaço dis Jacobin erreicht. Die Pin de Genas schwankte sanft in einem lauen Nachtwind. Couvencour warf ihr einen hasserfüllten Blick zu. Ein paar Betrunkene johlten am anderen Ende des Platzes. «Ich hatte sie mit Arnac nach Marsilho geschickt, als klar wurde, was geschehen würde. Doch es war wohl zu spät. Sie müssen sich die Krankheit irgendwo auf dem Weg dorthin geholt haben.»

«Sie? Arnac war also auch krank?»

Couvencour betrachtete ihn irritiert. «Äh … ja, Arnac war auch krank», sagte er dann.

«Und Eure Frau ist gestorben.»

Er nickte langsam. «Ich erreichte Marsilho am 12. Mai. Da war sie bereits zwei Tage tot.»

«Wie mein Vater», seufzte Fabiou. Er dachte kurz nach. «Wenn Ihr erst am 12. Mai nach Marsilho gekommen seid … dann wart Ihr noch in Ais, als mein Vater starb, oder?»

Couvencour schwieg. Er nickte.

«Wart Ihr dabei?», fragte Fabiou hoffnungsvoll.

Couvencour schüttelte den Kopf. Fabiou seufzte enttäuscht.

«Fabiou», sagte Couvencour. Er war stehen geblieben. Sein breites Gesicht sah seltsam verzweifelt aus.

«Ja?»

Couvencour rang nach Luft. «Nichts. Vergiss es.»

Die Plaço dei Gran Relogi lag still und leer in der Nacht. Insbesondere fehlten komplett die lustwandelnden Edelleute und deren angebetete Damen. In Ais ging ein wahnsinniger Mörder um, der nicht davor haltmachte, junge Mädchen zu töten. Man sah zu, dass man vor Einbruch der Dunkelheit zu Hause war.

«Ich denke, den restlichen Weg gehe ich allein», meinte Fabiou.

«Bist du sicher?» Couvencour schien auch an wahnsinnige Mörder zu denken.

«Mein Stiefvater weiß nicht mal, dass ich weg bin. Wenn er mich mit Euch zusammen sieht, dreht er durch, schätze ich.»

Couvencour lächelte. «Da könntest du recht haben.» Sie blieben stehen, am Beginn der Carriero drecho.

«Wie waren sie?», fragte Fabiou plötzlich.

«Wer?»

Ein Bild in Oma Felicitas' Salon. Vier junge Leute, die ihrem Portraitisten zulachten. Drei von ihnen waren binnen einer Woche gestorben.

«Eure drei Freunde. Mein Vater. Onkel Pierre. Hector Degrelho.»

Couvencour sah ihn an. Fabiou versuchte, sein Gesicht zu erkennen, doch es war nur ein dunkler Schatten.

«Sie waren die mutigsten Menschen, die mir in meinem ganzen Leben begegnet sind», sagte Couvencour. Dann legte er Fabiou die Hand auf die Schulter und schritt davon, in die Nacht hinein.

Fabiou starrte ihm nach, bis die Dunkelheit seine massige Gestalt verschluckt hatte. Dann wandte er sich um und lief die Carriero drecho hinauf.

Er kam unbehelligt bis zur Plaço de Sant Sauvaire.

Dann begriff er, dass er beobachtet wurde.

Es war zunächst nur ein Gefühl, das Gefühl, dass etwas sich verändert hatte, dass etwas im Dunkeln auf ihn lauerte, eine Gefahr so leise und so gnadenlos wie der Tod. Er blieb stehen.

Dann hörte er es.

Etwas näherte sich. Er hörte keine Schritte, kein Klappern von Sohlen auf dem Kopfsteinpflaster. Nur Atemzüge, ruhige, gemächliche Atemzüge, näherschwebend auf dem Wind.

Sein erster Impuls war zu rennen. Dann kamen ihm Loís' Worte in den Sinn. Niemals rennen. Wenn ein wildes Tier dich angreift, ein Wolf, ein verwilderter Hund, darfst du nicht rennen. Wenn du rennst, erkennen sie die Beute in dir und greifen an.

Ob das auch für Menschen gilt?

Das Bild des Kahlköpfigen erschien in seinem Kopf, wie er ruhig, gemächlich über das Pflaster schritt, bereit ihm die Kehle durchzuschneiden mit einer Handbewegung so normal und so nebensächlich wie ein Händedruck.

Er lief weiter, langsam, besonnen, für den Fall, dass Loís recht hatte, die Ohren gespitzt, dass sie schmerzten, den Atem angehalten. Er fühlte, wie ihm kalter Schweiß in den Kragen lief.

Links die Carriero de Jouque. Der kürzeste Weg, aber auch der dunkelste. Die Carriero dis Noble war etwas breiter, etwas heller, etwas belebter, vielleicht würde man dort wenigstens seinen Todesschrei hören.

Ruhig der Atem hinter ihm, ruhig und gelassen. Der Jäger hatte Zeit.

Fabiou stieß einen Wutschrei aus und rannte.

Die Arme griffen nach ihm im selben Moment, in dem der Schuss krachte. Der Aufprall presste ihm die Luft aus den Lungen, als er zu Boden gerissen wurde und auf das Pflaster schlug.

Er lag, reglos wie ein Käfer, der sich totstellt. Im nächsten Augenblick wurde er auf die Füße gezerrt. Ingelfingers Gesicht tanzte vor seinen Augen, und seine Stimme schien aus weiter Ferne zu Fabiou vorzudringen, als er schrie: «Lauf, du kleiner Idiot!»

Er lief. Rannte um die Hausecke in die Carriero de Jouque. Rannte durch die enge Häuserschlucht, man kann beide Wände mit ausgestreckten Armen berühren, ein lustiges Kinderspiel. Stürzte in den Hof, ein Licht aus dem Stall, Loís, wenn er nur genug Atem hätte, nach ihm zu rufen. Warf sich gegen die Haustür, mit beiden Händen auf das Holz einschlagend, macht auf, macht doch auf, bitte!

Die Tür flog auf, er taumelte in den Hausgang, schwang sich herum, schlug die Tür zu, keiner drückte dagegen, kein Mörder brach säbelschwingend in den Hausflur, seine bebenden Hände fanden

den Riegel, mit einem Quietschen schöner als der Gesang einer Sirene glitt er ins Schloss.

Der Pförtner starrte ihn an mit geweiteten Augen. Fabiou war gegen die Wand gesunken, die Hände gegen seine Stirn gedrückt. Auf seiner Hose breitete sich über dem Knie ein glänzend roter Fleck aus.

«Baroun …», begann der Pförtner.

«Alles in Ordnung.» Fabiou versuchte seine Zähne davon abzuhalten, wild aufeinanderzuschlagen. «Es ist alles in Ordnung.» Dann stolperte er die Treppe hinauf.

KAPITEL 13

in dem es um einen Ausflug geht, den man besser gelassen hätte, und um das mysteriöse Verschwinden der Bruderschaft

Ou sont les gracieux gallans
que je suivoye ou temps jadis,
si bien chantans, si bien parlans,
si plaisans en faiz et en dis?

Wo sind die fröhlichen jungen Männer,
deren Gefährte ich einst war?
So schön ihr Gesang, so gut, was sie sagten,
so angenehm in ihren Worten und Taten.

François Villon (1431-1463), französischer Dichter und Ganove, Le Grand Testament

Alessia de Sault wurde an einem regnerischen Mittwochmorgen zu Grabe getragen. Es regnete selten im Juni in Ais, und die Damen und die Weiber, die dem Sarg folgten und sich die Augen mit Spitzentaschentüchlein oder ordinären Leinenfetzen abtupften, sagten untereinander, der Himmel weint um das unschuldige Kind. Unter dem nicht enden wollenden Strom der Trauergäste waren auch Mèstre Crestin und fünf seiner Arquiés. Jener blieb lange noch am aufgeworfenen Grab stehen, zusammengekniffene Augen in den grau umwölkten Himmel gerichtet. Seine Hände waren zu Fäusten geballt.

Fabiou, der mehr aus detektivischem Interesse als aus Liebe zu der verblichenen Alessia der Trauerfeier beiwohnte, hatte dem Grab gerade seinen Rücken zugekehrt mit dem Plan, so schnell wie möglich ins Trockene zu gelangen, als ihm die Runde auffiel, die etwas abseits von den übrigen Trauergästen unter den breiten Ästen einer Zeder stand. Onkel Philomenus' carcistischer Freundeskreis.

Er stakste durch den Matsch in ihre Richtung. Nicht dass er sich von dieser Bande von Großschwätzern ernst zu nehmende Informationen erwartete, aber er war einfach neugierig, wie Alessias Ermordung von diesen Leuten interpretiert wurde. Er schlüpfte hinter die breiten Äste der Zeder und spitzte Augen und Ohren.

«Natürlich ist das nichts, wofür irgendjemand gerichtlich belangt werden könnte», sagte der Jansoun gerade zu den Übrigen, Onkel Philomenus, Jean-Baptiste Forbin, St. Roque, Faucoun, Sazo de Goult, Duran de Pontevès und zwei, drei andere, «aber denkt mal an den Skandal! Das waren Verbrecher, Himmel, aber es gibt dummerweise immer noch Leute, die das anders sehen.» Natürlich … die schoben das Ganze mal wieder den Antonius-Jüngern in die Schuhe.

«Und man darf den Carcès nicht vergessen», ergänzte sein Bruder. «Der hat so seine eigene Meinung, und Onkel Jean kann er nun mal nicht ausstehen. Wenn er die Sache mitkriegt, werden Köpfe rollen. Ich halte es für eine verdammt miese Idee, sich den Carcès zum Feind zu machen.»

«Ja, aber wieso?» Sazo de Goult, treuherzige Hundeaugen auf Jean-Baptiste Forbin gerichtet. «Der Carcès ist doch auf unserer Seite, oder etwa nicht?»

Jean-Baptiste Forbin lachte. Der Jansoun grinste müde. «Hast du 'ne Ahnung!», meinte der Senher de Pourrières, seines Zeichens Oppèdes Schwiegersohn, Gatte seiner mittleren Tochter.

«Aber der Carcès ist doch ein Kämpfer für den wahren Glauben und gegen die Ketzerei. Und wir doch auch», insistierte der Goult.

«Der Carcès definiert den Kampf für den wahren Glauben eben ein klein bisschen anders als Onkel Jean», meinte der Faucoun spöttisch. «Er gehört zu denen, die der Meinung sind, es würde genügen, exemplarisch Calvin und Zwingli hinzurichten, dann würde der Rest der Bande reumütig in die Arme von Mutter Kirche zurückströmen.»

«Mein Bruder hat einfach diese bescheuerten, verstaubten Ansichten», knurrte Duran de Pontevès. «Glaube, Ehre, Heldentum und so weiter, als ob wir noch bei Richard Coeur de Lion wären und morgen auf Jerusalem ziehen würden. Der hat ein Jahr lang kein Wort mit mir gesprochen, als er mitbekommen hat, dass ich den Arrêt de Mérindol unterstützt habe. Wir können von Glück sagen, dass er damals im Krieg war, der hätte uns einen Wahnsinnsärger gemacht. Wäre besser, er wäre da geblieben, als hierher zurückzukommen und sich als Führer der katholischen Prouvenço aufzuspielen!»

«Du bist ja nur neidisch!», spottete der Pourrières.

«Neidisch, vergiss es! Jean-Baptiste hat recht, wenn mein Bruder die Sache 'rauskriegt, könnt ihr eure politischen Ambitionen in den Wind schreiben, das verspreche ich euch.»

«Gut, also was tun wir?», fragte Onkel Philomenus.

«Was bist du bereit zu tun?», fragte Jansoun mit zusammengekniffenen Augen.

Philomenus sah beiseite. «Ich werde euch auf jeden Fall nicht dazwischen funken, egal was ihr vorhabt», murmelte er.

«Das würde ich dir auch nicht raten, Philo», sagte der Jansoun kalt. «Schließlich gibt es eine Menge Zeugen, die dich an jenem 14. April in Onkel Jeans Hôtel gesehen haben und wissen, dass du dabei warst. Wenn es uns erwischt, bist du genauso dran, vergiss das nicht, Philo. Also, ich gehe heute abend zu ihm und rede mit ihm. Und dann sehen wir weiter. Kommt jetzt, ich will endlich ins Trockene!»

Die Runde löste sich auf. Fabiou überlegte, worum es in diesem Gespräch eigentlich gegangen war. Vermutlich um nichts Wichtiges; es hatte zumindest verdächtig nach lokalpolitischen Intrigen geklungen. Aber zumindest eines hatte er daraus erfahren: Auch Trévigny konnte sich irren. Denn ganz so treue Anhänger des Carcès schienen Onkel Philomenus' Freunde nun wirklich nicht zu sein. Von wegen Reservecarcisten.

Cristino kam nicht zu Alessias Beerdigung. Sie blieb vergraben in ihrem Zimmer, mit Loís als Einzigem an ihrer Seite.

Ais' Männerwelt nahm regen Anteil an ihrem Schicksal. Der Erste, der im Hause der Aubans erschien, war Arnac de Couvencour. Er hämmerte eines schönen Abends mit der Dringlichkeit der Inquisition an die Haustür, und als Frederi öffnete, schleuderte er ihm unter Auslassung sämtlicher Höflichkeitsformeln entgegen: «Ich muss Cristino sprechen. Sofort!»

Frederi knallte ihm die Tür vor der Nase zu.

Der Nächste war Bruder Antonius. Er hatte sich offensichtlich in der Abgeschiedenheit seiner Mönchszelle seine Gedanken gemacht und war zu dem Schluss gekommen, dass Cristino nach den schrecklichen Ereignissen jenes Tanzabends bei den Mergoults dringend den Beistand eines verständnisvollen Beichtvaters brauchte. Er stellte es etwas diplomatischer an als Arnac, bat Frederi um ein Gespräch unter vier Augen, wo er ihn eindringlich darauf hinwies, was für verheerende Folgen ein Erlebnis wie dieses auf das Gemüt eines unschuldigen jungen Mädchens haben konnte und wie dringlich es war, dass er sich ihres Seelenzustandes annahm. Frederi konnte nicht anders, als ihm Recht geben. Bruder Antonius wurde zu Cristino gelassen.

Sie empfing ihn mit einer schrillen Heiterkeit, die ihn mehr erschreckte, als wenn sie in Tränen aufgelöst gewesen wäre. Cristino hüpfte in ihrem weißen Nachthemd durch den Raum, las ihm irgendwelche Passagen aus ihren medizinischen Büchern vor und erzählte ihm das eine um das andere Mal, wie sehr sie sich freue, ihn zu sehen.

Loís nützte die Gelegenheit für einen Abstecher in die Küche. Als er aus dem Raum war, nahm Bruder Antonius an Cristinos Seite Platz und fragte: «Cristino, was ist los mit dir?» Natürlich ist es ein schreckliches Erlebnis, von einem Mörder angegriffen zu werden und eine Altersgenossin ermordet zu finden, dennoch hatte er das Gefühl, dass das alleine nicht ausgereicht hätte, Cristino in einen solchen Zustand zu versetzen.

«Nichts ist los, nichts!» Cristino lachte ihr überdrehtes Lachen. «Es geht mir gut.»

«Cristino, hör auf damit! Es geht dir überhaupt nicht gut! Du hast Todesangst!»

Cristinos Lachen riss ab. Ihr Gesicht nahm die Farbe gelöschten Kalks an. «Ich werde sterben», sagte sie mit bebender Stimme. «Das ist meine Bestimmung.»

«Das ist doch Unsinn!»

«Nein, ist es nicht! Die Wahrsagerin hat es in den Karten gelesen!»

«Wahrsagerei!» Bruder Antonius verdrehte die Augen.

«Deshalb ist Agnes zu mir gekommen», erklärte Cristino. Ihre Lippen zuckte. In ihren Augen standen Tränen. «Sie hat es gewusst. Ich werde sterben wie sie.»

«Cristino», er fasste sie an den Händen, «du hast etwas Furchtbares durchgemacht. Aber man kann damit leben, glaube mir. Ich werde dir dabei helfen. Gott wird dir dabei helfen. Du bist nie alleine, Cristino, nie, Gott ist immer bei dir. Er war da, als dieser Mann in jenem Gang dich überfallen hat, und er war auch bei Alessia, als sie starb. Du musst immer daran denken, dass er da ist, Cristino. Du brauchst keine Angst zu haben!»

«Du hast gut reden!», schrie Cristino. «Du weißt doch gar nicht, was Angst ist!»

Bruder Antonius biss sich auf die Lippen. Er sagte nichts.

Der nächste Besucher war Alexandre de Mergoult, und hätte Frederi die Tür geöffnet, wäre er wahrscheinlich ebenso hochkantig 'rausgeflogen wie zuvor Arnac de Couvencour. Doch wer zur Tür kam, als der Pförtner rief, war Onkel Philomenus, und dieser war sehr angetan davon, dass der natürliche Sohn des Parlamentspräsidenten seiner Nichte den Hof machte, und ließ ihn nur allzu gerne eintreten.

Bruder Antonius verließ soeben Cristinos Zimmer, als Alexandre de Mergoult sich über den Gang näherte, und trotz des Dämmerlichts auf dem Korridor erkannte er ihn von weitem an seiner Statur und seinem Gang, und sein Atem beschleunigte sich, sein Puls pochte heftig unter seiner Haut. Es war nicht, dass er irgendetwas von Mergoults Zusammenstoß mit Loís wusste. Er fühlte es einfach. Er spürte die Gewaltbereitschaft eines Menschen wie einen körperlichen Schmerz, wieder eines der kleinen Überbleibsel aus Ate. Als Mergoult an ihm vorüberschritt, musste er die Hände auf seine Kutte legen, um sich sicher zu sein, dass sie da war, so nackt und hilflos fühlte er sich plötzlich.

Die Vorstellung, dass dieser Mann jetzt zu Cristino ging, war übelkeiterregend.

Cristino hatte sich ihrer Deprimiertheit zum Trotz sofort in ihren schönsten Morgenmantel geworfen, als Alexandre sich ankündigte, und empfing ihn adrett auf dem Diwan liegend. Mergoult war sofort Herr der Lage. Er stieß eine Anzahl von Verwünschungen gegen den Hundesohn aus, der Alessia ermordet und sie angegriffen hatte, versprach ihr, denselben zu finden und seiner schrecklichen Strafe zuzuführen, und meinte im Übrigen, es müsse etwas getan werden, sie aufzuheitern und zu zerstreuen. Eine Idee, was das sein sollte, hatte er auch mitgebracht, und schlug vor, sie in den nächsten Tagen zu einem kleinen Ausritt übers Land abzuholen. Cristino meinte schüchtern, das würde ihr Stiefvater wohl nicht erlauben, woraufhin Mergoult meinte, dieser könne sie natürlich begleiten, auf dass ihre Ehre keinen Schaden nehme, und was das Verbot Vascarviés betraf, nun, das würde er schon zu regeln wissen. Zum Abschied machte er ihr ein paar überaus artige Komplimente, so im Stil von «Ihr seid die schönste Frau auf Erden und die Sonne verblasst vor Eurem Glanz», drückte ihr einen heißen Kuss auf ihre zitternde Hand und ging mit einer tiefen, ehrerbietigen Verneigung.

«He, der hat echt ein Auge auf dich geworfen», meinte Catarino, die zwei Sekunden, nachdem Alexandre gegangen war, den Kopf zur Tür herein steckte.

Cristino seufzte verliebt.

«Na, das war offensichtlich die richtige Medizin», sagte Catarino. «Bist du jetzt wieder ansprechbar?»

In diesem Moment war lautes Gezeter unten auf dem Gang zu hören, Onkel Philomenus' Poltern, Tante Eusebias Jammern und das Fluchen von Oma Felicitas. Und über allem lag die wütende Stimme von Tante Beatrix, die rief: «Ihr werdet mich jetzt zu Cristino lassen, habt ihr verstanden?»

***

Als sie so in ihrem schwarz-weißen Habit vor den Mädchen in deren Zimmer stand, fiel den beiden erneut auf, wie jung sie aussah. Jünger als Tante Eusebia, jünger auch als ihre Mutter, obwohl sie einige Jahre älter sein musste. Vielleicht war es ja doch so, wie Bruder Antonius immer behauptete, dass Schminke Falten macht.

Tante Beatrix ging zum Fenster. Draußen sank die Sonne über Ais und tauchte die Carriero de Jouque in einen unirdischen Glanz. Beatrix' Blick fiel auf die Berge von Büchern, die sich auf dem Tisch stapelten. «Wer von Euch liest denn so etwas?», fragte sie.

Cristino wurde rot. Sie wusste, wie unschicklich ihre Lektüre war. «Cristino», sagte Catarino rasch.

Tante Beatrix nahm ein Buch vom Tisch und hielt es gegen das Licht. Die Sonne warf ihren goldenen Schimmer darüber. «Der Vesalius», murmelte sie. «Die haben Pierre gehört. Ich hatte schon befürchtet, Philomenus hätte sie weggeworfen.» Sie hob den Blick und richtete ihn auf Cristino. «So etwas interessiert dich, ja?», fragte sie.

Cristino sank in sich zusammen. «Mhm ja», murmelte sie kaum hörbar.

«Schön!», sagte Tante Beatrix erfreut. «Sehr lobenswert!»

Die Mädchen sahen sich an. Lobenswert fand ihre Tante das. Catarinos Blick nach zu urteilen schien sie erheblich an Beatrix' Verstand zu zweifeln.

«Hübsches Zimmer», meinte Tante Beatrix mit einem Blick in die Runde.

«Na ja … es ist ziemlich klein zu zweit.» Catarino rümpfte die Nase.

Tante Beatrix ließ ein helles Lachen hören. «Wohnt mal wie ich zwanzig Jahre lang in einer Klosterzelle, mit einer Pritsche als Bett und einem Kreuz als einzigen Schmuck an der Wand, dann kommt euch das hier wie ein Palast vor!»

Die beiden Mädchen sahen sich betroffen an. Nonne sein war ein hartes Los, sie hatten es ja geahnt. Arme Tante Beatrix.

Das brachte sie auf die alte Frage zurück. «Tante Beatrix», begann Cristino verlegen.

«Ja?»

«Warum seid Ihr ins Kloster gegangen? War das der Wunsch Eurer Eltern?»

Sie befürchtete, Tante Beatrix würde diese Frage entrüstet zurückweisen, doch zu ihrer Überraschung lachte die nur. «Immer das gleiche im Hause Auban. Meine Mutter wurde gezwungen, einen Bürgerlichen zu heiraten, ich wurde gezwungen, ins Kloster zu gehen. – Oh nein, mein Kind. Ich bin voll und ganz aus freien Stücken Benediktinerin geworden.»

Cristino und Catarino sahen sich an. Wahrer Glaube, sagte Cristinos Blick, unglückliche Liebe der Catarinos.

«Dann seid Ihr also wirklich aus Frömmigkeit ins Kloster eingetreten», sagte Cristino beeindruckt. «Und habt alles geopfert, Euer ganzes Leben, um Gott zu dienen.» Sie seufzte tief.

«Blödsinn», sagte Tante Beatrix unwirsch.

Das war nicht gerade die Antwort, die Cristino erwartet hatte. Sie warf ihrer Tante einen erstaunten Blick zu.

«Ich bin fromm, natürlich», erklärte Beatrix. «Aber sicher nicht frommer als die meisten Frauen, sicher nicht frommer als eure Mutter und ganz bestimmt nicht frommer als Frederi.»

«Das verstehe ich nicht!» Catarino hatte die Stirn gerunzelt. «Und trotzdem habt Ihr all das aufgegeben, um Nonne zu werden?»

«All das? Was denn?» Ihre Tante lachte.

«Na – alles eben. Euer Leben als Frau. Luxus. Feste. Ihr hättet einen reichen Mann heiraten und ein glückliches Leben führen können, und stattdessen lebt Ihr in einer kahlen Zelle.»

«Mein Leben als Frau!» Tante Beatrix' Stimme war beißend vor Ironie. «Kannst du mir verraten, was am Leben einer Frau so schön sein soll, dass man ihm nachtrauern müsste? Heiraten? Einen Mann, den ich nicht liebe, den die Eltern seines Geldes oder seiner gesellschaftlichen Stellung wegen aussuchen, dem ich gehorchen muss, selbst wenn er ein Dummkopf ist, der mich behandeln darf wie den letzten Dreck, der mich sogar schlagen darf, wenn es ihm gefällt? Ein Mann, der sich abends besäuft und danach im Ehebett über mich herfällt ohne jede Rücksicht auf meine Gefühle? Und selbst wenn ich Glück habe, und er ist lieb und sanft und freundlich, vor jedem Schritt, den ich mache, jedem Wort, das ich spreche, seine Erlaubnis einholen müssen? Ein Leben, in dem Denken verboten ist, in dem es als unschicklich angesehen wird, wenn ich ein Buch aufschlage, nie mehr disputieren, philosophieren, nie mehr auf dem Weg der Erkenntnis gehen? Und dafür Kinder kriegen, Jahr für Jahr einen dicken Bauch vor sich herschieben, bis man schließlich eines Tages im Kindbett verblutet? Catarino, so leid es mir tut, an diesem Leben kann ich nichts Erstrebenswertes finden!»

Die Mädchen starrten sie an mit offenem Mund. Catarino war noch nie so sprachlos gewesen.

«Sie mich an, Catarino», sagte Tante Beatrix. «Ich bin Äbtissin. Ich stehe einem Kloster vor, leite es, vertrete es in allen Dingen. Man behandelt mich mit Respekt, meine Meinung ist gefragt, sogar unter Männern. Ich bin in der Lage, mich meinen wissenschaftlichen Studien zu widmen, der Medizin, der Erforschung der Natur, ich kann sogar wissenschaftliche Abhandlungen schreiben, ohne dass es als verwerflich angesehen wird. Catarino, nicht für allen Luxus und alle fleischlichen Genüsse dieser Welt würde ich mein Leben gegen das einer Ehefrau eintauschen!»

Die Mädchen schwiegen noch immer, völlig verdattert. Tante Beatrix seufzte. «Oh je, habe ich jetzt euer Weltbild ins Wanken gebracht? Philomenus wird mich umbringen, schätze ich.» Sie kicherte.

«Aber … aber … es ist doch auch einfach nicht der Sinn der Sache, dass Frauen sich mit Wissenschaft beschäftigen», meinte Cristino hilflos. «Das ist doch nun mal die Aufgabe der Männer. Wir Frauen haben andere Aufgaben.»

«Was für Aufgaben? Kinder zu gebären?»

Cristino nickte lahm.

«Wisst ihr, was meine Meinung dazu ist? Wenn Gott nicht gewollt hätte, dass Frauen denken, dann hätte er sich wohl nicht die Mühe gemacht, sie mit einem Kopf auszustatten. Eine Gebärmutter auf Beinen hätte für seine Zwecke dann völlig genügt», sagte Beatrix. Sie lachte auf, als sie die restlos entgeisterten Gesichter ihrer Nichten sah. «Guckt nicht so dumm, ich meine es genau so, wie ich es sage», rief sie. «So, Catarino, und jetzt muss ich dich leider nach draußen bitten.»

«Waaas?», rief Catarino enttäuscht.

«Ich muss mit Cristino reden. Kurz.»

Maulend zog sich Catarino aus dem Schlafgemach zurück.

«Und?», fragte Cristino düster, kaum dass sich die Tür hinter ihrer Schwester geschlossen hatte. «Habt Ihr etwas wegen Agnes Degrelho herausgefunden?»

Beatrix setzte sich zu Cristino an den Bettrand. «Cristino ...», begann sie, dann brach sie ab mit einem tiefen Seufzer.

«Es ist schlimm, ja?», flüsterte Cristino. «Ich werde sterben, das wollt Ihr mir doch sagen. Agnes ist gekommen, um mich abzuholen, so ist das.»

«Blödsinn!», entfuhr es Beatrix. «Es ist nur ... oh, Cristino, ich würde es dir so gerne sagen, aber ich darf nicht! Ich habe einen Eid geleistet!»

«Dann berührt es die Geheimnisse der Kirche?», krächzte Cristino. Sie hatte von geheimen Büchern im Vatikan gehört, in denen alle Mysterien der Welt niedergelegt waren. Einschließlich alles, was es über Geister und Hexerei zu wissen gab.

«Cristino», ihre Tante fasste sie bei den Händen, «es wird der Tag kommen, an dem du alles verstehen wirst. Aber im Moment kann ich nichts für dich tun, was Agnes Degrelho betrifft. Aber Agnes ist auch nicht das Problem. Agnes stellt keine Gefahr für dich da. Wohl aber diese Leute, die dir letztens auf dem Fest der Mergoults aufgelauert haben.» Sie schob eine hervorgerutschte Haarsträhne unter ihre Haube zurück. «Cristino, du musst vorsichtig sein», sagte sie. «Da ist jemand, der dir Böses will. Ich bin mir noch nicht ganz sicher, wer und warum, aber ich habe einen Verdacht. Und wenn ich recht habe, schwebst du in Lebensgefahr!»

Cristino zitterte. «Ich sage es ja», schniefte sie. «Deshalb ist Agnes zu mir gekommen, deshalb!»

«Oh, Cristino!» Tante Beatrix legte ihren Arm um sie. «Es tut mir so leid.»

«Tante Beatrix?»

«Hm?»

«Wie war das damals, als Vater starb?»

«Ich habe dir doch schon einmal gesagt, du musst das Frederi fragen.»

«Nein, ich meine… wie passiert so etwas? Eine Seuche, meine ich.»

«Nun, Seuchen entstehen eben oft in Notzeiten, besonders in Kriegen, wenn viele Menschen zu Tode kommen und nicht richtig begraben werden…»

«Das weiß ich. Das meine ich nicht.» Cristino schüttelte den Arm ihrer Tante ab. «In den Büchern steht immer, dass Krankheiten entstehen, wenn das Gleichgewicht der Körpersäfte durcheinanderkommt. Paracelsus sagt, Krankheiten entstehen, wenn der innere Alchemist versagt. Aber wie passt das alles zu Seuchen? Es kann doch nicht bei allen Menschen gleichzeitig zu einer Störung der Körpersäfte kommen, oder?» Sie schwieg einen Moment. Dann sagte sie: «Glaubst du an das Contagion?»

Tante Beatrix lächelte. «Das Contagion? Du meinst, dass es eine Substanz gibt, die eine Krankheit von einem Menschen auf den anderen übertragen kann? Sag bloß, du hast Fracastoro gelesen… Nun, in Hinblick auf Seuchen muss man ja fast daran glauben. Jeder verhält sich so, als ob es das Contagion gäbe. Sonst wären Quarantänemaßnahmen ja sinnlos.»

«Aber wenn das so eindeutig ist, warum wird es von so vielen Medizinern dann als Aberglaube abgetan?»

Tante Beatrix hob in ihrer typischen Art die Augenbrauen. «Neue Ideen brauchen immer eine Weile, sich durchzusetzen. Mit einer Weile meine ich ein paar hundert Jahre. Denk mal an die Sache mit dem Blutkreislauf. Als Miguel Servet vor zwanzig Jahren gesagt hat, das Blut fließe vom Herz über die Lungenarterien in die Lunge und über die Venen zurück, da ging ein Schrei der Entrüstung durch die Ärzteschaft. Dabei haben mein Bruder und ich schon Jahre zuvor in der Bibliothek der Universität Padua ein Dokument gesehen, in dem ein Reisender von den Forschungen eines arabischen Gelehrten aus dem 12. Jahrhundert berichtete, und dieser Araber hat schon damals den Blutkreislauf gekannt. Eine uralte

Geschichte also, aber ich bin sicher, dass es noch ein paar hundert Jahre dauern wird, bis endlich allgemein anerkannt ist, dass in den Arterien keine Luft ist! Zumal Servet, der Einzige, der genial genug gewesen wäre, es zu beweisen, den Fehler gemacht hat, sich mit Calvinus anzulegen.»

«Wegen dem Blutkreislauf?», fragte Cristino erstaunt.

«Nein. Wegen der Frage der Dreieinigkeit. Die beiden haben sich damals in Paris den reinsten Krieg über dieses Thema geliefert. Und Servets Verhängnis war, dass er, Wissenschaftler der er war, nicht begriff, dass es für einen Fanatiker wie Calvinus keinen Unterschied zwischen einem philosophischem Disput und einem Kampf auf Leben und Tod gibt.»

«Wieso … Verhängnis?», fragte Cristino unsicher.

«Oh, er hat vor ein paar Jahren den Fehler gemacht, auf seinem Weg nach Neapel in Genf Station zu machen. Calvinus hat ihm umgehend den Prozess gemacht und ihn ein paar Tage später öffentlich verbrennen lassen», sagte Beatrix ungerührt. «Im protestantischen Genf, wohlgemerkt. Es ist überall dasselbe. Menschen, die denken, leben gefährlich, egal, ob sie es mit den Protestanten oder den Katholiken zu tun haben.»

Cristino schluckte ein paar Mal heftig. «Was meinst du, was das Contagion ist?», fragte sie dann, bemüht, nicht weiter über die Geschichte um den unglücklichen Miguel Servet nachzudenken.

«Nun», Beatrix runzelte die Stirn, «Fracastoro hält es für einen lebendigen Keim, aber ich denke, am wahrscheinlichsten handelt es sich um eine Art Gift in Form einer Ausdünstung. Anders kann man ja schlecht erklären, dass manche Seuchen auch auf Menschen übertragen werden, die keinen direkten Kontakt mit Kranken hatten.»

«Aber wenn es ein Gift ist», überlegte Cristino, «müsste man sich dann nicht irgendwie davor schützen können?»

«Das hat man oft versucht», meinte ihre Tante. «Bei den großen Pestepidemien in den vergangenen Jahrhunderten haben die Ärzte regelrechte Rüstungen als Schutzanzüge getragen. Es hat nicht viel genützt.»

«Na, das ist ja wohl logisch – eine Rüstung, die eine Ausdünstung abhält, ist auch eine alberne Vorstellung!»

«Hast du einen besseren Vorschlag?», fragte Beatrix amüsiert.
«Ich … weiß nicht. Ich werde darüber nachdenken.»
«Tu das», sagte Beatrix lächelnd. «Tu das ruhig.»

***

An jenem Tag – dem 10. Juni, um genau zu sein – brach Fabiou, der Poet und Investigator, erneut zur Universitätsbibliothek auf. Wie das letzte Mal kleidete er sich in sein bestes Gewand – eines der neuen diesmal, ein dunkelgrünes Wams mit einer grauen Hose –, drückte sich das dazu passende Barett auf die roten Locken und betrachtete sich im Spiegel.

Es war kein kleiner Junge mehr, der ihm leicht verzerrt aus dem Spiegel entgegenblickte. Er war wahrlich in die Höhe geschossen in den letzten Wochen; er war länger, dünner, sein Gesicht schmaler, und das Gewand, das nun endgültig nicht mehr das Gewand eines Kindes, sondern das eines Mannes war, tat ein Übriges. Fabiou starrte fasziniert auf eine fremde Gestalt, die Gestalt eines mageren, sommersprossigen jungen Mannes mit leuchtenden grünen Augen. Fast hatte er das Gefühl, auf das Portrait in Omas Salon zu blicken.

Der Ritter der Kelche. Ein gutes Gefühl.

Es war helllichter Tag, die Straße belebt, und die Universität ja nur zwei Straßen entfernt. Dennoch ertappte er sich dabei, wie er sich alle paar Schritte umdrehte, seinen Blick über die gleichgültigen Gesichter streifen ließ, die an ihm vorüberzogen. Irgendwo im Moloch dieser Stadt lauerte jemand auf ihn, wie eine Spinne in ihrem Netz, und wartete auf den Moment, wo er zupacken konnte.

Das war kein gutes Gefühl.

Diesmal bewegte er sich um Längen sicherer durch die Korridore der Universität. Dem Mann am Eingang der Bibliothek schenkte er ein gleichmütiges Lächeln, während er seinen Namen in das Registraturbuch kritzelte. Dann lief er weiter, zu den Regalen.

1542-1545. Er blätterte durch die Galaud'schen Annalen. Berichte über Feierlichkeiten, über Beschlüsse des Parlaments, über Steuern und Gesetze. Berichte über Verbrechen, über Gerichtsverhandlungen, über Hinrichtungen. Berichte über die Kirche, die Protestanten, die Inquisition. Berichte über Staatsbesuche und der Klatsch der oberen Zehntausend.

Kein einziger Bericht über die Bruderschaft.

Fabiou ließ den Kopf in die Hände sinken. Wenn das Parlament der Bruderschaft auf den Fersen gewesen war, wie Sébastien sagte, und wenn der offizielle Stadtschreiber dennoch kein Wort über die Bruderschaft verlor, dann konnte das seiner Erfahrung zufolge eigentlich nur eines bedeuten: das Parlament wollte nicht, dass Worte darüber verloren wurden.

Es waren Adlige. Keine armseligen Strauchdiebe wie ein Joan lou Pastre oder ein Enri Nicoulau. Adlige, die sich gegen die herrschende Ordnung auflehnten. Die sie ins Gegenteil verkehren wollten. Das Recht über die Macht, der Arme, der Ketzer, der verfolgte Leibeigene über die Gier des Edelmanns und die Interessen der Herrschenden. Es war ein Skandal. Man versuchte, ihn zu ignorieren, ihn totzuschweigen, späteren Generationen ja keinen Anstoß zu geben, in dieselbe Richtung zu denken. Und man versuchte, den Stein des Anstoßes zu beseitigen. Vermutlich ebenso diskret.

Niemand tötet ungestraft einen Mythos.

Er zog den Zettel heraus, auf dem er die Widmung aus UTOPIA notiert hatte, und starrte auf die Reihe der unverständlichen Namen. Magister Morus. Comes Ianus. Schionatulander. Augustus. Cosmas. Orléans. Coeur de Lion. Eleazar. Lancelot. Mountagno. Franciscus. Gracchus. Und Carfadrael. «Mein Gott», flüsterte er leise, «was haben die mit euch gemacht?»

Ein paar Minuten saß er so. Stille ringsumher, ab und zu das Rascheln von Pergament und das Kratzen von Federn auf Papier, wenn ein eifriger Student sich seine Notizen machte. Er versuchte sich zu konzentrieren. Diese Bibliothek barg mehr als eine Menge wissenschaftlicher Schinken und eine stark überarbeitete Stadtgeschichte.

Ingelfinger.

Was hatte er an jenem Tag nach dem Fest bei den Mancoun hier gemacht? Fabiou war damals automatisch davon ausgegangen, er habe ebenfalls nach der Inschrift in UTOPIA gesucht, da dort schließlich wie in Trostetts Brief der Name Carfadrael erwähnt wurde. Aber war dies wahrscheinlich? Was hatte ein deutscher Spion für ein Interesse an einer Widmung mit einer Liste von Fantasienamen? Hatte Ingelfinger am Ende etwas völlig anderes gesucht?

Er stand auf und lief zu jenem Regal hinüber. Was mochte hier sein, das von solcher Wichtigkeit war, dass die Spione des Kaisers sich dafür interessierten?

Trostett. Trostett war einer von Ingelfingers Leuten. Ingelfinger erhält die Nachricht, dass er ermordet wurde. Was denkt er? Wohl, dass es sich um ein politisches Komplott handeln muss. Was tut er? Versuchen, die Hintermänner des Komplotts ausfindig zu machen. Herauszufinden, ob dem Reich von denen, die Trostett getötet haben, Schaden droht. Er kommt hierher. Wahrscheinlich weiß er eine Menge über Trostetts Vergangenheit. Wahrscheinlich weiß er, dass dieser einmal mit der Bruderschaft zu tun hatte. Wahrscheinlich weiß er noch viel mehr. Aber vermutlich nicht alles, wenn man an das Gespräch mit Petri denkt. Er macht sich auf, nach den fehlenden Informationen zu suchen. Er gibt sich als Grandjean aus, spioniert unter diesem Namen in der feinen Gesellschaft herum. Und als allernächstes marschiert er in diese Bibliothek. Warum? Doch wohl nur, weil er glaubt, zwischen diesen beiden Regalwänden etwas absolut Bahnbrechendes herauszufinden!

Fabiou starrte auf die Regalwand. Ein Buch mit schwarzem Einband hatte Ingelfinger in der Hand gehalten. Schwarzer Einband. Es gab hunderte in diesen beiden Regalen.

Er ging diesmal systematisch vor. Er fing auf der rechten Regalwand links oben außen an und arbeitete sich langsam nach rechts unten vor. Platons «Euthydemos», Cäsars «De Bello Gallico», Ovids «Metamorphosen» – das Ordnungsprinzip erstaunte ihn erneut –, Dante, Petrarca, Machiavelli.

Er hielt inne.

EXERCITATIO DE CREATIONE HOMINIS VOLANTI
FUNDATO IN INVESTIGATIONIBUS CELEBRISSIMI
LEONARDI VINCII
PETRI MARTINI AVINGI
Professoris Philosophiae in urbe Aquae Sextiis

Abhandlung über die Schaffung des fliegenden Menschen gegründet auf die Untersuchungen des hochberühmten Wissenschaftlers Leonardo da Vinci. Autor Pierre Martin Avingou.

Er blätterte durch die Seiten. Druckdatum 14. Februar 1545. Nur drei Monate vor Onkel Pierres Tod erschienen. Druckerei Mouche Piquéu, Rue du Puits-Chaud, Aix. Lateinischer Text, zahlreiche Skizzen und Abbildungen. Anatomische Darstellungen von Vögeln. Geometrische Versuche über mechanische Flügel. Skizzen von Gestellen, an denen Flügel montiert waren, in einige von ihnen Sitzflächen integriert, auf denen Menschen saßen. Die Skizzen waren signiert mit F. C. Frederi? Unmöglich!

«Die menschliche Armmuskulatur ist im Vergleich zum Vogel zu gering ausgebildet, als dass es möglich erscheint, dass ein Mensch sich mit an den Armen befestigten Flügeln in die Luft erhebe. Eine Flugmaschine ist somit nur mit starren Flügeln denkbar, die allein durch die Luftströmung in der Höhe gehalten wird, oder mit mechanisch bewegten Flügeln. Ein zwei Spannen großes Modell aus Holzstreben und Pergament ist, in den Wind geworfen, durchaus in der Lage, sich für eine Spanne bis zu zwanzig Sekunden in der Luft zu halten. Versuche mit größeren Modellen scheitern bisher daran, dass keine vergleichbare Beschleunigung erzielt werden kann.»

Ein seltsames Gerät, eine Art schraubenförmiges Zeltdach, drehbar über einem Gestell gelagert.

«Die Luftschraube, von Leonardo da Vinci entwickelt, kann ab einer gewissen Drehzahl einen nach unten gerichteten Luftstrom errichten, stark genug, die Konstruktion in die Höhe zu heben. Mit menschlicher oder tierischer Körperkraft konnte da Vinci keine ausreichende Beschleunigung erreichen. Durch Einsatz einer Feder vergleichbar den Federn in Taschenuhren ist es nun gelungen, nach Erhöhung der Federspannung und Vergrößerung der Übersetzung ein Modell mit einem Drehradius von zehn Zoll in die Luft zu erheben. Aufgrund der geringen Seitenstabilität konnten bisher nur kurze Flugzeiten bis zu 25 Sekunden erzielt werden. Vor dem Bau größerer Modelle muss ein entsprechendes Federwerk entwickelt werden.»

Bibliothek hin oder her, Fabiou konnte es sich nicht verkneifen, leise durch die Zähne zu pfeifen. Onkel Pierre schien dem Geheimnis der Flugmaschine ganz schön nahe gekommen zu sein. Er dachte nach. War es am Ende das, was Ingelfinger gesucht hatte? Ein paar fliegende Konstruktionen aus Holz und Pergament im Spielzeugformat. Klingt nicht gerade nach Geheimsache. Aber was, wenn die weiterführenden Experimente, von denen Onkel Pierre schreibt, erfolgreich waren? Was, wenn Onkel Pierre in der Tat einen Apparat entwickelt hatte, mit dem sich ein Mensch über längere Zeit in der Luft halten konnte? Fabiou kannte sich nicht sonderlich aus in Strategie und Kriegsführung, aber er konnte sich durchaus vorstellen, dass ein Flugapparat für eine Armee einen immensen militärischen Vorteil darstellte.

War es das, worum es ging?

Mit nachdenklich gerunzelter Stirn schob Fabiou das Buch ins Regal zurück.

Er hielt inne. Etwas blockierte.

Fabiou zog das Buch wieder nach draußen und blickte in den schmalen Zwischenraum, in dem es gestanden hatte. Hinten im Eck entdeckte er den Grund für sein Problem. Ein kleines flaches Büchlein mit braunem, fleckigem Ledereinband. Es erinnerte an das, das er stets in seiner Brusttasche trug. Fabiou zog es aus dem Regal und schlug es auf.

Es war handschriftlich beschrieben, auf Französisch, mit raschen, hastigen Buchstaben, der Kohlestift zum Teil verwischt, Wörter und ganze Sätze durchgestrichen und Verbesserungen zwischen die Zeilen geflickt. So als habe der Autor nur sehr wenig Zeit gehabt. Die Seiten waren zum Teil geknickt, fleckig und gewellt, an den Ecken aufgefasert, ein Buch, das man achtlos in Taschen gestopft und auf schmutzige Unterlagen geworfen hatte.

Le véritable report sur la PERSÉCUTION et ANNIHILATION des Vaudois au Lubéron par les troupes piemontais sur l'ordre du Baron Maynier d'Oppède en Avril 1545, escrit par Pierre Martin Avingou, Docteur de l'Université d'Aix.
Dieux soit mon témoin.

Der wahrhaftige Bericht über die Verfolgung und Vernichtung der Waldenser im Luberoun durch die Truppen aus dem Piemont unter Befehl des Baroun Maynier d'Oppède im April 1545, geschrieben von Pierre Martin Avingou, Doktor der Universität von Ais. Gott sei mein Zeuge.

Fabiou runzelte die Stirn. Auch wenn dieses Buch sicher in keinem Bezug zu Ingelfinger stand, hatte er das deutliche Gefühl, etwas ziemlich Aufschlussreiches in den Händen zu halten. Ein Blick nach rechts, einer nach links, und er ließ das Büchlein in seiner Brusttasche verschwinden.

Sein Onkel. Pierre Martin Avingou. Himmel, langsam faszinierte ihn dieser Mensch!

Er suchte weiter. Diesmal würde er nicht beim ersten vermeintlichen Treffer seine Suche als beendet ansehen. Er würde sämtliche Bücher mit schwarzem Einband in diesen beiden Regalen anschauen, und wenn es zwei Stunden dauerte.

Es dauerte zwei Stunden. Er durchsuchte das gesamte Regal zur Linken und ein Großteil des Regals zur Rechten. In der untersten Reihe des zweiten Regals fand er es schließlich. Ein lateinisches Buch. Erasmus von Rotterdam, DE LIBERO ARBITRIO DIATRIBE SIVE COLLATIO – Gespräche oder Unterredung über den freien Willen. Gelangweilt – er rechnete nicht mehr mit einem Erfolg – schlug er es auf und blätterte durch die Seiten.

Ein einzelnes Blatt Papier segelte heraus, zweimal gefaltet, gepresst von den Jahren. Fabiou bückte sich, hob es vom Boden auf und faltete es auseinander.

Diesmal war der Text provenzalisch. Was seltsam war. Kein Mensch schreibt auf provenzalisch. Es sah so eigenartig aus, dass Fabiou jedes Wort zweimal lesen musste, bis er es verstand.

«An alle,
ich habe alles versucht. Keine Möglichkeit, eine gerichtliche Verfügung durchzusetzen, die sie aufhält. Es ist beschlossene Sache, der König selbst soll es abgesegnet haben. Ein bewaffneter Kampf scheidet daher aus, keiner der Edelleute will sich dem Vorwurf der Rebellion aussetzen. Corbeille hängt mit drin, schätze ich. Trostett lehnt jede Unterstützung ab. Es bleibt nur die letzte Lösung, das, was C. vorgeschlagen hat. Möge Gott uns verzeihen.

S.»

Fabiou spürte, wie ihm ein eisiger Schauer den Rücken herunterlief. Er wusste nicht, was es war. Und doch spürte er, die Antwort in seinen Händen zu halten. Er stopfte den Zettel zu dem Buch in seine Tasche, schob den Erasmus ins Regal zurück und ging aus den

Raum mit großen, hastigen Schritten. Er hatte das sichere Gefühl, dass die Studenten an den Tischen ihm hinterher starrten.

Er lief die Carriero drecho hinauf, flitzte durch die Carriero de Jouque. «Loís!», rief er, als er sich dem Haus näherte.

Die Tür ging auf. Nicht Loís, Frederi. Sein Gesicht war zornesrot.

«Ähm, ich war nur kurz in der Bibliothek … ich wollte ein Buch von Platon einsehen …», stotterte Fabiou.

Frederi schien ihn kaum zu beachten. «Zieh dich an», sagte er mürrisch. «Wir müssen einen Ausritt machen.»

***

Nach Loís' Worten hatte sich ungefähr Folgendes zugetragen: Gegen neun Uhr morgens hatte Alexandre de Mergoult in der Carriero de Jouque vorgesprochen und Frederi unmissverständlich erklärt, dass er beabsichtige, Cristino auf einen Ausritt in die Wälder um Ais mitzunehmen. Dass Frederi mitnichten einverstanden war, musste Mergoult genauso auffallen wie Loís und allen anderen, doch war es Mergoult allem Anschein nach völlig egal, und Frederi fehlte offensichtlich der Mumm, Mayniers Sprössling einen Wunsch abzuschlagen. Und auf seinen halbherzigen Einwand, dass Docteur Vascarvié verlangt habe, Cristino bis auf weiteres nicht aus dem Haus zu lassen, entgegnete Mergoult mit einem geringschätzigen Lächeln, dass er das Vertrauen des Parlamentspräsidenten besäße und Cristino so oft ausführen könne, wie er wollte, ohne dass Vascarvié auch nur das Geringste dagegen einzuwenden habe.

Der Cavalié gab sich geschlagen. Er erklärte, dass er sie selbstverständlich begleiten würde, und sein Stiefsohn Fabiou als Cristinos nächster männlicher Verwandter ebenso – Fabiou hätte auf die Ehre lieber verzichtet. Cristino dagegen war bezaubert. Für einen Moment sah es so aus, als sei der ganze Trübsinn der vergangenen Woche von ihr abgefallen; ihr Gesicht war rosig, ihre Augen strahlten, und in Rekordzeit stürzte sie sich in ihr allerbestes Reitkleid.

So traf man sich gegen elf Uhr an der Porto Nosto Damo. Alexandre de Mergoult war allein erschienen; er saß auf einem wunderschönen Rappen mit einem Fell so glänzend wie der Spiegel eines nächtlichen Sees; sein farbenfroher Reitanzug entsprach der neuesten italienischen Mode, und seine schwarzen Augen funkelten mit dem auf Hochglanz polierten Knauf seines Degens um die Wette. Als die Herrschaften sich näherten, grüßte er den Cavalié mit einer tiefen, ehrerbietigen Verbeugung, neigte kurz den Kopf in Fabious Richtung und stürzte sich sodann auf Cristino, die er mit Handküssen und Komplimenten überhäufte – Ihr seid eine Blume, die in der Wüste erblüht, ein Edelstein, der die Kronjuwelen in den Schatten stellt, Sonne und Mond verblassen vor Eurem Glanz, und so weiter. Cristino kommentierte seine Bemühungen, indem sie brav rot wurde und ein etwas nervöses Kichern hören ließ. Frederi sandte giftige Blicke aus, wenn er dabei auch nicht wagte, Mergoult anzusehen, und stattdessen lieber seinen Sattelknauf fixierte.

Die Szene hatte die Schönheit und Kunstfertigkeit eines Gemäldes von Niccolo dell'Abbate – vom Titel her so etwas im Stil von «Reitgesellschaft am Tor» –, und sie hätte ihre Beschaulichkeit behalten können, wenn in diesem Moment nicht zwei weitere Reiter die Carriero drecho hinauf gekommen wären, in gemächlichem Schritt, so als hätten sie nichts Rechtes vor und wüssten noch nicht genau, wohin sie die Schritte ihrer Rosse lenken sollten.

Es waren Arnac de Couvencour und Sébastien de Trévigny.

Für Fabiou war es ein Lichtblick. Er lenkte sein Pferd rasch an Sébastiens Seite, um diesem zuzutuscheln: «Ich habe etwas unglaublich Interessantes entdeckt! Wir müssen uns treffen!»

Alexandre de Mergoult definierte das Wort ‹Lichtblick› etwas anders. Seine Hand zuckte so ruckartig zu seinem Degen, dass Frederi erschrocken zusammenfuhr. «Couvencour!», zischte er, etwa in dem Tonfall, in dem man sonst: «Der Steuereintreiber!» sagt.

«Tag, Mergoult, wie geht's?» Auf Arnacs Gesicht war ein ziemlich höhnisches Grinsen erschienen.

«Wir gehen!», fauchte Mergoult. «Ich werde nicht eine Minute in der Gegenwart dieses verfluchten Ketzerfreunds verbringen! Kommt, Cristino!» Er wendete sein Pferd. Cristino warf Arnac einen hochmütigen Blick zu und folgte Alexandre. Frederis Blick wurde noch ungnädiger. Es war offensichtlich, dass er alle drei Herren, Mergoult, Couvencour und Trévigny, zur Hölle wünschte.

Sie durchquerten das Tor. Fabiou zuckte bedauernd mit den Achseln und folgte ihnen.

«Er mag uns nicht», stellte Sébastien mit einem Blick in Richtung von Mergoults Rückseite fest.

«Das trifft es nicht ganz. Er hasst uns», sagte Arnac. Dann erschien ein Grinsen auf seinem Gesicht. «Lust auf einen kleinen Ausritt?»

***

«Ich denke, ich werde zunächst mal zusehen, dass ich nach Paris, an den Hof komme. Das ist einfach wichtig, heutzutage. Die Zeiten, wo wir hier in der Prouvenço unsere eigene Suppe gekocht haben, sind nun mal vorbei.»

«Ja, Alexandre.»

«Der Baroun d'Oppède, mein Gönner, hat da Kontakte. Er ist sicher, dass er mir einen guten Posten bei Hof beschaffen kann. Nach ein paar Jahren, wenn ich zurückkomme, steht mir dann alles offen – ich kann Mitglied im Parlament werden, oder Konsul, oder, wer weiß, vielleicht sogar königlicher Intendant. Es hat bisher noch nie einen Intendanten gegeben, der Provenzale war, aber bisher besaß natürlich auch noch keiner die nötige Qualifikation.»

«Ja, Alexandre.»

«Der weitere Anschluss der Prouvenço an die Krone ist ein Muss. Schon, dass wir uns gegen den päpstlichen Einfluss aus dem Comtat wehren können. Und auf alle Fälle müssen wir uns von den Béarnern absetzen. Das sind Bauern, ein Volk aus Gamshirten und Wildschweinjägern. Seht Euch doch nur die Albret an. Ihren Sohn. Ein Prinz, und benimmt sich wie der letzte Bauernbub. Um Navarra wird es mal schlecht bestellt sein, wenn dieser Taugenichts König wird. Wir können froh sein, dass wir eine Dynastie an der Spitze unseres Landes haben, die aus fähigen Männern besteht.»

«Ja, Alexandre.»

Fabiou seufzte und wischte sich mit der Hand den Schweiß aus der Stirn. Eine perverse Idee, um diese Tageszeit einen Ausritt zu machen.

Sie befanden sich irgendwo in den bewaldeten Hügeln, die St. Vitori vorgelagert waren, dem eindrucksvollen Bergmassiv, das sich östlich von Ais erhob, umgeben vom Duft verdorrender Kiefernadeln und einer Hitze, die sich unter dem Dach der Bäume hielt wie in einer Bleikammer. Cristino und Mergoult ritten voraus; Frederi und Fabiou folgten in gebührendem Abstand, was nach Frederis Vorstellung gerade weit genug war, dass ihre Gäule nicht mit den Nüstern den Schweif der Vorausreitenden berührten. Nahe genug also, um jedes Wort von Mergoults Geprahle mithören zu müssen. «Können wir nicht etwas mehr Abstand halten?», nörgelte Fabiou.

Frederi hatte die Lippen zusammengepresst. «Nein!», erklärte er kategorisch.

«Sagt mal, Vater, ist es wahr, dass Ihr früher gut mit Senher Couvencour befreundet wart?», fragte Fabiou.

Frederis Gesicht wurde noch zwei Grade griesgrämiger. «Wer hat dir denn den Schwachsinn erzählt?», grummelte er.

«Oh ... ähm ... Senher Couvencour.»

Frederi starrte auf die rotbraune Mähne seines Pferdes. «Er ist ein Idiot, Rouland», murmelte er. «Er hat immer noch nicht begriffen, dass dieser Weg nur in den Tod führen kann. Aber ich, ich habe es begriffen. Und ich werde nicht zulassen, dass noch mal irgendwer in unserer Familie sich oder andere durch ketzerische Unternehmungen in Gefahr bringt.» Er spielte zweifellos auf Cristous juristische Aktivitäten an.

Zur Linken stieg der Hügel nun steil und felsig in die Höhe, ein Anblick, den Mergoult ungemein idyllisch zu finden schien, denn er sagte: «Laufen wir ein Stück», parierte sein Pferd, half Cristino aus dem Sattel und zog sie hinter sich den Hang hinauf. «Auch das noch!», stöhnte Fabiou. «Eine kleine Gipfelbesteigung in der Mittagshitze! Der hat echt 'nen Schaden!»

Frederi reagierte nicht. Er schwang sich aus dem Sattel und band den Zügel seines Pferdes am Stamm einer Kiefer fest. «Komm», sagte er nur und kletterte hinter Cristino und Mergoult die Felsen hinauf. Fabiou folgte seufzend.

Sie hatten Glück. Es ging nur für ungefähr fünf Minuten so steil bergauf, dann wurde der Weg wieder eben. Mergoult hatte Cristinos Arm genommen und wandelte jetzt gemächlich mit ihr durch die Bewaldung. «Diese Wälder sind ein Reichtum unseres Landes», erklärte er Cristino gerade. «Voller jagbarem Wild – Schwarzwild, Rotwild, Niederwild. Ganz abgesehen von dem unschätzbaren Vorrat an Holz. Holz ist wichtig heutzutage. Man denke nur an den Schiffsbau. Jetzt, wo die Verbindungen zur Neuen Welt ausgebaut werden, ein wichtiger Wirtschaftszweig.»

«Ja, Alexandre.»

«Wenn sie noch einmal ‹ja, Alexandre› sagt, bringe ich sie um!», regte sich Fabiou auf. Zu seinem grenzenlosen Erstaunen lachte Frederi.

Und in Frederis Lachen brach das Inferno.

Im ersten Moment begriff keiner von ihnen, was eigentlich geschah, Frederi nicht, Fabiou nicht, nicht einmal Mergoult, und Cristino schon gar nicht. Von allen Seiten brach es aus dem Unterholz, stürzte auf sie ein, ein Wust an Gesichtern und blitzenden Waffen.

Räuber. Mal wieder. Das war Fabious erster Gedanke.

Nein. Die Kleidung. Die Waffen. Keine Räuber. Landsknechte. Was hat das nun wieder zu bedeuten?

Cristino begann zu kreischen, ein schriller, schmerzerfüllter Laut, der über den Bäumen schwebte, nicht aufhören wollte, endlos in seiner Angst. Und Alexandre de Mergoult zog seine Waffe.

Man mochte gegen Mergoult sagen, was man wollte, seine Kaltblütigkeit war jedenfalls beeindruckend. Mit einer einzigen Bewegung hatte er Cristino hinter sich gezogen und den Degen aus der Scheide gerissen und mit einem seiner gewaltigen Hiebe den Schlag des vordersten Landsknecht abgefangen, der zurücktaumelte und einen seiner Kumpanen mit umriss.

«Cristino!», brüllte Frederi.

Vier Landsknechte nun, die sich auf Mergoult stürzten, der Cristino hinter sich zurückstieß, in die Deckung eines Baumes, während er versuchte, die gegen ihn gerichteten Hiebe abzuwehren.

«Cristino!» Kreidebleich war Frederi. Mit bebenden Händen zerrte er seinen Degen aus der Scheide. Eine Bewegung, der man ansah, dass sie ewig nicht mehr ausgeführt worden war. Keinen Moment zu spät, drei Landsknechte, die auf ihn eindrangen, Panik in Frederis Augen, doch, unglaublich für Fabiou, er parierte den ersten Schlag, und den zweiten, und den dritten, taumelte unter dem Ansturm rückwärts und wehrte einen vierten Schlag ab, und noch immer schrie und schrie Cristino, und die Schwertspitze eines Landsknechts verbiss sich knirschend in Frederis Degenkorb, und mit einem Aufschrei stolperte Frederi und der Degen flog aus seiner Hand und klirrte auf den Boden.

Einen Moment lang schien die Welt in ihrem Ablauf zu verharren. Cristino vor dem Baum, schreiend und schreiend, Mergoult, seltsam verlangsamt bewegte sich sein Körper, stieß sein Degen angreifende Schwerter zurück, und Frederi auf den Knien, das Schwert eines Landsknechts auf ihn gerichtet, Triumphgeheul ringsum, sie waren leichte Beute. Und drei Schritt hinter Frederi, funkelnd in einem einzelnen Sonnenstrahl, der durch das Geäst fiel, Frederis Degen auf den dürren Kiefernnadeln.

Fabiou rannte. Stürzte sich mitten durch die Landsknechte hindurch, nur fünf Schritte, und er würde Frederis Degen erreichen. Er wusste nicht, was er dann vorhatte. Er hatte keine Zeit, weiter zu denken als bis zu dem blinkenden Stück Metall auf dem Waldboden. Da war ein Arm über ihm, der Arm eines Landsknechts, ein Schwert in seiner behandschuhten Rechten, und Fabiou zog den Kopf ein und hechtete sich vorwärts.

Der Knauf der Waffe sauste nach unten. Fabiou hatte das deutliche Gefühl, dass sein Schädel zerplatzte wie eine reife Orange, die vom Baum fällt. Der Waldboden fing ihn auf, er lag, die Arme nach dem unerreichbaren Degen ausgestreckt, und spuckte Blut und Kiefernnadeln.

Ein Stiefel erschien in seinem Gesichtsfeld. Er wandte seine Augen nach oben, hämmernde Schmerzen hinter seiner Stirn, und blickte in das Gesicht, das sich über ihn beugte.

Arnac. Er hatte seinen Degen gezogen, und die Spitze schwebte über Fabious Nacken. Dann machte er einen blitzschnellen Satz nach vorne.

Der Tag hatte seine normale Geschwindigkeit zurück. Fabiou drehte sich um, hörte das Aufbrüllen und sah den Landsknecht, dessen Schwert eben noch über Frederis Kopf geschwebt hatte und der nun von Arnacs Degen in die Brust getroffen zu Boden sackte. Dann ein noch lauteres Brüllen, als die Landsknechte sich umwandten und auf ihre neuen Gegner blickten. Arnac und Sébastien standen zwischen den Bäumen, einen Schritt auseinander, eine äußerst dürftige Verstärkung gegen eine Bande von fünfzehn Kriegsknechten.

Und der Kampf ging los.

Fabiou hatte bisher noch nie das Vergnügen gehabt, Trévigny und Couvencour miteinander kämpfen zu sehen. Bloß einmal gegeneinander, und das war letztlich nur ein Schaukampf gewesen. Heute war es bitterernst. Von seinem Platz auf dem Waldboden hatte er zwar eine etwas eingeschränkte Sicht auf das Geschehen, doch auch so musste er feststellen, dass er selten etwas Faszinierenderes beobachtet hatte.

Es war das Phänomen, das er von bemalten Kreiseln kannte. Schlug man sie an, so kam der Punkt, an dem die Bilder auf dem Kreisel zu verwischen begannen, sich in einen einzigen Strom aus Farben verwandelten. Was immer Sébastien und Arnac taten, es war zu schnell, als dass es Fabious Wahrnehmung zugänglich gewesen wäre. Er sah die Landsknechte anstürmen und wieder zurückstolpern, er sah, wie sich Arnac und Sébastien mit der Geschwindigkeit eines Wirbelwinds über den Waldboden bewegten, er sah das Zucken von Klingen, schnell und unwirklich wie Blitze oder Feuerzungen, aber was eigentlich geschah, konnte er nicht erkennen. Alles, was sich mit Sicherheit sagen ließ, war, dass diese beiden für die Landsknechte keine leichte Beute waren.

Und dann sah er ihn. Er stand in einer Entfernung von vielleicht zwanzig Schritten im Schatten der Bäume, die Arme verschränkt, zwei Finger der rechten Hand locker auf dem Knauf seines Degens. Er stand dort, die Augen auf die Kämpfer gerichtet, wie der Puppenspieler, an dessen Fäden die Marionetten tanzen.

Es war der Mann mit der Glatze.

Nun denn, das erklärt vieles. Wir sind, wie es scheint, zum Tode verurteilt.

Ringsum klirrten die Waffen, tobte der Kampf, Arnac, Gott, wie kann es sein, dass ein Mensch sich so schnell bewegt, selbst Sébastien staunt in den Sekundenbruchteilen, die ihm zum Staunen bleiben …

… und der Kahle dreht seinen Kopf, und der Blick des Puppenspielers bohrt sich in Arnacs Augen.

Die Zeit steht still zwischen zwei Degenhieben, zwischen zwei Herzschlägen, sie blicken sich an, Arnac und der Kahle, und Arnac bewegt sich nach vorne, schiebt einen Landsknecht beiseite, gleichgültig, als gäbe es den Kampf nicht mehr, als wäre die Lichtung leer bis auf ihn und den Kahlen, dessen Hand sich langsam um den Degen schließt und ihn aus der Scheide zieht. Er lächelt.

Ein Jagdhorn, von irgendwoher. «Da kommen welche!» Wer hatte das gerufen? Einer der Landsknechte, oder war es Frederi?

Sie wandten sich ab, verschwanden zwischen den Bäumen, die Lichtung leerte sich. Der Kahle war verschwunden.

Cristino hatte aufgehört zu kreischen. Man hörte plötzlich die Vögel singen.

Frederi kam über die Lichtung gehumpelt, auf Arnac und Sébastien zu. «Sie fliehen», erklärte er intelligenterweise. Sébastien ließ sich mit einem erschöpften Seufzer auf den Waldboden fallen, aus seinen Haaren strömte der Schweiß. Arnac japste wie ein Ertrinkender.

«Senher, Ihr habt mir das Leben gerettet», sagte Frederi steif zu Arnac. «Unsere religiösen Differenzen bedingen, dass ich niemals Euer Freund sein kann. Aber seid Euch meines Respektes und meiner Wertschätzung gewiss.»

Arnac nickte fahrig. Der Degen schepperte aus seiner Hand, er sank keuchend gegen den Stamm einer Pinie.

«Verdammtes Pack!» Mergoult natürlich. «Dieses verfluchte, verdammte Pack! Aufhängen sollte man sie, alle beisammen. Edelleute heimtückisch zu überfallen! Aber das wird der Parlamentspräsident erfahren, und dann wird er diese Bande endgültig vom Erdboden vertilgen!»

Fabiou rappelte sich auf. Die Lichtung schwankte sacht unter seinen Füßen. «Welche Bande?», krächzte er. «Ihr denkt doch nicht etwa, das waren die Antonius-Jünger?»

«Na, wer denn sonst?», blaffte Mergoult.

«Für Raubgesindel waren die viel zu gut ausgerüstet», sagte Fabiou. Seine Artikulation war erschwert, die Zunge war ein dicker Klumpen in seinem Mund.

«Pah!» Mergoult köpfte ein paar Ginsterbüsche vor Wut. Dann ließ er seinen Degen sinken und sah zur Seite. «Cristino», sagte er.

Cristino saß am Fuß jenes Baumes, gegen den er sie gedrängt hatte, die Arme über dem Kopf zusammengeschlagen. Sie weinte lautlos.

«Cristino.» Er ging neben ihr in die Knie. «Cristino, seid Ihr verletzt?»

Sie presste ihr Gesicht auf die Knie. «Ich werde sterben», wimmerte sie. «Ich hab's ja gewusst.»

«Das ist doch Unsinn!», meinte Mergoult und tätschelte ihr beruhigend den Kopf.

«Das ist kein Unsinn! Ich werde sterben, sterben, sterben ...» Sie schrie vor Verzweiflung.

Arnac stolperte auf die Füße und stakste auf Cristino zu. Seine Knie zitterten vor Erschöpfung. «Du Idiot!», fuhr er Mergoult an. «Wie konntest du sie nur hierher bringen? Wo du genau wusstest, dass hier irgendwo ein Irrer herumläuft, der es auf ihr Leben abgesehen hat!»

«Red keinen Mist! Wer sagt, dass sie es auf Cristinos Leben abgesehen hatten?»

«Auf wen sonst? Auf dich vielleicht?»

«Zum Beispiel.»

«Darf man lachen? Die Jungs hätten dich nicht angerührt, da gehe ich jede Wette ein. Dazu hast du viel zu einflussreiche Verwandte.»

«Was willst du damit sagen?» Mergoult war aufgesprungen. Seine Augen schleuderten Blitze. «Du willst doch nicht etwa den Präsidenten beschuldigen, für dieses Attentat verantwortlich zu sein?»

«Warum nicht? Himmel, ein Mord mehr oder weniger – was juckt das einen Jean Maynier?»

«Du Bastard, du verdammter! Was machst du überhaupt hier? Warum spionierst du mir nach?»

«Dir? Da kann ich mir wirklich Besseres vorstellen. Aber nachdem du offensichtlich auf dem besten Weg warst, Cristino in Gefahr zu bringen, musste ich euch ja wohl nach!»

«Ach ja, Arnac de Couvencour, furchtloser Beschützer wehrloser Jungfrauen! Ich kann verdammt noch mal auf mich selbst aufpassen und auf Cristino auch!»

«Oh ja», sagte Arnac höhnisch, «das hat man gesehen!»

«Ich bring' dich ...»

«Schluss jetzt!», brüllte Frederi. Mergoult, der gerade zum Schlag ausgeholt hatte, ließ die Faust sinken. Arnac nahm seine Hand von seinem Dolch. «Ihr werdet jetzt auf der Stelle aufhören zu streiten. Cristino muss hier weg. Ich werde sie in die Stadt zurückbringen, und ihr drei Großschwätzer gebt uns gefälligst Geleitschutz!» Er lief in die Mitte der Lichtung, wo der Landsknecht lag, der ihn hatte erschlagen wollen. Er war tot. Frederi bekreuzigte sich. Sein Gesicht hatte eine etwas ungesunde Farbe. «Musstet Ihr ihn denn gleich töten?», fragte er unbehaglich.

«Hätte ich lieber zusehen sollen, wie er Euch tötet?», fragte Arnac gereizt.

Frederi antwortete nicht.

Sébastien rappelte sich auf. «Himmel, jetzt reicht es aber wieder für eine Weile mit den Abenteuern», stöhnte er. «Ich schätze, ich kann mich zwei Wochen lang nicht mehr bewegen. Die Schwerter vor allem ... es ist einfach verdammt anstrengend, mit einem Degen gegen Schwerter zu kämpfen. Ich meine, schließlich hat ein Schwert eine ganz andere Schlagkraft, so einen Schwerthieb abzuwehren, da gehört schon einiges dazu», meinte er mit einem beifallheischenden Blick in Fabious Richtung. «Ein Glück, dass die Kerle so lahm wie Wegschnecken waren.»

«Das Horn», murmelte Fabiou.

«Hm?»

«Wer hat das Horn geblasen?»

«Na, einer von denen, schätze ich, zum Sammeln ...»

«Nein!» Fabiou schüttelte heftig den Kopf. «Das Horn hat sie vertrieben, nicht abgerufen. Sie müssen gedacht haben, dass eine Jagdgesellschaft im Anmarsch ist, deswegen sind sie geflohen. Es sollte keine Zeugen geben, die aussagen könnten, dass es nicht die Antonius-Jünger waren, die diesen Mord begangen haben.»

«Aber hier ist nirgends eine Jagdgesellschaft», meinte Sébastien kopfschüttelnd.

«Ja. Das ist seltsam, nicht wahr? Wäh, meine Zunge tut weh. Ich glaube, ich habe mir draufgebissen, als der mir auf den Kopf gehauen hat.» Fabiou streckte seine Zunge heraus und schielte angestrengt auf die Kerbe darin, aus der immer noch Blut austrat. «Iiiih, schieht dasch ausch!»

Frederi steckte seinen Degen in die Scheide zurück und lief zu Cristino. Sie kauerte immer noch wimmernd vor dem Baumstamm. Er legte die Arme um sie und hob sie empor. «Cristino …», begann Arnac.

«Lasst sie zufrieden, verdammt!», schnauzte Frederi ihn an.

«Cristino, ich passe auf dich auf! Sie werden es nicht schaffen, dich zu töten!», rief Arnac.

Cristino weinte. Fabiou stand noch immer und starrte mit kunstvoll verrenkten Augen auf seine herausgestreckte Zunge. «Fabiou!», rief Frederi ihn zur Ordnung.

Seufzend zog Fabiou seine Zunge ein. Neben ihm hob Arnac de Couvencour seinen Degen auf. «Wisst Ihr, Ihr würdet Euch wirklich eignen», meinte Fabiou nachdenklich.

«Eignen? Wozu?»

«Na, zum jugendlichen Helden meiner Ballade!», sagte Fabiou strahlend. Arnac lachte auf und schob den Degen in die Scheide. Sein Lachen hallte bitter von den Felsen wider.

***

Als die Landsknechte sich hoch auf dem Plateau nach ihrer Flucht wieder sammelten, trat einer, der bei ihnen die Funktion eines *Capitaine* vertrat, auf den Kahlen zu, der am Rand des Plateaus stand und mit zusammengekniffenen Augen nach unten starrte. «Es lag an diesen beiden Knallköpfen, die plötzlich aus dem Wald kamen. Ohne die hätten wir es geschafft», murmelte er.

Der Kahle nickte geistesabwesend.

«Was ist mit Euch?», fragte der Landsknecht. «Ihr seht ja aus, als hättet Ihr einen Geist gesehen!»

«Gewissermaßen», sagte der Kahle gedankenverloren, «habe ich das auch.»

***

«Wer ist er?», fragte Fabiou Arnac, als sie nebeneinander durch das Stadttor von Ais ritten. Frederi ritt voraus, er hielt Cristino vor sich im Sattel, ihr Pferd führte Sébastien am Zügel. Sie hatte ihr Gesicht gegen seine Schulter gepresst und weinte lautlos.

«Wer ist wer?»

«Der Kahle. Ihr kennt ihn, nicht wahr?»

Arnac starrte angestrengt auf das Kopfsteinpflaster. «Man nennt ihn den Genevois», erklärte er. «Er ist ein Auftragsmörder. Ein professioneller Halsabschneider. Man sagt ihm nach, er sei tödlicher als Pocken und Pest zusammen.»

«Den Namen habe ich schon einmal gehört. Bossard hat von ihm geredet. Kurz vor seinem Tod.» Ach, es geht doch nichts über ein gutes Gedächtnis! «Und woher kennt Ihr ihn?», fragte Fabiou misstrauisch.

«Es gab mal eine Zeit», antwortete Arnac, «da kannte man ihn hier.»

«Es scheint so, als lerne man ihn gerade wieder kennen», stellte Fabiou fest. «Zumindest der Mord an dem Notar geht ziemlich sicher auf sein Konto. Dafür gibt es Zeugen.» Mich zum Beispiel.

«Möglich, dass er die Morde begangen hat», sagte Arnac. «Das lässt aber trotzdem die Frage offen, wer ihn beauftragt hat.»

«Woher habt Ihr es gewusst?»

«Was?»

«Dass man uns angreifen würde.»

«Gewusst ist anders. Aber dass Cristino in Lebensgefahr schwebt, ist seit der Sache bei den Mergoults ja wohl offensichtlich. Und für Euch und den Cavalié, schätze ich, gilt dasselbe.»

«Frederi? Wieso das?»

«Sie töten jeden, der etwas weiß», sagte Arnac.

«Und was weiß mein Stiefvater, das ihn für sie gefährlich macht?»

Arnac zuckte mit den Schultern. «Was mich viel mehr beschäftigt – woher wussten sie, wo Ihr hinwolltet?»

«Vielleicht sind sie uns heimlich gefolgt», überlegte Fabiou.

«Ein ganzer Landsknechttrupp? Den gesamten Weg von Ais her, ohne dass Sébastien und ich das Geringste davon bemerkt hätten? Unwahrscheinlich.»

Fabiou spürte, wie er fröstelte, trotz der Hitze. «Ihr meint doch nicht etwa, Mergoult hätte uns in eine Falle gelockt? Er ist ein Esel, aber ich glaube, Cristino liebt er wirklich.»

«Vielleicht wusste er nicht, dass er Euch in eine Falle lockte. Vielleicht hat er ganz unverfänglich jemanden von seinen Plänen erzählt, und dieser jemand …» Arnac kam nicht weiter. Offensichtlich hatten sie zu laut gesprochen. Mergoult riss sein Pferd herum und fuhr auf ihn los. «Du hörst jetzt auf, Lügengeschichten über mich zu verbreiten!», keuchte er. «Ich habe dem Präsidenten nichts von dem Ausritt erzählt, ich habe ihn seit einer vollen Woche nicht mehr gesehen. Ich habe genau drei Leuten davon erzählt: St. Roque, Brieul und meinem Bruder. Ach, und dem kleinen Degrelho.»

«Victor?»

«Der wollte unbedingt heute Cristino besuchen, der kleine Angeber. Bildet sich ein, sie hätte Interesse an so einem Weichling. Na, da habe ich ihm eben gesagt, wo Cristino heute ist. Warum auch nicht?»

«Warum nicht?», schrie Arnac. «Weil irgendeiner dieser Leute es denen weitergesagt hat, die für die Morde verantwortlich sind! Weil dein Leichtsinn Cristino beinahe das Leben gekostet hätte!»

«Ich hätte Cristino schon beschützt!», erklärte Mergoult.

«Ach ja? Das hat man gesehen, wie locker du mit der Mordbande fertig geworden bist!»

Mergoults Faust schoss vor und krallte sich in Arnacs Kragen. «Noch eine Bemerkung in dieser Art, und ich schlag dir die Fresse ein, Couvencour!», brüllte er.

Arnacs Hand legte sich um Mergoults Unterarm. Die linke. Die rechte lag schon wieder auf dem Degen. «Nimm deine Finger weg!», zischte er.

Einen Moment lang herrschte atemlose Stille. Dann öffnete sich Mergoults Hand, und er wich zurück. Sein Gesicht war feuerrot. «Sei vorsichtig, Couvencour», keuchte er, «sei bloß vorsichtig! Eines Tages kriege ich dich! Sag nur ein Wort, ein einziges Wort, das auch nur im Entferntesten nach Ketzerei klingt, und ich sorge dafür, dass du in den Klauen der Inquisition endest, das schwöre ich dir! Und dein Vater gleich mit!» Er trieb sein Pferd an und sprengte die Straße hinunter, ohne sich noch die Mühe zu machen, sich von Cristino zu verabschieden.

Sébastien sah unbehaglich von der Staubwolke, die Mergoult hinterließ, zu Arnac und wieder zurück. «Junge, pass auf», seufzte er.

«Pah!» Arnac warf den Kopf zurück. «Ich habe keine Angst vor diesem Bastard Mergoult.»

«Ich auch nicht», murmelte Sébastien. «Aber Mergoult ist eine Sache. Und die Inquisition eine völlig andere.»

«Ach ...» Arnac machte eine wegwerfende Handbewegung. Aber sein Gesicht war eine Spur bleich geworden. Fabiou betrachtete ihn nachdenklich. «Ihr wisst etwas, Ihr und Euer Vater. Ihr ahnt, wer und was hinter all dem steckt, nicht wahr?»

«Und wenn es so wäre», Arnacs dunkle Augen funkelten, «dann würde ich es Euch ganz bestimmt nicht erzählen.»

«Ach! Und wieso nicht?»

«Ich habe schließlich nichts gegen Euch. Also warum sollte ich Euch in Lebensgefahr bringen wollen?»

«In Lebensgefahr bin ich sowieso, da könntet Ihr mir ruhig vollends die Wahrheit sagen. Und überhaupt – wenn die wirklich alle umbringen, die etwas wissen, seid Ihr genauso in Gefahr.»

«Ich kann im Gegensatz zu Euch aber auf mich aufpassen», entgegnete Arnac.

Sie erreichten die Carriero de Jouque. Frederi hob Cristino vom Pferd und trug sie ins Haus. «Das ist das letzte Mal, dass ich sie vor die Tür gelassen habe, bis diese Mordgeschichte geklärt ist», verkündete er den Herren.

«Was glaubt Ihr ...», rief Arnac spöttisch, «dass diese billige Tür Kerle wie die abhalten wird, das zu tun, was sie vorhaben?»

Frederi warf ihm einen müden Blick zu. «Wir hätten niemals nach Ais kommen dürfen», sagte er leise und trug Cristino ins Haus.

***

«Es muss einen Grund geben, Cristino, irgendeinen!» Fabiou saß neben Loís, der wiederum neben Cristino saß, die auf dem Diwan im *salon* der Aubans lag wie eine Sterbende: bleich, schlaff und mit hohlen Augen. Außerdem waren noch Sébastien und Catarino im Zimmer. Letztere jammerte mit der Kunstfertigkeit eines ausgebildeten Klageweibs. Der Überfall auf Cristino hatte jede ihrer Hoffnungen zunichte gemacht, dass auch ihr Hausarrest bald gelockert würde.

«Arnac und sein Vater sagen, sie töten alle, die etwas wissen. Etwas, was sehr mächtigen Leuten gefährlich werden könnte.» Fabiou sah Cristino flehentlich an. «Denk nach! Hat dir denn wirklich niemand etwas Sonderbares gesagt? Ein Geheimnis, das für irgendjemanden eine Gefahr darstellen könnte? Irgendetwas über die Bruderschaft vielleicht?»

Cristino schüttelte stumm den Kopf.

«Mergoult vielleicht. Er kennt sich doch so gut aus in den politischen Intrigen. Oder sonst jemand, auf irgendeinem der Feste!»

Wieder schüttelte Cristino den Kopf. Ihr Gesicht war gleichgültig.

«He!» Sébastiens Augen leuchteten auf. «Das alte Weib in dem Garten, von dem Ihr uns erzählt habt! Sie hat doch so geheimnisvolle Dinge gesagt, war's nicht so?»

«Cristino, was genau hat die Alte dir gesagt?», fragte jetzt auch Fabiou.

«Sie hat nur gesagt, dass Agnes von Mörderhand gestorben ist, und dass zwischen ihr und mir ein Band besteht.» Cristino fischte ihr Medaillon aus dem Ausschnitt. «Es ist doch alles umsonst. Ich werde sterben, das ist meine Bestimmung, so wie es Agnes' Bestimmung war.»

«Das ist doch Unsinn!», rief Fabiou. «Und selbst wenn es so wäre – Bestimmung hin oder her, die Kerle müssen doch einen Grund dafür haben, dich umbringen zu wollen!»

«Sie sind eben die Erfüllungsgehilfen des Schicksals», murmelte Cristino.

«So ein Blödsinn!», stöhnte Fabiou.

«Ich werde als alte Jungfer enden!», heulte Catarino.

Wenig später, als Fabiou mit Sébastien zusammen im Studierzimmer saß, schüttelte er immer noch fassungslos den Kopf. «Es gibt keinen Sinn!», sagte er. «Nichts gibt einen Sinn! Jesus, überleg mal – was denkst du, was es kostet, einen Berufsmörder plus fünfzehn Landsknechte als Mordkommando anzuheuern?»

«Ich habe keine Ahnung», meinte Sébastien.

«Ja, ich auch nicht. Aber billig ist es bestimmt nicht. Das heißt, jemand gibt eine Menge Geld dafür aus, Cristino zu töten. Das bedeutet, sie muss etwas verdammt Wichtiges wissen. Etwas, was jemandem gewaltig gefährlich werden könnte.»

«Falls die Mörder nicht vor allem hinter dir her waren», gab Sébastien zu bedenken.

«Himmel, Mergoult konnte doch gar nicht sicher sein, dass ich mitkomme. Also wie hätten die Mörder davon erfahren sollen?»

«Vielleicht über jemand anderen als Mergoult.»

«Ja, aber wer sollte das ...» Fabiou brach ab. «Frederi?»

Sébastien hob unbehaglich die Schultern.

Fabiou schüttelte erneut verständnislos den Kopf. Dann griff er in seine Brusttasche und förderte einen Zettel zum Vorschein. «Schau mal. Das habe ich in der Bibliothek gefunden. An der Stelle, wo ich damals Ingelfinger begegnet bin.»

Sébastien studierte nachdenklich den Zettel. «Scheint einige Jährchen alt zu sein, so wie die Schrift verblasst ist. Was genau heißt das?»

Fabiou übersetzte ihm den Text, woraufhin Sébastiens Blick noch ernster wurde. «Wo hast du das gefunden?», fragte er.

«In Erasmus' DE LIBERO ARBITRIO», antwortete Fabiou. « C und S. Das könnte Carfadrael und Schionatulander heißen.»

«Ja, oder Charles und Stéphane.»

«In Anbetracht der Namen, die sonst erwähnt werden, halte ich Carfadrael und Schionatulander für wahrscheinlicher. Trostett. Und Corbeille.»

«Corbeille? Der Name sagt mir nichts.»

«So hieß ein französischer Kaufmann auf dem Fest der Mancoun.»

«Nun», Sébastien räusperte sich, «wenn man das so liest und wenn man daran denkt, dass sich alle Kaufleute, die bisher mit dieser Sache zu tun hatten, als Spione entpuppt haben, würde es mich nicht wundern, wenn dieser Corbeille auch ein Spion wäre. Vielleicht ein Spion des Königs, zur Abwechslung.»

«Eben.»

«Ein *confidentiel*», murmelte Sébastien.

«Was?»

«Ein *confidentiel*. Das war ein stehender Begriff bei Hof. Wenn zwei heimlich eine *affaire* miteinander hatten, dann pflegten sie geheime Orte zu vereinbaren, über die sie sich Briefe zukommen ließen. Eine Vase zum Beispiel, oder ein Blumentopf, oder eine alte Ritterrüstung. Man steckt einen Brief hinein, und der andere holt ihn ab und hinterlegt die Antwort am gleichen geheimen Ort. Dieser Erasmus-Wälzer war offensichtlich auch so ein *confidentiel*.» Er starrte auf das vergilbte Blatt Papier. «Verstehst du, worum es da geht?»

«Darum, dass irgendetwas verhindert werden soll», sagte Fabiou stirnrunzelnd. «Irgendetwas, bei dem der König persönlich eine Rolle gespielt hat. Aber was?» Er holte tief Luft. «Erinnerst du dich an den Brief von Trostett? ‹Sie hätten es aufhalten können, und wenn nicht, hätten sie sich selbst retten können›», zitierte er. «Sie, das muss die Bruderschaft sein. Aber was in aller Welt war es, das sie aufhalten wollten?»

«Und was meinen sie wohl mit dieser letzten Lösung?», fragte Sébastien ratlos.

Fabiou hob die Schultern. Dann hielt er inne. «Moment mal!», sagte er aufgeregt.

«Was?»

«Ein *confidentiel* hast du gesagt, ja?»

«Hm ja.»

«Aber diese Nachricht ist nicht abgeholt worden.»

«Nun, sie war ja auch für mehrere Personen bestimmt. Man musste sie eine Weile liegen lassen, bis man sicher war, dass alle sie gelesen hatten.»

«Eine Weile, ja. Aber doch nicht Jahre!», rief Fabiou.

Sébastien kratzte sich am Kopf. «Stimmt. An sich wäre zu erwarten, dass sie sie spätestens dann aus dem Buch nehmen, wenn sie die nächste Nachricht dort einlegen.»

Fabiou starrte ihn an. «Weißt du, was … das bedeutet?», fragte er heiser.

«Oje», sagte Sébastien. «Denkst du etwa, was ich denke?»

«Genau. Sie haben nie wieder eine Nachricht in das Buch gelegt.»

«Verdammte Scheiße», stöhnte Sébastien, «soll das heißen, wir halten hier das letzte Lebenszeichen der Bruderschaft in unseren Händen?»

«Und Ingelfinger hat es gesucht. Er hat den *confidentiel* gekannt und hat geahnt, dass die letzte Nachricht dort zurückgeblieben ist. Und hat gehofft, daraus etwas Aufschlussreiches zu erfahren.»

«Aber was?», fragte Sébastien. «Was kann man daraus erfahren?»

«Ich weiß es nicht!», rief Fabiou. «Arnac! Arnac weiß etwas! Warum, verdammt noch mal, will er es mir nicht sagen?»

«Na ja, ich denke, er möchte dich nicht in Gefahr bringen.»

«Ich kann das nicht mehr hören! – Sébastien! Du kennst Arnac doch besser als ich! Kannst du ihn nicht mal fragen? Vielleicht erzählt er es dir!»

«Arnac? Bestimmt nicht!», meinte Sébastien.

«Aber er ist doch dein Freund, oder?»

Ein seltsames Funkeln in Sébastiens Augen. «Hast du nicht auch das Gefühl, dass Arnac de Couvencour ein Geheimnis umgibt?», fragte er.

«Ein Geheimnis?»

«Ja!» Sébastien strahlte. «Die Art, wie er immer plötzlich auftaucht und wieder verschwindet. Die seltsamen Aktivitäten seines Vaters. Und dass er immer schlagartig da ist, wenn Cristino in Gefahr schwebt. Wie ein … Schutzengel.»

Na klar. Sébastien glaubt an Geister von Toten, die in Lebende fahren, warum also nicht auch an Engel, die auf Erden wandeln und sich ab und zu mal Degenduelle liefern. «Was willst du damit sagen? Dass Arnac kein Mensch aus Fleisch und Blut ist?»

«Wenn man ihn kämpfen sieht, könnte man es fast meinen, nicht wahr?» Sébastiens Augen funkelten noch intensiver. «Aber … nein, ich denke schon, dass er ein Mensch ist. Aber ein Mensch, der etwas ausgesprochen Mysteriöses an sich hat. Vielleicht ist er ja auch ein Spion. Für die Protestanten zum Beispiel.» Seiner religiösen Überzeugung zum Trotz schien es Sébastien restlos faszinierend zu finden, mit einem protestantischen Spion befreundet zu sein. «Und seine Aktivitäten sind nicht das Einzige, was seltsam an ihm ist.»

«So? Was denn noch?» Fabiou konnte der Spion-Theorie durchaus einiges abgewinnen. In der Tat, Arnac verhielt sich mehr als seltsam. Sein überhasteter Aufbruch damals in Lourmarin, sein Wissen über den Kahlen – etwas war definitiv ungewöhnlich an ihm. Hatte er am Ende mehr mit den Morden zu tun, als bisher angenommen?

Sébastien grinste zur Antwort. «Weißt du, Fabiou, ich habe zwei große Stärken», sagte er selbstgefällig, «meine Menschenkenntnis und die Fechtkunst. Und die Kombination aus beidem.»

«Also drei Stärken», meinte Fabiou spöttisch. «Und was hat das mit Arnac zu tun?»

«Hast du dir schon mal überlegt, warum Arnac im Fechtkampf so unschlagbar ist?»

«Na ja ... er ist unglaublich schnell.»

«Ja, natürlich. Aber es gibt noch einen anderen Grund», meinte Sébastien. Er machte eine Pause, doch da Fabiou ihn nur erwartungsvoll ansah, fuhr er fort: «Arnac verteidigt sich nicht. Er greift nur an. Ohne jegliche Rücksicht auf eigene Verluste. Ich habe nie zuvor jemanden so kämpfen sehen. Bei unserem Kampf bei den Mancoun dachte ich, das wäre seine Masche in einem harmlosen Schaukampf, um den Gegner zu verunsichern. Aber er hat heute früh genauso gekämpft, obwohl es um Leben und Tod ging. So als ob ihm sein eigenes Leben rein gar nichts bedeutet. Das ist doch ziemlich seltsam, oder?»

Aha, also ein todesmutiger Spion. «Na ja, er ist eben ... tollkühn, oder?»

Sébastien schüttelte den Kopf. «Tollkühn ist anders. Arnac ist etwas ganz Besonderes. Und ich bin mir definitiv sicher, dass er mehr in Gefahr schwebt als du und deine Schwester zusammen. Und dass es nicht nur Alexandre de Mergoult ist, der ihm ans Leder will.»

Fabiou seufzte tief und erschöpft. «Na schön. Arnac weiß also etwas und will es mir nicht sagen. Sein Vater weiß etwas und will es mir nicht sagen. Hilft uns das jetzt irgendwie weiter?»

«Wieso fragen wir nicht Ingelfinger?», meinte Sébastien grinsend.

«Ingelfinger? Du bist gut, und wo soll ich den finden?»

Sébastien betrachtete lächelnd seine perfekt gefeilten Fingernägel. «Nun, ein Herr namens Grandjean, auf den deine Beschreibung zutrifft, wohnt zwei Türen neben mir in der Cacalauso d'Oro.»

***

Die Sonne hatte sich über Ais gesenkt, und in der Cacalauso d'Oro herrschte das gedämpfte Zwielicht, das sich aus Öllampen, dem Herdfeuer und der von trüben Scheiben gefilterten Abenddämmerung zusammensetzt. Es war relativ viel los, als Fabiou und Sébastien den Schankraum betraten; in einer Ecke fand eine Gesellenfeier statt, der frischgebackene Geselle stand auf dem Tisch und schwenkte ein Weinglas in der Luft herum, während er von seinen Zunftgenossen unterstützt ein Lied über eine gewisse dicke Margalida grölte. Am unteren Ende des Tisches saß ein Lehrling in Fabious Alter, dem der Wein offensichtlich schon ordentlich zu Kopf gestiegen war; sein Oberkörper war auf den Tisch gesunken, er schnarchte leise vor sich hin.

Ingelfinger beziehungsweise Grandjean saß an einem Tisch nahe der Tür, einen Teller mit Wurst und Brot vor sich, einen Krug Wein daneben, und speiste. Er zeigte keinerlei Reaktion, als Sébastien und Fabiou an den Tisch herantraten, und konzentrierte sich weiter darauf, die Wurst in Scheiben zu schneiden.

«Mèstre Ingelfinger?», sprach Fabiou ihn an.

Ingelfinger hob den Kopf, ohne mit Kauen aufzuhören. «Ah, der Baroun de Bèufort. Und Baroun de Trévigny, angenehm», mampfte er.

Sébastiens Gesicht rötete sich. «Comte de Trévigny», verbesserte er.

«Ah», sagte Ingelfinger und kaute weiter.

Sébastien zog einen Stuhl heran, setzte sich neben Ingelfinger an den Tisch und stützte die Ellenbogen auf. Es sah unglaublich souverän aus, weshalb Fabiou sich beeilte, es ihm gleichzutun. «Monsieur, wir hätten ein paar Fragen an Euch», erklärte er kühl. Ingelfinger sah erneut auf. Ein spitzbübisches Lächeln lag auf seinen Lippen. «Soso, ein paar Fragen. Geht es mal wieder um den bedauernswerten Monsieur Trostett und die Antonius-Jünger?»

«Tut nicht so unschuldig!» Fabiou platzte jetzt langsam der Kragen. «Ich weiß genau, wer Ihr seid! Ihr seid ein kaiserlicher Agent, genau wie Petri und früher Trostett. Ihr und Trostett wart in den 40er Jahren hier in Ais zum Spionieren. Und was immer damals passiert ist, es ist der Grund für die Morde, nicht wahr?»

«Junger Mann», sagte Ingelfinger und legte sein Messer beiseite, «vielleicht solltest du ein kleines bisschen leiser sprechen, wenn du dein Leben nicht in allzu große Gefahr bringen willst.»

«Pah! Mein Leben ist sowieso in Gefahr, da kann ich reden, so laut ich will!»

«Irrtum.» Ingelfinger streckte seinen Zeigefinger aus. «Dein Leben ist nicht etwa in Gefahr, weil du zu viel weißt, sondern weil jemand befürchtet, dass dein Wissen sich herumsprechen könnte. Bedeutet, je lauter du schreist, desto schneller stirbst du. Und das nächste Mal komme ich vielleicht nicht zufällig vorbei, wenn dir einer in der Carriero de Jouque eine Bleikugel in den Rücken jagen will.»

«Warum habt Ihr mich gerettet?», fragte Fabiou misstrauisch.

«Oh, eine menschliche Anwandlung … man hat das manchmal, eine schlechte Angewohnheit …»

Fabiou überlegte einen Moment, entschied, dass eine etwas geringere Lautstärke jedenfalls nichts schaden konnte, und fragte dann in gedämpftem Ton: «Also, wer hat Trostett ermordet? Die Franzosen?» Er ignorierte Sébastiens beleidigten Blick.

«Du wirst lachen, das war auch meine erste Vermutung. Ich meine, warum bringt man schon einen Spion um? Doch nur, weil er im Begriff ist, etwas auszuspionieren, was von hoher politischer Bedeutung ist. Allerdings bestreiten die Agenten der französischen Krone, etwas mit der Sache zu tun zu haben.»

«Die Agenten der französischen Krone? Ihr meint Corbeille?» Ein Schuss ins Blaue, aber warum nicht. Und auch Schüsse ins Blaue können gelegentlich ins Schwarze treffen. Ingelfingers Gesicht wirkte erstmalig erstaunt. «Langsam verstehe ich, warum Max dich umbringen will», sagte er langsam.

«Max?»

«Der Genevois. Sein richtiger Name ist Maximilien Dutrout.»

«Der Genevois – der Genfer ... Stammt er aus Genf, oder warum nennt man ihn so?», fragte Fabiou.

Ingelfinger schüttelte mit einem schiefen Grinsen den Kopf. «Nein, nein, er ist kein Schweizer, sondern guter Franzose. Er heißt so, weil er seine Karriere damit begann, in die Schweiz und namentlich nach Genf geflohene Protestanten aufzuspüren und vom Leben zum Tode zu befördern. Gebürtig ist er aus Châlon-sur-Marne. Was beweist, dass aus der Champagne nicht nur Gutes kommt.»

«Ich bin auch aus der Champagne», nörgelte Sébastien.

«Der Genevois. Ein Berufsmörder, der beauftragt ist, alle zu beseitigen, die über gewisse Vorgänge im Jahr 1545 Bescheid wissen, stimmt's?» Fabiou blickte Ingelfinger herausfordernd in die Augen. «Um welche Vorgänge geht es? Rein zufällig um das spurlose Verschwinden einer Gruppe von Leuten, die sich die Bruderschaft des Heiligen Grals nannte?»

Jetzt grinste Ingelfinger wieder. «Du bist schlau, Fabiou. Etwas zu schlau, fürchte ich», sagte er.

«Die von der Bruderschaft haben mit Euch und Trostett gemeinsame Sache gemacht, nicht wahr?», fragte Fabiou. «Sie haben mit Euch gegen die französische Krone konspiriert, stimmt's? Aber gleichzeitig standen sie auch in Kontakt mit Corbeille, oder?»

«Streich das ‹und› aus dem Satz, Junge. Trostett war Katholik, ich bin Protestant. Wir standen damals so sehr auf einer Seite wie Spanien und England. Es war alles etwas komplizierter, als du dir das vorstellst. Euer König François hat bis zum Frieden von Crépy 1544 das Kunststück fertiggebracht, im Bund mit dem Papst und den protestantischen deutschen Fürsten Krieg gegen den Kaiser zu führen. Seit 1544 war er offiziell gut Freund mit dem Kaiser und damit mit den deutschen Katholiken, im Untergrund ging die

Paktiererei mit den deutschen Protestanten aber natürlich weiter. Das Deutsche Reich stand '45 kurz vor einem Krieg zwischen den – katholischen – Kaiserlichen und den protestantischen Fürsten. Die Folge war, dass Corbeille offiziell mit Trostett gemeinsame Sache machte, inoffiziell aber mit mir zusammenarbeitete, während Trostett, der die Sache natürlich durchschaute, versuchte den Spieß herumzudrehen, indem er mit den französischen Protestanten oder sonstigen Feinden der französischen Krone paktierte. Und so geriet er wohl an die Bruderschaft.»

«Aber Ihr hattet doch auch Kontakte zur Bruderschaft!», warf Fabiou ein.

Ingelfinger seufzte. «Es würde mich in der Tat interessieren, woher du all das weißt. Na ja. Die Bruderschaft hat natürlich meine Gesellschaft gesucht, weil sie meinten, dass alle Protestanten zwangsläufig Kämpfer für eine freiere Weltordnung seien und sie von einer großen Allianz aller freiheitsliebenden Geister Europas träumten oder so ähnlich. Diese Jungs waren die größten Traumtänzer, die mir je begegnet sind, eine Bande von weltfremden Utopisten, mit einer Vorstellung von Politik, die aus einem Märchen zu stammen schien, zu naiv, um zu begreifen, dass sie von allen nur benutzt wurden.»

«Aber wenn sie so naiv und dumm und so leicht zu benutzen waren, warum wurden sie dann beseitigt?», fragte Fabiou. Auch das wieder ein Probeschuss, er hatte keine Ahnung, was an der Buous'schen Theorie von der Ermordung Carfadraels dran war. Doch offensichtlich lag er erneut richtig.

«Warum?» Ingelfinger lächelte müde. «Warum wurde Jesus hingerichtet? Oder Thomas Moore? Warum hat man einen Jan Hus verbrannt und einen Martin Luther geächtet und einen Jean Cauvain aus dem Land gejagt?»

«Ich weiß nicht», meinte Fabiou.

«Weil sie an das, was sie sagten, geglaubt haben», antwortete Ingelfinger. «Ein Mensch, der wirklich an eine Überzeugung glaubt, kann gefährlicher sein als eine Armee. Man kann Glauben nicht zerstören, Fabiou, das ist das Problem. Man kann Menschen töten, Städte niederbrennen, ganze Landstriche verwüsten. Aber gegen den wahren Glauben ist selbst ein König machtlos. Ich spreche jetzt nicht nur von Protestantismus oder Katholizismus. Ich spreche nicht einmal nur vom christlichen Glauben. Man kann an vieles glauben, Fabiou. An die Freiheit, an die Gerechtigkeit, an die Wahrheit. Aber wenn ein Mensch wirklich glaubt und wenn sein Glaube die herrschende Ordnung in Frage stellt, dann wird er zu einer Gefahr für diese Ordnung und sie muss ihn vernichten, wenn sie ihren Fortbestand nicht gefährden will.»

Fabiou schluckte. «Wer hat sie getötet?», fragte er heiser.

«Wer? Ich weiß es nicht einmal so genau. Das ist auch eine völlig sekundäre Frage. Sie hatten viele Feinde, und die meisten hatten ihre Finger mit drin. Eine viel wichtigere Frage ist, wie es überhaupt möglich war, dass sie getötet wurden. Der große Vorteil der Bruderschaft war ihre Anonymität. Niemand wusste, wer sie waren, auch wir nicht. In dieser Hinsicht waren sie vorsichtig.»

«Aber wie sind sie dann umgekommen?», fragte Sébastien atemlos.

«Wie alle großen Menschen – durch Verrat», antwortete Ingelfinger.

«Verrat? Durch wen?»

«Wenn ich das wüsste, wäre mir vieles klarer», meinte Ingelfinger mit einem versonnenen Lächeln.

«Aber Ihr habt eine Theorie», mutmaßte Fabiou.

«Vielleicht.» Ingelfinger zuckte mit den Achseln.

«Worum ging es damals? Sie haben versucht, die Edelleute hier aufzuwiegeln, sie zum bewaffneten Kampf gegen die Krone aufzufordern. Warum? Sie wollten doch nicht im Ernst eine Trennung der Provence von Frankreich erzwingen, oder? Was war es, was sie verhindern wollten? Ging es um neue Steuern oder um ein neues Gesetz, das die Zentralgewalt stärken sollte? Und was hattet Ihr und Trostett mit der Sache zu tun?», sprudelte Fabiou alle Fragen hervor, die ihm spontan einfielen.

«Ach. Und du glaubst wirklich, dass ich dir auf diese Fragen eine Antwort geben werde?» Ingelfinger lachte spöttisch. «Glaubst du, ich hätte in diesem Geschäft so lange überlebt, wenn ich jedem dahergelaufenen kleinen Angeber Staatsgeheimnisse erzählen würde? Abgesehen davon, dass es deiner Gesundheit sehr abträglich sein könnte, über diese Dinge Näheres zu wissen.»

«Pah! Ihr seid noch viel mehr in Gefahr als ich! Der Genevois kann Euch genauso umbringen!»

«Nun, ich denke, dass das ein kleines bisschen schwieriger sein wird, als eine Rotznase wie dich zu erledigen, mein Junge», meinte Ingelfinger.

«Dann … dann sagt mir wenigstens, worum es bei den Morden jetzt geht! Versucht jemand von der Bruderschaft, seine Kameraden von damals zu rächen? Sind deshalb alle Opfer katholisch? Ist Trostett ermordet worden, weil er Carfadrael im Stich gelassen hat? Und Bossard – ich habe gehört, wie Bossard kurz vor seinem Tod sagte: Wir haben die Bruderschaft erledigt. Musste er deshalb sterben?»

«Junge, ich habe keine Ahnung, wer die Morde begeht und warum. Es würde mich allerdings sehr freuen, es herauszufinden. – Wie kommst du im Übrigen auf die Idee, Trostett habe Carfadrael im Stich gelassen?»

Fabiou griff in seine Brusttasche und zog die beiden Exemplare von Trostetts Schreiben heraus. «Wollt Ihr es auf Deutsch lesen oder auf Französisch?»

Ingelfinger nahm Fabiou wortlos die Blätter aus der Hand und begann sie zu studieren. Fabiou sah zu Sébastien hinüber. Der beobachtete den Deutschen unruhig. Schließlich ließ Ingelfinger die Schriftstücke sinken und hob den Kopf. «Mein Gott», murmelte er, «er hatte tatsächlich Gewissensbisse! Ausgerechnet Trostett!»

«Warum sagt Ihr: ausgerechnet?»

«Oh, er stand nicht gerade im Ruf, besonders zimperlich in seinen Methoden zu sein. Glaub mir, ich weiß, wovon ich rede. Wir waren schließlich mal Feinde.»

«Der Verrat, um den es in diesem Brief geht, ist der Verrat an der Bruderschaft, von dem Ihr vorhin erzählt habt, nicht wahr?», fragte Fabiou. «Aber was ist das für eine seltsame Geschichte mit dem Rächer, der von den Toten auferstanden ist? Und was hat es mit diesem Rablois auf sich? Die kleinen Töchter von Baroun Degrelho wurden von einer Frau ermordet, die vorher einen ähnlichen Mord in Rablois begangen hatte. Besteht da ein Zusammenhang?»

Ingelfinger starrte ihn an. «Mein Gott, jetzt begreife ich das alles. Das würde ja bedeuten … mein Gott!» Er schüttelte den Kopf. Sein Gesicht hatte etwas an Farbe verloren.

«Was würde das bedeuten?», fragte Fabiou ungeduldig.

Ingelfinger fuhr nur fort, den Kopf zu schütteln. «Kein Wunder, dass er bloß noch sterben wollte», sagte er leise.

«Was? Wieso? Was denkt Ihr?»

«Mein lieber Fabiou, das geht dich nicht das Geringste an. Sonst noch drängende Fragen? Ich habe nämlich noch zu tun», sagte Ingelfinger unwirsch.

Sébastien und Fabiou wechselten enttäuschte Blicke. «Ja», platzte Fabiou dann wieder heraus. «Neulich in der Stadt – was war das für eine Geschichte mit dem Umhang dieses Gauklers?»

«Wie bitte?»

«Da war dieser junge Gaukler, Hannes oder wie er heißt. Er hatte einen Umhang, auf dem ein Schnürschuh abgebildet war. Ihr habt ihn darauf angesprochen, und da hat er etwas von Familienerbstück und vom Blut von Konisofen erzählt, und Ihr habt gesagt, dass er sich wohl nach dem Galgen sehnt.»

Ingelfinger lehnte sich zurück. «Nicht Konisofen. Königshofen», verbesserte er.

«Was ist das, Königshofen?»

Ingelfinger seufzte leise. «Das ist eine Stadt im Süden Deutschlands. Der Schuh auf der Fahne war ein so genannter Bundschuh.»

«Bundschuh? Was bedeutet das?», fragte Sébastien.

«Vor etwa fünfundzwanzig Jahren erhoben sich die Bauern Süddeutschlands gegen ihre Fürsten, nach jahrzehntelanger brutaler Ausbeutung, die zu diversen Hungersnöten geführt hatte. Die neuen religiösen Lehren, die von der Freiheit des Menschen sprachen, taten ein Übriges, sie in die Rebellion zu treiben, allen voran die Lehren eines Martin Luther und eines Thomas Müntzer.»

«Thomas … wie?», fragte Fabiou.

«Ein reformatorischer Prediger. Er hat sehr radikale Ansichten vertreten, hat den Fürsten den Herrschaftsanspruch abgesprochen und die einfachen Leute zum Aufstand gegen die Herrschenden aufgerufen. Er wurde später mit den meisten seiner Anhänger hingerichtet. Luther dagegen distanzierte sich von den aufständischen

Bauern, meinte, sie haben seine Lehre falsch verstanden, es sei ihm stets nur um die Freiheit des Menschen in der Beziehung zu Gott gegangen und nicht um die persönliche Freiheit an sich. – Eines der wichtigsten Symbole der rebellischen Bauern war der Bundschuh, der einfache Bauernschuh im Gegensatz zu den feinen Stiefeln der Herren. Die Bundschuhfahne war das Banner der Bauern, die gegen ihre Herren in den Kampf zogen.»

«Wie ist die Sache ausgegangen?», fragte Sébastien gespannt.

«Na, wie wohl. Ein paar ausgehungerte, unorganisierte Bauern gegen ein Heer von Landsknechten, das der Kaiser aus dem Boden gestampft hat! Ihre zahlenmäßige Überlegenheit bedingte, dass die Bauern am Anfang ein paar Erfolge errangen, doch sie waren zu zerstritten, um ihre Siege strategisch nutzen zu können. Und nachdem die Gegenseite erst mal die Zeit gehabt hatte, den Gegenschlag zu organisieren, waren sie erledigt. Bei Böblingen und bei Königshofen wurde das Bauernheer vernichtend geschlagen. Das kaiserliche Heer kannte keine Gnade. Jeder, dessen sie habhaft werden konnten, wurde niedergemetzelt, und wer das Pech hatte, in Gefangenschaft zu geraten, starb am Galgen oder auf dem Rad. Es war ein Blutbad sondergleichen.»

«Und dieser Junge? Woher hatte er die Fahne?», fragte Fabiou.

«Oh – er behauptet, es sei ein Familienerbstück. Möglich, dass seine Familie damals nach Frankreich geflohen ist.»

Fabiou erinnerte sich. Hannes hatte gesagt, sein Vater sei Deutscher gewesen. «Und warum trägt er diese Fahne hier spazieren? Eine Rebellenfahne? Ich meine, wenn das der hiesige Viguié rausfindet, fliegt er aus der Stadt!»

Ingelfinger hob die Schultern. «Man könnte meinen, er lege es darauf an, stimmt's? – So, meine Herren, nun müsst Ihr mich aber endgültig entschuldigen. Die Pflicht …» Er stand auf. Er grinste noch immer.

«Das Schreiben war für Euch gedacht, oder?», fragte Fabiou.

«Wie?»

«Trostett wollte, dass Ihr es findet, weil er wusste, Ihr würdet es verstehen.»

Ingelfinger sah ihn prüfend an. «Ich denke, da irrst du dich, Fabiou», sagte er. «Ich denke, Trostett wollte, dass du es findest.»

***

An jenem Abend beschloss Catarino, sich nicht länger in ihr Schicksal zu ergeben. Oh nein, sie hatte nicht vor, in ihrer erzwungenen Klausur zur alten Jungfer zu werden, während vor ihrem Fenster in der Stadt draußen das Leben tobte. Zumal es im Haus in der Carriero de Jouque von Stunde zu Stunde öder zuging. Cristino hatte offensichtlich beschlossen, den Rest ihres Lebens heulend in ihrem Bett zu verbringen, und Fabiou war mittlerweile völlig abgedreht, sah überall Gespenster und Mörder und sprach weder mit ihr noch mit Frederi Jùli mehr über die Morde, angeblich, weil er sie nicht in Gefahr bringen wollte.

Ein bisschen mehr Gefahr wäre Catarino zur Abwechslung ganz recht gewesen.

Sie steckte natürlich in einem Dilemma. Zwar war es theoretisch möglich, sich bei Nacht und Nebel heimlich aus dem Haus zu schleichen. Dagegen war es nur schwer möglich, einfach in eine Festgesellschaft hineinzuschneien, man brauchte schließlich eine Einladung, und niemand lädt einen ein, wenn man offiziell das Haus nicht verlassen darf. Aber der Wunsch nach Abwechslung war an diesem Abend so übermächtig geworden, dass Catarino beschloss, etwas zu unternehmen, egal was, und je verrückter, desto besser.

Sie unternahm etwas. Es war verrückt.

***

Loís saß neben ihr, ihr immerwährender Schutz gegen die Nacht und gegen das, was in dieser Nacht auf sie lauerte.

Agnes Degrelho, um genau zu sein.

Doch dann kam der Punkt, an dem Loís davonglitt, sie dem Schlaf überließ, in dem sie hilflos, schutzlos ihren Träumen ausgeliefert war. Der Punkt, an dem Agnes auf sie wartete.

Dann rannte sie wieder. Trippelte mit nackten Füßen über roten Marmor, vorbei an dem Innenhof, in dem lautlos der Springbrunnen plätschert, vorbei an der Jagdszene, ein Angstschrei in den

Augen des Hirsches, das Triumphgeheul der Jäger schien in der Luft zu hängen. Nach rechts, Säulen zu beiden Seiten, ein Stoßgebet zum Himmel, Maria, schütz dies Kindelein, ich will auch immer artig sein, doch was soll Maria jetzt noch ausrichten, so nah ist die Mörderin schon, ihre weichen Schuhe fliegen über die Marmorplatten, bleib stehen, Kindchen, ruft sie, bleib doch stehen, ich will dir doch gar nicht weh tun! Und sie schreit in Panik, denn da liegt der kleine Körper mit dem blauen Gesicht zu ihren Füßen, Mama, schreit sie, Papa, und läuft weiter, und hinter ihr ruft es, Agnes, warte doch, du entkommst mir sowieso nicht! Und sie stolpert weiter, schreiend und weinend, und da ist die Kreuzung, und der Stern, das Mosaik im Fußboden, braun und oliv auf rotem Grund.

Loís, schreit sie. Hilf mir doch.

Nein. Sie schreit gar nicht Loís.

Sie schreit: Louise!

Und da kommt sie, tritt hervor aus den Schatten, klein, schmal, geisterhaft in ihrem weißen Nachthemd, und sie steht auf dem Stern, dessen Strahlen sie umgeben, die Hände gegen ihre Seiten gepresst, und die Augen in ihrem leichenweißen Gesicht so tief und so schwarz wie die Abgründe der Hölle.

Es ist das Mädchen mit den schwarzen Haaren.

KAPITEL 14

in dem dem Ritter der Kelche nur noch größeres Unheil droht

Hier stehe ich. Ich kann nicht anders. Gott helfe mir.

Martin Luther, deutscher Reformator (1483–1546)
auf dem Reichstag in Worms am 18. April 1521

«He, du, Göre, was stehst'n da rum und hältst Maulaffen feil? Die Vorstellung ist vorüber, *chica*!» Catarino fuhr herum, als die Stimme hinter ihr loszeterte, und starrte auf die Frau, der dieselbe gehörte.

Sie kannte sie. Bei ihrer ersten Begegnung mit den Gauklern hatte sie mit den Fackeln jongliert. Damals hatte sie sie für etwa sechzehn gehalten. Jetzt, ungeschminkt und aus der Nähe betrachtet, war die Frau mindestens fünfunddreißig.

«Was ist? Was glotzte so?», fragte die Akrobatin misstrauisch. «Wer bist du überhaupt? Lungerst nach Torschluss hier draußen rum! Wissen deine Eltern das?»

«Ich … ich …» Catarino merkte zu ihrem Entsetzen, dass sie ihre ganze Frechheit verlassen hatte. Alleine hier draußen am Rand des Gauklerlagers fühlte sie sich plötzlich klein und schutzlos wie ein Säugling. «Ich … ich suche Hannes …» Sie hauchte das «H» so intensiv, wie es ihr möglich war. H-annes.

«Hannes? Was willste von dem?»

«Ich … äh …»

«Hej, Hannes, komm mal rüber!», schrie die Akrobatin. Oh nein, dachte Catarino und drehte sich verzweifelt nach einem Mauseloch um, in das sie hätte verschwinden können. Keine Chance. Kein Mauseloch zu sehen.

«Ja?» Hannes schlenderte zwischen den Zelten hindurch. Der Feuerschein warf einen roten Schimmer auf sein helles Haar.

«Du hast Besuch. Ein Mädel aus der Stadt.» Die Frau grinste. «Verdrehst du jetzt schon den Bürgersgören die Köpfe?»

Hannes starrte sprachlos auf Catarino, deren Gesicht röter als ihre Haare waren. «Bürgersgöre? Juana, das ist eine Barouneto», sagte er.

«Na, nach Barouneto sieht die aber nicht gerade aus», meinte die Frau wenig respektvoll. Catarino wurde noch röter. Sie hatte Beatas Sonntagskleid aus deren Zimmer geliehen.

«Was wollt Ihr hier?», fragte Hannes mit gerunzelter Stirn.

«Mir war langweilig.» Catarino versuchte, so hochnäsig zu klingen wie möglich. «Da dachte ich, warum nicht mal hier vorbeischauen …»

Ein leichtes Lächeln erschien auf Hannes' Gesicht. «Langweilig? Nun, ähm, wenn das so ist, tretet näher, Barouneto.» Eine mockierte Verbeugung. «Bitte sehr, hier entlang.»

Catarino warf der Akrobatin, die sie anstarrte wie ein gefährliches Tier, einen zögerlichen Blick zu. Dann schritt sie entschlossen zwischen die Zelte hinein.

Im Zentrum der Zelte und Lager war das Feuer. Funkensprühend prasselte es einem sternenübersäten Firmament entgegen. Ringsum war Leben. Männer und Frauen, die diskutierten und tratschten, spielende Kinder, alte Leute, die sich an den Gesprächen beteiligten oder nur am Feuer vor sich hin dösten, umherstreunende Hunde. Der Geruch von brutzelndem Fleisch und brennendem Holz lag über dem Platz. Auf der anderen Seite des Feuers erkannte sie Malou und neben ihm den Feuerschlucker.

«Wir haben einen Gast», verkündete Hannes strahlend. Neugierige Blicke trafen Catarino. Wieder kein Mauseloch in der Nähe. «Äh … guten Abend», krächzte sie.

Hannes zauberte ein paar Kissen aus dem Nichts und legte sie vor dem Feuer auf den Boden. «Setzt Euch», meinte er. «Ein Abendessen für die Barouneto!»

Catarino ließ ihre zitternden Knie nachgeben. Bohrende Blicke ringsumher. Sie fühlte sich grauenhaft. Eine junge Frau trat auf sie zu, reichte ihr einen Holznapf. Ein kleines Stück Fleisch, etwas Brot. Sie wartete darauf, dass man ihr ein Messer anbot oder ihr zumindest eine Serviette reichte, doch nichts geschah. Sie linste zur Seite. Alle anderen aßen mit den Fingern. Na gut. Das gehörte offensichtlich zum großen Abenteuer.

«Und? Schmeckt's?», fragte Hannes grinsend, als sie das erste Stück vom Fleisch abgebissen hatte und misstrauisch kaute.

Catarino schluckte. «Ein bisschen zäh», meinte sie ungnädig.

Hannes lachte. «Hauptsache, es macht satt», sagte er. «Wir sind da nicht ganz so wählerisch, edles Fräulein.»

«Na ja … man kann es schon essen», gestand Catarino großzügig zu. Sie blickte vorsichtig nach rechts und links. Die Aufmerksamkeit hatte sich wieder anderen Dingen zugewandt. Rechts von ihr redete die Akrobatin in einer fremden Sprache auf einen älteren Mann ein. «Was reden die da?», fragte sie neugierig.

«Spanisch», antwortete Hannes. «Wir sind eine ziemlich bunt gemischte Bande. Franzosen, Provenzalen, Spanier, Italiener, Deutsche, Iren, Holländer, Ungarn, Böhmen, Griechen – sogar ein leibhaftiger Türke. Beeindruckend, oder?»

«Ein Muselmane? Ihr lebt mit einem Muselmanen zusammen?», rief Catarino entgeistert.

«Was dagegen?», fragte Hannes.

«Aber das sind … Ungläubige!»

«Der ungläubige Muselmane hat mir schon mindestens zweimal das Leben gerettet. Es gibt nicht allzu viele Christen, von denen ich das behaupten könnte», sagte Hannes trocken.

Catarino starrte nachdenklich ins Feuer. «Lebst du schon immer mit ihnen?», fragte sie leise.

«Seit dem Tod meines Vaters», antwortete Hannes. «Damals hat Malou mich von der Straße aufgelesen und einen Akrobaten aus mir gemacht. Ich hatte ganz schön Glück. Man kann als heimatloses Kind auch ganz anders enden.»

«Ist dein Vater wirklich … aufgehängt worden?», fragte Catarino ungläubig.

«So was Ähnliches. Ja.»

«Und deine Mutter?»

«Ist auch schon lange tot. Alles, was ich an Familie habe, sind sie.» Er wies auf die Menschen umher.

«Mein Vater ist auch tot», murmelte Catarino. Sie hatte plötzlich Tränen in den Augen.

«Woran ist er gestorben?»

«An einer Krankheit. Als ich drei war.» Sie wischte sich mit der Hand über die Augen. «Alle sagen, es kann nicht sein, dass ich mich an ihn erinnere, und dabei erinnere ich mich noch so gut an ihn. Ich habe ihn so lieb gehabt. Alles ist ganz furchtbar, seit er tot ist.» Sie kam sich ziemlich albern vor, während sie das sagte. Da saß sie an einem Feuer in einem Gauklerlager und erzählte so einem dahergelaufenen Akrobatenbengel ihre Lebensgeschichte.

«Es ist scheußlich, nicht wahr?», sagte Hannes tonlos. «Egal, wie viel Zeit vergeht, man kann sie einfach nicht vergessen.»

Sie nickte und schniefte. Zum ersten Mal in ihrem Leben hatte sie das Gefühl, dass jemand die Sache mit ihrem Vater wirklich verstand.

Später wurden Lieder gesungen. Jemand klimperte auf einer Laute dazu, ein anderer schlug den Rhythmus auf einer Trommel. Reihum stimmte einer ein Lied an, und wer immer auch nur im Entferntesten den Text oder die Melodie kannte, sang oder summte mit. Ein paar Lieder kannte Catarino – *Quand je bois du vin clairet* und *Aquelo Mountagno* zum Beispiel –, viele waren aber in fremdländischen Sprachen und hatten seltsam anmutende Melodien. Dennoch faszinierten sie sie, und sie hätte stundenlang zuhören können. Schließlich forderte man auch sie auf, ein Lied zu singen. Sie zierte sich etwas und meinte, sie könne gar nicht singen, aber ihre Gastgeber waren unerbittlich, und schließlich gab Catarino, von der Laute begleitet und erstaunt über ihre eigene Courage, eine gar nicht so untalentierte Version von *Pourquoy tournez vous voz yeux gratieux* zum Besten. Alle klatschten Beifall.

Noch später wurde getanzt. Nicht die Art Tanz, die Catarino kannte; die Tänze hier hatten keine Regeln, und wenn sie welche hatten, so waren sie einem Außenstehenden nicht ersichtlich. Catarino kam es vor, dass jeder sich zur Musik bewegte, wie es ihm gefiel. Manche tanzten allein, andere paarweise, eine Flöte spielte dazu, eine Laute, eine Cornamuse, zwei Trommeln und ein Tambourin. Irgendwann griff Hannes nach ihrer Hand und sagte, kommt, tanzt mit mir. Sie jammerte, dass sie diese Art Tanz nicht könne, doch er lachte nur und zog sie mit sich.

Einmal, während sie sich im Schein des flackernden Feuers um ihre Achse drehten, stolperte sie über eine Unebenheit im Boden, und er drückte sie an sich, damit sie nicht fiel. Einen Moment lang lag ihr Kopf auf seiner Brust, und sie konnte seinen Herzschlag hören und roch den Geruch seines Wamses, ein Geruch nach Arbeit und Staub, aber gleichzeitig auch nach Leben. Sie riss sich los und floh zu ihrem Platz am Feuer zurück.

Die Stadttore hatten längst geschlossen, und Catarino wollte sich nicht der Peinlichkeit aussetzen, das Nachttor an der Porto Nosto Damo zu benutzen, und so blieb ihr nichts anderes übrig, als bei den Gauklern zu übernachten. Juana, die Akrobatin, stellte ihr ihr

Zelt zur Verfügung, wo sie dann auf Decken und Kissen lag und zum Zeltdach emporstarrte, durch das blass und fern der Mond schimmerte.

Es dauerte lange, bis sie endlich einschlief.

Hannes weckte sie im Morgengrauen. Er begleitete sie zum Tor, und kaum dass der Wächter das Tor öffnete, schlüpfte sie nach drinnen. Bevor sie in die Stadt verschwand, winkte sie noch einmal zurück.

Das Haus schlief noch, und über das Dach des Stalles erreichte sie das Fenster im ersten Stock, das sie offen gelassen hatte, und kletterte nach drinnen. Niemand hatte etwas bemerkt.

***

«Etwas liegt in der Luft», meinte Suso, die Köchin, diese Tage zu Beata. «Veränderungen. Große Veränderungen. Das fühlt unsereins.» Mit unsereins spielte sie auf ihre Großmutter an, die in St. Francès als heilkundiges und hellsichtiges Weib bekannt gewesen war – bis sie der Vater des Senher Bossard als Hexe hatte einkerkern lassen und sie wenig später auf einem zu diesem Zweck errichteten Scheiterhaufen einäschern ließ. Beata, die durchaus geneigt war, an unheilvolle Vorahnungen zu glauben, bekreuzigte sich hastig und beschloss, gleich heute Nachmittag in St. Sauvaire eine Kerze anzuzünden. Eine große.

Fabiou war nicht minder der Meinung, dass allerhand in der Luft lag, als er sich an diesem Nachmittag – dem 11. Juni – nach Frederi Jùlis Unterricht mit Bruder Antonius, Sébastien und Victor im Studierzimmer traf. Mord und Totschlag zum Beispiel. Beunruhigend vor allem, dass er auf der Liste der möglichen Opfer ganz oben stand.

Frederi Jùli wurde zu seinem großen Erzürnen aus dem Raum geschickt. Fabiou war der Meinung, dass die Sache Dimensionen angenommen hatte, die es verboten, Frauen und Kinder daran teilhaben zu lassen, weswegen er seinen Schwestern gar nicht erst von ihrem Treffen erzählte. Was nicht weiter schwer war – Cristino lag immer noch leidend in ihrem Bett, bewacht von Loís wie von einem treuen Hofhund, und Catarino tänzelte mit einem Blick durch das

Haus, als sei ihr heute Nacht im Traum der Erzengel Gabriel erschienen, und hätte höchstwahrscheinlich nicht einmal bemerkt, wenn das gesamte Parlament im Studierzimmer gesessen hätte.

Nachdem Fabiou und Sébastien ihren Bericht über die Ereignisse der vergangenen Tage abgeliefert hatten, war es ziemlich still in der Runde. Schließlich ergriff Victor das Wort. «Fabiou, glaub mir, ich habe niemandem davon erzählt, dass Cristino und Mergoult einen Ausflug machen wollten. Das heißt, gut, es könnte sein, dass ich meinem Diener davon erzählt habe, aber sonst wirklich niemandem!»

«Der Diener? Und wenn der geredet hat?», fragte Sébastien nachdenklich.

«Brouche? Das kann nicht sein. Er ist meinem Vater absolut treu ergeben. Er würde nie etwas weitererzählen, was ihm anvertraut wurde.»

«Nun, vielleicht hielt er es einfach für harmlos, darüber zu reden», meinte Bruder Antonius.

«Er würde überhaupt nichts weitererzählen, was ein Mitglied meiner Familie in seiner Gegenwart gesagt hat!», erklärte Victor vehement.

Fabiou nagte an seinem Daumennagel herum. «Die Bruderschaft», murmelte er. «Alles steht und fällt mit der Bruderschaft.» Er starrte mit leeren Augen auf die Bücherwand. «Irgendetwas hatten sie damals vor. Etwas, was einigen sehr mächtigen Leuten ein Dorn im Auge war. Und in dieser Situation wurden sie von einem aus ihrer Mitte verraten und daraufhin von ihren Gegnern beseitigt. Ja. So muss es gewesen sein.»

Bruder Antonius nickte langsam. «Und Trostett wusste um den Verrat und hat es unterlassen, die Bruderschaft zu warnen. Solange sie stark waren, war er an ihnen als Verbündete interessiert gewesen, doch jetzt, nach ihrer Enttarnung, hatten sie keinen Nutzen mehr für ihn. Also hat er sie hängen lassen und somit dem sicheren Tod ausgeliefert. Und dann, dreizehn Jahre später, packte ihn das schlechte Gewissen und er kehrte hierher zurück. Man sagt, dass es einen Verbrecher immer an den Schauplatz seines Verbrechens zurück zieht.»

«Und er hat versucht, sich von seiner Schuld reinzuwaschen, indem er die Verantwortlichen von damals ausfindig machte», meinte Fabiou. «Dies ist ihm gelungen, und er hat offensichtlich noch weitere schockierende Dinge herausgefunden. Da er keine Beweise hatte, konnte er die Mörder aber nicht vor Gericht bringen. Und in dieser Situation traf er… tja, diese Erscheinung, diesen Kerl, der von den Toten auferstanden schien. Eine Art Wiedergeburt von Carfadrael. Er kam zu dem Schluss, dass dieser dazu ausersehen sei, die Bruderschaft zu rächen. Und beschloss, sich selbst zu opfern, um den neuen Carfadrael auf die Spur der Mörder zu bringen.»

«Klingt plausibel», meinte Sébastien nachdenklich. «Aber ein paar Sachen begreife ich immer noch nicht. Erstens: was hat die Bruderschaft getan, dass man sie gleich beseitigen ließ? Zweitens: wieso jetzt die Morde? Trostett ist klar, er hat den Mördern von damals nachspioniert. Aber die übrigen? Bossard? Servius? Der Notar? Alessia? Und drittens: was in aller Welt hat das Ganze mit der Geschichte um Agnes Degrelho zu tun?»

«Das verstehe ich auch nicht», meinte Bruder Antonius achselzuckend. Er seufzte. «Uns fehlen noch so viele Informationen, so viele Steinchen in dem großen Mosaik. Es ist echt zum Verzweifeln!»

«Nein», sagte Fabiou.

«Was?»

Fabiou hatte die Hände zu Fäusten geballt. «Uns fehlt nichts mehr. Wir kennen alle Details, die es zu wissen gibt. Wir habe die Steinchen, Antonius. Wir müssen nur noch das Mosaik zusammenlegen.»

«Wie kommst du denn da drauf?», fragte Sébastien ungläubig.

«Weiß nicht. Das habe ich im Gefühl.»

«Im Gefühl! Das ist irrational!», erklärte Bruder Antonius.

«Ist mir egal. Ich weiß es trotzdem!», beharrte Fabiou. «Und ich werde es schaffen, das Rätsel zu lösen, verlasst euch darauf!»

***

Für seinen nächsten Besuch bei Cristino suchte sich Arnac de Couvencour zweckmäßiger Weise den 12. Juni aus, den diesjährigen Termin der Fête-Dieux, wie man die eigentümliche Mischung aus Heiligenprozession, Festumzug und Narrenspektakel auf gut Französisch nannte. Seit zehn Uhr vormittags wälzte sich ein endloser Menschenzug durch die Straßen von Ais. Voraus schritten die hohen Vertreter der Geistlichkeit, der Bischof, der päpstliche Nuntius, die Vorsteher verschiedener Klöster, gefolgt vom kirchlichen Fußvolk, einfache Priester, Mönche und Nonnen und eine unübersehbare Zahl an Messdienern, die allerlei Reliquien und Heiligenstatuen mit sich führten. Ihnen folgten die Honoratioren der Stadt, die Konsuln, die Parlamentspräsidenten, die Mitglieder des *Conseil* und das Direktorium der Universität. Danach kamen die reichen *Bourgeois*, Kaufleute und Advokaten, denen der dicke Geldsäckel ins Gesicht geschrieben stand, und hinter ihnen, etwas bescheidener gekleidet, aber nicht weniger würdevoll, die Vertreter der Zünfte. Fast nahtlos ging die ehrgebietende Prozession dann in ein wildes Spektakel über. Handwerksgesellen schleppten Strohpuppen, die mit ihrer Kleidung und der Art ihrer Darstellung an Personen des öffentlichen Lebens erinnerten, und zwar nicht immer in schmeichelhafter Weise – besonderen Anstoß erregte eine, die den Ersten Parlamentspräsidenten zeigte, wie er wie ein Straßenräuber mit vorgehaltenem Dolch einem Bauern die Taschen leerte. Das wird noch ein Nachspiel haben, empörte sich Duran de Pontevès, und zwar ein gewaltiges! Dazwischen hatten sich Gaukler gemischt, gekleidet wie die Narren an der Carnava, die allerlei Kunststücke vorführten und mit den Zuschauern ihren Schabernack trieben. Letztere – die Zuschauer – standen zu Hunderten am Straßenrand und beobachteten das Spektakel, und über allem lag ein eigentümlicher Lärm, der sich aus mehr oder weniger kunstvoll intonierten Messgesängen, Kindergeschrei, Flötengedudel und dem unablässigen Raunen der Menschenmenge zusammensetzte.

Wer in Ais auch nur das Geringste auf sich hielt, dem blieb nichts anderes übrig, als dem Ereignis zumindest als Zuschauer beizuwohnen, und dieser Umstand hatte zur Folge, dass, als Arnac de Couvencour gegen zwei Uhr nachmittags an die Haustür der Aubans klopfte, weder Frederi zu Hause war – der ihn sicher augenblicklich zum Teufel gejagt hätte – noch Onkel Philomenus – der vermutlich das Gleiche getan hätte. Wer ihn in Empfang nahm, war niemand anders als Oma Felicitas, die der Familie rundum erklärt hatte, dass sie keine Lust hatte, sich stundenlang am Straßenrand die Füße platt zu stehen und sich von der feinen Aiser Gesellschaft auf den Zehen herumtrampeln zu lassen. Sie war übrigens mit diesem Entschluss mitnichten allein; Senher Servan, Ex-Konsul von Ais, war vor einer halben Stunde mit einem *bouquet* roter Rosen erschienen, und seitdem hatten die beiden Alten sich in Omas Salon zurückgezogen. Ein Glück, dass die Dame Castelblanc nichts davon ahnte, sie hätte sich wohl nichts Unschicklicheres vorstellen können, als ihre Mutter dort oben allein mit einem Mann zu wissen!

Arnac hätte sich schlichtweg keinen besseren Moment aussuchen können. Oma Felicitas war hocherfreut, ihn zu sehen, meinte, er könne selbstverständlich Cristino besuchen, so lange er wollte, und rief sogleich nach Senher Servan, Jaume, schau mal, Arnac de Couvencour ist da!, und Senher Servan schüttelte Arnac hocherfreut die Hand und sagte, er freue sich sehr, ihn wiederzusehen, er wisse ja, er sei ein großer Bewunderer von Couvencours Vater!

Das Ergebnis war, dass Arnac zehn Minuten später an Cristinos Bett saß. «Wie geht es Euch?», fragte er ernst.

Sie schniefte und zog sich die Decke über den Kopf. «Warum wollen die mich töten?», schluchzte sie. «Sagt es mir, bitte!»

Er holte tief Luft. «Habt keine Angst, Cristino», sagte er.

«Keine Angst? In den letzten zwei Wochen sind zwei Mordanschläge auf mich verübt worden, und die alte Wahrsagerin hat meinen Tod vorausgesehen, und immer wenn ich schlafe, träume ich, Agnes Degrelho zu sein, die von ihrer Mörderin gehetzt wird, und da sagt Ihr, ich soll keine Angst haben?» Ihr Gesicht verzog sich weinerlich. «Ich werde sterben, das ist es. Es ist so gemein, das alles. Ich wäre doch so gerne noch siebzehn geworden!»

Er sah sie an, und wieder einmal dachte sie, wie verstörend schwarz seine Augen waren. «Solange ich lebe, wird Euch niemand ein Haar krümmen», sagte er. «Bevor sie Euch töten wollen, müssen sie zuerst mich töten. Und das sollen sie nur versuchen!» Dann stand er brüsk auf. «Ihr müsst vorsichtig sein», sagte er. «Verlasst dieses Haus nicht. Sprecht mit niemandem, der nicht zu Eurer Familie gehört. Und vor allem – vertraut niemandem. Niemandem, habt Ihr gehört?»

Sie nickte mit offenem Mund. Ihre Wangen brannten. Mein Gott, er liebt mich, dachte sie in einer Mischung aus Verlegenheit und Stolz.

Arnac starrte sie einen Augenblick lang aus weiten Augen an, dann drehte er sich um und schritt der Tür zu. «Macht Euch keine Sorgen», sagte er. «Ich bleibe in Eurer Nähe.»

Sie blieb in den Kissen liegen. Bei aller Angst, die sie nach wie vor gefangen hielt, war es eine unglaublich ergreifende Vorstellung, dass da ein junger Ritter war, der über sie wachte, um sie vor allem Ungemach zu beschützen.

Sie seufzte tief und gerührt.

Auf dem Gang winkte Arnac de Couvencour Loís zu sich, der – wie immer strahlend vor Eifer – auf ihn zulief. Arnac betrachtete ihn aus zusammengekniffenen Augen. Loís war kalkweiß im Gesicht, was eine Folge des Schlafmangels war, denn in den vergangenen Tagen hatte er nur stundenweise geschlafen, und das auf dem Fußboden neben Cristinos Bett. «Ihr wünscht?», fragte er und blinzelte mit seinen vor Übermüdung geröteten Augen.

Arnac nickte langsam. «Du passt auf sie auf», sagte er. Er griff in seinen Mantel. Loís' Augen weiteten sich. Arnac hielt plötzlich eine schwere Arkebuse in der Hand. «Da», sagte er und reichte Loís die Waffe.

«Was … was soll ich damit?», krächzte Loís.

«Falls du je in die Situation kommst, Cristino beschützen zu müssen, wirst du sie brauchen.»

«Aber … ich kann mit so etwas doch gar nicht umgehen …»

«Sie ist geladen», sagte Arnac ruhig. «Es ist ein neues Modell, man muss keine Lunte mehr anzünden. Einfach hier den Hahn spannen und da abdrücken. Denk daran – zwischen Abdrücken und Auslösen des Schusses liegen vier Sekunden, du kannst dir im Ernstfall also nicht allzu lange Zeit lassen.» Er drückte Loís das kalte Metall in die Hand und ging.

***

Bevor Bruder Antonius am Mittag des 14. Juni das Haus der Aubans verließ, zischelte er Fabiou noch zu, dass er ihn am Nachmittag im Konvent besuchen solle, er habe ihm etwas Interessantes zu zeigen. Ein kleines bisschen zu laut leider Gottes, Frederi Jùli hatte gelauscht und tyrannisierte Fabiou eine gute Stunde lang mit seinem Gebettel, ihn mitzunehmen.

Etwas liegt in der Luft, meinte Suso, während sie in ihrem Kochtopf herumrührte. Ich spüre es!

Dass Suso richtig lag, wurde Fabiou klar, kaum dass er endlich Frederi Jùli abgewimmelt hatte und auf die Carriero de Jouque hinaustrat, um den Weg zum Augustiner-Konvent einzuschlagen. Der Himmel über Ais hatte sich verdunkelt. Lehmgelbe, niedrige Wolken lasteten schwer auf den Dächern, und durch die Straßen zog ein eigentümlicher Hauch von Schwüle und Staub, der den Menschen den Atem nahm und die Schwalben in die Sicherheit der Häuser fliehen ließ. Die Straßen waren wie ausgestorben, als Fabiou die Carriero drecho hinunterschritt. Nie zuvor in seinem Leben hatte er ein solches Licht gesehen, ein seltsames, bedrohliches Schwefelgelb, so als klaffe irgendwo ein Riss in den Pforten der Hölle. Ais duckte sich unter dem unheimlichen Leuchten, das seinen Schein wie einen widerlichen Zuckerguss über die Häuser und Gassen leerte. Die wenigen Menschen, die unterwegs waren, warfen einen prüfenden Blick zum Himmel und flüchteten dann rasch in die Sicherheit ihrer Behausungen. Auch Fabiou fühlte sich unbehaglich. Es war nicht nur der drohende Schein des Himmels. Die Leere der Straßen war eine verlockende Gelegenheit für alles Mordgesindel.

Er war fast überrascht, dass er den Augustiner-Konvent unbehelligt erreichte. Er drückte die Klinke der kleinen Seitentür herunter und betrat die Kirche.

Antonius erwartete ihn in einer der Bankreihen und winkte ihm zu, sich neben ihn zu setzen. «Also, was gibt's?», fragte Fabiou neugierig, der Heiligkeit des Ortes entsprechend mit gesenkter Stimme.

Bruder Antonius wies auf das Buch, das er auf seinen Knien liegen hatte. «Was ist das?», fragte Fabiou.

«Aus der Konventsbibliothek», erklärte Antonius. «Eine Sammlung von Sagen und Geschichten um den Heiligen Gral.»

Fabiou linste auf die aufgeschlagene Seite. Sie zeigte ein Gemälde, auf dem ein goldener Kelch auf einem Altar dargestellt war, Kerzen an seiner Seite, darüber zwei Engel mit ausgebreiteten Flügeln. «Das soll der Gral sein? Sieht aus wie ein Messkelch», meinte Fabiou.

«Natürlich», antwortete Antonius, und auf Fabious erstaunten Blick antwortete er: «Der Sage nach ist der Gral der Kelch, aus dem Jesus bei der Einsetzung des heiligen Abendmahls den Wein trank. Jeder Altarkelch ist also in der Theorie eine Nachbildung des Grals. Natürlich weiß heute kein Mensch mehr, wie der ursprüngliche Kelch ausgesehen hat, aber alle Darstellungen des Heiligen Grals orientieren sich an den heutigen Altarkelchen.»

«Ja, und? Was hat das mit unserer Geschichte zu tun?», fragte Fabiou.

«Das Buch hier geht auch auf die Katharer ein. Kennst du die Geschichte von Mont-Segur?»

«Na ja, so lala. Da hatten sich doch die Katharer vor den französischen Truppen verschanzt, oder? Aber schließlich mussten sie kapitulieren.»

Bruder Antonius nickte langsam. «Mont-Segur wurde von einer Gruppe von Rittern verteidigt, die die Katharer unter ihren Schutz gestellt hatten. Als Mont-Segur kapitulierte, gaben die Belagerer den Rittern ihr Ehrenwort, ihr Leben zu schonen, da sie schließlich keine Ketzer waren und nur gemäß ihrer Pflicht und ihrer Ehre als Ritter gehandelt hatten.» Bruder Antonius seufzte. «Die Katharer wurden daraufhin allesamt mit ihren Frauen und Kindern auf einem riesigen Scheiterhaufen vor der Burg Mont-Segur verbrannt. Und was die Ritter betraf, die sich in gutem Glauben ergeben hatten, so hielten die Belagerer ihr Versprechen und töteten sie nicht. Stattdessen wurden sie nach Carcassonne gebracht und dort in winzigen Kerkerzellen lebendig eingemauert. Erst fünfzig Jahre später wurde der Kerker von der Bevölkerung gestürmt. Ein paar der Ritter waren tatsächlich noch am Leben. Stell dir das mal vor – sie müssen halbe Kinder gewesen sein, als man sie in Carcassonne einkerkerte, und als Greise wurden sie befreit. Ein ganzes Leben in Dunkelheit verbracht.» Er schüttelte den Kopf. Er hatte wahrhaft eine Gänsehaut.

Wunderbar, eine weitere Horrorgeschichte. Fabiou blinzelte. «Ja ... und?»

«Die Sage behauptet, dass die Katharer den Heiligen Gral in Mont-Segur bei sich gehabt haben und ihn vor der Kapitulation aus der Burg schmuggelten. Sie verbargen ihn in einer Höhle, wo er auf den Tag wartet, an dem wieder hellere Zeiten anbrechen, um dann ans Licht der Welt zurückzukehren», erklärte Antonius. «So weit kannte ich die Geschichte. Aber hier in diesem Buch habe ich eine interessante Ergänzung gefunden. Der Autor schreibt, einer der Ritter habe den Gral aus der Burg gebracht. Die Ritter hatten ihn aus ihrer Mitte auserwählt, weil er der mutigste und würdigste war. So, und jetzt rate mal, wie der Name dieses Ritters war.»

Fabiou hob die Schultern. «Keine Ahnung», sagte er.

Bruder Antonius lächelte. «Carfadrael», antwortete er.

Fabiou starrte auf das Buch. «Na gut ... jetzt wissen wir also, nach wem sich Carfadrael benannt hat. Aber das bringt uns nicht wirklich weiter, oder?»

«Nein. Da hast du allerdings recht», seufzte Bruder Antonius.

Und Fabiou erstarrte. «Was ist?», fragte Bruder Antonius.

«Der Kelch ...», flüsterte Fabiou.

«Was ist damit?»

Fabiou griff in seine Brusttasche und zog eine Karte hervor, die er mit geweiteten Augen anstarrte.

«Was ist das?», fragte Bruder Antonius.

«Eine Tarotkarte. Der Ritter der Kelche», krächzte Fabiou. «Mein Gott, Antonius, sieh dir das an – der Kelch auf der Karte sieht genau so aus wie der Heilige Gral auf diesem Bild!»

Bruder Antonius sah auf die Tarotkarte. «Die Abbildung auf der Karte ist zweifellos ebenfalls einem Altarkelch nachempfunden. Wundert mich nicht. Messgeräte wurden schon immer gern für spiritistischen Quatsch missbraucht. Weil sie angeblich eine mystische Kraft haben.»

Fabiou starrte kopfschüttelnd auf die Karte. «Der Ritter der Kelche. Der Ritter des Grals. Carfadrael. Oh mein Gott, ich Idiot!» Er schlug sich mit der Hand vor die Stirn. «Von wegen Hellseherei! Dieser Mistkerl von einem Gaukler hat mir ein Rätsel aufgegeben! Und ich habe es nicht mal gemerkt!»

***

Juana schüttelte ungläubig den Kopf. «Wer?»

«Hannes. Den Akrobat. Ich muss ihn sprechen, sofort!», schrie Fabiou.

«Alle Welt will neuerdings Hannes sprechen. Und alle haben sie Haare wie 'ne Karotte! Hannes! Komm mal her!»

Der junge Gaukler kam zwischen den Zelten hervorgetappt. Der lehmgraue Himmel warf einen schiefernen Ton auf sein sonnenverbranntes Gesicht. «Oh … hoher Besuch!», rief er erfreut aus. «Womit kann ich dienen?»

«Tu nicht so unschuldig! Du weißt genau, warum ich hier bin! Tarot, von wegen! Du hast mich angeschmiert! Dein Tarot, das war keine Wahrsagerei, das war eine verschlüsselte Botschaft!», schrie Fabiou wütend.

Hannes warf den Kopf zurück und lachte. Ein Windstoß fuhr in sein helles Haar. Bleiern hing der Himmel über den Zelten. «Ihr habt ganz schön lange gebraucht, das herauszufinden», rief er aus.

«Ich will jetzt die Wahrheit wissen! Was wolltest du damit sagen, mit dieser komischen Geschichte vom König der Schwerter und der Kelche? Was weißt du von der Bruderschaft? Und vor allem, was weißt du von den Morden?»

Gelb schimmerten die Bernsteinaugen im Zwielicht. «Was ich Euch sagen wollte, habe ich gesagt», sagte Hannes mit gesenkter Stimme. «Mehr erfahrt Ihr von mir nicht, so einfach ist das.»

«Ich warne dich!», schrie Fabiou. «Ich kann jederzeit zum Viguié gehen und ihm sagen, dass du über die Morde Bescheid weißt, und dann bist du dran!»

Alles hatte die fahlgelbe Farbe des Himmels angenommen, das Gras, die Hügel, und Hannes' Lächeln. «Das würdet Ihr nie tun», sagte Hannes.

«Ach. Und wie kannst du da so sicher sein?», rief Fabiou verärgert.

Hannes zuckte mit den Achseln. «Weil Ihr der Sohn von Cristou de Bèufort seid, deshalb.» Er wandte sich ab und schlenderte den Zelten zu. Hoch oben mischte sich düsteres Rot in das Schwefelgelb des Himmels, wie Blutstropfen, die in schmelzendes Blei fallen. «Ihr wollt die Wahrheit wissen?», rief Hannes über seine Schulter zurück. «Die Wahrheit ist, nichts ist, wie es scheint, und niemand ist, wer er vorgibt zu sein. Adiéu.»

Mit apokalyptischer Gewalt fuhr ein Windstoß nieder, und Fabiou stolperte rückwärts. Staub wirbelte auf, verdüsterte die Welt, am Himmel türmten sich brüllende Wolken zu blutroten Ungeheuern auf, schienen auf die Stadt zuzustürzen, schwarze Klauen nach den Dächern ausgestreckt, und verschlangen die Sonne, dass die Welt schwarz wie die Nacht zurückblieb. Fabiou riss die Arme vors Gesicht und floh auf die Stadtmauer zu. Und die Monster spien Feuer.

Schlagartig war die Welt in gleißendes Licht getaucht, die Stadtmauer flammte auf in grellem Schein, um sofort in undurchdringbare Nacht zurückzustürzen. Und dann brüllte der Donner los, ohrenbetäubend, markerschütternd, als hätten die Cherubim mit ihren flammenden Schwertern die Enden des Weltkreises verlassen und wandelten nun zerstörerisch über die Erde. Fabiou rannte, stürzte durch das Tor, an dem sich der Wächter starr vor Angst unter den Torbogen drückte, stolperte in die Carriero d'Esquicho-Mousco und rannte, während Blitz um Blitz auf die Stadt niederfuhr, blendendes Licht, in dem jedes Detail ihm scharf wie mit einem Messer gezogen entgegenleuchtete und der Donner über die Häuser hinwegrollte wie ein heulendes Untier.

Er schaffte es bis zur Plaço dei Gran Relogi. Dann setzte der Regen ein.

Vielleicht stimmte das mit der Kugel, die die Erde sein sollte, ja doch nicht, und die Welt war in der Tat von einem Gewölbe überspannt, über dem das Weltmeer lag, und jetzt hatte Gott die Schleusen im Gewölbe geöffnet und ließ die Wasser hereinstürzen. Gerade so schien es zumindest. Das war kein Regen mehr, keine niederprasselnden Tropfen, eine Flutwelle war es, die da vom Himmel herabbrauste und Fabiou binnen eines Augenblicks bis auf die Haut durchnässte. Knöcheltief stand das Wasser auf den Straßen, strömte über den Platz und weiter in die Tiefe, der Carriero d'Esquicho-Mousco zu, und Fabiou hechtete sich in den Schutz der nächstbesten Hauswand, wo er sich keuchend in einen Torbogen drückte.

Wie lang er so stand und in die Wassermassen starrte, die alle paar Sekunden von einem grellen Blitz erleuchtet wurden, wusste er später nicht. Ihm kam es Ewigkeiten vor, und die große Uhr war nicht einmal zu erahnen, obwohl er keine zwanzig Schritte vom Turm entfernt stand.

Irgendwann merkte er jedenfalls, dass sich etwas veränderte.

Dass etwas kam.

Hervorragend. Hätte ja nicht besser laufen können. Kein Hund ist auf der Straße, und ich stehe hier ganz allein und kann die Hand nicht vor Augen sehen. Einen besseren Zeitpunkt hätten die sich gar nicht 'raussuchen können!

Er kam. Materialisierte sich langsam aus den Fluten, durch die er hindurchzuschweben schien wie ein Geisterwesen durch den Äther. Fabiou drückte sich an die Wand. Irgendwie fand er es trotz allem tröstlich, dass es Tag war. Er hatte furchtbare Angst davor gehabt, alleine in der Nacht zu sterben.

«Warum das alles?», schrie er ihm entgegen. «Sagt mir das! Ich will wenigstens wissen, warum ich sterbe!»

Der Kahle griff nach seiner Schulter, zog ihn herum und drückte ihn an sich, so dass Fabious Kopf an seiner Schulter zu liegen kam. «Hab keine Angst, Fabiou», sagte er. «Es ist nicht so schlimm, wie du es dir vorstellst. Es geht sehr schnell.» Ein Blitz ließ die Klinge in seiner Hand aufleuchten. Sie war etwa so lang wie Fabious Unterarm.

«Warum Cristino?», keuchte Fabiou. «Ich verstehe ja, dass Ihr mich töten wollt, aber warum Cristino?»

Der Donner ließ den Platz erbeben, als die Schneide sich gegen seine Kehle drückte. «Glaub mir, Fabiou», sagte der Kahle, «das macht mir jetzt wirklich keinen Spaß.»

Und eine Stimme so laut und so durchdringend wie der Donner schrie: «Halt!»

Die Klinge rührte sich keinen Hauch von der Stelle, während der Kahle sich um seine Achse drehte, Fabiou mit sich schiebend. «Oh. Ihr seid es. Wie erfreulich, Euch wiederzusehen», sagte er heiter.

Nur fünf Schritte weiter stand er auf der Plaço dei Gran Relogi, seine Umrisse zerfließend im herabstürzenden Regen. Der ewige Schutzengel, aus dem Himmel verstoßen, um auf Erden zu wandeln und kleine Jungen und Mädchen vor Mordbuben zu schützen. Arnac de Couvencour. Er hatte seinen Degen gezogen, die Klinge flackerte im Licht eines Blitzes. «Krümmt diesem Jungen auch nur ein Haar, und ich bringe Euch um!», schrie er.

«Ach.» Der Kahle lachte auf. Der Druck der Klinge an Fabious Hals verstärkte sich. Er fühlte den unwiderstehlichen Drang zu schreien, doch der Laut, der aus seiner Kehle kam, war nur ein eigentümliches ersticktes Gurgeln. «Ihr denkt also im Ernst, Ihr hättet eine Chance gegen mich? Das ist faszinierend. Ich werde Eure Herausforderung mit Vergnügen annehmen, sobald ich diesen Bengel hier erledigt habe.»

Die Klinge bewegte sich.

«Nein!», schrie Arnac.

Fabiou sah das heranfliegende Messer nicht, es kam zu schnell und zu plötzlich, als dass sein Auge es hätte wahrnehmen können. Aber der Kahle sah es, denn mit einem Fluch sprang er beiseite, und Arnac sah es, denn er hechtete sich vorwärts, umklammerte Fabiou mit beiden Armen und riss ihn zu Boden. Fabious Kinn schlug auf einen Pflasterstein. Er sah eine ganze Milchstraße von Sternchen. Einen Schritt zu seiner Linken schepperte das Messer auf das Pflaster.

Arnacs Gewicht, das eben noch auf ihm gelastet hatte, verschwand, als dieser sich aufrappelte. «Wo ist er?», schrie er in den prasselnden Regen hinaus. «Wo ist dieser Bastard hin?»

Eine Gestalt löste sich aus dem Dunst, hob kopfschüttelnd das Messer auf. «Er ist fort. Den kriegst du nicht mehr.» Fabiou hob den Kopf und blickte in das Gesicht, das sich über ihn beugte. Ach so. Corbeille. «Verdammt!», brüllte Arnac und schleuderte in verzweifelter Wut seinen Degen auf das Pflaster. «Oh verdammt, verdammt!»

Corbeille betrachtete ihn und schüttelte erneut den Kopf. «Sei froh drum, Junge. Er hätte dich zweifellos getötet. Du bist gut, zugegeben, aber gegen den Genevois hast du keine Chance.» Sein Blick wandte sich wieder Fabiou zu. «Alles klar, Kleiner?»

«Alles klar, darf man lachen? Ihr hättet den Jungen treffen können, verflucht noch mal!», schrie Arnac.

«Oh, das glaube ich kaum», sagte Corbeille mit einem spöttischen Lächeln.

Fabiou kämpfte sich durch eine Welle aus Schwindel auf die Füße. Seine Zähne ratterten wie eine Fahne im Sturm. «Ich kenne Euch!», stieß er hervor. «Ihr seid ein Agent des französischen Königs. Im Frühling 1545 wart ihr hier in dieser Gegend. Die Vernichtung der Bruderschaft, geht das auf Eure Rechnung?»

Corbeille lachte verblüfft. «Meine Güte ... wenn man dir den Arm abhacken würde, wäre deine erste Frage wahrscheinlich auch nach der Bruderschaft, ja? Ich hab's mir immer gedacht ... Wahnsinn ist erblich!»

Arnac trat näher. Er hatte seinen Degen aufgehoben, Wasser strömte ihm aus den Haaren, die wirr in seinem Gesicht klebten. «Der Junge wartet auf eine Antwort», krächzte er. «Und ich auch.» Er sah plötzlich ziemlich drohend aus.

«Ich wollte nie, dass sie sterben», sagte Corbeille unwirsch. «Die Jungs waren in Ordnung, ich hätte es extrem bedauert, sie töten zu müssen.»

«Aber trotzdem habt Ihr es getan», zischte Arnac.

«Habe ich nicht. Zum Glück habe ich nie einen derartigen Befehl erhalten. König François war ein vernünftiger Mann. Die Informationen, die er von mir erhielt, gingen allesamt in die Richtung, dass er gewisse Kreise der hiesigen Bevölkerung – und zwar durchaus auch die einflussreicheren – gegen sich aufbringen könnte, wenn er einen Carfadrael aufs Schafott schickte. Und es war schließlich auch gar nicht nötig. Die Bruderschaft, Himmel, das waren dreizehn Leute, dazu vielleicht noch zehn oder fünfzehn andere, die sie unterstützten. Zahlenmäßig stellten sie keinerlei Gefahr dar. Ihre einzige Stärke war ihre Anonymität. Um sie auszuschalten, hätte es genügt, herauszufinden, wer sie sind, und sie unter Überwachung zu stellen.»

«Und I...Ihr habt es he...herausgefunden?», stotterte Fabiou. Seine Zähne klapperten noch immer.

«Oh, ich habe es versucht. Lange Zeit vergeblich. Und ohne den Verräter hätte ich vermutlich noch wesentlich länger gebraucht.»

«D…d…die Bruderschaft wurde also tatsächlich verraten?», bibberte Fabiou.

«Von einem aus ihrem engsten Kreis», bestätigte Corbeille mit einem traurigen Lächeln.

«Wer war es?», fragte Arnac.

Corbeille schüttelte den Kopf. «Geheimsache.»

«U…und wer hat sie dann getötet?», fragte Fabiou.

«Eine gute Frage. Meine einzige Erklärung ist, dass der Verräter sich nicht damit zufrieden gegeben hat, sie an uns zu verraten. Dass er wollte, dass sie sterben, und als er begriff, dass wir ihm diesen Wunsch nicht erfüllen würden, wandte er sich daher an die, die seinen Wunsch teilten.»

«D…d…das heißt, d…die Bruderschaft i…ist einfach einer I… intrige zum Opfer gefallen, ja?», folgerte Fabiou.

«Es ist eine gute Frage, was letztlich den Sturz der Bruderschaft verursacht hat», sagte Corbeille versonnen. «Vielleicht war der Grund einfach, dass sie sich selbst untreu wurden. Ihren Prinzipien.»

«Welchen Prinzipien denn?», fragte Arnac.

«Zum Beispiel dem Prinzip, nicht zu töten. In all den Jahren hatte die Bruderschaft nie etwas getan, wobei Menschen ernsthaft zu Schaden gekommen wären. Das war Bestandteil ihrer Grundsätze. Aber dann, an jenem wunderschönen Frühlingstag des Jahres 1545 planten sie einen Mord.»

«Ei…einen Mord? A…an wem?», fragte Fabiou atemlos. «Und… und wieso hat das ihren Tod verursacht?»

«Von Jeanne d'Arc sagt man, dass sie nur deshalb die Engländer besiegen konnte, weil sie eine Jungfrau war», sagte Corbeille lächelnd. «Ihre Jungfräulichkeit war es, die ihr übermenschliche Kräfte verlieh, die ihr Gottes Beistand sicherte, die sie unbesiegbar machte. Eine der vielen Legenden, die sich um sie ranken, ist daher auch die, dass Jeanne d'Arc sich eines Tages verliebte, in einen ihrer Offiziere oder in wen auch immer. Zwar sei diese Liebe rein platonisch geblieben, aber dennoch, allein die Tatsache, dass sie fleischliche Gelüste empfand, habe zur Folge gehabt, dass sie vor Gott ihre Unschuld verlor. Und damit auch ihre Unbesiegbarkeit.

Deshalb haben die Engländer sie gefangen nehmen und verbrennen können.»

«W...w...w...was hat das jetzt mit der Bruderschaft zu tun?», fragte Fabiou verständnislos.

«Bei der Bruderschaft war es genauso», sagte Corbeille. «An jenem Tag, an dem sie beschlossen, einen Menschen zu töten, verloren sie ihre Unschuld. Und wurden besiegbar.»

«Warum habt Ihr ihnen nicht geholfen?», schrie Arnac. «Wenn es doch den Befehl des Königs gab, sie am Leben zu lassen?»

«Was denkst du, warum sie gerade diesen Zeitpunkt gewählt haben, um die Bruderschaft zu erledigen?», seufzte Corbeille. «Sie wussten genau, dass wir im allgemeinen Chaos vom Schicksal der Bruderschaft erst etwas erfahren würden, wenn sie längst tot und begraben waren. Die Rechnung ist aufgegangen. Der Einzige, der von der Gefahr wusste, in der die Bruderschaft schwebte, war offensichtlich Trostett. Aber er hat sie nicht gewarnt, er ließ sie eiskalt ins Messer laufen, obwohl er im Glauben der Bruderschaft ihr Verbündeter war. Er hatte offensichtlich andere Interessen.» Corbeille zuckte mit den Achseln. «Traurig genug, die Geschichte», sagte er. «Wollt ihr zwei unbedingt auch noch sterben?» Er wandte sich ab und schritt durch den Regen davon.

Fabiou massierte keuchend seine Arme. Rattattatt machten seine Zähne. Etwas lief seinen Hals hinunter, was wärmer war als der Regen.

«Komm, ich bring' dich nach Hause», murmelte Arnac.

Fabiou hob seine Hände, berührte mit den Fingerspitzen die Stirn. Er begann zu kichern. «I...ihr würdet Euch wirklich eignen, als ... als ...», er schüttete sich aus vor Lachen, «als j...jugendlicher Held in m...meiner B...ballade ...»

«Komm jetzt, verdammt noch mal!» Arnac nahm Fabiou am Arm und schob ihn in die Carriero drecho.

Der Regen ließ etwas nach, während sie die Carriero drecho hinaufliefen und in die Carriero de Jouque einbogen. Fabiou wartete die ganze Zeit darauf, dass der Genevois sie erneut angriff, plötzlich aus einer Hausnische gesprungen kam, um ihnen die Kehle durchzuschneiden, doch als sie vor der Haustür der Aubans standen, waren sie seltsamerweise beide noch am Leben. Arnac klopfte an, und der Pförtner öffnete. Er starrte sie an mit offenem Mund

«Hör auf mich, dies eine Mal nur, und mach Schluss mit diesen irrwitzigen Nachforschungen», krächzte Arnac. Er war kreideweiß im Gesicht. Oben auf der Treppe waren Schritte zu hören. Es war Frederi. Als er sie erblickte, blieb er stehen. Arnac sah ihn einen Moment lang an, dann drehte er sich um und lief in den Regen hinaus.

Die Treppe schien zu einem unbezwingbaren Berg geworden zu sein. Fabious Knie wackelten wie Sülze unter ihm, als er sich an das Geländer geklammert nach oben kämpfte. Frederi stand noch immer am selben Punkt auf der Treppe. Er starrte Fabiou an wie einen Geist. Es musste daran liegen, dass er komplett durchnässt war. Fabiou stakste an ihm vorbei und taumelte über den Gang, seinem Zimmer zu. Seine Knie knickten ein, als er nach der Klinke griff, er zog sich am Türrahmen nach oben und stolperte nach drinnen.

Es war still im Innern des Raumes. Der Himmel hatte ein wenig aufgeklart, und dürftiges Dämmerlicht fiel durch das Fenster. Fabiou taumelte zur Frisierkommode. Er musste sich mit beiden Händen aufstützen, während er sein triefnasses Gesicht im Spiegel betrachtete. Die Lippen seines Spiegelbilds begannen sich zu einem Grinsen zu verziehen, seine Hand zuckte nach oben, zu seinem Mund, als er wieder zu kichern begann, schrill und unaufhaltsam. Oh ja, verständlich, dass Frederi ihn so angestarrt hatte. Da waren die feuerroten Locken, die ihm in der Stirn klebten, dass sie aussahen wie eine Filzkappe. Da war die Platzwunde an seinem Kinn, aus der beständig Blut auf sein Wams tropfte. Und da war der mindestens fingerlange, klaffende Schnitt, der sich über seinen Hals zog und von dem aus ein Schleier aus Blut wie ein Halstuch zu seinem Hemd zog. Es sah einfach zum Brüllen komisch aus. Fabiou krümmte sich vor Lachen.

Die Tür ging auf, und im Spiegel konnte er Frederis Gesicht sehen. Mit einer Hand an die Kommode geklammert drehte er sich um. «Ist nicht so wild», gluckste er, während ihm die Lachtränen über das Gesicht strömten. «Ich habe schließlich einen unschlagbaren Schutzengel.»

Im selben Moment war Frederi bei ihm, hatte ihn an den Schultern gepackt und schüttelte ihn, dass Fabious Zähne haltlos aufeinanderschlugen. «Ich hatte es dir verboten!», brüllte er. «Ich hatte gesagt, du sollst mit diesen unsinnigen Nachforschungen aufhören! Du hättest tot sein können, begreifst du das nicht?»

Fabiou riss sich los. Starr stand er vor seinem Stiefvater. «Ich werde nicht damit aufhören», sagte er. «Es geht um die Wahrheit. Ich werde die Wahrheit nicht verraten, und wenn es mein Leben kostet.»

Frederi zuckte zusammen, als habe er einen Schlag in die Magengrube erhalten. Er stolperte rückwärts, sank gegen den Türrahmen, seine Lippen bebend, die Hände gegen die Schläfen gepresst. Fabiou ließ sich auf den Stuhl vor der Frisierkommode gleiten. Er hatte plötzlich das sichere Gefühl, dass seine Füße ihn keine zwei Sekunden mehr tragen würden.

Über Frederis Gesicht strömten Tränen. «Sag das nicht, bitte», schluchzte er. «Sag das nie, nie wieder!» Dann stürzte er aus der Tür.

Fabiou starrte wieder in den Spiegel. Er war in seinem ganzen Leben noch nicht so müde gewesen.

***

«Und als Letztes kam dann das As der Kelche, und er hat gesagt, Agnes wäre wichtiger als man denkt oder so», meinte Frederi Jùli eifrig.

«Nein, das stimmt nicht», widersprach Catarino. «Die letzte Karte war der Ritter der Kelche, und er hat angedeutet, dass das Fabiou sei.»

Fabiou, der eifrig auf einem Stück Papier mitkritzelte, war ernsthaft beeindruckt. Er hielt immer große Stücke auf sein fantastisches Gedächtnis, aber das war offensichtlich nichts gegen Catarinos Erinnerungsvermögen. Sie hatte Hannes' Tarot quasi wortwörtlich im Kopf.

Er war seinem Vorsatz, seine Geschwister fortan aus der Angelegenheit herauszuhalten, untreu geworden. Es ging nicht anders. Er hatte Hannes' Worte nicht mehr exakt genug in Erinnerung.

Also saßen sie jetzt, am Abend des 14. Juni – das Gewitter hatte sich über der Stadt verzogen – im Studierzimmer um den großen Tisch und rekonstruierten Hannes' Tarot. Bei ihnen war Victor. Er war gekommen, um sich nach Cristinos Befinden zu erkundigen, und nachdem er von Fabious jüngsten Erlebnissen gehört hatte, war er nicht mehr dazu zu bewegen, das Haus wieder zu verlassen. Ein Umstand, der Frederi noch tiefer in Melancholie zu stürzen schien.

Fabiou sah extrem mitgenommen aus. Zwar hatte er trockene Sachen an, und seine Haare waren gekämmt, doch sein Gesicht war so bleich, dass die Sommersprossen darin grau wie Schiefer waren, und die Hand, die die Schreibfeder hielt, zitterte so sehr, dass sie dauernd Tintetropfen auf dem Papier verteilte. Docteur Grattou war da gewesen, hatte seine Wunden inspiziert und ihm einen Verband um den Hals gewickelt. Er hatte ihn dabei seltsam angesehen, so wie man als Arzt vielleicht einen Pestkranken ansieht, bei dem man sich anzustecken fürchtet, und entsprechend hastig hatte er nach getaner Arbeit den Raum verlassen. Fabious Mutter, die völlig aus dem Häuschen war, seit sie von dem Überfall auf Fabiou erfahren hatte, und sich die ganze Zeit bekreuzigte und zur heiligen Jungfrau Maria jammerte, hatte ihn allerdings auf dem Gang abgefangen und zu ihrer Tochter geschleift. Sie ist schwermütig, hatte sie dem Docteur zugeflüstert. Ihr müsst etwas tun, bevor sie noch ihre Chancen auf dem Heiratsmarkt gefährdet.

Docteur Grattou hatte Cristino untersucht, auf ihre Lunge gehört und ihren Puls gefühlt und war dann zu dem Schluss gekommen, dass es sich um eine besonders ernste Form der humoralen Dyskrasie handelte, die zweifellos durch eine verhaltene Monatsblutung bedingt war, und um diesem Umstand abzuhelfen, führte er erst mal einen ordentlichen Aderlass durch, mit dem Ergebnis, dass Cristino jetzt bleich wie eine Leiche auf ihrem Bett lag und nicht mal hätte aufstehen können, wenn sie es gewollt hätte. So kam es, dass die Besprechung im Auban'schen Studierzimmer ohne sie stattfand. Und ohne Loís. Er war nicht zu bewegen, von Cristinos Seite zu weichen.

«Also», Fabiou räusperte sich, «ich lese es noch einmal vor. Die vier Könige. Der König der Schwerter, der König der Kelche, der

König der Münzen und der König der Stäbe. Zwischen zweien von ihnen, dem König der Kelche und dem König der Stäbe, und den anderen beiden ist ein Krieg entbrannt. Ein Kampf auf Leben und Tod. Und auf die Frage, worum es bei dem Krieg geht, hat Hannes geantwortet, um dasselbe wie immer, Geld, Macht und Besitz, der wahre Grund jedes Krieges. Dann hat er noch etwas über die einzelnen Könige gesagt. Zunächst über den König der Schwerter. Er habe Armeen zur Verfügung und könne mit einem Wort über Leben und Tod entscheiden. Demgegenüber seien der König der Stäbe und der König der Kelche edel und gut, und sie stünden zwischen ihm und dem König der Münzen.»

Fabiou seufzte und rieb sich die brennenden Augen. «Dann der König der Stäbe. Hannes sagt, er hat nichts und er ist nichts, aber hinter ihm steht die Macht der Unzähligen oder des Unzählbaren. Der König der Kelche dagegen steht für das Ideelle, die Gerechtigkeit, das Gute und Wahre.» Fabiou rieb wieder seine Augen. «Außerdem das As der Kelche, angeblich Agnes Degrelho. Und dann kam der Ritter der Kelche auf der Suche nach der Wahrheit ins Spiel. Das sei ich.»

«Und?» Frederi Jùlis Augen leuchteten. «Was bedeutet das jetzt alles?»

«Also, ich schätze, dass jede Karte in diesem Tarot für eine wirklich existierende Person steht. Wenn wir das Rätsel lösen wollen, müssen wir herausfinden, welche Karte wer ist. Und wenn es so ist, wie ich es mir vorstelle, wird uns Hannes' Tarot dann die Geschichte der Morde erzählen», sagte Fabiou. «Zwei Hinweise haben wir bereits. Der Ritter der Kelche, also ich. Und das As der Kelche, Agnes Degrelho. Lasst uns nachdenken.» Er zupfte an dem Verband um seinen Hals herum. «Der König der Kelche», murmelte er. «Ich gehe jede Wette ein, damit ist Carfadrael gemeint. Aber wer sind die anderen drei Könige?»

Victor hob den Kopf. Er sah plötzlich ziemlich verdattert drein.

«Na, der König der Schwerter, das muss ja wohl irgendein Herrscher sein», rief Frederi eifrig. «Bestimmt ist er der König von Frankreich. Der war ja auch gegen die Bruderschaft, das täte ja passen!»

«Aber Corbeille hat gesagt, der König von Frankreich hätte die Bruderschaft nicht vernichten wollen», meinte Fabiou kopfschüttelnd. «Dann passt das mit dem Kampf auf Leben und Tod nicht.»

«Es kann ja ein anderer Herrscher sein», meinte Frederi Jùli. «Der Kaiser vielleicht. Oder der Papst. Oder die Königin von England.»

Fabiou musste kichern. Er war heute ziemlich albern gestimmt. «Du kommst mir vor wie der kleine Navarra», gluckste er.

«Rablois», sagte Victor tonlos. Er schien geistig ganz woanders zu sein.

Fabiou zupfte wieder an seinem Verband. «Trostett», murmelte er. «Ich glaube, er war kein wirklich schlechter Mensch, auch wenn alle immer so schlecht von ihm reden. Er war eben Spion und hatte Wichtigeres im Kopf als ein paar provenzalische Verschwörer. Wahrscheinlich hat er sich gar nichts dabei gedacht, sie im Stich zu lassen. Aber dann hat ihr Tod ihn mit einem furchtbar schlechten Gewissen erfüllt, und er wollte alles wiedergutmachen, indem er dafür sorgte, dass die Schuldigen zur Verantwortung gezogen werden. Und weil er keine Beweise hatte, hat er versucht, sie dazu zu zwingen, erneut eine ungesetzliche Handlung zu vollbringen, damit sich die Aufmerksamkeit der Gerichtsbarkeit auf sie lenkt. Indem er sie dazu brachte, ihn selbst zu töten.» Er machte eine Pause und holte tief Luft. «Ich denke, das ist mit der Gerechtigkeit gemeint. Gerechtigkeit für die Bruderschaft.»

«Mann, da kann Trostett ja echt froh sein, dass du über seine Leiche gestolpert bist!», rief Frederi Jùli. «Weil der Viguié und so, die hätten das Ganze ja als Raubmord abgetan, und dann wäre das mit der Bruderschaft nie rausgekommen!»

«Ich weiß nicht», sagte Fabiou nachdenklich. «Trostett hatte ja ganz gezielt mit einer bestimmten Person gerechnet. Dem, der angeblich von den Toten auferstanden ist. Der neue Carfadrael.»

«Aber wie kann das sein? Ich meine, ein Mensch kann doch nicht wieder lebendig werden. Außer Jesus. Oder?», fragte Frederi Jùli.

«Ich glaube, er meint nicht, dass Carfadrael wirklich wieder lebendig geworden ist», überlegte Fabiou. «Ich glaube, er meint, dass jemand anders Carfadraels Platz eingenommen hat. Und dass dieser Jemand dazu ausersehen ist, die Bruderschaft zu rächen.»

«Was meinst du, wer das ist?», rief Frederi Jùli eifrig. «Der Kahle? Oder der mit der Maske?»

Fabiou schüttelte den Kopf. «Carfadrael muss jemand gewesen sein, der im Alltag ein ganz normales Leben geführt hat, ein Adliger, einer, den alle kannten. Deshalb brauchte er ja auch seine Tarnung. Hätte man um seine Identität gewusst, dann wäre nach jeder seiner Unternehmungen ein Trupp Soldaten vor seiner Tür gestanden, um ihn zur Rechenschaft zu ziehen. Und, weißt du, es würde mich nicht wundern, wenn es bei dem neuen Carfadrael genauso wäre. Wenn wir ihm schon tausendmal begegnet wären, ohne von seinem Geheimnis zu ahnen.»

«*Diable*», hauchte Frederi Jùli ergriffen.

Catarino sah Fabiou an und nickte in feierlichem Ernst.

Neben ihnen wurde ein Stuhl gerückt. Victor war aufgestanden. Sein Gesicht war eigentümlich bleich. «Ich … muss gehen, ich habe noch Verpflichtungen …», murmelte er und schritt hastig der Tür zu. Dann blieb er stehen und wandte sich um. «Fabiou», sagte er mit heiserer Stimme, «wusstest du, dass Tante Justine schwanger war, als sie starb?»

Fabiou sah ihn erstaunt an. Einen Augenblick lang blieb Victor in der Tür stehen, öffnete den Mund, als ob er noch etwas sagen wollte, dann schüttelte er aber nur den Kopf und ging aus dem Raum

***

Der Aderlass hatte immerhin einen Effekt: Cristino war so erschöpft, dass sie nicht einmal in der Lage war zu träumen, mit dem Erfolg, dass sie zum ersten Mal seit Wochen eine Nacht tief und traumlos durchschlief.

Als sie am nächsten Morgen erwachte, war das Haus noch vollkommen ruhig. Loís lag vor ihrem Bett auf dem Fußboden und schlief wie ein Toter – auch für ihn war es der erste ungestörte Schlaf seit vielen Tagen. Sie schwang die Beine aus dem Bett und stieg über ihn hinweg, zum Fenster.

Draußen dämmerte ein neuer Tag. Fahles Morgenlicht zog durch die Carriero de Jouque. Irgendwo sang ein Vogel.

Sie nahm Platz am Tisch, auf dem sich nach wie vor Onkel Pierres medizinische Bücher stapelten. Sie fühlte sich seltsam. So als sei sie gar nicht sie selbst und hätte es eben erst gemerkt. Oder als sei dies der erste Morgen in ihrem ganzen Leben.

Sie öffnete die Schublade. Dort lag das kleine Büchlein, das sie auf dem Markt gekauft hatte. Als Tagebuch. Eigentlich hatte sie darin doch Tag für Tag ihre Gefühle und Gedanken festhalten wollen, wie die feinen Damen bei Hof das taten. Bis jetzt hatte sie es noch nicht einmal aufgeschlagen.

Sie holte ein Tintenfass und einen Federkiel aus der Schublade und öffnete das Büchlein. Was sollte sie schreiben? Etwas über Agnes Degrelho? Nein, das war unpassend. In Tagebücher schreibt man von Liebe und Enttäuschung und unfassbarem Glück und solchen Dingen, nicht von Geistern.

Sie starrte in den Morgen hinaus. Worüber konnte sie schreiben? Über Alexandre de Mergoult? Der immer so galant und höflich war und vor allem gutaussehend und stark und beliebt. Ja, über Alexandre musste sie schreiben.

Liebte sie ihn?

Arman de Mauvent hatte sie geliebt. Aber Alexandre? Oder schmeichelte es ihr nur, dass er sich für sie interessierte?

Hatte sie Arman wirklich geliebt?

Sie dachte an die anderen Männer in ihrem Leben. Sébastien de Trévigny. Er war elegant und gutaussehend und ein Fechtkünstler und alle bewunderten ihn. Aber, nein, ihn liebte sie ganz bestimmt nicht, er war eher eine Art Freund für sie.

Und Arnac de Couvencour?

Sie spürte, wie ihr Herz etwas schneller schlug. Nein, ganz sicher liebte sie ihn nicht, diesen Stoffel, der sie dauernd irgendwo im Regen stehen ließ und sich auch sonst überhaupt nicht wie ein Kavalier verhielt. Nie und nimmer würde sie den lieben! Dennoch, wenn sie an Arnac dachte, da veränderte sich etwas in ihrem Innern, und in diesem Moment an jenem morgendlichen Fenster spürte sie, dass sie ihn vermisste, wann immer er nicht da war.

Ist das Liebe?

Und Loís?

Sie schüttelte heftig den Kopf. Wie kam sie darauf, in diesem Zusammenhang an Loís zu denken? An einen Diener! Um Himmels willen!

Sie starrte auf den Fußboden. Loís hatte sich auf die Seite gedreht. Er lächelte im Schlaf.

Cristino schüttelte den Kopf. Langsam wurden ihre Gedanken abwegig, ohne dass einer dabei gewesen wäre, den niederzuschreiben sich zu lohnen schien. Das Büchlein lächelte ihr noch immer in unschuldigem Weiß entgegen.

Und plötzlich, einer Erscheinung gleich, sah sie Castelblanc vor sich. Der Hof der Gabou, der in Flammen aufging. Der Gabou und sein Weib und die Kinder und sämtliche Nachbarn einschließlich Bardou und Loís und Frederi, die beim Löschen halfen. Alle hatten Tücher um den Mund gebunden, gegen den Rauch. Und Bardous Stimme, die rief, macht die Tücher nass, dann halten sie den Rauch besser ab!

Sie saß kerzengerade am Fenster.

Eine Art Ausdünstung.

Eine Art Rauch.

Bei den Pestepidemien hat man zum Teil Sandelholz und Weihrauch verbrannt, in der Hoffnung, so die Pestdünste vernichten zu können. Blödsinnige Idee! Wäre der Rauch von Gabous Hof denn weniger geworden, wenn man zusätzlich noch Sandelholz verbrannt hätte?

Aber die feuchten Tücher, die hatten geholfen. Wie ein Filter. Ein Filter, der den Rauch abhält. Vielleicht hält so ein Filter auch andere Ausdünstungen ab.

Vielleicht sogar das Contagion.

Cristino tauchte die Feder in die Tinte und schrieb oben auf die erste Seite des Tagebuchs:

«Falls das Contagion eine alchemisch fassbare Substanz ist, muss es auch den Gesetzen der Alchemie unterliegen, das heißt, man kann es filtrieren und destillieren und sich so vor Ansteckung schützen.»

Hinterher starrte sie fast eine Viertelstunde lang verzückt auf diesen Satz. Er klang doch glatt, als sei er von einem großen Wissenschaftler geschrieben worden.

***

An eben diesem Morgen, dem 15. Juni also, hatte Fabiou eine schicksalshafte Idee. In der Tat traf er in seinem ganzen Leben keine Entscheidung mehr, die sein Schicksal – und nicht nur seines – derart beeinflusste. Und das, obwohl die Idee an sich eher harmlos war.

Er fing an jenem Morgen Catarino und Frederi Jùli auf dem Gang ab und meinte: «Ich habe eine Idee!»

«Oh!», rief Catarino erfreut, der gerade alles als Abwechslung recht kam. Sie war in ihrer Unternehmungslust mittlerweile in der Tat so weit gegangen, sich auf dem Hof von Loís' Bruder Jacque das Reiten im Herrensitz beibringen zu lassen – zum Entsetzen ihrer Mutter, die sie, kaum dass sie davon Wind bekam, sofort wieder nach drinnen zitierte und ihr in schauerlichsten Farben ausmalte, was aus Mädchen wurde, die derart gegen jeden Benimm verstießen. «Was denn?»

«Wisst ihr, ich denke, um Hannes' Tarot vollends enträtseln zu können, müssen wir vielleicht etwas mehr über das Tarot an sich wissen. Das heißt, wir müssen jemanden fragen, der sich mit dem Tarot auskennt», sagte Fabiou.

«Wen willst du denn da fragen?», meinte Catarino verständnislos.

«Na, wen wohl! Die alte Wahrsagerin! Die, die Cristino die Zukunft vorausgesagt hat!»

«*Intrigant*!», hauchte Catarino.

«Ich komme mit!», schrie Frederi Jùli begeistert.

«Ich auch!», sagte Catarino.

«Das geht doch nicht!», meinte Fabiou. «Du hast schließlich Hausarrest!»

«Ach, wir schleichen uns einfach vom Hof, wenn keiner hinsieht. Mir reicht's jetzt mit dem blöden Hausarrest!»

Fabiou nickte. «Von mir aus. Aber wir nehmen Loís mit. Für alle Fälle», meinte er unbehaglich.

Loís, den sie natürlich in Cristinos Zimmer fanden, war alles andere als begeistert. «Fabiou, es ist zu gefährlich», sagte er. «Was, wenn dieser Irre wieder auftaucht, der dich umbringen will? Ich halte das Ganze für keine gute Idee.»

«Ich halte es aber für eine sehr gute Idee», sagte eine Stimme vom Fenster. Erstaunt sahen sich alle um.

«Cristino?», fragte Catarino geplättet.

Sie saß am Tisch unterm Fester, das Gesicht etwa so weiß wie ihr Nachthemd – daran war der Aderlass schuld –, aber ansonsten sah sie erstaunlich gut aus, ihre Augen waren ausnahmsweise weder gerötet noch hinter einem Tränenschleier verschwunden. «Und im Übrigen», erklärte sie, «komme ich mit.»

Catarino verdrehte die Augen. «Wehe, du nervst wieder alle mit deinem Gerede von Agnes Degrelho!», nörgelte sie.

«Mache ich nicht. Übrigens habe ich einen Entschluss gefasst.» Sie sah Aufmerksamkeit heischend in die Runde. «Ich habe beschlossen, dass Fabiou recht hat – es gibt keine Geister. Das mit Agnes, das habe ich mir wahrscheinlich nur eingebildet, wegen der Geschichte, die uns die Buous erzählt haben, und wegen des Geredes dieses alten Weibes», erklärte sie. Ihre Stimme klang allerdings ein kleines bisschen wackelig bei diesen Worten, und als sie bemerkte, dass alle sie mit offenem Mund ansahen, wiederholte sie wütend: «Es gibt keine Geister. Ich komme mit!»

Fabiou schlug sich fassungslos an die Stirn, aber immerhin schmolz Loís unter Cristinos flehentlichem Blick dahin. «Also gut», murrte er. «Wann soll das Ganze stattfinden?»

«Warum nicht gleich morgen?», meinte Catarino strahlend.

Frederi Jùli stieß einen Jauchzer aus.

Und so kam es, dass am Vormittag des 16. Juni die Bèufort-Geschwister samt Frederi Jùli und Loís in einer unbeobachteten Minute vom Hof der Aubans liefen und sich auf den Weg zur Porto dis Augustin machten. Die Stimmung war großartig – bei Catarino und Frederi Jùli, weil endlich mal etwas los war, bei Cristino aufgrund ihres heroischen Entschlusses bezüglich der Existenz von Geistern – Aderlässe hatten offensichtlich in der Tat ihr Gutes –, bei Loís, weil er in Cristinos Nähe war, und bei Fabiou, weil immerhin schon seit nahezu achtundvierzig Stunden kein Mordanschlag mehr auf ihn verübt worden war. Sie liefen die Carriero de Jouque hinunter, Frederi Jùli hatte die Arme ausgestreckt und versuchte, die Wände zu beiden Seiten zu berühren, und Catarino war so gut gelaunt, dass sie es ihm gleichtat.

Sie hatten ihr ganzes restliches Leben Zeit, darüber nachzudenken, was aus ihnen geworden wäre, wären sie an diesem Morgen zu Hause geblieben.

***

Das Gauklerlager lag verlassen da, die Gaukler gingen bereits wieder in der Stadt ihrem Gewerbe nach, nur noch ein paar kleine Kinder spielten zwischen den Zelten, gehütet von einigen alten Weibern. Catarino, die den Hals verrenkt hatte auf der Suche nach Hannes, quittierte diesen Umstand mit einem enttäuschten Seufzen.

Die Hütte der alten Wahrsagerin lag absolut still am Hang, der Vorhang, der ihr als Tür diente, war geschlossen. Fabiou klopfte gegen den Türpfosten. «Hallo … ist jemand zu Hause?», rief er.

Keine Antwort.

«Sie ist wahrscheinlich auch schon in die Stadt gegangen», meinte Cristino in Erinnerung an ihr erstes Treffen mit der Wahrsagerin.

Fabiou schob den Vorhang beiseite.

Die Alte war mitnichten in die Stadt gegangen. Sie kniete vor dem Kruzifix und der Marienstatue in der Ecke und betete, die gefalteten Hände gegen die Brust gepresst.

Fabiou räusperte sich.

Die Alte reagierte nicht.

«Entschuldigung», sagte Fabiou – nicht dass ein Adliger es nötig hätte, sich bei einem Bettelweib fürs Stören zu entschuldigen, aber so weit dachte er in diesem Moment gar nicht –, «wir brauchen deine Hilfe.»

Die Alte wandte sich um. Cristino erschrak. Die Wahrsagerin schien in den drei Wochen seit ihrer letzten Begegnung um Jahre gealtert zu sein. Aus müden, eingesunkenen Augen betrachtete sie die jungen Leute. «Es ist … ungünstig heute», sagte sie heiser.

«Es ist aber wichtig!», platzte Fabiou heraus. «Es hat mit den Morden der letzten Zeit zu tun! Hannes – du warst doch auch dabei, als er dieses Tarot gelegt hat. Und du hast doch gleich gesagt, dass das kein richtiges Tarot war. Siehst du, das meine ich auch. Es war gar kein Tarot, es war ein Rätsel, das etwas über diese Morde verraten soll. Und um es zu lösen, müssen wir mehr über das Tarot wissen! Du musst uns helfen, wir sind in großer Gefahr! Jemand will uns umbringen, mich und meine Schwester!»

Stöhnend zog sich die Alte hoch. Sie schien sich kaum auf den Beinen halten zu können. «Arme Kinder», murmelte sie. «Jaja, große Gefahr, ich sehe es. Ihr braucht meine Hilfe, braucht sie wirklich. Würde gern helfen, jaja, aber keine Zeit mehr, keine Zeit.» Sie ließ sich vor ihrem Tisch auf den Boden sinken und hieß die anderen Platz nehmen. Fabiou und die beiden Mädchen setzten sich auf die herumstehenden Hocker, Frederi Jùli ebenfalls auf den Boden. Loís blieb stehen.

«Also, was genau ist die Frage, Kinderchen, was?», fragte die Alte leise.

Fabiou ergriff das Wort. «Hannes erzählte von einem König der Kelche. Wir glauben, dass er damit den Anführer eines Geheimbundes meinte, der sich die Bruderschaft des Heiligen Grals nannte. Dieser ist vermutlich vor dreizehn Jahren ermordet worden. Hannes sagte, der König der Kelche hätte zusammen mit dem König der Stäbe Krieg gegen den König der Schwerter und den König der Münzen geführt. Wer könnte damit gemeint sein?»

Die Augen der Alten gingen ausdruckslos ins Leere. «Die vier Farben der kleinen Arkana», murmelte sie. «Schwerter, Kelche, Münzen und Stäbe. Das Gefüge der Welt.» Sie holte tief Luft. «Stehen für die Stände. Die Schwerter, das ist der Adel, die Kelche sind die Geistlichkeit, die Münzen das Bürgertum, die Kaufleute, und die Stäbe sind die Bauern.»

«Hä?» Frederi Jùli setzte sich auf. «Aber Carfadrael war doch ein Adliger, kein Priester.»

«Das ist die übliche Bedeutung», meinte die Alte. «Mag wohl sein, dass der Junge die Symbole anders verwendet hat. Mag wohl sein.»

«Das heißt, der König der Schwerter ist nicht zwangsläufig ein Adliger und der König der Münzen nicht unbedingt ein Kaufmann», folgerte Fabiou.

Die Alte nickte. Sie warf einen kurzen Blick zur Tür, also zum Vorhang, seufzte und wandte sich wieder den Geschwistern zu.

«Könnte zum Beispiel auch ein Heerführer sein, der König der Schwerter, oder einer, der gerne Blut vergießt.»

«Der Mörder zum Beispiel? Der Gevenoir oder wie er heißt?», schrie Frederi Jùli begeistert.

Die Alte nickte wieder. «Und der König der Münzen, jaja, mag einer sein, der sehr reich ist, sehr reich und sehr mächtig.»

Fabiou runzelte die Stirn. Mag sein. Das bringt uns ja gewaltig weiter.

«Und der König der Stäbe?», fragte Frederi Jùli gespannt.

Wieder blickte die Alte zur Tür. «Mag sein ein Bauer, vielleicht auch nicht. Mag sein, dass der Stab nur andeuten soll, dass er ein Niederer ist, ein Gemeiner. Muss nicht unbedingt ein Bauer sein.»

«Vielleicht auch ein Schäfer?», fragte Loís von hinten.

Fabiou sperrte den Mund auf. «Mann …», hauchte er.

«Ich habe auch eine Frage», drängte Cristino. «Weißt du, wer mich umbringen will, und warum?»

«Also, ich hätte noch gerne gewusst, was …», begann Fabiou. Er kam nicht weiter. Die Alte war aufgestanden, schüttelte betrübt den Kopf. «Tut mir so leid, Kinderchen, aber ich kann keine Fragen mehr beantworten, neinnein.»

Fabiou runzelte die Stirn. Es war wie verhext! Man konnte fragen, wen man wollte, auf einmal hieß es, tut mir leid, darüber darf ich nicht reden! «Warum nicht?», schrie er wütend. «Warum kannst du die Frage nicht beantworten? Ich will verdammt noch mal einen vernünftigen Grund wissen!»

Die Augen der Alten waren trüb. «Weil heute der Tag ist», antwortete sie.

«Der Tag? Welcher Tag?», rief Fabiou verständnislos.

«Der Tag, an dem sie kommen, mich zu holen», sagte die Alte.

Und im selben Moment flog der Vorhang auf.

Alles ging extrem schnell. Plötzlich waren die beiden Bewaffneten in der Hütte, schlugen und traten gegen die Wände, die bedrohlich zu wackeln begannen. «Raus hier, raus!», brüllten sie. Cristino kreischte mal wieder. Loís schleifte sie nach draußen, und die anderen stürmten panisch wie gejagte Hühner hinterher.

Draußen waren noch mehr Bewaffnete, allesamt in der Uniform der Stadtwache. Allen voran stand ein Offizier, der das seltsamste

Gesicht hatte, das Fabiou je gesehen hatte. Es waren nicht so sehr die lange, hervorspringende Nase und die buschigen Augenbrauen, die so erstaunlich waren. Es war vor allem das riesige Feuermal, das die gesamte linke Seite seine Gesichtes einnahm. Es sah aus, als habe er die eine Hälfte seines Gesichts rot angemalt wie ein Narr an der Carnava. Seine kleinen dunklen Augen glitten wütend über Loís und die vier Geschwister. «Wo ist das Weib?», brüllte er.

Jetzt zerrten sie sie aus der Hütte, die beiden Bewaffneten, die eben noch versucht hatten, das Bauwerk einzureißen. Sie hatten die Alte auf beiden Seiten untergehakt, ihre Füße schleiften über den Boden, da sie mit ihren gichtigen Beinen nicht Schritt halten konnte.

«Ah!», schrie der mit dem Feuermal. Das Brüllen schien seine normale Art der Verständigung zu sein. «Da ist sie ja, das Hexenweib!»

«Hexenweib?», rief Fabiou aus. «Mo…moment mal! Wer seid Ihr überhaupt, und was wollt Ihr von der Alten?»

Der Offizier mit dem Feuermal bedachte Fabiou mit einem seltsamen Blick. So etwa der Blick, mit dem ein Jagdfalke ein zahmes Kaninchen betrachtet, von dem er weiß, dass er es nicht anrühren darf, so gern er ihm die Klauen ins Genick schlagen würde. «Mein Name ist Alest, Soldat im Dienst der Chambre Ardente von Ais. Zu Euren Diensten, Senher», sagte er mit einem bösen Lächeln.

Hinter ihm gab Loís ein Geräusch von sich, das wie ein Würgen klang. «Der … Chambre Ardente? Ihr meint, Ihr arbeitet für die», Fabiou rang nach Atem, «für die Inquisition?»

Das Lächeln in dem zweigeteilten Gesicht wurde noch breiter. «Allerdings», sagte der Offizier. «Und dieses Weib da ist der Hexerei verdächtig. Sie hat magische Praktiken ausgeübt, Flüche ausgesprochen und Beschwörungen vollführt. Dafür gibt es Zeugen.»

Die Alte, die immer noch zwischen den beiden Wachleuten hing, starrte mit ausdruckslosem Blick ins Leere. «Ich spreche keine Flüche aus», sagte sie. Ihre Stimme klang absolut leblos. «Das kann ich gar nicht. Ich sage den Leuten die Zukunft, weil das meine Gabe ist. Mehr nicht.»

«Halt dein Maul, Hexe!», brüllte der mit dem Feuermal. Und zu Fabious grenzenlosem Entsetzen schlug er der Alten die Faust ins Gesicht.

Cristino kreischte auf. «Lasst sie zufrieden!», schrie sie und stürzte auf die Alte zu. «Das ist doch nur eine alte Frau! Ihr dürft ihr nichts tun!»

Alest drehte sich um. «Sie ist eine Hexe!», brüllte er. «Und sie wird für ihr teuflisches Werk bezahlen!»

«Aber das ist Unsinn!», schrie Fabiou. «Es gibt keine Hexen! Das ist alles dummer Aberglaube und mehr nicht. Die Alte ist ein Bettelweib, das ein bisschen Geld verdient hat, indem sie leichtgläubigen Menschen die Karten gelegt hat! Meinetwegen ist sie eine Betrügerin, aber keine Hexe!»

Alest kam auf ihn zu, und da war eine Drohung in seinen Bewegungen, eine Drohung schlimmer als geballte Fäuste und blitzende Degen, und Fabiou stolperte rückwärts und spürte, wie sein Herz zu rasen begann in einer Panik, die keine Worte kannte. «Sei vorsichtig, Kleiner», sagte Alest. «Du bist ein Adliger, das bindet uns etwas die Hände. Aber es kann unter Umständen auch schon verdammt verdächtig sein, sich unter dem Dach einer Hexe aufzuhalten, das solltest du nie vergessen.»

«Aber das hatte doch nichts mit Hexerei zu tun … wir hatten doch nur eine Frage, zu einem Rätsel …», stotterte Frederi Jùli, der vorsichtshalber hinter Fabiou in Deckung gegangen war.

Fabiou spürte, wie ihm der Schweiß über das Gesicht lief. «Es gibt keine Hexen!», krächzte er. «Das ist Unrecht, was Ihr tut! Es gibt keine Hexen!»

Der Offizier mit dem Feuermal sah ihm tief in die Augen, dann lachte er auf und wandte sich ab, Cristino zu, die schluchzend vor der alten Wahrsagerin stand. Die Alte war in den Armen ihrer Bewacher zusammengebrochen, aus ihrer Nase sickerte Blut. Cristino schlug die Hände vors Gesicht. «Nein», schluchzte sie. «Bitte, nein!»

«Hab keine Angst, Kind», nuschelte die Alte durch ihre gebrochene Nase. «Der Stern wacht über Euch. Alles wird sich aufklären, bald. Agnes wird ihren Frieden finden.»

«Los jetzt, wir gehen!», schrie Alest. Stumm stand Fabiou und sah zu, wie die Alte von den beiden Soldaten den Hügel hinaufgeschleift wurde, gefolgt von den übrigen Bewaffneten. Als Letzter lief Alest. Er drehte sich um und bedachte die fünf jungen Leute mit einem spöttischen Grinsen.

Cristino heulte auf und warf sich Loís in die Arme. Ihre Schultern zuckten in einem Weinkrampf. «Was ... was machen die mit der Frau, Fabiou?», fragte Frederi Jùli kleinlaut. «Meinst du, die hängen sie auf, an der Pinie? Oder ... oder verbrennen sie?»

Er hätte etwas darum gegeben, wenn Frederi Jùli die Klappe gehalten hätte. «Ich weiß es nicht. Woher soll ich das denn wissen, hä?»

Frederi Jùli blickte noch betretener drein. «Die werden sie doch nicht foltern, oder?», fragte er ängstlich.

«Ich weiß es nicht! Halt den Mund, ich weiß es nicht!»

Cristino heulte, an Loís' Brust gedrückt.

Und dann sah Fabiou Catarino.

Catarino, die weiß war wie die Steine, die zu ihren Füßen in der klaren Sonne des Vormittags glänzten, so weiß, dass man meinte, durch sie hindurchsehen zu können. Catarino, deren Augen so weit aufgerissen waren, dass man ihr Grün wohl bis nach Arle strahlen sehen konnte. Catarino, deren Lippen zitterten wie das Blatt einer Pappel im Morgenwind, während sie ihnen hinterherstarrte, den Wachleuten, der Frau, und Alest.

«Catarino, was ist?», fragte Fabiou, denn es war ihm unheimlich, sie so zu sehen, Catarino, seine freche, lustige, unbekümmerte große Schwester.

Sie drehte sich um zu ihm, ganz, ganz langsam, wie im Traum. Ihr Gesicht war nur noch Augen.

«Catarino!», rief Fabiou.

«Das war er», sagte Catarino mit einer Stimme so klein und so piepsig wie die eines Rotkehlchens. «Der Dämon. Der Dämon mit dem zweifarbigen Gesicht.»

Und Fabiou starrte sie an und sah zu, wie die Erkenntnis in seinem Innern aufkeimte, von einem Samenkorn zu einem Keimling und von einem Keimling zu einem aufschießenden Dornengestrüpp wurde, und er spürte, wie eine namenlose Traurigkeit von ihm Besitz ergriff. Denn eines war klar – wenn die Erkenntnis sein Bewusstsein erreicht hätte, wäre nichts mehr, wie es einmal war.

KAPITEL 15

in dem es um die Mühlen der Justiz und um das Verhältnis der Familie Auban zur Wahrheit geht

O du allergnädigster Herr Jesu, wie kannst du dulden, dass deine Kreaturen derart gepeinigt werden? Ich bitte dich, komm doch zu Hilfe allen unschuldigen Bedrängten, dass sie nicht verzweifeln, und erleuchte die Obrigkeit, dass sie wohl zusehen, was sie machen, und die Gerechtigkeit nicht in Grausamkeit und Gottlosigkeit verkehrt werde.

Friedrich von Langenfeld, genannt von Spee (1591-1635), deutscher Jesuitenpater, Dichter und Menschenrechtler

Die Familie Auban, als da wären Onkel Philomenus, Tante Eusebia, Oma Felicitas, Theodosius-das-Großmaul, die Kinderfrau mit Maria Anno, die Dame Castelblanc und der Cavalié, saßen gerade beim Mittagessen, als die Tür aufging und die vier Kinder hereinkamen. Sofort erstarb das Klappern der Löffel und das Quietschen der Messer, und wenn man von Theodosius absah, der weiter vergnügt seine Suppe schlabberte, starrten alle mit mehr oder weniger finsteren Blicken zum Ende des Tisches, hinter dem die vier Geschwister Aufstellung genommen hatten.

Frederis Stuhl quietschte, als er zurückgerückt wurde und der Cavalié sich erhob. «Wo wart ihr?», fragte er mit einer Stimme, die keine Entschuldigung duldete.

Keine Antwort. Sie standen in einer Reihe, Fabiou in der Mitte, Cristino zur Rechten, Catarino links, alle drei starr wie Statuen. Frederi Jùli stand ein Stück hinter ihnen und sah mit eingezogenem Kopf von einem zum anderen.

«Ich habe euch etwas gefragt!», schrie Frederi. «Ihr untersteht euch, heimlich das Haus zu verlassen? Bei allem, was in den letzten Tagen passiert ist? Nachdem ich es euch verboten hatte? Ich möchte jetzt wissen, wo ihr gewesen seid, sofort, verstanden?»

Philomenus grunzte beifällig. Eusebia murmelte eine spitze Bemerkung ins Tischtuch. Die Dame Castelblanc seufzte etwas von mein Herz, mein Gemüt. Maria Anno schlug mit ihrem Löffel auf ihre Breischüssel ein. Theodosius-das-Großmaul schlürfte.

Die Kinder rührten sich nicht.

Frederi stürmte um den Tisch herum. «Ihr seid wohl taub! Ich will jetzt wissen, wo …»

«Wie ist mein Vater gestorben?», fragte Fabiou.

Der Cavalié erstarrte in der Bewegung. Das Klacken, mit dem seine Zähne aufeinanderschlugen, war bis zum anderen Ende des Raumes zu hören. Am Tisch hob die Dame Castelblanc ihre Hand und presste sie vor den Mund.

Neben Fabiou begann Catarino zu zittern.

Tante Eusebia hob den Blick von ihrem Teller. «Das weißt du doch», sagte sie in heiterem Plauderton. «Er ist an einem Fieber gestorben. So tragisch, das Ganze.»

«Ach, hört auf damit!», schrie Fabiou. «Ich glaube Euch kein Wort! Wir sind gerade einem Mann namens Alest begegnet, der für die Inquisition arbeitet. Und Catarino hat ihn als denjenigen erkannt, der vor dreizehn Jahren unseren Vater weggeholt hat!»

Wieder quietschte ein Stuhl. Der Cavalié de Castelblanc war kreideweiß auf einen leeren Platz am vorderen Ende des Tisches gesunken. Catarino begann zu keuchen an Fabious Seite. Ihr Gesicht glänzte vor Schweiß.

«Warum haben sie ihn verhaftet? Nur weil er Protestanten verteidigt hat?», rief Fabiou. «Oder war er vielleicht selbst Protestant?»

Keine Antwort vom Tisch. Die Dame Castelblanc bewegte lautlos ihre Lippen.

«Verdammt, sagt mir, ob mein Vater Protestant war!», schrie Fabiou.

Philomenus sprang auf. «Du wagst es, so mit uns zu sprechen, du kleine Pest?», brüllte er. «Dir werd' ich's zeigen, du undankbares kleines Miststück!» Er war mit zwei erstaunlich gelenkigen Sätzen bei Fabiou und hatte ihn an den Haaren gepackt.

«Philomenus!», brüllte Frederi. Er war wieder aufgestanden.

«Das war der Grund, nicht wahr?», keuchte Fabiou. «Deshalb habt Ihr ihn so gehasst, Onkel, stimmt's? Ein mieser Protestant, der Eure Schwester geheiratet und damit die ganze Familie in Misskredit gebracht hat. Wie schön, dass Euch die Inquisition von diesem kleinen Problem befreit hat, was?»

Philomenus stieß einen Fluch aus und ließ Fabious Haare los. «Ich hab's dir gesagt, Frederi!», schrie er. «Immer hab ich's gesagt, dass es so weit kommen würde! Aber du, du musstest diesem verfluchten Bengel seine Unarten ja durchgehen lassen! Seine ewige Neugierde und Schnüffelei! War doch klar, dass die alte Geschichte dabei irgendwann zu Tage kommt! Herausprügeln sollen hättest du die gottverdammte Neugierde aus diesem Jungen! Aber stattdessen fasst Frederi Cristous kleinen Schatz natürlich stets mit Samthandschuhen an! Und das ist jetzt das Resultat! Die böse Saat des vermaledeiten Gespanns Bèufort-Avingou ist aufgegangen! Und wohin das führen wird, weißt du besser als ich!»

Frederi lief mit großen Schritten auf Philomenus zu. «So redest du nicht über Cristou und Pierre!», schrie er wütend.

«Pierre! Cristou! Mögen sie für alle Zeiten in der Hölle brennen, für das, was sie getan haben!», brüllte Philomenus. «Sie haben den guten Namen meiner Familie in den Schmutz gezogen! Sie haben meine Schwester entehrt, meine Schwester, mein eigen Fleisch und Blut!»

«Dein Fleisch und Blut!», kreischte Frederi. «Und Pierre? Oh Gott, oh mein Gott, Philomenus, er war auch dein Fleisch und Blut! Oh, mein Gott!»

Catarino lief mit steifen Beinen auf den Tisch zu und hielt an vor Frederi, den sie anstarrte mit offenem Mund. «Ihr!», krächzte sie. Ihre Augen funkelten wie die einer Raubkatze. «Ihr seid es gewesen, nicht wahr? Ihr habt meinen Vater bei der Inquisition angezeigt! Weil Ihr scharf auf meine Mutter wart! Ihr habt ihn angezeigt und ihm meine Mutter weggenommen, kaum dass er tot war!»

Frederi stand wie vom Donner gerührt. «Das ist nicht wahr», flüsterte er.

«Das ist wahr!», schrie Catarino. «Es ging Euch immer nur darum, Vater alles wegzunehmen, Mutter, uns, alles! Ich hasse Euch! Ich hasse Euch! Ich hasse Euch! Ich ...»

Weiter kam sie nicht, denn in diesem Moment drehte Philomenus sich um und versetzte ihr eine Ohrfeige, die sie gegen den Tisch schleuderte. Zwei Teller mit Suppe schossen über die Tischkante und zerschepperten auf dem Boden.

Es war still geworden. Frederi stand wie erstarrt und glotzte auf Catarino, die japsend auf der Tischplatte hing. Die Dame Castelblanc zupfte an ihrem Kragen herum. Ihre Schminke löste sich auf in Schweißperlen. Frederi Jùli hatte sich in den Türrahmen gedrückt, bereit zur sofortigen Flucht, falls die Lage eskalieren sollte. Theodosius angelte nach einem Hähnchenschlegel. Irgendwo tropfte Suppe mit einem leisen Plick-Plick auf den Boden. «Aua», sagte Maria Anno.

In diesem Moment begann Madaleno zu schluchzen. Nicht das theatralische Schluchzen, das sie sonst am Grab ihrer Lieben zur Schau trug. Es klang wie das Weinen eines kleinen Mädchens, hilflos und verzweifelt. Sie ließ ihr Gesicht in die Hände sinken. Tränen tropften durch ihre Finger, vermischt mit Talkum und Rouge.

«Madaleno …» Frederi drehte sich benommen zur Seite und tätschelte seiner Frau den Kopf. «Madaleno …»

Fabiou nagte an seiner Unterlippe. «Wie ist mein Vater gestorben?», fragte er. «Haben sie ihn an der Pin de Genas gehängt oder was?»

Frederi drehte sich um. Er lachte schrill auf. «Denkst du das von mir?», rief er. «Denkst du wirklich, ich hätte deinen Vater so sterben lassen?»

Fabiou sagte nichts. Er fand es ziemlich schwer zu entscheiden, was er überhaupt denken sollte. «Warum habt Ihr uns nie davon erzählt?», fragte er müde.

Catarino rappelte sich auf. Ihr rechter Ärmel triefte vor Suppe. Sie starrte Frederi an, und ihre Mutter, und Onkel Philomenus. Dann schüttelte sie den Kopf und rannte aus dem Raum.

***

Oma Felicitas schloss die Tür hinter sich und sah seufzend auf Catarino, die auf ihrem Bett lag und heulte. Cristino, neben ihr auf der Bettkante, streichelte ihrer Schwester sanft und mechanisch die Haare. Fabiou saß am Fenster und starrte in den strahlenden Sommertag hinaus. An der Tür, direkt neben Oma Felicitas jetzt, trat Frederi Jùli von einem Fuß auf den anderen. Er schien das Verhalten seiner Geschwister ziemlich unheimlich zu finden.

Sie setzte sich neben Cristino aufs Bett. «Oh, Kind», seufzte sie und strich Catarino über den Kopf. «Armes Kind.»

«Warum habt Ihr uns nie etwas davon gesagt?», schluchzte Catarino. «Warum?»

Die Großmutter seufzte wieder. «Wir mussten es eurer Mutter versprechen, dass wir euch nie davon erzählen», antwortete sie. «Sie sagte, sie würde es nicht überleben, wenn ihr je die Wahrheit erfahrt. Und Philomenus wollte auch nicht, dass man darüber spricht. Damals – ging alles drunter und drüber, und mit seinen Beziehungen zum Parlament hat er es geschafft, zu verhindern, dass unsere Familie ins Gerede kam. Kaum jemand in dieser Stadt hat überhaupt mitbekommen, auf welche Weise sein Schwager starb, die meisten glauben wohl wirklich, er wäre damals wie so viele andere an einer Seuche gestorben. Kaum jemand hat überhaupt gewusst, dass Cristou Protestant war; er hat es verheimlicht, schon weil er als Protestant unmöglich seinen Beruf hätte weiter ausüben können. Und Philomenus wollte auf alle Fälle verhindern, dass durch eine unüberlegte Bemerkung von einem von euch die Sache am Ende doch offenkundig wurde.»

«Die Sache!» Catarino hatte den Kopf gehoben, ihre Augen waren rotverheult. «Es ist mein Vater, um den es da geht!»

«Ich weiß, Catarino.» Oma Felicitas' Augen waren alt und traurig. «Ich habe ihn auch geliebt.»

«Wieso hat er das getan?», fragte Cristino tonlos. «Es war Ketzerei. Wie konnte er den wahren Glauben nur so verraten?»

Oma Felicitas hob ihre Schultern. «Cristou war ein unglaublich religiöser Mensch, Cristino, immer schon. Und er fand die Vorstellung unerträglich, dass die Kirche Menschen wegen ihres Glaubens oder ihrer Überzeugung verfolgen und ermorden lässt, wo sie doch den Lehren Jesu verpflichtet sein sollte, der Nächstenliebe, der Gnade, der Liebe zu allen Menschen», sagte die Großmutter. «Eine Kirche, die solche Dinge tut, stand seiner Ansicht nach nicht mehr auf dem Boden des Evangeliums. Der Protestantismus war in seinen Augen der Versuch eines Neuanfangs, eines neuen Glaubens, der nicht mehr von Machtinteressen bestimmt wird, sondern nur von der Lehre Jesu. Deshalb ist er Protestant geworden. Eure Tante Beatrix hat viel mit ihm darüber gestritten. Sie meinte, gerade weil die Kirche von einigen Machthabern missbraucht wird, dürfe der wahre Gläubige sie nicht im Stich lassen. Aber Cristou war einfach Feuer und Flamme für die neue Lehre.»

«Wieso ist er damals verhaftet worden?», fragte Fabiou, ohne den Blick von der Carriero de Jouque zu nehmen. «Wenn doch niemand wusste, dass er Protestant war?»

«Manche wussten es», sagte Oma Felicitas. «Seine Glaubensbrüder zum Beispiel. Damals, im Anschluss an die Vernichtung der Waldenser, blühte die Inquisition in Ais. Irgendeiner hat wohl geredet.» Sie hob die Schultern. «Eines Abends standen sie vor der Tür und haben ihn mitgenommen.»

Fabiou dachte daran, dass Tante Beatrix gesagt hatte, sein Vater sei an einer der Seuchen gestorben, die Jean Maynier über dieses

Land gebracht hatte. Im Grunde war das nicht einmal gelogen. Frederis Worte auf der Straße nach Menerbo. Ich habe Cristou nicht auf dem Totenbett versprochen, mich seiner Kinder anzunehmen, um sie jetzt an Mayniers Bastard zu verheiraten. Gott, jetzt verstand er, warum sie alle Maynier so hassten.

Catarino hatte sich hingesetzt und die Arme um ihre Knie geschlungen. «Wie ist er gestorben?», flüsterte sie.

Die Großmutter seufzte wieder. «Er hat sich das Leben genommen», antwortete sie. «Im Gefängnis. Mit Gift, haben sie gesagt. Ich weiß nicht, wo er es herhatte. Vielleicht hatte er es von vorneherein bei sich, für den Fall, dass genau das passiert.»

Catarino legte die Stirn auf ihre Knie und begann wieder zu weinen. Oma Felicitas legte den Arm um sie. «Es war doch besser so», meinte sie. «Sie hätten ihn zweifellos hingerichtet. Und wer weiß, was sie ihm vorher noch alles angetan hätten.»

«Dann hat Frederi gelogen», murmelte Fabiou vom Fenster.

«Wieso?», fragte seine Großmutter erstaunt.

«Er hat gesagt, er wäre dabei gewesen, als Vater starb», erklärte Fabiou wütend.

«Das stimmt und stimmt nicht», sagte Oma Felicitas. «Er hat Cristou mehrmals im Gefängnis besucht. Er war überhaupt der Einzige, den sie zu ihm gelassen haben.»

«Weil er so gut katholisch war, ja?», fragte Catarino provokativ.

«Ich vermute es. Frederi war zwar nicht direkt dabei, als euer Vater starb, aber am Abend vorher hat er ihn noch besucht. Und offenbar hat er eurem Vater dort versprochen, sich um euch zu kümmern.»

«Hat er ihm auch versprochen, sich um seine Frau zu kümmern?» Catarinos Stimme war beißend.

«Gewiss», antwortete ihre Großmutter trocken.

«Er hat aber sicher nicht gemeint, dass er sie gleich heiraten soll!», schimpfte Catarino.

«Oh, Catarino, das war das Beste, was er machen konnte. Wie sonst hätte er sich eurer annehmen können? Wie sonst hätte eure Mutter zurechtkommen sollen, als Witwe, noch dazu als Witwe eines Protestanten? Ihr verdankt Frederi sehr viel. Und Senher Servan.»

«Der ehemalige Konsul?», fragte Fabiou.

«Der mit dem Blumenstrauß?», fragte Frederi Jùli.

Die Oma lächelte. «Ja. Eben dieser. Er hat sich sehr für euren Vater eingesetzt, vergebens leider, gegen die Chambre Ardente kam er nicht an. Aber immerhin hat er es geschafft, zu verhindern, dass Cristous Güter eingezogen wurden. Ohne ihn wäre Bèufort verloren gewesen. Und er konnte sogar durchsetzen, dass euer Vater ein christliches Begräbnis erhielt. Das ist schließlich alles andere als selbstverständlich bei jemandem, der erwiesenermaßen Protestant gewesen ist und sich zudem das Leben genommen hat.»

Catarino schniefte und wischte sich die Augen. «Ich glaube Euch nicht», flüsterte sie. «Es war Frederi! Frederi hat ihn angezeigt! Ich weiß es!»

«Catarino ...», begann die Großmutter wieder.

«Ich weiß es.» Catarino stolperte auf die Füße. «Ich weiß es.» Sie heulte wieder. Cristino griff nach ihrem Arm, doch sie schüttelte ihn ab und rannte zur Tür hinaus.

Fabiou drehte sich um. «Was soll's – wir haben zu tun», sagte er mit rauer Stimme. «Wir müssen Hannes' Rätsel entschlüsseln.»

***

Crestin machte nicht gerade das allerbegeistertste Gesicht, als Fabiou, der Poet und Investigator, in seine Amtsstube geschritten kam. «Der Herr Baroun, sieh mal einer an! Seid Ihr hier, um mir ein paar faszinierende neue Theorien bezüglich der Morde zu unterbreiten?» Er runzelte die Stirn. «He, junger Mann – was ist mit Eurem Hals passiert?», fragte er mit einem kritischen Blick auf den Verband unter Fabious Kinn.

Über Fabious Gesicht huschte ein Hauch von Rot. «Ist nicht so schlimm. Ich komme aus einem ganz anderen Grund. Um genau zu sein, habe ich eine», Fabiou schluckte, «eine Bitte an Euch.»

«Eine Bitte?» Das Gesicht des Viguiés war misstrauisch. «Was für eine Bitte?»

«Habt Ihr Zugang zu den Prozessakten der Inquisition?», fragte Fabiou.

Crestin starrte ihn an. «Sehe ich aus wie der Papst?», fragte er unbehaglich.

«Ich … ich meine die weltlichen Akten … die müssten doch in die Zuständigkeit des Parlaments fallen, oder?», fragte Fabiou.

«Was soll diese Frage, verdammt noch mal?», fragte Crestin heiser.

Fabiou nestelte an seinem Verband herum. Er sah hundeelend aus. «Sagt Ihr es auch nicht weiter?», fragte er unsicher.

«Nein. Himmel, Junge, raus mit der Sprache!»

«Ich … ich habe vor kurzem erfahren, dass mein Vater Protestant war und 1545 von der Inquisition verhaftet wurde. Ein paar Tage später ist er im Gefängnis gestorben. Angeblich durch Selbstmord. Was ich mich bloß frage – alle sagen, mein Vater sei ein so frommer Mensch gewesen! Wie kann es dann sein, dass er sich umgebracht hat?»

Crestin ließ seinen Kopf in die Hände sinken. «Mein Gott, Junge …»

«Ich … ich möchte seine Prozessakte sehen. Ich weiß, im Normalfall geht das nicht, aber vielleicht könnt Ihr ja … Ich muss wissen, ob es wirklich so war oder ob er ermordet worden ist! Ich muss das einfach wissen!»

Crestin rang nach Luft. «Mein Junge, ich finde das keine sehr gute Idee. An Eurer Stelle würde ich mich lieber mit der Selbstmordtheorie zufriedengeben. Wahrscheinlich genug ist sie.»

«Aber mein Vater war ein gläubiger Mensch, er hätte nie …»

«Baroun de Bèufort, hinter den Toren der Inquisition gibt es keinen Glauben und keine Überzeugung, dessen könnt Ihr gewiss sein!»

Fabious Augen füllten sich mit Tränen. «Bitte. Ich muss es wissen. Bitte.»

Crestin seufzte. «Wenn ich behaupte, dass ich die Unterlagen für die Lösung der Mordfälle brauche – nun, vielleicht rücken sie sie heraus …»

«Danke», murmelte Fabiou und wandte sich zum Gehen.

«Baroun de Bèufort?»

«Hm?» Er war stehen geblieben.

Der Viguié seufzte erneut, tief und resigniert. «Da ist etwas, was ich Euch sagen muss, Baroun. Vascarvié, der Sonderbeauftragte des Parlaments – er hat mich heute von einem Umstand in Kenntnis gesetzt, den er im Rahmen der Mordfälle für durchaus nicht unwesentlich hält», sagte er.

«Und der wäre?», fragte Fabiou.

«Docteur Vascarvié hat in Paris studiert und ist auch heute noch gelegentlich in der Hauptstadt zugange.» Crestins Stimme hatte einen leicht ironischen Unterton. «Dort machte er eines Tages die Bekanntschaft eines Baron de Trévigny.»

«Baron? Trévigny ist doch ein Graf», meinte Fabiou erstaunt.

«Baroun de Bèufort, so leid mir das tut, Euch das sagen zu müssen, aber in ganz Frankreich gibt es offensichtlich keine Grafschaft Trévigny. Und was den Baron de Trévigny betrifft – nun, laut Vascarvié war er grob geschätzt fünfzehn Jahre älter als der junge Mann, mit dem Ihr Euch des Öfteren umgebt.»

***

In den nächsten Tagen machte Frederi sich extrem rar. Er erschien nicht mehr zu den Mahlzeiten, zog sich völlig von der Familie zurück und verbrachte einen Großteil seiner Zeit drüben in Sant Sauvaire, wo er in der Kirchenbank kniete und betete. Es war vermutlich für den Familienfrieden das Beste, was er tun konnte, denn Catarino hatte bereits lautstark verkündet, dass sie sich im Leben nicht mehr mit ihm an einen Tisch setzen würde. Auch die Dame Castelblanc mied die Familienzusammenkünfte und entschuldigte sich mit wiederholten Anfällen von Unwohlsein, und wenn sie zu einer Mahlzeit auftauchte, aß sie stumm ihren Teller leer und vermied es, einem der anderen, insbesondere einem ihrer Kinder ins Gesicht zu sehen. Onkel Philomenus und Tante Eusebia nahmen die Angelegenheit deutlich gelassener. Um genau zu sein, nahmen sie sie gar nicht. Bereits am Morgen nach dem großen Streit taten beide so, als sei nichts, aber auch wirklich gar nichts geschehen.

Was Frederi betraf, so brachte sein Schwager überhaupt kein Verständnis für ihn auf. «Jetzt jammert er wieder seinem Cristou nach und zündet brav Kerzchen an wie ein altes Weib, diese gottverdammte Betschwester», kommentierte er Frederis Verhalten verächtlich. «Das schlechte Gewissen», grummelte Catarino, «das ist der Beweis, er hat meinen Vater verraten!» Theodosius jedenfalls war begeistert; er tanzte den lieben langen Tag auf dem Gang herum und sang, Frederi ist eine Betschwester, Frederi ist eine Betschwester, bis Frederi Jùli die Ehre seines Vaters so in Gefahr sah, dass er seinen Vetter vor der Speisekammer stellte und ihm ungeachtet der Tatsache, dass Theodosius einen Kopf größer als er war, ein blaues Auge schlug. Theodosius floh heulend zu seiner Mama, die daraufhin wutschnaubend zu Frederi gestürmt kam und verlangte, dass Frederi Jùli für seine Untat eine Tracht Prügel bekäme. Doch Frederi betrachtete sie nur aus abwesenden Augen, und Frederi Jùli kam ungeschoren davon.

Sébastien de Trévigny kam eines schönen Morgens zum Haus der Aubans und wollte Fabiou sprechen. Fabiou ließ sich verleugnen.

Wer die Situation hemmungslos ausnützte, war Alexandre de Mergoult. Da Frederi kaum da war und, wenn er da war, nicht an die Tür ging, konnte er Cristino fast tägliche Besuche abstatten und entführte sie auch das eine oder andere Mal in die Stadt. Die missbilligenden Blicke von Fabiou, Loís und Bruder Antonius ignorierte Cristino geflissentlich. Catarino schloss sich ihnen gewöhnlich an, als Anstandsdame, wie ihre Mutter es wünschte und sie selbst auch behauptete, aber in erster Linie, um aus dem Haus zu kommen und vor allem auch um ihren Stiefvater zu ärgern. Wer ebenfalls stets dabei war, war Loís. Er lief in respektvollem Abstand hinter ihnen und hielt mit dem Mut der Verzweiflung Mergoults spöttischem Lächeln stand. Bleib doch zu Hause, meinte Cristino, etwas peinlich berührt. Ich lasse Euch nicht allein, sagte Loís verbissen. Nicht jetzt. Nicht in dieser Stadt.

Einmal auf diesen Spaziergängen kam die Sprache auf die Hexe.

Mergoult lenkte das Thema darauf. «Habt Ihr's schon gehört, von dem alten Zigeunerweib, das sie letztens verhaftet haben? Ihr habt sie sicher auch schon gesehen, sie ist immer an der Plaço dis Erbo gesessen und hat den Leuten irgendeinen Quatsch erzählt, dass sie die Zukunft voraussehen kann. Scheint, dass sie in der Tat eine Hexe ist. Damit dürfte ja klar sein, woher ihre Wahrsagekunst stammt.»

Cristino und Catarino wurden knallrot. Loís starrte auf das Straßenpflaster.

«Was … was wird jetzt aus ihr werden?», fragte Cristino ängstlich. Sie sah wieder das alte Weiblein vor sich und das Blut, das aus ihrer Nase tropfte.

«Oh, na ja, jetzt wird ihr natürlich erst mal der Prozess gemacht», erklärte Mergoult.

«Und dann?», fragte Cristino.

«Na ja, kommt darauf an», sagte Alexandre, der jetzt in seinem Element als Jurist war, «wenn sie reuig ist, wird man sie aufhängen, wenn sie jedoch am Teufel festhält, wird sie verbrannt.»

«Kann es denn nicht auch sein, dass sich herausstellt, dass sie unschuldig ist?», fragte Cristino hoffnungsvoll. Alexandre sah sie verblüfft an und brach in schallendes Gelächter aus. «Oh, Cristino, Kind, nein, natürlich nicht», sagte er lachend.

Cristino schwieg. Ihr war klar, dass sie etwas furchtbar Dummes gesagt hatte.

Fabiou beschäftigte sich derweil weiter mit Hannes' Tarot. «Wenn Loís recht hat und mit dem König der Stäbe wirklich Joan lou Pastre gemeint ist, dann würde das bedeuten, dass die Bruderschaft und die Antonius-Jünger zusammengearbeitet haben, oder etwa nicht?», fragte er einmal Bruder Antonius, der die Bemerkung mit einem hilflosen Achselzucken quittierte.

«Aber wer sind dann der König der Schwerter und der König der Münzen?», fragte Bruder Antonius verzweifelt.

Auf diese Frage hin konnte auch Fabiou leider nur mit den Schultern zucken.

Fabiou beschäftigte noch ein anderes Problem. Sébastien.

Alle hatten ihn angelogen. Auch Sébastien. Seine Enttäuschung war so groß, dass er sich nicht vorstellen konnte, je wieder ein Wort mit ihm zu wechseln. Dennoch, in den vergangenen Tagen war ihm klar geworden, wie sehr er sich bei allem, was er tat, an Sébastiens Hilfe gewöhnt hatte. Auch Victor hatte sich zu Fabious Bedauern seit Tagen nicht mehr sehen lassen, doch er vermisste ihn lange nicht so wie Sébastien. Sébastien war bei allen Nachforschungen sein engster Vertrauter gewesen.

Vertrauter.

Wem konnte man eigentlich noch vertrauen?

Am 20. Juni wurde an der Haustür der Aubans ein Paket abgegeben. Es sei, wie der überbringende Knecht sagte, von der ehrwürdigen Mutter Consolatoria für ihre Nichte Cristino. Als Cristino es in ihrem Zimmer aus dem Leinentuch gewickelt hatte, in das es eingeschlagen war, starrte sie auf einen großen Folianten mit der Aufschrift *Dix livres de la chirurgie*. Docteur Ambroise Paré. Atemlos schlug sie es auf und begann zu lesen.

So vergingen die Tage bis zum 27. Juni, an dem plötzlich an allen strategisch wichtigen Plätzen von Ais, dem Hauptportal von Sant Sauvaire, dem Tor der Universität und natürlich dem Eingang zum Parlament, ein Aushang auftauchte, auf dem verkündet wurde, dass das Zigeunerweib Maria Giulliamo der Zauberei, Hexenkunst und Teufelsanbetung überführt worden sei und somit in vier Tagen, sprich am 1. Juli 1558, auf der Plaço dis Jacobin mittels Aufhängen am Halse dem Tode zugeführt werde.

Das Hexenweib war offensichtlich reuig gewesen.

***

Es war einer jener Morgen, den man bei gutem Gewissen als märchenhaft bezeichnen konnte. Die Sonne hob sich in märchenhaftem Glanz aus ihrem Versteck im Osten und überschüttete die Stadt mit einem märchenhaften rosafarbenen Schimmer, der Wind wehte mit sanftem Säuseln um die Häuser, bereit, sie an diesem Tag vor allzu großer Hitze zu bewahren, und einen märchenhaften Duft nach Meer, Salz und Ferne mit sich tragend. Bei all dieser Märchenhaftigkeit konnte man es Cristino nicht übel nehmen, dass sie quasi auf einen Märchenprinzen wartete, und als auch an diesem Vormittag Alexandre de Mergoult an ihre Türe klopfte, um sie und ihr reizendes Fräulein Schwester zu einem kleinen Spaziergang durch die märchenhaften Straßen der Stadt abzuholen, da war es um sie geschehen. Hätte er ihr in diesem Moment einen Heiratsantrag gemacht, sie wäre ihm zu Füßen gelegen.

Entsprechend gut war die Stimmung bei Cristino und Alexandre de Mergoult, als sie an diesem Vormittag loszogen, und entsprechend schlecht bei Loís, der wie stets in gebührendem Abstand hinter ihnen her trottete.

An eben diesem Morgen fragte Bruder Antonius Fabiou und Frederi Jùli, ob sie ihm helfen könnten, ein paar Bücher von der Carriero de Jouque zurück in den Konvent zu schaffen. Frederi Jùlis Begeisterung hielt sich in Grenzen, doch Fabiou folgte bereitwillig. Seine Gedanken gingen momentan derart im Kreis, dass er für jede Ablenkung dankbar war.

Da sie so schwer bepackt waren, durften sie ausnahmsweise in die Wirtschaftsräume des Konvents eintreten. Sie stapelten die Bücher auf einen Tisch; Bruder Antonius wollte sie dann alleine in die Bibliothek hinauftragen, da diese nicht mal schwer bepackten Laien zugänglich war.

Der Ausflug hatte seine Wirkung auf Fabiou freilich verfehlt; er hatte die gesamte Carriero drecho hinab «König der Schwerter» vor sich hingemurmelt, war in der Carriero d'Esquicho Mousco dann zu «Rablois» übergegangen und mittlerweile bei «Carfadrael» angelangt. Bruder Antonius betrachtete ihn kopfschüttelnd, während er die Bücher auf dem Tisch zu sortieren begann. «Findest du nicht, dass das Ganze bei dir langsam krankhaft wird?», fragte er.

Fabiou knallte seine Bücher auf den Tisch. «Antonius, was ist damals passiert?», schrie er, ziemlich laut angesichts des heiligen Ortes, an dem er sich befand. «Carfadrael. Die Bruderschaft. Etwas wollten sie verhindern. In Zusammenarbeit mit den Antonius-Jüngern? In Zusammenarbeit mit dem hiesigen Adel? Keine Ahnung. Ihre Gegner nennt Hannes die Könige der Schwerter und der Münzen. Und wer war das? Keine Ahnung. Dann wurden sie verraten. Von wem? Keine Ahnung. Und was hat das alles mit Rablois und mit den Degrelho-Mädchen zu tun? Keine Ahnung, keine Ahnung, keine Ahnung. Verdammt, Antonius, ich weiß so viel, so gottverdammt viel, und es nützt mir nichts, gar nichts, ich tappe noch genauso im Dunkeln wie zuvor!»

Bruder Antonius schüttelte den Kopf. «Fabiou, du erwartest zu viel. Es gibt Geheimnisse, denen man niemals auf die Spur kommen kann.»

«Ich will dem Ganzen aber auf die Spur kommen!», rief Fabiou wütend. «Ich will wissen, was aus Carfadrael und der Bruderschaft geworden ist. Ich will …»

Er brach ab. Ein hohes Lachen klang durch den Raum. «Carfadrael!», kicherte eine hohle Fistelstimme. «Carfadrael!»

Fabiou fuhr herum und starrte auf einen uralten Mönch, der in einer Ecke des Raumes auf einem Hocker kauerte. Er hatte seine Kutte bis über die Knie hochgezogen und kratzte abwesend an einer Schrunde an seinem Unterschenkel herum. Antonius seufzte. «Bruder Severinus, solltet Ihr nicht oben in der Wärmestube sein?», sagte er.

«Carfadrael!» Der Alte wiegte kichernd seinen Oberkörper vor und zurück. «Caar-fa-a-a-dra-el!», sang er in einer nicht näher definierten dorischen Tonart.

«Das ist Bruder Severinus», seufzte Antonius. «Er war früher ein brillanter Geist, hat sogar als Lehrer in einer Klosterschule unterrichtet. Inzwischen ist er leider etwas wunderlich geworden.»

«Carfadrael!», fauchte der Alte plötzlich und sein Kopf schoss vor, dass er aussah wie ein verknitterter alter Raubvogel. «Verfluchte Bengels. Verprügeln hätte man sie sollen, verprügeln!»

«Wen meint er?», fragte Frederi Jùli unbehaglich. Er hoffte, es ging nicht immer noch um seine Schlägerei mit Theodosius.

«Vermutlich irgendwelche ehemaligen Schüler, die ihm vor dreißig Jahren ein paar Streiche gespielt haben», meinte Antonius lachend.

«Streiche!», brummte da der Alte. «Das haben sie alle gesagt, dumme Streiche, und nicht mehr! Aber ich habe damals schon gewusst, dass mit diesen dummen Streichen die Saat der Ketzerei gelegt worden ist! Und habe ich nicht recht behalten? Habe ich das nicht? Dumme Streiche, ha! Diese Bengels, die Gott strafen möge, mit ihrem ketzerischen Gerede und ihren Heimlichkeiten! Eine Verschwörung war das, eine Verschwörung! Aber Thomas, dieses Lämmlein mit seinem Gelaber von den armen, unschuldigen Kindlein, die doch nicht wissen, was sie tun! Und wie die das gewusst haben, und wie!»

«Welche Kindlein denn?», fragte Frederi Jùli treuherzig.

«Na, diese Bande da eben!», rief der Alte. «Diese komische Bruderschaft! Mit diesen komischen Namen, die sie sich gegeben haben, Carfadrael, und Magister Morus, und Graf Ianus, und Schionatulander und so weiter.»

Fabiou und Bruder Antonius starrten einander an. «Mo…Moment mal», begann Bruder Antonius, «verstehe ich Euch richtig – Ihr redet von Eurer Schule? Da gab es Kinder, die eine Bruderschaft gegründet haben? Und sich Carfadrael und Morus und so weiter nannten?»

«Ja, klar, sag ich doch!», schimpfte der Alte. «Haben sich nachts in dem alten Gewölbe unter der Schule getroffen und Versammlungen abgehalten. Und ketzerische Reden dabei geschwungen. Verprügeln hätte man sie sollen! Aber Thomas, das Lämmlein, als er es herausfand, sagte nur, unschuldige Kindlein, und wissen nicht, was sie tun! Ein Idiot war Thomas!» Er kroch auf seinem Stuhl in sich zusammen und murmelte unverständliche Worte in die Kapuze seiner Kutte.

«Na ja», meinte Fabiou, «diese Kinder müssen sich die wirkliche Bruderschaft als Vorbild für ihr Spiel genommen haben.»

Bruder Antonius schüttelte langsam den Kopf. «Fabiou, du verstehst das falsch», sagte er. «Bruder Severinus ist seit über 25 Jahren hier in diesem Konvent. Die Geschichte, die er da erzählt, kann allerspätestens 1530 passiert sein. Also Jahre bevor die Bruderschaft von sich reden machte.»

Fabiou starrte ihn an mit offenem Mund. «Was war das für eine Schule?», fragte er.

«St. Throphimus glaube ich. In Arle», sagte Bruder Antonius.

«Die kenn' ich! Da war mein Papa auch!», rief Frederi Jùli beglückt.

«St. Throphimus», wiederholte Fabiou. «In Arle.» Dann drehte er sich um und flitzte zur Tür hinaus.

***

Bruder Antonius und Frederi Jùli holten Fabiou erst an der Kreuzung der Carriero dei Salin mit der Carriero Vauvenargo ein, und auch das nur, weil die Straßen hier plötzlich durch eine ausufernde

Menschenmenge verstopft waren. «Was ist denn hier los?», fragte Frederi Jùli erstaunt, und ohne eine Antwort abzuwarten stürzte er sich mitten in den Menschenstrom, der sich weiter die Carriero dei Salin hinunterwälzte, der Plaço dei Prechadou zu, und weiter nach rechts. Fabiou, kurz davor, in die Carriero Vauvenargo einzubiegen, blieb stehen. «Frederi, warte!», schrie er. Na toll! Von seinem Bruder war bereits nichts mehr zu sehen. Mit einem wütenden Fluch machte Fabiou auf dem Absatz kehrt und stürzte sich, gefolgt von Bruder Antonius, ebenfalls ins Gewühl.

Sie liefen über die Plaço dei Prechadou und dann die Straße hinunter, die zur Stadtmauer und damit zur Plaço dis Jacobin führte. Das Gedränge verdichtete sich, als sie die Plaço dis Jacobin erreichten. Fabiou verrenkte den Hals. Und schnappte nach Luft.

Zirka fünf Schritte vor ihm redete Frederi Jùli auf einen jungen Mann ein. Und das war niemand anderes als Jean de Mergoult.

Fabiou kämpfte eine gute halbe Minute mit der Überlegung, ob er seinen Bruder nicht lieber seinem Schicksal überlassen sollte, statt sich mit Mergoult junior anzulegen, doch schließlich kam er zu der Überzeugung, dass man als großer Bruder eine gewisse Fürsorgepflicht besitzt und dass Frederi ihm vermutlich das Fell über die Ohren ziehen würde, wenn er erfuhr, dass er Frederi Jùli bei der momentanen Gefährlichkeit der Straßen allein in Ais hatte herumlaufen lassen. Also gut. Auf in den Kampf.

Fabiou drängelte sich durch die Menge hindurch, bis er neben Jean und Frederi Jùli stand. Bruder Antonius folgte ihm auf den Fuß.

«Tag, Jean. Frederi, wir müssen nach Hause.» Fabiou griff nach Frederi Jùlis Hand.

«Na, so etwas. Hast du gesehen, Andréu? Der Herr Poet!» Jean de Mergoult gluckste vergnügt. Neben ihm setzte Andréu d'Estrave ein bösartiges Grinsen auf.

«Frederi, komm schon!», rief Fabiou, den beiden Jungs einen ärgerlichen Blick zuwerfend. Seltsam – er hatte schließlich Mördern mit gewetzten Klingen ins Auge gesehen. Warum ließ er sich noch immer von diesen beiden Idioten einschüchtern?

«Ich will aber hierbleiben und zugucken!», erklärte Frederi Jùli.

«Zugucken? Wobei?», fragte Fabiou ärgerlich.

«Oh, da sind Cristino und Catarino!», rief Frederi Jùli statt einer Antwort aus. Seufzend sah Fabiou in die Richtung, in die Frederis ausgestreckte Hand wies. In der Tat. Die lieben Schwestern. Mit Mergoult dem Älteren an ihrer Seite und Loís im Schlepptau.

Jean hatte die beiden jetzt offensichtlich auch erblickt. «He, Alexandre, hier sind wir!», rief er.

«Ach … schaut mal, mein Bruder ist auch da!» Alexandre dirigierte die beiden Damen in ihre Richtung.

«Himmel, ist das ein Gedränge!», schimpfte Catarino, als sie sie erreichten. «Was ist hier heute eigentlich los?»

Mergoult – der Große – drehte sich verblüfft zu ihr um. «Das wisst Ihr nicht?», fragte er erstaunt.

«Nein … wieso, ist es etwas Besonderes?», fragte Catarino erstaunt.

«Sieht aus, als gäb's hier etwas umsonst», knurrte Fabiou missmutig. Er fühlte sich alles andere als wohl mit der ganzen Familie Mergoult im Umkreis.

Frederi begann, auf beiden Beinen herumzuhüpfen. «Ich weiß, was hier los ist, Jean hat's mir gesagt, ich weiß es!», schrie er aufgekratzt.

«Was denn? Los, Frederi, sag's mir!», verlangte Catarino.

Frederi Jùli machte einen neuerlichen Hopser und rief: «Die Hexe wird hingerichtet! Deshalb sind all die Leute da!»

Keiner sagte ein Wort. Catarino zog die Oberlippe hoch, als habe sie gerade in einen extrem unreifen Apfel gebissen. Cristino wurde kreideweiß. Fabiou drehte sich um, langsam, Stück für Stück, und starrte auf die Pin de Genas, deren breite Äste einen tiefen Schatten über die Häuser zur Rechten warfen. Neben ihm bekreuzigte sich Bruder Antonius.

«Kannst du mich hochheben, Antonius?», fragte Frederi Jùli. «Ich seh' gar nichts!»

«Ach, so toll ist das eh' nicht», meinte Jean de Mergoult abwertend. «Sie wird ja nur gehängt. Das ist nichts Besonderes. Hab' ich schon hundertmal gesehen.»

«Ja, Mann, ist echt blöd, dass sie sie nicht verbrennen», sagte Andréu d'Estrave. «Das wäre doch mal was anderes. Überhaupt sagt mein Vater, eigentlich gehören alle Hexen verbrannt, auch wenn sie dem Teufel abschwören. Weiß man's denn, ob sie's ernst meinen, wenn sie abschwören, und den Richter nicht bloß anlügen?»

«Die sind halt alle viel zu weich heute mit den Ketzern», bestätigte Jean.

«Antonius, du musst mich hochheben!», schrie Frederi Jùli.

Fabiou hatte bisher nicht daran geglaubt, dass einem Menschen die Haare zu Berge stehen können, wie man so schön sagt. Jetzt wurde er eines Besseren belehrt. Antonius' graue Strähnen standen rund um die Tonsur kerzengrade zum Himmel. «Na, ich weiß nicht, muss das denn sein, dass wir uns das anschauen?», fragte Catarino mit verzogenem Gesicht. «Das ist doch sicher … eklig, so eine Hinrichtung.»

«Eklig?» Alexandre de Mergoult schüttelte fassungslos den Kopf. «Mädchen, was hier geschieht, geschieht zum Wohl des Allgemeinwesens. Um dieses Land vor Hexerei und Zauberkraft zu bewahren. Vor dem Werk des Teufels! Es geschieht zu unserer aller Rettung!»

«Hm. Na ja», machte Catarino. Sie sah reichlich betreten drein.

«Fabiou, lass uns gehen», flüsterte Antonius. «Lass uns gehen, bitteee!»

«Oh Mann», meckerte Frederi Jùli, «dann geh' ich halt weiter vor!» Er drängelte sich durch die wartenden Menschen hindurch.

Cristino schwieg. Ihre Hände waren um Agnes' Medaillon gekrampft.

«Fabiou, lass uns …», begann Bruder Antonius. Er kam nicht weiter.

Unter der Pinie erschien ein Mann über den Köpfen der Menge. Für einen Moment sah es tatsächlich so aus, als würde er in der Luft stehen, dann erkannte Cristino die hölzerne Plattform, die man unter dem Baum errichtet hatte. Der Mann, gekleidet in die Robe eines Richters, nahm am vorderen Rand dieser Plattform Aufstellung. Und im selben Moment kamen vier weitere Personen nach oben geklettert. Der erste war in ein feuerrotes Wams gekleidet, und Jean de Mergoult, der ja nach eigenen Angaben schon hundert Hinrichtungen gesehen hatte, erklärte den weniger gebildeten Anwesenden, dass es sich hierbei um Mèstre Tassou handelte, den Henker von Ais. Der zweite war ein Priester, der in beiden

Händen ein Kreuz hielt, und der dritte ein Gerichtsdiener, der die vierte Person mit sich schleifte.

Es war die alte Wahrsagerin.

Sie klammerte sich an den Arm des Gerichtsdieners, während sie vorwärtshumpelte. Selbst auf diese Entfernung erkannte Cristino, wie mitgenommen sie aussah. Ihre Augen blickten blutunterlaufen aus tiefen, dunklen Höhlen hervor. Ihr Gesicht hatte die Farbe von Asche.

Das Medaillon brannte auf Cristinos Handfläche.

Der Richter räusperte sich jetzt. Er sah furchtbar nervös aus. Er war noch recht jung, offenbar war dies das erste Mal, dass er eine Hexe aburteilte, und offenbar hatte er furchtbare Angst, sich in irgendeiner Form zu blamieren. Sein Gesicht glänzte vor Schweiß. Er zückte einen kleinen Zettel, auf dem er sich offensichtlich ein paar Notizen zu der von ihm verlangten Ansprache gemacht hatte, räusperte sich erneut und begann mit vor Nervosität überschnappender Stimme: «Im Namen der Stadt Aix, des Königs von Frankreich und Jesu Christi, Amen.» Er brach ab, ließ einen unruhigen Blick über die Menge gleiten, so als befürchte er, jemand könnte lachen. Doch niemand lachte, und leidlich beruhigt fuhr der junge Richter fort: «Da wir, der Richter Martin Blochamp, bestellt von der Stadt Aix zum Schutz von Recht und Gesetz, mit allen unseren Kräften begehren und aus vollem Herzen wünschen, dass das uns anvertraute Volk in der Einheit und Erhabenheit des rechten Glaubens …», er brach ab und starrte etwas durcheinander auf seine Notizen, «äh … des rechten Glaubens eifrig unterwiesen und von aller Pest der ketzerischen Verkehrtheit innerlich ferngehalten werde, ordnen wir an …»

«Oh, Mann», stöhnte Alexandre, seine juristische Bildung demonstrierend, «der zitiert den halben Hexenhammer. Etwas Originelleres ist ihm wohl nicht eingefallen! – Cristino, ist Euch nicht wohl? Ihr seid so bleich.»

«… ordnen wir an, wie es uns nach dem uns übertragenen Amt zusteht, zum Ruhme und zur Ehre des verehrungswürdigen Namens Jesu Christi und zur Ehrung des heiligen, rechten Glaubens, wie auch zur Niederdrückung der ketzerischen Verkehrtheit besonders bei den Zauberern und Hexen, dass die hier anwesende

Maria Gi-ul-li-a-mo, gebürtig aus Siena, die in einem ordentlichen Prozess der Hexerei, Zauberkunst und Teufelsanbetung schuldig befunden wurde, zum Schutz des wahren Glaubens und zur Rettung ihrer Seele … ähm … zum Tode verurteilt und hier und heute durch Aufhängen am Halse vom Leben zum Tode zu bringen ist. Gott sei ihrer Seele gnädig.» Der junge Richter atmete erleichtert auf und wischte sich den Schweiß von der Stirn.

Cristino rannte. Stieß die Umstehenden beiseite, stolperte über ihr Kleid, rappelte sich wieder auf und rannte weiter. «Cristino», schrie Alexandre de Mergoult, «Cristino», schrie Fabiou, doch sie hörte nicht auf sie, sie stürzte durch die Menge, vorbei an Menschen, die ihr wütend nachriefen: «Pass doch auf, wo du hintrittst, dumme Gans», und dann war sie im Freien, auf der Plaço dis Prechadou, auf die sie hinausstürzte, schreiend.

Jemand packte sie an den Schultern. «Cristino!»

Sie schrie noch immer, schlug um sich, nach ihm, nach dem Nichts, nach der ganzen verfluchten Welt. «Cristino!», brüllte er und schüttelte sie.

Es war Arnac. Neben ihm stand Sébastien, sah Cristino aus verständnislosen Augen an.

Cristino kreischte. «Sie bringen sie um! Sie bringen die alte Frau um! Oh Gott, oh mein Gott!»

Arnac drückte sie an sich, während er sich umsah, mit geweiteten Augen auf die Plaço dis Jacobin hinausstarrte, wo der Henker der alten Wahrsagerin die Schlinge über den Kopf zog. Neben ihr stand jetzt der Priester und redete auf sie ein. Auf Lateinisch.

Alexandre de Mergoult kam aus der Menge hervorgeschossen, gefolgt von Fabiou und Loís und Catarino und Antonius sowie von seinem Bruder und Andréu d'Estrave, die beide Cristinos seltsamen Ausbruch wohl deutlich sensationeller fanden als so eine langweilige hundertste Hinrichtung. Fabiou blieb ruckartig stehen, als er sich so unvermittelt wieder Sébastien gegenüber sah, welcher ihn aber gar nicht bemerkte, sondern mit gerunzelter Stirn Alexandre de Mergoult anschaute. Auf dessen Gesicht erschienen augenblicklich Gewitterwolken, als er Arnac erblickte. «Nimm sofort deine Finger von Cristino!», zischte er. «Oder …»

Arnac machte einen Satz nach vorne. «Oder was?», schrie er. «Willst du mich sonst verprügeln, so wie letztens Loís? Willst du mich umbringen? Na los, probier's doch!»

Cristino wand sich aus Arnacs Arm, stolperte schluchzend rückwärts. Alexandre machte einen zögerlichen Schritt auf sie zu. «Jesus, Cristino, was ist denn los?», fragte er entgeistert. Cristino antwortete nicht. Sie heulte.

«Was mit ihr los ist?», schrie Arnac. «Du fragst noch, was mit ihr los ist? Fünfzig Schritte von uns entfernt wird in diesem Moment eine wehrlose alte Frau ermordet, und du fragst, was los ist?»

Mergoult drehte sich um. Seine Augen waren plötzlich kalt wie eine Winternacht. «Diese ‹wehrlose alte Frau›, wie du es ausdrückst, ist eine gottverdammte Hexe und Teufelsanbeterin!»

«Eine Hexe. Ach ja. Und wie sind unsere lieben Freunde von der Inquisition, die uns allzeit vor allem Unheil beschützen, diesmal darauf gekommen?», schrie Arnac. «Hat sie irgendwer mit einem Besen über die Dächer von Ais fliegen sehen? Hat sie ein paar Kühen den Euter abgehext und ein paar Parlamentsmitgliedern die Nasen?»

«Die Hexe ist in einem ordentlichen Prozess zum Tode verurteilt worden!», rief Alexandre de Mergoult. «Sie hat gestanden, dass sie eine Hexe ist!»

«Sie hat gestanden, natürlich!» Arnac warf die Arme in die Luft. «Sie gestehen immer! Wenn die Inquisition dich ein paar Tage lang foltern würde, würdest du auch gestehen, dass du eine Hexe bist und mit dem Teufel im Bunde, und ich genauso! Das soll ein verdammter Beweis sein?»

«Es war ein formell einwandfreier, rechtsgültiger Prozess!», brüllte Alexandre.

«Soll ich dir was sagen?», schrie Arnac. «Ein Prozess, der sich solcher Mittel bedient, der ist weder einwandfrei noch rechtsgültig, der ist schlicht und ergreifend Mord, ein grausamer, eiskalter Justizmord und mehr nicht! Und das gilt für alle so genannten Hexenprozesse ...»

«Arnac!» Sébastiens Blick war alarmiert.

«... und genauso für all die Prozesse, die die Inquisition gegen all die armen Menschen führt, die sie als Ketzer bezeichnet, nur weil sie ein klein bisschen anders zu Gott beten oder ein klein bisschen am selbstherrlichen Bild unserer Kirche kratzen …»

«Arnac, verdammt!» Panik in Sébastiens Stimme. Er war kalkweiß geworden.

«… die den einfachen Menschen Armut und Bescheidenheit und Nächstenliebe predigt, während ihre eigene Führung lügt und betrügt und in Verschwendungssucht lebt, das habe ich dazu zu sagen!»

Es war totenstill geworden. Jean de Mergoult stand mit offenem Mund da. Sébastien schüttelte wortlos den Kopf. Fabiou öffnete und schloss seine Lippen wie ein blubbernder Fisch. Bruder Antonius sah aus, als wolle er in den nächsten Sekunden in Ohnmacht fallen.

Ganz langsam ging Alexandre de Mergoult auf Arnac zu, ganz langsam streckte er einen Finger aus und tippte ihn dem anderen gegen die Brust. «Diesmal, Couvencour», sagte er, «bist du zu weit gegangen. Zwei Zeugen. Ich habe mindestens zwei verlässliche Zeugen, die deine ketzerischen Reden bestätigen werden. Die Inquisition wird sich für deine Ansichten interessieren, mein Freund, da kannst du Gift drauf nehmen. Für das, was du eben gesagt hast, wirst du bluten, Couvencour, das versichere ich dir.» Er drehte sich um und lief davon, über die Plaço dei Prechadou. Jean und der junge Estrave glubschten ihm einen Moment lang perplex hinterher, dann rannten sie ihm nach.

«Senher Couvencour, Ihr seid wahnsinnig!», krächzte Bruder Antonius. Auf seiner Oberlippe hatten sich Schweißtropfen gebildet.

Arnac, der Mergoult hinterher gestarrt hatte, drehte sich um. «Na, ist doch wahr!», rief er wütend.

«Sie werden Euch töten», flüsterte Antonius. «Mein Gott.»

«Dazu müssen sie mich erst mal kriegen!», sagte Arnac leise. «Und das werden sie nicht, das kann ich versichern!» Er machte Anstalten, in die Carriero dei Salin hineinzulaufen. Dann hielt er inne. «Cristino …», begann er.

Loís trat vor und legte Cristino die Hand auf die Schulter. «Ich passe auf sie auf. Bringt Ihr Euch in Sicherheit», sagte er.

Arnac starrte einen Moment lang auf Cristino, die immer noch weinte. «Ich bleibe in Eurer Nähe. Ich verspreche es Euch», sagte er. Dann lief er los und verschwand zwischen den Häusern. Sébastien sah ihm einen Augenblick lang mit offenem Mund hinterher, dann schrie er plötzlich: «Warte!» und rannte ebenfalls.

Fabiou drehte sich um, langsam, wie träumend. Auf der Plaço dis Jacobin zappelte ein Körper unter den mächtigen Ästen der Pinie, erschlaffte schließlich und pendelte sanft im Südwind.

Er spürte, wie er würgen musste. Er schluckte heftig. «Ich muss … Frederi Jùli suchen», krächzte er und stakste auf die Plaço dis Jacobin zu. Und blieb stehen. «Eine Pinie», murmelte er.

«Was?», fragte Bruder Antonius mit brüchiger Stimme.

Fabiou drehte sich um. «Es war eine Pinie! Sie haben Hector Degrelhos Leiche an einer Pinie aufgehängt!», flüsterte er mit weiten Augen.

«Ja … und?», fragte Bruder Antonius benommen.

«Oh mein Gott, verstehst du denn nicht?», schrie Fabiou. «Es war eine Hinrichtung! Hector Degrelhos Tod war eine Hinrichtung!»

***

Sie stürzte in ihr Zimmer, kaum dass sich die Tür des Hauses in der Carriero de Jouque hinter ihr geschlossen hatte, und ließ sich schluchzend auf den Stuhl vor ihrer Frisierkommode fallen. Sie hob den Blick. Gott, wie sie aussah! Rotgeäderte Augen und Tränenstreifen quer durch die Puderschicht in ihrem Gesicht. Oh Herr Jesus, was musste Alexandre de Mergoult von ihr gedacht haben, dass sie so aussah.

Dass sie sich so danebenbenahm.

Cristino holte tief Luft. Die Stimme ihrer Mutter tönte in ihren Ohren. Reiß dich zusammen, Kindchen. Schließlich bist du eine Dame. Sie tupfte ihre Tränen mit einem Tüchlein ab und begann, eine neue Puderschicht aufzutragen. Sie würde gleich nachher nach Alexandre schicken lassen, um sich bei ihm zu entschuldigen. Jawohl, das würde sie.

Die Tür ging auf, und Bruder Antonius stand im Zimmer.

«Cristino», sagte er. «Ich weiß, du hast einen Schock erlitten, aber …»

«Es ist in Ordnung», sagte sie hoheitsvoll. «Ich habe mich schon wieder gefangen. Ich habe mich danebenbenommen, und es tut mir leid. Könntest du bitte einen Diener herholen? Jemand muss zu Alexandre gehen und ihm sagen, wie leid es mir tut, dass ich mich so aufgeführt habe.»

Antonius schüttelte ungläubig den Kopf. «Du willst dich immer noch mit diesem … Kerl abgeben?», fragte er fassungslos. «Nach dem, was vorhin passiert ist?»

«Wieso denn nicht?», fragte Cristino gleichmütig.

«Gott, hast du das nicht kapiert? Er zeigt Arnac de Couvencour bei der Inquisition an!», schrie Antonius.

«Na, da hat er ja auch recht!», erklärte Cristino. «Schließlich hat Couvencour wirklich ketzerische Reden geführt.»

Bruder Antonius schüttelte erneut den Kopf. Er lachte auf. «Sag mal, weißt du überhaupt, was für einen Mist du daherredest? Es geht nicht darum, dass Arnac einen Verweis wegen schlechten Benehmens erhält. Wenn die Inquisition ihn erwischt, wird er jämmerlich sterben, kapierst du das eigentlich nicht?»

«Aber Alexandre sagt …»

«Alexandre, Alexandre! Verdammt, was findest du nur an diesem Bastard Mergoult? Diesem brutalen, rücksichtslosen Scheißkerl, dem es Vergnügen macht, Menschen zu quälen und sie sterben zu sehen?», schrie Bruder Antonius.

Sie fuhr hoch. «Sprich nicht so von ihm!», schrie sie. «Er ist ein Kavalier! Ein Edelmann!»

«Ein Kavalier! Ich lach mich tot!», schrie Antonius.

«Jawohl, das ist er!», schrie Cristino. «Und er liebt mich!»

«Er liebt dich. Das glaubst du, ja?» Antonius lachte schrill. «Oh, Cristino, du bist so naiv. Mergoult liebt dich nicht, er begehrt dich! Worum es ihm geht, das ist nicht Liebe, sondern fleischliche Lust!»

Sie stieß den Stuhl beiseite. «Du sei ruhig!», schrie sie. «Was weißt du denn schon? Du bist ein Mönch! Du hast doch gar keine Ahnung von Liebe und von fleischlicher Lust! Du hast doch überhaupt keine Ahnung vom wirklichen Leben!»

Er schoss auf sie zu, seine Hände krallten sich in ihre Schultern. Rote Flecken brannten auf seinem Gesicht. Seine Augen zuckten. «Soll ich dir eine Geschichte von fleischlicher Lust erzählen, Cristino?», keuchte er. «Soll ich dir eine Geschichte vom wirklichen Leben erzählen? Von meiner Mutter zum Beispiel, die nicht älter als du war, als sie ihren Körper an jeden dahergelaufenen geilen Hund verkaufen musste, um nicht in der Gosse zu verhungern? Die nicht einmal wusste, welcher ihrer fettwanstigen Freier es war, der mich gezeugt hat? Soll ich dir erzählen, wie sie gestorben ist, mit bestenfalls zwanzig Jahren, ihr ganzer Körper zerfressen von der Syphilis?»

Cristino war erstarrt in seinen Armen. Schwach versuchte sie, sich loszukämpfen. «Lass … mich los», krächzte sie. «Hör … auf damit.»

«Ich war fünf Jahre alt, Cristino, als sie starb, fünf Jahre, ohne irgendeinen Angehörigen, ohne ein Dach über dem Kopf oder auch nur ein Stück Brot zwischen den Zähnen. Ich habe gelogen und gebettelt und gestohlen, um überhaupt am Leben zu bleiben. Und als sie mich in Ate ins Gefängnis steckten, war ich gerade zwölf, kaum älter als dein kleiner Vetter Theodosius!»

«Hör auf!», kreischte Cristino. «Ich will das nicht hören! Hör auf!»

«Sie haben uns dort eingepfercht wie die Tiere. Schlimmer als die Tiere. Eine Chance zu überleben hatte nur, wer Verwandte oder Freunde draußen hatte, die für ihn zahlten. Ich hatte niemanden. Also machte ich dasselbe wie zuvor meine Mutter. Ich verkaufte meinen Körper an die Wachleute und an andere Gefangene, dafür, dass sie mir ab und zu ein Stück verschimmeltes Brot zuwarfen wie einem Hund einen Knochen! Ich habe zweieinhalb Jahre in dieser Hölle gelebt, Cristino, zweieinhalb endlose Jahre, und als sie mich schließlich gehen ließen, im Januar des Jahres 1548, war ich krank an Körper und Seele. Es war mitten im kältesten Winter, überall herrschte Not und Hunger. Ich schlug mich nach Ais durch, weil ich hoffte, dort überleben zu können, aber in Ais war es genauso schlimm wie überall sonst. Ich versuchte zu betteln, doch kaum ein Mensch hatte genug, mir etwas abzugeben. Für einen Bissen Brot hätte ich bedenkenlos erneut meinen Körper verkauft, Cristino, doch niemand würdigte das halbtote Gerippe, das ich war, auch nur eines Blickes. Schließlich legte ich mich auf die Schwelle des Augustiner-Konvents, um dort zu sterben. Und so haben mich die Mönche gefunden. Und jetzt sag bitte noch einmal, ich hätte keine Ahnung vom wirklichen Leben!»

Cristino heulte. Sie riss sich los und stürzte aus dem Raum.

Antonius sank auf die Bettkante. Er zitterte wie in einer eisigen Winternacht. Fast eine Minute saß er so da, rieb seine Arme und klapperte mit den Zähnen, bis er begriff, dass Fabiou am Türrahmen lehnte und ihn stumm anstarrte. Er hob den Kopf, sah Fabiou aus weiten, zuckenden Augen an und starrte wieder auf seine Knie.

«Josephus Latinus», sagte Fabiou.

Antonius hob wieder den Blick. Er schwieg.

Fabiou ging zum Fenster hinüber. Draußen flatterten Tauben auf und stiegen empor in das makellose Blau des Himmels. Ein märchenhafter Tag, wie gesagt. «Josephus Latinus – Jousé der Lateiner», wiederholte er. «Das war ein Name in den Annalen von Galaud. Beim Prozess gegen die Antonius-Jünger. Ein kleiner Junge, dessen hervorstechendste Eigenschaft war, dass er Lateinisch sprach. Wahrscheinlich war er es, der Joan lou Pastre beibrachte, wie man Santonou schreibt. Er war noch zu jung für den Galgen. Also wurde er in Ate eingekerkert.»

Bruder Antonius starrte ins Leere. «Ich habe es von einem Mönch in Sant Roumié gelernt, wo ich gelebt habe, als meine Mutter starb», sagte er leise. «Einer von denen, die das Gebot der Nächstenliebe ernst nahmen. Er kümmerte sich um die elternlosen Kinder in der Stadt, er gab uns zu essen und schenkte uns abgelegte Kleider. Und er unterrichtete uns. Von ihm habe ich lesen und schreiben und rechnen gelernt, Latein und sogar ein bisschen Griechisch. Es ist mir leicht gefallen, ich war ein wissbegieriges Kind. Drei Jahre nach meiner Mutter starb auch er.» Fabiou hörte ihn nach Luft ringen. Er sah ihn nicht an. Sein Blick folgte den Tauben, die hoch über der Stadt den Wolken zustrebten.

«Die nächsten zwei Jahre war ich völlig mir selbst überlassen. Der Winter 1542 auf 1543 war sehr hart. Die Menschen verbarrikadierten sich in ihren Häusern, und es gab praktisch nichts mehr zu stehlen. Schließlich trieb mich der Hunger aus der Stadt. Ich dachte, dass ich vielleicht auf dem Land, bei den Bauern etwas Essbares finden könnte, doch die Bauern passten ebenso gut auf ihre Vorräte auf wie die Städter. Irgendwann, auf der Straße nach Lauri, konnte ich nicht mehr weiter. Ich blieb einfach liegen, auf dem vereisten Boden am Straßenrand. Mir war klar, dass ich erfrieren würde, aber, weißt du, in diesem Moment erschien mir das die beste Lösung. Als dieser Reiter schließlich auf der Straße erschien und sein Pferd neben mir anhielt, da war ich überzeugt, es sei der Engel Gabriel, der mich ins Paradies bringen wollte. Aber es war nicht der Engel Gabriel. Es war der Joan.» Bruder Antonius sah auf, und sein Blick brannte so in Fabious Nacken, dass dieser schließlich nicht anders konnte, als sich umdrehen und Antonius in die Augen sehen. «Er hat mir das Leben gerettet, Fabiou, verstehst du? Ich hätte alles für ihn getan.»

Fabiou dachte an das, was Suso über Joan lou Pastre gesagt hatte. Und Loís. Vielleicht fand er es einfach ritterlich.

«Er war so ein unglaublicher Mensch», murmelte Bruder Antonius, versunken in eine ferne Erinnerung. «Ich meine, er war doch nur ein Leibeigener, ein Schäfer, jemand, der nie auch nur den Funken einer Bildung erhalten hatte. Aber er besaß die Fähigkeit, die Menschen mit einem einzigen Satz für sich einzunehmen. Er war noch ein halbes Kind, als Anfang der dreißiger Jahre seine Karriere als Räuberhauptmann begann. Joan stammte aus einem Dorf im Luberoun, den Namen habe ich vergessen. Er hatte eine Schwester, eine Zwillingsschwester, Soufio, ein hübsches junges Ding. So hübsch, dass sie im Alter von gerade fünfzehn Jahren vom Verwalter ihres Herrn hinter einen Busch gezerrt wurde. Joan kam seiner Schwester zu Hilfe, indem er den Verwalter niederschlug. Das Vergehen wurde als Aufstand gegen die gottgegebene Ordnung gewertet, weshalb Joan und seine Schwester in die Wälder fliehen mussten. Zusammen mit anderen geflohenen Leibeigenen schlugen sie sich dort mehr schlecht als recht durch. Es war die Zeit des kaiserlichen Feldzugs, der 1535 die halbe Prouvenço in Schutt und Asche legte. Eines Tages, kurz nach Abzug der Kaiserlichen, lasen sie einen jungen Soldaten auf, der als Söldner auf der Seite des Kaisers gestanden hatte und beim Abzug der Truppen aufgrund einer Verwundung zurückgeblieben war.»

«Enri Nicoulau», sagte Fabiou.

Bruder Antonius nickte. «Der Junge hatte Talent, und vor allem eine militärische Ausbildung», fuhr er fort. «Mit seiner Hilfe machte Joan aus seiner Bande zusammengewürfelter Flüchtlinge innerhalb weniger Monate eine schlagkräftige Truppe. Anfang der vierziger Jahre, als ich zu ihnen stieß, bestand seine Bande aus über zweihundert kampferprobten Männern, die allmählich begannen, den Ordnungskräften in Ais und anderswo Kopfzerbrechen zu machen. Zumal sie bei der einfachen Bevölkerung und durchaus auch beim Landadel, der ja oft mehr auf der Seite der Bauern als auf der der hohen Herren stand, ziemliche Beliebtheit genossen. Nach dem *Arrêt de Mérindol* stießen noch mal eine ganze Menge überlebende Waldenser zu ihnen, darunter mindestens zehn von denen aus Merindou, denen der Erlass vom Juli '40 gegolten hat.»

Die Namen. Favery, Pons, Vian, Pellenc, die Familie Mainard. Nicht alle von ihnen waren von marodierenden Söldnern erschlagen worden oder in den Wäldern verhungert. Da waren auch die, die in der Coumbo de Lourmarin oder am Galgen von Ate gestorben waren. «Und du?», fragte Fabiou.

Antonius lächelte. «Sie fragten mich, was ich könne, als ich bei ihnen auftauchte. Ich sagte, stehlen und Latein. Joan gab mich daraufhin bei seinem Experten für Taschendieberei, Miquéu Sest, in die Lehre. Von ihm habe ich alles gelernt – mich lautlos zu bewegen, unbemerkt fremde Taschen zu leeren und mich von einer Sekunde auf die andere unsichtbar zu machen. Aber das war noch nicht alles. Gleich am ersten Abend kam Enri Nicoulau zu mir und fragte mich, ob ich bereit sei, seinen Sohn zu unterrichten.»

«Nicoulaus Sohn», murmelte Fabiou.

«Ja. Nicoulaus Sohn und Joans Neffe – Enri Nicoulau hatte mittlerweile Joans Schwester Soufio geheiratet. Der kleine Janot – er hieß Joan, wie sein Onkel, und wir nannten ihn alle Janot – war etwa vier Jahre jünger als ich. Enri wollte, dass er es einmal besser habe als er. Deswegen durfte ich ihm lesen und schreiben und Latein beibringen. Janot war ein fröhlicher, aufgeweckter Junge, der immer nur lachte und den alle liebten. Ein richtiger Sonnenschein war er, Fabiou. Mein Gott ...» Er schüttelte hilflos den Kopf.

«Du hast die Schrift in der Kapelle weggewischt, nicht wahr?», fragte Fabiou leise.

Antonius hatte die Lippen zusammengepresst. «Fabiou, Janot war wie mein Bruder! Und die Vorstellung, dass sie Jagd auf ihn machen würden... dass er so sterben würde, wie... wie ...» Er brach ab.

«Deswegen hast du dich auch immer gegen alle Hinweise gewehrt, die auf die Antonius-Jünger wiesen», stellte Fabiou fest.

«Wir haben Hector Degrelho nicht getötet», murmelte Antonius. «Wir sind nie so weit wie Seloun gekommen. Aber dann ... haben sie Jagd auf uns gemacht. Sie haben den Luberoun durchkämmt und jeden aufgehängt, der uns Unterschlupf gewährte. Schließlich haben sie uns in dieser Schlucht in die Enge getrieben. Nach einem Tag war klar, dass wir verloren waren. Als unsere Verteidigung schließlich am Zusammenbrechen war, schickten sie uns Frauen und Kinder los, damit wir versuchten, über die Hänge in Sicherheit zu gelangen. Der Joan und Enri Nicoulau blieben mit den meisten Männern in der Schlucht zurück, um unsere Flucht zu decken. Die wenigsten von uns schafften es. Auf dem Höhenzug saßen längst schon überall die Waffenknechte der Baroune.» Er holte tief Luft. «Irgendwann wurde ich im Chaos von Janot und seiner Mutter getrennt. Ich lief zurück, um sie zu suchen. Ich fand Janot neben der Leiche seiner Mutter, die von einem Soldaten erstochen worden war. Ich zerrte ihn weg, ich wollte mit ihm fliehen, aber es war zu spät, plötzlich waren überall Soldaten. Sie brachten uns zurück in die Schlucht, wo der Kampf inzwischen vorbei und alle Männer entweder tot oder gefangen genommen waren. Ich dachte, sie würden uns jetzt an Ort und Stelle töten. Aber das taten sie nicht. Sie brachten uns nach Ate.» Bruder Antonius unterbrach sich. Als er schließlich weitersprach, klang seine Stimme absolut emotionslos. «In Ate haben sie einen Strich an die Wand gemacht und alle Jungen davor gestellt. Wer größer als der Strich war, galt als erwachsen und wurde gehängt. Wer kleiner war, blieb im Kerker, bis er an Hunger oder Schwindsucht starb, die unauffällige Variante zum Galgen, die den Verantwortlichen den Ruf ersparte, Frauen, Kinder und Greise aufgehängt zu haben. So einfach war das. Ein paar, die am Galgen endeten, waren jünger als ich. Manchmal habe ich sie beneidet, in den Jahren, die folgten. Irgendwann brauchten sie Platz für neue Gefangene, und so ließen sie die paar Überlebenden, die es noch gab, gehen.» Er brach ab, wischte sich mit einer fahrigen Handbewegung übers Gesicht. «Und ... der Joan ...»

Fabiou dachte, dass er schon einmal das Gefühl gehabt hatte, er hätte an dieser Stelle abbrechen sollen. Er starrte in den Sommertag hinaus und versuchte, sich vorzustellen, dass das, was er hörte, nur eine Geschichte war und nichts, was wirklich passiert war.

«Sie haben ihn so gehasst», murmelte Bruder Antonius. «Mehr als Enri Nicoulau, der ja schließlich nur ein Ausländer war. Aber der Joan – in ihren Augen hat er das schlimmste Verbrechen begangen, das ein Mensch begehen konnte: Er, der Leibeigene, hatte sich gegen sie, die Herren aufgelehnt.» Er brach wieder ab. Sein Gesicht war so fahl wie das Leintuch, auf dem er saß. «Sie haben die Anführer alle gefoltert. Schon weil sie ein Geständnis wegen Degrelho haben wollten. Aber Joan ... Ich ... ich erinnere mich noch, wie sie ihn zu uns zurückgebracht haben, am Abend vor der Hinrichtung. Ich habe ihn nicht mehr erkannt, Fabiou, so entstellt war er. Überall war Blut. Enri Nicoulau hielt ihn die ganze Nacht in seinen Armen wie ein kleines Kind. Am nächsten Morgen, als sie kamen, um sie zur Hinrichtung zu bringen, hob er ihn vom Boden auf und trug ihn aus dem Raum. Das war das letzte Mal, dass ich sie sah.»

Der blaue Himmel vor dem Fenster verwischte. Es gab eine Menge Gründe zu weinen. Um Joan und Enri Nicoulau. Um den kleinen Jousé, der Latein konnte. Um Cristou Kermanach de Bèufort. Um eine alte Frau, die an der Pinie gestorben war, weil irgendein Idiot sie für eine Hexe hielt.

«Was ist ... aus Janot geworden?», krächzte Fabiou.

Bruder Antonius hob die Schultern. «Ich weiß es nicht. Er war plötzlich weg. Als wir in Ate ankamen, war er nicht mehr unter den Gefangenen. Irgendwie muss er es geschafft haben zu fliehen.»

«Und du hast ihn nie wieder gesehen?»

«Doch», murmelte Antonius. «Vor ein paar Wochen.»

Fabiou drehte sich um. «Was?»

«Fabiou, ich weiß, was du fragen willst, aber ich sage dir, ich habe keine Ahnung, ob er irgendetwas mit diesen Morden zu tun hat. Er hat seltsame Dinge zu mir gesagt. Dass die Zeit der Vergeltung gekommen sei. Und dass Carfadrael einen Nachkommen hinterlassen habe, der nun zurückgekehrt sei, um im Auftrag Gottes die Gerechtigkeit wiederherzustellen. Aber ich … ich habe keine Ahnung, was er damit meint. Glaub mir, Fabiou, bitte!»

«Carfadrael? Das hat er gesagt?», schrie Fabiou. «Wo ist er, Antonius? Ich muss mit ihm reden!»

Bruder Antonius schüttelte den Kopf.

«Aber …»

«Was man nicht weiß, kann man auch nicht verraten», sagte Antonius stur.

«Aber ich …»

«Nein, Fabiou. Vergiss es.»

Fabiou starrte ihn an. Seine Hände ballten sich zu Fäusten. Mit dem Ärmel wischte er sich die Tränen aus dem Gesicht. «In Ordnung», sagte er. «In Ordnung.» Er wandte sich zum Gehen.

«Was hast du vor?», fragte Antonius ängstlich.

Fabiou sah zurück. «Ich reite nach Arle.»

«Was?» Antonius fuhr hoch. «Bist du verrückt? Auf der freien Straße bist du ein leichtes Opfer für jeden Mörder! Denk an Trostett! Überhaupt … wer weiß, ob an Severinus' Geschichte etwas dran ist, er ist alt und vergreist, vielleicht bildet er sich das alles nur ein!»

«Vielleicht», sagte Fabiou bockig. «Vielleicht aber auch nicht.»

«Dann … dann frag doch lieber deinen Stiefvater! Er war doch auch an dieser Schule, vielleicht weiß er ja …»

«Mein Stiefvater? Darf man lachen?» Fabiou lachte, ohne Antonius' Erlaubnis abzuwarten. «Mein Stiefvater hat mir dreizehn Jahre lang Lügenmärchen aufgebunden. Wie kommst du darauf, dass er mir ausgerechnet dieses Mal die Wahrheit erzählen wird? – Nein, Antonius, in Arle liegt die Antwort auf alle Fragen, das spüre ich. Und ich werde sie finden. Und wenn mich irgendjemand davon abhalten will, dann muss er mir in Gottes Namen die Kehle durchschneiden!» Und damit ging er aus dem Raum.

«Fabiou», sagte eine Stimme, als er durch die Tür trat. Es war Frederi Jùli. Er saß auf dem Boden neben der Tür. Sein Gesicht war von Schatten überlagert.

«Hast du … gelauscht?», fragte Fabiou entsetzt.

Frederi Jùli antwortete nicht. Er stützte das Kinn auf die Knie. «Ich will mit nach Arle», sagte er.

«Das geht nicht!» Fabiou schüttelte heftig den Kopf.

«Ich will aber. Ich will! Sonst sag ich's!»

«Dann sag es. Ich nehme dich nicht mit.»

Frederi Jùli starrte stumm auf den Fußboden. «Fabiou?»

«Ja?»

«Ich fand's nicht lustig, Fabiou, wo sie die Hexe aufgehängt haben. Ich fand's echt nicht lustig.»

Fabiou seufzte. Was war das eigentlich für eine beschissene Welt, in der sie lebten?

***

Die Tore öffneten bei Sonnenaufgang, aber Fabiou war bereits eine Stunde vorher wach. Als sich der erste Streifen fahles Grau am Horizont abzeichnete, schlüpfte er aus dem Bett, zog sich an und zerrte das Bündel hervor, das er im Schrank deponiert hatte. Es enthielt ein Brot und eine Feldflasche mit Wasser als Wegzehrung, ein Küchenmesser sowie das gesamte Geld, das Frederi ihm für diesen Monat gegeben hatte. Er hoffte sehr, dass das reichen würde.

Der Torschließer schlief in seiner Kammer, als Fabiou an ihm vorbeischlich und vorsichtig die Tür aufdrückte. Sie quietschte etwas, und erschrocken hielt er inne und lauschte, doch im Haus blieb alles ruhig.

Er schlich in den Stall. Der Falbe schnaubte, als er ihn erkannte. Fabiou sattelte ihn im Dunkeln, um sich ja nicht zu verraten, zäumte ihn auf und führte ihn auf dem Hof hinaus.

Er erstarrte. Eine dunkle Gestalt war hinter ihn getreten.

Fabiou riss das Küchenmesser aus dem Bündel. «Stehenbleiben!», zischte er.

«Ich bin's», sagte Loís und trat ins Licht der aufkeimenden Dämmerung. Er zog eines der Kutschpferde hinter sich her. Es war ebenfalls gesattelt und aufgezäumt.

«Loís? Was machst du hier?»

«Ich komme mit.»

«Was?»

«Ihr glaubt doch nicht im Ernst, dass ich Euch alleine nach Arle reiten lasse, nachdem dieser komische Kerl mit der Glatze hier irgendwo herumläuft!»

«Sag mal, woher weißt du überhaupt ...»

«Scht! Wollt Ihr das ganze Haus wecken? Kommt jetzt!»

Sie führten gerade die Pferde zum Tor hinaus, als eine schmale Gestalt sich aus den Schatten löste und auf sie zugestürzt kam. «Loís!», rief sie.

«Cristino, was ...», begann Loís.

«Verdammt noch mal! Rennt hier eigentlich die ganze Familie herum, oder was?», ereiferte sich Fabiou.

Sie hatte Loís' Zügel ergriffen. «Loís, du darfst nicht gehen! Du darfst mich nicht auch noch allein lassen! Erst Arnac, und jetzt du! Ich hab' doch Angst, Loís!»

«Wieso. Du hast doch den Mergoult, um dich zu beschützen», nörgelte Fabiou.

«Geh nicht, Loís, ich hab' Angst um dich, bitte, bleib hier!», schluchzte Cristino.

Na toll, und wer hat Angst um mich?, dachte Fabiou beleidigt.

Loís löste sanft Cristinos Hand von den Zügeln, und zu Fabious grenzenlosem Erstaunen legte er ihr daraufhin die Hände auf den Kopf und küsste ihr die Stirn. «Adiéu, Cristino», sagte er. Und seine Lippen formten noch etwas anderes.

«Ich liebe dich.»

Fabiou klappte den Mund wieder zu, schwang sich in den Sattel und trieb kopfschüttelnd sein Pferd an. Loís folgte ihm.

Cristino blieb schluchzend im Tor stehen. «Ich dich auch», schniefte sie. «Ich dich auch.»

Der Himmel kippte von Grau zu seidigem Rosé.

***

Der Wächter hatte soeben das Tor geöffnet und salutierte kurz, als sie an ihm vorbei aus der Stadt ritten. Sie hatten es geschafft. Weit und frei lag das Land vor ihnen. Fabiou atmete tief durch. Er war sich nicht sicher, was ihn erwartete. Wahrscheinlich Mordbuben mit gewetzten Klingen und pieksigen Dolchen. Vielleicht aber auch ein paar Antworten.

Und auf alle Fälle seine erste, allererste Reise als erwachsener Mensch.

Er stieß einen Schrei aus und trieb sein Pferd an, und sie galoppierten los, in den aufblühenden Morgen hinein.

KAPITEL 16

in dem Fabiou eine Reise in die Vergangenheit unternimmt

Qui sont ces louayeurs qui s'éloignent du port,
hommagers à la vie, et félons à la mort?
dont l'étoile est leur bien, le vent leur fantasie?

Je vogue en même mer, et craindrai de périr
si ce n'est que je sais que cette même vie
n'est rien que le fanal qui me guide au mourir.

Wer sind diese Seeleute, die sich vom Hafen entfernen,
dem Leben ergeben, nicht fürchtend den Tod?
Deren Stern ist ihr Mut, der Wind ihre Fantasie?

Ich reise auf demselben Meer, und hätte Angst unterzugehen,
wenn ich nicht wüsste, dass eben jenes Leben
nichts anderes ist als das Fanal, das mich in den Tod führt.

Jean de Sponde, baskischer Poet (1557-1595)

Der Weg nach Arle führt durch eine Landschaft aus sanften, bewaldeten Hügeln, kleinen, von Hecken und Steinriegeln begrenzten Feldern und in der Sonne dörrenden Wiesen. Ab und zu kommt man an Häusern vorbei: kleine Dörfer, deren Dächer sich unter der brütenden Mittagssonne ducken, gelegentlich die Burg eines Barouns oder ein klotziges Jagdschlösslein im italienischen Stil. Auf den Hügelkuppen reicht der Blick weit nach Norden, und man kann den Rücken des Großen Luberoun erkennen, blau durch die Ferne.

Dann verändert sich das Bild zur Rechten. Zackige, kahle Bergformationen rücken ins Bild, braun und dürr in der Sommerhitze, die Gipfel weiß, als seien sie von Schnee bedeckt. Das sind die Aupiho, die «kleinen Alpen», und das Weiß sind die blankgeschliffenen Felsen auf ihren Höhen. Sie fallen aus in eine lange Neigung, auf der Gestrüpp und Olivenbäume wachsen. Dort, wo sie ihre größte Höhe erreichen, gibt es einen Pass, der nach Sant Roumié hinüber führt, doch aus der Ferne sind sie eine Mauer, ein unüberwindbares Hindernis.

Im Süden flimmert die Luft, während sich die Hügel langsam in die Ebene öffnen. Dunst hängt über der Ferne zur Linken, blauer, undurchdringbarer Dunst, unter dem sich die weite, sumpfige Tieffläche verbirgt. Das ist das Rhônedelta, und die Carmargo, und dahinter, dort, wo Himmel und Erde sich berühren, einen halben Tagesritt nach Süden, liegt das Meer.

Gegen zehn Uhr vormittags näherten sie sich Seloun, und bereits jetzt herrschte eine drückende Hitze. In jedem Waldstück verrenkte Fabiou nun den Hals. Irgendwo hier waren Hector Degrelho und seine Familie ermordet worden – und seine Dienerschaft, ergänzte Loís. Fabiou wusste, es war albern, nach so langer Zeit noch nach Spuren zu suchen; falls es je welche gegeben hatte, waren sie längst vom Regen weggeschwemmt und vom Wald überwuchert, und dennoch betrachtete er jeden Ast und jeden Stein am Wegesrand, als ob er sich von ihm etwas ungemein Aufschlussreiches erwartete. Und da hielt Loís plötzlich sein Pferd an, wies nach hinten und sagte: «Baroun, seht nur.»

Auf dem Hügel hinter ihnen war ein Pferd auszumachen. Der Reiter war nicht zu erkennen, dazu war das Pferd noch viel zu weit entfernt, doch er ritt eindeutig in ihre Richtung.

Fabiou schnappte nach Luft wie ein Fisch auf dem Trockenen. «Das darf doch nicht wahr sein!», schrie er. «Das darf doch verdammt noch mal nicht wahr sein! Ich kann hin, wo ich will, überall ist einer hinter mir her und will mir ans Leder! Ich werde noch wahnsinnig!»

«Baroun, wir sollten machen, dass wir hier wegkommen», meinte Loís vorsichtig.

«Es darf nicht wahr sein! Es darf doch einfach nicht …»

«Baroun, Schluss jetzt! Kommt!»

Sie galoppierten los, hinein in das Waldstück, das vor ihnen lag.

Sie waren keine zehn Schritte tief in das Wäldchen eingedrungen, als Fabious Pferd auf dem sandigen Untergrund abrutschte. Mit einem schrillen Wiehern kippte es seitwärts, fing sich unter Aufbietung all seiner Balancekünste wieder und fegte weiter, aber da segelte Fabiou schon im hohen Bogen durch die Luft und krachte auf den Waldboden. «Baroun!» Loís parierte sein Pferd und wendete. «Baroun, ist alles in Ordnung?»

«Oh. Ja. Klar. Ich kann mir nichts Schöneres vorstellen, als im vollen Galopp vom Pferd zu fallen. Oh, Scheiße!» Fabiou schlug vor Wut mit beiden Fäusten auf den Sand ein.

Loís sprang vom Pferd. «Könnt Ihr aufstehen?», fragte er.

Fabiou gab sich redliche Mühe, aber sein rechtes Knie tat so höllisch weh, dass er sich mit einem Aufschrei wieder auf den Boden fallen ließ. «Baroun, Jesus, Ihr seht gar nicht gut aus», bemerkte Loís mit einem Blick auf die hässliche Schürfwunde an Fabious Schläfe.

«Scheißegal! Hol mein Pferd, verdammt noch mal, bevor der Kerl hier ist!»

Loís rannte los. Fabious Pferd hatte nach etwas mehr als zwanzig Schritten eingesehen, dass man, wenn der Reiter offensichtlich faul auf dem Boden herumlag, sich ruhig auch selbst eine Pause gönnen konnte, und knabberte gerade eine Buche an. «Komm schon, blöder Gaul!», schrie Loís und zerrte das protestierend schnaubende Tier zu Fabiou zurück, der sich auf die Füße gekämpft hatte und jetzt fluchend auf sie zuhumpelte.

Alle zwei blieben stehen.

Hufschlag. In allernächster Nähe. «Jesus!», hauchte Loís. Fabiou stürzte sich vorwärts, krallte sich am Sattel fest und zerrte das Küchenmesser aus seinem Beutel. Mit einem Satz war auch Loís neben seinem Pferd und riss einen länglichen Gegenstand aus der Satteltasche. Arnacs Arkebuse. Hahn spannen, abdrücken, vier Sekunden Auslösezeit. Er richtete den Lauf auf den hellen Punkt zwischen den Bäumen, aus dem heraus der Hufschlag auf sie zuschoss. Seine Hände waren klatschnass vor Schweiß.

Ein Reiter kam aus dem Licht geschossen, eine Silhouette umglänzt von einem Strahlenkranz aus Helligkeit fiel hinein in das Halbdunkel des Waldes. Loís stöhnte auf und ließ die Waffe sinken. «Das darf doch nicht wahr sein!», schrie Fabiou zum wiederholten Mal.

Der Reiter hatte sein Pferd angehalten. «Mann, Fabiou, was ist denn mit dir passiert?», fragte er entgeistert.

Fabiou hüpfte auf einem Bein auf ihn zu. «Du Idiot!», schrie er. «Ich hab gesagt, du kommst nicht mit, oder etwa nicht? Loís hätte dich fast erschossen, ist dir das klar?»

Frederi Jùli zog einen Schmollmund. Er thronte auf dem riesigen Pferd wie Hannibal auf einem seiner Elefanten. «Ich will aber auch wissen, wer Carfadrael ist», meckerte er.

«Haben wir nicht schon genug Probleme? Jetzt können wir auch noch auf dieses kleine Ungeheuer aufpassen.» Fabiou schlug die Hände über dem Kopf zusammen und hüpfte zu seinem Pferd zurück, wo er sich stöhnend in den Sattel zog.

«Also was ist … reiten wir jetzt nach Arle oder nicht?», maulte Frederi Jùli.

«Ach, halt die Klappe!», schimpfte Fabiou und trieb sein Pferd an.

Frederi Jùli drehte ihm eine lange Nase.

***

Arle war eine Stein gewordene Erinnerung. Erinnerung an die Zeit, in der Cäsars Legionen durch Europa zogen, um überall ihre Lager und Garnisonen, ihre Villen und Foren, ihre Tempel und ihre Thermen zu errichten. Eine Stadt, über die der römische

Adler noch immer, nahezu eintausend Jahre, nachdem der letzte römische Soldat in die Ewigkeit eingegangen war, seinen hoheitsvollen Schatten warf. In Arle standen genug römische Steinhaufen, um die Stadt bis ins Jahr 2000 mit Baumaterial zu versorgen, davon waren die Stadtväter überzeugt. Was in Arle nicht mehr römisch war, war zumindest einmal römisch gewesen. Kein Stein, kein Ziegel, kein Türsturz, der nicht ein römisches Domus oder ein römisches Templum geziert hat, bevor er in ein Hôtel, eine Kirche oder eine öffentliche Badestube eingemörtelt worden ist.

Das eine oder andere hatte man auch einfach stehen lassen; die Thermen des Konstantin zum Beispiel, die sich schließlich hervorragend als Lagerhallen eigneten, das Amphitheater, das in seinen Rundbögen mindestens dreißig Krimskramsläden beherbergte, und natürlich die Alicamps, die frühchristlichen Totenfelder vor der Stadt, heilig genug, dass ihnen die Bautrupps vom Leibe blieben, nebensächlich genug, sie langsam, aber sicher im Schlamm versinken zu lassen.

Es schlug vier Uhr, als sie durch das östliche Tor in die Stadt einzogen, allen voran Frederi Jùli, der aufgeregt im Sattel seines Pferdes herumrutschte – es war, um genau zu sein, das Pferd seines Vaters, und Fabiou hoffte, dass dieser Umstand für Frederi Jùli schreckliche Folgen haben würde. Sie fragten den Torwärter nach St. Trophimus und bekamen die lapidare Antwort zu hören, das sei hinter dem Amphitheater. Sie ritten die Straße hinauf, die der Torwärter ihnen wies, bis diese sich auf einen freien Platz öffnete – und standen vor dem erstaunlichsten Bauwerk, das sie in ihrem ganzen Leben gesehen hatten. Schwarz vor Ruß und grün vor Moos hob sich das gigantische Rund des Amphitheaters in den Himmel, Bogen erhob sich über Bogen, Säule über Säule, Stein über Stein. «*Diable*», hauchte Frederi Jùli ergriffen, der den Kopf in den Nacken gelegt hatte und mit offenem Mund nach oben starrte.

«Das ist noch gar nichts – das Colosseum in Rom ist viermal größer», behauptete Fabiou mit einer Selbstsicherheit, als sei er hundertmal dort gewesen.

«Haben die Römer da drin die Christen gefressen?», fragte Frederi Jùli neugierig. Loís lachte. «Was gibt's da zu lachen?», meckerte Frederi Jùli.

«Oh … ich stelle mir gerade so einen alten Römer vor, der einen Christen anknabbert …»

«Haha … ich meine doch die Löwen», erklärte Frederi Jùli beleidigt.

«Weiß nicht», meinte Fabiou, dem das auch ziemlich egal war. St. Trophimus war ihm wichtiger.

Sie ritten weiter, begleitet vom Geschrei der Marktleute, das ihnen aus den Bögen des Amphitheaters entgegenhallte. Frederi Jùli deutete an, dass ihm die Würste am letzten Stand vor der Ecke durchaus zusagen würden, doch Fabiou meinte, für so etwas habe er nun definitiv kein Geld übrig, und außerdem habe ein Amphitheater gar keine Ecken, es sei schließlich rund, und was seinen Hunger beträfe, nun, hatte ihn vielleicht irgendjemand aufgefordert mitzukommen?

Die Ecke war in der Tat keine … als sie der Rundung des Amphitheaters weiter folgten, erschien hinter besagtem Stand ein weiterer, und dahinter wieder ein weiterer, und noch einer. Frederi war fasziniert von diesem Umstand. «Wisst Ihr, genau so ist das mit der Welt», erklärte Loís. «Früher haben die Leute auch gedacht, da wo der Horizont ist, sei eine Kante. Aber in Wirklichkeit ist die Welt eben rund, und immer wenn man denkt, man hat die Kante erreicht, geht es dahinter doch noch weiter.»

«*Intrigant*», staunte Frederi Jùli.

Bei einem Händler, der zu Frederis Ärger nur verbeulte Kochtöpfe verkaufte, fragte Fabiou erneut nach St. Trophimus, und diesmal wurden sie in eine schmale Straße geschickt, die in einer leichten Neigung nach unten führte. Die Straße öffnete sich in einen kleinen Platz. Und zur Linken lag St. Trophimus.

Sie banden die Pferde an einem der eisernen Ringe an der Kirchenmauer an. Fabious Knie hatte sich so weit erholt, dass er wieder halbwegs normal laufen konnte, wenn er auch bei jedem Schritt schmerzlich das Gesicht verzog. «Wie sehe ich aus?», knurrte er Frederi Jùli an.

«Na ja», Frederi Jùli warf einen skeptischen Blick auf Fabious zerschrammtes Gesicht, «also, als du letzten Sommer vom Scheunendach gefallen bist, hast du schlimmer ausgesehen», meinte er diplomatisch.

Fabiou glättete seine Haare mit den Händen und drückte sich die Mütze auf den Kopf. «Ich rede da drinnen und sonst niemand, habt ihr verstanden?»

Während Fabiou auf das Tor zuschritt, versuchte er sich vorzustellen, wie oft sein Vater vor dreißig Jahren wohl diese Kirche betreten hatte. Wie ihm jeder Stein, jede Unebenheit auf den Treppenstufen, jede Szene in dem gigantischen Relief, in dem sich das Tor zur Kirche öffnete, im Schlaf vertraut gewesen sein musste. Anheimelnd vertraut? Abstoßend vertraut? War sein Vater hier glücklich gewesen? Er starrte auf das Relief, das sich wie ein riesiger Fächer um das Hauptportal ausspannte. Ein ähnliches hatte Sant Sauvaire auch. Das jüngste Gericht. Zur Linken die geretteten Seelen, rechts die Verdammten. Eine steinerne Kette fesselte sie aneinander. Fabiou schüttelte heftig den Kopf und betrat die Kirche.

Drinnen kämpften flackernde Kerzen gegen ein Dunkel so tief wie die Nacht. Eine Gruppe von Knaben in schwarzen Umhängen filierte an einer Marienstatue vorbei und setzte sich in die zweite Reihe der Sitzbänke. Die Schüler von St. Trophimus. Die Elite von morgen. Die Schule hat einen sehr guten Ruf.

Auch sein Vater war einst in so einem schwarzen Umhang in dieser Bank gesessen. Sein Vater und Frederi. Frederi. Der Name war wie ein schlechter Geschmack auf der Zunge. Frederi hatte ihn dreizehn Jahre seines Lebens angelogen.

Er fand, was er suchte, nach wenigen Sekunden: Ein Mönch, der in der Reihe hinter den Knaben saß, offensichtlich, um ein Auge auf sie zu haben. Fabiou winkte Loís und Frederi Jùli hinter sich und schritt auf den Mönch zu. «Entschuldigt», sagte er.

Der Mönch sah ungnädig auf. «Ihr stört bei der Andacht.»

«Ich suche den Leiter dieser Schule», erklärte Fabiou, als sei dies die natürlichste Sache der Welt. Der Mönch betrachtete ihn einen Moment lang prüfend. Offenbar überlegte er sich, was so ein junger Bursche von einer so hochgestellten Persönlichkeit wollen könnte.

«Fragt Bruder Thomas», knurrte er dann. «Er ist in der Sakristei.» Er wies nach rechts. «Da drüben.»

«Danke schön», sagte Fabiou. Zwanzig Köpfe über schwarzen Umhängen wandten sich in ihre Richtung und sahen ihnen nach.

Bruder Thomas schmetterte gerade ein hingebungsvolles Dies irae, als die drei die Sakristei betraten. Der Gesang riss mit einem Misston bei dem Wort ‹creatura› ab. Er legte das Tuch aus der Hand, mit dem er gerade eben noch eine Orgelpfeife abgerieben hatte. Fabiou fragte sich spontan, ob dies eine der Orgelpfeifen war, an der sein Onkel seine akustischen Experimente durchgeführt hatte. «Ja-a?», fragte er.

«Bruder Thomas?» Fabiou richtete sich zu seiner vollen Größe auf und versuchte, ein möglichst erwachsenes Gesicht zu machen.

«Ja, de-er bin iiich.» Auch wenn Bruder Thomas sprach, klang es, als ob er einen liturgischen Gesang intonierte.

«Fabiou de Bèufort, Adlatus des Notars Gastou Austelié zu Ais», stellte Fabiou sich ohne mit einer Wimper zu zucken vor. «Ich muss Euch in einer dringenden Angelegenheit sprechen.»

«Ja-a? Worum ge-het es?» Bruder Thomas schien es nicht weiter ungewöhnlich zu finden, dass ein Adliger als Angestellter eines Notars auftrat.

«Notar Austelié vertritt die Belange dieses jungen Waisen.» Er wies auf Frederi Jùli. «Das arme Kind hat schon im Säuglingsalter beide Eltern verloren und wurde offensichtlich von geldgierigen Verwandten in ein Waisenhaus abgeschoben.» Er bedachte Frederi Jùli mit einem «ein falsches Wort und du bist tot»-Blick. Doch Frederi machte keine Anstalten, querzuschießen, sondern setzte eine Trauermiene auf, wie es sich für eine arme, abgeschobene Waise gehört.

«Von seinen Eltern wissen wir nur die Vornamen und dass sie in Ais lebten», fuhr Fabiou fort. «Nun mehren sich die Hinweise, dass der Junge aus reichem, eventuell sogar adligem Hause stammt, weshalb ein Gönner des Kindes den Fall an Notar Austelié herantrug, der nun versucht, die Identität der Eltern des Knaben zu klären.» Er holte Luft, um die traurige Geschichte auf den Bruder wirken zu lassen, der in der Tat bereits ein äußerst mitfühlendes Gesicht machte. Offensichtlich stieß er sich nicht an der Tatsache, dass Frederi Jùli für ein armes Waisenkind extrem gut gekleidet war. «Wir sind nun bei unseren Nachforschungen auf den Namen dieser Schule gestoßen», sagte Fabiou dann. «Wie es scheint, hat der Vater des Jungen sie als Knabe besucht, vor etwa dreißig Jahren müsste das gewesen sein. Gibt es jemanden in dieser Schule, der damals schon hier war und uns weiterhelfen könnte?»

Bruder Thomas, der jetzt wirklich sehr betroffen dreinsah, dachte nach. «So leid es mir tut – nein», sagte er dann. «Der Bruder, der am längsten hier ist, ist Bruder Coelestus, und der hat sich dieser Kongregation vor 25 Jahren angeschlossen. – Dies ist kein abgeschiedenes Kloster, in dem man sein Leben verbringt», erklärte er entschuldigend. «Viele bleiben ein paar Jahre und wenden sich dann wieder anderen Aufgaben in anderen Konventen zu.»

Fabiou hatte Mühe, seine Enttäuschung zu verbergen. «Gibt es wenigstens irgendwelche Bücher über die Vorgänge an dieser Schule aus dieser Zeit?», fragte er.

«Es gibt ein Register», meinte Bruder Thomas. «In dem sind die Eintritte und Austritte der jeweiligen Jahre vermerkt. Wenn Euch das weiterhilft, frage ich gerne den Abt um Erlaubnis.»

Fabiou hob die Schultern. Besser als nichts.

«Na, siehst du», flüsterte Frederi Jùli stolz, als sie Bruder Thomas aus der Sakristei folgten. «Ohne mich wärst du hier gar nicht 'reingekommen.»

«Halt den Rand! Und grins nicht so, du bist ein armes, unglückliches Waisenkind!»

Frederi Jùli streckte ihm die Zunge heraus. Gott sei Dank sah Bruder Thomas es nicht.

Der Bruder führte sie in das angrenzende Klostergebäude. «Da oben wohnen und schlafen unsere Schüler», meinte er und zeigte stolz eine ausgetretene Steintreppe hinauf. Das Innere des Gebäudes war kalt und feucht und roch nach Alter, Moder und verschimmelten Wänden.

«Die Schüler treten im Alter von sechs bis zehn Jahren in die Schule ein und bleiben im Regelfall sechs oder sieben Jahre. Sie erhalten eine hervorragende Ausbildung in Latein, Griechisch, Hebräisch, Theologie, Mathematik, Philosophie und Historie sowie in den Grundzügen der Gesetzeslehre. Viele unserer Schüler studieren später an den Universitäten und werden Juristen oder Gelehrte. Viele bleiben auch der Mutter Kirche treu und dienen ihr als geweihte Priester», erzählte Bruder Thomas stolz. Fabiou warf einen wenig begeisterten Blick auf die Stockflecken an den Wänden. Muss ja toll sein, hier sieben Jahre zu verbringen. Er beneidete seinen Vater nicht gerade.

«Habt Ihr jemals von einer Bruderschaft gehört, die angeblich vor dreißig Jahren von Schülern dieser Schule gegründet worden sein soll?», fragte Fabiou, und auf den skeptischen Blick des Bruders erwiderte er schnell: «Es gibt einen Hinweis darauf, dass der Vater dieses Jungen zu dieser Bruderschaft gehört hat, deshalb frage ich.»

«Nun», Bruder Thomas räusperte sich, «gehört habe ich davon, aber Näheres weiß ich nicht. Das war auch nichts Besonderes. Ein Spiel von dummen Kindern, nicht mehr.»

«Ihr wisst nicht zufällig, welche Kinder damals an diesem Spiel beteiligt waren?», fragte Fabiou.

«Nein. Gott, nein. Das ist so lange her, lange vor meiner Zeit hier. Ich kann mir auch nicht vorstellen, dass es irgendwelche Aufzeichnungen darüber gibt, wie gesagt, das waren doch nur dumme Kinderspiele ...»

Fabiou seufzte enttäuscht.

Der Abt vernahm Fabious Geschichte ebenfalls mit deutlicher Rührung und hatte nichts dagegen, ihnen Einblick in das Register zu gewähren. Fabiou sprach auch ihn auf die Sache mit der Bruderschaft an, doch er wusste noch weniger als Bruder Thomas und behauptete sogar, davon noch nie gehört zu haben.

In dem Besucherraum befand sich ein kleiner Tisch, um den mehrere Stühle herumstanden. Bruder Thomas hieß sie Platz nehmen. «Welche Jahrgänge braucht Ihr?», fragte er.

«Sagen wir mal, 1520 bis 1535», überlegte Fabiou.

Fünf Minuten später legte Bruder Thomas einen Folianten vor Fabiou auf den Tisch. Er war aufgeschlagen bei einer Jahreszahl. 1520. «Ich lasse Euch dann allein», meinte er, tätschelte dem armen Frederi Jùli den Kopf und ging.

«Sagt mal, könnt Ihr mir verraten, was das nützen soll?», fragte Loís, kaum dass der Bruder die Tür hinter sich geschlossen hat. «Denkt Ihr, hinter den betreffenden Personen ist ein Vermerk ‹gehört zur Bruderschaft›?»

«Nein ... ja ... ich weiß nicht», murmelte Fabiou. «Vielleicht fällt uns ja einfach irgendetwas auf.»

«Na, wenn Ihr meint …», seufzte Loís.

Fabiou begann zu lesen. «Also, 1520: P. Sazo de Goult, S. Veriou, N. Vascarvié – na, sieh einer an, Sazo de Goult und der Vascarvié sind hier zur Schule gegangen! 1521: G. de Blervais, R. Dupont. 1522: M. Servan, R. M. d'Ardoche, L. d'Estrave – Papa Ardoche und der Estrave. 1523: S. Cordelin, L. de Visse, und, oh, A. Degrelho d'Astain – das muss Archimède Degrelho sein. 1524: M. du Creste, R. de Couvencour –» Fabiou sah auf. «Lauter alte Bekannte. Es geht noch weiter: H. Degrelho d'Astain, P. Avingou. 1525: B. Villard. Sonst niemand. Schlechtes Jahr für die Schule. Dafür sind's 1526 umso mehr: G. Forbin de Jansoun, sieh einer an, S. de Montard, L. Veive – Veive, den Namen kenn' ich auch … das war dieser waldensische Freund der Familie Degrelho. Der gleich zu Beginn des Feldzugs gegen die Waldenser umgekommen ist. R. Belfort, P. Maynier d'Oppède, aha, und R. de Labarre.» Fabiou brach ab und runzelte die Stirn. «Labarre? Raymoun de Labarre?»

«Sagt Euch das was?», fragte Loís.

Fabiou nickte langsam. «Victor hat mir von dem erzählt – und der Artou. Ein junger Adliger aus dem Luberoun, der sich in Merindou Mayniers Truppen in den Weg gestellt hat und dann ermordet worden ist.»

«Na ja – ist in der Tat eine beliebte Schule», meinte Loís achselzuckend.

«Weiterlesen!», befahl Frederi Jùli.

«Also, 1526: A. Carbrai. Kaufmann Carbrai … ja, stimmt, seine Witwe hat erzählt, dass er mit unserem Vater zur Schule gegangen ist. Carbrai. Dann J.-B. Forbin, L. de Faucoun – die halbe Familie Maynier – L. Marc d'Armien und F. de Castelblanc.»

«Mein Papa!», sagte Frederi Jùli stolz. Fabiou machte ein Gesicht, als ob er ihn fressen wollte.

«1527: L. Sylvestre, J. Bergotz. Bergotz, Jacque Bergotz – das war doch der Priester von La Costo, der von Mayniers Truppen erschlagen wurde.»

«Echt? Die haben einen Priester erschlagen?», rief Frederi Jùli fasziniert.

«Ruhe. 1528: C. Castello, und … C. Kermanach de Bèufort.» Fabiou holte tief Luft. Sieben Jahre war sein Vater alt gewesen, als er in diese Schule eingetreten war.

«1529: J. Merieux de Gare, R. Bellard. 1530: M. de Vare – ach, daher kennt Frederi ihn – und P. de Coutreil. 1530: H. Merieux de Gare. 1531: S. Cordelin, J. de St. Jacques, P. du Creste. 1532: M. P. Villard, C. Breille. 1533: R. Merieux de Gare. 1534: S. V. d'Alence – noch so ein Carcist – und L. Bellard. 1535: E. Senancèr, C. Estreviste, B. de Valverde. Das war's.» Er lehnte sich zurück.

«Gut.» Loís machte ein wenig überzeugtes Gesicht. «Wir wissen jetzt also, dass die halbe Oberschicht des Luberoun und der Stadt Ais diese Schule besucht hat. Was die Bruderschaft betrifft, sind wir aber nicht einen Schritt weitergekommen. Oder wollt Ihr jetzt bei all diesen Leuten vorsprechen und sie fragen, was sie über die Bruderschaft wissen?»

Fabiou starrte enttäuscht auf die Seiten des Registers. «Ich weiß auch nicht …» Er hob den Kopf. «Jesus, ich habe so gehofft, dass wir hier einen Hinweis –» Seine Worte rissen ab. Er hielt so ruckartig in der Bewegung inne, als sei er gegen eine Wand gerannt. «Mein Gott», hauchte er.

«Was ist?», fragte Loís.

«Oh, mein Gott!», schrie Fabiou.

«Brüll hier nicht so 'rum, das ist schließlich ein Kloster», meinte Frederi Jùli maßregelnd.

«Baroun, was ist denn?», fragte Loís unruhig.

«Seht doch! Seht ihr es denn nicht? Hector Degrelho, Pierre Avingou, Veive, Labarre, Carbrai, Bergotz und Cristou de Bèufort. Fällt euch denn nichts auf?»

«Nein. Was denn?», fragte Frederi Jùli erstaunt.

«Oh Himmel! Sie sind alle im April oder Mai 1545 ums Leben gekommen!»

***

Sie saßen auf einem Randstein auf dem kleinen Platz vor St. Trophimus und sahen einem einsamen Gaukler zu, der versuchte, die Vorübereilenden mit ein paar mäßigen Taschenspielertricks zu unterhalten. Die Einzigen, die ihm zusahen, waren zwei furchtbar schmutzige kleine Kinder. Ein Stück zur Rechten kauerte ein verwahrloster Mann mit endlos langen Haaren, nur in eine zerschlissene Kutte gekleidet, der den Umstehenden zurief, dass sie Buße tun und umkehren sollten, denn das Ende sei nahe und die Cherubim haben ihr flammendes Schwert gewetzt, um die Erde von allem Übel zu reinigen. Fabiou hatte die Wasserflasche in der Hand, aus der er langsam und grüblerisch einen Schluck nach dem anderen nahm. Frederi Jùli hatte den Brotlaib in kleine Stücke gerissen und mampfte.

«Es kann Zufall sein, das wisst Ihr», sagte Loís. «So viele Menschen sind damals gestorben. Mayniers Feldzug hat viele Leben gekostet.»

Fabiou warf die Hände in die Höhe, dass das Wasser in alle Richtungen spritzte. «Die Leben von Waldensern, ja. Die Leben von armen Bauern», rief er. «Aber doch nicht die Leben von Adligen und reichen Bürgerlichen, wie sie diese Schule besuchen! Du kannst mir nicht weismachen, dass von zwanzig reichen Söhnen, die innerhalb von fünf Jahren in eine Schule eingetreten sind, sieben innerhalb von einem Monat durch Zufall ums Leben kommen.»

«Baroun, Himmel! Es kann aber sein! Und selbst wenn ein paar von ihnen zur Bruderschaft gehörten, müssen es nicht alle gewesen sein. Baroun, es gibt keinen Grund anzunehmen, dass Euer Vater und Euer Onkel Mitglieder der Bruderschaft waren. Außer vielleicht Eurem Wunsch, es sei so gewesen.»

Fabiou schwieg. Loís hatte recht. Natürlich. Es gab nur einen Menschen, dessen Tod auf eine Mitgliedschaft in der Bruderschaft hinwies. Hector Degrelho. Die Pinie.

Aber deswegen mussten seine Freunde nicht zwangsläufig mit von der Partie gewesen sein.

Seine Freunde.

Quattuor veri amici.

Quattuor veri amici.

Quatt…

Fabiou ließ die Wasserflasche sinken. Er hatte das Schlucken vergessen, mit aufgeblasenen Backen starrte er auf das Tor von St. Trophimus.

«Baroun?»

Fabiou schluckte jetzt doch. «Das gibt's nicht», sagte er.

«Was?»

«Dass man so vernagelt sein kann.» Er stand auf, machte zwei Schritte auf den Platz hinaus und blieb wieder stehen.

«Wieso? Wer ist vernagelt?»

«Na, ich.» Fabiou schüttelte fassungslos den Kopf. «Ich hatte es doch die ganze Zeit vor Augen. Und trotzdem habe ich es nicht gemerkt.»

«Was? Was hattet Ihr vor Augen?»

«Das Bild!», rief Fabiou. «Das Bild von Vater, Onkel Pierre, Hector Degrelho und Couvencour!»

«Warum, was ist mit dem Bild?», fragte Frederi Jùli kauend.

«Quattuor veri amici dextrae rei impiger & generose addicti. Kapiert ihr denn nicht?»

«Nö», sagte Frederi Jùli, und Loís schüttelte den Kopf.

«Passt auf!» Fabiou zog seinen Kohlestift aus der Tasche, kniete sich auf das Pflaster und schrieb auf den Stein:

QUATTUOR
VERI
AMICI
DEXTRAE
REI
IMPIGER &
GENEROSE
ADDICTI

«Na?», schrie er triumphierend.

«Was na? Das ist der Satz von dem Bild, na und?», fragte Frederi Jùli.

«Vier wahre Freunde, die unermüdlich und großzügig der rechten Sache anhängen», übersetzte Loís. «Und?»

«Lest es!», schrie Fabiou. Er strahlte über das ganze Gesicht. «Lest es doch.»

Loís und Frederi Jùli sahen sich an. Frederi Jùli machte eine Handbewegung vor dem Gesicht, die ganz klar andeuten sollte, dass Fabiou offensichtlich irre war. «Lesen?», fragte Loís zweifelnd. «Quattuor veri amici dex …»

«Das meine ich nicht!», rief Fabiou. «Die Anfangsbuchstaben! Du musst die Anfangsbuchstaben lesen!»

Loís' Augen weiteten sich. «Gott …»

«Ein Akronym!», schrie Fabiou lachend. «Es ist ein Akronym! Und wir sind davorgestanden und haben es nicht gemerkt.»

Frederi Jùli starrte auf die Schrift auf dem Pflaster. «Q-V-A-D-R-I-G-A», buchstabierte er.

***

Sie mieteten sich für die Nacht in einer Herberge namens «Goldener Schlüssel» ein. Sie war relativ billig, das Äußerste, was sie sich leisten konnten, die Betten waren wacklig, die Türen schlossen nicht und auf dem Fußboden vergnügten sich die Kakerlaken. Der Wirt, der ihnen ihr Zimmer zeigte, meinte, sie hätten eine gute Wahl getroffen mit ihrem Quartier, sogar König François sei hier einmal abgestiegen. «Ich wette, er war hoch zufrieden», meinte Fabiou trocken.

So anstrengend der Tag und so gering der Schlaf in der vorangegangenen Nacht auch gewesen war, lag Fabiou doch fast die ganze Nacht wach und starrte die Decke an, die schwach vom Licht eines vollen Mondes erleuchtet wurde, der durch ein schmutziges Fenster fiel.

Alles war anders. Jetzt, in einer Nacht in einer heruntergekommenen Spelunke am Stadtrand von Arle wurde ihm klar, dass alles, was er in seinem Leben für eine unabrückbare Gewissheit gehalten hatte, alles, was sein Leben, sein Selbstverständnis als Fabiou Kermanach de Bèufort ausmachte, eine Lüge war.

Hier hatte es begonnen, hier in Arle, 1524, als Hector Degrelho, Querkopf aus der Keyrié, Rouland de Couvencour und Pierre Avingou, Vetter des braven Philomenus d'Auban und Forschergeist, kurz nacheinander in eine feuchte, zugige Klosterschule eintraten, um dort unter dem strengen Regime der Mönche Latein und Ergebenheit der Mutter Kirche gegenüber zu erlernen. Drei kleine Jungs, einer der Erbe einer reichen Barounie, einer ein verarmter

Landjunker, einer ein Bürgerlicher, alle drei um die acht, neun Jahre alt. Sie schlossen Freundschaft. Später stieß ein vierter dazu, Cristou Kermanach de Bèufort. Einer von ihnen oder alle zusammen haben die Idee, einen Geheimbund zu gründen. Ein dummes Kinderspiel.

Später würden sie einer nach dem anderen für dieses Kinderspiel in den Tod gehen.

Fabiou starrte an die Decke. Die Füße der Kakerlaken knisterten auf dem Fußboden. Was war '45 geschehen? Was war es, das die Bruderschaft damals verhindern wollte? Wer hasste sie so sehr, dass er ihren Tod wollte? Wenn Corbeille die Wahrheit sagte und die Vernichtung der Bruderschaft nicht das Werk der französischen Krone war, wer war dann dafür verantwortlich?

Maynier. Der Name stand plötzlich wieder im Raum. War es doch mehr als ein tragischer Unfall gewesen, als der junge Labarre von seinen Soldaten in Lauri ermordet wurde? War der Tod des Priesters von La Costo mehr als die unkontrollierte Tat eines rasenden Söldnerhaufens gewesen? Was war mit den *Piemontais*, die Antoine Carbrai getötet hatten? Der wahllose Mord an einem Protestanten oder doch etwas, wohinter ein Plan, ein Ziel steckte? Was war mit Onkel Pierre? Einen Unfall kann man auch arrangieren, oder etwa nicht?

Was war mit seinem Vater?

Und unabhängig von der Frage, wie sie gestorben waren und ob ihr Tod Zufall war oder Teil eines ausgetüftelten Planes – wer um Himmels willen hatte die Bruderschaft verraten? Es musste einer gewesen sein, der ihnen nahestand, vielleicht sogar zu ihnen gehörte. Aber wer?

Cristou hatte einen sehr, sehr guten Freund gehabt, der sicher über all seine Pläne und Unternehmungen Bescheid wusste. Frederi de Castelblanc.

Fabiou wurde übel bei dem Gedanken.

So lag er und grübelte, bis das Fenster sich langsam grau zu verfärben begann und er wusste, dass er die anderen wecken musste.

***

Die Finanzlage erlaubte kein ordentliches Frühstück mehr, weshalb sie sich damit begnügten, bei einem Bäcker einen Laib Brot zu kaufen. An einem öffentlichen Brunnen tränkten sie ihre Pferde und füllten ihre Wasserflaschen auf. Frederi Jùli machte sich einen Spaß daraus, die anderen beiden mit Wasser vollzuspritzen, doch weder Fabiou noch Loís hatten Lust darauf, zurückzuspritzen.

«Wir sollten einen anderen Weg zurück nehmen», meinte Loís. «Falls uns einer gefolgt ist und uns jetzt auf dem Rückweg auflauert.»

«Einen anderen Weg? Was für einen anderen Weg denn?»

«Über die Aupiho nach Sant Roumié. Und dann entlang der Durenço weiter nach Ais.»

«Das ist ein Umweg von mindestens einem halben Tag», murmelte Fabiou.

«Und wenn's ein ganzer Tag wäre – lieber einen Tag später ankommen als nie!», sagte Loís ärgerlich. Er hatte sein Bündel aufgefaltet und sah mit starrem Blick auf den schwarzen Lauf der Arkebuse. Fabiou seufzte tief. «Also von mir aus – reiten wir eben über St. Roumié», sagte er und sprang vom Brunnenrand.

Loís reagierte nicht. Fabiou bemerkte die feuchten Flecken, die seine Finger auf dem dunklen Metall hinterließen. «Ich könnte niemals abdrücken, Baroun», sagte er leise, «wisst Ihr, ich könnte es einfach nicht.»

Fabiou wandte sich hastig ab und schritt zu seinem Pferd.

Sie verließen Arle also in nördlicher Richtung. Es war noch früh am Morgen, noch war die Luft frisch und kühl, und Fabiou meinte, man sollte sehen, dass man vorankam, bevor es wieder so verdammt heiß würde. Auf der Straße herrschte gähnende Leere; es war Sonntag, deshalb fehlten die Fuhrkarren und die Gespanne der Bauern, auf die man sonst um diese Zeit zu treffen pflegte. Sie ritten an der Benediktinerabtei von Montauban vorbei, die wie eine gepanzerte Belagerungsmaschine auf dem Hügel kauerte. Vor ihnen ragte die zerklüftete Bergkette der Aupiho wie eine zersplitterte Eisscholle in den samtblauen Himmel. Zur Linken, fast unsichtbar, eine weiße Felsenkrone unter weißen Felsenkronen, thronte die Festung der Baus auf dem Kamm der Berge.

Hinter dem Dorf Maussano stieg der Weg langsam an. Sie waren auf der Passstraße nach Sant Roumié.

Heiß wurde es früh genug. Während die Tiere sich die steile Straße emporquälten, ließ die warme Julisonne den Reitern den Schweiß in Strömen über den Körper laufen. Fabiou schwitzte so unter seiner Mütze, dass er sie schließlich absetzte, mit dem Ergebnis, dass er bereits am frühen Nachmittag einen ordentlichen Sonnenbrand auf der Stirn hatte. Loís hechelte wie ein altersschwacher Jagdhund. Allein Frederi Jùlis Laune war ungebrochen; er grölte den steilen Felswänden zu beiden Seiten entgegen: «Nous on va sur les chemins de France, les chemins de France, de la Bourgogne jusqu'à la Provence, jusqu'à la Provence, à pied et à cheval, à pied et à cheval!»*

Immerhin waren sie jetzt nicht mehr allein. Ein paar Schritte voraus quälte sich ein Pferdekarren den gewundenen Weg hinauf, ein Stück zurück ein Bauer mit einem Esel und eine Kutsche mit Reisenden. Günstige Voraussetzungen. Mutterseelenallein hätte Fabiou keine Lust auf diese enge Passstraße ohne jede Fluchtmöglichkeit gehabt.

Schließlich war der Scheitelpunkt des Passes erreicht, und es ging abwärts. Vor ihnen öffneten sich die Felsen und gaben einen herrlichen Blick über das Land zu Füßen der Berge frei, ein Flickenteppich aus Feldern, Hecken und Waldstücken, der sich bis zum Horizont hin zog, bis er im blauen Dunst der Ferne verblasste. Direkt am Fuß der Berge lag Sant Roumié. Römische Ruinen standen wie Ehrenwachen zu beiden Seiten des Weges, als sie auf die Stadt zuritten. An einem Brunnen vor dem Tor füllten sie ihre mittlerweile knochentrockenen Wasserflaschen auf. Dann ritten sie entlang der Stadtmauer nach Norden.

Beim Osttor stießen sie auf eine breitere Straße. Sie vergewisserten sich bei einem vorbeilaufenden Händler, dass dieselbe in Richtung Ais führte – «ich will schließlich nicht in Marsilho 'rauskommen», meinte Fabiou –, und als sie die Bestätigung hatten, machten sie sich auf den Weg.

---

* «Wir sind auf den Straßen Frankreichs unterwegs, von der Bourgogne bis in die Provence, zu Fuß und zu Pferd.»

Auf der ausgebauten Straße konnten sie die Pferde wieder zum Galopp antreiben, doch sie kamen lange nicht so schnell voran wie erwartet, denn alle paar Schritte musste man einem langsamen Fuhrwerk oder einem Fußgänger ausweichen, gelegentlich sogar einer ganzen Schafherde. Ein elegant gekleideter junger Herr auf einem edlen Rappen trat fluchend mit beiden Füßen nach den Schafen und schimpfte, die Hammel hätten auf einer Straße nichts zu suchen.

Bei Senas stießen sie auf eine Abzweigung. Rechts ging es nach Seloun, links Richtung Malo-Mort. Fabious geographischen Kenntnissen zufolge schien der Weg über Seloun der kürzere und in Anbetracht der fortgerückten Tageszeit der empfehlenswerte zu sein, doch als er sein Pferd nach rechts lenken wollte, hielt Loís ihn zurück. «Wenn wir hier in Richtung Seloun reiten, kommen wir wieder auf den alten Weg zurück», meinte er. «Wir könnten stattdessen aber auch weiter entlang der Durenço reiten. Zur Sicherheit.»

Fabiou warf einen prüfenden Blick zum Stand der Sonne. Es ging auf vier Uhr nachmittags zu. «Also gut», seufzte er. «Zur Sicherheit.»

Und sie bogen in den Weg in Richtung Malo-Mort ein.

Das hätten sie besser nicht getan.

Das Schicksal schlug zu kurz hinter Sant Estève-Jansoun, in einem Waldstück, das so idyllisch war – summende Bienen, duftende Kiefernnadeln, zwitschernde Vögel –, dass man sich die Anwesenheit einer bösen Macht schlichtweg nicht vorstellen konnte. Trotzdem, so es Satan geben sollte, den Täuscher, der mit seinen bösen Ränken die Menschen entzweit, so war er in diesem Wald sicher mit von der Partie, bedachte man das Chaos, das ein einziges, unglückliches Zusammentreffen zur Folge hatte.

Der Weg, der durch das Wäldchen führte, war recht ordentlich, die Hitze im Schatten der Bäume gemäßigt, und Loís, Fabiou und Frederi Jùli hatten ihre Pferde angetrieben und preschten durch die Bäume. Langsam gerieten sie unter Zeitdruck. Es war noch ein ordentliches Stück bis nach Ais, und die Vorstellung, in die Dunkelheit zu kommen, hatte etwas ausgesprochen Beängstigendes. Keiner von ihnen achtete auf den Hall eines Jagdhorns von irgendwoher aus dem Dickicht, keiner bemerkte das ferne Gebell von

Hunden. Loís dachte an Cristino, Fabiou an die Bruderschaft und Frederi Jùli sang wieder: «Ce dimanche on va, on va à la guerre, contre les Anglais, en terre et en mer …»*

Und so schossen sie um eine Biegung, hinaus aus dem Halbdunkel des Waldes, hinaus in Hitze und Licht, und Loís schrie noch so etwas wie Achtung, passt auf, aber da war es im Grunde schon zu spät.

***

Es fiel erst sehr spät auf, dass Fabiou, Loís und Frederi Jùli verschwunden waren.

Frederi bemerkte es nicht, weil er noch immer wie ein Geist durch die Gänge des Hauses wandelte und Gebete vor sich hinmurmelte.

Catarino bemerkte es nicht, da ihr Hass auf Frederi keinen Raum für sinnliche Wahrnehmungen mehr ließ.

Onkel Philomenus bemerkte es nicht, weil er neunundneunzig Prozent seiner Energie darauf verwandte, auf Frederi zu schimpfen und ihn alles zu heißen vom Schwächling bis zum nassen Hemd.

Tante Eusebia merkte es nicht, da sie viel zu sehr davon in Anspruch genommen war, Onkel Philomenus Beifall zu spenden.

Theodosius-das-Großmaul merkte es nicht, da er noch nie irgendetwas gemerkt hatte, außer wann und wo es das nächste Mal etwas zu essen gab.

Die Dame Castelblanc merkte es nicht, da sie vollauf damit beschäftigt war, über all diese Dinge geflissentlich hinwegzusehen.

Cristino wusste zwar Bescheid und betrauerte schniefend Loís' Abwesenheit, doch das Fehlen ihrer Brüder kümmerte sie nur wenig, da sie nach den Ereignissen vom Vortag – der Hinrichtung der Hexe und Bruder Antonius' schockierender Eröffnung – wieder angefangen hatte, von Agnes Degrelho zu träumen.

Bruder Antonius merkte es natürlich, als er des Morgens zum Unterricht kam und sein Schüler nicht auffindbar war, aber er war zu müde, sich auf eine Szene mit den Aubans einzulassen.

---

* «Diesen Sonntag ziehen wir in den Krieg, gegen die Engländer, zu Land und zu Wasser …»

Bardou merkte es natürlich, da die Arbeit seines Sohnes liegengeblieben war, doch bei der momentanen seelischen Verfassung der Herrschaft zog er es vor, Stillschweigen darüber zu bewahren.

Und als Oma Felicitas beim Abendessen schließlich fragte: «Himmel noch eins, hat irgendeiner eine Ahnung, wo Fabiou und Frederi Jùli sind?», da trafen sich lauter betretene Gesichter, denn keiner konnte sich daran erinnern, wann er sie zuletzt gesehen hatte.

***

Wenn Fabiou später versuchte, sich den Moment des Zusammenpralls ins Gedächtnis zu rufen, stieß er in seinem Gehirn auf wenig Verwertbares. Da war ein Wirbel aus menschlichen Körpern, Stoff und zuckenden Hufen, da war Fluchen und Schreie, da war das Jaulen von Hunden und das schrille Wiehern der Pferde. Während er in die Luft geschleudert wurde und zusah, wie er über den Hals seines Falben hinwegsegelte, hatte er noch Zeit zu denken, wird ja langsam zur lieben Gewohnheit, diese vom-Pferd-Fallerei.

Dann empfing ihn der Erdboden.

Augenblicklich wurde es still. Vielleicht nicht wirklich still, vielleicht war es nur so, dass die Entsetzensschreie seines Körpers den Lärm der Umgebung übertönten. Er lag, starr, ohne zu atmen, in der verzweifelten Hoffnung, dass der Schmerz nachlassen würde, wenn er sich nicht bewegte. Über ihm flatterte ein Schwarm Vögel aufgeschreckt in den strahlend blauen Himmel.

Die Welt gewann Bewegung. Ringsum Menschen, Tiere, die sich aufrappelten. Fabiou gab auf und rang verzweifelt um Atem. Er hatte es geahnt, es tat noch mehr weh.

Jemand neben ihm stolperte auf die Füße. «Wo ist er?», kreischte eine Jungenstimme. «Wo ist der Hirsch hin?»

Hirsch?, dachte Fabiou und drehte den Kopf zur Seite. Wenn es einen Anblick gab, den er sich in diesem Moment nicht gewünscht hatte, dann diesen. Zwei Schritte neben ihm stand Jean de Mergoult. Sein Gesicht war verschmiert mit Moos, seine Unterlippe blutete, und er sah ziemlich, ziemlich ungehalten aus.

Fabiou verabschiedete sich von der Vorstellung, er habe sich sämtliche Knochen gebrochen, und setzte sich auf, um die Szene näher zu analysieren. Acht Menschen waren auf der Lichtung, neben Loís, der stöhnend eine Beule an der Stirn massierte und Frederi Jùli, der erstaunlich unverletzt wirkte, waren da noch Andréu d'Estrave und drei weitere Jungs aus Jean de Mergoults Freundeskreis, alle im Jagdgewand, alle ziemlich zerschrammt von dem Zusammenstoß, und alle nicht gerade bester Laune. Und im selben Moment hatte Jean ihn auch schon entdeckt. «Du!», schrie er.

Oh je. Klingt nicht sehr freundlich, dieses Du.

«Du hast den Hirsch verjagt. Du hast mir die Jagd verdorben. Mein erster Hirsch!» Jean schien den Tränen nahe.

«Das hier ist in erster Linie 'ne Straße», kommentierte Fabiou trocken. «Und erst in zweiter Linie ein Jagdrevier.» Er kämpfte sich auf die Füße. Seine Hose war über dem linken Knie zerrissen. Blut rieselte seinen Unterschenkel hinab.

Jean schoss auf ihn los. Unter den grünen Schmierern war sein Gesicht puterrot. «Das hier ist mein Land», schrie er, «und auf meinem Land entscheide ich, was ein Jagdrevier ist und was nicht!»

Fabiou antwortete nicht, weil er erst einmal schlucken musste. Herr Jesus, er hatte nicht geahnt, dass das Land der Mergoults so weit nach Süden reichte, der Stammsitz der Familie lag mindestens zehn Meilen im Norden, jenseits der Durenço. «Na … na und wenn schon!», brachte er schließlich hervor. «Was können wir denn dafür, wenn ihr um die Ecke schießt wie die apokalyptischen –» ‹Reiter›, hatte er sagen wollen, doch er kam nicht dazu, denn in diesem Moment knallte Jean ihm die Faust ins Gesicht, dass er sich wieder auf den Boden setzte. Stöhnend drückte er seine Hand vors Gesicht. Aus seiner Nase schoss Blut. Irgendwo schrien Loís und Frederi kollektiv auf.

Schade, jetzt fehlte eindeutig Arnac, um ihn mal wieder zu retten. Fabiou warf einen nachdenklichen Blick auf Jean, der vor ihm stand, die Arme in die Seiten gestemmt und keuchend vor Wut, und trat ihm mit aller Kraft gegen das Schienbein.

Mit einem Aufschrei sackte Jean zusammen. «Du Bastard!», heulte er. «Du gottverdammter Bastard!» Fabiou sprang auf die Füße, bereit zum strategischen Rückzug, doch schon hechtete sich Jean wieder nach vorne. Fabiou gelang es, dem Schlag auszuweichen, doch als er selbst den Arm zum Gegenschlag hob, griffen Hände nach demselben. Andréu d'Estrave. Fabiou versuchte, sich loszureißen, doch da wurde auch sein anderer Arm gepackt, ein Blick nach links, klar, Jan de Sidoun, Mergoults zweiter Kumpel.

Gut, dachte Fabiou, während er Mergoult anstarrte, der mit funkelnden Augen und geballten Fäusten auf ihn zumarschierte. Diesmal bin ich wirklich in Schwierigkeiten.

Da wurde Andréus Körper zu seiner Rechten von ihm weggerissen. «He!», schrie Jan empört auf, eine Gelegenheit, die Fabiou dazu benutzte, ihm mit aller Kraft auf den Fuß zu treten. Die Wirkung war die erhoffte, Jans Griff lockerte sich weit genug, dass Fabiou sich losreißen konnte.

Es war Loís, der Andréu gepackt hatte und ihn von Fabiou wegzerrte. Andréu zappelte und versuchte, sich aus seinem Griff zu entwenden, aber leicht gesagt, Loís war grob geschätzt doppelt so stark wie er. Als jetzt auch Mergoult zum Angriff auf Loís überging, versetzte der ihm einen Stoß, der Jean in einen Busch segeln ließ. «Macht was!», kreischte er den Übrigen zu, während er sich aus dem Gestrüpp kämpfte.

Fabiou war nie zuvor in eine Schlägerei geraten. Er stellte sich, so dachte er, während er versuchte, sich gleichzeitig gegen Jan und einen anderen zur Wehr zu setzen, vermutlich idiotisch an. Im Grunde schlug er einfach wild um sich. Den Rest übernahm Loís. Am Rand der Lichtung hüpfte Frederi Jùli aufgeregt herum und schrie: «Loís, Loís, Loís!», als handele es sich um ein Turnier oder etwas Ähnliches. Fabiou dachte noch, dass er ja ruhig auch mal ihn anfeuern könnte, als er einen heftigen Schlag in die Magengrube erhielt, der ihn japsend auf die Knie sacken lies. «Lo-ís!», schrie Frederi Jùli.

Es waren jetzt fünf gegen einen. Loís war stark, das war klar, Loís war auch größer als die Jungs, die ihn angriffen, aber auch Loís hatte keine Chance gegen die Übermacht, die auf ihn einstürmte. Fabiou versuchte, wieder auf die Beine zu kommen, doch seine Knie waren so weich wie Butter und noch immer schnappte er nach Luft wie ein Fisch auf dem Trockenen.

«Lo...»

«Verflucht, was ist hier los?»

Jean de Mergoult hörte auf, auf Loís einzuschlagen, und drehte sich um. «Alexandre!», rief er erfreut.

War das eine Verbesserung? Keine Verbesserung, entschied Fabiou und fuhr fort, um Atem zu kämpfen.

Drei Reiter. Alexandre de Mergoult und zwei seiner Waffenknechte. Der Herr reitet mit Leibgarde. Offensichtlich hat ihn das Erlebnis bei St. Vitori doch etwas aus dem seelischen Gleichgewicht gebracht.

Jeans Kumpanen hatten einen respektvollen Schritt rückwärts gemacht und Loís dabei losgelassen. Er sah etwas mitgenommen aus. Zu der Beule an der Stirn hatte sich eine hässliche Platzwunde gesellt, und sein linkes Auge schimmerte veilchenblau. Fabiou registrierte voll Genugtuung, dass Jean und seine Freunde allerdings auch schon einmal besser ausgesehen hatten.

Alexandre schwang sich vom Pferd. Sein Gesicht sah häufig unfreundlich aus, aber noch nie hatte Fabiou eine derart kalte Wut darin gesehen. «Was hier los ist, habe ich gefragt!», zischte er.

Loís war kalkweiß geworden.

Jean de Mergoult sah an sich herunter, betrachtete seine zerrissene Kleidung, die Schrammen an seinen Armen und den großen Bluterguss über seinem rechten Knie und schrie, in dem Bewusstsein, dass diese Worte sich selbst erklärten: «Das waren die!»

Langsam wanderte Alexandres Blick über die jungen Leute auf der Lichtung, von seinem Bruder über dessen Freunde zu Loís, Fabiou und Frederi Jùli. Dann sagte er: «Das ist Landfriedensbruch.»

Die haben aber angefangen, wollte Fabiou rufen. Er tat es nicht. Alexandre hatte nicht gesagt, du Scheißkerl, wie kommst du dazu, meinen kleinen Bruder zu schlagen?

Landfriedensbruch, hatte er gesagt.

Fabiou stolperte auf die Füße. Die Lichtung drehte sich gemächlich unter seinen Füßen. «Wir sind nicht deine Untertanen, Alexandre», krächzte er. «Wir unterstehen dem Gericht in Ais.»

Alexandres Augen waren kalt wie Eis. «Du unterstehst dem Gericht in Ais. Aber diese Ratte von einem Pferdeknecht, die es gewagt hat, sich an meinem Bruder, einem Edelmann, dem Erben der Barounie zu vergreifen, untersteht meiner Gerichtsbarkeit!»

«Stimmt nicht! Er steht im Dienstverhältnis meines Vaters! Wenn er vor Gericht gestellt werden soll, dann kann mein Vater den Gerichtsort mitbestimmen!», schrie Fabiou.

«Im Dienstverhältnis deines Vaters, ja?» Alexandre lächelte. Es war ein Lächeln, das Fabiou den Atem abwürgte wie zuvor der Schlag in die Magengrube. «Soll ich dir sagen, wie ich das sehe? Dein Diener ist meilenweit von seinem Herrn entfernt, an einem Ort, wo er definitiv nichts zu schaffen hat. Er muss sich davon gemacht haben und zum Wegelagerer geworden sein. Und ich kann jeden Wegelagerer auf meinem Grund und Boden aburteilen, wie es mir gefällt.»

«Wegelagerer?», schrie Frederi Jùli. «Das ist gelogen! Loís ist kein Wegelagerer!»

«Beweis es!», sagte Alexandre spöttisch.

«Wenn du Loís auch nur ein Haar krümmst, verklage ich dich», krächzte Fabiou.

«Wo?» Alexandre lachte. «Beim Parlament in Ais? Nun, in diesem Zusammenhang wird es dich sicher interessieren, dass der Präsident besagten Gerichtes derzeit unter meinem Dach weilt. Er wird mir bei der Verhandlung sicher beratend zur Seite stehen. Los», er machte seinen Waffenknechten ein Zeichen, «nehmt diesen Bastard mit.»

«Das ist Rechtsbeugung!», schrie Fabiou. «Willkür! Tyrannei!»

Alexandre ignorierte ihn. Die Waffenknechte sprangen von den Pferden und stürmten mit vorgehaltener Waffe auf Loís zu. Er versuchte, ein unberührtes Gesicht zu machen, während sie ihm die Hände auf den Rücken fesselten und ihn auf das Kutschpferd setzten, schon wegen Frederi Jùli. Aber in seinen Augen lag nackte Todesangst.

Fabiou fuhr herum. «Frederi!»

«Hm?» Frederi Jùli, der das Geschehen mit offenem Mund verfolgte, drehte sich ihm zu. Er war offensichtlich sprachlos.

«Frederi, du musst sofort nach Ais reiten und Vater holen!», keuchte Fabiou. «Sie werden es nicht wagen, Loís zu töten, wenn er da ist. Und er soll einen Anwalt oder einen Notar mitbringen. Und – Zeugen! Den Buous am besten! Ja, den Buous! Frederi, hast du gehört?»

Frederis Augen hatten sich geweitet. «Du glaubst, Alexandre will Loís umbringen?», fragte er fassungslos.

«Ja, das glaube ich! Und jetzt mach, dass du loskommst!»

«Ja, aber, aber, was ist mit dir?»

«Herr Gott, ich kann Loís doch nicht allein lassen! Also, schnell, hol Vater!»

«Fabiou.»

«Hm?»

«Ich hab' Angst.»

«Ich auch.» Fabiou drehte sich um und rannte zu seinem Pferd. Die anderen waren schon aufgestiegen und bewegten sich auf das Ende der Lichtung zu, Loís in ihrer Mitte. Er kletterte in den Sattel, so schnell es seine Blessuren erlaubten, und folgte ihnen.

Frederi Jùli stand da und starrte ihnen nach. Als ihre Stimmen und das Gebell der Hunde endgültig verklungen waren und man wieder das Zwitschern der Vögel in den Baumkronen hörte, tappte er schließlich zu seinem – Frederi des Älteren – Pferd hinüber. Jetzt, wo das erste Entsetzen nachließ, konnte er der Situation durchaus etwas abgewinnen. Er, Frederi Jùli, war dazu ausersehen worden, wie einer der furchtlosen Kuriere in den Kriegsgeschichten mitten durch das feindliche Land zu reiten und Hilfe zu holen, quer durch die Nacht, wenn es sein musste. Er würde es sein, der seinen Vater hierher führte und so Loís' Leben rettete. Im Grunde war er schon jetzt so gut wie ein Held. Zufrieden griff er nach den Zügeln und wollte sich so heldenhaft als möglich in den Sattel schwingen.

Mit einem schrillen Wiehern stolperte das Pferd rückwärts. «He, Jaco, was ist, Jaco?» Sein Vater gab Pferden immer ziemlich uninspirierte Namen. Frederi Jùli hätte so etwas wie Feuerblitz oder Wirbelwind besser gefallen. Aber ihn fragte ja keiner.

Das Pferd strauchelte, seine Augen drehten sich in Panik nach außen, dass das Weiß in ihnen sichtbar wurde. Es schnaubte nervös. Sein linker Hinterlauf knickte ein.

Frederi Jùli starrte auf den Hinterlauf des Tieres, der dicht unter dem Knie auf das doppelte seiner Dicke aufgeschwollen war. Er hatte Tränen in den Augen. Weil sein Vater ihn umbringen würde, wenn er erfuhr, dass sein wertvolles Pferd bei seinem Ausflug verletzt worden war. Weil Bardou ihm mal erzählt hatte, dass man

Pferde, die sich ein Bein gebrochen haben, töten muss. Und weil er schlicht und ergreifend keine Ahnung hatte, wie er jetzt nach Ais kommen und Hilfe für Loís holen sollte.

Eine gute Viertelstunde stand er so neben dem verletzten Tier und schniefte vor sich hin. Dann entschied er, dass ein wahrer Held sich von Lappalien wie einem verwundeten Pferd nicht von seiner Aufgabe abhalten lassen durfte. Er nahm den humpelnden Jaco am Zügel und lief los, Schritt für Schritt, auf dem langen, langen Weg nach Ais.

***

Die Höhle des Löwen bestand aus einer Burg an einem der steilsten Hänge des Großen Luberoun und einer Ansammlung von Bauernhäusern am Fuß dieses Hanges. Nicht beeindruckender als Castelblanc, das Ganze, vielleicht zwei Bauernfamilien mehr, aber sonst nichts Besonderes, ein kleines Dorf, ohne Kirche, ohne befestigte Straße, ohne auch nur eine Schenke, ein kleiner Dorfplatz, um den sich aus rohen Steinen aufgetürmte Häuser scharten. Es waren die ausgedehnten Ländereien, auf die die Bedeutung der Mergoults zurückzuführen war, nicht das Zentrum selbst.

Schmutzige Kinder zeigten mit dem Finger auf sie, als sie quer durch das Dorf ritten und in die steile Straße einbogen. «Sagt euren Eltern, morgen gibt's hier etwas zu sehen!», schrie Jean de Mergoult den Kindern im Vorbeireiten zu. «Morgen wird hier einer gehängt!» Er zeigte zum Ende des Dorfes, dorthin, wo der Hügel gerade anzusteigen begann. In Ordnung, eine Attraktion hatte das Kaff.

Auf dem Anstieg stand aus roh geschnittenen Brettern zusammengezimmert ein Galgen. Fabious Mund war so trocken wie Sägespäne.

Der Weg war in Serpentinen angelegt, doch auch diese nahmen die Steigung nur unzureichend heraus, und jeder Scheitelpunkt war schweißtreibend. Fabiou sah, wie Loís sich abmühen musste, mit seinen gefesselten Händen nicht vom Pferd zu rutschen. Er dachte an Frederi Jùli. Angenommen, Frederi ritt wirklich auf dem schnellsten Weg nach Ais. Angenommen, er verirrte sich nicht, hielt nie an, um Pause zu machen oder etwas zu essen oder zu trinken. Dann konnte er Ais vor Einbruch der Nacht erreichen. Und dann? Würde Frederi sofort alles stehen und liegen lassen, einen Anwalt auftreiben und mit ihm im gestreckten Galopp nach Mergoult reiten, so dass er noch vor dem nächsten Morgen dort ankam? Frederi, der noch nie ein Mann der Tat gewesen war? Und der Buous? Würde Frederi ihn überhaupt informieren? Und wenn ja, war es wirklich so weit her mit seiner Liebe zu den alten Gesetzen der alten Prouvenço, dass er einem unbedeutenden Pferdeknecht zuliebe auf seinen geruhsamen Nachtschlaf verzichten und ihnen zu Hilfe eilen würde? Oder war der Buous, wie so viele andere, einfach groß im Redenschwingen?

Was, wenn keiner kam?

Fabiou wurde es abwechselnd heiß und kalt bei diesem Gedanken.

Dann bogen sie um einen Felsvorsprung, und vor ihnen lag das Castel de Mergoult.

Es war eines jener Bauwerke, über die die kulturellen Stürme der Renaissance spurlos hinweggegangen waren. Eine uralte Trutzburg mit Mauern wie Felswände, winzigen Schießscharten als Fenster und einem riesigen Bergfried, der wie ein überdimensionaler Finger in den strahlend blauen Abendhimmel zeigte. Von seiner Höhe, umgeben von Zinnen wie von den Zähnen eines Monsterunterkiefers, hatte man einen Blick über die Hänge des Luberoun von Lourmarin bis Carbriero d'Aigue und über die Ebene bis nach Pertus. Weit im Süden konnte man einen grauen Fleck in einer Senke erahnen. Ais.

Das Tor war geöffnet, und der Burghof mit allerlei Volk belebt, das neugierig zusammengelaufen kam, als die Mergoults mit ihrem Gefangenen in den Hof ritten. Neben einigen Dienern und Waffenknechten erkannte Fabiou Alexandres treue Freunde, Brieul und St. Roque Junior. Letzterer saß auf dem vordersten einer Reihe von Fässern, die sich um ein eindrucksvolles gusseisernes Monstrum scharten, und experimentierte an einer Armbrust herum. Fabiou stand der Mund offen. Das Monstrum war eine schwere, langläufige Kanone. «Jesus, Alexandre, wen schleppst du denn da an?», fragte St. Roque.

«Um Himmels willen, Bertran, geh von dem Pulverfass 'runter, da wird's einem ja ganz anders!», rief Alexandre, und als der St. Roque grummelnd gehorchte, fügte er grinsend hinzu: «Einen Wegelagerer. Er hat Jean und seine Freunde überfallen. Morgen wird er aufgehängt.»

Pulverfass? Wozu im Himmel brauchen die so viele Pulverfässer?

«Wegelagerer?» St. Roque runzelte die Stirn. Er wirkte mit der Situation intellektuell etwas überfordert. «Aber das ist doch dieser blöde Diener von den Castelblancs!»

«Weißt du was, Bertran, manchmal bist du echt zu doof!», sagte Alexandre und verdrehte die Augen. «Los», rief er dann seinen Waffenknechten zu, «sperrt den Mistkerl unten ein.» Er drehte sich zu Loís um, der blass und schweißüberströmt im Sattel hing. «Und? Hast du noch irgendetwas zu sagen, Ratte?»

Loís wich seinem Blick nicht aus. «Warum hasst Ihr uns so?», fragte er. «Wir haben Euch nichts getan. Warum können Menschen wie Ihr immer nur zerstören?»

Alexandre öffnete den Mund und schloss ihn wieder. Einen kurzen Moment lang wirkte er ziemlich aus dem Konzept gebracht. «Schluss jetzt!», fauchte er dann. «Alle Welt beklagt sich immer, dass die Justiz so langsam arbeitet. Aber dem kann man abhelfen – als zuständiger Gerichtsherr von Mergoult verurteile ich dich hier und jetzt wegen Wegelagerei und Mordversuchs zum Tod am Galgen. Das Urteil wird morgen um Punkt neun vollstreckt. Aber damit alles seine Richtigkeit hat, kriegst du das Ganze natürlich noch schriftlich. So, und jetzt schafft ihn weg.» Er sprang vom Pferd und lief auf das Wohngebäude zu, ohne Loís noch eines weiteren Blickes zu würdigen.

«Das ist ja wohl die Höhe!» Fabiou sprang ihm in den Weg, bevor er die Treppe erreichen konnte. «Das soll ein rechtsgültiges Urteil sein? Das ist Mord und weiter nichts! Ich werde dich anzeigen! Wegen Mord werde ich dich anzeigen, und wegen Missbrauchs der Gesetze und deines Titels, und wegen …»

«So, anzeigen willst du mich?», schrie Alexandre. «Also los, zeig mich an. Los, komm mit!» Fabiou fühlte sich von einer Hand am Arm gepackt, die die Kraft einer von Mèstre Piqueus Druckpressen hatte. «Los, mitkommen!», brüllte Alexandre, während er ihn durch die Tür des Wohngebäudes zog, die Treppe hinauf. Er versuchte, sich loszureißen, sich wenigstens umzudrehen, um einen letzten Blick auf Loís zu werfen, doch aus diesem Griff gab es kein Entkommen, er wurde die steinerne Wendeltreppe hinaufgezerrt, ungeachtet der Tatsache, dass er mehrfach stolperte und sich die Schienbeine an den Kanten der Stufen aufschlug, und über eine Schwelle in einen Wohnraum gestoßen. Er ist wahnsinnig, dieser Mergoult ist komplett wahnsinnig, dachte er, als er auf einen Läufer fiel und mit ihm über den Fußboden schlitterte, bis er am Sims eines offenen Kamins zum Stillstand kam. Wenn sein Vater in diesem Alter genauso war, braucht man sich nicht zu wundern, dass er ein paar Jahre später ein paar tausend Waldenser hat umbringen lassen!

«Vater!», schrie Alexandre de Mergoult.

Es war das erste Mal, dass Fabiou hörte, wie er ihn so nannte.

Am anderen Ende des Raumes wurde ein Vorhang beiseitegeschoben, und in den Raum trat Jean Maynier, der Baroun d'Oppède.

Fabiou stolperte auf die Füße. Es gab mittlerweile keine Stelle an seinem Körper mehr, die ihm nicht wehtat.

Oppède sah mit hochgezogenen Augenbrauen von dem zerschrammten Fabiou zu seinem Sohn, der mit verschränkten Armen am Türrahmen lehnte, und fragte: «Was ist denn hier los?»

«Heute Nachmittag hat so ein unverschämter Pferdeknecht, der mir schon ein paar mal Ärger gemacht hat, meinen Bruder zusammengeschlagen», stieß Mergoult zwischen zusammengepressten Zähnen hervor. «Ich habe den Kerl zum Tode verurteilt. Und dieser Bengel möchte sich deshalb beschweren.»

«Jean hat angefangen!», schrie Fabiou wütend. «Loís hat mich nur verteidigt, als Jean mich angegriffen hat. Und selbst wenn er schuldig wäre, hätte er Anspruch auf eine ordentliche Gerichtsverhandlung! In diesem Land gibt es schließlich Gesetze! Sollte man zumindest meinen!»

Mayniers dunkle Augen waren reglos auf Fabiou gerichtet. «Wer ist dieser Lümmel, Alexandre?», fragte er unbeeindruckt.

«Der kleine Castelblanc», sagte Alexandre höhnisch.

«Ach. Der Rotzlöffel, der mit seiner unverschämten Schnüffelei ganz Aix durcheinanderbringt. Na, sieh einer an!» Maynier grinste. Wieder hatte man den Eindruck, dass dieses Grinsen nur auf seinen Lippen existierte. Als habe er einen Krampf in der Lippenmuskulatur.

«Mein Name ist Bèufort», erklärte Fabiou. «Und in Anbetracht der Tatsache, dass Ihr meinen Vater auf dem Gewissen habt, könntet Ihr ruhig ein bisschen höflicher zu mir sein!»

«Deinen Vater?» Maynier machte ein äußerst verständnisloses Gesicht.

Natürlich, dachte Fabiou, wenn man ein paar tausend Menschen umgebracht hat, fällt es schwer, sich an jeden einzelnen zu erinnern. «Cristou Kermanach de Bèufort, Rechtsanwalt in Ais», half er Mayniers Gedächtnis auf die Sprünge. «Sagt Euch das gar nichts?»

Offensichtlich doch. Das Gesicht des Parlamentspräsidenten war im Bruchteil einer Sekunde blutrot geworden. «Kermanach de Bèufort?» Maynier sprach den Namen wie einen todbringenden Fluch aus. «Zu diesem Bèufort gehörst du? Nun», spottete er, «ich muss schon sagen, der Apfel fällt nicht weit vom Stamm.»

Das gilt für mehrere der hier Anwesenden, dachte Fabiou.

«Bèufort!» Mayniers Stimme bebte vor Verachtung. «Ein Protestant! Ein Aufrührer! Einen feinen Vater hast du da gehabt, Bengel! Ich hoffe, dass er in der Hölle schmort!»

«Ihr habt ihn getötet, nicht wahr?», stieß Fabiou hervor. «Ihr habt ihn im Gefängnis ermorden lassen, stimmt's?»

«Kannst du mir verraten, warum ich das hätte tun sollen?», fragte Maynier lachend. «Wäre es nach mir gegangen, er wäre auf der *Place des Jacobins* auf einem Scheiterhaufen gestorben. Aber dieser Hund war zu feige, die Konsequenzen seines gottlosen Handelns zu tragen. Er hat sich umgebracht. Ein feiger Selbstmörder war er und mehr nicht!»

Fabiou spürte ein nie gekanntes Gefühl in sich aufsteigen, das so brennend und so übelkeiterregend war, dass er meinte, sich übergeben zu müssen. «Wenn Ihr zulasst, dass Loís stirbt, dann werdet Ihr es bereuen!», krächzte er. «Ich weiß etwas über Euch was bisher noch keiner weiß und was sogar die Anhänger des Carcès gegen Euch aufbringen könnte! Ich sage nur Carfadrael!»

Er bereute diese Worte sofort.

Mayniers Gesicht hatte sich in eine ausdruckslose Maske verwandelt, in der das einzig Lebendige zwei zu Eis gefrorene Augen waren. «So», sagte er, und auch seine Stimme war so, jede Emotion darin zu Stein erstarrt, «ist das so.» Sein Blick ging zur Seite, zu einer der Schießscharten, durch die glutrot das Licht der sinkenden Sonne fiel. «Was für eine Welt da draußen», sagte er versonnen. «So schön und doch so böse. Und so gefährlich für dumme kleine Jungs, die sich in Dinge einmischen, die sie nicht verstehen.» Er lächelte Fabiou an. «Schmeiß ihn 'raus, Alexandre.»

Das ließ Alexandre sich nicht zweimal sagen, und ehe Fabiou sichs versah, wurde er auch schon aus dem Burgtor gestoßen, das hinter ihm ins Schloss fiel. Von Loís war weit und breit nichts mehr zu sehen.

Er trat ein paar Mal vor Wut mit dem Fuß gegen die schweren Eichenbohlen. Nicht, dass das erfolgversprechend war, dieses Tor war gebaut worden, den Kaiserlichen, den Türken und ganzen Generationen von Raubrittern zu trotzen, aber etwas besser fühlte er sich danach.

Die Sonne war gesunken. Fabiou setzte sich auf den Boden und lehnte sich gegen die Mauer und starrte zum Abendstern empor, der hell und strahlend über dem Horizont erschien.

Beeil dich, Frederi, dachte er, bitte!

***

«Langsam verstehe ich, warum Ihr ihn unbedingt beseitigt haben wollt», sagte Maynier, als Fabiou und Alexandre den Raum verlassen hatten, zu dem Mann, der durch den Vorhang trat. «Er ist ein Sicherheitsrisiko, dieser Bengel, in der Tat. Für Euch ganz besonders natürlich», er lachte leise, «aber allmählich für uns alle.» Er trat zum Tisch, auf dem eine Karaffe Wein und zwei Gläser standen. Fabiou und Alexandre waren mitten in eine angeregte Unterhaltung hineingeplatzt. «Noch etwas Wein?»

«Danke, nein», sagte der andere. «Ich brauche einen klaren Kopf, denke ich.»

Maynier schenkte sich selber ein und nahm einen tiefen Schluck. «Sehr gut. Aus den Weinkellern von Tour d'Aigue. Ich kaufe immer diesen Wein, er ist der beste.» Er lehnte sich gegen den Tisch und betrachtete sein Gegenüber mit einem nachdenklichen Lächeln. «Wie schnell könnt Ihr den Genevois erreichen?»

«Er ist nicht weit», antwortete der andere.

«Ah. Das ist gut.» Maynier nippte erneut an seinem Glas. «Der Junge wird bleiben. Er weiß, er hat keine Chance, Aix rechtzeitig zu erreichen, um Hilfe zu holen, also wird er hierbleiben und sich bis zum letzten Moment einreden, er könne seinen Freund, den Pferdeknecht, doch noch vor dem Schafott bewahren. Es ist unglaublich, was Menschen sich alles einreden können in dem Versuch, eine unabstreitbare Tatsache zu verleugnen.»

Er trat zur Seite, auf das Fenster zu. Sein Kopf war eine schwarze Silhouette vor einem blutroten Himmel. «Aber wenn der Kerl tot ist, wird er heimreiten. Mutterseelenallein auf der Straße nach Pertus. Das ist eine einmalige Gelegenheit, das müsst Ihr zugeben.»

Der andere nickte langsam. «Ich mache mich sofort auf den Weg», meinte er.

Maynier lächelte. «Tut das», sagte er, «tut das. Es ist schließlich in Eurem höchsteigenen Interesse.»

***

Frederi Jùli erreichte das Waldstück mit dem Einbruch der Dunkelheit.

Gute zehn Minuten stand er vor der ersten Baumreihe wie vor einer Tür, die ins Ungewisse führt, hörte den Herzschlag in seinem Brustkorb rasen und das erschöpfte Schnauben des verletzten Pferdes an seiner Seite und knetete die Zügel zwischen seinen zitternden Händen.

In Ordnung, er war ein Held. Aber auch von Helden konnte man doch wohl kaum verlangen, bei völliger Dunkelheit in einen Wald hineinzulaufen, der höchst wahrscheinlich voller Räuber, Wölfe und Monster mit drei Augen, fünf Mäulern und vor allem jeder Menge spitzer Reißzähne war.

Das Pferd schnaubte. Sein Fell war schweißgetränkt.

Frederi Jùli rang nach Luft, zog den Kopf ein, drückte sich eng an den wärmenden Körper des verwundeten Tieres und lief los.

***

Arnac de Couvencour lag flach auf seinem Beobachtungsposten auf jenem Dach in der Carriero de Jouque und blickte auf die andere Straßenseite hinüber, wo das flackernde Licht in drei Fenstern anzeigte, dass man im Haus der Aubans trotz fortgerückter Stunde noch wach war.

Den ganzen Tag über hatte in jenem Haus Weltuntergangsstimmung geherrscht. Frederi de Castelblanc, schlagartig aus seiner Erstarrung gerissen, war von Pontius zu Pilatus gerannt auf der Suche nach seinen Söhnen, während die Dame Castelblanc mit der Ausdauer eines Klageweibs und in der Lautstärke eines Stadtschreiers das schreckliche Schicksal bejammert hatte, das die Familie getroffen hatte, bis auch der Letzte in der Nachbarschaft wusste, dass die beiden Sprösslinge der Familie Castelblanc auf Abwegen waren. Onkel Philomenus hatte nur wenig Mitleid mit seiner verzweifelten Schwester und meinte zu diesem Thema bloß, die kommen schon wieder, wenn sie Hunger haben. Und wenn man Tante Eusebias Gesicht bei diesen Worten beobachtete, kam es einem so vor, als wünsche sie, die beiden würden niemals hungrig werden.

Jetzt war es allmählich ruhiger geworden im Hause der Aubans, doch die unterschiedlichen Personen, die wieder und wieder hinter den erleuchteten Fenstern auftauchten, zeigten Arnac, dass noch niemand auf der anderen Seite der Carriero de Jouque an Schlaf dachte. Er machte es sich so gut es ging auf dem flachen Dach bequem, legte seinen Kopf auf seine Satteltasche und wartete.

Der andere schien direkt aus dem Himmel zu fallen, und Arnac fuhr herum, den Degen aus der Scheide reißend, und so standen sie sich dann gegenüber, im Abstand von zwei Schritten, Arnac de Couvencour und eine Gestalt, vom Kopf bis zu den Zehen in einen schwarzen Mantel gehüllt, der sanft im Licht des Mondes schimmerte. Eine Gestalt, deren Gesicht ein starres Weiß war, durchschnitten von einer blutroten Träne wie von einem Säbelhieb.

«Wer seid Ihr?», fragte Arnac, die Spitze seines Degens auf das Herz seines Gegenübers gerichtet.

Ein glockenhelles Lachen drang durch die hölzernen Lippen. «Das wisst Ihr nicht?»

«Nein», sagte Arnac, und seine Degenspitze näherte sich dem schwarzen Umhang. «Aber Ihr werdet es mir sicher gleich verraten.»

«Ich bin dein Blutsbruder, Arnac», sagte eine sanfte Stimme. «Getauft mit dem Blut des Luberoun, wie du.»

Arnacs Gesicht verzog sich zu einer Grimasse, die wohl ein Grinsen darstellen sollte. «Das Blut des Luberoun, ja? Klingt ja hoch dramatisch», meinte er. «Das ist aber noch keine Antwort auf meine Frage.»

Etwas Helles erschien im Schwarz des Mantels, eine Hand, die sich langsam dem weißen Gesicht näherte, nach dem Kinn griff, dass es für einen Moment aussah, als würde der Blutstropfen auf mondbleiche Finger fallen, und dann kippte das Gesicht nach oben weg und gab ein zweites frei, dunkler, lebendiger, und ebenso lächelnd.

Der Degen bebte über dem Herzen des Fremden. «Ich kenne dich», sagte Arnac, und seine Stimme klang hohl, wie aus den Tiefen eines unendlichen Gewölbes. «Irgendwoher kenne ich dich doch!»

«Ate, Arnac.» Lächelnd, das Gesicht, endlos lächelnd. «Wir standen uns fast so nah gegenüber wie jetzt. Wie habe ich dich damals gehasst! Doch dann sah ich das Begreifen in deinen Augen, als du plötzlich die ganze, furchtbare Wahrheit erkanntest. Und da wusste ich, dass das Schicksal mich an deine Seite gestellt hatte. Wir haben Hand in Hand einen Blick in die Hölle getan, Arnac. Das ist ein Band, das niemals zerreißt, das uns zu Verbündeten macht, bis zum Tag der Abrechnung. Und der ist nahe, so nahe.»

Weiß war Arnacs Gesicht im Mondlicht. «Mein Gott», flüsterte er, «du bist … mein Gott!»

«Es hat begonnen, Arnac. Das Spiel hat wieder begonnen. Wir beide werden es wahrscheinlich nicht überleben, aber das tut nichts zur Sache. Wir sind nur Geister, tot seit ewigen Zeiten, was zählt schon unsere Existenz. Aber noch gibt es ein Ziel zu erreichen.» Er zog die Maske vollends vom Kopf; das Mondlicht schimmerte fahl auf seinen Haaren. «Die Mergoults haben Fabiou und Loís geschnappt, und der Baroun de Mergoult hat Loís wegen Räuberei zum Tode verurteilt. Wenn kein Wunder geschieht, wird Loís morgen früh um neun am Galgen sterben. Und Fabiou – Fabiou besitzt die Aufrichtigkeit und Geradlinigkeit seines Vaters und die Todesverachtung seines Onkels. Und das ist eine äußerst ungesunde Kombination. Ich kann mir nicht vorstellen, dass Maynier ihn gehen lässt.»

«Maynier? Maynier ist bei den Mergoults?»

«Wie gesagt – wir brauchen ein kleines Wunder!» Der andere lächelte traurig. «Traust du dir zu, eines zu Wege zu bringen?» Und er drehte sich um und war im nächsten Moment von der Nacht verschluckt.

***

«Was zum Teufel ...», rief Philomenus, als unten laut und eindringlich gegen die Tür gehämmert wurde.

«Wer könnte das sein?», fragte Tante Eusebia stirnrunzelnd.

«Wahrscheinlich die Inquisition. Warst du nicht regelmäßig genug bei der Beichte, Eusebia?», fragte Oma Felicitas bissig. Eusebia machte ein Gesicht, als ob sie in Ohnmacht fallen wolle.

«Aufmachen!», brüllte es hinter der Tür. «Macht auf, schnell!»

Der Pförtner kam die Treppe hinauf. «Soll ich öffnen?», fragte er.

«Nein, bloß nicht!», jammerte Eusebia. Offensichtlich nahm sie Omas Worte ernst.

Philomenus lief mit großen Schritten auf die Treppe zu. «Öffne die Tür!», fuhr er den Pförtner an, der eilte, seinem Wunsch zu entsprechen.

Arnac stürzte zur Tür herein, kaum dass diese einen Spalt offen war. «Ich muss den Cavalié sprechen!», schrie er, während er immer drei Stufen auf einmal nehmend die Treppe emporstürmte.

«Keinen Schritt weiter!», brüllte Philomenus. «Ich dulde keine Protestanten in diesem Haus!»

«Sehr gut. Ich bin nämlich kein Protestant.» Arnac wollte sich an Philomenus vorbeidrängen, doch der trat ihm in den Weg. «Ihr seid ein gottverdammter Ketzer! Die Inquisition sucht nach Euch! Ich werde sie informieren, sofort!»

«Philomenus, lass ihn in Ruhe!» Frederi kam über den Gang gerannt. «Was wollt Ihr hier?», fuhr er Arnac an. «Habt Ihr nicht schon genug Unheil angerichtet?»

«Euer Sohn ist in Lebensgefahr, Cavalié», sagte Arnac unbewegt.

Frederis Gestalt sackte in sich zusammen, wie eine Marionette, deren Fäden man durchgeschnitten hatte. «F…Fabiou?», flüsterte er.

«Und nicht nur er», fuhr Arnac fort. «Euer Diener, Loís, ist von Mergoult gefangen gesetzt und wegen Räuberei zum Tode verurteilt worden. Morgen früh wird er hingerichtet.»

Ein Aufschrei vom Ende des Ganges. Dort standen Bardou und Suso neben Catarino und Cristino. Bardou war gegen die Wand gesunken. Er sah aus, als habe er eine Herzattacke. Aber geschrien hatte eine Frauenstimme.

Frederis Hand tastete nach seiner Stirn. «Oh Gott», flüsterte er. «Oh mein Gott.»

«Aber, wie … wie können die Loís für einen Räuber halten? Das ist doch absurd! Wir wissen doch alle, dass er kein Räuber ist! Wir müssen hin und es ihnen sagen!» Cristinos Augen zuckten wirr durch den Raum, von Arnac zu Frederi zu Bardou und wieder zu Arnac. «Wir müssen es ihnen sagen! Gott, wir müssen es ihnen sagen! Oh Gott, oh Gott, bitte, oh Gott!» Sie begann zu schreien.

«Maynier ist bei ihnen. Er hat es abgesegnet», sagte Arnac.

Frederi machte einen Schritt zur Seite. Seine Hand tastete nach der Wand, als ob er Halt brauche. «Maynier …»

«Trotzdem müssen wir es versuchen», sagte Arnac. «Wir müssen so viele Leute wie möglich zusammentrommeln und nach Mergoult reiten. Vor Zeugen werden sie sich etwas schwerer tun mit einer Hinrichtung ganz ohne Gerichtsverhandlung.»

Frederi bewegte langsam den Kopf. Arnac brauchte einige Sekunden, um diese Bewegung als Kopfschütteln auszumachen. «Niemand kann etwas ausrichten … gegen Maynier», krächzte er.

«Wir müssen es wenigstens versuchen!», schrie Arnac.

Ruckartig zuckte Frederis Kopf hin und her. «Er wird uns alle vernichten. Uns», er machte eine ausladende Handbewegung in Richtung der Familie, «alle!»

«Mein Gott, was soll das heißen?», schrie Arnac. «Dass Ihr Loís im Stich lassen wollt? Einen Menschen, der Euch ein Leben lang treu gedient hat? Der Eurer Tochter das Leben gerettet hat?»

Frederi wandte sich um. Seine geweiteten Augen blickten auf Bardou, der blass und zitternd an der Wand lehnte. «Es tut mir leid, Bardou», sagte er. «Ich kann Loís wegen nicht die ganze Familie in Gefahr bringen.»

«Verflucht, Cavalié», schrie Arnac, «wenn Euch Loís' Schicksal schon egal ist, dann denkt wenigstens an Fabiou. Maynier wird ihn ebenfalls umbringen lassen, wenn wir nichts unternehmen!»

«Fabiou! Und … Frederi Jùli!» Die Stimme der Dame Castelblanc klang nach Panik. «Er ist sicher auch dort! Frederi, oh Gott, Frederi!»

«Maynier wird ihnen nichts tun.» Frederi fuhr fort, den Kopf zu schütteln, zackig, wie eine Figur auf einem Uhrwerk. «Es sind Kinder. Er wird ihnen nichts tun!»

«Oh, Himmel, wacht auf, Cavalié!», schrie Arnac. «Maynier hat '45 über tausend Kinder umbringen lassen. Glaubt Ihr im Ernst, zwei mehr würden sein Gewissen über Gebühr belasten?»

Frederi zitterte. Sein Gesicht war schweißnass. «Wir können nur beten», flüsterte er. «Nur beten.»

Arnac schüttelte langsam den Kopf. Dann wandte er sich um und lief die Treppe hinunter. «Ich gehe zum Viguié!», schrie Philomenus hinter ihm. «Ich sorge dafür, dass dieser Ketzer verhaftet und seiner gerechten Strafe zugeführt wird, verdammt noch mal!»

«Halt den Mund, Philo!», sagte Oma Felicitas.

Arnac trat auf die Straße hinaus.

«Arnac!» Schluchzend kam sie hinter ihm aus dem Haus gestürzt. «Arnac, bitte! Ihr dürft nicht zulassen, dass sie Loís umbringen, bitteee!»

Er sah Cristino aus stumpfen Augen an. «Wie stellt Ihr Euch das vor?», fragte er mit einem bitteren Lachen. «Zusammen hätten wir vielleicht eine Chance gehabt. Aber ich allein? Mein Wort zählt nichts, ich bin bereits so gut wie zum Tode verurteilt. Und um Loís gewaltsam zu befreien, ist einer definitiv zu wenig.»

Sie heulte. «Bitte. Er darf nicht sterben. Bitte.»

«Ihr liebt ihn», sagte Arnac leise.

Cristinos Hände krallten sich in ihr Haar. Sie schluchzte.

Er packte sie an den Schultern. «Ihr liebt ihn, habe ich recht? Antwortet mir!»

«Lasst mich zufrieden! Ich hasse Euch! Lasst mich zufrieden!»

«Ich will jetzt eine Antwort!», schrie Arnac. «Liebt Ihr ihn, ja oder nein?»

«Er ist ein Diener!», schrie Cristino. «Ich darf ihn nicht lieben!»

«Ich habe Euch nicht gefragt, was Ihr dürft und was nicht! Ich habe Euch gefragt, ob ihr ihn liebt! Und ich will jetzt verdammt noch mal eine Antwort!»

«Ja!», kreischte Cristino. «Ich liebe ihn! Ich liebe Loís! Reicht Euch das? Reicht Euch das jetzt, Himmelherrgott?»

Er ließ sie los. Er nickte langsam. «Gut», sagte er. «Wenn das so ist, dann bringe ich ihn Euch zurück.» Damit drehte er sich um und verschwand in der Nacht.

Cristino ließ sich auf eine der Stufen vor dem Haus sinken. Sie hatte das Gefühl, nie wieder mit Weinen aufhören zu können.

***

Es war das Licht, das Frederi Jùli aufmerksam machte.

Nach einer einstündigen Wanderung durch die pechschwarze Dunkelheit unter den Bäumen, durch deren dichte Krone weder das Licht des Mondes noch das Funkeln der Sterne drang, war sein Auge ausgehungert nach Licht, wie sich ein Verdurstender nach Wasser sehnt. Und wie ein Verdurstender in jeder Luftspiegelung eine Pfütze zu erkennen meint, so bevölkerte Frederis Auge den Wald mehr und mehr mit nicht existenten Lichtpunkten, die Irrlichtern gleich durch die Büsche zu huschen schienen, im Unterholz aufleuchteten und sogleich wieder erloschen.

Es war so gruselig. Er meinte, vor Angst tot umfallen zu müssen.

Und dann sah er das Feuer.

Er begriff sofort, dass es ein echtes Feuer war und keine seiner Geistererscheinungen, so sehr unterschied sich das warme, vertraute Flackern der Flammen von den fahlen Lichtern, die in den Bäumen zu funkeln schienen. Und vor allem roch er das Feuer auch. Der anheimelnde, altbekannte Geruch von brennendem Holz. Er spürte namenlose Erleichterung in sich aufsteigen. Er war nicht mehr allein. Da war ein anderer mit ihm in diesem endlosen finsteren Wald, einer, der ihn beschützen konnte vor den Irrlichtern und den dreiäugigen Monstern. Vielleicht sogar einer, der ein Pferd hatte, der ihn nach Ais bringen konnte, der ihm helfen würde, Loís zu retten.

Als er näher kam, erkannte er, dass das Feuer mitnichten direkt am Wegesrand gelegen war. Es flackerte ein Stück seitwärts zwischen den Bäumen auf einer kleinen Erhebung. Sein erster Impuls war, zu rufen, hallo, wer ist da, ich brauche Hilfe. Aber das war wohl kaum das angemessene Verhalten eines heldenhaften Kuriers. Außerdem würde er dadurch das dreiäugige Monster auf sich aufmerksam machen, dem er es durchaus zutraute, ihn zu schnappen, bevor die Hilfe ihn erreichte. Also führte Frederi Jùli sein Pferd an die Seite des Weges, band den Zügel an einem Ast fest und schlug sich seitwärts ins Gebüsch.

Es war weiter als gedacht. Frederi Jùli zwängte sich durch Buschwerk und stieg über Äste und umgestürzte Bäume, während Dornen ihm die Beine zerkratzten und seine Füße auf dem unebenen Untergrund strauchelten und umknickten. Das Feuer schien nicht näher kommen zu wollen, flackerte gleichbleibend fern und klein zwischen den Bäumen. Endlich lichtete sich der Wald, drang der helle Schein des Vollmonds durch die Baumkronen und beleuchtete seinen Weg. Und dann, ganz plötzlich, war er so nah, dass er die Stimmen hören konnte.

Der Boden war unter seinen Füßen verschwunden. Frederi Jùlis Hände schlugen in Panik durch die Luft, während Äste und Geröll unter seinen Füßen verschwanden und in eine bodenlose Tiefe stürzten. Ein Ast unter seinem rechten Arm, er schaffte es zuzugreifen. Er krallte sich an einem wippenden Zweig fest und mit geweiteten Augen starrte er in die mondübergossene Tiefe eines Felsabhangs. Ein paar letzte Kiesel, losgetreten von seinen strampelnden Füßen, sprangen über die Felsen und verschwanden tief unter ihm im Gestrüpp.

Frederi Jùlis Atem ging keuchend. Schweiß ließ seine Hände rutschen, während er sich an dem Ast nach oben zog, während seine Füße Halt an der Kante des Abhangs fanden. Er dachte plötzlich, dass er keine Ahnung hatte, wie fest der Ast verankert war. Er konnte abreißen, er konnte abbrechen. Er würde ziemlich lange fallen, wenn das passierte.

Der Ast tat keins von beiden. Frederis Füße erreichten festen Boden, er stand, sein Puls rasend bis zum Hals.

Das Feuer war vielleicht zwanzig, dreißig Schritt von ihm entfernt.

Schwer zu sagen, was ihn misstrauisch machte. Schwer zu sagen, warum er sich anschlich, lautlos einen Fuß vor den anderen setzte, darauf bedacht, möglichst keinen Lärm zu machen, bis er so nah war, dass er die Wärme des Feuers auf seinem Gesicht spürte und die beiden Männer sehen konnte, die am Feuer saßen. Den einen konnte er nicht erkennen, denn er hatte ihm den Rücken zugewandt und trug einen breitkrempigen Hut auf dem Kopf. Der andere sah direkt in Frederi Jùlis Richtung. Frederi hatte ihn noch nie gesehen, doch er begriff augenblicklich, wer er war. Sein Kopf war vollständig kahl.

«Ihr seid sicher, dass er diesen Weg nimmt?», fragte der Kahle soeben. Frederi duckte sich tief hinter einen Baumstumpf. Der Genevois. *Di-a-ble*!

«Es ist der kürzeste Weg nach Ais.» Der mit dem Hut zuckte mit den Achseln. «Ich denke nicht, dass er in Stimmung für einen Rundritt durch den Luberoun sein wird.»

«Gut.» Der Genevois nickte. «Wir werden ihn hier erwarten. Er wird diesen Wald nicht lebend verlassen, dessen könnt Ihr gewiss sein.»

«Ich hoffe es», sagte der andere. «Bei dem kleinen Bèufort habe ich langsam das Gefühl, er habe neun Leben wie eine Katze. Im Grunde müsste er längst tot sein.»

«Diesmal werden wir ihn erwischen», sagte der Genevois. «Katze hin oder her.»

Frederi Jùli hatte das Gefühl, man müsse das Pochen seines Herzens bis Ais hören. Er glaubte seinen Ohren nicht zu trauen. Diese Leute wollten doch in der Tat Fabiou umbringen!

«Und das andere?», fragte der Genevois.

«Wir müssen es bald angehen», meinte der mit dem Hut. «Der Tod des kleinen Bèufort nützt uns nichts, wenn alles dann durch das Mädchen herauskommt.»

Das Mädchen, welches Mädchen? Meinen die am Ende Cristino?

«Ich habe einen Plan», sagte der mit dem Hut. «Glücklicherweise gibt es den Onkel. Und der hat nicht den geringsten Durchblick.»

Den Onkel? Onkel Philomenus oder wer? Gott, die hatten etwas ganz Gemeines vor. Er musste Fabiou warnen. Er musste Cristino warnen. Er musste seinen Vater warnen.

Er drehte sich um, um zu seinem Pferd zurückzuschleichen.

Das Krachen des Astes unter seinen Schuhsohlen klang wie ein Schuss in seinen Ohren. Der Genevois sprang auf, der mit dem Hut fuhr herum. «Da!», kreischte er. «Der Bengel hat uns belauscht!»

Frederi rannte, ungeachtet der Äste, die ihm ins Gesicht peitschten, und der Dornen, die seine Hosenbeine zerrissen. Er rannte, blindlings in die Bäume hinein, hakenschlagend wie ein Hase, einfach geradeaus, weg von diesen Leuten, die Fabiou ermorden wollten, und ihn jetzt wahrscheinlich auch.

«Verflucht, wenn er entkommt, verdirbt er uns alles!», schrie der mit dem Hut.

Der Genevois zog ruhig die Arkebuse aus seiner Satteltasche. «Der entkommt nicht», sagte er unberührt.

Der Abhang, da war der Abhang. Vielleicht war da irgendwo eine Stelle, die man hinunterklettern, wo man sich verstecken konnte. Vielleicht konnte er sie abschütteln, wenn er nur den Abhang erreichte!

Der Genevois hob die Arkebuse und visierte über den Lauf hinweg. «Er ist zu weit weg», sagte der mit dem Hut kopfschüttelnd. «Den trefft Ihr nicht mehr.»

Der Finger krümmte sich um den Abzug, und mit einem Klicken schnappte der Zündstein ins Schloss. Weit, weit weg flog die schmale Gestalt des Kindes durch die Bäume, versilbert vom Mondlicht. Dann zerriss ein ohrenbetäubender Knall die Stille der Nacht, und der Wald kreischte auf und schleuderte dem strahlenden Mond panische Vögel entgegen.

Der Genevois steckte die rauchende Arkebuse in die Tasche zurück. «Ich», sagte er, «treffe immer.»

Am Rande des Abgrunds drehte sich Frederi Jùli langsam, träumerisch einmal um die eigene Achse und stürzte in die Tiefe.

***

Unbemerkt von vielen hatte die Familie Mancoun an diesem Abend in ihrem Stadthaus eine ihrer zahllosen kleinen Sommergesellschaften gegeben, eine jener leichten Festivitäten mit Tanz und Musik, Bergen von Speisen und Fässern von Wein, auf denen sich die hohe Gesellschaft trifft, anstarrt und besäuft, auf der die wahrhaft wichtigen Gespräche geführt werden, über das neue Kleid der Comtesse Argoult, über die neue *Maîtresse* des Ersten Konsuls und darüber, ob Smaragde in diesem Sommer *à la mode* sind. Wie immer waren alle geladen, die in der Stadt Rang und Namen hatten, die Konsuln, der königliche Intendant, die Grafen und die reicheren Baroune, und die Präsidenten des Parlaments – der Erste Präsident hatte leider absagen müssen, dringende Geschäfte zogen ihn in den Luberoun. Zwischen überladenen Buffettischen und glitzernden Kronleuchtern drängten sich so hochgestellte Persönlichkeiten wie der Carcès und sein Bruder, der Pontevès, wie St. Barthélemie und Ex-Präsident Chassaneu, und weniger bedeutende wie der Estrave, der St. Roque und der Vare. Und, ganz nebenbei, Comte Sébastien de Trévigny.

Es war schon nach Mitternacht, als Letzterer mit dröseligem Kopf vom übermäßigen Weingenuss und so vollgefressen, dass es an sich für eine ganze Woche reichen sollte, in die Cacalauso d'Oro heimwankte. Im Schankraum hingen noch ein paar späte Zecher im Zwiegespräch mit ihrem Weinglas an den Tischen. Sébastien winkte mit einem blöden, betrunkenen Grinsen der Schankgöre zu und taumelte die Treppe hinauf. Einen Moment stand er schwankend vor seiner Zimmertür. «Aufmachen, i-im N-namen des …

des Kööönigs», lallte er kichernd und drückte mit dem Fuß die Tür auf, woraufhin er seinen Gürtel öffnete und ihn mitsamt Degen zu seiner Linken auf die Kommode fallen ließ. Dann wankte er nach drinnen.

Er wurde an den Schultern gepackt und quer durch den Raum geschleudert. Er sah sein Bett noch blitzschnell auf sich zuschießen, dann kam auch schon der Aufprall, presste ihm die Luft aus den Lungen und ließ ihm den Mageninhalt in die Speiseröhre zurückschießen.

Würgend drehte er sich um. In seiner rechten Flanke pochte ein heftiger Schmerz. Nie zuvor war er so schnell wieder nüchtern gewesen.

Sie waren zu zweit. Der eine, ein Hüne mit Schultern wie ein Bär und Pranken wie Schaufeln, drehte sich um und schloss die Tür. Der andere, klein, dunkel, zierlich wie ein Mädchen, das Gesicht spitz und dünn wie die Schnauze eines Wiesels, kam auf ihn zu. «Guten Abend, Sébastien», sagte er.

Sébastiens rechte Hand krallte sich in die Bettdecke, als er versuchte, sich wieder auf die Füße zu ziehen, doch der Schmerz in seiner Seite ließ ihn aufstöhnend zurücksinken. «Tag… Parret… lang nicht mehr… gesehen…», keuchte er.

«Sébastien, der Baron schickt uns.» Das Wiesel ging vor ihm in die Knie. Es lächelte. Das Lächeln eines Henkers. «Er ist wütend auf dich. Ziemlich wütend. Es gefällt ihm gar nicht, wie du den Namen der Familie entehrst.»

Sébastien kämpfte um Atem. «Paul kann mich mal!», japste er. «Von irgendetwas muss ich leben, und wenn er mir nicht dabei hilft, dann…»

Er brach ab. Ein monströser Schatten türmte sich hinter dem Wiesel auf. Sein Degen! Warum hatte er Idiot auch seinen Degen abgelegt?

Das Wiesel lachte. Ein helles Kinderlachen. «Sébastien, du könntest etwas mehr Einsicht zeigen», sagte er. «Wir sind beauftragt, dir besseres Benehmen beizubringen. Wie wir das tun, ist unsere Sache. Und du willst doch sicher nicht, dass Hervet das übernimmt, oder?»

Sébastiens Blick ging zu dem Hünen, der grinsend neben dem Wiesel stand, und dann zu seinem Degen, der in sicherem Abstand auf der Kommode lag. «Leute, Himmel, was ist denn schon so schlimm dabei?», verteidigte er sich. «Ich habe mir ein paar schöne Tage als Comte de Trévigny gemacht, na und? Ich habe mich durchaus so verhalten, dass es dem Namen der Familie zur Ehre gereicht, also –»

Er kam nicht weiter. Der Hüne hatte ihn vom Boden hochgerissen und ihm die Faust in die Rippen gerammt. Mit einem Aufschrei klatschte Sébastien auf den Fußboden. Für einen Moment blieb er reglos liegen, spürte das Holz der Bohlen unter seiner Wange und den rasenden Schmerz an seinem Rippenbogen und fragte sich, ob es irgendeine Zukunft hatte, sich bewusstlos zu stellen. Unwahrscheinlich. So dumm waren die nicht.

«Sébastie-en!» Das Wiesel. «Aufwachen, Sébastien. Unsere Unterhaltung ist noch nicht beendet.»

Jemand packte ihn an den Armen, zog ihn in eine sitzende Stellung und lehnte seinen Oberkörper gegen das Bett. Er sah das Grinsen des Monstrums über seinem Gesicht. «Dummer Junge», sagte das Wiesel kopfschüttelnd. «Dummer, dummer Junge.»

Lautlos öffnete sich in ihrem Rücken die Tür.

Der Hüne lachte, ein tiefes Basslachen, wie das Grummeln eines drohenden Vulkanausbruchs. Seine linke Pranke packte Sébastien am Kragen. Die rechte war zur Faust geballt und holte aus.

Etwas schlitterte über den Boden, am Stiefel des Wiesels vorbei, mitten durch die Beine des Hühnen und blieb liegen unter Sébastiens Hand. Festgehalten von der riesigen Klaue konnte er nicht sehen, was es war. Doch seine Hand erkannte den Griff seines Degens.

Die Faust verharrte mittten im Schlag. «Kleinen Moment, Hervet», sagte Sébastien. Hervet gab einen eigentümlichen, gurgelnden Laut von sich. Der Grund war zweifellos Sébastiens Klinge, die an seiner Kehle lag.

«Verflucht …» Blitzschnell hatte das Wiesel einen Dolch aus dem Gürtel gerissen.

«Waffe fallen lassen», sagte eine kalte Stimme in seinem Rücken. Das Wiesel drehte sich langsam um und starrte auf den dunkelhaarigen jungen Mann, der einen Degen auf ihn gerichtet hielt.

«Einen Dolch, Parret?» Sébastien lachte auf. «Bei aller Liebe, so sehr habe ich meinen Bruder jetzt auch wieder nicht geärgert, dass er mich gleich ermorden lassen will. Du solltest deine Emotionen besser unter Kontrolle halten. Sonst schickt der gute Paul dich an den Galgen, statt dich zu bezahlen.»

Das Wiesel grummelte etwa Unverständliches. Der Dolch klirrte auf den Boden.

«So», sagte Arnac unbewegt, «und jetzt würde ich vorschlagen, dass ihr beiden Hübschen macht, dass ihr aus der Stadt kommt, sonst braucht ihr euch über den Galgen keine Gedanken zu machen.» Er drehte den Degen in seiner Hand.

Parrets schwarze Augen funkelten wütend. «Wir sehen uns wieder, Sébastien. Sei vorsichtig mit dem, was du tust», zischte er und wandte sich zum Gehen. Der Hüne folgte mit einem unverständlichen Grunzen.

«Ja, sicher», sagte Sébastien grinsend.

Die Tür fiel ins Schloss. Sébastien ließ sich auf den Boden zurückfallen. «Auaaa!», stöhnte er. «Oh Himmel, tut das weh!»

Arnac beugte sich zu ihm nieder. «Man sollte sich niemals allzu weit von seiner Waffe aufhalten, wenn man so nette Freunde hat», sagte er. «Die hätten dich fertig gemacht, wenn ich nicht zufällig vorbeigekommen wäre.»

«Weiß ich», keuchte Sébastien. «Aber ich konnte doch nicht ahnen, dass die mich hier finden, ich …» Er brach ab und sah Arnac schuldbewusst an.

«Du bist nicht der Comte de Trévigny», stellte Arnac fest.

Sébastien seufzte. «Es gibt keinen Comte de Trévigny. Es gibt nur einen Baron de Trévigny, und auch der bin ich nicht. Ich bin nur der kleine Bruder.» Er klammerte sich erneut am Bett fest, und diesmal gelang es ihm, sich weit genug hochzuziehen, dass er sich auf die Matratze fallen lassen konnte. «Ich bin der jüngste von fünf Brüdern, Arnac. Weit von jedem Anspruch auf Titel und Land entfernt. Und mein großer Bruder, der Baron, steht auf dem Standpunkt, dass er sein Geld besser verwenden kann, als vier kleine Brüder mit durchzufüttern. Also blieben uns anderen nur drei Möglichkeiten: Die Kirche, die Armee und der Hof.» Er seufzte. «Kirche liegt mir nicht. Ich bin kein Mensch fürs Beten und fürs Zölibat. Die Armee – Arnac, ich tauge nicht zum Offizier. Ich habe noch diese alten Vorstellungen vom Kampf Mann gegen Mann, ich kann nicht ein paar hundert Fußsoldaten in den Tod schicken oder ein Dorf mit Kanonen zusammenschießen lassen. Also versuchte ich den Hof. Aber nach einem Jahr waren mir dieses ganze Getue und diese ewigen Intrigen so leid, dass ich ging. – Verstehst du, Arnac, ich möchte etwas erleben! Ich möchte die Welt sehen, Abenteuer erleben, und nicht als Höfling in steifen Klamotten höfliche Konversation treiben bis zum Verrotten! Also gab ich mich als Comte de Trévigny aus. Der Erfolg war umwerfend – überall wurde ich eingeladen, umsonst verköstigt, ich bekam Geschenke, die ich zu Geld machen konnte, und mein Unterhalt war gesichert. Bis heute.» Er lachte bitter. «Die meinen das ernst, Arnac, die kommen wieder. Entweder ich gehe außer Landes, oder ich kehre reumütig zu meinem Bruder zurück.»

«Einen komischen Bruder hast du, der dir zwei Schläger auf den Hals schickt», sagte Arnac kopfschüttelnd.

«Ja, wir sind nicht gerade ein Herz und eine Seele.» Sébastien lachte wieder und verzog schmerzlich das Gesicht. «Himmel, das gibt 'nen schönen Bluterguss», jammerte er. Dann blickte er plötzlich wieder sehr betreten drein. «Bist du mir böse?»

«Weil du mich angelogen hast?» Arnac zuckte mit den Achseln. «Wir haben alle unsere Geheimnisse.»

«Was machst du eigentlich hier – um diese Zeit? Und überhaupt – du sollst doch nicht in die Stadt kommen! Du wirst doch gesucht!»

«Ich bin eigentlich gekommen, um dich um Hilfe zu bitten», sagte Arnac.

«Hilfe? Wieso?»

«Die Mergoults haben Fabiou und Loís geschnappt. Und da Alexandre ein wahrer Sohn seines Vaters ist, hat er Loís gleich an Ort und Stelle am heiligen Sonntag zum Tode verurteilt, wegen Räuberei angeblich. Das Urteil soll morgen früh vollstreckt werden. Maynier hat das Ganze abgesegnet. Und es würde mich nicht wundern, wenn sie für Fabiou eine ähnlich endgültige Lösung vorgesehen hätten.»

Sébastien starrte ihn an mit offenem Mund. «Aber … aber das geht doch nicht. Wozu gibt es schließlich Gesetze?»

«Maynier ist das Gesetz», sagte Arnac trocken.

«Ja, und? Was willst du tun?»

«Ihnen helfen, was denn sonst.»

«Wie bitte? Ja, und wie?»

«Ich habe gehofft, bei ihrer Familie Verstärkung zu finden», sagte Arnac. «Aber sie kommen nicht. Und sonst wüsste ich niemanden außer dir, der mit mir kommen würde.»

«Oh, heilige Maria Mutter Gottes – wir zwei gegen Familie Mergoult? Die haben einen ordentlichen Trupp Waffenknechte, Arnac. Auch wenn die ganze Bande kampftechnisch nicht allzu viel taugt, im Ernstfall haben wir wahrscheinlich keine Chance.»

«Dann müssen wir sie eben irgendwie überlisten», meinte Arnac ungeduldig. «Ich muss Loís da 'raus holen. Ich habe es Cristino versprochen.»

«Cristino?»

«Ja. Also, was ist?»

«Cristino und Loís?»

«Bist du dabei?»

«Arnac, es ist Wahnsinn. Du weißt, dass es Wahnsinn ist.»

«Das heißt, du kommst nicht mit.»

«Natürlich komme ich mit. Erinnerst du dich, was wir uns versprochen haben? Freunde, jetzt und für alle Zeit, in guten und in schlechten Tagen, bis in den Himmel und wenn es sein muss, quer durch die Hölle!»

«Beschrei's nicht auch noch», sagte Arnac trocken. «Also los. Jesus, hoffentlich ist dieser Spion bei dem ganzen Lärm nicht wach geworden. Ich habe mit den Kerlen schlechte Erfahrungen gemacht.»

«Sag mal, woher weißt du, dass Grandjean …»

«Scht. Komm endlich.»

Stöhnend rappelte sich Sébastien auf, tastete seine Rippen ab, und als er halbwegs sicher sein konnte, dass alles noch ganz war, schnallte er seinen Degen um und folgte Arnac. Sie schlichen die

Stiegen hinunter, durchquerten den Schankraum und verschwanden in der Nacht.

KAPITEL 17

in dem Sébastien den Verfall der Wertvorstellungen des Rittertums beklagen muss und auch ansonsten ziemlich schreckliche Dinge passieren

Luenh de preson a d'amics una ardada,
cascun li fa la granda bonetada
tant que lo juòc de fortuna li ditz.
Mais si los dats encòntra d'eu si tornan
e que sergents dins aquest luòc l'enfornan,
coma lo fum se pèrdon los amics.

Fern vom Gefängnis hat man eine Menge Freunde,
jeder begrüßt einen mit großem Hallo,
solange das Spiel einem Glück verspricht.
Aber wenn sich die Würfel gegen einen wenden
und man von Sergeanten eingesperrt wird,
verschwinden die Freunde wie Rauch.

Bellaud de la Bellaudière, provenzalischer Poet und Abenteurer (1543-1588), Lo Dòn-dòn infernau

Die Erde ist eine Kugel, die sich um ihre eigene Achse und um die Sonne dreht. Es scheint also nur so, als stünde die Welt still und die Sonne klettere über den Horizont, steige empor am Firmament bis zu ihrem Zenit; in Wirklichkeit ist es die Sonne, die stillsteht im All, und die Erde, die sich bewegt. Der Mensch sitzt auf ihr wie auf dem Deck eines Schiffes, und wie dieses Schiff einer fernen Insel zufährt und diese sich unablässig zu nähern scheint, so trägt die Erde den Menschen, der auf ihrem Rücken sitzt, der Sonne entgegen, unablässig, unabänderlich. Eine Bewegung im Raum, eine Bewegung in der Zeit. Denn gleichzeitig schreitet die Zeit fort, angezeigt durch das scheinbare Aufsteigen der Sonne am Himmel, und so wird der Mensch von jener unglückseligen Rotation eines Himmelskörpers gnadenlos seinem Schicksal entgegengetragen.

Fabiou saß auf dem Boden vor der Mauer des Castel de Mergoult, auf jenem Boden, der sich Stück für Stück einer Sonne entgegendrehte, die schon einen gleißenden Streifen Lichts über den Horizont schickte, und verfluchte das Weltgefüge, das Universum und die Physik. Oh ja, Onkel Pierre hatte recht gehabt, dessen war er sich auf einmal voll und ganz gewiss. Die Sonne drehte sich nicht um die Erde. Wieso sollte sie. Was konnte einen Himmelskörper wie die Sonne dazu bringen, sich um einen Ort wie die Erde zu drehen, einen Ort, der von einer Rasse von Irren beherrscht wurde, die sich Menschen nannten und sich auch noch etwas darauf einbildeten?

Er fühlte sich wie gerädert. Nach zwei Nächten quasi ohne Schlaf hatte ihn weder der harte Untergrund noch die Sorge um Loís vom Schlafen abhalten können; Fabiou, der sein Leben lang nie anders als in einem weichen Bett geschlafen hatte, war im sandigen Gras vor den Mauern des Castels eingeschlummert, noch bevor der Mond aufgegangen war. Als ihn die Kälte der frühen Morgenstunden aus dem Schlaf holte, waren seine Glieder steif, seine Nase lief und hinter seinen Lidern pochte ein schmerzender Puls. Bibbernd drückte er sich in den Windschatten der Mauer und wartete. Wartete und betete. Bitte, lieber Gott, mach, dass Frederi endlich kommt. Bitte. Du kannst doch einfach nicht zulassen, dass Loís stirbt, lieber Gott. Oder?

Gott hatte seines Wissens schon so einiges zugelassen.

Als sich die Tore des Castels quietschend öffneten und Alexandre de Mergoult hoch zu Ross in den Morgen hinausritt, war die Sonne bereits über den Horizont geklettert und hatte das Land und den halb erfrorenen Fabiou erwärmt. Es war ein wunderschöner, makelloser Julitag, der heiß wie die vergangenen Tage zu werden versprach.

Fabiou sprang auf die Füße, kaum dass er das Tor knarren hörte. Er stöhnte leise auf, denn ihm tat wirklich alles weh. Doch der Anblick, der sich ihm bot, ließ ihn sein körperliches Unbehagen schlagartig vergessen.

Es war ein wahrer Triumphzug, der sich da Richtung Dorf wälzte. Voraus ritt Alexandre de Mergoult, wie ein Feldherr an der Spitze seines Heeres. Dann folgten, der treue Geleitschutz, Bertran de St. Roque und Brieul. Hinter ihnen kam Jean, der zu Fabious grenzenlosem Ärger auf seinem Falben ritt, gefolgt von seinen Kumpanen. Dann kam der Parlamentspräsident, aufrecht auf einem prachtvollen Rappen sitzend, das Lächeln auf seinem Gesicht Autorität in Reinkultur. Dann kam eine größere Menge bewaffneter Diener. Und dann kam Loís.

Er saß wieder auf dem Kutschpferd, umringt von fünf berittenen Waffenknechten, von denen einer das Pferd am Zügel hielt. Nicht dass er so aussah, als ob er zu einem Fluchtversuch in der Lage sei. Loís hing wie betrunken auf dem Rücken des Pferdes, die Hände gefesselt, das Gesicht so bleich wie der Tod, wenn man von dem dunkelblauen Bluterguss absah, der seine gesamte rechte Gesichtshälfte einnahm und sein rechtes Auge völlig zudrückte. Fabiou wurde schlecht vor Wut. Der Bluterguss war definitiv gestern noch nicht dagewesen. «Mergoult!», schrie er und begann zu rennen.

Alexandre drehte sich um. «Na, so etwas, der kleine Castelblanc. Auch noch da? Wolltest dir das Schauspiel nicht entgehen lassen, was?» Er lachte. Seine Getreuen und die Bande um Jean fielen begeistert mit ein.

«Mergoult, ich warne dich. Ich finde ein Gericht, das dich zur Verantwortung zieht, und wenn ich bis zum König muss!»

«Zum König willst du!» Mergoult prustete los. «Habt Ihr das gehört, Vater? Er will zum König!»

Maynier lächelte verächtlich als Antwort. Fabiou fiel ein, dass man auch Maynier für seine Verbrechen vor ein königliches Gericht gestellt hatte. Der Erfolg war gleich null gewesen. «Ihr könnt mich nicht einschüchtern, Baroun!», sagte er wütend. «Man wird in Ais erfahren, was Ihr '45 so ganz nebenbei erledigt habt! Da könnt Ihr sicher sein!»

Maynier betrachtete Fabiou mit dem Interesse, mit dem man eine lästige Fliege betrachtet, bevor man sie in der Hand zerquetscht. «Mein Junge, ich fürchte, du wirst nicht lange genug leben, um irgendjemandem in Aix etwas mitzuteilen», sagte er und ritt weiter.

«Baroun …»

Fabiou fuhr herum. Seine Zunge war ein träger, störender Fremdkörper in seinem Mund. «Loís», brachte er mühsam hervor.

«Baroun, lasst es … Ihr macht alles nur noch schlimmer …» Loís starrte ihn an aus entzündeten Augen. «Bitte …»

«Halt den Rand, du Hund!», brüllte einer der Waffenknechte und versetzte Loís einen Stoß, der ihn schier vom Pferd warf. «Lasst ihn zufrieden!», kreischte Fabiou. «Ihr sollt ihn zufrieden lassen.» Er wollte auf Loís zurennen, doch einer der Knechte schleuderte ihn mit einem gut gezielten Tritt gegen die Schulter aus der Bahn. «Mach die Fliege, Kleiner!», rief er. «Sonst setzt's was!» Alles lachte.

Stöhnend rappelte Fabiou sich auf. Er fluchte. In der Hölle schmoren sollte dieser verdammte Mergoult. Er betete. Gott, bring Frederi hierher, bitteee. Er rannte, schlitterte den steilen Hang hinunter, den Reitern hinterher.

Die Bauern liefen zusammen, als sie sich dem Dorf näherten. Kamen von den Feldern, die Hände staubig und rissig vom Ausbuddeln der Rüben. Kamen aus den Häusern, zahnlose alte Weiber, auf knorrige Stöcke gestützt, die Rücken so gebeugt, dass sie den Kopf in den Nacken legen mussten, um einem anderen ins Gesicht zu sehen, gefolgt von kleinen schmutzigen Kindern mit nackten Füßen und schmalen Gesichtern. Kamen vom Bach, Frauen mit schwangeren Bäuchen, die riesige Wasserkübel mit sich schleppten. Sie alle strömten, liefen, humpelten zum Rand des Dorfes, dorthin, wo der Galgen stand. In ihren Gesichtern lag nichts von der Sensationslust, die Fabiou bei den Menschen auf der Plaço dis Jacobin gesehen hatte. Eher so eine Art gleichgültige Kenntnisnahme. Die Herren feiern, die Herren jagen, die Herren hängen auf, ein weiterer Zeitvertreib in einer Welt, die sich ihrem Begreifen entzog. Es war keiner von ihnen, das war das Einzige, was zählte.

Man saß ab und band die Pferde an den umstehenden Bäumen an. Die Waffenknechte nahmen Aufstellung rund um den Galgen. Bertran de St. Roque wollte aus irgendeinem Grund unbedingt selber das Seil am Galgen befestigen, so dass Alexandre de Mergoult ihm erst mal lang und breit erklären musste, wie man die Schlinge knüpft. Maynier hatte einen Stuhl mitbringen lassen, auf dem er Platz nahm und ab und zu ungnädige Blicke in Richtung von St. Roque und seinem Sohn schickte; er fand die ganze Angelegenheit offensichtlich ziemlich unprofessionell.

Fabiou hatte das Gefühl, in einem Traum gefangen zu sein. Benommen tappte er über den Platz vor dem Galgen, in seinem Rücken die stumm schauenden Bauern, vor ihm die Mergoults mit ihren Freunden und ihrer Privatarmee und der Galgen, den die Morgensonne einen langen Schatten über den Hügel werfen ließ. Loís hatten sie neben den Galgen gestellt, flankiert von zwei Waffenknechten.

Die Schlinge war geknüpft, St. Roque reckte begeistert eine Faust in die Höhe, als habe er den Stein der Weisen entdeckt. Na, endlich, kommentierte Maynier von seinem Sitzplatz aus und setzte sich seufzend zurecht. Loís schwankte in der Sonne.

Lieber Herr Jesus gütige Jungfrau Maria Mutter Gottes, steht uns bei, tut etwas, irgendetwas, bloß rettet Loís, rettet Loís!

Die Waffenknechte packten Loís unter den Armen und zerrten ihn die Stufen zur Galgenplattform hinauf.

«Ein Priester!», kreischte Fabiou. «Ihr habt nicht mal einen Priester! Jedem Verurteilten steht doch zumindest ein Priester zu!»

«Halt den Rand, Castelblanc!», schrie Jean.

«Ich heiße Bèufort!»

Loís stand unter dem Galgen, betrachtete mit einem seltsamen, erschöpften Blick aus seinem einen offenen Auge die Schlinge, die vor seinem Gesicht baumelte und einen schlanken Schatten ins Gras warf. Dann wandte dieses Auge sich Fabiou zu. Sein verschwollenes Gesicht verzog sich zu etwas, was wohl ein Lächeln sein sollte, während St. Roque, strahlend vor Begeisterung, nach der Schlinge griff, um sie ihm um den Hals zu legen.

Ein Wunder, lieber Gott, ich habe dich noch nie wirklich um etwas gebeten, aber heute bitte ich dich um nicht mehr und nicht weniger als ein Wunder, dachte Fabiou. Obwohl der rationalen Seite seines Ichs natürlich klar war, dass das Wunder, das er da verlangte, schon alttestamentarischen Ausmaßes sein musste, um Loís jetzt noch zu retten.

Aber Fabiou hatte Glück. Gott war offensichtlich in gnädiger Stimmung heute. Zumindest, was Loís betraf.

***

Arnac de Couvencour parierte so schlagartig sein Pferd, dass Sébastien beinahe gegen ihn geprallt wäre. «Was ist?», keuchte er erschöpft. Sie waren seit ihrem Aufbruch aus Ais ununterbrochen geritten, die meiste Zeit in vollem Galopp. Und das nach einer erstens durchzechten und zweitens schlaflosen Nacht, die Prügel, die er zwischendurch bezogen hatte, gar nicht mitgerechnet.

Arnac saß halb vornübergebeugt auf seinem Pferd und starrte durch die Bäume auf den Hügel, der vor ihnen lag. «Mergoult», sagte er.

Sébastien schloss mit ihm auf. «Da», flüsterte er.

Arnac sah es gleichzeitig auch. Von der Burg auf der Höhe des Hanges wälzte sich ein Zug von Reitern talwärts. Sébastien erkannte die beiden Mergoults und ihre Getreuen und den Baroun d'Oppède. Und …

«Da ist Loís», flüsterte er. «Siehst du? Da, auf dem Pferd. Himmel, sieht der übel aus! Und … Herr Jesus, da ist Fabiou!»

Arnac blickte stumm auf den kleinen Bèufort, der hinter den Reitern den Hang herunterrutschte. «Immerhin, sie leben noch», murmelte er abwesend.

«Und?» Sébastien warf einen verzweifelten Blick in die Runde. «Was machen wir jetzt?»

Arnacs Blick ging über den Hügel, über die Ebene davor, schließlich zu der Ansammlung von Bauernhäusern, hinter der sich der Galgen erhob. «Wir könnten …» Er brach ab. Er rang nach Luft.

«Wir müssten …» In sein Gesicht war plötzlich so etwas wie Verzweiflung getreten.

«Arnac, das ist hoffnungslos!» Sébastien schüttelte den Kopf, nervöser als beabsichtigt. «Schau die dir an! Das sind … fünfzehn, ach was, zwanzig Waffenknechte. Und dazu noch Maynier und der Mergoult'sche Freundeskreis! Dreißig gegen zwei! Wir sind gut, Arnac, klar, aber gegen die Übermacht haben wir keine Chance!»

«Wenn wir sie irgendwie … ablenken könnten …» Hektisch zuckten Arnacs Augen von den Reitern zum Dorf und vom Dorf zu den Reitern.

«Ablenken? Wie? Sollen wir das Dorf abfackeln oder was?»

«Nein, aber …»

Die Reiter hatten den Platz am Galgen erreicht. Sébastien sah zu, wie sie von den Pferden stiegen, wie Maynier sich auf seinem Stuhl platzierte, wie Bertran und Alexandre ihr Werk am Galgen begannen. «Arnac … mein Gott, Arnac, was sollen wir tun, wir haben nur noch ein paar Minuten, Jesus, Arnac!»

Arnac antwortete nicht. Stumm saß er im Sattel, die pechschwarzen Augen fest auf das Dorf und den Galgen gerichtet und auf die Menschen, die ihn umschwärmten. Sein Gesicht war weiß geworden.

Hinter dem Dorf schwang jetzt die Schlinge vom Querbalken des Galgens, sanft von einem kühlen Morgenwind bewegt. Und über den Köpfen der Zuschauer erschien Loís, emporgezogen von den beiden Bewaffneten.

«Scheiße! Oh Scheiße, verdammte!», stöhnte Sébastien. «Die machen Ernst, Arnac! Oh Scheiße, was sollen wir jetzt bloß …» Er brach ab und starrte Arnac an.

Arnac bekreuzigte sich. Nicht die übliche, flüchtige Handbewegung. Ganz langsam ging seine Hand von seiner Stirn zu seinem Herz und von dort zu beiden Schultern. Wie etwas, von dem man weiß, dass man es zum letzten Mal tut. Wie sich ein Soldat bekreuzigt auf dem Weg in eine letzte Schlacht. «Bleib hier», sagte er zu Sébastien. Dann drückte er dem Pferd die Hacken in die Seite und sprengte los.

Sébastien brauchte drei Schrecksekunden, bis er begriff, was eigentlich geschah, und da war Arnac bereits heraus aus den Bäumen und auf halbem Weg zum Dorf. «Oh Scheiiiße», schrie er noch mal und galoppierte Arnac hinterher.

***

Zu seiner großen Enttäuschung kam Bertran nie dazu, Loís die Schlinge um den Hals zu legen. Hinter ihm erscholl ein vielstimmiger Aufschrei, woraufhin er sein Vorhaben völlig vergaß, das Seil losließ und sich umdrehte.

Die Bauern waren auseinandergesprungen. Ein einzelner Reiter preschte durch ihre Mitte, flog über den Platz und mitten hinein in die Gruppe der Kriegsknechte, die brüllend beiseitesprangen, während das Pferd sich aufbäumte und wirbelnde Hufe in die Luft traten. Ein Degen blitzte in der Morgensonne. «Aus dem Weg!», schrie der Reiter, während das Pferd stieg, sich drehte und wieder stieg. Maynier sprang auf die Füße. Fabious Augen schienen aus den Höhlen fallen zu wollen. Alexandre riss den Degen aus der Scheide und sprang nach vorne. «Couvencour!», brüllte er. «Haltet ihn, lasst ihn nicht entkommen, es ist Couvencour!»

Wieder Hufschlag, ein zweites Pferd, dass zwischen den Häusern hervorschoss und schlitternd und schnaubend neben dem ersten zu stehen kam. «Haltet sie!», kreischte Alexandre, und die Waffenknechte überwanden ihren Schrecken, drangen mit gezogenen Waffen auf die Reiter ein.

«Halt!», schrie Arnac. «Keinen Schritt weiter! Ich verspreche euch, ich bringe mindestens fünf von euch um, bevor ihr mich überwältigen könnt! Fragt euren Baroun, der weiß, dass das stimmt.»

Die Waffenknechte zögerten. Unsichere Blicke trafen Alexandre de Mergoult. Sébastien hielt sein Pferd an Arnacs Seite. Er hatte den Degen gezogen, keuchend starrte er auf die Bewaffneten, die sie umgaben.

«Vater – darf ich Euch Arnac de Couvencour vorstellen? Der Sohn des berüchtigten Ketzers. Und nebenbei selbst wegen Ketzerei gesucht.» Alexandre grinste höhnisch.

Arnacs Augen verengten sich zu zwei schmalen Schlitzen. «Lasst Loís frei. Sofort», zischte er.

«Arnac.» Alexandre schüttelte spöttisch den Kopf. «Du bist nun wirklich nicht in der Lage, Forderungen zu stellen. Ihr seid zu zweit und wir sind … na, so grob geschätzt dreißig. Du hast keine Chance, Arnac, nicht die allergeringste.»

Arnac lachte. Es war ein böses, kaltes Lachen, das Fabiou einen eiskalten Schauer den Rücken herunter jagte. «Dann holt mich doch, ihr Angeber. Na los! Ich mache keine leeren Worte! Es wird eine Menge Blut fließen, bevor ihr mich habt!»

Mergoult warf seinen Waffenknechten Blicke wie Giftpfeile zu. Es war klar, dass sie Arnacs Drohung gewiss nicht für leere Worte hielten. Sie rührten sich nicht von der Stelle.

Arnac lächelte, ein seltsames, verächtliches Lächeln. So als sei die ganze Situation nur eine lästiges, kleines Ärgernis. «Ich mache dir einen Vorschlag, Mergoult», sagte er. «Du lässt diesen Jungen gehen. Warum auch nicht, er bedeutet dir doch nichts. Und dafür ergebe ich mich, ohne Kampf, ohne Blutvergießen. Wenn du ablehnst … nun, dann wird es einen Kampf geben, und ich kann dir jetzt schon versichern, dass du mich nicht lebend in die Hände bekommen wirst. Also, Mergoult, denk nach, wer dir wichtiger ist – Loís oder ich.»

Es war totenstill auf dem Platz geworden. Fabiou stand da mit offenem Mund. Sébastien kniff sich ins Ohr, um sicherzugehen, dass er nicht träumte. Auf der Galgenplattform schüttelte Loís langsam und gequält den Kopf.

Mergoults perplexer Blick ging zu seinem Vater, der mit gerunzelter Stirn auf Arnac starrte, und zu seinen Freunden, die nicht minder perplex zurückblickten. Dann zuckte er betont lässig mit den Achseln. «Gut, Couvencour.» Er lachte wieder. Diesmal klang es am ehesten verlegen. «Also gut.» Er räusperte sich, warf einen unbehaglichen Blick in die Runde. «Ähm … lasst den Pferdeknecht gehen.»

St. Roque machte ein enttäuschtes Gesicht, doch zwei der Waffenknechte, die wirklich nicht sonderlich scharf auf einen Kampf gegen diesen komischen Irren waren, sprangen augenblicklich die Stufen zum Galgen empor und zerrten Loís nach unten. Mergoult sah zu Arnac hinüber. «So, bitte. Und was jetzt?»

«Macht ihn los. Und gebt ihm sein Pferd zurück. Ihnen beiden.» Arnac nickte Fabiou zu.

Mit einer Handbewegung schickte Mergoult einen der Diener los, die Pferde holen. Einer zog ein Messer und schnitt Loís' Fesseln durch. Der Diener kehrte zurück, drückte Fabiou die Zügel der beiden Pferde in die Hand. Loís war stehen geblieben, vor Arnacs Pferd. Sein linkes Auge war gähnend weit aufgerissen. Arnac sah ihn an. «Jetzt bist du für sie verantwortlich», sagte er.

Fabiou lief auf Loís zu und nahm ihn am Arm. «Komm», flüsterte er. Loís rührte sich nicht. «Komm endlich!», flehte Fabiou. Endlich bewegte sich Loís, humpelte auf Fabious Arm gestützt zu seinem Pferd und zog sich in den Sattel.

Fabiou blickte Arnac an und kämpfte verzweifelt gegen den unwiderstehlichen Drang, einfach loszuheulen. Das war das Letzte, was er wollte, vor den Augen der Mergoults herumzuflennen. «Wenn ich je meine Ballade schreibe, dann kannst du sicher sein, dass ich dich als Helden nehme», stieß er hervor.

«Oh Mann, hau endlich ab!», fauchte Arnac.

Fabiou rannte zu seinem Falben und schwang sich in den Sattel. Arnacs Blick ging zu Sébastien. «Los, verschwinde!», flüsterte er verzweifelt.

Sébastien schüttelte den Kopf.

Fabiou griff die Zügel von Loís' Pferd und trieb die Tiere an, bis sie in Galopp fielen. Die Menschen traten beiseite, und sie verschwanden zwischen den schäbigen Hütten der Bauern.

«Also, was ist jetzt, Couvencour?», rief Alexandre de Mergoult. «Falls du es dir anders überlegt hast, darf ich daran erinnern, dass du hier ohnehin nicht mehr lebend 'rauskommst. Also ergib dich endlich!»

Es war schade, dass Fabiou schon weg war, denn der Poet in ihm wäre begeistert gewesen von der lässigen Handbewegung, mit der Arnac Mergoult seinen Degen vor die Füße schleuderte, wo er zitternd im Sand stecken blieb. Dann schwang er sich aus dem Sattel.

Sébastien konnte nicht einmal «Scheiße» sagen, so schnell hatten sich die Waffenknechte von allen Seiten auf Arnac gestürzt und ihn festgehalten. «Passt ja auf!», rief Mergoult ihnen zu. «Der Kerl ist schnell wie ein Wiesel und hinterhältig wie eine Viper!»

Dann drehte er sich zu seinem Vater um. «Wieder ein Ketzer weniger», sagte er grinsend.

Der Baroun seufzte. «Ich muss los», sagte er. «Wenn ich in Aix bin, schicke ich Alest hier 'raus, dass er den Kerl abholt. Du verwahrst ihn so lange.» Er schritt auf sein Pferd zu, machte es vom Baum los und entfernte sich.

«In Ordnung, Vater. Auf Wiedersehen», rief Mergoult ihm hinterher, stolz wie ein Sohn nur sein kann. Dann drehte er sich zu Arnac um. «Ich habe immer gesagt, irgendwann rechnen wir zwei miteinander ab», sagte er und schlug ihm die Faust ins Gesicht.

«He!» Sébastien war mit einem Sprung vom Pferd und hatte den Degen aus der Scheide gerissen. «He, was soll das? Das ist gegen alle Grundsätze der Ritterlichkeit, einen wehrlosen Mann zu schlagen! Zieh deine Waffe, wenn du dich traust, und …»

Weiter kam er nicht, denn in diesem Moment bohrte sich ein ziemlich spitzer Gegenstand in seinen Rücken. «Lass den Zahnstocher fallen, Franzose», sagte die Stimme von Mergoult Junior.

«Was soll das?», fragte Sébastien ärgerlich.

«Du sollst die Waffe fallen lassen! Wird's bald?» Der Druck in seinem Rücken verstärkte sich. Mit einem Fluch ließ Sébastien den Degen fallen. Jean hob ihn auf. Er grinste über sein ganzes pickelgeschädigtes Gesicht. «Er ist sicher auch ein Ketzer, nicht wahr, Alexandre?», meinte er. «Er ist der Freund von einem Ketzer, also ist er selbst ein Ketzer.»

«Das ist ja wohl der größte Blödsinn, den ich je gehört habe!», schimpfte Sébastien.

Mergoult trat auf ihn zu. Er lächelte. Es war dasböseste Lächeln, das Sébastien in seinem ganzen Leben gesehen hatte. «Das, Jean», sagte er, «wird die Inquisition feststellen. Los», rief er den Waffenknechten zu, «bringen wir sie auf die Burg.»

Sébastiens leichenweißes Gesicht wandte sich Arnac zu, der schniefend seine blutende Nase an seinem Ärmel abwischte. «Ich habe doch gesagt, du sollst gehen!», zischte er wütend.

Sébastien schüttelte den Kopf. Er sah aus, als ob er sich gleich übergeben würde. «Wir sind doch Freunde», brachte er hervor.

Die Bauern zerstreuten sich. Es gab nichts mehr zu sehen.

***

Sie ritten im Galopp, bis sie das Dorf weit hinter sich gelassen hatten und sie sicher waren, dass ihnen niemand folgte. Dann fielen sie in eine leichtere Gangart. Fabiou schielte unsicher zu Loís hinüber, der mit wächsernem Gesicht im Sattel hing. «Geht's dir gut?», fragte er ängstlich.

«Sie werden ihn umbringen», flüsterte Loís. «Und es ist meine Schuld.»

«Vielleicht ist noch nicht alles zu spät!», meinte Fabiou. «Er ist ein Adliger. Sie können ihn nicht einfach töten. Sie werden ihm einen ordentlichen Prozess machen. Vielleicht hat er ja Glück, ich meine, was hat er schon groß getan, außer Mergoult wegen der Sache mit der Hexe anzugreifen! Deswegen kann man doch keinen hinrichten, oder?»

Loís antwortete nicht. Er weinte.

Sie ritten weiter. Die Sonne näherte sich dem Zenit, als sie die Durenço überquerten. Sie mussten langsam reiten; Loís war so erschöpft, dass er sich kaum im Sattel halten konnte. Sie erreichten das Waldstück, in dem sie am Vorabend mit den Mergoults zusammengestoßen waren, eine halbe Ewigkeit schien das jetzt her zu sein. Danach führte die Straße wieder aufs offene Feld hinaus. Eine unbarmherzige Sonne stand am Horizont, sendete glühende Strahlen auf das Land herab. Loís schwankte in ihrem gnadenlosen Glanz, sein Gesicht war blass und schweißbedeckt, er sah aus, als habe er Fieber. Fabiou fragte, ob sie lieber anhalten sollten, aber er wollte so schnell wie möglich nach Ais und Hilfe für Senher Couvencour holen.

Fabiou war grenzenlos erleichtert, als das nächste Waldstück kam und sie sich endlich unter den schützenden, schattenspendenden Kronen der Bäume befanden. Zwar war es auch hier heiß, die Hitze stand zwischen den Bäumen wie in einem Dampfbad, doch wenigstens waren sie nicht länger den sengenden Sonnenstrahlen ausgesetzt.

Langsam ritten sie weiter. Friedlich lag der Wald zu beiden Seiten, kaum ein Vogel war zu hören, es war einfach zu heiß dazu, jede vernünftige Kreatur hatte sich im Schatten verkrochen und war bemüht, sich nicht unnötig zu bewegen.

Und aus der grenzenlosen Stille des Waldes stürzte ein kleines, zerzaustes Wesen, kullerte den Hang zur Linken herunter, stolperte auf den Weg hinaus, wo es mitten auf der Straße auf die Knie fiel. «Fabiou», sagte es.

Er fiel mehr vom Pferd herunter, als dass er abstieg, doch noch schneller war Loís, glitt vom Pferd herab, humpelte auf das Wesen zu, das er mit beiden Armen umklammerte. «Frederi!», schrie er. «Oh Gott, Frederi!»

Fabiou war neben ihnen auf die Knie gesunken, streichelte mit zitternden Händen das Gesicht des Knabens, das so grau war wie der Fels zu ihren Füßen, die Augen verschwunden in tiefen, schwarzen Höhlen. «Nicht weiterreiten, Fabiou», sagte Frederi Jùli. «Es ist eine Falle. Der Genevois wartet dahinten. Er will dich töten.»

Loís heulte. Über seine Hände strömte Blut, tropfte auf den Boden unter Frederi Jùlis zierlichem Körper, durchtränkte sein verschmutztes Hemd. «Frederi», schluchzte er. «Frederi.»

«Mann, bin ich froh, dass dir nichts passiert ist, Loís», murmelte Frederi.

Fabiou packte Loís an der Schulter. «Wir müssen weg hier!», krächzte er. «Gib ihn mir, dir geht's doch nicht gut.» Er zerrte Frederi Jùli dem schluchzenden Loís aus den Armen. Er begann am ganzen Körper zu zittern. Frederi Jùlis Wams war über und über mit Blut durchtränkt. Er schleppte den Jungen zum Pferd, hielt ihn an einer Hand fest, während er in den Sattel kletterte, und Frederis Füße knickten ein und er hing an seiner Hand wie eine leblose Gliederpuppe, der Kopf baumelnd, die Hand schlaff nach unten hängend. Blut tropfte mit einem gleichbleibenden Plock-Plock von dieser Hand auf den Felsen. Fabiou zog Frederi Jùli nach oben, setzte ihn vor sich in den Sattel und umklammerte ihn mit einem Arm. «Komm, Loís!»

Er redete die ganze Zeit auf Frederi Jùli ein, während sie den Weg zurückgaloppierten und die Pferde dann nach rechts, auf das freie Feld lenkten. Dass alles gut würde, dass er ihn nach Hause brächte und dass Docteur Grattou ihn wieder ganz gesund machen würde.

Und gleichzeitig betete er. In seinem ganzen Leben hatte er nicht so viel gebetet wie an diesem einen Tag. Bitte, lieber Gott, betete er, lass nicht zu, dass er stirbt. Wenn unbedingt einer sterben soll, dann lass das mich sein, aber bitte nicht meinen Bruder!

***

Sébastiens wütenden Protesten zum Trotz, der nicht aufhörte, darauf hinzuweisen, dass eine solche Behandlung eines Edelmannes unwürdig und ein Verstoß gegen jede Ritterehre war, ließ Alexandre de Mergoult den beiden wie zuvor Loís die Hände auf den Rücken fesseln, bevor er sie wieder auf die Pferde setzen ließ, um sie zur Burg hinaufzubringen. «Reine Vorsichtsmaßnahme», meinte er grinsend. «Damit ihr nicht auf dumme Gedanken kommt.»

«Wieso sollten wir?», fragte Arnac. Seine Nase sah etwas verschwollen aus, aber das tat seinem unverschämten Grinsen keinen Abbruch. «Für die dummen Gedanken hast du doch deine Bande von Großschwätzern.» Er wies mit dem Kinn in Richtung St. Roque, Brieul und Jean de Mergoult.

«Halt die Fresse, Ketzer!», schrie Jean wütend. «Sonst schlag ich sie dir ein!»

«Nein, wie mutig Klein-Jean auf einmal ist, kaum dass er weiß, dass er nicht mehr mit Gegenwehr zu rechnen hat», meinte Arnac spöttisch. Sébastien betrachtete ihn zweifelnd. Er war sich nicht sicher, ob Arnacs freche Bemerkungen ihrem Wohlergehen so zuträglich waren.

Sie machten sich auf den Weg zur Burg. Mergoult ritt mit seinen Freunden voraus, dann folgten die Bewaffneten mit den beiden Gefangenen. Alles beäugte Sébastien und Arnac mit einem Misstrauen, als ob die beiden in den nächsten Sekunden einen Ausfall planten. Arnac hatte den Kopf zurückgelegt und betrachtete den Steinklotz, der sich vor ihnen erhob. «Netter Kasten», sagte er grinsend. «Sieht so aus, als sei er das letzte Mal 1325 renoviert worden. – Ach nein, kann nicht sein, da waren die Mergoults ja noch gar nicht in den Stand der Adligkeit erhoben.»

Alexandres Augen waren sehr dunkel und sehr böse. «Halt dein Maul, Couvencour, ich rat's dir. Oder ...»

«Oder was? Oder du bringst mich um? Tsts, da wird dein Papa aber enttäuscht sein, Alexandre, so wie er sich darauf freut, mich an der Pin de Genas baumeln zu sehen.»

Vor ihnen öffnete sich das Burgtor wie das gähnende Maul eines Ungeheuers, so zumindest kam es Sébastiens überreiztem Geist vor. Ein Ungeheuer, das das Maul aufsperrte, um sie zu verschlucken, und es dann wieder zuschnappen ließ. Sie waren drinnen.

Sébastien runzelte die Stirn. Arnac pfiff leise durch die Zähne.

Eine einsame Burg fernab aller Städte brauchte Mittel und Wege, sich zu verteidigen, doch das rechtfertigte keinesfalls das Waffenarsenal, das sich unter einem Holzvorbau im hinteren Teil des Hofes stapelte. «Jesus, Mergoult … das ist genug Sprengpulver, um den Louvre in die Luft zu jagen. Willst du Madrid einnehmen, oder was?», fragte Arnac.

Mergoult grinste. «Die Zeiten, wo ihr Protestanten eine große Lippe riskieren konntet, sind vorbei, Couvencour», meinte er. «Wir haben mit den Waldensern aufgeräumt. Und jetzt sind die Protestanten dran!»

«Ah, so ist das.» Arnac grinste spöttisch. «Du solltest bloß eines nicht vergessen, Mergoult – '45 hat den Protestanten gezeigt, dass man von Leuten wie euch keine Gnade zu erwarten hat. Die werden sich nicht widerstandslos abschlachten lassen wie damals die Waldenser.»

«Die sollen nur versuchen, Widerstand zu leisten!», konterte Mergoult. «Die werden sehen, was sie davon haben, das verspreche ich dir!»

Arnac seufzte, wie ein Erwachsener seufzt, der ein dummes, uneinsichtiges Kind vor sich hat. «Ich wäre an deiner Stelle vorsichtig, Mergoult», meinte er. «Was ihr vorhabt, ist nicht nur ein Abenteuerspiel, das ist Krieg. Und dazu braucht es ein bisschen mehr als deine großspurigen Worte. Nur weil du mit lautem Gebrüll deinen Degen durch die Luft schwenkst und dich für den Allergrößten hältst, fällt ganz bestimmt kein Protestant tot um.»

Das war entschieden eine Provokation zu viel.

Mit einer blitzschnellen Bewegung war Alexandre zu Arnac herumgewirbelt und hatte ihm seine Reitpeitsche ins Gesicht geschlagen. Arnac schwankte, seine Augen tanzten in seinem Gesicht, während ein Regen aus Blut von seiner Stirn tropfte. Im selben Moment hatte Mergoult auch schon Arnacs rechtes Bein gepackt und ihn aus dem Sattel gehebelt, und unfähig, sich festzuhalten, krachte Arnac wie ein Stein auf den Burghof.

Sébastien schrie auf. Keuchend lag Arnac auf dem Boden, versuchte, auf die Füße zu kommen, doch da war Mergoult auch schon neben ihm und begann in rasender Wut auf ihn einzuschlagen und mit beiden Füßen nach ihm zu treten. «Aufhören, seid Ihr wahnsinnig?», kreischte Sébastien, und: «Das ist ehrlos! Das ist feige! Das ist unchristlich! Das ist gegen alle Grundsätze von Ritterlichkeit!»

Falls Alexandre de Mergoult jemals etwas von Ritterlichkeit und Ehre gehalten hatte, in diesem Moment war ihm offensichtlich beides mehr als egal. Arnac schlitterte auf dem Boden rückwärts, in dem verzweifelten Versuch, sich vor Mergoults Schlägen in Sicherheit zu bringen, was ebenso aussichtslos war wie Sébastiens moralisches Plädoyer. Die anderen waren von den Pferden gestiegen, sahen mit offenem Mund zu, wie Mergoult auf Arnac einschlug. Jean grinste verdattert. Andréu d'Estrave machte entsetzte Kulleraugen. Brieul hatte die Stirn gerunzelt. St. Roque schrie: «Jawohl, zeig's ihm, dem verdammten Ketzer!», und die anderen schwiegen, zu perplex, um auch nur einen Ton herauszubringen. Ein paar Diener kamen aus dem Wohngebäude, verrenkten neugierig den Kopf und machten, dass sie wieder nach drinnen kamen. Sie waren wahrscheinlich heilfroh, dass Mergoult seine Wut nicht an ihnen ausließ.

«Verflucht!», schrie Sébastien und versuchte, aus dem Sattel zu klettern. Leicht gesagt, wenn einem die Hände auf den Rücken gebunden sind. Irgendwie gelang es ihm schließlich, ein Bein über den Widerrist des Pferdes zu schwingen und nach unten zu springen. Er rannte auf Alexandre zu. «Mergoult!», schrie er. «Aufhören, sofort!» Er kam nicht weit. St. Roque packte ihn am einen Arm, Jean am anderen. «Stehenbleiben, Franzose!», schrie der Junge. «Sonst mache ich dich alle!»

«Ihr spinnt ja!», schrie Sébastien in Panik. «Ihr spinnt ja alle total!»

«Alexandre», sagte Brieul. Er war etwas blässlich um die Nase.

Mergoult reagierte nicht. Er schlug weiter auf Arnac ein.

«Alexandre, verdammt!» Brieul war vorgeschossen und hatte Mergoult am Arm gepackt. «Bist du wahnsinnig, oder was? Willst du ihn totschlagen? Das wäre Mord, das solltest du als Jurist eigentlich wissen! Und wozu das Ganze? Er ist so gut wie zum Tode verurteilt, das weißt du genauso gut wie ich!»

Keuchend starrte Mergoult ihn an. Dann ließ er langsam seine Reitpeitsche sinken und wandte sich wieder um, zu Arnac, der zusammengekrümmt auf dem Boden lag. Auf seinem Wams breiteten sich zahllose rote Flecken aus. Mergoult zog seinen Degen und tippte ihn Arnac auf die Brust. «Ich könnte dich jetzt töten», sagte er heiser.

Die Antwort kam durch Zähne, die mit der Gewalt eines Schraubstocks zusammengepresst waren. «Dann… tu's… doch…»

«Ich denke ja gar nicht dran. Ich will doch die Inquisition nicht um ihren Spaß bringen.» Mergoult kicherte. «Los, steh auf, du Mistkerl!» Er packte Arnac am Kragen und zog ihn auf die Füße. Arnac verdrehte die Augen; für einen Moment sah es so aus, als ob er in Ohnmacht fallen würde, aber dann fixierte sein Blick wieder. «Lass… Trévigny… gehen», stieß er hervor. «Er hat… nichts damit zu tun. Das ist eine Angelegenheit… zwischen mir… und dir.» Seine Unterlippe war aufgeplatzt und grotesk aufgeschwollen. Es war fast unmöglich, seine Worte zu verstehen.

«Wie viel Trévigny mit dieser Angelegenheit zu tun hat, wird die Inquisition herausfinden!», erwiderte Mergoult kühl.

«Ganz schön übertrieben», keuchte Arnac, «einen Mann an die Inquisition auszuliefern, bloß weil er dich mal im Duell besiegt hat.»

«Du hältst jetzt dein Maul, verdammter Ketzer, und kommst mit!», herrschte Mergoult ihn an und schleifte Arnac auf das Hauptgebäude zu. Arnacs Beine knickten ein, hätte Mergoult ihn nicht festgehalten, wäre er unweigerlich zusammengeklappt. Sébastien betete verzweifelt, dass Arnac Mergoults Forderung beherzigen und endlich den Mund halten würde. Es war ansonsten mehr als zweifelhaft, dass er die nächsten fünf Minuten überleben würde.

Zwei Waffenknechte griffen jetzt ein und schoben Sébastien hinter Alexandre und Arnac auf eine Tür zu, die drei Schritt neben dem Haupteingang eingesenkt im Boden lag. Die Tür schwang auf. Sébastien rang nach Luft.

Eine Treppe führte da in eine undurchdringbare Dunkelheit hinab, eine Treppe, schmal, feucht und unheimlich steil, eingezwängt zwischen glänzenden schwarzen Wänden, von denen Feuchtigkeit tropfte wie Angstschweiß. Das Knarren der Tür hallte böse aus einer unabsehbaren Tiefe wider. «Was ist das?», krächzte Sébastien. «Wo bringt ihr uns hin?» Das Echo verzerrte seine eigene Stimme zu einem hohlen Geisterlachen.

«Herzlich willkommen!», sagte Alexandre mit einem grimmigen Grinsen. «Unser Trakt für liebe Gäste!»

«Wir sind Edelleute!», begann Sébastien verzweifelt. «Uns stehen angemessene Haftbedingungen zu! Ihr könnt uns nicht einkerkern wie Schwerverbrecher! Wir haben Anrecht auf anständige Behandlung und standesgemäße Unterbringung! Wenn Ihr uns das gewährt, habt Ihr unser Ehrenwort, dass wir keinen Fluchtversuch unternehmen werden, und …»

«Herr im Himmel, stopft endlich diesem wandelnden Ritterroman da hinten das Maul!», stöhnte Mergoult.

«Gib's auf, Sébastien», krächzte Arnac. «Der kommt aus einer Familie, wo man es für den guten Ton hält, zu Ostern ein paar tausend Frauen und Kinder abzuschlachten. Der weiß vermutlich nicht mal, wie man das Wort Ritterlichkeit buchstabiert …»

«Schluss jetzt, du Scheißkerl!», schrie Mergoult mit überschnappender Stimme. Und stieß zu.

Sébastien schrie. Brieul schrie. Andréu d'Estrave starrte mit offenem Mund auf Arnac, der einen Moment lang mit weit aufgerissenen Augen auf der obersten Treppenstufe balancierte, um dann rücklings in die Tiefe zu stürzen, zwei Schritt, bis er auf den Stufen auftraf und sich überschlug, und dann weiter, rollend und schlitternd aus dem Lichtkreis entschwindend, so dass man nur noch das Geräusch hörte, mit dem sein Körper wieder und wieder auf den Stufen aufschlug, und dann Stille.

Es war ruhig, so ruhig. Andréu d'Estrave hob die Hand und strich sich mit einer fahrigen Bewegung eine seiner braunen Locken aus dem Gesicht. «Mann!», sagte Jean de Mergoult in restloser Faszination. «Oh Mann!» Brieul starrte Alexandre an mit offenem Mund und schüttelte fassungslos den Kopf. «Du bist verrückt», sagte er. «Mein Gott, du bist verrückt.»

Auch Alexandre schien jetzt plötzlich beunruhigt zu sein. «Verdammt, warum ist hier kein Licht?», fuhr er einen der Knechte an. «Ich brauche Licht!» Der Knecht rannte los, eine Entschuldigung murmelnd. Sébastien stand starr vor Entsetzen am Kopf der Treppe.

Das Licht kam; eine Fackel, die von den hinten Stehenden nach vorne durchgereicht wurde, und Alexandre ergriff sie mit einem unwirschen Knurren und sprang die Stufen hinunter. Ihm folgten Brieul, der nicht aufhörte, den Kopf zu schütteln, St. Roque, lässig wie immer, und die Jungs um Jean, eben so albern wie verängstigt kichernd. Sébastien stolperte hinterdrein, die halsbrecherisch steile Stiege hinunter. Er zitterte am ganzen Körper. Er konnte sich schlichtweg nicht vorstellen, dass Arnac diesen Sturz überlebt haben sollte.

Mit einem Satz war Alexandre auf dem Absatz am Fuß der Treppe und hatte sich über Arnac gebeugt, der reglos an der Wand lag. Der Schein der Fackel fing sich in Arnacs halbgeöffneten Augen. Sie blinzelten. Offenbar hatte Arnac einen Schädel aus Granit.

Mergoults Lachen klang jetzt doch eher erleichtert als spöttisch, als er «Na, sanft gelandet, Couvencour?» rief. Arnacs Lippen bewegten sich, aber falls er etwas sagte, war es zu leise, als dass einer der Übrigen es verstand.

«Los», Mergoult fuchtelte mit den Händen in der Luft herum, in Richtung der Waffenknechte, «schafft sie rein, ich will jetzt endlich zum Essen!» Er drehte sich um, starrte irritiert auf Brieul, der ihn ansah und abermals den Kopf schüttelte. «Was willst du?», schrie Alexandre. «Ist doch nichts passiert! Dem geht's doch gut, dem kleinen Ketzer! Also, was gibt's zu meckern?»

«Gott, du bist so ein Arschloch, Alexandre», sagte Brieul und stieg die Treppe hinauf.

Mergoult sah einen Moment lang ungläubig hinter ihm her, dann schrie er, schäumend vor Wut: «Also los jetzt, los!»

Jemand schloss eine Tür zu ihrer Linken auf, eine schwere Eichentür mir Eisenbeschlägen, schwarz vom Alter. Durch Sébastiens Geist schossen im Bruchteil einer Sekunde sämtliche Horrorgeschichten, die er in seinem Leben über Leute gehört hatte, die man über Jahre in irgendwelchen feuchten Löchern eingekerkert hatte, bis sie verhungerten oder an der Schwindsucht starben oder den Verstand verloren. Jemand packte ihn an den Schultern und schob ihn durch die Tür.

Es war um keinen Deut besser, als Sébastien es sich vorgestellt hatte. Er stand in einem Kellergewölbe, etwa vier mal vier Schritt groß, eine hohe Decke, von der Spinnweben herabhingen wie ein Baldachin aus schmutzigweißem Tüll. Grüner Schimmel klebte auf den feuchten Wänden, in einer Ecke fiel ein Wassertropfen von der Decke, ein langsames stetiges Plick; den Stein, auf dem er auftraf, hatten seine jahrzehntelangen Bemühungen glattgeschliffen. Ein Geruch von Fäulnis und Alter hing in der stehenden Luft; der einzige Schimmer Lichts kam von der Fackel, die ein Knecht hinter Sébastien in den Händen hielt, der Raum hätte tausend Fuß unter der Erde liegen können, so hermetisch abgeriegelt war er.

Es war eisig kalt.

Bisher war es die Entrüstung gewesen, die Sébastiens Protest motiviert hatte, die Empörung über die unglaublich unwürdige Behandlung, die ihnen widerfuhr. Jetzt war es nackte Todesangst. So aussichtslos es war, er begann mit einem neuen Vortrag über sein Recht auf standesgemäße Behandlung, über Ehre und Würde und christliche Nächstenliebe. Keiner schien davon auch nur Notiz zu nehmen. Hinter ihm wurde Arnac zur Tür hereingeschleift. Sébastien fühlte, wie sich jemand an seinen Händen zu schaffen machte, und im nächsten Moment löste sich die Schnur, die seine Handgelenke zusammengehalten hatte. Er merkte erst jetzt, dass seine Finger bereits völlig eingeschlafen waren. Viel Zeit zur Freude blieb ihm allerdings nicht. Zwei der Knechte stießen ihn gegen die Wand. Er war so geschockt, dass er überhaupt keinen Widerstand leistete, als sie seinen rechten Arm beiseite zogen und ein rostiger Metallring sich um sein Handgelenk schloss. Er war über eine ebenso rostbraune Kette mit der Wand verbunden. «Mergoult», krächzte er in Panik, «das könnt Ihr nicht machen, wir sind keine Wegelagerer, die Ihr in Ketten legen könnt, Mer… he …» Er brach keuchend ab. Der Knecht hatte den Metallring zugedrückt, als ob er vorhabe, ihm auf diese Weise das Handgelenk zu zerquetschen, und mit einem hässlichen Quietschen rastete ein Bolzen ein. Sébastien stand starr vor Entsetzen an der Wand. Er kannte einige Geschichten über Edelleute, die von tyrannischen Herrschern in Ketten gelegt worden waren, und oft hatte er gedacht, wie furchtbar entwürdigend eine solche Lage sein musste. Nie war er auf den Gedanken verfallen, dass es wehtun könnte.

Als sie nach seiner anderen Hand griffen, wehrte er sich. Er trat einem der Waffenknechte seinen Stiefel gegen den Oberschenkel und boxte den zweiten gegen die Schulter. Es war aussichtslos. Drei andere eilten herbei, und zehn Sekunden später war auch sein linker Arm an der Wand festgekettet. Sie ließen ihn stehen. Sébastien blickte nach rechts, wo sie Arnac gegen die Wand gelehnt hatten und ihn nun ebenso festmachten. Er sah furchtbar aus. Sein Gesicht hatte das Weiß der Spinnweben über seinem Kopf angenommen, bedeckt von roten Schlieren. «Mergoult», sagte er. Seine Stimme klang verändert. So als kostete es ihn seine letzte Kraft, überhaupt etwas zu sagen. «Mergoult, hör mir zu …»

«Halt die Klappe, Couvencour! Du kannst jetzt deine frechen Reden vor den Ratten halten!»

«Mergoult, Cristino! Sie ist in Gefahr! Jemand will sie töten, das weißt du …»

«Lass Cristino aus dem Spiel, verdammt noch mal!», herrschte Alexandre ihn an.

«Mergoult, wenn du sie wirklich liebst, dann pass auf sie auf, bitte …»

«Ach!» Mergoult machte eine wegwerfende Handbewegung und wandte sich zum Gehen. «Also dann, viel Spaß hier unten! Keine Sorge, ihr werdet nicht allzu lange hier aushalten müssen. In zwei oder drei Tagen kommt Alest und bringt euch nach Aix. Nicht, dass die Gefängnisse da wesentlich komfortabler sind, aber es ist immerhin mal etwas Neues, nicht wahr?»

Er ging. Sie gingen alle. Die Tür schlug zu, und ein Schlüssel wurde im Schloss gedreht. Sie hörten, wie sich die Schritte die Treppe hoch entfernten; einen Moment lang drang noch der schwache Widerschein der Fackel unter der Tür durch, dann wurde es dunkel.

Nicht dunkel. Dunkel!

Nicht die Art Dunkelheit, der man in einer mondlosen Nacht oder einem nächtlichen Zimmer begegnet. Nicht die Art Dunkelheit, an die sich die Augen gewöhnen können, die einen, wenn auch nicht sehen, so doch zumindest erahnen lassen, dass es eine Welt jenseits des eigenen Denkens gibt. Diese Dunkelheit war perfekt, eine Dunkelheit, als ob die Augen blind wären. Eine Dunkelheit, die nicht einmal die Erinnerung an Licht zuließ. Eine Dunkelheit, vor der man die Augen schließen musste, um nicht geblendet zu sein von ihrer Intensität. Sébastien spürte, wie sein Puls wie ein Schmiedehammer in seinem Hals raste, wie sein Atem sich beschleunigte, ein hohes, schrilles Fiepen in den ertränkenden Wogen der Dunkelheit, wie kalter Schweiß von seiner Stirn strömte, von seiner Lippe tropfte und seine Kleider am Leib kleben ließ wie Pech, und wie ein Schrei in seinem Inneren aufkeimte und seinen Kopf anfüllte bis zur letzten Gehirnkammer.

«Sébastien!»

Der Ruf brach in seine Panik wie ein Schwall Eiswasser. Japsend lehnte er an der Wand, kämpfte um Luft wie ein Ertrinkender.

«Sébastien, verdammt, dreh jetzt nicht durch!»

«Wir werden sterben!», kreischte Sébastien. «Wir werden krepieren, hier unten, verhungern und verdursten, oder die Inquisition wird uns holen, oh Gott, Arnac, oh Gott …»

«Red keinen so gottverdammten Blödsinn.» In Anbetracht der Tatsache, dass Mergoult ihn soeben halb tot geschlagen hatte, war Arnacs Kaltblütigkeit schlichtweg unglaublich. «Du wirst nicht sterben. Die Inquisition wird dir kein Haar krümmen. Du bist kein Ketzer, die können dir gar nichts bloß wegen Mergoults haltlosen Anschuldigungen. Die haben doch gar keine Beweise.»

«Beweise? Wozu brauchen die Beweise?», japste Sébastien. «Eine einzige Zeugenaussage genügt denen doch. Die foltern einen so lange, bis man selbst glaubt, dass man ein Ketzer ist! Oh Gott, Arnac!»

«Du bist ein Adliger.» Arnacs Stimme klang verwaschen. Er schien sich von Wort zu Wort zu schleppen. «Du bist ein Franzose.

Die wollen sich's doch nicht mit dem König verderben. Die werden dich nach Paris überstellen.»

«Hervorragend! Sterbe ich eben in Paris! Und was heißt da adlig! Arnac, die haben schon wesentlich wichtigere Leute als mich auf einen Scheiterhaufen gestellt!»

«Dann ... dann sag ihnen, wenn du je etwas Ketzerisches gesagt hast, dann warst du dabei betrunken, und dass es dir leid tut und dass du reumütig in den Schoß von Mutter Kirche zurückkehrst und so weiter. Dann kommst du vielleicht mit einer Geldstrafe davon.»

«Geld? Was für Geld? Ich habe keins!»

«Himmel, egal wie dein Bruder zu dir steht – bevor er zulässt, dass sie dich hinrichten, wird er ja wohl zahlen, oder?»

«Ja», murmelte Sébastien. «Ja. Wahrscheinlich schon.»

«Na, siehst du.» Ein erschöpfter Seufzer.

Sébastien holte tief Luft. Keine Panik. Alles wird gut. «Und ... und du?», fragte er.

Arnac schwieg.

«Verflucht, Arnac – warum tun die so etwas?», brachte Sébastien hervor. «Warum hassen die dich so?»

«Oh. Das hat Tradition», krächzte Arnac. «Mein Vater und Maynier hassten sich, seit sie sich das erste Mal begegnet sind. Alexandre und ich hassen uns, seit wir uns das erste Mal begegnet sind, vor zwölf Jahren, oder wann das war.»

«Vor zwölf Jahren?»

«Hm ... wir waren zusammen auf der Schule.» Er lachte heiser. Es klang geisterhaft. «Mergoult war damals schon kein bisschen anders als heute. Wer ihm nicht in den Kram passte, der wurde plattgemacht. Und ich habe mich eben schon damals nicht einfach verhauen lassen. Ich habe ihn mal vor der ganzen Schule verprügelt. Das hat er mir, glaube ich, einfach nicht verziehen.»

«Das darf doch nicht wahr sein!», rief Sébastien. «Er will dich auf einen Scheiterhaufen bringen, weil du ihn als Kind in einer Schlägerei besiegt hast? Das ist doch krank!»

«Oh, wenn man bedenkt, dass sein Vater dreitausend Waldenser hat niedermetzeln lassen, nur weil ihm die Tour d'Aigue einen Korb gegeben hat und sein Sohn mit einer Protestantin durchgebrannt ist – da erscheint mir Alexandres Verhalten im Vergleich dazu eigentlich relativ nachvollziehbar.»

Sébastien starrte in die Dunkelheit. «Ich … ich verstehe das alles nicht!», stieß er hervor. «Warum hast du das getan? Für einen Diener?»

Arnac schwieg in der Dunkelheit. «Cristino», sagte er dann. «Sie wollte es so. Sie liebt ihn.»

«Mo…moment mal. Das gibt keinen Sinn», sagte Sébastien kopfschüttelnd. Er stellte fest, dass seine Muskeln bereits jetzt so verkrampft waren, dass ihn diese einfache Bewegung anstrengte. «Du liebst Cristino, nicht wahr? Gib's zu, das ist nicht zu übersehen, so wie du sie die ganze Zeit beschützt. Cristino liebt Loís, von mir aus. Loís, einen Diener, einen Gemeinen, den sie niemals heiraten könnte, selbst wenn sie es ernsthaft vorhätte. Dann wird Loís zum Tode verurteilt. Jeder normale Mann würde Gott auf Knien danken, da der Rivale aus dem Weg ist, und auch im Interesse von Cristino, da diese unheilvolle Liebe zu einem Diener sie früher oder später ins Unglück gestürzt hätte. Und was machst du? Du rennst los und opferst dein Leben, um Loís zu retten! Das ist absurd! Das ist die schlechteste Lösung von allen! Du kriegst Cristino nicht, Loís kriegt sie nicht, da er sie nicht kriegen kann, du stirbst, Cristino vielleicht auch, weil du nicht mehr da bist, um sie zu beschützen, und alle sind unglücklich.»

«Es war dumm. Ich weiß.» Arnacs Stimme klang hohl aus der Nacht. «Aber ich kann nicht zulassen, dass …»

«Was?»

«Dass sie … jemanden verliert, den sie liebt. Und mich liebt sie nicht. Zumindest nicht so wie Loís.»

«Jesus, du bist verrückt.»

Arnac antwortete nicht.

***

Sie erreichten Ais am Nachmittag.

Frederi Jùli war still geworden, lange schon. Fabiou presste ihn an sich, während er sein Pferd durch die Mittagshitze trieb, und spürte, wie Frederi Jùlis Blut seine Kleider durchtränkte, und spürte, wie der Körper des Jungen mehr und mehr in seinen Armen erschlaffte.

Ein paar Bauern wiesen ihnen den Weg, und vor Pertus erreichten sie wieder die Straße. Von da an blieb ihr Weg unbehelligt; die Straße war jetzt so belebt, dass ein neuerlicher Hinterhalt extrem unwahrscheinlich war. Die Leute wichen ihnen aus, sobald sie das blutüberströmte Kind in Fabious Armen wahrnahmen. Viele bekreuzigten sich. Heilige Maria Mutter Gottes, sagte der Wächter an der Porto Nosto Damo, der arme kleine Junge! Ist er vom Pferd gestürzt? Fabiou hielt sich nicht mit langen Erklärungen auf.

Als sie in die Carriero de Jouque einbogen, erblickten sie Bruder Antonius, der die Straße heraufkam. Er blieb wie angewurzelt stehen. Sie sprengten in den Hof. Das Pferd stand noch nicht ganz, als Fabiou schon mitsamt Frederi Jùli aus dem Sattel gesprungen war. «Vater!», kreischte er. Der Pförtner hatte sie kommen hören und riss bereits die Tür auf. «Jesus und Maria!», schrie er. «Cavalié! Cavalié, kommt schnell!»

Frederi stürmte die Treppe hinunter, stürzte auf den Hof hinaus, und dort stand er wie angewurzelt und starrte auf Loís' verschwollenes, blutunterlaufenes Gesicht, und auf Fabiou mit seiner zerfetzten Kleidung, und schließlich auf Frederi Jùli, der in Fabious Armen hing, leblos, aschgrau, gebadet in Blut. Dann, mit zitternden Händen, tastete er nach seinem Sohn, umfasste den zerbrechlichen kleinen Körper mit seinen Armen und trug ihn die Stufen hinauf.

Fabiou blieb stehen. Es war, als hatten ihn mit der Verantwortung für Frederi Jùli auch seine Lebensgeister verlassen. Er fühlte sich unfähig, auch nur noch einen weiteren Schritt zu tun. «Fabiou!» Bruder Antonius. «Loís! Mein Gott, was ist passiert?»

Was soll schon passiert sein? Ich habe herausgefunden, dass mein Vater und mein Onkel zum engsten Kreis der Bruderschaft gehörten, ich bin ein paar Mal vom Pferd gefallen, habe mich mit den Mergoults geprügelt, in zweiundsiebzig Stunden knapp zweihundert Meilen zurückgelegt und dafür ganze fünf Stunden geschlafen, Loís ist zum Tode verurteilt worden, Arnac de Couvencour hat sich für ihn geopfert und ist jetzt in den Händen der Inquisition, und der Genevois hat Frederi Jùli eine Kugel in die Schulter gejagt. Sonst ist überhaupt nichts passiert.

«Fabiou!» Bruder Antonius hatte den Arm um ihn gelegt. «Fabiou, bist du verletzt?» Er schaffte es, den Kopf zu schütteln. «Himmel, Fabiou, ich bring dich nach oben, du musst dich hinlegen, sofort!»

Oben herrschte das Chaos. Frederi hatte seinen Sohn auf den Diwan im Salon gelegt, und da lag Frederi Jùli nun, die Lippen so weiß wie das Helle in seinen Augen. Ringsum wurden Kreuze geschlagen und Gebete gemurmelt. Maria Anno tippte fragend mit dem Finger gegen Frederi Jùlis Arm, sah dann mit offenem Mund auf den Blutstropfen auf ihrer Fingerspitze und sagte: «Fedei aua!» Theodosius an ihrer Seite grinste blöd, während er wieder und wieder fragte: «Was ist, stirbt er, stirbt er?» Der Cavalié kniete mit bebenden Händen neben dem Lager seines Sohnes. «Einen Arzt», krächzte er, «wir brauchen einen Arzt.»

«Beata, lauf und hol Docteur Grattou!», schrie die Dame Castelblanc hysterisch.

«Grattou ist kein Wundarzt!», meinte Philomenus. «Wir müssen den Modès holen.»

«Diesen Quacksalber? Der mehr Soldaten in der Garnison von Ais umgebracht hat als anno '35 der Kaiser?», protestierte Oma Felicitas.

«Wir holen Docteur Grattou!», kreischte Madaleno.

Catarino blickte verstört von einem zum anderen.

Docteur Grattou kam zehn Minuten später zur Tür hereingekeucht, von einer lamentierenden Beata hinter sich hergezogen. Er warf einen Blick in die Runde; das leblose Kind auf dem Diwan, der Cavalié an seiner Seite, der mechanisch die schlaffen Hände streichelte, Loís, der zwischen seinem Vater und Cristino an der Wand auf dem Boden saß und ebenfalls mehr tot als lebendig wirkte, Fabiou, der halb ohnmächtig in einem Sessel hing; und die ganze jammernde Verwandtschaft im Kreis. Er beugte sich zu Frederi Jùli herunter, überprüfte die Atmung, fühlte den Puls, murmelte etwas Unverständliches und meinte dann, das wäre nicht sein Bereich, man müsse den Wundarzt holen. Er winkte seinen Gehilfen herbei, gab ihm Instruktionen, wo Mèstre Modès zu finden sei, meinte, er solle demselben ausrichten, dass sein ganzes Wundinstrumentarium vonnöten sei, und schickte ihn los. Dann drehte er sich zu der Familie um, holte tief Luft und sagte: «Es sieht nicht gut aus, gar nicht gut. Ihr solltet eine Messe lesen lassen.» Und ging.

Der Cavalié verbarg sein Gesicht in den Händen. Die Dame Castelblanc schrie, oh Gott, oh mein Gott. Fabiou wurde endlich ohnmächtig. Cristino begann zu heulen. «Fedei viel aua», stellte Maria Anno fachmännisch fest. Theodosius' Grinsen war noch breiter geworden.

Eine Hand legte sich von hinten auf Cristinos Schulter. Es war Oma Felicitas. «Liegt dir etwas am Leben deines Bruders?», fragte sie kühl. Ihr Gesicht war wächsern.

«Na-natürlich!», stotterte sie.

«Dann hol deine Tante Beatrix, bevor dieser Pferdemetzger ihn in die Hände kriegt.»

Cristino starrte sie an. Sie hatte ihre Tränen völlig vergessen. Dann drehte sie sich um und rannte aus dem Raum. Sie stürzte in den Hof hinaus. Schnaubend und schweißbedeckt standen dort die Pferde. Niemand hatte daran gedacht, sie abzusatteln und abzureiben. Cristino würdigte sie keines Blickes. Sie rannte.

Noch nie in ihrem ganzen Leben war sie so gerannt. Sie stürzte vorwärts, in ihren zierlichen Hausschühchen, hindurch durch die Händler und die Marktfrauen, die Fuhrwerke und die spielenden Kinder, das steile Pflaster von Ais hinunter. Auf der Plaço dis Erbo verfing sich ihr linker Absatz in einer Ritze zwischen zwei Pflastersteinen und riss ab; sie ignorierte es, humpelte weiter, hinein in die Carriero de Santa Clara zum Konvent der Clarissinnen.

Sie warf sich gegen das Tor. «Aufmachen!», kreischte sie. «Ich muss Mutter Consolatoria sprechen! Sofort!»

Ein Fensterchen wurde geöffnet, das gestrenge Gesicht einer Nonne, umschlossen von ihrer Haube, erschien in der Öffnung. «Ich muss zu Mutter Consolatoria!», schrie Cristino. «Ich bin ihre Nichte! Mein Bruder ist schwer verletzt!»

Das Fenster klappte zu. Atemlos lehnte Cristino an den Holzbohlen des Tores. Gott, bitte lass sie da sein, bitte, bitte …

Das Tor schwang so plötzlich auf, dass Cristino schier zu Boden gestürzt wäre. Leichenblass stand Tante Beatrix vor ihr. «Fabiou?», fragte sie.

«Nein», keuchte Cristino, «Frederi Jùli, es ist Frederi Jùli.»

***

Als sie in den Salon gekeucht kamen, erklärte Modès, der Wundarzt, den entsetzt dreinblickenden Anverwandten gerade, dass die Wunde ausgebrannt werden müsse, um eine Blutstillung zu erzielen, was die letzte Möglichkeit sei, das Leben des Kindes zu retten. Große Hoffnungen, so sagte er mit einem unruhigen Blick auf Frederi Jùli, der wie tot auf dem Diwan hing, könne er ihnen ohnehin nicht machen, soweit stimmte er in der Diagnose durchaus mit Docteur Grattou überein. Modès war ein großer, hagerer Mann, mit schlacksigen langen Gliedern und einer langen, scharfen Nase in einem schmalen Gesicht. Er hatte zwei Gehilfen mitgebracht, eine Tasche mit Instrumentarium und als wichtigstes Werkzeug ein großes hölzernes Kruzifix. Ob er es brauchte, um sich Gottes Beistand zu sichern oder um die Inquisition auf Abstand zu halten, war schwer zu sagen.

Die Eltern weinten. Onkel Philomenus meinte, das wäre alles nicht passiert, wenn Frederi Fabiou nicht immer alles hätte durchgehen lassen. Catarino kauerte auf einem Stuhl und massierte mechanisch ihre Oberarme.

In diesem Moment kamen wie gesagt Tante Beatrix und Cristino zur Tür herein. Tante Beatrix würdigte den nach Luft schnappenden Philomenus keines Blickes. Ihr Gesicht eine perfekte Maske der Barmherzigkeit kniete sie neben Frederi Jùli nieder. Der Cavalié, der schluchzend neben seinem Sohn kauerte, hob den Kopf. Sie schlug ein Kreuzzeichen über Frederi Jùlis Stirn und sagte in einem Tonfall, als würde sie ein Gebet intonieren: «Omnia verba mea affirma.» Bestätige alle meine Worte. Die wenigsten Wundärzte konnten Latein. Frederi starrte sie an. Sie wandte sich dem Wundarzt zu und sagte betrübt: «Was macht Ihr den Eltern falsche Hoffnungen? Dieses arme Kind braucht nur noch die Hilfe der Mutter Kirche. Lasst den Bruder», sie nickte Antonius zu, «die Salbung vornehmen, damit seine arme unschuldige Seele in Frieden heimgehen kann.»

Die Dame Castelblanc, deren Lateinkenntnisse ebenfalls dürftig waren, brach in schrilles Schluchzen aus. Antonius hatte die Stirn gerunzelt. Philomenus sah aus wie ein Pulverturm bei einem Großbrand. Kurz vorm Explodieren.

«Ihr habt recht, Mutter Oberin», sagte Frederi, merkwürdig gefasst. «Mèstre Modès, ich danke Euch für Eure Bemühungen, aber ich sehe selbst, dass es zu spät ist. Wir können nur noch für die Seele meines Kindes beten. Nochmals Danke für Euer Kommen. Ihr werdet angemessen entlohnt werden.»

Der Wundarzt verbeugte sich. Er sah enorm erleichtert aus. Offenbar hatte er gewaltige Angst davor gehabt, der Knabe könne unter seinen Händen sterben. Das Kind eines Adligen! Er war deutlich schneller zur Tür hinaus, als er hereingekommen war.

Philomenus wartete nur, bis die Tür hinter ihm ins Schloss gefallen war, dann brüllte er seine Kusine an: «Du wagst es, dich in meinem Haus derart aufzuspielen, in meiner Gegenwart, vor einem Arzt, den ich gerufen habe? Für wen hältst du dich eigentlich, du gottverdammte ...»

Sie fuhr herum. Ihre Lippen waren weiß vor Wut. «Raus!», zischte sie.

«Du hast mir überhaupt nichts zu sagen, du Ziege!»

«Raus!», schrie Beatrix. «Du verschwindest sofort hier, oder du wirst es bereuen, Philo, das schwöre ich dir!»

Er schnappte nach Luft, sein Gesicht purpurrot vor Wut. Doch etwas in ihren stechenden Augen musste ihn überzeugt haben. Er keuchte: «Komm, Eusebia, wir gehen! Du wirst schon sehen, Frederi, was du davon hast, diesem Weib zu vertrauen!»

«Wo ist Fabiou?», fragte Beatrix, ohne ihren aus dem Raum rauschenden Vetter eines weiteren Blickes zu würdigen.

«Ich habe ihn ins Bett gebracht», erklärte Antonius.

«Gut, dann macht er wenigstens keine Dummheiten», sagte Beatrix. Dann hielt sie inne, starrte auf ihren Neffen Theodosius, der von einem Ohr bis zum anderen grinste. «Frederi kratzt ab», stellte er vergnügt fest.

Beatrix' Augen blitzten auf. «Raus!», brüllte sie. Frederi reagierte blitzschnell und schubste seinen Neffen zur Tür hinaus. Beatrix holte tief Luft. «Tante Felicitas, wir brauchen Wasser und Seife und ein paar möglichst saubere Tücher. Und kümmer sich bitte endlich jemand um die Pferde! Und jetzt alles raus hier! Bruder Antonius, Ihr bleibt bitte. Und Cristino.»

«Iiich?» Cristino machte Kulleraugen.

«Du hast doch so viele schlaue Bücher gelesen. Ich hoffe, es hat etwas genützt. Los, geht endlich.»

Sie gingen. Oma Felicitas humpelte in Richtung Küche davon. Catarino folgte, sie sah aus wie ein Schlafwandler. Madaleno rang schluchzend ihre Hände. Frederi stand vor Beatrix. «Bitte, lass meinen Sohn nicht sterben!», krächzte er. Dann nahm er seine Frau am Arm und schob sie zur Tür heraus.

Die Tür schloss sich. Wie zwei abgefeuerte Kanonenkugeln schossen Beatrix und Bruder Antonius auf Frederi Jùli zu. «Schnell!», keuchte Beatrix. «Wir müssen ihm die Sachen ausziehen!» In Windeseile rissen sie Frederi Jùli die Kleider vom Leib. «Hol die Decke da drüben, Cristino!», schrie Beatrix. «Er darf nicht auskühlen!» Cristino rannte nach der Decke in Omas Sessel. Als sie sich umwandte, war Frederi Jùli bereits völlig entkleidet. Bruder Antonius wälzte ihn auf die Seite. «Die Kugel hat die rechte Schulter durchschlagen», sagte er. «Zwei Wunden. Sie ist hinten wieder ausgetreten. Und der linke Unterarm ist gebrochen, wie es scheint.»

«Das ist gerade unsere geringste Sorge», murmelte Beatrix. «Sonst sehe ich keine schlimmeren Verletzungen, ein paar Schrammen – Cristino, die Decke her!»

Cristino reichte ihr die Decke. Beatrix warf sie über Frederi Jùlis Körper, dass nur die Schultern und der Kopf frei blieben. Sie griff nach ihrer Tasche. «Habt Ihr so etwas schon mal gemacht?», fragte sie Antonius.

«Nur darüber gelesen», meinte er verlegen.

«Macht nichts. Ich sage Euch, was Ihr zu tun habt. – Tante Felicitas, endlich! Stellt das Wasser hierher!» Sie nahm der Großmutter die Seife aus der Hand und wusch sich hastig die Hände. «Cristino, Antonius, da!» Sie drückte dem Mädchen die Seife in die Hand.

«Wieso …»

«Weil Schmutz Wunden vergiftet und zu Wundbrand und Fieber führt. Also wasch dir gefälligst gründlich die Hände. So.» Sie trocknete ihre Hände ab und zog eine Dose aus der Tasche.

«Was ist das?», fragte Cristino neugierig.

«Scharpie. Gezupfte Leinwand.» Tante Beatrix hatte bereits eine Pinzette in der Hand und stopfte die Stofffetzen in die Wunde in Frederi Jùlis Schulter. «Cristino, siehst du dieses Knäuel? Das ist ein Seidenfaden. Nimm die Schere und schneide ihn in Stücke, etwa ellenlang, hörst du?»

Cristino nickte. Ihre Hände zitterten vor Aufregung, als sie nach der Schere griff und Beatrix' Anordnung ausführte. «Was habt Ihr vor, Tante?», fragte sie nervös.

«Was sagt Ambroise Paré über das Ausbrennen von Wunden?»

«Dass es zu viel Gewebe zerstört. Dass die Wunde so nicht heilen kann.»

«Eben. Und was soll man stattdessen tun?»

«Die blutenden Adern abbinden.»

«Genau. Und eben das werden wir versuchen. Du sagst bitte, wenn dir schlecht wird. Bruder Antonius, seid Ihr bereit?», fragte Beatrix. Ein nervöses Nicken war die Antwort. Beatrix zog einen Klumpen vollgesaugter Scharpie aus der Wunde. Für einen Moment lag die Wunde trocken vor ihnen, und Cristino konnte das kleine Blutgefäß sehen, aus dem im Strahl hellrotes Blut hervorschoss. Dann war die Wunde bereits wieder angefüllt mit Blut. «Jesus!», stöhnte Beatrix und stopfte ein weiteres Knäuel Scharpie in das Loch in Frederi Jùlis Schulter. Sie legte ihre Hand auf die Scharpie und presste sie ein paar Sekunden lang fest in die Wunde. Dann riss sie sie heraus und packte blitzschnell mit der Pinzette zu. «Bruder, Ihr übernehmt die Pinzette», sagte sie. «Aber lasst ja nicht los. Cristino, einen Faden.»

Mit offenem Mund reichte Cristino ihr einen Faden, und mit ebenso offenem Mund sah sie zu, wie Tante Beatrix rasch denselben um etwas quasi Unsichtbares knotete, das Antonius mit der Pinzette hielt. Dann griff sie die Schere und schnitt den Faden ab. Cristino starrte in die Wunde, die noch zum Großteil angefüllt war mit Scharpie. Oberhalb der Scharpie blutete es kaum noch.

«Großer Gott, wo habt Ihr das gelernt?» Bruder Antonius zog beeindruckt die Pinzette zurück.

Sie zuckte mit den Achseln. «Bologna, Padua, Palermo – ich habe meine Zeit in Italien gut genutzt. Von Origny bin ich einmal sogar nach Paris gereist, um Paré persönlich zu sehen. Man hat mich ihm zusehen lassen – nur zusehen, leider, aber es war extrem aufschlussreich.» Sie hatte das nächste Stück Scharpie entfernt und fischte nach einer weiteren Blutader. «Cristino, einen Faden – dir geht's gut, ja?»

«Ja. Bestens.» Cristino war restlos fasziniert.

Eine Viertelstunde und zwei Adern später sickerte nur noch wenig Blut aus Frederi Jùlis Schulter. Beatrix spülte die Wunde mit einer Kräutertinktur, stopfte sie erneut mit Scharpie aus und wickelte einen festen Verband um die Schulter. Dann gingen sie daran, den gebrochenen Arm zu schienen. «Man sollte ein gebrochenes Glied immer gleich einrichten», knurrte Beatrix, während sie und Antonius an Frederi Jùlis Arm herumzerrten, dass Cristino schließlich doch noch beinahe schlecht wurde. «Wenn es erst einmal geschwollen ist, ist es viel schwieriger.» Cristino dankte Gott im Himmel, dass der arme Frederi Jùli wenigstens nicht bei Bewusstsein war. Schließlich waren die beiden zufrieden und wickelten den Arm an einem zweckentfremdeten Wäscheklopfer fest. Tante Beatrix nahm einen Schwamm und wusch den Körper des Jungen ab, damit sich kein Schmutz in seinen zahlreichen Schrammen festsetzen konnte. Dann wickelte sie ihn wieder in die Decke. «Gut», sagte sie. «Das war unser Anteil. Alles weitere liegt in Gottes Hand.» Sie zog Frederi Jùli in ihre Arme und trug ihn zur Tür.

«Tante Beatrix, ich möchte das auch lernen», sagte Cristino.

«Was?»

«Na ja … Kranken zu helfen.»

Über Beatrix' erschöpftes Gesicht glitt ein Lächeln. «Warum nicht?», sagte sie. «Es gibt immer wieder Edelfrauen, die uns bei der Pflege der Kranken zur Hand gehen.»

«Das meine ich nicht!», erklärte Cristino. «Ich möchte nicht bloß zur Hand gehen! Ich möchte das tun, was Ihr tut!»

Sie schüttelte den Kopf. «Das geht doch nicht, Cristino, und das weißt du. Um das zu tun, was ich tue, müsstest du entweder Arzt sein, oder Nonne wie ich. Arzt kannst du nicht werden, weil du eine Frau bist. Und Nonne …» Sie lächelte traurig. «Denkst du wirklich, du könntest dir vorstellen, die Gelübde abzulegen?»

Cristino presste die Lippen zusammen. Sie antwortete nicht. Beatrix seufzte. «Es ist schade, ich weiß. Du bist, glaube ich, nicht unbegabt.» Und sie trug Frederi Jùli aus dem Raum.

***

Als Fabiou die Augen öffnete, saß Bruder Antonius neben ihm und schenkte ihm ein müdes Lächeln. «Na? Wie geht's?», fragte er.

«Frederi Jùli, was ist mit …»

«Er lebt. Dank deiner Tante.»

«Beatrix?»

«Ja.»

Fabiou blinzelte. «Antonius, er … er hat mir das Leben gerettet … er muss die ganze Nacht in diesem Gestrüpp gesessen und auf mich gewartet haben, so verletzt wie er war … oh Gott, Antonius, ich habe bis heute nicht gewusst, wie lieb ich ihn habe!» Er merkte, wie ihm die Tränen in die Augen schossen – Scheiße, verdammte, ich heule bald so viel wie Cristino! «Wird er wieder gesund, Antonius? Bitte – er wird doch wieder gesund, oder?» Er wischte sich heftig über die Augen und sah Bruder Antonius flehentlich an.

Antonius seufzte. «Vielleicht. Wenn er kein Wundfieber bekommt. Man kann jetzt nur noch beten.»

Fabiou blinzelte erneut. «Arnac de Couvencour», murmelte er.

«Ich weiß», sagte Antonius. «Loís hat es erzählt.»

«Er hat keine Chance mehr, nicht wahr?»

Antonius holte tief Luft. «Wahrscheinlich nicht.»

«Ich verstehe nicht, warum er das getan hat», flüsterte Fabiou.

«Wahrscheinlich hat er zu viele schlechte Ritterromane gelesen. Der edle Recke, der die Armen und Schwachen beschützt», seufzte Antonius.

Fabiou starrte an ihm vorbei zur Decke.

«Und … Arle?»

Fabiou biss sich auf die Lippen. «Von zwanzig Schülern, die innerhalb von fünf Jahren in St. Trophimus eintraten, sind sieben im April oder Mai '45 ums Leben gekommen. Obwohl sie größtenteils Adlige waren, also nicht zu den natürlichen Opfern von Mayniers Ketzerjagd gehörten.»

«Du denkst, du hast die Bruderschaft gefunden.» Antonius nickte langsam.

«Ich denke es nicht, ich weiß es. Quadriga. Das sind die Anfangsbuchstaben eines Spruchs, der unter einem Bild im Salon meiner

Großmutter steht. Einem Bild, auf dem mein Vater, mein Onkel, Hector Degrelho und Rouland de Couvencour abgebildet sind. Es gab einen Verräter. Das heißt, sie wussten, wer mein Vater war. Dass er Protestant war, war nur ein Grund, ihn zu beseitigen. Der andere war, er gehörte zur Spitze der Bruderschaft.»

«Und dein Onkel?»

«Ich habe keine Ahnung. Meiner Familie glaube ich auf jeden Fall kein Wort mehr.»

Antonius blickte starr zum Fenster hinaus. «Einer von ihnen muss Carfadrael gewesen sein», sagte er. «Carfadrael ist tot, also scheidet Couvencour aus. Bleiben dein Vater, dein Onkel, und Degrelho.»

Fabiou nickte stumm. «Und Anfang '45, während sie an irgendeiner Unternehmung arbeiteten, irgendetwas, was es zu verhindern galt, wurden sie verraten und daraufhin von ihren Gegnern umgebracht», sagte er. «Trostett hätte sie warnen können, tat es aber nicht, und die Reue über diese Tat brachte ihn schließlich dazu, einen aussichtslosen Kampf gegen ihre Mörder aufzunehmen, der letztendlich sein Leben kostete.»

«Klingt plausibel», seufzte Antonius. «Bleiben einige Fragen: Erstens, wer waren diese Gegner?»

«Maynier war dabei, da kannst du Gift drauf nehmen!»

«Zweitens, was hat das Ganze mit Degrelhos Kindern zu tun? Wurden sie von den gleichen Leuten beseitigt? Und wenn ja, warum? Hatten sie etwas gesehen, was sie nicht hätten sehen sollen? Und vor allem, warum wurden sie so viel später getötet?»

«Keine Ahnung.»

«Drittens.» Bruder Antonius massierte seine schmerzenden Schläfen. «Was war es, das die Bruderschaft verhindern wollte? Eine Hinrichtung, wie damals bei Joan? Und wenn ja, wessen Hinrichtung? Oder war es etwas ganz anderes? Viertens – was hat es mit dieser Bemerkung von Janot auf sich, Carfadrael habe einen Nachkommen hinterlassen, der jetzt Rache nehmen würde? Dein Onkel hat keine Nachkommen hinterlassen, und Degrelhos Nachkommen sind alle tot. Und der einzige Nachkomme deines Vaters bist du! Und du bist Trostett doch nie begegnet!»

«Vielleicht meint er ja keinen leiblichen Nachkommen. Eher so eine Art Erben im Geiste, oder wie man da sagen will...»

«Ja, möglich, möglich... Fünftens: Wer ist für die Morde der letzten Zeit verantwortlich? Dieselben, die damals die Bruderschaft beseitigen ließen? Hat Trostett sie so nervös gemacht, dass sie jetzt alle Zeugen verschwinden lassen? War das Trostetts Plan? Und wenn, wie erklärt das den Mord an Alessia?»

«Ja. Eben.»

«Und sechstens, immer und immer wieder: Was in aller Welt wollen die von Cristino?»

«Ich weiß es nicht. Antonius, ich zerbreche mir Tag und Nacht den Kopf darüber, aber ich komme zu keinem Ergebnis!»

Antonius seufzte. Sein Kopf schmerzte zum Zerspringen. «Da ist noch etwas, was ich seltsam finde.»

«Was denn?», fragte Fabiou.

«Trostett. Er war Spion, nicht wahr? Jesus, Fabiou – so zart besaitet kann ein Spion doch gar nicht sein, dass er sein Leben opfert aus lauter Reue darüber, den Tod einer Handvoll provenzalischer Rebellen nicht verhindert zu haben!»

«Ja. Stimmt. Das ist schon selts...» Fabiou zuckte zurück.

«Fabiou? Ist etwas? Tut dir etwas weh?», fragte Antonius besorgt.

Er drehte sich zur Seite. Er schwang die Beine aus dem Bett. Er war aschfahl. «Oh mein Gott», hauchte er.

«Was? Was ist?»

«Keine Handvoll, Antonius, keine Handvoll», flüsterte Fabiou. «Es waren Tausende.»

«Wie bitte?»

«Tausende, Antonius.» Wackelig stakste er auf den Stuhl zu, über dem sein Wams hing. «Und sie hätten sie vielleicht retten können, wenn Trostett ihnen die Zeit dazu verschafft hätte.» Er schüttelte ungläubig den Kopf. «Und ich schleppe es seit Wochen mit mir herum und habe nicht einmal einen Blick hineingeworfen. Ich Idiot.»

«Sag mal, wovon redest du eigentlich?», fragte Bruder Antonius entgeistert.

Fabious Hand tastete in die Brusttasche des Wamses und zog ein kleines, zerblättertes Büchlein in einem fleckigen Ledereinband hervor. «Ich denke, das war es, was sie verhindern wollten», sagte er leise und reichte Antonius das Buch. Der Mönch schlug es auf und starrte fassungslos auf die erste Seite.

Le véritable report sur la PERSÉCUTION et ANNIHILATION des Vaudois au Lubéron par les troupes piemontais sur l'ordre du Baron Maynier d'Oppède en Avril 1545, escrit par Pierre Martin Avingou, Docteur de l'Université d'Aix.
Dieux soit mon témoin.

KAPITEL 18

in dem es um die Hartherzigkeit geht, deren Namen, so sie einen hätte, Jean Maynier wäre

Tuez tous jusqu'aux chats.

Tötet alle bis zu den Katzen.

Jean Maynier d'Oppède (1495-1558), 1. Präsident des Parlaments von Aix, beim Einmarsch in Cabrières du Comté am 20. April 1545

«Dies ist der wahrhaftige Bericht über die schrecklichen Ereignisse, die sich am Osterfest des Jahres 1545 zugetragen haben, als die Vertreter des Gesetzes beschlossen, wider jede Natur und wider jedes Recht einen Teil der Bürger dieses Landes aufgrund ihrer Religion und ihrer Lebensart auszurotten.»

Der Heuboden war still und friedlich, Fliegen summten zwischen den Balken, im Strahl der Sonne, die durch eine Dachgaube fiel, schwebte dichter Staub zu Boden. Loís war nicht da, er lag oben in der Dienstbotenkammer, bewacht von seinem Vater, noch immer zu erschöpft, um etwas anderes zu tun als zu schlafen. Fabiou war allein in der schläfrigen Stille des Sommernachmittags, bäuchlings im Stroh liegend, das Büchlein unter seiner Nase, ein Bild des Friedens. Es war der 5. Juli, der Tag nach ihrer Rückkehr aus Arle, er war ausgeschlafen und gebadet, und die blauen Flecken und Schrunden waren größtenteils unter neuen Kleidern verborgen.

«Bereits im Juli des Jahres 1540 war vom Parlament von Aix ein Dekret erlassen worden, das die Verhaftung einer Anzahl von Einwohnern des Dorfes Mérindol unter dem Verdacht der Ketzerei anordnete. Dieses Dekret beruhte einzig und allein auf der Aussage zweier verhafteter Ketzer, die, um ihr Leben zu retten, wen auch immer der Ketzerei angezeigt hätten, und enthielt zum Teil Namen von Verstorbenen, Kleinkindern und Menschen, die es nie gegeben hatte. Die Einwohner von Mérindol waren damals aus ihrem Dorf in die Berge geflohen, verängstigt durch Gerüchte, dass Truppen der Gendarmerie gegen ihr Dorf vorrücken wollten – denn schließlich sind diese bekannt dafür, dass für sie jeder ein Ketzer ist, der etwas besitzt, was zu stehlen sich lohnt. Als ein vom Parlament gesandter Gerichtsdiener das Dorf daraufhin quasi verlassen vorfand, war an die genannten Verdächtigen eine Vorladung vor das Gericht in Aix gegangen.»

Ein paar nüchterne Zeilen in den Stadtannalen. Ein paar Namen, Claude Favery, die Familie Mainard, Jean Pons, Bertin Vian, Jean und Hugues Pellenc, Peron Rey, der Schulmeister Jacques. Es waren Menschen. Individuen. Jeder Einzelne von ihnen wollte leben.

«Es mag verschiedene Gründe gegeben haben, warum die Einwohner von Mérindol dieser Aufforderung nicht sofort nachgekommen waren. Zum einen richtete sich die Aufforderung zum

Teil an Menschen, für die das Reisen beschwerlich war, an schwangere Frauen, Greise, Kleinkinder und Kranke, zum anderen war es ein offenes Geheimnis, wie das Parlament mit Menschen, die der Ketzerei verdächtig waren, zu verfahren pflegte und dass viele Richter jeden, der mehr als das Hemd am Leibe besaß, zu verurteilen suchten, um sich an seinem Besitz zu bereichern. Verängstigt durch die Tatsache, dass sie in Aix mitnichten ein gerechtes Verfahren, sondern nur Ungerechtigkeit und letztlich vielleicht der Tod erwartete, sandten die von Mérindol stattdessen einen Beauftragten nach Aix, um Aufschub oder eine Untersuchung vor Ort zu erbitten, woraufhin das Parlament ohne eine weitere Warnung am 18. November 1540 einen Arrêt erließ, der besagte, dass sämtliche Verdächtigen aufgrund ihres Nichterscheinens innerhalb einer gesetzten Frist vor Gericht der Ketzerei überführt und damit zum Tode verurteilt seien, einschließlich der im Dekret genannten Frauen und Kinder, dass jene Familienangehörige der Verurteilten, die zwar nicht namentlich genannt und somit nicht der Ketzerei überführt seien, dennoch an die Galeeren und in die Sklaverei verkauft würden, und dass, da ganz Mérindol offensichtlich der Ketzerei anhing – eine Annahme, die auf einer einzigen Zeugenaussage beruhte, nämlich der eines ehemaligen Priesters des Ortes – der gesamte Ort niedergebrannt, die Wälder gerodet und sämtliche Güter konfisziert werden sollten. Ein Urteil, das nicht nur ein Verstoß gegen jeden Grundsatz der Menschlichkeit und christlicher Nächstenliebe ist, sondern jedem Recht und Gesetz widerspricht, das in diesem Land Gültigkeit hat. Ad unum ist es unrechtmäßig, eine Frist für abgelaufen zu erklären, über deren Existenz die Betroffenen nicht einmal informiert waren. Ad altrum ist es gegen jedes natürliche und göttliche Recht, eine Familie zu bestrafen für ein Vergehen, das nur eines oder ein Teil ihrer Mitglieder begangen hat, und umso mehr an Leib und Leben. Ad tertium ist es gegen jedes natürliche und göttliche Recht, unmündige Kinder zum Tode zu verurteilen. Ad quartum hat in keinem Fall überhaupt eine gerichtliche Untersuchung stattgefunden, die die Anklagepunkte verifizierte; weder hatten Richter des Parlaments sich vor Ort von den Vorwürfen gegen die von Mérindol überzeugt, noch war auch nur ein Einziger der Angeklagten ordnungsgemäß vor Gericht gestellt worden mit der Möglichkeit, sich einen Anwalt zu seiner Verteidigung zu nehmen und eine Aussage zu machen oder Zeugen anzuführen, die ihn gegebenenfalls entlasteten.»

Was erschreckte ihn so an diesen Zeilen? Die Ungerechtigkeit und Gnadenlosigkeit, mit denen das Parlament gegen diese wehrlosen Menschen vorging? Oder die beängstigende Tatsache, wie sehr Onkel Pierres Argumentationsweise seiner eigenen glich? Du bist ihm so unglaublich ähnlich, hatte Beatrix gesagt.

«Zum Glück für die von Mérindol verweigerte der König dem Parlament jedoch zunächst die Unterstützung für dieses Vorhaben und sprach einen Gnadenerlass aus gegen alle, die sich wieder dem katholischen Glauben zuwandten. Auch in den Reihen des Parlaments selbst sank die Unterstützung für jenen überstürzt erlassenen Arrêt zusehends. Doch die, die von Anfang an den Erlass des Arrêts betrieben hatten, allen voran der Baron d'Oppède, Jean Maynier, Conseiller im Parlament, arbeiteten weiter unablässig auf seine Durchsetzung hin. Keine Parlamentssitzung verging, in der Oppède und seine Getreuen nicht eine neue Untat angeblicher Waldensischer Rebellen zu berichten hatten, sie organisieren sich zu Banden, bedrohen harmlose Christen, bewaffnen sich, ja, stellen ganze Armeen auf, so lauteten die ebenso haarstäubenden wie unglaubhaften Behauptungen, die wieder und wieder vorgebracht wurden und zu deren Untermauerung Zeugen herangezogen wurden, denen kein vernünftiges Gericht dieser Welt Glauben schenken würde – Kriminelle, die für einen Écu d'Or jede noch so absurde Lüge vor Gericht beschwören würden, Landjunker, von denen weithin bekannt war, dass sie nur auf die Aburteilung der Waldenser lauerten, um sich deren Land anzueignen – und andere, die nur berichteten, was ihnen gerüchteweise zu Ohren gekommen war. Und statt dass das Parlament Kommissare aussandte, das Gehörte vor Ort zu überprüfen, wurden jene Ammenmärchen kritiklos für wahr genommen. Endlich, im September 1543, wurde ein Richter namens Johannis ausgeschickt, den Lubéron und die anliegenden päpstlichen Ländereien zu bereisen, um sich selbst ein Bild von den Handlungen der Ketzer zu machen. Dieser bemerkte nichts von den vermeintlichen Heeren mordlustiger Waldenser, die nach Aussagen gewisser Richter und gewisser Barone den Lubéron im Würgegriff hielten; allein in Cabrières du Comté traf er auf eine Gruppe von Männern um einen gewissen Eustache Marron und einen Rolland de Ménerbes, die sich zusammengeschlossen hatten, um besagten Ort gegen eventuelle Angriffe des Parlaments zu verteidigen.»

Es war nicht das andere Cabriero, um das es ging. Es war sein Carbriero, das Kaff an der Straße nach Gordo, kleine graue Häuser, an die Flanke der Hügel geduckt. Man sah den Kirchturm von jenem Dach aus, auf dem er so oft gesessen und Gedichte zusammengeschustert hatte, und die Überreste der Stadtmauer, keine zwei Meilen von Castelblanc nach Norden, zu Füßen des Vaucluso. Als Kind hatte er sich einmal gewundert, was mit der Stadtmauer passiert war. Er hatte niemals gefragt.

«Diese Männer waren bekennende Waldenser, das mag sein. Sie trugen Waffen, auch das mag sein. Doch sie trugen diese Waffen, um ihr Leben und das ihrer Frauen und Kinder zu schützen, wie es jeder anständige Mann an ihrer Stelle getan hätte, und weder waren sie gewissenlose Mörder, die zum Überfall auf friedliche Christen rüsteten, noch waren sie engstirnige Eiferer, die keinem vernünftigen Argument zugänglich gewesen wären; Johannis selbst sagte vor dem Parlament aus, dass Marron und die Stadtväter von Cabrières zu Verhandlungen bezüglich des Friedens im Lubéron und durchaus auch zu Zugeständnissen bereit seien, solange dies nicht um den Preis ihrer Sicherheit geschehe. Wir, der Autor dieser Zeilen und seine Gefährten, die selbst oft in Cabrières gewesen und dort mit Marron und den Seinen zusammengetroffen sind, wissen, dass er selbst bemüht war, jede Eskalation der Gewalt zu vermeiden, dass er nichts anderes wünschte, als seinen Glaubensbrüdern zu ermöglichen, in Frieden ihre Religion auszuüben. Man sagt, er habe einen Mord begangen, als er versuchte, einen Glaubensbruder vor der Verhaftung zu bewahren; wäre er ein guter Katholik, würde man ihn einen Helden nennen, doch da er Waldenser ist, macht ihn dies zum Teufel. Man sagt, er rebellierte gegen die göttliche und die menschliche Ordnung, da er mehrmals unter Androhung von Waffengewalt die Freilassung eines verhafteten Waldensers erzwungen hat; doch wer von uns würde guten Gewissens einen Freund einem grausamen Tod auf dem Scheiterhaufen überlassen?

Die Leute um Eustache Marron, verfolgt von ihren Mitmenschen und der Gerichtsbarkeit, haben nur das getan, was ihnen ihr Gewissen und ihr Verstand gebot, und wir sehen nicht, dass sie das zu Verbrechern macht.

Ungeachtet Johannis' moderatem Bericht trieben besagte Mitglieder des Parlaments ihre Hetztiraden gegen die Waldenser weiter. Seit der Ernennung von Jean Maynier d'Oppède zum Ersten Präsidenten des Parlaments und de la Font zum Zweiten Präsidenten wurden regelmäßig Ersuche an den König geschickt, in denen ihm in den erschreckendsten Farben die angeblichen kriegerischen Aktivitäten der Waldenser im Lubéron geschildert und die Rücknahme des Gnadenerlasses gefordert wurde. Die Menschen von Mérindol, die von diesen Berichten erfuhren, verfassten daraufhin selbst ein Schreiben an den König, in dem sie erklärten, dass die Anschuldigungen des Parlaments haltlos seien und sie nie auch nur daran gedacht hätten, mit Waffengewalt gegen die Gesetze zu rebellieren oder die Menschen der Gegend zu bedrohen. Der König beschloss daraufhin, selbst zwei Kommissare in den Lubéron zu schicken, einen Juristen und einen Theologen, die sich eine unabhängige Meinung von den dortigen Vorgängen bilden sollten. Ein Aufschrei der Empörung ging durch das Parlament. Warum wohl? Hätten die Hetzparolen eines Maynier und eines de la Font der Wahrheit entsprochen, dann hätten sie sich glücklich schätzen müssen, dass zwei Vertrauenspersonen des Königs ihre Anschuldigungen überprüfen und bestätigen sollten. Doch offensichtlich mussten die Genannten und ihre Gleichgesinnten befürchten, dass die Untersuchung der königlichen Kommissare nicht nur ihre Anschuldigungen als haltlos erwies, sondern auch den Beweis erbrachte, dass sie, statt wie es Richtern anstand, unparteiisch über das Gesetz und die Rechte der ihnen unterstellten Personen zu wachen, voreingenommen im Interesse einer Seite gegen besagte Personen vorgingen, ja, dass sie dies mit dem Vorsatz taten, sich selbst durch die Vertreibung und Enteignung der Waldenser zu bereichern oder ihren Verwandten zu größerem Reichtum zu verhelfen, dass letztlich ein beträchtlicher Teil des Parlaments korrupt, parteiisch und vorteilsnehmend war. Dieser Beweis hätte den Arrêt de Mérindol und den Gewinn, den sie sich dadurch versprachen, in weite Ferne gerückt. Also wurde ein Beauftragter des Parlaments mit einem neuerlichen Hetzschreiben gegen die Waldenser zum königlichen Hof geschickt, wo er sich in Abwesenheit des Königs an dessen Conseil privé wandte, dessen Mitglieder bisher noch nicht mit der Sachlage in Berührung gekommen waren und aus dieser Unkenntnis heraus letztlich dazu zu bewegen waren, ein Ermächtigungsschreiben zu unterzeichnen, das die Umsetzung des Arrêt de Mérindol gestattete. Mehr noch, es gibt hinreichende Anhalte für die Tatsache, dass der Arrêt, der dem Conseil zur Ermächtigung vorgelegt wurde, gar nicht der bekannte Arrêt de Mérindol war, sondern ein wesentlich gemäßigterer Erlass, der dann nach Erhalt des Ermächtigungsschreibens ausgetauscht wurde. Die Ermächtigung, den Arrêt de Mérindol durchzusetzen, wurde also nicht nur durch Lügen und maßlose Übertreibung der örtlichen Vorkommnisse, sondern letztlich durch glatten Betrug erreicht. Dies geschah im Januar dieses Jahres 1545.»

Die Bruderschaft. Man sagte, sie haben sich gegen die Edelleute gewandt, die ihre Untertanen ausbeuteten. Wer war ihr größter Feind? Wirklich die französische Krone? Oder waren ihre eigentlichen Gegner viel näher gewesen, ein Bossard, ein St. Roque, ein Jansoun?

«Seit Februar, lange bevor das Ermächtigungsschreiben dem Parlament vorgelegt und die Durchführung des Arrêt de Mérindol dort zur Diskussion gestellt wurde, also lange bevor diese Dinge an die Öffentlichkeit dringen konnten, wo sie eventuell den Widerstand vieler Adliger des Lubéron und anderer gutmeinender Menschen ausgelöst hätten, ging Baron d'Oppède daran, sich militärische Unterstützung für sein Vorhaben zu sichern. Diese erhielt er beim Vizelegaten von Avignon unter der Bedingung, dass auch das Comtat von der Waldensischen Pest befreit, sprich Cabrières zerstört würde, sowie bei den in Marseille stationierten königlichen Truppen, die dort darauf warteten, gegen die Gegner des Königs eingeschifft zu werden. Überzeugt von dem königlichen Ermächtigungsschreiben stellte deren Befehlshaber Capitaine Polin, Baron de la Garde, seine Soldaten dem Parlament zur Durchführung des Arrêt zur Verfügung. Des Weiteren erging ein Aufruf an die Barone des Lubéron, dem Parlament Bewaffnete zur Erfüllung des Arrêts zu senden. Doch damit nicht genug: ein gewisser Vaujouine wurde beauftragt, zur Unterstützung dieser regulären Truppen Männer aufzubringen, und sammelte ein wahres Heer aus zweifelhaften Subjekten um sich, bestehend aus Abenteurern, Söldnern und Raubgesindel, die weder die Loyalität zum König noch die Liebe zu Recht und Gesetz und schon gar nicht der wahre Glaube in seine Reihen trieb, sondern einzig und allein die Gier nach Beute, Frauen und Blut. Diese Armee aus Plünderern und Mördern war es, die am 16. April 1545 auf den Lubéron losgelassen werden sollte.»

Fabiou dachte an Frederi, auf der Straße nach Menerbo. Gut katholisch Menerbo. Wenn die Hartherzigkeit einen Namen hätte, wäre er Jean Maynier.

«Am Sonntag von Quasimodo, dem 12. April 1545, rief Maynier d'Oppède das Parlament zu einer außerordentlichen Sitzung zusammen. In jener Sitzung verlangte der königliche Advokat Guérin in Übereinkunft mit dem Ersten Präsidenten Maynier die umgehende Umsetzung des Arrêt de Mérindol sowie die Abordnung von Kommissaren, die mit der Ausführung des Arrêt sowie der Befehlsgewalt über die Truppen betraut werden sollten. Daneben forderte er besagten Ersten Präsidenten auf, in seiner Eigenschaft als stellvertretender Gouverneur den Oberbefehl über die geplante Aktion zu übernehmen, eine Aufforderung, der Maynier natürlich prompt nachkam. Drei Kommissare wurden daraufhin vom Parlament bestellt: Seigneur de la Font, zufälligerweise Zweiter Präsident desselben, sowie Monsieur Bernard de Badet und Monsieur Honoré de Tributiis. Und so fiel in den Abendstunden jenes Tages das Beil, das so lange über den Waldensern geschwebt hatte.»

Quasimodo. Quasimodo war der 12. April 1545. Ein Todesurteil an Quasimodo, eines zwei Tage später. Eine Gruppe von Edelleuten im Schutz einer Pinie. Du bist auch dabei gewesen, Philo, hatte der Jansoun gesagt, da am 14. April, als es entschieden wurde. Ein heimliches Treffen im Hôtel Maynier an einem Dienstagabend. Wer war sonst noch dort gewesen, außer Onkel Philomenus, außer Gaspard de Jansoun und seinem Bruder, außer dem Sazo de Goult, außer St. Roque, Faucoun und Bossard und Jean Maynier d'Oppède selbst? Duran de Pontevès? Oder war er nur ein unbeteiligter Mitwisser? De la Font, Mayniers treuer Steigbügelhalter? Corbeille? Oder sagte er die Wahrheit, wenn er behauptete, dass er nichts mit der Vernichtung der Bruderschaft zu tun hatte? Trostett? Vermutlich, woher sonst hätte er die Einzelheiten gekannt! Wieso sonst würde er sich die Schuld geben für alles, was daraufhin passiert ist! Einer war ganz gewiss unter ihnen – der Verräter. Doch wer war es? Kommt denn überhaupt jemand anderes in Frage als Frederi? Wer immer sie waren, in jenen Abendstunden am Vorabend der Katastrophe fügten sie dem blutigen Beschluss vom Sonntag eine Fußnote hinzu, klein genug, um im Sturm der Ereignisse unterzugehen, ohne dass ein Außenstehender ihrer gewahr wurde.

«Bereits am nächsten Morgen, noch bevor sich in der Stadt mehr als die ersten Gerüchte des geplanten Vorhabens herumgesprochen hatten und sich auch nur der geringste Widerstand gegen dasselbe hätte formieren können, wurde der Plan in die Tat umgesetzt. Die Kommissare und wenig später auch Jean Maynier d'Oppède brachen nach Cadenet auf, um dort mit Polin, Vaujouine und deren Truppen zusammenzutreffen. Am 16. April bereits sollte die Aktion beginnen.»

Wie hatten sie davon erfahren? Waren es nur Gerüchte, die mehr und mehr aus den Reihen des Parlaments nach außen drangen oder von Marsilho aus Ais erreichten, dass Truppenbewegungen im Gange seien und Soldaten in Richtung Luberoun zogen? Oder hatten sie einen Informanten im Parlament gehabt, einen, der dem *Arrêt* ablehnend gegenüber stand und versuchte, das seine dagegen zu tun, indem er die Bruderschaft von dem Geschehen in Kenntnis setzte?

«Am Abend des 15. April brach ich, Docteur Pierre Martin Avingou, zusammen mit Baron Cristou Kermanach de Bèufort, Baron Hector Degrelho d'Astain, Seigneur Rouland de Couvencour und einigen anderen, beseelt von dem Wunsch, ein abscheuliches Verbrechen gegen Gott und die Menschlichkeit zu verhindern, nach Mérindol auf, mit dem Vorsatz, die dort lebenden Menschen von der geplanten Durchführung des Arrêt in Kenntnis zu setzen und zu warnen. Wir ritten die ganze Nacht hindurch und erreichten Mérindol im Morgengrauen.»

Es bleibt uns nur die letzte Lösung, stand in jenem Brief aus dem confidentiel und: möge Gott uns verzeihen. Was verzeihen? Eine Warnung an ein paar harmlose Menschen, die von einem Heer aus Halsabschneidern bedroht werden? Was hatte die Bruderschaft sonst noch geplant, um Maynier aufzuhalten? Was war die letzte Lösung, um Himmels willen?

«Mérindol war völlig ruhig, noch war keine Spur von Mayniers Söldnertruppe zu sehen. Eilig weckten wir die Menschen und setzten sie von dem bevorstehenden Angriff in Kenntnis. Rasch suchten sie die nötigsten Habseligkeiten zusammen und flohen in die Wälder und Schluchten des Lubéron. Wir verließen Mérindol in dem befriedigten Glauben, das Schlimmste verhindert zu haben. Wir hatten uns so getäuscht. Noch wussten wir nicht, wozu Machtgier und Gewalt fähig waren.»

Ein paar junge Leute im Licht eines Aprilmorgens, Erleichterung auf ihren Gesichtern, Schulterklopfen. So einfach kann es sein, einem König, einem päpstlichen Legaten und einem Parlamentspräsidenten die Tour zu vermasseln.

«Auf der Straße nach Lourmarin erreichten uns die ersten Gerüchte, und spätestens, als wir die ersten Fliehenden trafen, die wenigen Glücklichen, die ein Pferd ihr Eigen nannten und jung und stark genug waren, sich den Weg ins Freie zu erkämpfen, da begriffen wir, wie Mayniers Plan wirklich aussah. Ein Teil der Armee war unter Führung des Capitaine Polin von Cadenet aus zunächst nach Osten gezogen und dann auf die Dörfer am Südrand des Grand Lubéron zumarschiert. Dort hatte das Gemetzel begonnen. St. Martin de la Brasque, Peypin d'Aigues, La Motte d'Aigues, Grambois, Cabrières d'Aigues, ein Dorf nach dem anderen wurde im Sturm genommen. Während die königlichen Truppen noch mit einem Mindestmaß an Disziplin vorgingen, wütete der zusammengewürfelte Söldnerhaufen wie die wilden Bestien in den bedauernswerten Dörfern. Die nichts ahnenden Bewohner wurden aus ihren Häusern gezerrt, die Männer erschlagen, die Frauen vergewaltigt und dann getötet, das Vieh abgeschlachtet und die Häuser in Brand gesteckt. Unbeschreibliche Gräueltaten wurden uns von den Fliehenden berichtet. Von Menschen, die man an die Wände ihrer Häuser genagelt hatte, von Kindern, die man in das Feuer der brennenden Hütten gestoßen oder vor den Augen ihrer Eltern regelrecht zerhackt hatte. Keiner aus dem wild gewordenen Söldnerhaufen fragte groß, ob der, dem er sein Schwert in den Leib stieß, wirklich ein Waldenser war, oder ein Katholik, der das Pech hatte, im selben Dorf zu wohnen, niemand wurde geschont, weder der lahme Greis noch der Säugling in der Wiege. Mehr noch, als die Soldaten abgezogen waren, stürzten sich die Bewohner der umliegenden Orte wie die Geier auf das, was von den Dörfern übrig geblieben war, plünderten die Häuser aus, bestahlen Tote wie Verletzte, trieben das Vieh davon und schleppten mit sich, was sie an Hab und Gut der Menschen davontragen konnten.

Als wir davon hörten, trieben wir unsere Pferde an und ritten in Richtung Osten. Als wir Lourmarin erreichten, trieb uns bereits der Rauch von La Motte d'Aigues entgegen. Lourmarin selbst lag verlassen, die Menschen dort hatten bereits begriffen, was die Stunde geschlagen hatte, und sich in die Schluchten des Lubéron zurückgezogen. Wir ritten weiter und erreichten Cadenet. Der Ort war ein Heerlager. Wir unternahmen einen Versuch, zu Maynier vorgelassen zu werden, doch man ließ uns nicht passieren. Als wir schließlich unseren Weg wieder aufnahmen, weiter in Richtung Osten, war es schon zu spät; die Armee der Zerstörer hatte ihr blutiges Werk bereits getan. In St. Martin de la Brasque gelang es uns, einen jungen Mann aus den Händen einer Gruppe Söldner zu retten, die ihn soeben an einem Dachbalken aufhängen wollten. In La Motte fischten wir zwei Kinder aus einem Brunnen, in den sie die Soldaten gestoßen hatten. In Gramboise bewahrten wir ein junges Mädchen vor einer Vergewaltigung und ihren Vater, der sie hatte verteidigen wollen, vor dem Tod. Das waren die, die wir retten konnten. Ansonsten konnten wir nur noch die Toten zählen.

Wir verbrachten die ganze Nacht zwischen jenen Orten in dem Versuch, den Menschen dort wenigstens gegen die Nachzügler der Truppe und die Plünderer zu helfen. Als der Morgen graute, hofften wir, dass das Schlimmste überstanden war. Welch Trugschluss. Das Schlimmste stand dem Lubéron lange noch bevor.

Als die Sonne über den Horizont stieg, sahen wir in der Ferne die Rauchwolke über Lourmarin. Im Morgengrauen war Maynier selbst mit der anderen Hälfte der Armee nach Westen aufgebrochen, um nun Lourmarin, Villelaure und Mérindol zu zerstören. Die Dörfer waren größtenteils verlassen, wie wir wussten, doch überall in den Wäldern am Rande der Dörfer irrten die Flüchtlinge umher. Die Soldaten durchstreiften das Umland und töteten, wessen sie habhaft werden konnten. Zum Teil wurden auch Gefangene gemacht; man sagt, dass geplant sei, die Männer an die Galeeren zu verkaufen, die Frauen und Kinder in die Prostitution.

Wir ritten zurück in Richtung Mérindol. Kurz hinter Lourmarin stießen wir auf eine Gruppe von Kindern, die es geschafft hatten, Mayniers Truppe aus dem Weg zu gehen. Sie berichteten, dass eine Gruppe verirrter Frauen und Kinder in der Kirche von Mérindol Zuflucht gesucht hatten. Wir jagten los, wieder in Richtung Mérindol, wohl wissend, was diese unglücklichen Menschen erwartete, falls sie beim Eintreffen von Mayniers Truppe noch dort wären. Es gelang uns, Mayniers Armee im Süden zu umgehen, doch wir erreichten Mérindol nur knapp vor ihnen, und der Lärm der näher rückenden Soldaten hing bereits über dem Land, als die ersten Häuser des Dorfes vor uns auftauchten.

In der Kirche drängten sich an die dreißig Frauen, zum Teil Schwangere, zum Teil Alte, zum Teil welche mit Säuglingen und Kleinkindern in den Armen, dazu an die zwanzig ältere Kinder. Wer sie waren, weiß ich nicht, sicher stammten sie nicht aus Mérindol, und was sie dazu gebracht hatte, ausgerechnet in jenem verfluchten Ort Zuflucht zu suchen, ist mir ebenso unbegreiflich. Wahrscheinlich waren sie, die Langsamen, Schwachen, von den Fliehenden aus einem der anderen Orte zurückgelassen worden und hatten sich in die Kirche geflüchtet, in der irrigen Hoffnung, dass ihre Verfolger es nicht wagen würden, ihnen an diesem heiligen Ort etwas zuleide zu tun. Wie unbegründet diese Hoffnung war, wie weit die Verachtung jener Barbaren gegenüber allem Heiligen wirklich ging, würden wir einige Tage später in Cabrières erleben müssen.

In aller Eile rannten wir zur Kirche und riefen den Frauen zu, dass das Heer im Anmarsch und sie ihres Lebens nicht sicher seien, wenn sie blieben. In Panik flohen diese daraufhin auf die Wälder zu. Doch es waren Alte und Kranke unter ihnen, die nur langsam vorankamen, und der Weg bis zum Waldrand war weit und führte einen ungeschützten, steil ansteigenden Hang hinauf, und Mayniers Söldner rückten mit jeder verstreichenden Minute näher. Eine kurze Zeitlang trugen wir uns mit dem Gedanken, uns ihnen in den Weg zu stellen, den fliehenden Menschen den Rücken zu decken, doch angesichts der Meute von Hunderten schwer bewaffneter Söldner, bereits blutbedeckt vom Niedermetzeln des vorangehenden Dorfes, wurde uns rasch die Hoffnungslosigkeit eines solchen Unterfangens klar, und wir beschlossen, ebenfalls zu fliehen, bevor die Horde in ihrem Blutrausch auch uns in Stücke hackte.»

Er dachte an den Luberoun, seine schroffen Felsabhänge, seine grünen Pinienwälder, die Sonne, die auf Ginsterbüschen glänzte. Er sah sie dort stehen, auf dem Dorfplatz vor dem kleinen, gedrungenen Kirchlein, die Bruderschaft, die Helden von St. Francès, plötzlich nichts mehr übrig von der Unerschrockenheit, mit der sie fast zehn Jahre lang die Menschen des Luberoun begeistert hatten. Was hatten sie getan, dort, inmitten der verlassenen Häuser, mit den Fliehenden auf der einen Seite und der näherrückenden Armee auf der anderen? Sie hatten gestritten, sicherlich. Zwei Parteien. Die eine, die für eine sofortige Flucht war, die begriffen hatte, dass die Horde, die sich da von Osten näherte, sie wahrscheinlich genauso gnadenlos niedermetzeln würde wie die Bauern in den Dörfern am großen Luberoun. Die andere, die dafür stimmte, zu bleiben, die es sich schlichtweg nicht vorstellen konnte, davonzulaufen und die fliehenden Menschen ihrem Schicksal zu überlassen. Die es sich schlichtweg nicht vorstellen konnte, dass diese Soldaten bereit sein sollten, ihre Waffen gegen sie, Edelleute des Luberoun, zu erheben! Wer hatte dafür gestimmt zu bleiben? Hector Degrelho, der großartige Degenkämpfer? Cristou Kermanach de Bèufort? Der Anwalt, der sich so oft für die Andersgläubigen eingesetzt hatte? Pierre Avingou mit seinem unerschöpflichen Reservoir an schlauen Einfällen? Warum kam ihm diesmal keine geniale Idee, irgendetwas, was die anrückenden Truppen wenigstens ein paar Minuten aufhalten würde?

«Als wir uns schließlich mit schwerem Herzen zur Flucht wandten, scherte Raymoun de Labarre aus unserer Reihe aus und erklärte, es sei eines Ritters, wie er es war, unwürdig, Menschen in Not im Stich zu lassen, und wollte sich aufmachen, den herbeistürmenden Truppen in den Weg zu treten. Wir versuchten ihn zurückzuhalten, ahnend, dass er in seinen sicheren Tod ritt, doch Labarre wies uns zurück und ritt die Straße hinunter, Mayniers Soldaten entgegen.»

Er konnte ihr Entsetzen spüren, wie sie dort innehielten auf dem Weg, umweht vom Rauch brennender Dörfer, der Lärm einer todbringenden Armee im Nacken, die sie hören, aber nicht sehen konnten, denn noch versperrten die Häuser von Merindou die Sicht. Du wirst nicht gehen, schreit ihn einer an, Hector Degrelho wahrscheinlich, er ist ein realistisch denkender Mensch, er hat das Unvermeidliche akzeptiert. Natürlich gehe ich, brüllt Raymoun de Labarre, und versuch mich nur zurückzuhalten, wenn du dich traust! Willst du sterben, schreit Degrelho, willst du das, du Schwachkopf?, und Labarre sagt nichts, wendet nur sein Pferd, er ist Coeur de Lion, ein Ritter mit der Pflicht, die Wehrlosen und Verfolgten zu schützen, und er reitet den Weg hinab, und Degrelho schreit ihm hinterher, dann geh doch, du Idiot, geh doch und krepier, wenn du unbedingt willst, und gleichzeitig tun ihm seine Worte schon leid, denn gleichzeitig begreift er, er wird ihn nie wieder sehen.

«Wir wandten uns den Hügeln zu, da über die offene Straße kein Entkommen war. Von der Anhöhe konnten wir die Flüchtlinge beobachten, die ringsumher die Hänge hinauf und in die Wälder flohen, und das Näherrücken der Armee. Der Baron d'Oppède ritt ihnen voran, an seiner Seite der Advocat du Roi Guérin und Capitaine Vaujouine, der Anführer der Söldnertruppe. Wir waren erleichtert über die Anwesenheit des Präsidenten, denn wenn wir ihm auch wenig Gutes zutrauten, so waren wir uns doch sicher, dass er seinen Soldaten niemals erlauben würde, einen Edelmann zu töten, und wir hofften, dass Raymoun de Labarre somit keinen Schaden nehmen würde. Labarre erwartete sie auf der Straße, die zum Stadttor hinauf führte. Als sie näher kamen, rief er ihnen etwas entgegen, das wir aufgrund der großen Entfernung nicht verstehen konnten. Augenblicklich stürzten Oppèdes Söldner sich auf ihn und rissen ihn vom Pferd, während die übrigen Soldaten bereits den Fliehenden nachsetzten. Wir warteten darauf, dass Maynier eingriff, ihnen befahl, ihre Hände von Labarre zu nehmen, doch zu unserem namenlosen Entsetzen wendete der Präsident wortlos sein Pferd und ritt weiter. Einen Moment lang konnten wir Labarre noch ausmachen, wie er von den Söldnern auf die Stadt zugeschleift wurde, dann entschwand er unseren Blicken, und wir mussten uns zur Flucht wenden, da die ersten Söldner uns erspähten und in unsere Richtung kamen.»

Was mochte er gedacht haben, als er so mutterseelenallein auf der Straße wartete, im Angesicht der näherstürmenden Armee, als der Staub ihm entgegenwallte, den ihre Füße und die Hufe ihrer Pferde aufwirbelten, und ihr Kampfgeschrei von einem fernen Rauschen zu einem alles übertönenden Brüllen wurde? Hatte er Angst gehabt, jetzt doch, mit den Geschichten im Ohr, die die Flüchtlinge erzählt hatten, hatte er sich gedacht, dass es bessere Arten zu sterben gab, als sich von diesem Haufen blutrünstiger Ungeheuer in Stücke reißen zu lassen? Was hatte er gesagt, dort auf seinem Pferd, als sie näher kamen, als sie nahe genug waren, dass er Maynier erkennen konnte, Jean Maynier, Parlamentspräsident von Ais, der mit seinem Vater als junger Mann auf die Jagd gegangen war und Jeu de Paume gespielt hatte? Wahrscheinlich irgendetwas von keinen Schritt weiter, bei meiner Ehre als Ritter, dieses Dorf steht unter meinem Schutz! Doch in diese Worte bricht bereits der Klang von aufeinandertreffenden Waffen, als zwanzig Söldner zugleich sich auf Raymoun de Labarre stürzen. Er reißt seinen Degen heraus, eine lächerliche Waffe gegen die schweren Eineinhalbhänder der Landsknechte, ein, zwei Hiebe mag er abgewehrt haben, dann segelt der Degen durch die Luft und landet im Gestrüpp, und er wird vom Pferd gezerrt und vor Maynier geschleift. Und Maynier starrt ihn an und begreift, dass das Schicksal ihm in der Tat nicht nur die Waldenser, sondern auch die Bruderschaft in die Hände gespielt hat, dass er jetzt und hier die Gelegenheit hat, sich der ganzen lästigen Bande unauffällig und diskret zu entledigen. Er braucht nichts zu sagen, keinen Befehl geben, der ihm später als Mord ausgelegt werden könnte. Er braucht sich nur abzuwenden und weiterzureiten und Labarre seinem Schicksal zu überlassen. Der König der Schwerter hat bereits gesiegt.

«In unserer Mitte befand sich auch Pater Jacque Bergotz, der Priester von La Coste, gebürtig aus einem nahe liegenden kleinen Dorf namens St. Francès. Er wies uns einen Pfad in Richtung Bonnieux auf halber Höhe der Combe d'Aigue-Brun. Tief unter uns auf dem Hauptweg flohen die Menschen die Combe hinauf, verfolgt von den rasenden Söldnern. Einige flüchteten sich in die Seitentäler, versteckten sich in Felsnischen. Wen immer die Verfolger einholten oder aufspürten, der wurde gnadenlos abgeschlachtet. Aus der Combe drangen Schreie in unsere Höhe wie aus den Pforten der Hölle.

In Bonnieux war man bereits gewarnt, die Stadttore waren geschlossen. Ein paar der fliehenden Menschen hatten hinter den Stadtmauern Zuflucht gefunden. Anderen war es gelungen, entlang dem Lauf des Aigue-Brun bis zum Fort de Buoux vorzudringen. Der Baron de Buoux selbst hielt es mit Maynier und seinen Verbündeten, doch ein Angehöriger des Baron gewährte ihnen Einlass, wie wir später erfuhren. Sie waren löbliche Ausnahmen, wie uns bald klarwerden musste. Die meisten katholischen Orte verschlossen die Tore vor den Flüchtenden aus Angst vor der Rache des Heeres, falls sie ihnen Aufnahme gewährten. Bauern wiesen flüchtende Weiber und Kinder ab, die vor ihren Hütten um Hilfe bettelten, oder lockten sie in vermeintlich sichere Verstecke, um sie später den Soldaten auszuliefen, als Lösegeld für ihre eigene Sicherheit. In der Sintflut der Gewalt, die über den Lubéron niederging, gab es kein Mitleid mehr und keine Nächstenliebe.

Als wir Bonnieux erreichten, wurden wir gewahr, dass die Soldaten, die die flüchtenden Menschen die Combe hinauf gejagt hatten, nicht nur ein versprengter Rest des Heeres waren. Der Großteil der Armee hatte nun jene Richtung eingeschlagen und war auf dem Weg in die Ebene von Roussillon, die weite Fläche zwischen Lubéron und Vaucluse. Richtung Cabrières d'Avignon, wie wir vermuteten, wo sich Eustache Marron und seine Getreuen aufhielten. Nach langen Überlegungen beschlossen wir, uns zu trennen. Mein Schwager, Baron de Bèufort, der Baron d'Astain, Senher de Couvencour und ich wandten uns nach Nordwesten. Unser Plan war, Cabrières d'Avignon vor dem Söldnerheer zu erreichen, um den Leuten von Eustache Marron wenigstens den Vorteil zu sichern, sich auf den Angriff einstellen zu können. Die übrigen – Maître Mouche Piqueu und Maître Antoine Carbrai, beides angesehene Aixer Bürger – zogen gen Osten, um die Dörfer am Nordrand des Grand Lubéron zu warnen, falls sie nicht längst über die drohende Gefahr Bescheid wussten.»

Mouche Piqueu. Ein Sonderdruck für 20 Ecu. Gekauft von Maynier d'Oppède. Alles machte plötzlich Sinn.

«Zwei unserer Freunde verließen uns in dieser Stunde – meine Schwester, Beatrix Avingou, als Benediktinerschwester in der Krankenpflege bewandert, die in Bonnieux blieb, um verletzten Flüchtlingen zu helfen. Und Pater Bergotz. Als dieser gewahr wurde, dass seiner Gemeinde dasselbe Schicksal drohte wie den Dörfern südlich des Lubéron, verließ er uns, um nach La Coste zu reiten und den Menschen dort beizustehen. Wir fürchteten um seine Sicherheit, nach dem, was mit Seigneur de Labarre geschehen war, doch er war nicht davon abzubringen.

Wir ritten nach Westen. Wir hielten in jedem Dorf, an dem wir vorbeikamen, ob waldensisch oder katholisch, und riefen den Menschen zu, sich in Sicherheit zu bringen. Von der anderen Seite des Lubéron erreichten uns schreckliche Gerüchte. Man sagte uns, die Frauen aus Mérindol, denen die Flucht nicht geglückt war, wären nach Lauris gebracht worden, genauso wie unser Freund Labarre und einige andere Gefangene. Eine hochschwangere junge Frau, die unter ihnen gewesen war und der es wie durch ein Wunder gelungen war, auf einem gestohlenen Pferd zu fliehen, erzählte uns so grausige Dinge darüber, was mit den Gefangenen dort geschehen sei, dass ich ernsthaft an ihrem Verstand zweifelte. Doch wenn auch nur die Hälfte dessen wahr ist, was sie uns berichtete, so ist klar, dass wir nur noch für die Seele unseres Freundes beten können.

Gegen Abend erreichten wir Roubion. Wir ritten weiter, ungeachtet der hereinbrechenden Dunkelheit. In unserem Rücken glühte rot der Lubéron, vom infernalischen Schein brennender Dörfer beleuchtet. Es war ein Anblick wie von Hieronymus Bosch gemalt, eine Hölle, auf Erden versetzt.

Es war bereits spät in der Nacht, als wir Cabrières d'Avignon erreichten. Man war dort bereits gewarnt; die Stadttore waren geschlossen, die Mauern besetzt. Noch war das feindliche Heer nicht zu sehen, lagerte dort bei dem fernen Feuerschein, sich die Nacht mit Saufen und Vergewaltigungen vertreibend. Wir baten um Einlass. Man brachte uns zu Eustache Marron. Er hatte eine Gruppe von vielleicht hundert Leuten um sich, Bauern, Handwerker, zum Teil Greise und halbe Kinder, ja, sogar Frauen waren unter ihnen. Sie hatten sich bewaffnet mit allem, was sie finden konnten, Schwertern, Spitzhacken, Knüppeln, ein paar hatten Armbrüste oder altmodische Arkebusen. Es war eine lächerliche Truppe in Anbetracht des Heeres, dem sie sich stellen würden. Wir beschworen sie zu fliehen, doch die Verteidiger von Cabrières lehnten dies ab, denn wohin sollten sie vor jenem Heer noch fliehen, wo wollten so viele Menschen Unterschlupf und Verpflegung finden. Beeindruckt vom Mut dieser Menschen erbot sich Baron Degrelho, bei ihnen zu bleiben und an ihrer Seite zu kämpfen. Doch Marron wies ihn ab; es sei wichtiger, dass wir nach Aix zurückkehrten und versuchten, unseren Einfluss dahingehend geltend zu machen, dass Maynier zurückgerufen wurde. Schweren Herzens stimmten wir zu und machten uns auf den Rückweg nach Aix. Mit uns verließen zwei der engsten Getreuen Marrons Cabrières: Rolland de Menèrbes und der, den sie Chausse-de-Cuire nannten. Sie sollten versuchen, andere, versprengte Anhänger der Waldenser zusammenzusuchen und zu vereinen und so zu retten, was noch zu retten war.»

Natürlich. Hector Degrelho, der große Held, der Hitzkopf, der sich noch nie durch widrigste Umstände von einem Vorsatz hatte abhalten lassen. Und diese Menschen, die er als die Schutzbefohlenen der Bruderschaft betrachtete, alte Freunde, alte Mitstreiter für Freiheit und Gerechtigkeit. Jetzt steht Eustache Marron vor ihm und sagt, geht, Ihr könnt hier nichts mehr tun, wir sind erledigt, so oder so.

«Wir verließen Cabrières im Morgengrauen und umritten den Lubéron in südlicher Richtung. Es war bereits gegen Abend, als wir Aix erreichten. Wir gingen auf direktem Weg zum Parlament und berichteten den Conseillers von den schrecklichen Ereignissen, deren Zeuge wir geworden waren. Wir beschworen sie, das Heer sofort zurückzurufen. Wohl ernteten wir Bestürzung und Entsetzen auf unseren Bericht; dennoch, keiner machte Anstalten, Maynier aufzuhalten. Es hieß, was geschehe, geschehe auf Befehl des Königs und niemand könne sich dem widersetzen, und überhaupt sei es unmöglich, ein Söldnerheer in seinem unheiligen Treiben aufzuhalten. Nach zwei ebenso verzweifelten wie hoffnungslosen Tagen verließen wir Aix erneut und ritten zurück gen Cabrières, in der unsinnigen Hoffnung, noch irgendetwas retten zu können, oder, wenn uns das schon nicht möglich sein sollte, so doch wenigstens Zeugnis ablegen zu können im Namen derer, die nicht mehr dazu in der Lage waren.»

Er starrte auf die Schmutzflecken und die krakelige Schrift auf dem Papier und fragte sich, wann Pierre seinen Bericht geschrieben hatte. In Cabriero, während Hector Degrelho noch mit Eustache Marron herumdiskutierte? Wartend im Vorzimmer eines Parlaments, dessen Conseillers der Meinung waren, die Tagesgeschäfte hätten Vorrang vor irgendwelchen Räuberpistolen über die Waldenser?

«Wir erreichten Cabrières neuerlich am Nachmittag des 21. Aprils. Die Stadt lag in Trümmern. Schwere Geschütze hatten die Stadttore zerschossen, die Mauern gesprengt. In den Straßen türmten sich Leichen. Von Flüchtlingen, die dem Massaker entkommen waren, hörten wir, wie Marron und seine Getreuen Mayniers Truppe über einen Tag lang erbitterten Widerstand geleistet hatten. Schließlich, als klar war, dass die Stadt sich nicht mehr lange würde halten können, hatten die Angreifer, geführt von Maynier persönlich, den Belagerten ein Kapitulationsangebot unterbreitet: würden sie sich jetzt ergeben, so würden nur die Rebellen um Eustache Marron getötet, das Leben der Übrigen würde man schonen. Die Eingeschlossenen akzeptierten und ergaben sich. Man forderte die Bewaffneten auf, ihre Waffen niederzulegen und vor die Stadt zu kommen, was sie taten. Widerstandslos ließen sie sich Fesseln anlegen und sich zu einem Platz vor den Mauern führen. Dort gab Maynier den Befehl, die Gefangenen niederzustechen, was augenblicklich getan wurde. Der Sieur de Pourrières, Schwiegersohn von Maynier d'Oppède, führte selbst den ersten Schlag aus, indem er einem alten Mann den Kopf spaltete. Nur Eustache Marron und seine engsten Gefährten ließ man am Leben, um sie nach Avignon zu bringen. Man sagt, es sei geplant, sie öffentlich auf dem Scheiterhaufen zu verbrennen. Ich denke Tag und Nacht an sie und bete zu Gott, sich ihrer zu erbarmen. Die, in deren Hand sie sich befinden, werden jedenfalls kein Erbarmen kennen.»

Er war ins Präsens gefallen. Wann waren diese Zeilen geschrieben worden? Dort, in den Trümmern von Cabriero? In den Tagen, die folgten, auf dem Weg über verbrannte Erde?

«Danach wandte man sich der Stadt zu. Häuser wurden angezündet, Menschen auf offener Straße niedergemetzelt. Die übrigen Männer von Cabrières schloss man im Kellergeschoss des Schlosses ein. Als dort das Schicksal derer bekannt wurde, die man vor die Stadt gebracht hatte, brach in jenen Kellern Angst aus, die Menschen schrien um Hilfe und schlugen gegen die Türen. Maynier sagte, dies sei ein Aufruhr und Ausbruchsversuch und gab Anweisungen, die Eingeschlossenen zu töten, was seine Soldaten sofort taten.

Die Frauen und Kinder der Stadt hatten sich in die Kirche geflüchtet. Dort wurden sie von den Soldaten aufgespürt. Hier nun erwies sich endgültig, was diesem Heer, das angeblich für den wahren Glauben kämpfte, dieser Glaube bedeutete. Hier, zwischen den Kirchenbänken, im Angesicht des Hochaltars und der heiligen Mutter Gottes, wurden die Frauen geschändet und getötet, zum Teil kleine Mädchen von acht, neun Jahren unter ihnen. Man zeigte uns jene Kirche, in der der Boden rot war vor Blut und die Leichen zwischen Bänken und Stühlen lagen. Man zeigte uns eine Schwangere, die man vom Kirchturm gestoßen hatte. Man zeigte uns eine andere Schwangere, die ein Soldat vergewaltigt und dann aufgeschlitzt und das Kind aus ihrem Leib gerissen hatte, eine Tat, die so grausam war, dass seine eigenen Kumpanen sich gegen ihn wandten, ihm das Kind abrangen, bevor er auch dieses töten konnte, es tauften und versorgten und den Mörder daraufhin töten wollten. Doch dieser flüchtete zu Maynier, der ihn in Schutz nahm mit der Begründung, was er getan habe, habe er für den wahren Glauben getan. Gibt es einen größeren Zynismus als angesichts solcher Brutalität noch vom wahren Glauben zu sprechen und einen Mörder, der eine derart widernatürliche, abscheuliche Tat gegen jedes von Gott oder den Menschen gemachte Gesetz begeht, als einen guten Christen hinzustellen?

Einen vollen Tag lang dauerte die Hinrichtung von Cabrières. Von den neunhundert Einwohnern der Stadt überlebten nur einige wenige, denen es gelang, sich vor den mordenden Soldaten zu verstecken.»

Er dachte an Cabriero. Sein Cabriero. Niedere Häuser, die sich vor die Hügel des Vaucluso duckten. Wetterfahnen, sich drehend im Wind. Früher, wenn sie ab und zu auf dem Markt zu Cabriero waren, hatte er sich manchmal gewundert, wie wenig in dieser Stadt los war verglichen mit anderen Orten vergleichbarer Größe. Man sah spielende Kinder, doch selten sah man größere Ansammlungen erwachsener Menschen, und fast nie sah man alte Leute. Ein verschlafener Ort, hatte er immer gedacht. Kein verschlafener Ort. Ein ausgebluteter Ort.

«Wir zogen weiter, folgten der Spur der Zerstörung, die Mayniers Heer hinterlassen hatte. Von Murs hörten wir, dass es ebenfalls geplündert und niedergebrannt worden sei. Wir lagerten in der Nähe von Menerbe, das zwar geplündert worden war, dessen Einwohner man aber geschont hatte, da der Ort rein katholisch war. Doch schon wenige Meilen weiter, in La Coste, bot sich uns wieder ein Bild unbeschreiblichen Grauens. In der Hoffnung, sie zu besänftigen und so das Schlimmste zu vermeiden, hatte der Sieur de La Coste den Soldaten die Tore geöffnet und sie sogar bewirten lassen, doch diese hatten es ihm vergolten, indem sie niedermachten, wen sie in die Hände bekamen. Ich finde keine Worte für die Dinge, die ich dort gesehen habe, all die vergewaltigten, misshandelten, erschlagenen Menschen, die verstümmelten Leichen kleiner Kinder, die verkohlten Überreste derer, die man in ihren Häusern verbrannt hatte. Frauen hatten ihre Kinder über die Stadtmauer den Felsabhang hinuntergeworfen und waren dann selbst in den Tod gesprungen, um der Grausamkeit der Soldaten zu entgehen. Die Straße am Fuß des Abhangs war gepflastert mit ihren zerschmetterten Leichen. Wir sahen dort eine Schwangere, die wohl etwa im sechsten Monat gewesen war. Sie war tot, doch es war nicht der Sturz gewesen, der sie getötet hatte. Wir fanden den Fötus zwischen ihren blutgetränkten Röcken liegend. Dort inmitten der Toten auf der Straße hatten offensichtlich die Wehen eingesetzt und war das Kind zur Welt gekommen, woraufhin die Mutter aufgrund einer Verhaltung der Placenta verblutet war. Das Kind, so klein und schwach es war, lebte noch. Ein beherztes Mädchen, das uns begleitete, nabelte das Neugeborene ab, wickelte es in ein Tuch und taufte es mit dem schmutzigen Wasser aus dem Straßengraben. Doch viel zu früh geboren wie es war, fehlte ihm die Kraft zum Atmen; es lebte noch eine halbe Stunde und starb dann in den Armen des Mädchens.»

Ein Mädchen, was für ein Mädchen? Ein Kind, das sie unterwegs gefunden hatten? Eine Überlebende des Massakers? Warum erzählt er von diesem Mädchen?

«Unseren Freund, Pater Jacque Bergotz, fanden wir in der Tür der Kirche von La Coste, durchbohrt von unzähligen Schwertstichen. Man sagte uns, er habe den Waldensern Zuflucht in der Kirche gewährt und sich den eindringenden Soldaten in den Weg gestellt. In der Kirche selbst lebte niemand mehr.»

Ein Pater. Ein Geistlicher. Gebürtig aus St. Francès. Franciscus.

«Der Weg durch die Combe war von umherstreifenden Söldnern versperrt. Wir zogen weiter gen Osten mit dem Vorsatz, den Lubéron bei Vitrolle zu überqueren und so nach Aix zurück zu gelangen. In der Nähe von Castellet trafen wir auf einen versprengten Söldnertrupp, vor dem wir in den Wald ausweichen mussten. Auf einer Lichtung zusammengedrängt trafen wir dort auf eine Gruppe von etwa zwanzig Menschen, vornehmlich Frauen und Kinder, Überlebende aus dem Dorf. Wir begriffen schnell, dass diese Menschen alleine kaum eine Chance hatten, ihren Verfolgern zu entgehen, die überall die Wälder durchstreiften; sie waren verstört und verängstigt, viele von ihnen waren verletzt, die Frauen, ja sogar die kleinen Mädchen zum Teil vergewaltigt worden. Nach kurzer Beratung war uns klar, dass wir es vor unserem Gewissen und vor Gott nicht würden rechtfertigen können, diese armen Menschen ihrem Schicksal zu überlassen. Nicht allzu weit von jenem Ort kannten wir eine kleine Höhle, gut verborgen unter einem Felsvorsprung. Wir führten die Leute dort hin und versteckten uns mit ihnen. Bei Einbruch der Nacht machten wir uns auf den Weg. Unser Plan war es, die Menschen quer durch den Grand Lubéron nach Tour d'Aigue zu führen, da wir uns gewiss waren, die Baronin de la Tour d'Aigue, zu deren Land diese Menschen gehörten, würde ihnen Zuflucht gewähren.

Es war ein beschwerlicher und gefährlicher Weg. Die Menschen, geschwächt wie sie waren, Alte und kleine Kinder unter ihnen, waren kaum in der Lage, sich vorwärtszuschleppen. Dazu kam die ständige Gefahr, von den herumstreifenden Söldnertrupps entdeckt zu werden. Mehr als einmal hörten wir in allernächster Nähe Rufe und Hufschlag oder sahen die Fackeln, mit denen sie in die Büsche leuchteten. Die Kinder fingen zu weinen an, wenn sie sie hörten, und wir standen Todesängste aus, das Weinen der Kinder könnte sie auf unsere Spur bringen. Wir schafften in jener Nacht nur die Hälfte des Weges und lagerten schließlich irgendwo im Wald des Grand Lubéron. Die Geräusche des Mordens waren ferner jetzt, doch sie verstummten nicht, und dunkler Rauch strich in Schwaden über den Lubéron und verdunkelte die Sonne.»

Er stellte sich vor, wie sie durch die Nacht zogen, sein Vater, sein Onkel, Couvencour und Degrelho, weinende kleine Kinder mit sich schleifend, ihre Pferde am Zügel führend, auf deren Rücken Verletzte hingen, die Nacht beleuchtet vom Geisterlicht der Feuer, die wie Irrlichter durch den Wald flackerten, ringsum die Laute, aus denen die Angst gemacht ist, Befehle, die gebrüllt werden, die Entsetzensschreie derer, die man entdeckt hat, und das triumphale Brüllen ihrer Entdecker. Er stellte sich vor, wie sie im Wald lagerten, versteckt hinter einem Gebüsch, in Rufweite voneinander um den Lagerplatz verteilt. Sein Onkel, übermüdet, unrasiert, halb verhungert, wie er auf dem Waldboden kauerte, das Lederbüchlein auf den Knien, und mit zitternden Fingern Zeile um Zeile auf die verknitterten Blätter kritzelte, auffahrend bei jedem Geräusch, jedem Knacken im Gebüsch, jedem aufflatternden Vogel. Sein Vater, der auf die schlafenden Kinder starrte und wahrscheinlich an seine eigenen Kinder dachte, die daheim in Ais friedlich in ihren Betten lagen oder auf dem Fußboden im Salon der Aubans spielten.

«Wir gingen weiter, kaum dass es Nacht geworden war. Der Hunger hatte die Menschen weiter entkräftet, so dass wir alle paar Schritte innehalten mussten, um auszuruhen. Eine alte Frau brach irgendwann einfach tot am Wegesrand zusammen. Wir hatten weder die Zeit noch die Kraft, sie zu begraben.

Im Osten hellte der Himmel bereits wieder auf, als wir endlich Tour d'Aigue erreichten. Doch hier erwartete uns eine böse Überraschung: Das Schloss war von Mayniers Soldaten besetzt, der Ort war ein einziges Heerlager. Seigneur Couvencour blieb mit den Flüchtlingen im Wald zurück, während Baron Degrelho, Baron de Bèufort und ich zum Schloss gingen. Wir hatten Glück; es gelang uns, unbehelligt zu der Baronin durchzudringen. Die arme Frau, die wir als so gutherzig und edelmütig kannten, war wie gebrochen durch die furchtbaren Ereignisse, die sich auf ihrem Grund und Boden zugetragen hatten und denen Menschen zum Opfer gefallen waren, die sie als ihre Schutzbefohlenen betrachtete und von denen sie viele gekannt und geschätzt hatte. Auch denen, die wir unter so gefahrvollen Bedingungen zu ihr gebracht hatten, konnte sie keinen Schutz gewähren; ihr Schloss war besetzt, ihre Waffenknechte zum Teil erschlagen, ihre Vorräte geplündert. Sie schwor unter Tränen, dass sie Maynier für dieses Verbrechen zur Verantwortung ziehen würde. Daraufhin gab sie uns ein paar ihrer verbliebenen Waffenknechte mit und zwei Pferde bepackt mit den wenigen Vorräten, die sie erübrigen konnte, und riet uns umzukehren und nach Buoux zu ziehen, das, wie sie glaubte, nicht erobert worden sei. Und so machten wir uns erneut auf den Weg. Zwei Nächte hatten wir nach Tour d'Aigue gebraucht, zwei weitere Nächte benötigten wir für den Rückweg. Drei der Flüchtlinge starben auf dem Marsch durch die Dunkelheit, zwei kleine Kinder, ein alter Mann.

Buoux war unangetastet geblieben. Der Baron, entsetzt von dem, was im Namen des Parlaments geschehen war, hatte Mayniers Truppe den Rücken gekehrt und gewährte den Menschen Einlass und Schutz. Baron Degrelho und Seigneur Couvencour blieben noch, um den Buoux bei der Versorgung der Flüchtlinge zu helfen, während mein Schwager und ich sofort wieder aufbrachen. Wir wollten nach Aix zurückkehren und sobald als möglich eine Klage gegen Maynier in die Wege leiten.»

Das Mädchen. Seltsam, dass er nichts mehr über sie schrieb. War sie unter den Flüchtlingen, die in Buoux blieben? Wer war sie? Wieso hatte er dieses drängende Gefühl, dass die Antwort auf diese Frage wichtig sei?

Hastiger wurde die Schrift nun, verwaschener, hetzte krakelig durch die Zeilen, so als wisse der Schreiber, dass ihm nur wenig

Zeit blieb, dass das Ende nah war, der 5. Mai, ein paar kurze Tage noch.

«Der Rückweg offenbarte uns neue Schrecken. Maynier hatte einen Befehl herausgegeben, der den Menschen des Lubéron bei Strafe an Leib und Besitz verbot, flüchtige Menschen aus den zerstörten Dörfern, seien es Waldenser oder nicht, mit Nahrung zu versorgen oder ihnen auf sonstige Weise Hilfe zu gewähren. Die Straßen, die wir entlangzogen, waren gesäumt mit verhungernden und verdurstenden Menschen, die uns um Essen anflehten, das wir nicht hatten, und um Wasser, das wir ihnen nicht geben konnten. Wer den Sturm der Soldaten überlebt hatte, starb jetzt am Wegesrand an Hunger und Erschöpfung.

Als wir Aix erreichten, meinten wir, damit den Schrecken hinter uns gelassen zu haben, doch das Gegenteil war der Fall. Angestachelt von den Ereignissen im Lubéron und unterstützt von Mayniers Söldnern wütete die Inquisition in Aix. Im Schnellverfahren wurden in der Stadt Protestanten und andere unliebsame Bürger abgeurteilt und aufgehängt. Unser Freund Maître Carbrai war zwei Tage zuvor, am Abend seiner Rückkehr nach Aix, vor seiner Haustür von einem Söldnerhaufen ermordet worden, Maître Piqueu saß im Gefängnis. Bevor wir die Gelegenheit hatten, uns für ihn zu verwenden, wurde er an der Pin de Genas gehängt. Sie sind nur zwei Beispiele von hunderten unbescholtener Bürger der Stadt, die aufgrund ihres Glaubens, ihrer Überzeugung oder aus reiner Missgunst angeklagt, verhaftet und ermordet wurden, ohne dass ihnen die Gelegenheit gegeben wurde, ihre Unschuld in einem ordentlichen Prozess zu bezeugen. Dies ist der letzte Beweis dafür, mit welcher Willkür, welcher Brutalität und welcher Verachtung gegenüber jedem herrschenden Recht und Gesetz Jean Maynier d'Oppède und seine Verbündeten die Verfolgung und Vernichtung dieser Menschen betrieben, und nicht zuletzt auch ein Zeichen dafür, wie wenig es ihnen in der Tat um die Bewahrung des katholischen Glaubens und um wie viel mehr um reine Machtinteressen ging.

Die Feuer im Lubéron sind verloschen. Auf seinen Hängen haben einmal an die 1500 Waldenser in 26 Dörfern gelebt. Die Waldenser sind tot, vertilgt vom Angesicht der Erde wie man Ungeziefer vertilgt, die Dörfer sind niedergebrannt, und die noch leben, gehen in diesem Moment vor unseren Toren an Hunger und Krankheit zugrunde. Mit ihnen starben hunderte unschuldiger Menschen, weil sie ihre Nachbarn waren, ihre Freunde, ihre Familienangehörige, oder weil sie ein Stück Land besaßen, das die Gier eines Mächtigeren herausgefordert hat, über zweitausend Tote insgesamt, niedergemetzelt von einem sechstausend Mann starken Söldnerheer, mehr als tausend auf dem Boden der Provence, neunhundert in Cabrières d'Avignon. Bevor dieser Monat zu Ende ist, werden es tausend weitere sein, verhungert auf den Feldern, weil man den Menschen verbietet, sie mit Nahrung zu versorgen, gestorben auf den Galeeren, wohin man sie verschickt hat. Und die, die diese Menschen auf grausamste Weise vernichten ließen, machen sich in diesen Stunden daran, nach ihren Leben ihr Andenken zu vernichten, machen sich daran, die Geschehnisse der vergangenen Wochen zu vertuschen und schönzureden. Akten werden umgeschrieben, falsche Zeugenaussagen gesammelt, um den schrecklichen Verbrechen einen Anstrich des Rechts zu geben. Ich selbst habe Maynier d'Oppède sagen hören, dass man einen Bericht an den König plane, in dem die Morde und die Verwüstung im Lubéron rebellischen Waldenserbanden zugeschrieben werden sollen. Die, denen all diese furchtbaren Dinge angetan wurden, macht man jetzt zu Schuldigen, um die Erlaubnis zu ihrer weiteren Verfolgung zu erringen und um die wahren Verbrecher zu verteidigen, die weiter in unserer Mitte leben und sich feiern lassen für ihre Untaten.

Wir wollten sie zur Verantwortung ziehen, doch es wird uns nicht mehr möglich sein. Alles, was noch in meiner Macht steht, ist, gegenüber den Menschen guten Willens Zeugnis abzulegen über das schreckliche Unrecht, das Menschen angetan wurde, die unsere Nachbarn, unsere Brüder waren, deren Familien jahrhundertelang in unserer Mitte gelebt hatten. Mag sein, dass Maynier und seine Getreuen die Wahrheit sagen, wenn sie behaupten, dass ein Großteil von ihnen wirklich der waldensischen Lehre anhing, dass es nur eine Minderheit gutgläubiger Katholiken war, die dem Arrêt de Mérindol unberechtigterweise zum Opfer fiel. Doch selbst wenn es so war, selbst wenn die Mehrzahl dieser Menschen Gedanken hegten, die nach den Lehren der Kirche Roms als ketzerisch zu bezeichnen sind; ja, selbst wenn kein einziges der Opfer ungerechtfertigt der Ketzerei verdächtigt worden wäre, so ist es doch mein Glaube und meine erklärte Überzeugung, dass kein Mensch auf dieser Welt das Recht hat, Menschen so grausam zu verfolgen und zu ermorden, wie es in diesen Tagen im Lubéron geschehen ist, ungeachtet ihrer Sitten, ihrer Lebenshaltung, ihrer Religion. Und diesen Glauben wird mir keine Gewalt dieser Welt nehmen können.»

Und Fabiou begriff.

Du bist ihm ähnlich, hatte Tante Beatrix gesagt. So ähnlich, ja. So ähnlich, dass du begreifst, was zwischen diesen Zeilen steht, dass du in seinen Gedanken lesen kannst. Dieses Büchlein ist nicht nur ein Bericht, eine Zeugenaussage über ein schreckliches Kapitel unserer Geschichte. Es ist Onkel Pierres Testament.

«Ich beschwöre alle, die in dieser Stadt leben, dieses Unrecht nicht ungestraft zu lassen. Zeigt denen, die meinen, für ihre persönliche Macht jedes Recht und jede Menschlichkeit mit Füßen treten zu können, dass die wahren Christen in diesem Land dies nicht zulassen. Sorgt dafür, dass sie ihre gerechte Strafe erhalten, in unser aller Namen, auf dass nie wieder ein Morden wie das an den Waldensern und ihren Mitbürgern geschehen wird. Im Namen unseres Herrn Jesu Christi und der Jungfrau Maria, Amen.

Dies schrieb Pierre Martin Avingou, Docteur der Université d'Aix, in seinem neunundzwanzigsten Lebensjahr, am 4. Mai 1545.»

***

Er ging zunächst zum Stadthaus der Degrelhos in der Carriero dei Salin, um nach Victor zu fragen. Der Diener, der ihm öffnete, erteilte ihm allerdings nur die abschlägige Antwort, der junge Barounet habe das Haus bereits am Vortag verlassen und sei bislang nicht zurückgekehrt. Der Baroun sei in der Tat etwas besorgt um ihn, fügte er hinzu, denn alle seien davon ausgegangen, dass er auf das Anwesen bei den Keyrié geritten sei, und jetzt gerade sei der Verwalter von dort eingetroffen und habe ihm mitgeteilt, dass er Victor dort nirgends gesehen habe. Fabiou bedankte sich für die Auskunft und verabschiedete sich. Er war ausgesprochen beunruhigt, als er wenig später die Carriero drecho zur Universität hinauflief. Wo war Victor? War auch ihm am Ende etwas zugestoßen? Er dachte an die rätselhafte Bemerkung, mit der sich Victor bei ihrem letzten Zusammentreffen von ihm verabschiedet hatte. Wusstest du, dass Tante Justine schwanger war, als sie starb?

Er betrat die Universität und schlug den mittlerweile bekannten Weg zur Bibliothek ein, vorbei an Batallionen verblichener Doctores, die ihn von den Wänden herab mit gestrengen Blicken musterten. Einer fehlte in ihrem Heer, ein Name, aus dem Buch des Wissens ausradiert, als ob er niemals dagewesen wäre. Er dachte an die medizinischen Bücher, die Cristino aus dem Studierzimmer der Aubans entfernt hatte und von denen er bis zu diesem Morgen nicht eines je in die Hand genommen hatte. Er hätte sich so viel ersparen können, wenn er nur eines dieser Bücher geöffnet hätte, nur die erste Seite mit dem Exlibris von Pierre Martin Avingou, wo eine Flamme aus einem Kelch schlug, die Flamme des Wissens und der Kelch der Bruderschaft. Dasselbe Exlibris, das ein Buch zierte, in das in roten Lettern eine Widmung geschrieben war an Magister Morus, den großen Wissenschaftler, unterzeichnet von zwölf Namen. Maynier d'Oppède hatte die Idee zu diesem Geschenk gehabt, wohlwissend, dass er nie einen treueren Freund finden würde als Docteur Pierre Avingou, der ihn nie im Stich lassen würde, und sollte es sein Leben kosten. Philippe Maynier d'Oppède.

Er hätte Frederi fragen können. Oder Oma Felicitas. Aber sie hatten ihn so oft belogen, dass selbst die wahrhaftigste Aussage aus ihrem Mund in seinen Ohren wie eine Lüge klingen musste. Tante Beatrix würde vielleicht sprudeln wie eine Fontäne, wenn er sie fragte, denn im Grunde hatte ihr die Wahrheit in all ihren Gesprächen auf der Zunge gebrannt. Vielleicht würde auch Rouland de Couvencour sprudeln. Vielleicht auch nicht. Vielleicht würde er nur wieder das stereotype wir-wollen-dich-nicht-in-Gefahr-bringen hören. Nein. Er brauchte eine unabhängige Quelle. Jemanden, der überhaupt keinen Grund haben konnte, ihm irgendetwas zu verheimlichen.

Der Bibliothekar betrachtete ihn aus seinen mürrischen grauen Augen über das Registraturbuch hinweg und reichte ihm die

Schreibfeder. «Nein», sagte Fabiou. «Nein, ich will nicht in die Bibliothek. Ich will zu Euch.»

Er sah auf, erstaunt. Ich bin nur der Bibliothekar, sagte sein Blick, zu mir will man nicht. Ich sorge dafür, dass jedes Buch zu jeder Zeit jedem Wissensdurstigen zur Verfügung steht, aber sonst bin ich nur eine Dekoration am Eingang dieser Hallen, wie ein Wasserspeier über einem Kirchenportal.

«Was wollt Ihr denn?», knurrte er unwillig.

«Ihr habt Docteur Avingou gekannt, nicht wahr?»

Das Gesicht des Bibliothekars zuckte. Er tauchte die Feder in die Tinte, kritzelte eine Registriernummer in das Buch. «Jeder kannte ihn hier», murmelte er. «Auch die, die so tun, als hätten sie ihn nie gekannt.»

«Ich bin sein Neffe», sagte Fabiou. Der Bibliothekar sah auf. «So.» Er zwirbelte die Feder zwischen seinen tintenschwarzen Fingern.

«Ich bin hier, um die Wahrheit herauszufinden», sagte Fabiou. «Ich muss wissen, wie er gestorben ist.»

Der Bibliothekar sah ihn aus starren Augen an. «Er war …», begann er dann. Er hielt inne und warf einen raschen Blick in Richtung der Tür und einen zweiten in die Bibliothek. Still büffelten die Studenten, die Nasen in große Folianten versenkt. «Er war … ein großer Mann. Ein genialer Wissenschaftler. Und ein aufrechter Humanist. Keiner von diesen geltungssüchtigen Idioten, deren Forschen und Tun kein Gesetz und keine Moral mehr kennt, die in ihrer Verachtung gegenüber der Schöpfung vor nichts zurückschrecken, nicht mal vor der Vivisektion … Docteur Avingou war anders. Er war ein wahrhaft großer Mann.» Wieder ein hastiger Blick, diesmal über seine Schulter. Als ob die Wand hinter ihm Augen hätte. Die Augen der Wächter, die niemals schliefen. «Das ist meine Meinung. Egal, was sie sagen.»

«Sie?», fragte Fabiou.

Der Bibliothekar antwortete nicht. Sein Kinn machte eine Bewegung, zeigte in eine unbestimmte Richtung.

«Ihr meint die Inquisition», sagte Fabiou. Seine eigene Stimme schien von einem fremden Planeten zu kommen.

«Keiner hier hat für ihn gekämpft, damals, als sie ihn verhaftet haben», sagte der Bibliothekar. «Ich konnte es nicht fassen, aber es war so. Alles ging weiter, als sei nichts geschehen. Als habe er nie existiert. Dennoch …», etwas Tinte tropfte von der Feder, ein schwarzer Fleck, der sich auf dem ordentlichen Gitternetz des Registrierbuchs breitmachte, ein störender Klecks in der Geometrie der Rationalität, «dennoch, er hatte eine Chance! Ein paar einflussreiche Freunde waren ihm geblieben. Wenn er widerrufen hätte, hätte er überleben können. Aber – so war er nicht, versteht Ihr? Die Wahrheit war ihm … heilig.» Er seufzte.

«Haben sie ihn hingerichtet?», fragte Fabiou.

«Es kam nicht mehr dazu», murmelte der Bibliothekar. Er stopfte die Feder ins Tintenfass zurück. «Ihr müsst gehen, Senher. Es ist nicht gut, solche Gespräche zu führen.»

Fabiou fühlte sich müde, als er wenig später durch die Carriero d'Esquicho-Mousco zur Cacalauso d'Oro lief. Die Wahrheit ist eine vielköpfige Medusa, hatte Ingelfinger gesagt, und wehe Euch, wenn Ihr sie jemals herausfindet. Sie war Pierre heilig gewesen, diese Wahrheit.

In der Schankstube war nicht viel los; die Pantschers-Tereso schrubbte Teller, das Mädchen wischte die Tische ab. «Der Grandjean?» Die Tereso rümpfte die Nase. «Ist abgereist. Heute früh. Na, wenigstens bezahlt hat er. Im Gegensatz zu dem anderen. Schimpft sich Graf, aber dann verschwinden, ohne die Zeche zu bezahlen, das hat man gern!»

«Trévigny?», fragte Fabiou.

«Hm ja, der. Ist gestern verschwunden, mitten in der Nacht, mit Pferd und allem. Das Gepäck ist zwar noch da, aber, hm, da waren vorher zwei so Kerle da, und … also, ich denke, der kommt nicht wieder.»

Trévigny. Die werden nicht wagen, auch Trévigny bei der Inquisition anzuzeigen!

Er machte sich auf den Weg zum Amt des Viguiés. Crestin machte ein verwundertes Gesicht, als Fabiou in seine Amtsstube trat, und Laballefraou sah auf von seiner Arbeit am Schreibpult und stieß Albin in die Seite, der neben ihm einen Aktenstapel sortierte. «Baroun.» Der Viguié flüchtete sich in ein spöttisches Lachen. «Hattet Ihr einen Unfall? Ihr seht aus, als hättet Ihr Euer *début* als Stierkämpfer gegeben.»

Fabious Lippen verzogen sich zu einem Lächeln, das so angestrengt war, dass ihm der Schweiß auf die Stirn trat. «Ich hatte Euch um etwas gebeten, Mèstre Crestin», sagte er. «Wie steht es damit?»

Crestins prüfender Blick rückte nicht einen Zoll von seinem Gesicht ab, während er in die Ablage unter seinem Tisch griff und einen Packen vergilbendes Papier hervorzog. «Ich habe die Akte organisieren können. Aber ich fürchte, sie wird Euch enttäuschen.»

«Sie schreiben, dass es Selbstmord war, nicht wahr?», fragte Fabiou. Das Lächeln kämpfte um seine Lippen.

Crestins Gesicht war erstaunt. «Woher wisst Ihr …»

«Maynier hat es mir gesagt», antwortete Fabiou. «Und ich muss sagen, er hat seine Aussage sehr glaubwürdig begründet.» Er streckte die Hand aus. «Gebt sie mir.»

«Ich brauche sie wieder», sagte der Viguié, während er Fabiou die Akte reichte. «Sonst macht Vascarvié mich fertig.»

Fabiou verstaute die Akte in seinem Wams. «Ein Handel, Viguié», sagte er. «Ihr wollt die Wahrheit wissen, so wie ich, nicht wahr? Ich werde Euch die Wahrheit liefern.»

«Handel, ah ja», sagte Crestin spöttisch. «Und was ist mein Anteil an dem Handel?»

«Ich brauche noch eine zweite Akte», sagte Fabiou. «Die Akte von meinem Onkel, Docteur Pierre Martin Avingou.»

Es war im Halbdunkel des Gangs, der aus dem Amt führte, dass eine Hand Fabiou am Arm fasste und in eine Nische zog. «Ihr sucht mich, Baroun?», fragte eine spöttische Stimme.

«Mèstre Ingelfinger?», fragte Fabiou erstaunt. «Ich hatte nicht erwartet, Euch wiederzusehen.»

Ingelfinger grinste spöttisch. «Vieles im Leben kommt unerwartet», sagte er. «Nun, habt Ihr's immer noch nicht aufgegeben? Ich werde Euch weder erzählen, wer die Mitglieder der Bruderschaft waren noch wer sie warum verraten hat. Also, was wollt Ihr von mir?»

«Wissen, warum Ihr ihnen nicht geholfen habt», sagte Fabiou. «Ihr hättet den Tod von ein paar tausend Waldensern verhindern können, wenn Ihr es getan hättet.»

Nein, es war keine Einbildung. Diesmal war Ingelfinger zusammengezuckt. «Woher weißt du …», begann er lahm.

Fabiou zog das Büchlein mit dem Ledereinband aus der Tasche und hielt Ingelfinger die erste Seite unter die Nase. «Das hat mein Onkel geschrieben, kurz vor seinem Tod. Docteur Pierre Avingou, alias Magister Morus, wie ich annehme.»

Ingelfinger sah mit einem langsamen Nicken auf das verschmierte Papier. «Glaubst du mir, wenn ich dir sage, dass wir keine Ahnung hatten? Ein Armutszeugnis für Spione, ich weiß. Aber die Bruderschaft, die Waldenser, Maynier – das interessierte uns doch alles nur am Rande! Wir lebten im Krieg, im Krieg zwischen Deutschland und Frankreich, Rom und Italien, Spanien und England! Die Bruderschaft – ein kleines Detail in einem gigantischen Spiel. Sie hat uns nie richtig interessiert. Und genauso wenig haben uns Maynier und seine Pläne interessiert. Warum auch – Strafexpeditionen gegen Ketzer waren an der Tagesordnung. Was war schon zu erwarten – ein paar Festnahmen, ein paar Hinrichtungen, ein paar Enteignungen, nicht schön das Ganze, aber zu unwesentlich im großen Zusammenhang, um sich darüber Gedanken zu machen.» Ingelfinger lächelte gequält. «Wer denkt schon, dass dieser Kerl den Mord an Tausenden plant? Wer denkt schon, dass er vorhat, einen ganzen Landstrich in Schutt und Asche zu legen?»

«Die Bruderschaft hat daran gedacht», meinte Fabiou unbewegt.

Ingelfinger seufzte. Das Lausbubenhafte war aus seinem Gesicht verschwunden. Er sah plötzlich alt aus. «Wir haben sie nicht ernst genommen, Fabiou. Ein paar humanistische Schwärmer und Utopisten. Ich habe mich nicht um das gekümmert, was sie sagten. Ich wusste nicht einmal, dass Corbeille durch einen Verräter die Identität der Bruderschaft enträtselt hatte. Und Corbeille wusste nicht, dass die Bruderschaft einen Plan hegte, den *Arrêt de Mérindol* aufzuhalten. Und beide wussten wir nicht, dass der Verräter weiter an der Vernichtung der Bruderschaft arbeitete. Trostett wusste es. Aber er warnte sie nicht. Maynier hatte es geschafft, ihn auf seine Seite zu ziehen.» Er holte tief Luft. «Trostett war ein Mensch mit Prinzipien. Ich nehme an, Maynier musste ihm nur etwas von wegen Rettung des wahren Glaubens erzählen, und er hat ihm aus der Hand gefressen. Corbeille dagegen war ein Problem für sie. Maynier konnte nicht wirklich sicher sein, dass der König den *Arrêt de Mérindol* unterstützen würde, wenn er davon erfuhr. Sein Einverständnis war gefälscht. Die offiziellen Abgesandten des Königs, den Intendanten, den Gouverneur, hatte er auf seine Seite gebracht, aber noch blieben die inoffiziellen – Corbeille und seine Leute. Maynier wollte nicht riskieren, dass Corbeille sein Vorhaben aufdeckte und den König frühzeitig darüber in Kenntnis setzte. Und da kam das Unternehmen Ohneberg ins Spiel. Trostett spielte Corbeille fingierte Informationen über Aktivitäten der kaiserlichen Flotte im Mittelmeer in die Hände. Dadurch war Corbeille abgelenkt, und ich letztlich auch. Das Nächste, was wir von der Geschichte mitbekamen, war, dass der Luberoun in Flammen stand. Für Trostett muss es die schrecklichste Erkenntnis in seinem Leben gewesen sein, dass all dieses Morden nur einem einzigen Zweck gedient hat, nämlich Maynier und seinen Getreuen die Taschen zu füllen, dass er mitnichten dazu beigetragen hatte, eine Bande gefährlicher Ketzer zu vernichten, sondern zu einem sinnlosen Gemetzel, dessen einziges Motiv die Gier nach Macht und Besitz war.»

«Und die Bruderschaft?», fragte Fabiou.

Ingelfinger zuckte müde mit den Schultern. «Trostett war offensichtlich über ihre Pläne informiert, doch da er zu diesem Zeitpunkt noch an Mayniers lautere Motive glaubte, ließ er sie eiskalt ins offene Messer rennen. Was mich betrifft, so erfuhr ich von der ganzen Geschichte erst, als es längst zu spät und Carfadrael und seine Freunde tot waren. Es tut mir leid, Fabiou. Das klingt albern, aber es ist so. Und du kannst mir glauben, dass es weder an Corbeille noch an mir spurlos vorübergegangen ist, dass wir versäumt haben, einen Massenmord zu verhindern.»

Fabiou starrte in die Leere des dunklen Ganges. «Der Verräter …»

«Nein, Fabiou.» Ingelfinger schüttelte den Kopf. «Ich will definitiv nicht auch noch an deinem Tod schuld sein.»

«Arnac de Couvencour ist verhaftet worden, wisst Ihr das?», fragte Fabiou leise. «Er wird der Ketzerei bezichtigt.»

Ingelfinger runzelte die Stirn. Er sagte nichts.

«Ich hätte noch eine Frage», sagte Fabiou.

«Tut mir leid, Fabiou, wie ich gesagt habe …»

«Nichts über die Bruderschaft. Eine Frage zur deutschen Sprache», entgegnete Fabiou zu Ingelfingers Verblüffung.

Danach kehrte er nach Hause zurück. Und erfuhr, dass sein Stiefvater seit dem Morgen spurlos verschwunden war.

***

Er war aus dem Haus gegangen, kurz nachdem der erste Hahn gekräht hatte. Ein Fremder hatte eine Nachricht für ihn abgegeben, die er lange in seinem Zimmer studiert hatte, und dann war er aufgebrochen. Er warf einen Blick in das Zimmer seines Sohnes, auf das weiße Gesicht des Kindes, in das die Augen tiefe, schwarze Höhlen gegraben hatten. Beatrix sah auf, als er hereinkam, ihr Gesicht war grau unter der Haube und unter ihren stumpfen Augen lagen purpurne Ringe. «Wie geht es ihm», fragte Frederi und lächelte sie an, wie er sie früher angelächelt hatte, als sie noch keine Nonne und er noch nicht der Ehemann ihrer Kusine war, als sie nichts weiter waren als zwei junge Leute, die die Freundschaft zu Pierre Avingou verband. Sie lächelte zurück. «Er lebt, das ist erstaunlich genug», sagte sie. Und Frederi nickte und ging, und sie war die Letzte, die ihn gesehen hatte.

Sie machten sich zunächst keine Sorgen um ihn. Er wird in der Kirche sein, oder auf dem Friedhof, beten, meinte Onkel Philomenus mit einem verächtlichen Schnauben. Er wird wichtige Angelegenheiten zu erledigen haben, meinte die Dame Castelblanc, ganz die treue Ehefrau, für die wichtige Angelegenheiten die einzige denkbare Erklärung für die Abwesenheit des Angetrauten waren. Frederi, fauchte Catarino und verdrehte die Augen.

Als der Abend kam, begannen sie, sich Gedanken zu machen. «Hat er irgendetwas erwähnt, dass er länger fortwollte?», fragte Oma Felicitas stirnrunzelnd ihre Tochter, deren Lächeln allmählich gezwungen wirkte, und diese schüttelte den Kopf und wiederholte mit der Hartnäckigkeit einer Schwachsinnigen, wichtige Angelegenheiten, sicher sind es wichtige Angelegenheiten, die ihn aufhalten. «Seltsam, dass er nichts gesagt hat», meinte Tante

Beatrix, die Frederi Jùlis Wunden mit einer wässrigen Kräuterlösung auswusch. «Seltsam, wirklich.»

Der Abend wurde zur Nacht. Frederi blieb verschwunden. Catarino erstarben die bösen Worte im Hals, und die Dame Castelblanc weinte sich die Augen aus. Schließlich ging Onkel Philomenus zu den Konsuln, um ihnen das Verschwinden seines Schwagers zu melden. Ihre betretenen Gesichter ließen seine vagen Befürchtungen zu erschreckender Realität werden. Als Philomenus zurückkehrte, reichte ein Blick in sein verkniffenes Gesicht, um seine Gedanken zu lesen. Die Dame Castelblanc bekam einen Schreikrampf.

***

Er stand in der Dunkelheit, die unter der Porto Bello Gardo lauerte, verschmolzen mit der Nacht, auf deren Stimmen er lauschte. Konzentriert, wie er war, bereitete es ihm keine großen Schwierigkeiten, die Schritte des Mannes zu erkennen, die sich von hinten näherten. Erst als der Atem des anderen ihm über die Schultern strich, drehte er sich um.

«Zeit, nach Hause zu gehen», sagte Corbeille und lehnte sich neben ihn an den Torbogen.

«Ja. Zeit, nach Hause zu gehen.» Ingelfinger wandte sein Gesicht wieder der Nacht zu. «Es ist tragisch», sagte er dann.

«Ja. Tragisch.» Corbeille hatte ein Tuch gezückt und polierte einen Fleck vom glänzenden Leder der Scheide seines Messers.

«Ich fand es damals schon tragisch», sagte Ingelfinger. «Es könnte diesmal ruhig etwas weniger deprimierend enden.»

«Junge, manchmal bist du sentimental wie ein altes Waschweib», meinte Corbeille.

«Was bitte ist an einem Waschweib sentimental?», fragte Ingelfinger kopfschüttelnd, die Augen konsterniert in die Dunkelheit gerichtet.

Corbeille seufzte tief. «Ich weiß ja, was du meinst.» Er stöhnte auf. «Gott, Ingelfinger, ich wollte nie, dass sie sterben, wirklich nicht! Und schon gar nicht so! Sie haben mich fasziniert, ehrlich! Ich wollte, ich hätte etwas tun können, um sie zu retten.»

«Du hättest etwas tun können», meinte Ingelfinger ungerührt. «Wir hätten etwas tun können.» Er lachte leise. «Der Bengel hat recht. Wir haben sie einfach krepieren lassen. Sie alle. Und diesmal wird es genauso laufen.»

«Ja, du hast ja recht – es ist ein Scheißberuf», seufzte Corbeille. «Schade.» Er seufzte erneut. «Irgendwie hätte ich dem kleinen Bèufort wirklich ein besseres Ende gegönnt.» Mit einem Achselzucken wandte er sich ab und verschwand in der Nacht. Einen Moment lang sah Ingelfinger ihm stumm hinterher. Dann schritt auch er mit raschen Schritten durch die dunkle Straße davon.

***

«Cristino.»

Sie fuhr hoch, blinzelte verwirrt in die Dunkelheit. «Cristino, wach auf.»

Sie meinte, ihren Augen nicht zu trauen. «Onkel Philomenus?», fragte sie ungläubig.

«Steh auf und zieh dich an», sagte ihr Onkel. «Du musst fort.»

«Fort?», fragte sie lahm. «Wieso fort?»

«Du bist hier nicht mehr sicher, Cristino. Genauso wenig wie dein Bruder. Zieh dich jetzt an, schnell!»

Verwirrt stolperte sie aus ihrem Bett, Anno in die Arme, die bereits ein Reisekleid in den Händen hielt. Bevor sie richtig wach war, war sie bereits in Kleid und Mantel gehüllt und Onkel Philomenus dirigierte sie die Treppe hinunter.

In der Carriero de Jouque herrschte ein Umtrieb wie auf einem Wochenmarkt. Eine Kutsche stand vor der Einmündung in die Carriero dis Noble, die Cristino nie zuvor gesehen hatte, Diener daneben, ein Kutscher auf dem Bock. Oma Felicitas stand in der Hofeinfahrt, einen Schal um die verkrümmten Schultern geschlungen, das Gesicht so miesepetrig wie selten, an ihrer Seite die Dame Castelblanc, die ununterbrochen mein Herz, mein Herz jammerte.

«Was ist denn hier los?», fragte Cristino verwirrt.

Die Tür der Kutsche öffnete sich, ein Mann schwang sich nach draußen. «Cristino», sagte er.

Es war Archimède Degrelho.

Hinter ihr klappte die Eingangstür, Fabiou trat nach draußen. Seinem zerdrückten Haar und den Druckstellen in seinem Gesicht nach zu urteilen, war er ebenfalls soeben aus dem Tiefschlaf gerissen worden. Auch er hatte sich offensichtlich in größter Hast angekleidet; sein Wams stand offen, und das Hemd hing stellenweise aus der Hose. «Was hat das alles zu bedeuten?», fragte er verständnislos.

Philomenus drehte sich zu den Kindern um. «Ihr werdet mit Baroun Degrelho gehen», sagte er. «Der Baroun hat sich bereit erklärt, euch auf seinem Grund und Boden Schutz zu gewähren. Bei ihm seid ihr sicher.»

Fabiou sperrte den Mund auf. Cristino begann zu zittern. «Loís», sagte sie. «Ich will, dass Loís mitkommt.»

«Ich werde nicht gehen», erklärte Fabiou finster.

«Ich gehe nicht ohne Loís!», jammerte Cristino.

«Loís! Bardou, schaff Loís her, er soll verdammt noch mal mitgehen, damit das Gör Frieden gibt!», schimpfte Onkel Philomenus. «Und du, junger Mann, hältst jetzt deinen Mund und steigst in die Kutsche.» Er funkelte Fabiou mit wütenden Augen an.

Fabiou verschränkte die Arme. Er sah sehr ruhig aus und sehr erwachsen. «Ich bin kein Kind mehr, Onkel», sagte er kühl. «Ich bin der Baroun de Bèufort. Ihr habt mir nicht das Geringste zu befehlen. Ich bleibe in Ais.» Er drehte sich um und ging ins Haus zurück.

«Na, dann bleib halt hier, kleiner Idiot!», brüllte Philomenus. «Bleib hier und lass dich umbringen, wenn du unbedingt willst! Ich habe versucht, dir zu helfen, aber bitte!»

Loís kam. Er sah noch immer etwas mitgenommen aus, sein rechtes Auge tauchte nur ganz allmählich wieder unter den geschwollenen Brauen auf. «Was ist los?», fragte er.

«Loís, sie wollen, dass ich mit dem Baroun d'Astain gehe!», schrie Cristino.

«Es ist nur zu Eurer Sicherheit», meinte der Baroun. «Bei mir werden Euch diese Leute nicht finden, die Euch nach dem Leben trachten. Und wenn doch, so haben sie es mit zwanzig erprobten Kriegsknechten zu tun.»

«Du musst mitkommen, Loís», schrie Cristino, «sonst habe ich Angst! Loís, ich habe Angst!»

Er nickte. «Ich komme mit, natürlich», sagte er. «Einen kleinen Augenblick nur.» Er rannte in die Scheune und kam wenig später mit einem Bündel zurück, das einen länglichen Gegenstand barg. «In Ordnung. Wir können gehen.»

Alles ging sehr schnell dann. Ihre Mutter drückte Cristino gerade noch einen Kuss auf die Stirn, da wurde sie vom Baroun d'Astain auch schon in die Kutsche geschoben, Loís hintendrein. Cristino schrie noch, Anno solle ebenfalls mit, doch der Baroun beruhigte sie, er habe bereits eine Zofe für sie bereitgestellt, es bestünde keine Notwendigkeit, Anno aus ihrer gewohnten Umgebung zu reißen.

Die Kutsche fuhr an. Cristino starrte angstvoll in die Dunkelheit, in der sie unsicher das Gesicht des Baroun und noch viel vager das von Loís ausmachen konnte. Die Kutsche zuckelte die Carriero drecho hinunter und bog dann nach rechts in die Carriero dei Salin ein, Richtung Porto dis Augustin.

***

Irgendwann begann alles zu verwischen. Der Hunger, der Durst, die Kälte, die Scham darüber, dass er keine andere Möglichkeit hatte als in die Hose zu machen wie ein Säugling, schließlich sogar der Schmerz in seinen Schultern und seinen Handgelenken. Alles wurde gleichgültig, ein Meer aus Benommenheit, durch das er trieb wie ein zerschmettertes Stück Treibgut, wie ein Salzkorn, das sich auflöst in der Unendlichkeit. Es war ein angenehmes Gefühl. Er wusste, es war der Weg in den Tod oder der Weg in den Wahnsinn. Es war verlockend.

Am Anfang hatte er gekämpft. Gegen die Panik, die ihn zu überwältigen drohte, eine Panik so grell und blendend wie die Sonne an einem brütenden Sommerhimmel. Sie hatte ihn mit Scham erfüllt, diese Panik, denn er hatte sich immer für einen mutigen Menschen gehalten. Ein Abenteurer, ein Kämpfer, einer von denen, die lieber mit der Waffe in der Hand sterben als vor irgendeiner Gefahr fliehen wollten. Warum auch nicht? Man konnte sich ein Leben lang in seinen vier Wänden verkriechen und dann doch lange vor der Zeit an der Pest oder der Schwindsucht sterben. Also lieber aufregend leben, lieber ein verrückter Tod, über den die Leute noch reden, kopfschüttelnd vielleicht, aber anerkennend, als auf der Ofenbank krepieren wie ein altes Weib. Er hatte sie so belächelt, die Hofschranzen, die sich mit Leibwächtern und Waffenknechten umgaben, um sich zu schützen, vor Raubüberfällen, vor Mordanschlägen, vor allem, was das Leben unsicher machte. Sicherheit! Es gab keine Sicherheit! Das Leben war ein großes Risiko, und er genoss jeden Augenblick der Gefahr wie andere ein erlesenes Festmahl.

Aber das hier war anders. Es hatte nichts mit Degenkämpfen, einsamen Ritten durch die Nacht und waghalsigen Jagdabenteuern zu tun. Er war wehrlos, komplett ausgeliefert der Willkür von Menschen, die ihn vernichten konnten, wenn sie Spaß daran hatten. Und wenn sie ihn vernichten sollten, dann hätte sein Ende nichts mit dem heldenhaften Tod eines Abenteurers zu tun, den er sich immer vorgestellt hatte, ein Tod im Duell oder im Kampf gegen Wegelagerer, durchbohrt von einem Degen, der schneller oder stärker als der seine war. Die Alternativen, die sich ihm boten, waren, hier zu sterben, in dieser Dunkelheit, an Hunger und Durst und der Kälte, die sich mit jeder Minute tiefer in seine Knochen fraß, oder in den Händen der Inquisition. Und das war ein Gedanke, der so wahnwitzig, so überwältigend in seiner Entsetzlichkeit war, dass spätestens hier jeder Versuch endete, gegen die Angst anzukämpfen, und nichts zurückblieb als nackte Panik.

Am Anfang hatte er noch versucht, die Dinge rational zu sehen. Vernünftig. So wie Arnac gesagt hatte. Was sollte ihm schon passieren, er hatte schließlich nichts Unrechtes getan, er war das Opfer einer böswilligen Verleumdung, das musste jedem Richter klar werden, Inquisition hin oder her. Sie würden seinen Beteuerungen glauben und ihn wieder gehen lassen. Er würde sich irgendwie herausreden, so wie er sich Paul gegenüber immer herausredete. Er würde Arnacs Rat folgen, behaupten, er sei betrunken gewesen, und Abbitte leisten. Paul würde ihn retten, würde ihm einen vorzüglichen Anwalt besorgen, würde das Gericht bestechen, würde seine Beziehungen spielen lassen. Es würde gut gehen, irgendwie.

Am Anfang hatte er noch versucht, sich abzulenken. Er hatte geredet, mit Arnac, irgendwelche belanglosen Gespräche über Gott und die Welt und Fabiou und Cristino, alles, was einen davon abhalten konnte, an die Situation zu denken, in der man sich befand. Dann, als die Erschöpfung sich über ihn herabsenkte und der Durst seine Lippen zusammenkleben ließ, waren diese Gesprächsversuche seltener geworden, und auch Arnac war immer einsilbiger geworden und schließlich ganz verstummt. Er hatte dann versucht, an etwas anderes zu denken, etwas Schönes, hübsche Frauen zum Beispiel, und schnelle Pferde, und daran, wie er Hervet seinen Degen an die Kehle gehalten hatte.

Aber dann, ganz allmählich, begannen seine Kräfte nachzulassen. Mit jeder Minute, die er in der Dunkelheit verbrachte, mit jedem eisigen Tropfen, der in der Ecke von der Gewölbedecke fiel, wurde ein bisschen mehr von seiner Selbstbeherrschung davongespült, bis er nur noch ein bibberndes Häufchen Elend war und in seinem Denken für nichts anderes mehr Raum blieb als für den wahnwitzigen Schmerz, der aus seinen Schultern und seinem Nacken die Arme herunterkroch, um sich in seinen Handgelenken zu glühendem, pulsierendem Irrsinn zu verdichten. Die Angst und der Schmerz wurden zu einem riesigen, grinsenden Monster, das einmal seinen gewaltigen Rachen aufmachte und ihn verschluckte wie ein Frosch eine Fliege, um ihn dann langsam und gnadenlos zu verdauen.

Schließlich, nach Stunden oder Tagen, jedes Zeitgefühl war eine Illusion, ließ es nach. Die Erschöpfung breitete sich in seinen Gliedern aus, erfüllte sein Gehirn bis zur hintersten Kammer, ein bleierner Puls, der durch seine Adern tropfte und alles betäubte wie Opium. Müde und ziemlich uninteressiert fragte er sich, ob er jetzt wohl sterben würde. Der Mensch hält es nicht allzu lange ohne Wasser aus. Zwei, drei Tage höchstens, hatten sie bei Hof gemunkelt, wenn das Gespräch sich um die heldenhaften Weltumsegler drehte. Es war egal. Es war in Ordnung. In seinem ganzen Leben hatte ihn die Möglichkeit seines eigenen Todes nicht so kalt gelassen wie jetzt.

Irgendwann begriff er, dass etwas nicht stimmte. Etwas bei dieser ganzen Geschichte war widersinnig, ein Denkfehler, den sie die ganze Zeit gemacht hatten. Rablois, dachte er, ohne zu wissen, warum. Wie kann es sein, dass das Weib sich umgebracht hat? So eine kennt doch keine Reue, bestimmt nicht. Aber wenn sie sich nicht umgebracht hat, wer war es dann?

Sein Denken driftete davon in die Tiefen einer gleichgültigen Bewusstlosigkeit. Wenn er wieder aufwachte, würde er darüber nachdenken. Wenn.

Er hoffte, dass nicht.

***

Es war kein Traum mehr. Träume sind Bilder. Dies war anders. Real. So real wie etwas, was wirklich geschieht. Sie konnte den Nachtwind hören, der draußen durch die Bäume strich, das Rauschen des Springbrunnens in dem kleinen Innenhof, den fernen Schrei eines Käuzchens. Sie spürte die Kühle der Marmorplatten unter ihren nackten Füßen, während sie lief, sie spürte den Saum ihres Nachthemds, der um ihre Füße strich, und die Angst.

Real, so real.

Da war das Jagdfresko, und der Gang, der die Biegung nach rechts machte, dort, wo der leblose Körper eines kleinen Mädchens auf dem Fußboden lag. Sie stand vor ihr, weinend, spürte die Nässe der Tränen auf ihrem Gesicht und das Schluchzen in ihrem Hals. Alice, wimmerte sie.

Die Schritte hinter ihr, jene grausamen, eilenden Schritte, so nah schon. Und die Stimme. Keine unangenehme Stimme. Eine Stimme, die nach Nähe, nach Vertrauen klang. Agnes. Bleib stehen, Agnes. Ich tu dir doch nichts, meine liebe, kleine Agnes.

Sie fühlt das Kratzen in ihrem Hals, als sie schreit. Mama. Papa.

Sie stolpert weiter. Da ist der Stern, ein Mosaik im Boden, braun und oliv auf rotem Grund.

Louise!

Sie kommt. Natürlich kommt sie. Louise ist immer gekommen. Louise, die sie vor den Geistern beschützt, die des Nachts unter ihrem Bett lauern. Louise, die die bissigen Hunde verscheucht und dem Schwarzen Mann eine lange Nase dreht. Als Louise aus den Schatten tritt, hinein in das Zentrum des Sterns unter dem hohen Gewölbekreuz, da weiß sie, dass sie gerettet is, Louise wird sie in den Arm nehmen, sie festhalten und ihr ins Ohr flüstern, dass alles gut wird. Und so ruft sie, Louise, Louise, und weint und streckt die Ärmchen nach ihr aus, und weiß, alles ist gut.

Louise schließt sie nicht in die Arme. Louises Hand schießt vor und umklammert ihr Handgelenk, so fest, dass sie aufschreit, und mit einer ruckartigen Bewegung zieht sie sie hinter sich. Agnes weint, lauter jetzt, wütend, sie will, dass Louise sie hält, sie will, dass Louise sie tröstet, doch das Weinen erstickt in ihrer Kehle, denn da kommt sie, blonde Haare, die ihr erhitztes Gesicht umflattern, während sie näher kommt, jenes Lächeln auf den Lippen, in denen noch immer so viel Vertrauen, so viel Nähe liegt, dass alles danach drängt, sich ihr in die Arme zu werfen. Louise, sagt sie sanft, da bist du ja, Louise. Wieso lauft ihr denn vor mir weg, ihr bösen, bösen Kinder?

Agnes schreit. Louise, komm weg, schreit sie, sie will uns was Böses, sie hat Alice was Böses getan, Louise!

Still steht Louise vor Agnes und sieht dem Kindermädchen entgegen, das langsam, lächelnd auf sie zugeht.

Louise, schnieft Agnes, komm weg, Louise, schnell!

Louise steht und sieht dem Kindermädchen entgegen.

Louise!, kreischt Agnes.

Das Kindermädchen ist da. Es lächelt noch immer, während es Louise die Hände um den Hals legt und zudrückt.

Cristino fuhr hoch. Keuchend starrte sie in die Nacht, die vor dem Fenster schwankte, ein paar Bäume, die vorbeiglitten, ein Weizenfeld, wogend im Nachtwind, fahl beleuchtet vom Licht eines abnehmenden Mondes. Rechts von ihr hing Loís in den Kissen der Kutsche. Er schlief, sein Bündel selbst im Schlaf mit beiden Armen umklammert. Ihm gegenüber saß der Baroun. Seine Augen waren offen; das Mondlicht spiegelte sich in ihnen, während er aus dem Fenster sah.

Etwas war da in der Nacht, durch die sie jagten, etwas Murmelndes, Raunendes, was tückisch nach den Achsen der Kutsche angelte und den Pferden in die Zügel griff. Es gibt keine Geister, wiederholte sie verzweifelt vor sich selbst, es ist alles nur Einbildung, ein Produkt meiner überspannten Fantasie!

Wie kam es, dass sie tief in ihrem Innern ein Lachen zu hören vermeinte in Antwort auf diese Worte, ein Lachen, das so kalt und so höhnisch war, dass das Mark in ihren Knochen zu Eis zu gefrieren schien? Es gibt keine Geister, Cristino, ja? Bist du dir da so sicher?

Eine eiskalte Hand griff nach Cristinos Kehle und würgte ihren Atem ab. Etwas geschieht. Etwas wird geschehen.

Bald.

KAPITEL 19

in dem weitreichende Entscheidungen getroffen werden und der Ritter der Kelche seinen Heiligen Gral findet

Tum in naturali contemplatione debile adhuc veritatis lumen, quasi nascentis solis incunabula, pati assuescamus ut tandem quasi caelestes aquilae meridiantis solis fulgidissimum iubar fortiter perferamus.

Dann sollen wir uns in der Betrachtung der Natur daran gewöhnen, das noch schwache Licht der Wahrheit auszuhalten, gleichsam die ersten Strahlen der aufgehenden Sonne, um schließlich wie die Adler des Himmels den strahlendsten Glanz der Mittagssonne tapfer zu ertragen.

Pico della Mirandola (1463-1494), italienischer Philosoph und Freidenker, Oratio de hominis dignitate (Von der Würde des Menschen)

Der 6. Juli war ein durchschnittlicher, heißer Sommertag. Ein Tag, wie man ihn um jene Jahreszeit erwartete, an dem die Hitze zwischen den Häusern brütete und die Straßenschluchten in die Kammern eines Backofens verwandelte, an dem Mensch und Tier in den Schatten flüchteten, das Geschrei der Marktfrauen unter der Glut verstummte und selbst die Straßenkinder um die Brunnen herumhingen wie die toten Fliegen. Ein Tag, an dem Ais schlummerte wie jenes verwunschene Schloss im Märchen und auf den Abend wartete, der es wach küsste, an dem jede Seele fluchend die Nacht herbeisehnte, deren Kühle der geplagten Stadt endlich Linderung bringen würde. Ein ganz normaler, in keiner Weise bemerkenswerter Tag also.

Fabiou Kermanach de Bèufort vergaß diesen Tag nicht, solange er lebte.

***

Als er den Viguié aufsuchte, war es vier Uhr, und noch machte die Mittagshitze nicht die geringsten Anstalten, abzuklingen. Fabious Kleider klebten an seinem Leib, er wischte sich wieder und wieder mit dem Handrücken über die Stirn und verteilte doch nur Schweiß von einer Seite auf die andere. Im Hauseingang des Amtes kamen ihm zwei Arquiés entgegen, sie warfen ihm einen kurzen Blick zu und gingen an ihm vorbei. Auf ihren Hemdbrüsten zeichneten sich dunkle Schweißflecken ab. Er stieg die Treppe hinauf und ließ sich dem Viguié melden.

Die Hitze hing über der Amtsstube wie eine dicke, lastende Daunendecke. Beide Fenster waren weit aufgerissen, ohne dass dies auch nur die geringste Luftzirkulation bewirkte. Crestin saß an seinem Tisch und starrte auf ein Stück Pergament, als Fabiou durch die Tür trat. Er sah nicht auf. Laballefraou, der gerade einen Stapel Akten aus einem hohen Schrank wuchtete, hielt in der Bewegung inne, als er Fabiou erblickte. Seine Gesichtszüge hatten ihren Halt verloren.

Fabiou stand, versuchte zu atmen durch die erstickende Schwüle der stehenden Luft. Crestin schob das Pergament beiseite und griff nach einem zweiten. Laballefraou legte die Akten ab. Reglos stand er vor dem Schrank. Seine Lippen bewegten sich. So als wolle er etwas sagen und traue sich nicht. «Ist etwas?», fragte Fabiou.

Ein bisschen bebte das Pergament in Crestins Händen. Er legte es ab, faltete seine Hände darüber. Laballefraou lehnte sich gegen den Schrank. Er hatte die Lippen jetzt zusammengedrückt, wohl um sie an ihrem Eigenleben zu hindern.

«Mein Stiefvater?» Gott, dass es auch so heiß sein musste! Als ob einem das Hirnwasser aus den Poren lief! «Ist etwas mit meinem Stiefvater? Habt Ihr ihn gefunden?»

Crestin holte tief Luft. Er sah auf. Sein Gesicht wirkte unruhig. «Es … tut mir leid, Baroun», sagte er. Seine Stimme schien verzerrt durch die Hitze. «Es gibt keine Neuigkeiten von Eurem Stiefvater.»

Fabiou runzelte die Stirn. Schweiß sammelte sich in seinen Brauen. «Irgendetwas – ist doch», stellte er fest.

Sie antworteten nicht. Laballefraou wischte sich die feuchten Hände an der Hose ab. «Habt Ihr die Unterlagen bekommen, um die ich Euch gebeten hatte?», fragte Fabiou.

Ein Blick von Crestin zu Laballefraou und von Laballefraou zu Crestin. Crestin fuhr sich mit der Hand über die Nasenspitze, eine Geste der Verlegenheit, die so gar nicht zu ihm passte. «Baroun de Bèufort … diese Unterlagen, wisst Ihr …» Er brach ab.

«Also was ist?», fragte Fabiou ungeduldig. «Habt Ihr sie oder habt Ihr sie nicht?»

Fragend war Laballefraous Blick auf Crestin gerichtet, der Fabiou mit zusammengepressten Lippen ansah. Schließlich nickte er Laballefraou zu. Einen Augenblick stand der Arquié unentschlossen am Schrank, dann lief er zum Pult hinüber und nahm eine Akte von der Schreibfläche. Er schien einen Moment lang zu zögern, bevor er zu Crestin herüberkam und die Akte vor ihm auf die Tischplatte legte.

Fabiou trat vor und griff nach der Akte.

«Baroun de Bèufort.» Crestins Hand hatte sich auf seinen Arm gelegt. Der Viguié blickte ihn aus unruhigen Augen an. «Baroun de Bèufort, ich denke, Ihr solltet das besser nicht lesen.»

Er starrte Crestin an. Er begriff. Er hatte es geahnt. Fabiou nahm die Akte vom Tisch und schritt aus dem Raum.

***

Es wurde ein seltsamer Abend. Ein Abend, an dem die Familie, das heißt der Teil, der noch übrig war, eine gute Stunde lang stumm und steif um einen gedeckten Tisch herumsaß, ohne dass auch nur ein Satz gesprochen wurde, der über «Reiche mir bitte das Salz» und «Ich hätte gern noch etwas Sauce» hinausging. Wahrscheinlich lag es daran, dass so viele, die sonst hier gesessen hatten, fehlten. Frederi fehlte. Cristino fehlte. Frederi Jùli fehlte, da es ihm weiterhin zu schlecht ging, als dass er hätte aufstehen können. Tante Beatrix fehlte, da Onkel Philomenus sie, kaum dass sich der Zustand seines Neffen geringfügig gebessert hatte, aus dem Haus geworfen hatte mit der Bemerkung, dass alles weitere ja wohl der Mönch übernehmen könnte, woraufhin Tante Beatrix Bruder Antonius seufzend ihre Anweisungen gegeben hatte und mit einem letzten bitterbösen Blick auf Philomenus gegangen war.

Fabiou fehlte ebenfalls. Er hatte das Haus gegen vier Uhr verlassen und war nicht zurückgekehrt. Die Dame Castelblanc war außer sich vor Sorge. Der wird schon sehen, was er davon hat, der kleine Angeber, hatte Onkel Philomenus gebrüllt. Bruder Antonius hatte einen unsicheren Blick auf den friedlich schlafenden Frederi Jùli geworfen und gesagt, ich gehe ihn suchen.

Das Dessert war schon aufgetragen, als ausgerechnet Theodosius-das-Großmaul die ketzerischste aller Fragen stellte und damit den anderen endgültig den Nachtisch verdarb. «Wo ist denn jetzt Onkel Frederi?», fragte er neugierig.

Die Dame Castelblanc begann zu heulen.

Philomenus knallte seinen Löffel auf den Tisch, den er soeben tief in seine Zitronencreme getaucht hatte. «Halt den Mund!», fuhr er seine Schwester an.

«Oh Gott, Frederi, mein Frederi!», schluchzte Madaleno.

«Ich habe gesagt, du sollst den Mund halten!», brüllte Philomenus.

Das Schluchzen brach ab. Starr sah Madaleno auf die geblümte Tischdecke. «Sie werden ihn töten, wie all die anderen», murmelte sie verträumt.

Totenstille. Catarino fiel der Löffel aus der Hand. «Red' keinen Unsinn!», fauchte Oma Felicitas.

Tante Eusebia kicherte. Ein seltsamer, hoher, metallischer Laut. «Das ist kein Unsinn!», gluckste sie. «Das ist der Fluch des Verrats.»

Catarino sah auf. Sie starrte Tante Eusebia an.

Madaleno war weiß geworden. «Was ... was meinst du damit?», wimmerte sie.

«Gott straft Verräter, Madaleno», sagte Eusebia lächelnd. «Verräter an der wahren Religion.»

«Eusebia, sei ruhig», krächzte Oma Felicitas.

«Warum?» Triumphierend blitzten Eusebias Augen. «Ich habe es satt, Mutter, satt, für sie zu lügen. Dreizehn Jahre lang habe ich es getan, meine arme, arme Schwägerin, verwitwet durch tragische Umstände, das arme, fromme Geschöpf. Und dabei war sie die Hure eines Protestanten. Und das ist ja wohl nicht mal das Schlimmste!»

Catarino war auf den Füßen, bevor ihre Mutter aufschrie und die Hände über den Kopf schlug. «Wie könnt Ihr es wagen, so von meiner Mutter und meinem Vater zu reden!», schrie sie.

«Deine Mutter.» Eusebia leckte genüsslich ihren Löffel ab. «Dein Vater. Das Traumpaar von Ais. So jung, so verliebt, so fromm. So stellst du dir das vor, Catarino, ja? Einen Dreck! Weißt du, wie alt du warst, als du getauft wurdest, richtig getauft? Dreieinhalb Jahre. Ein protestantischer Schweinepriester hat nach deiner Geburt seinen vermaledeiten Segen über dich gesprochen, Catarino, denn deine Mutter hatte unsere Mutter Kirche ebenso verraten wie dein Vater und war zu den gottverdammten Protestanten übergelaufen. Und als dann in dieser Stadt endlich mit dem verfluchten Ketzerpack aufgeräumt wurde, da hat sie es mit der Angst zu tun bekommen, und sie hat deinen Vater fallen lassen und ist mit fliegenden Fahnen in den Schoß der Familie zurückgekehrt. Ich verstehe bis heute nicht, dass Philomenus sie wieder aufgenommen hat.» Sie lächelte. Catarino war weiß wie eine Wand.

«Catarino ...», wimmerte die Dame Castelblanc.

«Das ist nicht wahr», flüsterte Catarino.

«Catarino, bitteeee!», schrie Madaleno.

«Es ist nicht wahr!» In Catarinos Augen lag eine Panik grell wie die Sonne. «Sagt, dass das nicht wahr ist, Mutter! Tante Eusebia lügt! Sagt es!»

«Ich habe ihn geliebt, Catarino», schrie ihre Mutter. «Aber was hätte ich tun sollen? Ich hatte doch euch! Ich musste doch leben!»

«Ihr habt Vater im Stich gelassen», flüsterte Catarino.

«Du verstehst das nicht!» Schrill die Stimme Madalenos. «Wie kannst du das verstehen? Ich war zweiundzwanzig Jahre alt. Ich war kaum älter als du! Sie haben mich vor die Wahl gestellt, abzuschwören oder zu sterben! Und Pierre … Pierre … sie haben … oh mein Gott … Ich hatte Angst, Catarino, verstehst du? Ich wollte leben, oh Gott, Catarino, ich wollte leben!»

Catarino wich zurück. Einen Schritt. Einen zweiten. Sie stieß gegen die Anrichte. «Ihr habt Vater im Stich gelassen!», krächzte sie. «Und dann habt Ihr Frederi geheiratet, kaum dass er unter der Erde war! Ihr habt ihn nie geliebt, nie!»

«Catarino, hör mir zu …», begann die Großmutter, mühsam beherrscht.

«Ich höre nicht zu!», kreischte Catarino. «Keinem von Euch! Ihr habt meinen Vater im Stich gelassen! Ihr seid schuld an seinem Tod! Mörder seid Ihr, alle!» Sie wirbelte herum und rannte.

«Catarino!», brüllte Onkel Philomenus. «Catarino, komm zurück!» Unten schlug die Tür.

***

Bruder Antonius fand Fabiou auf dem Friedhof, wo er auf einem Stein gegenüber dem Familiengrab der Aubans saß und stumm auf die Gräber starrte. Sein Gesicht war weiß wie der Tod. Die Sonne hatte sich gesenkt, die Grabsteine zogen gigantische schwarze Schatten auf dem Kiesweg.

«Fabiou, was ist?», fragte Antonius.

Vor ihm erstrahlten die Grabsteine im Abendschein. Cristou Kermanach de Bèufort, 1521-1545, ein Kreuz und ein Kelch, das Kreuz Christi und der Kelch der Bruderschaft. Und Pierre Martin Avingou, geboren am 5. Juni 1516 zu Aix, gestorben am 5. Mai

1545 ebenda. Fabiou hob den Kopf. Seine Lippen zitterten. Auf seinem Schoß lag ein Stapel verblichenen Pergaments.

Antonius schluckte. «Was ist das, Fabiou?», fragte er unsicher.

Fabious Blick sank zurück auf die stummen Gräber. «Onkel Pierres Gerichtsakte», sagte er. Seine Stimme war kaum zu hören. *Egō eis touto gegennemai kai eis touto elēlytha eis ton kosmon hina martyresōtē alētheia.* Christus spricht, ich bin dazu geboren und in die Welt gekommen, dass ich für die Wahrheit Zeugnis ablegen soll, Johannes 18, Vers 18. Die Inschrift muss Beatrix' Werk gewesen sein. Wer sonst hätte ausgerechnet diese Bibelstelle ausgesucht.

Bruder Antonius setzte sich neben ihn und griff nach den Papieren. Im ersten Moment machte Fabiou eine Handbewegung, als ob er ihn zurückhalten wollte, doch dann ließ er ihn gewähren.

Bruder Antonius legte die Akte auf seine Knie und blätterte stumm durch die Papiere. Fabiou starrte auf die Grabsteine. Eine Träne löste sich aus seinem Auge und lief über seine Wange. Er wischte sie hastig weg. Weiß glänzten die Gräber im schräg einfallenden Licht.

Schließlich schlug Antonius die Akte zu. «Oh mein Gott, Fabiou», flüsterte er. «Mein Gott, das ist ja furchtbar, das ... das tut mir so leid, Fabiou.»

«Ich habe ihn eigentlich gar nicht gekannt, Antonius», murmelte Fabiou. «Aber ich habe so viel von ihm gehört, dass es mir so vorkommt, als ob ich ihn gekannt hätte! Als ob er mir nahe steht, in irgendeiner Form, verstehst du? Sie ... sie sagen alle, ich sei ihm so ähnlich ...» Wieder wischte er sich über die Augen.

«Wahrscheinlich bist du das auch, Fabiou», sagte Antonius. «Wahrscheinlich bist du das wirklich. Ich ... ich denke, er wäre stolz auf dich.»

«Warum?» Fabiou hatte die Stirn auf die Knie gelegt. «Ich habe nichts getan. Nichts hat sich geändert, die Morde sind weiterhin im Dunkeln, und das Ende der Bruderschaft ist so mysteriös wie eh und je. Was habe ich schon erreicht?»

«Du hast es wenigstens versucht», meinte Antonius.

«Das ist nicht genug», sagte Fabiou. Er stand auf «Antonius, ich werde das Rätsel lösen. Ich muss es lösen. Ich bin es ihnen schuldig.

Meinem Vater, und Onkel Pierre.» Er wandte sich dem Mönch zu. Sein Gesicht war grau und zuckte. «Hilfst du mir dabei?»

«Ich …» Jesus, er wollte sich nicht mehr damit beschäftigen. Es hatte lange genug gedauert. Er wollte die Sache abschließen, vergessen, ein für alle Mal! «Ich … ich weiß nicht …»

«Findest du nicht auch, dass du es jemandem schuldig bist? Joan lou Pastre und Enri Nicoulau zum Beispiel?»

Antonius rang nach Luft. Die Grabsteine versanken in Schatten. «Also gut.» Er rang nach Luft. «Also gut.»

***

Sie hielt erst inne, als die Stadtmauer bereits hinter ihr lag. Dann blieb sie stehen. Der rote Ball der Sonne dicht über dem Horizont verschwamm in Tränen.

Sie lief. Sanft setzte sich die Sonne auf die Hügel im Westen, verschmolz mit ihrer Kuppe, ein Tropfen Blut, der auf dem Horizont zerfloss, sich auflöste in Dämmerung und Nacht. Hell flackerten die Feuer zur Linken, eine Flöte zirpte durch die Dunkelheit, die Fröhlichkeit eines Sommerabends.

Jemand erkannte sie. Juana. «Himmel, Kindchen, wie seht Ihr denn aus?»

Catarino schniefte. «Ist Hannes da?»

«Hannes – ist drüben in seinem Zelt. Da, hinter dem Hügel.» Sie wies in die entsprechende Richtung.

Catarino nickte und schniefte und lief weiter.

Das Zelt lag abseits von den anderen. So als wolle Hannes seine Ruhe haben vor den Umtrieben, den Feiern, der Fröhlichkeit. Ein Einsamer am Rande des Lebens. So wie sie.

Sie klopfte nicht an. Wie will man auch anklopfen, an einem Zelt. Sie hob einfach den Vorhang, der den Eingang verschloss, und trat ein.

Er fuhr herum wie von einer Wespe gestochen. Mit einer blitzschnellen, fließenden Bewegung warf er eine Decke über den Boden im hinteren Winkel des Zeltes.

Sie lehnte sich gegen die hölzerne Zeltstange, die tief in den harten Boden getrieben war. Das Zelt war geräumig, sie konnte aufrecht darin stehen.

«Catarino.» Nie zuvor hatte er sie so genannt. Barouneto, hatte er gesagt, und Hochwohlgeboren, und Eure Adligkeit, lauter Anreden, die der pure Hohn aus seinem Mund waren. Niemals Catarino. «Catarino, was ist?»

Sie weinte. Sie ließ sich auf den Boden rutschen, auf die rauen Pferdedecken, die den Staub zu ihren Füßen bedeckten, und weinte. Sie fühlte sich weit, weit fort, verloren in einem Meer abgrundtiefer Traurigkeit. Sie weinte, während er den Arm um sie legte und ihr tröstend über die Haare strich. Das Gefühl, weit fort zu sein, verstärkte sich, als sie die Wärme seiner Haut in ihrem Nacken spürte. Sie hatte den Eindruck, dieses Gefühl noch weiter steigern zu können, indem sie ihren Kopf an seine Brust legte, also tat sie es.

Dann erzählte sie. An seinen warmen Körper geschmiegt erstattete sie ihm Bericht über all die schrecklichen, gemeinen, ungerechten Ereignisse der letzten drei Wochen. Wie sie erfahren hatte, dass ihr Vater nicht an einer Krankheit gestorben war, sondern sich als Ketzer verhaftet im Gefängnis das Leben genommen hatte. Wie ihre Brüder verschwunden und wieder zurückgekehrt waren, der kleine Frederi Jùli mit einer Kugel in der Schulter und nahezu verblutet. Von Frederi, dem verhassten Frederi, der gewiss ihren Vater verraten hatte, um ihre Mutter heiraten zu können. Und von ihrer Mutter, die sie geliebt, der sie vertraut hatte, ein Leben lang. Und die doch ihren Vater in der Not verlassen hatte, ihn dem Tod in den Händen der Inquisition überantwortet hatte. Deren immerwährende Liebesschwüre ihrem Vater gegenüber nichts anderes gewesen waren als eine weitere Lüge. Es ist so schrecklich, schluchzte sie immer und immer wieder, wie soll ich denn so weiterleben?

Er brachte ihr einen Becher Wasser und legte seinen Umhang um ihre Schultern. Sie schluchzte ruckartig, während sie an dem Glas nippte. «Es wird besser werden», sagte er.

Sie schüttelte den Kopf. Es war unvorstellbar, jemals in diesem Leben wieder etwas anderes tun zu können als zu weinen.

«Dein Vater würde nicht wollen, dass du den Rest deines Lebens in Trauer verbringst, und noch viel weniger, dass du stirbst», erklärte Hannes. Er saß auf der Truhe mit den Eisenbeschlägen, die am rechten Rand des Zeltes stand. Was er wohl darin aufbewahrte? Seine Kostüme? «Deshalb wirst du überleben, und deshalb wird es dir eines Tages wieder besser gehen. Als mein Vater starb, habe ich auch nicht mehr leben wollen, bis ich das begriffen hatte. Wir müssen weiterleben, sonst wäre ihr Tod umsonst gewesen.»

Sie schüttelte den Kopf. Ihr Gesicht war nass vor Tränen. «Es ist so furchtbar», wimmerte sie. «So furchtbar.»

«Glaub mir, Catarino, ich weiß, wie du dich fühlst», sagte Hannes. «In meiner Familie hat es in den letzten zwei Generationen nicht einen gegeben, der nicht eines gewaltsamen Todes gestorben ist. Mein Vater … war aus Deutschland, aus dem Süden, aus einem kleinen Dorf bei Nördlingen, das ist eine Stadt in der Nähe von Augsburg. Der Hunger hat die süddeutschen Bauern in den zwanziger Jahren in die Rebellion getrieben. Mein Vater war noch ein Knabe, als er damals mit seinem Vater und seinen sechs älteren Brüdern in den Kampf gegen die Fürsten zog. Sie fühlten sich unschlagbar, dieses Bauernheer, sie zählten fast achttausend Mann, sie beherrschten das Land, raubten und plünderten nach Herzenslust, sie fühlten sich wie die Herren der Welt, und sie wurden Anfang Mai des Jahres 1525 in einem halben Tag von einer siebenhundert Mann starken Truppe des Markgrafen von Ansbach bei einem Kaff namens Ostheim von der Bildfläche gefegt. Hunderte der Bauern starben im Kampf, Hunderte auf dem Schafott, Hunderte wurden geächtet oder vertrieben und dem Hungertod preisgegeben. Mein Großvater und seine Söhne schlugen sich mit anderen flüchtigen Bauern ins Hessische durch, wo sie sich dem oberschwäbischen Bauernhaufen anschlossen, der noch unbesiegt war. Anfang Juni wurde der oberschwäbische Haufen dann bei Königshofen ebenfalls geschlagen. Die Bauern flüchteten in einen Ort namens Giebelstadt, doch das Heer der Verfolger umstellte den Ort und brannte ihn nieder. Zwei meiner Onkel starben in den Flammen, zwei im Graben vor dem Tor, in den sie auf der Flucht vor dem Feuer gesprungen waren. Die Soldaten der Fürsten standen am Rand des Grabens und riefen zu den Eingeschlossenen hinunter, dass sie am Leben lassen würden, wer den Mann neben sich töte. Der jüngste von Vaters älteren Brüdern wurde von einem Mann erschlagen, mit dem er am Abend vorher noch sein Brot geteilt hatte. Nur mein Großvater, mein Vater und sein ältester Bruder überlebten das Massaker und fielen den Fürstlichen lebend in die Hände, die sofort daran gingen, ihre Gefangenen hinzurichten. Als man sie zum Galgen führen wollte, flüsterte mein Onkel meinem Vater zu, er solle laufen wie der Teufel, stürzte sich auf die Männer, die sie umstanden und riss sie zu Boden. Und so konnte mein Vater entkommen, als Einziger der Familie. Als er wieder zu Hause ankam, war sein Elternhaus von durchziehenden Landsknechten niedergebrannt worden, und von seiner Familie lebte keiner mehr. Also verließ er seine Heimat und zog in die Welt hinaus. Er verdingte sich als Soldat, um einen Lebensunterhalt zu haben. Doch schließlich blieb ihm nichts anderes, als zu stehlen, um mich und meine Mutter zu ernähren. Und so starb er letztlich auf dem Schafott wie sein Vater.» Er zuckte mit den Achseln. Sie schniefte. «Das tut mir leid», schluchzte sie.

«Ja. Mir auch», sagte Hannes. Er streckte die Hand aus und berührte ihre tränennasse Wange. Sie hob ihre rotgeäderten Augen. «Hannes ...»

Er beugte sich nach vorne und küsste sie auf die Stirn.

Sie weinte wieder. Sie schlang ihre Arme um seinen Hals und drückte sich an ihn und bedeckte sein Gesicht mit Küssen. «Ich liebe dich!», schluchzte sie. «Ich liebe dich, Hannes!» Er machte Anstalten, sie von sich wegzuschieben, doch sie klammerte sich an ihn wie eine Ertrinkende. «Nimm mich», keuchte sie, «jetzt, sofort.»

Diesmal wandte er genug Kraft auf, dass er sie wegdrücken konnte. «Catarino ...»

«Nimm mich!», rief sie. «Ich will es! Jetzt!»

Er schüttelte den Kopf «Nein», sagte er.

«Aber ich liebe dich!»

«Unsinn.» Wieder schüttelte Hannes den Kopf «Du liebst mich nicht. Du bist gekränkt und wütend auf deine Eltern. Du willst mit dem erstbesten Mann ins Bett springen, um sie zu bestrafen. Aber morgen wirst du es bereuen, Catarino. Nein.»

Sie schrie auf vor Wut und Kränkung. «Verschwinde!», rief sie. «Lass mich zufrieden, du Bastard, verschwinde!» Sie schlug heulend auf die Decken unter ihren Knien ein. «Verschwinde!»

Hannes stand auf «Ich hole dir noch etwas Wasser», sagte er und ging aus dem Zelt.

Sie zitterte vor Wut, während sie so auf dem Boden kauerte. Nie zuvor in ihrem Leben hatte sie sich so gedemütigt gefühlt. Sie bot diesem Hund ihre Unschuld an, und er wies sie ab! Sie hätte ihn umbringen können! Sie hätte sich umbringen können vor Scham! Sie heulte und schimpfte und schlug mit beiden Händen auf den Boden ein, auf dem sie saß.

Draußen war es dunkel geworden, das Zelt nur noch von einer flackernden Laterne beleuchtet, die von einem Haken am mittleren Stützpfosten baumelte. Von fern her waren die Stimmen der Gaukler zu hören. Catarino saß da mit gerunzelter Stirn und betastete den harten Gegenstand, der sich unter der Decke abzeichnete. Es war eben die Decke, die Hannes im Moment ihres Eintretens über den Boden geworfen hatte. Einen kurzen Augenblick lang zögerte sie, dann schlug sie sie zurück.

Es war ein Gegenstand aus einem Puppentheater. Nein, eher aus einem Umzug der Carnava. Eine Maske, gearbeitet aus leichtem Holz, die fein geschnittenen Augen, die scharfe Nase, das Relief der Wangen, selbst die Augenbrauen ausgearbeitet bis ins kleinste Detail, und dazu die unglaublich sorgfältige Bemalung, makellos das Weiß des Gesichtes, das zarte Rosé der Wangen, das Schwarz der Brauen und das kräftige Rot der lachenden Lippen, und darüber, schreiend in seiner Intensität, der grelle, tiefrote Blutstropfen, der aus dem rechten Auge fiel, die rechte Gesichtshälfte durchschnitt, um auf dem Kinn auszulaufen.

Sie war erstarrt. So viele Gedanken, die ihr im Bruchteil eines Augenblicks durch den Kopf schossen. Die Maske mit den blutigen Tränen. Die Maske des Mörders. Cristino hatte sie an einem Fenster im zweiten Stock gesehen. Kein Mensch kann zu einem Fenster im zweiten Stock hereinsehen. Kein Mensch außer einem Akrobaten. Der Mann, der Alessia umgebracht hatte, eingestiegen zu einem Fenster. Der Mann, der vor Fabious Augen aus dem Zimmer des ermordeten Notars gestürzt war.

Sie hatte sein Geheimnis entdeckt. Es gab für ihn keinen Grund, warum er sie nicht ebenfalls töten sollte.

Und der Vorhang, der den Zelteingang verschloss, schob sich beiseite und Hannes trat ein.

Sie hätte die Decke wieder über die Maske werfen können, blitzschnell, bevor er merkte, was sie gesehen hatte. Sie hätte eine Bemerkung machen können, die ihm suggerierte, dass sie keine Ahnung hatte, was sie da vor sich sah, was für eine hübsche Maske, gehört die dir? Sie tat es nicht. Sie war wie gelähmt. Sie saß nur da, beide Hände um die verräterische Maske gelegt, und starrte ihn an.

Er holte tief Luft. «Ich kann dir das erklären ...», begann er.

Sie rutschte rückwärts. Der alberne Versuch, den Abstand zwischen sich und ihm zu vergrößern. In ihrem Rücken lag jetzt die Rückwand des Zeltes. Vielleicht hätte sie unter der Plane durchkriechen können, wenn sie gewagt hätte, sich umzudrehen, ihm den Rücken zuzukehren. Sie wagte es nicht.

Er kam auf sie zu, beide Hände beschwichtigend ausgestreckt. «Catarino, hör mir zu ...»

«Nein!», kreischte sie. «Rühr mich nicht an, nein!»

Und der Vorhang flog beiseite.

Hannes wirbelte herum, starrte auf die Männer die ins Innere gestürmt kamen. «He!», rief er, «he, was soll ...» Er kam nicht weiter. Der erste hatte blitzschnell mit einem Knüppel zugeschlagen. Hannes sackte schreiend auf die Knie, die rechte Hand in den linken Oberarm gekrallt.

Catarino sprang auf. Vergessen die Maske, vergessen die letzten drei Minuten. «Lasst ihn zufrieden!», kreischte sie.

Er kauerte vor ihr auf dem Boden, die Augen panisch aufgerissen. «Catarino», stieß er hervor, «oh Gott ...»

Sie sah die Bewegung aus dem Augenwinkel. Als sie den Kopf hob, konnte sie für den Bruchteil einer Sekunde die Faust erahnen, die auf ihr Gesicht zuzuckte.

Der Boden war weich unter ihrem Körper, Decken und Sand. Einen Moment lang lag sie so, spürte die seltsame, fließende Bewegung, mit der sich das Zelt um sie drehte und das gewaltsame Pochen des Herzschlags in ihrer Brust. Seltsam, dachte sie, als die

Dunkelheit langsam auf sie zuflutete, so ist das also, wenn man stirbt. Irgendwo weit weit fort hörte sie Hannes ein zweites Mal schreien. Dann stürzte sie in die Nacht.

***

Sein Pferd am Zügel führend betrat Victor Degrelho den von hohen Zedern überschatteten Hof. Sein Großvater hatte sie pflanzen lassen, vor vierzig Jahren vielleicht, und inzwischen waren stattliche, mächtige Bäume daraus geworden, die dem Betrachter Ehrfurcht einflößten und dem Hof Schatten spendeten. Dann stand er dort, eine von Schatten umlagerte Statue, und lauschte auf den Abendwind, der von den Bergen herabblies und die Pappeln jenseits des Baches erzittern ließ.

Hier war er aufgewachsen. Hier, im Schatten jener Berge, die sich schroff und düster gegen den hellen Abendhimmel abhoben. Aqueli mountagno. Die Berge aus jenem Lied, das war für ihn immer die Kette der Aupiho gewesen, die gewaltige, hohe Kette, die ihn von seinen Lieben trennte wie jenen Dichter. Seine Lieben, die er vor endlosen Tagen auf jener Straße zwischen Ais und Seloun verloren hatte. Baissa-te mountagno, leva-te valoun, m'empachas de veire mis amours ount soun.*

Hier hatten sie gespielt, im Schatten dieser Zedern, deren Äste sie emporgeklettert waren. Louise war am höchsten gekommen, sogar einen Ast weiter als Daniel. Nicht weil sie besser klettern konnte als er. Doch der Ast, auf dem sie am Schluss saß, lachend und mit den Beinen baumelnd, das war nur ein armseliges, dürres Zweiglein, nach menschlichem Ermessen zu dünn, ein Gewicht größer als das eines Spatzen zu tragen. Sie hatten die Augen geschlossen, Alice und er, und Daniel hatte gerufen, komm da runter, du blöde Ziege, der bricht doch, du stürzt ab, doch Louise hatte nur gelacht, Feiglinge, Feiglinge, während sie zehn Schritt über dem Boden in der Krone des Baumes schwebte. Louise hatte keine Angst gekannt. Vor gar nichts.

---

* Senke dich, Berg, hebe dich, Tal, du hinderst mich, meine Lieben zu sehen.

Im Haus war alles still. Er hätte an die Tür klopfen können, Lärm machen, bis der alte, halbblinde Jaume zur Tür gehinkt käme. Der junge Herr Baroun, hätte er gerufen und wäre sofort losgeeilt, Wein zu holen und ihm ein Mahl zu bereiten. Alle wären sie gekommen, der Hausverwalter, die Köchin, die Kammerfrau, all diese guten alten Menschen, die er aus seiner Kindheit kannte und die für ihn für alle Zeit Vertrautheit und Geborgenheit verkörpern würden.

Als ob es so etwas gäbe auf dieser Welt.

Das Pferd schnaubte. Die Zügel locker in der linken Hand gefasst, ließ Victor sich auf der zweituntersten der Treppenstufen nieder, die zum Haupteingang hinaufführten. Die Spitzen der Zedern glühten im Schein der sinkenden Sonne, und von den Steinen strahlte die Hitze eines langen Julitages wider.

Victor zitterte mit den fernen Pappeln um die Wette.

***

Das Licht war so weiß und hell wie die Sonne am ersten Morgen, und er schwebte durch ihren Schein wie der Verkündigungsengel auf den Feldern von Bethlehem, sein graues Haar pures, fließendes Licht. Das ist es, dachte Sébastien, ich bin tot. Gott schickt seinen Boten, mich zu holen. Glück gehabt. Es hätte schließlich genauso gut der Teufel sein können, man weiß ja nie.

Die Gestalt blieb stehen. Zwischen ihren Händen zuckte und flackerte das Licht und warf einen unsteten Schein auf Arnac, der an der Wand lehnte, den Kopf zurückgelegt, die Augen glühend in dem unirdischen Glanz. Er sprach. Sébastien versuchte, die Worte zu verstehen, doch sein übermüdeter Geist nahm nicht viel mehr als den Klang seiner Stimme wahr. Wer seid Ihr. Ja, das hatte er gefragt. Wer seid Ihr.

Das Licht war jetzt auf dem Boden, während die Gestalt etwas tat, irgendetwas, was mit Arnac zu tun hatte, Sébastien war unfähig zu begreifen, was. Er kniff die Augen zusammen. Er konnte das Licht nicht ertragen.

Arnac lag auf den Knien vor der Wand, den Oberkörper zusammengekrümmt. «Wer seid Ihr?», fragte er noch einmal. Es klang, als wären seine Stimmbänder aus Schmirgelpapier.

«Es tut mir leid, dass ich nicht früher gekommen bin», sagte die Gestalt.

«Ach.»

«Mergoult ist mein Name. Estève de Mergoult.»

«Ihr seid... Alexandres Onkel, nicht wahr?», fragte Arnac mühsam.

Er nickte. Ein Gesicht, nicht mehr jung, umrahmt von dichten grauen Haaren. Seine Augen waren ernst und traurig. «Alexandre!», sagte er verächtlich. «Ich werde nie verstehen, wie mein Bruder diesen Bastard legitimieren konnte, wo es die Spatzen von den Dächern pfeifen, aus welcher Küche er stammt. Aber so war er nun mal. Ehrenkäsig. Ehe bekannt wird, dass man ihm Hörner aufgesetzt hat, nimmt er das Kuckucksei an, das Maynier ihm ins Nest gelegt hat.»

«Wenn er es nicht getan hätte, wäre Jean jetzt Baroun. Denkt Ihr, das wäre eine Verbesserung?», fragte Arnac. Sie sprachen provenzalisch. Sébastien fiel auf, wie mühelos er diese Sprache inzwischen verstand, obwohl der einzige provenzalische Satz, den er artikulieren konnte, weiterhin «Te ame ma migo»* war.

«Nein», sagte Estève de Mergoult. «Nein, wahrscheinlich nicht.»

«Und? Was verschafft uns nun die Ehre Eures Besuches? Ich hatte eher mit Alest gerechnet. Bin ich so wichtig, dass man mir ein derart hohes Tier der Carcisten als Empfangskomitee schickt?» Arnacs Stimme knirschte vor Ironie und Erschöpfung.

Der andere schüttelte den Kopf «Wieso seid ihr Protestanten immer so verdammt misstrauisch?», fragte er verärgert.

Arnac lachte auf, ein Lachen, das in ein heiseres Keuchen überging. «Erstens: Ich bin kein Protestant, auch wenn mir das immer kein Mensch glaubt. Und zweitens werdet Ihr wohl verzeihen, dass ich dieser Situation hier nicht allzu viel Vertrauenerweckendes abgewinnen kann.»

---

* Ich liebe dich, meine Süße.

«Die Carcisten.» Mergoult warf den Kopf zurück. «Der Carcès, das ist für euch eine Mischung aus einem großspurigen Idioten à la Bossard und einem kinderfressenden Monster wie Maynier, und genau so seht ihr all seine Getreuen. Aber das ist nicht das wahre Gesicht des Carcès, genauso wenig wie es das wahre Gesicht unseres Bundes ist, Couvencour. Oh ja, wir sind Anhänger des Katholizismus, weil es die angestammte Religion unseres Landes und unseres Volkes ist, aber vor allem …»

«Angestammte Religion!», warf Arnac spöttisch ein. «Wir sind das ketzerischste Volk der Welt. Der Untergang der Katharer war der Untergang der okzitanischen Unabhängigkeit, vergesst das nicht.»

«… aber vor allem sind wir Anhänger der alten Prouvenço, des alten Rechts, der alten Begriffe von Ehre und Ritterlichkeit, all jener Ideale, die von diesen Hofschranzen in Paris mit Füßen getreten werden», fuhr Estève de Mergoult unbeirrt fort. «Das ist unser Credo, unsere Überzeugung, das große Ziel, das uns verbindet mit allen wahren Provenzalen, die noch an die Größe unseres Volkes glauben und nicht akzeptieren, zu einem Spielball in den Händen eines fremden Herrschers zu werden, sei er deutsch oder französisch. Alexandre! Mein Gott! Er ist wie Maynier und de la Font und die ganze Bande, er gleicht bis aufs Haar diesen Verbrechern, die aus purer Habgier unser Land und unseren Glauben in Blut ertränkt haben. Diese Leute haben keine Ideale, Couvencour. Ihnen geht es nur um Macht, Gold und Besitz. Sie opfern dafür alles und jeden. Sie opfern die Prouvenço, Couvencour, verschachern sie an Henri von Paris für ein paar Titel und ein paar Morgen Land. Aber der Carcès wird ihrem unseligen Treiben nicht länger tatenlos zusehen, das schwöre ich Euch. Wir werden nicht länger tatenlos zusehen! Und deswegen werde ich nicht zulassen, dass Alexandre einen Mann tötet, der nur das getan hat, was ihm die Ehre und die Gerechtigkeit geboten haben.» Er holte tief Luft. «Ihr seid frei, Couvencour.»

Frei. Das Wort klingelte in Sébastiens Ohren, ob provenzalisch oder nicht. Frei. Weg aus dieser Dunkelheit, die Arme wieder bewegen können, essen, trinken, Gott, es war eine berauschende Vorstellung!

Arnac sah Mergoult noch immer an. «Was wollt Ihr mit all dem sagen? Was hat der Carcès vor?»

«Gott, Couvencour, Ihr wisst ebenso gut wie ich, dass es Krieg geben wird, egal, was ich oder Ihr oder der Carcès davon halten mögen. Im ganzen Land stacheln Fanatiker zur Hetzjagd auf die Protestanten auf. Noch hat der König nicht sein Amen dazu gegeben. Aber das wird bald der Fall sein. Ketzerjagden sind das Beste, was einem König passieren kann, denn sie kosten nicht viel, weil es größtenteils ein Krieg gegen Wehrlose ist, aber sie bringen Geld. Bald wird der Krieg gegen die Protestanten von höchster Stelle abgesegnet werden, so wie dereinst bei den Waldensern. Nur mit einem kleinen Unterschied. Und das ist vielleicht Mayniers Schuld.» Er machte eine Pause. «'45 hat den Protestanten gezeigt, was man zu erwarten hat, wenn der König einen zur Jagd freigibt. Die Protestanten werden sich nicht widerstandslos abschlachten lassen, Couvencour, das wisst Ihr doch auch. Also wird es Krieg geben. Einen furchtbaren Krieg, denn die Gegner werden einander als die Ausgeburten der Hölle betrachten und entsprechend behandeln. Habt Ihr die Waffen im Hof gesehen? Was uns bevorsteht, Couvencour, wird schlimmer sein als 1545, schlimmer als alles, was wir uns zum gegenwärtigen Zeitpunkt vorstellen können. Aber wenn es dazu kommt, werden wir bereit sein. Wir werden die Gunst der Stunde nutzen und uns unsere angestammten Rechte zurückerobern, wenn es sein muss, mit der Waffe in der Hand. Und wenn wir siegen, Couvencour, wenn es uns gelingt, die alte, freie Prouvenço wieder zu errichten, dann wird es auch keine Verfolgung der Protestanten mehr geben, das versichere ich Euch, denn unser Recht lässt keine Inquisition und kein willkürliches Morden zu!»

«Das glaubt Ihr doch selbst nicht», sagte Arnac kopfschüttelnd.

«Oh doch», sagte Mergoult konsterniert. «Daran glaube ich, mein Junge.»

Arnac rang nach Luft. «Mein Gott, der Carcès ist ein Machtmensch. So einer lässt sich nicht für einen verlorenen Kampf einspannen, wie Ihr ihn vorhabt. Bisher hat er dem französischen König gedient, wieso sollte er es jetzt plötzlich nicht mehr tun? Zumal das deutlich lukrativer für ihn ist, als sich für Eure aussichtslosen Ideen aufzuopfern. Und selbst wenn ich ihn falsch einschätze und der Carcès wirklich so hochstehende Motive hat, wie Ihr behauptet, stehen ihm eine Unzahl irrer Fanatiker gegenüber, für die nur ein toter Protestant ein guter Protestant ist. Und Ihr glaubt doch nicht im Ernst, dass die Valois und die Guises tatenlos zusehen werden, wie Ihr hier ein provenzalisches Königreich errichtet. Ihr werdet mit ihnen an einem Strang ziehen müssen oder Ihr werdet zwischen den Fronten aufgerieben werden.» Sébastien verdrehte verzweifelt die Augen. Na klar. Arnac de Couvencour würde wahrscheinlich auch noch auf einem Scheiterhaufen philosophische Diskussionen führen. Aber er wollte schlichtweg hier 'raus!

«Verdammt, Couvencour», Mergoult war in die Knie gegangen, hatte Arnac an den Schultern gepackt und schüttelte ihn, «ich weiß, wir haben Unmögliches vor. Ebenso Unmögliches wie Ihr vorhabt, wenn Ihr meint, irgendetwas gegen die Herrschaft der Inquisition und die Verfolgung der Protestanten tun zu können. Aber nur weil etwas unmöglich ist, gibt es keinen Grund, es nicht wenigstens zu versuchen!»

«W-würdet Ihr das bitte unterlassen?», krächzte Arnac. «Ich habe mir, glaube ich, ein paar Rippen gebrochen.»

Mergoult ließ ihn los. «Ihr werdet Euren Weg gehen, so hoffnungslos er ist, und ebenso werde ich meinen gehen. Vielleicht werdet Ihr mich eines Tages verstehen.»

Arnac tastete mit der Hand nach der Wand und zog sich auf die Füße. Er wies mit dem Kopf auf Sébastien. «Ohne ihn gehe ich nicht, das ist Euch hoffentlich klar.»

Estève de Mergoult warf Sébastien einen abschätzigen Blick zu; offensichtlich rettete er lieber Ketzern das Leben als Franzosen, aber dann ging er mit zwei hastigen Schritten auf ihn zu und machte sich an seinen Handschellen zu schaffen. Ein paar Minuten lang kämpfte er mit dem eingerosteten Mechanismus, doch schließlich klappten die Handschellen eine nach der anderen auf. Mit einem tiefen Seufzer ließ Sébastien sich an der Wand entlang zu Boden gleiten.

«Ihr müsst fort», sagte Mergoult ungeduldig. «Von diesen Gewölben führt ein Fluchttunnel zu einer Felsspalte westlich von hier. Dort habe ich Eure Pferde abgestellt. Ihr müsst Euch beeilen. Alexandre kann jeden Moment hier auftauchen.»

«Sébastien!» Arnac griff nach seinem Arm.

«Ich kann nicht …», murmelte Sébastien.

«Red keinen Blödsinn!» Arnac hakte Sébastien unter und zerrte ihn auf die Füße.

«Ich zeige Euch den Weg», sagte Estève de Mergoult.

***

Cristino hob den Kopf, als die Kutsche in den von Platanen gesäumten Weg einbog. «Sind wir da?», fragte sie hoffnungsvoll. Lieber Gott, lass uns da sein, dachte sie erschöpft. Noch eine Stunde in dieser Kutsche stehe ich nicht durch!

Sie hatten die heißesten Stunden des Tages in einer Schenke am Wegesrand verbracht, deren Wirt großen Wert darauf legte, bereits König François persönlich beherbergt zu haben, welcher im Übrigen sehr zufrieden gewesen sei. Baroun Degrelho hatte sie mit gekühltem Zitronenwasser versorgt, ihr Luft zugefächert und sich überhaupt sehr galant ihr gegenüber verhalten, während seine Diener sich um die Pferde gekümmert hatten. Loís war etwas abseits gesessen, sein Bündel auf dem Schoß, und die ganze Zeit hatte er sie aus seinen verschwollenen Augen angesehen. Sein Blick hatte sie irritiert, sie musste ihm ausweichen.

Als sie weiterfuhren, nahte bereits der Abend, doch noch immer herrschte eine infernalische Hitze in der Kutsche. Sie rissen alle Vorhänge beiseite, um Kühlung durch den Fahrtwind zu erlangen, doch auch das führte zu keiner entscheidenden Besserung. «Wir sind bald da», tröstete der Baroun Cristino, die sich stöhnend mit ihrem Fächer Luft zuwedelte. Ihr Kleid klebte an ihrem Körper. Es war ein widerliches Gefühl.

Jetzt lächelte Degrelho, und seine Zähne blitzten dabei. «Willkommen in Santo Anno dis Aupiho, Barouneto», sagte er.

Die Kutsche hielt. Ein Diener sprang herbei, riss den Verschlag auf. Degrelho schwang sich nach draußen und reichte Cristino die Hand. «Kommt, meine Liebe.»

Sie ließ sich von Degrelho aus der Kutsche helfen. Loís kletterte umständlich hinterher. Cristino blickte sich um. Sie stand vor einem Haus im italienischen Stil, Marmorstatuen zu beiden

Seiten der breiten Freitreppe, gerade angelegte Wege, die sich zur Rechten und zur Linken in einen Garten hinein zogen, der wie mit einem Lineal angelegt erschien, der Sandsteinbau in makellosem Zustand, und dahinter die Kette der Aupiho, glühend im Licht der sinkenden Sonne.

«Es ist schön hier», meinte sie anerkennend. Es schien ihr höflich zu sein, etwas in dieser Art zu sagen.

«Seht es als Euer Zuhause an», sagte Degrelho großzügig und reichte ihr den Arm, um sie um die Kutsche herum auf das Haus zuzuführen. Wie angewurzelt blieb er stehen.

Auf der Freitreppe, die Zügel seines Pferdes in Händen haltend, saß Victor. «Guten Abend, Vater», sagte er.

***

Als die Nacht ihren Schleier von ihr nahm, lag sie auf einem Fußboden aus grob zusammengefügten Steinplatten, in deren Ritzen sich Moder und Feuchtigkeit stauten. Ihre Finger kratzten durch die dünne Moosschicht auf der Oberfläche der Steine. Der ekelerregende Geschmack von Blut und Erbrochenem füllte ihren Mund.

War sie tot? War das die Hölle, in die man sie verbannt hatte, weil sie immer so unartig gewesen war? Da war ein Licht auf Höhe ihrer Augen, ein spaltförmiger Feuerschein, der sich zu drehen und zu biegen schien, wenn sie ihn betrachtete. Hinter dem Licht waren Stimmen, laute, raue Männerstimmen, lachend die einen, grölend die anderen. Der Geruch nach Schießpulver erfüllte die Luft. Schießpulver und Hölle. Passt wohl zusammen.

Ihr Kopf schmerzte, als ob er jeden Augenblick zerspringen wollte. Dunkle Schwaden umkreisten ihre Augen.

Da war etwas, zu ihrer Rechten. Gegenstände, vage beleuchtet vom Schein des spaltförmigen Lichtes. Säcke, Krüge, Schläuche, Fässer, Holzscheite. Sie hätte es für ein Vorratslager gehalten, wenn man davon absah, dass ein Vorratslager in der Hölle nichts zu suchen hatte. Sie versuchte, ihre rechte Hand zu bewegen. Zäh wie Pech streckten sich ihre Finger, betasteten den Schlauch, der ihr am nächsten lag. Etwas blieb kleben an ihrem Zeigefinger, kalt und schmierig. Sie zog den Arm zurück, langsam, mühsam. Er war schwer wie Granit. Ihre Finger rochen nach Öl.

Was hat das zu bedeuten? Oh Gott, wo bin ich hier?

Sie hob den Kopf. Gallige Übelkeit stieg in ihr hoch, japsend ließ sie sich zurücksinken. In ihrem Kopf hämmerte der Schmerz wie ein Schmiedehammer.

Jesus und Maria, helft mir, helft mir doch.

Zweiter Versuch. Vor ihr tanzte und kippte der Lichterschein. Eine Türschwelle, wie es schien. Ein zweiter Lichtpunkt in größerer Höhe. Vielleicht das Schlüsselloch. Sie saß, keuchend und würgend. Gott im Himmel, was hatte das alles zu bedeuten? Sie erinnerte sich an nichts mehr. Nichts mehr seit dem Moment, in dem diese Kerle in Hannes' Zelt gestürmt waren. Auf Händen und Knien rutschte sie zur Seite. Die Fässer. Hier drin war das Schießpulver, das sie bereits gerochen hatte. Catarino kämpfte um Atem. Dann begann sie, auf die Tür zuzukriechen, Schritt für Schritt. Sie zog sich an der Tür nach oben, verriegelt, natürlich. Sanft schwankte der Boden unter ihren Füßen, während sie ihr Gesicht gegen die Tür legte und das Auge ans Schlüsselloch presste.

Sie war nicht tot. Sie war nicht in der Hölle. Aber wesentlich besser war es nicht.

***

Sie schlugen Quartier auf im Glockenturm der Augustinerkapelle. Ein hervorragender Ort, um vor Überraschungen sicher zu sein, meinte Bruder Antonius. Ob er dabei eher an unwillkommene Lauscher oder an Mordanschläge dachte, verschwieg er freundlicherweise. Zutreffend war es sicherlich für beides. Die Glockenstube war ein drei mal drei Schritt großes Kämmerchen oben im Turm, dessen einziger Eingang eine hölzerne Luke im Boden war, zu der man über eine Leiter gelangte. Bis auf das kleine Glöckchen mit der Gravur ‹Pro Dei Gloria› war dieser Raum leer. Sie zogen die Leiter nach oben und schlossen die Luke. Um mir jetzt etwas anzuhaben, müsste der Genevois schon den Konvent anzünden, dachte Fabiou. Was er demselben natürlich jederzeit zugetraut hätte.

Die Sonne sank, Schatten fielen über die Stadt. Der Glockenturm glühte noch eine Weile in einem unirdisch goldenen Glanz, der Farbe kräftigen Weißweins, der die Glocke in einem tiefen Bronzeton schimmern ließ, dann versank auch er in Dunkelheit, und der einzige erleuchtete Fleck über der Stadt blieb der Turm von Sant Sauvaire, über den ein düsterer Schatten langsam emporkroch wie die Flut, die einen Felsen verschlingt. Bruder Antonius hatte eine Öllampe mitgebracht, die er anzündete und auf den Boden stellte. Sanftes Licht flackerte durch die Glockenstube. Durch die Luken in den Wänden wehte der Abendwind und brachte eine erste Ahnung von Kühle mit sich.

Fabiou hatte alles auf dem Boden ausgebreitet. Trostetts Brief im Original und in Antonius' Übersetzung. Die Abschrift der Widmung aus «Utopia». Onkel Pierres Büchlein. Die Prozessakten von Onkel Pierre und seinem Vater. Seine Notizen zu Hannes' Tarot. Den Brief aus dem *confidentiel.* Und den zusammengerollten Holzspan mit der Aufschrift Santonou. Er setzte sich davor auf den Boden. «Irgendwo in alledem liegt die Antwort», sagte er.

Bruder Antonius nickte. «Lass uns zusammenfassen, was wir wissen», meinte er. «Die Bruderschaft hat 1545 versucht, den Feldzug gegen die Waldenser zu verhindern. Sie wurde aber verraten und ihre Mitglieder größtenteils getötet. Trostett, ein deutscher Geheimagent, erfuhr von dem Verrat an der Bruderschaft, unternahm aber nichts, um ihnen zu Hilfe zu kommen. Jahre später treiben ihn die Gewissensbisse dazu, den Verräter von damals zu entlarven. Dieser kommt ihm auf die Spur. Trostett merkt es, doch da er weiß, dass der ermordete Anführer der Bruderschaft, Carfadrael, einen Nachkommen hinterlassen hat, lässt er zu, dass der einstige Verräter ihn tötet, in der Hoffnung, Carfadraels Erbe würde dadurch auf dessen Spur gelenkt. Der Verräter spürt, dass ihm erneut jemand auf den Fersen ist, und tötet alle, die etwas über die Geschehnisse von damals wissen und ihm nicht absolut ergeben sind – Bossard, der im Suff Geschichten von damals ausplaudert, ist das beste Beispiel. Gut. Die Frage ist jetzt: wer ist der Verräter? Warum hat er diesen Verrat begangen? Und wer ist Carfadraels Nachkomme? Wir haben festgestellt, dass nur drei Menschen als Carfadrael in Frage kommen – dein Vater, dein Onkel und Hector

Degrelho. Der Einzige, der lebende Nachkommen hinterlassen hat, ist dein Vater. Und Trostett kannte dich doch gar nicht!»

«Vielleicht hatte einer von ihnen einen weiteren Nachkommen – ein uneheliches Kind zum Beispiel, das einer anderen Familie angehört, so wie Mergoult», meinte Fabiou. «Es muss ja auch nicht mal ein direkter Nachfahre sein. Es könnte Victor sein, Hector Degrelhos Neffe. Es könnte jeder sein, der zwischen fünfzehn und fünfundzwanzig ist.»

«Er könnte auch älter sein. Denk an Archimède Degrelho. Er ist Hectors Erbe, also könnte auch er gemeint sein.»

Fabiou schüttelte den Kopf «Denkst du am Ende, dass Archimède zur Bruderschaft gehört hat? Himmel, die Bruderschaft hat Joan lou Pastre in Sant Francès vor dem Galgen gerettet – wenn Archimède zur Bruderschaft gehört hätte, hätte er das doch gewusst und nach Hectors Ermordung die Mörder nicht gerade bei euch gesucht.»

Antonius zuckte bei dem Wort «euch» gequält zusammen. «Und der Verräter?»

«Entweder ein Mitglied der Bruderschaft, wobei Couvencour der einzige Überlebende ist, den wir kennen. Oder einer, der der Bruderschaft nahe stand.» Frederi, immer wieder kam er auf Frederi. Warum war er verschwunden? War es am Ende eine Flucht gewesen? «Und das sind noch gar nicht alle Rätsel. Da ist noch die Sache mit Rablois, die immerhin so wichtig war, dass Trostett sie in seinem Brief erwähnte. Ein halbes Jahr nach Hector Degrelhos Ermordung werden seine drei kleinen Töchter von einer angeblich Wahnsinnigen getötet, die sich daraufhin das Leben nimmt. Und die in einem Ort namens Rablois bereits ein ähnliches Verbrechen begangen hat. Für mich klingt das so, als sei es ein Auftragsmord gewesen. Doch was war der Grund dafür, drei kleine Mädchen zu töten? Was wussten sie, dass man sie beseitigen musste?» Fabiou starrte ins Leere. Dann schüttelte er heftig den Kopf. «Irgendetwas passt nicht zusammen, Antonius. Irgendetwas haben wir übersehen. Es sind zu viele Fragezeichen in der Geschichte. Wer war der Verräter, warum hat er die Bruderschaft verraten, warum starben die Mädchen, und so weiter und so fort. Antonius, es gibt eine Antwort auf diese Fragen. Eine Antwort, verstehst du? Eine Antwort, die all diese Fragen auf einen Schlag klärt. Und wir haben sie noch nicht gefunden.»

«Das ist eine Vermutung deinerseits», meinte Antonius. «Genauso gut ist es möglich, dass all diese Dinge – der Verrat, die Ermordung der Mädchen – nichts miteinander zu tun haben. Oder es war eben einfach so, dass die Mädchen den Verräter gesehen haben.»

Wieder schüttelte Fabiou den Kopf. Nein, so nicht, so war es nicht. «Hannes», sagte er dumpf.

Antonius fuhr auf «Wie …»

«Nichts ist, wie es scheint, und niemand ist, wer er vorgibt zu sein. Das hat Hannes, der Gaukler zu mir gesagt, als ich ihn gefragt habe, was die Antwort auf alles ist.»

«Nun, das ist sicher zutreffend», meinte Bruder Antonius mit einem erzwungenen Lächeln. «Das gilt für eine ganze Menge Leute in dieser Geschichte. Ich bin das allerbeste Beispiel.»

«Du verstehst nicht.» Fabiou fuhr fort, den Kopf zu schütteln. «Nichts, Antonius. Und niemand. Gott, Antonius, das Problem, warum wir das Rätsel nicht lösen können, ist, dass wir nur das sehen, was wir sehen wollen. Es ist wie bei Sokrates' Höhlengleichnis.»

«Platon.»

«Was?»

«Es ist von Platon. Das Höhlengleichnis.»

«Ist doch egal. Auf jeden Fall die Geschichte, wo diese Leute in einer Höhle sitzen, mit dem Gesicht zur Wand, in ihrem Rücken brennt ein Feuer, und zwischen ihnen und dem Feuer werden Gegenstände vorbeigetragen, und sie sehen immer nur den Schatten der Gegenstände auf der Wand, nie die Gegenstände selbst. Dennoch halten sie den Schatten für die Realität, weil sie keine andere Realität kennen!»

«Ja, und? Was hat das damit zu tun?», fragte Antonius verständnislos.

«Jesus, Antonius, bei uns ist es dasselbe! Denk an Trostett. Wir wussten, dass er ermordet wurde, und wir glaubten zu wissen, dass er Kaufmann war. Und was war deine Schlussfolgerung? Handelskrieg. Aber Trostett war gar kein Kaufmann, also war die ganze Schlussfolgerung nichtig! Antonius, wir sehen, was die Menschen tun, und wir glauben zu wissen, wer oder was sie sind, und wir versuchen, einen Zusammenhang herzustellen zwischen ihren Handlungen und dem, wofür wir sie halten. Aber wenn es so ist, wie Hannes sagt, dann können wir auf diesem Weg gar nicht zu der richtigen Lösung gelangen! Gott, Antonius, wir müssten versuchen, alle so zu beurteilen, als ob wir nichts über sie wüssten, so wie ein komplett Außenstehender sie beurteilen würde, einer, der nur ihre Handlungsweisen sieht, ohne sie unter dem Aspekt zu beurteilen, *wer* sie sind. So als wüssten wir nichts über all diese Menschen, so als wüssten wir nicht mal, dass ich Fabiou de Bèufort bin und du Bruder Antonius und Frederi mein Stiefvater und Philomenus mein Onkel und …» Er brach ab. Sein Gesicht war zu Stein erstarrt.

«Fabiou?», fragte Antonius.

«Oh mein Gott», sagte Fabiou tonlos.

«Fabiou, was ist?»

«Lass mich … denken, ich muss nachdenken, ich …» Er hatte seine Faust gegen die Stirn gepresst. Seine Augen blickten leer in die Ferne.

«Sag mal, Fabiou, ist alles in Ordnung?»

«Verdammt, lass mich nachdenken!» Er stand vor dem Fenster, reglos, nur seine Lippen bewegten sich ohne einen Laut, so als spiegle sich auf ihnen das Auf und Ab in seinen Gehirnkammern wider. Seine Hände bebten vor Anspannung.

«Fabiou …»

«Es passt», flüsterte Fabiou. «Es passt zusammen. Alles passt zusammen.» Er wandte sich Bruder Antonius zu. In seinen Augen lag ein Glanz wie Sankt-Elms-Feuer.

«Fabiou, was ist?»

Er stieß einen Schrei aus, der triumphal über die Dächer von Ais hinweghallte, während er, die Arme in die Luft gereckt, um die eigene Achse tanzte. «Ich habe es, ich habe es, ich habe es!», kreischte er. Dann hielt er inne. Seine Arme sackten nach unten, und das Leuchten in seinen Auge wurde von grenzenloser Panik verdrängt. «Cristino», flüsterte er.

***

Der Raum war angefüllt mit Männern. Kräftige, unrasierte Männer in ledernen Wamsen, mit Messern und Dolchen in den Gürteln. Einige von ihnen schliefen, andere würfelten. Die meisten tranken. Krüge mit Wein kreisten und wurden grölend in Empfang genommen.

Das war das eine, was Catarino sah. Das andere war Hannes, der Gaukler.

Er lehnte ihr direkt gegenüber an der Wand, bewacht von zwei Kerlen mit gezogenen Dolchen. Seine Lippen waren weiß in dem sonnenverbrannten Gesicht. Über seine Stirn zog sich eine hässliche Schramme.

Jemand kam. Zwei Personen, die durch den Raum schritten. Sie verbreiteten Autorität, Männer rutschten zurück, machten den Weg frei. Vor der Tür blieben sie stehen. «Da ist er», sagte einer von ihnen. Der neben ihm machte einen Schritt zur Seite, was seinen Kopf in Catarinos Blickfeld brachte. Sie unterdrückte einen Aufschrei.

Es war der Kahle.

«Das Mädchen», sagte der erste. «Was soll mit ihr geschehen?»

«Welches Mädchen?»

«Ach … so eine kleine Hure, die bei ihm war.»

Catarinos Herz klopfte bis zum Hals. Sie sprachen über sie, das war klar.

Der Kahle zuckte mit den Achseln. «Was immer. Hauptsache, dass sie die Klappe hält.»

Catarino begann leise zu wimmern, das Gesicht fest gegen die Tür gepresst. Die würden sie töten, ganz sicher würden sie das. Oh Gott im Himmel, hilf mir! Ich will doch nicht sterben!

Der Kahle entfernte sich von der Tür, er ging auf Hannes zu, der den Kopf gehoben hatte und ihm entgegenblickte. Catarino sah, dass der Kahle etwas in den Händen hielt, was er drehte und von allen Seiten betrachtete. Es war die Maske. «Wer bist du, Junge?», fragte er. Er hatte eine angenehme Stimme. Sanft und freundlich.

Hannes' Lippen verzogen sich zu einem spöttischen Grinsen. «Ich bin Hannes, der Gaukler», sagte er. «Wenn das alles ist, was Ihr von mir wollt, warum habt Ihr mich nicht einfach gefragt?»

Der Kahle lächelte. Die Maske drehte und wand sich in seinen Händen. «Hübsches Stück», bemerkte er. «Die lachende Maske mit dem weinenden Auge. Dem Blut weinenden Auge. Wie symbolisch.» Er ging vor Hannes in die Knie und sah ihm lange und direkt in die Augen. «Du hast dich über mich lustig gemacht, Freundchen», sagte er. «Ich mag es nicht, wenn man sich über mich lustig macht. Und noch weniger mag ich es, wenn man mir einen Strich durch die Rechnung macht.» Er seufzte leise und legte den Kopf zur Seite. «Ich mache dir einen Vorschlag, Annes. So heißt du doch, Annes, nicht wahr? Du erzählst mir, warum du mir nachspioniert hast, und ich lasse dich vielleicht am Leben. Was hältst du davon?»

Hannes legte den Kopf in den Nacken. Er lachte.

Der Genevois schüttelte den Kopf. «Er findet das komisch, Capitaine», sagte er zu dem Mann an seiner Seite. «Vielleicht solltet Ihr ihn davon überzeugen, wie wenig lachhaft die Situation ist, in der er sich befindet.»

«Ich habe Euch nervös gemacht, nicht wahr?» Hannes' Augen funkelten. «Der große Genevois zittert vor einem kleinen Gaukler. Das ist erniedrigend, ich sehe es ein. Und wisst Ihr, was das wirklich Lustige daran ist?»

Der Genevois hatte sein Messer aus der Scheide gezogen, betastete gedankenverloren die blinkende Schneide. «Was? Was ist so lustig?»

«Das Lustige ist, dass ich es gar nicht bin, vor dem Ihr Angst haben solltet», sagte Hannes lächelnd.

Das Messer funkelte. Catarino konnte die Augen des Genevois darin sehen. Augen wie ein Winterhimmel so kalt. «Ach. Und vor wem sollte ich deiner Meinung nach Angst haben?»

Seltsam, dieses Lächeln auf Hannes' Gesicht, so unantastbar, so völlig unberührt durch die mörderischen Blicke, die ihn von allen Seiten durchbohrten, von dem Brüllen aus der hintersten Ecke, schlagt diesem Dummschwätzer doch die Fresse ein, dann wird ihm sein blödes Grinsen schon vergehen! «Das wisst Ihr doch selbst ganz genau, *Monsieur*», sagte er freundlich.

«Verflucht.» Das war der Capitaine. «Mir reicht's jetzt mit deinen Spielchen, du kleiner Drecksack! Du rückst jetzt mit der Sprache 'raus, was die ganze Scheiße hier soll, oder ich breche dir alle

Knochen!» Böser wurde Hannes' Lächeln, verächtlicher, seine schillernden Bernsteinaugen in den Blick des Genevois gebohrt. «Natürlich wisst Ihr es», sagte er, «Ihr wisst, dass irgendwo Euer Schicksal auf Euch wartet, so wie auf Cäsar ein Brutus gewartet hat und auf Hannibal ein Scipio. Man weiß es, nicht wahr? Jeder Mensch fühlt, wenn seine Stunde gekommen ist.»

Der Kahle schwieg. Catarino presste zähneklappernd ihr Auge gegen das Schlüsselloch. «Verdammt, Schluss jetzt mit diesem Müll, du Pestbeule, du miese, sonst schlagen wir dich zu Brei!», brüllte der Capitaine, der Hannes an den Haaren gepackt hatte und Anstalten machte, seine Drohung in die Tat umzusetzen, doch ein kalter Blick aus den Augen des Genevois ließ ihn innehalten. «Das Schicksal, ja?», sagte der Kahle langsam. «Was meinst du damit?»

Da war ein Triumph in Hannes' Blick, so schwindelerregend und berauscht, dass Catarino übel wurde, und mit einem Lachen, das ihr eine Gänsehaut über die Arme jagte, sagte er: «Carfadrael ist zurückgekehrt.»

Stille. Jemand stellte einen Weinkrug auf einer Holzplatte ab, Catarino konnte ihn nicht sehen, sie hörte nur das dumpfe Geräusch und das Schwappen von Flüssigkeit. Der Capitaine hatte Hannes' Haare losgelassen und war einen Schritt zurückgetreten. Der Genevois spielte mit seinem Messer. Sein Gesicht war eine Maske der Konzentration. Dann lachte er leise auf. «Carfadrael ist tot», sagte er.

«Er ist tot, ja. Aber er hat einen Nachkommen hinterlassen», sagte Hannes mit leuchtenden Augen. «Ihr habt einen großen Fehler gemacht, ihr alle. Ihr habt uns unterschätzt. Wir haben nicht vergessen, keiner von uns, selbst die nicht, die glauben, vergessen zu haben. Und jetzt ist die Zeit der Vergeltung gekommen.»

Langsam, nachdenklich schüttelte der Kahle den Kopf. «Ich habe es geahnt», murmelte er. Er stand auf. Er war groß, fiel Catarino auf, riesig. Er überragte den Capitaine um einen guten Kopf.

«Was?», fragte der Capitaine stirnrunzelnd. «Was habt Ihr geahnt?»

Der Genevois winkte ab. «Es ist gut», sagte er mit einem müden Lächeln. «Wir brauchen den Gaukler nicht mehr, Capitaine. Bringt ihn um.»

***

Der Weg war endlos, dunkel und ging steil bergab. Mergoult hatte ihnen eine Fackel in die Hand gedrückt; sie flackerte und zuckte im Luftzug, der durch den Tunnel fuhr wie durch einen Kamin, während ihr Licht die Wände bemalte. Schattentheater. In Paris hatten sie das geliebt. All diese frivolen Geschichtchen aus Kerzenschimmer und Schatten, in die im entscheidenden Moment alles zerfloss, den Zuschauer seiner Fantasie überlassend. Jetzt jagten sie an ihrer Seite durch die Endlosigkeit jenes Tunnels, Pferde im Galopp, rasende Wölfe, fliehende Einhörner, ein Raubvogel im Sturzflug. Seine Glieder waren weich wie Butter, an seinen Füßen schienen Bleigewichte zu hängen. Es war Arnac, der ihn vorwärts zog, ihn davon abhielt, einfach gegen die Wand zu sinken und darauf zu warten, dass man ihn fand, Arnac, der sich mit wahrhaft phänomenaler Willenskraft auf den Beinen hielt und den Tunnel hinunterstolperte.

Dann rochen sie die Abendluft. Hatte er je zuvor einen Geruch so süß, so verführerisch empfunden? War je ein anderer Abend so schön gewesen, eine Welt aus purem Gold, die sich vor ihnen ausspannte, ein strahlendes Himmelszelt, das sich über einer endlosen Ebene wölbte, blau und glänzend wie ein Saphir, durchbrochen durch das silberne Funkeln der ersten Sterne, im Rücken der *Lubéron*, über den sich der Große Wagen neigte wie ein Füllhorn, und vor ihnen der strahlende Fächer der Cassiopeia? Perfekt, die Welt ist perfekt, dachte Sébastien. Er hätte weinen können, nur der Perfektion der Schöpfung wegen.

Estève de Mergoult hatte Wort gehalten. An einem Baum festgemacht standen die Pferde, ihre Waffen waren über den Sattelknauf gehängt. Das Tier schnaubte zur Begrüßung, als Sébastien mit der Hand nach seiner Mähne tastete und sein Gesicht gegen den Hals des Pferdes presste. Er hatte das Gefühl, zu fallen, zu versinken in einer Unendlichkeit des Glücks.

«Sébastien! Himmel, steig auf!» Arnacs Stimme, die ihn abermals aus seiner Erschöpfung zerrte. Unter Aufbietung all seiner Kraft zog Sébastien sich in den Sattel und angelte fahrig nach den Zügeln. «Komm», sagte Arnac und trieb sein Pferd an. Sébastien holte tief Luft und folgte ihm, der Ebene zu.

Die Sonne berührte den Horizont, als sie die Durenço erreichten, und über dem Fluss lag der fahlblaue Glanz der Dämmerung. Sie ließen sich von den Pferden rutschen und stolperten auf das Ufer zu. Die Durenço hatte an dieser Stelle nur eine niedrige Böschung, die Sommerhitze hatte den Flusslauf halb austrocknen lassen; in zwei schmalen Bächen rann das Wasser durch das sandige Flussbett. Sie ließen sich die Böschung herunterrutschen und stolperten durch den heißen Sand, bis ihre Füße ins seichte Wasser planschten. Arnac fiel auf die Knie, schöpfte mit beiden Händen Wasser in seinen Mund. Sébastien wollte es ihm gleichtun, doch in diesem Moment wurde ihm wieder bewusst, wie ekelhaft schmutzig er sich fühlte, und er ließ sich einfach der Länge nach ins Wasser fallen. Arnac starrte ihn einen Augenblick lang verständnislos an, dann folgte er seinem Beispiel.

Später saßen sie am anderen Ufer der Durenço im Gras, triefend vor Nässe, und Sébastien starrte ungläubig auf seine bebenden Hände, in deren Gelenke tiefe, blutende Furchen eingegraben waren. Dann, ganz langsam, wandte er sich Arnac zu, blickte in dessen verschwollenes, graues Gesicht, in dem die einzige Farbe das düstere Rot der Schnittwunde quer über seine Stirn war. Einen Moment lang starrten sie sich so an. Dann schlang Sébastien seine Arme um Arnac und drückte ihn an sich, während ein Kloß seinen Hals hinaufstieg und Tränen aus seinen Augen schossen und er zu schluchzen begann wie ein kleines Kind. Arnac erwiderte die Umarmung, und Sébastien hatte fast das Gefühl, dass er ebenfalls weinte.

Es war Arnac, der ihn schließlich beiseiteschob und mit wackligen Knien auf die Füße stolperte. «Wir müssen weiter», krächzte er heiser. «Zurück nach Ais.»

***

Das Abendessen wurde in absolutem Stillschweigen eingenommen. Cristino schwieg, weil sie nicht wusste, worüber sie mit Degrelho hätte reden sollen, und weil es sich für eine junge Dame, die bei fremden Leuten zu Gast ist, schließlich auch so geziemt. Doch auch die beiden Degrelhos schwiegen. Archimède sah kaum von seinem Teller auf, während er langsam, gemessen das Fleisch kaute. Victor säbelte auf seinem Teller herum, als ob er einen tödlichen Hass gegen seinen Schweinebraten hegte. Das Messer quietschte schrill auf dem Silber. Es klang wie das Kreischen einer verlorenen Seele. Schließlich, das Schweigen hatte ein unerträgliches Ausmaß erlangt, legte der ältere Degrelho sein Messer beiseite und blickte seinen Sohn über die Tischplatte hinweg an. «Sag mal, was ist los mit dir?», fragte er.

Weiter schrammte das Messer über den Teller. Iiiik, iiiik. Victor sah nicht auf.

«Du kommst hier hereingeschneit, sprichst kein Wort, wirfst bloß mit finsteren Blicken um dich – so kenne ich dich gar nicht!», sagte der Baroun.

Victor hob den Kopf «Seltsam, nicht wahr?» Er grinste. «Manchmal entdeckt man ganz neue Seiten an Menschen, die man zu kennen glaubt.»

«Mein Gott, wenn deine Mutter wüsste, wie du dich hier aufführst, und das im Beisein unseres Gastes …»

«Lasst Mutter aus dem Spiel, um Gottes willen, einmal wenigstens!» Victor knallte das Messer auf die Tischplatte. Seine Augen blitzten wütend. «Was stört Euch eigentlich? Dass ich keine höfliche Konversation betreibe? Dass ich einmal nicht der brave, gehorsame, schüchterne Sohn bin? Mamas kleiner Liebling, Mamas kleiner Angsthase? War ich wirklich ein so ängstliches Kind, Vater? So ängstlich, dass man mich nicht mal eine Nacht in der Obhut eines Kindermädchens zurücklassen konnte? Ich kann mich gar nicht daran erinnern, so ängstlich gewesen zu sein!»

Cristino sah unsicher von einem zum anderen. Sie wusste aus leidlicher Erfahrung, wie schnell Familienstreitigkeiten eskalieren konnten. Wie peinlich, sollte sie jetzt Zeuge einer Szene zwischen Victor und seinem Vater werden.

Stumm starrten die beiden Degrelhos einander über die Gedecke hinweg an. Dann holte der Baroun tief Luft. «Ich denke, wir sollten dieses Gespräch lieber beenden, Victor», sagte er dann. «Es ist spät. Barouneto, die Kammerzofe wird Euch Euer Zimmer zeigen.»

***

Es waren wohl nur ein paar Sekunden, die sie dort vor dem Schlüsselloch auf dem Boden kniete und die Worte des Genevois in ihr Denken sickern ließ, doch in diesen Sekunden kam es ihr vor, als zog ihr gesamtes bisheriges und ihr mögliches zukünftiges Leben an ihr vorbei. Ihr Leben als Edelfräulein, dazu bestimmt, einen adligen und wenn möglich reichen Mann zu heiraten, den ihre Eltern für sie aussuchen würden. Ihr Leben als Mädchen, als Frau.

Wahrscheinlich gab es gar keine Zukunft. Wahrscheinlich würden sie sie ebenso töten wie Hannes. Vielleicht aber auch nicht. Vielleicht war sie ja zu unwichtig, als dass sie ihretwegen die Bürde eines Mordes auf sich nehmen würden. Vielleicht wollten sie ja nur ihren Spaß mit ihr haben, vielleicht schändeten sie sie ja nur und ließen sie dann gehen. Damals, bei dem Überfall im Wald, war ihr diese Möglichkeit reizvoll erschienen, das große Abenteuer sozusagen, doch jetzt erfüllte sie dieser Gedanke mit namenloser Angst.

Vielleicht würde sie also überleben. Hannes würde sterben, das war klar, aber sie würde leben. Sie würde zurückkehren zu ihrer Familie, und alles würde seinen vorherbestimmten Gang nehmen. Man würde ihr einen Mann suchen. Es würde nicht die allerbeste Partie sein, denn wer nahm schon eine Frau, die von einer Horde Landsknechte vergewaltigt worden war, aber irgendeinen würden sie finden, vielleicht einen, der dringend Geld brauchte und scharf auf ihre Mitgift war. Sie würde an seiner Seite leben, Kinder gebären und ein stilles, sittsames Leben führen, wie es sich für eine Frau gehört, und Hannes und dieser seltsame Tag würden in ihrer Erinnerung verblassen, als ob es sie nie gegeben hätte.

Die Vorstellung trieb ihr die Tränen in die Augen.

Ja, wenn sie ein Mann wäre. Dann würde sie jetzt versuchen, etwas zu unternehmen, um Hannes und sich selbst retten. Aber sie war kein Mann, sie war nur ein kleines, dummes Mädchen, und so würde sie hinter dieser Tür sitzen und zusehen, wie Hannes starb, und danach würde sie hinter dieser Tür sitzen und darauf warten, dass sie kamen, sie zu holen.

Es war ungerecht. So furchtbar ungerecht.

Hannes' Grinsen war eingefroren auf seinem Gesicht. «Ihr könnt mich töten, wenn Ihr wollt», stieß er hervor. «Aber das wird nichts daran ändern. Gar nichts.»

Der Genevois lächelte. «Immerhin – ein Ärgernis weniger», sagte er. Dann wurde sein Gesicht plötzlich nachdenklich. «Carfadrael …», murmelte er geistesabwesend. «Wer weiß, vielleicht sind die beiden Idioten von Sant Vitori ja ein größeres Problem, als wir dachten.» Einen Moment lang schien er angestrengt nachzudenken, dann nickte er dem Capitaine zu. «Ihr solltet mitkommen nach Santo Anno dis Aupiho», sagte er. «Nicht dass uns dort mehr Gegner erwarten, als wir dachten.»

«Wir können nicht sofort wieder aufbrechen», meinte der Capitaine kopfschüttelnd. «Die Pferde brauchen noch Ruhe.»

«Gut, dann lasst ihnen noch etwas Ruhe, aber dann kommt mir nach, so schnell es geht!», sagte der Genevois ärgerlich und ging aus dem Raum. Man hörte die Tür klappen, als er die Hütte verließ.

Und Catarino wurde erleuchtet.

Immer hatte sie sich gefragt, wie sich eine Erleuchtung wohl anfühlte. Jeanne d'Arc, als sie dem Engel begegnete. Im Grunde war es ein Gefühl, als leerte man ihr einen Eimer warmen Wassers über den Kopf. Nein, nicht über den Kopf. In die Venen.

Denk nach, Catarino. Wer sagte das zu ihr? Sie sah keinen Engel und keinen Geist, und doch war es, als habe jemand die Worte laut neben ihr gesprochen. Denk nach. Du kannst es. Du bist die Tochter eines Jahrgangsbesten im juristischen Examen, die Nichte eines Mannes, der Maschinen gebaut hat, die durch die Luft fliegen konnten. Bruder Antonius hat dich Logik gelehrt. Denk nach!

Sie sah sich um. Ein eiserner Stab, der auf dem Boden lag, ein Brecheisen oder ein Schürhaken oder ein Überbleibsel von wer weiß was. Sie griff danach. Wenn es nur eine Möglichkeit gäbe, hier herauszukommen. Sie könnte in den Raum hineinstürzen, dem Capitaine die Eisenstange über den Kopf ziehen und … ach,

Blödsinn. Sie allein gegen fünfzehn Bewaffnete, das war ja wohl ein Witz.

Denk nach, Catarino, denk nach!

Sie dachte nach. Sie starrte in die Dunkelheit. Sie begann zu zittern vor Aufregung.

Draußen hörte man, wie der Capitaine sich räusperte. «Also gut. Einer von euch macht es.» Wahrscheinlich wies er auf eine Gruppe in der Ecke. «Los.»

Los!

Catarino stürzte auf das Pulverfass zu, zerrte den Korken heraus. Es war schwer, sie konnte es nicht anheben, wohl aber gelang es ihr, es zu kippen. Schießpulver rieselte auf den Fußboden. Sie griff hinein, eine Handvoll, die sie in der Mitte des Raumes auf den Boden leerte. Dann der Schlauch mit dem Lampenöl. Sie goss eine kleine Pfütze neben das Schießpulver. Sie goss eine größere Menge über das Pulverfass. Sie riss einen Streifen Stoff aus ihrem Rock und knotete ihn um einen Holzscheit. Dann tränkte sie auch den Stoffstreifen mit Öl. Keuchend stand sie da, beide Hände um die Eisenstange geklammert. Dann holte sie aus und schlug die Stange mit aller Kraft in das Schießpulver auf dem Boden.

Vor der Tür war Bewegung. Der Henker war ausgewählt worden. Sie konnte sich vorstellen, wie er auf Hannes zuschritt, das Kurzschwert in der Hand. Wieder schlug sie zu, und ein drittes Mal. Eine blaue Stichflamme, und die Ölpfütze stand in Flammen. Sie musste sich auf die Lippen beißen, um nicht laut zu brüllen vor Triumph. Sie tauchte den Holzscheit in die Flammen, die selbstgebastelte Fackel brannte ruhig und gleichmäßig. Sie lief auf die Tür zu. Mit der freien Hand drehte sie den Ölschlauch um und sah zu, wie das Öl in dicken, schwarzen Rinnsalen unter der Tür durchsickerte. Es war Wahnwitz. Es würde nie funktionieren. Es würde mit hundertprozentiger Wahrscheinlichkeit ihren Tod bedeuten. Doch sie verspürte keine Angst. Nur unglaublichen Stolz darüber, dass *sie* so eine Idee gehabt hatte.

Auf der anderen Seite der Tür stand der Landsknecht breitbeinig vor Hannes und hob sein Schwert.

Catarino tauchte die Fackel in das Öl an der Türschwelle.

Es gab ein Geräusch. Wusch. Sie hörten es, vielleicht rochen sie auch den Rauch. «He!», sagte jemand, Unruhe brach aus. Es musste ein eindrucksvoller Anblick sein, feurige Finger, die sich unter der Tür durchschoben.

«Verdammt.» Sie hörte, wie jemand auf die Tür zustürmte. Ihre rechte Hand hob den halb leeren Schlauch mit Lampenöl und setzte ihn an die Lippen. Als der Riegel zu quietschen begann, ließ sie das Öl in ihren Mund laufen, wie sie es damals im Lager der Gaukler gesehen hatte. Es schmeckte furchtbar.

Die Tür flog auf.

Catarino riss die Fackel vor ihr Gesicht und prustete.

Er stolperte zurück vor der vorschießenden Flamme, die Hände schreiend vors Gesicht gepresst. Catarino drehte sich um und warf die Fackel in die Ölpfütze um das Pulverfass. Dann rannte sie. Stieß den brüllenden Mann beiseite, stürzte vorbei an all den Gesichtern, die sie entgeistert anstarrten, vorbei an dem Capitaine, der plötzlich kreideweiß war und mit schriller Stimme brüllte: «Raus hier!» Sie sprang nach vorne, während alles plötzlich in heilloser Panik dem Ausgang zustürzte, eine verschwommene Masse aus Gesichtern und Körpern ringsumher, Hannes' Gesicht mit den weitaufgerissenen bernsteinfarbenen Augen als einziger klarer Fixpunkt in einem Wirbel von Chaos, und sie breitete die Arme aus und warf sich über ihn.

Und die Welt explodierte.

***

Die Pferde jagten über die Straße, die allmählich in Dämmerlicht versank, und Sébastien fühlte sich im wahrsten Sinne des Wortes zum Kotzen. Die Übelkeit kam und ging in Wellen, stieg ihm die Kehle hoch und krampfte seinen Magen zusammen. Er fühlte sich grauenvoll.

Er konnte sich im Übrigen nicht vorstellen, dass es Arnac auch nur im Geringsten besser ging. Wahrscheinlich eher schlechter, wenn man die Umstände bedachte. Dennoch machte Arnac keinerlei Anstalten, die Geschwindigkeit zu verringern. Nur ganz selten war ihm anzusehen, dass er mit seinen Kräften gleichermaßen am

Ende war. Einmal, als sie an einer Wegkreuzung anhielten, um sich zu orientieren, schwankte er derart im Sattel, dass Sébastien fürchtete, er könne vom Pferd stürzen.

Kurz bevor sie auf den Weg einbogen, der von Ais kommend zur Fähre über die Durenço und von dort weiter nach Pertus zog, reichte es Sébastien dann endgültig. «Arnac!», brüllte er. «Verdammt, Arnac, halt an!»

Arnac zügelte sein Pferd. «Was ist?», fragte er ungnädig.

«Schluss jetzt!», keuchte Sébastien. «Wir brauchen eine Pause!»

Arnacs Augen funkelten im Dämmerlicht. «Wir müssen nach Ais!», zischte er

«Verflucht, Arnac, jetzt reicht es! Du bist verletzt! Du hast dir eine Rippe gebrochen, war's nicht so? Und was du sonst noch für Verletzungen hast, weißt du ja nicht mal! Damit ist nicht zu spaßen! Wir sollten nach Pertus und dort zu einem Arzt! Wir sollten ...»

«Verdammt, Sébastien, ich muss nach Ais! Jetzt!»

«Aix läuft dir nicht weg, Himmel noch eins! Was ist so wichtig, dass du unbedingt heute Abend noch dort ankommen musst?»

Arnac nagte an seiner aufgeplatzten Unterlippe. «Cristino», sagte er dann.

«Cristino!», stöhnte Sébastien. «Immer wieder Cristino! Ich kann's nicht mehr hören! Sie wird es ja wohl auch noch eine Nacht länger ohne dich aushalten!»

Arnac schüttelte hektisch den Kopf. «Ich habe ein ungutes Gefühl», sagte er. «Ein verdammt ungutes Gefühl. Ich muss zu ihr, sofort!»

«Oh, Jesus, fang du nicht auch noch mit so einem metaphysischen Quatsch an!», schimpfte Sébastien. «Willst du jetzt sagen, dass du eine übersinnliche Beziehung zu Cristino hast, so wie sie zu ihrer Agnes Degrelho, oder was? Überhaupt, wie stellst du dir das vor, einfach nach Aix zu reiten? Da kannst du ja gleich bei der Chambre Ardente anklopfen und sagen, guten Abend, ich habe mir gedacht, ich spare euch den Weg und komme vorbei!»

Arnacs Augen waren schwarze Brunnen, in deren Wasser sich der graue Horizont spiegelte. «Ich muss nach Ais», erklärte er ein letztes Mal, trieb sein Pferd an und jagte weiter.

«Oh Mann, ihr spinnt echt alle, ihr Provenzalen!», schrie Sébastien hinter ihm her.

***

Es war ein kleines, aber sehr elegantes Gemach, mit einem Himmelbett überspannt von einem Baldachin aus grünem Samt und leichten Seidenvorhängen, die sich sacht im Nachtwind bewegten. «Es ist still hier nachts», erklärte die Zofe eifrig. Sie war pummelig, ihr Gesicht hasenähnlich mit den langen Schneidezähnen. «Ihr werdet sanft schlafen und glückselig träumen.» Offenbar war sie der Meinung, dass ein sechzehnjähriges Edelfräulein gar nicht anders konnte als glückselig träumen, wenn sie sich fernab von Lärm und Hektik der Stadt zur Ruhe bettete. Cristino sah das etwas skeptischer.

Loís tigerte unruhig in dem Gemach auf und ab, während die Zofe Cristinos Bett richtete, sah durch die Vorhänge nach draußen, überprüfte die Türklinke. Cristino war kurz davor, ihn entnervt zu fragen, wonach er eigentlich suchte, als die Zofe spitz zu Loís sagte: «Ich werde der Barouneto nun beim Auskleiden behilflich sein. Ich denke, du kannst gehen. In der Dienstbotenunterkunft steht ein Bett für dich bereit.»

Loís hatte die Stirn gerunzelt. «Sehr freundlich», sagte er. «Aber ich bin zum Schutz der Barouneto mitgekommen. Immerhin wird sie bedroht. Ich werde vor der Tür schlafen.» Er warf erneut einen misstrauischen Blick auf das Fenster. Offenbar störte es ihn, nicht an zwei Stellen gleichzeitig Wache halten zu können.

Cristino ließ sich aus den Kleidern helfen und ein seidenes Nachthemd überstreifen. Die Nacht war warm, doch der leichte Wind machte die Wärme erträglich.

«Habt Ihr noch einen Wunsch?», fragte die Zofe.

«Nein, danke. Du kannst gehen.»

Cristino ließ sich in die weichen Laken fallen. Sie seufzte tief und glücklich. Zum ersten Mal seit vielen Tagen fühlte sie sich wirklich sicher.

***

Rauch und Hitze füllten ihren Rachen und ihre Lungen, ein Gefühl, als ob man reines Feuer einatmete. Sie lag an der Wand, ihr Kopf dröhnend vom Lärm und dem Schlag, den sie erhalten hatte, ein schrilles, metallisches Pfeifen in ihren Ohren wie von einer missgestimmten Orgel. Sie fühlte, dass ihr Blut übers Gesicht lief, ihr Blut oder das von Hannes, es war im Grunde unerheblich.

Sie zerrte ihn vom Boden hoch. «Wir müssen 'raus hier, 'raus!», schrie sie ihm zu durch den ohrenbetäubenden Lärm, das Brüllen der Männer und das Pfeifen. Ringsumher herrschte ein apokalyptisches Chaos, Stühle, Weinkrüge und brennende Trümmer überall im Raum verstreut, dazwischen die Männer, die sich auf die Beine kämpften, der Tür zu stolperten, die von der Druckwelle aus den Angeln gerissen an einem letzten verbogenen Scharnier schwankte. Die Tür, das war auch ihr erster Gedanke. Aber dort waren die Landsknechte, die sich vor der Explosion ins Freie gerettet hatten. Schlechte Idee.

Dann spürte sie den Luftzug.

«Da lang!», kreischte Catarino und zog Hannes auf die Vorratskammer zu, in der sie eingesperrt gewesen war. Sie stolperte über ein Paar Füße; es war der Landsknecht, der die Tür geöffnet hatte, er lag auf dem Boden und suchte aus benommenen Augen den Raum ab. Catarino grinste ihm zu und hastete weiter.

Die Explosion hatte die halbe Rückwand der Vorratskammer weggerissen. Catarino und Hannes stolperten aneinandergeklammert über Schutt und glühende Trümmer, Rauch und Pulverdampf brannten in ihren Augen. Dann waren sie draußen, kühle Nachtluft umgab sie, Hannes strauchelte, doch Catarino zog ihn weiter, nach links, weg von dort, wo die Landsknechte brüllend ihrem Ärger Luft machten und ihre Schrammen versorgten, dorthin, wo schwarz und still der Schatten von Bäumen auf sie wartete. Sie stürzten sich ins Unterholz, bahnten sich keuchend und hustend einen Weg durch Gestrüpp und Brombeerdornen, die rot im Schein der brennenden Trümmer glühten, und dann waren sie im Wald und rannten, stolpernd und schlitternd auf trockenen Reisern und verdorrenden Kiefernnadeln, und das Fluchen und Brüllen der Landsknechte in ihrem Rücken wurde leiser und nur der Rauch wehte noch durch die Bäume und ließ ihre Augen tränen.

Sie hatten keine Ahnung, wo sie waren. Sie rannten einfach weiter, geradeaus, bis die Erschöpfung sie zwang, innezuhalten und sie hustend und nach Atem ringend auf den weichen Waldboden sackten. Hannes krümmte sich keuchend zusammen. «Catarino», japste er, «oh Gott, Catarino …»

Sie antwortete nicht. Sie konnte nicht vor Lachen.

***

Wenig in seinem Leben hatte Sébastien de Trévigny so mit Erleichterung erfüllt wie der Anblick der Lichter von Ais an diesem Abend. Es war bereits dunkel, als sie die Stadt erreichten, und die Tore waren geschlossen, so dass sie die Stadt durch das Nachttor an der Porto Nosto Damo betreten mussten. Der Nachtwächter bedachte die zwei abgerissenen Gestalten, die da hereingeschneit kamen, zwar mit einem etwas kritischen Blick, ließ sie dann aber doch passieren. Geschafft, dachte Sébastien. Wir haben es geschafft. Jetzt werde ich zur Cacalauso d'Oro reiten, den größten Truthahn verspeisen, den die Tereso zu bieten hat, mit einem Krug Wein und zwei Krügen Wasser dazu, dann werde ich ein warmes Bad nehmen, und dann werde ich schlafen. Mindestens vierzig Stunden lang. Nein, erst schlafen. Das warme Bad kann warten.

Arnac trieb sein Pferd wieder an, kaum dass sie das Tor durchquert hatten, und bog in die Carriero dis Noble ein. Es war ein Umweg für Sébastien, doch bei aller Erschöpfung ging es ihm gegen sein Ehrgefühl, seinen Freund jetzt auf den letzten paar Schritten zu verlassen, und so folgte er ihm. Sie erreichten die Carriero de Jouque. Arnac war vom Pferd, bevor dasselbe im Hof der Aubans zum Stillstand gekommen war, und während das Tier sich noch suchend nach seinem Herrn umsah, hämmerte er auch schon an die Auban'sche Haustür. «Aufmachen!», brüllte er. «Sofort!»

Zögernd öffnete sich das Tor. Der Pförtner machte einen Satz rückwärts, als er erkannte, dass er schon wieder jenen bei seinem Herrn so verhassten Ketzer vor sich hatte. «Senher!», brüllte er. «Senher, kommt schnell!»

Arnac packte ihn am Kragen. «Wo ist Cristino?»

«Senheeeer! Ich werde ermordet! Hilfeeee!»

«Verflucht, wo ist sie?»

«Was ist hier los?» Onkel Philomenus erschien auf der Treppe. Von allen Seiten kamen sie jetzt herbeigerannt. Bardou und Jacque stürmten aus der Scheune, und neben Philomenus tauchten Madaleno de Castelblanc und Oma Felicitas auf «Ihr!», rief Philomenus, als er Arnac erkannte. «Haltet ihn! Haltet den Ketzer! Du, lauf und hol den *Capitaine* der Inquisition!», befahl er dem Pförtner, der nur hilflos mit den Armen fuchtelte, denn Arnac hatte ihn mitnichten losgelassen und der Pförtner wagte offenbar nicht, sich gewaltsam loszureißen.

«Wo ist Cristino?», schrie Arnac.

«Ha, das hättest du wohl gerne gewusst, Ketzer!», rief Philomenus. «Aber so einen wie dich lasse ich nicht an meine Nichte heran!»

«Cristino ist in Sicherheit», sagte Oma Felicitas mit einem vernichtenden Seitenblick auf ihren Sohn. «Baroun Degrelho hat sie mit auf sein Landgut genommen. Hier in der Stadt ist es zu gefährlich für sie, nach allem, was passiert ist … nachdem sogar der Cavalié verschwunden ist …»

Arnacs Hand öffnete sich. Der Pförtner riss sich los und floh in die Dunkelheit.

«Wie?», hauchte Arnac.

Oma Felicitas betrachtete ihn stirnrunzelnd. «Liebe Güte, Junge, Ihr seht nicht gut aus. Habt Ihr Euch verletzt?»

«Degrelho?», flüsterte Arnac. «Sie ist mit Degrelho?»

«Ja, der Baroun war so freundlich, ihr Schutz zu gewähren, nachdem ihr Stiefvater …»

«Wo sind sie hin?» Arnac war vorgeschossen. Er hatte diese Worte fast geschrien. Onkel Philomenus machte sicherheitshalber einen Satz rückwärts.

«Nun, wohin wohl – in Richtung Keyrié natürlich …»

Arnac fuhr herum. «Hat jemand gesehen, dass sie Richtung Keyrié gefahren sind? Hat das jemand gesehen?», schrie er.

«Na ja … ähm …», meldete Jacque sich zögernd zu Wort.

«Was?»

«Ich bin ihnen noch ein paar Schritte nachgelaufen. Immerhin ist mein Bruder mitgefahren. Und nach allem, was in letzter Zeit passiert ist …»

«Gott, Junge, wo sind sie hin?», schrie Arnac.

«Na, das war ein bisschen komisch.» Jacque kratzte sich am Kopf. «Sie sind da unten rechts abgebogen, also in Richtung Porto dis Augustin. So als ob sie auf die *Route d'Avignon* wollten. Ich meine, wenn man in die Keyrié will, ist das doch ein Umweg, oder?»

Arnac starrte ihn an. Seine rechte Hand umklammerte den Knauf seines Degens, dass seine Knöchel weiß hervortraten. Dann, urplötzlich, fuhr er herum und war mit einem Satz wieder auf seinem Pferd.

«Arnac, Himmel, was ist los?», fragte Sébastien alarmiert.

Arnac beugte sich zu ihm hinüber und umklammerte seinen Arm mit einer Hand. «Sébastien, hör mir zu!», keuchte er. Die Finger, die sich in Sébastiens Ärmel krallten, bebten. Sébastien bemerkte verstört, dass Arnac am ganzen Körper zitterte. «Du musst Hilfe organisieren, Sébastien. Wen ist egal. Den Viguié, diesen Vascarvié oder meinetwegen auch diesen carcistischen Knallkopf da in der Tür! Aber hol Hilfe, so schnell wie möglich, und kommt mir nach! Bevor es zu spät ist!»

«Nachkommen? Wohin denn?», fragte Sébastien verständnislos.

Arnac riss das Pferd herum. «Nach Santo Anno dis Aupiho!», schrie er und preschte aus dem Hof.

***

Sie saßen im weichen Gras eines Hügels, die Hände ineinandergelegt, die Gesichter dem fahlen, abnehmenden Mond zugewandt. Still war es ringsum, friedlich, das immerwährende Zirpen der Grillen als einziges Geräusch. Ein einsames Glühwürmchen schwebte durch die Nacht; Catarino streckte ihre Hand danach aus, die es mit seinem weichen Schein berührte, bevor es zwischen den Bäumen verschwand. Ihre erste Nacht mit einem Mann. Sie hatte es sich anders vorgestellt. Im Grunde war nichts geschehen, nichts, was sie kompromittieren könnte, körperlich gesehen war sie immer noch Jungfrau. Sie hatten nichts getan außer Arm in Arm im

Gras zu liegen und zu reden. Und dennoch fühlte sie tief in ihrem Innern, dass sie in dieser Nacht, unter diesem funkelnden Sternenhimmel ihre Unschuld verloren hatte.

Er hatte erzählt. Angefangen von jenen frühen Tagen, die seinem Erinnerungsvermögen kaum noch zugänglich waren, bis zu der heutigen Nacht. Sie waren sehr lange still, als er geendet hatte. Catarino sah zu den glitzernden Sternen am Firmament empor und fragte sich, wie eine Welt, in der so schreckliche Dinge geschahen, so schön sein konnte.

«Es tut mir leid», sagte Hannes schließlich.

«Was?»

«Dass ich dich da mit hineingezogen habe. Ich habe dir alles kaputtgemacht.»

«Nein», sagte sie. «Nein, das ist nicht wahr. Es ist gut so. Ich bin froh, dass ich jetzt die Wahrheit kenne.» Sie starrte mit leeren Augen in die Nacht. «Ich muss es ihnen sagen.»

«Wem?»

«Cristino. Und Fabiou. Sie haben ein Recht darauf, es zu erfahren.»

Hannes schüttelte langsam den Kopf. «Die werden mich jagen wie ein Tier, wenn es bekannt wird.»

«Ich sage es nur Cristino und Fabiou», erklärte Catarino. «Sie werden dich nicht verraten. Bestimmt nicht.»

Er seufzte resigniert. «Also gut.»

Sie waren nicht weit von der Stadt entfernt. Die Hütte, in der man sie gefangengehalten hatte, war ein Stück abseits der Straße Richtung Sant Canat gelegen, und von dem Hügel aus konnte man bereits die Lichter des Gauklerlagers flackern sehen. Sie liefen los und erreichten das Lager nach einer knappen halben Stunde. Catarino nahm am Feuer Platz, während Hannes mit Malou in dessen Zelt verhandelte. Alle Gespräche, alle Tätigkeiten waren unterbrochen, stumm umstanden die Gaukler Catarino, keiner sprach sie an, keiner sagte ein Wort. In ihren Gesichtern lag so etwas wie Ehrfurcht.

Hannes kehrte zurück. Hinter ihm kam Malou auf seine Krücken gestützt aus dem Zelt gehumpelt. Er sagte nichts, blickte Hannes nur stumm hinterher.

«Sie werden aufbrechen», sagte Hannes zu Catarino.

«Warum?»

Ein schiefes Grinsen erschien auf seinem Gesicht. «Für alle Fälle. Falls sie mich erwischen, wird man sie als meine Komplizen ansehen. Das fahrende Volk ist schließlich immer an allem schuld. Ich treffe sie übermorgen früh an einem verabredeten Ort. Falls ich …», er holte tief Luft, «falls ich bis zum Morgengrauen nicht da bin, ziehen sie ohne mich weiter.»

«Hannes, du musst nicht mitkommen. Ich kann es auch alleine tun», sagte Catarino.

Er schüttelte den Kopf. «Nein», sagte er. «Es betrifft uns beide.» Er warf einen Blick in die Runde. «Wünscht mir Glück, Freunde», meinte er mit einem erzwungenen Lächeln. «Komm, Catarino.»

Sie stand auf. Die Gaukler wichen auseinander und gaben eine Gasse frei, durch die Hannes und Catarino hindurchliefen. Wie eine Ehrenwache am Friedhofstor, dachte Catarino. Sie erwartete fast, dass irgendjemand Salut schoss.

Vor ihnen ragten die Stadtmauern von Ais in den nachtschwarzen Himmel. Catarino fuhr sich mit der Hand durch die abgesengten Haare. Die Spitzen waren zusammengeschmort, ein Gefühl, als fasse man in ein Knäuel aus Draht. Die Berührung schmerzte etwas; ihre Hände waren feucht vor Wundsekret, die Haut löste sich in Fetzen von ihren Handrücken ab, über die der Feuerstoß hinweggegangen war. Es störte sie nicht. Es war wie bei einer Schlange, die ihre alte Haut abwarf.

Der Aufbruch in ein neues Leben.

***

Ein unbedarfter Beobachter wäre an diesem Abend vermutlich zu der Schlussfolgerung gelangt, dass im Haus der Aubans Freibier ausgeschenkt wurde, in Anbetracht der Massen von Leuten, die dort in der nächsten halben Stunde eintrafen. Die ersten waren Fabiou und Bruder Antonius. Beatrix, die auf dem Weg zu ihrem Patienten war, folgte ihnen so dicht auf dem Fuß, dass sie beinahe gegen sie geprallt wäre, als Fabiou und Antonius beim Anblick der versammelten Familie vor der Tür überrascht stehen blieben. «Was ist denn hier los?», fragte sie erstaunt. Dann entdeckte sie Bruder Antonius. «Wo wart Ihr?», fragte sie ärgerlich. «Ihr hattet doch versprochen, bei Frederi Jùli zu bleiben!»

«Es ging ihm doch gut, und ich musste etwas erledigen ...», verteidigte Bruder Antonius sich lahm. «Mein Gott, auf niemanden kann man sich ... sagt mal, was ist hier eigentlich los?»

«Mein Gott. Sébastien», flüsterte Fabiou.

«Fabiou!» Sébastien kam auf ihn zugestolpert. «Ein Glück, dass du da bist!» Er war weiß wie eine Wand.

«Sébastien, was ist los, wo ist Arnac, was ist passiert, Himmel, was haben die mit euch gemacht?», sprudelte Fabiou sämtliche Fragen hervor, die ihm in diesem Moment durch den Kopf schossen.

Sébastien hob hilflos die Arme. «Ich ... er ... ich weiß nicht. Etwas ist passiert, Fabiou, aber ich weiß nicht, was! Arnac hat gehört, dass Cristino mit Degrelho weg sei, und ist ohne jede Erklärung losgeritten, nach Santo Anno dis Aupiho wolle er, hat er gesagt, und dass ich Hilfe holen und sofort nachkommen soll. Jesus, Santo Anno dis Aupiho, das sind bestimmt fünf Stunden zu Pferd! Gott, Fabiou, was hat das zu bedeuten?»

Beatrix fuhr herum. Fabiou blinzelte. «Wann war das?», fragte er.

«Gerade eben! Himmel, Fabiou, was machen wir jetzt?»

«Degrelho?» Beatrix war neben ihnen und hatte Sébastien am Arm gepackt. «Cristino ist mit Degrelho mit?» Sie drehte sich um. Ihre dunklen Augen schossen Giftpfeile in Richtung ihrer Familie. «Sie ist mit Degrelho nach Santo Anno dis Aupiho? Und Arnac ist ihnen nach?»

Oma Felicitas hatte die Stirn gerunzelt. «Was hast du? Ja, Baroun Degrelho hat sie zu sich eingeladen, solange ihr hier in Ais noch Gefahr droht. Ich dachte, sie wären in die Keyrié geritten, aber vielleicht sind sie ja auch nach ...»

«Mein Gott, seid ihr wahnsinnig?» Beatrix hatte die Hände über dem Kopf zusammengeschlagen. Ihre Lider zuckten unkontrolliert.

«Was hast du wieder zu meckern, hä?», fragte Philomenus. «Irgendeiner musste die Sache ja mal in die Hand nehmen. All die Mordanschläge, und dann noch Frederis Verschwinden ... Wir mussten Cristino in Sicherheit bringen, das war die einzige Möglichkeit! Und überhaupt, hatte ich nicht gesagt, dass ich dich auf meinem Grund und Boden nicht mehr sehen will?»

«Oh Gott», flüsterte Beatrix. «Oh mein Gott.» Und dann kreischte sie. «Frederi!» Alle Köpfe fuhren herum.

Da war er, saß in der Hofeinfahrt auf einem Pferd, erschöpft, wie es schien, aber offensichtlich unverletzt. «Frederi!», schrie die Dame Castelblanc, «Frederi!», schrie Eusebia und «Frederi!», schrie Oma Felicitas, und alle drei stürmten auf ihn zu, als er vom Pferd glitt, umarmten ihn, küssten ihn – die Dame Castelblanc vornehmlich – und riefen, Frederi, wo warst du, wo bist du gewesen?

Er verteidigte sich schwach, dass ihn eine Nachricht nach Arle gerufen hätte, eine seltsame Geschichte, aber jetzt beruhigt euch doch mal, es ist ja nichts passiert.

Beatrix schob Madaleno, Eusebia und Oma Felicitas beiseite. «Denkst du!», rief sie wütend.

Er sah sie an. Er wurde bleich. «Cristino?», fragte er.

Fabiou räusperte sich. Er fühlte sich unglaublich ruhig. «Sie ist mit Archimède Degrelho nach Santo Anno dis Aupiho, wie es scheint. Arnac de Couvencour ist ihnen nachgeritten.»

Frederi schwankte. Er klammerte sich an seinem Sattelgurt fest. «Oh Gott …»

«Frederi, wie konntest du das nur zulassen?», schrie Beatrix.

Er zitterte. Schweiß strömte ihm übers Gesicht. «Sie müssen es so geplant haben», flüsterte er. «Die haben mich gezielt weggelockt. Oh mein Gott.»

Fabiou verschränkte die Arme. «Ich wage die These aufzustellen, dass Cristino in diesem Moment in Lebensgefahr schwebt. Habe ich recht?», sagte er.

«Du musst ihr nach!», krächzte Beatrix.

Frederi stand, an seinen Sattelgurt geklammert. «Wir haben doch … keine Chance … keine Chance haben wir … wie damals …»

«Vater.» Fabiou musste sich Mühe geben, seine Wut unter Kontrolle zu halten. «Vater, Ihr könnt Cristino doch nicht im Stich lassen!»

«Die werden uns alle töten!» Heftig zuckte Frederis Kopf von rechts nach links. «Die werden unsere ganze Familie töten! Oh Gott, Gott, was soll ich denn machen?»

Beatrix wirbelte herum. «Das darf doch alles nicht wahr sein!», schrie sie. «Mein Gott, Philomenus, wie konntest du ausgerechnet auf diese Idee verfallen? Du bist ein Idiot, Philomenus! Und das Schlimme daran ist, du hältst dich auch noch für ein Genie!»

Jetzt reichte es, Nonne hin oder her. Philomenus schoss auf seine Base zu, packte sie bei den Schultern und schüttelte sie. «Schluss jetzt!», brüllte er. «Ich lasse mir diese Unverschämtheit nicht länger gefallen! Von einem Weib! Eine Ordensfrau willst du sein, ha! Ordensfrauen sollen demütig und bescheiden sein, und was bist du? Eine Hekate, eine giftige Schlange, ein Wolf im Schafspelz! Ordensfrau, ja! Aber in dir lebt der böse Geist der Ketzerei, so wie in deinem Bruder, den Gott in alle Ewigkeit verdammen möge!»

Sie lachte auf, ein Lachen wie ein Schrei. «Immer noch nicht genug der Rache, Philo?», kreischte sie. «Der Rache dafür, dass er immer der Bessere, der Klügere, der Beliebtere war, obwohl er doch nur der arme bürgerliche Vetter war und du der große Senher d'Auban? Reicht es dir nicht, dass du ihn getötet hast, willst du ihn denn unbedingt noch in der Hölle sehen?»

Starr schauten die Verwandten. «Beatrix, hör auf damit», sagte Oma Felicitas durch ihre verbliebenen Zähne hindurch.

Philomenus lachte verächtlich. «Getötet? Ich? Was redest du wieder für Unsinn daher, Kusine?»

«Du hast gewusst, dass Maynier und die anderen ihren Tod beschlossen hatten!», keuchte Beatrix. «Du hättest sie warnen können, und stattdessen hast du Maynier in die Hände gespielt!»

Die Dame Castelblanc stieß einen schrillen Laut aus und schlug die Hände über die Ohren. «Beatrix, nicht vor dem Jungen!», schrie Oma Felicitas.

«Wieso nicht?», kreischte Beatrix. «Er soll ruhig hören, was für einen feinen Onkel er da hat! Der seinen Schwager und seinen leiblichen Vetter der Inquisition ausgeliefert hat! Mein kleiner Bruder ist in einer Folterkammer der Inquisition gestorben, Philo, weil du nicht einen Finger gerührt hast, um ihn zu retten! Verflucht sollst du sein, Philo, verflucht!»

Frederi hatte das Pferd losgelassen, es stapfte schnaubend über den Hof. Madaleno weinte. Philomenus ließ seine Kusine los. «Es waren Ketzer!», schrie er. «Sie hatten es verdient! Ketzer waren sie!» Er stolperte rückwärts, sein Gesicht war weiß wie der Mond. «Ich hatte doch keine andere Wahl! Es ging um die Ehre unserer Familie! Wir wären für alle Zeiten diskreditiert gewesen! Wir wären … wir wären vielleicht sogar ebenfalls der Ketzerei beschuldigt worden! Oh Gott, Beatrix, ich hatte doch keine andere Wahl!»

Fabiou hatte immer noch die Arme verschränkt. «Wir müssen zu Cristino», sagte er mit unsicherer Stimme. «Sie ist in Gefahr. Vater, hörst du mich?»

Frederi bewegte fahrig den Kopf in seine Richtung. Und draußen von der Straße rief einer: «Also, wo ist er jetzt, der Ketzer?»

Alles drehte sich um. Über all dem Geschrei hatte keiner die gut zehn Leute kommen hören, die da vor der Hofeinfahrt standen, allen voran der Pförtner, der jetzt stolz auf seinen Herrn zueilte, daneben Alest von der Inquisition mit mehreren seiner Leute, Mèstre Crestin, der Arquié Laballefraou und, hoher Besuch, Docteur Vascarvié, der Sonderbeauftragte des Parlaments.

Philomenus ließ Beatrix stehen und eilte auf die Herrschaften zu. Sein Gesicht war schweißnass. «Docteur … verzeiht, es lag nicht in meiner Absicht, Euch in Eurer Nachtruhe zu stören, die Anwesenheit von Mèstre Alest hätte durchaus gereicht … Es geht um diesen Couvencour, gegen den eine Anklage wegen Ketzerei vorliegt …»

«Meine Anwesenheit ist durchaus begründet, Senher», sagte Vascarvié kühl. «Also, wo ist der Ketzer?»

«Nun, ähm, fort.»

«Fort? Wie fort?», fragte Vascarvié entgeistert.

«Er sagte, er wolle nach Santo Anno dis Aupiho, vielleicht wenn Ihr ihm nachreitet …»

Vascarvié lachte trocken. Crestin warf ihm einen ärgerlichen Blick zu. «Ich bezweifle, dass wir den Ketzer in Richtung Aupiho finden werden, wenn er das so deutlich sagt. Vermutlich ist er in der Gegenrichtung unterwegs. Schade, allerdings.» Er seufzte und rieb sich die Augen. Offensichtlich hatte man ihn tatsächlich aus dem Bett geholt. «Sehr schade, wirklich. Es ist nämlich nicht nur eine Anklage wegen Ketzerei, die gegen Senher Couvencour vorliegt.»

«Sondern?», fragte Philomenus erstaunt.

«Mord», sagte Vascarvié lächelnd.

«Mord?», schrie Fabiou entgeistert.

Vascarvié drehte sich in seine Richtung und musterte ihn prüfend von Kopf bis Fuß. «Allerdings, junger Herr. Es gibt einen Umstand, der den Verdacht nahe legt, dass es Arnac de Couvencour ist, dem die Morde der letzten Wochen zur Last zu legen sind. Dass heißt, der Person, die sich als Arnac de Couvencour ausgibt.»

«Ausgibt?», rief Sébastien verständnislos. «Wie meint Ihr das?»

«Nun», seufzte Vascarvié, der offensichtlich jeden Moment dieser Unterhaltung genoss wie eine verhungerte Katze eine fette Maus, «ich hatte diese Tage einen Kollegen aus Marsilho zu Gast, durch Zufall ein Freund der Familie Galleppo, der Rouland de Couvencours Frau entstammt. Und dieser schwört Stein und Bein, dass Arnac de Couvencour 1545 im Alter von acht Jahren eben dort in Marsilho zusammen mit seiner Mutter an der Pest gestorben ist.»

Totenstille. Fabiou schwieg.

«Ja, aber, aber, wer ist dann der Kerl, den wir als Arnac de Couvencour kennen?», schrie Philomenus. «Ich meine, ich kenne ihn seit Jahren, seit er ein Knabe ist …»

«Natürlich. Offensichtlich hat Rouland de Couvencour direkt nach dem Tod seines Sohnes einen ungefähr gleichaltrigen Jungen an Kindes statt angenommen und unter dem Namen seines Sohnes großgezogen. Da Couvencour und sein Sohn fast zwei Jahre nicht in der Gegend waren, fiel niemandem etwas auf. Man muss sich allerdings fragen, wieso gibt Couvencour ein fremdes Kind als seinen toten Sohn aus? Wohl um dieses Kind zu verstecken, nicht wahr? Und ich muss sagen, dass mir da ein wahrhaft ungeheuerlicher Verdacht kam.» Vascarvié lächelte genüsslich. «Ein Kind auf der Flucht. Ein Kind, das von der Gerichtsbarkeit gesucht wird. Ein Kind, das 1545 etwa acht Jahre alt ist. Und das sich im Haushalt von Rouland de Couvencour versteckt, der bekanntermaßen eine Schwäche für die unteren Schichten hat. Na, wer fällt einem da ein?»

Onkel Philomenus stand der Mund offen. «Der junge Nicoulau?», fragte er entgeistert.

Vascarvié nickte zufrieden. «Der junge Nicoulau», bestätigte er. «Und dass dieser der Hauptverdächtige für unsere Morde ist, dürfte ja allgemein bekannt sein.»

Wieder Stille. Crestin starrte mit zusammengepressten Lippen auf die Straße. Sébastiens Mund stand offen wie ein Scheunentor.

Dann sprach Fabiou. «Entschuldigt, Docteur Vascarvié, dass ich Euch widersprechen muss, aber Arnac de Couvencour ist nicht Enri Nicoulaus Sohn», sagte er.

Vascarvié schenkte Fabiou einen dieser was-mischst-du-dich-da-ein-Blicke. «Baroun, ich denke wirklich nicht, dass Ihr in der Lage seid, dies zu beurteilen», meinte er. Er wandte sich zu Crestin um. «Viguié, wir müssen ...» Er brach ab. «Nanu», sagte er erstaunt mit Blick auf die beiden abgerissenen, rußbedeckten Gestalten, die plötzlich hinter ihm auf dem Hof standen. Auch die anderen hatten sie jetzt entdeckt. Tante Eusebia winkte angewidert. «Ihr da – weg da, weg!», schimpfte sie.

Madaleno stieß einen Schrei aus. «Catarino!»

Fabiou blinzelte. Es war Catarino, in der Tat, aber wie seine Mutter sie so schnell erkannt hatte, war ihm schleierhaft. Von dem Kleid, das sie heute getragen hatte, waren nur mehr versengte, rußschwarze Fetzen übrig, ihr Gesicht war mit einer gleichmäßigen Mischung aus Schmutz, Ruß und Blut verschmiert, und darum rankte sich wie eine angekokelte, zusammengeschnurrte Kappe der Rest ihrer Frisur.

«Catarino!» Die Dame Castelblanc war ihrer Tochter ohne Rücksicht auf ihr eigenes Kleid um den Hals gefallen. «Catarino, was ist passiert? Oh Gott, Kind, Kindchen, geht es dir gut?»

«Es geht mir hervorragend, Mutter», meinte Catarino. «Was ist hier los?»

«Oh Gott, Catarino, sie sagen, Cristino sei in Gefahr. Und Arnac de Couvencour ist in Wirklichkeit der junge Nicoulau und hat die Morde begangen, und er ist jetzt Cristino hinterhergeritten – sicher will er sie töten!», kreischte ihre Mutter.

Catarino löste die Arme ihrer Mutter von ihrem Hals. Sie hatte die Stirn gerunzelt. «Mutter, das ist doch Blödsinn», sagte sie.

«Nein! Eben nicht! Docteur Vascarvié hat es uns gerade gesagt!»

Sprachlos drehte Catarino sich zu Vascarvié um. Dann schüttelte sie heftig den Kopf «Docteur Vascarvié», rief sie, «Ihr irrt Euch! Arnac de Couvencour ist nicht der junge Nicoulau!»

Vascarvié schien langsam etwas genervt ob der Bèufort'schen Geschwister zu sein und beschloss, mit seinen Anweisungen an den Viguié fortzufahren. «Viguié», erklärte er, «Ihr schickt sofort Eure Männer in alle Himmelsrichtungen los, meinetwegen auch in Richtung dieses gottverdammten Santo Anno dis Aupiho. Sie sollen überall verkünden, dass Arnac de Couvencour wegen Ketzerei und Mordes gesucht wird und, wo immer er auftaucht, unverzüglich festzunehmen ist. Tot oder lebendig! Ach – und geht augenblicklich zum Haus des alten Couvencour und lasst ihn verhaften. Er hat einem gesuchten Verbrecher Unterschlupf gewährt. Das ist strafbar», meinte Vascarvié selbstzufrieden.

«Aber … aber … Ihr macht einen furchtbaren Fehler, Docteur Vascarvié!», rief Catarino aus. «Arnac ist nicht der junge Nicoulau! Er kann gar nicht der junge Nicoulau sein!»

«Ach. Und warum nicht, junge Dame?», fragte Vascarvié mit erzwungener Ruhe.

Sie schickte hilfesuchende Blicke in sämtliche Richtungen. Bruder Antonius schüttelte den Kopf. Fabiou schüttelte den Kopf. «Weil … weil …» Sie brach ab, sah Vascarvié nur verzweifelt an.

Jemand trat vor, schob sich zwischen sie und Vascarvié, den er mit einer seltsamen, deplatzierten Ruhe ansah. Es war Hannes. «Ich bin der junge Nicoulau», sagte er.

Man hätte auf dem überfüllten Hof eine Stecknadel fallen hören können.

Dann räusperte sich Vascarvié. Das Erstaunen und die Blamage in seinem Gesicht wichen in einem beispiellosen Prozess binnen fünf Sekunden einem triumphalen Grinsen. «So. Na, das ist ja eine Überraschung», sagte er. «Los, ergreift ihn.»

Crestin stand und starrte Hannes an. Laballefraou stand und starrte Crestin an. Keiner von beiden rührte sich. Anders dagegen Alest. Auch wenn das nicht in seine direkte Zuständigkeit fiel. Offensichtlich machte es ihm einfach Spaß, Leute zu verhaften.

Ein Wink von ihm, und seine Männer hatten sich auf Hannes gestürzt.

Antonius schrie auf. «Lasst ihn in Ruhe!», rief er. «Im Namen Gottes! Lasst ihn los!»

Beatrix und Fabiou reagierten gleichermaßen, packten ihn an den Armen und hielten ihn in letzter Sekunde davon ab, dem Capitaine der Inquisition eins auf die Nase zu geben. «So kannst du ihm nicht helfen, du handelst dir bloß selbst Ärger ein, versteh doch!», zischte Beatrix ihm zu. Bruder Antonius wehrte sich schwach gegen ihren Griff. Er war den Tränen nahe.

Fabiou stand vor Hannes und sah zu, wie Alests Männer ihm die Hände fesselten. «Warum hast du das getan?», fragte er ungläubig.

«Es kann doch nicht angehen, dass Unschuldige für mich verfolgt werden», sagte Hannes leise.

«Also, schafft ihn hinter Gitter!», rief Vascarvié begeistert. «Und sagt in der Conciergerie Bescheid, dass wir ein schnelles Geständnis benötigen. Das Parlament wird langsam ungeduldig, was die Morde betrifft.» Er wandte sich zum Gehen.

«Docteur Vascarvié, was ist mit meiner Schwester?», rief Fabiou.

Vascarvié hatte die Stirn gerunzelt. «Was soll mit ihr sein?»

«Sie ist in Santo Anno dis Aupiho. Und wir sind uns sicher, dass ihr Gefahr droht. Dass sie ermordet werden soll.»

«Santo Anno dis Aupiho?», kreischte Catarino. «Oh Gott ... das hat er gemeint!»

«Wer?», fragte Fabiou alarmiert.

«Der Genevois! Er ist auf dem Weg nach Santo Anno dis Aupiho! Mit seinen Landsknechten!», schrie Catarino.

«Santo Anno dis Aupiho! Ich kann es nicht mehr hören mit diesem Santo Anno dis Aupiho!», rief Vascarvié aus. «Und im Übrigen braucht Ihr um Eure Schwester keine Angst mehr zu haben – der Mörder ist schließlich dingfest gemacht.»

«Aber Docteur Vascarvié ...»

«Schluss jetzt! Wir gehen!» Vascarvié schritt vom Hof. Alest und seine Männer folgten, Hannes mit sich schleifend. Crestin starrte Fabiou einen Moment lang stumm an, dann lief er ihnen nach.

«Das könnt ihr nicht zulassen!», schrie Catarino ihre Familie an. «Hannes ist unschuldig an den Morden! Ihr könnt nicht zulassen, dass sie ihn umbringen!» Verständnislose Blicke waren die Antwort. Catarino stieß einen wütenden Fluch aus, der ihre Mutter erblassen ließ, und rannte den Ordnungshütern nach. Bruder Antonius schob Beatrix beiseite und folgte ihr.

Fabiou war stehen geblieben und nagte gewaltsam auf seiner Unterlippe herum, während er vergeblich nach einer Idee suchte, wie Hannes zu helfen war. Schließlich wandte er sich um, seiner Familie zu. Madaleno lamentierte wieder, Cristino, meine Cristino, jammerte sie. Oma Felicitas murmelte Unverständliches und klopfte dabei mit ihrem Stock auf den Boden. Tante Eusebia bekreuzigte sich theatralisch, wobei sie eine ganze Litanei von Heiligen um ihren Beistand anflehte. Frederi stand am Tor, die Hand gegen die Mauer gelegt auf der Suche nach einem Halt für seine gequälte Seele.

Fabiou trat auf ihn zu. «Vater!», sagte er.

Frederi sah sich um. Er zitterte. Seine Augäpfel zuckten wirr unter den schweißverklebten Brauen.

«Wir müssen etwas tun!», sagte Fabiou. «Wir müssen zu Cristino! Wir können doch nicht zulassen, dass sie sie umbringen! Vater, hört Ihr mich?» Frederis Gesicht wirkte so wirr und so zerstreut, dass er daran erhebliche Zweifel hegte.

Frederi schüttelte ruckartig den Kopf. «Keiner... hat eine Chance gegen sie. Keiner.» Er presste die Hand gegen die Stirn. Er sah aus, als ob er sich jeden Moment übergeben würde.

«Verdammt, wir müssen es doch wenigstens versuchen!», rief Fabiou. «Vater, Himmel, es geht hier um Cristino! Eure Tochter Cristino! Und sie wird sterben, wenn wir nichts tun!»

Gehetzt wandten sich ihm Frederis Augen zu. «Du weißt nicht... wozu sie in der Lage sind, wenn sie jemanden vernichten wollen ...», stammelte er.

«Oh Gott, Vater, redet keinen Blödsinn! Ich weiß sehr wohl, was das für Leute sind! Ich weiß sehr wohl, wie mein Vater und mein Onkel gestorben sind! Aber deshalb können wir Cristino doch nicht einfach im Stich lassen! Ihr habt sie als Eure Tochter angenommen! Ihr seid verantwortlich für sie, versteht Ihr nicht?»

Frederi zitterte so sehr, dass er die Wand loslassen musste. Einen Moment lang starrte er Fabiou mit diesem seltsamen, fahrigen Blick an, dann schüttelte er den Kopf und schritt zum Haus zurück. Fabiou fühlte, wie ihm die Tränen in die Augen schossen vor Enttäuschung und Ratlosigkeit. «Das könnt Ihr nicht tun!», schrie er Frederi hinterher, der ohne einen Blick zurück die Treppe hinaufstieg. Hinter ihm fiel die Tür ins Schloss.

«Brüll hier nicht so 'rum», schrie Onkel Philomenus. «Überhaupt, was fällt dir eigentlich ein, dich so unverschämt deinem Vater gegenüber zu benehmen?»

Fabiou war fassungslos. Er hätte schreien können, so fassungslos war er. Cristino, es geht um Cristino, versteht ihr denn nicht, hätte er brüllen mögen. Seine Beine waren schwer, als er zu Sébastien hinüberstapfte, der müde am Sattel seines Pferdes lehnte. Er hatte Mühe zu sprechen, ohne dabei in Tränen auszubrechen. «Sébastien, was machen wir nur?»

Sébastien zuckte mit den Achseln. «Erst mal essen», meinte er. «Ah – da ist Jacque ja endlich.» Jacque kam aus der Scheune auf ihn zugelaufen. Er winkte mit einem Laib Brot und einem Krug Wasser. «Danke schön», flötete Sébastien in reinstem Provenzalisch, riss Jacque das Brot aus der Hand und begann, es hinunterzuschlingen. «Entschuldigung, wenn ich pietätlos wirke», nuschelte er kauend, «aber ich habe seit drei Tagen nichts gegessen. Und ich brauche meine Kräfte schließlich heute noch!»

«Wie bitte?»

Sébastien seufzte und biss erneut in das Brot. «Ich kann Arnac nicht im Stich lassen – Arnac oder wer immer er in Wirklichkeit ist. Und wenn sonst keiner dazu bereit ist ... na, dann muss wenigstens ich ihm zu Hilfe kommen.»

«Was hast du vor?»

Er zuckte mit den Achseln. «Ihm nachreiten. Nach Santo Anno dis Aupiho.»

«Aber du weißt nicht, was dich da erwartet! Jesus, was meinst du, warum Arnac wollte, dass du Hilfe holst? Wenn er geglaubt hätte, dass ihr zu zweit auch nur das Geringste ausrichten könntet, dann hätte er dich stattdessen gleich mitgenommen.»

«Ich weiß.» Er seufzte wieder und kaute weiter. «Aber er ist mein Freund. Man lässt seine Freunde nicht im Stich. Das ist unehrenhaft.»

«Verflucht, Sébastien, so darf das alles doch nicht enden!», schrie Fabiou verzweifelt. Sébastien brachte das Kunststück zuwege, gleichzeitig zu kauen und selbstgefällig zu grinsen. «Warum nicht? Ist doch ein echt romanesker Abgang, oder? Das müssen mir die Hofschranzen in Paris erst mal nachmachen!»

«Oh, Scheiße!», schrie Fabiou wütend.

Und die Tür flog auf.

Auf der Schwelle stand der Cavalié. Im Licht, das aus der Pförtnerloge fiel, sah er aus wie ein Geist, bleich, dünn, fern und leer seine geweiteten Augen. Er hatte den Reisemantel abgelegt und gegen ein kurzes Wams ausgetauscht, das deutlich den Degen an seiner Seite freigab. Es wirkte alt und abgetragen. Seltsamerweise ließ ihn das um Jahre jünger aussehen.

Keiner sagte ein Wort, während Frederi de Castelblanc über den Hof schritt, auf Fabiou und Sébastien zu. In der rechten Hand hielt er einen Waffengurt mit Scheide, in der ein weiterer Degen steckte. Er blieb stehen, die Augen fest auf Fabiou gerichtet. «Und?», fragte er. «Kommst du mit?»

Fabiou schluckte. Er nickte.

«Gut.» Der Cavalié warf ihm den Degen zu. Fabiou fing ihn mit Mühe auf. Er starrte auf den Griff. Er war sich nicht sicher, doch er meinte zu erkennen, dass es Cristous Degen war.

«Was ist mit Euch?», fragte Frederi Sébastien.

Sébastien hatte das Brot vertilgt und spülte es gerade mit einem ganzen Krug Wasser herunter. Er setzte den Krug ab. «Arnac ist mein Freund», meinte er würdevoll und klang dabei so heroisch, dass eigentlich nur noch eine Bemerkung im Stil von ‹und lieber sterbe ich, als ihn im Stich zu lassen› gefehlt hätte. «Schön», sagte der Cavalié. «Beatrix?»

«Ja, Frederi?» Sie trat vor. Sie wirkte plötzlich extrem ruhig.

«Du musst meine Familie hier wegbringen. Wenn wir scheitern, wovon ich ausgehe, könnte es sein, dass sie in Gefahr gerät. Bring sie nach – du weißt schon, wohin.»

Beatrix schüttelte den Kopf. «Ich werde mit euch gehen.»

«Nein, das wirst du nicht!», sagte Frederi entschieden.

Sie blinzelte. «Früher hättet ihr mich mitgenommen. Pierre hätte mich mitgenommen.»

«Pierre ist tot», sagte Frederi brüsk, doch dann fügte er hinzu: «Beatrix, bitte! Jemand muss bei meiner Familie bleiben!»

Einen Augenblick lang starrte Beatrix ihn stumm an. «In Ordnung», sagte sie dann, drehte sich um und lief auf das Haus zu. «Bardou», schrie sie im Laufen, «spann die Kutsche an.»

«Moment mal!» Onkel Philomenus sah mit offenem Mund von einem zum anderen. «Was soll denn das jetzt? Seid ihr verrückt geworden oder was?»

Beatrix blieb lange genug stehen, um ihm einen bitterbösen Blick zu schenken. «Halt den Mund, Philo!», fauchte sie und verschwand im Haus.

«Frederi», sagte die Dame Castelblanc tonlos.

Bardou stürzte los zur Scheune an der Einmündung der Carriero de Jouque, Jacque in den Stall. «Ich brauche ein frisches Pferd, Jacque!», brüllte der Cavalié. «Und ein Pferd für Fabiou und Trévigny!»

«Na gut. Dann los.» Sébastien seufzte tief und leerte den Krug vollends.

«Frederi», wimmerte die Dame Castelblanc.

Jacque kam aus dem Stall gestürmt, drei frisch gesattelte Pferde hinter sich herziehend. Fabiou stand immer noch reglos auf dem Hof und blickte mit Kulleraugen auf den Degen in seiner Hand, bis Sébastien rief: «Fabiou, schnall dir diesen Degen um und komm endlich! Jesus, anders herum – der Degen gehört nach links, nicht nach rechts, wie willst du denn da ziehen?»

Tante Beatrix kam aus dem Haus gestürzt. Sie hielt Frederi Jùli in den Armen. Er war in eine Decke gewickelt. Hinter ihr folgten Anno, die Zofe, und eine lamentierende Kinderfrau mit einer plärrenden Maria Anno. Einen kurzen Augenblick blieb Beatrix vor Fabiou stehen, den sie unbehaglich ansah.

«Ihr hättet mir die Wahrheit sagen sollen, die ganze Wahrheit. Gleich», sagte Fabiou.

Beatrix biss sich auf die Lippen. «Wir hatten es Frederi versprochen», sagte sie. «Man bricht diese Versprechen nicht.» Sie lief weiter. «Los, zur Kutsche!», schrie sie. «Madaleno, kommst du?»

«Frederi!», kreischte die Dame Castelblanc.

Er saß bereits im Sattel. Sie rannte auf ihn zu, umklammerte seine Hand. «Geh nicht fort, bitte!», schrie sie. «Du nicht auch noch! Frederi, bitte!»

«Geh mit Beatrix», sagte Frederi. «Dir wird nichts geschehen.» Dann küsste er sie und trieb sein Pferd an. Sébastien und Fabiou folgten. Fabiou kniff zweimal fest die Augen zu und riss sie wieder auf. Es fiel ihm schwer, sich davon zu überzeugen, dass er nicht träumte.

«Catarino fehlt», sagte Oma Felicitas, die hinter Beatrix auf die Kutsche zugehumpelt kam. Beatrix nickte. «Wir können nicht warten», sagte sie. «Sie muss selbst klarkommen.» Sie schob Madaleno, Anno und die Kinderfrau mit Maria Anno in die Kutsche und kletterte hintendrein, Frederi Jùli noch immer fest an sich gedrückt.

Bardou lenkte die Kutsche auf die Straße hinaus.

***

Das Haus in der Carriero de Sant Laurenço, vor dem sie hielten, war Fabiou völlig unbekannt. Nicht so Sébastien. «He, das ist doch das Haus der Couvencours!», stellte er erstaunt fest. Frederi sagte nichts. Er wummerte gegen die Tür, bis ein sichtlich verärgerter Pförtner öffnete. «Ja?» Dann veränderte sich der Ausdruck auf seinem Gesicht. «Cavalié!»

«Hol deinen Herrn her, sofort!», schrie Frederi. Der Diener eilte ins Haus. Eine Minute später kam er in Begleitung von Rouland de Couvencour wieder. Er war schon im Bett gewesen oder zumindest auf dem Weg dorthin, wie der eilig übergeworfene Schlafrock zeigte.

«Frederi?», sagte er ungläubig.

«Rouland, Archimède Degrelho ist mit Cristino nach Santo Anno dis Aupiho», erklärte der Cavalié. «Arnac ist ihnen nachgeritten. Du weißt, was das bedeutet.»

Couvencour schien um Fassung zu ringen. «Und … jetzt?»

«Ich werde es nicht zulassen, Rouland», sagte Frederi de Castelblanc ruhig.

Seltsamerweise begann Couvencour zu lächeln. «Noch einmal, Frederi, ja? Wie in der guten alten Zeit.» Er sah sich nach dem Pförtner um. «Sattel mein Pferd, bitte. Ich ziehe mich an.» Er rannte ins Haus zurück. Fünf Minuten später war er wieder da, in voller Montur und mit umgegürtetem Degen. Er schwang sich auf sein Pferd. Frederi nickte ihm zu. Jetzt lächelte auch er. Es war ein wehmütiges Lächeln.

Sie ritten los.

KAPITEL 20

in dem alles zu seinem Ursprung zurückkehrt

Und wenn uns etwas zustoßen sollte, so droht euch umso größere Gewalt von anderen, weil sich dann mit den Verfechtern der Freiheit die Rache des Unrechts verbinden wird.

Ulrich von Hutten (1488-1523),
deutscher Poet und Revolutionär

Es gibt ein Märchen, das man Kindern erzählt. Darin geht es um einen Spiegel aus purem Gold, mit seltsamen Verzierungen auf dem Rahmen, Gnomen, Zwergen, trollartigen Wesen. Eine Dienstmagd, die sich in diesem Spiegel betrachtet, stellt plötzlich fest, dass er ein Tor ist, durch das sie hindurchschreitet und ins Zwergenreich gelangt. Die Zwerge halten gerade Hochzeit und bitten das Mädchen, ihnen Gesellschaft zu leisten. Sie stimmt zu und feiert und tanzt mit den Zwergen drei Tage und drei Nächte lang. Als sie dann zurückkehrt, ist ihre Herrschaft fort, das Haus gehört fremden Leuten, denn in jenen drei Tagen und drei Nächten sind in der menschlichen Welt hundert Jahre vergangen.

Vielleicht ist es einer jener Spiegel, aus dem ihr das Gesicht des Kindes entgegenlächelt. Einer jener Spiegel, die ein Tor sind in eine andere Zeit und eine andere Welt. Vielleicht winkt das Kind ihr aus jener anderen Welt zu, winkt ihr, zu kommen, sich mit ihr zu verbinden. Und sie kommt, denn was hat sie für eine Wahl, sie ist längst an sie gekettet, durch die Macht des Medaillons um ihren Hals. Sie streckt die Hand aus, und ihr gegenüber hebt auch das Mädchen im Spiegel die Hand, und ihre Finger berühren einander. Fernes Rauschen füllt die Nacht, das Lied des Windes in den Bäumen vor dem Haus, das Lied eines Brunnens, der im Innenhof in ein steinernes Becken plätschert.

Agnes Degrelho. Blonde Locken um ein süßes, pausbackiges Gesicht, rosige Lippen, die aus dem Spiegel lächeln. Eine Locke schwingt sich keck in die Stirn vor, umschlingt das sternförmige Muttermal darauf, und sie lacht und wischt sie mit einer jener unbeholfenen Bewegungen der Kindheit beiseite. Dann hört sie auf zu lachen. Vielleicht wegen der Löwen, die sich auf der Zierleiste gegenübersitzen wie die Wächter eines verborgenen Schatzes und ihre langen Reißzähne fletschen. Vielleicht wegen jener weißen Frauengestalt, die links hinter ihr im Spiegel steht, ein anmutiger Körper, versilbert vom Mondlicht, den rechten Arm sanft zu ihr herabgeneigt. Ätsch, du bist nur aus Stein, sagt das Mädchen und streckt der Marmorfrau im Spiegel die Zunge heraus. Die Marmorfrau reagiert nicht, lächelt weiter ihr versonnenes, wissendes Lächeln, als ob sie wüsste, was geschehen wird.

Agnes! Da bist du ja, Agnes!

Sie läuft. Sie weiß nicht, warum sie läuft, sie weiß nicht, warum dieses Gesicht, das sie so oft in den Schlaf gesungen hat, ihr jetzt solche Angst einjagt. Da ist eine Stimme in ihrem Innern, die in jedem Lebewesen von Geburt an existiert, und diese Stimme schreit ihr zu: Lauf, Agnes, bleib nicht stehen, Agnes!, und sie gehorcht, wie jedes Lebewesen an ihrer Stelle gehorcht hätte. Sie rennt, ihre nackten Füße klatschen auf den Marmorboden, so kleine Füße, sie braucht drei Schritte, während die Frau einen macht. Das ist ungerecht, das spürt sie mit der ganzen Gewissheit ihrer vier Jahre.

Agnes!, ruft es hinter ihr. Bleib stehen, Agnes! Ich will dir doch nichts tun! Sie dreht sich um. Du lügst, kreischt sie zurück, du willst mir was Böses, das weiß ich genau, und wieder rennt sie, keuchend jetzt, denn sie ist ja so klein und der Gang vor ihr ist so lang und so dunkel und hinter sich hört sie die Schritte, die mit jeder Sekunde näher kommen.

Mamaaa, schreit sie.

Louise hätte mit ihr geschimpft, wenn sie sie gehört hätte. Es ist Unsinn, nach Mama zu rufen. Mama kommt nicht. Mama ist jetzt ein Engel im Himmel. So wie Daniel und das unschuldige Kindchen. Louise spricht oft von dem unschuldigen Kindchen, das Mama im Bauch hatte, als sie starb, und das eigentlich ihr Geschwisterchen hätte werden sollen, wenn es nicht mit ihr gestorben wäre. Sie hat Louise gefragt, ob es ein Brüderchen oder ein Schwesterchen war, aber Louise hat gesagt, das weiß man nicht. Sie hat Louise auch gefragt, wie groß das unschuldige Kindchen wohl war, als es starb, und Louise hat ihre Hand gespreizt und ihr die Strecke zwischen Daumen und kleinem Finger gezeigt. So vielleicht, hat sie gesagt.

Sie schreit trotzdem nach Mama. Bloß weil sie ein Engel ist, heißt das, dass sie nicht kommen wird?

Sie rennt weiter. Rechts von ihr öffnet sich der Innenhof. Der Brunnen, wo Wasser aus einer Schüssel in eine zweite, tiefergelegene Schüssel quillt, die es anfüllt, um über seinen Rand zu treten und in eine dritte Schüssel zu stürzen. Es sieht aus wie eine Torte. Das Plätschern füllt die Luft wie eine Melodie aus einer Spieluhr.

Agnes, ruft das Weib hinter ihr. Jetzt warte doch, Agnes.

Da ist das Bild an der Wand, zur Linken, das Bild mit dem Hirsch. Er hat ihr immer so leid getan, der Hirsch, dem drei Hunde mit riesigen Zähnen an der Kehle hängen, und dahinter die Jäger mit Armbrüsten und Speeren. So weit aufgerissen sind die Augen des Hirsches, dass man nur Weiß sieht, und Blut läuft seinen Hals hinunter. Als sie das Bild zum ersten Mal gesehen hat, damals, als sie mit Papa und Mama hier war, hatte sie geweint, so leid hatte ihr der Hirsch getan. Es ist so gemein, hatte sie geschluchzt, all die Jäger und Hunde, und der Hirsch ist ganz allein. Die anderen hatten sie ausgelacht, denn schließlich war es nur ein Tier, mehr noch, nur ein Bild von einem Tier. Aber Papa hatte nicht gelacht. Du hast recht, hatte er gesagt, es ist gemein. Ganz furchtbar gemein.

Papa ist jetzt natürlich auch ein Engel im Himmel. Trotzdem schreit sie nach ihm, als sie an dem Bild vorbeiläuft und das Weib dicht hinter ihr ist, so dicht, dass sie ihr schweres Parfüm riechen kann. Agnes, ruft es hinter ihr, und sie dreht sich um. Sie kann die kleinen Pickel um die Nase der Frau sehen und den Schweiß auf ihrem Gesicht, der ihre blonden Locken an der Stirn kleben lässt. Die Frau lacht. Es ist ein böses Lachen.

Und sie stolpert gegen etwas Weiches.

Im ersten Moment hält sie es für ein Spiel. Im ersten Moment denkt sie, Alice hätte sich auf den Boden gelegt, um sie zu erschrecken, so wie sie sich früher manchmal im Schrank versteckt hat, um dann mit einem lauten Schrei hervorzuspringen und zu lachen, wenn sie schrie vor Angst. Im ersten Moment will sie einfach nicht glauben, dass das mit Alice passiert ist. Obwohl sie so anders geworden ist, obwohl ihr Gesicht so dick und dunkel ist und ihre Augen so seltsam an ihr vorbeisehen, als ob sie gar nicht da wäre, oder als ob Alice gar nicht da wäre. Obwohl da all diese seltsamen Punkte in Alices Augen und auf ihren Lidern sind, Punkte wie zarte, kleine Sommersprossen. Erst als sie Alice anstößt und sie immer noch so daliegt und ihre Augen immer noch durch sie hindurchgucken, da begreift sie, dass nun auch Alice in den Himmel gegangen ist. So wie Mama und Papa und Daniel. So wie all die Leute in diesem Dorf. Mama hat sie getröstet wegen der Leute in dem Dorf. Es sind nur ihre Körper, die da liegen, hat sie zu ihr gesagt. Ihre Seelen sind im Himmel, und da ist es wunder-wunderschön.

Agnes, ruft die Kinderfrau, böse ist ihre Stimme, und sie stolpert über Alices Beine hinweg und rennt weiter.

Der Gang geht nach rechts jetzt. Sie weint, während sie ihn hinunterläuft, und das ist schlecht, denn ihre Beine zittern bereits vor Erschöpfung, und jetzt zittern sie auch noch vom Weinen, je mehr sie weint, desto schlimmer zittern sie, und je schlimmer sie zittern, desto mehr weint sie. Mamaaa, schreit sie, Mamaaa, doch Mama kommt nicht, und auch Papa kommt nicht, sie ist allein, und so nah ist jetzt das Kindermädchen, seine Hände greifen nach ihr, Mamaaa, kreischt sie, hilf mir!

Louise!

Die Kinderfrau lacht wieder, als sie sie nach Louise schreien hört, ja, Louise, wo ist sie denn, die kleine Louise, fragt sie lachend, und Agnes weint noch mehr, denn bestimmt ist auch Louise jetzt zu einem Engel geworden, alle sind sie weggegangen und haben sie allein gelassen, und vor ihr kreuzt sich der Gang mit einem zweiten, klettert die Decke in schwindelerregende Höhen, wird zum Gewölbe, wie eine Kirche sieht es aus. Hier gibt es fast ein Echo, sagt Victor, wenn man sich genau in die Mitte stellt und Hea! ruft, dann klingt es Hea-ea-ea. Sie hat oft dort gestanden und Hea gerufen, aber sie hat nie ein -ea-ea gehört. Es war eben nur fast ein Echo.

Unter dem Gewölbe liegt ein Stern. Er ist aus vielen kleinen Steinchen zusammengesetzt, grüne, rote und braune, ein Mosaik nennt man das, sagt Louise. Am Tag glitzert er, wenn das Licht durch die Fenster darauf fällt, doch jetzt fällt nur Dunkelheit durch die Fenster und liegt schwarz über dem Stern. Sie weiß, dass sie nicht mehr weiter laufen kann. Bis zu dem Stern noch, vielleicht. Also gut. Bis zu dem Stern noch, dann wird sie anhalten.

Louise, schnieft sie noch einmal.

Und Louise kommt. Tritt plötzlich heraus, aus der Schwärze, die den Stern umgibt, und jetzt steht sie in seinem Zentrum. Ganz ruhig steht sie da. Sie läuft nicht auf Agnes zu, sie streckt ihr nicht die Arme entgegen, wie sie es sonst macht, wenn sie weint, weil sie hingefallen ist. Sie steht wie die Marmorstatue auf dem Sockel, die Arme gegen die Seiten gepresst. Ihre Augen und ihr Haar haben die Farbe der Dunkelheit, die sie umgibt. Louise, heult Agnes, Louise, und streckt ihr die Ärmchen entgegen, alles ist gut jetzt, Louise ist nicht ohne sie zu den Engeln gegangen, Louise wird sie beschützen. Und Louises Hand greift nach ihr, packt sie am Arm, reißt sie hinter sich, es tut weh, und sie heult auf vor Wut, Louise soll ihr nicht wehtun, sie soll sie trösten, schließlich hat sie so Angst gehabt! Lou-i-se!, beginnt sie zu schimpfen, wie Mama früher mit Louise geschimpft hat. Doch die Silben ersterben auf ihren Lippen. Die Kinderfrau kommt. Sie rennt nicht mehr, langsam schreitet sie auf Louise zu. Da bist du ja, Louise, sagt sie. Wieso lauft ihr denn vor mir weg, ihr bösen, bösen Kinder?

Sie beginnt zu schreien. Louise, komm weg, schreit sie, sie will uns was Böses, sie hat Alice was Böses getan, Louise!

Louise reagiert nicht. Sie läuft nicht weg, sie geht nicht mal einen Schritt rückwärts. Sie steht nur da, reglos, wie die Marmorstatue, und ebenso weiß. Langsam läuft die Kinderfrau weiter. Sie lächelt.

Agnes weint. Sie weint, weil sie begreift, dass Louise nicht auf sie hören wird. Dass Louise sie wieder nur für klein und dumm hält, wie damals bei der Sache mit dem Bild von dem Hirsch. Louise, schluchzt sie, komm weg, Louise, schnell!

Louise rührt sich nicht. Still steht sie da und sieht der Kinderfrau entgegen, die näher kommt, zwei Schritte noch, und sie hat den Stern erreicht.

Louise!, kreischt Agnes.

Sanft schweben die Schritte der Kinderfrau über das Mosaik, bis sie vor Louise steht, so dicht, als ob sie sie in ihre Arme schließen will, wie sie es sonst vor dem Zubettgehen immer getan hat, und Louise steht nur und sieht sie an aus Augen, in denen die Schwärze der Nacht liegt und die Stille des Todes.

Louise, sagt das Kindermädchen tadelnd, legt Louise die Hände um den Hals und drückt zu.

Agnes schreit. Der Schrei hallt zurück aus den Höhen der Gewölbedecke. Fast ein Echo.

Starr steht die Kinderfrau, wie die Leute im Märchen, die ein Zauberer mit einer einzigen Berührung seiner Hand zu Stein ver-

wandelt hat, starr sieht sie Louise an, die Hände immer noch um deren Hals gekrallt, und reglos sieht Louise zurück, ein Blick so ruhig und so leer wie der Blick aus den toten Augen von Alice. Louise wehrt sich nicht gegen die Hände an ihrem Hals. Nur ihren rechten Arm hat sie erhoben. Die Hand liegt an der Brust des Kindermädchens.

Agnes schreit.

Da dringt ein Laut aus dem Mund der Kinderfrau, ein stöhnender, gurgelnder, erstickender Laut. Ihre Hände geben Louises Hals frei, greifen ungelenk in die Luft. Louise zieht ihre Hand zurück, und die Kinderfrau stolpert rückwärts, die Hände jetzt in die Brust gekrallt. Wieder kommt dieser Laut aus ihrem Mund, ein Laut wie das Ächzen des Windes in den Baumkronen, und mit dem Laut schwappt Blut aus ihrem Mund, tropft über ihr weißes Mieder, besprenkelt ihre Schürze, ein Meer von Blut, in dem der Stern ertrinkt, schwarz und glänzend im Licht des fernen Mondes.

Agnes schreit.

Die Kinderfrau stürzt. Sie liegt auf dem Stern, in der Lache aus Blut, die sich um sie herum ausbreitet, der Körper zusammengekrümmt, Arme und Beine zuckend wie bei einem Käfer, den man auf den Rücken gedreht hat. Louise steht neben ihr. Sie hält ein Messer in ihrer rechten Hand. Von der Spitze der Klinge tropft Blut, schwarz wie ihre Augen.

Agnes schreit.

Noch einmal läuft ein Zucken durch den Körper der Frau, und sie liegt still. Sie liegt auch noch still, als Louise sie mit dem Fuß anstößt. Louise starrt sie an, dann starrt sie das Messer an, das sie immer noch in ihrer Hand hält. Dann wischt sie die Klinge an ihrem Nachthemd ab und läuft den Gang hinunter.

Agnes hat die Arme um ihre Schultern geschlungen. Sie wimmert leise.

Sie hat Angst, mit dem Kindermädchen alleine zu bleiben, auch wenn es sich nicht mehr bewegt. Also rennt sie hinter Louise her, die über den Gang läuft und bei Alice stehen bleibt. Sie kniet neben ihr nieder und streichelt ihr die Haare. Sie redet. Ich weiß, wer schuld an all dem ist, sagt sie zu Alice. Er wird dafür bezahlen,

Alice, für das, was er dir getan hat, und Daniel, und Mama und Papa. Ich schwöre es dir, Alice.

Agnes bibbert in der Kälte. Sie weint.

Louise steht auf. Sie ist jetzt noch weißer als die Marmorstatue. Sie ist weißer als alles Weiß, das Agnes in ihrem Leben gesehen hat. Sie streckt Agnes die Hand entgegen, an der schwarzes Blut klebt.

Komm, sagt sie.

«Cristino!»

Jemand hatte sie an den Schultern gepackt und schüttelte sie, dass ihr die Schlafhaube vom Kopf flog. «Cristino, wach auf, wir müssen fort!»

Sie fuhr auf. Sie begriff nichts, weder wo sie war noch wer sie da so unsanft wachrüttelte. Und am allerwenigsten begriff sie, was sie soeben geträumt hatte.

«Cristino, verdammt, hörst du mich? Oh, Cristino, Scheiße, steh auf!»

Sie hob den Kopf, starrte verständnislos in das Gesicht, das sich über sie beugte. Es war noch immer dunkel, so dunkel, dass sie gerade so erkennen konnte, dass jenes Gesicht zu Victor gehörte. «Victor? Was ist denn?»

Sein Blick war gehetzt. «Zieh dich an, schnell. Wir müssen sofort weg hier. Du bist in großer Gefahr!»

Sie stolperte aus dem Bett. Der Wind einer warmen Hochsommernacht strich durchs Fenster. Sie erkannte Loís' Schatten an der Tür. Sie hielt inne vor ihren Kleidern, die säuberlich zusammengelegt auf der Kommode lagen. «Ähm … rufst du mir die Zofe?»

«Scheiße, Cristino, keine Zofe! Zieh dich endlich an!»

Sie sah ihn an, wartete darauf, dass er endlich den Raum verließ, was ja wohl das mindeste war, wenn er ihr schon keine Zofe zum Ankleiden schickte. Er begriff nicht. «Was ist denn jetzt noch?», keuchte er.

«Würdest du vielleicht so lange den Raum verlassen?», fragte sie pikiert.

Er stöhnte auf. «Mach schnell!», flehte er und verschwand zur Tür hinaus, Loís mit sich ziehend. «Loís, schnell, lauf zum Stall und sattle Pferde für uns. Ich komme mit Cristino, sobald sie angezogen ist. Warte auf uns vorne beim Fluss!»

«Was ist denn los?», fragte Loís verständnislos.

«Oh Gott, wir haben keine Zeit für lange Erklärungen! Sie sind da! Ich habe sie gesehen! Wir müssen sofort weg hier, oder Cristino ist tot!»

Loís fragte nicht länger. Er rannte.

Es ist schwer, sich in einem dunklen Haus zu orientieren, das man am Abend vorher zum ersten Mal betreten hat, zumal in einem Haus in der Größe von Santo Anno dis Aupiho. Loís ging zweimal in die Irre und stand plötzlich in einem Gang, der an einer Wand endete, bevor er endlich die Vordertür erreichte. Sie war verriegelt; er schob den Riegel beiseite und stürzte nach draußen. Der Stall lag zur Rechten. Loís huschte über den Hof, schlüpfte durch die Stalltür. Der beruhigende Geruch von Heu, Pferden und Holz. Ohne Mühe fand er den Seitenraum, in dem die Sättel und das Zaumzeug aufbewahrt wurden. Er wählte drei kräftige, gesunde, aber nicht zu wertvolle Pferde aus. Baroun Degrelho würde zwar sicher Verständnis für ihr Handeln haben, wenn er erfuhr, dass Cristinos Verfolger hier aufgetaucht waren, aber dennoch sollten sie vielleicht nicht gerade seine allerbesten Pferde entführen. Seine Hände zitterten, als er in Windeseile die Pferde sattelte und aufzäumte. Er hatte das Gefühl, dass die Mörder bereits hinter ihm in der Dunkelheit standen, hinter der Futterkrippe vielleicht, oder hinter jener Trennwand zum Heuschober. Er sah alle paar Sekunden über seine Schulter. Die Nacht bestand nur noch aus bedrohlichen Schatten.

Alle drei Pferde am Zügel führend rannte er dann auf den Hof hinaus. Sie folgten anstandslos. Er konnte hervorragend mit Pferden umgehen. Er führte sie die Straße hinunter. Niemand, der ihm folgte, kein Schatten, der sich aus den anderen löste und sich auf ihn stürzte. Von links zog der kleine Fluss heran, dessen Namen er nicht kannte, floss auf die Straße zu, strömte unter der kleinen Brücke hindurch, hier war der Treffpunkt.

Loís stand an der Böschung, die Pferde mit der rechten Hand haltend, mit der linken sein Bündel an sich gepresst, das längliche Bündel, das er aus Ais mitgenommen hatte, und starrte hinunter in das schwarze, munter gurgelnde Wasser. Komm, Cristino, komm, betete er zu allem Göttlichen, was er je gekannt hatte.

Seine Hände öffneten sich, als er den Schlag auf den Kopf erhielt, und die Pferde, erschreckt von dem plötzlichen Geschehen, wichen zurück und zogen ihm die Zügel aus den Händen. Es kam ihm so vor, dass er eine ganze Weile lang dastand und zusah, wie das Bündel seiner anderen Hand entglitt und die Böschung hinunterrollte, wo es an einem niedrigen Strauch dicht über der Wasserlinie hängen blieb. Das Letzte, was er sah, war die gekräuselte Oberfläche des Wasserlaufs, die ganz langsam auf ihn zukippte. Er spürte bereits nicht mehr, wie das Wasser über ihm zusammenschlug.

***

Wenn Cristou de Bèufort sich mit ähnlichem Elan für seine Mandanten eingesetzt hatte wie Catarino jetzt für Hannes, nun, dann konnte man verstehen, dass das Parlament alles andere als gut auf ihn zu sprechen war, dachte Bruder Antonius. Er stand vor der Tür, die die *Conciergerie,* das Gefängnis von Ais, vom Rest der Welt trennte, und vor ihm wiederum stand Catarino und hieb mit beiden Fäusten auf eben diese Tür ein. Und das tat sie mitnichten schweigend. Ihr Gebrüll war zweifelsohne bis Seloun zu hören, und was die Ausdrücke betraf, mit denen sie die Gefängniswärter betitelte – von «Drecksäcke» über «Hurenböcke» bis «Schweineficker» war so gut wie alles vertreten –, musste sich Bruder Antonius über den Wortschatz der jungen Edeldamen des Luberoun doch ziemlich wundern.

Allein der Erfolg ließ auf sich warten. Was vermutlich daran lag, dass die Gefängniswärter von Ais den Umgang mit tobenden Angehörigen ihrer Gefangenen durchaus gewohnt waren, und wer sich mit fluchenden Huren und Marktweibern herumgeschlagen hat, lässt sich auch von einer Catarino de Bèufort nicht unbedingt zu Tode erschrecken. Die Tür blieb zu, hinter der Hannes verschwunden war, so sehr Catarino auch schrie und tobte. Schließlich siegte die Erschöpfung und sie sank keuchend und nach Luft japsend gegen die Eisenbeschläge des Gefängnistores.

«Wir kommen da nicht rein», stellte Bruder Antonius resigniert fest.

Sie fluchte. Unglaublich, was dieses Kind fluchen konnte. «Ich werde nicht zulassen, dass sie Hannes umbringen!», schrie sie.

Er biss sich auf die Lippe, bis der Schmerz ihm die Tränen in die Augen trieb. Vor seinen Augen gleißte das Schafott von Ate im Sonnenlicht.

Jemand kam über die Plaço dou Prechadou auf sie zugelaufen, zwei einsame Wanderer im Mondlicht. Catarino richtete sich auf, die Hände zu Fäusten geballt. «Ihr!», heulte sie dem Vorderen entgegen. «Ihr Mistkerl! Ihr feiger Schlappschwanz! Wenn ich ein Mann wäre, ich würde Euch hier und jetzt zum Duell fordern und Euch in die Hölle schicken, Ihr Sauhund!»

Crestin betrachtete sie müde. «Ihr liebt ihn, nicht wahr?», stellte er fest. Hinter ihm trat Laballefraou verlegen von einem Fuß auf den anderen.

«Das geht Euch einen Dreck an! Ob ich ihn liebe oder nicht, er ist unschuldig, und wenn er hingerichtet wird, dann ist das ein feiger, gemeiner Mord! Es fragt ja überhaupt keiner, ob er die Morde überhaupt hätte begehen können! Oder ob es irgendwelche Beweise für seine Schuld gibt! Das ist euch allen ja völlig egal! Ihr wollt nur ein Bauernopfer, das ihr an den Galgen bringen könnt, und wer wäre da besser geeignet als der Sohn von Enri Nicoulau und der Neffe von Joan lou Pastre!»

Crestins erschöpfter Blick ging von ihr zu Bruder Antonius. «Und Ihr, frommer Bruder? Seid Ihr auch so vehement von seiner Unschuld überzeugt?»

«Kein Mensch ist unschuldig», sagte Antonius in einem Anflug von Theologisiererei. «Aber die Morde hat Hannes nicht begangen.»

Crestin nickte langsam. «Dieser Hannes ist glücklich zu schätzen», sagte er. «Wenige Menschen haben Freunde, die sich so rückhaltlos für sie einsetzen.» Er starrte in die Dunkelheit. «Wie viel seid ihr bereit, für ihn zu riskieren?»

Die beiden starrten ihn an. «Alles», sagte Catarino. Bruder Antonius nickte.

Crestin schloss die Augen und öffnete sie wieder. Er sah krank aus. «Könnt Ihr ein Pferd organisieren, Barouneto?»

«Natürlich.»

«Dann tut das und wartet vor der Stadt an der Porto Bello-Gardo. Und bringt etwas Proviant und Wasser mit. Sie werden ihn jagen. Er wird nirgends anhalten können, um um Hilfe zu bitten. Geht jetzt.»

Bruder Antonius starrte ihn sprachlos an. Er hätte wahrscheinlich noch zehn Minuten später so dagestanden, wenn Catarino ihn nicht am Arm gepackt und in die nächstbeste Seitenstraße geschleift hätte.

Sie rannten in den Hof der Aubans. Die Familie war verschwunden, dunkel lagen Hof und Haus. Sie flitzten in den Stall hinüber. «Das und das», sagte Catarino, auf zwei Pferde zeigend.

«Er hat ‹ein Pferd› gesagt», erinnerte Bruder Antonius.

«Glaubst du, ich lasse ihn allein?»

Antonius presste die Lippen zusammen. «Kommt noch ein drittes Pferd in Frage?»

«Sie kommen alle in Frage. Sie gehören sowieso alle meinem Onkel.»

«Deinem Onkel? Ich dachte … Catarino, das ist Diebstahl!»

«Besser einen Diebstahl begehen als einen Mord geschehen lassen, oder?»

Er seufzte. «Also gut. Könnte ich mir dann ein Pferd leihen? Ich bringe es zurück», erklärte er. «Ich will nur ein Stück mitkommen. Um sicher zu sein, dass er es wirklich geschafft hat.»

«Kein Problem.»

Bruder Antonius war es, der die Pferde sattelte, da Catarino nicht die geringste Ahnung hatte, wie so etwas ging. Um so gewandter schwang sie sich danach in den Sattel. «Ein Hoch auf Arnac de Couvencour, der mir geraten hat, den Herrensitz zu üben», rief sie lachend aus. «Los, Antonius!» Im gestreckten Galopp preschte sie auf die Straße hinaus.

***

Keiner sprach ein Wort auf dem Weg nach Santo Anno dis Aupiho. Das lag größtenteils am Tempo. Frederi trieb sein Pferd an, als ob er heute Nacht noch bis nach Bordeaux wollte, und Fabiou begann sich allmählich zu fragen, wie lange die Pferde diese mörderische Geschwindigkeit noch durchhalten würden. Er wunderte sich, dass sie Arnac nicht längst eingeholt hatten, denn dessen Pferd hatte ja bereits den Ritt von Mergoult nach Ais hinter sich bringen müssen. Und dennoch war weder von Arnac noch von besagtem Tier das Geringste zu sehen.

Santo Anno dis Aupiho rückte näher. Er wollte lieber nicht daran denken, was sie dort erwartete.

***

Crestin beschloss, Gott ein Loblied für die Bequemlichkeit zu singen, mit der er den Kerkermeister der *Conciergerie* gesegnet hatte, denn allein der war es zu verdanken, dass Hannes sich in einer der winzigen, nachtschwarzen Zellen befand und nicht schon drei Türen weiter in der Folterkammer. Als er die Tür öffnen ließ, von einem mürrischen Wachtposten, den er mitten aus süßen, weinseligen Träumen gerissen hatte, kauerte Hannes an der gegenüberliegenden Wand auf dem glitschigen Fußboden, den Kopf gegen die feuchten Steine gelehnt. Er war mittlerweile an Händen und Füßen gefesselt.

«Mach ihm die Füße los», befahl Crestin dem lustlosen Wärter. «Er soll ins Amt gebracht werden, zum Verhör.»

Der Wärter bedachte Crestin und Laballefraou mit einem fassungslosen Blick. Offenbar schien er der Meinung zu sein, dass nur ein komplett Geisteskranker so arbeitswütig sein konnte, mitten in der Nacht einen Gefangenen zu verhören. Dann zuckte er mit den Achseln und löste die Fußfesseln, die Hannes' Gelenke umschlossen. Laballefraou zog Hannes auf die Füße. Der Junge war schweißnass vor Angst. Crestin wusste, dass Hannes in dieser Situation nur mit dem Allerschlimmsten rechnen konnte, und wünschte sich inständig, irgendetwas tun oder sagen zu können, um ihm zu zeigen, dass er nichts von den furchtbaren Dingen vorhatte, die der Junge sich ausmalte. Stattdessen sagte er nur: «Gut. Gehen wir.»

Laballefraou schob Hannes auf den Gang hinaus. Die Beine des Jungen knickten ein vor Angst, als sie den Gang hinunterliefen, und Laballefraou musste ihn unterhaken. «Mann, reiß dich zusammen, Kleiner», knurrte er. Hannes antwortete nicht. Er kämpfte gegen einen heftigen Würgereiz.

Sie traten in die Nacht hinaus, und die Tür der *Conciergerie* fiel hinter ihnen ins Schloss. «Ganz normal weiterlaufen, Junge», flüsterte Laballefraou dem zitternden Hannes zu. «Wir tun dir nichts, versprochen.»

Hannes starrte ihn aus großen Augen an. Ansonsten tat er, was Laballefraou ihm befohlen hatte. Er lief weiter.

In der Carriero Ponto Novo drückten sie sich in eine Seitengasse. Crestin griff nach Hannes' Händen und zerschnitt hastig seine Fesseln. «Geh in aller Ruhe zum Nachttor und verlass die Stadt, als seiest du ein Bauer, der sich nach dem Markt noch in den Badestuben vergnügt hat. Wenn einer fragt, sagst du genau das», sagte er. «Das Mädchen wartet auf dich vor der Stadt an der Porto Bello-Gardo mit einem Pferd. Wir werden in einer Stunde Alarm schlagen. Wir werden behaupten, deine Komplizen hätten uns überfallen, dich befreit und uns in einen Schuppen eingeschlossen, aus dem wir uns erst nach so langer Zeit befreien konnten, du hast also einen Vorsprung. Reite nach Osten, in Richtung Italien. Du bist erst sicher, wenn du über der Grenze bist, vergiss das nicht. Wenn du irgendetwas brauchst, was dir Flügel verleiht, dann denk daran, wie dein Vater und dein Onkel gestorben sind.»

Hannes kämpfte darum, seinen Mageninhalt an Ort und Stelle zu halten. «Ich denke die ganze Zeit an nichts anderes, das könnt Ihr mir glauben», krächzte er.

«Also. Dann mach, dass du weg kommst.»

«Warum tut Ihr das?»

Crestin atmete schwer. «Weil ich glaube, dass du unschuldig bist, und weil die niemals diese Möglichkeit auch nur in Betracht ziehen werden. Weil ich zugesehen habe, wie dein Vater und dein Onkel unschuldig gestorben sind, und ich diese Erfahrung ungern wiederholen möchte. Und weil man, wenn man einmal Verantwortung für ein Leben übernommen hat, diese nicht so einfach ablegen kann.»

«Wie … meint Ihr das?»

«Ach, vergiss es! Hau ab, Kleiner! Allzu viel Zeit hast du nicht!»

Hannes sah ihn einen Moment lang unschlüssig an. Dann flüsterte er: «Danke», und rannte in die Nacht.

Er durchquerte das Nachttor ohne jedes Problem. Der Wachposten machte eine anzügliche Bemerkung, hat's Spaß gemacht, hä?, und als Hannes sagte, war wie Weihnachten und Ostern an einem Tag, lachte er wiehernd und ließ ihn passieren. Erst als Hannes draußen an der Stadtmauer entlang in Richtung Porto Bello-Gardo rannte, merkte er, wie seine Beine zitterten.

Catarino und Antonius erwarteten ihn wie angekündigt am Tor und fielen ihm beide gleichzeitig um den Hals, als er sie erreichte. «Du hast es geschafft!», jauchzte Catarino, und: «Gott, Janot, ich habe solche Angst um dich gehabt!», jammerte Antonius.

Hannes befreite sich aus der Umarmung. «Wir müssen los», sagte er.

Sie kletterten auf die Pferde, und Catarino lenkte ihr Tier auf die Straße nach Osten, in Richtung Niço und Italien.

«Nein», sagte Hannes.

Erstaunt blickte sie ihn an.

«Es ist noch nicht vorbei», meinte Hannes. «Wir müssen nach Santo Anno dis Aupiho.» Und er wendete sein Pferd.

***

Vor dem eisenbeschlagenen Tor einer wehrhaft anmutenden Burganlage zügelte Bardou die Pferde

«Was ist das hier?», fragte Madaleno, die sich ans Fenster gedrückt hatte und ängstlich auf die bedrohlichen schwarzen Mauern starrte, die über ihnen aufragten.

«Couvencour», sagte Beatrix und sprang ohne ein weiteres Wort aus der Kutsche. «Aufmachen!», schrie sie. «Macht das Tor auf, bitte!»

Der Schatten eines Mannes erschien oben zwischen den Zinnen der Mauer. «Wer da?», fragte er misstrauisch.

«Ich bin's, Jan. Beatrix Avingou.»

Einen Moment herrschte Stille auf der Mauer. Dann sagte der Mann: «Ich komme.»

Wenige Sekunden später quietschten die Riegel des Burgtores, und die großen Torflügel schwangen auf. Zwei Waffenknechte standen in der Einfahrt und sahen ihnen entgegen. Beatrix lief auf sie zu. «Jan, gut dich zu sehen ... die Leute in der Kutsche sind Familienangehörige und Dienstboten von Frederi de Castelblanc. Ihr müsst sie verstecken, sie sind in großer Gefahr!»

Der Waffenknecht schien von ihrem Ansinnen nicht sonderlich überrascht zu sein. «In Ordnung», sagte er und winkte Bardou zu, die Kutsche in den Hof zu lenken.

«Noch etwas, Jan», sagte Beatrix. «Ich brauche ein Pferd. Jetzt gleich.»

Jan nickte und machte dem anderen Waffenknecht ein Zeichen, worauf dieser sofort den Ställen zueilte.

«Was habt Ihr vor?», fragte Bardou alarmiert.

«Ich muss zu ihnen», sagte Beatrix.

«Aber ... Mutter Oberin, Ihr werdet dort nicht viel ausrichten können», wandte Bardou ein.

Sie sah ihn an. «Kümmere dich um deine Herrin und die Kinder», sagte sie. «Ich kann dir nicht versprechen, dass einer von uns wiederkehren wird.»

Der Waffenknecht kam mit einem gesattelten Pferd zurück. Er warf Beatrix einen skeptischen Blick zu. «Könnt Ihr so überhaupt reiten, Schwester, mit diesem ... diesem ...»

«So etwas nennt man Habit», sagte Beatrix, «und, ja, ich kann damit reiten.» Und mit erstaunlicher Gewandtheit schwang sie sich in den Sattel und galoppierte zum Tor hinaus.

***

Cristino stolperte in ihren schmalen Schühchen hinter Victor her, der sie mit eisernem Griff vorwärts zog, wobei er fortwährend: «Schnell, schnell, schneller» vor sich hin murmelte. «Was ist denn eigentlich los?», keuchte sie verständnislos. «Wo ist dein Vater? Kommt er denn nicht mit?»

«Mein Gott, red nicht, lauf!», stöhnte Victor.

«Nein!» Cristino blieb stehen, ungeachtet Victors Versuchen, sie weiterzuzerren. «Erst will ich wissen, was hier los ist!»

«Fang jetzt nicht an zu spinnen!», flüsterte Victor verzweifelt. «Verflucht, Cristino, sie sind hier!»

«Wer? Wer ist hier?»

«Der Genevois und seine Bande, verdammt noch mal!»

Sie schluckte. «Aber wie… wie haben die mich gefunden? Uns ist doch keiner gefolgt. Dein Vater hat aufgepasst, dass uns keiner gefolgt ist!», meinte sie trotzig.

«Egal wie, aber sie sind hier! Ich habe sie gesehen, Cristino!»

«Aber, aber…» Wirr fuhr sie sich mit der Hand durch die Haare.

«Komm jetzt, schnell! Wir müssen hier 'raus! Wenn wir es schaffen, dieses Haus lebend zu verlassen, dann haben wir vielleicht eine Chance!» Er zog sie weiter. Cristino stolperte hinter ihm her. Ihr Herz raste bis zum Hals. Was geschah hier, oh Gott, was hatte das alles zu bedeuten?

«Still!» Victor war stehen geblieben, lauschte mit geweiteten Augen in die Dunkelheit.

«Was ist?»

Seine Lippen zitterten. «B-bleib hier, Cristino, rühr dich nicht von der Stelle. Ich schaue nach.» Er ließ ihre Hand los. «Victor! Nein! Lass mich nicht allein!», wimmerte sie, doch er huschte bereits den Gang hinunter.

Sie war allein. Der Herzschlag pochte schmerzhaft gegen ihren Brustkorb. Eine Faust umklammerte ihre Luftröhre, drückte sie langsam, gnadenlos zusammen, bis ihr Atem zu einem hohlen Pfeifen schrumpfte. Ihre Hände waren schweißnass.

Sie drehte sich um. Dunkel verschwand der Gang hinter ihr in der Ferne, ein riesiges Haus war das, riesig, dunkel und fremd. Zur Rechten hing ein Spiegel an der Wand, einer jener goldgefassten Schmuckstücke, die die Hôtels der Begüterten zierten. Ein gutes, fein gearbeitetes Stück, er verzerrte das Spiegelbild kaum. Sie trat näher, starrte hinein, hauptsächlich um sich von der Tatsache abzulenken, dass sie mutterseelenallein auf einem dunklen Gang in einem fremden Haus stand, in dem womöglich eine Bande von Mördern herumgeisterte, die es auf ihr Leben abgesehen hatten.

Sie schnitt eine Grimasse, als sie ihr Spiegelbild erblickte. Victor hatte ihr weder genehmigt, ihre Haare zu frisieren noch Puder aufzulegen. Auf ihrer Backe prangte ein hässlicher roter Pickel, und ihre Frisur war das pure Grauen. Sie sah einfach entsetzlich aus.

Und dann hörte sie das Geräusch.

Das Geräusch von Wasser, das in ein Becken plätscherte. Das Geräusch eines Springbrunnens, hallend durch einen Innenhof.

Cristino starrte in den Spiegel, starrte in ihr eigenes, bleiches Gesicht, aus dem weit und panisch ihre Augen zurückblickten, und darunter das Medaillon um ihren Hals, das Medaillon mit der zarten Maria und dem hübschen Jesuskind, auf dessen Rückseite eingraviert war, sie beschütze dich, Agnes, Sonne unseres Lebens. Ganz langsam ließ sie sich in die Knie sinken und starrte auf die untere Leiste des Spiegelrahmens, auf der in Augenhöhe eines vierjährigen Kindes zwei liegende goldene Löwen einander anblickten, die Mäuler aufgerissen, die langen Reißzähne drohend entblößt. Und ihr Blick ging nach links, und ein unartikuliertes Stöhnen drang aus ihrem Mund, denn dort im Spiegel neigte sich eine Nymphe aus weißem Marmor zu ihr nieder, reckte anmutig ihre Hand in den Glanz des abnehmenden Mondes, der die meanderförmige Zierleiste an der Decke versilberte.

Nein, dachte Cristino. Oh mein Gott, nein!

Guten Abend, Agnes, lächelte die steinerne Nymphe. Willkommen daheim!

Sie stolperte rückwärts. In ihren Ohren rauschte das Blut lauter als die Aigo Bruno in der Coumbo.

Neiiiin! Es ist ein Traum! Es muss ein Traum sein! Es kann nicht sein, dass das wirklich ist! Es kann nicht sein, dass ich wirklich dort bin! Es gibt keine Geister! Es kann nicht sein! Es gibt keine Geister!

Schritte auf dem Gang, Victor, über Marmorplatten kam er auf sie zugerannt, «Cristino, schnell!», keuchte er. Sie stand wie erstarrt. «Victor», wimmerte sie, «oh Gott, Victor, das ist der Gang, der Gang aus meinem Traum, oh Gott, Victor!»

Und hinter ihnen flog die Tür auf.

Vier Männer. Ganz vorne der Kahle, den blanken Degen in der Hand, dahinter drei Landsknechte mit gezogenen Schwertern.

Cristino klammerte sich kreischend an Victors Arm fest. Er stand da wie gelähmt, das Gesicht gefroren zu einer Maske der Panik, und da löste sich der Genevois aus der Gruppe und schritt langsam über den Gang auf sie zu, die Klinge glänzend im Mondlicht, und die Landsknechte folgten. Victor löste Cristinos Hand von seinem Arm. Er zog seinen Degen aus der Scheide, ein gleitendes, schabendes Geräusch. «Lauf, Cristino!», rief er.

Und Cristino lief. Wirbelte um ihre Achse, stürzte den Gang hinunter, den Gang mit den Marmorplatten, und die marmorne Nymphe winkte ihr zu, wie die Königin bei einem Turnier dem Ritter ihrer Gunst zuwinken mag, ebenso hoheitsvoll wie gleichgültig.

Der Genevois machte zwei große Schritte und war bei Victor.

Victor parierte genau zwei Degenhiebe, bis die Waffe wie von Geisterhand aus seinen Fingern gerissen wurde und gegen die gegenüberliegende Wand prallte, bevor sie mit einem fürchterlichen Klirren auf den Boden schepperte. Dann stand er da, sah mit aufeinandergepressten Zähnen in das Gesicht des Genevois, der mit einem leichten, unbeschwerten Lächeln seinen Degen durch die Luft schweben ließ, und wartete auf den Todesstoß.

«Halt», sagte eine Stimme von hinten. «Er nicht. Ihm darf nichts geschehen.»

«Wie Ihr wünscht», sagte der Genevois, und der Knauf seines Degens krachte auf Victors Stirn, und der Junge sackte wie vom Blitz getroffen zu Boden.

«Das Mädchen», sagte die Stimme. «Holt sie. Sie darf nicht entkommen.»

Weit dehnte sich der Gang in die Dunkelheit. Da war der Innenhof, einen Moment lang sah sie den Brunnen mit den drei Schalen, übereinandergetürmt wie die Schichten einer Torte, Wasser statt Zuckerguss quoll über die Ränder. Sie stolperte, mit einem hässlichen Geräusch riss der Absatz von ihrem linken Schuh ab, sie versuchte weiterzulaufen, knickte aber augenblicklich um. Drei Schritte weit humpelte sie so, bevor sie begriff, dass es aussichtslos war, sie schlüpfte aus dem Schuh, schleuderte ihn von sich, dann den zweiten, und sie rannte wieder, kalter Marmor unter ihren bloßen Füßen, bekannt, dieses Gefühl, bekannt aus einem Traum, in dem sie eine andere war, ein kleines Mädchen namens Agnes

Degrelho. Hinter sich hörte sie die Schritte ihrer Verfolger. «Da ist sie!», brüllte einer von ihnen, eine raue, tiefe Männerstimme.

«Loís!», kreischte sie. «Loís, hilf mir! Hiiiilf miiiir!»

So viele gegen einen. Der Hirsch auf dem Fresko, das sich zu ihrer Linken an der Wand entfaltete, die drei Hunde, die nach seinem Hals schnappten, das Blut auf seinem Fell, die Jäger mit der Armbrust und den Speeren. So ist es im Leben, sagte der traurige Blick des Hirsches, als sie an ihm vorbeirannte, ihr Herz rasend bis zum Hals, ihre Lungen schreiend nach Luft, immer ist es so, sie sind so viele, und du bist allein. So gemein. So unendlich gemein.

Wieder stolperte sie. Diesmal war das Kleid schuld, in dessen Saum sie sich verfangen hatte, sie schlug der Länge nach auf den Boden, ihre Ellenbogen heulten auf, als sie über den Marmor schleiften, ihre Knie schrien um Gnade, schluchzend rappelte sie sich wieder auf, ein stechender Schmerz in ihrem rechten Fußgelenk, oh Gott, Gott, hilf mir doch, ich will nicht sterben, ich will nicht, ich bin doch erst sechzehn, das ist zu jung zum Sterben, hilf mir doch, bitte!

«Loís! Baroun Degrelho! Hilfeee!»

Ihre Kräfte ließen nach. Wimmernd und schweißüberströmt humpelte sie über den Gang, jeder Schritt mit ihrem rechten Fuß jagte höllische Schmerzen durch ihren Knöchel, und so nah waren die Schritte und die Rufe der Männer nun, vier Männer gegen ein Mädchen, vier Männer mit Schwertern und Messern und Säbeln. Ihre Muskeln protestierten schmerzend, ihr Atem war ein gequältes Fiepen wie von einer verendenden Maus, hier war es, hier hatte im Traum das tote Mädchen gelegen, ausgestreckt auf dem Fußboden, aufgequollen das kleine Gesicht.

«Mamaaa!», schrie sie heulend. «Oh nein, bitte, nein! Mamaaaa!»

Und da war die Biegung, die der Gang nach rechts macht, und sie folgte ihr, wie Agnes ihr einst gefolgt war, denn einen anderen Weg gab es nicht, und hinter ihr gellten die Schreie der Jäger über den Gang, und keuchend humpelte sie vorwärts, und da war die Stelle, an der die Gänge sich kreuzten, der Stern aus blauen und olivgrünen Steinen auf rotem Grund, schwarz glänzend im Mondlicht, und darüber das Gewölbe, das so hoch und weit war wie eine Kirche. «Loís!», kreischte sie, «Loís, bitte, Loís!», und dann war der Moment erreicht, an dem die Erschöpfung ihre Gedanken verwirrte, und mit schriller, überschnappender Stimme schrie sie: «Louise!»

Jemand kam, trat heraus aus den Schatten, hinein in das Licht, das der schwindende Mond auf den Stern fallen ließ, und dort stand er, reglos, irreell, eine blutrote Spur wie ein Kainszeichen auf seiner Stirn. Es war nicht Louise.

Es war Arnac de Couvencour.

Sie begann zu lachen, schrill, überdreht, während Tränen über ihr Gesicht strömten, sich vermischten mit dem Schweiß, der von ihrer Stirn tropfte. «Arnac!», japste sie, «Arnac, oh, ein Glück, Arnac!», während sie auf ihn zutaumelte, ihre nackten Füße schlitternd auf dem glatten Boden. «Arnac!»

Eine blitzschnelle Bewegung, und seine Hand hatte ihren Arm gepackt und riss sie hinter sich, während im gleichen Moment der Degen aus seiner Scheide flog, und im nächsten Moment kamen die vier Männer um die Biegung gestürzt, allen voran der Kahle.

Sie hielten inne, als sie Arnac bemerkten, und sahen den Genevois an, der die Stirn runzelte und stehen blieb. Hinter ihnen trat ein weiterer Mann um die Biegung. «Was ist?», fragte er.

Cristino schrie auf. «Baroun Degrelho!», kreischte sie. «Flieht! Es sind Mörder! Sie wollen uns alle umbringen!»

Der Baroun floh nicht. Ruhig stand Archimède Degrelho an der Ecke und blickte auf die vier Mordgesellen, auf Arnac de Couvencour und auf Cristino. «Na, so etwas», sagte er. «Senher Couvencour. Der Ketzer gibt sich die Ehre.»

Arnac sagte nichts. Cristino sah, wie seine Rechte sich um den Knauf des Degens krampfte, als ob sie ihn zerquetschen wollte.

«Ihr helft mir aus einer großen Verlegenheit, Senher Couvencour», meinte Archimède Degrelho. «Ich hatte lange darüber nachgegrübelt, wie ich plausibel machen sollte, unter welchen Umständen die Barouneto in meinem Haus den Tod gefunden hat. Aber jetzt ist dieses Problem gelöst. Man wird Cristinos Leiche neben der Euren finden. Tragisch, nicht wahr? Das arme kleine Mädchen, ermordet von einem bösartigen Ketzer, kaum dass dieser aus dem Gewahrsam der Inquisition geflohen ist. Kein Wunder, dass ich nicht an mich halten konnte und ihn im gerechten Zorn erschlug, nicht wahr? – Nur schade, dass wir diesen Bengel, Fabiou, nicht hierher schaffen konnten. Wir werden uns seiner später annehmen müssen.»

Cristino schüttelte den Kopf. «Nein», flüsterte sie. «Oh nein.»

Und Arnac de Couvencour tat etwas Seltsames. Er lachte. Laut und schallend hallte sein Lachen in das Gewölbe hinauf. Fast ein Echo. «Ja, darin seid Ihr groß, Baroun, im Erfinden eindrucksvoller Szenarien. So wie damals bei den Antonius-Jüngern – ein Riesenaufgebot von Edelleuten, Soldaten und Geld, eine ganze Räuberbande, die aufs Schafott geschleift wird, und alles nur, um davon abzulenken, wer Hector Degrelho wirklich ermordet hat, nicht wahr? So wie damals, als Eure Nichten starben. Wie geschickt, dass das Kindermädchen sich nach vollbrachter Arbeit den Dolch in die Brust stieß! Ein Zeuge weniger, und ein Mörder, den man direkt der Gerichtsbarkeit präsentieren konnte. Keine dummen Fragen, nur bedauernde Blicke der mitfühlenden Gesellschaft! Sagt, sind Euch denn nie Zweifel an dieser Version gekommen? Habt Ihr Euch nie gefragt, wie es sein kann, dass eine professionelle Mörderin, die zahllose Menschen auf dem Gewissen hat, plötzlich derart von Reue überkommen wird, dass sie sich das Leben nimmt? Habt Ihr Euch nie überlegt, ob nicht vielleicht etwas ganz anderes in dieser Nacht geschehen ist? Ob das Kindermädchen vielleicht durch eine andere Hand als die eigene gestorben ist? Habt Ihr Euch nie überlegt, ob die Sicherheit, in der Ihr Euch wiegt, vielleicht eine Illusion ist?»

Archimède Degrelho war bei diesen Worten näher gekommen, bis er direkt am Rande des Sterns stand, und der Genevois und seine Männer waren ihm lautlos gefolgt, eine Wand aus Waffen, die den Gang vor Arnac und Cristino versperrten. «Du redest und redest, Couvencour, aber du hast keine Ahnung von all diesen Dingen!», sagte Degrelho verächtlich. «Nicht die geringste Ahnung.»

«Irrtum.» Arnacs aufgeplatzte Lippen verzogen sich zu einem bösen Grinsen. «Ich weiß eine Menge. Ich weiß sogar, wer das Kindermädchen getötet hat.»

Einen kurzen Moment lang schnappte Degrelho nach Luft, dann hatte er seine Fassung wiedergefunden. «Das kannst du nicht wissen!», sagte er wegwerfend.

«Oh doch, *Baroun,* ich weiß es. Wahrscheinlich bin ich sogar der einzige Mensch auf dieser Welt, der es weiß», sagte Arnac unbewegt.

«Ach. Und wie kommt das, Couvencour?» Degrelho lächelte spöttisch. «Hat es dir diese alte Hexe aus den Karten gelesen? Oder fantasierst du das alles einfach zusammen?»

«Oh, nicht doch, *Baroun,* nicht doch, ich fantasiere keineswegs. Ich weiß es. Aus einem ganz einfachen Grund», entgegnete Arnac. «Ich war es. Ich habe sie getötet.»

Degrelhos Mund stand offen. Er blinzelte, als ob er Staub in den Augen habe. Dann lachte er heiser auf. «Du warst es, ja? Ich lach' mich tot! Als diese Dinge passiert sind, hast du noch in die Windeln gemacht, Couvencour!»

Ein angedeutetes Lächeln umspielte Arnacs Mundwinkel. «Ich war alt genug», sagte er. «Alt genug, um zu begreifen, dass du ein falsches Spiel spieltest. Alt genug, um zu wissen, dass Rouland de Couvencour recht hatte, als er dich einen Verräter nannte. Spätestens auf dem Richtplatz von Ate ist mir das klar geworden. Aber Hector Degrelho war viel zu vertrauensselig, Archimède. Lieber steigerte er sich in die Vorstellung hinein, dass Frederi de Castelblanc an allem schuld sei, als sich der Tatsache zu stellen, dass er von seinem eigenen Bruder verraten worden war.»

Degrelhos Lippen bewegten sich, ein stummer Kampf in seinen Zügen. Im Mondlicht wirkte sein Gesicht grau wie sein Haar. «Wer bist du?», flüsterte er.

Das Lächeln wuchs auf Arnacs Lippen. Endlos schwarz schillerten seine Augen. «Ahnst du es denn nicht, Onkel Archimède?», fragte er.

Degrelho schüttelte den Kopf. «Nein», sagte er. Dann lachte er schrill los. «Nein! Du kannst nicht Daniel sein, das ist unmöglich! Daniel ist tot!»

«Oh ja, Daniel ist tot», sagte Arnac sanft. «Wir haben ja schließlich beide gesehen, wie einer deiner Henkersknechte ihm den Schädel gespalten hat. Ein siebenjähriger Junge, Onkel Archimède. Ein wahrhaft furchterregender Gegner für dich.»

«Wer dann?», brüllte Archimède Degrelho. «Wer bist du dann, wenn du nicht Daniel bist? Wer?»

Diese Augen! Sie saugten die Nacht an, bündelten sie zu Strahlen aus Dunkelheit. Das Lächeln vibrierte in ihnen. «Weißt du es wirklich nicht, Onkel Archimède?» Er lachte. Ein leises, trockenes Lachen, das über die hohe Gewölbedecke strich. Und dann sagte er mit einer Stimme, die so klar war und so spröde und so schneidend wie Glas: «Ich bin Louise Penthesilea Degrelho. Deine Nichte, Onkel Archimède.»

Das Echo war verklungen, und Stille war eingekehrt in der Welt. In der Stille stolperte Cristino rückwärts, einen Schritt, einen zweiten. «Ich?», fragte sie ungläubig. «Ich bin Agnes Degrelho?»

Arnac drehte sich um zu ihr, Bedauern in den schwarzen Augen. «Es tut mir leid. Ich weiß, ich hätte es dir sagen sollen.»

Archimède Degrelho rang nach Atem, als wolle er alle Luft dieser Welt in sich aufsaugen. Plötzlich hielt er inne. Einen Moment starrte er mit ausdruckslosem Blick ins Nichts, dann brach er in gellendes Gelächter aus. «Ein Weib?», schrie er. «Der Ketzer ist ein Weib?»

Arnac lächelte noch immer. «Ja, ein Weib. Und dieses Weib hat vor dreizehn Jahren geschworen, dich zu töten», sagte er.

Degrelho schüttelte den Kopf. «Bringt sie um», sagte er zum Genevois. «Beide.»

Der Degen bewegte sich im Mondlicht, ein Wechsel aus blitzendem Silber und stumpfer Nacht, und Arnac sagte mit dieser seltsamen, gläsernen Stimme: «Versucht's doch.»

Der Genevois hob die Hand. Die Landsknechte griffen an.

Cristino begriff, dass die drei Landsknechte bei dem Überfall auf St. Vitori nicht dabei gewesen waren und Arnac somit nicht kannten, denn wie wäre es sonst zu erklären gewesen, dass zwei von ihnen grinsend zusahen, während ein einziger vorstürzte, ein Schwert erhoben wie ein Hackebeil. Bevor er auch nur dazukam, zuzuschlagen, hatte Arnac ihm den Degenarm aufgeschlitzt und ihm den Ellenbogen auf die Nase geknallt, so dass er komplett außer Gefecht gesetzt auf dem Boden landete. Einen Moment standen die anderen beiden da und starrten wie vom Donner gerührt auf ihren ohnmächtigen Kameraden auf dem Marmor. Dann gingen sie mit einem kollektiven Brüllen zum Angriff über.

Mit einer blitzschnellen Bewegung hatte Arnac de Couvencour Cristino hinter sich in eine Nische in der Wand gestoßen. Sie krachte gegen den hohlen Klang einer Tapetentür, als die Waffen das erste Mal ineinanderknirschten.

Unter anderen Umständen wäre es faszinierend gewesen, Arnac zuzusehen. Nicht Arnac, Louise, Louise Penthesilea Degrelho. Er – sie – wirbelte in einer Geschwindigkeit durch die Schatten des Gewölbes, die sich dem menschlichen Auge entzog. Von drei Seiten drangen die Klingen auf ihn ein, doch sie schienen abzuprallen von einer unsichtbaren Rüstung, abgewehrt von einem Degen, der nirgends und überall zugleich war. Einer der Landsknechte heulte auf, taumelte rückwärts, sein Schwert auf dem Marmor zurücklassend, die linke Hand in seinen durchbohrten rechten Unterarm gekrallt, und Arnac war bereits wieder zurückgetänzelt, durchgetaucht unter den zustoßenden Klingen, als wäre er ein Geist, ein substanzloses Wesen, durch das die Schwerthiebe hindurchgingen wie durch einen Nebelstreif.

Cristino rüttelte an der Tapetentür, ihre Fingernägel kratzten über splitterndes Holz auf der Suche nach einer Klinke, einem Riegel. Da war nichts. Die Tür war verschlossen.

Hell kreischten die Waffen, der dritte Landsknecht stolperte zurück, doch da war Blut an der Klinge seines Schwerts, frisches Blut auf Arnacs ramponiertem Wams. Wieder verbissen sich die Klingen ineinander, Funken stoben auf den Stern, Arnac stolperte, stürzte auf die Knie, rollte sich zur Seite ab, das zuschlagende Schwert tauchte ein in das Mosaik, farbige Steinchen, die Archimède Degrelho vor die Füße kullerten. Er hatte jetzt selbst seinen Degen gezogen, und sein Gesicht war unruhig, seine Augen fragend auf den Genevois gerichtet, der ihn anlächelte, keine Sorge, lasst ihnen doch den Spaß, darauf kommt es nicht an. Es kommt nur darauf an, wer den letzten Kampf gewinnt.

Der Degen sauste vor, mit einem erstickten Keuchen taumelte der Landsknecht rückwärts, sein Schwert schepperte auf den Boden, während er die Arme in die Seite krallte und in die Knie sackte.

Cristinos abgebrochene Fingernägel kratzten über die Tapetentür. Sie weinte.

Arnac hatte sich zusammengekrümmt, die linke Hand keuchend gegen seine gebrochenen Rippen gedrückt. Über sein Gesicht tropfte silbriger Schweiß.

Der Genevois stieg über seine drei Getreuen hinweg, einer bewusstlos, einer lamentierend, einer zu schwer verletzt, um zu etwas anderem in der Lage zu sein, als nach Atem zu keuchen. Arnac stolperte rückwärts und riss seinen Degen wieder hoch. Seine Augen waren weit aufgerissen, eine Endlosigkeit von Schwarz.

Der Genevois schüttelte bedauernd den Kopf. «Du siehst nicht besonders gut aus», meinte er. «Schade. Ich hatte mich auf einen gerechten Kampf gefreut. Lange habe ich mich darauf gefreut. Mich mit einem Menschen zu messen, der mir nahezu ebenbürtig ist.»

«Gerechter Kampf, ja. So wie der gegen meinen Vater?», stieß Arnac hervor.

«Louise.» Das Wort klang wie eine Melodie aus dem Mund des Kahlen. «Das ist erstaunlich, wahrhaft. Ich hätte es ahnen müssen. Schon damals, als wir uns auf Sant Vitori begegnet sind. In meinem ganzen Leben hatte ich zuvor nur einen einzigen Menschen so kämpfen sehen, und das war dein Vater. Glaub mir, ich bin ehrlich erfreut, dass wir uns nun endlich wieder begegnen.» Er lächelte.

«Ihr habt meinen Vater nicht besiegt!», rief Arnac – nein, nicht Arnac, Louise, es ist meine Schwester Louise! «Er ist von zwanzig Eurer Kriegsknechte niedergemetzelt worden, anders konntet Ihr ihn nicht besiegen!»

Cristino wimmerte. Ihre Fingernägel bluteten, während sie über das Holz kratzten.

«Immer noch Vaters treue kleine Tochter. Das ist beeindruckend», sagte der Genevois. «Du warst schon damals ein erstaunliches Kind. Wie du auf das Pferd gehechtet bist und durch die Reihen der Landsknechte durchgeprescht ... ich habe immer an deinem Tod gezweifelt, Louise. Ich habe nie glauben können, dass dieses Mädchen, das ich auf der Lichtung gesehen hatte, sich widerstandslos umbringen lassen würde.» Er legte den Kopf schief, lächelte. «Was war es, was du ihm versprochen hattest, Louise? Denk daran, was ich dir gesagt habe, hat er dir zugerufen, als du auf ihn zuranntest, bereit, zu sterben wie all die anderen. Und du hast dich umgewandt und bist geflohen. Was hatte er dir gesagt? Dass du für deine Geschwister verantwortlich bist, wenn ihm etwas zustößt? Dass du sein Erbe bist, der Erbe seiner verrückten Ideen, seines sinnlosen Kampfes? Du und dein Bruder – Hector Degrelhos mutige Kinder, erzogen in seinem Geist, zu seinen Nachfolgern. Wie furchtbar für ihn, Daniel, seinen einzigen Sohn sterben zu sehen. Doch was tat es zur Sache? Er hatte ja noch dich, Louise, ein Mädchen zwar, aber ein ebenso würdiger Erbe wie es jeder Sohn gewesen wäre. Das war sein letztes Wort, weißt du das? Louise, sagte er, als er starb.»

Louise Penthesilea Degrelho stand reglos im Licht des sinkenden Mondes, und hinter ihr rief Archimède Degrelho: «War's das jetzt? Bezahle ich Euch eigentlich fürs Reden, Seigneur Dutrout? Ich verlange, dass Ihr sie erledigt, und zwar heute noch!»

Der Genevois lächelte. «Er hat recht, Louise. Lassen wir das Geschwätz. Kommen wir zur Sache. Machen wir ein Ende mit dir und der kleinen Cristino.»

Der Degen vibrierte in Louises Hand. «Niemand tut Cristino etwas zuleide!», schrie sie und griff an.

Es gab ein Singen wie von einer angeschlagenen Saite, als die Klingen aneinander vorbeiglitten und Louise und der Genevois wie in der seltsamen Version einer Gaillarde am anderen entlang wirbelten. Dann folgte eine Sekunde tödlicher Stille, als sie sich gegenüber standen, Louise Degrelho d'Astain und Maximilien Dutrout, die Klingen im Anschlag, die Augen ineinandergebohrt, zwei Schachspieler, die in Windeseile die nächsten Züge des anderen überschlagen, und Archimède Degrelho umkrampfte seinen Degen, und Cristino schlug schluchzend auf die Tapetentür ein, und der Kampf ging los.

Es war Cristino unmöglich zu erkennen, was eigentlich geschah, welche Klinge es war, die da zustieß, wessen Blut gegen die Wand spritzte, verständnislos starrte sie auf die ineinander verzahnten Gegner wie auf ein einziges, vielarmiges Wesen, das im Zentrum des Sternes rotierte wie ein Kreisel, verständnislos hämmerten ihre Hände auf die dumpf hallende Tapetentür, und Archimède

Degrelhos Gesicht verlor seine Farbe, während er Louise anstarrte, die über den Stern wirbelte wie eine Erscheinung aus seinen schlimmsten Albträumen, Hector Degrelho, auferstanden von den Toten, und fester umklammerte er den Degen, als wäre es ein Halteseil, das ihn davon abhielt zu stürzen.

Cristino sank gegen die Tür und weinte.

Louise. Bitte Louise! Ich will nicht sterben!

Und Archimède Degrelho lief. Er stieg über den ächzenden Landsknecht hinweg, und über seinen bewusstlosen Kumpanen. Er krampfte die Hand um den Degen, schweißnass war der Griff. Dann blieb er stehen, so nah bei den Kämpfern, dass er den Luftzug der Klingen spürte. Und wartete.

Wartete darauf, dass Louises Bewegungen langsamer wurden, ihre Schläge schwächer, der rasende Schmerz in ihren Rippen in ihr Bewusstsein drang. Wartete, bis sich die Klingen der Gegner ineinander verbissen und der Genevois Louise rückwärts schob, wohlwissend, dass sie es zwar an Geschicklichkeit und Schnelligkeit, niemals aber an Körperkraft mit ihm aufnehmen konnte. Wartete, bis Louise gegen die Wand neben der Tapetentür krachte, den Degen gegen die Klinge des Genevois gestemmt, ihr restlicher Körper vollkommen schutzlos.

Dann stieß er zu.

Louise erstarrte in der Bewegung. Der Degen sank nach unten. Der Genevois stieß einen Schrei aus, ein Schrei der Wut und der Enttäuschung über den gestohlenen Triumph. Und Louise stand gegen die Wand gelehnt, und ihr Kopf sackte nach unten, und starr blickten ihre leeren Augen auf die glitzernde Klinge, die ihren Brustkorb durchbohrte und sie gegen die Wand heftete.

Cristinos Hände klopften schwach gegen die Tür. Sie wimmerte leise.

«Warum habt Ihr das getan?», schrie der Genevois. «Habt Ihr wirklich gedacht, ich könnte diesen Kampf verlieren? Gegen ein Mädchen?»

Archimède Degrelho antwortete nicht. Seine Hand lag auf dem Griff der Waffe, mit einem seltsamen, erschöpften Lächeln blickte er auf Louise, die fortfuhr, mit ungläubigen Augen auf die Klinge zu starren, die durch ihren Körper gestoßen war. Dann hob sich

Louises Blick, tastete sich mühsam nach oben, bis er Degrelhos Gesicht erreichte, und ihre Lippen verzerrten sich, eine böse, hasserfüllte Grimasse. Sie lächelte. «Echt Onkel Archimède», sagte sie, wie Sand knirschten die Worte über ihre Lippen. «Ehrlich und ritterlich wie immer.» Und mit einer blitzschnellen Bewegung hatte sie Degrelho den Fuß gegen die Brust getreten.

Archimède Degrelho riss den Degen mit sich zurück, als er rückwärts flog. Louise wirbelte herum, und Cristino schrie, als ein Schwall von Blut auf ihr Kleid klatschte. Und Louises Klinge schoss nach vorne.

Der Genevois kam nicht mehr dazu, den Degen hochzureißen. Starr stand er in der Mitte des Sternes, unter der Gewölbedecke, die so hoch wie eine Kirche war, starr krallte sich seine Hand in seine Brust, während Blut in dicken Tropfen über seine Finger rieselte. Der Degen klirrte auf den Boden, schlitterte über das Mosaik, kam quietschend an der Wand zum Liegen. Dann stürzte er.

Louise war herumgefahren. Der Arm mit dem Degen war ausgestreckt, Blut rieselte wie ein roter Schleier von ihrem Ärmel herab, und die Spitze der Klinge lag an Degrelhos Kehle. «Du hast mich einen Ketzer genannt, Onkel Archimède», keuchte sie. «Als guter Katholik gebe ich dir jetzt noch die Zeit, ein Ave Maria zu beten, bevor ich dich töte.»

Es war ziemlich still jetzt. Der Körper des Genevois zuckte in einem Krampf zusammen, streckte sich dann langsam aus auf dem Mosaik. Cristino schluchzte leise.

Schritte auf dem Gang. Jemand kam um die Ecke gewankt, tappte auf wackelnden Beinen auf sie zu. Es war Victor. Aber er war nicht allein.

***

Erst als sie die ersten Gehöfte von Eigaliero erreichten, begriffen Frederi de Castelblanc und Rouland de Couvencour, dass sie die Abzweigung nach Santo Anno dis Aupiho verpasst hatten. Was zur Folge hatte, dass sie sich erst einmal in die Haare bekamen. «Du hast gesagt, du kennst den Weg», schimpfte Frederi, und Rouland meckerte: «Ich war hier das letzte Mal vor zwanzig Jahren, da gab's all diese Bäume ja noch gar nicht, und wenn da auch kein Schild ist!» «Ach, kein Schild, ja», schrie Frederi, «na toll, wenn wir Archimède erwischen, bevor er Cristino umbringt, werden wir ihn bitten, eins aufzustellen!»

Schließlich räusperte sich Fabiou und fragte, ob diese Brüllerei Cristinos Rettung zuträglich sei, und Frederi und Rouland schenkten sich noch einen letzten bitterbösen Blick und wendeten ihre Pferde.

Sie jagten zurück durch die Nacht. Es war stockdunkel auf der Straße. Fabiou betete seit vier Stunden, dass sein Pferd bessere Augen hatte als er und es vermeiden würde, in ein Schlagloch zu treten und sich und ihm den Hals zu brechen. Sébastien war jenseits derartiger Fragestellungen. Er hing mehr oder minder im Halbschlaf im Sattel. Irgendwann parierte Rouland de Couvencour sein Pferd. «Da, dort ist es!», rief er aufgeregt und wies auf einen Weg, der nach rechts abzweigte.

«Hört Ihr das?» Sébastien schreckte hoch.

Sie lauschten in die Dunkelheit.

«Da kommt jemand», stellte Fabiou scharfsinnigerweise fest.

Rouland de Couvencour riss seinen Degen aus der Scheide. Sébastien folgte benommen seinem Beispiel.

Drei Reiter kamen auf sie zugalloppiert, parierten hastig ihre Pferde, als sie sie erblickten. «Da ist jemand!», schrie eine helle Stimme.

Fabiou stand der Mund offen. «Catarino?»

«Fabiou? Was machst du denn hier?», rief seine Schwester erstaunt.

«Das könnte ich dich fragen!» Frederi klang etwas ärgerlich. «Was in aller Welt treibst du dich hier in der Nacht herum? Und wer sind die anderen?»

«Ich bin's, Cavalié, Bruder Antonius», meldete sich der Mönch. «Und … ähm …»

«Hannes. Der Gaukler», sagte Hannes ruhig.

Der Cavalié grunzte etwas Unverständliches.

«Wir müssen weiter!», drängte Fabiou.

«Bruder Antonius, Ihr bleibt hier mit Catarino», befahl der Cavalié.

«Nein, Vater.» Catarino klang ziemlich entschlossen. «Ich komme mit. Cristino ist in Lebensgefahr. Und ich denke, ich habe ihr gegenüber eine gewisse Verpflichtung, auch wenn sie nicht meine Schwester ist.»

Der Cavalié starrte sie an. Im Dunkeln sah man nur seine Zähne – da sein Mund offen stand – und das Weiß in seinen aufgerissenen Augen. «W-was sagst du da?»

«Es tut mir leid, Cavalié», sagte Hannes. «Ich musste es ihr sagen.»

«Jesus und Maria, wir müssen weiter!», schrie Fabiou und lenkte sein Pferd auf den Weg nach Santo Anno dis Aupiho. Catarino folgte ihm als Erste. Der Cavalié war so perplex, dass er keine weiteren Einwände erhob.

Das Haus tauchte düster und wie unbewohnt aus der Nacht auf. Ebenso schwarz und tot lag zur Linken das Dienstbotengebäude. «Da drin könnte man zehn Leute umbringen, bevor das einer im Dienstbotenhaus hört», murmelte Couvencour.

«Hör auf damit! Ich werde noch wahnsinnig!», stöhnte Frederi.

Sie kletterten von den Pferden, die sie am Scheunentor festmachten. Couvencour zog erneut seinen Degen, ebenso Sébastien und, seufzend, der Cavalié. Auch Fabiou griff nach dem Degen, den er mit leichter Mühe auch aus der Scheide bekam, um dann in ungläubiger Faszination auf die glänzende Klinge zu starrten.

«Also los», Frederi holte tief und schicksalsergeben Luft, «gehen wir 'rein.»

Sie kletterten die Stufen empor. Die Tür war offen; Frederi trat als Erster in den stockdunklen Eingang. Sébastien schüttelte den Kopf, um die Erschöpfung aus seinen Knochen zu verjagen. «Na dann los», sagte er aufmunternd zu sich selbst. «Fabiou, tu mir einen Gefallen und halte diesen Degen nicht wie einen Bratspieß!»

Fabiou empfahl seufzend seine Seele Gott im Himmel und trat ein.

Couvencour hatte sich nach vorne gedrängelt und die Führung übernommen. «Der Wohntrakt ist größtenteils nach hinten heraus gelegen, ich denke, da werden wir Cristino am ehesten finden», flüsterte er.

«Pst!» Frederi war stehengeblieben.

«Was ist?»

«Ich höre etwas. Du nicht?»

«Nein», sagte Couvencour.

«Mann, putz dir die Ohren! Hörst du das denn nicht? Das Klirren?»

«Klirren? Du hörst Gespenster, Frederi.»

«Verflucht, ich hatte schon immer bessere Ohren als du, und ich sage, da klirrt es irgendwo!»

«Also, das Einzige, was ich höre, ist ...»

Frederi erfuhr nie, was Rouland de Couvencour gehört haben mochte, denn in diesem Moment stolperte etwas aus einer Tür zur Linken, prallte gegen Frederi, der einen Entsetzensschrei ausstieß, ansonsten aber mit unfassbarer Geschwindigkeit reagierte, das Wesen gegen die Wand stieß und ihm den Degen an die Kehle setzte. «Keine Bewegung!», keuchte er.

«W...wer seid Ihr, w...was wollt Ihr hier?», stotterte der Überwältigte.

«Victor?», fragte Fabiou erstaunt.

«F... Fabiou, ein Glück!» Victor ließ sich gegen die Wand sinken. «Cristino, wir müssen sofort Cristino helfen, oh Gott ...»

«Wo sind sie?», stieß der Cavalié hervor.

«Ich weiß nicht! Da lang, schätze ich!» Victor befreite sich aus Frederis Umklammerung und taumelte benommen den Gang hinunter.

«Frederi, du hast recht», murmelte Rouland.

«Ach.»

«Da klirrt es wirklich. Himmel, da wird gekämpft!»

Sie liefen. Victor voraus, der vorwärts wankte wie ein Betrunkener, die anderen hintendrein. Der Degengriff war schweißnass in Fabious Händen.

Dann verstummte das Klirren. Eine Stimme, irgendwo aus der Dunkelheit. Jemand schrie. Jemand rief etwas. «Schnell, oh Gott, schnell!», keuchte Victor und stolperte um eine Ecke.

Und dann sahen sie sie. Die Szenerie, die sich ihnen bot, war auf den ersten Blick so abstrus, dass es schon beinahe lachhaft wirkte. Drei Männer am Boden, einer keuchend und stöhnend, zwei absolut regungslos, ein vierter, der gegen die Wand gestützt davonhumpelte, Cristino, die heulend in einer Nische an der Wand lehnte, und inmitten jenes Durcheinanders Archimède Degrelho und Arnac de Couvencour, wobei Letzterer dem zuvor Genannten seinen Degen an die Kehle hielt. Die Reaktionen waren vielfältig. «Gott sei Dank!», schrien Rouland und Frederi wie aus einem Mund, wohl da sie Cristino und Arnac lebend vor sich sahen. «Oh mein Gott!», flüsterte Antonius mit Blick auf die leblosen Gestalten auf dem Boden. «Ich hab's gewusst», erklärte Hannes mit einem selbstzufriedenen Grinsen. Victor stand starr in vorderster Reihe. Er sagte gar nichts.

Sébastien trat vor. Seine Bewegungen waren etwas ungelenk, er kämpfte gegen eine maßlose Erschöpfung an. Langsam trat er auf Arnac zu, dessen Degen über Degrelhos Kehlkopf vibrierte. «Arnac», sagte Sébastien leise. «Hör auf damit. Er ist besiegt.» Man hörte Archimèdes gequältes Keuchen bis hoch in die Wölbungen der Decke.

«Das genügt nicht!», schrie Arnac. «Er ist schuld an allem! Und er wird sterben!»

Noch einen Schritt näherte sich Sébastien. «Arnac, du darfst ihn nicht töten, egal, was er getan hat. Er ist unbewaffnet. Es ist ehrlos, einen unbewaffneten Mann zu töten.»

Ein heiseres Lachen. «Was weiß ein Weib schon von Ehre?», stieß Degrelho hervor. Seine Lippen waren zu einem bösen Grinsen verzogen.

Sébastien war etwas aus dem Konzept gebracht. «Ein Weib? Wovon redet Ihr?», fragte er verständnislos.

«Barouno Louise Degrelho, nehme ich an», sagte Fabiou.

«Barouno! Sie ist keine Barouno!», schrie Degrelho.

«Oh doch, das ist sie», sagte Fabiou ruhig. «Hector Degrelho hat seine Töchter vor seinem Tod testamentarisch zu seinen Erben erklärt, falls sein Sohn sterben würde, ohne einen Erben zu hinterlassen. Und das ist leider Gottes geschehen. Deswegen sollten die Mädchen sterben.»

«Wie bitte?», rief Sébastien fassungslos.

Cristino schluchzte. «Es ist wahr», schniefte sie. «Sie ist Louise, meine Schwester. Ich bin Agnes Degrelho.»

Victor lehnte sich müde gegen die Wand. «Irgendwie habe ich es immer geahnt», sagte er.

Louise Degrelho hustete. «Ich habe immer gehofft, dass du wenigstens einen Grund dafür gehabt hast!», sagte sie. «Dass du Vaters politische oder religiöse Ansichten abgelehnt hast. Dass du deine Verpflichtung gegenüber der Kirche als wichtiger erachtet hast als die gegenüber deinem Bruder! Dass du auf der Seite der Franzosen standest und meinen Vater deshalb verraten hast. Aber so war es nicht! Das Einzige, worum es dir ging, war das Land und der Titel! Dafür mussten meine Eltern und meine Geschwister sterben! Dafür mussten dreitausend Waldenser sterben! Dafür mussten Joan lou Pastre, Enri Nicoulau und die Antonius-Jünger sterben! Dafür musste die Bruderschaft sterben! Lucien Veive. Jacque Bergotz. Mouche Piqueu. Raymoun de Labarre. Antoine Carbrai. Pierre Avingou. Und Cristou de Bèufort.»

«Es stand mir zu, dieses Land und dieser Titel!», schrie Archimède Degrelho. «Ich war der Ältere! Mein Vater hatte kein Recht, alles Hector zuzusprechen! Nach allem, was Hector sich herausgenommen hat! Mein Vater hatte ihn bereits enterbt, aber ein freundliches Wort von seinem Mustersohn Hector, und er machte alles wieder rückgängig und gab Hector mein Land!»

«Es war nicht dein Land!», schrie Louise. «Nach provenzalischem Recht kann ein Vater frei entscheiden, welchem seiner Kinder er seinen Besitz vermacht, unabhängig davon, wer der Ältere ist!»

«Arnac.» Sébastien stand sehr nahe neben ihnen. «Arnac, oder Louise, oder wie immer du heißt, du darfst ihn nicht einfach töten! Nicht einen unbewaffneten Mann!»

«Unbewaffnet!» Louise lachte schrill auf. «War mein Bruder vielleicht bewaffnet, als deine Henkersknechte ihm den Schädel eingeschlagen haben, Onkel Archimède? War meine Schwester bewaffnet, als die Mörderin, die du gedungen hast, sie erwürgte?»

«Arnac, verflucht! Es gibt Gerichte, um einen Mörder zu bestrafen!», erklärte Sébastien.

«Gerichte! Was für Gerichte denn?», zischte Louise. «Das Parlament von Ais vielleicht? Dessen Präsident mit ihm unter einer Decke steckt? Von diesem Gericht droht ihm gewiss keine Gefahr. Und wer sollte überhaupt die Anklage führen? Ich vielleicht? Ich bin ein gesuchter Ketzer, und mein Vater wird es auch bald sein. Cristino? Sébastien, du glaubst doch nicht, dass Maynier einen Prozess zulässt, bei dem zu Tage kommen könnte, dass er mit hinter den Morden an der Bruderschaft steckt! Wer immer es wagt, Archimède Degrelho anzuklagen, wird tot sein, bevor es zur ersten Anhörung kommt! Es gibt nur ein Gericht der Welt, das Archimède Degrelho verurteilen wird, und das sind wir!» Sie sah in die Runde. Sie war weiß wie jene Marmorstatue, die weit hinter ihnen einen Gang mit einem Spiegel zierte. Unter ihren Stiefeln hatte sich eine Blutlache gebildet. «Wir! Rouland de Couvencour, der infolge seines Verrats seine Frau, seinen Sohn und seine besten Freunde verloren hat! Fabiou und Catarino, deren Vater und deren Onkel seinetwegen in den Händen der Inquisition gestorben sind! Frederi de Castelblanc, Cristous engster Freund! Und Hannes Nicoulau, dessen ganze Familie Archimèdes Vernichtungsfeldzug zum Opfer gefallen ist, dessen Vater und Onkel auf grausame Weise ermordet wurden, nur um zu vertuschen, dass Hector Degrelhos Mörder sein eigener Bruder war! Und Cristino! Ihr seid das Gericht, und sonst niemand! Ihr entscheidet, ob er stirbt oder nicht!»

Stumm standen die Genannten und sahen sie an. Sébastien blickte nervös von einem zum anderen. Archimèdes Gesicht hatte sein letztes bisschen Farbe verloren. «Das ... könnt ihr nicht machen!», stammelte er. «Victor! Du kannst das nicht zulassen! Du kannst nicht zulassen, dass sie mich umbringen! Victor!»

Victor blinzelte eine Träne beiseite. «Du hast Onkel Hector getötet! Ich habe ihn geliebt!»

«Victor, du verstehst das nicht!» Archimèdes Stimme überschlug sich vor Hektik. «Ich habe es für dich getan! Für dich und deine Mutter! Ihr solltet es doch gut haben! Victor!»

«Du willst sagen, du hast mir zuliebe Daniel und Alice umbringen lassen? Willst du das sagen, ja?», fragte Victor verbittert.

«Es war doch die einzige Möglichkeit, Victor! Eines Tages wirst du das verstehen! Manchmal muss ein Mann Dinge tun, die schrecklich sind, um sich zu behaupten! Das ist das Gesetz der Natur! Der Starke setzt sich durch, Victor! Es war besser so, besser für uns, besser für das Land! Dein Onkel hat den Pöbel gewähren lassen, er hat sich von den Bauern auf der Nase herumtanzen lassen, statt mit Strenge und Härte über sie zu herrschen! Er hätte das Land zugrunde gerichtet, ins Chaos hätte er es geführt! Es war besser so, Victor, versteh doch!»

Victor antwortete nicht. Es war Hannes, der antwortete, mit einer Stimme, die zitterte vor Hass. «Bring ihn um, Arnac», sagte er kalt.

Sébastiens entgeisterter Blick ging in die Runde, wo Catarino nickte, die Lippen fest zusammengepresst, und Couvencour, die Hand krampfhaft um seinen Degen geklammert. Die anderen blieben reglos. «Victor!», flehte Archimède Degrelho verzweifelt. Victors Gesicht war absolut ausdruckslos.

Louise hustete, ein seltsamer, rauer Husten aus den Tiefen ihrer Lunge. «Fabiou?», krächzte sie.

Fabiou starrte mit traurigen Augen auf Louise und Archimède Degrelho. «Ich weiß nicht», sagte er. «Ich wollte immer nur die Wahrheit herausfinden. Ich wollte nie jemanden umbringen.»

Louises Augen zuckten. Wieder hustete sie. «Cavalié?»

Frederis Gesicht war dem Fußboden zugewandt. Fabiou hatte den Eindruck, dass er weinte. «Die Rache liegt bei Gott», flüsterte er.

Louises Zähne waren in ihre Lippen gegraben. «Cristino?»

Sie schniefte. Sie wischte sich mit dem Ärmel über das verschmierte Gesicht. «Er ist doch unser Onkel!», schluchzte sie. «Wir können doch nicht unseren Onkel umbringen!»

«Also gut!» Louise schnappte nach Luft, was einen weiteren Hustenanfall zur Folge hatte. Blutblasen erschienen an ihren Lippen. «Vier Stimmen dafür, drei dagegen. Damit ist es entschieden.»

«Einen Moment», sagte Bruder Antonius. «Ich werde nicht zulassen, dass Ihr hier einen Menschen tötet, Senher Couvencour, so sehr ich Eure Wut verstehe.»

«Haltet Ihr Euch da raus!», schrie Louise. «Eure Moralpredigten könnt Ihr in der Kirche halten! Ihr habt keine Ahnung, wovon Ihr da redet!»

«Das habe ich sehr wohl», sagte Antonius ruhig. «Ich war ein Antonius-Jünger, Senher Couvencour. Ich habe zweieinhalb Jahre im Kerker von Ate verbracht. Ich habe genauso ein Mitspracherecht wie jeder andere hier. Und ich sage, ich werde nicht zulassen, dass Ihr Baroun Degrelho tötet.»

Cristino schniefte. «Bitte, Arnac, tu es nicht! Er ist doch unser Onkel, Arnac!»

«Verflucht, Jousé, willst du, dass er ungestraft ausgeht, nach allem, was er uns angetan hat?», schrie Hannes.

«Du hast mich mal gefragt, ob ich Ate vergeben könnte», sagte Antonius tonlos. «Wenn das die Bedingung dafür ist, dass ihr Degrelho am Leben lasst, dann sage ich: Ja, ich vergebe. Ich vergebe alles.»

«Bitte!», schluchzte Cristino. «Bitte, Arnac! – Louise!»

Die Klinge in Louises Hand zitterte. Langsam, zögernd ließ sie den Degen sinken. «Also gut!», keuchte sie. «Du hast Glück, Onkel Archimède! Ich könnte nie etwas tun, was ihr wehtut. Wenn sie will, dass du am Leben bleibst, dann bitte.»

Archimède Degrelho stand einen Moment lang wie vom Donner gerührt. Dann drehte er sich um und lief in großen Schritten den Gang hinunter. Niemand hielt ihn auf.

«Mein Gott», stöhnte Sébastien. «Einen Moment lang habe ich wirklich gedacht, du würdest ihn töten, Arnac.» Louise antwortete nicht. Sie stand noch immer am selben Fleck, in der Blutlache, die zu ihren Füßen schillerte, den gesenkten Degen unverändert in der Hand. Ihr Gesicht war absolut leer. Hannes hatte sich zu ihr umgedreht, schüttelte langsam und fassungslos den Kopf. «E…es tut mir leid, Janot», krächzte Louise, «… tut mir leid …»

Bruder Antonius wandte sich ab, beugte sich zu dem Kahlen nieder, schlug ein Kreuz über seinem leblosen Körper. «Ego te absolvo omnia peccata tua», murmelte er. «Möge Gott dir deine Sünden vergeben. Genug waren es vermutlich.» Stumm sahen die anderen zu. Es war, als sei ein Bann über sie geworfen, der sie lähmte. Keiner rührte einen Finger, keiner achtete auch nur im Geringsten auf den Landsknecht, den Louise bewusstlos geschlagen hatte, und der, soeben wieder aus dem Reich der Träume aufgetaucht, seinen verletzten Kumpel vom Boden hochzerrte und ihn den Gang hinunterschleifte.

Antonius richtete sich auf. Seine Augen waren geweitet. «Was ist das?», fragte er.

«Was ist was?», fragte Rouland de Couvencour stirnrunzelnd.

Antonius schluckte. «Pferde», flüsterte er.

Sie lauschten in die Dunkelheit, registrierten alarmiert den Hufschlag und das Wiehern zahlloser Gäule auf dem Hof, das Klirren von Waffen, die aus Scheiden gezogen wurden, und das Klappen der Haustür, und dann die schrille Stimme von Archimède Degrelho, die über dem Lärm brüllte: «Da hinten sind sie, holt sie euch, schnell!»

«Die Landsknechte des Genevois!», krächzte Catarino.

Rouland de Couvencour fuhr zu Victor herum. «Gibt es einen Hinterausgang?», fragte er hektisch. «Ein Fenster, irgendetwas?»

«Die Fenster im Erdgeschoss sind alle vergittert», sagte Victor. «Einen Seiteneingang gibt es. Aber dazu müssen wir durch die Eingangshalle. Wir werden ihnen direkt in die Arme laufen!»

Rouland de Couvencour rang nach Luft. «Versuchen wir es», sagte er.

Sie liefen, Victor voraus, die anderen hinterher. Sie stolperten um die Ecke, nach links, dorthin, wo sich der Gang in eine weite Halle öffnete. Der erste Schimmer einer grauen Dämmerung sickerte durch die hohen Fensterscheiben. In ihrem Licht erkannten sie eine breite Treppe, die sich quer durch die Halle ins obere Stockwerk schwang. «Schnell!», schrie Frederi, dessen Stimme inzwischen ziemlich nach Panik klang, und sie rannten über weiße Marmorplatten, stürzten auf einen Gang zu ihrer Rechten zu, der sich im morgendlichen Zwielicht verlor. Die Halle erschien ihnen riesenhaft, unendlich weit war der Korridor entfernt.

Und an der anderen Seite der Halle öffnete sich eine Tür.

Es waren tatsächlich die Landsknechte, deren Bekanntschaft Catarino und Hannes bereits gemacht hatten, das bewiesen die Rußschmierer in ihren Gesichtern und die Brandflecken auf ihrer Kleidung. Archimède Degrelho stand neben dem Capitaine, fuchtelte wild mit den Armen durch die Luft. «Da sind sie!», kreischte er. «Da!»

Sie blieben stehen, direkt am Fuß der Treppe, die sich hinter ihnen in die Höhe schwang. Cristino begann zu wimmern. Sie waren verloren, so viel war klar. Die Landsknechte waren dem rettenden Gang viel näher, der Fluchtweg war versperrt.

«Nach oben!», schrie Victor und wies die Treppe hinauf. «Wir können versuchen, durch ein Fenster zu fliehen!»

«Ein Fenster! Im ersten Stock! Wir alle! Bevor wir das schaffen, haben die uns zehnmal eingeholt!», keuchte Couvencour.

Seltsam, doch alle Augen wandten sich Louise zu, so als sei es wirklich Hector Degrelho, der da vor ihnen stand, der früher stets gewusst hatte, was zu tun war, und der auch in dieser Situation einen Ausweg finden würde.

Am anderen Ende der Halle verharrte der Capitaine, während sein Blick seine Gegner taxierte, während er abschätzte, mit wie viel Gegenwehr von ihnen zu rechnen sei.

Louise stakste vorwärts, in die Halle hinaus. Sie hustete. Schaumiges Blut lief aus ihrem Mundwinkel, ihre Augen waren glasig. «Kurz könnten wir sie aufhalten», sagte sie.

Einen Augenblick lang sahen Sébastien, Frederi und Rouland einander an. Dann nickten sie. «Victor», sagte Frederi. «Ihr bringt meine Kinder in Sicherheit. Ich verlasse mich auf Euch.»

Rouland zog seinen Degen. «Verflucht sollst du sein, Archimède Degrelho», donnerte er.

«Man soll nicht fluchen, wenn's ans Sterben geht!», nörgelte Frederi.

«Mein Gott, Frederi, nerv mich nicht!», fauchte Rouland. Dann drehte er sich um, und sie liefen los.

«Neiiiin!», kreischte Cristino. «Louise!» Victor packte sie am Arm. «Lauf!», brüllte er.

Sie hatten den ersten Treppenabsatz erreicht, als unten die Waffen aufeinanderprallten. Fabiou blieb stehen, starrte in fasziniertem Entsetzen in die Halle hinunter, auf Louise, Sébastien, Rouland und Frederi, die sich gegen fünfzehn Landsknechte zur Wehr zu setzen versuchten. «Fabiou, komm!», schrie Victor, und er rannte weiter, zwei Stufen auf einmal nehmend, hinter den anderen her, die die Treppe hinaufstürmten, Catarino und Hannes als Erste, dann Bruder Antonius, und dann Victor und Cristino.

«Fabiou!»

«Aber … aber wir können sie doch nicht im Stich lassen … wir können doch nicht …»

«Fabiou, es ist unsere einzige Chance!»

Irgendwo in der Menge, da war Couvencour, der sich mit ausladenden, kräftigen Schwüngen um sich selbst drehte, in dem verzweifelten Versuch, gegen drei Gegner auf einmal zu kämpfen, irgendwo war Frederis Aufschrei, als er auf die Knie sackte und den Degen in die Luft riss, um den Schlag eines Landsknechts abzuwehren. Irgendwo war Louise, taumelnd wie ein Schlafwandler, ziellos staksten ihre Beine umher, knickten weg unter ihrem Körper. Irgendwo war Sébastien, selbst jetzt haftete seinem Kampfstil noch ein Rest erschöpfter Ästhetik an, aber sein Wams war bereits blutdurchtränkt.

«Oh Gott, die bringen sie um, sie werden alle sterben!»

«Fabiou, Himmel, komm!»

Warum er es tat, konnte Fabiou nie begreifen. Es machte keinen Sinn, es war gegen die Gesetze der Logik, denn Louise war so sicher dem Tod geweiht, wie man es nur sein konnte, wenn man einen durchlöcherten Brustkorb hatte und von sechs mordlustigen Landsknechten angegriffen wurde, es gab nicht den geringsten Grund für Archimède Degrelho, sich selbst die Finger schmutzig zu machen. Vielleicht war es die Wut über die Geschehnisse dieser Nacht, die ihn in diesem Moment selbst zur Waffe greifen ließ, statt abzuwarten, dass seine Söldner dieses Problem für ihn erledigten, vielleicht war es die Tatsache, dass Louise Degrelho ihrem Vater in diesem Moment so unfassbar ähnlich sah, die plötzlich diese langläufige Arkebuse in seinen Händen erscheinen ließ, und Fabiou schrie, Achtung, passt auf, was eine ebenso unlogische Handlung war, denn Louise hätte auf seinen Ruf nicht reagieren können, selbst wenn der Schlachtlärm ihn nicht übertönt hätte.

«Fabiou, verdammt noch mal, komm!»

Er hatte sich die Hände auf die Ohren gepresst und die Augen geschlossen, als der Schuss krachte. Das Erste, was er sah, als er sie vorsichtig wieder öffnete, das linke zuerst, war Louise, schwankend, der der Degen aus der Hand glitt und mit einem schrillen Klirren auf den Marmor schlug. Das Nächste war Archimède Degrelho, der seine Arkebuse fallen ließ und auf den Gang zur Rechten der Halle zustürzte. Und das Dritte war Tante Beatrix.

Es war ein irreeller Anblick, die Nonne in ihrem schwarzen Habit, die dort einer Heiligenerscheinung gleich im Eingang des Korridors stand und Archimède Degrelho in grenzenloser Ruhe entgegensah. «Halt», sagte sie, und ihre Stimme war in der gesamten Halle zu hören.

Und in diesem Moment bemerkte Fabiou, dass sich die Szenerie verändert hatte.

Keiner der Landsknechte machte Anstalten, sich auf die wehrlose Louise zu stürzen. Sie hatten sich abgewandt, einem neuen Ziel zu. Der Kampflärm hatte sich verändert, war lauter, wilder geworden, eine Schlacht, die die Halle durchtobte. «Victor!», flüsterte Fabiou. Dann lauter. «Victor! Catarino! Wartet! Seht euch das an!»

An allen Ecken und Enden der Halle wurde nun gekämpft, stürmten Bewaffnete auf die Landsknechte zu, die zuerst gar nicht wussten, wie ihnen geschah, dann zur wütenden Gegenwehr ansetzten und dann einer nach dem anderen die Flucht ergriffen. «Seht doch!», kreischte Fabiou den anderen zu, die sich jetzt neben ihn ans Geländer drängten. «Seht doch nur!»

Die Halle leerte sich. Zwei Landsknechte lagen am Boden, stumpf beleuchtet vom müden Licht eines beginnenden Morgens. Frederi taumelte auf die Füße, die Finger stöhnend in seinen blutenden Oberschenkel gekrallt. Sébastien massierte fluchend seine Schulter. Louise stand noch immer, schwankend von einem Fuß auf den anderen. Sie hustete. Blutiger Schaum drang aus ihrem Mund und ihrer Nase. Couvencour hatte den Degen sinken lassen, als Einziger wirkte er unverletzt. Mit ungläubigem Kopfschütteln starrte er auf die Männer, die auf sie zukamen, sieben Herren im Gewand von Edelleuten, eine größere Zahl an Waffenknechten.

«Ist alles in Ordnung, Senher Couvencour?», fragte Jaume de Bonieus stirnrunzelnd.

«Scheint, wir sind gerade noch rechtzeitig gekommen», meinte der Buous. «He, Junge, siehst nicht gerade gut aus!» Er klopfte Louise auf die Schulter, was einen weiteren Hustenanfall zur Folge hatte.

«Wo ist das Mädchen?» Jorgi de La Costo betrachtete Frederi unruhig. «Ist sie in Sicherheit?»

«Woher … wisst Ihr …», stotterte Frederi.

«Oh, der Mèstre hat uns davon unterrichtet, dass ein Mordanschlag auf Eure Tochter geplant sei», sagte Senher Alence. Er wies über seine Schulter auf einen Mann, der mit verschränkten Armen das Geschehen beobachtete. Es war Ingelfinger.

«Wir haben ja auch den Beauftragten des Parlaments verständigt», erklärte Senher Vare. «Aber dieser Schreibtischabenteurer …» Er rümpfte verächtlich die Nase. «Schwafelt irgendetwas von wegen, Baroun Degrelho sei ein unbescholtener Edelmann und das wären ja wohl haltlose Verdächtigungen und so weiter und so fort …»

Und der junge Bouliers an seiner Seite fügte hinzu: «Wir dachten, wenn wir Euch noch helfen wollen, dann müssen wir das schon selbst tun.»

«Wo ist jetzt dieser Degrelho?», schimpfte der Buous. «Ich würde dem Mistkerl mit Vergnügen die Fresse polieren! Ein unschuldiges Mädchen ermorden lassen!»

«Ihr wisst …», begann Couvencour lahm.

«Wir wissen, dass Degrelho plante, die Barouneto Cristino ermorden zu lassen – wegen einer Erbstreitigkeit, meinte Mèstre Ingelfinger», sagte Estève de Mergoult. Er pausierte. «Das ist noch nicht alles, oder?», fragte er zögernd. Dann fiel auch sein Blick auf Louise. «Ich hätte nicht gedacht, dass wir uns so bald wiedersehen – heilige Maria, Junge, Ihr seht wirklich nicht gut aus!»

«Ist … halb so wild», murmelte Louise. «Es ist ja … alles … gutgegangen.»

Fabiou wäre nicht der Investigator gewesen, der er war, wenn er seinen Schrecken nicht ziemlich schnell überwunden hätte, und während Victor sich in seinem Rücken noch perplex bekreuzigte, war er schon die Treppe hinuntergesprungen und stürzte auf Louise zu. «Senher Couvencour!», rief er. «Hat er Euch nicht getroffen?»

«G-getroffen … w-wer …»

«Archimède Degrelho! Er hat eine Arkebuse auf Euch abgefeuert. Das heißt …» Fabiou brach ab, bückte sich und hob Degrelhos Arkebuse auf. «Baroun de Buous, Ihr seid doch ein Mann, der im Kriegsdienst erfahren ist, nicht wahr?», sagte er.

Der Buous richtete sich zu seiner vollen Größe auf. «Das will ich meinen!», rief er stolz.

«Täusche ich mich, oder ist mit dieser Arkebuse gar nicht geschossen worden?» Fabiou hielt dem Buous die Waffe unter die Nase.

«Nun, selbstverständlich nicht», erklärte der Buous. «Seht, der Hahn ist noch gespannt.»

«Aber ich habe einen Schuss gehört», erinnerte sich Fabiou kopfschüttelnd. «Wer hat dann geschossen, wenn es nicht Archimède Degrelho war?»

«Das … das war ich», sagte eine unsichere Stimme neben ihm. Fabiou sah auf. An seiner Seite stand Loís, triefend vor Nässe, und umklammerte mit schlammverklebten Händen eine rauchende Arkebuse. «Ich … bin gerade zur Tür herein gekommen, als ich sah, wie Baroun Degrelho …» Er brach ab, er zitterte am ganzen Körper. «Ich glaube, ich habe ihn am Arm verletzt, denn er hat die Arkebuse fallen lassen. Und in diesem Moment erschien der Baroun de Buous in der Tür, und da ist er losgerannt …»

Fabiou starrte ihn an. Ihm wurde auf einmal eiskalt. Ein Bild erschien plötzlich in seinem Kopf, Archimède Degrelho, der sich umwandte und auf den Gang zur Rechten zustürzte. Und die Gestalt, die aus dem Gang trat und ihm den Weg versperrte.

«Schade, Bursche, dass du nicht besser gezielt hast!», sagte der Buous. «So ein Ende wäre genau das gewesen, was ein Feigling wie dieser Degrelho verdient hat.» Loís schien zusammenzuschrumpfen bei diesen Worten. Er legte die Arkebuse auf den Fußboden und rieb sich hastig die verschmutzten Hände an seiner nassen Hose ab.

«Jetzt aber los!», rief der Buous. «Kommt man über diesen Gang nach draußen, Victor? Ja? Dachte ich's mir doch, der Kerl will Fersengeld geben! Sicher ist er schon bei den Ställen. Wir müssen sofort zu den Pferden zurück und ihm hinterher, sonst entkommt uns dieser Hundesohn! – He, Baroun de Bèufort, was machst du für ein belämmertes Gesicht?»

Fabiou reagierte nicht. «Tante Beatrix», flüsterte er.

«Was? Wer?»

Fabiou begann zu laufen. Er schob sich an Baroun de Buous und an Loís vorbei, an Sébastien und Rouland de Couvencour. Hinter sich hörte er Frederi aufschreien, sah aus dem Augenwinkel, wie dieser ebenfalls losrannte. Dann erreichte er sein Ziel.

Beatrix Avingou lag im Eingang des Seitenkorridors, in einer Pfütze aus Blut, die sich um ihren Körper ausgebreitet hatte. Fabiou kniete neben ihr nieder, zuckte zurück, als seine Hände in warmes Blut fassten. Neben ihm ließ sich Frederi auf die Knie fallen.

Sie war noch nicht tot, als Frederi sie in seine Arme zog. Ihre Augen wanderten zu Frederis Gesicht und verhielten dort einen Moment, dann gingen sie weiter zu Rouland de Couvencour, und dann zu Fabiou. Antonius lief auf Frederi zu, doch der schüttelte nur den Kopf. Beatrix' Augen suchten nach Cristino, auf deren Gesicht sie verweilten, bis sie ihren Blick verloren.

Alle waren sie nun zusammengelaufen und starrten auf den blutüberströmten Körper der Nonne. «Was ist? Was hat Tante Beatrix denn?», fragte Catarino unsicher.

Frederi bekreuzigte sich langsam. Dann ließ er Beatrix' Körper auf den Boden zurückgleiten und schloss ihr die Augen.

Der Buous zog seine Mütze vom Kopf. Rouland de Couvencour murmelte ein Ave Maria. Loís hatte sein Gesicht in den Händen verborgen. Catarino begann zu schluchzen. Cristino stand reglos an ihrer Seite. Ihr Gesicht war absolut ausdruckslos.

«Es liegt mir fern, Eure Trauer zu stören, Senher Couvencour», sagte Ingelfinger, der am Fenster Position bezogen hatte, «aber dort kommt Vascarvié!»

Frederi stolperte auf die Füße. «Rouland, Arnac, ihr müsst weg! Und der Gaukler ebenfalls!», keuchte er. Hannes ließ sich das nicht zweimal sagen; mit einem Satz war er in dem schmalen Korridor verschwunden. Rouland de Couvencour hakte Louise unter und stolperte ihm hinterher.

Docteur Vascarvié betrat den Raum mit dem ersten Strahl der Morgensonne, der durch das hohe Fenster fiel und einen rötlichen Lichtpunkt auf die seidenüberspannte Wand zauberte. Er blieb stehen, betrachtete mit gerunzelter Stirn die Menschen, die vor ihm in der Halle standen, allesamt blasse, übernächtigte Gesichter, wie die späten Heimkehrer eines rauschenden Festes. Hinter ihm betraten eine Reihe von Gerichtsdienern sowie Mèstre Crestin und vier seiner Arquiés den Saal. Vascarviés Beispiel folgend machten sie ein unintelligentes Gesicht und blieben stehen. Nur einer trat vor, ein gewinnendes Lächeln auf dem Gesicht. «Docteur Vascarvié! Es scheint, dass sich unser Weg in der Tat gelohnt hat.» Ingelfinger lachte ungläubig. Mergoult machte ein wenig freundliches Gesicht. Der Sprecher war Corbeille.

Zu Fabious grenzenlosem Erstaunen verneigte sich Vascarvié vor Corbeille. «Eure Exzellenz …», sagte er.

«Exzellenz?», echote Frederi ebenso perplex.

«Seine Exzellenz Monsieur Corbeille, der *Procureur du Roi en Affaires Exeptionelles*!», erklärte Vascarvié schulmeisterlich den Anwesenden. «Ihm war zu Ohren gekommen, dass hier an diesem Ort ein Verbrechen geplant war.»

«Ach. Ist das so!» Estève de Mergoult zog ärgerlich die Augenbrauen hoch. Vascarvié wich seinem Blick aus, er wirkte etwas verlegen.

Mèstre Ingelfinger trat vor. Er feixte. «Wirklich gut, dass Ihr da seid, Docteur, sehr gut … Ich fürchte, wir haben in der Tat ein furchtbares Verbrechen zur Anzeige zu bringen, eine wahrhaft grässliche Untat …» Er seufzte bekümmert. Sein Blick suchte nach Victor. «Baroun Degrelho, so schwer es mir fällt, das zu sagen, hat versucht, die Barouneto de Bèufort durch einen gedungenen Mörder töten zu lassen. Und damit nicht genug. Es gibt hinreichende Indizien dafür, dass er auch hinter den Morden der vergangenen Wochen steckt und dass er selbst es darüber hinaus war, der vor dreizehn Jahren seinen Bruder samt seiner Familie ermorden ließ, offensichtlich um sich dessen Erbe anzueignen.»

Vascarvié sah ihn an, als wäre er ein Geist oder wahnsinnig oder beides. «Dann ist es also in der Tat wahr?», fragte er ungläubig. Sein fassungsloser Blick ging nach rechts, dorthin, wo Victor am Treppengeländer lehnte. «Senher, ist das wahr?»

Victor trat vor. Mehr denn alle anderen sah er aus, als habe er eine durchzechte Nacht hinter sich, und auch seine Stimme klang vollkommen verkatert. «Ja. Es ist wahr», sagte er leise. Er zitterte von Kopf bis Fuß.

«Und das ist noch nicht alles!», begann Fabiou. «Er hat …» Er brach ab. Corbeille hatte ihm die Hand auf die Schulter gelegt. «Die Einzelheiten werden wir später besprechen, Baroun de Bèufort», meinte er ruhig. Halt verdammt noch mal den Mund, sagte sein wütender Blick.

«So», sagte Vascarvié. Dann erstarrte er und blickten auf den leblosen Körper im Eingang des Seitenkorridors. «Gütiger Himmel!», rief er aus. «Wer hat die fromme Schwester getötet?»

«Es war Baroun Degrelho», erklärte Frederi. «Mutter Consolatoria ist ihm in den Weg getreten, als er geflohen ist.»

Vascarvié hatte die Stirn gerunzelt. «Geflohen? Vor wem bitte ist er geflohen?», fragte er.

«Nun, vor Senher Mergoult und seinen Begleitern.»

«Aha», machte Vascarvié. Dann fiel sein Blick auf die beiden Leichen vor der Treppe. «Und wer sind die?»

«Oh … Landsknechte», erklärte Frederi, und als er Vascarviés ungläubigen Blick sah, fügte er rasch hinzu: «Der Mordgeselle hatte sie mitgebracht.»

«Er hat Landsknechte mitgebracht. Um ein junges Mädchen zu ermorden.» Vascarvié hatte die Stirn gerunzelt. Da war ein Fünkchen Misstrauen in seinen Augen.

«Sie haben offensichtlich damit gerechnet, dass wir Barouneto Cristino zu Hilfe kommen», mischte der Mergoult sich ein.

Die Falten auf Vascarviés Stirn vertieften sich. «Sagtet Ihr gestern Abend nicht zu mir, Ihr hättet soeben erst von dem geplanten Mordanschlag erfahren? Wie konnte der Mörder dann mit Euch rechnen?»

«Nun … vermutlich hat er dann mit dem Eingreifen des Cavaliés gerechnet …»

Mit schiefem Gesicht musterte Vascarvié Frederi de Castelblanc von Kopf bis Fuß. Offenbar schien es ihm nicht sehr wahrscheinlich, dass jemand einen Trupp Landsknechte zur Unterstützung brauchte, um ihn auszuschalten.

«Der Comte de Trévigny war schließlich auch bei mir», meinte Frederi.

Vascarviés Augen gingen skeptisch von einem zum anderen. «So», sagte er. Er wandte sich Cristino zu, die immer noch reglos neben Beatrix' Leichnam stand. «Seid Ihr verletzt, Barouneto?»

Verwirrt hob Cristino den Kopf. «Wie?», fragte sie geistesabwesend.

«Ob Ihr verletzt seid.» Vascarvié wies auf ihr verschmutztes Kleid. «All das Blut ...»

Cristino starrte ihn benommen an, ohne zu bemerken, dass Fabiou ihr hinter Vascarviés Rücken zuwinkte und eindringlich den Kopf schüttelte. «N-nein», sagte sie, «das ist nicht mein Blut, das ist ...» Sie brach ab. Sie war kreidebleich geworden.

«Nun, wessen Blut ist es dann, wenn nicht das Eure?», fragte er.

Cristino sah hilfesuchend zu Fabiou hinüber, der fortfuhr, ihr hastige, aber leider unverständliche Zeichen zu machen. «Das ist ... das ist Mutter Consolatorias Blut», stammelte sie. «Sie ... starb in meinen Armen.»

«Ah. So war das, ja?» Vascarviés Blick ging zu Frederi de Castelblanc und verharrte auf dessen blutdurchtränktem Wams. «Und in Euren Armen ist sie auch gestorben, oder was?»

«Das ist das Blut eines jener verräterischen Landsknechte», meinte Frederi ohne mit der Wimper zu zucken und zeigte auf einen der beiden Toten in der Mitte des Raumes. «Er ist sterbend gegen mich gefallen.»

Misstrauisch ging Vascarviés Blick in die Runde. Estève de Mergoult nickte. Der Buous und der Bonieus nickten. Fabiou nickte, als habe er einen epileptischen Anfall. Victor starrte mit leeren Augen ins Nichts. Er nickte ebenfalls.

«So. Ähm ... nun ja. Das Parlament wird die Vorgänge untersuchen», meinte Vascarvié. Er wirkte nur mäßig überzeugt.

«Was wird jetzt aus den Anklagen gegen Arnac de Couvencour und den jungen Nicoulau?», fragte Fabiou. «Ich meine, ihre Unschuld ist doch jetzt bewiesen.»

«Unschuld?» Vascarvié sah verständnislos drein. «Sie haben die Morde nicht begangen, das mag sein. Aber das ändert ja wohl nichts daran, dass der eine ein Ketzer und der andere ein Mitglied einer berüchtigten Räuberbande ist. – Euch geht es wirklich gut, Barouneto?»

Cristino nickte. «Mir geht es gut, wirklich.»

«Nun ... dann bleibt für uns ja nicht mehr viel zu tun. Meine Herren, ich bitte Euch, Euch in den nächsten Tagen in *Aix* in meinem Amt einzufinden, zur Protokollierung der Zeugenaussagen ... Viguié, Ihr kümmert Euch um die sterblichen Überreste der Schwester.» Er wandte sich um, schritt hastig dem Ausgang zu. Er schien ausgesprochen peinlich berührt. Der Viguié gab seinen Arquiés Anweisung, sich um Beatrix' Leichnam zu kümmern. Stumm sah Cristino zu, wie sie die Tote mit einem Tuch bedeckten und sie aus dem Raum trugen. «Wo bringt Ihr sie hin?», fragte Frederi leise.

«Zurück nach Ais», sagte Crestin. «Ihre Ordensschwestern werden sie beisetzen wollen.»

«Ja», sagte Frederi tonlos. «Ja, das ist wohl das Beste so.»

Crestin sah noch einmal mit gerunzelter Stirn in die Runde, dann ging auch er.

Als die Haustür zuschlug, ging ein hörbares Aufatmen durch den Raum. «Rouland, sie sind weg!», rief Frederi in den düsteren Korridor hinein. «Meine Güte, Cristino, musstest du dich so verplappern?», stöhnte Fabiou. Cristino antwortete nicht. Sie trat an eine der hohen Fensterscheiben. Die Zedern erstrahlten im frischen Licht eines neuen Morgens, nur leicht verzerrt durch das Glas der Scheibe. Tau funkelte auf dem Gras, es versprach ein wunderschöner Tag zu werden. Jemand hatte einen Karren aus einer Scheune geholt und ein Zugpferd davor gespannt. Zwei Arquiés legten Beatrix' Leichnam auf die Ladefläche und zupften das Tuch zurecht, das sie bedeckte.

Hinter ihr trat Couvencour aus dem Korridor. Louise hing halb ohnmächtig an seinem Arm, ihre Lippen so farblos wie Sago. Couvencour ließ sie vorsichtig auf den Boden gleiten, wo sie sich gegen die Wand lehnte. Sébastien kniete sich neben ihr nieder. «Wie geht es dir?», fragte er besorgt.

Louise versuchte zu lächeln. «Es geht so», flüsterte sie.

«Wir müssen dich zu einem Arzt bringen, schnell!», meinte Sébastien.

Victor war ebenfalls näher getreten. «Der nächste Wundarzt ist in Seloun», sagte er. «Das sind vier Stunden zu Pferd!»

«Umso wichtiger, dass wir sofort aufbrechen!», erklärte Sébastien und machte Anstalten, Louise vom Boden hochzuziehen. Doch in diesem Moment trat Ingelfinger an seine Seite und schüttelte den Kopf. «Euer Wundarzt wird da nicht helfen können», sagte er. «Das ist eine Lungenperforation.»

Rouland de Couvencour presste die Lippen zusammen, er schien den Tränen nahe. Frederi bekreuzigte sich. «Antonius, kannst du denn nichts tun?», fragte Fabiou verzweifelt.

Antonius hob die Schultern. «Ich kenne mich mit so etwas nicht aus», sagte er hilflos. «Gott, wenn nur Mutter Consolatoria noch am Leben wäre!»

Draußen verschwand der Karren mit Beatrix' Leichnam zwischen den Pappeln, die das Ufer des kleinen Flusses säumten. Und an dem Fenster, durch das fahl das Licht eines neuen Morgens fiel, drehte Cristino sich um. «Victor?», sagte sie.

Ihr Vetter, der mit geweiteten Augen auf Louise gestarrt hatte, hob den Kopf. «J…ja?», sagte er abwesend.

Cristino schritt durch die Halle, vorbei an den Männern, die sie erstaunt ansahen, vorbei an Fabiou und Catarino, vorbei an ihrem Stiefvater. «Victor, ich brauche eine Schere und saubere Tücher! Schnell! Darf ich mal?» Sie griff nach Couvencours Messer und schlitzte Louises Wams auf.

Die Wunde befand sich zwischen der sechsten und der siebten Rippe im rechten Lungenflügel, wie Cristino fachmännisch registrierte. Einen Zoll tiefer, und der Stich hätte zusätzlich die Leber getroffen. Sie lieh sich von Mèstre Ingelfinger ein leidlich sauberes Tuch aus, das sie auf die Wunde in Louises Brust presste, aus der blubbernd Blut austrat. Louise stöhnte leise. Sonst gab keiner im Raum einen Laut von sich.

Victor kam zurück. Wortlos reichte er Cristino ein weißes Laken und eine Schere. Sie schnippelte einen Streifen ab, stopfte ihn mit der Scherenspitze tief in die Wunde. Rouland de Couvencour beobachtete sie in verzweifelter Hoffnung.

«Cristino, das nützt doch nichts!», seufzte Antonius. «Die Blutung in der Lunge kannst du auf diese Weise nicht zum Stillstand bringen.»

«Nein, natürlich nicht», sagte Cristino ruhig. «Aber die Blutung nach außen sehr wohl, und das werde ich tun.»

In diesem Moment geschah zweierlei. Das Erste war, dass Louise die Augen verdrehte und endgültig das Bewusstsein verlor. Das Zweite war, dass Fabiou den wüstesten Fluch ausstieß, den er kannte, und mit großen, entschlossenen Schritten auf die Flügeltür zustürmte.

«Fabiou! Wo willst du hin?», schrie der Cavalié.

Fabiou fuhr herum. «Hinter Vascarvié her. Ich habe da noch ein weiteres Verbrechen zur Anzeige zu bringen!»

«Das würde ich an Eurer Stelle lassen!», sagte Corbeille, der mit verschränkten Armen an der Tür lehnte.

Ingelfinger wandte sich ihm zu. «Ah, der *Procureur du Roi en Affaires Exeptionelles* – mal im Ernst, was ist das eigentlich für ein Titel? Gibt's den überhaupt?»

Corbeille grinste herablassend. «Du glaubst doch nicht etwa, dass mir so ein mickriger Provinzankläger das Gegenteil beweisen könnte.»

«Sehr intelligent von dir, gerade diesen Vascarvié hierher zu schleifen – was, wenn er die Couvencours oder den Gaukler erwischt hätte?», fragte Ingelfinger.

«Ich bin untröstlich, aber ich hatte keine Ahnung, dass sich all diese Personen ausgerechnet hier befinden. Außerdem hatte ich keine Wahl – ich habe nun mal nicht deine fantastischen Kontakte zu den örtlichen Geheimbünden. Aber nun zu Euch, *Monsieur le Baron*», Corbeille wandte sich Fabiou zu, «überlegt Euch, ob Ihr wirklich sterben wollt, bevor Ihr zu dieser Tür hinausgeht.»

«Aber es geht verdammt noch mal um die Wahrheit!», brüllte Fabiou. «Es kann doch nicht sein, dass diese Leute ungestraft ausgehen! Das kann doch einfach nicht sein!»

«Degrelhos Verbrechen sind ans Licht gekommen, das ist mehr, als wir hoffen konnten», erklärte Corbeille. «Die Morde werden aufhören, und mit etwas Glück wird Maynier es sogar für klüger halten, Euch am Leben zu lassen, mein Junge. Sofern Ihr vernünftig seid und Euch still verhaltet!»

«Einen Augenblick, worum geht es hier eigentlich?», fragte Mergoult mit gerunzelter Stirn. «Was ist das für ein Verbrechen, von dem Ihr da sprecht, Baroun, und wieso solltet Ihr es Vascarvié nicht anzeigen dürfen?»

Fabiou drehte sich zu ihm um und öffnete den Mund, doch Frederi fiel ihm ins Wort. «Nicht jetzt und nicht hier, Fabiou. Wir müssen nach Couvencour, sofort! Wer weiß, was Archimède jetzt vorhat! Wir müssen deine Mutter und deine Geschwister beschützen!»

Fabiou starrte ihn an. Dann nickte er.

«Was ist mit Louise?», fragte Frederi. «Denkst du, sie wird den Ritt nach Couvencour durchstehen?»

Cristino begriff erstaunt, dass er sie gefragt hatte. «Ich … ich weiß nicht», antwortete sie. Sie sah zu Rouland de Couvencour hinüber, der sich nervös durch die spärlichen Haare fuhr. «Ich kann es nicht versprechen, es tut mir leid!»

Couvencour stieß einen wütenden Fluch aus. «Falls Degrelho oder dieser Vascarvié zurückkommt, ist es um ihre Überlebenschancen hier auch nicht besser bestellt», sagte er mit rauer Stimme. «Also los, auf nach Couvencour!»

Mergoult starrte Fabiou aus zusammengekniffenen Augen an. «Nun gut», sagte er. «Dann werden wir Euch eben begleiten. Ich weigere mich, Euch zu verlassen, bevor Ihr mir nicht erzählt habt, worum es bei dieser ganzen Geschichte eigentlich gegangen ist.»

Fabiou warf Rouland de Couvencour einen fragenden Blick zu.

«Von mir aus», knurrte Couvencour.

«Das ist ein Wort!», rief der Buous begeistert aus. «Das lassen wir uns nicht entgehen, nicht wahr, Jaume?»

Der Bonieus nickte grimmig. «Selbstverständlich nicht! – Wer ist eigentlich Louise?»

Ingelfinger und Corbeille waren die Letzten, die in den Hof hinaustraten. Nebeneinander stehend sahen sie zu, wie alle ihre Pferde suchten und sich in die Sättel schwangen. Sébastien half Couvencour, Louise vor sich aufs Pferd zu ziehen. Dann ritt Couvencour als Erster vom Hof, und die anderen folgten ihm.

Corbeille und Ingelfinger blieben stehen, bis das letzte der Pferde zwischen den Bäumen verschwunden war. «Tja, das war es dann also», sagte Corbeille. Er grinste. «War nett, zur Abwechslung mal mit dir zusammenzuarbeiten.»

«Ganz meinerseits», sagte Ingelfinger mit einer angedeuteten Verbeugung.

***

Sie ritten in einen kühlen, klaren Morgen hinein. Es kostete sie nur eine gute Stunde, über einen schmalen Pass die Südseite der Aupiho und den halsbrecherisch steilen Pfad zu erreichen, der zu der kleinen alten Burg auf halber Höhe der Bergkette führte.

Ein Diener öffnete, als sie Couvencour erreichten. «Senher!», schrie er. «Was ist passiert, Senher? Senher, es ist Besuch da!»

«Ich weiß schon, ich weiß!» Couvencour ließ sich vom Pferd gleiten und trug Louise auf das Wohngebäude zu.

Fabiou nahm nicht allzu viel wahr von dem Gebäude, dessen enge Steinstiegen er hinter Couvencour, Sébastien und Frederi emporkletterte. Er fühlte sich seltsam aufgeräumt, distanziert. So als sei er nur ein unbeteiligter Beobachter eines eigentümlichen Spieles, der einzige denkende Mensch in einem Tanz von Narren. Still sah er zu, wie Rouland de Couvencour Louise Degrelho auf einen Diwan im kärglichen Salon im ersten Stock des Wohnturms bettete, still sah er zu, wie Cristino erneut daran ging, ihre Wunde zu versorgen. «Die Chance, dass sie das überlebt, ist minimal», sagte Bruder Antonius kopfschüttelnd. «Die Lungenverletzten, die nicht sofort sterben, fallen in der Regel dem Wundfieber zum Opfer.»

«Wir werden sehen», erklärte Cristino selbstbewusst.

Ein Diener trat in den Raum und verkündete, dass ein Besucher am Tor sei. Couvencour riss sich von Louises Lager los und lief die Treppe hinunter, und Fabiou folgte ihm in einem Anflug erschöpfter Neugierde.

Im Hof drängte sich noch immer das Mergoult'sche Rettungskommando und die übrigen Überlebenden jener seltsamen Nacht und starrten auf zwei Reiter, die vor dem Tor hielten, das der Diener geöffnet hatte. Es waren Mèstre Crestin, der Viguié von Ais, und Laballefraou, sein oberster Arquié. «Was wollt Ihr hier?», herrschte Couvencour sie an. «Wollt Ihr mich verhaften? Oder meinen Sohn? Er ist nicht hier, mein Sohn, also lasst uns in Ruhe!»

Crestin sah seufzend auf den Hals seines Pferdes. «Ich bin nicht hier, um jemanden zu verhaften», sagte er. «Im Grunde bin ich überhaupt nicht in meinem Amt als Viguié hier. Im Grunde möchte ich zu Baroun de Bèufort.»

Couvencour runzelte die Stirn. «Was wollt Ihr von ihm?», fragte er, als Fabiou beharrlich schwieg.

Crestin sah Fabiou an. «Dass er seinen Teil unserer Abmachung erfüllt», sagte er.

«Ach», sagte Couvencour. «Und was wäre das?»

«Die Wahrheit», sagte Crestin.

KAPITEL 21

in dem der Wahrheit zu ihrem Recht verholfen wird

C'est fait j'ay decidé le cours de mes destins
j'ay vescu j'ay rendu mon nom assez insigne
ma plume vole au ciel pour estre quelque signe
loin des appas mondains qui trompent les plus fins.

Es ist getan, ich habe den Lauf meines Schicksals entschieden;
ich habe gelebt, ich habe meinen Namen bedeutend genug gemacht;
meine Feder fliegt zum Himmel, um ein Zeichen zu sein
fern der weltlichen Versuchungen, die die Besten täuschen.

Pierre de Ronsard, französischer Poet (1524-1585),
Les Derniers Vers

«Die Wahrheit», sagte Fabiou Kermanach de Bèufort, der Poet und Investigator.

Cristino sah auf von Louise Degrelhos reglosem Körper auf dem Diwan und wandte ihren Blick dem jungen Mann zu, der in der Mitte des Raumes und durch diese zwei harmlosen Worte plötzlich auch in der Mitte der Aufmerksamkeit stand und mit funkelnden, rot umringten Augen die Anwesenden betrachtete. Innerhalb eines Augenblicks war jedes Getuschel verstummt. Der Ausdruck auf Frederis Gesicht wechselte von unbehaglich – aufgrund der Schmerzen in seinem Oberschenkel – zu hell entsetzt. Madaleno de Castelblanc, die eben noch schniefend vor Erleichterung die Hand ihres Ehegatten getätschelt hatte, wurde hoch rot im Gesicht und schnappte empört nach Luft. Sébastien und der Buous, die Couvencours Speisekammer geplündert hatten, hörten auf mit Kauen und blickten verwundert auf Crestin, der langsam durch den überfüllten Raum schritt und in Ermangelung einer anderen Sitzgelegenheit auf dem Fensterbrett Platz nahm. Laballefraou setzte sich neben ihn und massierte unbehaglich seine Hände. Allein Maria Anno nahm keine Notiz von Fabiou. Sie starrte mit großen Augen auf das verbundene Bein ihres Vaters und sagte: «Aua!»

Couvencours Salon platzte inzwischen aus allen Nähten. Niemand hörte auf Bruder Antonius, der den Raum zum Lazarett erkoren hatte und alle beschwor, doch zu gehen und den Verletzten etwas Ruhe zu gönnen. Und auch die Bemühungen der Dame Castelblancs, ihre Töchter ins Bett zu schicken, blieben ohne Erfolg. Und so hatten sich mittlerweile alle Akteure der vergangenen Nacht zwischen Couvencours ausgebleichten Wandteppichen versammelt.

«Die Wahrheit», wiederholte Fabiou versonnen. «Ich habe lange gebraucht, um die Wahrheit herauszufinden.»

Madaleno de Castelblanc kauerte sich auf ihrem Sessel zusammen wie eine Raubkatze, die zum Sprung ansetzt. «Frederi, ich erwarte von dir, dass du ihm den Mund verbietest!», keuchte sie. «Er hat kein Recht dazu, das zu tun.»

«Ich bin der Baroun de Bèufort. Ich habe jedes Recht der Welt, über diese Dinge zu sprechen», sagte Fabiou ruhig.

«Wenn dir die Ehre unserer Familie schon egal ist, Fabiou, dann denk an die unschuldigen Gemüter deiner Schwestern!», zischte Madaleno giftig. «Es schickt sich nicht, zwei zarten Mädchen derartig abscheuliche Dinge zu erzählen! Und dasselbe gilt für Frederi Jùli! Frederi, du musst das verhindern, hörst du nicht?»

Wäre er auf dem direkten Weg zu seiner eigenen Hinrichtung gewesen, Fabious Stiefvater hätte nicht verstörter dreinblicken können, und seine Worte klangen so unartikuliert, als habe ihn eine Wespe in die Zunge gestochen, als er sagte: «Frederi, du solltest wieder ins Bett gehen.»

«Aber es ist doch schon Morgen!» Frederi Jùli, der strahlend und leichenweiß auf dem Samtbezug eines Sessels lümmelte und die Beine baumeln ließ, fuhr empört auf. Er war bester Laune. Schließlich war er jetzt fast so etwas wie ein Held, nachdem es sich herumgesprochen hatte, dass er Fabiou und Loís das Leben gerettet hatte.

«Frederi Jùli sollte ebenfalls hier bleiben, finde ich», sagte Fabiou. «Es ist an der Zeit, dass alle Betroffenen die Wahrheit erfahren.»

Die Hände des Cavaliés krallten sich in die Stuhllehne. «In Ordnung, Fabiou», sagte er kaum hörbar.

«Aber ... Frederi ...», begann die Dame Castelblanc fassungslos.

«Es hat keinen Sinn, Madaleno», flüsterte Frederi. «Du kannst die Wahrheit nicht ewig verheimlichen. Fabiou hat recht. Es wird Zeit, dass dieses ganze Lügengebäude aus der Welt verschwindet.»

Madaleno antwortete nicht. Einen Moment lang starrte sie ihren Mann aus weit aufgerissenen Augen an. Dann sprang sie auf. «Ich muss mir das nicht anhören, diese ... diese Verleumdungen!», rief sie.

«Madaleno ...», begann Frederi hilflos.

«Ich muss mir das nicht anhören! Ich werde mir das nicht anhören!», schrie Madaleno, und mit heftigen Schritten, die ihr Reisekleid rauschen und flattern ließen, lief sie aus dem Raum.

Couvencour seufzte tief. «Also, Fabiou», sagte er. «Bitte.»

Er holte tief Luft. Von allen Seiten waren gespannte Blicke auf ihn gerichtet. Allein Sébastien kaute an einem Stück Rauchfleisch herum. Frederi gab endgültig auf und sackte in seinen Sessel zurück. «Nichts ist, wie es scheint, und niemand ist, wer er vorgibt zu sein», sagte Fabiou. «Das hat Hannes, der Gaukler, einmal zu mir gesagt. Ich habe eine ganze Weile gebraucht, um zu begreifen, was er damit gemeint hat, nämlich wirklich nichts und wirklich niemand. Dass kaum jemand in dieser Geschichte wirklich die Rolle hatte, die ich ihm noch vor drei Monaten zugeschrieben hätte. Mein Vater. Mein Stiefvater. Mein Onkel und meine Tante. Bruder Antonius. Archimède und Hector Degrelho. Trostett, Ingelfinger und Corbeille. Arnac de Couvencour. Sébastien de Trévigny. Jean Maynier d'Oppède. Hannes selbst. Und nicht einmal Cristino. Dass Arnacs Zuneigung zu Cristino nicht die Zuneigung zu einer begehrten Frau, sondern die Zuneigung zu einer Schwester ist. Und dass es eine ganz logische Erklärung für Cristinos seltsame Träume und Visionen von Agnes Degrelho geben könnte – nämlich dass sie Agnes Degrelho ist!» Er schwieg einen Moment lang und ließ die Augen über seine Zuhörer gleiten. «Es gab da natürlich einen Haken in der logischen Kette», fuhr er dann fort. «Schließlich war Agnes Degrelho, wie allgemein bekannt, tot und begraben, und genauso Daniel, ihr einziger Bruder. Gab es am Ende eine Möglichkeit, dass sie doch noch am Leben waren? Was Daniel betraf, so konnte ich das ausschließen, nachdem die Stadtannalen detailliert über den Zustand seiner Leiche im Wald vor Seloun berichteten. Aber wer war dann Arnac? Und was war mit Agnes geschehen? Ich vergegenwärtigte mir die Geschichte um den Tod der Mädchen – Louise und Agnes, deren Leichen erst nach Tagen aufgebahrt in einer Höhle gefunden wurden, so schrecklich entstellt, dass man die Särge bei der Trauerfeier verschlossen lassen musste! Wer, der die Mädchen hätte identifizieren können, hatte sie eigentlich überhaupt gesehen, fragte ich mich. Doch nur Archimède Degrelho. Es war also sehr wohl denkbar, dass der Tod von Agnes und Louise Degrelho nur vorgetäuscht worden war. Aber warum hätte Archimède das tun sollen? Und da fiel mir wieder jener Brief ein, den Hector Degrelho an Austelié geschrieben hatte und in dem es um ein Testament ging. Ich hatte immer gedacht, Hector Degrelho meinte ein Testament, das ihn begünstigte, aber in Wirklichkeit ging es um sein eigenes Testament, das Testament, das seine Töchter im Falle von Daniels Tod zu seinen Erben erklärte. Und so abwegig es war – wenn Cristino Arnacs Schwester sein sollte, dann konnte Arnac selbst nur ein einziger Mensch sein: nämlich Louise Degrelho.»

Ungläubige Blicke trafen Fabiou, noch viel ungläubigere Louises reglosen Körper auf dem Diwan. Fabiou nahm sich einen Moment Zeit, das allgemeine Staunen zu genießen, dann fuhr er fort: «Und da passte auf einmal alles zusammen: die Ermordung des Notars Austelié und das damit verbundene Verschwinden des Testaments von Hector Degrelho und der Verfügung, die an meinen Onkel gegangen war; die Tatsache, dass zunächst nur Hector Degrelho, sein Sohn und Erbe und seine schwangere Frau ermordet wurden; der spätere Mordversuch an den Mädchen, nachdem klar wurde, dass sie testamentarisch zu Hectors Erben erklärt worden waren; und natürlich Cristinos ständige Albträume. Cristino hat immer behauptet, ihre Träume hätten begonnen, als sie das Medaillon kaufte, so als ob mit dem Medaillon Agnes' Geist auf sie übergegangen sei. Aber das stimmte ja gar nicht!»

«Wieso? Das stimmt schon. Die Träume haben angefangen, als ich das Medaillon kaufte», widersprach Cristino.

«Das ist nicht wahr!», sagte Fabiou. «Denk an die Fahrt durch die Coumbo, den Traum, den du der Barouno de Buous erzählt hast! Cristino, deine Träume haben angefangen, als wir durch La Costo fuhren und du die Krähe gesehen hast!»

Cristino hob langsam die Hand und presste sie auf den Mund. Couvencour schüttelte den Kopf. «Ich hatte gehofft, sie würde sich nicht mehr daran erinnern», murmelte er.

«Es ist alles vollkommen logisch!», rief Fabiou. «Dieses Ereignis mit der Krähe in La Costo hat in Cristino die Erinnerung an einen anderen Tag in La Costo wachgerufen, nämlich jenen Tag, an dem sie mit ihrer Familie dort war, kurz nachdem der Ort von Mayniers Truppen niedergemacht worden ist! Vermutlich hat es damals in diesem Dorf nur so von Krähen gewimmelt, und vermutlich hat Cristino dort auch die Leichen der ermordeten Dorfbewohner gesehen. Kein Wunder, dass sie immer so Angst vor Toten hatte und dass in ihren Träumen immer Berge von Leichen vorkamen! All das, was Cristino und letztlich auch wir für Träume oder Visionen hielten, waren in Wirklichkeit Erinnerungen!»

«Moment mal!» Der Buous schüttelte heftig sein kahles Haupt. «Entschuldige, Kleiner, aber einem einfachen Mann vom Lande geht das etwas zu schnell. Ich kapiere im Moment rein gar nichts. Also, du behauptest, Cristino wäre in Wirklichkeit Agnes Degrelho und Arnac ihre Schwester, richtig, und ihr Onkel wollte die ganze Familie auslöschen, um sich das Erbe seines Bruders anzueignen, ja? Aber was hat das jetzt alles mit La Costo zu tun? Und was, verdammt noch mal, mit diesen ganzen vermaledeiten Morden der letzten Monate?»

«Das würde mich jetzt allerdings auch langsam mal interessieren», meinte Sébastien kauend. «Ich war schließlich ein paar Tage außer Gefecht gesetzt und habe deine Nachforschungen nicht mehr mitverfolgen können. Es wäre ganz gut, wenn du die Geschichte von Anfang an erzählen könntest!»

«Von Anfang an …» Fabious Augen leuchteten wie die Feuer an Sant Joan. «Wie wäre es, wenn jemand anderes diese Geschichte erzählen würde, diese furchtbar traurige Geschichte, die vor knapp dreißig Jahren in der Klosterschule St. Trophimus von Arle begann, die Geschichte von ein paar kleinen Jungs, die einen Geheimbund gründeten und sich schworen, getreu der alten Werte des Rittertums und inspiriert von den neuen Ideen des Humanismus alles Unrecht zu bekämpfen. Ein Schwur, dem sie fünfzehn Jahre später einer nach dem anderen in den Tod folgten.» Fabiou hielt inne, um diese ach so poetischen Worte auf die versammelte Zuhörerschaft wirken zu lassen. Dann fuhr er fort, bemüht seiner Stimme die Würde zu verleihen, die der Tragweite seiner Worte angemessen war: «Zum Beispiel einer der beiden Überlebenden der Bruderschaft, die in diesem Raum anwesend sind.»

Jetzt hörte sogar Sébastien mit dem Kauen auf. Der Bonieus war hochgefahren. «Donnerwetter», sagte der Buous. «Donnerwetter aber auch.»

Fabiou hatte sich umgedreht. «Graf Ianus und Lancelot, nicht wahr?», fragte er, den Blick auf seinen Stiefvater gerichtet, der an seiner Gürtelschnalle herumnestelte, während Rouland de Couvencour mit der Schuhspitze in einer Ritze zwischen den Steinplatten im Fußboden herumschabte, als ob er darunter einen verbuddelten Schatz vermutete. «Graf Ianus, nach dem doppelköpfigen

Drachen im Wappen der Couvencours. Lancelot der Gralsritter, aus Freundschaft zu einem, der sich ebenfalls nach einem Gralsritter den Namen Schionatulander gegeben hatte. Rouland de Couvencour und Frederi de Castelblanc. In jener Nacht nach dem Tod des Notars, da habt Ihr Euch im Haus der Aubans getroffen, nicht wahr? Ich dachte, ich hätte Onkel Philomenus und seine Freunde belauscht, und dabei wart Ihr es, Ihr und Tante Beatrix – die letzten Überlebenden der Bruderschaft.»

Der einzige Laut war Catarinos Aufschrei. «Tante Beatrix?»

«Oh ja, Tante Beatrix alias Cosmas, benannt nach dem Schutzheiligen der Ärzte», sagte Fabiou. «Wir dachten immer, Tante Beatrix habe Ais damals aus Trauer über den Tod ihres Bruders und ihrer Mutter verlassen. Von wegen! Tante Beatrix ging nach Rom, weil in Ais ihr Leben bedroht war!»

Rouland de Couvencour warf einen Blick in die Runde, auf Crestin, der ihn mit offenem Mund anstarrte, auf Bonieus und Buous, deren Blicke mit wahrer Ehrfurcht erfüllt waren, und auf Frederi de Castelblanc, der die Schultern hängen ließ wie ein geprügelter Hund. Er räusperte sich. «Es war Hector Degrelhos Idee, das mit der Bruderschaft», sagte er. «Am Anfang war es nur so ein Spiel von Hector, Pierre und mir, wie es Kinder oft spielen, von Rittern, die auf einen Kreuzzug zogen. Bis er dann irgendwann um 1530 bei Nacht und Nebel alle Jungs der Schule, die er als würdige Mitglieder seines Geheimbundes erachtete, in einem alten Kellergewölbe unter der Schule versammelte und die Bruderschaft des Heiligen Grals gründete. Der Name war von der Geschichte von Mont-Segur inspiriert, und nach einer der Sagen, die sich um Mont-Segur rankten, nannte er sich Carfadrael.»

«Carfadrael. Der Ritter, der den Heiligen Gral aus Mont-Segur gerettet haben soll», bestätigte Fabiou. Senher d'Alence und Senher de Vare tauschten einen Blick, dem man ihr Bedauern darüber ansah, damals zu jung gewesen zu sein, um zu den Auserwählten zu gehören. «Und die Bruderschaft. Rouland de Couvencour. Frederi de Castelblanc. Pierre Avingou alias Magister Morus. Cristou de Bèufort alias Schionatulander. Archimède Degrelho – Augustus. Raymoun de Labarre – Coeur de Lion. Lucian Veive – Mountagno.

Jacque Bergotz – Franciscus. Antoine Carbrai – Orléans. Und Philippe Maynier alias Gracchus. Stimmt's?»

«Maynier? Jean Mayniers Sohn?», fragte der Bonieus erstaunt.

«Jacque?», krächzte der La Costo. Er war in etwa so weiß wie die Tünche an der Wand in seinem Rücken.

Couvencour nickte. «Hector war… unglaublich!», fuhr er fort, und seine Augen leuchteten jetzt fast so hell wie die von Fabiou. «Gott, er war fast noch ein Kind, fünfzehn Jahre alt war er damals, aber wenn man ihn reden hörte, war es, als höre man Bonivard zu, oder Luther, oder Jeanne d'Arc! Er verzauberte jeden, der ihm zuhörte, er weckte Visionen in uns! Vor unseren Augen erstand eine ganz neue Welt, in der es keine Ungerechtigkeit und keine Unterdrückung mehr gab!» Er seufzte, wischte sich mit einer erschöpften Handbewegung die spärlichen Haare zurück. «Eine Zeitlang ging alles gut, wir hielten unsere geheimen Versammlungen ab und schmiedeten hochtrabende Pläne, aber dann, eines Tages, flog natürlich alles auf. Es gab einen wahnsinnigen Ärger. Sie hatten einige von Pierres und Hectors humanistischen Büchern gefunden, und dann war natürlich gleich die Rede von Verbreitung ketzerischen Gedankenguts. Wir hatten Glück im Unglück, dass der Abt ein relativ offener Mann war und zudem Hector und Pierre sehr wohlwollend gegenüber stand, vor allem Pierre, dessen Genie damals schon abzusehen war. Das rettete uns vor schlimmeren Konsequenzen. Aber Hector wurde der Schule verwiesen, und die Tage der Bruderschaft waren erst einmal gezählt.»

«Bis Hector Degrelho sie in Ais wieder aufleben ließ», mutmaßte Fabiou.

Couvencour lächelte schwach. «Der 4. Mai 1537, ich weiß es noch wie heute, Hectors zweiundzwanzigster Geburtstag. Er hatte Pierre und mich zu sich in das Haus seines Vaters in der Keyrié eingeladen. Pierre war damals bereits an der Universität in Ais tätig, und Hector war schon einige Monate mit Justine verheiratet. An diesem Abend hatten wir alle drei schon einiges getrunken und ereiferten uns über die *affaire des placards*, die damals der Inquisition erschreckenden Auftrieb gab. Und da sagte Hector plötzlich, man müsse etwas gegen all das tun, man könne dies als ehrenvoller Mensch nicht einfach hinnehmen. Wir lachten uns halb tot und fragten, was er denn zu tun gedächte, aber Hector meinte nur, wir rufen die Bruderschaft wieder zusammen.

Die meisten von uns hielten sich zu jener Zeit in Ais auf. Cristou, Philippe und Frederi hatten gerade ihr Studium an der dortigen Universität aufgenommen. Archimède lebte ohnehin mit seinem Bruder unter einem Dach, Jacque Bergotz war in Ais in ein Priesterseminar eingetreten, Antoine Carbrai und Lucian arbeiteten im Kaufmannsbetrieb von Antoines Vater. Damals stießen dann auch Beatrix und Mouche Piqueu zu uns.»

«Mouche Piqueu? Der Druckermeister?», fragte Sébastien.

Couvencour nickte. «Hector wandte sich an Mouche Piqueu zunächst nur, um Zugriff auf eine Druckerpresse zu haben. Er weihte ihn bis zu einem gewissen Grad in unser Vorhaben ein, und Mouche war so begeistert, dass er voll und ganz bei der Bruderschaft mitmachen wollte. Hector hatte natürlich nichts dagegen, ganz im Gegenteil, ein Jude hatte ihm noch gefehlt in seinem Sammelsurium von Ketzern, mit Lucian als Waldenser und Antoine, der inzwischen zum Protestantismus übergetreten war. Und Beatrix – am Anfang waren einige skeptisch, eine Frau in unserer Runde zuzulassen, doch durch ihren Eintritt in den Benediktinerorden hatte sie Kontakte, die sich als sehr nützlich erwiesen.»

«Und Vater? Wann ist er Protestant geworden?», fragte Catarino. Cristino zuckte zusammen, als sie sie «Vater» sagen hörte. Vater. Catarinos Vater. Fabious Vater. Im Leben gestern war er auch noch ihr Vater gewesen.

Couvencour sah hilfesuchend zu Frederi hinüber, doch der starrte nur stumm vor sich hin, so dass Couvencour wieder das Wort ergriff. «Im Grunde hat ihn Antoine dazu gebracht. Ihn und Philippe. Antoine hat sie beide zu seinen protestantischen Gottesdiensten mitgenommen. Cristou war begeistert. Er meinte, in der einfachen Gottesverehrung der Protestanten das wahre Christentum gefunden zu haben. Er hat uns von frühmorgens bis abends spät von den Vorzügen des Protestantismus vorgeschwärmt, bis Raymoun irgendwann mal drohte, ihm den Hals umzudrehen, wenn er noch einmal das Wort Luther in seiner Gegenwart in den Mund nehmen würde. Und für Philippe war der Protestantismus der Gegenentwurf zur Welt seines Vaters, die er so ablehnte. Und dann traf er dieses Mädchen. Sie gehörte einer der älteren protestantischen Familien an. Zwei Wochen später konvertierte er, zusammen mit eurem Vater.»

«Und Mutter?», fragte Catarino. Frederi seufzte und ließ den Kopf in die Hände sinken. Schließlich gab Couvencour es auf, auffordernde Blicke in seine Richtung zu werfen, und fuhr selbst fort, indem er sagte: «Eure Mutter liebte euren Vater. Er sagte eines Tages zu ihr, ich will dich heiraten, aber ich bin Protestant, und da sagte sie, gut, dann werde ich eben auch Protestant.»

«Wieso hat sie ihn dann verraten, wenn sie ihn liebte?», fauchte Catarino.

Couvencour schüttelte den Kopf. «Deine Mutter hatte keine andere Wahl! Hätte sie zu deinem Vater gehalten, wäre sie jetzt genauso tot wie er!», erklärte er.

Catarino öffnete den Mund zu einer heftigen Entgegnung, doch bevor sie etwas sagen konnte, war Fabiou ihr ins Wort gefallen, indem er meinte: «Und damals begann dann die legendäre Zeit der Bruderschaft, nicht wahr?»

Rouland sah Frederi an. Frederi sah Rouland an. Ein seltsamer Blick. Wehmütig, mochte man meinen. «Es war …», begann Rouland de Couvencour, dann hielt er inne, kopfschüttelnd nach einem Adjektiv suchend, das dem, was er sagen wollte, angemessen war, und endete schließlich: «… unglaublich.» Sein Blick ging zu Frederi, als erwarte er sich von ihm eine zutreffendere Umschreibung, dann hob er machtlos die Arme und wiederholte: «Unglaublich, einfach unglaublich war es. Am Anfang waren es nur Kleinigkeiten, die wir taten. Ein paar Flugblätter drucken und unter die Leute bringen, ein paar gesuchten Protestanten die nötigen Geldmittel organisieren, damit sie in die Schweiz fliehen konnten. Es war riskant, natürlich, aber es war ein kalkulierbares Risiko. Doch mit jeder Woche, die verging, wurden unsere Pläne riskanter, unsere Taten waghalsiger. Und das Verrückte war, so groß die Gefahr auch schien, so undurchführbar unsere Pläne auch sein mochten, es war, als ob uns alles gelingen wollte, was wir unternahmen.»

Und endlich sprach Frederi. «Es war wie im Märchen», sagte er. «Als ob wir den Stein der Weisen gefunden hätten, als ob wir unbesiegbar wären. Innerhalb weniger Wochen waren wir zu Helden geworden, über die man hinter vorgehaltener Hand auf den Marktplätzen und in den Gaststätten tuschelte. Überall wurden Mutmaßungen darüber angestellt, wer wir waren. Pierre und Raymoun sammelten die unterschiedlichen Theorien regelrecht und amüsierten sich köstlich darüber. Es … war eine so unglaubliche Zeit. Wir lebten in dem Gefühl, alles zuwege bringen zu können. Gott, wir wussten, dass es ein Spiel mit dem Feuer war, dass unser Leben jeden Tag zu Ende sein konnte, wenn nur irgendeine Kleinigkeit schiefging. Aber vielleicht war es gerade das, was das Leben damals so lebenswert machte. Das und die Tatsache, dass wir zusammen waren, dass wir uns gegenseitig hatten, unsere Freunde, auf die wir uns bedingungslos verlassen konnten, egal was geschah. Das war ein unglaubliches Gefühl. Wir waren wie die Ritter der Tafelrunde oder die Argonauten, verschworen gegen die ganze Welt, bis in den Tod. Es war die schönste Zeit in meinem ganzen Leben.»

Catarino konnte nicht anders, als Frederi kuhäugig anzustarren. Diese Rede war das Letzte, was sie oder irgendein anderer in diesem Raum von ihrem Stiefvater erwartet hatte.

«Die Leute waren begeistert von uns», erklärte Couvencour. «Für die einfachen Menschen waren wir eine Mischung aus Volkstribunen und Sagenhelden, und viele Adlige sahen in uns die Wiederauferstehung der alten, ritterlichen Prouvenço. Sie wussten ja nicht mal, wer wir waren, aber ein Brief von uns genügte, und sie versorgten uns mit allem, was wir brauchten.»

«Aber ihr hattet auch Feinde», erinnerte Fabiou. «Die Inquisition natürlich. Die Edelleute, denen ihr mit euren Aktionen Schaden zufügtet. Und letztlich sogar die Franzosen.»

«Oh ja, klar, wir hatten bald ein paar Klagen beim Parlament am Hals», antwortete Frederi. «Aber was hat uns das gestört! Keiner wusste, wer wir waren, und wir hatten überall unsere Verstecke, in die wir uns nach unseren Unternehmungen flüchten konnten. Die Wahrheit kannten nur einige wenige unserer engsten Vertrauten – die Frauen von Rouland und Hector, Beatrix' und Pierres Eltern, unsere vertrauenswürdigsten Diener, und noch einige wenige andere. Eure Großmutter, ja, die hat sicher auch etwas geahnt, schlau wie sie war. Und Madaleno war natürlich ebenfalls eingeweiht.» Er registrierte die entgeisterten Blicke seiner Stiefkinder und lächelte. «Oh ja, eure Mutter wusste über alles Bescheid. Sie war ... anders damals, sie liebte diese Dinge, das Geheimnisvolle, das Abenteuer ...»

«Für das Parlament waren wir ein Phantom, etwas Ungreifbares, Unerklärliches», fuhr Couvencour fort. «Und die Franzosen ... Paris war weit und bestand in unseren Augen aus unfähigen Hofschranzen, die nichts waren gegen uns, die unschlagbare Bruderschaft. Jesus, als wir zu ahnen begannen, dass uns die Agenten des französischen Königs auf den Fersen waren, waren wir auch noch stolz darauf, statt uns in irgendeiner Form Gedanken zu machen!»

«Und dann traft ihr irgendwann auf Trostett und Ingelfinger, nicht wahr?», meinte Fabiou.

«Ich weiß nicht, wie Trostett uns gefunden hat», meinte Couvencour. «Spätestens damals hätte uns klar werden sollen, dass es Leute gab, denen wir nicht gewachsen waren. Er stand eines Tages vor uns und erklärte, die Feinde der Franzosen seien die Freunde des Reiches und dass wir daher auf seine Unterstützung zählen könnten. Wir waren etwas erstaunt, wir hatten uns bisher nie in dem Sinn als Feinde der Franzosen verstanden. Insbesondere waren wir dem Deutschen Reich in keiner Weise freundlicher gesinnt; Hector besaß ein grundlegendes Misstrauen gegen jede Form von Großmacht. Aber ausgerechnet Hector war es dann, der auf Trostetts Annäherungsversuch einging. Ich glaube, er fand das Ganze in erster Linie amüsant – dass die katholische Partei Deutschlands einen Geheimbund unterstützen wollte, der einen beträchtlichen Teil seiner Kraft darauf verwendete, Protestanten vor der Inquisition zu retten. Und umso lustiger, als wenig später dieser Ingelfinger bei uns auftauchte, ebenso beunruhigend aus dem Nichts, und uns die Unterstützung der protestantischen Partei Deutschlands antrug. Hector kam sich unglaublich schlau vor, indem er sich sowohl von Trostett als auch von Ingelfinger Geld geben ließ, das er dann nach Gutdünken für seine Pläne verwendete. Es war naiv, natürlich.»

«Und die Antonius-Jünger?», fragte Sébastien jetzt.

«Ja, die Antonius-Jünger», sagte Couvencour nickend. «Sie machten etwa zur gleichen Zeit wie wir von sich reden. Und vom ersten Moment an war Hector begeistert von ihnen. In seinen Augen standen wir auf derselben Seite und kämpften denselben Kampf.

Als Hector damals im Sommer '44 erfuhr, dass Joan dem Bossard in die Hände gefallen war, ließ er alles stehen und liegen und trommelte uns zusammen, um zu seiner Rettung auszuziehen, Pierre zerrte er mitten aus einer Vorlesung heraus... Ich habe ihn nie stolzer erlebt als an diesem Tag, als er, Hector Degrelho, Joan lou Pastre das Leben rettete.

Der Joan war in einem furchtbaren Zustand, als wir ihn befreiten, und Beatrix ging davon aus, dass er sterben würde. Aber Hector weigerte sich, das zu akzeptieren. Er saß drei Tage und drei Nächte an Joans Lager und wachte über ihn, bis sich abzeichnete, dass er überleben würde. Später dann, als es Joan besser ging, verbrachten sie Stunden mit disputieren. Es war erstaunlich. Die gesellschaftliche Kluft zwischen ihnen hätte größer nicht sein können – der eine ein gebildeter Adliger, Sohn eines reichen Baroun, der andere ein geflohener Leibeigener, der nicht einmal seinen Namen schreiben konnte. Aber irgendwie waren sie – seelenverwandt, anders kann ich es nicht ausdrücken. Für mich ist es das tragischste Detail dieser ganzen unglückseligen Geschichte, dass Joan für den Mord an Hector hingerichtet wurde.» Couvencour schwieg einen Moment, dann sagte er: «Das war wie gesagt 1544. Im selben Jahr starb Hectors Vater und vermachte Hector testamentarisch die Barounie, während Archimède mit Santo Anno dis Aupiho bedacht wurde. Von diesem Moment an zog Archimède sich von uns zurück. Hector dachte, es läge daran, dass Santo Anno so weit entfernt war und Archimède so viel zu tun hätte. Doch ich wusste, dass Archimède krankhaft neidisch auf seinen Bruder war und meinte, dass die Barounie eigentlich ihm zugestanden hätte. Ich warnte Hector, ihm nicht über den Weg zu trauen, aber Hector fand die Vorstellung, dass sein eigener Bruder ihm aus purer Habgier Schaden zufügen wollte, schlichtweg absurd. Und dann wurde Philippe verraten.»

«Von Archimède?», fragte Fabiou.

«Ich habe keine Ahnung», seufzte Couvencour. «Eine Menge Leute kamen in Frage.»

«Auf jeden Fall ahnte Maynier, wer Philippe und seiner Frau zur Flucht verholfen hatte, und deshalb brachte Philippes Verschwinden ihn nicht nur endgültig gegen alle Andersgläubigen auf, sondern auch gegen die Bruderschaft», stellte Fabiou fest. «Aber noch war er sich nicht über eure Identität im Klaren.»

Couvencour nickte langsam. «Anfang '45, nachdem wir ein gutes halbes Jahr kein Wort mehr von ihm gehört hatten, tauchte Archimède dann wieder bei uns auf», murmelte er. «Er war die Liebenswürdigkeit in Person, und Hector war überglücklich, sein Bruderherz wieder an seiner Seite zu wissen.»

«Sein Bruderherz kehrte nur zu ihm zurück, um ihn an die Franzosen zu verraten, vermutlich in der Hoffnung, dass die die Mitglieder der Bruderschaft und damit natürlich auch Carfadrael hinrichten lassen würden», meinte Fabiou trocken. «Eigentlich ein schlauer Plan. Hätte er Hector durch einen gedungenen Mörder töten lassen, wäre der Verdacht naheliegenderweise auf ihn als Hectors Erben gefallen. Sorgte er aber für die Vernichtung der gesamten Bruderschaft, würde kein Mensch Hectors Tod für das Ergebnis eines Erbschaftsstreits halten, und vor allem war keine Untersuchung der Geschichte durch das Parlament zu erwarten. Dumm nur für Archimède, dass der gute Corbeille, wie Carfadraels eifriger Verfolger von Seiten der Franzosen hieß, inzwischen selbst eine gewisse Schwäche für die Bruderschaft und ihre tollkühnen Aktionen entwickelt hatte. Seine Berichte spielten die Gefahr, die von der Bruderschaft ausging, wohl derart herunter, dass man beschloss, Euch zu verwarnen und unter Überwachung zu stellen, statt Euch gleich einen Kopf kürzer zu machen. Und damit konnte Archimède sich natürlich nicht zufrieden geben. Also blieb ihm nichts anderes übrig, als Euch erneut zu verraten, und diesmal an Leute, die keine Gnade kennen würden – und zwar an Maynier und seine Getreuen, Eure Feinde im hiesigen Adel. Und wie das Schicksal es wollte, kamen ihm die Zeichen der Zeit zu Hilfe. Der *Arrêt de Mérindol*, um präzise zu sein.»

«Im Grunde waren wir nicht einmal ganz unschuldig an diesem *Arrêt*», sagte Couvencour. «Cristou hatte Verbindungen zum Parlament; mehrfach erfuhr er im Voraus von geplanten Unternehmungen gegen die von Merindou und mehrfach warnten wir sie rechtzeitig und ermöglichten ihnen so die Flucht in die Berge. Bis Maynier und die anderen die Nase voll hatten und jenen *Arrêt de Mérindol* erließen. So richtig ernst genommen hat es damals keiner. Bis zum April 1545.» Er holte tief Luft. «Es war an einem der Tage nach Ostern, so am 8. oder 9. April, wenn ich mich richtig erinnere. Einer von Cristous Verbindungsleuten im Parlament, ein gewisser Sazo, ein entfernter Verwandter von Sazo de Goult, nahm ihn eines Abends beiseite und sagte, dass sich eine große Sache anbahne, im ganzen Land würden Truppen ausgehoben, und die Aufgebote der Edelleute würden zusammengerufen. Maynier würde in den nächsten Tagen nach Marsilho fahren, um sich die Unterstützung der dort stationierten königlichen Truppen zu sichern. Außerdem stünde man in Verhandlungen mit dem Vizelegaten in Avignoun. Als Cristou ihn fragte, was das alles zu bedeuten habe, meinte er, es gehe gegen die Waldenser. Maynier habe den Conseil privé des Königs bereits im Februar auf irgendwelchen obskuren Wegen zu einem Ermächtigungsschreiben bewegt, das die Umsetzung des *Arrêt de Mérindol* erlaube. Wir versammelten uns noch am gleichen Abend. Es war klar, wenn Maynier eine Armee dieser Größenordnung zusammenstellte, dann musste es um mehr gehen, als in Merindou ein paar Ketzer zu verhaften und ein paar Häuser niederzubrennen. Also was hatte er vor? Da der Name des Vizelegaten gefallen war, ahnten wir, dass sie neben Merindou gegen Cabriero du Comté ziehen würden. Cristou hatte bereits weitere Nachforschungen angestellt und einiges über die ‹Truppenaushebungen› herausgefunden, die so ein Kerl namens Vaujouine, Capitaine Vaujouine, leitete. Offenbar suchte er sich die übelsten Subjekte zusammen, die die Gegend zu bieten hatte. Maynier plante einen Vernichtungsfeldzug, so viel war klar.»

«Also versuchtet Ihr, den *Arrêt* zu verhindern, so wie Ihr immer böse Pläne vereitelt habt, nicht wahr?», fragte Fabiou. «Nur dass dieser Plan eine Dimension hatte, die Eure Möglichkeiten bei weitem übertraf.» Auf Couvencours fragenden Blick hin zog er das kleine, zerknitterte Büchlein mit dem Ledereinband aus der Tasche. «Ich habe das hier gelesen», sagte er. Er versuchte, nicht auf das seltsame quiekende Geräusch zu achten, das aus Frederis Mund drang.

Couvencour nickte langsam. «Wir überlegten, was zu tun war. Hector, Hitzkopf, der er war, wollte sofort zu Maynier rennen und sich mit ihm prügeln, aber der war bereits nach Marsilho abgereist.

Das einzig Denkbare schien uns zu sein, ein Schreiben an den König zu richten, in dem wir ihm die Vorgänge schilderten und ihn baten, sein Einverständnis zurückzuziehen. Nach langen Diskussionen rangen wir uns dazu durch und schickten am Morgen des 12. April einen vertrauenswürdigen Boten mit eben diesem Schreiben los, in Richtung Paris. Leider zu spät.»

«Der 12. April», wiederholte Fabiou. «Quasimodo. Der Tag, an dem das Parlament Maynier zur Umsetzung des *Arrêts* ermächtigte.»

Wieder nickte Couvencour. «Wir wären nie darauf gekommen, dass das Parlament überhaupt tagen würde, schließlich war Sonntag. Keiner hatte eine Erklärung für diese überstürzte Eile, nachdem die Genehmigung des Königs schließlich schon seit Februar vorlag. Im Nachhinein denke ich, dass Archimède Maynier die Sache mit unserem Boten zugetragen hat und dieser daraufhin begriff, dass die Zeit drängte. Die Entscheidung fiel in den späten Abendstunden. Um zehn Uhr abends klopfte eben jener Sazo bei Cristou an die Tür und teilte ihm mit, dass der Feldzug beschlossene Sache sei; bereits am folgenden Tag würden die vom Parlament beauftragten Kommissare in den Luberoun aufbrechen. Bei Cadenet würde man bis zum 15. April mit den königlichen Truppen zusammentreffen.»

«Und dann?», fragte Nicolas de Bouliers atemlos.

«Und dann?» Couvencour lachte bitter auf. «Junge, wir waren zu zwölft, dreizehn, wenn man Beatrix zählte, all unsere Diener und Waffenknechte mitgerechnet vielleicht vierzig. Etwas zu wenig, um sich einer Armee in den Weg zu stellen.» Er seufzte tief. «In den vierundzwanzig Stunden, die folgten, haben wir alles Mögliche und Unmögliche versucht, um Maynier aufzuhalten. Cristou wollte eine gerichtliche Verfügung erwirken, die die Umsetzung des *Arrêts* aufhielt. Wir haben Flugblätter gedruckt, wir haben versucht, die Edelleute dazu zu bewegen, sich gegen Maynier zusammenzuschließen. Aber es war alles erfolglos. Zwar war ein beträchtlicher Teil der Edlen des Luberoun gegen Mayniers Vorhaben, schon weil sie ahnten, dass sie letztlich die Verlierer sein würden, wenn Mayniers Heer plündernd und brandschatzend durch ihre Ländereien zog, doch sie alle befürchteten wohl, durch eine offene Opposition zu viel aufs Spiel zu setzen. Und dann, am Abend des 13. Aprils, nachdem wir es aufgegeben hatten, wieder und wieder die verzweifeltsten und sinnlosesten Pläne zu wälzen, fassten wir eben einen fatalen Entschluss. Einen Entschluss, der entsetzlich, der furchtbar war, aber der uns doch die letzte Möglichkeit schien, die Katastrophe zu verhindern.» Er brach ab. Er kämpfte um Atem.

‹Es bleibt nur die letzte Lösung›, hatte Schio in seinem Brief in jenem *Confidentiel* geschrieben. ‹Möge Gott uns verzeihen.›

«Was für einen … Entschluss?», fragte Sébastien vorsichtig.

Roulands linke Hand verteilte Schlieren von Schweiß auf seiner Stirn. Frederis Zähne klapperten wie ein altersschwaches Mühlrad.

«Den Entschluss, Jean Maynier d'Oppède zu töten», ergänzte Fabiou ruhig.

Kaum einer wagte zu atmen. «Ja», krächzte Rouland de Couvencour. Die Worte waren zwischen seinen zusammengequetschten Zähnen kaum zu verstehen. «Den Entschluss, Maynier zu töten.» Er rang nach Luft. «Maynier war die Schlüsselfigur in der ganzen Geschichte», sagte er. «Weder de la Font noch Guérin hätten genügend Durchsetzungskraft besessen, um die Sache alleine durchzuziehen. Also gab es die begründete Hoffnung, dass das gesamte Vorhaben in sich zusammenbrechen würde, wenn Maynier starb, oder sich zumindest lange genug verzögerte, dass der König noch rechtzeitig eingreifen könnte. Es gab eine Abstimmung. Frederi und Jaquot waren dagegen. Schio enthielt sich. Alle anderen stimmten dafür.»

«Und dann hat mein Stiefvater die Bruderschaft verlassen», stellte Fabiou mit einem leichten Nicken fest.

«Woher weißt du das jetzt wieder?», fragte Couvencour, der erschöpft den Kopf schüttelte.

«Pierre erwähnt ihn mit keinem Wort in seinen Aufzeichnungen», erklärte Fabiou. «Und abgesehen davon musste irgendetwas passiert sein, was ihn von der Bruderschaft, was ihn von Euch entfernte.»

Die Worte kämpften sich über Frederis Lippen, von seinen zusammenschlagenden Zähnen in Stücke gehackt. «I-ich k-konnte es nicht. I-ich konnte nicht töten. I-ich bin doch Christ …»

Frederi der Katholik, Frederi der Christ, Frederi mit seinen hohen, unbrechbaren Prinzipien. Er musste Cristou unfassbar geliebt haben.

Armer kleiner Schio, dachte Fabiou.

«Wir planten das Ganze in einem Waldstück auf der Straße nach Pertus. Von einem Hügel über der Straße hatte man eine gute Sicht auf alles, was sich unten bewegte. Mouche Piqueu erklärte sich bereit, *es* zu tun. Er war ein hervorragender Arkebusenschütze. Es war eine vernünftige Entscheidung so.» Couvencour lachte etwas verlegen. Offensichtlich erschien ihm das Wort «vernünftig» in diesem Zusammenhang selbst unpassend. «Wir vereinbarten, dass einer ihnen entgegenreiten und sie unter einem Vorwand zum Anhalten bringen sollte, damit Mouche nicht auf ein bewegliches Ziel schießen musste. Lucian meldete sich freiwillig, diesen Part zu übernehmen. Er fühlte sich verantwortlich, da es um seine Glaubensbrüder ging.»

«Schlauer Plan», sagte der Bouliers. Seiner Stimme war das Bedauern darüber anzuhören, dass derselbe nicht geglückt war.

«Schlauer Plan, ja», bestätigte Fabiou. «Dumm nur, dass er verraten wurde. Es war Archimèdes große Chance. Es war völlig klar – wenn Maynier erfuhr, dass die Bruderschaft seine Ermordung plante, würde er nicht einen Moment zögern, sie allesamt umzubringen. Also marschierte Archimède geradewegs zu Maynier und berichtete ihm brühwarm den ganzen Plan. Am Abend des 14. April kam es zu einem Treffen im kleinen Kreis – Mayniers engste Getreue und die, von denen man wusste, dass die Bruderschaft ihnen aus unterschiedlichen Gründen ein Dorn im Auge war, so wie der St. Roque und der Bossard. Vermutlich diskutierte man erst die rechtlichen Möglichkeiten durch, kam aber dann zu dem Schluss, dass ein Todesurteil gegen Carfadrael und seine Freunde im Parlament nicht mehrheitsfähig war und eine entsprechende Anklage gewisse Teile der Oberschicht sogar gegen Maynier und seine Getreuen aufbringen könnte. Einen Verlust der Unterstützung der Parlamentsmehrheit konnten sie sich in der aktuellen Situation nicht leisten, also musste zu anderen, diskreteren Mitteln gegriffen werden, wollte man die Bruderschaft beseitigen. Diejenigen ihrer Mitglieder, die ketzerischen Ideen anhingen, konnte man problemlos im Rahmen des *Arrêt de Mérindol* erledigen. Und was die anderen betraf, allen voran Hector Degrelho, so wurde ein privater Henker beauftragt – der Genevois. Allein bezüglich Frederi de Castelblanc erging kein Mordbefehl, warum auch immer – vermutlich hat Archimède ihn gar nicht mehr erwähnt, nachdem er die Bruderschaft verlassen hatte.» Fabiou holte tief Luft. «Und so wurde in jenen Tagen nicht nur das Todesurteil über die Waldenser verhängt. Sondern auch das über die Bruderschaft. Trostett muss davon erfahren haben, aber da er hinter Mayniers Ketzerjagd stand, ließ er seine alten Verbündeten von der Bruderschaft gnadenlos ins Messer laufen.»

Rouland nickte nervös. «Wir legten uns also an jenem 15. April bei Pertus auf die Lauer und warteten auf Maynier. Schio war als Späher vorausgeritten, hatte auf der Straße von Ais eine Gruppe von Reitern entdeckt und Maynier unter ihnen erkannt. Alles war bereit. Lucian stieg auf sein Pferd und ritt ihnen entgegen.»

Wann hatten sie gemerkt, dass etwas nicht in Ordnung war? Als sie dort im Gebüsch auf der Lauer lagen, jeder mit seinem einsamen Kampf gegen die Angst und die bohrende Stimme des eigenen Gewissens beschäftigt. Wann hatten sie da begriffen, dass da etwas Seltsames war an jenen langsam näher rückenden Reitern? Was hatte den Verdacht in Pierre geweckt, so dass er den Kopf schüttelte und vor sich hin murmelte, etwas stimmt da nicht, etwas ist falsch, und Rouland, wissend, dass es kein Zurück mehr gab, keuchte, halt die Klappe, was soll denn nicht stimmen, alles ist in Ordnung! Und als Lucian dann auf die Männer zuritt und Pierre hochfuhr und sagte, mein Gott, Maynier ist nicht dabei, da war es zu spät für alles.

«Sie sind bis ganz nahe an Lucian heran geritten. Und in dem Moment, als sie ihn erreichten, zog einer der Reiter eine Arkebuse und schoss. Sie ritten weiter, noch bevor Lucian vom Pferd gestürzt war. Maynier … war nicht bei ihnen gewesen, er muss sich vor dem Waldstück von ihnen getrennt haben.» Couvencour rang nach Luft. «Bis wir unten auf der Straße ankamen, war Lucian tot. Wir begriffen zunächst überhaupt nicht, wie das hatte passieren können. Sie mussten von unserem Plan gewusst haben, und das konnte nur bedeuten, dass es einen Verräter in unseren Reihen gab. Der Einzige, der für uns in Frage kam, war Frederi, er hatte noch genug von dem Plan erfahren, um ihn zum Scheitern bringen zu können. Ironischerweise war es Archimède, der uns irgendwann nach Stunden aus unserer Erstarrung riss, indem er verkündete, er würde nach Santo Anno dis Aupiho reiten, er müsse seine Familie beschützen, falls das Söldnerheer dort vorbeizöge. Er bot Hector an, Justine und die Kinder mit sich zu nehmen, für den Fall, dass ihnen in Ais Gefahr drohte. Hector war ihm auch noch dankbar. Schließlich beschlossen wir, nach Merindou zu reiten. Es war längst Nacht geworden, und in Cadenet hatte das Söldnerheer bereits Aufstellung genommen, als wir uns auf den Weg machten. Wir schafften es in der Tat, Merindou rechtzeitig zu erreichen und die Menschen dort zu warnen. Aber was änderte das noch. Als wir Merindou verließen, brannten östlich von uns bereits die Dörfer. Wir ritten der Armee entgegen, in der irrigen Hoffnung, noch irgendetwas ausrichten zu können. Gott, wir ahnten nicht, dass Maynier neben den Waldensern noch jemanden anderen auf seiner Abschussliste hatte, nämlich die Bruderschaft.»

«Für Maynier hätte es nicht besser laufen können, was Euch betraf», meinte Fabiou. «Drei seiner zehn Todeskandidaten liefen ihm geradewegs in die Arme und wurden wie zufällig von seinen Söldnern getötet. Vier weitere konnte er als Ketzer ermorden lassen. Blieben drei – Couvencour, Tante Beatrix und Hector Degrelho. Und so wurde der Genevois auf den Weg gebracht.» Seine Finger spielten mit den zerfledderten Seiten von Pierres Buch. «Wann hat Pierre das hier geschrieben?», fragte er leise.

«Er hat damit angefangen, als wir nach Cabriero zurückkehrten», murmelte Rouland de Couvencour. «Cabriero war… das Schlimmste von allem. Es lebte kaum noch jemand. Cristou setzte sich einfach an den Straßenrand und weinte. Hector trat die ganze Zeit auf Trümmer am Wegesrand ein und stieß wüste Verwünschungen gegen Maynier aus. Und Pierre – er war so absurd vernünftig. Lief die ganze Zeit durch die Stadt, schaute in die Trümmer nach Spuren des Gemetzels und befragte die wenigen Überlebenden zu dem, was geschehen war. Das Büchlein hat er aus den Trümmern einer

Buchbinderei gefischt. Und dann, am Abend, wir hatten irgendwo bei Roubioun unser Nachtlager aufgeschlagen, klebte er eine Kerze neben sich auf einen Felsen und begann zu schreiben. Wir hatten alle seit Tagen nur noch stundenweise geschlafen und waren halb tot vor Müdigkeit, aber dennoch schrieb Pierre die halbe Nacht durch, bis ihm vor Erschöpfung der Stift aus der Hand fiel. Er sagte, er müsse dafür Sorge tragen, dass diese Geschehnisse nicht vergessen werden, und er wisse nicht, ob er später noch Gelegenheit dazu haben werde. Irgendwie hat er geahnt, dass er nur noch wenige Tage zu leben hatte.»

«Und La Costo?», fragte Cristino.

«Als wir nach der Zerstörung von Cabriero zurück durch den Luberoun ritten, begegneten wir kurz vor La Costo einer Kutsche», berichtete Rouland. «Es war Justine mit den Kindern. Wenn wir uns die Geschichte, die sie erzählte, richtig angehört hätten, hätte uns klar werden müssen, dass Archimède ein falsches Spiel spielte. Er hatte sie losgeschickt mit der Begründung, Santo Anno dis Aupiho sei nicht mehr sicher, das Söldnerheer sei im Anmarsch, der Weg Richtung Ais sei verbaut und die einzige Möglichkeit sei, über die Coumbo nach Norden zu fliehen. Er schickte sie nur mit ihrem Kutscher und einem Diener voraus und behauptete, er selbst würde mit seiner Familie nachkommen. Wie Justine und die Kinder durch die Coumbo gekommen sind, ist mir bis heute schleierhaft, denn Archimède hatte sie Mayniers Armee geradewegs in die Arme geschickt. Justine litt an Schwangerschaftserbrechen, was ihm höchstwahrscheinlich klargemacht hatte, dass ein potentieller weiterer Erbe in Sicht war. Ich nehme an, er hoffte, Justine und Daniel würden den Söldnern in die Arme laufen und ein unverdächtiges Ende nehmen.»

Ein vergessenes Bild in den Tiefen von Cristinos Erinnerung, ihre Mutter, die schöne, blonde, engelsgleiche Frau, die auf einem Kutschbock kniete, wirre Haare in ihr schweißbedecktes Gesicht geklebt, und mit wütendem Brüllen auf den Mann feuerte, dessen Hand nach der Tür der Kutsche griff, in der ihre Kinder saßen. Sie hatte Daniel und Louise jeweils eine Arkebuse in die Hand gedrückt und gesagt, wenn einer die Kutschentür aufmacht, dann schießt ihr, und da saßen sie nun an den Fenstern, ihre furchtlosen, unbekümmerten großen Geschwister, hielten sich an den riesenhaften Arkebuse fest und heulten vor Angst.

«Da war dieser Säugling», murmelte Cristino. «Nein, kein richtiger Säugling, viel kleiner. Er ist gestorben, oder?»

«Pierre hat darüber geschrieben», sagte Fabiou. «Ein frühgeborenes Kind, dessen Mutter gestorben war. Das war Louise, das Mädchen, das sich um es gekümmert hat, nicht wahr?»

«Daniel hat ihn gefunden», flüsterte eine heisere Stimme hinter Fabiou. Erstaunt drehte er sich um. Louise Degrelho hatte die Augen geöffnet und fixierte Fabiou mit einem erschöpften Blick. «Ich hatte das schon ein paar Mal bei Kühen gesehen, also habe ich ihn abgenabelt und in ein Tuch gewickelt. Es war ein Junge. Wir haben ihn getauft, Daniel und ich. Wir haben ihm sogar einen Namen gegeben, Jacque Estève haben wir ihn genannt, weil wir dachten, so ein kleines Kind könnte wirklich zwei Heilige zum Schutz gebrauchen. Es ist trotzdem gestorben, kurz darauf.»

«Wir sind dann mit Justine und den Kindern weitergezogen», erklärte Rouland de Couvencour. «Wir wollten versuchen, über den Großen Luberoun wieder nach Hause zu kommen. Kurz vor Castellet kam uns ein Trupp Soldaten entgegen, so dass wir die Kutsche stehen lassen mussten und in den Wald flohen. Dort trafen wir dann auf eine Gruppe Flüchtlinge, die meisten von ihnen Frauen und Kinder. Cristou hatte die Idee, sie nach Tour d'Aigue zu geleiten und unter den Schutz der Barouno zu stellen.»

«Aber in Tour d'Aigue waren Mayniers Soldaten, so dass ihr umkehren und euch nach Buous durchschlagen musstet», ergänzte Fabiou.

«Etwas Besseres ist uns nicht eingefallen», sagte Couvencour. «Ein paar unserer alten Verstecke waren zwar in der weiteren Umgebung, aber sie hätten niemals so vielen Menschen Platz geboten, zumal die Flüchtlinge auch dringend zu essen brauchten. Von den Buous sagte man, dass sie anständige Leute waren, das war alles, was wir wussten, persönlich kannte sie keiner von uns, schließlich stammten wir vier nicht aus dem Luberoun.» Couvencour seufzte. «Wir hatten Glück, der alte Buous war am Boden zerstört nach allem, was Mayniers Heer angerichtet hatte, und suchte dringend nach einer Möglichkeit, seine Mitschuld wiedergutzumachen. Also nahmen sie uns auf.»

Der Baroun de Buous schüttelte langsam den Kopf. «Stimmt, jetzt erinnere ich mich», murmelte er. «War so ein Chaos, damals, hatte das ganz vergessen, dass da ein paar Edelleute bei den Flüchtlingen waren, einer mit seiner Familie … ihr seid ein paar Tage dageblieben, war's nicht so?»

«Hector und ich, ja», sagte Couvencour. «Zwei oder drei Tage lang, bis Justine und die Kinder sich halbwegs von den Strapazen erholt hatten. Aber Cristou und Pierre sind sofort wieder aufgebrochen.»

«Warum habt ihr uns nicht gesagt, dass ihr von der Bruderschaft seid?», grummelte der Buous. «Die Bruderschaft, das war schließlich was – wir hätten euch unser letztes Hemd gegeben, wenn wir's gewusst hätten, Onkel Gabriel und ich! Und vor allem hätten wir die zwei Jungs nie und nimmer nach Ais gehen lassen! Nicht solang da der Maynier rumsprang und Köpfe rollen spielte!»

«Sie verließen Buous am Morgen des 29. April», erklärte Rouland de Couvencour. «Sie wollten unbedingt sofort nach Ais zurück, Cristou, weil er sich um seine Familie sorgte, und Pierre, weil er wohl vorhatte, sofort ganz Ais auf den Kopf zu stellen in dem Bemühen, Maynier vor Gericht zu bringen. Wir dachten uns nichts dabei. Dass Raymoun, Lucien und Jaquot getötet worden waren, hielten wir noch immer für tragische Zufälle. Nie wären wir darauf gekommen, dass sie in Ais bereits auf uns warteten.»

Der letzte Moment vor dem Tor von Buous, auf der Straße, die ins Tal hinunterführt. Cristou und Pierre im Sattel, Cristou weiß wie eine Wand, während er verzweifelt zu lächeln versucht, und Pierre, dieses seltsame grimmige Grinsen auf dem Gesicht, als er die Hand hebt und Hector und Rouland zum Abschied zuwinkt, und Rouland spürt, dass er schlucken muss, als die beiden ihre Pferde wenden und zwischen den ergrünenden Bäumen verschwinden. Die Quadriga. Quattuor veri amici. Es ist das letzte Mal, dass sie einander lebend sehen.

«Nach drei Tagen hatte sich die Lage im Luberoun etwas beruhigt, und wir beschlossen, nach Ais zu fahren», fuhr Couvencour mit wackeliger Stimme fort. «Wir kamen dort an, und Antoine Carbrai war tot, und Mouche Piqueu war tot, und Cristou und Pierre saßen im Gefängnis.»

«Er kam zu mir – Pierre, meine ich», sagte Frederi. Er hatte seine Hände zusammengekrampft, um sie am Zittern zu hindern. «Er beschuldigte mich, die Bruderschaft an Maynier verraten zu haben, und erzählte mir von den Vorgängen im Luberoun. Ich schwor bei allem, was mir heilig war, dass nicht ein Sterbenswort von dem, was ich über den Plan der Bruderschaft gehört hatte, über meine Lippen gedrungen sei. Schließlich glaubte er mir. Er wollte zum Parlament und von den Zuständigen erfahren, mit welcher Begründung Mouche verhaftet worden sei, und ich begleitete ihn. Beim Parlament herrschte bereits ein unbeschreibliches Chaos, die Menschen versuchten regelrecht, die Türen einzurennen; Angehörige von verhafteten Protestanten, Adlige, denen bei der Vernichtung der Waldenser ein Schaden entstanden war, geflohene Katholiken aus dem Luberoun. Pierre tobte vor Wut. Irgendwie kämpfte er uns durch das Gewühl bis ins Vorzimmer des Zweiten Präsidenten. Und auf einmal ging die Tür auf, und bevor wir begriffen, was eigentlich los war, kam der Jansoun herein, begleitet von diesem Kerl mit dem Feuermal, Alest oder wie er heißt, und einem Trupp *Piemontais*, und sagte, dass Pierre wegen Ketzerei verhaftet sei.

Im ersten Moment machte Pierre ein Gesicht, als ob er sich totlachen wollte, aber dann – er sah mich plötzlich ganz seltsam an und meinte nur: sag Schio Bescheid. Schio, versteht ihr? Er sagte Schio, nicht Cristou. Er hat sonst nie vor Außenstehenden diesen Namen verwendet. Und da begriff ich, dass Pierre verloren war, und dass er das wusste, und dass Cristou ebenfalls so gut wie verloren war. Catarino, Fabiou, ihr müsst mir glauben, ich bin gerannt, so schnell ich konnte! Ich erreichte das Haus der Aubans und sagte Cristou Bescheid. Wir beschlossen, sofort zu fliehen, und holten Madaleno und euch Kinder. Es klopfte, als wir auf dem Weg zur Haustür waren. Wir sind einfach nur dagestanden und wussten nicht, was wir machen sollten, und da brachen sie auch schon die Tür auf,

Alest und seine Piemontais, und schleppten Cristou und Madaleno fort.»

Catarino sah auf ihre bandagierten Hände. «Und dann?», fragte sie leise.

«Ich habe alles versucht!», erklärte Frederi verzweifelt. «Wirklich! Ich bin zu Philomenus gerannt, habe ihn angefleht, dass er seine Kontakte zum Parlament nutzen sollte, um Madaleno, Cristou und Pierre zu retten, mein Gott, es waren schließlich seine Familienmitglieder! Doch Philomenus schimpfte nur, dass Pierre und Cristou seine Schwester in Unehre gebracht und den Ruf der Familie beschmutzt hätten, die ganze Zeit sprach er von seiner verfluchten Ehre, und dabei ging es darum, dass sie sterben würden! Schließlich bat eure Großmutter ihren alten Freund Konsul Servan um Hilfe, der versprach, alles zu tun, um Cristou, Madaleno und Pierre zu retten.»

«Wir kehrten zwei Tage später nach Ais zurück, Hector, seine Familie, ich und kurz nach uns auch Beatrix», fuhr Rouland de Couvencour fort. «Von Frederi erfuhren wir, was geschehen war. Es gab zunächst einen furchtbaren Streit, weil Hector Frederi immer noch für den Verräter hielt, aber mir war klar, Frederi hätte bei all unseren Differenzen nie etwas getan, was Cristou in Gefahr gebracht hätte. Schließlich rauften wir uns mehr oder minder zusammen. Frederi beschwor uns, die Stadt zu verlassen, doch Hector war quasi schon auf dem Weg zum Parlament, um sich zu beschweren. Er erreichte zwar nichts, nicht einmal eine Besuchserlaubnis für Pierre und Cristou, doch zumindest wurde er nicht verhaftet, wie Frederi befürchtet hatte. Im Gegensatz zu Cristou und Pierre gab es bei ihm keinen Vorwand, weswegen man ihn hätte einkerkern können, und Maynier wollte offensichtlich vermeiden, dass sein Name im Zusammenhang mit der Vernichtung der Bruderschaft genannt werden konnte.»

«Konsul Servan ließ seine Beziehungen zum Parlament und den vier Präsidenten spielen, doch ohne Erfolg», berichtete Frederi weiter. «Zwar hatte Philomenus erreicht, dass seine Schwester begnadigt wurde, nachdem sie sich dazu bereit erklärte, dem Protestantismus abzuschwören, aber was Pierre und Cristou betraf, so war ihr Tod für Maynier beschlossene Sache. Es war offensichtlich, dass Maynier einen persönlichen Rachefeldzug gegen uns führte, und dass er um Pierres Rolle bei der Flucht seines Sohnes wusste. Servan meinte, wenn wir auch nur den Hauch einer Chance haben wollten, Cristou und Pierre zu retten, dann müssten auch sie sich von ihrem ketzerischen Gedankengut abkehren.» Er holte tief Luft. «Am Tag darauf bestellte Servan uns wieder zu sich. Er wirkte ziemlich durcheinander. Er sagte, der Inquisitor habe Docteur Avingou verhört und von ihm verlangt, seine ketzerischen Ideen zu widerrufen. Pierre hatte abgelehnt.» Frederi brach ab.

Wahrscheinlich hat Pierre Avingou den Inquisitor wirklich ausgelacht, als der diese Forderung stellte. Nicht, weil er sich über seine Situation nicht im Klaren war, Pierre musste zu diesem Zeitpunkt längst begriffen haben, dass er verloren war. Aber in seinen Augen war es wohl schlichtweg der Gipfel aller Absurdität, anzunehmen, dass er dazu bereit sei, seine ureigensten Überzeugungen zu verraten. Frederi jedenfalls stellte es sich immer so vor, dass Pierre den Inquisitor in diesem Moment ausgelacht hat, weil das der Pierre war, an den er sich erinnern wollte, furchtlos und selbstbewusst und unantastbar, und nicht jener gepeinigte Mensch, dessen Sterben er in den Tagen, die folgten, würde bezeugen müssen.

Laut und schwer hing Couvencours Atem über dem schweigenden Raum, und stockend sagte er: «Dann sagte Servan, dass der Inquisitor auf den ausdrücklichen Wunsch von Maynier d'Oppède hin angeordnet habe, Docteur Avingou der Folter zu unterziehen.»

Fabiou starrte auf das lederne Büchlein in seiner linken Hand, Buchstaben, die über verschmierte Seiten jagten. Keiner sah Couvencour an, während er weitererzählte. «Hector rannte augenblicklich zum Parlament und schlug so lange Lärm, bis sie uns schließlich zu Maynier durchließen, ihn und mich. Maynier empfing uns zu meiner Überraschung in der Tat. Hector ging auf ihn los und schrie ihm so ziemlich alles entgegen, was er auf dem Herzen hatte, und das war eine Menge. Er erklärte, er würde ihn vor Gericht bringen für das, was er den Waldensern angetan hatte. Er verlangte, dass er Pierre und Cristou sofort freiließe. Maynier hörte sich sein Gebrülle an, ohne mit der Wimper zu zucken, und sagte dann, die

Zeiten sind vorbei, Degrelho, wo du mir Ärger gemacht hast. Du bist tot, Degrelho, und dasselbe gilt für die Bruderschaft. Ihr werdet aus Ais nicht lebend herauskommen. Ich denke, in diesem Moment wurde Hector klar, dass der Tod all unserer Freunde Teil eines groß angelegten Plans war, und wie hoffnungslos es war, Schio und Pierre oder auch nur uns selber zu retten. Ich fürchtete auch um das Leben meiner Familie und beschloss daher, Julia, meine Frau, mit Arnac nach Marsilho zu ihren Verwandten zu schicken. Ich schlug Hector vor, seine Familie ebenfalls aus der Stadt zu schaffen, doch Hector wollte nicht glauben, dass seine Feinde so weit gehen würden, unschuldige Kinder anzugreifen. Er selbst wollte Ais nicht verlassen, so sehr ich ihn darum bat. Er wollte Pierre und Cristou nicht im Stich lassen.»

«Maynier.» Frederi spuckte den Namen aus wie ein widerliches Insekt, das man aus Versehen in den Mund bekommen hat. «Diesem Bastard Maynier wäre wahrscheinlich jeder Vorwand recht gewesen, Pierre auf die Folter zu bringen, schon wegen der Sache mit Philippe. Und Pierre – er war fanatisch, was diese Dinge betraf, die Wahrheit, seine Überzeugungen … Es war klar, dass er nicht nachgeben würde, egal was es ihn kostete.»

«Wir versuchten, zu ihm zu gelangen, aber sie ließen uns nicht zu ihm vor, dafür hatte Maynier gesorgt», sagte Couvencour. «Der Einzige, für den Servan schließlich eine Besuchserlaubnis erreichen konnte, war Frederi, und ich flehte ihn an, zu Pierre zu gehen und ihn dazu zu bringen, zu widerrufen.»

«Ich habe alles versucht!», sagte Frederi wieder, seine ganze Rolle in dieser Geschichte schien es gewesen zu sein, alles versucht und nichts erreicht zu haben. «Dreimal haben sie mich zu ihm gelassen, und jedes Mal habe ich alles versucht, um ihn zu einem Widerruf zu bewegen. Aber Pierre weigerte sich. Er sagte, kein Mensch auf dieser Welt könne ihn dazu bringen, die Wahrheit zu verleugnen. Als ich das letzte Mal kam, mussten sie mich zu ihm in die Zelle bringen, weil er zu schwer verletzt war, um in die Amtsstube gebracht zu werden, wo ich ihn vorher getroffen hatte. Ich flehte ihn an, seinen verdammten Stolz zu vergessen und diesen Idioten ihren Willen zu erfüllen, aber er sagte, er würde die Wahrheit nicht verraten, lieber würde er sterben. Er sagte, auf dieser Welt würde sich nie etwas ändern, wenn sich die Menschen von Leuten wie Maynier und der Inquisition einschüchtern ließen, sie würden ihr verbrecherisches Tun immer weiter ungestraft fortsetzen können und die Wahrheit nach ihrem Gutdünken manipulieren, so wie sie jetzt schon wieder dabei wären, die Geschichte des Mordens an den Waldensern umzudichten und wegzuleugnen. Und dann – gab er mir das Buch. Der Himmel weiß, wie er es vor ihnen hatte verstecken können. Er sagte, wenn es einmal eine Gerichtsverhandlung gebe, dann müsse ich dieses Buch dort vorlegen, es würde Zeugnis ablegen an seiner Stelle. Und dann schickte er mich weg.»

«Schließlich gaben Maynier und der Inquisitor es auf und verurteilten Pierre am Abend des 5. Mai zum Tode», sagte Couvencour dumpf. «Sie hätten sich die Mühe sparen können. Pierre ist noch in derselben Nacht in seiner Zelle verblutet.»

Es war ziemlich still in Rouland de Couvencours Salon. Das leise Tappen, mit dem Fabiou mit Pierres Büchlein auf die Tischplatte klopfte, war neben dem Kreischen der Mauersegler vor dem Fenster das einzige Geräusch.

«Und mein Vater?», fragte Catarino schließlich.

Rouland de Couvencour warf Frederi einen raschen Blick zu.

«Er hat sich das Leben genommen», murmelte Frederi kaum hörbar. «Das hat Oma dir doch gesagt.»

«Das Buch – wie ist es in die Universitätsbibliothek gekommen?», fragte Fabiou.

«Ich weiß nicht.» Frederi zuckte müde mit den Achseln. «Ich hatte es der Tour d'Aigue gegeben, als sie die Klage gegen Maynier aufnahm, und sie hat es an ihren Anwalt, diesen Aubéry, weitergeleitet. Mehr weiß ich nicht.»

«Entschuldigung, aber ich glaube, dazu kann ich etwas sagen», mischte Nicolas de Bouliers sich ein. «Nachdem wir den Prozess verloren hatten, haben wir alle schriftlichen Dokumente an die Bibliothek gegeben, einige der dortigen Docteurs haben uns dabei unterstützt… es erschien uns die beste Möglichkeit, zu verhindern, dass alles in Vergessenheit gerät. So auch das Schriftstück von Docteur Avingou.»

«Und die anderen Bücher von Onkel Pierre? Wie sind sie an die Bibliothek gekommen? Dieser Sonderdruck von ‹Utopia›?», fragte Fabiou.

«Na, wie wohl – Philomenus!» Frederi seufzte. «Als Pierres Vater starb, war Philomenus der nächste Verwandte. Und der hat alle Bücher mit anstößigem Inhalt sofort weggegeben, um seinen angekratzten Ruf nicht wieder in Gefahr zu bringen.»

«Als Pierre und Schio tot waren, war Hector endlich dazu zu bewegen, die Stadt zu verlassen», fuhr Couvencour fort. «Wir wussten, dass Maynier keine leeren Worte gemacht hatte und dass unsere Chancen, davonzukommen, gering waren. Also beschlossen wir, uns zu trennen. Ich brach nach Marsilho auf, um von dort mit Julia und Arnac nach Italien zu fliehen, und Hector wollte sich mit seiner Familie in Richtung Navarra durchschlagen, wo er hoffte, Schutz zu finden. Wir brachen bei Nacht und Nebel auf. Und dann stand plötzlich Archimède in der Tür und sagte, er wolle Hector bis zur Grenze begleiten, um ihn zu beschützen. In diesem Moment begann ich zu ahnen, dass Archimède der Verräter war, und ich bat Hector, nicht darauf einzugehen. Doch Hector wollte nichts davon hören, er vertraute Archimède voll und ganz. Und so machten sie sich am nächsten Morgen gemeinsam auf den Weg nach Navarra.»

Im Morgengrauen kniet Hector Degrelho vor seinen beiden ältesten Kindern. Er hat sie an den Händen gefasst, Louise mit der rechten, Daniel mit der linken. Wir müssen fliehen, sagt er. Es wird gefährlich werden, sehr gefährlich. Ich sage es nur euch, nicht den beiden Kleinen, ich will nicht, dass sie Angst bekommen. Es kann gut sein, dass ich sterben werde, wisst ihr, und Onkel Archimède auch, und vielleicht sogar Mama. Nein, Daniel, nicht weinen, bitte, ich habe keine Angst vor dem Sterben, wirklich nicht, und eure Mama auch nicht, alles, wovor wir Angst haben, ist, was aus euch werden soll, wenn uns etwas zustößt. Ihr seid doch tapfer, oder, schließlich seid ihr doch meine Kinder. Wenn uns etwas passiert, dann müsst ihr auf Alice und Agnes aufpassen, das versprecht ihr mir doch, nicht wahr? Und Louise und Daniel wischen sich die Tränen aus dem Gesicht und sagen, ja, das versprechen wir.

«Hector Degrelho ahnte nicht, dass sein Bruder ihn nur zu dem einen Zweck begleitete, eine Spur für den Mörder zu legen, den Maynier und seine Verbündeten beauftragt hatten», ergänzte Fabiou.

«Sie lauerten uns auf dieser Lichtung auf, der Genevois und an die zwanzig Landsknechte», sagte Louise mühsam. «Wir hatten keine Chance. Sie töteten die Diener, sie töteten unsere Eltern und Daniel. Onkel Archimède zog Alice zu sich aufs Pferd und ritt mir ihr aus dem Getümmel, sein Beweis sozusagen, dass er alles versucht hatte, uns zu retten. Es war ja auch egal, dass eines der Mädchen überlebte, er ging schließlich davon aus, dass wir keinen Anspruch auf das Erbe hätten. Einer unserer Diener schaffte es, auf ein Pferd zu kommen, mit Agnes ... Ich ... floh ebenfalls, Vater wollte es so. Er hat sich darauf verlassen, dass ich Agnes und Alice beschützen würde. Ich habe ihn leider Gottes enttäuscht.»

«Ein schlauer Plan, den Archimède da hatte, wirklich», meinte der Bonieus in widerwilliger Anerkennung. «Alle konnten zufrieden sein. Maynier und seine Verbündeten waren die Bruderschaft los, und Archimède konnte erben. Und der einzige Preis, den sie einander für ihre Mithilfe zahlen mussten, war gegenseitiges Stillschweigen.»

«Ich misstraute Archimède von Anfang an, seit ich gehört hatte, wie Rouland ihn als Verräter beschuldigte», murmelte Louise. «Dass die Mörder meiner Familie die Antonius-Jünger sein sollten, wie alle Welt behauptete, war für mich ohnehin eine absurde Vorstellung. Ich wusste, dass Vater große Stücke auf Joan lou Pastre gehalten hatte, dass sie quasi Freunde waren.»

«Es war wieder einer von Archimèdes genialen Schachzügen, die Schuld auf die Antonius-Jünger zu schieben», sagte Fabiou. «Alle Welt war beeindruckt von dem Feuereifer, mit dem er die Mörder seines Bruders verfolgte, jeder glaubte, dass er seinen Bruder zutiefst geliebt hatte. Und natürlich war ihm auch die Dankbarkeit aller wohlhabender Bewohner der Gegend gewiss, nachdem er den Luberoun von den Antonius-Jüngern befreit hatte.»

«Als Joan lou Pastre und seine Leute gefangen genommen wurden, dachte ich in meiner Naivität, jetzt würde sich alles aufklären – als ob man Joan lou Pastre mehr Glauben geschenkt hätte als dem ehrwürdigen Baroun d'Astain!», fuhr Louise mit einem grimmigen Lächeln fort. «Nun, es ist allgemein bekannt, wie die Geschichte weiterging. Onkel Archimède nahm mich mit zur Hinrichtung der Antonius-Jünger. Ich konnte die ganze Zeit nur denken, dass es ein Verbrechen war, so grauenhafte Dinge im Namen meines Vaters zu tun. Und da wurde mir endgültig klar, dass nichts von all dem meinem Vater zuliebe geschah. Und dass es nur einen Menschen gab, der einen Vorteil aus all dem zog.» Sie brach erschöpft ab. Auf ihrer Stirn hatten sich Schweißtropfen gebildet.

«Ihr dürft nicht so viel reden!», sagte Antonius ärgerlich. «Die Blutung wird nur zum Stillstand kommen, wenn wir euren Brustkorb so weit als möglich ruhig stellen!»

«Ist doch egal!», zischte Louise und brach erneut in einen Hustenanfall aus. «Ich werde wahrscheinlich sowieso sterben, das habt Ihr selbst gesagt! Aber vorher werde ich Fabiou und den beiden Mädchen erzählen, was sie wissen wollen! Darauf haben sie verdammt noch mal ein Recht!» Einen Moment lang lag sie still und kämpfte mit geschlossenen Augen um Atem. Dann fuhr sie fort: «Eines Tages tauchte dieser Notar bei uns auf, Austelié, und teilte Archimède mit, dass Vater ein Testament hinterlassen hätte. Onkel Archimède sprach lange in der Bibliothek mit ihm, und danach sprach er lange mit Tante Elisabeta, und nach diesem Gespräch waren beide furchtbar aufgeregt und Tante Elisabeta hatte verweinte Augen. Mir kam der furchtbare Verdacht, dass Vater uns Töchter testamentarisch zu seinen Erben erklärt hatte und wir daher nun auch in Lebensgefahr schwebten. Ich wusste nicht, was ich tun sollte, mir war klar, dass kein Mensch meine Geschichte glauben würde. Kurz darauf wurde dann dieses Kindermädchen eingestellt.»

«Allem Anschein nach war sie eine berufliche Meuchelmörderin», meinte Fabiou. «Archimède muss ihr zur Flucht aus dem Gefängnis verholfen haben, unter der Bedingung, dass sie ihn von seinen Nichten befreite.»

«An diesem Tag im Dezember ahnte ich, dass irgendetwas nicht stimmte», fuhr Louise fort. «Seit Tagen verhielten sich Onkel Archimède und Tante Elisabeta eigenartig. Onkel Archimède war die Liebenswürdigkeit in Person uns gegenüber, und Tante Elisabeta brach jeden Tag ein paar Mal in Tränen aus. Als sie dann erklärten, sie würden auf ein Fest gehen und Victor und die meisten Diener mitnehmen, begriff ich, dass sie etwas planten. Als das Kindermädchen uns ins Bett gebracht hatte, stand ich heimlich wieder auf, schlich in Onkel Archimèdes Zimmer und holte seinen Dolch aus der Schublade. Als ich zurück in unser Schlafzimmer kam, waren Alice und Agnes verschwunden. Alice fand ich erwürgt auf dem Gang. Ich lief weiter, in der Hoffnung, Agnes noch lebend zu finden. Dieses eine Mal hatte ich Glück. Für eine professionelle Mörderin war sie dumm, sie hat nicht im Geringsten mit Gegenwehr gerechnet.»

Cristino denkt an die seltsam gleichförmige, ruhige Bewegung, mit der Louise dem Kindermädchen den Dolch in die Brust stößt, und an den Ausdruck in ihren Augen, jenen Funken der Überraschung, dass es in der Tat so leicht ist, einen Menschen zu töten. Sieben Tage im Luberoun hatten ihr gezeigt, wie leicht.

«Danach sind wir geflohen. Meine einzige Idee war, uns in die Keyrié durchzuschlagen und die Diener in unserem Haus dort um Hilfe zu bitten. Sie waren meinem Vater treu ergeben gewesen, sie würden uns nicht im Stich lassen, da war ich sicher. Wir sind fünf Tage lang gelaufen, immer nachts, falls Onkel Archimède nach uns suchte. Es hat die meiste Zeit geregnet. Tagsüber verkrochen wir uns in den Bouries der Hirten oder in leerstehenden Schuppen. Schließlich erreichten wir die Keyrié. Das Haus stand leer. Onkel Archimède hatte alle Diener entlassen. Ich dachte, dass es zu gefährlich war zu bleiben, dass dies der Ort war, an dem Onkel Archimède als Erstes nach uns suchen würde. Also gingen wir wieder. Wir zogen uns wärmere Kleider an, nahmen alles Geld und alle Schmuckstücke mit, die wir finden konnten, packten ein paar Vorräte ein und machten uns auf den Weg.»

Cristino sieht Louise auf der Treppe vor dem Haus in der Keyrié, wie sie ein Fass mit Öl umleert, gleichgültig zusieht, wie die schwarzen Schlieren die Stufen hinabtropfen, hinter ihr die hohe Eingangshalle mit den Holzverkleidungen und den seidenen Wandbehängen, den Vorhängen und Teppichen, all jenen Dingen, die brennen würden wie Zunder. Sie sieht, wie Louise die Treppe heruntersteigt, die müde, achtlose Handbewegung, mit der sie die Fackel in ihrer Hand in die Ölschlieren wirft und dann weiterschreitet, ohne auch nur einmal zurückzusehen, in ihrem Gesicht die Erschöpfung und der Überdruss eines Soldaten nach verlorener Schlacht. Sie sieht sie an, wie sie vor ihr stehen bleibt und schon viel mehr wie Arnac aussieht als wie Louise, mit ihren abgeschnittenen Haaren und Daniels zu engen Kleidern am Leib und der unergründlichen, endlosen Schwärze in ihren Augen, als sie sagt, er wird es nicht bekommen, Agnes, verstehst du, um dann nur müde den Kopf zu schütteln, denn natürlich versteht Agnes nicht, wie sollte sie auch. Sie sieht die Flammen, die die Treppe emporkriechen und sich in die Halle hineinfressen wie vorwitzige kleine Raubtiere, die sich erst zögernd, schnüffelnd über die Schwelle tasten, wie versuchsweise nach den Vorhängen, den Tapeten schnappen, um dann, als jede Gegenwehr ausbleibt, vorzuschießen, sich zu verbeißen in die Täfelung und das Treppengeländer und die Ölbilder an den Wänden, und heulend und brüllend das alles zu zerfleischen und zu vernichten. Sie sieht sich um, während Louise sie mit sich zerrt, hinein in den Wald, der ihnen düster und schwarz entgegengähnt, sieht auf das offen stehende Eingangstor, hinter dem die Flammen wüten und gleißen, dass man meint, man blicke auf die Pforten der Hölle, sieht zu, wie das Feuer die Treppe emporklettert, um dann im ersten Stock aus den Fenstern zu winken, sieht Vorhänge in einem Kometenschweif aus Funken zerstäuben und Schränke knisternd in sich zusammensacken. Louise sieht sich nicht um. Sie zieht sie weiter und weiter in den Wald hinein, und in einem letzten Akt der Loyalität zu seinen einstigen Bewohnern leuchtet das Haus ihnen den Weg.

«Wir brauchten über eine Woche, um uns nach Couvencour durchzuschlagen», erzählte Louise. «Es war einfacher jetzt, wir hatten Geld, um uns etwas zu essen zu kaufen, und ich hatte uns beiden die Haare kürzer geschnitten und uns als Jungen verkleidet. Wenn jemand fragte, sagte ich, dass unsere Eltern an der Pest gestorben seien und wir auf dem Weg zu unserem Onkel in Avignoun waren. Schließlich erreichten wir Couvencour, und diesmal hatten wir

Glück. Die Diener kannten uns und glaubten uns unsere Geschichte glücklicherweise auch. Dass sie uns versteckten, war so ungewöhnlich nicht, in Roulands Auftrag hatten sie schon ganz andere Leute versteckt. Wir verbrachten den ganzen Winter hier in der Burg. Wenn jemand kam, versteckten wir uns im Keller. So ging das, bis im Frühling Rouland de Couvencour zurückkehrte.»

«Als ich in Marsilho ankam, erfuhr ich, dass meine Frau und mein Sohn sich auf dem Weg dorthin die Pest geholt hatten», sagte Rouland de Couvencour. «Einen Tag vor meiner Ankunft waren sie gestorben. Vier Tage später traf die Nachricht von Hectors Ermordung ein. Mir war klar, dass ich aller Voraussicht nach der Nächste auf der Liste war, aber es war mir in dieser Situation ziemlich egal. Ohne meinen Schwager, Julias Bruder, hätten sie mich sicher auch noch erledigt. Die Galleppos besaßen ein wohlhabendes Handelsunternehmen in Marsilho. Mein Schwager packte mich auf das nächste Schiff, das den Hafen verließ, und ließ mich zu seinem Vetter nach Perugia bringen. Dort blieb ich fast ein Jahr lang. Dann erreichte mich eine Nachricht von einem Verwandten, dass Hectors Töchter sich vor einem Mordanschlag ihres Onkels in mein Haus geflüchtet hatten.»

«Ihr habt ein gewaltiges Risiko auf Euch genommen, als Ihr zurückkehrtet, Senher Couvencour», meinte der Bouliers nachdenklich. «Maynier hätte Euch töten lassen können.»

Couvencour seufzte. «Was hätte ich tun sollen? Die Mädchen nach Italien holen? Sie auf eine gefahrvolle Reise übers Land und übers Meer schicken? Eine solche Reise hatte Hector, Justine, Daniel und meiner Familie das Leben gekostet. Was wenn Louise und Agnes verfolgt worden waren, wenn ihre Verfolger vor der Burg lauerten und nur darauf warteten, dass sie deren Schutz verließen? Und sie einfach dort in der Obhut der Diener lassen? Ich war verschollen, ohne einen Erben oder Bevollmächtigten zu hinterlassen. Falls Maynier und seine Rechtsverdreher es gewollt hätten, hätten sie mich jederzeit für tot erklären und sich meine Burg unter den Nagel reißen können. Einen rechtlich gesicherten Raum bot Couvencour nur mit mir darinnen, so viel war klar.» Er seufzte erneut. «Denkt nicht, dass ich nicht nach Alternativen gesucht habe. Vor Gericht zu ziehen, an den König zu schreiben, befreundete Adlige um Hilfe zu bitten. Aber wem konnte ich trauen, wer war unter dem Eindruck der Ereignisse noch bereit, sich gegen Mayniers Verbündete zu wenden, welches Gericht war noch frei von seinem Einfluss? Schließlich wurde mir klar, ich musste zurück und ich musste selbst versuchen, die Mädchen zu beschützen. Ich war es Hector einfach schuldig.»

«Und Maynier ließ Euch am Leben?», fragte Crestin erstaunt.

«Es war eigentümlich, was dann geschah, zumindest aus damaliger Sicht», erklärte Senher Couvencour. «Natürlich dauerte es einige Wochen, bis Maynier von meiner Rückkehr erfuhr. Ich weiß nicht, womit ich gerechnet habe, dass er eines Tages mit einem Söldnerhaufen vor der Tür stünde und Couvencour belagerte, dass er mir die Inquisition auf den Hals hetzen oder hinter jeden Baum im Umkreis von zwanzig Meilen einen Meuchelmörder postieren würde… Tatsächlich geschah erst einmal gar nichts. Dann, eines Tages, meldete sich ein Besucher am Tor. Es war der Jansoun.» Couvencour rang nach Luft. «Wenig in meinem Leben ist mir so schwergefallen, wie mich mit Mayniers Neffen an einen Tisch zu setzen, als ob nichts geschehen sei, zumal ich überzeugt war, dass dies nur der Auftakt zu einer neuen Teufelei des Parlamentspräsidenten sein konnte. Das Gespräch überraschte mich daher auch ziemlich. Zwar ließ der Jansoun es sich nicht nehmen, mir offen mit dem Tod zu drohen, aber zwischen den Zeilen machte er mir ein Zugeständnis nach dem anderen. Letztlich sah sein Angebot so aus: Wenn ich in Couvencour bliebe und keine Anstalten machte, Maynier anzufeinden, würde man mich in Ruhe lassen. Heute weiß ich, dass dies die Zeit war, in der zum ersten Mal von einer möglichen Untersuchung des *Arrêt de Mérindol* durch ein königliches Gericht die Rede war und dass sie sich in dieser Situation einen weiteren Mord schlichtweg nicht leisten konnten. Damals hatte ich davon keine Ahnung, ich hatte keinerlei Kontakt zu Menschen, die mich über die Vorgänge in Ais hätten unterrichten können, und hielt das Angebot des Jansoun daher für eine Falle. Deshalb akzeptierte ich zwar seine Bedingungen, wagte aber weiterhin nicht, auch nur einen Fuß aus dem Burgtor zu setzen. Vermutlich würde ich noch heute hinter diesen Mauern versauern, wenn ich nicht einen knappen Monat später einen zweiten Besuch bekommen hätte, der mich endlich mit verlässlichen Informationen über die Welt um mich herum versorgte.»

«Lasst mich raten – es war der Cavalié de Castelblanc», sagte Fabiou mit einem selbstgefälligen Lächeln.

«Allerdings.» Couvencour nickte. «Was er mir über die Ereignisse in Ais erzählte, ließ mich zu der Erkenntnis gelangen, dass Mayniers Angebot tatsächlich ernst gemeint war und dass kein Mensch etwas von der Anwesenheit von Louise und Agnes in Couvencour ahnte. Wir überlegten lange, ob Maynier sich wohl darauf einlassen würde, auch die beiden Mädchen in sein Angebot einzuschließen. Aber wir entschieden uns dagegen, Maynier etwas von den Mädchen zu sagen. Er selbst hätte in der momentanen Situation sicher zugestimmt, aber Archimède hätte nie aufgehört, die Mädchen zu verfolgen, schließlich ging es um sehr viel Macht und sehr viel Besitz. Nein, wenn die Mädchen Couvencour jemals wieder verlassen wollten, mussten wir ein todsicheres Versteck für sie finden. Die rettende Idee kam mir, als ich begriff, dass nicht einmal Frederi vom Schicksal meiner Familie wusste. Es war davon auszugehen, dass keiner in Ais von Arnacs und Julias Tod erfahren hatte. Also beschloss ich, Louise als meinen Sohn auszugeben. Aber was sollte aus Cristino werden? Und da erzählte mir Frederi, dass Philomenus ihm die Hand seiner Schwester angetragen hatte, unter der Bedingung, dass er mit ihr und den Kindern nach Castelblanc verschwand – schließlich war Madaleno die Witwe eines Protestanten, und Philomenus fürchtete um seinen guten Namen, solange Madaleno unter seinem Dach wohnte. Frederi war darauf eingegangen und bereitete jetzt seine Rückkehr nach Castelblanc vor. Und da kam uns die Lösung unseres Problems.

Wir gingen zu Austelié, Hectors Notar, und teilten ihm mit, dass seine Testamentseröffnung den Mordanschlag auf die Mädchen zur Folge gehabt habe. Er machte sich furchtbare Vorwürfe und war leicht zu überzeugen, ein fiktives Testament zu beurkunden, in dem ein hingerichteter Protestant die Vormundschaft für seine kleine Tochter im Falle seines Ablebens auf Cristou übertrug – und damit jetzt auf Philomenus als gesetzlichen Vertreter seiner Witwe. Philomenus fiel fast in Ohnmacht, als Austelié ihm das Dokument vorlegte, und als Frederi ihm schließlich anbot, ihn von der Kleinen zu befreien, indem er sie nach Castelblanc mitnahm, hätte er ihm fast die Füße geküsst vor Dankbarkeit. Natürlich ging er auch auf Frederis Bitte ein, das Mädchen als ein Kind von Cristou auszugeben.»

«Und so bin ich nach Castelblanc gekommen», meinte Cristino und nickte mit dem Kopf.

«Wir nannten dich Cristino, im Andenken an Cristou», sagte Frederi. «In Castelblanc kannte keiner Cristou de Bèufort, so dass wir erzählen konnten, Madalenos erster Mann sei an einem Fieber gestorben. Und für den Fall, dass eines von euch etwas sagen könnte, was die Dienerschaft misstrauisch machte, erzählten wir allen, dass auch ihr ein schweres Fieber gehabt hättet und infolgedessen gelegentlich noch wirres Zeug reden würdet. Niemand schöpfte Verdacht. Catarino wehrte sich am Anfang noch dagegen, Cristino als ihre Schwester zu akzeptieren, aber schon nach ein paar Wochen ließ dies nach, und auch Cristino schien keinerlei Erinnerung mehr an die Zeit vor Castelblanc zu haben.»

«Das war der Grund, dass wir nie nach Ais gefahren sind, oder?», fragte Fabiou. «Ihr hattet Angst, Catarino oder Cristino könnten dort irgendetwas erleben, was sie an ihr früheres Leben erinnerte.»

Louise nickte schwach. «Sie haben alles von Cristino ferngehalten, was die Erinnerung an früher hätte wecken können. Also auch mich. Sie haben mir in all den Jahren nie gestattet, Cristino zu treffen. Manchmal bin ich heimlich nach Castelblanc geritten und habe sie aus einem Versteck heraus beobachtet. Und die ganze Zeit habe ich auf den Tag gewartet, an dem Cristino endlich in die Gesellschaft eingeführt würde und ich mich ihr unverfänglich nähern könnte.»

«Die Narbe da …», Cristinos Hand berührte die Narbe an ihrer Stirn, «das war das Muttermal, das Agnes Degrelho hatte, nicht wahr? Ich bin nie vom Wickeltisch gefallen, stimmt's?»

«Wir haben es wegätzen lassen. Es war zu auffällig. Archimède Degrelho hätte dich jederzeit daran erkannt», sagte Rouland de Couvencour.

Cristino seufzte leise. «Hat Mutter all das gewusst?», fragte sie.

«Sie wollte nichts davon wissen», murmelte Frederi. «Sie wollte weder hören, wer du bist, noch was aus Louise geworden ist und welche Rolle Archimède bei all dem gespielt hat … Sie legte sich ihre Geschichte von der Zwillingsgeburt zurecht und nahm dich als ihre Tochter an, und von da an war die Sache für sie erledigt. Manchmal habe ich mich gefragt, ob sie nicht irgendwann angefangen hat, selbst an ihre erfundenen Geschichten über dich und Cristou zu glauben.»

«Auf jeden Fall habt Ihr mich alle ein Leben lang belogen», stellte Cristino ruhig fest.

«Cristino, es war die einzige Möglichkeit, dein Leben zu retten!», sagte Frederi.

«Als ich klein war, ja. Aber später?», fragte Cristino traurig.

«Ich wollte es dir eines Tages sagen, wirklich!», begann Frederi hektisch. «Aber... wir mussten Madaleno schwören, dass keiner von euch je erführe, was 1545 geschehen ist! Sie sagte, sie würde sterben vor Scham, wenn ihre Kinder je hörten, dass sie die Witwe eines Protestanten sei! Und in letzter Zeit – Gott, alle, die die Wahrheit kannten, wurden ermordet! Wie konnte ich es dir da sagen, Cristino!»

Einer räusperte sich in dem schweigenden Raum, in dem alle unangenehm berührt zur Seite sahen: Crestin, und man atmete erleichtert auf, als er das Gespräch zurückholte von jener peinlichen Ebene auf etwas, das so viel weniger delikat zu sein schien: «Entschuldigt, aber mir fehlt da noch ein gewisses logisches Glied in der Kette. Agnes und Louise Degrelho sind ihrer Mörderin also entkommen, gut. Aber wer waren dann die beiden Mädchen, die man in jener Höhle fand und die Degrelho als seine Nichten identifizierte?»

«Zwei unbekannte Waisenmädchen, die in der Folge des *Arrêt de Mérindol* gestorben sind, nehme ich an», sagte Fabiou. «Darauf gebracht hat mich diese Geschichte des Totengräbers, der uns erzählt hat, er habe 1545 gesehen, wie die Leichen von im Elend gestorbenen Kindern aus einem Massengrab gestohlen wurden. Zur damaligen Zeit, wo so viele Kinder zu Waisen geworden waren und nun, wo der Winter angebrochen war, irgendwo auf der Straße elendig zugrunde gingen, dürfte es Archimède Degrelho nicht schwergefallen sein, die Leichen von zwei Mädchen zu organisieren, die Agnes und Louise oberflächlich ähnlich sahen. Er hat vermutlich sichergestellt, dass keiner an der Suche teilnahm, der die Mädchen näher kannte und nicht mit ihm unter einer Decke steckte. Später, bei der Trauerfeier, bei der Menschen anwesend waren, die den Schwindel hätten erkennen können, ließ man die Särge dann geschlossen, angeblich, weil die Leichen einen so schrecklichen Anblick boten.»

«Ich weiß nicht, warum ich all die Jahre niemals Verdacht geschöpft habe, warum mir all die Ungereimtheiten in unserer Familiengeschichte niemals aufgefallen sind», sagte Victor leise. «Dass meine Eltern mich in der Nacht, in der meine Kusinen starben, mit sich genommen hatten, angeblich weil ich alleine Angst hatte. Ich habe niemals Angst gehabt, mit den Dienern zu Hause zu bleiben. Dann meine Mutter mit ihrem ständigen Gerede, dass sie sich schrecklich versündigt habe. Und Rablois – die beiden ermordeten Kinder waren die Söhne eines verstorbenen Großgrundbesitzers gewesen, dessen gesamter Besitz nach ihrem Tod an einen entfernten Verwandten fiel. Seltsam, dass dieses Hexenweib, das angeblich wahnsinnig gewesen war, mit jedem ihrer Morde einem Menschen zu einem gigantischen Erbe verhalf. All das fiel mir erst auf, als Fabiou erzählte, dass Carfadrael mit dem König der Kelche identisch sei. Onkel Hector hatte diesen Gralsfimmel. Als wir den Familiensitz in der Keyrié übernahmen, hingen dort zahllose Bilder an den Wänden, die Szenen aus der Gralslegende darstellten. Und auch sonst fand man überall im Haus Kelche als Motiv, auf Vorhängen, auf Tischdecken … Onkel Hectors Exlibris war ein Kelch, und der Kelch tauchte sogar im zweiten Namen seines Sohnes auf – Daniel Calixte. Mir wurde schlagartig klar, Onkel Hector musste Carfadrael gewesen sein. Und jetzt endlich fragte ich mich, wer eigentlich einen Nutzen aus seinem Tod gezogen hatte. Es gab vor allem einen – meinen Vater.» Er rieb sich müde die Stirn. «Und da wurde mir klar, dass mein Vater schuld war am Tod von Onkel Hectors Familie. Und dass Mutter von seinen Plänen gewusst hat.»

«Aber muss Degrelho nicht gefürchtet haben, dass Louise und Agnes eines Tages wieder auftauchten?», fragte Laballefraou stirnrunzelnd.

«Oh, das hat er sicher gefürchtet», meinte Fabiou. «Vermutlich hat er aber nicht damit gerechnet, dass Louise ihn durchschaut hatte, und ist einfach davon ausgegangen, die beiden seien in Panik in den Wald geflohen und dort umgekommen. Hätte er sie in den Tagen nach ihrem Verschwinden lebend gefunden, so hätte er sie vermutlich glückselig in seine Arme geschlossen und nach der nächsten Gelegenheit gesucht, sie loszuwerden. Und wären die Mädchen zu einem späteren Zeitpunkt wieder aufgetaucht – nun, was hätte ihr Wort schon gegen das seine gezählt, wenn er Stein und Bein schwor, seine Nichten beerdigt zu haben?

Und so konnten Archimède Degrelho, Jean Maynier d'Oppède und all die anderen unbekümmert leben bis zu dem Tag, an dem einer auftauchte, der beschloss, die Wahrheit öffentlich zu machen ohne Rücksicht darauf, dass es ihn zweifelsohne das Leben kosten würde. Und dieser Jemand war ein deutscher Spion namens Heinrich Trostett», erklärte Fabiou.

«Es ist eigentlich eine Schande, dass ein Herr Trostett zurückkehren musste, um das zu tun, was ich nie gewagt habe», sagte Rouland de Couvencour leise. «Jahre lang habe ich mich an meine Abmachung mit Maynier gehalten, in dem Wissen, dass jeder Angriff gegen Maynier nicht nur mein Leben in Gefahr gebracht hätte, sondern vor allem auch das Kind, das Maynier für meinen Sohn hielt. Bis zu dem Tag, an dem das Kind, das ich beschützen wollte, herangewachsen war und selbst entschied, dass wir es dem Andenken seines Vaters schuldig waren, den Kampf gegen Maynier wieder aufzunehmen. Es war dies in der Endphase des Prozesses gegen Maynier, und wir spielten mit dem Gedanken, die Ermordung meiner Freunde dem königlichen Gericht zur Anzeige zu bringen. Ich habe sogar Kontakt mit Eurem Anwalt aufgenommen, Comte», sagte er zu Bouliers gewandt. «Aber er hat mir entschieden davon abgeraten, die Geschichte der Bruderschaft ins Spiel zu bringen. Die Mitglieder der Bruderschaft waren nach rechtlichen Maßstäben Hochverräter, den Mord an ihnen hätte Maynier jeder Zeit als politische Notwendigkeit rechtfertigen können. Alles was ich erreicht hätte, wäre gewesen, dass man mich selbst des Hochverrats hätte anklagen können. Juristisch konnten wir Maynier also nicht beikommen. Also taten wir das Einzige, was uns übrig blieb, um Maynier zu bekämpfen: wir setzten die Arbeit der Bruderschaft fort. In bescheidenem Rahmen natürlich, außer unseren Dienern gab es niemanden, der uns unterstützte. Von Beatrix und Philippe hörten wir niemals wieder. Und Frederi wollte nichts mehr mit den Ideen zu tun haben, die seine besten Freunde in den Tod geführt hatten. Wir hatten ein paar heftige Auseinandersetzungen deshalb, Frederi und ich, und sind in Unfrieden auseinandergegangen. Viel war es daher nicht, was wir tun konnten, ein paar Protestanten, denen wir die Flucht ins Ausland ermöglichten, ein paar Bauern, denen wir gegen despotische Grundherren beistanden. Wenn wir auch im Geheimen arbeiteten, war uns klar, dass jeder mich als den Urheber dieser Aktivitäten verdächtigte. Anfangs war das Risiko gering, da Maynier durch den Prozess noch erheblich angeschlagen war. Doch je mehr Mayniers Einfluss wieder wuchs, desto größer wurde auch die Gefahr für uns. Maynier schreckte zwar gewiss vor einem Prozess gegen mich zurück aus Angst vor dem, was dabei über seine Rolle bei der Vernichtung der Bruderschaft ans Licht kommen könnte. Doch was sollte ihn jetzt noch davon abhalten, erneut einen Mörder auf mich anzusetzen? Das vergangene Jahr lebten wir ständig in der Erwartung des Schlimmsten, doch noch schien es Maynier nicht der Mühe wert zu erachten, den Genevois wieder zum Einsatz zu bringen. Bis zu dem Tag, an dem Trostett zurückkam.»

Estève de Mergoult schüttelte verständnislos den Kopf. «Warum seid Ihr denn nicht zu uns gekommen?», fragte er. «Wir hätten Euch doch beschützen können! Warum habt Ihr uns denn nicht vertraut?»

Rouland zuckte resigniert mit den Achseln. «Es tut mir leid, Senher – nach allem, was passiert ist, fällt es mir ziemlich schwer, überhaupt noch irgendjemandem zu vertrauen.»

«Trostett kehrte Anfang dieses Jahres nach jahrelanger Abwesenheit in die Prouvenço zurück», fuhr Fabiou fort. «Was sein ursprünglicher Auftrag war, wissen wir nicht und werden wir wohl auch nie erfahren, aber wir wissen, dass seine Rückkehr all jene Gewissensbisse ans Tageslicht brachte, die er über die Jahre vergessen zu haben meinte. Gewissensbisse, Maynier bei der Verheimlichung des geplanten *Arrêts* vor dem König unterstützt und diese ganzen Gräueltaten dadurch erst möglich gemacht zu haben. Gewissensbisse, die Bruderschaft nicht von Archimèdes Verrat benachrichtigt zu haben und so die letzte Chance vertan zu haben, den *Arrêt de Mérindol* zu verhindern. Diese Gewissensbisse, egal wie berechtigt sie waren, egal wie bedeutsam Trostetts Rolle beim *Arrêt de Mérindol* wirklich war, sie quälten ihn derart, dass er begann, den Verstand zu verlieren. Er hatte das Gefühl, sich schrecklich versündigt zu haben, und mehr und mehr war er von dem Gedanken besessen, dass er sein Seelenheil nur retten konnte, indem er für die Bestrafung der Schuldigen von damals sorgte. Ihm war natürlich ebenso wie Senher Couvencour klar, dass ein gerichtliches Vorgehen zum Scheitern verurteilt war. Das einzige Verbrechen, für das man zumindest Archimède Degrelho hätte belangen können, war der Mord an den Mädchen, und dafür hatte Trostett keine Beweise. Also suchte er nach einer anderen Möglichkeit, die Schuldigen zu bestrafen. Er hätte Degrelho und Maynier einfach umbringen können, aber in seinem Wahn erhob er einen anderen zum Richter über die Täter von damals: Carfadraels Nachkommen.»

«Er kam zu mir, Anfang März», sagte Rouland de Couvencour. «Er stellte mir eigentümliche, wirre Fragen zu den Ereignissen von 1545. Und in diesem Moment kam Arnac ins Zimmer. Trostett sah aus, als ob ihn der Schlag treffen würde, und verabschiedete sich mehr als überhastet. Ich ahnte, dass ihm Arnacs Ähnlichkeit zu Hector aufgefallen war, und war entsprechend beunruhigt. Arnac sah Hector wirklich erstaunlich ähnlich, ich hatte schon lange gefürchtet, dass dies jemandem auffallen würde. Die Leute sehen meistens nur, was sie sehen wollen, das hatte ihn bisher beschützt. Aber nun hatte Trostett ihn erkannt, und dem traute ich ohne Weiteres zu, dass er uns ohne mit der Wimper zu zucken ans Messer liefern würde. Zwei Tage später war er dann wieder da und sagte, er wolle Arnac sprechen.»

«Er forderte Euch auf, Archimède Degrelho zu töten, nicht wahr?», mutmaßte Fabiou.

Louise starrte an die Decke. «Es hat Zeiten gegeben, in denen es das einzige Ziel meines Leben war, Archimède Degrelho zu töten. Er war der Grund, dass ich wie ein Besessener die Fechtkunst übte. Ich hatte vor, eines Tages zu ihm zu gehen, ihm zu sagen, wer ich bin, ihn zum Duell herauszufordern und zu töten. Als ich älter wurde, begriff ich, wie unsinnig das war – ich hätte mich, Rouland und am Ende sogar Cristino damit als gefährliche Zeugen entlarvt und in Lebensgefahr gebracht. Aber dann kam Trostett.» Sie rang nach Luft und hustete. «Er erklärte mir, dass ich ausersehen sei, die Mörder von damals zu vernichten. Ich habe gesagt, dass ein einzelner Mensch keine Chance habe, es mit ihnen aufzunehmen. Ich sagte ihm, unsere Rache an Maynier wäre unsere geheime Arbeit, und was Onkel Archimède betraf, so solle er an seinem Geld ersticken, ich habe Wichtigeres zu tun. Da erklärte er, ich würde meine Meinung schon noch ändern, und ging.»

«Er ging wohl direkt zu Archimède Degrelho und erklärte ihm, dass er über all seine Intrigen und Verbrechen Bescheid wüsste», erklärte Fabiou. «Wahrscheinlich hat er gedroht, ihn anzuzeigen oder die Sache öffentlich zu machen. Auf jeden Fall bekam Archimède es mit der Angst zu tun und bat Maynier, den Genevois zurück in die Prouvenço zu rufen, und Trostett wurde auf der *Route d'Avignon* erstochen.»

«Wenn ich auch keine Ahnung von Trostetts Plänen hatte, so fürchtete ich doch, dass er etwas tun würde, was Cristino in Gefahr brachte», sagte Louise. «Also ritt ich nach Castelblanc, um den Cavalié zu warnen. Aber ich kam zu spät, die Familie war bereits abgereist. Ich holte sie erst in der Coumbo ein. Von diesem Moment an ließ ich Cristino nicht mehr aus den Augen.»

«Mit Recht. Denn die Verkettung einer Reihe von Ereignissen – La Costo, die Krähe, das Medaillon und die Ruine in der Keyrié – ließen nach und nach Cristinos Erinnerungen zurückkehren», sagte Fabiou. «Und unglücklicherweise war einer der ersten, dem sie davon erzählte, Archimède Degrelho. Er ahnte, dass Cristino seine verschollene Nichte war, und befürchtete, dass ihr Erinnerungsvermögen bald gänzlich wiederhergestellt sei. Damit musste Cristino aus dem Weg geräumt werden, er hatte keine andere Wahl.»

«Gut, Cristino und Trostett, das sehe ich ein», sagte Crestin. «Aber die übrigen? Bossard? Servius? Austelié? Und Alessia?»

«Bossard war ein Säufer», sagte Fabiou. «Auf dem Fest der Mancoun hörten Archimède und der Jansoun, wie er im Suff anfing, vom Ende der Bruderschaft zu plaudern. Möglich, dass es nicht mal das erste Mal war. Damit war Bossards Schicksal besiegelt. Und Alessia

– nun, sie hat sich immer rührend um Victors Mutter gekümmert. Elisabeta Degrelho war wohl von Anfang an Archimèdes Mitwisserin gewesen, doch sie hatte mit ihrer Schuld nicht leben können und war dem Alkohol verfallen. Vermutlich hat sie Alessia einmal im Zustand der Trunkenheit von der ganzen Geschichte erzählt. Und daraufhin hat Alessia, die stets Geld für die schönsten Kleider und den edelsten Schmuck brauchte, wahrscheinlich angefangen, Archimède Degrelho zu erpressen. Dass dies eine schlechte Idee war bei einem Mann, der schon so viele Menschen hat kaltblütig umbringen lassen, hätte ihr eigentlich klar sein müssen.»

«Aber wie ist es dem Mörder in jener Nacht gelungen, in das Haus der Mergoults einzudringen?», fragte der Vare kopfschüttelnd.

«Brouche», sagte Victor und schüttelte müde den Kopf. «Der Leibdiener meines Vaters. Er ist meinem Vater treu ergeben. Sehr treu. Er muss ihm geholfen haben.»

«Und wie war das jetzt mit diesem Servius?», fragte Crestin mit gerunzelter Stirn.

«Servius war Frederis Beichtvater in seiner Zeit in Ais und ist als dieser unfreiwillig in die Geschichte der Bruderschaft hineingezogen worden», erklärte Couvencour. «Hector hat von Frederi stets verlangt, die Bruderschaft aus der Beichte herauszuhalten, aber das widersprach Frederis religiöser Einstellung.»

«In jener Nacht, als wir zusammen in Lourmarin übernachteten, kam ein Bote aus Couvencour», murmelte Louise. «Er sagte, Servius habe eine Nachricht geschickt, in der er schrieb, dass Trostett bei ihm zur Beichte gewesen sei und er sich seit jenem Tag verfolgt fühle. Er vermute, jemand habe Trostett bei ihm gesehen und ahne, dass er dessen Mitwisser sei. Ich begriff, dass Servius in Lebensgefahr schwebte, und machte mich sofort auf den Weg nach Ais. Ich erreichte die Stadt im Morgengrauen, da war Servius schon ein paar Stunden tot.»

«Und was Austelié betraf, so kam Archimède wohl nach all dem zu dem Schluss, dass die Zeit gekommen war, jeden potentiellen Hinweis auf seine Rolle in der Geschichte aus dem Weg zu schaffen», erklärte Fabiou. «Dazu gehörte Hector Degrelhos Testament, das bei Austelié hinterlegt war. Und letztlich auch Austelié selbst. Und er hatte sicherlich noch weitere Personen auf seiner Liste. Senher Couvencour natürlich. Den Cavalié de Castelblanc vermutlich. Und auf alle Fälle mich.»

«Moment mal, eines ist mir bei der ganzen Geschichte noch nicht klar», sagte Sébastien. «Vorhin hat Fabiou gesagt, dass es keine Möglichkeit gäbe, Degrelho oder Maynier oder sonst jemanden für ihre Verbrechen zu belangen. Also warum war es ihnen plötzlich so wichtig, alle Mitwisser zu beseitigen?»

Fabiou lächelte. «Nun, natürlich hätte man sie auch jetzt nicht gerichtlich für ihre Taten belangen können. Aber es war in den vergangenen Jahren etwas geschehen, mit dem Maynier und seine Komplizen nicht gerechnet hatten und was sie jetzt in heillose Panik versetzte: Carfadrael und die geheime Bruderschaft waren mitnichten tot und vergessen. Der Mythos der Bruderschaft hatte überlebt. Zwar sah jeder in ihnen, was er sehen wollte, für die einen waren sie ein Symbol des Kampfes gegen die Unterdrückung durch die Mächtigen, für die anderen ein Symbol für religiöse Freiheit, und für wieder andere ein Symbol für die Unabhängigkeit der Prouvenço. Aber von ihren alten Feinden abgesehen gab es in Ais und Umgebung kaum einen, der nicht mit Ehrfurcht von Carfadrael und seiner Bruderschaft sprach, egal ob Edler oder Gemeiner. Und den hohen Herren wurde nun auf einmal klar, dass sie für alle Zeiten bei ihren Standesgenossen in Misskredit gebracht würden, wenn ihre Verstrickung in die Vernichtung der Bruderschaft ans Licht käme.»

«Einen Augenblick», sagte Crestin kopfschüttelnd. «Wieso hat Trostett Archimède Degrelho mit seinem Wissen konfrontiert? Wäre es nicht sinnvoller gewesen, die Geschichte dem Parlament mitzuteilen oder sie in Ais herumzuerzählen? Ohne Euch und Barouneto Cristino hätte Baroun Degrelho ihn ermorden lassen, und danach wäre die Geschichte im Sande verlaufen. Ging es ihm denn nur darum, sich selbst zu bestrafen, oder was?»

«Ich weiß es nicht», sagte Fabiou kopfschüttelnd. «Vielleicht dachte er, ihm als Ausländer würde man keinen Glauben schenken, und setzte daher darauf, Degrelho und seine Konsorten so nervös zu machen, dass sie Dinge taten, die die ganze alte Geschichte wieder ins Licht der Aufmerksamkeit rückten. Und vermutlich hat er gehofft, dass Arnac dies zum Anlass nehmen würde, doch noch Rache zu üben. Anders kann ich es mir nicht erklären. Von Cristino kann er nicht gewusst haben, also scheidet aus, dass er diesen Teil der Entwicklung vorhergesehen hat.»

«Fabiou, deine Argumentation in Ehren, aber in diesem Punkt hast du unrecht», sagte Cristino. Frederi wollte aus alter Gewohnheit den Mund öffnen, um sie zurechtzuweisen, zumal einige der anwesenden Edelleute missbilligend die Stirn runzelten – ein Mädchen widerspricht nicht so frech, und schon gar nicht in der Gegenwart von Herren –, doch dann seufzte er nur erschöpft und ließ sie gewähren. «Denk an Trostetts Schreiben», fuhr seine Stieftochter fort. «Die Geschichte vom heiligen Michael, das Opferlamm... Trostett hat nicht logisch gedacht wie du! Trostett hat alles, was er tat, rein unter dem Aspekt seiner Versündigung gesehen! Er hat sich geopfert, um Gott dazu zu bewegen, die Mörder zu bestrafen. Er hat nicht einkalkuliert, dass Arnac durch Onkel Archimèdes Handlungen zur Rache bewegt wird. Er war schlichtweg davon überzeugt, dass Arnac der Rächer ist und dass seine Sühne erforderlich ist, damit Gott diesen Rächer auf den Weg schickt!»

«Also war er doch ein Irrer! Ich hab's doch von Anfang an gesagt!», murmelte Catarino zufrieden.

«Archimède Degrelho schmiedete also erneut Pläne, sich seiner Nichte zu entledigen», fuhr Fabiou nun mit seiner Argumentation fort. «Doch das Schicksal wollte es, dass gleich zwei seiner Mordanschläge vereitelt wurden. Also beschloss er, Cristino und möglichst auch mich an einen Ort bringen zu lassen, wo er vor unseren fleißigen Schutzengeln sicher war. Sein einziges Problem war Frederi de Castelblanc. Ich nehme an, dass Archimède aus dem Verhalten des Cavaliés schloss, dass dieser wusste oder zumindest ahnte, dass er der Mörder der Familie Degrelho war. Also lockte er Frederi durch einen Vorwand nach Arle.»

«Er benutzte eines unserer alten Losungsworte. Der Brief war nicht unterzeichnet, es stand nur drin, dass ich sofort nach Arle kommen müsse», erklärte Frederi. «Ich dachte, er sei von Rouland oder Madeleine Carbrai oder vielleicht ... sogar von Philippe. Aber in Arle erschien dann niemand am Treffpunkt.»

«Und inzwischen war Cristino bereits auf dem Weg nach Santo Anno dis Aupiho», ergänzte Fabiou. «Archimède Degrelho hatte den Genevois dorthin bestellt, und der hatte zur Sicherheit, falls doch noch einer von Cristinos Beschützern auftauchen würde, gleich ein paar von seinen Landsknechten mitgebracht. Ein beinahe todsicherer Plan. Und ohne das Eingreifen von Barouno Degrelho und Victor und einigen anderen der hier Anwesenden wäre er sicher gelungen», endete er.

Ringsum beeindruckte bis betroffene Blicke. «So etwas», murmelte der Bonieus, «so etwas aber auch.» Estève de Mergoult machte ein Gesicht so finster wie ein Kellerloch. Der La Costo starrte mit leichenweißem Gesicht ins Leere.

«Es tut mir leid», murmelte Victor. «So viel von dem, was passiert ist, war meine Schuld. Der Überfall auf St. Vitori – ich habe Brouche davon erzählt, dass Alexandre mit Cristino dorthin wollte, und so erfuhr mein Vater wohl davon und hetzte Cristino den Genevois auf den Hals.»

«Blödsinn, Victor», krächzte Louise. «Du hattest doch keine Ahnung von den Machenschaften deines Vaters. Du bist wirklich der Letzte, der sich Vorwürfe machen müsste.»

Victor zuckte mit den Achseln. Er wirkte wenig überzeugt.

«Was werdet Ihr nun tun?», fragte Nicolas de Bouliers in Richtung von Cristino und Louise. «Werdet Ihr versuchen, Euer Erbe einzuklagen?»

«Wie denn?», murmelte Louise. «Das Testament ist verschollen, Austelié ist tot. Wie wollten wir je beweisen, dass unser Vater uns zu seinen Erben erklärt hat? Außerdem bin ich ein gesuchter Ketzer, unabhängig von meiner wirklichen Identität. Eine Chance zu überleben habe ich nur, wenn ich mich versteckt halte, also wie sollte ich ein Erbe einklagen?»

«Cristino könnte die Klage führen», meinte Victor finster. «Sie hätte meine volle Unterstützung.»

«Maynier wird niemals einen Prozess zu diesem Thema zulassen, schon aus Angst, dass seine eigene Verstrickung in die Ereignisse publik werden könnte», sagte Couvencour kopfschüttelnd. «Cristino kann ihr Erbe nicht einklagen, es wäre ihr sicherer Tod. Und Eurer auch, Victor, wenn Ihr sie darin unterstütztet.»

Frederi ließ seinen Kopf in die Hände sinken. «Mein Gott, was soll nun aus uns werden?», flüsterte er. «Archimède wird niemals ruhen, solange seine Nichten noch am Leben sind und ihm sein Erbe streitig machen können. Er wird weiterhin alles daran setzen, Cristino und Louise zu töten.»

«Das wird er nicht tun», sagte Crestin ruhig. «Er wird diese Gegend noch heute verlassen und nicht mehr zurückkehren, verlasst Euch darauf. Er hat keine andere Wahl, denn Vascarvié wird ihn des Mordes anklagen.»

«Und wie lange wird es dauern, bis Maynier ihn überzeugt hat, diese Klage zurückzuziehen?», fragte Frederi bitter.

«Ihr vergesst diesen königlichen Beamten, Corbeille oder wie er heißt», widersprach Crestin. «Er schien ein großes Interesse an der Geschichte zu hegen. Maynier wird überzeugt sein, dass Paris ihm in dieser Angelegenheit auf die Finger sieht. Und nicht nur Paris. Was denkt Ihr, wie sein Freund, der Bischof, reagieren wird, wenn er erfährt, dass ein enger Vertrauter Mayniers eine Nonne auf dem Gewissen hat?»

Einen Moment lang herrschte erstarrtes Schweigen. Dann flüsterte Frederi: «Mein Gott, warum hat sie nicht auf mich gehört? Warum nur ist sie nicht hier geblieben?»

Cristino blinzelte, Tränen glänzten in ihren Augen. «Es ist meine Schuld», sagte sie leise. «Sie ist nur meinetwegen nach Santo Anno dis Aupilho gekommen.»

«Nein, Cristino, da irrst du dich.» Rouland de Couvencour hatte den Kopf gehoben, und es sah ganz so aus, als ob auch er nun mit den Tränen kämpfte. «Sie ist nicht deinetwegen gekommen. Sie kam unseretwegen.»

«Nun …», Crestin räusperte sich etwas betreten, «auf jeden Fall hat Archimède Degrelho sich spätestens mit dem Mord an der Ordensschwester derart in Misskredit gebracht, dass Maynier es nicht mehr wagen wird, seine Hand über ihn zu halten. Er wird Archimède Degrelho ganz im Gegenteil mit großem Eifer verfolgen, schon um jeden Verdacht auszuräumen, ihn jemals unterstützt zu haben. Natürlich wird er Degrelho insgeheim bei seiner Flucht behilflich sein, denn nichts käme ihm ungelegener, als dass Degrelho gefasst würde – schließlich könnte der am Ende Mayniers Mitschuld an den Morden preisgeben. Und aus dem gleichen Grund wird Maynier auch Euch» – er nickte Couvencour und Fabiou zu

– «in der näheren Zukunft in Ruhe lassen. Es ist wie damals, als der Prozess gegen ihn begann. Er wird sich beobachtet fühlen und sich mustergültig verhalten. Ihr dürft nur nicht den Fehler machen, ihn in die Enge zu treiben, indem Ihr versucht, seine Mitschuld an den Morden und an der Vernichtung der Bruderschaft publik zu machen. In diesem Fall bliebe ihm keine andere Wahl, als Euch zu töten.»

«Das heißt, sie werden alle ungestraft davonkommen», sagte eine leise Stimme von der Tür her. Fabiou sah sich um. Es war Hannes. Er lehnte am Türpfosten, die Augen ins Leere gerichtet. «Maynier, die Edelleute, die ihn unterstützten, und Archimède Degrelho.»

«Niemand kann Maynier beikommen», sagte Crestin mit einem Achselzucken, «und den Edelleuten, die unter seinem Schutz stehen, ebenso wenig. Aber wenn dir das eine Genugtuung ist – Archimède Degrelho wird nicht mehr allzu viel haben von seinem Land und seinem Besitz, für den er zu morden bereit war.»

Hannes zuckte mit den Achseln. Er sah nicht so aus, als ob es ihm eine Genugtuung wäre.

Der Buous gähnte. «So spannend das alles ist – ich könnte jetzt langsam eine Mütze Schlaf brauchen.»

Der Buous'sche Vorschlag stieß auf allgemeine erschöpfte Zustimmung, schließlich gab es außer Frederi Jùli und Maria Anno keinen, der nicht wenigstens *eine* schlaflose Nacht hinter sich hatte. Couvencour war klein, deutlich zu klein, um jedem der müden Krieger eine ordentliche Schlafstätte bieten zu können. Der Buous rettete die Situation, indem er meinte, einem Ritter genügten auch eine Decke und der Sattel seines Pferdes, damals, im Feld gegen die Kaiserlichen, hätte er schließlich auch nicht mehr gehabt, und diese Bemerkung forderte derart die Männlichkeit der anwesenden Herren heraus, dass Couvencour letztlich keinen mehr dazu überreden konnte, das übrige freie Bett zu benutzen.

Fabiou hatte sich ein Lager im Salon gemacht, wo Louise weiterhin auf dem Diwan lag, schon weil Bruder Antonius jede Bewegung für sie als gefährlich erachtete, und Cristino weiterhin an ihrer Seite saß, neben Sébastien, der bereits im Stehen zu schlafen schien. Fabiou nörgelte, wie hell es im Raum sei, doch Sébastien, ausgestreckt auf dem Fußboden, meinte, so hell könne es gar nicht sein, dass er noch länger als zehn Sekunden wach bleiben würde. Seine Ahnung täuschte ihn nicht; er war bereits fünf Sekunden später im Tiefschlaf. Fabiou ließ ihn schnarchend auf dem Fußboden zurück und trat nach draußen auf den Gang.

Der Gang war leer bis auf drei Menschen, von denen zwei rechts und links neben einer der schmalen Schießscharten standen. Ihnen gegenüber stand Crestin, der Viguié von Ais, der kopfschüttelnd zu einem der beiden sagte: «Hatte ich nicht zu dir gesagt, dass du fliehen sollst, so schnell du kannst? Gott, Junge, Vascarvié wird weiter nach dir suchen. Jede Stunde, die du verlierst, kann die Stunde sein, die dich aufs Schafott bringt!»

Fabiou trat näher. «Hannes, der Gaukler», sagte er leise. «Hannes, der geheimnisvolle Maskenmann. Oder soll ich lieber Joan Nicoulau zu Euch sagen? Ich wäre viel früher darauf gekommen, wenn nicht alle gesagt hätten, Enri Nicoulau sei Italiener gewesen. Enri Nicoulaus ursprünglicher Name war wohl Heinrich Niklaus oder Nikolaus, meint Ingelfinger, und er stammte aus Deutschland. – Ich nehme an, es war dieser Schriftzug Santonou, den man bei den Toten fand, der Euch verriet, dass der Mörder von damals wieder am Werk war. Verratet mir eines, Mèstre Nicoulau – warum all die Rätsel? Ich verstehe, dass Ihr mit Eurem Wissen nicht zum Viguié gegangen seid, wenn ich das erlebt hätte, was Ihr erlebt habt, hätte ich auch kein Vertrauen mehr in die Gerichtsbarkeit. Aber warum so? Wieso habt Ihr Arnac und mir nicht gesagt, was Ihr wusstet, wenn Ihr uns zum Werkzeug Eurer Rache machen wolltet?»

Er schaffte es in der Tat, Hannes einen leicht irritierten Blick zu entlocken; es war vermutlich das erste Mal in seinem Leben, dass ihn jemand mit Mèstre Nicoulau ansprach. Hannes schwieg einen Moment staunend angesichts dieser Anrede, bevor er antwortete, seine Bernsteinaugen glühend wie ein Sonnenuntergang: «Der Narr greift niemals ein. Er hält der Welt einen Spiegel vor. Erinnert Ihr Euch an die Inschrift auf Hector Degrelhos Grabstein? – *Il est ton devoir d'accomplir bien ton role – mais le choisir appartient à un autre. Es ist deine Aufgabe, deine Rolle gut zu erfüllen, aber sie auszuwählen, steht einem anderen zu.*»

Fabiou dachte, dass es noch eine ganze Reihe offener Fragen gab und dass Hannes vermutlich der Einzige war, der sie hätte beantworten können. Zum Beispiel, wer Cristino im Haus der Mergoults das Leben gerettet hatte, indem er dem Genevois einen Stein an den Schädel schoss, und wer auf St. Vitori das Jagdhorn geblasen und so die Landsknechte vertrieben hatte. Oder wer Arnac mitgeteilt hatte, dass Mergoult Loís an den Galgen bringen wollte, und wie derjenige überhaupt davon hatte wissen können. Doch ihm war klar, dass ihm Hannes auf diese Fragen ohnehin nicht antworten würde, und so fragte er stattdessen lediglich: «Eines verstehe ich immer noch nicht: Wie bist du damals eigentlich davongekommen, als sie die Antonius-Jünger vernichtet haben?»

«Da war dieser Arquié», sagte Hannes mit einem Achselzucken. «Er sollte mich nach Ate bringen. Irgendwo im Wald hat er mich dann plötzlich aus dem Sattel geschubst und gesagt, ich soll machen, dass ich wegkomme.»

«Und warum hat er das getan?», fragte Fabiou entgeistert.

Hannes zuckte wieder mit den Achseln.

«Nun, es gibt eben Leute, die es nicht einsehen, ein achtjähriges Kind an den Galgen zu liefern», meinte Crestin, der bislang geschwiegen hatte.

«Menschliche Anwandlung, was?» Hannes lachte auf. «Ist das Eure Vermutung? Es tut mir leid, Mèstre Crestin, aber das zu glauben fällt mir etwas schwer.»

«Das ist keine Vermutung», sagte Crestin. «Der Arquié war ich.»

Hannes lachte nicht mehr.

«Du musst fliehen, Junge», murmelte Crestin und lief den Gang hinab. «Sie sind auf deiner Fährte.»

Hannes stand und massierte mit ungelenken Bewegungen seine Arme. Er war kreideweiß im Gesicht.

Einen Moment lang starrte Fabiou Catarino an, dann wandte er sich ab und ging auf die Tür zu.

Draußen an der Brüstung der Mauer, die dreihundert Jahre lang feindlichen Heeren und Horden von Raubgesindel getrotzt hatten, lehnte Frederi an einer der geneigten, verwitterten Zinnen und starrte hinaus auf die Welt aus Fels und niedrigen Kiefern und knorrigen Ölbäumen, die sich zu Füßen der Burg erstreckte, dem blauen Dunst entgegen, hinter dem das Meer lag, und die Ferne. Er rührte sich nicht, als Fabiou neben ihn trat.

Fabiou atmete tief durch, während er sich neben seinen Stiefvater an die Mauer lehnte und den Geruch von altem, staubigem Stein einatmete, den Geruch der Burgen, den Geruch von Kälte und Kargheit und Unbequemlichkeit, den Geruch von Castelblanc. Über ihm kletterte eine strahlende Sommersonne einen blendenden Himmel empor, und er musste die Augen zusammenkneifen, als er nach Süden blickte.

«Ich liebe sie so sehr, Fabiou», murmelte Frederi. Fabiou wusste, dass er von Madaleno sprach. «Bitte, nimm es ihr nicht übel. Es war alles so schwer für sie … sie konnte nur damit leben, indem sie so tat, als ob all das nicht geschehen wäre.»

«Ich weiß. Und ich nehme ihr nichts übel», sagte Fabiou. «Wir sollten nach Castelblanc zurückkehren, das ist das Beste für sie. Das Beste für alle, schätze ich.»

Frederi starrte ihn an aus Augen, die uralt aussahen. «Mein Gott, Fabiou, du hast dich so verändert», murmelte er. «Du bist so … erwachsen geworden.»

Ich hatte ja auch keine andere Wahl, dachte Fabiou, aber er sprach diesen Gedanken nicht aus. Er hätte jetzt gehen können, zurück in den Salon, sich in seine Decke wickeln und versuchen zu schlafen und den Mantel des Vergessens über jenes letzte Detail der ganzen unglückseligen Geschichte breiten. Aber er ging nicht. Er konnte es nicht. Er war verdammt, wie es sein Onkel gewesen war, verdammt dazu, nach der Wahrheit zu suchen, koste es, was es wolle. Fabiou erlaubte sich, die Augen vor der blendenden Helligkeit des Himmels zu schließen, als er sagte: «Ihr habt meinen Vater getötet, nicht wahr?»

Als er die Augen wieder öffnete, war Frederi an der Wand zusammengesunken. «Fabiou», flüsterte er, während seine zitternde Hand sich nach oben tastete und auf einer ergrauenden Strähne seines Haars liegenblieb, «Fabiou, was hätte ich denn machen sollen?»

Ja, was hätte er machen sollen, der kleine Junge, der seinen Freund Cristou so liebte, dass er sich ein Bein ausgerissen hätte, hätte ihm das Cristous Liebe gesichert; der sich Lancelot nannte, nur um ein Gralsritter zu sein wie er; der ohne einen Augenblick zu zögern auf die Frau verzichtete, die er liebte, als er erkannte, dass auch Cristou sie begehrte; der ebenso wenig gezögert hätte, hätten sie ihm angeboten, an Cristous statt zu sterben; und der dann doch nur hilflos zusehen konnte, wie Cristou in den Mühlen der Inquisition verschwand.

«Ich habe ihn geliebt, Fabiou!», sagte Frederi, die Hand in sein Haar gekrallt, als ob er es sich vom Kopf reißen wollte. «Ich konnte doch nicht zulassen, dass er stirbt wie Pierre! Oh Gott, Fabiou, das hätte ich nicht ertragen!»

Menschen sind zu vielem bereit, wenn es um Liebe geht. Loís hatte sich aus Liebe zu Cristino ihrem durchgegangenen Pferd in den Weg geworfen. Bruder Antonius hatte gelogen aus Liebe zu Janot. Louise Degrelho war aus Liebe zu der kleinen Agnes alleine nach Santo Anno dis Aupiho geritten, um sich einer bis an die Zähne bewaffneten Bande von Söldnern entgegenzustellen.

«Ich habe versucht, ihn umzustimmen», sagte Frederi. «Ich habe ihm gesagt, dass es selbstsüchtig sei, an dieser Religion festzuhalten, dass er eine Familie habe, die ihn brauche, aber Cristou hat gesagt, es ist mein Glaube, er hat mir geholfen in den guten Tagen, jetzt kann ich ihn nicht beim ersten Anzeichen von Gefahr verraten. Er hat mich gefragt, ob ich meinen Glauben verraten würde, an seiner Stelle, und, Fabiou, ich wusste nicht einmal, was ich ihm darauf antwortet sollte! Ich wusste nur, dass ich ihn liebte und dass ich niemals ertragen könnte, dass sie ihm etwas antaten. Und Pierre … mein Gott, Pierre … Jesus, Fabiou, ich bin dort gewesen!», stieß Frederi hervor, dessen Gesicht so grau war wie die Mauer, an die er sich klammerte, seine Augen Spiegel eines Grauens, für das es auch nach dreizehn Jahren noch keine Worte gab. «Ich war bei Pierre! Ich habe gesehen, wie sie ihn ganz langsam zerstört haben, Tag für Tag etwas mehr, bis ich nur noch darum beten konnte, dass er endlich sterben würde! Oh Gott, Fabiou!»

Fabiou wischte sich mit dem Ärmel den Schweiß von der Stirn und fragte sich, ob der Tag heute wieder so heiß werden würde wie gestern. Das Wort «gestern» hallte eigentümlich durch seinen Geist. Gestern schien hundert Jahre her zu sein.

«Ich habe Cristou davon erzählt, als Pierre tot war», sagte Frederi. «Gott, ich war so naiv zu glauben, dass er nachgeben würde, wenn ich ihm nur genügend Angst machte. Aber natürlich war das

Gegenteil der Fall, er hätte es jetzt zu allem Überfluss noch als Verrat an Pierre empfunden, wenn er abgeschworen hätte. Und da begriff ich, dass es keine Hoffnung mehr gab, dass ich Cristous Sterben zusehen würde, so wie ich Pierres Sterben zugesehen hatte.»

«Es war das Weib in der Stadt, nicht wahr? Die Hexe», meinte Fabiou.

Frederi nickte fahrig. Seine Zähne schlugen aufeinander trotz der brütenden Hitze, die bereits jetzt die Mauerkrone in eine Ofenplatte verwandelte. «Sie handelte damals oft mit Kräutern und allerlei Mixturen auf dem Markt. Am Abend ging ich zu ihr. Sie wollte zuerst nichts von der Sache wissen, sie war keine Giftmischerin. Aber schließlich konnte ich sie überzeugen. Sie erzählte mir von einem Extrakt, der in geringen Mengen genommen ein Heilmittel, in hohen Dosen aber absolut tödlich sei. Sie schwor mir, dass es kein schlimmer Tod sei, dass man einfach einschlafen würde. Ich nahm ihr genug von dem Zeug ab, dass es für zwei Menschen reichen würde.»

«Für zwei?», wiederholte Fabiou.

«Gott, denkst du, ich hätte deinen Vater töten und dann weiterleben wollen?» Frederi lachte bitter auf. «Ich leerte das ganze Zeug in einen Krug mit starkem Wein, in der Hoffnung, dass das den bitteren Geschmack überdecken würde. Dann bat ich erneut um eine Besuchserlaubnis für Cristou. Ich sagte, ich wolle ein letztes Mal versuchen, ihn zu überzeugen, dem Protestantismus abzuschwören. Sie machten mir klar, dass es in der Tat das letzte Mal sein würde, ab morgen würde sich der Inquisitor seiner annehmen. Ich ging also zu deinem Vater. Ich flehte ihn in der Tat ein letztes Mal an, doch endlich nachzugeben, aber es war so aussichtslos wie eh und je. Dann zog ich die Flasche Wein hervor und meinte, wir sollten ein letztes Mal zusammen trinken. Er hat … irgendetwas gemerkt. Er sprach ganz sonderbar dann. Er sagte, er wisse, dass er bald sterben würde, und dass seine größte Sorge sei, was aus seiner Familie würde. Er sagte, er wisse, wie sehr ich Madaleno liebe, und dass niemand besser geeignet sei als ich, mich ihrer und seiner Kinder anzunehmen. Und dann verlangte er, dass ich ihm schwor, mich um Madaleno zu kümmern und euch, seine Kinder, großzuziehen, als ob es meine eigenen wären. Ich flehte ihn an, das nicht von mir zu verlangen, mir nicht ein Versprechen abzunehmen, von dem ich wusste, dass es mich zwingen würde weiterzuleben. Aber er war unerbittlich. Schließlich erfüllte ich ihm seinen Willen und schwor, für euch und Madaleno zu sorgen. Als ich den Schwur geleistet hatte, nahm er den Wein und trank. Er hat mich nicht gefragt, warum ich nicht ebenfalls trank. Er hat noch eine Weile geredet über alles mögliche, über die Vergangenheit, die Bruderschaft, und über Madaleno und euch, seine Kinder. Er hat euch sehr geliebt, Fabiou, und mehr als alles tat ihm leid, euch nicht aufwachsen sehen zu können. Irgendwann wurde seine Sprache dann verworren, als ob der Wein ihn betrunken gemacht hätte. Und dann ist er einfach eingeschlafen. Ich bin geblieben, bis er aufhörte zu atmen. Dem Wachmann, der mich aus der Zelle ließ, sagte ich, dass der Baroun de Bèufort seine Entscheidung, ob er abschwören solle, noch einmal überdenken und zu diesem Zweck ungestört sein wolle. Man glaubte mir offensichtlich. Cristous Tod wurde erst am nächsten Morgen entdeckt.» Er schwieg. Sein Gesicht glänzte schweißnass im Schein der Julisonne. Fabiou dachte an ein Gespräch, das er des Nachts in seinem Zimmer belauscht hatte. Armer kleiner Schio, hatte Frederi gesagt, und Couvencour hatte geantwortet, es war das Einzige, was du als sein Freund für ihn tun konntest. Er dachte, dass er keinen Grund zur Klage hatte. Man hatte ihn schließlich davor gewarnt, nach der Wahrheit zu suchen.

«Weiß Mutter davon?», fragte er leise.

Frederi schüttelte den Kopf. «Sag es ihr nicht, bitte.»

Da war ein Gebrüll unten vor dem Tor, wütende Männerstimmen, die über den Hof hallten, und Fabiou flüchtete in die Ablenkung, die sie brachten, indem er sich über die Mauerkrone lehnte und auf den steilen Anstieg vor der Burg hinunter starrte, auf dem sieben Reiter auf sieben Pferden verhielten, die Tiere nervös vor der Mauer tänzelnd. «Couvencour!» Das Gebrüll des vordersten Reiters hallte bis in die letzten Ritzen des Gemäuers. «Couvencour, ich weiß, dass du da drin bist! Komm 'raus und zeig dich, wenn du dich traust!»

Sébastien de Trévigny kam aus der Tür gestolpert, die vom Salon auf die Mauer führte, von jener donnernden Stimme aus den glückseligsten Träumen gerissen. «Oh je. Mergoult», sagte er, als er neben Fabiou auf der Mauerkrone ankam. Er war reichlich käsig um die Nase.

Alle liefen sie jetzt auf der Mauer zusammen. Rouland de Couvencour brüllte seinen Dienern zu, dass sie die Türen sichern sollten, offenbar befürchtete er, dass Alexandre de Mergoult ein paar schwere Kriegsmaschinen in der Satteltasche hatte. Hannes und Catarino tauschten nervöse Blicke aus. Loís, noch deutlich bleicher als Sébastien de Trévigny, versuchte Frederi Jùli davon abzuhalten, auf die Zinnen zu klettern und sich dort in eine etwaige Schusslinie zu begeben. «He, das ist doch dein Neffe», meinte der Buous mit einem Seitenblick auf Estève de Mergoult, den dieser mit einer säuerlichen Grimasse beantwortete.

«Couvencour!», brüllte Mergoult erneut. «Wo bist du, du feiger Razat?»

Jetzt lehnte Rouland de Couvencour sich über die Brüstung. «Falls Ihr meinen Sohn sucht, so ist er nicht hier», rief er nach unten. «Und was Euch betrifft, so gewöhnt Euch erst einmal bessere Manieren an, Bengel!»

«Ihr denkt wohl, ihr könnt euch hier vor mir verkriechen, ihr verdammten Ketzer, was? Aber da habt ihr euch getäuscht!», brüllte Alexandre nach oben. «Ich werde das Parlament auffordern, mir ausreichend Männer zur Verfügung zu stellen, und dann werden wir euch in eurem Steinhaufen hier ausräuchern, das verspreche ich euch!» Damit riss er sein nervös wieherndes Pferd herum und galoppierte der Ebene zu. Seine Getreuen folgten.

Rouland de Couvencours Augen waren starr auf die Staubwolke geheftet, die Mergoults Trupp bei seinem Ritt ins Tal hinter sich herzog. «Es wird Krieg geben», sagte er.

Frederi nickte. «Ja», sagte er. «Ich weiß.»

Einer nach dem anderen verließ die Mauer und kehrte ins Gebäude zurück. Estève de Mergoult blieb noch einen Moment vor Hannes stehen, der auf die Ebene hinausblickte, wo Alexandre de Mergoult und seine Gefährten als Punkte klein wie Ameisen in der Ferne verschwanden. «Mach dir keine Sorgen wegen Oppède, Gaukler», sagte er leise. «Es wird ein Gericht geben.» Und er ging und ließ Fabiou rätselnd zurück, was für ein Gericht er wohl meinte.

Wahrscheinlich das Jüngste.

KAPITEL 22

in dem ein jeder aufbricht in ein neues Leben

Ne craignez point, plume bien fortunee,
qui vers le Ciel vous allez eslevant,
faire ruine, Icarus ensuivant,
qui trop haulsa l'aelle mal empennee,
Du beau Soleil, ou estes destinee,
vous n'irez point la chaleur esprouvant,
mais deviendrez, soubz ses rais escrivant,
de sa clarté belle, et enluminee.
Et si volant parmy le grand espace
de ses vertuz quelque feu concevez,
moins hault pourtant ne vous en eslevez:
ce ne sera feu, qui brusle ou desface,
mais bien fera sa divine estincelle,
comme Phoenix, revivre et vous et elle.

Fürchtet nicht, hochglückliche Feder,
die Ihr zum Himmel auffliegen wollt,
abzustürzen wie einst Ikarus,
der seinen schlecht gesteuerten Flügel zu hoch erhob.
Von der schönen Sonne, auf die Ihr zusteuert,
werdet ihr nicht die Hitze erfahren,
sondern unter ihren Strahlen schreibend werdet Ihr
von ihrer Klarheit schön und erleuchtet werden.
Und wenn Ihr im Flug durch den weiten Raum
von ihrer Kraft etwas Feuer abbekommt,
fliegt deshalb nicht weniger hoch,
denn das wird kein Feuer sein, das verbrennt oder entstellt,
sondern sein göttlicher Funke wird,
wie Phönix, Euch und sich selbst zu neuem Leben bringen.

Mellin de Saint-Gelais (1487-1558), französischer Poet,
Avertissement sur les jugements d'astrologie à une studieuse damoyselle

Schritte und aufgeregte Rufe weckten sie aus einem Schlaf so schwer wie eine Decke aus Blei, und noch viel schwerer wog ihr Kopf, als sie ihn von der Lehne des Diwans heben wollte, auf die er letztendlich gesunken war. Sie stöhnte leise auf, ihr Nacken war ebenso steif wie ihre Glieder, und ihre Wirbel knackten schmerzhaft, als sie sich aufsetzte; sie fühlte sich, als sei sie siebzig Jahre alt.

Ein Laufen und Hasten war ringsumher, erfüllte jeden Raum des alten Gemäuers mit einem hektischen, drängenden Gemurmel, wie ein Bienenstock kurz vor dem Schwärmen. Sie blickte zum Fenster; die Sonne war gesunken, draußen lag dunkelblau ein später Abendhimmel. Jemand hatte eine Fackel angezündet; ihr Licht warf einen unsteten Schein auf die Menschen, die Kisten und Beutel der Tür zu schleppten und die Treppe hinunterwuchteten.

Sie sah zur Seite. Louise saß aufrecht auf dem Diwan, das Gesicht womöglich noch bleicher als am Morgen, und dies und die Atmosphäre der Unwirklichkeit, die alles umgab, nahm ihrer Gestalt jede Realität und jede Körperlichkeit, sie war ein Phantom in einer Geisterwelt.

«Was geht hier vor?», fragte Cristino, und ihre Stimme klang so irreell, wie Louises Lippen weiß waren.

Sie drehte sich ihr zu, langsam, da es sie Mühe kostete, doch die Mühe erreichte Cristinos Augen nicht, nur jene gespenstische Langsamkeit. «Es tut mir leid», sagte Louise Degrelho. «Ich werde fortgehen müssen.»

Sie blinzelte und kämpfte gegen das Gefühl an, in einer Allegorie gefangen zu sein, in einem Traum, der ihr begreiflich machen sollte, dass Louise sterben würde. Vielleicht ahnte Louise, was sie dachte, denn sie zwang ihren Lippen ein schiefes Lächeln auf und sagte: «Keine Angst, ich meine es, wie ich es sage. Wir müssen fort, mein V… Rouland und ich. Mergoult ist fest entschlossen, uns zu vernichten, und er wird einen Weg finden, diesen Entschluss in die Tat umzusetzen, auch wenn Maynier ihn nicht unterstützt. Wir müssen machen, dass wir hier wegkommen, bevor er mit einer Privatarmee vor der Tür steht.»

«Du … du meinst, ihr flieht?», fragte sie ungläubig.

«Was sollen wir sonst machen?», fragte Louise mit einem traurigen Lächeln. «Wir sind zu wenige, um gegen Mergoult und die Seinen eine Chance zu haben. Und vielleicht können wir im Verborgenen ja auch mehr ausrichten, als uns bisher möglich war.»

«Wo werdet ihr hingehen?», fragte Cristino leise.

Louise schüttelte den Kopf. «Es ist besser für dich, wenn du es nicht weißt», sagte sie.

Sie schluchzte. «Nimm mich mit. Bitte.»

Wieder schüttelte Louise den Kopf, zögernd im ersten Moment, aber dann sehr bestimmt. «Nein, Cristino. Wir werden Geächtete sein, Gejagte! Das ist kein Leben für dich. Dir steht doch das ganze Leben noch offen! Du kannst einen ordentlichen Mann heiraten und sicher und friedlich leben. Du kannst – so vieles noch tun, wenn du es nur willst. Ganz abgesehen davon, dass du uns keine große Hilfe wärest – du kannst nicht mit Waffen umgehen, und auch sonst besitzt du nicht gerade die Fähigkeiten, die du für das, was wir vorhaben, brauchen würdest. Nein, Cristino, ich kann dich nicht mitnehmen.»

«Ich will aber trotzdem mitkommen! Ich will dich nicht schon wieder verlieren, jetzt, wo ich dich gerade erst wiedergefunden habe!», schniefte Cristino.

«Agnes», sagte Louise, und beide hielten sie inne und starrten einander an, denn es war das erste Mal, dass Louise sie so anredete, und dann lächelte Louise Degrelho und sagte: «Wir werden uns wiedersehen, Agnes, das schwöre ich dir. Egal was du tust, egal wo du bist, ich werde dich finden.»

Sie fragte sich erstaunt, was Louise mit «finden», meinte, denn wo sollte sie schon sein außer in Castelblanc und bestenfalls noch in Ais, aber sie kam nicht mehr dazu, diese Frage zu stellen, denn hinter ihr stand Rouland de Couvencour und sagte zu Louise: «Wir müssen aufbrechen. Denkst du, du kannst die paar Schritte laufen?»

«Mann, ich lebe noch», meinte Louise ärgerlich, und auf Roulands Arm gestützt zog sie sich auf die Füße. Cristino sah zu, und auf einmal begriff sie, dass das nicht länger Louise Degrelho war, die dort an Rouland de Couvencour geklammert nach draußen humpelte. Louise Degrelho existierte nicht mehr, genauso wenig wie Agnes Degrelho. Sie konnten nicht einfach da weitermachen, wo sie vor dreizehn Jahren aufgehört hatten, so viel war inzwischen geschehen, und sie beide hatten ein neues Leben, ein Leben als Cristino de Bèufort, ein Leben als Arnac de Couvencour, in dem sie zu Hause waren und das sie nicht einfach aufgeben konnten. Agnes und Louise waren in jener seltsamen Nacht vor fast dreizehn Jahren gestorben, und jeder Versuch, sie wieder zum Leben zu erwecken, war zum Scheitern verurteilt. Und im Grunde war das auch in Ordnung so. Cristino zupfte ihre Röcke zurecht und schritt hinter Senher de Couvencour und dem jungen Menschen her, der ein paar kurze Stunden lang Louise Degrelho gewesen und der jetzt wieder zu Arnac de Couvencour geworden war.

Im Hof herrschte ein Chaos wie auf dem Fischmarkt von Marsilho. Cristino stellte erstaunt fest, dass so gut wie jeder im Haus auf den Beinen war, einschließlich der Castelblancs und Bèuforts. Bardou hatte bereits die Kutsche angespannt, und die Dame Castelblanc stand bleich und mit rotgeweinten Augen vor dem Verschlag, neben ihr die verstörte Kinderfrau mit einer aufgekratzten Maria Anno, die Arnac mit großen Augen ansah und «Aua, aua» rief.

Rouland de Couvencour brachte Arnac zu einem Pferdekarren, auf dem sie mit Decken eine Art Lager errichtet hatten, und entgegen Arnacs Protesten hob er ihn hoch und legte ihn auf die Polsterung. «Ihr solltet auch gleich aufbrechen», sagte er zu Frederi de Castelblanc. «Geht nach Castelblanc zurück, ich denke, da seid ihr sicher. Nach Ais würde ich nicht zurückkehren, bevor nicht reichlich Gras über die Sache gewachsen ist. Denkt an Maynier!»

«Keine Sorge, Senher Couvencour», meinte der Buous vergnügt und klopfte Frederi mit seiner Pranke auf die Schulter. «Wir werden den Cavalié und seine Bande sicher nach Hause geleiten. Und was den Maynier betrifft, der soll nur den Mund aufreißen, mit dem werden wir schon fertig!»

«Meinst du?», fragte der Bonieus wenig überzeugt.

Frederi warf einen raschen Blick zu Arnac auf der Ladefläche des Karrens hinüber. «Meinst du, er wird es schaffen?», fragte er leise.

Couvencour zuckte mit den Achseln. «Wenn du mich fragst, grenzt es an ein Wunder, dass er überhaupt noch am Leben ist», meinte er. «Da, wo wir hingehen, gibt es einen guten Arzt. Hoffen wir das Beste.»

«Wo ist eigentlich dieser Gaukler abgeblieben?», fragte der La Costo stirnrunzelnd.

Bruder Antonius machte ein unbehagliches Gesicht. «Er ist ganz früh heute aufgebrochen, als alle anderen noch schliefen», sagte er. «Ähm … ich habe leider zu spät bemerkt, dass er … ähm … zwei der Pferde mitgenommen hat, mit denen wir nach Santo Anno geritten sind.»

«Ihr meint, zwei der Pferde meines Schwagers?», fragte Frederi stirnrunzelnd

«Äh … ja, offenbar.»

Frederi grinste von einem Ohr zum anderen. «So ein Pech für Philomenus!»

«Also gut, machen wir, dass wir hier wegkommen!» Rouland de Couvencour winkte den Dienern zu, die die letzten Gepäckstücke auf einen Karren luden und dann auf den Kutschbock kletterten. Er seufzte. «Mein Gott, was wird nur aus unserer schönen Burg werden! Wahrscheinlich wird sie sich irgend so ein Günstling von Maynier oder Pontevès unter den Nagel reißen! Na, egal.» Er rang sich ein Grinsen ab. «Es gibt Wichtigeres im Leben als ein paar alte Steine.» Er griff nach den Zügeln seines Pferdes. Dann hielt er inne und trat auf Frederi zu. «Also», sagte er.

Frederi kaute auf seiner Unterlippe herum. «Ja. Also, dann …», sagte er.

Einen Moment lang standen sie sich so gegenüber, und dann schlang Frederi plötzlich seine Arme um Rouland und drückte ihn an sich. «Pass auf dich auf», murmelte er. «Bitte.»

Rouland blinzelte. «Du aber auch auf dich», sagte er mit belegter Stimme.

Sie ließen einander los, und Rouland schwang sich aufs Pferd. Er blickte wieder zum Karren hinüber, wo Arnac sich erst von Victor und dann von Cristino verabschiedete. «Wir müssen los», sagte er auffordernd.

«Ja. Los geht's!», rief Sébastien erfreut und kletterte in den Sattel.

«He», sagte Arnac schwach. «Was hast du denn vor?»

«Was ich vorhabe? Ich komme mit, was denn sonst!»

«Du bist ja wohl verrückt! Hast du überhaupt eine Vorstellung von dem, was auf uns zukommen wird? Die werden uns jagen, Sébastien. Wir werden uns im Wald verstecken müssen wie die Räuber, und wenn wir nur ein kleines bisschen Pech haben, hängen wir vor Ende des Jahres an einem Galgen! Und wenn du mit uns kommst, wird es dir nicht besser ergehen!»

«Na und?» Sébastien lachte. «Was sind denn meine Alternativen? Ich bin nichts und ich habe nichts, Arnac. Soll ich zurück nach Hause gehen und bei meinem Bruder zu Kreuze kriechen? Soll ich mein bisheriges Leben weiterführen, mich weiter mit Betrügereien über Wasser halten und darauf warten, dass Paul mir wieder einen Schlägertrupp auf den Leib schickt? Nein, Arnac. Ich will frei sein, ich will Abenteuer erleben, und ich will nebenbei endlich mal etwas Sinnvolles tun. Und das heißt, was immer ihr jetzt vorhabt, ich muss einfach dabei sein. Und ganz abgesehen davon – egal, ob du jetzt Arnac heißt, oder Louise, oder sonst wie, wir haben uns mal geschworen, dass wir Freunde sind, und einen Freund lässt man nicht im Stich, auch nicht oder gerade dann nicht, wenn er auf dem besten Weg ist, ein Gesetzloser zu werden.» Er grinste breit.

Die Pferde zogen an, und die Karren rumpelten los. Die Reiter folgten ihnen. Cristino stand schweigend und sah zu, wie der Karren, auf dem Arnac lag, um die Biegung verschwand, ein letztes Lächeln von Arnac und ein vergnügtes Winken von Sébastien, und fort waren sie.

«Also», seufzte der Cavalié de Castelblanc, «wir sollten uns auch auf den Weg machen.» Und in plötzlichem Erstaunen fragte er: «Wo ist eigentlich Catarino?»

***

Von fast allen unbemerkt war es am Morgen zu einer hässlichen Szene zwischen Madaleno de Castelblanc und ihrer Tochter Catarino gekommen, bei der beide Dinge sagten, die besser nicht gesagt worden wären, und die letztlich der Auslöser war für den endgültigen Bruch zwischen Catarino und ihren Eltern. Catarino machte ihrer Mutter bittere Vorwürfe, weil diese sie ein Leben lang belogen hatte, und noch mehr Vorwürfe machte sie ihr, weil sie Cristino hatte mit Archimède Degrelho gehen lassen. Nach Catarinos Meinung hätte ihre Mutter Cristinos wahre Identität zumindest erahnen müssen, und dass sie keine Ahnung von Archimède Degrelhos Rolle bei der Ermordung ihrer Familie gehabt hatte, erschien ihr noch viel unwahrscheinlicher.

Madaleno hätte Catarino die Wahrheit sagen können. Dass sie, wann immer sie auch nur im Geringsten an die Ereignisse von 1545 dachte, sofort so heftige Kopfschmerzen bekam, dass ihr nichts anderes übrig blieb, als jene Gedanken wieder weit von sich zu schieben. Dass dies zur Folge hatte, dass die Ereignisse jenes Jahres in ihrem Kopf so verschwommen und unzusammenhängend wie ein verworrener Albtraum waren. Und so wenig man sich in seinen Handlungen an Albträumen orientiert, so wenig war es Madaleno möglich, aus den Ereignissen von 1545 irgendwelche logischen Schlussfolgerungen zu ziehen und einen Zusammenhang zwischen der verworrenen Erinnerung an einen mordenden Archimède Degrelho und jenem netten Nachbarn Archimède Degrelho zu erkennen, der ihre Tochter in seiner Freundlichkeit auf seine Besitzungen einlud.

All das sagte Madaleno Catarino nicht, natürlich nicht, denn dann hätte sie sich dazu zwingen müssen, über all diese Dinge nachzudenken, und vor nichts auf der Welt hatte Madaleno mehr Angst. Stattdessen schimpfte sie auf Fabiou und «den Blödsinn, den er euch Mädchen in den Kopf gesetzt hat», erklärte, dass es an der Zeit sei, dass Catarino «diesen ganzen Quatsch» vergaß und sich wichtigeren Dingen zuwandte, wie zum Beispiel ihren Aussichten auf dem Heiratsmarkt. Und als sie schließlich meinte, sie würde Frederi umgehend darum ersuchen, nach einem Gatten für ihre Tochter Ausschau zu halten, möglichst einem Älteren, dem es gelingen würde, ein unvernünftiges junges Ding wie sie zu zügeln, da verließ Catarino mit einer letzten wütenden Bemerkung den Raum, und von dem Moment an hatte keiner der Familie sie mehr gesehen. Man stellte fest, dass ein Kleid im Gepäck der Kinderfrau fehlte, und Catarinos eigenes Kleid wurde schließlich im Stall gefunden, an der Stelle, wo die beiden verschwundenen Pferde von Philomenus Breix angebunden gewesen waren. Estève de Mergoult und der Bouliers hatten beobachtet, dass der Gaukler in Begleitung einer jungen Dienstmagd fortgeritten sei. Keiner von ihnen hatte darin etwas Auffälliges gesehen.

Cristino weinte etwas, als sie von Catarinos Verschwinden erfuhr, und Madaleno weinte noch mehr und schimpfte vor allem wie ein Rohrspatz über dieses undankbare, nichtsnutzige Geschöpf, das ihre Tochter war. Frederi dagegen schimpfte nicht über Catarino, er vermisste sie und betete für sie, aber nie verlor er auch nur ein böses Wort über sie. Dazu liebte er sie viel zu sehr.

Sie unternahmen in der Folgezeit mehrere Versuche, Catarino zu finden, doch alle waren erfolglos. Niemand wollte Catarino oder Hannes, den Gaukler, gesehen haben, und die Spur jenes Gauklertrupps, der einst in Ais gelagert hatte, verlor sich in den Bergen östlich der Stadt.

Im Luberoun war Catarinos Verschwinden Gesprächsthema Nummer eins für viele Wochen und beschäftigte die feine Gesellschaft noch mehr als die unerhörte Geschichte um Cristino. Die Damen, von Neugierde und Klatschsucht getrieben, rannten der Dame Castelblanc die Tür ein auf der Suche nach Informationen aus erster Hand, um mit ihr dann stundenlang über die undankbare Göre zu lästern, die ihrer armen Mutter so viel Leid zugefügt hatte. «Passt auf, die wird schon sehen, was sie davon hat!», meinte die Mauvent. «In spätestens einer Woche steht sie wieder reumütig vor Eurer Tür!»

Doch die Woche verging, und Catarino kam nicht zurück. Sie kam auch nicht nach einem Monat zurück. In der Tat vergingen vier lange Jahre, bis Catarino wieder in die Prouvenço zurückkehrte. Zu diesem Zeitpunkt war aus dem Gauklerhaufen des großen Malou eine weithin bekannte Schauspieltruppe geworden, die in Arle ihr Quartier aufschlug. In Italien hatte Hannes einen jungen Mann namens Giorgio Cardone aufgetrieben, der eine gewisse Erfahrung als Schauspieler besaß, und zusammen hatten sie es geschafft, aus der zusammengewürfelten Bande ungebildeter Gaukler eine Theatertruppe zu machen, die sich sehen lassen konnte.

Doch die Seele der Truppe, das, was ihren großen Erfolg bedingte, war Catarino. Catarino, die einen Großteil der Stücke schrieb, die die Truppe aufführte, die nicht nur Talent als Schriftstellerin besaß, sondern vor allem ein Gespür dafür, was in der aktuellen Situation bei den Menschen ankam. Fabiou dachte mehr als einmal kopfschüttelnd, wie sonderbar es doch war, dass ausgerechnet seine große Schwester, die sich stets über seine Gedichte lustig gemacht hatte, nun diejenige in der Familie war, die einem Poeten am nächsten kam.

Frederi fuhr sogar nach Arle, um eines von Hannes' und Catarinos Stücken zu sehen, und er war zutiefst gerührt von der Begegnung mit seiner Stieftochter und begeistert von dem Schauspiel der Truppe, sie wären es wert, in Paris vor dem König aufzutreten, schwärmte er Madaleno vor. Doch Madaleno rümpfte nur abfällig ihre Nase.

Sie begegneten einander noch einige Male, Madaleno und Catarino, zufällig, wenn Catarino Fabiou in Ais besuchte, doch Madaleno vergab ihrer Tochter nie, und auch Catarino konnte ihrer Mutter erst vergeben, als sie an einem Aprilmorgen an deren Grab stand.

***

Castelblanc war geschrumpft. Die Türen, die Räume, die Bäume, die das Haus umstanden, alles schien kleiner geworden zu sein. Eine Puppenstube für lebendes Spielzeug, wie es schien. Das ist so, weil du gewachsen bist, sagte Loís zu Fabiou, was in der Tat stimmte, Fabiou war noch ein Stück in die Höhe geschossen, die neuen Gewänder spannten bereits wieder an Knien und Ellenbogen, und unter den Hosenumschlägen spickten seine Waden hervor. Dieser Umstand und die etwas unregelmäßige Nahrungsaufnahme der vergangenen Wochen hatten ihn mager, um nicht zu sagen dürr werden lassen, so dass die Köchin die Hände über dem Kopf zusammenschlug und jammerte, den Bub müssen wir recht füttern, so verhungert wie er ist, er braucht eine ordentliche, fette Suppe und einen kräftigen Braten, das ist es. Fabiou kam es sonderbar vor, sich über Dinge wie Suppe und Braten den Kopf zu zerbrechen. Er fand es unerhört genug, am Leben zu sein.

Auch Loís hatte sich verändert. Es war nicht so sehr die Tatsache, dass er abgemagert war, und es waren auch nicht nur die zahllosen Schrammen, die er aus dem Abenteuer davongetragen hatte. Es ist etwas in ihm, das anders geworden ist, murmelte sein Vater und sah zu Cristinos Zimmer hinauf, und manchmal fügte er hinzu, es ist nicht gut so, Diener ist Diener und Herrschaft ist Herrschaft. Loís war immer ruhig und zurückhaltend gewesen, doch die Einsilbigkeit, deren er sich seit ihrer Rückkehr nach Castelblanc befleißigte, hatte etwas Bedrückendes an sich. Eines Abends kurz nach ihrer Heimkehr fand Fabiou ihn im Stall, wo er soeben das Pferd des Cavalié striegelte, jenen Jaco, mit dem Frederi Julí ihnen nach Arle gefolgt war. Offenbar hatte das Tier sich damals in jenem Waldstück losgerissen, erschreckt durch den Schuss, wie Fabiou vermutete, und hatte sich auf den Weg zu seinem heimatlichen Stall gemacht. Der Waldhüter hatte es eines Tages auf einer Wiese nahe Castelblanc gefunden, friedlich grasend, der Knöchel schon wieder weitgehend abgeschwollen.

Fabiou setzte sich auf eine hölzerne Kiste und sah Loís zu. Schließlich, als das Schweigen zwischen ihnen unangenehm wurde, fragte er: «Ist es wegen Cristino?»

Loís hielt einen Moment inne, um tief Luft zu holen, und das Pferd schnaubte. «Es war eine harte Zeit für uns alle», sagte er dann und fuhr in seiner Arbeit fort.

«Stimmt.» Fabiou ließ seine Beine baumeln. «Ich hatte wenigstens noch das Glück, dass mich keiner aufhängen wollte», versuchte er zu scherzen.

Loís brachte ein Lächeln zustande. «Ja, da habt Ihr allerdings Glück gehabt. Das war nicht gerade der lustigste Moment in meinem Leben.» Er holte wieder tief Luft. Gleichmäßig strich die Hand mit der Bürste durch das Fell des Tieres. «Es sind so viele Dinge», sagte er. «Eure Tante wäre noch am Leben, wenn ich Baroun Degrelho getötet hätte.»

«Mein Gott, Loís, es war das erste Mal in deinem Leben, dass du eine Arkebuse in der Hand hattest!», rief Fabiou aus. «Ich hätte ihn ebenso verfehlt, verlass dich darauf!»

«Ich habe ihn aber nicht verfehlt, Baroun», sagte Loís leise. «Ich war ihm so nah, dass ich ihn gar nicht hätte verfehlen können. Ich habe es nicht über mich gebracht, ihn zu töten. Ich dachte an die Bibel, daran, dass Töten Sünde ist. Und ich dachte, dass kein

Gericht der Welt Verständnis für einen Diener hätte, der einen Baroun tötet, um einem gesuchten Ketzer das Leben zu retten. Also zielte ich auf seinen Arm, in der Hoffnung, ihn zu entwaffnen und Senher Couvencour so zu retten. Als ich ihn traf und er sich zur Flucht wandte, war ich auch noch stolz auf mich, Baroun. Bis zu dem Moment, als wir Eure Tante an jener Tür fanden.» Er schwieg wieder. Das Pferd schüttelte den Kopf und stellte die Ohren. «Und Barouneto Cristino …»

«Du liebst sie», stellte Fabiou fest.

«Ja, ich liebe sie. Ja, ich weiß, dass sie unerreichbar für mich ist. Ja, ich weiß, dass ich sie und mich mit dieser Liebe in Schwierigkeiten bringe. Sonst noch Fragen?» Die Bürste hielt inne auf dem Rücken des Pferdes. «Barouneto Catarino hat recht», sagte Loís leise. «Manchmal muss man einfach gehen.»

Fabiou erstarrte mitten in der Bewegung. «Du willst … fort?»

«Es ist das Beste für alle», sagte Loís.

«Aber … wo willst du hin? Und was willst du machen?» Es gab nicht allzu viele Möglichkeiten für einen Diener, der seinen Herrn verlassen hatte. Er konnte versuchen, bei einem anderen Herrn in Stellung zu gehen, das war die beste. Er konnte sich als Tagelöhner verdingen, bei der Ernte oder beim Bau zum Beispiel. Er konnte in die Armee eintreten, und er konnte als Matrose zur See fahren. Die meisten dieser Alternativen waren mit harter Arbeit, schlechter Behandlung und einem entbehrungsreichen und oftmals gefährlichen Leben verbunden.

Aber Loís' Antwort warf Fabiou beinahe rückwärts von der Kiste. «Ich dachte mir, ich könnte studieren», sagte Loís.

«Studieren? Du?»

«Ja. Rechtslehre, dachte ich. Das hat mich doch schon immer interessiert, und ich besitze auch die nötigen Vorkenntnisse. Natürlich nicht in Ais. Irgendwo, wo mich keiner kennt, Paris vielleicht. Ich denke, mein Französisch müsste ausreichen, der Unterricht ist ja sowieso auf Latein.»

«Ja, aber … aber, du hast doch kein Geld und keine Referenzen und nichts!»

Loís zuckte mit den Achseln. «In Ais gibt es auch Bettelstudenten, die aus ganz einfachen Familien stammen. Irgendwie wird es schon gehen.» Er grinste schief. «Ihr werdet mich verstehen, nicht wahr? Ich hoffe es. Ich bezweifle, dass sonst jemand es verstehen wird.»

«Ich werde dich verstehen», versprach Fabiou ernsthaft.

Am 10. Juli verkündete Bruder Antonius, dass er am nächsten Tag nach Ais zurückkehren würde. So lange war er in Castelblanc geblieben, zum Teil Cristino zuliebe, zum Teil weil er sich beim besten Willen nicht vorstellen konnte, sofort wieder in den Alltag seiner Kongregation zurückzukehren. Doch er wusste, dass er unmöglich noch länger ohne Erlaubnis seinem Konvent fernbleiben konnte, und bereitete nun seine Abreise vor.

Vielleicht war es das Gespräch mit Loís, das Fabiou dazu brachte, an diesem Abend seinen Stiefvater in dessen Zimmer aufzusuchen, wo er am Tisch saß und sich um einige Korrespondenzen kümmerte, die über die Zeit in Ais liegen geblieben waren. Als Fabiou den Raum betrat, blickte er auf, und Fabiou sah, wie seine Hand sich um die Schreibfeder krampfte.

«Ich gehe morgen mit Bruder Antonius nach Ais zurück», verkündete Fabiou.

Frederi rang nach Luft. «Warum?», fragte er.

«Vielleicht komme ich noch rechtzeitig zu Beatrix' Beerdigung», meinte Fabiou. «Ich denke, ich sollte dort sein. Und außerdem», er holte tief Luft, «außerdem bin ich nicht bereit, hinzunehmen, dass Maynier und seine Komplizen nach allem, was sie getan haben, ungestraft davon kommen.»

«Mein Gott, was willst du denn machen?», fragte Frederi unwirsch und krakelte auf das Pergament unter seinen Händen ein. «Maynier kann man nicht anzeigen, das weißt du so gut wie ich. Und denk daran, was dieser Crestin gesagt hat. Mag sein, dass Maynier uns in Ruhe lässt, solange wir ihn in Ruhe lassen. Doch sobald wir Anstalten machen, seine Verstrickung in die Geschichte ans Licht zu bringen, sind wir tot!»

«Ich weiß», sagte Fabiou. «Ich gehe trotzdem, mit oder ohne Eure Erlaubnis. Ich bin der Baroun de Bèufort. Ich bin das meinem Vater schuldig.» Er wusste, das Argument zog immer.

Frederi ließ die Feder auf den Tisch fallen und drückte stöhnend die Hand gegen die Augen. «Mein Gott, du bist so ein Dickschädel! Du wirst Pierre mit jedem Tag ähnlicher!»

«Könnte daran liegen, dass wir verwandt sind», meinte Fabiou ungerührt.

«Also gut», Frederi seufzte und wischte einen Tintenfleck von der Tischplatte, «gehen wir eben zurück nach Ais.»

«Wir?»

«Und wenn du dich auf den Kopf stellst, *Baroun de Bèufort*, ich werde dich nicht allein gehen lassen!»

Die Dame Castelblanc tobte wie eine Furie und heulte wie ein Schlosshund, doch ungeachtet ihres Protestes brachen Frederi und Fabiou am nächsten Morgen bei Sonnenaufgang zusammen mit Bruder Antonius nach Ais auf. Fabiou umarmte Loís zum Abschied, den missbilligenden Blicken seiner Mutter zum Trotz. Er wusste, Loís würde nicht mehr da sein, wenn er zurückkehrte.

Falls er zurückkehrte.

Diesmal, mit schnellen Pferden ausgestattet und ohne die Last einer Kutsche, brauchten sie nur bis zum Nachmittag, um die Stadt zu erreichen. Über Ais lag die ausgelassene Stimmung der ausgehenden *saison*, überall flanierten herausgeputzte junge Herren mit den ihnen versprochenen jungen Damen durch die Straßen, während Ammen und alte Tanten ihnen als Anstandsdamen hinterherdackelten. Fabiou dachte, dass, wäre es nach den Plänen seiner Mutter gegangen, auch Catarino und Cristino jetzt am Arm eines dieser jungen Galane durch die Stadt zögen, am liebsten am Arm eines Alexandre de Mergoult, fügte er im Geist grimmig hinzu. Stattdessen saß Cristino jetzt einsam und allein auf Castelblanc, und Catarino war Gott weiß wo.

Als sie das Haus erreichten, teilte ihnen der Pförtner mit, dass die Familie abwesend sei; sie befänden sich in der Kapelle des Konvents der Clarissinnen, wo zur Stunde die Totenmesse für die ehrwürdige Mutter Oberin Consolatoria abgehalten würde. Frederi, Fabiou und Antonius lenkten ihre Pferde sofort zur Carriero de Santa Clara, doch es war bereits zu spät, beim Konvent teilte man ihnen mit, die Messe sei vorbei, die Trauergemeinde zum Friedhof weitergezogen, wo die Beisetzung stattfinden würde.

Als sie den Friedhof erreichten, war der Sarg bereits in die Erde gesenkt und die Trauernden im Begriff, den Friedhof zu verlassen. Frederi hastete auf Oma Felicitas zu, die auf einen Stock gestützt dem Ausgang zuhumpelte. Als sie ihn bemerkte, blieb sie stehen. «Gut, dass ihr wenigstens wohlauf seid», sagte sie leise.

Fabiou sah, dass sein Stiefvater mit den Tränen kämpfte. «Es tut mir so leid», sagte er. «Ich habe versucht, sie davon abzuhalten, uns zu folgen.»

«Du hättest sie nicht davon abhalten können», sagte Felicitas. «Beatrix war noch nie bereit, ihrem Bruder in irgendetwas nachzustehen.»

Frederi nickte stumm. Dann weiteten sich seine Augen, und das Blut schoss in sein Gesicht, während er starr auf einen Punkt hinter Felicitas' Schulter sah. Erstaunt blickte Fabiou in dieselbe Richtung.

An der Seite seiner Frau schritt Philomenus Breix zwischen den Gräber einher.

«Philo», sagte Frederi. Seine Stimme klang hohl.

Wie erstarrt blieb Philomenus stehen. Sein Gesicht war grau wie Mörtel.

Eusebia musterte erst Frederi und dann Fabiou vom Kopf bis zu den Zehen. «Ist das ein Aufzug, in dem man auf einer Beerdigung erscheint?», keifte sie. Niemand nahm Notiz von ihr.

«Oh Gott, ein Glück, ihr lebt», flüsterte Philomenus.

Frederi sagte nichts. Oma Felicitas sagte ebenfalls nichts.

«Das ist nicht gerade Euer Verdienst, Onkel», meinte Fabiou trocken.

Erstaunlich, doch Philomenus wurde in der Tat noch eine Spur bleicher. «Ich wusste es doch nicht», flüsterte er.

«Was? Dass Archimède der Mörder seines Bruders war? Darf man lachen?», fragte Fabiou.

«Ich wusste doch nicht, wer Cristino in Wirklichkeit war! Ich wusste doch nicht, dass Archimède sie töten wollte!»

«Aber dass er mich töten wollte, dürfte Euch klar gewesen sein, und trotzdem wolltet Ihr mich mit ihm gehen lassen», meinte Fabiou.

«Es tut mir leid», flüsterte Philomenus. «Ich wusste doch nicht, was ich machen sollte … gegen die … es tut mir leid!»

«Die Ehre der Familie, ich weiß», Fabiou lachte spöttisch auf.

«Es tut mir leid!», schrie Philomenus.

«Du hast sie gehasst, immer schon.» Frederi starrte mit leeren Augen auf die Reihen der Gräber. «Cristou und Pierre ebenso wie Beatrix. Du wolltest von Anfang an, dass sie sterben.»

«Das ist nicht wahr», flüsterte Philomenus. «Gott, Frederi, ich schwöre dir, ich habe nie gewollt, dass Beatrix etwas zustößt! Und Pierre – Himmel, wir waren uns nicht grün, Pierre und ich, aber ich wollte doch nicht, dass er stirbt! Aber was hätte ich denn machen sollen? Sie haben gesagt, du bist für uns oder gegen uns, damals, an diesem 14. April! Sie haben einen Beweis verlangt, dass ich auf ihrer Seite bin! Und man hat doch gesehen, was aus denen geworden ist, die sie sich zum Feind gemacht hatten, die Centals, und die La Costos, und so weiter! Frederi – Frederi, ich habe dir das Leben gerettet! Sie wollten dich ebenfalls töten, aber ich habe sie überredet, dich am Leben zu lassen! Aber Pierre und Cristou konnte ich nicht retten! Ich hatte doch auch eine Verantwortung, Frederi, für die Familie!»

«Der Preis für das Ansehen der Aubans.» Fabiou nickte ruhig mit dem Kopf. «Das Leben von Onkel Pierre und meinem Vater.»

«Oh Gott, Fabiou, es tut mir leid!» Fabiou stellte erstaunt fest, dass Onkel Philomenus mit den Tränen kämpfte. Kaum zu glauben. Philo hat so etwas wie Gefühle. Und in einer plötzlichen Erkenntnis begriff Fabiou, dass er den Kampf gewonnen hatte. Vielleicht um den Preis seines Lebens, aber er hatte gewonnen! «Die Namen, Onkel Philomenus», sagte Fabiou. «Ich muss wissen, wer dabei war.»

«W-wie?», krächzte Philomenus.

«An jenem 14. April. Wer war dabei, als sie die Vernichtung der Bruderschaft beschlossen? Maynier, das ist klar. Trostett. Archimède Degrelho. Und wer noch?»

«Wieso willst du das wissen?», hauchte Philomenus.

«Oh, sie haben nur ein paar tausend Menschenleben auf dem Gewissen», meinte Fabiou. «Für die Vernichtung der Waldenser konnte man sie nicht drankriegen. Aber für die Vernichtung der Bruderschaft vielleicht sehr wohl!»

«Du … du spinnst ja wohl», stotterte Philomenus. «Wie soll das gehen … es gibt keine Möglichkeit, sie gerichtlich zu belangen! Sie kontrollieren das Parlament von Ais und damit die ganze Gerichtsbarkeit in der Prouvenço! Und vor dem König gilt die Bruderschaft als Rebellengruppe! In ganz Frankreich gibt es kein Gericht, das sie zur Verantwortung ziehen wird.»

Langsam schüttelte Fabiou den Kopf. «Ihr irrt Euch. Eine Instanz gibt es, die sie fürchten, so sehr, dass sie zu morden bereit waren, um ihr zu entgehen. Und vor dieser Instanz werde ich sie zur Verantwortung ziehen.»

«Was für eine Instanz meinst du, um Himmels willen?»

Fabiou lächelte. Er machte eine ausgreifende Handbewegung. «Ais», sagte er. «Ich werde ein Flugblatt drucken lassen. Ich werde dafür sorgen, dass die Menschen von Ais erfahren, was damals passiert ist. Und wer die Verantwortung trägt. Ihr müsst mir nur noch die restlichen Namen liefern.»

Philomenus sank zitternd gegen ein steinernes Grabkreuz. Seine Lippen waren bläulich angelaufen, und Fabiou fürchtete ernsthaft, sein Onkel würde ihm einen Strich durch die Rechnung machen, indem er vom Schlag getroffen tot umfiel. Doch Philomenus machte glücklicherweise keine Anstalten zu sterben und keuchte stattdessen: «Die … die werden mich töten.»

«Blödsinn», sagte Fabiou. «Wenn sie jemanden töten, dann mich. Und im Übrigen – findet Ihr nicht, dass Ihr versuchen solltet, etwas von dem Schaden, den Ihr angerichtet habt, wiedergutzumachen?» Er grinste.

Philomenus fuhr sich hektisch mit der Hand über das Gesicht. Er schwitzte wie ein Schweinebraten. Aber er nickte.

Später am Tag notierte Fabiou die Namen – vierzehn an der Zahl – in sein Büchlein, das einst dem Notieren seiner Verse gedient hatte. Frederi beobachtete ihn mit finsterem Blick. «Ein Flugblatt!», schnaubte er verärgert. «Du bist tot, bevor du zehn von den Dingern verteilt hast! Und überhaupt – wer bitte soll das Ganze bezahlen?»

Die Suche nach einem Geldgeber führte Fabiou ein weiteres Mal zu jenem Haus, über dessen Tür in schwarzer Farbe «Antoine Carbrai – Marchand» geschrieben stand. Doch zu seinem Erstaunen war die Tür vernagelt und die Fensterläden geschlossen. Der Nachbar, bei dem er anklopfte, erklärte, die Familie sei mit Sack und Pack nach Frankreich zurückgekehrt. «Wollen sich zur Ruhe setzen», meinte er. Fabiou konnte sich nicht vorstellen, dass es

Antoine Junior, der schließlich so etwa in Victors Alter war, bereits nach dem Ruhestand verlangte. Dann dachte er daran, wie Rouland de Couvencour und die Witwe Carbrai einander angesehen hatten und begriff, dass Couvencour niemals ohne sie gegangen wäre.

So beflügelt eilte er durch die Carriero de la Jutarié, bis er die Kreuzung mit der Carriero dou Pous Caud erreichte.

In der Druckerei herrschte Hochbetrieb; alle sechs Pressen arbeiteten auf vollen Touren. «Mèstre Piqueu!», brüllte Fabiou durch den infernalischen Lärm. «Wo ist Mèstre Piqueu?»

«Na, so etwas!», rief es hinter ihm. «Der Held von Ais gibt sich persönlich die Ehre! Was führt Euch in mein bescheidenes Heim, Baroun de Bèufort?»

Fabiou drehte sich um und sah Louis Piqueu verblüfft an. Der lachte. «Im Ernst, man hört so allerlei Sachen über Euch», sagte er. «Wenn auch nur ein Bruchteil davon wahr ist, dann Hut ab vor Eurem Mut, junger Herr!»

«Sehr schön», sagte Fabiou. «Wenn Ihr so begeistert von mir und meinem Mut seid, dann habt Ihr ja sicher auch nichts dagegen, selbst ein bisschen den Helden zu spielen.»

Mèstre Piqueus Gesicht verzog sich, als ob er in eine saure Zitrone gebissen hätte. Eine extrem unreife saure Zitrone. «Ihr habt hoffentlich nicht das vor, was ich fürchte, dass Ihr vorhabt», knurrte er.

«Ein Flugblatt», sagte Fabiou trocken. «Ich will, dass die Sache unter die Leute kommt. Und zwar die Fakten. Die Details. Namen. Es war schließlich nicht nur Maynier. Ich habe eine ganze Liste mit Leuten, die ihre Finger mit drin hatten. Die genauso die Schuld am Tod der Bruderschaft und der Antonius-Jünger tragen. Und letztlich auch an der Vernichtung der Waldenser.»

«Ihr scheint eine gewisse Todessehnsucht zu besitzen, Baroun», meinte Piqueu mit griesgrämig gekrauster Nase.

«Also, macht Ihr es, oder nicht?», fragte Fabiou ungeduldig.

«Ich habe nicht nur eine Katze, ich habe vor allem auch eine Frau und fünf Kinder», meckerte Mèstre Piqueu.

«Wenn mich meine Erinnerung nicht trügt, hattet Ihr auch mal einen Bruder», sagte Fabiou.

Piqueus Gesicht wurde noch eine Spur säuerlicher. «Das ist Erpressung», meinte er.

«Nein. Das ist ein moralischer Appell», erklärte Fabiou wichtig.

Nach diesem Gespräch fühlte er sich todesmutig genug, zum Parlament zu gehen und um eine Audienz bei Maynier zu bitten. Aber er erhielt eine abschlägige Antwort. Der Erste Gerichtspräsident sei heute nicht im Parlament erschienen, offenbar sei er krank, erklärte Fabiou ein Gerichtsdiener, der dabei äußerst verwundert dreinblickte, Maynier war sonst nie krank gewesen. Er riet ihm, am nächsten Morgen wieder vorbeizukommen, und Fabiou kehrte unverrichteter Dinge nach Hause zurück.

Am nächsten Morgen war Maynier noch immer krank. Eine Blasenentzündung, sagt man, meinte der Bonieus, der an diesem Abend im Hause Auban zu Besuch erschien. Der Buous, der ihn begleitete, meinte feixend, jaja, das ist das Alter, in dem die Wasserleitung so langsam den Geist aufgibt, und der Bonieus setzte dem Ganzen noch eins drauf, indem er grinsend meinte, scheint, der gute Präsident hat den hiesigen Badehäusern und den dort tätigen Damen einen Besuch zu viel abgestattet, woraufhin beide lachten, bis sie Tränen in den Augen hatten. Tante Eusebia regte sich später furchtbar auf über die despektierliche Art, mit der «diese beiden armseligen Landjunker» von Ais' erhabenem Parlamentspräsidenten zu sprechen wagten, doch zu ihrem großen Erstaunen hieß ihr Mann sie, den Mund zu halten.

Zwei Tage später ging Fabiou wieder zu Mèstre Piqueu. Piqueu ließ viele Achs und Ojes hören, während er den Text studierte, den Fabiou aufgesetzt hatte, und als er daran ging, Fabious Schrieb in Blei zu setzen, murmelte er ein ununterbrochenes *Schema Jisrael Adonai Elohenu Adonai Ehad* vor sich hin. Ich habe nicht allzu viel Geld, sagte Fabiou, aber ich zahle Euch alles, versprochen, und wenn es zehn Jahre dauert! Vergesst das Geld, knurrte Piqueu, da wo wir beide in Kürze sein werden, ist es noch nicht als Zahlungsmittel anerkannt.

Trotz allem, als Fabiou dann das erste Exemplar seines Flugblatts in den Händen hielt, wurde er von einer Freude erfüllt, die ihn alle möglichen Konsequenzen seines Tuns vergessen ließ; er umarmte Mèstre Piqueu, er umarmte drei der fünf Druckgesellen und er umarmte sogar den räudigen Kater, der diese überraschende Liebesbekundung mit einem ärgerlichen Fauchen quittierte. Dann zog er los.

Er verteilte einen Stapel Flugblätter in der Universität, indem er sie verstohlen an möglichst gut sichtbare Stellen legte – auf den Sockel der Treppe, auf die Steinbank am Hauptportal, auf den Fenstersims vor dem Eingang zur Bibliothek. Einige weitere Stapel platzierte er auf Gesimsen und Brunnenmauern an den belebtesten Plätzen der Stadt. Dann packte ihn endgültig der Wagemut, und er hinterließ die verbliebenen Zettel auf einem Tisch im Eingangsbereich des Parlaments. Er war sich nicht wirklich sicher, dass sein Tun niemandem aufgefallen war. Dennoch, an diesem Abend konnte nichts die triumphale Begeisterung aus seinem Innern vertreiben, weder der Gedanke an Maynier noch der an mögliche Mordgesellen, die man ihm auf den Hals hetzen mochte. Den Weg durch die Carriero Drecho und über die Plaço de Sant Sauvaire tanzte er mehr, als dass er ihn lief, und den vorbeiwandelnden Paaren schwenkte er lachend seine Mütze entgegen. So kam er in der Carriero de Jouque an.

Und erfuhr, dass Jean Maynier d'Oppède, Erster Präsident des Parlaments von Ais, an diesem Morgen verstorben war.

***

Es gab viele Theorien zu Jean Mayniers Tod. Die harmlose war, dass die Harnwegsentzündung, an der er erkrankt war, zu einer Vergiftung des Blutes mit gelber oder eventuell auch schwarzer Galle geführt habe. Dem entgegen stand die Erklärung eines der Ärzte, die Maynier nach seinem Tod untersucht hatten, welcher Anzeichen einer Arsenik-Vergiftung festgestellt zu haben glaubte. Die Gerüchte waren mannigfaltig. Das, welches den Leuten am besten zu gefallen schien – vermutlich, weil es so herrlich gruselig klang –, war, dass einer der Ärzte, die Maynier aufgrund seines Harnleidens konsultiert hatte, Protestant gewesen sei und ihm aus Rache für seine harten Urteile gegen die Protestanten einen vergifteten Katheter eingeführt habe. Es gab aber auch andere Theorien. Die Tour d'Aigue habe ihn aufgrund des durch ihn erlittenen Schadens von einem gedungenen Mörder vergiften lassen; ein Waldenser habe sich in seine Wohnung geschlichen und ihm Arsen in den Wein geträufelt; die Geliebte eines von ihm zum Tode verurteilten Diebs habe sich ihm angeboten und ihm dann das Gift wie weiland Eva in einem Apfel gereicht.

«Das Maß war einfach voll», sagte der Bonieus und grinste dabei, und auch der Buous grinste, und Fabiou dachte unbehaglich an das, was Estève de Mergoult zu Hannes gesagt hatte. Es gab noch eine andere mögliche Erklärung für Mayniers Tod.

Maynier wurde in der *Eglise de l'Observance* beigesetzt. Er wurde in einer großen Prozession zu Grabe getragen, der die halbe Oberschicht von Ais folgte, und der Bischof sprach salbungsvolle Worte an seinem Grab, welch großer Mann und unermüdlicher Kämpfer für den wahren Glauben der Welt an ihm verloren gegangen sei. Dass in vielen reicheren und weniger reichen Häusern von Ais mit allerlei edlen Tropfen auf sein Dahinscheiden angestoßen wurde, ignorierte man geflissentlich.

Mayniers Tod hatte ihn selbst offensichtlich am allermeisten überrascht; obwohl er beileibe nicht mehr der Jüngste gewesen war, hatte seine unverwüstliche Stärke und Gesundheit ihn wohl bisher nicht allzu viele Gedanken an sein mögliches Ableben verschwenden lassen. Auch bei akribischster Durchsicht seiner Unterlagen war zu Alexandre de Mergoults grenzenloser Enttäuschung kein Testament zu finden. Mayniers gesamter Besitz einschließlich Oppède und dem Hôtel in der Carriero drecho fiel an seinen nächsten legitimen männlichen Verwandten, Gaspard Forbin, den Senher de Jansoun.

Natürlich leitete das Parlament eine Untersuchung bezüglich Mayniers tragischen Hinscheidens ein, und natürlich verkündete Docteur Vascarvié in der ganzen Stadt, dass er den Mörder finden und einem schrecklichen Tod zuführen würde, aber ebenso natürlich verlief die Untersuchung im Sande und wurde der Mörder nie gefunden. Wo will man auch mit Suchen anfangen, wenn die halbe Provence ein Motiv hat.

***

Loís verließ Castelblanc am Morgen des 20. Juli 1558.

Cristino kam in seine Kammer gestürmt, während er gerade das Bündel mit seinen wenigen Habseligkeiten verschnürte: ein Rosenkranz, der seiner Mutter gehört hatte, sein Messer, sein Mantel für die kalten Monate, und der dicke, zerlesene Foliant, den Frederi ihm einst geschenkt hatte. DE IURE ROMANA.

«Ich will nicht, dass du gehst!», schrie sie ihn an. «Alle gehen sie fort! Erst Louise, dann Catarino, dann Antonius und Fabiou! Du darfst mich nicht auch noch verlassen!»

Er fuhr fort mit seinem Werk, ohne sie anzusehen. «Es tut mir leid, Cristino», sagte er, und: «Es ist besser so.»

«Es ist nicht besser so!», schrie sie. «Ich liebe dich doch!»

Jetzt sah er auf, und als sie in seine offenen dunklen Augen sah, begriff sie, dass sie nicht übertrieben hatte. Sie liebte ihn wirklich. «Ich liebe dich auch, Cristino», sagte er traurig. «Mehr als alles auf der Welt. Und gerade deshalb muss ich weg. Ich bin ein Diener, und du bist eine Barouneto. Mein Gott, du weißt, dass es niemals eine Zukunft für uns geben kann. Und spätestens in ein, zwei Jahren wirst du irgendeinen reichen Senher oder Baroun heiraten.»

«Ich werde aber nie jemand anderen lieben!», heulte sie. «Auch wenn ich irgend so einen Baroun heirate, dann liebe ich immer noch dich! Du kannst doch mit mir kommen, wenn ich heirate! Loís, bitte!»

«Wie stellst du dir das vor?», fragte Loís kopfschüttelnd. «Soll ich als dein Geliebter bei dir bleiben? Deine heimliche *maîtresse*?»

«Warum denn nicht?», schrie Cristino.

Loís setzte sich auf sein Bett und sah sie an. «Weißt du, Cristino, so schlimm die letzten drei Monate gewesen sein mögen, eines habe ich daraus gelernt. Nämlich dass jeder Mensch ein Recht darauf hat, frei und in Würde zu leben, auch wenn er nur ein Pferdeknecht ist wie ich. Ich denke, von deinem Vater habe ich das gelernt.»

«Meinem Vater?», fragte sie erstaunt. Dann begriff sie, dass er Hector Degrelho meinte.

Loís stand auf und wandte sich der Tür zu.

«Bleib hier, Loís, bitte!», schluchzte Cristino.

Er küsste sie auf die Stirn, nahm sein Bündel und ging.

***

Es wurden öde Tage in Castelblanc. Ohne Fabiou, ohne Catarino, ohne Frederi und ohne Loís war das Haus wie verwaist. Die Einzige, die Leben in die Wände brachte, war Maria Anno, die gerade in die tieferen Geheimnisse des aufrechten Gangs eindrang und mit schrillen Juchzern durch die Korridore wackelte. Selbst Frederi Jùli verhielt sich eher still; er war noch immer durch den Blutverlust geschwächt, und seine Aktivitäten beschränkten sich momentan noch auf so erstaunlich ruhige Spiele wie Mühle und Murmeln.

Die Dame Castelblanc unternahm einen ihrer üblichen überaktiven Versuche, das Haus, Cristino und nicht zuletzt sich selbst aus dem Trübsinn zu reißen, indem sie Einladungen an alle daheimgebliebenen oder bereits zurückgekehrten Adelsfamilien der Umgebung schickte, in der Hoffnung, dass Cristino schon aufblühen würde, wenn einige galante junge Herren ihr den Hof machten. Sie tat dies nicht ohne Hintergedanken. Cristinos wahre Identität sprach sich zunehmend herum, und es war klar, dass dieser Umstand für sie einen deutlichen Nachteil auf dem Heiratsmarkt bedeutete; welcher Mann wollte schon eine Frau mit einer derart geheimnisvollen Lebensgeschichte. Dazu kam, dass es grundsätzlich einen Makel darstellte, wenn ein Mädchen aus ihrer ersten *saison* hervorging, ohne wenigstens ein ernsthaftes Angebot erhalten zu haben. Noch besaß Cristino den Vorteil ihrer Jugend und einer gewissen Schönheit, und Madaleno de Castelblanc war klar, dass sie schnell handeln musste, wollte sie ihrer Ziehtochter noch eine wenigstens halbwegs akzeptable Partie sichern.

Sowohl Cristino als auch die jungen Herren, die Castelblanc in diesem August besuchten, wussten um den Zweck dieses Arrangements, und Cristino, der der Ernst der Lage durchaus bewusst war, spielte brav ihre Rolle als ebenso keusches wie aufreizendes Mädchen, von dem die jungen Herren zu Recht bezaubert waren. Doch von dem Vergnügen, mit dem sie zu Beginn der *saison* die Schmeicheleien der Galane genossen hatte, war nichts mehr übriggeblieben. Die *courtoisie* war zu einer Pflicht geworden, die sie erfüllte, wie es sich gehörte, ohne daran aber noch den geringsten Spaß zu haben.

Sie vermisste Loís. Sie vermisste Louise. Und ganz besonders vermisste sie Catarino.

Für Cristino waren Onkel Pierres medizinische Bücher die einzige Aufheiterung in jenen langweiligen Tagen. In jeder freien Minute vergrub sie sich in ihre Seiten, bis spät in die Nacht saß sie mit einer Kerze an ihrer Seite über den Vesalius oder den Paré gebeugt und studierte die Geheimnisse der Heilkunst und des menschlichen Körpers. Manchmal fand sie eine Randnotiz auf einer der Seiten, geschrieben in der schmalen, zierlichen Schrift einer Frau. In diesen Momenten war die Erinnerung an Beatrix so lebendig, dass ihr die Tränen in die Augen schossen.

«Du solltest dich etwas mehr für den Baroun d'Alard oder den Cavalié de Siest interessieren und etwas weniger für deine komischen Bücher!», schimpfte die Dame Castelblanc, und Frederi Jùli spottete, Cristino würde wohl eher Docteur Ambroise Paré als den Baroun d'Alard heiraten wollen. Ach, halt den Rand, schimpfte Cristino. Es war einer der seltenen Unstimmigkeiten zwischen Cristino und Frederi Jùli. Seit ihrer Rückkehr aus Ais waren die beiden ansonsten ein Herz und eine Seele. Um genau zu sein, war Frederi Jùli der Einzige, mit dem Cristino über ihre Leidenschaft zur Medizin reden konnte, jetzt, wo Tante Beatrix tot und Bruder Antonius fort war. Frederi Jùlis wissenschaftliches Interesse hielt sich zwar in Grenzen, aber er besaß die übliche Neugier eines neunjährigen Jungen gegenüber allem Fremden, Geheimnisvollen und Grusligen und konnte stundenlang Cristinos Vorträgen über Schusswunden, Amputationen und Pestepidemien lauschen. «Ich bin sicher, dass sich das Contagion über einen entsprechenden Filter isolieren lässt, wie jede andere alchemisch fassbare Substanz», erklärte Cristino ihrem eifrigen Zuhörer. «Vermutlich kann man es destillieren, und vermutlich kann man sich davor schützen, indem man einen Filter vor Nase und Mund legt und sich nach dem Kontakt mit einem Kranken von allen Schmutzstoffen reinigt, mit denen man in Berührung gekommen ist. Umso mehr, wenn es sich wirklich um einen lebenden Keim handeln sollte.» Sie wickelte nachdenklich eine Haarlocke um ihren Finger. «Was für einen lebenden Keim spricht, ist, dass Seuchen sich ausbreiten. Ein Gift müsste doch irgendwann verfliegen, aber das Contagion scheint im Rahmen einer Seuche immer mehr zu werden. Wie ein lebendes Wesen, das sich fortpflanzt.»

«Aber ein lebendes Wesen müsste man doch sehen können, wenn es einen Menschen anspringt.» Frederi Jùli stellte sich das Contagion offensichtlich so etwa wie eine Kröte vor.

«Himmel, es gibt viele Dinge, die so klein sind, dass man sie nicht oder nur mit einem Vergrößerungsglas sieht!», rief Cristino. «Selbst einen Floh siehst du im Normalfall nicht, und deshalb ist er trotzdem lebendig. – Andererseits gibt es auch nicht lebendige Dinge, die sich ausbreiten – Feuer zum Beispiel. Das Contagion könnte somit auch ein unbekanntes Element sein.»

Die Dame Castelblanc hielt nichts von den wissenschaftlichen Überlegungen ihrer Tochter. «Es ist an der Zeit, dass du mit diesen lächerlichen Spielereien aufhörst, du bist schließlich eine erwachsene Frau», schimpfte sie. Und dann verkündete sie, dass der Cavalié de Siest ihr einen Besuch abgestattet habe, um ihr mitzuteilen, dass er ernsthaft an Cristino interessiert sei. «Wir müssen natürlich noch warten, bis dein Vater» – sie meinte Frederi – «wieder zurück ist. Aber ich bin dafür, dass wir das Verlöbnis dann rasch unter Dach und Fach bringen. Du wirst nicht allzu viele Angebote bekommen, mein Kind, nach allem, was passiert ist.» Cristino gab zu bedenken, dass der Cavalié de Siest mehr als doppelt so alt sei wie sie, doch die Dame Castelblanc war der Meinung, ein reiferer Herr wäre genau das, was ein verwöhntes Kind wie sie brauche, und einen Besseren findest du sowieso nicht, meine Liebe, nach allem! Das war ihr Standardsatz geworden. Nach allem.

Am 5. August war Cristinos siebzehnter Geburtstag. Es war ein seltsames Ereignis für Cristino, deren Geburtstag bisher im April gelegen hatte, zumal sie jetzt quasi von einem Tag auf den anderen um ein halbes Jahr älter geworden war. Zu Victor, der zur Feier des Tages zu Besuch kam, meinte sie scherzhaft, das müsse ihr erst mal einer nachmachen, innerhalb von einem Jahr zweimal Geburtstag und zweimal Namenstag zu haben, aber ihr Lachen dabei klang etwas gezwungen.

Zwar galten Geburtstagsfeiern als protestantische Unsitte, doch das hatte Madaleno nicht daran gehindert, zur Feier des Tages den halben Luberoun einzuladen – ihr war im Moment jeder Anlass für eine Feierlichkeit recht. Cristino verbrachte einen mehr als langweiligen Nachmittag umringt von Siest und einigen weiteren

Herren, deren Gespräche sie anödeten, umso mehr als klar war, dass von ihrer Seite keine Einmischung in die Unterhaltung gewünscht wurde. Ihre Rolle bestand darin, höflich zu nicken und zu lächeln, während die Herren sich über Politik, Religion und Jagd die Köpfe heißredeten. Sie hielt dies eine ganze Zeitlang durch, sogar als der Baroun de Sourd sich über die Protestanten ausließ, die zweifelsohne der Untergang des christlichen Abendlandes waren, schwieg sie sittsam. Doch als die Herren dann auf ihre dürftigen Kriegserlebnisse zu sprechen kamen und sich lang und breit über die Notwendigkeit des Ausgießens von Schussverletzungen mit siedendem Öl ausließen, da war das Maß schlichtweg voll. Cristino hielt einen Vortrag über die moderne chirurgische Wundversorgung, der Ambroise Paré in pure Entzückung versetzt hätte, legte eindeutig dar, dass Schusswunden per se nicht vergiftet seien und ihr Auskochen somit unnötig, ja sogar schädlich sei, und ergänzte diese Ausführungen durch eine detaillierte Beschreibung der erforderlichen Maßnahmen zur Blutstillung. Der Erfolg waren entgeisterte bis entrüstete Blicke von Seiten der Herren – mit Ausnahme des Baroun de Sourd, der fluchtartig den Raum verließ und sich am nächstbesten Fenster seines Mittagessens entledigte. Der Cavalié de Siest schien als Einziger nicht verärgert über ihr unziemliches Verhalten zu sein; er lachte schallend und sagte: «Kindchen, Kindchen, wer hat Euch denn diesen Unsinn in Euer hübsches Köpfchen gesetzt?»

Cristino antwortete nicht. Sie wandte sich ab und floh aus dem Raum, damit niemand sah, dass ihr die Tränen in die Augen schossen.

Victor war der einzige Lichtblick an diesem Tag. Er fand Cristino schniefend auf der Treppe und drückte ihr zum Trost ein Cremetörtchen in die Hand. «Mach dir keine Gedanken wegen diesem verknöcherten Cavalié de Siest», sagte er. «Ich werde dir eine Mitgift besorgen, dass dir die Männer zu Füßen liegen würden, wenn du eine Hasenscharte und abstehende Ohren hättest!»

«Wie willst du das denn machen?», murmelte Cristino. «Solange dein Vater noch lebt, besitzt du doch gar nichts.»

«Oh, du kannst dir nicht vorstellen, was auf Astain alles an Schmuck, Juwelen und Bargeld herumliegt. Es würde für drei Bräute reichen.»

«Aber … aber diese Dinge gehören dir doch nicht!», rief Cristino aus.

«Nein. Sie gehören dir. Dir und Louise. Mein Vater hat sie euch gestohlen», sagte Victor unbewegt. «Und wenn er zurückkehrt …»

«Zurückkehrt?» Cristinos Augen weiteten sich vor Entsetzen. «Aber der Viguié hat doch gesagt, er würde nicht zurückkehren!»

«Der Viguié in Ehren, aber da kennt er meinen Vater schlecht», sagte Victor bitter. «Archimède Degrelho fällt immer auf die Füße. Irgendwann wird er einen Weg finden, zurückzukehren. Lass wirklich einen Krieg kommen – wer, denkst du, wird sich dann noch darum scheren, dass er vor Jahrzehnten seinen Bruder ermordet hat? Aber eines verspreche ich dir – wenn er zurückkommt, wird er so wenig von seinem Reichtum vorfinden wie möglich. Also, sag mir, wie viel du brauchst. Ich kann schließlich nicht zulassen, dass man dich an den erstbesten dahergelaufenen Landjunker verschachert, nur weil du kein vernünftiges Erbe hast!»

Sie hob müde die Schultern. Es war ihr egal, an wen sie sie verschacherten. Jede Heirat schien ihr gleichbedeutend mit einer lebenslangen Kerkerhaft.

Als er sich verabschiedete, begleitete sie ihn noch auf den Hof hinaus. Er nahm ihre Hände und küsste sie auf die Stirn. «Denk darüber nach, Agnes», sagte er. Er war der Einzige, der sie Agnes nannte, für alle anderen war sie weiterhin Cristino. «Sag mir einfach, was du dir erträumst, und ich werde alles tun, was in meiner Macht steht, um deinen Traum zu verwirklichen. Geld spielt keine Rolle, verstanden?»

Sie nickte. Er ging zu seinem Pferd, das Jacque am Zügel hielt, und schwang sich in den Sattel.

Sag mir einfach, was du dir erträumst.

Victor hatte sein Pferd schon auf den Weg gelenkt, als Cristino hinter ihm hergerannt kam. «Victor, warte!», schrie sie. Er zog an den Zügeln. Ihr Gesicht war bleich, aber in ihren Augen leuchtete ein Strahlen, das er noch nie darin gesehen hatte. «Victor, ich habe eine Idee», keuchte sie außer Atem. «Aber sie ist so verrückt, dass ich mich schier nicht traue, es zu sagen.»

***

Am 14. August beschlossen Fabiou und Frederi, dass es an der Zeit war, nach Castelblanc zurückzukehren.

Am Abend dieses Tages drehte Fabiou eine Runde in der Stadt. Eine Abschiedsrunde. Die Sonne stand schon schräg und warf ihr intensiv goldenes Herbstlicht auf die ockerfarbenen Häuser von Ais, als er sich auf den Weg zum Konvent der Augustiner machte. Noch immer waren viele frisch verlobte Paare unterwegs, doch daneben jetzt auch viele Bauern, die ihre Ernte in der Stadt verkauften. Die Straßen rochen nach frischen Äpfeln, Trauben und Kräutern.

Bruder Antonius empfing ihn im Parlatorium. «Schön, dich noch mal zu sehen», begrüßte er ihn. «Geht's jetzt also zurück nach Castelblanc?»

Fabiou nickte. «Aber nicht für immer», meinte er lächelnd. «Ich habe so meine Pläne. Und ich denke, die werden mich bald wieder nach Ais führen.» Die letzte Bemerkung war dazu gedacht, den Abschied etwas leichter zu machen, doch zu seiner Verwunderung wurde Antonius' Gesicht noch eine Spur betrübter. «Ist etwas?», fragte er.

«Wenn du nach Ais zurückkehrst, werde ich nicht mehr hier sein», sagte Antonius mit einem traurigen Lächeln.

«Was?»

«Der Abt schickt mich noch diesen Monat nach Rom», erklärte Antonius. «Er ist der Meinung, dass ich eine große Zukunft habe und nicht in einem Konvent in der Provinz versauern darf. Ich habe das Gefühl, er möchte, dass ich einmal seine Nachfolge antrete.»

«Na ja, immerhin scheint er dir deine Eskapaden der vergangenen Monate nicht übelzunehmen», sagte Fabiou mit einem etwas erzwungenen Lachen. Dass er Antonius für Jahre verlieren würde, ging ihm ganz schön an die Nieren.

Antonius schaffte es, ebenfalls zu lachen. «Es ist wahrscheinlich das Beste so», sagte er dann. «Ich muss dringend auf andere Gedanken kommen. Diese ganze Geschichte hat so einige schlechte

Erinnerungen geweckt. In Rom werde ich wenigstens keine Zeit zum Grübeln haben.»

«Nun», sagte Fabiou und räusperte sich, «dann wünsche ich dir alles Gute.»

«Ich dir auch. Und … ähm … Fabiou, ich bleibe bei dem, was ich auf dem Friedhof zu dir gesagt habe. Sie wären wirklich stolz auf dich.»

Ja, der Friedhof. Er hatte noch einen Abschiedsbesuch zu machen.

Als er durch die Porto dis Augustin trat und auf die Ebene hinausblickte, dorthin, wo früher das Gauklerlager gewesen war und sich jetzt eine Fläche aus zertretenem, verbranntem Gras erstreckte, lag der Friedhof friedlich im Glanz einer goldenen Abendsonne. Er durchquerte das schmiedeeiserne Tor und schritt langsam durch die Reihen der Gräber. Ein paar alte Frauen in Schwarz bückten sich zwischen den bemoosten Steinen.

Er erreichte die Grabstätte der Aubans. Vor dem Holzkreuz, das man über Beatrix' letzter Ruhestätte errichtet hatte, knieten zwei Ordensschwestern, ins Gebet vertieft. Er blieb im Abstand von einigen Schritten stehen, er wollte sie nicht stören. Er dachte an all die Menschen, die diese unglückselige Geschichte das Leben gekostet hatte. Hector Degrelho und seine Familie. Sein Vater. Onkel Pierre. Und zuletzt Beatrix. So sehr Fabiou auf seinen Lippen herumkaute, er konnte nicht verhindern, dass das Grau der Gräber vor seinen Augen verschwamm und die Frauen zu trüben, schwarzen Farbflecken wurden.

«Wartet! Anhalten! Fabiou! Da ist ja Fabiou!», schrie eine helle Stimme hinter ihm.

Er drehte sich verwundert um. Am Friedhofstor hielt eine Kutsche, und soeben wurde die Seitentür aufgerissen, und eine kleine, stämmige Gestalt im dunklen Anzug hüpfte heraus. «*Salut*, Fabiou!», rief sie fröhlich.

Ach Herrje. Der kleine Navarra.

«Oh, guten Abend, ähm … Seid Ihr zurück aus dem Piemont?», fragte Fabiou und blinzelte verstohlen die Tränen weg.

Das rundliche Gesicht des Kindes nickte strahlend. «Ich kann jetzt Fechten!», erklärte er stolz. «Und Bogen schießen. Auf Tauben. Ich hab' sogar schon fast mal eine getroffen. Und du? Hast du den Mörder gefunden?»

«Ja», sagte Fabiou. «Ich habe den Mörder gefunden.»

«Waren es die Engländer?» Henrics Augen leuchteten.

«Nein … nicht direkt … es war ein Erbschaftsstreit, weißt du. Ein Mann hat vor dreizehn Jahren seinen Bruder umbringen lassen und all seine Freunde, damit man dachte, es hätte etwas mit Politik zu tun, und ihn nicht verdächtigte. Und jetzt hat er alle getötet, die davon wussten und ihm gefährlich werden konnten.»

«Und jetzt wird er aufgehängt, oder?», rief Henric begeistert.

«Nein … er ist geflohen, wisst Ihr …»

«*Intrigant!*», hauchte Henric de Navarra. Dann betrachtete er prüfend Fabiou, der sich bemühte, ein möglichst unbekümmertes Gesicht zu machen, doch offensichtlich mit mäßigem Erfolg, denn der Junge runzelte die Stirn und fragte: «Warum guckst du denn so traurig, wo du den Mörder doch gefunden hast?»

Fabiou biss sich auf die Lippen und blinzelte ziemlich heftig. «Wisst Ihr, unter den Freunden dieses Bruders, die ermordet wurden, waren auch mein Vater und mein Onkel.»

«Der hat deinen Vater und deinen Onkel totgemacht?», fragte Henric entsetzt.

«Na ja … nicht direkt. Er hat sie an die Inquisition ausgeliefert, und die haben sie getötet.»

«Waren die denn Protestanten, dein Vater und dein Onkel?», fragte Henric neugierig.

«Mein Vater war Protestant. Mein Onkel – hat einfach anders *gedacht*. Das hat schon gereicht.»

«Bringen die alle Protestanten um, die von der Inquisition?», fragte Henric und ließ den Mund offen stehen.

«Hm … na ja …»

«Meinst du, die bringen mich auch um, weil Mama doch will, dass ich Protestant werde? Meinst du, die hängen mich an die Pappel da hinten?»

«Das ist 'ne Pinie», verbesserte Fabiou, und dann lachte er unglücklich und sagte: «Nein, Euch bringt sicher keiner um. Ihr seid schließlich ein Prinz.»

«Ah», machte der kleine Navarra zufrieden. Dann erschien plötzlich wieder ein betrübter Ausdruck auf seinem Gesicht. «Bist du traurig wegen deinem Vater und deinem Onkel?», fragte er.

Fabiou kaute extrem gewalttätig auf seiner Lippe herum. «Ja. Ja, ich bin ziemlich traurig.»

Einen Moment lang schaute der Junge ihn betreten an. Dann hellte sein Gesicht sich auf. «Weißt du, was?», rief er. «Wenn ich mal groß bin und König und so, dann mache ich ein Gesetz, dass niemand mehr die Protestanten umbringen und an Bäume hängen darf. Nirgends! In ganz Frankreich nicht!»

Fabiou lächelte gerührt. «Das geht doch nicht», sagte er.

«Warum nicht?», protestierte Henric.

«Na, dazu müsstet Ihr König von Frankreich sein, und Ihr werdet schließlich nur König von Navarra.»

Der Junge sah ihn an mit offenem Mund. «Ach so», sagte er enttäuscht.

«Henric!» Jemand lehnte sich aus der Kutsche, ein Knabe in Henrics Alter, mit glatten schwarzen Haaren und blitzenden dunklen Augen. «Henric, komm endlich, wir müssen nach Hause!»

«Das ist mein Vetter!», erklärte Henric strahlend. «Er heißt auch Henric, wie ich. Aber Henric de Condé, nicht Henric de Navarra. Und außerdem ist er mein Adjuvant!»

«Euer Adjutant?»

«Sag ich doch! Wir müssen gehen. Wir fahren morgen nach Navarra zurück. Adiéu, Fabiou!» Henric de Navarra wirbelte herum und hüpfte in die Kutsche, die sich rumpelnd in Bewegung setzte.

«Adiéu», sagte Fabiou zu der Staubwolke, die die Räder der Kutsche zurückgelassen hatten.

Fabiou schlenderte durch die Gräberreihen, bis er zum Grab der Familie Degrelho kam, wo die Abendsonne die Rosen in purem Gold erblühen ließ. Ein paar schimmernde Blütenblätter deckten die warme Erde über den Gräbern, in wenigen Tagen würden sie verwelkt sein, doch noch glühten sie prachtvoll im Licht der Abendsonne, ein Blütenschmuck aus den Schatzkammern Indiens.

Flammend rot sank die Sonne im Westen in die von Olivenbäumen gesäumten Hügel, eine Flut aus flüssigem Feuer ergoss sich über das Land. Fabiou sah der Kutsche hinterher, während er eine der weißen Rosen abbrach und zusah, wie der Abendwind ihre Blütenblätter erzittern ließ.

Auf der Hügelkuppe schien die Kutsche einen Moment lang innezuhalten, bevor sie hinter den Bäumen verschwand wie ein Schiff am Horizont eines Ozeans.

Mögen all deine Träume in Erfüllung gehen, Henric de Navarra, dachte Fabiou und warf die Rose auf den Weg, wo der Wind sie erfasste und über den heißen Erdboden trieb.

***

Victor kehrte am 15. August nach Castelblanc zurück. Die Obstbäume hingen voller glänzender Früchte, und in den Weingärten reiften die Trauben. Überall auf den Feldern standen die Bauern mit langen, säbelscharfen Sensen und mähten Schritt um Schritt Garben von hellem Korn. Es war sehr heiß.

Sie setzten sich auf eine steinerne Bank, die irgendjemand vor Jahren am Waldesrand aufgebaut hatte. «Und? Hat alles geklappt?», fragte Cristino.

Victor griff in sein Wams und reichte ihr einen ledernen Umschlag. «Verwahre ihn gut», sagte er. «Das ist eine Menge Geld.»

«Danke», sagte Cristino.

Victor starrte nachdenklich in das dürre Gras zu seinen Füßen. «Wirst du es deiner Familie sagen?», fragte er leise.

«Ich kann nicht», sagte Cristino. «Frederi würde es vielleicht verstehen. Aber wenn Mutter auch nur ein Wort davon erfährt, sperrt sie mich in mein Zimmer ein, bis ich mit dem Siest vor dem Traualtar stehe!» Sie sah zum Haus hinauf. «Da ist noch etwas, worum ich dich bitten möchte, Victor», sagte sie leise.

«Ja?» Er lächelte sie an. «Schieß los!»

«Diese Frau, die mir bei unserem alten Haus begegnet ist. Kümmere dich um sie, bitte, nimm sie in Stellung oder irgendetwas. Und sag ihr, was aus Louise und Agnes geworden ist … sag ihr einfach, dass es uns gut geht und dass wir glücklich sind, in Ordnung?»

«Ja. Mache ich. Kein Problem.» Sein Blick hob sich, er sah mit gerunzelter Stirn zum Haus hinüber, wo Jacque und Bardou Heu von einem Karren in die Scheune schaufelten. «Du solltest nicht mehr zu lange warten mit der Sache», meinte er nachdenklich. «Noch ist das Wetter schön. Aber in ein paar Wochen …» Er hob die Schultern.

«Ich warte nur noch, bis Fabiou aus Ais zurück ist», sagte Cristino.

Victor nickte. Er lächelte. «Viel Glück, Agnes», sagte er.

***

«Ich hab's mir überlegt. Ich glaube, ich werde doch nicht Poet», sagte Fabiou.

Es war der Abend nach ihrer Rückkehr aus Ais, und die Familie saß im letzten Sonnenlicht des Tages im Castelblanc'schen Salon. Madaleno war mit einer Stickerei beschäftigt, Cristino studierte einen Brief des Cavalié de Siest, den ihre Mutter ihr gegeben hatte und dessen Inhalt etwa so originell war wie Sand in der Wüste. Maria Anno übte sich im Kurvenlaufen um den Tisch, an dem der Cavalié mit verzweifeltem Blick sein Rechnungsbuch studierte – für den Cavalié waren Geldgeschäfte ein rotes Tuch, wäre er auch nur ein bisschen wohlhabender gewesen, er hätte sofort einen Buchhalter eingestellt. Fabious Bemerkung riss ihn aus seiner Verzweiflung, er hob den Kopf und starrte seinen Stiefsohn an. «Ach. Wirklich?», fragte er hoffnungsvoll.

«Ich bin einfach nicht begabt dafür», sagte Fabiou. «Ich habe noch nicht ein vernünftiges Gedicht geschrieben, und aus meiner Ballade ist auch nichts geworden. Ich denke, meine Stärken liegen einfach woanders.»

Der Blick des Cavaliés war alarmiert. «Was hast du dann vor?», fragte er misstrauisch.

«Oh … zuallererst muss ich mich mal um meine Barounie kümmern», meinte Fabiou. «Ich dachte, ich reite in den nächsten Tagen mal nach Bèufort und unterhalte mich mit dem Verwalter. Schließlich bin ich jetzt fast sechzehn. Da wird es doch Zeit, dass ich mich um mein Erbe kümmere, oder? Das Haus hat schließlich lange genug leer gestanden. Und später … na ja, ich habe mir gedacht, dass ich vielleicht Rechtslehre studieren sollte. Wie mein Vater. Und wie Loís jetzt.» Er lachte.

Die Dame Castelblanc schrie auf, zum Teil, weil sie sich vor Entsetzen in den Finger gestochen hatte. «Du wirst aber doch nicht etwa auch … wie dein Vater …», stammelte sie atemlos, während sie nach ihrem Taschentüchlein fingerte, um es auf ihren blutenden Finger zu pressen.

«Was? Protestanten verteidigen? Oh, nur wenn sie es nötig haben», meinte Fabiou lächelnd.

Ich hab's geahnt, sagte der Blick des Cavaliés. «Hast du eine Ahnung, worauf du dich da einlässt?», grummelte er. «Pontevès wird immer mächtiger in Ais. Ich weiß nicht, auf was wir da zusteuern, aber ich bezweifle, dass es wesentlich harmloser sein wird als 1545. Und den Ärger, den du ihm gemacht hast, wird er so schnell nicht vergessen.»

«Ärger?», fragte Fabiou erstaunt.

«Oh, in den letzten Tagen hat es im Parlament einiges an Unruhe gegeben. Ursache war wohl ein gewisses Flugblatt, das seit einiger Zeit kursiert. Ein Baroun de Jansoun, der wohl Anwärter auf den Konsulposten war, ist überraschend nicht gewählt worden. Und dem Sazo de Goult haben offensichtlich einige Edlen nahegelegt, aus dem Parlament auszuscheiden. Und wenn man Philomenus Glauben schenken darf, hat es Duran de Pontevès eine horrende Summe an Bestechungsgeldern gekostet, zu verhindern, dass sein eigener Stuhl ins Wackeln kam. Junge, es ist ein offenes Geheimnis in Ais, wer dieses Flugblatt in Umlauf gebracht hat. Und jetzt willst du auch noch Anwalt werden und dich von neuem mit dieser Bande anlegen! Hast du eigentlich nicht langsam mal genug davon, dein Leben aufs Spiel zu setzen?»

Fabiou kippte seinen Stuhl zurück, dass er in halsbrecherischer Weise auf zwei Beinen balancierte. «So leid es mir tut – ich denke nicht, dass Ihr es schaffen werdet, mich davon abzubringen», sagte er grinsend.

«Ja, genau das hat Pierre auch immer zu seinem Vater gesagt, wenn er seinen Willen durchsetzen wollte.» Der Cavalié tippte unwillig mit seiner Schreibfeder auf die Tischplatte. Neben ihm stieß Maria Anno einen Jauchzer aus und klatschte der Länge nach auf den Fußboden.

«Eigentlich ist es furchtbar», sagte Fabiou. «Wenn man bedenkt, dass der Jansoun und die anderen jetzt über die Ermordung von acht Mitgliedern der Bruderschaft stürzen, während man ihnen die Ermordung von dreitausend Waldensern verziehen hat, ohne mit der Wimper zu zucken …» Er seufzte tief. Maria Anno setzte sich kopfschüttelnd auf. «Aua», meinte sie und begann zu plärren.

«Cristino, erzähl uns doch, was dein Verehrer Schönes schreibt!», jammerte die Dame Castelblanc in einem verzweifelten Versuch, vom Thema abzulenken.

Cristino antwortete mit einem resignierten Seufzen.

«Du musst ihn nicht heiraten, wenn du nicht willst», sagte der Cavalié. «Wir finden auch noch einen anderen.»

«Eben das möchte ich bezweifeln», sagte die Dame Castelblanc spitz.

«Ist schon gut.» Cristino raffte ihren Brief zusammen. «Ist in Ordnung.»

«Ich will nicht, dass du sie dazu zwingst», sagte der Cavalié missbilligend zu seiner Frau.

«Es ist ihre einzige Chance!», meinte die Dame Castelblanc unbewegt.

«Trotzdem will ich es nicht!», sagte der Cavalié unwillig.

Und in diesem Moment tat Cristino etwas Seltsames. Sie stand auf, küsste und umarmte zuerst den Cavalié, dann Madaleno, dann Maria Anno, die vor Überraschung zu heulen aufhörte, dann den unwillig das Gesicht verziehenden Fabiou und zum Schluss sogar Frederi Jùli. «Ich möchte, dass Ihr eines wisst, was immer auch geschieht», sagte sie, «nämlich, dass ich Euch unheimlich lieb habe, Euch alle.» Dann stand sie auf und ging aus dem Raum.

Frederi Jùli wischte sich heftig über die beküsste Wange. «Wähhh!», machte er angewidert. «Was hat sie denn?», fragte die Dame Castelblanc erstaunt.

Der Cavalié klappte das Buch zu und schloss die Augen. Im Gegensatz zu Madaleno hatte er begriffen.

Fabiou ließ den Stuhl wieder nach vorne kippen, wo er mit einem dumpfen Laut auf allen vier Beinen landete. «Ihr könnt es nicht verhindern», sagte er zu seinem Stiefvater. «Sie ist Hector Degrelhos Tochter. Niemand wird sie von etwas abbringen können, was sie sich in den Kopf gesetzt hat.»

«Ich weiß», sagte Frederi de Castelblanc leise. «Ich weiß ja.» Er schwieg einen Moment. Dann, zu Fabious grenzenlosem Erstaunen, lächelte er. «Ich denke, ich kann stolz auf mich sein», sagte er mit einem leicht amüsierten Achselzucken. «Ich habe meine Aufgabe erfüllt, Cristous und Hectors Kinder großzuziehen. Und wenn sie vielleicht auch nicht ganz so geraten sind, wie ich es mir gewünscht hätte – Cristou und Hector können mit dem Ergebnis eigentlich zufrieden sein.»

«Das ganz bestimmt!», rief Fabiou lachend.

«Sagt mal, wovon redet ihr eigentlich?», fragte die Dame Castelblanc verständnislos.

Fabiou holte Cristino vor dem Haus ein, wo sie stand und den Himmel betrachtete, der in einem prachtvollen, feurigen Sonnenuntergang erstrahlte. Cristino lächelte. Es war soweit. Die Vorbereitungen waren abgeschlossen. «Es ist schön», sagte sie. «Früher ist mir das gar nicht aufgefallen, aber es ist unheimlich schön hier.»

«Ja», sagte Fabiou. «Das ist wahr.»

«Ich wollte dir noch danken», sagte sie. «Dafür, dass du meiner Familie Gerechtigkeit verschafft hast.»

Er grinste. «Gern geschehen», sagte er.

Sie lächelte in den brennenden Himmel hinauf. «Sie haben sich getäuscht. Trostett, Hannes, sie alle. Arnac war nicht der vom Schicksal ausersehene Rächer. Du warst es.»

Sie hätte es ihm jetzt sagen können, es wäre der Moment dazu gewesen, aber sie konnte nicht, etwas lähmte ihre Zunge und ließ ihren Blick an der purpurnen Pracht des Abendhimmels haften.

«Weißt du, Frederi ist nicht das Problem», sagte Fabiou. «Seinen Segen hast du. Das Problem ist Mutter. Sie wird niemals damit einverstanden sein, schon wegen des Skandals, den es provozieren wird. Sie wird dir den Cavalié de Siest, Alexandre de Mergoult und am liebsten noch das königliche Heer auf den Hals hetzen. Das bedeutet, wenn du es schaffen willst, musst du es heimlich tun. Aber das weißt du ja sowieso.»

Cristino sah ihn entgeistert an. «Was ... was meinst du damit?», fragte sie.

Fabiou grinste breit. «Ach ja, und wenn du ihn siehst, dann grüß ihn von mir», sagte er.

«Wen? Wovon redest du bitte?»

Ein versonnenes Lächeln umspielte die Lippen ihres Stiefbruders. «Alles Gute, Agnes Degrelho», sagte Fabiou Kermanach de Bèufort, als er sich umwandte und ins Haus zurückschlenderte.

***

Als die Stille der Nacht über Castelblanc hereingebrochen war und jede Seele im Haus in tiefem Schlaf lag, stand Cristino auf.

Sie hatte den ganzen Tag im Bett verbracht unter dem Vorwand, dass ihr nicht wohl sei, und jetzt fühlte sie sich frisch und erholt und erfüllt von jener Anspannung, die einen zu jeder Anstrengung befähigt. Leise, um niemanden zu wecken, schlüpfte sie aus ihrem Bett und schlich auf Zehenspitzen durch den Raum, hinüber zu der Bettstatt, in der Catarino so viele Jahre lang ihr gegenüber geschlafen hatte. Das Bett war immer noch gemacht, als ob Catarino jeden Augenblick zurückkommen würde.

Alle Vorbereitungen waren getroffen. Als sie sich auf die Knie sinken ließ, tasteten ihre Hände unter dem Bett zwei Bündel, die sie leise hervorzog. Das erste war verschnürt und enthielt alle Dinge, die sie für ihr Vorhaben benötigte: ein frisches Hemd und eine frische Hose, einen Laib Brot, die Börse mit dem Geld, das Victor ihr besorgt hatte, und das einzige Buch, das mitzunehmen sie sich durchgerungen hatte, den Vesalius. Das zweite bestand aus einem Satz Kleider, die Victor ihr besorgt hatte und die von Stil und Qualität her etwa einem Handwerksburschen angestanden hätten: eine Hose und ein Hemd aus einfachem Leinen, ein Wams aus demselben Material, ein warmer, aber einfacher Reisemantel und eine graue Mütze, dazu ein Gürtel, an dem ein Dolch und eine Feldflasche befestigt waren. Letztere war bereits gefüllt.

Sie schlüpfte aus ihrem Nachthemd und legte die fremden Kleider an. Es war etwas ungewohnt, obwohl Victor ihr genau erklärt hatte, wie und wo der Gürtel zu schließen und das Wams zu knüpfen war. Es verunsicherte sie nicht sonderlich. Sie würde mit größeren technischen Problemen als dem Ankleiden zu kämpfen haben. Das größte würde vermutlich sein, die Abtritte aufzusuchen. Aber Louise hatte ihr ein paar Kniffe verraten, sie fühlte sich der Situation durchaus gewachsen.

Als sie sich umgezogen hatte, nahm sie Platz vor der Frisierkommode. Einen Moment lang saß sie vor dem Spiegel und betrachtete lächelnd das Mädchengesicht, das ihr im Halbdunkel einer mondklaren Nacht daraus entgegensah, die hellen Augen, die kleine Narbe auf der Stirn und der Kranz blonder Locken, der ihr Gesicht umrahmte.

Sie hatte ein kleines Messer bereitgelegt. Mit zusammengebissenen Zähnen machte sie einen winzigen Schnitt in jedes der kleinen Löcher in ihren Ohrläppchen, in denen bisher immer die Ohrringe gesessen hatten, gerade genug, dass es blutete. Die Kruste würde die Ohrlöcher verbergen, und danach würden sie wahrscheinlich verkleben und zuwachsen, so dass sie diese Prozedur hoffentlich nicht zu wiederholen brauchte.

Sie zog die oberste Schublade der Kommode auf, in der die Briefe lagen, die sie geschrieben hatte, einen an Fabiou, einen an Frederi Jùli und Maria Anno, einen an den Cavalié und Madaleno, und die Schere, die sie dort bereitgelegt hatte. Ein letztes Mal betrachtete sie das Gesicht von Cristino de Bèufort im Spiegel, bevor sie begann, sich die Haare abzuschneiden. Sie schnitt sie kurz, kürzer als viele Männer sie trugen. Sie musste so wenig weiblich wie möglich aussehen. Als sie diese Aufgabe vollendet hatte und sich im Spiegel betrachtete, sah ihr ein fremdes Gesicht entgegen, das Gesicht eines hübschen, blonden Knaben in der Tracht eines Handwerksburschen. Sie fegte die Haare in die Schublade, wo sie die Briefe umrahmten wie eine goldene Girlande, und legte die Schere dazu. Dann drückte sie sich die Mütze auf den Kopf, schulterte ihr Bündel und schlüpfte zur Tür hinaus.

Es war kühl draußen, und der Mond beleuchtete eine schlafende Landschaft. Cristino drehte sich mehr als zehn Mal zu dem schlafenden Haus um, bevor sie ihm endgültig den Rücken kehrte und in den Hohlweg trat, der durch den Wald hinunter in die Ebene führte. Zwischen den Bäumen herrschte nachtschwarze Dunkelheit, doch sie kannte den Weg von Kindesbeinen an und fand ihn ohne jede Schwierigkeit. Sie fühlte sich angespannt, als sie so durch die Düsternis schritt, aber Angst im eigentlichen Sinn hatte sie nicht. Etwas an der ungewohnten Kleidung verlieh ihr eine nie gekannte Sicherheit.

Dann erreichte sie das Ende des Waldes und trat in die freie Ebene hinaus.

Silberner Mondglanz lag über den Feldern, schimmerte auf den Nebelschwaden, die sacht über dem kühlen Boden schwebten. Cristino lief schneller jetzt, beflügelt von der Ferne, die auf sie wartete, und hatte nach weniger als einer Viertelstunde die Straße erreicht, die Cavaioun mit Ate verband. Sie holte tief Luft und sah sich um. Vor ihr erstreckte sich die Ebene im geheimnisvollen Schein des Mondes, begrenzt von zwei silbernen Höhen, die zu beiden Seiten in den sternenübersäten Himmel ragten, der Luberoun zur Linken, die Vaucluso zur Rechten. Einen Moment lang stand sie so, verzaubert von der Stille und der Schönheit dieser Landschaft, über der die Sterne funkelten wie ein Baldachin aus Edelsteinen.

Sie brauchte sich nicht zu übereilen. Fabiou hatte recht, Frederi würde ihr nicht folgen. Und was Madaleno betraf, so würde es Mittag sein, bis sie ihr Fehlen bemerkte, und Abend, bis sie begriff, dass Cristino nicht irgendwo auf dem Gelände von Castelblanc herumsaß und schmollte. Am anderen Morgen würden die Diener mit einer systematischen Suche beginnen, im Dorf unten, und im Wald hinter dem Haus. Erst am nächsten Abend, wenn auch diese Suche erfolglos geblieben war, würde man vielleicht ihr Zimmer auf den Kopf stellen und die Briefe finden. Und wenn sie dann, am dritten Morgen von jetzt an, die Suche ausdehnten, würde es längst zu spät sein, denn dann war sie schon weit, hinaus über Avignoun, hinaus über Orange, und ihre Spur würde sich in den Weiten Frankreichs verlieren.

Cristino rückte ihr Bündel auf der Schulter zurecht, wandte sich nach links und begann zu laufen, der Ferne zu.

EPILOG

Am 10. November 1558 näherte sich ein Fuhrmann auf seinem Karren von Melun kommend über die schlammverspritzte Straße den Mauern von Paris. Er hatte eine Ladung Töpferwaren aus der Hauptstadt nach Nemours gebracht und war jetzt, am Nachmittag vor St. Martin, auf dem Heimweg. Es war kalt für November, der Matsch auf den Straßen beinahe gefroren, er hatte sich nicht nur in einen, sondern in sage und schreibe drei warme Mäntel gewickelt, Fäustlinge über seine Hände gestreift und die Mütze tief über die Ohren gezogen und trotzte jetzt mit einem vergnügten Pfeifen auf den Lippen der Kälte und dem stetigen Nieselregen, durch den sein stämmiger Gaul unermüdlich vorwärts trottete.

Kurz vor Vitry-sur-Seine ließ ihn das Winken eines jungen Burschen am Straßenrand an den Zügeln ziehen. Der Knabe war durchnässt vom Regen und grimassierte grinsend unter seiner tropfenden Kappe hervor. «Grüß dich!», schrie er ihm zu. «Du kannst mich nicht etwa nach Paris mitnehmen? – Ich kann zahlen», ergänzte der Bursche sofort und winkte mit einer Münze.

Der Fuhrmann, der fünf Kinder hatte und um jedes Zubrot dankbar war, nickte wohlwollend. «Steig auf», sagte er, und behend hatte der Bursche sein Bündel auf die Ladefläche geworfen und war neben ihm auf den Kutschbock geklettert. Der Fuhrmann betrachtete ihn prüfend von der Seite, seine abgetragene, durchnässte Kleidung, die kleine Narbe auf seiner Stirn, in der tropfnass das blonde Haar klebte, das Bündel hinter ihm im Karren, das sonnenverbrannte Gesicht seines Gegenübers. Er musste aus dem Süden kommen. Hier in Paris hatte sich die Sonne schon einige Wochen lang nicht mehr sehen lassen.

«Was bist du? Handwerksbursche auf Wanderschaft, hm?», fragte er, während er dem Gaul wieder die Zügel gab.

«Nein, nicht ganz», sagte der Bursche lachend und wischte sich mit dem feuchten Ärmel über das ebenso feuchte Gesicht.

«Also Student», folgerte der Fuhrmann augenblicklich.

«Ja. Richtig.» Der Junge nickte.

«Theologie, was?», mutmaßte der Fuhrmann mit Blick auf das Medaillon, das um den Hals des Burschen hing und eine zierliche Mutter Gottes mit dem Jesuskind in den Armen zeigte.

«Nein, wie kommst du denn darauf? – Ach so, das Medaillon! Oh, es ist ein Geschenk meiner Mutter. Und es beschützt mich vor allem Übel, weißt du. Und wie es mich beschützt!»

«Scheinst sie ja zu vermissen, die Mutter», sagte der Fuhrmann mit einem spöttischen Grinsen.

«Sie ist tot. Schon lange», sagte der Junge.

«Oh. Tut mir leid. Ähm … also, was willst du studieren, wenn nicht Theologie? Rechte?»

«Medizin», sagte der Bursche fröhlich.

«Medizin! Herr Jesus!»

«Hast du was dagegen?», fragte der Junge und lachte.

«Dagegen, was! Stelle ich mir ekelhaft vor, die Leichenschnippelei und so. Graust dich das nicht?»

«Nun, es ist ja für einen guten Zweck», meinte der Junge. «Wie soll man denn sonst lernen, wie der Körper des Menschen funktioniert und wie man Krankheiten heilen kann!»

«Na. Ich hoffe du wirst ein ordentlicher Arzt, nicht einer von den Quacksalbern, wie sie überall herumspringen.»

«Werd' mir Mühe geben», entgegnete der Bursche.

«Die Universität wird dir gefallen», sagte der Fuhrmann. «Ist 'ne halbe Stadt für sich, jenseits der Seine. Und alles voller junger Burschen wie du. Die meisten sind mehr mit ihrem Vergnügen als mit Studieren beschäftigt, das kann ich dir sagen! Na, warum nicht. Man ist ja nur einmal jung. – Hast du Verwandtschaft in Paris?»

«Nein», sagte der Bursche. «Einen guten Freund habe ich, der dort Jurisprudenz studiert, so glaube ich wenigstens. Aber ich weiß nicht genau, wo er wohnt. Na ja, ich werde ihn schon finden.»

«Du bist aus dem Süden, hä?», fragte der Fuhrmann mit einem neuerlichen bewundernden Blick auf das sonnenverbrannte Gesicht des Knaben. «Lyon?»

«Provence», verbesserte der Junge lächelnd.

«Wirklich? Du hast gar keinen Akzent», stellte der Fuhrmann erstaunt fest.

«Meine Mutter war Französin», sagte der Bursche. «In meinen ersten vier Lebensjahren habe ich ebenso viel Französisch wie Provenzalisch gesprochen. Dann ist sie leider gestorben, und mein Vater auch.»

«Oh je, Waise, das ist traurig. Hast du denn gar keine Verwandten mehr?»

«Doch, doch. Einen Vetter, den ich sehr mag. Und eine große Schwester. Sie hat sich immer um mich gekümmert. Sie hat sich sehr um mich gekümmert.» Der Junge beugte sich nach vorne und wies auf einen Kirchturm, der durch den Dunst zu ihnen durchschimmerte. «Was ist das für eine Kirche?»

«St. Germain», sagte der Fuhrmann. «Der Vorposten von Paris. Wir haben es bald geschafft, Kleiner.»

«Erfreulich», sagte der Junge lachend und wischte sich erneut das Wasser aus dem Gesicht.

«Übrigens, ich heiße Luc», sagte der Fuhrmann. «Luc Cradonnier. Und wie ist dein Name?»

Ein seltsames Lächeln lag auf dem Gesicht des Jungen. «Degrelho», antwortete er, und seine gebräunten Finger spielten mit dem Medaillon, das um seinen Hals hing. «Mein Name ist Daniel Degrelho.»

Von St. Germain kündeten die Glocken den Abend an, und im strömenden Regen, der aus dem wolkenverhangenen Himmel fiel, erreichten sie die Mauern von Paris.

NACHWORT

Die Handlung dieser Geschichte ist frei erfunden. Dennoch geht sie auf historische Tatsachen zurück. Während die Hauptpersonen, insbesondere die Bruderschaft und die Antonius-Jünger, größtenteils fiktiv sind, haben andere Figuren dieser Geschichte wirklich gelebt – so zum Beispiel Jean Maynier und seine Familie, und natürlich Jeanne d'Albret und ihr Sohn. Auch ein Großteil der historischen Anekdoten in dieser Geschichte haben sich wirklich so ereignet. Das gilt insbesondere für die Details über den Arrêt de Mérindol und den süddeutschen Bauernkrieg, die leider Gottes auf Tatsachenberichten beruhen.

Die Geschichte spielt in der Provence des Jahres 1558, also in der ersten Phase der so genannten «Neuzeit». Dies war in ganz Europa eine Zeit extremer gesellschaftlicher, technischer und ideeller Umbrüche. Die Welt des Mittelalters war von Frömmigkeit und Mystik, starren Gesellschaftsstrukturen und einer vollkommenen Ausrichtung aller Lebensbereiche auf Gott und das Jenseits geprägt gewesen. Seit dem 14. Jahrhundert kam nun nach und nach eine neue Geisteshaltung auf, die sich im 15. und 16. Jahrhundert zunehmend in allen Lebensbereichen durchsetzte und völlig mit dem mittelalterlichen Denken brach, indem sie den Menschen in den Mittelpunkt stellte: der Humanismus. Da sich der Humanismus in vielerlei Hinsicht an der Philosophie der griechischen und römischen Antike orientierte, nannte man diese Epoche auch «Renaissance» (Wiedergeburt).

Die neue Lehre hatte extreme Auswirkungen auf alle Lebensbereiche. Die Wissenschaften, die bisher vor allem den Zweck gehabt hatten, die Herrlichkeit Gottes in der Welt zu beweisen, verfolgten jetzt zunehmend das Ziel, hinter die Geheimnisse der Natur zu kommen und sie für den Menschen nutzbar zu machen. Dies hatte zur Folge, dass in kürzester Zeit bedeutende technologische Fortschritte erzielt wurden, so in der Navigations- und Waffentechnik, in der Kommunikation (Druckmaschinen) und in der Feinmechanik (z. B. Uhrwerke). Man verwendete viel Geld und Energie auf die Erforschung der Welt (z. B. die Entdeckung von Amerika 1492) und die Erschließung neuer Wirtschaftsressourcen. Daneben wurden wichtige theoretische Erkenntnisse gewonnen, so zum Beispiel die Tatsache, dass die Erde rund ist und sich um die Sonne dreht.

Im Mittelalter war die wichtigste Literatursprache die Sprache der Kirche, nämlich Latein. In der frühen Neuzeit rückte die Volkszugehörigkeit der Menschen und der Patriotismus mehr in den Mittelpunkt des Interesses, und die Schriftsteller in ganz Europa versuchten nun, in ihrer jeweiligen Landessprache zu schreiben. Auch in Politik, Verwaltung und Wirtschaft hatte der Schriftverkehr bisher weitgehend auf Latein stattgefunden und gewann die jeweilige Landessprache erst jetzt zunehmend an Bedeutung.

Am bedeutendsten aber waren die politischen und sozialen Veränderungen, die sich aus der neuen Philosophie ergaben. Im Mittelalter hatten klare Machtverhältnisse geherrscht. Der Herrschaftsanspruch von König, Papst und Adel war meist ebenso als von Gott gegeben hingenommen worden wie soziale Ungerechtigkeiten. Mit den Ideen des Humanismus regte sich seit Beginn des 16. Jahrhunderts zunehmend Kritik an den herrschenden politischen, religiösen und sozialen Verhältnissen. In ganz Europa forderten Theologen, so genannte «Reformatoren», eine radikale Reform der Kirche mit Rückbesinnung auf die eigentlichen Werte des Christentums, Philosophen plädierten für eine freiheitlichere Gesellschaftsordnung. Diese Ideen wurden von weiten Bevölkerungsschichten begeistert aufgenommen, in den 20er Jahren des 16. Jahrhunderts entstanden in ganz Europa Reformbewegungen, an vielen Orten kam es zu bewaffneten Aufständen unterdrückter Bauern. Eine eigene Glaubensrichtung entstand, die den Papst nicht mehr als religiöses Oberhaupt akzeptierte – der Protestantismus.

In Deutschland kam es in der Folge zu mehreren Kriegen zwischen protestantischen Fürsten und dem Kaiser, die erst mit dem Augsburger Religionsfrieden 1555 endeten, in dem den Protestanten unter bestimmten Voraussetzungen eine freie Ausübung ihrer Religion zugestanden wurde. In anderen Ländern wurde kein solcher Kompromiss gefunden, in Frankreich führte der Konflikt zwischen den Religionen zu religiöser Verfolgung der Protestanten durch die Inquisition und ab 1562 zu einem Bürgerkrieg, der bis ins 18. Jahrhundert hinweg immer wieder aufflammte. Auch in anderen europäischen Ländern – Spanien, den Niederlanden, Irland, England – kam es zu Bürgerkriegen und religiöser Verfolgung. Es ging bei all diesen Konflikten aber stets nicht nur um religiöse Fragen, sondern immer auch um Machtinteressen und politische Einflussnahme.

Die Situation in der Provence wies einige Besonderheiten auf. Im Mittelalter war der Süden Frankreichs, das so genannte Okzitanien, ein politisch und kulturell eigenständiger Raum mit einer eigenen Sprache, dem Okzitanischen, von dem es unterschiedliche regionale Ausprägungen gab, zu denen auch das Provenzalische gehörte. Okzitanien war damals eines der wichtigsten kulturellen Zentren Europas, die provenzalische Literatur war Vorbild für die gesamte europäische Dichtkunst, und Provenzalisch war neben Latein *die* Literatursprache. Die Provence war eine Grafschaft, die zwar formell dem Kaiser unterstand, aber weitestgehend unabhängig war und insbesondere in keiner Weise dem Herrschaftsbereich des (nord-)französischen Königs zugehörte.

Die französischen Könige fristeten bis ins 12. Jahrhundert ein Schattendasein neben dem hochentwickelten Süden. Die entscheidende Veränderung ergab sich, als der Papst zu Beginn des 13. Jahrhunderts zum «Kreuzzug» gegen die Religionsgemeinschaft der Katharer aufrief, die in Okzitanien viele Anhänger hatte. Der französische König nahm dieses «Mandat» an und führte einen Vernichtungsfeldzug gegen die Katharer, der letztlich die Zerstörung der okzitanischen Kultur zur Folge hatte. Von diesem Zeitpunkt an spielte auch die Provence nur noch eine untergeordnete Rolle in Europa und fiel 1481 durch Heirat endgültig an Frankreich. Im 16. Jahrhundert dann ergriff der allgemeine Patriotismus- und Freiheitsgedanke auch die Provence. Es entstanden Bewegungen, die die Loslösung der Provence von Frankreich forderten und zum Teil auch gewaltsam durchzusetzen versuchten. Vor allem im Rahmen der Religionskriege kam es zu antifranzösischen Aufständen.

Die provenzalische Sprache war seit dem Niedergang des alten Südens als Schriftsprache praktisch ausgestorben. In der Literatur wie in offiziellen Texten wurde zunächst Latein, später Französisch verwendet. Es gab zwar im 16. Jahrhundert Versuche, die provenzalische Literatur wiederzubeleben, denen aber nur ein geringer Erfolg beschieden war. Dennoch wurde das Provenzalische weiterhin gesprochen, und zwar quer durch alle Bevölkerungsschichten. Allerdings galt Provenzalisch als hinterwäldlerisch, Französisch war «in», und es gibt Hinweise, dass die etwas gebildeteren Schichten der Provence sich in Gegenwart von Franzosen größte Mühe gaben, Französisch zu sprechen. Die gängige Sprache in der Provence blieb aber das Provenzalische. Erst die extrem zentralistische Politik in der Folge der Französischen Revolution im 18. Jahrhundert führte zu einer zunehmenden Verdrängung des Provenzalischen auch aus dem mündlichen Gebrauch.

Auch in rechtlicher Hinsicht gab es Unterschiede zwischen dem okzitanischen Raum und dem französischen Norden: Während im Norden wie in vielen anderen Gebieten Mittel- und Nordeuropas nach einem Gewohnheitsrecht Recht gesprochen wurde, war der Süden stark vom – schriftlich fixierten – römischen Recht beeinflusst. Infolgedessen spielten schriftlich niedergelegte und notariell beglaubigte Verträge im okzitanischen Raum eine viel größere Rolle als im übrigen Frankreich. Dieser Umstand hatte auch Auswirkungen auf das Erbrecht: während in weiten Teilen Frankreichs eine geregelte Erbfolge vorherrschte, von der nur in Ausnahmefällen abgewichen wurde, konnte ein Vater in der Provence seinen Besitz im Prinzip jedem seiner Kinder testamentarisch vermachen, ein Umstand, der in vielen Fällen zu Rivalitäten zwischen den Nachkommen führte.

Bezüglich der Religion war der okzitanische Raum schon immer sehr empfänglich für neue Strömungen, wie bereits an der Bewegung der Katharer zu sehen war. Zum Ende des 12. Jahrhunderts entstand in Südfrankreich eine weitere religiöse Bewegung, die sich in ihren Grundsätzen und Gebräuchen von der katholischen Kirche absetzte: die Waldenser. Benannt nach ihrem Gründer, dem Kaufmann Petrus Valdès aus Lyon, predigten die Waldenser Armut und Bescheidenheit und wandten sich gegen die Prunksucht der katholischen Kirche, wenn sie sich auch zunächst noch als einen Teil derselben verstanden. Bereits 1184 wurden sie daraufhin von Papst Lucius III. exkommuniziert. Seitdem kam es immer wieder zu Verfolgungen der Waldenser.

In der ersten Hälfte des 16. Jahrhunderts führte die Reformation in Deutschland und der Schweiz dazu, dass Menschen mit abweichenden religiösen Einstellungen von der katholischen Kirche und den weltlichen Mächten zunehmend als Gefahr gesehen wurden, was ein Erstarken der Inquisition und eine Zunahme der religiösen Verfolgungen nach sich zog. Auch der französische König François I., der der Reformationsbewegung zunächst relativ neutral gegenübergestanden war, verfolgte zunehmend einen härteren Kurs gegen religiöse Abweichler, vor allem seit der «affaire des placards» 1534, bei der es Anhängern der protestantischen Lehre gelungen war, eine anti-katholische Hetzschrift ausgerechnet an die Tür der königlichen Gemächer zu hängen! Dieses Ereignis hatte eine verstärkte Verfolgung der Protestanten zur Folge, und auch andere Bewegungen, die dem traditionellen Glauben ablehnend gegenüberstanden, gerieten zunehmend ins Visier der Inquisition. So kam es in den 30er Jahren des 16. Jahrhunderts immer häufiger zu Verhaftungen und Verurteilungen von Anhängern der waldensischen Lehre.

Am Abend des 12. April 1545, einen Sonntag nach Ostern, wurde das Parlament von Aix-en-Provence zu einer Sondersitzung einberufen, an deren Ende der Parlamentspräsident Jean Maynier d'Oppède ermächtigt wurde, den so genannten *Arrêt de Mérindol* in die Tat umzusetzen, einen Erlass, der die Zerstörung des «Ketzerdorfes» Mérindol und die Hinrichtung seiner Bewohner zum Inhalt hatte. In den folgenden Tagen zog Maynier an der Spitze eines Söldnerheeres durch den Lubéron und ließ nicht nur Mérindol niederbrennen, sondern zusätzlich eine ganze Reihe weiterer Dörfer, in denen angeblich oder tatsächlich Angehörige der waldensischen Konfession lebten. Seinen traurigen Höhepunkt erreichte dieser «Feldzug» in Carbrières du Comté, einem kleinen Ort am Rand des Gebirgszugs Vaucluse, wo von den ungefähr Tausend Einwohnern neunhundert von Mayniers Söldnerheer niedergemetzelt wurden.

Insgesamt kostete der Arrêt de Mérindol etwa dreitausend Menschen das Leben.

Die Details dieses Ereignisses sind heute vor allem deshalb noch bekannt, weil die Gräfin von Cental, zu deren Grundbesitz einige der zerstörten Dörfer gehörten, die Verantwortlichen – Jean Maynier, seinen Stellvertreter La Font, die *Commissaires* Tributiis und Badet und den *Advocat du Roi* Guérin – vor dem königlichen Gericht verklagte. Die Folge war ein Prozess, der über die Grenzen Frankreichs hinaus Aufsehen erregte. Zum Teil lag dies am Inhalt des Prozesses – es handelte sich immerhin um einen der ersten «Kriegsverbrecher-Prozesse» der Geschichte, der zu einer Zeit stattfand, wo es absolut nicht üblich war, dass hochgestellte Persönlichkeiten für Gräueltaten belangt wurden, die unter ihrem Kommando begangen worden waren. Der Prozess hatte daneben aber auch eine große innenpolitische Brisanz, da er eine Entscheidung des Parlaments von Aix zum Gegenstand hatte und damit die Autarkie der Regionalparlamente in Frage stellte – zumal der Prozess ausgerechnet vor der Großen Kammer des Parlaments von Paris verhandelt wurde. Viele Provenzalen werteten den Prozess daher als einen weiteren Versuch der französischen Zentralregierung, ihre Selbständigkeit zu schwächen, und stellten sich deshalb auf die Seite der Angeklagten, unabhängig davon, wie sie die Ereignisse des Arrêt de Mérindol bewerteten.

Der Staatsbeamte Jacques Aubéry wurde vom französischen König Henri II. als Advocat du Roi, als königlicher Anwalt, bestellt (vergleichbar einem heutigen Staatsanwalt) und vertrat die Anklage. In seiner Anklageschrift, die später veröffentlicht wurde, sind die Ereignisse des Arrêt de Mérindol und der vorangehenden Jahre in großer Detailtreue niedergelegt. Obwohl Aubéry vermutlich keine Nachforschungen vor Ort betrieben hat – eine Reise in die Provence dauerte damals immerhin ungefähr zwei Wochen –, hat er, vermutlich über Mittelsmänner, zahlreiche Zeugenaussagen der überlebenden Opfer des Arrêts gesammelt. Auch die Unterlagen des Parlaments von Aix hat Aubéry offensichtlich ausgewertet, wobei ihm Historiker eine sehr exakte und wahrheitsgetreue Wiedergabe dieser Dokumente bescheinigen.

Gemäß Aubérys Darstellung war es in erster Linie Jean Maynier, der auf die Ausführung des Arrêts gedrängt und sie schließlich auch durchgesetzt hat. Er soll es auch gewesen sein, der dafür sorgte, dass neben Mérindol noch zahlreiche andere Dörfer zerstört wurden, auf die sich der Arrêt eigentlich gar nicht bezog.

Es fragt sich, was Maynier dazu trieb, derart fanatisch auf die Vernichtung der Waldenser zu drängen. Religiöser Fanatismus scheint die naheliegendste Erklärung zu sein, aber es gibt zahlreiche Spekulationen über andere Motive. Beliebt ist die Theorie, dass er um die Hand der Gräfin Cental angehalten hatte und zurückgewiesen worden war. Es gibt auch in der Tat Indizien dafür, dass er bewusst versucht hat, gerade die Gräfin Cental zu schädigen – in den Ermittlungen, die das Parlament von Aix in den Jahren vor 1545 führte, wurde keines der Dörfer der Cental in Zusammenhang mit den Waldensern gebracht, dennoch wurden sie ausnahmslos zerstört. Wenn die Geschichte mit Mayniers Heiratsantrag an die Gräfin Cental wahr ist, so steckten hinter diesen Heiratsplänen aber vermutlich weniger emotionale Gründe als handfeste wirtschaftliche Interessen. Aubérys Bericht spricht zumindest dafür, dass es Maynier und den ihn unterstützenden Adligen in erster Linie darum ging, sich die zu den Dörfern gehörenden Ländereien anzueignen. Sowohl Maynier als auch viele Parlamentsmitglieder und nicht zuletzt Mayniers Verwandte – die Familien Jansoun, Faucoun und Pourrières – haben sich laut Aubéry im Rahmen des Arrêt de Mérindol bereichert.

Aubérys Bericht zufolge hat sich Maynier das Einverständnis des französischen Königs – damals noch François I. – durch zahlreiche Intrigen und eine komplett falsche Darstellung des «Waldenserproblems» erschlichen. Er geht sogar so weit, Maynier eine glatte Urkundenfälschung vorzuwerfen: Maynier habe dem Conseil privé des Königs ein völlig anderes Dokument zur Absegnung vorgelegt; dem Ermächtigungsschreiben des Königs sei der Arrêt de Mérindol erst im Nachhinein angefügt worden. Aubéry belegt dies damit, dass sich keiner der beteiligten königlichen Beamten mehr an den Arrêt erinnern wollte und dass das Siegelwachs, mit dem der Arrêt de Mérindol dem königlichen Ermächtigungsschreiben angeheftet worden war, in der königlichen Verwaltung nicht gebräuchlich sei.

Man muss Maynier und seinen Verbündeten zu Gute halten, dass zumindest dieser Vorwurf ein Versuch gewesen sein kann, König François von seiner Mitverantwortung für den Arrêt de Mérindol reinzuwaschen. König Henri II. stand vor dem Dilemma, einen Prozess aufgrund eines Ereignisses führen zu müssen, das sein Vorgänger abgesegnet hatte, und Aubéry hatte sicher auch den Auftrag, seinen Dienstherrn, die französische Krone, vor einem Gesichtsverlust im Zusammenhang mit diesem Prozess zu bewahren.

Die Cental verlor den Prozess. Das lag zum einen an der damaligen Rechtslage: Mitgliedschaft in einer Religionsgemeinschaft, die von der (katholischen) Kirche abgelehnt wurde, galt als Ketzerei, und auf Ketzerei stand die Todesstrafe. Allein wegen der Tatsache, dass er Tausende Waldenser ermorden ließ, konnte man Maynier also juristisch nicht belangen, auch wenn das im Empfinden seiner Zeitgenossen durchaus ein Verbrechen gegen die Menschlichkeit war. Rein rechtlich hatte Maynier sich nur in zwei Punkten strafbar gemacht: 1. er hatte die «Ketzer» ohne rechtmäßigen Prozess ermorden lassen, 2. er hatte Dorfbewohner töten lassen, ohne zu überprüfen, ob sie auch wirklich Waldenser waren, so dass auch Unschuldige zu Tode kamen – Katholiken, die zufällig im selben Dorf gewohnt hatten, sowie minderjährige Kinder von Waldensern. Aber auch diese Vergehen hätten durchaus für eine Verurteilung Mayniers gereicht. Dass er dennoch vollkommen rehabilitiert aus dem Prozess hervorging, mag zum einen an der «ketzerfeindlichen» Stimmung der Richter gelegen haben, zum anderen sicher auch an Mayniers Beziehungen – sogar die amtierenden Päpste, Paul III. und Julius III., setzten sich persönlich für einen Freispruch ein.

Wenn die «Bruderschaft» auch eine Erfindung ist, so beruhen die Ereignisse doch insoweit auf Tatsachen, als es Widerstände gegen den Arrêt de Mérindol gegeben haben muss, und zwar allem Anschein nach durchaus auch aus den Reihen des Adels. Schon Aubéry vermutete, dass die überstürzte Parlamentssitzung am Sonntagabend damit zu tun hatten, dass es Kräfte gab, die versuchten, den Arrêt de Mérindol zu verhindern. Mehrfach ist in Aubérys Bericht zudem die Rede davon, dass die Menschen von Mérindol vor geplanten Aktionen des Parlaments gewarnt worden seien. Auch von dem Arrêt de Mérindol selbst wurden die Einwohner von Mérindol so frühzeitig in Kenntnis gesetzt, dass sie sich in Sicherheit bringen konnten.

Offensichtlich gab es also Leute im Parlament oder dessen Umfeld, die der harten Linie eines Jean Maynier ablehnend gegenüberstanden und versuchten, den Menschen von Mérindol zu helfen, sei es aus reiner Menschenliebe oder weil sie selbst der waldensischen Lehre nahestanden. Es ist auch zu erwarten, dass diese Personen die Menschen von Mérindol im Geheimen unterstützten, da sie sich sonst selbst dem Vorwurf der Ketzerfreundlichkeit ausgesetzt hätten. Aubéry lässt an keiner Stelle auch nur ansatzweise durchblicken, wer diese Leute waren. Möglicherweise wusste er es einfach nicht. Andererseits passt es nicht ganz zu Aubérys Detailtreue, dass er nicht einmal Vermutungen zu diesem Thema anstellte. Es ist gut möglich, dass Aubéry die heimlichen Beschützer von Mérindol kannte und dass er seine Gründe hatte, dieses Geheimnis für sich zu behalten.

Jean Maynier d'Oppède konnte sich nicht lange über den erfolgreichen Ausgang des Prozesses freuen: er starb 1558, nur drei Jahre nach Ende des Prozesses. Seine Rolle bei der Vernichtung der Waldenser gab bereits unter seinen Zeitgenossen zu wilden Spekulationen über die Umstände seines Todes Anlass. Zwar litt Maynier an einer Harnwegserkrankung (eventuell auch einer Geschlechtskrankheit), die eine naheliegende Ursache für seinen Tod darstellte. Dennoch stand es für viele seiner Zeitgenossen fest, dass er einem Giftanschlag zum Opfer gefallen und das Morden an den Waldensern somit letztlich doch gerächt worden war.

Es bleibt zu erwähnen, dass Mayniers Erben, die Familie Forbin, die sich fortan Forbin-Oppède nannte, in den folgenden Jahrhunderten noch zahlreiche einflussreiche Politiker hervorbrachte, darunter auch ausgesprochen rechtschaffene und grundanständige Persönlichkeiten.

In den Jahren, die dem Arrêt de Mérindol folgten, spitzte sich in Frankreich der Konflikt zwischen Katholiken und Protestanten immer weiter zu. Versuche der französischen Krone, das Problem auf friedlichem Weg zu lösen, blieben ohne nachhaltigen Erfolg.

Im Jahr 1562, also nur vier Jahre nach der in diesem Buch erzählten Geschichte, kam es in Vassy zu einem Massaker an Protestanten durch den radikalkatholischen Herzog François de Guise. Dieses bildete den Auftakt zu 36 Jahren blutigstem Bürgerkrieg zwischen der katholischen «Liga» und den protestantischen «Huguenotten», in denen beide Seiten sich mit einem Hass, einem Fanatismus und einer Grausamkeit niedermetzelten, die ihresgleichen suchten.

König Henri starb vor Beginn der Bürgerkriege; es blieb seiner Witwe Catharina di Medici überlassen, als Regentin Frankreich in eines der blutigsten Kapitel seiner Geschichte zu führen.

Die Gruppierung um Carcès schloss sich der katholischen Liga an, bewahrte sich aber vielerorts durchaus ihre antifranzösischen Tendenzen. Es entstand ein politisches Paradoxon: ein protestantisches Okzitanien um Navarra und ein katholisches Okzitanien um die Provence, die beide die Krone bekämpften und sich gleichzeitig gegenseitig abschlachteten. Während der Carcès selbst trotz seines entschlossenen Kampfes gegen den Protestantismus die barbarische Gewalt vieler seiner Mitstreiter zu verhindern suchte, errichtete sein Bruder, Duran de Pontevès, als Erster Konsul 1562 in Aix ein Schreckensregime. In den vier Jahren seiner Machtausübung starben zahllose Protestanten an der Pin de Genas. Duran de Pontevès war im Tross von Henri de Guise, als dieser mit Billigung des Königs in der Bartholomäus-Nacht am 23. August 1572 an die 20 000 Protestanten in Paris und anderen Städten niedermetzeln ließ. Der Carcès weigerte sich, an dem Morden teilzunehmen und ließ dem König ausrichten, er sei sein Soldat, nicht aber sein Henker.

Jeanne d'Albret, deren Land einst ein Ort der Toleranz gewesen war, erhob unter dem Eindruck des katholischen Fanatismus in Frankreich den Protestantismus zur Staatsreligion, verbot die Ausübung des katholischen Glaubens einschließlich sämtlicher katholischer Riten und verwies alle Untertanen, die am Katholizismus festhielten, des Landes. Ihr Sohn Henric, den die Geschichte als Henri IV. kennt, war im Alter von elf Jahren dabei, als im Oktober 1564 die Pin de Genas im Rahmen eines der erfolglosen Versuche, Frieden zu schließen, auf Veranlassung des jungen Königs Charles IX. gefällt wurde. Jeannes Ehe zerbrach an den religiösen

Konflikten. Nach dem Tod ihres Mannes setzte sie sich an die Spitze der Protestanten und führte sie in den Kampf gegen die Krone. Ihren Sohn baute sie bereits als Fünfzehnjährigen zusammen mit Prinz Henri de Condé zu ihrem Nachfolger in der Führung der Protestanten auf. 1572 starb sie unter seltsamen Umständen. Manche sagen, Catharina di Medici sei an ihrem Tod nicht ganz unschuldig gewesen.

Henric überlebte die Bartholomäus-Nacht und eine zweijährige Gefangenschaft im Louvre, wurde Führer der protestantischen Partei Frankreichs, wurde König von Frankreich und brachte den Frieden. Er schaffte es, Katholiken und Protestanten im Neuaufbau des verwüsteten Landes zu vereinen und führte Frankreich zu einer neuen wirtschaftlichen Blüte. Er baute das Bürgertum auf und versuchte sich sogar daran, soziale Gerechtigkeit für die unteren Schichten zu schaffen. Am 14. Mai 1610, zwei Tage vor Beginn eines Feldzugs gegen den Kaiser, wurde er auf offener Straße von einem fanatischen Katholiken ermordet. Manche Historiker meinen, Henri IV. hätte den Dreißigjährigen Krieg verhindern können, hätte er nur länger gelebt.

Mit Henri de Navarre schien die Okzitanie, die «Gascogne» auf dem Thron Frankreichs eingezogen zu sein, am Hof wurde ebenso viel Okzitanisch wie Französisch gesprochen, und viele Provenzalen sahen ihren Traum von einer Wiedergeburt ihres Landes und ihrer Kultur erfüllt. Und doch war es letztlich die Stärkung der Zentralgewalt, die Henrics Politik mit sich brachte, die das endgültige Ende der provenzalischen Unabhängigkeit einläutete.

ANMERKUNG

Ich habe mich bemüht, die historischen Gegebenheiten möglichst genau zu recherchieren und wahrheitsgetreu wiederzugeben. Wenn der historische Hintergrund auch auf Tatsachen beruht, so handelt es sich doch um eine fiktive Geschichte, was an manchen Stellen Abweichungen von tatsächlichen Gegebenheiten zur Folge hatte. Dazu gehören manche Örtlichkeiten, die frei erfunden sind (z. B. Couvencour und Mergoult), Mayniers exaktes Todesdatum, und natürlich auch die Verstrickung der historisch verbürgten Personen in die geschilderten Mordfälle.

Ich habe versucht, den sprachlichen Konflikt zwischen Provenzalisch und Französisch durch das Verwenden der provenzalischen Orts- und Personennamen anzudeuten. Eine provenzalische Schriftsprache existierte damals aber wie bereits erwähnt nicht; es handelt sich also um Ausdrücke, die nur in der gesprochenen Sprache verwendet wurden. Es gab also vermutlich nirgends einen Wegweiser, auf dem «Ais» oder «Marsilho» stand (so wie auf dem Ortsschild von Köln ja auch nicht «Kölle» und auf dem von Stuttgart nicht «Stuagert» steht, auch wenn es die Einheimischen so nennen). Dasselbe gilt für die Namen. Wenn der Name «Cristino de Bèufort» in einem offiziellen Text erschienen wäre, hätte man ihn «Christine» oder höchstens noch «Christina de Beaufort» geschrieben. Dies mag heute seltsam erscheinen, doch in einer Zeit ohne fixe Rechtschreibung, wo Namen auch in Gegenden ohne Diskrepanz zwischen mündlicher und schriftlicher Sprache einmal so und einmal anders geschrieben wurden, werden die Betroffenen dies nicht als ungewöhnlich empfunden haben.

Die verwendete Schreibweise ist die des modernen Provenzalisch, die erst im 19. Jahrhundert eingeführt wurde – so wie ich auch beim Französischen und Deutschen – von Zitaten abgesehen – stets die moderne Schreibweise verwendet habe.

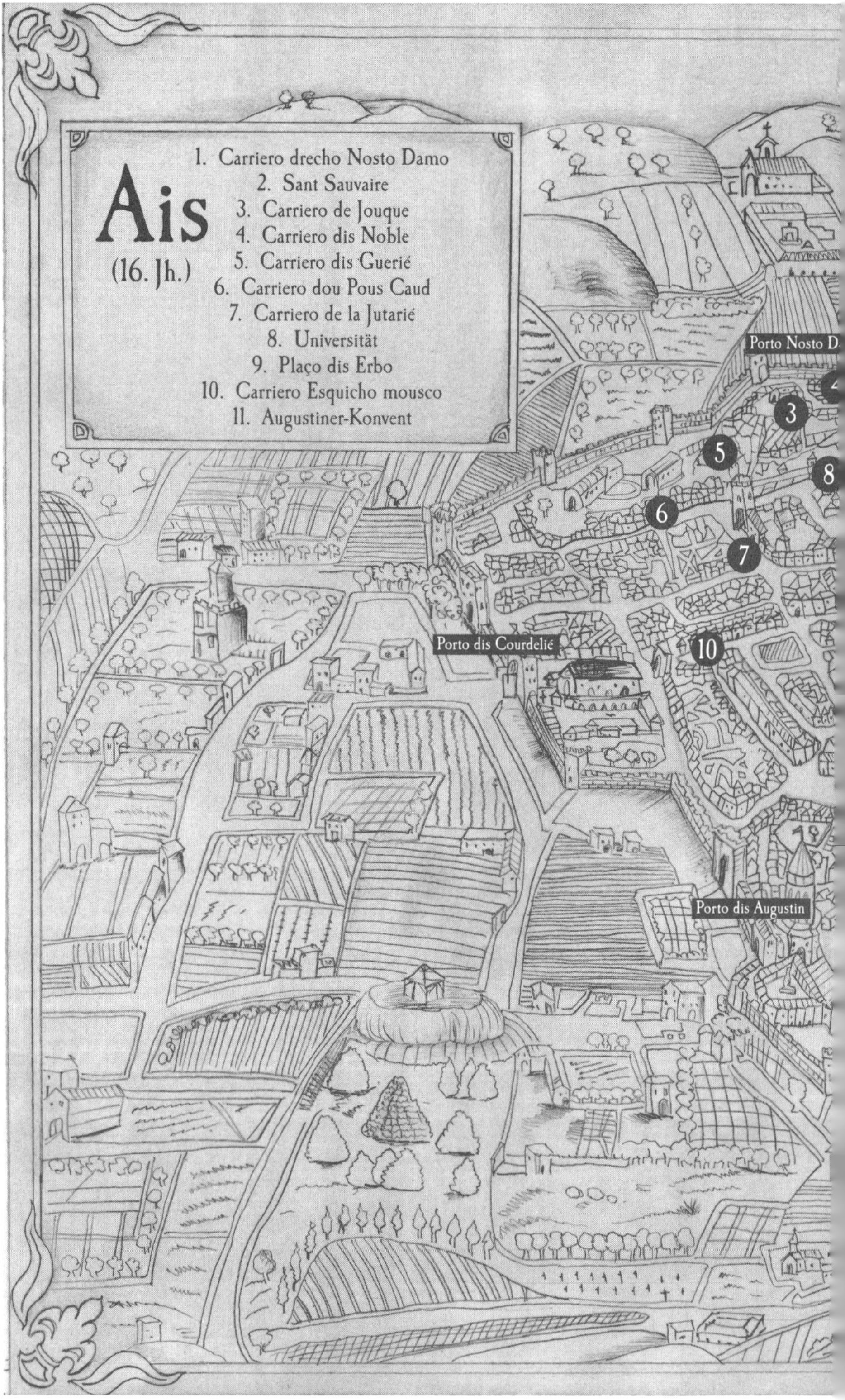
Ais
(16. Jh.)
1. Carriero drecho Nosto Damo
2. Sant Sauvaire
3. Carriero de Jouque
4. Carriero dis Noble
5. Carriero dis Guerié
6. Carriero dou Pous Caud
7. Carriero de la Jutarié
8. Universität
9. Plaço dis Erbo
10. Carriero Esquicho mousco
11. Augustiner-Konvent
Porto Nosto D
3
5
8
6
7
Porto dis Courdelié
10
Porto dis Augustin